U0008483

文心雕龍注

【南朝梁】劉勰 撰
范文瀾 注

編輯人語

魏晉南北朝為古典文論之黃金時代，而南梁劉勰所作之《文心雕龍》則堪稱其中翹楚。全書凡十卷，分五十篇，自〈原道〉始，迄〈序志〉終，均由駢體寫成。其文辭雅麗，包羅宏富，囊括文學總論、文體論、創作論、批評論等主題，且思理精微，自成一家，為古代文論之不世奇書。降至近世，西潮大盛，《文心雕龍》於古典文論中，特以其系統性、結構性而獨秀，可謂中國第一部系統性文學批評著作，堪與西方文論相匹，故引學者競相研讀，相關研究浩如煙海，世乃有「龍學」之名，迄今不絕。

《文心雕龍》注本眾多，而范文瀾《文心雕龍注》以清代黃叔琳校本為底本，兼採眾家善本，辨正異同，凡七十餘萬字。書中引述之詩文、史論，皆一一羅列，不煩詳引全錄，極省讀者查找之功。且廣摘歷代學者評論，爬梳考證，詳以辯說，頗有助發明《文心》之微旨，於諸注本中特具參考價值。惟坊間流傳之版本，乃舊式排印，字符局促，不易翻檢。本次出版，則予以重排，改採新式標點，俾便現代讀者參酌使用。惟錯漏之處，在所難免，尚祈各方不吝指正。

《梁書·劉勰傳》文學傳下

劉勰字彥和，東莞莒人，祖靈真，宋司空秀之弟也。父尚，越騎校尉。勰早孤，篤志好學，家貧不婚娶，依沙門僧祐，與之居處積十餘年。遂博通經論，因區別部類，錄而序之，今定林寺經藏。勰所定也。

天監初，起家奉朝請，中軍臨川王宏引兼記室，遷車騎倉曹參軍，出為太末令，政有清績，除仁威南康王記室，兼東宮通事舍人。時七廟饗薦已用蔬果，而二郊農社猶有犧牲，勰乃表言二郊宜與七廟同改。詔付尚書議，依勰所陳，遷步兵校尉兼舍人如故。昭明太子好文學，深愛接之。

初，勰撰《文心雕龍》五十篇，論古今文體，引而次之。其序曰（即序志篇茲不復錄）。既成，未為時流所稱。勰自重其文，欲取定於沈約。約時貴盛，無由自達。乃負其書候約出，干之於車前，狀若貨鬻者。約便命取讀，大重之，謂為深得文理，常陳諸几案。然勰為文長於佛理，京師寺塔及名僧碑誌必請勰製文，有敕與慧震沙門於定林寺撰經。證功畢，遂啓求出家，先燔鬢髮以自誓。敕許之，乃於寺變服，改名慧地，未期而卒，文集行於世。

黃校本原序

劉舍人《文心雕龍》一書，蓋藝苑之祕寶也。觀其苞羅群籍，多所折衷。於凡文章利病，抉摘靡遺。綴文之士，苟欲希風前秀，未有可舍此而別求津逮者。若其使事遺言，紛綸葳蕤，罕能切究。明代梅子庚氏為之疏通證明，什僅四三耳，略而弗詳，則創始之難也。又句字相沿既久，別風淮雨，往往有之。雖子庚自謂校正之功五倍於楊用修氏，然中間脫訛，故自不乏，似猶未得為完善之本。

余生平雅好是書，偶以暇日，承子庚之綿蕞，旁稽博考，益以友朋見聞，兼用眾本比對，正其句字。人事牽率，更歷暑寒，乃得就緒。覆閱之下，差覺詳盡矣。適雲間姚子平山來藩屬，因共商付梓。

方今文治盛隆，度越先古，海內操奇觚弄柔翰者，咸有騰聲飛實之思。竊以為劉氏之緒言餘論，乃斯文之體要存焉，不可一日廢也。夫文之用在心，誠能得劉氏之用心，因得為文之用心。於以發聖典之菁英，為熙朝之黼黻，則是書方將為魚兔之筌蹄，而又況於瑣瑣箋釋乎哉！時乾隆三年，歲次戊午，秋九月，北平黃叔琳書。

元校姓氏

楊慎字用修 焦竑字弱侯 朱謀㙔字鬱儀 曹學佺字能始 王一言字民法 許天敍字伯倫 謝兆申字耳伯 孫汝澄字無撓 徐𤊹字興公 沈天啓字生予 柳應芳字陳父 俞安期字羨長 王嘉弼字青蓮 王嘉丞字性凝 張振豪字儁度 葉遵字循甫 許延祖字無念 鍾惺字伯敬 商家梅字孟和 欽叔陽字愚公 龔方中字仲和 許延禩字無射 鄭胤驥字閑孟 陳陽和字道育 程嘉燧字孟陽 李漢烓字孔章 徐應魯字宗孔 曾光魯字古狂 孫良蔚字文若 來逢夏字景禹 王嘉賓字仲觀 後學儒字醇季 梅慶生字子庚 王惟儉字損仲

例言

一、《文心雕龍》以黃叔琳校本為最善，今即依據黃本，再參以孫仲容先生手錄顧千里黃蕘圃合校本、譚復堂先生校本、鈴木虎雄先生校勘記，及友人趙君萬里校唐人殘寫本。畏友孫君蜀丞尤助我宏多，孫君所校有唐人殘寫本明抄本太平御覽及太平御覽三種書此識感。

二、黃注流傳已久，惜頗有紕繆，未饜人心。聶松巖謂此注及評，出先生客某甲之手，晚年悔之已不可及。今此重注，非敢妄冀奪席，聊以補苴昔賢遺漏云爾。

三、劉氏之書，體大思精，取材浩博，絕非淺陋如予所能窺測。敬就耳目所及，有關正文者，逐條列舉，庶備參閱。切望明師益友，毋吝餘論，匡其不逮，以啓柴塞。

四、王懸河《三洞珠囊》每卷稱某書某卷，李匡乂《資暇錄》引《通典》多注出某卷，此例極善。茲依其成法，凡有徵引，必詳記著書人姓氏及書名卷數。

五、昔人頗譏李善注《文選》，釋事而忘意。《文心》為論文之書，更貴探求作意，究極微旨。古來賢哲，至多善言，隨宜錄入，可資發明。其駕空騰說，無當雅義者，概不敢取，藉省辭費。

六、劉氏所引篇章，亡佚者自不可復得，若其文見存，無論習見罕遇，悉為抄入，便省覽也。惟

京都大賦、《楚辭》眾篇及馬融〈廣成頌〉、陸機〈辨亡論〉之類，或卷帙累積，或冗繁已甚，為刊煩計，但記出處，不復迻錄。

七、古人文章，每多訓詁深茂，不附注釋，頗艱讀解。茲為酌取舊注，附見文內，以省翻檢。又如鄭玄〈戒子書〉不為父母昆弟所容，據陳仲魚跋知不字衍文；《晉書．潘尼傳》載其〈乘輿箴〉，序中所稱高祖，據《顏氏家訓．風操篇》知是家祖之誤。如此之類，亦隨時校正，雖無關本書，而有便循覽。

八、古來傳疑之文，如李陵〈答蘇武書〉、諸葛亮〈後出師表〉等篇，本書雖未議及，而昔人雅論，頗可解惑，刪要採錄，力求簡約。至時賢辨疑，亦多卓見，因未論定，暫捐勿載。

九、愚陋之質，幸為師友不棄，教誘殷勤。注中所稱黃先生，即蘄春季剛師，陳先生即象山伯弢師，其餘友人則稱某君，前輩則稱某先生，著其姓字，以識不忘。

十、凡例之末，類附乞言，而真能虛心承教者或尟。彼以善意來，我以護前拒，此學者之大蔽也。吾雖不肖，實懷延佇之誠，苟蒙箴其瑕疵，攻其悖謬，無不再拜書紳，敬俟重鐫，備錄簡端。昔郭象盜竊向書，千古不齒；李善四注《文選》，迄今流傳。明例具懸，敢不自鑑？

鈴木虎雄黃叔琳本文心雕龍校勘記

第一　緒言

大正乙丑春，斯波吉川二子，在大學，課以《文心雕龍》，因校諸本，相共讀之。二子用工甚力，起予之言不尠。課讀所用，以黃叔琳輯註附載紀昀評本，及養素堂板黃氏原本為本，傍及諸書，憾插架單薄，宋元舊刻，概無由窺。雖則明刻，或未及採蒐。夫黃氏輯註，專據梅慶生音註本，紀昀則曰：黃云宜從王惟儉本，而所從仍是梅本。盧文弨則曰：他人所改，俱著其姓，唯梅子庚獨不，不幾攘其美以為己有耶？黃本不明言其所本，固不為無失，而其於文義，發明實多，獨其校語，殆全襲梅本。梅本閔本，具錄校者姓字，黃則唯記其姓。校者姓中，三許五王，二孫二徐，單著姓氏，其果為何人，何由辨之？且校語之出於黃者，寥若晨星，予之校語，凡曰梅本校同者，黃皆用梅本也。然予猶謂苟訂一字，有一字功，安較多少？何焯嘗引馮已蒼記云，謝耳伯嘗借錢功甫本於錢牧齋，牧齋仍祕〈隱秀〉一篇，已蒼以天啓丁卯，從牧齋借得，因乞友人謝功甫錄之，其〈隱秀〉一篇，恐遂多傳於世，已蒼自錄之。焯因論錢謝之用心，頗近於隘。何焯之言，可謂得學者之公矣。於是予慨然奮起，努任校讎，善本雖不多得，而左右所置，可以供用。凡予之所見，與所未見，書目列記於下。若夫《文鏡祕府》論燉煌本者，西土學子，固不經見；乃若《御覽》、《玉海》者，明人以下，有目俱視。然而予所錄出，已踰六七百條，其餘〈宗經篇〉《尚書．大禹謨》一條，〈辨騷篇〉洪興祖《楚辭補注》若干條，〈樂府篇〉《宋書．樂志》一條，〈祝盟篇〉《禮記．郊特牲》一條，〈哀弔篇〉《日知錄集釋》一條，〈史傳篇〉《曲禮》一條、《玉藻》一條，〈詔策篇〉《易．節卦》一條，《詩．大明》、《周禮．師氏》各一條，〈奏啓篇〉《墨子．非儒篇》一條，〈議對篇〉錢大昕《十駕齋養新錄》一條，〈書記篇〉《後漢書．趙壹傳》一條，〈定勢篇〉《陸士龍集》一條，〈聲律篇〉《韓非子》一條，〈序志篇〉《梁書》本傳若干條，亦各有所引，以資考正，書名不列于目，就簡便也。論校語之得失，則請俟世之賢者。昭和三年十月十八日。

第二　校勘所用書目

上　舊籍著錄而已亡佚者

一文心雕龍十卷梁兼東宮通事舍人劉勰撰。

右見隋書經籍志別集類。

一文心雕龍十卷劉勰撰。

右見舊唐書經籍志總集類。

一劉勰文心雕龍十卷

右見新唐書藝文志。

一劉勰文心雕龍十卷

一辛處信文心雕龍注十卷

右見宋史藝文志。

一文心雕龍十卷梁通事舍人東莞劉勰彥和撰。勰後為沙門，名慧地。

右見陳振孫書錄解題文史類。

一文心雕龍十卷鼂氏曰：晉（當作梁）劉勰撰。評自古文章得失，別其體製，凡五十篇，各係之以贊云。勰著書垂世，自謂嘗夢執丹漆器，隨仲尼南行，其自負亦不淺矣。觀其論說篇「論語以前，經無論字；六韜二論，後人追題。」是殊不知書有論道經邦之言也。

右見馬端臨文獻通考經籍考文史類。

右七種舊籍著錄並俱亡佚，今不得復見。

中　鈔校注解諸專本

一燉煌本文心雕龍

燉煌莫高窟出土本。蓋係唐宋鈔本。自原道篇贊尾十三字起，至諧讔第十五篇名止。文學博士內藤虎次郎君自巴里將來，余與黃叔琳本對比。大正十五年五月，既有校勘記之作，今之所引，止其若干條耳。余所稱燉本者，即此書也。

一宋本文心雕龍清何焯校本所用者未見

一阮華山宋槧本明末常熟錢允治所得者。其書晚出，諸家疑其依託。未見。允治所鈔補四百餘字，見四部叢刊刻嘉靖本卷尾。

一元至正乙未十五年，西曆一三五五刻本刻於嘉禾者，見何焯跋語。未見。黃丕烈校元至正刊本文心雕龍，見孫氏詒讓札迻。

一明永樂大典所引本

紀昀所見者。未見。

一明弘治本

弘治甲子（十七年，西曆一五〇四。）刻于吳門者，見錢功甫記。又弘治本，見黃丕烈記。何焯弟子蔣杲子遵，亦獲弘治本。郴陽馮氏重刻本，見都穆跋文。並未見。又不知諸本刻時先後。

一明嘉靖本

嘉靖辛卯（十年，西曆一五三一。）刻于建安，庚子（十九年，西曆一五四〇。）刻于新安，癸卯（二十二年，西曆一五四三。）又刻于新安，見錢功甫記。明汪一元所校者、清何焯用宋本所校者、何焯弟子沈巖所獲者，並庚子新安刻本也。近時涵芬樓四部叢刊所收嘉靖本，疑是庚子新安刻本。余之所稱嘉靖本者，即四部叢刊本也。

一明萬曆本

萬曆己卯（七年，西曆一五七九。）張之象刻，見沈巖所引何焯語。萬曆癸巳（二十一年，西曆一五九三。）朱謀㙔有校本，參考御覽玉海諸籍，補完改正，共三百二十餘字，見其跋文。萬曆己酉（三十七年，西曆一六〇九。）刻于南昌，見錢功甫記。

一吳本　歙本　浙本

右見朱謀㙔跋。未見。

一楊慎批點文心雕龍十卷

原刊本未見。

一楊升菴先生批點文心雕龍十卷

即梅慶生音註本。天啓壬戌（二年，西曆一六二二。）金陵聚錦堂刊，京都帝國大學所藏。余所稱梅本者，即此書也。

卷首載有萬曆己酉（三十七年，西曆一六〇九。）江寧顧起元序，天啓壬戌長至日莆陽宋穀重書，題曰文心雕龍批評音註序。又有己酉孟冬梅慶生識語。卷之一第一葉左端，刻「天啓二年梅子庚第六次校定藏板」字樣。又雙行署梁通事舍人劉勰著，明豫章梅慶生音註。

梅本載文心雕龍讎校姓氏如左。

楊慎　焦竑　朱謀㙔　曹學佺　王一言　許天敍　謝兆申　孫汝澄　徐𤇆　沈天啓

音註校讎姓氏如左。

柳應芳　俞安期　王嘉弼　王嘉丞　張振豪　葉遵　許延祖　鍾惺　商家梅　欽叔陽　龔方中　許延襗　鄭胤驥　陳陽和　程嘉燧　李漢熣　徐應魯　曾光魯　孫良蔚　來逢夏　王嘉賓　後學儒

一楊升菴先生批點文心雕龍十卷

梁劉勰撰，明張墉洪吉臣參註。康熙三十四年（西曆一六九五。）重鐫，武林抱青閣梓行，豹軒所藏。卷頭云：西湖張石宗洪載之兩先生參注，又載有武林周兆斗所識凡例，及校讎姓氏。

校讎姓氏如左。

聞啓祥子將　顧懋樊霖調　張元徵夢珠　柴世皐式穀　錢震瀧飛卿　吳太沖默寘　江元禨邦善　柴世埏蓮生
劉士鏻羽石　龔五韺華茂　張墉石宗　洪吉臣載之　嚴于鈇公威　黃中吉元辰　柴世堯雲倩　朱天璧子玄　陸
鳴煃夢文　張垰幼青　嚴渡子岸　陸燾文垓　沈尤含英多　姜午生鎮惡

此書全襲梅本者。

一劉子文心雕龍五卷

萬曆壬子（四十年，西曆一六一二。）曹學佺序，吳興閔繩初刻序，豹軒所藏。

首載曹閔二序，及吳興凌雲宣之凡例。

校讎姓氏如左。

批評　楊慎字用修

參評　曹學佺字能始

音註　梅慶生字子庾（虎曰他本作庚此本皆作庾）

校正

朱謀㙔字鬱儀　王一言字民法　許天敘字伯倫　謝兆申字耳伯　孫汝澄字無撓　沈天啓字生予　柳應芳字陳父
俞安期字羨長　王嘉弼字青蓮　王嘉丞字性凝　張振豪字儁度　葉遵字循甫　許延祖字無念　商家梅字孟和
欽叔陽字愚公　龔方中字仲和　許延禩字無射　李漢煃字孔章　胡□字孝轅

此書亦用梅本，移出音註，別為一卷。在本書上下兩卷中，又分上之上、上之下、下之上、下之下，四支卷。校者姓字，則具錄之。黃叔琳本校，止記姓氏，而不及其字。梅本及此書，並可補其缺也。余所稱閔本者，即此書也。

一漢魏叢書王謨本

豹軒所藏。余所稱王本者，即指此書。諸家稱王本者，王惟儉本也。

一王惟儉本

見黃叔琳輯註。未見。

一文心雕龍十卷

日本享保辛亥（十六年，西曆一七三一。）岡白駒校正句讀本，浪華書肆文海堂梓行，豹軒所藏。上下二冊，上冊自卷一原道篇起，至卷四移檄篇訖；下冊自卷五封禪篇起，至卷十序志篇訖。余所稱岡本者，即此書也。

一何焯校本

嘉靖庚子新安刻本，清何焯用宋本所校。未見。

一黃叔琳輯註本

乾隆三年（西曆一七三八。）黃叔琳序刊。長山聶松巖云，注及評，叔琳客某甲所為，校本實出叔琳。叔琳共商之人，為顧尊光、金雨叔、張實甫、陳亦韓、姚平山、王延之、張今涪，及諸同學。

輯註本所載原校姓氏如左。

楊慎　焦竑　朱謀㙔　曹學佺　王一言　許天敘　謝兆申　孫汝澄　徐𤊹　沈天啓　柳應芳　俞安期　王嘉弼　王嘉丞　張振豪　葉遵　許延祖　鍾惺　商家梅　欽叔陽　龔方中　許延禩　鄭胤驥　陳陽和　程嘉燧　李漢烇　徐應魯　曾光魯　孫良蔚　來逢夏　王嘉賓　後學儒（虎曰以上姓氏亦見梅慶生音註本。）　梅慶生　王惟儉

養素堂板原本　豹軒所藏。卷頭云，北平黃叔琳崑圃輯注，吳趨顧進尊光武林金甡雨叔參訂。余所稱黃氏原本者，此書是也。

一黃叔琳節鈔本

見輯註例言。未見。

一黃叔琳輯註附載紀昀評本

道光十三年（西曆一八三三。）兩廣節署刊本，翰墨園藏板。

光緒癸巳（十九年，西曆一八九三。）湖南思賢精舍刊本。

民國十三年（西曆一九二四。）掃葉山房石印本。

右三種豹軒所藏。卷首署曰：梁劉勰撰，北平黃叔琳注，河間紀昀評。紀昀評記於乾隆辛卯（三十六年，西曆一七七一。）八月六日，隱秀篇評記於癸巳（三十八年，西曆一七七三。）三月。余之所用以為底本者，即節署本也。

一吳伊仲校本

盧文弨所見者。未見。

一張松孫輯註本十卷

乾隆五十六年（西曆一七九一。）張松孫序，豹孫所藏。卷首署曰：梁劉勰撰，明楊慎批點，長洲張松孫鶴坪輯註，男智瑩樂水校。此書據梅慶生本及黃叔琳本，略加增損。余所稱張本者是也。

一黃丕烈校元至正刊本

右見孫詒讓札迻。未見。

一馮舒顧廣圻校本

見孫詒讓札迻。未見。

一文心雕龍黃注補正

興化李詳審言撰。不分卷。神田鬯盦自國粹學報抄出。

一文心雕龍札記

蘄春黃侃季剛撰。民國十六年（西曆一九二七。）北京文化學社發行，豹軒所藏。

右錄鈔校注解諸專本

下　引用及摘錄校論諸本

一文鏡祕府論六卷

日本釋空海撰。空海承和二年卒。（即唐太和九年，西曆八三五。）此書卷一四聲論，引文心雕龍聲律篇，蓋後人所引雕龍文之最古者。

一太平御覽一千卷

宋李昉等撰，太平興國八年（西曆九八三。）成。余所用者，日本安政乙卯（二年，西曆一八五五。）江都喜多邨氏仿宋槧校刻聚珍版本也，京都帝國大學所藏。御覽卷五百八十五至五百九十、卷五百九十三至五百九十八、卷六百一、六百三、六百四、六百六、六百八，並引雕龍。

一玉海二百四卷附詩考詩地理考以下四十五卷

宋王應麟撰，嘉慶丙寅（十一年，西曆一八〇六。）康基由序。覆刻元至正本，京都帝國大學所藏。玉海卷二十九、三十一、三十五、三十七、四十二、四十五、四十六、五十三、五十四、卷五十九至卷六十四、卷百二、百六、百九十六、卷二百一、二百三、二百四，並引雕龍。

一困學紀聞二十卷

宋王應麟撰。道光五年（西曆一八二五。）翁元圻注通行本。豹軒所藏紀聞翁本卷二、六、十七、十八、十九、二十，並引雕龍。

一洪容齋筆記七十四卷

宋洪邁撰。隨筆續筆三筆四筆各十六卷，五筆十卷。民國二年（西曆一九一三。）掃葉山房重刻明崇禎三年（一六三零。）馬元調本，豹軒所藏。四筆卷十引雕龍。

一抱經堂叢書

清盧文弨撰，民國十二年（一九二三。）傅增湘序。北京直隸書局影印本，京都帝國大學所藏。抱經堂文集卷十四文心雕龍輯註書後，及鍾山札記卷一，並有盧氏校語。

一札迻十二卷

清瑞安孫詒讓撰。光緒廿年（一八九四。）瑞安楊衙街集古齋發行，豹軒所藏。卷十二有孫氏雕龍校語。

右錄引用及摘錄校論諸本

《文心雕龍注》徵引篇目

易乾文言
又坤文言
阮元文言說
又書梁昭明太子文選序後

右原道第一

徐養原緯候不起於哀平辨
劉師培國學發微一節
隋書經籍志六藝緯類序
桓譚上疏論讖
張衡上疏論讖
荀悅申鑒俗嫌篇
劉師培讖緯論

右正緯第四

班固離騷序
又離騷贊序
王逸楚辭章句序
又離騷經序
又九章序
又九歌序
又九辨序
又遠遊序
又天問序
又招魂序
又大招序
又卜居序
又漁夫序
屈原離騷

右辨騷第五

五子之歌
祠洛水歌
韋孟諷諫詩
柏梁臺詩
蘇武詩四首
又答李陵詩
又別李陵
李陵與蘇武詩三首

錄別詩八首
班婕妤怨詩
孺子歌
優施暇豫歌
成帝時童謠
枚乘雜詩九首
古詩十一首
何晏擬古詩一首
又失題詩一首
嵇康幽憤詩
應璩百一詩
袁宏詠史詩
孫綽秋日詩
南齊書文學傳論
漢郊祀歌天馬歌
孔融六言詩三首
漢郊祀歌日出入
孔融離合作郡姓名字詩
王融春遊回文詩
毛詩序
鄭玄詩譜序
鍾嶸詩品序上
又詩品序中

右明詩第六

陌上桑
漢安世房中歌桂華
漢郊祀歌赤雁歌
漢太一歌
又天馬歌
劉蒼舞歌一章
曹植七哀詩
明月篇
公莫辭
三侯之章
李夫人歌
挽歌二章
鐃歌十八曲
樂府分類表
郊廟歌辭
燕射歌辭
鼓吹曲辭
橫吹曲辭
相和歌辭
清商曲辭
舞曲歌辭
琴曲歌辭
雜曲歌辭
近代曲辭
雜歌謠辭
新樂府辭

右樂府第七

荀况禮賦
又知賦
枚乘柳賦
魏文帝柳賦
路喬如鶴賦
公孫詭文鹿賦
羊勝屏風賦
鄒陽几賦
劉勝文木賦
枚乘梁王菟園賦
賈誼鵩鳥賦
班固兩都賦序
王延壽靈光殿賦序
王粲登樓賦
徐幹齊都賦佚文
梁元帝蕩婦秋思賦
漢書藝文志詩賦序
劉師培漢書藝文志書後
章炳麟辨詩一節

右詮賦第八

周頌時邁
屈原橘頌
李斯鄒嶧山刻石文
又泰山刻石文
又瑯邪臺刻石文
又之罘西觀銘
又之罘東觀銘
又碣石刻石文
又會稽刻石文
元結大唐中興頌
揚雄趙充國頌
史岑出師頌
周頌清廟
魯頌駉
商頌那
班固北征頌
傅毅西征頌佚文
馬融東巡頌
崔瑗南陽文學頌
蔡邕京兆樊惠渠頌
曹植皇太子生頌
章炳麟辨詩一節
郭璞爾雅圖讚
郭璞山海經圖讚

右頌讚第九

桑林禱辭
祭天辭
祭地辭
迎日辭
衛太子禱辭
王延壽夢賦

曹植誥咎文
秦詛楚文
考工記祭侯辭
魏武帝祭橋玄文
魏明帝甄皇后哀策
潘岳為諸婦祭庾新婦文
秦昭王與夷人盟辭
臧洪盟辭
劉琨與段匹磾盟辭

右祝盟第十

武王銘五首
金人銘
禮記衛孔悝鼎銘
蔡邕銘論
班固燕然山銘
張昶西嶽華山堂闕碑銘
蔡邕黃鉞銘
又鼎銘
李尤圍棊銘
又權衡銘
魏文帝典論劍銘
張載劍閣銘
虞箴
溫嶠侍臣箴
潘尼乘輿箴

右銘箴第十一

柳下惠誄
揚雄元后誄
杜篤吳漢誄
傅毅明帝誄
又北海王誄
蘇順和帝誄
崔瑗和帝誄
潘岳皇女誄
蔡邕楊公碑
又郭有道碑
又陳太丘碑
又周勰碑
又胡廣碑
孔融張儉碑
孫綽王導碑
梁元帝內典碑銘集林序
墓誌銘考
趙翼碑表考
又墓誌銘考
又碑表誌銘之別考

右誄碑第十二

曹植行女哀辭
又金瓠哀辭
潘岳金鹿哀辭
又澤蘭哀辭

又劉氏妹哀辭
又王氏哀辭
吳大澂叔字說
賈誼弔屈原文
司馬相如弔秦二世文
揚雄反離騷
班彪悼離騷
蔡邕弔屈原文
胡廣弔夷齊文
阮瑀弔伯夷文
王粲弔夷齊文
禰衡弔張衡文
陸機弔魏武帝文
李充弔嵇中散文

右哀弔第十三

宋玉對楚王問
傅玄七謨序
韓非子眾端參觀篇
揚雄連珠二首
東方朔答客難
揚雄解嘲
陸機演連珠四首
穆天子傳世民吟

右雜文第十四

宋城者謳
宋玉登徒子好色賦
邯鄲淳笑林三節
束皙餅賦節文
袁淑雞九錫文
又驢山公九錫文
荀況蠶賦

右諧隱第十五

班彪史記論
史通二體篇節文
又論贊篇節文
又曲筆篇節文
韓愈答劉秀才論史書

右史傳第十六

班彪王命論
嚴尤三將軍論佚文
王粲儒吏論
傅嘏難劉劭攷課法論
范寧王弼何晏論
王弼明象篇
何晏無名論
李康運命論
郭象莊子序
裴頠崇有論
曹植辯道論
徐幹覈辯篇
范睢上書秦昭王

李斯上始皇書
韓非子說難
鄒陽上吳王書

右論說第十八

漢武帝封三王策
潘勗冊魏公九錫文
衛覬冊詔魏王文
漢高祖手敕太子文
東方朔誡子詩
馬援戒兄子書
鄭玄戒子益恩書
班昭女誡序
孔融告高密縣立鄭公鄉教

右詔策第十九

晉呂相絕秦
隗囂移檄告郡國
陳琳為袁紹檄豫州
鍾會檄蜀將吏
桓溫檄胡文
司馬相如難蜀父老文
劉歆移太常博士書

右檄移第二十

司馬相如封禪文
張純泰山刻石文
漢武帝泰山刻石文
揚雄劇秦美新
班固典引

右封禪第二十一

孔融薦禰衡表
諸葛亮出師表
黃式三讀蜀志諸葛傳
黃以周默記敘
曹植求通親親表
羊祜讓開府表
庾亮讓中書令表
劉琨勸進表
張駿請討石虎李期表

右章表第二十二

李斯治驪山陵上書
賈誼上書言積貯
鼂錯上書言兵事
匡衡奏議郊祀
王吉上疏言禮儀
路溫舒上書言尚德緩刑
谷永上書論鬼神
楊秉上疏諫微行
陳蕃上疏言封賞
高堂隆上疏言天變
路粹枉狀奏孔融
傅咸奏劾王戎
劉隗奏劾祖約

又奏劾周筵等
右奏啓第二十三
吾丘壽王禁民挾弓弩對
賈捐之罷珠厓對
劉歆不毀孝武皇帝廟議
張敏輕侮法駁議
程曉上疏請罷校事
程咸議婦人刑
秦秀賈充謚議
陸機議晉書限斷
公孫宏對策文
杜欽對策文
魯丕對策文
右議對第二十四
鄭子家與趙宣子書
子產寓書告趙宣子
司馬遷報任少卿書
楊惲報孫會宗書
劉歆與揚雄書從取方言
揚雄答劉歆書
崔瑗與葛元甫書
嵇康與山巨源絕交書
趙至與嵇茂齊書
張敞奏書諫太后游獵
丙吉奏記霍光
劉楨與曹植書二首
又答魏太子丕借廓落帶書
楊紹買地券
王褒僮約
右書記第二十五
王闓運論文
文鏡祕府論論體篇
右體性第二十七
裴度寄李翺書
紀昀愛鼎堂文集序
桂馥書北史蘇綽傳後
錢大昕與友人書
右通變第二十九
章學誠古文十弊一節
文鏡祕府論定位篇
史通敘事篇節錄
日知錄文章繁簡
右鎔裁第三十二
文鏡祕府論論八病
沈約宋書謝靈運傳論
陸厥與沈約書
沈約答陸厥書
鍾嶸詩品序下
右聲律第三十三
劉大櫆論文偶記
文鏡祕府論論句節錄

目錄

卷一

原道第一[2]

梁・劉勰撰[1]

文之為德也大矣[3]！與天地並生者何哉[4]？夫玄黃色雜[5]，方圓體分[6]，日月疊壁，以垂麗天之象[7]；山川煥綺，以鋪理地之形[8]，此蓋道之文也。仰觀吐曜，俯察含章[9]，高卑定位，故兩儀既生矣[10]。惟人參之，性靈所鍾，是謂三才；為五行之秀，實天地之心（一本實上有人字心下有生字）[11]。心生而言立，言立而文明，自然之道也[12]。傍及萬品，動植皆文：龍鳳以藻繪呈瑞，虎豹以炳蔚凝姿[13]；雲霞雕色，有踰畫工之妙；草木賁華，無待錦匠之奇；夫豈外飾？蓋自然耳[14]。至於林籟結響，調如竽瑟（孫云御覽五八一引作竹琴明抄本御覽作竽琴）；泉石激韻，和若球鍠；故形立則章成矣，聲發則文生矣。夫以無識之物，鬱然有彩，有心之器，其無文歟[15]！

人文之元，肇自太極[16]，幽贊神明（孫云御覽五八五引太作泰贊作讚），易象惟先[17]。庖犧畫其始[18]，仲尼翼其終[19]。而乾坤兩位，獨制文言。言之文也，天地之心哉[20]！若迺河圖孕乎八卦，洛（黃云案馮本洛校雒）書韞乎九疇[21]，玉版金鏤之實（鈴木云御覽作寶），丹文綠牒之華[22]，誰其尸之，亦神理而已。自鳥跡代繩，文字始炳[23]，炎皞遺事，紀在三墳[24]，而年世渺邈，聲采靡追。唐虞文章，則煥乎始（馮本作為鈴木云御覽亦作為）盛[25]。元首載歌，既發吟詠之志[26]；益稷陳謨

元作謀楊改，亦垂敷奏之風27。夏后氏興，業峻鴻績，九序惟鈴木云御覽惟作詠歌，勳德彌縟28。逮及商周，文勝其質，雅頌所被，英華日新29。文王患憂，繇辭炳曜30，符采複隱，精義堅深。重以公旦多材，振元作縟朱改其徽烈，剬孫云御覽剬作制詩緝頌，斧藻群言31。至黃云案馮本至下有若字夫子繼聖，獨秀前哲，鎔鈞六經，必金聲而玉振；雕琢情性孫云御覽引情性作性情譚獻校亦作性情，組織辭令，木鐸起而千里應，席珍流而萬世嚮32，寫天地之輝光孫云御覽輝光作光輝，曉生民之耳目矣。

爰自風姓33，暨於孔氏，玄一作元孫云明抄本御覽作玄聖創典，素王述訓34，莫不原道心以敷章以敷一作裁文從御覽改鈴木云案諸本作裁文，研神理而設教，取象乎河洛，問數乎蓍龜，觀天文以極變，察人文以成化；然後能經緯區宇，彌綸彝憲，發輝疑作揮孫云御覽作揮事業，彪炳辭義。故知道沿聖以垂文鈴木云御覽無知字沿作沿，聖因文而孫云御覽而作明明道，旁通而無滯一作涯從御覽改鈴木云予所見御覽作涯不作滯，日用而不匱。易曰：鼓天下之動者者字從御覽增存乎辭。辭之35所以能鼓天下者，迺孫云御覽無迺字道之文也。

贊曰36：道心惟微37，神理設教。光采玄聖，炳燿仁孝。龍圖獻體，龜書呈貌。天文斯觀，民胥以傚。

【注釋】

1. 顧千里云：「此所題非也。〈時序篇〉云：『皇齊馭寶，運集休明。』是此書作於齊世。」紀昀評云：「據〈時序篇〉此書實成於齊代，今題曰梁，蓋後人所追題；猶《玉臺新詠》成於梁而今本題陳徐陵耳。」案鍾嶸《詩品》所錄諸人，時代多誤，亦其例也。
2. 《淮南子》有〈原道訓〉。高誘注云：「原，本也。本道根真，包裹天地，以歷萬物，故曰原道。」按彥和

於篇中屢言「心生而言立，言立而文明，自然之道也」、「夫豈外飾，蓋自然耳」、「故知道沿聖以垂文，聖因文而明道」。綜此以觀，所謂道者，即自然之道，亦即〈宗經篇〉所謂恒久之至道。《周禮．太宰》以九兩繫邦國之民，其四曰：「儒以道得民。」鄭注曰：「儒，諸侯保氏有六藝以教民者。」孫詒讓疏云：「儒則泛指誦說詩書，通該術藝者而言，若《荀子．儒效篇》所稱俗儒、雅儒、大儒，道有大小，而皆足以得民，亦不必皆有聖賢之道也。」彥和所稱之道，自指聖賢之大道而言，故篇後承以〈徵聖〉、〈宗經〉二篇，義旨甚明，與空言文以載道者殊途。紀評曰：「自漢以來，論文者罕能及此。彥和以此發端，所見在六朝文士之上。」又曰：「文以載道，明其當然；文原於道，明其本然。識其本乃不逐其末。首揭文體之尊，所以截斷眾流。」又曰：「齊梁文藻日競雕華，標自然以為宗，是彥和喫緊為人處。」《文心》上篇凡二十五篇，排比至有倫序，列表如下：

文類

- （五）辨騷（詩）軒翥詩人之後，奮飛辭家之前，故為文類之首。
- （六）明詩（詩）詩原上古，體備兩漢，故次於騷。
- （七）樂府（詩）詩為樂心，聲為樂體，故與詩並。
- （八）詮賦（詩）拓宇楚辭，盛於漢代，故次於詩。
- （九）頌贊（詩）詩之流裔。
- （十）祝盟（禮）告於鬼神，禮之大者。
- （十一）銘箴（禮）銘勒功德，箴禦過失，生人之事，故次祝盟。
- （十二）誄碑（禮）樹碑述亡，死人之事，故次銘箴。
- （十三）哀弔（禮）哀夭橫，弔災亡，故次誄碑。

（一）原道—（二）徵聖

（道沿聖以垂文，聖因文而明道，文體繁變，皆出於經。）

（三）宗經

（十七）諸子（翳惟文友，李實孔師，聖賢並世，經子異流。）

（四）正緯（配經曰緯。）

文筆雜

（十四）雜文
（十五）諧隱
雜文諧隱，筆文雜用，故列在文章二類之間。

筆類

（十六）史傳（春秋）史肇軒黃，體備周孔，記事載言，六經皆史，故為筆類之首。

（十八）論說（易）述經敘理曰論。又博明萬事為子，適辨一理為論，故次諸子。

（十九）詔策（書）帝王號令，衍自尚書。

（二十）檄移（春秋）國之大事，惟戎與祭，事出非常，故次詔策。

（二十一）封禪（禮）登岱祀天，祭之大者。

（二十二）章表（書）
（二十三）奏啓（書）
（二十四）議對（書）
章表奏議，經國樞機，章以謝恩，表以陳情，奏以按劾，議以執異，事有重輕，故三者相次。

（二十五）書記（書）雜記庶事，故次於末。

3. 章炳麟《國故論衡．文學總略篇》曰：「文德之論，發諸王充《論衡》（《論衡．佚文篇》：『文德之操為文。』又云：『上書陳便宜，奏記薦吏士，一則為身，二則為人，繁文麗辭，無文德之操。』）楊遵彥依用之。（《魏書．文苑傳》楊遵彥作〈文德論〉，以為古今辭人，皆負才遺行，澆薄險忌，唯邢子才、王元景、溫子昇彬彬有德素。）而章學誠竊焉。」楊文亡佚。《論衡．書解篇》：「夫文德世服也，空書為文，

實行為德，著之於衣為服。故曰：德彌盛者文彌縟，德彌彰者人彌明。官尊而文繁，德高而文積。」仲任之意，蓋指當時儒生諷古經，讀古文，不能實行以成德，雕縟以成文，倍有德者必有言之旨，而上書奏記之人徒作麗辭，更無德操。此所謂德，指義理情實而言，與彥和文德之意不同。按《易．小畜．大象》：「君子以懿文德。」彥和稱文德本此。王章諸說，別有所指，不與此同。

4. 下文云「人文之元，肇自太極」，故曰與天地並生。

5. 《易．坤卦》上六：「龍戰於野，其血玄黃。」〈文言〉曰：「夫玄黃者，天地之雜也，天玄而地黃。」李鼎祚《周易集解》引荀爽曰：「天者陽，始於東北，故色玄也；地者陰，始於西南，故色黃也。」

6. 《大戴禮記．曾子天圓篇》：「天道曰圓，地道曰方。」《淮南子．天文訓》曰：「方者主幽，圓者主明。」

7. 《易．離卦．彖辭》：「離，麗也。日月麗乎天，百穀草木麗乎土。」王弼注曰：「麗，猶著也。」孫君蜀丞曰：「《尚書．顧命．釋文》引馬融云：太極上元十一月朔旦冬至，日月如疊璧，五星如連珠。」

8. 《易．上繫辭》：「仰以觀於天文，俯以察於地理。」《正義》：「天有懸象而成文章，故稱文也；地有山川原隰，各有條理，故稱理也。」

9. 劉熙《釋名．釋天篇》：「曜，耀也，光明照耀也。」《淮南子．天文訓》：「圓者主明，明者吐氣者也。」《易．坤．六三》：「含章可貞。」王弼注曰：「含美而可正，故曰含章可貞也。」《坤．文言》：「含萬物而化光。」《集解》引干寶曰：「謂坤含藏萬物。」

10. 《易．上繫辭》：「天尊地卑，乾坤定矣。卑高以陳，貴賤位矣。」

11. 《說文》：「人，天地之性最貴者也。」《禮記．禮運篇》：「人者，其天地之德，陰陽之交，鬼神之會，五行之秀氣也。」又曰：「人者天地之心也，五行之端也，食味別聲被色而生者也。」

12. 揚雄《法言．問神篇》：「言心聲也，書心畫也，聲畫形，君子小人見矣。聲畫者，君子小人之所以動情

乎！」《說文》：「詞，意內而言外也，從司從言。」段玉裁注曰：「司者，主也。意主於內，而言發於外，故從司言。」

13. 《易．革卦．象辭》：「大人虎變，其文炳也。」又：「君子豹變，其文蔚也。」

14. 孫君蜀丞云：「《三國．蜀志．秦宓傳》：『或謂宓曰：足下欲自比於巢許、四皓，何故揚文藻見瓌穎乎？宓答曰：僕文不能盡言，言不能盡意，何文藻之有揚乎？夫虎生而文炳，鳳生而五色，豈以五彩自飾畫哉？天性自然也。蓋《河》、《洛》由文興，六經由文起，君子懿文德，采藻其何傷？』彥和語意本此。」陸德明《周易音義》引傅氏云：「賁，古斑字，文章貌。」《說苑．反質篇》：「孔子卦得賁，喟然仰而歎息，意不平。……孔子曰：賁，非正色也。吾亦聞之，丹漆不文，白玉不雕，寶珠不飾。何也？質有餘者，不受飾也。」《呂氏春秋．慎行論．壹行篇》高誘注云：「賁，色不純也。」皆賁為文章貌之證。

15. 《尚書．皋陶謨》：「戛擊鳴球。」《說文》：「球，玉磬也。鍠，鐘聲也。」《易．上繫辭》：「形乃謂之器。」韓康伯注曰：「成形曰器。」

16. 《易．上繫辭》：「是故《易》有太極，是生兩儀。」韓康伯注曰：「夫有必始於无，故太極生兩儀也。太極者无稱之稱，不可得而名，取有之所極，況之太極者也。」《賁卦．彖辭》：「觀乎天文以察時變，觀乎人文以化成天下。」

17. 《易．說卦》：「昔者聖人之作《易》也，幽贊於神明而生蓍。」韓康伯注曰：「幽，深也。贊，明也。蓍受命如響，不知所以然而然也。」顧千里曰：「幽贊神明，舊本作讚是也。《易釋文》云：『幽贊本或作讚。』〈孔龢碑〉幽讚神明。〈白石神君碑〉幽讚天地。漢人正用讚字。」孫詒讓《札迻》十二：「彥和用經語，多從別本，如幽讚神明，本《易釋文》或本。」

18. 《易．下繫辭》：「古者庖犧氏之王天下也，仰則觀象於天，俯則觀法於地，觀鳥獸之文，與地之宜，近取諸身，遠取諸物，於是始作八卦，以通神明之德，以類萬物之情。」

19. 《史記．孔子世家》：「孔子晚而喜《易》，序〈彖〉、〈繫〉、〈象〉、〈說卦〉、〈文言〉。」張守節《正義》曰：「序，《易．序卦》也。史不出雜卦，雜卦者，於序卦之外別言。」《漢書．儒林傳》：「孔子好《易》，讀之韋編三絕，而為之傳。」顏師古注曰：「傳，謂〈彖〉、〈象〉、〈繫辭〉、〈文言〉、〈說卦〉之屬。」《周易正義．序第六》：「十翼之辭，孔子所作，先儒更無異論。但數十翼亦有多家。一家數十翼云：〈上彖〉一，〈下彖〉二，〈上象〉三，〈下象〉四，〈上繫〉五，〈下繫〉六，〈文言〉七，〈說卦〉八，〈序卦〉九，〈雜卦〉十。」

20. 《周易音義》：「〈文言〉，文飾卦下之言也。」《正義》引莊氏曰：「文謂文飾，以乾坤德大，故特文飾以為文言。」黃先生曰：「此二說與彥和意正同。」

21. 《易．上繫辭》：「河出圖，洛出書，聖人則之。」《漢書．五行志》：「劉歆以為虙羲氏繼天而王，受《河圖》，則而畫之，八卦是也；禹治洪水，賜《雒書》，法而陳之，〈洪範〉是也。」又曰：「初一曰五行，次二曰羞用五事，次三曰農用八政，次四曰叶用五紀，次五曰建用皇極，次六曰艾用三德，次七曰明用稽疑，次八曰念用庶徵，次九曰嚮用五福，畏用六極。凡此六十五字，皆《雒書》本文。」彥和云：「《洛書》韞乎九疇。」正同此說。

22. 《尚書中候．握河紀》：「河龍出圖，洛龜書威，赤文綠字，以授軒轅。」（馬國翰《玉函山房輯佚書》）紀評云：「玉版丹文綠字散見緯書，黃注所云《拾遺記》、《宋書》皆非根柢。」

23. 許慎《說文．序》：「黃帝之史蒼頡，見鳥獸蹏迒之迹，知分理之可相別異也，初造書契，百工以乂，萬品以察，蓋取諸夬。」《易．下繫辭》：「上古結繩而治，後世聖人易之以書契。」鳥迹謂書契也，〈情采篇〉：「鏤心鳥跡之中。」

24. 《左傳．昭公十二年》：「楚左史倚相能讀《三墳》、《五典》、《八索》、《九丘》。」杜預注曰：「皆古書名。」《正義》云：「孔安國〈尚書序〉云：『伏義、神農、黃帝之書，謂之《三墳》，言大道也。』

《周禮・外史》掌三皇五帝之書。鄭玄云：『楚靈王所謂《三墳》、《五典》是也。』賈逵云：『《三墳》，三皇之書。』張平子說：『三墳三禮，禮為大防。書曰：誰能典朕三禮。三禮，天地人之禮也。』馬融說：『三墳三氣，陰陽始生天地人之氣也。』此諸家者各以意言，無正驗，杜所不信，故云皆古書名。」

25. 《論語・泰伯篇》：「子曰：大哉堯之為君也，……煥乎其有文章。」何晏《集解》曰：「煥，明也，其立文垂制又著明。」

26. 《夏書・益稷篇》：「帝乃歌曰：股肱喜哉！元首起哉！百工熙哉！」

27. 《堯典》：「敷奏以言。」《偽孔傳》云：「敷，陳；奏，進也。諸侯四朝各使陳進治禮之言。」黃先生曰：「案彥和以元首載歌，益稷陳謨，屬之文章，則文章不用禮文之廣誼。」

28. 黃先生曰：「案業績同訓功，峻鴻皆訓大，此句位字殊違常軌。」〈偽大禹謨〉：「禹曰：於，帝念哉！德惟善政，政在養民。水、火、金、木、土、穀，惟修；正德、利用、厚生，惟和。九功惟敘，九敘惟歌。戒之用休，董之用威，勸之以九歌，俾勿壞。」

29. 鄭玄《詩譜・序》：「邇及商王，不風不雅。」《正義》曰：「商亦有風雅，今無商風雅，唯有其頌，是周世棄而不錄。故云『近及商王，不風不雅』，言有而不取之。」

30. 《周易正義・序》：「卦辭爻辭並是文王所作。知者，案〈繫辭〉云：「《易》之興也，其於中古乎？」「作《易》者其有憂患乎？」又曰：「《易》之興也，其當殷之末世，周之盛德邪？當文王與紂之事邪？」準此諸文，伏羲制卦，文王繫辭，孔子作十翼，故史遷云：文王囚而演《易》。」

31. 《尚書・金縢》：「乃元孫不若旦多材多藝。」據《毛詩・豳風・七月・序》，〈七月〉周公所作；據《尚書・金縢》，〈鴟鴞〉周公所作；據《國語・周語上》，〈時邁〉亦周公所作；故彥和云「剬詩緝頌」也。《尚書大傳》：「周公攝政六年，制禮作樂，」此斧藻群言也。李詳〈文心雕龍黃注補正〉云：「紀文達云：『剬字即剸字。說文訓為齊，言切割而使之齊，與詩義無涉。古帖制字多書為剬，此剬字疑為制字之

訛。《史記・五帝本紀》：「依鬼神以剬義。」注曰：「剬有制義。」是三字相亂已久，不必定用本訓也。』詳案張守節《史記正義・論字例》云：「制字作剬，緣古少字，通共用之，《史》、《漢》本有此古字者，乃為好本。」據此，剬即制字。既不可依《說文》訓剬為齊；亦不必辨制剬相似之譌也。」李說亦未甚諦。錢大昕《三史拾遺》謂制篆作[篆字]，隸變作剬，字又譌作制；唐人不明小學，誤以剬為制之古字。案錢說是也。《法言・學行篇》：「吾未見好斧藻其德，若斧藻其楶者也。」

32. 《孟子・公孫丑》：「自生民以來，未有盛於孔子也。」又〈萬章〉：「孔子之謂集大成。集大成也者，金聲而玉振之也。」《論語・八佾》：「儀封人出曰：天將以夫子為木鐸。」孔安國注曰：「木鐸施政教時所振也。言天將命孔子制作法度以號令於天下。」《易・上繫辭》：「子曰：君子居其室，出其言善則千里之外應之。」《禮記・儒行篇》：「孔子曰：儒有席上之珍以待聘。」

33. 《左傳・僖公二十一年》：「任宿、須句、顓臾，風姓也，實司太皞與有濟之祀。」《禮記・月令・正義》引《帝王世紀》云：「太皞帝庖犧氏，風姓也。」紀評云：「玄聖當指伏羲諸聖，若指孔子，於下句為複。」

34. 杜預《春秋左氏傳・序》：「說者以仲尼自衛反魯，脩《春秋》，立素王。」《正義》曰：「孔子自以身為素王，故作《春秋》立素王之法，漢魏諸儒，皆為此說。」玄聖一作元聖，非是，玄聖與素王並舉，見《莊子・天道篇》。又《春秋演孔圖》輯本，說孔子母徵在感黑帝而生，故曰玄聖。

35. 孫君蜀丞曰：「輝當作揮，《御覽》引正作揮，當據正。」又曰：「無涯與不匱義近，不當改作滯也。《御覽》引此文亦作涯，不作滯，未知所據。」《易・上繫辭》：「鼓天下之動者存乎辭。」韓康伯注曰：「辭，爻辭也。」《正義》曰：「謂觀辭以知得失也。」

36. 本書〈頌贊篇〉云：「贊者，明也，助也。」案《周禮》〈州長〉、〈充人〉、〈大行人〉注皆曰：「贊，助也。」《易・說卦傳》云：「幽贊於神明而生蓍。」韓康伯注曰：「贊，明也。」此彥和說所本，《說文》無讚字，自以作贊為是。

37.《荀子・解蔽篇》引《道經》曰：「人心之危，道心之微。」枚賾采此文入〈偽大禹謨〉，改兩之字為惟字。彥和時不知《古文尚書》偽造，故用其語。

【附錄】

《易・乾・文言》

元者，善之長也；亨者，嘉之會也；利者，義之和也；貞者，事之幹也。君子體仁足以長人，嘉會足以合禮，利物足以和義，貞固足以幹事。君子行此四德者，故曰乾，元亨利貞。初九曰潛龍勿用；何謂也？子曰：「龍德而隱者也。不易乎世，不成乎名。遯世无悶，不見是而无悶。樂則行之，憂則違之，確乎其不可拔潛龍也。」九二曰見龍在田，利見大人；何謂也？子曰：「龍德而正中者也。庸言之信，庸行之謹，閑邪存其誠，善世而不伐，德博而化。《易》曰見龍在田，利見大人，君德也。」九三曰君子終日乾乾，夕惕若厲，无咎；何謂也？子曰：「君子進德修業。忠信所以進德也；修辭立其誠，所以居業也。知至至之，可與幾也；知終終之，可與存義也。是故居上位而不驕，在下位而不憂，故乾乾因其時而惕，雖危无咎矣。」九四曰或躍在淵，无咎；何謂也？子曰：「上下无常，非為邪也；進退无恆，非離羣也，君子進德修業，欲及時也。故无咎。」九五曰飛龍在天，利見大人；何謂也？子曰：「同聲相應，同氣相求，水流濕，火就燥，雲從龍，風從虎，聖人作而萬物覩。本乎天者親上，本乎地者親下，則各從其類也。」上九曰亢龍有悔；何謂也？子曰：「貴而无位，高而无民，賢人在下位而无輔，是以動而有悔也。」潛龍勿用，下也。見龍在田，時舍也。終日乾乾，行事也。或躍在淵，自試也。飛龍在天，上治也。亢龍有悔，窮之災也。乾元用九，天下治也。潛龍勿用，陽氣潛藏。見龍在田，天下文明。終日乾乾，與時偕行。或躍在淵，乾道乃革。飛龍在天，乃位乎天德。亢龍有悔，與時偕極。乾元用九，乃見天則。乾元者，始而亨者也。利貞者，性情也。乾始能以美利利天下，不言所利，大矣哉。大哉乾

乎！剛健中正，純粹精也；六爻發揮，旁通情也；時乘六龍，以御天也；雲行雨施，天下平也。君子以成德為行，日可見之行也。潛之為言也，隱而未見，行而未成，是以君子弗用也。君子學以聚之，問以辯之，寬以居之，仁以行之。《易》曰見龍在田，利見大人，君德也。九三重剛而不中，上不在天，下不在田，故乾乾因其時而惕，雖危无咎矣。九四重剛而不中，上不在天，下不在田，中不在人，故或之。或之者，疑之也，故无咎。夫大人者，與天地合其德，與日月合其明，與四時合其序，與鬼神合其吉凶，先天而天弗違，後天而奉天時；天且弗違，而況於人乎？況於鬼神乎？亢之為言也，知進而不知退，知存而不知亡，知得而不知喪。其惟聖人乎！知進退存亡而不失其正者，其惟聖人乎！

《易・坤・文言》

坤至柔而動也剛，至靜而德方，後得主而有常，含萬物而化光。坤道其順乎！承天而時行。積善之家必有餘慶，積不善之家必有餘殃。臣弒其君，子弒其父，非一朝一夕之故，其所由來者漸矣，由辯之不早辯也。《易》曰履霜堅冰至，蓋言順也。直其正也，方其義也。君子敬以直內，義以方外，敬義立而德不孤，直方大不習，无不利，則不疑其所行也。陰雖有美含之，以從王事，弗敢成也，地道也，妻道也，臣道也。地道无成而代有終也，天地變化，草木蕃，天地閉，賢人隱。《易》曰括囊无咎无譽，蓋言謹也。君子黃中通理，正位居體，美在其中而暢於四支，發於事業，美之至也。陰疑於陽必戰，為其嫌於无陽也，故稱龍焉；猶未離其類也，故稱血焉。夫玄黃者，天地之雜也，天玄而地黃。

阮元著〈文言說〉，雖不足以盡文章之封域，而頗有見於文章之原始。錄其文如下：（《揅經室三集》二）

〈文言說〉

古人無筆硯紙墨之便，往往鑄金刻石，始傳久遠；其著之簡策者，亦有漆書刀削之勞，非如今人下筆千言，言事甚易也。許氏《說文》：「直言曰言，論難曰語。」《左傳》曰：「言之無文，行之不遠。」此何也？古人以簡策傳事者少，以口舌傳事者多，以目治事者少，以口耳治事者多。故同為一言，轉相告語，必有愆誤，是必寡其詞，協其音，以文其言，使人易於記誦，無能增改；且無方言俗語，雜於其間，始能達意，始能行遠。此孔子於《易》所以著〈文言〉之篇也。古人歌詩箴銘諺語，凡有韻之文，皆此道也。《爾雅・釋訓》主於訓蒙，子子孫孫以下，用韻者三十二條，亦此道也。孔子於乾坤之言，自名曰文，此千古文章之祖也。為文章者，不務協音以成韻，修詞以達遠，使人易誦易記，而惟以單行之語，縱橫恣肆，動輒千言萬字，不知此乃古人所謂直言之言，論難之語，非言之有文者也，非孔子之所謂文也。〈文言〉數百字，幾於句句用韻。孔子於此，發明乾坤之蘊，詮釋四德之名，幾費修詞之意，冀達意外之言。要使遠近易誦，古今易傳，公卿學士皆能記誦。以通天地萬物，以警國家身心。不但多用韻，抑且多用偶。即如「樂行憂違」偶也，「長人合禮」偶也，「和義幹事」偶也，「庸言庸行」偶也，「閑邪善世」偶也，「進德修業」偶也，「知至知終」偶也，「上位下位」偶也，「同聲同氣」偶也，「水溼火燥」偶也，「雲龍風虎」偶也，「本天本地」偶也，「无位无民」偶也，「勿用在田」偶也，「潛藏文明」偶也，「道革位德」偶也，「偕極天則」偶也，「隱見行成」偶也，「學聚問辨」偶也，「寬居仁行」偶也，「合德合明」、「合序合吉凶」偶也，「先天後天」偶也，「存亡得喪」偶也，「餘慶餘殃」偶也，「直內方外」偶也，「通理居體」偶也，凡偶皆文也。於物兩色相偶而交錯之，乃得名曰文，文即象其形也。然則千古之文，莫大於孔子之言《易》。孔子以用韻比偶之法錯綜其言，而自名曰文，何後人之必欲反孔子之道，而自命曰文，且尊之曰古也！

阮氏尚有〈書梁昭明太子文選序後〉，亦推闡其說。又其子福有〈文筆對〉，〈文筆對〉見下〈總術篇〉。茲節錄書後於下：（見《揅經室三集》二）

〈書梁昭明太子文選序後〉

昭明所選，名之曰文，蓋必文而後選也，非文則不選也。經也，史也，子也，皆不可專名之為文也。故昭明《文選．序》後三段特明其不選之故，必沈思翰藻，始名之為文，始以入選也。或曰：昭明必以沈思翰藻為文，於古有徵乎？曰：事當求其始，凡以言語著之簡策，不必以文為本者，皆經也，史也，子也。言必有文，專名之曰文者，自孔子《易．文言》始。傳曰：「言之無文，行之不遠。」故古人言貴有文。孔子〈文言〉，實為萬世文章之祖，此篇奇偶相生，音韻相和，如青白之成文，如咸韶之合節，非清言質說者比也，非振筆縱書者比也，非詰屈澀語者比也。是故昭明以為經也，史也，子也，非可專名之為文也；專名為文，必沈思翰藻而後可也。自齊梁以後，溺於聲律，彥和《雕龍》，漸開四六之體，至唐而四六更卑，然文體不可謂之不卑，而文統不得謂之不正。自唐宋韓蘇諸大家，以奇偶相生之文為八代之衰而矯之，於是昭明所不選者，反皆為諸家所取，故其所著者非經即子，非子即史，求其合於昭明序所謂文者鮮矣。……如必以比偶非文之古者而卑之，則孔子自名其言曰文者，一篇之中，偶句凡四十有八，韻語凡三十有五，豈可以為非文之正體而卑之乎？

徵聖第二 1

夫作者曰聖，述者曰明[2]，陶鑄性情，功在上哲[3]，夫子文章，可得而聞[4]，則聖人之情，見乎文辭矣（孫云唐寫本無文字）[5]。先王聖化（孫云唐寫本作聲教），布在方冊[6]；夫子風采（孫云唐寫本作文章），溢於格言[7]。是以遠稱唐世，則煥乎為盛；近褒周代，則郁哉可從[8]。此政化貴文之徵也。鄭伯入陳，以文（一作立鈴木云案諸本作立燉煌本亦作立）辭為功[9]；宋置折俎，以多文（元作方孫改鈴木云案諸本文作方燉煌本作文）舉禮[10]：此事蹟（孫云唐寫本作績）貴文之徵也[11]。褒美子產，則云言以足志，文以足言；泛論君子，則云情欲信，辭欲巧[12]：此修身貴文之徵也。然則志（元作忠謝改趙云唐寫本正作志）足而（孫云唐寫本作以）言文，情信而辭巧，迺含章之玉牒，秉文之金科矣[13]。夫鑒周（鈴木云岡本周作同）日月，妙極機（疑作幾鈴木云案燉煌本作機）神[14]；文成規矩，思合符契；或簡言以達旨，或博文以該情，或明理以立體，或隱義以藏用[15]。故春秋一字以褒貶[16]，喪服舉輕以包（孫云唐寫本作苞）重[17]，此簡言以達旨也。邠詩聯章以積句[18]，儒行縟說以繁辭（孫云唐寫本作詞）[19]，此博文以該情也。書契斷決（孫云唐寫本作決斷）以象夬[20]，文章昭晰（譚校晰作哲）以象（孫云唐寫本作効）離[21]，此明理以立體也。四象精義以曲隱[22]，五例微辭以婉晦[23]，此隱義以藏用也。故知繁略殊形（孫云唐寫本形作制），隱顯異術，抑引隨時，變通會適（孫云唐寫本會適作適會）[24]，徵之周孔，則文有師矣。

是以子（元脫楊補）政論文，必徵於聖；稚圭勸學（四字元脫楊補），必宗於經（是以子政論文四句孫云唐寫本作是以論文必徵於聖窺聖必宗於經）[25]。易稱辨物正言，斷辭（孫云唐寫本作詞）則備[26]；書云辭尚體要，弗惟好異（孫云唐寫本弗作不惟作唯）[27]。故知正言所以

立辯（孫云唐寫本本作辨），體要所以成辭；辭成（孫云唐寫本成下有則字）無好異之尤，辯立有斷辭之義（孫云唐寫本辯作辨立下有則字義作美）。雖精義曲隱，無傷其正言；微辭婉晦，不害其體要。體要與微辭偕通，正言共精義並用；聖人之文章，亦可見也。顏闔以為仲尼飾羽而畫，徒（莊子作從鈴木云梅本校注同）事華辭（孫云唐寫本作詞）。雖欲訾聖（訾字一作此言二字誤鈴木云燉煌本作訾一字），弗可得已（孫云唐寫本弗作不已作也）[28]。然則聖文之雅麗，固銜華而佩實者也。天道難聞，猶（孫云唐寫本猶作且）或鑽仰，文章可見，胡寧（孫云唐寫本胡寧作寧曰）[29]勿思？若（孫云唐寫本無若字）徵聖立言，則文其庶矣。

贊曰：妙極生知，睿（孫云唐寫本作叡）哲惟宰。精理為文，秀氣成采。鑒懸日月，辭富山海。百齡影徂，千載心在。

【注釋】

1. 徵，驗也，謂驗之于聖人遺文也。揚雄《法言．學行篇》：「學者審其是而已矣。或曰焉知是而習之？曰視日月而知眾星之蔑也，仰聖人而知眾說之小也。」又〈吾子篇〉：「好書而不要諸仲尼，書肆也；好說而不要諸仲尼，說鈴也。」彥和此篇所稱之聖，指周公、孔子。

2. 《禮記．樂記》：「故知禮樂之情者能作，識禮樂之文者能述，作者之謂聖，述者之謂明。明聖者，述作之謂也。」

3. 《荀子．性惡篇》：「凡所貴堯禹君子者，能化性，能起偽。偽起而生禮義，然則聖人之於禮義積偽，亦猶陶埏而生之也。」《法言．學行篇》：「或曰：人可鑄與？曰：孔子鑄顏淵矣。」又：「螟蠕之子殪而逢蜾蠃，祝之曰：『類我，類我。』久則肖之矣。速哉七十子之肖仲尼也。」彥和謂仲尼陶鑄性情之功效，見於顏淵及七十子之徒，而其文章則後世尚可得而聞也。孫君蜀丞云：「《北史．常爽傳》，仁義者人之性也，經典者身之文也，皆以陶鑄神情，啓悟耳目。」

4. 《論語・公冶長篇》：「子貢曰：夫子之文章，可得而聞也。」《邢昺疏》曰：「子貢言夫子之述作威儀禮法，有文彩，形質著明，可以耳聽目視，依循學習，故可得而聞也。」

5. 《易・下繫辭》：「聖人之情見乎辭。」唐寫本無文字。案文謂文章，辭謂言辭。義有廣狹，似不可删，循繹語氣，亦應有文字。

6. 《禮記・中庸篇》：「哀公問政。子曰：文武之政，布在方策。」《正義》云：「言文王武王為政之道，皆布列在於方牘簡策。」

7. 《論語比考讖》：「格言成法，亦可以次序也。」（《文選》潘岳〈閒居賦〉注，又沈約〈奏彈王源〉注引）《家語・五儀篇》：「口不吐訓格之言。」注：「格，法也。」格言即《莊子・人間世》之法言。彼文曰：「故法言曰：傳其常情，无傳其溢言。」溢有充滿義，彥和殆本《莊子》而變其語用之。

8. 《論語・八佾篇》：「子曰：周監於二代，郁郁乎文哉！吾從周。」孔安國注曰：「監，視也。言周文章備於二代，當從之。」

9. 《左傳・襄公二十五年》：「仲尼稱子產曰：志有之，言以足志，文以足言。不言誰知其志？言之無文，行而不遠。晉為伯鄭入陳，非文辭不為功，慎辭也。」杜注：「足猶成也。」

10. 《左傳・襄公二十七年》：「宋人享趙文子，司馬置折俎，禮也。仲尼使舉是禮也，以為多文辭。」杜注：「折俎體解節折，升之於俎，合卿享宴之禮。」《正義》曰：「此文甚略，本意難知。蓋於此享也，賓主多有言辭，時人跡而記之；仲尼以為此享多文辭，以文辭可為法，故特使弟子記錄之。」

11. 蹟唐寫本作績，是。《爾雅・釋詁》：「績，功也。」

12. 《禮記・表記篇》：「子曰：情欲信，辭欲巧。」鄭注曰：「巧謂順而說也。」《正義》曰：「辭欲巧者言君子情貌欲得信實，言辭欲得和順美巧。不違逆於理，與巧言令色者異也。」

13. 含章王弼訓為含美，此所云含章，猶言秉文耳。《文選》揚雄〈劇秦美新〉：「金科玉條。」李善注曰：「金科玉條，謂法令也。」玉牒猶言玉條。紀評云：「言金玉，貴之也。」

14. 《易．上繫辭》：「陰陽之義配日月。」鑒周日月，猶言窮極陰陽之道。機當作幾。《易．上繫辭》：「唯幾也，故能成天下之務；唯神也，故不疾而速，不行而至。」韓康伯注云：「適動微之會則曰幾。」

15. 《易．上繫辭》：「顯諸仁，藏諸用。」《正義》曰：「藏諸用者，謂潛藏功用，不使物知，是藏諸用也。」

16. 范甯《春秋穀梁傳．序》：「一字之褒，寵踰華袞之贈；片言之貶，辱過市朝之撻。」杜預《春秋左氏傳．序》：「《春秋》雖以一字為褒貶，然皆須數句以成言。」《正義》曰：「杜欲盛破賈服一字，故舉多言之。」

17. 黃注曰：「如舉緦不祭，則重於緦之服，其不祭不言可知；舉小功不稅，則重於小功者，其稅可知，皆語約而義該也。」案：「緦不祭」見《禮記．曾子問篇》；「小功不稅」見《禮記．檀弓篇》。鄭注曰：「日月已過，乃聞喪而服曰稅，大功以上然，小功輕不服。」

18. 《說文》：「邠，周大王國。」「豳，美陽亭即豳也。」段玉裁注曰：「經典多作豳，惟《孟子》作邠。」此云〈邠詩〉，當指〈豳風．七月篇〉。〈七月〉一篇八章，章十一句，風詩之最長者。

19. 據《禮記．儒行篇》鄭注，則孔子所舉十有五儒，加以聖人之儒為十六儒也。

20. 《易．下繫辭》：「上古結繩而治，後世聖人易之以書契，百官以治，萬民以察，蓋取諸夬。」韓康伯注曰：「夬決也。書契所以決斷萬事也。」

21. 《易．離卦．彖辭》：「離，麗也。」離為日為火，皆文明之象。陳壽祺《左海經辨．晢晳辨》曰：「《說文．白部》：『晳，人白色也。』〈日部〉：『晢，昭晰，明也。從日，折聲。』《玉篇》中：『晰之逝切，晢晰並同上。』晢晳二字判然。今經典相沿，往往互亂。且晢誤為晳，晳則字書所無，不可用。」

22. 《易．上繫辭》：「易有四象，所以示也。」《正義》引莊氏曰：「四象謂六十四卦之中，有實象，有假象，有義象，有用象，為四象也。」案〈原道篇〉：「乾坤兩位，獨制〈文言〉。」彥和同莊氏說，則本篇所云四象精義以曲隱，當即指此。

23. 杜預《春秋左氏傳．序》：「為例之情有五：一曰微而顯；二曰志而晦；三曰婉而成章；四曰盡而不汙；五曰懲惡而勸善。」

24. 作適會是。《易．下繫辭》：「唯變所適。」韓康伯注曰：「變動貴於適時，趣舍存乎其會也。」黃叔琳曰：「繁簡隱顯，皆本乎經。後來文家，偏有所尚，互相排擊，殆未尋其源。紀評八字精微，所謂文無定格，要歸於是。」

25. 唐寫本作：「是以論文必徵於聖，窺聖必宗於經。」趙君萬里曰：「案唐本是也，黃本依楊校，改上補子字，必宗於經句上，補稚圭勸學四字，臆說非是。」

26. 《易．下繫辭》：「開而當名，辨物正言，斷辭則備矣。」韓康伯注曰：「開釋爻卦，使各當其名也，理類辨明，故曰斷辭也。」

27. 《尚書．偽畢命》：「政貴有恒，辭尚體要，不惟好異。」《偽孔傳》曰：「辭以體實為要，故貴尚之。若異於先王，君子所不好。」

28. 《莊子．列禦寇》：「魯哀公問於顏闔曰：吾以仲尼為貞幹，國其有瘳乎？曰：殆哉圾乎！仲尼方且飾羽而畫，從事華辭，以支為旨，……夫何足以上民。」

29. 胡寧猶言何乃。

宗經第三

三極彝訓[1]，其書言經（趙云言作曰御覽六百八引言亦作曰）[2]。經也者，恒久之至道，不刊之鴻教也[3]。故象天地，效（孫云唐寫本作効）鬼神，參物序，制人紀，洞性靈之奧區（孫云唐寫本作區奧），極文章之骨髓者也[4]。皇世三墳，帝代五典，重以八索，申以九邱[5]，歲歷緜曖，條流紛糅，自夫子刪述，而大寶咸（一作啓趙云咸作啓御覽引此文亦作啓）耀[6]。於是易張十翼[7]，書標七觀[8]。詩列四始[9]，禮正五經[10]，春秋五例[11]，義既極（趙云御覽引作埏）乎性情，辭亦匠於文理[12]，故能開學養正，昭明有融[13]。然而道心惟微，聖謨（元作謀改謨顧校作謀鈴木云王本作謀）卓絕，牆宇重峻，而（孫云唐寫本無而字）吐納自（孫云明抄本御覽六百八引自作者）深。譬萬鈞之洪鍾（鈴木云閔本作鐘），無錚錚之細響矣[14]。

夫易惟談天（夫字從御覽增）[15]，入（一作人從御覽改鈴木云案諸本作人燉煌本作入）神致用[16]。故繫稱旨遠辭文（元作高孫改孫云唐寫本作高），言中事隱[17]，韋編三絕，固（孫云唐寫本作故）哲人之驪淵也[18]。書實記（孫云唐寫本作紀）言[19]，而訓詁（孫云唐寫本訓詁作詁訓譚校作詁訓）茫昧，通乎爾雅，則文意曉然[20]。故子夏歎書，昭昭若日月之明（孫云唐寫本明上有代字），離離如星辰之行（孫云唐寫本行上有錯字），言昭（孫云唐寫本作照）灼也[21]。詩主（孫云唐寫本作之）言志，詁訓（孫云御覽作訓詁）同書[22]，摛風裁興，藻辭譎喻[23]，溫柔在（顧云在作莊）誦，故（孫云御覽引此無故字）最附深衷矣[24]。禮以（一作貴）立體（一本下有宏用二字鈴木云案諸本作禮記立體宏用黃注貴疑記誤岡本宏作弘嘉靖本體下無宏用二字），據事剬（孫云唐寫本剬作制）範，章條纖曲，執而後顯，採掇生（疑作片孫云唐寫本作片）言，莫非寶也[25]。春秋辨理（四句一十六字元脫朱按御覽補），一字見義[26]，五石六鷁（孫云御覽作鶂），以詳略（孫云御覽作備）成文[27]；雉門兩觀，以先後顯旨[28]；其（孫云御覽無其字）婉章志晦，諒以（孫云御覽作源已唐寫本以作已）邃矣[29]。尚書則覽文如詭，而尋理即（孫云御覽作則）

暢；春秋則觀辭立曉，而訪義方隱。此聖人（孫云唐寫本人作文）之（孫云御覽無之字）殊致，表裏之異體者也[30]。

至根柢槃深（孫云唐寫本作至於根柢盤固），枝葉峻茂，辭約而旨豐，事近而喻遠，是以往者雖舊，餘（孫云唐寫本餘上有而字）味日新，後進追取而非晚（元作曉），前修文（一作運孫云唐寫本文作久）用而未先[31]，可謂太山徧雨，河潤千里者也[32]。

故論說辭序，則易統其首（一作旨鈴木云梅本首作旨嘉靖本燉煌本作首）；詔策章奏，則書發其源；賦頌謌讚，則詩立其本；銘誄箴祝，則禮總其端；紀傳銘（朱云當作移孫云唐寫本紀作記銘作盟）檄，則春秋為根[33]；並窮高以樹表，極遠以啓疆，所以百家騰躍，終入環內者也（孫云唐寫本無者也二字）[34]。若稟經以製式，酌雅以富言，是仰（孫云唐寫本仰作即）山而鑄銅，煮海而為鹽也（孫云唐寫本也上有者字）[35]。故文能宗經，體有六義：一則情深而不詭，二則風清而不雜，三則事信而不誕，四則義直（孫云唐寫本直作貞）而不回，五則體約而不蕪，六則文麗而不淫。揚子（孫云唐寫本揚上有故字鈴木云岡本王本嘉靖本揚並從木不從手）比雕玉以作器，謂五經之含文也[36]。夫文以行立，行以文傳，四教所先，符采相濟，勵（孫云唐寫本勵作邁）德樹聲[37]，莫不師聖；而建言修辭（孫云唐寫本作詞），鮮克宗經。是以楚豔漢侈，流弊不還，正末（孫云唐寫本作極正）歸本，不其懿歟[38]！

贊曰：三極彝道，訓深稽古（鈴木云案三極彝訓已見正文此道訓二字疑錯置）。致化歸（孫云唐寫本作惟）一，分教斯五。性靈鎔匠，文章奧府。淵哉鑠乎！群言之祖。

【注釋】

1. 《易．上繫辭》：「六爻之動，三極之道也。」韓康伯注曰：「三極，三材也。」《正義》曰：「六爻遞相推動而生變化，是天地人三才至極之道。」彝訓猶言常訓。
2. 唐寫本言作曰：是。
3. 《白虎通論．五經象五常》：「經所以有五，何？經，常也。有五常之道，故曰五經。」陳立《疏證》：「《孔叢子．執節篇》：『經者，取其可常也。可常則為經矣。』《詩．小旻》：『匪大猷是經。』《毛傳》：『經，常也。』《韓詩外傳》引《孟子》云：『常之為經。』經有五，常亦有五，故為有五常之道也。」《釋名．釋典藝》：「經，徑也，如徑路無所不通，可常用也。」《說文》：「經，織從絲也。」段玉裁注云：「織之從絲謂之經，必先有經而後有緯，是故三綱五常六藝謂之天地之常經。」竊疑訓經為常，或是後起之義。《國語．吳語》：「十行一嬖大夫，建旌提鼓，挾經秉枹。十旌一將軍，載常建鼓，挾經秉枹。」韋昭注曰：「在掖曰挾，經兵書也。」此文下有「王乃秉枹親就鳴鐘鼓丁寧錞于振鐸，勇怯盡應，三軍皆譁釦以振旅，其聲動天地。」吳王此戰本欲虛聲驚敵，故初則擁鐸挾經，恐其有聲，及後驟發巨聲震動天地，晉師乃大駭，所挾之經決非兵書，為理至明。疑經乃金之假字，丁寧錞于之屬耳。經金既可通假，疑六經之經，本呼為金。古人凡巨典寶訓，或鑄鐘鼎，或書金策，口曰金口，聲曰金聲。孔門弟子尊夫子刪定之書，稱之曰金，其後假經為金，而本義遂湮沒不著。（經金韻部不同，而聲類則同，但別無左證，故附於此以當妄說。）
4. 《禮記．禮運》：「孔子曰：是故夫禮必本於天，殽於地，列於鬼神，達於喪祭射御冠昏朝聘。」《釋文》：「殽戶教切，法也。」此殆彥和說所本。奧區見《文選．西京賦》。《漢書．禮樂志》：「夫樂本性情，浹肌膚而臧骨髓。」
5. 《左傳．昭公十二年．正義》：「孔安國《尚書．序》云：『伏犧、神農、黃帝之書謂之《三墳》，言大道也。少昊、顓頊、高辛、唐虞之書謂之《五典》，言常道也。八卦之說，謂之《八索》，求其義也。九州之志，謂之《九邱》，邱，聚也，言九州所有，土地所生，風氣所宜，皆聚此書也。』賈逵云：『《三墳》三皇之書，《五典》五帝之典，《八索》八王之法，《九邱》九州亡國之戒。』」彥和此語，用偽孔安國《尚書．序》義。

6. 《易．下繫辭》：「聖人之大寶曰位。」此云大寶，與〈繫辭〉義無涉。

7. 十翼見〈原道篇〉注19。

8. 《尚書大傳》：「孔子曰：六誓（〈甘誓〉、〈湯誓〉、〈泰誓〉、〈牧誓〉、〈費誓〉、〈秦誓〉。）可以觀義，五誥（〈酒誥〉、〈召誥〉、〈洛誥〉、〈大誥〉、〈康誥〉。〈商書．湯誥〉係東晉續出之偽古文，故《大傳》僅云五誥。）可以觀仁，〈甫刑〉可以觀誡，〈洪範〉可以觀度，〈禹貢〉可以觀事，〈皐陶〉可以觀治，〈堯典〉可以觀美。」案七觀所屬之篇，皆在伏生二十九篇內，若信為孔子之語，何以不及百篇，疑此為伏生傳益之言，非今古文之通說也。

9. 《毛詩．序》：「是以一國之事，繫一人之本，謂之風。言天下之事，形四方之風，謂之雅。雅者正也，言王政之所由廢興也。政有小大，故有小雅焉，有大雅焉。頌者，美盛德之形容，以其成功告於神明者也。是謂四始，詩之至也。」《鄭箋》云：「始者，謂王道興衰之所由也。」案四始之義，當以此為準。其《史記孔子世家》之「〈關雎〉之亂，以為風始，〈鹿鳴〉為小雅始，〈文王〉為大雅始，〈清廟〉為頌始。」《詩大序．正義》所引《氾歷樞》：「〈大明〉在亥，水始也；〈四牡〉在寅，木始也；〈嘉魚〉在巳，火始也；〈鴻雁〉在申，金始也。」皆今文家說，不足據。

10. 《禮記．祭統》：「凡治人之道，莫急於禮；禮有五經，莫重於祭。」鄭注：「禮有五經，謂吉禮、凶禮、賓禮、軍禮、嘉禮也。」

11. 五例見〈徵聖篇〉注23。

12. 趙君萬里曰：「唐寫本極作挻。《御覽》六百八引作埏，以下文辭亦匠於文理句例之，則作埏是也。唐本作挻，即埏字之譌。」案趙說是。

13. 《易．蒙卦．彖辭》：「蒙以養正，聖功也。」《正義》曰：「能以蒙昧隱默自養正道，乃成至聖之功。」《毛詩．大雅．既醉》：「昭明有融。」《傳》曰：「融，長也。」

14. 《說文》：「錚，金聲也。」

15. 陳先生曰：「〈宗經篇〉『《易》惟談天』至『表裏之異體者也』二百字，並本王仲宣《荊州文學志》文。」案仲宣文見《藝文類聚》三十八，《御覽》六百八。《文史通義．說林》曰：「著作之體，援引古義，襲用成文，不標所出，非為掠美，體勢有所不暇及也。亦必視其志識之足以自立，而無所藉重於所引之言；且所引者並懸天壤，而吾不病其重見焉，乃可語於著作之事也。」《法言．寡見篇》：「說天者莫辯乎《易》。」

16. 《易．下繫辭》：「精義入神，以致用也。」韓康伯注：「精義物理之微者也，神寂然不動，感而遂通，故能乘天下之微，會而通其用也。」

17. 《易．下繫辭》：「其旨遠，其辭文，其言曲而中，其事肆而隱。」韓康伯注：「變化無恆，不可為典要，故其言曲而中也。其事肆而隱者，事顯而理微也。」《正義》曰：「其旨遠者，近道此事，遠明彼事，是其旨意深遠。其辭文者，不直言所論之事，乃以義理明之，是其辭文飾也。」

18. 《史記．孔子世家》：「孔子晚而喜《易》，讀《易》韋編三絕。」焦循《易圖略》曰：「孔子讀《易》，韋編三絕，非不能解也，正是解得其參伍錯綜之故，讀至此卦此爻，知其與彼卦彼爻相比例，遂檢彼以審之。由此及彼，又由彼及彼，千脈萬絡，一氣貫通，前後互推，端委悉見，所以韋編至於三絕。若云一見不解，讀至千百度，至於韋編三絕乃解，失之矣。」《莊子．列禦寇》：「夫千金之珠，必在九重之淵，而驪龍頷下。」

19. 《漢書．藝文志》：「古之王者，世有史官，君舉必書……左史記言……言為《尚書》。」

20. 《漢書．藝文志》：「《書》者古之號令，號令於眾，其言不立具，則聽受施行者弗曉，古文讀應爾雅，故解古今語而可知也。」王先謙補注引沈欽韓曰：「《大戴．小辯篇》爾雅以觀於古，足以辨言矣。」又引葉德輝曰：「《史記．五帝夏周紀》載《尚書》文，多以訓詁代經，即讀應爾雅也。」

21. 黃注：「《尚書大傳》：『子夏讀《書》畢，見於夫子。夫子問焉：子何為於《書》？子夏對曰：《書》之論事也，昭昭如日月之代明，離離若參辰之錯行，上有堯舜之道，下有三王之義，商所受於夫子，志之於心，不敢忘也。』」郝懿行曰：「子夏歎《書》之言，見《尚書大傳》，而《韓詩外傳》二卷則稱子夏言《詩》，是知《詩》、《書》一揆，詁訓同歸，故曰：《爾雅》者《詩》、《書》之襟帶。」唐寫本明字上有代字，行字上有錯字。《荊州文學志》無代錯二字。

22. 〈詩大序〉：「詩者，志之所之也，在心為志，發言為詩。」《毛詩．周南．關雎．詁訓傳．正義》曰：「詁訓傳者，注解之別名。毛以《爾雅》之作多為釋《詩》……故依《爾雅》詁訓而為《詩》立傳。」

23. 〈詩大序〉：「主文而譎諫，言之者無罪，聞之者足以戒。」

24. 《禮記．經解》：「溫柔敦厚，《詩》教也。」〈鄭風．子衿．傳〉曰：「古者教以詩樂，誦之歌之絃之舞之。」《正義》：「誦之謂背文闇誦之。」故最附深衷矣，〈文學志〉作最稱衷矣。鈴木校勘記：「《四部叢刊》覆嘉靖本故作敢，恐非是。《御覽》、燉煌本無故字。」

25. 《漢書．藝文志》：「《禮》以明體。」《法言．寡見》：「說體者莫辯乎《禮》。」立體猶言明體。《論語．述而》：「《詩》、《書》執《禮》，皆雅言也。」《邢疏》：「《禮》不背誦，但記其揖讓周旋。執而行之，故言執也。」生言唐寫本作片言，是。〈文學志〉亦誤作生言。據事下〈文學志〉無剬範二字。

26. 《法言．寡見篇》：「說理者莫辯乎《春秋》。」一字見義謂《春秋》一字以褒貶。

27. 陳先生曰：「五石六鷁以詳略成文，〈文學志〉略字作備，與《穀梁傳》所云盡其辭合，不當作略字。」臧

琳《經義雜記》：「《說文・鳥部》鶂鳥也，從鳥兒聲。案《春秋・僖十六年》六鷁退飛。《正義》：『鷁字或作鶂。』《釋文》：『六鷁五歷反，本或作鶂，音同。』又《公羊》、《穀梁》、《釋文》皆云『六鷁五歷反』，可證三傳本皆作鶂，與《說文》同。今《公羊注疏》皆作鷁，惟何休六鶂無常，此一字未改。《穀梁注疏》皆作鶂，惟經文六鷁退飛此一字從益。蓋唐時《左傳》已有作鷁者，故後人據以易二傳也。」《春秋・僖公十六年・公羊傳》：「霣石于宋五，六鷁退飛過宋都。曷為先言霣而後言石？記聞，聞其磌然，視之則石，察之則五。曷為先言六而後言鷁？六鷁退飛，記見也。視之則六，察之則鷁。徐而察之，則退飛。」

28. 《公羊傳・定公二年》：「雉門及兩觀災。其言雉門及兩觀災何？兩觀微也。然則曷為不言雉門災及兩觀？主災者兩觀也。主災者兩觀，則曷為後言之？不以微及大也。」

29. 「諒已邃矣」〈文學志〉作「原已邃矣」。婉章志晦者，杜預《春秋左氏傳・序》曰：「二曰志而晦。約言示制，推以知例，參會不地，與謀曰及之類是也。三曰婉而成章，曲從義訓，以示大順，諸所諱避，璧假許田之類是也。」

30. 聖人〈文學志〉作聖文，唐寫本亦作聖文。

31. 唐寫本文作久，是。

32. 《公羊傳・僖公三十一年》：「觸石而出，膚寸而合，不崇朝而徧雨乎天下者，唯泰山爾。海河潤于千里。」

33. 唐寫本紀作記，銘作盟，是。《漢書・藝文志》云：「右史記事，事為《春秋》。」《左傳・僖公九年》葵丘之盟曰：「凡我同盟之人，言歸于好。」

34. 《禮記・樂記》：「夫禮樂之極乎天而蟠乎地，行乎陰陽而通乎鬼神，窮高極遠而測深厚。」《易・上繫辭》：「範圍天地之化而不過。」《漢書・藝文志》：「今異家者，各推所長，窮知究慮，以明其指，雖有蔽短，合其要歸，亦六經之支與流裔。」

35. 仰，唐寫本作即，是。《漢書．貨殖傳》：「即鐵山鼓鑄。」師古曰：「即，就也。」

36. 《法言．寡見篇》：「或曰：良玉不彫，美言不文，何謂也？曰：玉不彫，璵璠不作器；言不文，典謨不作經。」

37. 〈偽大禹謨〉：「皐陶邁種德。」《枚傳》曰：「邁，行也。」今本邁誤作勵，唐寫本不誤。《左傳．文公六年》：「樹之風聲。」《潛夫論．務本篇》：「今學問之士，好語虛無之事，爭著雕麗之文，以求見異於世。品人鮮識，從而高之，此傷道德之實，而惑矇夫之大者也。詩賦者，所以頌善醜之德，洩哀樂之情也。故溫雅以廣文，興喻以盡意。今賦頌之徒，苟為饒辯屈蹇之辭，競陳誣罔無然之事，以索見怪於世。愚夫戇士從而奇之，此悖孩童之思而長不誠之言者也。」

38. 《論語．述而篇》：「子以四教：文、行、忠、信。」

正緯第四[1]

夫神道闡幽，天命微顯[2]，馬龍出而大易興[3]，神龜見而洪範燿（孫云唐寫本作耀）[4]。故繫辭稱河出圖，洛（顧校作雒）出書，聖人則之，斯之（孫云唐寫本作其）謂也。但世夐文隱，好生矯誕（孫云唐寫本誕作託），真雖存矣，偽亦憑焉[5]。

夫六經彪炳，而緯候稠疊[6]；孝（孫云唐寫本作考）論昭晳（元作哲許改顧校作哲），而鉤讖葳蕤[7]，按（孫云唐寫本作酌）經驗緯，其偽有四：蓋緯之成經，其猶織綜，絲麻不雜，布帛乃成[8]；今經正緯奇，倍擿（趙云擿作摘）千里，其偽一矣（顧校作也）[9]。經顯，聖訓也（孫云唐寫本聖作世無也字）；緯隱，神教也（孫云唐寫本無也字）。聖（孫云唐寫本聖作世）訓宜廣，神教宜約；而今（孫云唐寫本無今字）緯多於經，神理更繁，其偽二矣（顧校作也）[10]。有命自天，迺稱符讖，而八十一篇，皆託於孔子，則是堯造綠圖，昌制丹書，其偽三矣（顧校作也）[11]。商周以前，圖籙（孫云唐寫本作綠圖）頻見，春秋之末，群經方備，先緯後經，體乖織綜，其偽四矣（顧校作也）[12]。偽既倍（疑作掊）摘，則義異自明；經足訓矣，緯何豫（趙云豫作預）焉！

原夫圖籙（孫云唐寫本原字無圖籙作綠圖）之見，迺（孫云唐寫本作乃）昊天休命，事以瑞聖，義非配經。故河不出圖，夫子有歎，如或可造，無勞喟然[13]。昔康王河圖，陳於東序[14]，故知前世（孫云唐寫本世作聖）符命，歷代寶傳，仲尼所撰，序錄而已。於是伎（孫云唐寫本作技）數之士，附以詭術，或說陰陽，或序災異，若鳥鳴似語，蟲葉成字[15]，篇條滋蔓，必假（鈴木云燉煌本假作徵）孔氏，通儒討覈，謂（孫云唐寫本謂下有偽字）起哀平，東序祕寶，朱紫亂矣[16]。至於（趙云無於字）光武之世，篤信斯術，風

化所靡，學者比肩，沛獻集緯以通經17，曹褒撰（孫云唐寫本撰作選鈴木云岡本撰作制）讖以定禮18，乖道謬典，亦已甚矣。是以桓譚疾其虛偽19，尹敏戲（疑作爈鈴木云戲字諸本同玉海嘉靖本作戲）其深瑕（孫云唐寫本作浮假）20，張衡發其僻謬21，荀悅明其詭誕（孫云唐寫本誕作託）22，四賢博練，論之精矣。

若乃羲農軒皞之源23，山瀆鍾律之要24，白魚赤烏（孫云唐寫本作雀）之符25，黃金（孫云唐寫本金作銀）紫玉之瑞（元作理孫改）26，事豐奇偉，辭富膏腴，無益經典，而有助文章27。是以後（孫云唐寫本後作古）來辭人，採（孫云唐寫本採作捃）摭英華，平子恐（孫云唐寫本作慮）其迷學，奏令禁絕；仲豫惜其雜真，未許煨燔；前代配經，故詳論焉。

贊曰：榮（孫云唐寫本作采）河溫洛（顧校作雒），是孕圖緯28。神寶藏用，理隱文貴。世歷二漢，朱紫騰沸。芟夷譎詭，糅（孫云唐寫本作採）其雕蔚。

【注釋】

1. 胡應麟《四部正譌》曰：「世率以讖緯並論，二書雖相表裡，而實不同。緯之名所以配經，故自《六經語孝》而外，無復別出，《河圖》、《洛書》等緯皆《易》也。讖之依附六經者，但《論語》有讖八卷，餘不概見。以為僅此一種，偶閱《隋經籍志》，注附見十餘家。乃知凡讖皆託古聖賢以名其書，與緯體制迴別。蓋其說尤誕妄；故隋禁之後永絕。類書亦無從援引，而唐宋諸藏書家絕口不談，以世所少知，附其目於此。《孔老讖》十二卷。《老子河洛讖》一卷。《尹公讖》四卷。《劉向讖》一卷。《雜讖書》二十九卷。《堯戒舜禹》一卷。《孔子王明鏡》一卷。《郭文金雄記》一卷。《王子年歌》一卷。《嵩山道士歌》一卷。又有以緯候並稱者，今惟《尚書中候》見目中，他不可考云。」

右引胡說以明讖緯性質不同。

徐養原〈緯候不起於哀平辨〉（見嚴杰《經義叢鈔》）云：「昔劉彥和箸書，稱『緯有四偽，通儒討覈，謂起哀平』，自爾相沿，俱同此說。按劉熙曰：『緯，圍也，反覆圍繞，以成經也。圖，度也，盡其品度也。讖者，纖也，其義纖微也。』此三者同實異名，然亦微有分別。蓋緯之名，所以配經，故自六經、《論語》《孝經》而外，無復別出，《河圖》、《洛書》等緯皆《易》也。……竊意緯書當起於西京之季，而圖讖則自古有之。《史記·趙世家》：『扁鵲言秦穆公寤而述上帝之言，公孫支書而藏之；秦讖於是出矣。』〈秦本紀〉：『燕人盧生使入海還，以鬼神事因奏錄圖書。』蓋圖讖之名實昉於此。他如三戶之謠，祖龍之語，《史記·大宛傳》：『天子發書易，神馬當從西北來。』大率類是。要之圖讖乃術士之言，與經義初不相涉。至後人造作緯書，則因圖讖而牽合於經義，其於經義，皆西京博士家言，為今文學者也。蓋前漢說經者，好言災異，《易》有京房，《尚書》有夏侯勝，《春秋》有董仲舒，其說頗近於圖讖，著緯書者，因而文飾之。今有《乾鑿度》與孟京《易》學相表裏，卦氣起中孚，《稽覽圖》詳之。張霸偽撰百兩篇，作緯者即造《中候》十八篇以符百二十篇之數。何休注《公羊》，述《演孔圖》於終篇。鄭康成曰：『《公羊》長於讖。』又翼奉曰：『臣學《齊詩》聞五際之要。』其說見於《氾歷樞》。此其緣飾經術之大略也。《易》、《書》、《春秋》言災異者多，故緯書亦多；《詩》、《禮》、《樂》言災異者少，故緯書亦少。既比附經義，必勦襲古語，然後能取信於人。《禮記·經解》引『君子慎始，差若毫釐，謬以千里』，祇稱《易》曰：不稱緯曰：而《通卦驗》有之。《史記·天官書》引『雖有明天子，必視熒惑所在』，祇稱故曰：不稱緯曰：而《春秋文耀鉤》有之。此乃緯書襲用古語，非古人預知緯書而引之也。〈後漢小黃門譙敏碑〉稱：『其先故國師譙贛，深明典奧，讖錄圖緯，能精微天意，傳道與京君明。』蓋東京之世，以緯為內學，而譙京說《易》，流於術數，故遂以明緯推之；其實譙贛時，安得有緯耶？《莊子·天道篇》：『孔子西藏書於周室，繙十二經以說老聃。』其說本屬汗漫，而說者以六經六緯當之，謬矣。迨〈李尋傳〉始有『六經六緯之文』，按尋說王根，在成帝之世，是時緯已萌芽，猶未入祕府，故劉向校書，獨不見錄。以為始於哀平之際，王莽之篡，亦未必然也。夫緯書雖起於西京之末，而書中之說，多本於先儒，故純駁雜陳，精粗互見，談經之士，莫能廢焉。康成之信緯，非信緯也，信其與經義有合者也；《詩》、《禮》注中所引，皆淳確可據，比之何休，特為謹嚴。歐陽永叔欲刪《九經》疏中讖緯之文，幸而其言不行，充其說，將並《大傳》之『河出圖，洛出書』而亦刪之，不但注疏無完本而已。善乎昔人之言曰：『緯書之文，未必盡出妄人之手，其間謬妄雖亦不無，要在學者擇焉而已。』又曰：『緯書起自前漢，去古未遠，彼時學者多見古書，凡為著述，必有所本，不可以其不經而忽之。』斯可謂持平之論矣。」

右引徐說以明緯之起源。

劉申叔先生《國學發微》（見乙巳年《國粹學報》叢談）曰：「自漢武表章六經，罷黜百家，託通經致用之名，在下者視為利祿之途，在上者視為挾持之具。降及王莽，飾奸文過，引經文以濟己私，由是崇古文而抑今文，以古文世無傳書，附會穿鑿，得隨己意所欲為……。降及東漢，讖緯勃興。考《後漢・張衡傳》謂讖緯起於哀平；然《隋書經籍志》則謂西漢之世，緯學盛昌，非始於哀平之際。蓋銅符金匱，萌於周秦，秦俗信巫，雜糅神鬼，公孫枝之受冊書，（見《史記・秦本紀》）陳寶之祀野雞，（見《史記・封禪書》）胡亥之亡秦祚，（見《史記・秦始皇本紀》）孰非圖籙之微言乎？周秦以還，圖籙遺文，漸與儒道二家相雜，入道家者為符籙，入儒家者為讖緯。董劉大儒，競言災異，實為讖緯之濫觴。哀平之間，讖學日熾，而王莽、公孫述之徒，亦稱引符命，惑世誣民。及光武以符籙受命，而用人行政，惟讖緯之是從。由是以讖緯為祕經，頒為功令，稍加貶斥，即伏非聖無法之誅。故一二陋儒，援飾經文，雜糅讖緯，獻媚工諛，雖何鄭之倫，且沉溺其中而莫反。（康成於緯，或稱為傳，或稱為說，且為之作注。）是則東漢之學術，乃緯學昌盛之時代也。夫讖緯之書，雖間有資於經術，然支離怪誕，雖愚者亦察其非；而漢廷深信不疑者，不過援緯書之說，以驗帝王受命之真而使之服從命令耳。上以偽學誣其民，民以偽學誣其上。又何怪賄改漆書接踵而起

乎？（《後漢書·儒林傳》）此偽學所由日昌也。」

右引劉說以明東漢緯學之盛。

緯書自遭隋火，亡佚殆盡，唐時存者，《易緯》而已。宋以後《易緯》亦失傳。清乾隆三十八年，采輯《永樂大典》，得《易緯》全書，多宋以後諸儒所未見。其餘諸緯，散見諸經注疏、《風俗通》、《白虎通》、《漢書·五行志》、《晉書》、《隋書·天文志》、《太平御覽》、《藝文類聚》、《玉海》、《北堂書鈔》、《開元占經》、《初學記》、《文選注》等書徵引不少。輯緯書者有明孫瑴《古微書》，清馬國翰《玉函山房輯佚書》。（清侯官趙在翰亦輯《七緯》。）茲列緯書名目於下：

○一《易緯》八：(1)《乾坤鑿度》(2)《乾鑿度》(3)《稽覽圖》(4)《辨終備》(5)《通卦驗》(6)《乾元序制記》(7)《是類謀》(8)《坤靈圖》（自《乾鑿度》以下均鄭玄注。）

○二《尚書緯》五：(1)《璇璣鈐》(2)《考靈曜》(3)《刑德放》（放一作攷）(4)《帝命驗》(5)《運期授》（五種皆鄭玄注。）

《尚書中候》（十八篇）：(1)〈握河紀〉(2)〈考河命〉(3)〈題期〉(4)〈立象〉(5)〈運衡〉(6)〈勑省圖〉(7)〈苗興〉(8)〈契握〉（亦作〈契握湯〉）(9)〈洛予命〉(10)〈稷起〉(11)〈我應〉(12)〈雒師謀〉(13)〈合符后〉(14)〈擿洛戒〉(15)〈準讖哲〉(16)〈義明〉(17)〈霸免〉(18)〈覬期〉（十八篇皆鄭玄注。）

○三《詩緯》三：(1)《推度災》(2)《氾歷樞》(3)《含神霧》（皆宋均注。）

○四《禮緯》三：(1)《含文嘉》(2)《稽命徵》(3)《斗威儀》（皆宋均注。）

○五《樂緯》三：(1)《動聲儀》(2)《稽耀嘉》(3)《叶圖徵》（皆宋均注。）

○六《春秋緯》十四：(1)《感精符》(2)《文耀鉤》(3)《運斗樞》(4)《合誠圖》(5)《考異郵》(6)《保乾圖》(7)《漢含孳》(8)《佐助期》(9)《握誠圖》(10)《潛潭巴》(11)《說題辭》(12)《演孔圖》(13)《元命苞》(14)《命歷序》

（皆宋均注。）

《春秋內事》（孫瑴曰：「《春秋》、《孝經》各有內事，雖不繫緯讖篇目，而其文辭殊甚龐噩，均有宋均之注，故以為錄。」）

○七《孝經緯》九：⑴《援神契》⑵《鉤命訣》⑶《中契》⑷《左契》⑸《右契》⑹《內事圖》（以上宋均注）⑺《章句》⑻《雌雄圖》⑼《古祕》

○八《論語讖》八：⑴《比考讖》⑵《撰考讖》⑶《摘輔象》⑷《摘衰聖承進讖》⑸《陰嬉讖》⑹《素王受命讖》⑺《糾滑讖》⑻《崇爵讖》（皆宋均注。）

2. 《易．下繫》：「夫《易》彰往而察來，而微顯闡幽。」韓康伯注云：「《易》無往不彰，無來不察，而微以之顯，幽以之闡。闡，明也。」

3. 《禮記．禮運》：「河出馬圖。」鄭注：「馬圖，龍馬負圖而出也。」《正義》引《中候．握河紀》：「伏羲氏有天下，龍馬負圖出於河，遂法之畫八卦。」又引《握河紀》注云：「龍而形象馬。」

4. 《易．上繫》：「河出圖，洛出書，聖人則之。」《正義》引《春秋緯》云：「河以通乾出天苞，洛以流坤吐地符。河龍圖發，洛龜書感。《河圖》有九篇，《洛書》有六篇。孔安國以為《河圖》則八卦是也，《洛書》則九疇是也。」《尚書．洪範》：「天乃錫禹〈洪範〉九疇。」

5. 俞正燮《癸巳類稿．緯書論》：「緯者，古史書也。緯如後世靈臺候，省寺案牘，先儒所采以輔證經義者，皆淳古之文，他或不逮也。」

6. 《說文》：「稠，多也。」《蒼頡篇》：「疊，重也，積也。」

7. 《孝經緯》有《鉤命訣》。《四部正偽》引《鉤命訣》注曰：「天地失序，必有沮泄，用陰陽迻治之也。」孫瑴《古微書》曰：「緯書以命言者，莫如《元命苞》；以鉤言者，莫如《春秋》之《文耀鉤》，《河圖》之《稽耀鉤》。茲撰《孝經緯》，則直言訣矣。」《論語》無緯有讖。《古微書》曰：「《論語》不入經，

亦不立緯，惟讖八卷。」《史記．司馬相如傳》：「紛綸葳蕤。」《索隱》：「亂貌。」

8. 《說文．糸部》：「經，織從絲也。緯，織衡絲也。」段玉裁織字注云：「經與緯相曰織。」玄應《一切經音義》引《三倉》：「綜，理經也。謂機縷持絲交者也。屈繩制經令得開合也。」

9. 孫詒讓《札迻》十二：「今經正緯奇，倍擿千里，倍擿即下文倍擿，字竝與適通。《方言》云：『適，牾也。』（《廣雅．釋詁》同。）郭注云：『相觸迕也。』倍適猶言背迕也。」

10. 唐寫本無兩也字。尋繹語氣兩也字似不可刪。聖字唐寫本皆作世，義亦通。

11. 《尚書中候．握河紀》：「堯修壇河洛，仲月辛日禮備，至於日稷，榮光出河，休氣四塞，白雲起，風回搖，龍馬銜甲，赤文綠地，臨壇止霽，吐甲圖而覺。」

《尚書中候．我應》：「周文王為西伯，季秋之月甲子，赤雀銜丹書入豐鄗止於昌戶，乃拜稽首受最（最要言也。）曰：『姬昌蒼帝子，亡殷者紂也。』」（兩條均錄自《玉函輯佚書》。）

《隋書．經籍志．六藝緯類序》云：

《易》曰：「河出圖，洛出書。」然則聖人之受命也，必因積德累業，豐功厚利，誠著天地，澤被生人，萬物之所歸往，神明之所福饗，則有天命之應。蓋龜龍銜負，出於河洛，以紀易代之徵，其理幽昧，究極神道，先王恐其惑人，祕而不傳。說者又云：孔子既敍六經以明天人之道，知後世不能稽同其意，故別立緯及讖，以遺來世，其書出於前漢，有《河圖》九篇，洛書六篇，（案此即《圖書祕記》，特篇數略異爾。）云自黃帝至周文王所受本文。別有三十篇，云自初起至於孔子，九聖之所增演，以廣其意。又有《七經緯》三十六篇，並云孔子所作，并前合為八十一篇。而又有《尚書中候》、《洛罪級》、《五行傳》、《詩推度災》、《氾歷樞》、《含神霧》、《孝經鉤命決》、《援神契》、《雜讖》等書，漢代有郗氏袁氏說。漢末郎中郗萌集圖緯讖雜占為五十篇，謂之《春秋災異》，宋均、鄭玄並為讖律（案漢律非讖）之注。然其文辭淺俗，顛倒舛謬，不類聖人之旨，相傳疑世人造為之後，或者又加點竄，非其實錄。起王莽好符命，光武以圖讖興，遂盛行於世。漢時又詔東平王蒼正五經章句，皆命從讖。俗儒趨時，益為其學，篇卷第目，轉加增廣。言五經者，皆憑讖為說，唯孔安國、毛公、王璜、賈逵之徒獨非之，相承以為祆妄，亂中庸之典，（案讖緯本非儒家之言，故古文家不道。索隱行怪，子所不述，故曰亂中庸之典。）故因漢魯恭王、河間獻王所得古文參而考之，以成其義，謂之古學。（案此古文家無讖緯之明證。康成兼雜今古，故信緯也。）當世之儒，又非毀之，竟不得行。魏代王肅推引古學，以難其義。王弼、杜預從而明之，自是古學稍立。至宋大明中，始禁圖讖，梁天監以後，又重其制，及隋高祖受禪，禁之踰切。煬帝即位，乃發使四出，搜天下書籍，與讖緯相涉者皆焚之，為吏所糾者至死，自是無復其學。祕府之內，亦多散亡。

12. 圖錄，籙圖，散見緯書中。陶潛《聖賢羣輔錄》引《論語摘輔象》：「天老受天籙。」宋均注：「籙，天教命也。」

13. 《論語．子罕》：「子曰：鳳鳥不至，河不出圖，吾已矣夫！」孔安國曰：「聖人受命，則鳳鳥至，河出圖，今天無此瑞。吾已矣夫者，傷不得見也。」

14. 《尚書．顧命》：「河圖陳於東序。」案河圖與大玉夷玉天球並陳，意者天球如渾天儀之類，河圖如輿地圖之類，雖歷代相傳，不必真是神祕之寶器。

15. 《左傳．襄公三十年》：「鳥鳴於亳社，如曰：嘻！嘻！甲午宋大災，宋伯姬卒。」《漢書．五行志》：「董仲舒以為伯姬如宋五年，宋恭公卒，伯姬幽居守節三十餘年，又憂傷國家之患禍，積陰生陽，故火生災也。」董說謬妄可笑，漢代陰陽災異之說，皆董生開其端也。

《漢書．五行志》：「昭帝時，上林苑中大柳樹斷，仆地，一朝起立生枝葉，有蟲食其葉成文字，曰：公孫病已立。」

16. 《尚書．序．正義》曰：「緯文鄙近，不出聖人，前賢共疑，有所不取，通人考正，偽起哀平。」《正義》之文，蓋本彥和。唐寫本作謂偽起哀平，語意最明。又〈洪範．正義〉：「緯候之書，不知誰作，通人討

覈，謂偽起哀平。」正與唐寫本合。

17. 《後漢書．沛獻王輔傳》：「輔好經書，善說《京氏易》、《孝經》、《論語傳》及圖讖，作《五經論》，時號之曰《沛王通論》。」

18. 《後漢書．曹褒傳》：「褒受命制禮，乃次序禮事，依準舊典，雜以五經讖記之文，撰次天子至於庶人冠婚吉凶終始制度，以為百五十篇。」

19. 《後漢書．桓譚傳》載譚論讖事，錄之如左：是時帝方信讖，多以決定嫌疑。（《方術傳．序》云：「光武尤信讖言，士之赴趣時宜者，皆馳騁穿鑿爭談之也。故王梁孫咸，名應圖籙，越登槐鼎之任。」）譚復上疏曰：「凡人情忽於見事，而貴於異聞，觀先王之所記述，咸以仁義正道為本，非有奇怪虛誕之事。蓋天道性命，聖人所難言也。自子貢以下，不得而聞，況後世淺儒，能通之乎？今諸巧慧小才伎數之人，增益圖書，矯稱讖記，以欺惑貪邪，詿誤人主，焉可不抑遠之哉！臣譚伏聞陛下窮折方士黃白之術，甚為明矣。而乃欲聽納讖記，又何誤也！其事雖有時合，譬猶卜數隻偶之類。陛下宜垂明聽，發聖意，屏羣小之曲說，述五經之正義，略靁同之俗語，詳通人之雅謀。」帝省奏，愈不悅。其後有詔會議靈臺所處。帝謂譚曰：「吾欲讖決之何如？」譚默然良久曰：「臣不讀讖。」帝問其故。譚復極言讖之非經。帝大怒曰：「桓譚非聖無法。」將下斬之。譚叩頭流血，良久乃得解。

20. 《後漢書．儒林．尹敏傳》：「帝以敏博通經記，令校圖讖，使蠲去崔發所為王莽箸錄次比。敏對曰：『讖書非聖人所作，其中多近鄙別字，頗類世俗之辭，恐疑誤後生。』帝不納。敏因其闕文增之曰：『君無口，為漢輔。』帝見而怪之，召敏問其故。敏對曰：『臣見前人增損圖書，敢不自量，竊幸萬一。』帝深非之。」此文所謂戲，即增闕事也。深瑕應作浮假，字形相近而誤。

21. 案平子文檢覈偽跡，至為精當，茲全錄《後漢書》本傳所敘如左：

初，光武善讖，及顯宗、肅宗，因祖述焉。自中興之後，儒者爭學圖緯，兼復附以妖言。衡以圖緯虛妄，非聖人之法，乃上疏曰：

臣聞聖人明審律歷，以定吉凶，重之以卜筮，雜之以九宮，（太乙下行九宮法，見於《乾鑿度》。乙下行自坎始，行四卦而復於甲。又自乾始，終於離。）經天驗道，本盡於此，或觀星辰逆順，寒燠所由，或察龜策之占，巫覡之言，其所因者非一術也。立言於前，有徵於後，故智者貴焉，謂之讖書。讖書始出，蓋知之者寡。自漢取秦，用兵力戰，功成業遂，可謂大事，當此之時，莫或稱讖。若夏侯勝、眭孟之徒，以道術立名其所述者，無讖一言。劉向父子領校秘書，閱定九流，亦無讖錄。（圖書秘記不名讖也。）成哀之後，乃始聞之。《尚書》堯使鯀理洪水，九載績用不成，鯀則殛死，禹乃嗣興。而《春秋讖》云：「共工理水。」凡讖皆云黃帝伐蚩尤，而《詩讖》獨以為蚩尤敗，然後堯受命。《春秋元命苞》中有公輸班與墨翟，事見戰國，非春秋時也。又言別有益州。益州之置，在於漢世，其名三輔諸陵，世數可知。至於圖中訖於成帝，一卷之書，互異數事。聖人之言，埶無若是，殆必虛偽之徒，以要世取資。往者侍中賈逵摘讖互異三十餘事，諸言讖者，皆不能說。至於王莽簒位，漢世大禍，八十篇何為不戒？則知圖讖成于哀平之際也，且《河》、《洛》、六藝，篇錄已定，（注引衡集上事云：《河》、《洛》五九，六藝四九，謂八十一篇也。）後人皮傅，無所容簒。永元中，清河、宋景遂以歷紀推言水災，而偽稱《洞視玉版》。（《洞視玉版》，蓋宋景所託書，賢注未諦。）或者至于棄家業，入山林，後皆無效，而復采前世成事，以為證驗。至于永建復統，（順帝即位年號。）則不能知，此皆欺世罔俗，以昧埶位，情偽較然，莫之糾禁。且律歷卦候九宮風角，數有徵效，世莫肯學，而競稱不占之書，譬猶畫工惡圖犬馬而好作鬼魅，誠以實事難形，而虛偽不窮也。宜收藏圖讖，一禁絕之，則朱紫無所眩，典籍無瑕玷矣。

22. 荀悅《申鑒．俗嫌篇》曰：

世稱緯書仲尼之作也。臣悅叔父故司空爽辨之，蓋發其偽也。（爽著《辨讖篇》，亡佚。）有起於中興之前，終張之徒之作乎。（終張疑當作終術，即助王莽造符命之田終術，與李尋同稱，見《漢書．翟方進》及〈王莽傳〉。）或曰：雜。曰：以己雜仲尼乎？以仲尼雜己乎？若彼者以仲尼雜己而已。然則可謂八十一首非仲尼之作矣。或曰：燔諸？仲尼之作則否，有取焉則可，曷其燔？在上者不受虛言，不聽浮術，不採華名，不興偽事，言必有用，術必有典，名必有實，事必有功。

23. 軒皞之皞，當指少皞。《左傳．昭公十七年》：「郯子曰：我高祖少皞摯之立也，鳳鳥適至，故紀于鳥為鳥師。」

24. 陳先生曰：「山瀆當是《遁甲開山圖》、《河圖括地象》，及《古岳瀆經》等。」《漢書．藝文志》五行家有《鍾律災應》二十六卷，《鍾律叢辰日苑》二十二卷，《鍾律消息》二十九卷。

25. 《史記．周本紀》：「武王渡河，中流，白魚躍入王舟中。武王俯取以祭。既渡，有火自上復于下，至於王屋。流為烏，其色赤，其聲魄云。」

26. 唐寫本金作銀，是。《禮斗威儀》：「君乘金而王，其政象平，黃銀見，紫玉見于深山。」

27. 《文選注》多引緯書語，是有助文章之證。

彥和生於齊世，其時讖緯雖遭宋武之禁，尚未盡衰，士大夫必猶有講習者，故列舉四偽，以藥迷罔。蓋立言必徵於聖，制式必稟乎經，為彥和論文之本旨。緯候不根之說，踳駁經義者，皆所不取。劉申叔先生著〈讖緯論〉（見乙巳年《國粹學報．文篇》）謂緯有五善，可與本篇相發明，錄之如下：

粵在上古，民神雜糅，祝史之職特崇，地天之通未絕。合符受命，乃御宇而作君；持斗運機，即指天而立教。故禱祈有類於巫風，設教或憑乎神道。唐虞以降，神學未湮，玄龜錫禹，鳦鳥生商。降及成周，益崇術數，保章司占星之職，〈洪範〉詳錫疇之文，舊籍所陳，班班可考。王室東遷，巵言日出，〈狸首〉射侯於洛邑，雉鳴啓瑞於陳倉，趙襄獲符於常山，盧生奏圖於秦闕。推之三戶亡秦，五星聚漢，語非徵實，說或通靈。蓋史官失職，方技踵興，故說雜陰陽，仍出羲和之職守，而家為巫史，猶存苗俗之遺風。是為方士家

言，實與儒書異軌。及武皇踐位，表章六經，方士之流，欲售其術，乃援飾遺經之語，別立讖緯之名，淆雜今文，號稱齊學（大約齊學多信讖緯，魯學不信讖緯。）故玉帶獻明堂之制，兒寬草封禪之儀，卦氣爻辰，京氏援之占易，五行災異，中壘用以釋書。經學之淆，自此始矣。乃世之論讖緯者，或謂溯源於孔氏，或謂創始於哀平。吾謂緯讖之言，起源太古，然以經淆緯，始於西京，以緯儷經，基於東漢。故圖書秘記，不附六藝之科，翼李京眭，弗列儒林之傳，劉《略》班《書》，彰彰可據。及光武建邦，兼崇讖緯。以為文因赤制，字別卯金，乃帝王受命之符，應炎歷中興之運。遂謂歷數在躬，實唐虞之符籙，《陰嬉》撰考，亦洙泗之微言，尊為秘經，頒為功令，讖以輔緯，緯以正經。而儒生稽古，博士釋經，或注《中候》之文，或闡秘書之旨，故《麟經》作注，何休詳改制之文，虎觀論經，班固引微書之說。緯學之行，於斯為盛。夫察來彰往，立說誠妄誕不經，而隻句單詞，古籍或因文附著。試詳考之，得數善焉：跡溯洪荒，事窺皇古，三王異教，（見《尚書璇璣鈐》。）五帝立師，（見《論語撰考讖》。）九牧則起原軒帝，（見《論語撰考讖》。）三皇則並列女媧。（見《春秋元命苞》。）七輔各竭其功能，（見《論語摘輔象》。）四帝各殊其方色。（見《尚書運期授》諸書，四帝即《萬機論》所言黃帝削平之四帝，非高陽為黑帝、少昊為白帝。）右耳即神農之號，（見《春秋命歷序》諸書。）羲和與重黎同功；有巢敷治於石樓，夏禹藏書於金匱。（皆見《遁甲開山圖》。）九龍紀官，尊卑莫別；（見《春秋命歷序》。）六書制字，子母相孳。（《孝經援神契》。）人皇九頭，始宅中州之土，（《尚書璇璣鈐》。）燧人四佐，亦徵羣輔之賢。（《論語摘輔象》。）循蜚合雒，紀名別疏仡之前；栗陸伯皇，爵位襲庖犧之號，衣皮處穴，識前民開創之艱。（皆見《春秋命歷序》。）石鼓銅刀，（《遁甲開山圖》。）溯古器變遷之迹。是曰補史，其善一也。河圖括地，遁甲開山，銅柱辨形，（《河圖括地象》。）鐵山稽數，（《孝經鉤命訣》。）流州玄州釋其名，（《龍魚河圖》。）大秦中秦辨其地，（《河圖玉版》。）嵎夷禺鐵，同實異名，（《尚書帝命驗》。）赤縣神洲，居中御外。（《河圖括地象》。）天皇被跡，地徵無熱之陵，（《遁甲開山圖》。）王母獻環，境隔崑崙之

闕。（《尚書帝命驗》。）州土則域區內外，不數鄒衍之談天，（《河圖括坤象》。）水泉則性判剛柔，（《河圖始開圖》。）已啓夷吾之釋地。恆岱嵩華，既辨方而正位；河淮渭洛，亦思義而顧名。（《春秋說題辭》。）凡茲圖籙之遺，（《尚書璇璣鈐》言，《五帝受籙圖》，又屢言河圖之用，河圖者，即古代之輿地圖也。）足補《山經》之缺。是曰考地，其善二也。《鑿度》、《運樞》之說，《推災》、《考運》之文，辨地域之廣輪，（《詩含神霧》。）測星辰之高遠。（《春秋考異郵》。）地乘氣立，（《春秋元命苞》。）月假日明，（《春秋說題辭》。）氣觸石而生雲，陰激陽而成電，（見《春秋元命苞》。）天圓則象徵覆載，（《尚書考靈曜》。）地動則義取左旋。（《春秋元命苞》。）三百六旬，定時成歲，（《春秋元命苞》。）七十二候，送暑迎寒。（《孝經援神契》。）度密度疏，啓《周髀》步天之學，（見《尚書刑德考》、《春秋考異郵》。）景長景短，開土圭測日之先。（見《春秋元命苞》。）四表四游，（《尚書考靈曜》。）明太空之無極；二分二至，（《孝經援神契》。）辨日晷之還移。莫不甄明度數，稽合歷文。屈平〈天問〉之作，詎足相衡，張氏《靈憲》之書，於焉取法。是曰測天。其善三也。[illegible]緯之說，訓故是資，禮履則訓近雙聲，（《禮含文嘉》。）民萌則義詳互訓，（《孝經緯》又曰：「言不文者。指士民也。」此古代下民無學之確證。）士力於地，日生為星，（見《春秋說題辭》，即八星出於日球之說。）以刀守井曰刑。（亦見《春秋元命苞》。）推日合月為易，（《易經緯》。）十一相加是為士，兩人相合則為仁，（皆見《春秋元命苞》，此即鄭君相仁偶說之所本。）虫動凡而為風，（《春秋考異郵》。）禾入水而為黍，（《春秋說題辭》。）律以六書之學，咸歸會意之條。若夫分別部居，依類託義，律訓率而歲訓遂，（《春秋元命苞》。）義取諧聲；王訓往而皇訓煌，（亦見《春秋元命苞》。）說符疊韻。陽為天而陰為地，（《春秋說題辭》。）遺文徵洨長之書；（《說文》用其說。）水象坎而火象離。佚象合《羲經》之卦。（《元命苞》云：「兩人交一而中出者為水。人散二者為火。」《乾坤鑿度》云：「三古火字，兩人交一為水，人散二為火。」蓋火字古文象離卦之形，而水字古文象坎卦之形。）是曰考文，其善四也。禮名定於黃帝（《禮含文嘉》。）《禮經》設於文王。（《禮稽》、《命徵》諸書。）敍郊邱則旁徵《禮經》，敍祫禘則陰符《王制》。（亦見《禮稽命徵》。）辨物舉四夷之樂，（《樂緯》。）賞功詳九錫之文。（《禮含文嘉》。）千雉百雉異其規，（《春秋緯》。）外屏內屏殊其制。（《禮緯》》。）鼎俎則詳其度數，（《春秋緯》。）旗物則辨其等差。（《禮含文嘉》。）觀闕為懸法之區，（《禮緯》。）靈臺即望氛之地。（《易緯》及《禮緯》。）分土列爵，立制隱合於《公羊》，（《春秋元命苞》云：周爵五等，殷爵三等。）按畝授田，陳說迥殊於《孟子》。（《樂緯》謂九夫為井，八家共治公田八十畝，以外二十畝以為八家井竈廬舍，與《孟子》之論井不同。）推之稽三統之歷，（《春秋感精符》。）正五刑之名，（《尚書璇璣鈐》。）二穆二昭，制詳七廟，（《春秋元命苞》。）四望四類，典異六宗。（《禮稽命徵》。）梁父太山，刻石不忘紀號，（《詩含神霧》及《孝經鉤命訣》。）明堂崇屋，祀帝即以配天，（《尚書帝命驗》。）莫不制徵四代，典溯三王。是曰徵禮，其善五也。若夫情由性生，（《孝經援神契》。）仁從愛起，（《春秋元命苞》。）以敬勝怠，（《尚書帝命驗》。）以義强躬。（《論語撰考讖》。）漸蘭漸鮑，（亦《論語撰考讖》）證孔門習遠之言；太素太初，（《孝經鉤命訣》。）近老氏真空之旨。凡茲粹語，足輔九流。推之禮詳卉服，（《春秋命歷序》。）地測溫泉，（《詩經緯》諸書。）橫行為蠻貊之書，（見《詩含神霧》。）畫象別古初之制。（《孝經鉤命訣》。）數止於五，至六以上皆互乘；（《易河圖數》云：一與六共宗，二與七同道，三與八為朋，四與九為友，五與十同途。足證古人紀數至五而止，至六以上皆用互乘之法。）氣成於三，與九相推無所戾。（《春秋元命苞》云：陽氣成於三，陽數極於九，亦足為江都汪氏釋三九之證。）計六經之尺度，（《孝經鉤命訣》）辨百體之殊名。（《春秋元命苞》。）六律則溯其起源，（見《樂叶圖徵》。）五穀則稽其名義。（《春秋說題辭》。）陽墟石室，奇銘辨蒼頡之文，（見《河圖玉版》。）洞庭包山，秘籍識夏王之字。（《春秋命歷序》。）亦足助博物之功，輔多聞之益。殷周絕學，賴此可窺。（俞正燮曰：讖緯者古史書也，其說近是。）及夫臚幽明之序，窮禍福之源。以五常法五

行，以八風象八卦，（《禮緯》。）九州咸有其分星，（《春秋元命苞》。）五緯或憑以推日，或以災祥驗行事，或以星象示廢興。（見《春秋演孔圖》、《詩緯》、《春秋文耀鉤》、《春秋運斗樞》諸書。）四始五際，（《齊詩說》。）已失經義之真，六甲九宮，（《春秋合誠圖》。）遂啓雜占之學。是則前知自詡格物未明，易蹈疑眾之誅，允屬誣天之學。復有倉聖四目，虞舜重瞳，丹鳳含書，（皆見《春秋元命苞》。）赤龍紀瑞，（《詩含神霧》）白雲覆孔子之居，赤血辨魯門之字，（見《春秋演孔圖》。）亦復說隣荒謬，語類矯誣。此尹敏所由致疑，而君山所由恥習也。然敬天明鬼，實為古學之濫觴，以元統君，足儆後王之失德。是則漢崇讖學，雖近誣民，而隋禁緯書，亦為蔑古。學術替興，不可不察也。若夫網羅散失，參稽異同，掇宋均之注。萃郗萌之書，刪彼蕪詞，獨標精旨，庶天文歷譜，備存《七略》之遺，（以緯書歸入天文歷譜類。）《鉤命》、《援神》，不附六經之列。（經自為經，緯自為緯。）則校理秘文，掇拾墜簡，殆亦稽古者所樂聞，而博物家所不廢者與？

28.

《易乾鑿度》：「帝盛德之應，洛水先溫，六日乃寒。」

辨騷第五[1]

自風雅寢聲，莫或抽緒，奇文鬱起，其離騷哉！固已軒翥詩人之後，奮飛辭家之前，豈去聖之未遠，而楚人之多才乎[2]！昔漢武愛騷，而淮南作傳[3]，以為國風好色而不淫，小雅怨誹（元作謗許改）而不亂。若離騷者，可謂兼之（孫云唐寫本無兼之二字）。蟬蛻穢濁之中，浮游塵埃之外，皭然涅而不緇，雖與日月爭光可也[4]。班固以為露才揚己，忿懟沉江；羿澆二姚，與左氏不合；崐崙懸（一作玄孫云唐寫本作玄）圃，非經義所載；然其文辭（孫云唐寫本辭字無）麗雅，為詞賦之宗，雖非明哲，可謂妙才[5]。王逸以為詩人提耳，屈原婉順，離騷之文，依經立義，駟虬乘翳（鈴木云洪本翳作鷖可從諸本皆誤），則時乘六龍，崐崙流沙，則禹貢敷土，名儒辭賦，莫不擬其儀表，所謂金相玉質，百世無匹者也[6]。及漢宣嗟歎，以為皆合經術（趙云術作傳）[7]；揚雄諷（孫云唐寫本作談）味，亦言體同詩雅[8]。四家舉以方經，而孟堅謂不合傳（鈴木云洪本傳下有體字），褒貶任聲，抑揚過實，可謂鑒而弗（孫云唐寫本作不）精，翫而未覈者也（孫云唐寫本作矣）[9]。

將覈其論，必徵言焉。故其陳堯舜之耿介，稱湯武（孫云唐寫本湯武作禹湯）之祗敬，典誥之體也[10]；譏桀紂之猖披（鈴木云諸本同洪本披作狂），傷羿澆之顛隕，規諷之旨也；虬龍以喻君子，雲蜺以譬讒邪，比興之義也；每一顧而掩涕，歎君門之九重，忠怨之辭（孫云唐寫本作詞）也；觀茲四事，同於（孫云唐寫本作乎）風雅者也[11]。至於託雲龍，說迂怪，豐（孫云唐寫本豐上有駕字）隆求宓妃，鴆（孫云唐寫本鴆上有憑字）鳥媒娀女，詭異之辭（孫云唐寫本作詞）也；康回傾地，夷羿彈（元作蔽孫改趙云作彃）日[12]，木夫（元作天謝改）九首，土伯三目（元作足朱改）[13]，

譎怪之談也；依彭咸之遺則，從子胥以自適[14]，狷狹之志也；士女雜坐，亂而不分，指以為樂[15]，娛酒不廢，沉湎日夜，舉以為懽(鈴木云洪本作歡)，荒淫之意也[16]；摘(孫云唐寫本作指)此四事，異乎(孫云唐寫本作於)經典者也。故論其典誥則如彼，語其夸誕則如此，固知楚辭者，體慢(元作憲朱據宋本楚辭改孫云唐寫本作憲)於三代，而風雅(孫云唐寫本作雜)於戰國，乃雅頌之博徒，而詞賦之英傑也[17]。觀其骨鯁所樹，肌膚所附，雖取鎔經意(孫云唐寫本作旨)，亦自鑄偉(趙云偉作緯)辭[18]。故騷經九章[19]，朗麗以哀志；九歌九辯(孫云唐寫本作辨)[20]，綺靡(孫云唐寫本作靡妙無綺字)以傷情；遠遊天問[21]，瓌詭而惠(孫云唐寫本作慧)巧[22]；招魂招隱(馮云招隱楚辭本作大招下云屈宋莫追疑大招為是孫云唐寫本招隱作大招鈴木云洪本亦作大招)[23]，耀豔而深(孫云唐寫本作采)華；卜居標放言之致[24]；漁父寄獨往之才[25]。故能氣往轢古，辭來切今，驚采絕豔，難與並能矣。

自九懷以下，遽躡其跡[26]，而屈宋逸步，莫之能追。故其敘情怨[27]，則鬱伊而易感；述離居，則愴怏而難懷；論山水，則循聲而得貌；言節候，則披文而見時。是以枚賈追風以入麗，馬揚沿波而得奇[28]，其衣被詞人，非一代也。故才高者菀(趙云菀作苑)其鴻裁[29]，中巧者獵其豔辭[30]，吟諷者銜其山川，童蒙者拾其香草。若能憑軾以倚雅頌，懸轡以馭楚篇，酌奇而不失其真(孫云唐寫本作貞)，翫華而不墜其實，則顧盼可以驅辭力，欬唾可以窮文致，亦不復乞靈於長卿，假寵於子淵矣[31]。

贊曰：不有屈原，豈見離騷。驚才風逸，壯志(孫云唐寫本作采)煙(鈴木云洪本校注云煙一作雲)高[32]。山川無極，情理實勞。金相玉式，豔溢錙毫(元作絕益稱豪朱攷宋本楚辭改孫云唐寫本溢作逸)。

【注釋】

1. 《漢書．藝文志．屈原賦》二十五篇。二十五篇中〈離騷〉為最重，後人因以「騷」名其全書。（《文史通義．經解下》云：「史遷以下，至取『騷』以名其全書。」案〈史公自序〉：「屈原放逐著〈離騷〉。」〈屈原傳〉亦未嘗單以「騷」為名。）〈時序篇〉謂：「爰自漢室，迄於成哀，雖世漸百齡，辭人九變，而大抵所歸，祖述《楚辭》，靈均餘影，於是乎在。」以其影響甚大，故彥和於〈詮賦篇〉外別論之。（《文選》亦於賦外別標騷目，其實騷非文體之名。）《史記．屈原列傳．索隱》引應劭曰：「離，遭也；騷，憂也。」又王逸〈離騷序〉云：「離，別也；騷，愁也。」案《國語．楚語上》：「伍舉曰：德義不行，則邇者騷離，而遠者距違。」韋昭注曰：「騷，愁也；離，畔也。」《困學紀聞》卷六：「伍舉所謂騷離屈平所謂離騷，皆楚言也。揚雄為〈畔牢愁〉，與〈楚語〉注合。」趙令時《侯鯖錄》：「愁憂也。《集韵》揚雄有〈畔牢愁〉，音曹。今人言心中不快為心曹，當用此愁字，即憂也。」離騷即伍舉所謂騷離，揚雄所謂牢愁，均即常語所謂牢騷耳，二字相接自成一詞，無待分訓也。紀昀評曰：「詞賦之源出於騷，浮艷之根亦濫觴於騷，辨字極為分明。」又評曰：「〈離騷〉乃《楚辭》之一篇，統名《楚辭》為騷，相沿之誤也。」李詳〈文心雕龍黃注補正〉（見己酉年《國粹學報．文篇》）曰：「周中孚《鄭堂札記》云：『《史記．太史公自序》屈原放逐著〈離騷〉。又云：作辭以諷諫連類以爭義，〈離騷〉有之。《漢書．遷傳》屈原放逐，乃賦〈離騷〉。皆舉首篇以統號其全書。』據此知彥和亦統全書而言，紀氏殆未審也。」

2. 〈詩大序〉曰：「至於王道衰，禮義廢，政教失，國異政，家殊俗，而變風變雅作矣。國史明乎得失之跡，傷人倫之廢，哀刑政之苛，吟詠情性，以風其上，達於事變而懷其舊俗者也。」此言《詩》之所由變，《孟子．離婁篇》曰：「王者之迹熄而《詩》亡，《詩》亡然後《春秋》作。」此言《詩》之所由亡。〈滕文公篇〉曰：「孔子成《春秋》而亂臣賊子懼。」趙岐注曰：「言亂臣賊子懼《春秋》之貶責也。」此言風刺不

行，故有貶責。下逮屈子，君闇政壞，小人盈朝，貶責又不足以懼之，憂心煩亂，不知所愬。靈脩浩蕩，豈微言之可感，詩體解散，聊賦志以自慰，顧亭林所謂三百篇之不能不降而《楚辭》，《楚辭》之不能不降而漢魏勢也者（《日知錄》二十一「詩體代降」條。）是也。《文選》班固〈典引〉李善注曰：「軒翥，飛貌。」又木華〈海賦〉注：「軒，舉也。」

3. 《漢書．淮南王傳》：「淮南王安入朝，獻所作《內篇》，新出，上愛秘之。使為離騷傳，旦受詔，日食時上。」顏師古注曰：「傳謂解說之，若《毛詩傳》。」王念孫《讀書雜志》「漢書．離騷傳」條：『傳當作傳，傳與賦古字通。使為離騷傳者，使約其大旨而為之賦也。《漢紀．孝武紀》云：『上使安作離騷賦，旦受詔，食時畢。』高誘《淮南鴻烈解敍》云：『詔使為離騷賦，自旦受詔，日早食已。』此皆本於《漢書》。《太平御覽．皇親部十六》引此作『離騷賦』，是所見本與師古不同。」《論語．公冶長》：「可使治其賦也。」陸德明《論語音義》：「賦，《魯論》作傳。」亦可為王說之證。楊君遇夫《讀漢書札記》卷四：「樹達按，顏王說並非也。古人所謂傳者有二體：解釋文字名字若毛公之於詩，此一體也；其他一體，則但記述作意，而不必解釋文字名物。何以明之？《文選》卷五十一載王褒〈四子講德論序〉云：『褒既為益州刺史，王襄作中和樂職宣布之詩，又作傳，名曰〈四子講德〉以明其意焉。』〈褒傳〉亦云：『褒既為刺史作其傳。』〈四子講德論〉但明作意，非解釋文字，亦稱曰傳，傳不專為解釋名物之稱明矣。班固〈離騷序〉云：淮南王安敍離騷傳，以國風好色而不淫云云。又《文心雕龍．辨騷篇》云：昔漢武愛〈騷〉而淮南作傳，以為〈國風〉好色而不淫。雖與日月爭光可也。所引即是傳文，與〈四子講德論〉文體略同，並非賦體，具有明證也。荀高不得其解，改傳為傅；王逸又云：『武帝使安作《離騷章句》。』皆誤解傳字之體裁耳。按馬瑞辰《毛詩傳箋通釋．毛詩詁訓傳名義考》云：『詁訓第就經文所言者而詮釋之，傳則並經文所未言者而引伸之，此詁訓與傳之別也。』」楊君說自是精當。班固〈離騷序〉謂安說五子為伍子胥，似亦作傳而非作賦。本書〈神思篇〉云：「淮南崇朝而賦騷。」彥和不應先後矛盾。疑淮南實為〈離騷〉作傳，略舉其訓詁，而國風好色而不淫云云，是安所作傳之敘文。班固謂淮南王安敘離騷傳，是其證。東京以來，《漢書》傳本有作傳者，有作傅者，彥和兩採而用之耳。

4. 《史記．屈原列傳》：「國風好色而不淫，〈小雅〉怨誹而不亂，若〈離騷〉者，可謂兼之矣。上稱帝嚳，下道齊桓，中述湯武，以刺世事。明道德之廣崇，治亂之條貫，靡不畢見。其文約，其辭微，其志潔，其行廉，其稱文小而其指極大，舉類邇而見義遠。其志潔故其稱物芳，其行廉故死而不容自疏，濯淖汙泥之中，蟬蛻於濁穢以浮游塵埃之外，不獲世之滋垢，皭然泥而不滓者也。推此志也，雖與日月爭光可也。」據班固〈離騷序〉，此文是安所作離騷傳之序文。「泥而不滓」《漢書敘傳》作「涅而不緇」。《史記．屈原傳．索隱》：「泥音涅，滓音淄。」唐寫本可謂下無兼之二字，誤。

5. **班固〈離騷序〉**

昔在孝武，博覽古文。淮南王安敘離騷傳，以「國風好色而不淫，〈小雅〉怨誹而不亂，若〈離騷〉者可謂兼之。蟬蛻濁穢之中，浮游塵埃之外，皭然泥而不滓。推此志雖與日月爭光可也。」斯論似過其真。又說五子以失家巷，謂伍子胥也。及至羿澆少康二姚有娀佚女，皆各以所識有所增損，然猶未得其正也。故博采經書傳記本文，以為之解。且君子道窮，命矣。故潛龍不見，是而無悶，〈關雎〉哀周道而不傷：蘧瑗持可懷之智，寧武保如愚之性，咸以全命避害，不受世患。故〈大雅〉曰：「既明且哲，以保其身，」斯為貴矣。今若屈原，露才揚己，競乎危國群小之間，以離讒賊，然責數懷王，怨惡椒蘭，愁神苦思，强非其人，忿懟不容，沈江而死，亦貶絜狂狷景行之士。（貶絜猶言貶約也。）多稱昆侖（昆侖下疑脫懸圃二字。）冥婚宓妃虛無之語，皆非法度之政，經義所載，謂之兼《詩》風雅而與日月爭光，過矣！然其文弘博麗雅，為辭賦宗，後世莫不斟酌其英華，則象其從容。（從容猶言儀態也。）自宋玉、唐勒、景差之徒，漢興，枚乘、司馬相如、劉向、揚雄騁極文辭，好而悲之，自謂不能及也。雖非明智之器，可謂妙才者也。

又〈離騷贊序〉

〈離騷〉者，屈原之所作也。屈原初事懷王，甚見信任，同列上官大夫妬害其寵，讒之王，王怒而疏屈原。屈原以忠信見疑，憂愁幽思，而作〈離騷〉。離猶遭也，騷憂也，明己遭憂作辭也。是時周室已滅，七國並爭。屈原痛君不明，信用群小，國將危亡，忠誠之情，懷不能已，故作〈離騷〉。上陳堯舜禹湯文王之法，下言羿澆桀紂之失，以風懷王。終不覺寤，信反間之說，西朝於秦，秦人拘之，客死不還。至於襄王，復用讒言，逐屈原在野。又作〈九章賦〉以風諫，卒不見納，不忍濁世，自投汨羅。原死之後，秦果滅楚，其辭為眾賢所悼悲，故傳於後。

6. 王逸〈楚辭章句・序〉

敘曰：昔者孔子叡聖明喆，天生不群，定經術，刪詩書，正禮樂，制作《春秋》，以為後王法，門人三千，罔不昭達。臨終之日，則大義乖而微言絕。其後周室衰微，戰國並爭，道德陵遲，譎詐萌生。於是楊墨鄒孟孫韓之徒，各以所知，著造傳記，或以述古，或以明世。而屈原履忠被譖，憂悲愁思，獨依詩人之義而作〈離騷〉，上以諷諫，下以自慰。遭時闇亂，不見省納，不勝憤懣，遂復作〈九歌〉以下凡二十五篇。（〈離騷〉一，〈九歌〉十一，〈天問〉一，〈九章〉九，〈遠遊〉一，〈卜居〉一，〈漁父〉一。）楚人高其行義，瑋其文采，以相教傳。至於孝武帝恢廓道訓，使淮南王安作《離騷經章句》，則大義粲然。後世雄俊，莫不瞻慕，舒肆妙慮，纘述其辭。逮至劉向典校經書，分為十六卷。孝章即位，深弘道藝，而班固賈逵復以所見改易前疑，各作《離騷經章句》。其餘十五卷，闕而不說。又以壯為狀，義多乖異，事不要括。今臣復以所識所知，稽之舊章，合之經傳，作十六卷章句。雖未能究其微妙，然大指之趣，略可見矣。且人臣之義，以忠正為高，以伏節為賢，故有危言以存國，殺身以成仁。是以伍子胥不恨於浮江，比干不悔於剖心。然後忠立而行成，榮顯而名著。若夫懷道以迷國，佯愚而不言，顛則不能扶，危則不能安，婉娩以順上，逡巡以避患，雖保黃耇，終壽百年，蓋志士之所恥，愚夫之所賤也。今若屈原，膺忠貞之質，體清潔之性，直若砥矢，言若丹青，進不隱其謀，退不顧其命，此誠絕世之行，俊彥之英也。而班固謂之露才揚己，競於群小之中，怨恨懷王，譏刺椒蘭，苟欲求進，強非其人，不見容納，忿恚自沈，是虧其高明而損其清潔者也。昔伯夷叔齊讓國守分，不食周粟，遂餓而死，豈可復謂有求於世而怨望哉！且詩人怨主刺上，曰：「嗚呼小子，未知臧否，匪面命之，言提其耳。」風諫之語，於斯為切。然仲尼論之，以為大雅。引此比彼，屈原之辭，優遊婉順，寧以其君不智之故，欲提攜其耳乎？而論者以為露才揚己，怨刺其上，強非其人，殆失厥中矣。夫《離騷》之文，依託五經以立義焉：「帝高陽之苗裔」則「厥初生，民時惟姜嫄」也；「紉秋蘭以為佩」則「將翱將翔，佩玉瓊琚」也；「夕攬洲之宿莽」則《易》「潛龍勿用」也；「駟玉虯而乘鷖」則「時乘六龍，以御天也」；「就重華而陳辭」則《尚書》咎繇之謀謨也；登崑崙而涉流沙，則〈禹貢〉之敷土也。故智彌盛者其言博，才益多者其識遠。屈原之辭，誠博遠矣！自終沒以來，名儒博達之士，著造辭賦，莫不擬則其儀表，祖式其模範，取其要妙，竊其華藻，所謂金相玉質，百世無匹，名垂罔極，永不刊滅者矣。

7. 《漢書．王褒傳》：「宣帝時，修武帝故事，講論六藝群書，博盡奇異之好；徵能為《楚辭》九江被公，召見誦讀。……所幸宮館，輒為歌頌，第其高下，以差賜帛。議者多以為淫靡不急。上曰：不有博弈者乎？為之猶賢乎已。辭賦大者與古詩同義，小者辯麗可喜。辟如女工有綺縠，音樂有鄭衛，今世俗猶皆以此虞說耳目，辭賦比之，尚有仁義風諭，鳥獸草木多聞之觀，賢於倡優博弈遠矣。」

8. 揚雄語未詳所出。

9. 《困學紀聞》卷六：「劉勰〈辨騷〉：『班固以為羿澆二姚，與左氏不合。』洪慶善曰：『〈離騷〉羿澆等事，正與左氏合，孟堅所云，謂劉安說耳。』」（陳振孫《書錄解題》：「《楚辭》十七卷，漢劉向集。後漢王逸叔師注。知饒州曲阿洪興祖慶善補注。逸之注雖未能盡善，而自淮南王安以下為訓傳者，今不復存，其目僅見於《隋唐志》，獨逸注幸而尚傳，興祖從而補之，於是訓詁名物詳矣。」）

10. 湯武唐寫本作禹湯。據〈離騷〉應作湯禹。

11. 詩無典誥之體。彥和云：「觀茲四事，同於風雅。」似宜云：「同於《書》、《詩》。」

12. 〈天問〉：「康回馮怒，地何故以東南傾？」王逸注：「康回，共工名也。《淮南》言共工與顓頊爭為帝，不得，怒而觸不周之山，天維絕，地柱折，故東南傾。」案《淮南》語在〈天文訓〉。又：「羿焉彈日？烏焉解羽？」王注：「《淮南》言堯時十日並出，草木焦枯。堯令羿仰射十日，中其九日。日中九烏皆死，墮其羽翼。」案《淮南》語在〈本經訓〉。《說文·弓部》：「彈射也。從弓畢聲。《楚詞》曰䠶焉彈日？」又䠶，帝嚳射官，夏少康滅之。從弓并聲。《論語》曰：「䠶善射。」

13. 宋玉〈招魂〉：「一夫九首，拔木九千些。」王注：「言有丈夫，一身九頭，强梁多力，從朝至暮，拔大木九千枚也。」又：「土伯九約，其角觺觺些。……參目虎首，其身若牛些。」案此皆見〈招魂〉，非屈原之辭。

14. 〈離騷〉：「雖不周於今之人兮，願依彭咸之遺則。」王注：「彭咸殷賢大夫，諫其君不聽，自投水而死。遺，餘也。則，法也。言己所行忠信，雖不合於今之世，願依古之賢者彭咸餘法，以自率厲也。」〈九章·悲回風〉：「浮江淮而入海兮，從子胥而自適。」《史記·伍子胥列傳》：「子胥乃自剄死。吳王聞之大怒，乃取子胥尸盛以鴟夷革，浮之江中。」

15. 〈招魂〉：「士女雜坐，亂而不分些。」王注：「言醉飽酣樂，合罇促席，男女雜坐，比肩齊膝，恣意調戲，亂而不分別也。」

16. 〈招魂〉：「娭酒不廢，沈日夜些。」王注：「言晝夜以酒相樂也。」

17. 體慢應據唐寫本作體憲。憲，法也。體法於三代，謂同乎風雅之四事。風雅亦應據唐寫本作風雜。風雜於戰國，謂異於經典之四事。《史記·信陵君列傳》：「公子聞趙有處士毛公，藏於博徒。」博徒人之賤者。

18. 黃先生曰：「二說最諦，異於經典者，固由自鑄其詞；同於風雅者，亦再經鎔鍊，非徒貌取而已。」唐寫本偉作緯，誤。

19.

王逸〈離騷經序〉

〈離騷經〉者，屈原之所作也。屈原與楚同姓，仕於懷王，為三閭大夫。三閭之職，掌王族三姓。曰昭屈景。屈原序其譜屬，率其賢良，以厲國士。入則與王圖議政事，決定嫌疑；出則監察群下，應對諸侯，謀行職脩，王甚珍之。同列大夫上官靳尚妒害其能，共譖毀之。王乃疏屈原。屈原執履忠貞而被讒衺，憂心煩亂，不知所愬，乃作〈離騷經〉。離，別也；騷，愁也；經，徑也；言已放逐別離，中心愁思，猶依道徑以風諫君也。故上述唐虞三后之制，下序桀紂羿澆之敗，冀君覺悟，反於正道而還己也。是時秦昭王使張儀譎詐懷王，令絕齊交；又使誘楚請與俱會武關，遂脅與俱歸，拘留不遣，卒客死於秦。其子襄王復用讒言，遷屈原於江南。屈原放在草野，復作〈九章〉，援天引聖，以自證明，終不見省，不忍以清白久居濁世，遂赴汨淵自沈而死。〈離騷〉之文，依詩取興，引類譬諭，故善鳥香草以配忠貞，惡禽臭物以比讒佞，靈脩美人以媲於君，宓妃佚女以譬賢臣，虬龍鸞鳳以託君子，飄風雲霓以為小人。其辭溫而雅，其義皎而朗，凡百君子，莫不慕其清高，嘉其文采。哀其不遇。而愍其志焉。

王逸〈九章序〉

〈九章〉者，屈原之所作也。屈原放於江南之野，思君念國，憂思罔極，故復作〈九章〉。章者著也，明也。言己所陳忠信之道甚著明也。卒不見納，委命自沉，楚人惜而哀之，世論其詞，以相傳焉。

20.

王逸〈九歌序〉

〈九歌〉者，屈原之所作也。昔楚南郢之邑，沅湘之間，其俗信鬼而好祠。其祠必作歌樂鼓舞以樂諸神。屈原放逐，竄伏其域，懷憂苦毒，愁思沸鬱；出見俗人祭祀之禮，歌舞之樂，其詞鄙陋，因為作〈九歌〉之曲。上陳事神之敬，下見己之冤結，託之以風諫，故其文意不同，章句雜錯，而廣異義焉。

王逸〈九辯序〉

〈九辯〉者，楚大夫宋玉之所作也。辯者變也，謂陳道德以變說君也。九者，陽之數，道之綱紀也。故天有九星以正機衡，地有九州以成萬邦，人有九竅以通精明。屈原懷忠貞之性而被讒邪，傷君闇蔽，國將危亡，乃援天地之數，列人形之要，而作〈九歌〉、〈九章〉之頌，以諷諫懷王，明己所言與天地合度，可履而行也。宋玉者，屈原弟子也，閔惜其師忠而放逐，故作〈九辯〉以述其志。至於漢興，劉向、王褒之徒，咸悲其文，依而作詞，故號為《楚辭》，亦承其九以立義焉。

21. **王逸〈遠遊序〉**

〈遠遊〉者，屈原之所作也。屈原履方直之行，不容於世，上為讒佞所譖毀，下為俗人所困極，章皇山澤，無所告訴。乃深惟元一，修執恬漠，思欲濟世，則意中憤然，文采秀發；遂敍妙思，託配仙人，與俱遊戲，周歷天地，無所不到；然猶懷念楚國，思慕舊故，忠信之篤，仁義之厚也。是以君子珍重其志而瑋其辭焉。

王逸〈天問序〉

〈天問〉者，屈原之所作也。何不言問天？天尊不可問，故曰天問也。屈原放逐，憂心愁悴，彷徨山澤，經歷陵陸，嗟號旻昊，仰天嘆息。見楚有先王之廟，及公卿祠堂，圖畫天地山川神靈，琦瑋僑佹，及古賢聖怪物行事，周流罷倦，休息其下，仰見圖畫，因書其壁，呵而問之，以渫憤懣，舒瀉愁思。楚人哀惜屈原，因共論述，故其文義不次敍云爾。

22. 《莊子．天下篇．釋文》：「瓌瑋，奇特也。」惠慧古通用。

23. **王逸〈招魂序〉**

〈招魂〉者，宋玉之所作也。招者召也。以手曰招，以言曰召；魂者身之精也。宋玉憐哀屈原，忠而斥棄，愁懣山澤，魂魄放佚，厥命將落，故作〈招魂〉。欲以復其精神，延其年壽，外陳四方之惡，內崇楚國之美，以諷諫懷王，冀其覺悟而還之也。

招隱唐寫本作大招，是。

王逸〈大招序〉

〈大招〉者，屈原之所作也。或曰景差，疑不能明也。屈原放流九年，憂思煩亂，精神越散，與形離別，恐命將終，所行不遂，故憤然大招其魂。盛稱楚國之樂，崇懷襄之德，以比三王能任用賢，公卿明察能薦舉人，宜輔佐之，以興至治，因以風諫，達己之志也。

24. 李詳〈黃注補正〉（見己酉年《國粹學報．文篇》）曰：「陳南星云：『《論語．微子篇》隱居放言，《集解》引包咸云：放，置也。不復言世務。案〈卜居〉有云：吁嗟默默兮，誰知吾之廉貞！故彥和以放言美之。』詳案，此句下云寄獨往之才，亦言漁父鼓枻而去，獨往不返也。陳說甚碻。」

王逸〈卜居序〉

〈卜居〉者，屈原之所作也。屈原體忠貞之性而見嫉妒。念讒佞之臣承君順非而蒙富貴；己執忠直，而身放棄，心迷意惑，不知所為。乃往至太卜之家，稽問神明，決之蓍龜，卜己居世，何所宜行，冀聞異策，以定嫌疑，故曰〈卜居〉也。

王逸〈漁父序〉

〈漁父〉者，屈原之所作也。屈原放逐在江湘之間，憂愁嘆吟，儀容變易，而漁父避世隱身，釣魚江濱，欣然自樂。時遇屈原川澤之域，怪而問之，遂相應答。楚人思念屈原，因敍其辭以相傳焉。

25. 孫君蜀丞曰：「《文選》任彥昇〈齊竟陵文宣王行狀〉注引淮南王《莊子略要》曰：『江海之士，山谷之人也，輕天下，細萬物而獨往者也。』司馬彪注曰：『獨往自然，不復顧世。』」

26. 晁公武《郡齋讀書志》楚辭類《楚辭釋文》一卷。跋曰：「未詳撰人。其篇次不與世行本同。蓋以〈離騷經〉、〈九辯〉、〈九歌〉、〈天問〉、〈九章〉、〈遠遊〉、〈卜居〉、〈漁父〉、〈招隱士〉、〈招魂〉、〈九懷〉、〈七諫〉、〈九歎〉、〈哀時命〉、〈惜誓〉、〈大招〉、〈九思〉為次。按今〈九章〉第四，〈九辯〉第八，而王逸〈九章〉注云：皆解於〈九辯〉中，知《釋文》篇第蓋舊本也。後人始以作者先後次第之爾。或曰：天聖中陳說之

所為也。」洪興祖《楚辭章句補注》曰：「按〈九章〉第四，〈九辯〉第八，而王逸〈九章〉注云：『皆解於〈九辯〉中。』（王注見〈九章〉、〈哀郢〉）知《釋文》篇第蓋舊本也。後人始以作者先後次敍之爾。」據此，彥和所云〈九懷〉（王褒作）以下，當指東方朔〈七諫〉、劉向〈九歎〉、嚴忌〈哀時命〉、賈誼〈惜誓〉、王逸〈九思〉諸篇。陳振孫《書錄解題》云：「洪氏從吳郡林虙得《楚辭釋文》一卷乃古本，其篇第與今本不同。首〈離騷〉，次〈九辯〉，而後〈九歌〉、〈天問〉、〈九章〉、〈遠遊〉、〈卜居〉、〈漁父〉、〈招隱士〉、〈招魂〉、〈九懷〉、〈七諫〉、〈九歎〉、〈哀時命〉、〈惜誓〉、〈大招〉、〈九思〉。」

27. 其，指屈原諸作。

28. 《漢書·枚乘傳》：「梁客皆善屬辭賦，乘尤高。」《藝文志·屈原賦》類下有枚乘賦九篇，賈誼賦七篇，司馬相如賦二十九篇。《漢書·揚雄傳》：「蜀有司馬相如作賦甚弘麗溫雅，雄心壯之，每作賦，常擬之以為式。」〈志〉列揚雄賦十二篇於陸賈賦類下，未知其故。

29. 菀訓鬱，訓蘊，是自動詞，下列三句中「獵」、「銜」、「拾」三字皆他動詞，語氣不順，疑菀即捥之假字，《集韻》捥取也。捥其鴻裁。謂取鎔屈宋製作之大義，以自鑄新辭，然此非淺薄所能，故曰「才高者捥其鴻裁」也。

30. 中巧猶言心巧。

31. 王褒字子淵，宣帝時辭家之首，故彥和云然。《北堂書鈔》九十七引桓譚《新論》云：「余少時好〈離騷〉，博觀他書，輒欲反學。」亦此意也。

32. 壯志唐寫本作壯采，是。

案彥和以辨名篇，辨者，辨其與經義之同異，計同於風雅者四事，異乎經典者亦四事，同異既明，取舍有主，所謂「憑軾以倚雅頌，懸轡以馭楚篇，酌奇而不失其真，翫華而不墜其實。」非先有辨別之明，曷足以語此？彥和鑒於齊梁文辭之靡麗，故論文首貴真實，於〈離騷〉尤諄諄以同異為言。其實屈宋之文，奇華者其表儀，真實者其骨幹，學之者遺神取貌，所以有訛體之譏。試讀賈生〈惜誓〉、枚乘〈七發〉、相如〈大人〉、揚雄〈河東〉諸篇，當悟昔賢摹擬變化之方矣。

屈原〈離騷〉（本篇多引〈離騷〉語，故全錄其文，分段依戴震《屈原賦注》，韻依江有誥《楚辭韻讀》。〈九章〉、〈九歌〉、〈九辯〉、〈遠遊〉、〈天問〉、〈招魂〉、〈招隱〉、〈卜居〉、〈漁父〉諸篇，均在《楚辭》，不復錄。）

帝高陽之苗裔兮，朕皇考曰伯庸；攝提貞於孟陬兮，惟庚寅吾以降。（胡冬反。東中通韵。）皇覽揆余於初度兮，肇錫余以嘉名：名余曰正則兮，字余曰靈均。（真耕通韵。）紛吾既有此內美兮，又重之以修能；（奴其反。）扈江離與辟芷兮，紉秋蘭以為佩。（音邳，之部。）汨余若將不及兮，恐年歲之不吾與；朝搴阰之木蘭兮，夕攬洲之宿莽。（音姥。）日月忽其不淹兮，春與秋其代序。惟草木之零落兮，恐美人之遲暮。不（戴震《屈原賦音義》云：「俗本作不撫壯，漢唐相傳舊本無不字。」）撫壯而棄穢兮，何不改乎此度也？乘騏驥以馳騁兮，來吾導夫先路也。（魚部。）昔三后之純粹兮，固眾芳之所在；（才里反。）雜申椒與菌桂兮，豈惟紉夫蕙茝！（音齒，之部。）彼堯舜之耿介兮，既遵道而得路，何桀紂之昌披兮，夫惟捷徑以窘步！（魚部。）惟黨人之偷樂兮，路幽昧以險隘。（音益。）豈余身之憚殃兮，恐皇輿之敗績。（支部。）忽奔走以先後兮，及前王之踵武，荃不察余之中情兮，反信讒而齊怒。（上聲。）（第一段自敍生平大略，而終於君之信讒。後四段乃反復推明之。）

余固知謇謇之為患兮，忍而不能舍（音恕。）也！指九天以為正兮，夫惟靈脩之故（魚部。）也！初既與余成言兮，後悔遁而有他。余既不難夫離別兮，傷靈脩之數化。（音呵，歌部。）余既滋蘭之九畹兮，又樹蕙之百畝；（明以反。）畦留夷與揭車兮，雜杜衡與芳芷。（之部。）冀枝葉之峻茂兮，願竢時乎吾將刈；（音孽去聲。）雖萎絕其亦何傷兮，哀眾芳之蕪穢。（祭部。）眾皆競進以貪婪兮，憑不厭乎求索；（音素。）羌內恕己以量人兮，各興心而嫉妒；（魚部。）忽馳騖以追逐兮，非余心之所急；老冉冉其將至兮，

恐脩名之不立。（緝部。）朝飲木蘭之墜露兮，夕餐秋菊之落英；（音央。）苟余情其信姱以練要兮，長顑頷亦何傷！（陽部。）擥木根以結茝兮，貫薜荔之落蘂；（如果反。）矯菌桂以紉蕙兮，索胡繩之纚纚。（音縰，歌部。）謇吾法夫前脩兮，非時俗之所服；（房逼反。）雖不周於今之人兮，願依彭咸之遺則。（音稷，之部。）（第二段申言被讒之故，而因自明其志如此。）

長太息以掩涕兮，哀民生之多艱，余雖好脩姱以鞿羈兮，謇朝誶而夕替。（脂文借韵。）既替余以蕙纕兮，又申之以攬茝。亦余心之所善兮，雖九死其猶未悔。（呼鄙反，之部。）怨靈脩之浩蕩兮，終不察夫民心；眾女嫉余之蛾眉兮，謠諑謂余以善淫。（侵部。）固時俗之工巧兮，偭規矩而改錯；（音醋。）背繩墨以追曲兮，競周容以為度。（魚部。）忳鬱邑余侘傺兮，吾獨窮困乎此時（去聲）也！寧溘死以流亡兮，余不忍為此態（他吏反，之部。）也！鷙鳥之不羣兮，自前代而固然。何方圓之能周兮，夫孰異道而相安？（音蔫，元部。）屈心而抑志兮，忍尤而攘詬；伏清白以死直兮，固前聖之所厚。（侯部。）（第三段言君信讒之故，而己終不隨流俗，以申前意也。）

悔相道之不察兮，延佇乎吾將反；迴朕車以復路兮，及行迷之未遠。（元部。）步余馬於蘭皋兮，馳椒丘且焉止息；進不入以離尤兮，退將復脩吾初服。（之部。）製芰荷以為衣兮，集芙蓉以為裳；不吾知其亦已兮，苟余情其信芳！（陽部。）高余冠之岌岌兮，長余佩之陸離；（音羅。）芳與澤其雜糅兮，唯昭質其猶未虧。（音柯，歌部。）忽反顧以游目兮，將往觀乎四荒；佩繽紛其繁飾兮，芳菲菲其彌章。（陽部。）民生各有所樂兮，余獨好脩以為常；雖體解吾猶未變兮，豈予心之可懲！（陽蒸借韻。）（第四段設為退隱之思。言事君雖不得，而好脩不變，亦以申前意。）

女嬃之嬋媛兮，申申其詈予。（上聲。）曰「鯀婞直以亡身兮，終然夭乎羽之野。（音宇，魚部。）汝何博謇而好脩兮，紛獨有此姱節？（戴云：讀如則，蓋方音。）薋菉葹以盈室兮，判獨離而不服！（無韻。戴云：古音匐。）眾不可戶說兮，孰云察余之中情？世并舉而好朋兮，夫何煢獨而不予聽？」（耕部。）依前

聖之節中兮，喟憑心而歷茲；濟沅湘以南征兮，就重華而陳辭。（之部。）啓〈九辯〉與〈九歌〉兮，夏康娛以自縱。不顧難以圖後兮，五子用失乎家巷。（東部。戴云：古音胡貢切。）羿淫遊以佚田兮，又好射夫封狐；固亂流其鮮終兮，浞又貪夫厥家。（音姑，魚部。）澆身被服彊圉兮，縱欲而不忍；日康娛而自忘兮，厥首用夫顛隕。（文部。）夏桀之常違兮，乃遂焉而逢殃。后辛之菹醢兮，殷宗用而不長。（陽部。）湯禹嚴而祇敬兮，周論道而莫差；（音磋。）舉賢而授能兮，循繩墨而不頗。（平聲。歌部。）皇天無私阿兮，覽民德焉錯輔；夫維聖哲以茂行兮，苟得用此下土。（魚部。）瞻前而顧後兮，相觀民之計極；夫孰非義而可用兮，孰非善而可服？阽余身而危死兮，覽余初其猶未悔；不量鑿而正枘兮，固前修以菹醢。（音喜，之部。）曾歔欷余鬱邑兮，哀朕時之不當；攬茹蕙以掩涕兮，霑余襟之浪浪。（陽部。）（第五段借女嬃之言而因之陳辭。言熟觀古今治亂，得其中正之道如是，此所以與世不合之端，已必不可變者也。申前未盡之意。）

跪敷衽以陳辭兮，耿吾既得此中正；（平聲。）駟玉虬以乘鷖兮，溘埃風余上征。（耕部。）朝發軔於蒼梧兮，夕余至乎縣圃；（去聲。）欲少留此靈瑣兮，日忽忽其將暮，吾令羲和弭節兮，望崦嵫而勿迫；（補入聲。）路漫漫其脩遠兮，吾將上下而求索。（素入聲。魚部。）飲余馬於咸池兮，總余轡乎扶桑；折若木以拂日兮，聊須臾以相羊。（陽部。）前望舒使先驅兮，後飛廉使奔屬，（去聲。）鸞凰為余先戒兮，雷師告余以未具。（渠晝反，侯部。）吾令鳳鳥飛騰兮，又繼之以日夜；（音御。）飄風屯其相離兮，帥雲霓而來御。紛總總其離合兮，班陸離其上下；吾令帝閽開關兮，倚閶闔而望予。（上聲。）時曖曖其將罷兮，結幽蘭而延佇。世溷濁而不分兮，好蔽美而嫉妒。（上聲。）（第六段託言往見古先哲王之在天者以自廣，卒沮隔於飄風雲蜺，欲進不遂，因以歎溷濁之世大致如斯。）

朝吾將濟於白水兮，登閬風而緤馬；（音姥。）忽反顧以流涕兮，哀高丘之無女。（魚部。）溘吾游此春宮兮，折瓊枝以繼佩；（音邳。）及榮華之未落兮，相下女之可詒。吾令豐隆乘雲兮，求宓妃之所在；解佩纕

以結言兮，吾令蹇脩以為理。（之部。）紛總總其離合兮，忽緯繣其難遷；夕歸次於窮石兮，朝濯髮乎洧盤。（音便，元部。）保厥美以驕傲兮，日康娛以淫遊；雖信美而無禮兮，來違棄而改求。（幽部。）覽相觀於四極兮，周流乎天余乃下；望瑤臺之偃蹇兮，見有娀之佚女。（魚部。）吾令鴆為媒兮，鴆告余以不好；（呼叟反。）雄鳩之鳴逝兮，余猶惡其佻巧。（苦叟反，幽部。）心猶豫而狐疑兮，欲自適而不可；鳳皇既受詒兮，恐高辛之先我。（歌部。）欲遠集而無所止兮，聊浮遊以逍遙，及少康之未家兮。留有虞之二姚。（宵部。）理弱而媒拙兮，恐導言之不固；時溷濁而嫉賢兮，好蔽美而稱惡。（去聲。）（第七段託言欲求淑女以自廣，故歷往賢妃所產之地，冀或一遇於今日，而無良媒以通己志，因言世之溷濁無所往而可者。）

閨中既以邃遠兮，哲王又不寤；懷朕情而不發兮，余焉能忍與此終古。（去聲，魚部。）（戴氏注承上而言。欲求淑女則閨中深遠，欲見哲王，則哲王不遇，安能與溷濁之世久居乎。）索瓊茅以筳篿兮，命靈氛為余占之。曰兩美其必合兮，孰信脩而慕之？（無韻。）思九州之博大兮，豈唯是其有女？曰勉遠逝而無疑兮，孰求美而釋汝。何所獨無芳草兮，爾何懷乎故宇？世幽昧以眩曜兮，孰云察余之善惡？（上聲。魚部。）人好惡其不同兮，惟此黨人其獨異；戶服艾以盈要兮，謂幽蘭其不可佩。（音備，之部。）覽察草木其猶未得兮，豈珵美之能當；蘇糞壤以充幃兮！謂申椒其不芳。（陽部。）（第八段命靈氛為卜其行，而因念世之棄賢如此。）

欲從靈氛之吉占兮，心猶豫而狐疑；巫咸將夕降兮，懷椒糈而要之。（之部。）百神翳其備降兮，九疑繽其並迎；（當作迓，音寤。）皇剡剡其揚靈兮，告余以吉故。（魚部。）曰勉升降以上下兮，求矩矱之所同；湯禹儼而求合兮，摯咎繇而能調。（無韻。）苟中情其好脩兮，又何必用夫行媒？（明丕反。）說操築於傅巖兮，武丁用而不疑。（之部。）呂望之鼓刀兮，遭周文而得舉；甯戚之謳歌兮，齊桓聞以該輔。（魚部。）及年歲之未晏兮，時亦猶其未央；恐鵜鴂之先鳴兮，使夫百草為之不芳。（陽部。）何瓊佩之偃蹇兮，眾薆然而蔽（鼈去聲。）之；惟此黨人之不諒兮，恐嫉妒而折（去聲，祭部。）之。時繽紛其變易兮，又何可以淹留？蘭芷變而不芳兮，荃蕙化而為茅。（音矛，幽部。）何昔日之芳草兮，今直為此蕭艾（蘗去聲。）也？豈其有他故兮，莫好脩之害（胡列反，祭部。）也！余以蘭為可恃兮，羌無實而容長；委厥美以從俗兮，苟得列乎眾芳。（陽部。）椒專佞以慢慆兮，樧又欲充夫佩幃；既干進而務入兮，又何芳之能祗？（脂部。）固時俗之從流兮，又孰能無變化？覽椒蘭其若茲兮，又況揭車與江離！（歌部。）惟茲佩之可貴兮，委厥美而歷茲；芳菲菲而難虧兮，芬至今猶未沫。（無韻。）（第九段既又聞吉占之故而復審之於己。言不獨世棄賢，鄙所稱賢者，亦往往因之自棄；惟己則不隨流俗遷改，計有去此而已。）

和調度以自娛兮，聊浮游而求女；及余飾之方壯兮，周流觀乎上下。（魚部。）靈氛既告余以吉占兮，歷吉日乎吾將行，（音杭。）折瓊枝以為羞兮，精瓊爢以為粻。（陽部。）為余駕飛龍兮，雜瑤象以為車；何離心之可同兮，吾將遠逝以自疏。（魚部。）邅吾道夫崑崙兮，路脩遠以周流；揚雲霓之晻藹兮，鳴玉鸞之啾啾。（幽部。）朝發軔於天津兮，夕余至乎西極；鳳凰翼其承旂兮，高翺翔之翼翼。（之部。）忽吾行此流沙兮，遵赤水而容與；麾蛟龍使梁津兮，詔西皇使涉予。（上聲，魚部。）路脩遠以多艱兮，騰眾車使徑待；（徒其反。）路不周以左轉兮，指西海以為期。（之部。）屯余車其千乘兮，齊玉軑而並馳；（音它。）駕八龍之婉婉兮，載雲旗之委移，（音它，歌部。）抑志而弭節兮，神高馳之邈邈；奏《九歌》而舞《韶》兮，聊假日以媮樂。（宵部。）陟升皇之赫戲兮，忽臨睨夫舊鄉；僕夫悲余馬懷兮，蜷局顧而不行。（陽部。）（第十段託言遠逝，所至憂思不解，志在睠顧楚國終焉。）

亂曰：已矣哉！國無人，莫我知兮，又何懷乎故都！既莫足與為美政兮，吾將從彭咸之所居。（魚部。）

卷二

明詩第六

大舜云：詩言志，歌永言，聖謨所析，義已明矣[1]。是以在心為志，發言為詩，舒文載實，其在茲乎[2]！詩（孫云唐寫本詩上有故字）者，持也，持人情性；三百之蔽，義歸無邪，持之為訓，有（孫云唐寫本有上有信字）符焉爾[3]。

人稟七情，應物斯感，感物吟志，莫非自然[4]。昔葛天氏樂辭云：（孫云唐寫本無天氏二字又無云字郝云云字疑衍）玄鳥在曲[5]，黃帝雲門，理不空綺（朱云當作絃孫云唐寫本綺作絃）[6]，至堯有大唐（一作章孫云唐寫本唐作章）之歌，舜（孫云御覽五八六舜作虞）造南風之詩，觀其二文，辭達而已[7]。及大禹成功，九序（顧校序作敘）惟歌[8]；太（孫云御覽太作少）康敗德，五子咸怨（孫云唐寫本怨作諷御覽亦作諷）[9]，順美匡惡，其來久矣[10]。自商暨周，雅頌圓備，四始彪炳，六義環深[11]。子夏監（孫云唐寫本作鑒鈐木云御覽亦作鑒）絢素之章，子貢悟琢磨之句，故商賜二子，可與（孫云御覽作以）言詩（孫云唐寫本有矣字）[12]。自王澤殄（孫云御覽作彌）竭，風人輟采（孫云唐寫本作掇彩）；春秋觀志（孫云御覽志下有以字），諷誦舊章，酬酢以為（孫云唐寫本作成）賓榮，吐納而成身文[13]。逮楚國諷怨，則離騷為刺。秦皇滅典，亦造仙詩[14]。漢初四言，韋孟首唱[15]，匡諫之義，繼軌周人。孝武愛文，柏梁列韻[16]，嚴馬之徒，屬辭（孫云唐寫本作詞御覽亦作詞）無方[17]。至成帝品錄，三百餘篇[18]，朝章國采，亦云周備；而辭人遺翰，莫見五言，所以李陵班婕妤（孫云唐寫本無妤字御覽亦無妤字），見疑於後（孫云御覽後作前顧校亦作前）代也[19]。按召南行露，始肇半章；孺子滄浪，亦有全曲[20]；暇豫優歌，遠見春秋；邪徑童謠，近在成世；閱時取證（一作徵孫云唐寫本證作徵御覽亦作徵），則五言久矣[21]。又古詩佳麗，或稱（孫云御覽有於字）枚叔，其孤竹一篇，則傅毅之詞，比采（一作類孫云唐寫本作彩）而推，兩（孫云唐寫本兩上有故字鈴木云御覽兩上有固字）漢之作乎（孫云唐寫本乎作也）[22]？觀其結體散文，直而不野，婉轉附物，怊（鈴木云御覽作悃）悵切情，實五言之冠冕也[23]。至於（孫云唐寫本於作如）張衡怨篇，清典（一作曲從紀聞改趙云曲作典孫云御覽亦作典）可味；仙詩緩歌，雅有新聲[24]。暨建安之初，五言騰踊（孫云唐寫本作躍）；文帝陳思，縱轡以騁節[25]；王徐應劉，望路而爭驅[26]。並憐風月，狎池苑，述恩榮，敘酣宴，慷慨以任氣，磊落以使才；造懷指事，不求纖密之巧；驅辭逐貌，唯取昭晰（顧校晰作哲）之能：此其所同也[27]。乃（孫云唐寫本作及御覽亦作及）正始明道，詩雜仙心，何晏之徒，率多浮淺[28]。唯嵇志清峻，阮旨遙深，故能標焉（孫云御覽無此一句）[29]。若乃應璩百一，獨立不懼，辭譎義貞（孫云御覽作具），亦魏之遺直也[30]。晉世群才，稍入輕綺，張潘左（孫云唐寫本作左潘御覽亦作左潘）陸，比肩詩衢[31]，采縟於正始，力柔於建安，或析（趙云作折）文以為妙，或流靡以自妍，此其大略也[32]。江左篇製，溺乎（孫云御覽作於）玄風，嗤（孫云唐寫本作羞）笑徇務之志，崇盛亡（趙云亡作忘孫云御覽亦作忘郝云梅本作忘機）機之談，袁孫已下，雖各有雕采，而辭趣一揆，莫與（孫云唐寫本作能）爭雄，所以景純仙篇，挺拔而為俊矣（孫云唐寫本作雋御覽作雋也）[33]。宋初文詠，體有因革，莊老告退，而山水方滋，儷采百字（孫云御覽作家）之偶，爭價一句之奇，情必極貌以寫物，辭必窮力而追新，此近世之所競也[34]。

故鋪觀列代，而情變之數可監（孫云唐寫本監作鑒），撮舉同異，而綱領之要可明矣。若夫四言正體，則雅潤為本；五言流調，則（兩則字從御覽增鈴木云案燉本亦並有諸本無）清麗居宗；華實異用，惟才所安[35]。故平子得其雅，叔夜含（孫云唐寫本含作合）其潤，茂先凝（趙云凝作擬孫云御覽作擬）其清，景陽振其麗；兼（孫云御覽兼上有若字）善則子建仲宣，偏美則太沖公幹[36]。然詩有恆裁，思無定位，隨性適分，鮮能通圓

孫云唐寫本作圓通御覽亦作圓通。若妙識所難，其易也將至；忽之孫云唐寫本之作以御覽亦作以為易，其難也方來37。至於三六雜言，則出自篇什38；離合之發，則明孫云則下有亦字御覽明作萌趙云明作萌於圖讖39；回文所興，則道原為始40；聯句共韻，則柏梁餘製；巨細或殊，情理同致，總歸詩囿，故不繁云。

贊曰：民生而志，詠歌所含。興發皇世，風流二南。神理共契，政序相參。英華彌縟，萬代永耽。

【注釋】

1. 《尚書・舜典》：「詩言志，歌永言。」此舜命夔之辭。王肅注曰：「謂詩言志以導之，歌詠其義以長其言。」《毛詩》鄭玄《詩譜・序・正義》引鄭注〈堯典〉曰：「詩所以言人之志意也。永，長也。歌又所以長言詩之意。」聖謨唐寫本作聖謨，黃校本亦改謀作謨，《尚書・偽伊訓》：「聖謨洋洋，嘉言孔彰。」作聖謨是。

2. 〈詩大序〉：「詩者，志之所之也。在心為志，發言為詩。」《正義》曰：「詩者，人志意之所之適也。雖有所適，猶未發口，蘊藏在心，謂之為志，發見於言，乃名為詩。言作詩者，所以舒心志憤懣，而卒成於歌詠，故〈虞書〉謂之詩言志也。包管萬慮，其名曰心，感物而動，乃呼為志。志之所適，外物感焉。言悅豫之志，則和樂興而頌聲作，憂愁之志，則哀傷起而怨刺生。〈藝文志〉云：『哀樂之情感，歌詠之聲發。』此之謂也。」

3. 鄭玄《詩譜・序・正義》：「名為詩者，〈內則〉說負子之禮云：『詩負之。』注云：『詩之言承也。』《春秋說題辭》云：『詩之為言志也。』《詩緯含神霧》云：『詩者，持也。』然則詩有三訓：承也，志也，持也。作者承君政之善惡，述己志而作詩，為詩所以持人之行，使不失隊，故一名而三訓也。」彥和訓詩為持，用《含神霧》說。《論語．為政》：「子曰：《詩》三百，一言以蔽之，曰思無邪。」《正義》：「思無邪者，此《詩》之一言，〈魯頌．駉篇〉文也。詩之為體，論功頌德，止僻防邪，大抵皆歸於正，於此一句可以當之也。」

4. 《禮記．禮運》：「何為人情？喜怒哀懼愛惡欲，七者弗學而能。」《禮記．樂記》：「凡音之起，由人心生也。人心之動，物使之然也。感於物而動，故形於聲。」又曰：「夫民有血氣心知之性，而無哀樂喜怒之常，應感起物而動，然後心術形焉。」

5. 趙君萬里曰：「唐寫本天字氏字云字均無。案此文疑當作昔葛天樂辭，玄鳥在曲，方與下文黃帝《雲門》，理不空綺，相對成文。今本衍氏字云字，唐本奪天字，均有誤，然終以唐本近是。」案趙說是也。《呂氏春秋．仲夏紀．古樂篇》：「昔葛天氏之樂，三人摻牛尾投足以歌八闋：一曰《載民》；二曰《玄鳥》；三曰《遂草木》；四曰《奮五穀》；五曰《敬天常》；六曰《達帝功》；七曰《依地德》；八曰《總禽獸之極》。」高誘注曰：「上皆樂之八篇名也。」

6. 《周禮．春官．大司樂》：「以樂舞教國子舞《雲門》、《大卷》。」鄭注：「黃帝曰《雲門》、《大卷》。黃帝能成名萬物，以明民共財。言其德如雲之所出，民得以有族類。」理不空綺唐寫本作理不空絃，是。《詩譜．序．正義》：「大庭有鼓籥之器，黃帝有《雲門》之樂，至周尚有《雲門》，明其音聲和集。既能和集，必不空絃，絃之所歌，即是詩也。」案《正義》必不空絃之語即本彥和，是作綺者誤也。

7. 《禮記．樂記》：「《大章》，章之也。」鄭注：「堯樂名也。言堯德章明也。《周禮》闕之，或作《大卷》。」《尚書大傳》：「談然乃作《大唐之歌》。樂曰：舟張辟雍，鶬鶬相從，八風回回，鳳皇喈喈。」鄭注：「談猶灼也。《大唐之歌》美堯之禪也。」案《大唐》乃舜美堯禪之歌，不得云堯有，似當作《大章》為是。然鄭注〈樂記．大章〉。已云《周禮》闕之。彥和所見，當即《尚書大傳．大唐之歌》，行文偶誤耳。

《樂記》：「昔者舜作五弦之琴，以歌《南風》。」鄭注：「南風，長養之風也。以言父母之長養己，其辭未聞也。」《正義》：「案《聖證論》引《尸子》及《家語》難鄭云：昔者舜彈五弦之琴，其辭曰：南風之薰兮，可以解吾民之慍兮；南風之時兮，可以阜吾民之財兮。鄭云其辭未聞，失其義也。今案馬昭云：《家語》王肅所增加，非鄭所見。又《尸子》雜說，不可取證正經。故言未聞也。」案《尸子・綽子篇》汪繼培注曰：「《文選・琴賦》注引《尸子》曰：『舜作五弦之琴以歌《南風》。南風之薰兮，可以解吾民之慍。』是舜歌也。《禮記・樂記・疏》云：『《聖證論》引《尸子》及《家語》難鄭云……』疑《尸子》本止二語，而肅合《家語》稱之也。」

8. 《困學紀聞》卷二：「《大傳》二曰：『歌《大化》、《大訓》、《六府》、《九原》而夏道興。』注謂：『四章皆歌禹之功，所謂《九德》惟敍。』《九德》之歌於此猶可攷。」

9. 《墨子・非樂》：「於武觀曰：啓乃淫溢康樂，野於飲食，將將銘莧磬以力。湛濁于酒，渝食于野，萬舞翼翼，章聞于大，（當作天。）天用弗式。」《困學紀聞》卷二：「《左氏傳》（昭元年）夏有觀扈。漢（《地理志》）東郡有畔觀縣。《楚語》士亹曰：『堯有丹朱，舜有商均，啓有五觀。湯有太甲，文王有管蔡，是五王者皆元德也而有姦子。』韋昭注謂：『五觀，啓子，太康昆弟也。觀，洛汭之地。』《書・序》曰：『太康失國，昆弟五人須於洛汭。』《水經注》（〈巨洋水〉）亦云：『太康弟曰五觀。』愚謂五子述大禹之戒作歌，仁義之人，其言藹如也。豈朱均管蔡之比，韋氏語非也。」翁元圻注曰：「竊謂《內傳》之觀扈，是二國名。《外傳》之五觀，是啓子，而非作歌以述大禹之戒者也。案《竹書紀年》：『帝啓十一年放王季子武觀於西河，武觀以西河畔。彭伯壽帥師征西河。武觀來歸。』則即〈楚語〉之五觀也。然《竹書》曰：『王季子武觀。』明是一人，不得為五。或武五聲相近而誤，否則以其為季子而以五系之歟？《書》曰母弟，則必有不同母者，其武觀是歟？或武觀是五子之一，必來歸之後，能率德改行，如太甲之悔過也。」《史記・夏本紀》：「帝啓崩。子帝太康立。帝太康失國，昆弟五人，須于洛汭，作《五子之

歌》。」《枚傳》：「太康五弟與其母待太康於洛水之北，怨其不反，故作歌。」《偽古文尚書》載《五子之歌》：

其一曰：

「皇祖有訓，民可近，不可下。民惟邦本，本固邦寧。予視天下，愚夫愚婦，一能勝予。一人三失，怨豈在明，不見是圖。予臨兆民，懍乎若朽索之馭六馬，為人上者，奈何不敬！」

其二曰：

「訓有之：內作色荒，外作禽荒，甘酒嗜音，峻宇彫牆，有一於此，未或不亡。」

其三曰：

「惟彼陶唐，有此冀方。今失厥道，亂其紀綱，乃底滅亡。」

其四曰：

「明明我祖，萬邦之君，有典有則，貽厥子孫。關石和鈞，王府則有，荒墜厥緒，覆宗絕祀。」

其五曰：

「嗚呼曷歸，予懷之悲；萬姓仇予，予將疇依。鬱陶乎予心，顏厚有忸怩，弗慎厥德，雖悔可追。」

10. 鄭玄《詩譜．序》：「論功頌德，所以將順其美；刺過譏失，所以匡救其惡。」《正義》引鄭《六藝論．論詩》云：「詩者，弦歌諷喻之聲也。自書契之興，朴略尚質，面稱不為諂，目諫不為謗，君臣之接，如朋友然，在於誠懇而已。斯道稍衰，姦偽以生，上下相犯。及其制禮，尊君卑臣，君道剛嚴，臣道柔順，於是箴諫者希，情志不通，故作詩者，以誦其美而譏其過。」

11. 《詩譜．序》：「邇及商王，不風不雅。」《正義》曰：「湯以諸侯行化，卒為天子。〈商頌〉成湯『命於下國，封建厥福。』明其政教漸興，亦有風雅。商周相接，年月未多，今無商風雅，唯有其頌，是周世棄而不錄。故云近及商王，不風不雅，言有而不取之。」四始見〈宗經篇〉。〈詩大序〉：「故詩有六義焉：一

曰風；二曰賦；三曰比；四曰興；五曰雅；六曰頌。」《正義》：「風雅頌者，詩篇之異體，賦比興者，詩文之異辭耳。大小不同，而得並為六義者，賦比興是詩之所用，風雅頌是詩之成形，用彼三事，成此三事，是故同稱為義，非別有篇卷也。」《左・昭十六年傳》，杜注：「環，周也。」六義環深，猶言六義周密而深厚。校勘記：「案圓字可疑，下文云亦云周備，圓疑周字訛。」

12. 《論語・學而篇》子貢曰：「詩云『如切如磋，如琢如磨』，其斯之謂與？」子曰：『賜也！始可與言詩已矣，告諸往而知來者。』」〈八佾篇〉子夏問曰：『巧笑倩兮，美目盼兮，素以為絢兮。何謂也？』子曰：『繪事後素。』曰：『禮後乎？』子曰：『起予者商也！始可與言詩已矣。』

13. 《左傳・襄公二十七年》：「鄭伯享趙孟於垂隴，七子從。趙孟曰：七子從君以寵武也，請皆賦以卒君貺，武亦以觀七子之志。……趙孟曰：詩以言志，志誣其上而公怨之，以為賓榮，其能久乎？」僖二十四年《傳》：「介之推曰：言，身之文也。」春秋列國朝聘酬酢，必賦詩言志，然皆諷誦舊草，辭非己作，故彥和云然。

14. 郝懿行曰：「案《漢志》以〈騷〉為賦，此篇以〈騷〉為詩，蓋賦者古詩之流，〈離騷〉者含詩人之性情，具賦家之體貌也。」《史記・秦始皇本紀》：「三十六年，使博士為〈仙真人詩〉。」〈仙真人詩〉不傳。智匠《古今樂錄》：「秦始皇祠洛水，有黑頭公從河中出。呼始皇曰：『來受天寶。』乃與羣臣作歌曰：洛陽之水，其色蒼蒼，祠祭大澤，倏忽南臨，洛濱醊禱，色連三光。」此詩既出附會，亦非〈仙真人詩〉，姑附見於此。

15. 《漢書・韋賢傳》：韋孟為楚元王傅。傅子夷王及孫王戊。戊荒淫不遵道。孟作詩諷諫曰：

「肅肅我祖，國自豕韋；黼衣朱紱，四牡龍旂。彤弓斯征，撫寧遐荒；總齊羣邦，以翼大商；迭彼大彭，勳績維光。至於有周，歷世會同，王赧聽譖，寔絕我邦。我邦既絕，厥政斯逸；賞罰之行，非繇王室。庶尹羣后，靡扶靡衛；五服崩離，宗周以隊。我祖斯微，遷于彭城；在予小子，勤誒厥生。阨此嫚秦，耒耜以耕；

16.

悠悠嫚秦，上天不寧；迺眷南顧，授漢于京。於赫有漢，四方是征；靡適不懷，萬國攸平。迺命厥弟，建侯於楚；俾我小臣，惟傅是輔。兢兢元王，恭儉淨壹；惠此黎民，納彼輔弼。饗國漸世，垂烈于後；迺及夷王，克奉厥緒。咨命不永，惟王統祀；左右陪臣，此維皇士。如何我王，不思守保；不惟履冰，以繼祖考。邦事是廢，逸遊是娛；犬馬繇繇，是放是驅。務彼鳥獸，忽此稼苗；烝民以匱，我王以媮。所弘非德，所親非俊；惟囿是恢，惟諛是信。睮睮諂夫，咢咢黃髮；如何我王，曾不是察！既藐下臣，追欲從逸，嫚彼顯祖，輕此削黜。嗟嗟我王，漢之睦親，曾不夙夜，以休令聞。穆穆天子，臨爾下土；明明羣司，執憲靡顧；正遐繇近，殆其怙茲；嗟嗟我王，曷不此思。非思非鑒，嗣其罔則；彌彌其失，岌岌其國。致冰匪霜？致隊靡嫚？瞻惟我王。昔靡不練。興國救顛，孰違悔過；追思黃髮，秦繆以霸。歲月其徂，年其逮耇；於昔君子，庶顯於後。我王如何，曾不斯覽！黃髮不近，胡不時監！」

《古文苑》卷八：漢武帝元封三年，作柏梁臺，詔羣臣二千石有能為七言詩，乃得上坐。日月星辰和四時。（皇帝）驂駕駟馬從梁來。（梁孝王武）郡國士馬羽林材。（大司馬）總領天下誠難治。（丞相石慶）和撫四夷不易哉。（大將軍衛青）刀筆之吏臣執之。（御史大夫倪寬）撞鐘伐鼓聲中詩。（太常周建德）宗室廣大日益滋。（宗正劉安國）周衛交戟禁不時。（衛尉路博德）總領從官柏梁臺。（光祿勳徐自為）平理清讞決嫌疑。（廷尉杜周）修飭輿馬待駕來。（太僕公孫賀）郡國吏功差次之。（大鴻臚壺充國）乘輿御物主治之。（少府王溫舒）陳粟萬石揚以箕。（大司農張成）徼道宮下隨討治。（執金吾中尉豹）三輔盜賊天下危。（左馮翊盛宣）盜阻南山為民災。（右扶風李成信）外家公主不可治。（京兆尹）椒房率更領其材。（詹事陳當）蠻夷朝賀常會期。（典屬國）柱枅欂櫨相枝持。（大匠）枇杷橘栗桃李梅。（太官令）走狗逐兔張罘罝。（上林令）齧妃女脣甘如飴。（郭舍人）迫窘詰屈幾窮哉！（東方朔）

《日知錄》二十一：「漢武〈柏梁臺詩〉本出《三秦記》，云是元封三年作。而考之於史，則多不符。按《史記》及《漢書》，〈孝景紀〉中六年夏四月，梁王薨。〈諸侯王表〉梁孝王武立三十五年薨。孝景後元

年，共王買嗣，七年薨。建元五年平王襄嗣，四十年薨。〈文三王傳〉同。又按〈孝武紀〉元鼎二年春，起柏梁臺，是為梁平王之二十二年，而孝王之薨，至此已二十九年。又七年始為元封三年。又按平王襄元朔中以與太母爭樽，公卿請廢為庶人。天子曰：梁王襄無良師傅，故陷不義，乃削梁八城，梁餘尚有十城。（原注《漢書》言削五縣，僅有八城。）又按平王襄之十年為元朔二年來朝，其三十六年為太初四年來朝，皆不當元封時。又按〈百官公卿表〉郎中令武帝太初元年更名光祿勳。典客景帝中六年更名大行令，武帝太初元年更名大鴻臚。治粟內史景帝後元年更名大農令，武帝太初元年更名大司農。中尉武帝太初元年更名執金吾。內史景帝二年分置左內史右內史，武帝太初元年更名京兆尹，左內史更名左馮翊，主爵中尉景帝中六年更名都尉，武帝太初元年更名右扶風。凡此六官，皆太初以後之名，不應預書於元封之時。又按〈孝武紀〉太初元年冬十一月乙酉，柏梁臺災。夏五月正歷，以正月為歲首，定官名，則是柏梁既災之後，又半歲而始改官名，而大司馬大將軍青則薨於元封之五年，距此已二年矣。反復考證，無一合者。蓋是後人擬作，剽取武帝以來官名及〈梁孝王世家〉乘輿駟馬之事以合之，而不悟時代之乖舛也。」

17. 《漢書．藝文志》屈原賦類有莊夫子賦二十四篇（莊夫子即嚴忌），司馬相如賦二十九篇。彥和謂其「屬辭無方」，蓋二人亦作詩也，《玉臺新詠》卷九載司馬相如〈琴歌〉二首，出後人附會，不復錄。

18. 《漢書．藝文志．總序》：「成帝時詔光祿大夫劉向校經傳諸子詩賦。」〈詩賦略〉：「凡歌詩二十八家，三百一十四篇。」

19. 紀評曰：「觀此則以蘇李為偽，不始於東坡矣。」案顏延年〈庭誥〉云：「逮李陵眾作，總雜不類，元是假託，非盡陵製。至其善寫，有足悲者。」此東坡說所出。《師友詩傳錄》（郎廷槐問，王士禎等答。）張蕭亭曰：「〈十九首〉或謂《楚騷》同時，或謂枚乘等作，想考無確據，故不書作者姓名。觀〈青青陵上柏〉一章內，兩宮遙相望，雙闕百餘尺，兩宮南宮北宮也。蔡質《漢官典職》曰：南宮北宮，相去七里。又〈明月皎夜光〉一章內，玉衡指孟冬，促織鳴東壁，白露霑野草，秋蟬鳴樹間，玄鳥逝安適等語，所序皆秋事，

乃《漢令》也。《漢書》曰：高祖十月至霸上，故以十月為歲首。漢之孟冬，今之七月也，似為漢人之作無疑。至於蘇李〈河梁詩〉，可與〈十九首〉相頡頏。東坡先生謂為偽作，亦必有見，然氣味高古，縱不出蘇李，定漢之高手所擬，江文通善於擬古者，似不能及也。」

黃先生《詩品講疏》曰：《文心雕龍．明詩篇》曰：「又古詩佳麗，或稱枚叔，（徐陵《玉臺新詠》有枚乘詩八首，〈青青河畔草〉一，〈西北有高樓〉二，〈涉江采芙蓉〉三，〈庭中有奇樹〉四，〈迢迢牽牛星〉五，〈東城高且長〉六，〈明月何皎皎〉七，〈行行重行行〉八，此皆在十九首中。《玉臺》又有〈蘭若生春陽〉一首。亦云枚叔作。）其〈孤竹〉一篇則傅毅之辭。（傅毅字武仲，當明章時。〈孤竹〉謂十九首中之〈冉冉孤生竹〉一篇也。）比采而推，兩漢之作乎？」（以枚叔為西漢人，傅毅為東漢人故。）《文選》李善注云：「古詩蓋不知作者，或云枚乘，疑不能明也。詩云『驅車上東門』（阮嗣宗〈詠懷詩〉注引《河南郡圖經》曰：東有三門，最北頭有上東門，案此東都城門名也，故疑為東漢人之辭。）又云『游戲宛與洛』（《古詩注》曰：『漢書南陽郡有宛縣，洛，東都也。』案張平子〈南都賦〉注引摯虞曰：『南陽郡治宛，在京之南，故曰南都。』〈南都賦〉曰：『夫南陽者真所謂漢之舊都者也。』詩以宛洛互言，明在東漢之世。）此則辭兼東都，非盡是乘明矣。」尋李注所言，是古有以十九首皆枚乘所作者，故云「非盡是乘」。孝穆撰詩但以十九首有乘所作，亦因其餘句多與時序不合爾。案〈明月皎夜光〉一詩，稱節序皆是太初未改歷以前之言，詩云「玉衡指孟冬」而上云「促織鳴東壁」，下云「秋蟬鳴樹間，玄鳥逝安適？」是此孟冬，正夏正之孟秋，若在改歷以還，稱節序者，不應如此。然則此詩乃漢初之作矣。又〈凜凜歲云暮〉一詩言「涼風率已厲」，涼風之至，候在孟秋，（《月令》：「孟秋之月涼風至。」）而此云歲暮，是亦太初以前之詞也。推而論之，五言之作，在西漢則歌謠樂府為多，而辭人文士猶未肯相率模效。李都尉從戎之士，班婕妤宮闈之流，當其感物興歌，初不殊於謠諺。然風人之旨，感慨之言，竟能擅美當時，垂範來世，推其原始，故亦閭里之聲也。按《漢書．藝文志》云：「自孝武立樂府，而采歌謠，於是有代趙之謳，秦楚

之風，皆感於哀樂，緣事而發，亦可以觀風俗，知薄厚云。」歌詩二十八家中，除諸不繫於地者，有吳楚汝南歌詩、燕代謳、雁門雲中隴西歌詩、邯鄲河間歌詩、齊鄭歌詩。淮南歌詩、左馮翊秦歌詩、京兆尹秦歌詩、河東蒲反歌詩、雒陽歌詩、河南周歌詩、河南周歌聲曲折、周謠歌詩、周謠歌詩聲曲折、周歌詩、南郡歌詩都凡十餘家。此與陳詩觀風，初無二致。然則漢世歌謠之有十餘家，無殊於《詩》三百篇之有十五〈國風〉也。

《講疏》又曰：「摯虞〈文章流別論〉（《藝文類聚》五十六）曰：古詩有三言、四言、五言、六言、七言、九言，大率以四言為體，而時有一句二句雜在四言之間，後世演之，遂以為篇。古詩之三言者，『振振鷺，鷺于飛』之屬是也。漢郊廟歌多用之。（唐山夫人〈安世房中歌詩〉、〈安其所〉、〈豐草葽〉、〈雷震震〉諸篇皆三言，〈郊祀歌〉、〈練時日〉、〈太乙況〉、〈天馬徠〉諸篇，皆三言。）五言者『誰謂雀無角，何以穿我屋』之屬是也。於俳諧倡樂多用之。（凡非大禮所用者，皆俳諧倡樂，此中兼有樂府所載歌謠。）六言者『我姑酌彼金罍』之屬是也。樂府亦用之。（如〈悲歌〉『悲歌可以當泣，遠望可以當歸』二句，〈猛虎行〉『飢不從猛虎食，暮不從野雀棲』二句，又〈上留田行〉前四句，皆六言成句者也。）七言者『交交黃鳥止于桑』之屬是也。（案從鳥字斷句亦可，宜舉『昔也日闢國百里』二句。）於俳諧倡樂多用之。（樂府中多以七字為句，如鼓吹鐃歌中『千秋萬歲樂無極，江有香草目以蘭』，此外不能悉舉。）古詩之九言者，『泂酌彼行潦挹彼注茲』之屬是也。（案此仍從潦字斷句，《詩》三百篇實無九言者，當舉〈九辯〉之『吾固知其鉏鋙而難入』。）不入歌謠之章。（按〈烏生篇〉『唶我秦氏家有遊蕩子』及『白鹿乃在上林西苑中』等句，皆九言，所謂不入歌謠之章者，蓋因其希見爾。）以摯氏之言推之，則五言固俳諧倡樂所多有。〈藝文志〉所列諸方歌謠宜在俳諧倡樂之內，而《文心雕龍．明詩篇》猥云：『成帝品錄，三百餘篇（即〈藝文志．詩賦略〉所載凡歌詩二十八家三百一十四篇。），朝章國采，亦云周備，而辭人遺翰，莫見五言。』此以當世文士，不為五言，並疑樂府歌謠亦無五言也。（文瀾謹案，彥和之意，似謂三百餘篇中不見著名文士作五言詩，非謂三百餘篇無一五言詩也。採自民間之歌謠，非辭人所作，而儘多五言，彥和殆未嘗疑之也。）今考西漢之世，為五言有主名者：李都尉班婕妤而外，有虞美人〈答項王歌〉（見《楚漢春秋》）、卓文君〈白頭吟〉、李延年歌（前四語）、蘇武詩四首。其無主名者，樂府有〈上陵〉（前數句）、〈有所思〉（篇中多五言）、〈雞鳴〉、〈陌上桑〉、〈長歌行〉、〈豫章行〉、〈相逢行〉、〈長安有狹斜行〉、〈隴西行〉、〈步出夏門行〉、〈豔歌何嘗行〉、〈豔歌行〉、〈怨歌行〉、〈上留田〉（〈里中有啼兒〉一首。）古〈八變歌〉、〈豔歌〉、〈古咄唶歌〉（此中容有東漢所造，然武帝樂府所錄，宜多存者。）歌謠有《紫宮諺》（《漢書》曰：李延年善歌，能為新聲，與女弟俱幸，時人為之語曰：『一雌復一雄，雙飛入紫宮。』）《長安為尹賞作歌》、《成帝時歌》（見前。）〈無名人詩〉八首，（〈上山採蘼蕪〉一，〈四坐且莫諠〉二，〈悲與親友別〉三，〈穆穆清風至〉四，〈橘柚垂華實〉五，〈十五從軍征〉六，〈新樹蘭蕙花〉七，〈步出城東門〉八，以上諸詩或見《樂府詩集》，或見《詩紀》。）〈古詩八首〉。（五言四句，如〈采葵莫傷根〉之類。）大抵淳厚清婉，其辭近於國風，不雜以賦頌，此乃五言之正軌矣。蓋秦漢歌謠，多作五言，飾以雅詞，傳之六義，斯其風流日盛，疆畫愈遠。自建安以來，文人競作五言，篇章日富，然閭里歌謠，則猶遠同漢風。試觀樂府所載清商曲辭，五言居其什九，託意造句，皆與漢世樂府共其波瀾。以此知五言之體肇於歌謠也。彥和云『不見五言』，斯乃千慮之一失，唯仲偉斷為炎漢之製，其鑒審矣。」

漢四言詩浸益衰落，韋玄成之〈自劾詩戒子孫詩〉（此詩元帝時作。）雖懿雅有餘，而欲使人味之亹亹不倦也難矣。武帝時，李都尉始著五言之目，今所傳蘇李詩，皆五言也。《文心雕龍．明詩篇》頗致疑於李陵。鍾嶸《詩品》則列李陵為上品，而蘇武詩，劉鍾二家均未言及，誠為可疑。（楊慎《丹鉛總錄》詩話類謂：「摯虞《文章流別志》云：李陵眾作，總雜不類，殆是假托，非盡陵制，至其善篇，有足悲者，以此考之，其來古矣。即使假託，亦是東漢及魏人張衡、曹植之流，始能之耳。」）丁福保《全漢詩．緒言》曰：

「《古文苑》有李陵〈錄別詩〉八首，又有〈蘇武答李陵詩〉、〈別李陵詩〉各一首，皆標明蘇李所作。宋章樵注《古文苑》，因大蘇疑《文選》中蘇李贈答五言為偽作，遂並以此十首為非真。明人選刻古詩，竟列此於無名氏之中，改其題為〈擬蘇李詩〉十首。故有清一代之各選本，無不削蘇李之名，而以為後人所擬。然蘇章二氏之所疑者，皆憑空臆度之辭，非有真實確據也。且此等詩在趙宋以前，亦無有疑其偽託者。試觀《藝文類聚》之所載，皆確定為蘇李。況『二鳧俱北飛』，《初學記》亦指為蘇武〈別李陵詩〉。杜子美云：『李陵蘇武是吾師。』子美豈無見哉。東坡晚年〈跋黃子思詩〉云：『蘇李之天成。』尊之亦至矣，其曰『六朝擬作』者，一時鄙薄蕭統之偏辭耳，蓋東坡亦自悔其失言也。」案蘇李真偽，實難碻斷，惟存而不議，庶寡尤悔耳。茲全錄所謂蘇李詩如下：

〈蘇武詩〉四首（自此至下附錄馮默庵云云，皆從丁福保《全漢詩》迻錄。）

○骨肉緣枝葉，結交亦相因；四海皆兄弟，誰為行路人。況我連枝樹，與子同一身；昔為鴛與鴦，今為參與辰。昔者常相近，邈若胡與秦；惟念當乖離，恩情日以新。鹿鳴思野草，可以喻嘉賓。我有一尊酒，欲以贈遠人；願子留斟酌，敍此平生親。

○結髮為夫妻，恩愛兩不疑；歡娛在今夕，燕婉及良時。征夫懷往路，起視夜何其；參辰皆已沒，去去從此辭。行役在戰場，相見未有期；握手一長歎，淚為生別滋。努力愛春華，莫忘歡樂時；生當復來歸，死當長相思。

○黃鵠一遠別，千里顧徘徊；胡馬失其羣，思心常依依。何況雙飛龍，羽翼臨當乖；幸有絃歌曲，可以喻中懷。請為遊子吟，泠泠一何悲；絲竹厲清聲，慷慨有餘哀。長歌正激烈，中心愴以摧；欲展清商曲，念子不能歸。俛仰內傷心，淚下不可揮；願為雙黃鵠，送子俱遠飛。

○燭燭晨明月，馥馥我（《補注》曰：當作秋。）蘭芳；芬馨良（一作長。）夜發，隨風聞我堂；征夫懷遠路，遊子戀故鄉，寒冬十二月，晨起踐嚴霜；俯觀江漢流，仰視浮雲翔。良友遠別離，各在天一方；山海隔中州，相去悠且長。嘉會難再（《文選》作兩）遇，歡樂殊未央；願君（一作言。）崇令德，隨時愛景光。

〈答李陵詩〉（見《古文苑》及《藝文類聚》。）

童童孤生柳，寄根河水泥；連翩遊客子，于冬服涼衣；去家千里餘，一身常渴饑。寒夜立清庭，仰瞻天漢湄；寒風吹我骨，嚴霜切我肌；憂心常慘戚，晨風為我悲。瑤光遊何速，行願支荷（一作去何。）遲；仰視雲間星，忽若割長帷。低頭還自憐，盛年行已衰。依依戀明世，愴愴難久懷。

〈別李陵〉（見《初學記》卷十八，明人以為後人擬〈蘇李詩〉。）

二（《古文苑》作雙。）鳧俱北飛，一鳧獨南翔；子當留斯館，我當歸故鄉。一別如秦胡，會見何詎央，愴恨切中懷，不覺淚沾裳。願子長努力，言笑莫相忘。

〈李陵與蘇武詩〉三首

○良時不再至，離別在須臾；屏營衢路側，執手野踟躕。仰視浮雲馳，奄忽互相踰；風波一失所，各在天一隅。長當從此別，且復立斯須；欲因晨風發，送子以賤軀。

○攜手上河梁，游子暮何之，徘徊蹊路側，悢悢（一作恨恨）不能辭；行人難久留，各言長相思。安知非日月，弦望自有時；努力崇明德，皓首以為期。

○嘉會難再遇，三載為千秋；臨河濯長纓，念子（一作別）悵悠悠。遠望悲風至，對酒不能酬。行人懷往路，何以慰我愁；獨有盈觴酒，與子結綢繆。

〈錄別詩〉八首（見《古文苑》及《藝文類聚》。）

○有鳥西南飛，熠熠似蒼鷹；朝發天北隅，暮聞日南陵，欲寄一言去，（一作辭。）託之牋綵繒；因風附輕翼，以遺心蘊蒸。鳥辭路悠長，羽翼不能勝；意欲從鳥逝，駑馬不可乘。

○爍爍三星列，拳拳月初生；寒涼應節至，蟋蟀夜悲鳴。晨風動喬木，枝葉日夜零；游子暮思歸，塞耳不能聽。遠望正蕭條，百里無人聲；豺狼鳴後園，虎豹步前庭；遠處天一隅，苦困獨零丁。親人隨風散，歷歷如

流星；三萍離不結，思心獨屏營；願得萱草枝，以解饑渴情。

○寂寂君子坐，奕奕合眾芳；溫聲何穆穆，因風動馨香。清言振東序，良時著西庠；乃命絲竹音，列席無高唱。悲意何慷慨，清歌正激揚；長哀發華屋，四坐莫不傷。

○晨風鳴北林，熠燿（一作熠熠。）東南飛；願言所相思，日暮不垂帷。明月照高樓，想見餘光輝；玄鳥夜過庭，髣髴能復飛；褰裳路踟躕，彷徨不能歸。浮雲日千里，安知我心悲；思得瓊樹枝，以解長渴饑。

○陟彼南山隅，送子淇水陽；爾行西南遊，我獨東北翔。猿馬顧悲鳴，五步一彷徨；雙鳧相背飛，相遠日已長。遠望雲中路，相見來圭璋，萬里遙相思，何益心獨傷。隨時愛景曜，願言莫相忘。

○鍾子歌南音，仲尼嘆歸與；戎馬悲邊鳴，遊子戀故廬。陽鳥歸飛雲，蛟龍樂潛居；人生一世間，貴與願同俱。身無四凶罪，何為天一隅！與其苦筋力，必欲榮薄軀；不如及清時，策名於天衢。

○鳳凰鳴高岡，有翼不好飛安；知鳳凰德貴，其來見稀。（闕）

○紅塵蔽天地，白日何冥冥！（闕）

（附錄）

紅塵蔽天地，白日何冥冥；微陰盛殺氣，淒風從此興。招搖西北指，天漢東南傾，嗟爾穹廬子，獨行如履冰。短褐中無緒，帶斷續以繩。瀉水置瓶中，焉辨淄與澠。巢父不洗耳，後世有何稱。（《升菴詩話》云：見《修文殿御覽》。）

馮默菴曰：「《古文苑》止載二句，下闕。《文選》李善本〈西都賦〉註亦載二句。蔽字作塞。已下十二句，《升菴詩話》云：『出《修文殿御覽》。』此書亡失已久，所不敢信。然以文義考之，首云白日何冥冥，何得遽接云：『招搖西北指，天漢東南傾』耶！『短褐中無緒，帶斷續以繩』二句，別見《御覽》。緒作絮。又小謝詩曰：『瀉酒置井中，誰能辨斗升；合如杯中水，誰能辨淄澠。』今直合作二句，無論惠連必無勦襲之病，可得謂之文理通備否？」

班婕妤〈怨詩〉（《文選》作〈怨歌行并序〉。《玉臺新詠》卷一。）

昔漢成帝班婕妤失寵，供養於長信宮，乃作賦自傷，併為〈怨詩〉一首。

新裂齊紈素，鮮潔（《文選》作皎潔，李善注謝脁、江淹詩並引為鮮潔。）如霜雪，裁為合歡扇，團團似明月。出入君懷袖，動搖微風發；常恐秋節至，涼風（一作飈）奪炎熱；棄捐篋笥中，恩情中道絕。

《詩・召南・行露篇》（雖速我獄，雖速我訟四句皆四言，故曰半章。）

「誰謂雀無角，何以穿我屋？誰謂女無家，何以速我獄？雖速我獄，室家不足。誰謂鼠無牙，何以穿我墉？誰謂女無家，何以速我訟？雖速我訟，亦不女從。」

《孟子・離婁篇》有〈孺子歌〉曰：

「滄浪之水清兮，可以濯我纓。滄浪之水濁兮，可以濯我足。」（《楚辭・漁父》亦載此歌。）

《國語・晉語二》，優施飲里克酒，中飲，優施起舞曰：

「暇豫之吾吾，不如鳥烏；人皆集於菀，己獨集於枯。」（韋昭注曰：「吾吾，不敢自親之貌也。言里克欲為閑樂事君之道，反不敢自親吾吾然，其智曾不若鳥烏也。」）

《漢書・五行志》成帝時歌謠曰：

「邪徑敗良田，讒口亂善人；桂樹華不實，黃爵巢其顛；故為人所羨，今為人所憐。」

趙君萬里曰：「兩上有故字，乎作也。案《御覽》五八六引兩上有固字，固故音近而訛。疑此文當作固，兩漢之作也。」案趙說是也。

枚乘〈雜詩〉九首（丁福保《全漢詩》云：九首次第依宋本《玉臺新詠》。）

○西北有高樓，上與浮雲齊；交疏結綺窗，阿閣三重階。上有絃歌聲，音響一何悲；誰能為此曲，無乃杞梁妻。清商隨風發，中曲正徘徊；一彈再三歎，慷慨有餘哀。不惜歌者苦，但傷知音稀；願為雙鴻鵠，奮翅起高飛。

○東城高且長，逶迤自相屬；回風動地起，秋草萋已綠。四時更變化，歲暮一何速；晨風懷苦心，蟋蟀傷局促；蕩滌放情志，何為自結束。燕趙多佳人，美者顏如玉；被服羅裳衣，當戶理清曲；音響一何悲，絃急知柱促。馳情整中帶，沈吟聊躑躅；思為雙飛燕，銜泥巢君屋。

○行行重行行，與君生別離；相去萬餘里，各在天一涯；道路阻且長，會面安可知。胡馬依北風，越鳥巢南枝；相去日已遠，衣帶日已緩。浮雲蔽白日，遊子不顧返；思君令人老，歲月忽已晚；棄捐勿復道，努力加餐飯。

○涉江采芙蓉，蘭澤多芳草，采之欲遺誰，所思在遠道。還顧望舊鄉，長路漫浩浩，同心而離居，憂傷以終老。

○青青河畔草，鬱鬱園中柳；盈盈樓上女，皎皎當窗牖；娥娥紅粉粧，纖纖出素手。昔為娼家女，今為蕩子婦；蕩子行不歸，空牀難獨守。

○蘭若生春陽，涉冬猶盛滋；願言追昔愛，情款感四時。美人在雲端，天路隔無期；夜光照玄陰，長歎戀所思；誰謂我無憂，積念發狂癡。

○庭中有奇樹，綠葉發華滋；攀條折其榮，將以遺所思。馨香盈懷袖，路遠莫致之；此物何足貴，（貴李善《文選註》本作貢，註貢，獻也。）但感別經時。

○迢迢牽牛星，皎皎河漢女；纖纖擢素手，札札弄機杼；終日不成章，泣涕零如雨。河漢清且淺，相去復幾許；盈盈一水間，脈脈不得語。

○明月何皎皎，照我羅牀幃；憂愁不能寐，攬衣起徘徊；客行雖云樂，不如早旋歸。出戶獨徬徨，愁思當告誰。引領還入房，淚下沾裳衣。

〈古詩〉十一首

○青青陵上柏，磊磊澗中石；人生天地間，忽如遠行客。斗酒相娛樂，聊厚不為薄；驅車策駑馬，遊戲宛與

洛。洛中何鬱鬱，冠帶自相索；長衢羅夾巷，王侯多第宅，兩宮遙相望，雙闕百餘尺；極宴娛心意，戚戚何所迫。

◯今日良宴會，歡樂難具陳；彈箏奮逸響，新聲妙入神；令德唱高言，識曲聽其真；齊心同所願，含意俱未申。人生寄一世，奄忽若飇塵；何不策高足，先據要路津；無為守窮賤，轗軻長苦辛。

◯明月皎夜光，促織鳴東壁；玉衡指孟冬，（劉履《文選詩補注》云：冬當作秋。）眾星何歷歷。白露霑野草，時節忽復易；秋蟬鳴樹間，玄鳥逝安適。昔我同門友，高舉振六翮；不念攜手好，棄我如遺跡。南箕北有斗，牽牛不負軛；良無盤石固，虛名復何益。（案太初以前，雖以十月為歲首，而四季之名實未嘗改，王引之考之詳矣。此詩孟冬當是孟秋之誤，下云秋蟬是其證。）

◯冉冉孤生竹，結根泰山阿；與君為新婚，兔絲附女蘿。兔絲生有時，夫婦會有宜；千里遠結婚，悠悠隔山陂；思君令人老，軒車來何遲。傷彼蕙蘭花，含英揚光輝；過時而不采，將隨秋草萎；君亮執高節，賤妾亦何為。（此篇彥和以為傅毅所作，揆以辭人遺翰，莫見五言之說，則民間歌謠之五言詩體，至東京始為士大夫所採用耳。）

◯迴車駕言邁，悠悠涉長道；四顧何茫茫，東風搖百草；所遇無故物，焉得不速老。盛衰各有時，立身苦不早；人生非金石，豈能長壽考；奄忽隨物化，榮名以為寶。

◯驅車上東門，遙望郭北墓；白楊何蕭蕭，松柏夾廣路。下有陳死人，杳杳即長暮；潛寐黃泉下，千載永不寤。浩浩陰陽移，年命如朝露；人生忽如寄，壽無金石固；萬歲更相送，賢聖莫能度。服食求神仙，多為藥所誤；不如飲美酒，被服紈與素。

◯去者日以疎，生者日以親；出郭門直視，但見邱與墳。古墓犁為田，松柏摧為薪；白楊多悲風，蕭蕭愁殺人；思還故里閭，欲歸道無因。

◯生年不滿百，常懷千歲憂；晝短苦夜長，何不秉燭遊。為樂當及時，何能待來茲；愚者愛惜費，但為後世

嗤；仙人王子喬，難可與等期。

○凜凜歲云暮，螻蛄夕鳴悲；涼風率已厲，游子寒無衣。錦衾遺洛浦，同袍與我違；獨宿累長夜，夢想見容輝。良人惟古懽，枉駕惠前綏；願得常巧笑，攜手同車歸。既來不須臾，又不處重闈；亮無晨風翼，焉能淩風飛。眄睞以適意，引領遙相睎；徙倚懷感傷，垂涕霑雙扉。（此篇確係太初改歷以前之詩。）

○孟冬寒氣至，北風何慘慄；愁多知夜長，仰觀眾星列；三五明月滿，四五蟾兔缺。客從遠方來，遺我一書札；上言長相思，下言久離別。置書懷袖中，三歲字不滅；一心抱區區，懼君不識察！

○客從遠方來，遺我一端綺；相去萬餘里，故人心尚爾。文綵雙鴛鴦，裁為合歡被；著以長相思，緣以結不解；以膠投漆中，誰能別離此。

朱彝尊曰：（《曝書亭集．書玉臺新詠後》）「〈古詩十九首〉，以徐陵《玉臺新詠》勘之，枚乘詩居其八。至〈驅車上東門行〉載樂府雜曲歌詞。其餘六首，《玉臺》不錄。就《文選》本第十五首而論，『生年不滿百，常懷千歲憂，晝短苦夜長，何不秉燭遊』，則〈西門行〉古辭也。古辭：『夫為樂，為樂當及時，何能坐愁怫鬱，當復待來茲。』而《文選》更之曰：『為樂當及時，何能待來茲。』古辭：『貪財愛惜費，但為後世嗤。』而《文選》更之曰：『愚者愛惜費，但為後世嗤。』古辭：『自非仙人王子喬，計會壽命難與期。』而《文選》更之曰：『仙人王子喬，難可與等期。』裁剪長短句作五言，移易其前後，雜糅置〈十九首〉中，沒枚乘等姓名，概題曰〈古詩〉。要之皆出文選樓中諸學士之手也。徐陵少仕於梁，為昭明諸臣後進，不敢明言其非。乃別著一書，列枚乘姓名，還之作者，殆有微意焉。」案《漢志．歌詩類》二十八家，三百一十四篇，彥和謂辭人遺翰，莫見五言，是士大夫所作，或三言，或四言，或雜言，惟採自民間之歌辭為五言耳。朱氏疑昭明輩裁剪長短句作五言，沒枚乘等姓名，恐未必然。鍾嶸《詩品》，專評五言詩，若本是長短句，不得列入〈古詩十九首〉之中，乘等姓名，更無湮沒之理。古詩總雜，昭明止取十九首入選，謂其美篇不無遺佚則可，謂其剪裁失真則不可。至於樂府本宜增損辭句以協音律，似不必疑昭明削古辭為五言也。

23. 散文猶言敷文。紀評曰：「直而不野，括盡漢人佳處。」

24. 「典」一作「曲」。紀云：「典字是。曲字作婉字解。」李詳〈黃注補正〉云：「梅慶生淩雲本並作清曲。《御覽》八百八十三引衡〈怨詩〉曰：『〈秋蘭〉，嘉美人也。嘉而不獲用，故作是詩也。』其辭曰：『猗猗秋蘭，植彼中阿；有馥其芳，有黃其葩；雖曰幽深，厥美彌嘉；之子云遙，我勞如何。』『〈仙詩〉、〈緩歌〉』今已無考，〈黃注〉引同聲歌當之，紀氏譏之是也。」（樂府古辭有〈前緩聲歌〉。案作典字是。〈怨詩〉四言，義極典雅。）

25. 鍾嶸《詩品》魏文帝列中品，陳思王植列上品。其評曰：「魏陳思王植詩，其原出於國風。骨氣奇高，詞采華茂，情兼雅怨，體被文質，粲溢今古，卓爾不羣。嗟乎！陳思之於文章也，譬人倫之有周孔，鱗羽之有龍鳳，音樂之有琴笙，女工之有黼黻。俾爾懷鉛吮墨者，抱篇章而景慕，映餘暉以自燭。故孔氏之門如用詩，則公幹升堂，思王入室，景陽潘陸，自可坐於廊廡之間矣。」又曰：「魏文帝詩，其源出於李陵，頗有仲宣之體則。新奇（奇疑作製）百許篇，率皆鄙質如偶語，惟〈西北有浮雲〉十餘首，殊美贍可玩，始見其工矣。不然，何以銓衡羣彥，對揚厥弟者耶。」

26. 《魏志．王粲傳》：「王粲字仲宣，著詩賦論議垂六十篇。徐幹字偉長，應瑒字德璉，劉楨字公幹，咸著文賦數十篇。」魏文帝《典論．論文》云：「斯七子者，於學無所遺，於辭無所假，咸自以騁騏驥於千里，仰齊足而並馳。」彥和望路而爭驅語本此。

27. 如《文選》所載〈公讌詩〉、〈游覽詩〉、〈贈答詩〉是。《詩品講疏》曰：「詳建安五言，毗於樂府，魏武諸作，慷慨蒼涼，所以收束漢音，振發魏響。文帝兄弟所撰樂府最多，雖體有所因，而詞貴獨創，聲不變古，而采自己舒。其餘雜詩，皆崇藻麗，故沈休文曰：『至於建安，曹氏基命，三祖陳王，咸蓄盛藻，甫乃以情緯文，以文被質。』（《宋書．謝靈運傳論》）言自此

已上，質盛於文也。若其述歡宴，愍亂離，敦友朋，篤匹偶，雖篇題雜沓，而同以蘇李古詩為原，文采繽紛，而不能離閭里歌謠之質。故其稱物則不尚雕鏤，敘胸情則唯求誠懇，而又緣以雅詞，振其美響。斯所以兼籠前美，作範後來者也。自魏文已往，罕以五言見諸品藻。至文帝〈與吳質書〉，始稱：「公幹五言詩之善者，妙絕時人。」蓋五言始興，惟樂府為眾，辭人競效其風，降自建安，既作者滋多，故工拙之數，可得而論矣。」

28. 正始，魏廢帝年號，其時玄風漸興，學者惟老莊是宗，故云「詩雜仙心」。何晏詩多不傳，《詩紀》載其二首，茲錄以備考。

〈擬古〉（《名士傳》曰：是時曹爽輔政，識者慮有危機，晏有重名，與魏姻戚，內雖懷憂，而無復退也，著五言詩以見志。）

雙鶴比翼遊，羣飛戲太清；常恐失網羅，憂禍一旦并。豈若集五湖，順流唼浮萍，逍遙放志意，何為怵惕驚。

〈失題〉

轉蓬去其根，流飄從風移；芒芒四海涂，悠悠焉可彌。願為浮萍草，託身寄清池；且以樂今日，其後非所知。

29. 《詩品．上》云：「晉步兵阮籍，其原出於〈小雅〉，無雕蟲之巧。而〈詠懷〉之作，可以陶性靈，發幽思，言在耳目之內，情寄八荒之表，洋洋乎會於風雅，使人忘其鄙近，自致遠大。頗多感慨之詞，厥旨淵放，歸趣難求。顏延之注，怯言其志。」丁福保《全三國詩》卷五曰：「案《讀書敏求記》謂阮嗣宗〈詠懷詩〉行世本惟五言詩八十首，朱子儋取家藏舊本刊於存餘堂，多四言〈詠懷〉十三首云云。余歷訪海上藏書家都無朱子儋本。今所存四言詩，僅三首耳。」沈德潛《說詩晬語》云：「阮公〈詠懷〉，反覆零亂，興寄無端，和愉哀怨，俶詭不羈，令讀者莫求歸趣。遭阮公之時，自應有阮公之詩也。」

《詩品．中》云：「晉中散嵇康詩，頗似魏文，過為峻切，訐直露才，傷淵雅之致。然託諭清遠，良有鑒裁，亦未失高流矣。」沈德潛《古詩源》注云：「稽叔夜四言詩，時多俊語，不摹倣《三百篇》，允為晉人先聲。」茲錄其〈幽憤詩〉一首：

30.

〈幽憤詩〉

嗟余薄祜，少遭不造，哀煢靡識，越在襁褓。母兄鞠育，有慈無威；恃愛肆姐，不訓不師。爰及冠帶，憑寵自放；抗心希古，任其所尚。託好老莊，賤物貴身；志在守樸，養素全真，曰余不敏，好善闇人；子玉之敗，屢增維塵。大人含弘，藏垢懷恥；民之多僻，政不由己。惟此褊心，顯明臧否，感悟思愆，怛若創痏。欲寡其過，謗議沸騰；性不傷物，頻致怨憎。昔慚柳惠，今媿孫登，內負宿心，外恧良朋。仰慕嚴鄭，樂道閒居；與世無營，神氣晏如。咨予不淑，嬰累多虞；匪降自天，寔由頑疎。理弊患結，卒致囹圄；對答鄙訊，縶此幽阻。實恥頌免，時不我與；雖曰義直，神辱志沮；澡身滄浪，豈曰能補。嗈嗈鳴雁，奮翼北遊；順時而動，得意忘憂。嗟我憤歎，曾莫能儔；事與願違，遘茲淹留；窮達有命，亦又何求。古人有言，善莫近名；奉時恭默，咎悔不生。萬石周慎，安親保榮；世務紛紜，祇攪予情；安樂必誡，乃終利貞。煌煌靈芝，一年三秀；予獨何為，有志不就；懲難思復，心焉內疚；庶勗將來，無馨無臭。采薇山阿，散髮巖岫；永嘯長吟，頤性養壽。

《魏志．王粲傳》裴注引《文章敘錄》曰：「應璩字休璉，博學好屬文。齊王即位，曹爽秉政，多違法度，璩為詩以諷焉。其言雖頗諧合，多切時要，世共傳之。」《詩品．中》云：「魏侍中應璩詩，祖襲魏文，善為古語，指事殷勤，雅意深篤，得詩人激刺之旨。」《隋志．總集類》有應璩《百一詩》八卷。《魏書．李壽傳》：「襲壯作詩七首，託言應璩以諷壽。」是《百一詩》有後人依託，故多至八卷。陶隱居〈集肘後百一方序〉：「昔應璩為《百一詩》。以箴規心行，今予撰此，蓋欲衛輔我躬。」據陶說則百一謂一百又一首也。《文選》僅載一首，李善注：「張方賢《楚國先賢傳》曰：『汝南應休璉作百一篇詩，譏切時事，遍以

示在事者，咸皆怪愕，或以為應焚棄之，何晏獨無怪也。』然方賢之意，以有百一篇，故曰百一。李充《翰林論》曰：『應休璉五言詩百數十篇，以風規治道，蓋有詩人之旨焉。』又孫盛《晉陽秋》曰：『應璩作五言詩百三十篇，言時事頗有補益，世多傳之。』據此二文，不得以一百一篇而稱百一也。《今書七志》曰：『《應璩集》謂之新詩，以百言為一篇，或謂之百一詩。』然以字名詩，義無所取。據〈百一詩序〉云：『時謂曹爽曰：公今聞周公巍巍之稱，安知百慮有一失乎？』百一之名，蓋興於此也。」茲錄其詩如左：（《漢魏百三名家集》有應璩百一詩八首。）

「下流不可處，君子慎厥初；名高不宿著，易用受侵誣。前者隳官去，有人適我閭；田家無所有，酌醴焚枯魚。問我何功德，三入承明廬；所占於此土，是謂仁智居。文章不經國，筐篋無尺書；用等稱才學，往往見歎譽。避席跪自陳，賤子實空虛；宋人遇周客，慚愧靡所如。」

31. 黃注：「《詩品．序》：『晉太康中，三張二陸，兩潘一左，勃爾復興，踵武前王，風流未沫，亦文章之中興也。』按三張：載字孟陽，協字景陽，亢字季陽。王注引張華誤。二陸：機字士衡，雲字士龍。兩潘：岳字安仁，尼字正叔，一左，思字太沖。」案黃注是也。《晉書五十五．張亢傳》：「亢字季陽，才藻不逮二昆。時人謂載、協、亢、陸機、雲曰二陸三張。」

32. 枏文，唐寫本作析文，按析文是。張遷、孔耽二碑析變作枏。〈麗辭篇〉：「至魏晉羣才，析句彌密，聯字合趣，剖毫析釐。」

33. 《詩品講疏》云：「〈謝靈運傳論〉曰：『有晉中興，玄風獨盛，為學窮於柱下，博物止乎七篇。馳騁文辭，義殫乎此。自建武（元帝年號。）暨於義熙，（安帝年號。）歷載將百，雖綴響聯辭，波屬雲委，莫不寄言上德，（《老子》曰：『上德不德，是以有德。』）託意玄珠（《莊子》曰：『黃帝將遊乎赤水之北，登昆崙之丘而南歸，遺其玄珠。』郭象注曰：『此明得真之所由。』）遒麗之辭，無聞焉爾。』《續晉陽秋》（宋永嘉太守檀道鸞撰，書已佚，此見《困學紀聞》及《文選》注引。）曰：『自司馬相如、王褒、揚雄諸賢，世尚賦頌，皆體則詩騷，傍綜百家之言。及至建安，而詩章大盛。逮乎西朝之末，潘陸之徒，雖時有質文，而宗歸不異也。正始中，王弼、何晏好莊老玄勝之談，而俗遂貴焉。至過江，佛理尤盛，故郭璞五言，始會合道家之言而韻之。詢及太原孫綽轉相祖尚，又加以三世之辭，（釋氏說過去見在未來為三世。）而詩騷之體盡矣。詢綽並為一時文宗，自此學者悉體之。』據檀道鸞之說，是東晉玄言之詩，景純實為之前導，特其才氣奇肆，遭逢險艱，故能假玄語以寫中情，非夫鈔錄文句者所可擬況。若孫許之詩，但陳要妙，情既離乎比興，體有近於偈語，徒以風會所趨，仿效日眾。覽《蘭亭集》詩諸篇共恉，所謂琴瑟專一，誰能聽之，達志抒情，復將焉賴。謂之風騷道盡，誠不誣也。《文心雕龍．時序篇》曰：『自中朝貴玄，江左稱盛，因談餘氣，流成文體。是以世極迍邅，而辭意夷泰，詩必柱下之旨歸，賦乃漆園之義疏。（如孫興公〈遊天台山賦〉，即多用玄言。）故知文變染乎世情，興廢繫乎時序，原始以要終，雖百世可知也。』此乃推明崇尚玄靈之習，成於世道之艱危，蓋恬澹之言，謬悠之理，所以排除憂患，消遣年涯，智士以之娛生，文人於焉託好，雖曰無用之用，亦時運為之矣。」

袁孫諸詩，傳者甚罕。《文選》載有江文通〈擬孫廷尉詩〉，可以知其大概。茲錄袁宏〈詠史詩〉二首、孫綽〈秋日詩〉一首以備考：

袁宏〈詠史詩〉（袁宏字彥伯。《詩品．中》云：「彥伯詠史，雖文體未遒。而鮮明緊健，去凡俗遠矣。」）

◯周昌梗概臣。辭達不為訥；汲黯社稷器。棟梁天表骨。陸賈厭解紛，時與酒檮杌；婉轉將相門，一言和平勃。趨舍各有之，俱令道不沒。

◯無名困螻蟻，有名世所疑；中庸難為體，狂狷不及時。楊惲非忌貴，知及有餘辭；躬耕南山下，蕪穢不遑治；趙瑟奏哀音，秦聲歌新詩；吐音非凡唱，負此欲何之。

孫綽〈秋日〉（孫綽字興公。《詩品．下》云：「永嘉以來，清虛在俗。王武子（王濟）輩，詩貴道家之

言。爰洎江表，玄風尚備……世稱孫許，（許詢。）彌善恬淡之詞。」）

蕭瑟仲秋日，飈唳風雲高；山居感時變，遠客興長謠。疏林積涼風，虛岫結凝霄；湛露灑庭林，密葉辭榮條。撫菌悲先落，攀松羨後凋；垂綸在林野，交情遠市朝；澹然古懷心，濠上豈伊遙。

郭璞字景純，著〈遊仙詩〉十四篇。《詩品．中》云：「晉宏農太守郭璞詩，憲章潘岳，文體相輝，彪炳可玩。始變永嘉平淡之體，故稱中興第一，《翰林》以為詩首。但〈遊仙〉之作，辭多慷慨，乖遠玄宗，而云『奈何虎豹姿』，又云『戢翼棲榛梗』。乃是坎壈詠懷，非列仙之趣也。」

34.

《詩品講疏》云：「《宋書．謝靈運傳》曰：『靈運博覽羣書，文章之美，江左莫逮。』論曰：『爰逮宋氏，顏謝騰聲。（《宋書．顏延之傳》曰：『延之文章之美，冠絕當時，與謝靈運俱以詞采齊名，江左稱顏謝焉。』）靈運之興會標舉，延年（延之字）之體裁明密，並方軌前秀，垂範後昆。』《文心雕龍．明詩篇》曰：『宋初文詠，體有因革。莊老告退，而山水方滋。（瀾案，寫山水之詩起自東晉初庾闡諸人。）儷采百字之偶，爭價一句之奇，情必極貌以寫物，辭必窮力而追新，此近世之所競也。』案孫許玄言，其勢易盡，故殷謝振以景物，淵明雜以風華。浸欲復規洛京，上繼鄴下。康樂以奇才博學，大變詩體，一篇既出，都邑競傳，所以弁冕當時，扢揚雅道。於時俊彥，尚有顏鮑二謝（謝瞻、謝惠連）之倫，要皆取法中朝，辭禁輕淺。雖偶傷刻飾，亦矯枉之理也。夫極貌寫物，有賴於深思；窮力追新，亦質於博學。將欲排除膚語，洗盪庸音，於此假塗，庶無迷路。世人好稱漢魏。而以顏謝為繁巧，不悟規摹古調，必須振以新詞；若虛響盈篇，徒生厭倦，其為蔽害，與勦襲玄語者政復不殊。以此知顏謝之術，乃五言之正軌矣。」

《南齊書．文學傳論》

文章者，蓋情性之風標，神明之律呂也。蘊思含毫，遊心內運；放言落紙，氣韻天成。莫不稟以生靈，遷乎愛嗜，機見殊門，賞悟紛雜。若子桓之品藻人才，仲治之區判文體，陸機辨於〈文賦〉，李充論於《翰林》，張眎摘句褒貶，顏延圖寫情興，各任懷抱，共為權衡。

屬文之道，事出神思，感召無象，變化不窮。俱五聲之音響，而出言異句；等萬物之情狀，而下筆殊形。吟詠規範，本之雅什，流分條散，各以言區。若陳思〈代馬〉羣章，王粲〈飛鸞〉諸製，四言之美，前超後絕。少卿離辭，五言才骨，難與爭鶩。桂林湘水，平子之華篇，飛館玉池，魏文之麗篆。七言之作，非此誰先？卿雲巨麗，升堂冠冕，張左恢廓，登高不繼，賦貴披陳，未或加矣。顯宗之述傅毅，簡文之摛彥伯，分言制句，多得頌體。裴頠〈內侍〉，元規〈鳳池〉，子章（子章疑當作孔璋。）以來，章表之選。孫綽之碑，嗣伯喈之後；謝莊之誄，起安仁之塵；顏延楊瓚，自比〈馬督〉，以多稱貴，歸莊為允。王褒〈僮約〉，束晳〈發蒙〉，滑稽之流，亦可奇瑋。五言之製，獨秀眾品，習玩為理，事久則瀆，在乎文章，彌患凡舊，若無新變，不能代雄。建安一體，《典論》短長互出；潘陸齊名，機岳之文永異。

江左風味，盛道家之言，郭璞舉其靈變，許詢極其名理，仲文玄氣，猶不盡除；謝混情新，得名未盛；顏謝並起，乃各擅奇；休鮑後出，咸亦標世；朱藍共妍，不相祖述。

今之文章，作者雖眾，總而為論，略有三體：一則啓心閑繹，托辭華曠，雖存巧綺，終致迂回；宜登公宴，本非准的，而疎慢闡緩，膏肓之病，典正可採，酷不入情。此體之源，出靈運而成也。次則緝事比類，非對不發，博物可嘉，職成拘制，或全借古語，用申今情，崎嶇牽引，直為偶說，唯覩事例，頓失精采；此則傅咸五經，應璩指事，雖不全似，可以類從。次則發唱驚挺，操調險急，雕藻淫豔，傾炫心魂，亦猶五色之有紅紫，八音之有鄭衛，斯鮑照之遺烈也。

三體之外，請試妄談：若夫委自天機，參之史傳，應思悱來，勿先構聚，言尚易了，文憎過意。吐石含金，滋潤婉切，雜以風謠；輕脣利吻，不雅不俗，獨中胸懷；輪扁斲輪，言之未盡，文人談士，罕或兼工。非唯識有不周，道實相妨。談家所習，理勝其辭，就此求文，終然翳奪，故兼之者鮮矣。

35. 摯虞〈文章流別論〉云：「雅音之韻，四言為正，其餘雖備曲折之體，而非音韻之正也。」紀評云：「此論卻局於六朝習徑，未得本源，夫雅潤清麗，豈詩之極則哉。」

36. 《後漢書・張衡傳》：「衡字平子，所著詩、賦、銘、七言、《靈憲》、〈應間〉、〈七辯〉、〈巡誥〉、〈懸圖〉（章懷注衡集作玄圖，蓋玄與懸通。）凡三十二篇。」張華字茂先。《詩品・中》云：「晉司空張華詩，其源出於王粲。其體華豔，興託不奇，巧用文字，務為妍治。雖名高曩代，而疏亮之士，猶恨其兒女情多，風雲氣少。謝康樂云：『張公雖復千篇，猶一體耳。』」

《詩品・上》云：「張協詩其源出於王粲，文體華淨，少病累，又巧構形似之，言雄於潘岳，靡於太沖，風流調達，實曠代之高手。詞采蔥蒨，音韻鏗鏘，使人味之亹亹不倦。」又云：「王粲詩其源出於李陵，發愀愴之詞，文秀而質羸，在曹劉間別構一體。方陳思不足，比魏文有餘。」又云：「劉楨詩其源出於古詩。仗氣愛奇，動多振絕，真骨凌霜，高風跨俗，但氣過其文，雕潤恨少。然自陳思以下，楨稱獨步。」又云：「左思詩其源出於公幹。文典以怨，頗為精切，得諷諭之致。雖野於陸機，而深於潘岳。謝康樂嘗言：左太沖詩，潘安仁詩，古今難比。」

37. 黃先生曰：「此數語雖似膚廓，實則為詩之道，已具於此。隨性適分四字，已將古今家數派別不同之故，包舉無遺矣。」《國語・晉語》：「文公謂郭偃曰：始也吾以治國為易，今也難。對曰：君以為易，其難也將至矣；君以為難，其易也將至矣。」彥和語本此。

38. 三言詩漢郊祀歌如〈練時日〉、〈象載瑜〉、〈天馬歌〉等。茲錄〈天馬歌〉一首：

「太一貺，天馬下；霑赤汗，沫流赭。志俶儻，精權奇；躡浮雲，晻上馳。體容與，厲萬里；今安匹，龍為友。」

六言詩《古文苑》有孔融〈六言詩〉三首。章樵注謂此詩稱美曹操。又率直略無含蓄，必非其真。本傳稱魏文帝深好融文，人有上融文章者，賞以金帛，豈好事者假此以說不耶？案章說甚是。茲錄其詩如下：

○漢家中葉道微，董卓作亂乘衰，僭上虐下專威，萬官惶怖莫違，百姓慘慘心悲。

○郭李分爭為非，遷都長安思歸，瞻望關東可哀，夢想曹公歸來，從洛到許巍巍。

39.

〇曹公輔國無私，減去廚膳甘肥，羣僚率從祈祈，雖得俸祿常饑，念我苦寒心悲。

雜言詩如漢郊祀歌〈日出入〉，錄之於下：

「日出入安窮，時世不與人同，故春非我春，夏非我夏，秋非我秋，冬非我冬，泊如四海之池，徧觀是耶謂何。吾知所樂，獨樂六龍。六龍之調，使我心若。訾黃其何不來下！」

明唐寫本作萌是。緯書多言卯金刀以射劉字，又當塗高射魏字，（《文選》謝玄暉〈和伏武昌登孫權故城詩〉注引《保乾圖》。）音之于射曹字。（《南齊書・祥瑞志》引《尚書中候》。）黃注引圖讖（《玉函輯佚書》、《孝經右契》。）：「孔子作《孝經》及《春秋河洛》成，告備於天，有赤虹下化為黃玉長三尺。上刻文云：『寶文出，劉季握。卯金刀，在軫北，字禾子，天下服。』合卯金刀為，劉禾子為季也。」任昉《文章緣起》：「孔融作〈四言離合詩〉。」《四庫提要》曰：「《隋書・經籍志》載任昉《文章始》一卷，稱有錄無書，是其書在隋已亡。《唐書・藝文志》載任昉《文章始》一卷，注曰張績補。今本殆即張績所補，後人誤以為昉本書歟！」

40.

孔融〈離合作郡姓名字詩〉（《古文苑》）

漁父屈節，水潛匿方；（離魚字。）與旹進止，出行施張。（離日字。魚日合成魯。）呂公磯釣，闔口渭旁；（離口字）九域有聖，無土不王。（離或字。口或合成國。）好是正直，女回於匡；（離子字。）海外有截，隼逝鷹揚。（離乙字。子乙合成孔。說文乙或作鳦。）六翮將奮，羽儀未彰；（離鬲字。）蛇龍之蟄，俾也可忘。（離虫字。二字合成融。）玟璇隱耀，美玉韜光。（去玉成文不須合。）無名無譽，放言深藏；（離與字）按轡安行，誰謂路長。（離手字。二字合成舉。）

李詳〈黃注補正〉云：「《困學紀聞》十八評詩云：『《詩苑類格》謂回文出於竇滔妻所作（《晉書・列女傳》：竇滔妻蘇氏名蕙字若蘭。滔被徙流沙，蘇氏思之，織錦為〈迴文璇璣圖詩〉以贈滔。宛轉循環以讀之，詞甚悽惋，凡八百四十字。）《文心雕龍》云云。又傅咸有〈回文反復詩〉，溫嶠有〈回文詩〉，皆在

竇妻前。』翁元圻注引《四庫全書總目》宋桑世昌《回文類聚》四卷，《藝文類聚》載曹植〈鏡銘〉，回環讀之，無不成文，實在蘇蕙以前。詳案梅慶生音注本云：『宋賀道慶作四言回文詩一首，計十二句，四十八言，從尾至首，讀亦成韻。而道原無可考，恐原為慶字之誤。』案道慶之前回文作者已眾，不得定『原』字為『慶』之誤。」茲錄王融〈春遊回文詩〉一首以備考（《藝文類聚》作賀道慶。）：

「枝分柳塞北，葉暗榆關東，垂條逐絮轉，落蘂散花叢。池蓮照曉月，幔錦拂朝風；低吹雜綸羽，薄粉豔妝紅；離情隔遠道，歎結深閨中。」

【附錄】

〈毛詩序〉

〈關雎〉，后妃之德也；風之始也，所以風天下而正夫婦也。故用之鄉人焉，用之邦國焉。風，風也，教也。風以動之，教以化之。詩者，志之所之也。在心為志，發言為詩。情動於中，而形於言；言之不足，故嗟歎之；嘆嗟之不足，故永歌之；永歌之不足，不知手之舞之，足之蹈之也。情發於聲，聲成文謂之音，治世之音安以樂，其政和；亂世之音怨以怒，其政乖；亡國之音哀以思，其民困。故正得失，動天地，感鬼神，莫近于詩。先王以是經夫婦，成孝敬，厚人倫，美教化，移風俗。

故詩有六義焉：一曰風，二曰賦，三曰比，四曰興，五曰雅，六曰頌。上以風化下，下以風刺上。主文而譎諫，言之者無罪，聞之者足以戒，故曰風。至於王道衰，禮義廢，政教失，國異政，家殊俗，而變風變雅作矣。國史明乎得失之迹，傷人倫之廢，哀刑政之苛，吟詠情性，以風其上，達於事變，而懷其舊俗者也。故變風發乎情，止乎禮義。發乎情，民之性也；止乎禮義，先王之澤也。是以一國之事，一人之本，謂之風。言天下之事，形四方之風，謂之雅。雅者，正也，言王政之所由廢興也。政有小大，故有〈小雅〉焉，有〈大雅〉焉。頌者美盛德之形容，以其成功告于神明者也。是謂四始，詩之至也。

然則〈關雎〉、〈麟趾〉之化，王者之風，故繫之周公。南，言化自北而南也。〈鵲巢〉、〈騶虞〉之德，諸侯之風也，先王之所以教，故繫之召公。〈周南〉、〈召南〉，正始之道，王化之基，是以〈關雎〉樂得淑女以配君子，憂在進賢，不淫其色。哀窈窕，思賢才，而無傷善之心焉，是〈關雎〉之義也。

鄭玄《詩譜・序》

詩之興也，諒不於上皇之世；大庭軒轅，逮於高辛，其時有亡，載籍亦蔑云焉。〈虞書〉曰：「詩言志，歌永言，聲依永，律和聲。」然則詩之道放於此乎？有夏承之，篇章泯棄，靡有子遺。邇及商王，不風不雅。何者，論功頌德，所以將順其美；刺過譏失，所以匡救其惡。各於其黨，則為法者彰顯，為戒者著明。周自后稷播種百穀，黎民阻飢，茲時乃粒，自傳於此名也。陶唐之末，中葉公劉亦世修其業，以明民共財。至於大王王季，克堪顧天，文武之德，光熙前緒，以集大命於厥身，遂為天下父母，使民有政有居。其時詩風有〈周南〉、〈召南〉，雅有〈鹿鳴〉、〈文王〉之屬。及成王周公致大平，制禮作樂，而有頌聲興焉，盛之至也。本之由此風雅而來，故皆錄之，謂之詩之正經。後王稍更陵遲，懿王始受譖亨齊哀公，夷身失禮之後，邶不尊賢。自是而下，厲也幽也，政教尤衰，周室大壞，〈十月之交〉、〈民勞〉、〈板蕩〉、〈勃爾〉俱作，眾國紛然，刺怨相尋。五霸之末，上無天子，下無方伯，善者誰賞，惡者誰罰，紀綱絕矣！故孔子錄懿王、夷王時詩，訖於陳靈公淫亂之事，謂之變風變雅，以為勤民恤功，昭事上帝，則受頌聲弘福如彼；若違而弗用，則被切殺大禍如此。吉凶之所由，憂娛之萌漸，昭昭在斯，足作後王之鑒，於是止矣。夷厲已上，歲數不明；大史年表，自共和始。歷宣、幽、平王而得春秋次第，以立斯譜。欲知源流清濁之所處，則循其上下而省之；欲知風化芳臭氣澤之所及，則傍行而觀之；此詩之大綱也。夫舉一綱而萬目張，解一卷而眾篇明，於力則鮮，於思則寡，其諸君子亦有樂於是與？

鍾嶸《詩品・上》

氣之動物，物之感人，故搖蕩性情，形諸舞詠，照燭三才，暉麗萬有，靈祇待之以致饗，幽微藉之以昭告；動天地，感鬼神，莫近於詩。昔〈南風〉之辭，〈卿雲〉之頌，厥義敻矣！夏歌曰：「鬱陶乎予心。」楚謠曰：「名余曰正則。」雖詩體未全，然是五言之濫觴也。逮漢李陵始著五言之目矣。古詩眇邈，人世難詳，推其文體，固是炎漢之製，非衰周之倡也。自王揚枚馬之徒，詞賦競爽，而吟詠靡聞，從李都尉迄班婕妤，將百年間，有婦人焉，一人而已。（不計婦人，惟李陵一人而已。）詩人之風，頓已缺喪。東京二百載中，惟有班固〈詠史〉，質木無文。降及建安，曹公父子，篤好斯文，平原兄弟，（曹植於建安中封平原侯。）鬱為文棟，劉楨王粲為其羽翼。次有攀龍托鳳，自致於屬車者，蓋將百計，彬彬之盛，大備於時矣。爾後陵遲衰微，迄於有晉，太康中三張二陸，兩潘一左，勃爾復興，踵武前王，風流未沫，亦文章之中興也。永嘉時貴黃老，稍尚虛談，於時篇什，理過其辭，淡乎寡味。爰及江表，微波尚傳，孫綽許詢桓庾諸公，詩皆平典似道德論，建安風力盡矣。先是郭景純用雋上之才，變創其體；劉越石仗清剛之氣，贊成厥美。然彼眾我寡，未能動俗。逮義熙中，謝益壽斐然繼作。元嘉中，有謝靈運，才高詞盛，富豔難蹤，固已含跨劉郭，陵轢潘左，故知陳思為建安之傑，公幹仲宣為輔；陸機為太康之英，安仁景陽為輔；謝客為元嘉之雄，顏延年為輔；斯皆五言之冠冕，文詞之命世也。

夫四言文約意廣，取效風騷，便可多得，每苦文繁而意少，故世罕習焉。五言居文詞之要，是眾作之有滋味者也，故云會於流俗。豈不以指事造形，窮情寫物，最為詳切者邪？故詩有三義焉：一曰興，二曰比，三曰賦。文已盡而義有餘，興也；因物喻志，比也；直書其事，寓言寫物，賦也。弘斯三義，酌而用之，幹之以風力，潤之以丹采，使味之者無極，聞之者動心，是詩之至也。若專用比興，則患在意深，意深則詞躓。若但用賦體，則患在意浮，意浮則文散，嬉成流移，文無止泊，有蕪漫之累矣。若乃春風春鳥，秋月秋蟬，夏雲暑雨，冬月祁寒，斯四候之感諸詩者也。嘉會寄詩以親，離羣託詩以怨。至於楚臣去境，漢妾離宮，或骨橫朔野，或魂逐飛蓬，或負戈外戍，殺氣雄邊，塞客衣單，孀閨淚盡。或士有解佩出朝，一去忘返，女有揚娥入寵，再盼傾國。凡斯種種，感蕩心靈，非陳詩何以展其義，非長歌何以騁其情。故曰詩可以羣，可以怨，使窮賤易安，幽居靡悶，莫尚於詩矣。故詩人作者，罔不愛好。

今之士俗，斯風熾矣。纔能勝衣，甫就小學，必甘心而馳騖焉。於是庸音雜體，人各為容，至使膏腴子弟，恥文不逮，終朝點綴，分夜呻吟，獨觀謂為警策，眾覩終淪平鈍。次有輕薄之徒，笑曹劉為古拙，謂鮑照羲皇上人，謝朓今古獨步，而師鮑照終不及「日中市朝滿」（鮑照〈結客少年場行〉。），學謝朓劣得（劣得，僅得也。）「黃鳥度青枝」（虞炎〈玉階怨〉。），徒自棄於高明，無涉於文流矣。觀王公縉紳之士，每博論之餘，何嘗不以詩為口實，隨其嗜欲，商榷不同，淄澠並泛，朱紫相奪，喧議競起，準的無依。近彭城劉士章俊賞之士，疾其淆亂，欲為當世詩品，口陳標榜，其文未遂，感而作焉。昔九品論人，七略裁士，校以賓實，誠多未值。至若詩之為技，較爾可知，以類推之，殆均博弈。方今皇帝資生知之上才，體沉鬱之幽思，文麗日月，賞究天人，昔在貴遊，已為稱首。況八紘既奄，風靡雲蒸，抱玉者聯肩，握珠者踵武，以瞰漢魏而不顧，吞晉宋於胸中，諒非農歌轅議，敢致流別。嶸之今錄，庶周旋於閭里，均之於談笑耳。

《詩品・中》

夫屬詞比事，乃為通談。若乃經國文符，應資博古，撰德駁奏，宜窮往烈。至乎吟詠情性，亦何貴於用事！「思君如流水」（徐幹〈雜詩〉。）既是即目；「高臺多悲風」（陳思〈雜詩〉。）亦唯所見；「清晨登隴首」（詩佚無攷，吳均〈答柳惲詩〉有清晨發隴西句，既有登發首西二字之異，又列在謝康樂前，其非均詩明矣。當是魏晉人有此詩，而不傳耳。）羌無故實；「明月照積雪」（謝康樂〈歲暮〉。）詎出經史；觀古今勝語，多非補假，皆由直尋。顏延謝莊尤為繁密，於時化之。故大明泰始中，文章殆同書抄。近任昉、王元長等，辭不貴奇，競須新事，爾來作者，寖以成俗。遂乃句無虛語，語無虛字，拘攣補衲，蠹文已甚。但自然英旨，罕值其人，詞既失高，則宜加事義，雖謝天才，且表學問，亦一理乎！陸機〈文賦〉，通而無貶，李充《翰林》，疏而

不切，王微《鴻寶》，密而無裁，顏延《論文》，精而難曉，摯虞《文志》，詳而博贍，頗曰知言。觀斯數家，皆就談文體，而不顯優劣。至於謝客集詩，逢詩輒取，張隲《文士》，逢文即書，諸英志錄，並載在文，曾無品第。嶸今所錄，止乎五言，雖然，網羅今古，詞文殆集，輕欲辨彰清濁，掎摭病利，凡百二十人。預此宗流者，便稱才子。至斯三品升降，差非定制，方申變裁，請寄知者爾。

樂府第七

樂府者，聲依永，律和聲也[1]。鈞天九奏，既孫云唐寫本作暨其上帝[2]；葛天八闋，爰乃皇時[3]。自咸英以降，亦無得而論矣[4]。至於塗山歌於候人，始為南音；有娀謠乎飛燕，始為北聲；夏甲歎於東陽，東音以發；殷整元作鼇孫云唐寫本作鼈思於西河，西音以興；音趙云音作心聲推移，亦不一概矣[5]。匹元作及許改孫云唐寫本及下有疋字夫庶婦，謳吟土風，詩官採言，樂盲元作育許改趙云育作胥被律，志感絲篁，氣變金石孫云唐寫本作竹[6]。是以師曠覘風於盛衰，季札鑒微於興廢，精之至也孫云唐寫本至作志[7]。

夫樂本心術，故響浹肌髓，先王慎焉，務塞淫濫[8]。敷訓胄子，必歌九德，故能情感七始[9]，化動八風[10]。自雅聲浸微，溺音騰沸[11]，秦燔樂經，漢初紹復，制氏紀其鏗鏘，叔孫定其容與[12]，於是武德興乎高祖，四時廣於孝文，雖摹韶夏，而頗襲秦舊，中和之響，闃其不還[13]。暨武帝崇禮孫云唐寫本禮作祀，始立樂府[14]，總趙代之音，撮齊楚之氣[15]，延年以曼聲協律，朱譚云沈校朱改枚馬以騷體製歌[16]，桂華雜曲，麗而不經，赤雁羣篇，靡而非典[17]；河間薦孫云唐寫本作篇雅而罕御，故汲黯致譏於天馬也[18]。至宣帝雅頌孫云唐寫本無頌字，詩孫云唐寫本詩下有頗字效鹿鳴[19]。邇孫云唐寫本邇作逮及元成，稍廣淫樂，正音乖俗，其難也如此[20]。暨後孫云唐寫本後下有漢字郊廟，惟雜孫云唐寫本雜作新雅章，辭雖典文，而律非夔曠[21]。至於魏之三祖，氣爽才麗，宰割辭調，音靡節平[22]。觀其北上眾引，秋風列篇，或述酣宴，或傷羇戍，

志不出於淫[孫云唐寫本作慆]蕩，辭不離於哀思，雖三調之正聲，實韶夏之鄭曲也23。逮於晉世，則傳玄曉音，創定雅歌，以詠祖宗24；張華新篇，亦充庭萬25。然杜夔調律，音奏舒雅，荀勖改懸，聲節哀[孫云唐寫本哀作稍]急，故阮咸譏其離聲[孫云唐寫本作磬]，後人驗其銅尺26；和樂[孫云唐寫本樂下有之字]精妙，固表裏而相資矣27。故知詩為樂心，聲為樂體，樂體在聲，瞽師務調其器；樂心在詩，君子宜正其文28。好樂無荒，晉風所以稱遠[孫云唐寫本作美]；伊其相謔，鄭國所以云亡。故知季札觀辭，不直聽聲而已29。

若夫豔歌婉變，怨志詄絕[孫云唐寫本作宛詩詄絕譚校詄改訣]，淫辭在曲，正響焉生30？然俗聽飛馳，職競新異，雅詠溫恭，必欠伸魚睨；奇辭切至，則拊髀雀躍；詩聲俱鄭，自此階矣[孫云唐寫本作偕]31。凡樂辭曰詩，詩[孫云唐寫本詩作咏]聲曰歌，聲來被辭，辭繁難節；故陳思稱李[孫云唐寫本李作左]延年閑於增損古辭，多者則宜減之，明貴約也32。觀高祖之詠大風，孝武之歎來遲，歌童被聲，莫敢不協33；子建士衡，咸[鈴木云燉本咸作亟]有佳篇，並無詔伶人，故事謝絲管34，俗稱乖調，蓋未思也35。至於斬[俞羨長云疑作軒]伎[疑作岐趙云斬伎作軒岐]鼓吹，漢世鐃挽，雖戎喪殊事，而並[孫云唐寫本無並字]總入樂府36，繆襲所致[鈴木云燉本襲作朱致作改]，亦有可算焉37。昔子政品文，詩與歌別，故略具[孫云唐寫本具作序]樂篇，以標區界[孫云唐寫本有也字]38。

贊曰：八音摛文，樹辭為體。謳吟坰野，金石雲陛。韶響難追，鄭聲易啓。豈惟觀樂，於焉識禮。

【注釋】

1. 《尚書．舜典》：「帝曰：夔，命汝典樂。……聲依永，律和聲。」王肅注曰：「聲謂五聲：宮、商、角、徵、羽。律謂六律六呂十二月之音氣，言當依聲律以和樂。」
2. 《史記．趙世家》：「簡子寤，語大夫曰：我之帝所甚樂，與百神遊於鈞天廣樂，九奏萬舞，不類三代之樂，其聲動人心。」（亦見〈扁鵲列傳〉。）郝懿行曰：「案其字疑錯，然章表篇有既其身文句，與此正同，又疑非誤。」
3. 見〈明詩篇〉注。
4. 《白虎通論．帝王禮樂》：「《禮記》曰：黃帝樂曰《咸池》，帝嚳樂曰《五英》。」鄭注《周禮．春官．大司樂》云：「《咸池》，堯樂也。」〈樂記．正義〉引《樂緯》云：「帝嚳曰《六英》。」據宋均注作《六英》是。（宋注云：「《六英》者，能為天地四時六合之英華。」）
5. 《呂氏春秋．季夏紀．音初篇》：「夏后氏孔甲田於東陽萯山，天大風晦盲，孔甲迷惑入於民室。主人方乳。或曰：『后來，是良日也。之子是必大吉。』或曰：『不勝也，之子是必有殃。』后乃取其子以歸。曰：『以為余子，誰敢殃之。』子長成人，幕動坼橑，斧斫破其足，遂為守門者。孔甲曰：『嗚呼有疾，命矣夫！』乃作為《破斧之歌》。實始為東音。（〈豳風〉有〈破斧〉。）禹行功，見塗山之女，禹未之遇而巡省南土。塗山氏之女，乃令其妾候禹於塗山之陽。女乃作歌。歌曰：『候人兮猗！』實始作為南音。周公及召公取風焉，以為〈周南〉、〈召南〉。（高誘注：『取塗山氏女南音以為樂歌也。』〈曹風〉有〈候人〉。）殷整甲（河亶甲名整）徙宅西河，猶思故處，實始作為西音。……秦繆公取風焉，實始作為秦音。有娀氏有二佚女，為之九成之臺，飲食必以鼓。帝令燕往視之，鳴若隘隘，二女愛而爭搏之。……燕遺二卵北飛遂不反。二女作歌，一終曰：『燕燕往飛。』實始作為北音。（〈邶風〉有〈燕燕〉）」案呂氏之說，不見經傳，附會顯然，或者謂國風託之以製題，殆信古太甚之失也。

6.《漢書．食貨志上》：「冬，民既入，婦人同巷相從夜績。……男女有不得其所者，因相與歌詠，各言其傷。……孟春之月，羣居者將散，行人振木鐸徇於路以採詩。獻之大師，比其音律，以聞於天子。故曰：王者不窺牖戶而知天下。」《公羊．宣十五年傳》何休注曰：「男女有所怨恨，相從而歌，飢者歌其食，勞者歌其事。男年六十，女年五十無子者，官衣食之，使之民間求詩。鄉移於邑，邑移於國，國以聞於天子。」《方言》載劉歆〈與揚雄書〉：「三代周秦軒車使者遒人使者（《玉海》引《古文苑》遒人二字在軒車使者上，無下使者二字。）以歲八月巡路宋（音求）代語童謠歌戲。」劉說與班何略異。（應劭《風俗通義．序》同劉歆說。）當以《漢書》、《公羊》注為是。〈詩大序．正義〉引鄭答張逸云：「國史采眾詩時，明其好惡，令瞽矇歌之。其無作主，皆國史主之，令可歌。」《周禮．瞽矇》「掌九德六詩之歌以役大師」，此云樂盲，當指大師瞽矇而言。

7.《左傳．襄公十八年》：「晉人聞有楚師。師曠曰：不害。吾驟歌北風，又歌南風，南風不競，多死聲，楚必無功。」杜注曰：「歌者吹律以詠八風，南風音微，故曰不競。」吳公子季札觀樂，見《左．襄二十九年傳》，文繁不具載。

8.《漢書．禮樂志》：「夫樂本情性，浹肌膚而臧骨髓。」又曰：「是謂淫過凶嫚之聲，為設禁焉。」紀評曰：「務塞淫濫四字，為一篇之綱領。」

9.《漢書．律曆志上》：「《書》曰：『予欲聞六律五聲八音七始詠，以出內五言。』七者天地四時人之始也。順以歌詠五常之言。」〈禮樂志．安世房中歌〉：「七始華始，肅倡和聲。」孟康曰：「七始，天地四時人之始；華始，萬物英華之始也。」《尚書．益稷》：「予欲聞六律五聲八音在治忽。」《孔傳》曰：「言欲以六律和聲音在察天下治理及忽怠者。」《史記．夏本紀》作來始滑。《集解》曰：「駰案，《尚書》滑字作曶，音忽。」《索隱》曰：「《古文尚書》作在治忽，今文作采政忽，先儒各隨字解之。今此云來始滑，於意無所通。蓋來采字相近，滑忽聲相亂，始又與治相似，因誤為來始滑。」《尚書大傳》：「七始，天統也。」鄭注：「七始，黃鍾、林鍾、大簇、南呂、姑洗、應鍾、蕤賓也。」案彥和此文用《今文尚書》說。

10. 《史記．律書》說八風：不周風居西北，廣莫風居北方，條風居東北，明庶風居東方，清明風居東南，景風居南方，涼風居西南，閶闔風居西方。《易緯通卦驗》、《春秋緯考異郵》、《淮南．天文訓》、〈地形訓〉、《白虎通．八風篇》，劉熙《釋名》言八風皆先條風。惟《左傳．隱五年．正義》引服虔說，始不周風，與《史記》合。

11. 《禮記．樂記》：「子夏對魏文侯曰：今君之所好者，其溺音乎！文侯曰：敢問溺音何從出也？子夏對曰：鄭音好濫，淫志；宋音燕女，溺志；衛音趨數，煩志；齊音敖辟，喬志；（謂傲辟驕志也。）此四者，皆淫於色而害於德，是以祭祀弗用也。」紀評曰：「八字貫下十餘行，非單品秦漢。」

12. 《漢書．藝文志》：「六國之君，魏文侯最為好古。孝文時，得其樂人竇公，獻其書，乃《周官．大宗伯》之〈大司樂〉章也。」此《樂經》未經燔失之證。〈禮樂志〉：「漢興，樂家有制氏，以雅樂聲律，世世在大樂官，但能紀其鏗鎗鼓舞，而不能言其義。（〈藝文志〉樂類亦同此文。）高祖時，叔孫通因秦樂人，制宗廟樂。大祝迎神於廟門，奏《嘉至》，猶古降神之樂也。皇帝入廟門，奏《永至》，以為行步之節；猶古《采薺》、《肆夏》也。…」此彥和所本。容與唐寫本作容典，案《後漢書．曹褒傳論》，正作容典。

13. 〈禮樂志〉：「武德舞者，高祖四年作，以象天下樂已行武以除亂也。四時舞者。孝文所作，以明示天下之安和也。……大抵皆因秦舊事焉。」

14. 禮唐寫本作祀，義亦通。《宋書．樂志一》：「漢武帝雖頗造新哥，然不以光揚祖考，崇述正德為先，但多詠祭祀見事及其祥瑞而已，商周雅頌之體闕焉。」是可為崇祀之證。《漢書．禮樂志》云：「至武帝定郊祀之禮……乃立樂府，采詩夜誦。」顏師古曰：「始置之也。樂府之名蓋起於此。哀帝時罷之。」〈志〉又謂：「孝惠二年使樂府令夏侯寬，備其簫管。」沈欽韓以為以後制追述前事，是也。采詩夜誦者，案錢大昭

曰：「夜誦官名，古宮掖之掖，亦作夜，因誦於宮掖之中，故謂之夜誦。」周壽昌曰：「夜時清靜，循誦易嫻。」案錢周說皆非也。細審語意，「采詩夜誦」謂采取百姓謳謠而夜誦之。若作官名解，未免不辭；若謂於宮掖之中誦之，則樂府掖庭，同屬少府，各自為官，〈志〉既云「乃立樂府，采詩夜誦」，明為誦於樂府，而非誦於掖庭也。又〈樂志〉有內有掖庭材人，外有上林樂府，皆以鄭聲施于朝廷之說。此所謂掖庭材人，當即常從倡常從象人之類，孔光何武以為鄭衛而奏罷之者也。所謂上林樂府者，考〈百官表〉少府官屬有上林中十池監，或上林中別立樂府，以備皇帝遊燕之用，孔光斥為不應經法者，當即指此類言也。〈樂志〉又有夜誦員五人，孔光以為不可罷，設為掖庭材人之類，何以獨存之乎？吾故曰錢說非也。周說謂「置官選詩，合於雅樂者，夜靜誦之」尤無根據。周氏引〈魯語〉：「夜儆百工，使無慆淫。」「夜庀其家事，而後即安。」「夜而計過無憾而後即安。」謂古人習業，夜亦不輟之證，不知〈魯語〉所云，重在無慆淫即安二事，非謂深夜不輟業也。如肄習樂章必於夜間，則學業之重於樂難於樂者多矣，豈皆待夜靜始能習之哉。吾故曰周說亦非也。竊案《說文．夕部》：「夜從夕，夕者相繹也。」夜繹音同義通，是夜誦即繹誦矣。《說文》：「繹抽絲也。」意有未明。反覆推演之謂之繹。《周禮．大司樂》：「以樂語教國子興、道、諷、誦、言、語。」鄭注云：「倍文曰諷，以聲節之曰誦。」《左傳．襄公十四年》：「師曹欲歌之以怒孫子，公使歌之，遂誦之。」杜注云：「恐孫蒯不解故。」據此，歌辭必諷誦而益明瞭，故《史記．樂書》云：「通一經之士，不能獨知其辭，皆集會五經家，相與共講習讀之，乃能通知其意，多爾雅之文。」謳謠初得自里閭，州異國殊，情習不同，必抽繹以見意義，諷誦以協聲律，然後能合八音之調，所謂采詩夜誦者此也。給事雅樂用夜誦員五人，其職在抽繹歌義，誦以明之。古者師箴瞍賦矇誦，可見周代樂官，亦有以誦為專職者。

15. 〈禮樂志〉：「有趙代秦楚之謳。」〈藝文志〉：「自孝武立樂府而采歌謠，於是有代趙之謳，秦楚之風，皆感於哀樂，緣事而發，亦可以觀風俗，知薄厚云。」案歌詩家有邯鄲河間歌詩四篇，燕代謳雁門雲中隴西

16. 歌詩九篇，齊鄭歌詩四篇；吳楚汝南歌詩十五篇。歌詩凡有二十八家，彥和特舉其大者言之。〈禮樂志〉：「以李延年為協律都尉。多舉司馬相如等數十人造為詩賦。」〈佞幸傳〉：「延年善歌，為新變聲。是時上方興天地諸祠，欲造樂，令司馬相如等作詩頌。延年輒承意弦歌所造詩，為之新聲曲。」《補注》引周壽昌曰：「相如死當元狩五年，死後七年延年始得見。（元鼎六年。）是相如等前造詩，延年後為新聲，多舉者，言舉相如等數十人之詩賦，非舉其人也。」周說是。陳先生曰：「朱馬或疑為司馬之誤，非是。案朱或是朱買臣。《漢書》本傳言買臣疾歌謳道中，後召見，言楚辭，帝甚說之。又〈藝文志〉有買臣賦三篇，蓋亦有歌詩，志不詳耳。」謹案師說極精。買臣善言楚辭，彥和謂以騷體製歌，必有所見而云然。唐寫本亦作朱馬，明朱非誤字也。

17. 《宋書．樂志．相和歌辭》有《陌上桑》一曲，或即騷體製歌之遺，錄之如下：

「今有人，山之阿，被服薜荔帶女蘿。既含睇，又宜笑，子戀慕予善窈窕。乘赤豹，從文狸，辛夷車駕結桂旗。被石蘭，帶杜衡，折芳拔荃遺所思。處幽室，終不見，天路險艱獨後來。表獨立，山之上，雲何容容而在下。杳冥冥，羌晝晦，東風飄飖神靈雨。風瑟瑟，木搜搜，思念公子徒以憂。」

紀評曰：「《桂華》尚未至於不經，《赤雁》等篇亦不得目之曰靡，蓋深惡塗飾，故矯枉過正。」

《漢書．禮樂志．安世房中歌》十七章，《桂華》其第十二章，茲錄如下：

「馮馮翼翼，承天之則；吾易久遠，燭明四極。慈惠所愛，美若休德；杳杳冥冥，克綽永福。」

《赤雁歌》太始三年行幸東海，獲赤雁作，即郊祀歌《象載瑜》十八，茲錄如下：

「象載瑜，白集西；食甘露，飲榮泉。赤雁集，六紛員；殊翁雜，五采文。神所見，施祉福；登蓬萊，結無極。」

18. 〈禮樂志〉：「河間獻王有雅材，亦以為治道非禮樂不成，因獻所集雅樂。天子下大樂官常存肄之。歲時以備數，然不常御；常御及郊廟皆非雅聲。」

《史記・樂書》：「武帝得神馬渥洼水中，復次以為《太一之歌》，歌曲曰：『太一貢兮天馬下，霑赤汗兮沫流赭。騁容與兮跇萬里，今安匹兮龍與友。』後伐大宛得千里馬，馬名蒲梢，次作以為歌，歌詩曰：『天馬來兮從西極，經萬里兮歸有德。承靈威兮降外國，涉流沙兮四夷服。』中尉汲黯進曰：凡王者作樂，上以承祖宗，下以化兆民；今陛下得馬，詩以為歌，協於宗廟，先帝百姓，豈能知其音邪！」

19. 《漢書・王褒傳》：「宣帝時，天下殷富，數有嘉應，上頗作歌詩，欲興協律之事。於是益州刺史王襄欲宣風化於眾庶，聞王褒有俊才，請與相見，使褒作〈中和樂職宣布詩〉，選好事者令依《鹿鳴》之聲，習而歌之。」又〈禮樂志〉成帝時，「鄭聲尤甚，黃門名倡丙彊、景武之屬，富顯於世，貴戚五侯，定陵、富平外戚之家，淫侈過度，至與人主爭女樂。」唐寫本作「至宣帝雅詩，頗效《鹿鳴》」。案宣帝時君臣侈言福應，正宜有頌字方合。

20. 正音乖俗，如河間獻王獻雅樂，僅歲時備數，常御及郊廟皆非雅聲之類。

21. 唐寫本後下有漢字，是。雜作新亦是。惟新雅章，指東平王蒼所制也。《後漢書・曹褒傳》：顯宗即位，曹充上言請制禮樂，引《尚書璇璣鈐》曰：「有帝漢出，德洽作樂名予。」帝善之；下詔曰：「今且改太樂官曰太予樂。歌詩曲操以俟君子。」據此後漢之樂一仍前漢之舊。（《南齊書・樂志》云：南郊樂舞歌辭二漢同用。）《宋書・樂志》漢明帝初，東平王蒼制〈舞歌〉一章，薦之光武之廟。其詩曰：「於穆世廟，肅雍顯清；俊乂翼翼，秉文之成；越序上帝，駿奔來寧；建立三雍，封禪泰山；章明圖讖，放唐之文。休矣惟德，罔射協同；本支百世，永保厥功。」章帝親著〈食舉詩〉四篇，又制〈雲臺十二門詩〉。

22. 三祖：太祖武帝操，高祖文帝丕，烈祖明帝叡。《宋書・樂志三》：「相和漢舊歌也。絲竹更相和，執節者

歌。本一部，魏明帝分為二。」彥和所譏宰割辭調，或即指此。

23. 黃注云：「按魏太祖〈苦寒行〉『北上太行山』云云，通篇寫征人之苦。文帝〈燕歌行〉『秋風蕭瑟天氣涼』云云，亦託辭於思婦，所謂或傷羈戍辭不離於哀思也。他若文帝〈於譙作〉、〈孟津〉諸作，則又或述酣宴，志不出於淫蕩之證也。」

《宋書・樂志》載：相和歌辭「駕六龍」（當《氣出倡》）、「厥初生」（當《精列》）、「天地間」（當《度關山》）、「惟漢二十二世」（當《薤露》）、「關東有義士」（當《蒿里行》）、「對酒歌，太平時」（當《對酒》）、「駕虹霓」（當《陌上桑》）皆武帝作。「登山而遠望」（當《十五》）、「棄故鄉」亦在瑟調。（當《陌上桑》）皆文帝作。又晉荀勗撰清商三調，舊詞施用者：平調則「周西」（《短歌行》）、「對酒」（《短歌行》）為武帝詞。「秋風」（《燕歌行》）、「仰瞻」（《短歌行》）、「別日」（《燕歌行》）為文帝詞。清調則「晨上」（《秋胡行》）、「北上」（《苦寒行》）、「願登」（《秋胡行》）、「蒲生」（《塘上行》）為武帝詞。「悠悠」（《苦寒行》）為明帝詞。瑟調則「古公」（《善哉行》）、「自惜」（《善哉行》）為武帝詞。「朝日」（《善哉行》）、「上山」（《善哉行》）、「朝游」（《善哉行》）為文帝詞。「我徂」（《善哉行》）、「赫赫」（《善哉行》）為明帝詞。此外武帝有「碣石」（大曲《步出夏門行》），文帝有「西山」（大曲《折楊柳行》）、「園桃」（大曲《煌煌京洛行》），明帝有「夏門」（大曲《步出夏門行》）、「王者布大化」（大曲《櫂歌行》）諸篇。陳王所作，被於樂者亦十餘篇。蓋樂詞以曹氏為最富矣。彥和云「三調正聲」者，三調本周房中曲之遺聲。《隋書・音樂志》曰：「清樂其始即清商三調是也，並漢來舊曲，樂器形制並歌章古詞，與魏三祖所作者，皆被於史籍。平陳後獲之。高祖聽之，善其節奏，曰此華夏正聲也。」然則三調之為正聲，其來已久。彥和云三祖所為鄭曲者，蓋譏其詞之不雅耳。

24. 《晉書・樂志》：武帝受命。泰始二年詔郊祀明堂。禮樂權用魏儀，但改樂章，使傅玄為之辭，凡十五篇。

又傳玄造四廂樂歌三首，晉鼓吹曲二十二首，舞歌二首，宣武舞歌四首，宣文舞歌二首，鞞舞五首。

25. 張華作四廂樂歌十六首，晉凱歌二首。黃注但舉舞歌非也。

26. 黃先生曰：「《魏志·杜夔傳》曰：『杜夔以知音為雅樂郎，後以世亂奔荊州。荊州平，太祖以夔為軍謀祭酒，參太樂事，因令創制雅樂。夔善鍾律，聰思過人。時散郎鄧靜尹齊善詠雅樂，歌師尹胡能歌宗廟郊祀之曲，舞師馮肅服養曉知先代諸舞。夔總統研精，遠考諸經，近采故事，教習講肄，備作樂器，紹復先代古樂，皆自夔始也。』《晉書·律歷志》云：『武帝泰始九年中，書監荀勗校太樂八音不和，始知後漢至魏尺長於古四分有餘。勗乃部著作郎劉恭依《周禮》制尺，所謂古尺也。依古尺更鑄銅律呂以調聲韻，以尺量古器，與本銘尺寸無差。又汲郡盜發六國時魏襄王冢，得古周時玉律及鍾磬，新律聲韻闇同。于時郡國或得漢時故鍾，吹律命之皆應。勗銘其尺云云，銘所云此尺者，勗新尺也。今尺者，杜夔尺也。荀勗造新鍾律，與古器諧韵，時人稱其精密。惟散騎侍郎陳留阮咸譏其聲高，聲高則悲，非興國之音，亡國之音哀以思，其人困，今聲不合雅，懼非德正至和之音，必古今尺有長短所致也。會咸病卒，武帝以勗律與周漢器合，故施用之。後始平掘地得古銅尺，歲久欲腐，不知所出何代，果長勗尺四分。時人服咸之妙，而莫能措意焉。史臣案勗於千載之外，推百代之法，度數既宜，聲韵又契，可謂切密，信而有徵也。而時人寡識，據無聞之一尺，忽周漢之兩器，雷同臧否，何其謬哉！《世說》稱有田父於野地中得周時玉尺，便是天下正尺，荀勗試以校己所治金石絲竹。皆短校一米。』《隋書·律歷志》云：『炎歷將終，而天下大亂。樂工散亡，器法湮滅。魏武始獲杜夔，使定音律。夔依當時尺度，權備典章。及晉武受命遵而不革，至泰始十年，光祿大夫荀勗奏造新度，更造律呂。』又云：『諸代尺度，一十五等，一周尺。《漢志》王莽時劉歆銅斛尺。後漢建武銅尺。晉泰始十年荀勗律尺。為晉前尺。祖沖之所傳銅尺。祖沖之所傳銅尺其銘曰：「晉泰始十年，中書考古器揆校今尺，長四分半。所校古法有七品：一曰姑洗玉律，二曰小呂玉律，三曰西京銅望臬，四曰金錯望臬，五曰銅斛，六曰古錢，（案《宋史·律歷志》曰：古物之有分寸明著史籍者，惟有古錢而已。）七曰建武銅尺。姑洗微强，西京望臬微弱，其餘與此尺同。」（已上皆銘文凡八十二字）此尺者，勗新尺也。今尺者，杜夔尺也。今以此尺為本，以校諸代尺云。』謹案如《隋唐志》言，則勗尺合於周尺，而杜夔尺長於勗尺，一尺長四分七厘，不合甚明。阮咸譏勗，則《晉志》所謂謬也。荀勗尺不可考，宋王伯厚《鐘鼎款識》有古尺，銘云：『周尺，《漢志》鎦歆銅尺，後漢建武（阮元云：建下一字戈旁可辨蓋武字也。）銅尺，前尺並同。』此則依放晉尺而鑄者，得此以求古律呂，信而有徵。彥和所言，蓋亦《晉志》所云雷同臧否者也。」

27. 唐寫本和樂下有之字，是。表謂樂體，裏謂樂心。

28. 〈毛詩大序．正義〉曰：「詩是樂之心，樂為詩之聲，故詩樂同其功也。」又曰：「原夫作樂之始，樂寫人音。人音有小大高下之殊，樂器有宮徵商羽之異。依人音而制樂，託樂器以寫人，是樂本效人，非人效樂。但樂曲既定，規矩先成，後人作詩，模摩舊法，此聲成文謂之音。若據樂初之時，則人能成文，始入於樂。若據制樂之後，則人之作詩，先須成樂之文，乃成為音。聲能寫情，情皆可見，聽音而知治亂，觀樂而曉盛衰，故神瞽有以知其趣也。」

29. 《毛詩．唐風．蟋蟀篇》其首章曰：「蟋蟀在堂，歲聿其莫；今我不樂，日月其除。無已大康，職思其居；好樂無荒，良士瞿瞿。」《左傳．襄二十九年》：季札見歌唐，曰：「思深哉，其有陶唐氏之遺民乎？不然，何憂之遠也！」〈鄭風．溱洧篇〉其首章曰：「溱與洧，方渙渙兮，士與女，方秉蕑兮。女曰觀乎！士曰既且。且往觀乎！洧之外，洵訏且樂。維士與女，伊其相謔，贈之以勺藥。」《左傳》季札見歌鄭，曰：「美哉，其細已甚，民弗堪也，是其先亡乎！」

30. 怨志詄絕唐寫本作宛詩訣絕。案唐本近是。宛疑是怨之誤。古辭〈白頭吟〉：「聞君有兩意，故來相決

絕。」〈豔歌何嘗行〉：「上慚滄浪之天，下顧黃口小兒。」殆即彥和所指者耶？《宋志》皆列在大曲，故云淫辭在曲。紀評曰：「此乃折出本旨，其意為當時宮體競尚輕豔發也。觀《玉臺新詠》，乃知彥和識高一代。」桂馥《札樸》六：「徐庾體即宮體。徐庾父子（徐摛及子陵，庾肩吾及子信。）並在東宮，故稱宮體。武帝聞宮體之名，召摛加讓，蓋自摛始。」據此是宮體起在梁代（《南史．庾肩吾傳》：「齊永明中，王融、謝朓、沈約文章始用四聲，以為新變，至是轉拘聲韻，彌為麗靡，復踰往時。」）彥和此書成於齊世，不得云為當時宮體發也。彥和所指，當即《南齊書．文學傳》所稱鮑照體。

31. 詩聲俱鄭，猶言詩聲俱淫。《白虎通．總論禮樂》：「孔子曰：鄭聲淫何？鄭國土地民人山居谷浴，男女錯雜，為鄭聲以相誘悅懌，故邪僻聲皆淫色之聲也。」陳立疏云：「〈樂記．疏〉引《異義》云：『今論語說鄭國之為俗，有溱洧之水，男女聚會，謳歌相感，故曰鄭聲淫。《左氏》說煩手淫聲謂之鄭聲者，言煩手躑躅之音。使淫過矣。謹案〈鄭詩〉二十一篇。說婦人者十九，故鄭聲淫也。』《白帖》引《通義》云：『鄭重之音，使人淫故也。』盧校云：『鄭聲疑作躑躅之音。』案鄭字衍文。左氏不以鄭聲為鄭衛之鄭，故說為躑躅之聲。昭元年《傳》曰：煩手淫聲，慆堙心耳，乃忘平和，謂之鄭聲是也。《公羊疏》引古文家服虔曰：『鄭重之音。鄭重即躑躅，〈樂記〉所謂及優侏儒獶雜子女。注：獶，獼猴也。言舞者如獼猴戲也，是也。』班氏自用《魯論》說，以鄭為鄭衛之鄭，本與左氏不同，自不得雜引古文《春秋》以亂今文經師家法也。」案煩手躑躅之音生於鄭人男女之謳歌相感。以其地言之，則為鄭衛之鄭；以其音言之，則為煩手躑躅之鄭；實二而一者，義可通也。

32. 李延年唐寫本作左延年，是。左延年見《魏志．杜夔傳》，善鄭聲者也。亦見《晉書．樂志》。陳思語無考。黃先生曰：「增損古詞者，取古詞以入樂，增損以就句度也。是以古樂府有與原本違異者，有不可句度者。或者以古樂府不可句度，遂嗤笑以為不美，此大妄也。」

陳思王植〈七哀詩〉原文（《文選》）

明月照高樓，流光正徘徊；上有愁思婦，悲歎有餘哀。借問歎者誰，言是客子妻；君行踰十年，孤妾常獨棲。君若清路塵，妾若濁水泥；浮沈各異勢，會合何時諧。願為西南風，長逝入君懷；君懷良不開，賤妾當何依。

晉樂府所奏楚調〈怨詩明月篇〉東阿王詞七解（《宋書．樂志》。）

明月照高樓，流光正裴回；上有愁思婦，悲歎有餘哀。（一解）

借問歎者誰，自云客子妻；夫行踰十載，賤妾常獨棲。（二解）

念君過於渴，思君劇於饑；君為高山柏，妾為濁水泥。（三解）

北風行蕭蕭，烈烈入吾耳；心中念故人，淚墮不能止。（四解）

沈浮各異路，會合當何諧；願作東北風，吹我入君懷。（五解）

君懷常不開，賤妾當何依；恩情中道絕，流止任東西。（六解）

我欲竟此曲，此曲悲且長；今日樂相樂，別後莫相忘。（七解）

右古樂府與原本違異者。

《齊書．樂志》載《公莫辭》（《宋志》亦載此辭，而句相連不別，文與此亦異。）：

「吾不見公莫時　吾何嬰公來　嬰姥時吾　思君去時　吾何零　子以耶　思君去時　思來嬰　吾去時母那何去吾。」

右一曲，晉《公莫舞》第二十章，無定句，前是第一解，後是第十九、二十解，雜有三句，並不可曉解。

右古樂不可句度者。

《晉書．樂志》曰：魏雅樂四曲，《騶虞》、《伐檀》、《文王》皆左延年改其聲。晉武泰始五年，張華表曰：「魏上壽食舉詩，及漢氏所施用，其文句長短不齊，未皆合古。蓋以依詠弦節，本有因循，而識樂知音，足以制聲度曲，法用率非凡近之所能改。二代三京，襲而不變，雖詩章辭異，興廢隨時，至其韵逗留曲折，皆繫於舊，有由然也。」據此是古樂府韵逗有定，故采詩入樂府者，不得不增損其文，以求合古矣。

33. 《史記・樂書》：高祖過沛詩〈三侯〉之章，（《索隱》曰：「侯，語辭也，兮亦語辭，〈沛詩〉有三兮，故云三侯也。」）令小兒歌之。其辭曰：

「大風起兮雲飛揚，威加海內兮歸故鄉，安得猛士兮守四方！」

《漢書・外戚傳》：「李夫人少而蚤卒，帝思念不已。方士齊人少翁言能致其神。令帝居他帳，遙望見好女如李夫人之貌。帝益悲感，為作詩曰：『是邪非邪？立而望之，偏何姍姍其來遲！』令樂府諸音家弦歌之。」

34. 子建詩用入樂府者，惟〈置酒〉（大曲《野田黃雀行》）〈明月〉（楚調《怨詩》）及〈鼙舞歌〉五首而已，其餘皆無詔伶人。士衡樂府數十篇，悉不被管弦之作也。今案《文選》所載自陳思王〈美女篇〉以下至〈名都篇〉；陸士衡樂府十七首，謝靈運一首，鮑明遠八首，繆熙伯以下三家挽歌，皆非樂府所奏，將以樂音有定，以詩入樂，需加增損，伶人畏難，故雖有佳篇，而事謝絲管歟？黃叔琳曰：「唐人用樂府古題及自立新題者，皆所謂無詔伶人。」《古今樂錄》曰：「《估客樂》者，齊武帝之所製也。帝布衣時嘗遊樊鄧，登阼以後，追憶往事而作歌，使樂府令劉瑤管弦被之，教習卒無成。有人啓釋寶月善解音律，帝使奏之，旬日之中，便就諧合。」是則詩辭非必不可入樂，惟視樂人能否使就諧合耳。

35. 〈詩大序・正義〉曰：「初作樂者，準詩而為聲；聲既成形，須依聲而作詩。故後之作詩者，皆主應於樂文也。」此即乖調俗說，不如彥和之洞達矣。

36. 《宋書・樂志》：「鼓吹蓋短簫鐃哥，蔡邕曰軍樂也。黃帝、岐伯所出，以揚德建武勸士諷敵也。」《困學紀聞》十八：「《左傳》有《虞殯》，《莊子》有《紼謳》，挽歌非始於田橫之客。」《世說・任誕門》注：「《譙子法訓》曰：今喪有挽歌者，何以哉？譙子曰：周聞之，蓋高帝召田橫至至于尸鄉亭，自刎奉首。從者挽至於宮，不敢哭而不勝哀，故為此歌以寄哀者，彼則一時之為也。鄰有喪，舂不相，引挽人銜枚，孰樂喪者耶！按《莊子》：『紼謳所生，必於斥苦。』司馬彪注曰：『紼，引柩索也。引紼所以有謳歌者，為人有用力不齊，故促急之也。』《左傳・哀十一年》：『公會吳伐齊，其將公孫夏命歌《虞殯》。』

杜預曰：『《虞殯》，送葬歌，示必死也。』《史記．絳侯世家》曰：『周勃以吹簫樂喪。』然則挽歌之來久矣，非始起於田橫也。然譙氏引《禮》之文，頗有明據，非固陋者所能詳聞，疑以傳疑，以俟通博。」《晉書．禮志中》摯虞〈挽歌議〉曰：「漢魏故事，大喪及大臣之喪，執紼者挽歌。新禮以為挽歌出於漢武帝役人之勞，歌聲哀切，遂以為送終之禮，雖音曲摧愴，非經典所制，不宜以歌為名。案挽歌因唱和而為摧愴之聲，銜枚所以全哀，此亦以感眾，雖非經典所載，是歷代故事。《詩》稱君子作歌，惟以告哀，以歌為名，亦無所嫌。宜定新禮如舊。」崔豹《古今注》曰：「《薤露》、《蒿里》，並哀歌也。本出田橫門人。橫自殺，門人傷之，為作悲歌，故有二章。至孝武時，李延年乃分二章為二曲。《薤露》送王公貴人，《蒿里》送士大夫庶人。使挽柩者歌之，亦呼為挽歌。」

○薤上露，何易晞！露晞明朝更復落，人生一去何時歸！

○蒿里誰家地！聚斂魂魄無賢愚。鬼伯一何相催促，人命不得少踟躕！

唐寫本無並字，是。

茲錄《宋書．樂志》所載鐃歌十八曲於下：

《古今樂錄》曰：「漢鼓吹鐃歌十八曲，字多訛誤。又有《務成》、《玄雲》、《黃爵》、《釣竿》亦漢曲也。其辭亡。」沈約曰：「樂人以音聲相傳話，不可復解。」沈約又曰：「按《古今樂錄》皆聲辭豔相雜，不可復分。」凡古樂錄皆大字是辭，細字是聲，聲辭合寫，故致然耳。譚儀有《漢鐃歌十八曲集解》，茲略取其說注於曲名下。

鐃歌十八曲

《朱鷺》（莊述祖曰：「《朱鷺》，思直臣也。漢承秦弊，始除誹謗妖言之罪，而臣下猶未敢直言極諫焉。」）

朱鷺魚以烏路訾邪鷺何食食茄（古荷字）下不之食不以吐將以問誅（一作諫）者

《思悲翁》（莊曰：「《思悲翁》，傷功臣也。漢誅滅功臣，呂后族信醯越，民尤冤之。」）

思悲翁唐思奪我美人侵以遇悲翁也但我思蓬首（一作蒿）狗逐狡兔食交君梟子五梟母六拉沓高飛莫安宿

《艾如張》（陳祚明曰：「艾與刈同。如讀為而。」莊曰：「《艾如張》，戒好田獵也。田獵以時，愛及微物，則四時和，王道成矣。」）

艾而張羅夷於何行成之四時和山出黃雀亦有羅雀以高飛奈雀何為此倚欲誰肯礞室

《上之回》（《漢書．武帝本紀》：「元封四年冬十月，行幸雍，祠五時，通回中道，遂北出蕭關。」沈建《樂府廣題》曰：「漢曲皆美當時之事。」莊曰：「紀巡狩也。」）

上之回所中益夏將至行將北以承甘泉宮寒暑德游石關望諸國月支臣匈奴服令從百官疾驅馳千秋萬歲樂無極

《翁離》（一作挽離）（莊曰：「《翁離》，思賢也。賢者在位，則引其類與並進焉。」）

挽離趾中可築室何用葺之蕙用蘭挽離趾中

《戰城南》（莊曰：「《戰城南》，思良將帥也。武帝窮武擴土。征伐不休，海內虛耗，士卒死傷相繼。末年乃下詔棄輪臺，陳既往之悔，故思伊呂之將焉。」）

戰城南死郭北野死不葬烏可食為我謂烏且為客豪野死諒不葬腐肉安能去子逃水深激激蒲葦冥冥梟騎戰鬬死駑馬裴回鳴梁築室何以南梁何北禾黍而穫君何食願為忠臣安可得思子良臣良臣誠可思朝行出攻莫不夜歸

《巫山高》（譚儀曰：「《巫山高》，南國之士自傷不達於朝廷也。」）

巫山高高以大淮水深難以逝我欲東歸害梁不為我集無高曳水何梁湯湯回回臨水遠望泣下沾衣遠道之人心思歸謂之何

《上陵》（譚曰：「宗廟食舉侑食之樂也。」莊曰：「《上陵》，紀福應也。」）

上陵何美美下津風以寒問客從何來言從水中央桂樹為君船青絲為君笮木蘭為君櫂黃金錯其間滄海之雀赤翅鴻白雁隨山林乍開乍合曾不知日月明醴泉之水光澤何蔚蔚芝為車龍為馬覽遨遊四海外甘露初二年芝生銅池中仙

人下來飲延壽千萬歲

《將進酒》（莊曰：「《將進酒》，戒飲酒無度也。賓主人相勸酬，歌詩相贈答，無沉湎之失焉。」）

將進酒乘太白辨加哉詩審搏（《樂府詩集》作博）放故歌心所作同陰氣詩悉索使禹良工觀者苦

《君馬黃》（莊曰：「《君馬黃》，諫亂也。君臣各從其欲，車馬曾不得休息焉。」）

君馬黃臣馬蒼二馬同逐臣馬良易之有騩蔡有赭美人歸以南駕車馳馬美人傷我心佳人歸以北駕車馳馬佳人安終極

《芳樹》（莊曰：「《芳樹》，諫時也。衰亂之世，以妾為妻，上無以化下，而好惡拂其性，君子疾其無心焉。」）

芳樹日月君亂如於風芳樹不上無心溫而鵠三而為行臨蘭池心中懷我悵心不可匡目不可顧妬人之子愁殺人君有他心樂不可禁王將何似如絲如魚乎悲矣

《有所思》（莊曰：「《有所思》，諫時也。衰亂之俗，昏媾之禮廢，夫婦之道苦，男女各以其私相約誓而輕絕焉。」）

有所思乃在大海南何用問遺君雙珠玳瑁簪用玉紹繚之聞君有他心拉雜摧燒之摧燒之當風揚其灰從今以往勿復相思相思與君絕雞鳴狗吠兄嫂當知之妃呼豨秋風肅肅晨風颸東方須臾高知之

《雉子斑》（莊曰：「《雉子斑》，戒貪祿也。」）

雉子斑如此之于雉梁無以吾翁孺雉子知得雉子高蜚止黃鵠蜚之以千里王可思雄來蜚從雌視子趨一雉雉子車大駕馬騰被王送行所中堯羊蜚從王孫行

《聖人出》（莊曰：「《聖人出》，思太平也。秦楚之際，民無定極，漢高帝既滅項羽，即位於濟陰定陶，百姓皆欣欣然知上有天子焉。」）

聖人出陰陽和美人出遊九河佳人來騑離哉何駕六飛龍四時和君之臣明護不道美人哉宜天子免甘星巫樂甫始美人子含四海

《上邪》（一作雅）（莊曰：「《上邪》，諫不信也，禮樂陵遲，以誓為信，斯不信矣。」）

上邪我欲與君相知長命無絕衰山無陵江水為竭冬雷震震夏雨雪天地合乃敢與君絕

《臨高臺》（莊曰：「《臨高臺》，諫亂也。」譚曰：「此郡國臣吏飲酒上壽之辭。古者宴飲則有禮射，漢世遺意猶存。香蘭黃鵠，言外有樂不可極意。蘭易衰，鵠易逝也。」）

臨高臺以軒下有清水清且寒江有香草目以蘭黃鵠高飛離哉翻關弓射鵠令我主壽萬年收中吾

《遠如期》（莊曰：「《遠如期》，紀呼韓邪單于來朝也。」）

遠如期益如壽處天左側大樂萬歲與天無極雅樂陳佳哉紛單于自歸動如驚心虞心大佳萬人還來謁者引鄉殿陳累世未嘗聞之增壽萬年亦誠哉

《石留》（莊曰：「有其聲而辭失傳。」陳沆曰：「聲辭久淆，不可復詁。」）

石留涼陽涼石水流為沙錫以微河為香向始谿將風陽北逝肯無敢與於揚心邪懷蘭志金安薄北方開留離蘭

37. 繆襲唐寫本作繆朱，恐誤。繆襲作魏鼓吹曲十二首，又造挽歌一首。紀評曰：「致當作制。」

38. 黃先生曰：「此據〈藝文志〉為言，然《七略》既以詩賦文藝分略，故以歌詩與詩異類。如令二略不分，則歌詩之附詩，當如《戰國策》、《太史公書》之附入春秋家矣。此乃部居所拘，非子政果欲別歌於詩也。」謹案詩為樂心，聲為樂體，詩與歌本不可分，故三百篇皆歌詩也。自漢代有〈在鄒〉、〈諷諫〉等不歌之詩，詩歌遂畫然兩途。凡後世可歌之辭，不論其形式如何變化，不得不謂為三百篇之嫡屬，而摹擬形貌之作，既與聲樂離絕，僅存空名，徒供目賞，久之亦遂陳熟可厭。《別錄》詩歌有別，班〈志〉獨錄歌詩，具有精義，似非止為部居所拘也。唐寫本具作序，是。

郭茂倩《樂府詩集》分樂府為十二類，每類皆有敘說原流之辭，極為詳核，茲趍錄之。（略有刪節）並列表如左：

樂府

- 入樂
  - 官樂
    - （一）郊廟
      - 大予樂——典郊廟上陵之樂。
      - 雅頌樂——典六宗社稷之樂。
    - （二）燕射——漢魏皆取周詩〈鹿鳴〉。荀勗始自造詩。
    - （三）鼓吹——崔豹《古今注》曰：「漢樂有黃門鼓吹，天子所以宴樂羣臣也。短簫鐃哥鼓吹之一章爾，亦以賜有功諸侯。」
    - （四）橫吹——其始亦謂之鼓吹，馬上奏之，蓋軍中之樂也。李延年因胡曲造橫吹二十八解。
    - （五）舞曲
      - 雅舞——用於郊廟朝饗。
      - 雜舞——用於宴會。
  - 常樂
    - （六）相和——《宋書．樂志》云：「相和漢舊曲也。絲竹更相和，執節者歌。」《唐書．樂志》：「平調、清調、瑟調皆周房中曲之遺聲。漢世謂之三調。又有楚調、側調與前三調總謂之相和調。」
    - （七）清商——其始即相和三調是也。並漢魏以來舊曲。
    - （八）琴曲——其曲有暢，有操，有引，有弄。
    - （九）雜曲——《宋書．樂志》云：「漢魏之世，歌詠雜興，而詩之流乃有八名：曰行，曰引，曰歌，曰謠，曰吟，曰詠，曰怨，曰歎，皆詩人六義之餘也。至其協聲律播金石而總謂之曲。」
    - （十）近代曲——近代曲者亦雜曲也。以其出於隋唐之世，故曰近代曲。
- 不入樂
  - （十一）新樂府——皆唐世之新歌，以其辭實樂府而未嘗被於聲，故曰新樂府。
  - （十二）歌謠——徒歌。

一　郊廟歌辭

自黃帝以後，至於三代，千有餘年，而其禮樂之備，可以考而知者，唯周而已。兩漢已後，世有制作，其所以用於郊廟朝廷以接人神之歡者，其金石之響，歌舞之容，亦各因其功業治亂之所起，而本其風俗之所由。武帝時詔司馬相如等造郊祀歌詩十九章，五郊互奏之。又作安世歌詩十七章，薦之宗廟，至明帝乃分樂為四品：一曰大予樂，典郊廟上陵之樂。郊樂者，《易》所謂「先王以作樂崇德殷薦上帝」。宗廟樂者，〈虞書〉所謂「琴瑟以詠，祖考來格」。《詩》云「肅雍和鳴，先祖是聽」也。二曰雅頌樂，典六宗社稷之樂。社稷樂者，《詩》所謂「琴瑟擊鼓，以御田祖」。《禮記》曰：「樂施於金石，越於音聲，用乎宗廟社稷，事乎山川鬼神」是也。永平三年，東平王蒼造《光武廟登歌》一章，稱述功德，而郊祀同用漢歌。魏歌辭不見，疑亦用漢辭也。武帝始命杜夔創定雅樂，時有鄧靜、尹商善訓雅歌，歌師尹胡能習宗廟郊祀之曲，舞師馮肅、服養曉知先代諸舞。夔總領之。魏復先代古樂，自夔始也。晉武受命，百度草創，泰始二年詔郊廟明堂禮樂權用魏儀，遵周室肇稱殷禮之義，但使傅玄改其樂章而已。永嘉之亂，舊典不存，賀循為太常，始有登歌之樂。明帝太寧末，又詔阮孚增益之。至孝武太元之世，郊祀遂不設樂。宋文帝元嘉中，南郊始設登歌，廟舞猶闕，乃詔顏延之造《天地郊登歌》三篇，大抵依仿晉曲，是則宋初又仍晉也。南齊梁陳，初皆沿襲，後更創制，以為一代之典，元魏宇文，繼有朔漠，宣武以後，雅好胡曲，郊廟之樂，徒有其名。隋文平陳，始獲江左舊江左舊樂，乃調五音，為五夏、二舞、登歌、房中等十四調，賓祭用之。唐高祖受禪，未遑改造；樂府尚用前世舊文。武德九年，乃命祖孝孫修定雅樂，而梁陳盡吳楚之音；周齊雜胡戎之伎，於是斟酌南北，考以古音，作為唐樂，貞觀二年奏之。安史作亂，咸鎬為墟，五代相承，享國不永，制作之事，蓋所未暇，朝廷宗廟典章文物，但按故常，以為程式云。

二　燕射歌辭

《儀禮．燕禮》曰：「《工歌》、《鹿鳴》、《四牡》、《皇皇者華》。笙入，奏《南陔》、《白華》、

《華黍》。乃間歌《魚麗》、笙《由庚》，歌《南有嘉魚》，笙《崇丘》，歌《南山有臺》，笙《由儀》，遂歌《鄉樂》，《周南》、《關雎》、《葛覃》、《卷耳》、《召南》、《鵲巢》、《采蘩》、《采蘋》。」此燕饗之有樂也。〈大司樂〉曰：「大射，王出入，奏《王夏》。及射，令奏《騶虞》。詔諸侯以弓矢舞，樂師燕射帥射夫以弓矢舞，大師大射帥瞽而歌射節。」此大射之有樂也。〈王制〉曰：「天子食舉以樂。」〈大司樂〉：「王大食三宥皆令奏鍾鼓。」漢鮑業曰：「古者天子飲食必順四時五味，故有食舉之樂，所以順天地，養神明，求福應也。」此食舉之有樂也。《隋書．樂志》曰：「漢明帝時樂有四品，其二曰雅頌樂，辟雍饗射之所用。則《孝經》所謂移風易俗，莫善於樂，《禮記》曰：揖攘而治天下者，禮樂之謂也。」三曰黃門鼓吹，天子宴群臣之所用也。則《詩》所謂「坎坎鼓我，蹲蹲舞我」者也。漢有殿中御飯食舉七曲，大樂食舉十三曲。魏有雅樂四曲，皆取周詩〈鹿鳴〉，晉荀勗以《鹿鳴》燕嘉賓，無取於朝，乃除《鹿鳴》舊歌，更作行禮詩四篇，先陳三朝朝宗之義，又為王公上壽酒食舉樂歌詩十二篇。司律陳頎以為三元肇發，羣后奉璧，趨步拜起，莫非行禮，豈容別設一樂謂之行禮？荀譏《鹿鳴》之失，似悟昔謬，還制四篇，復襲前軌，亦未為得也。終宋齊以來，相承用之。梁陳三朝樂有四十九等，其曲有《相和》、《五引》，及《俊雅》等七曲。後魏道武初正月上日，饗羣臣，備列宮縣正樂，奏燕趙秦吳之音，五方殊俗之曲，四時饗會亦用之。隋煬帝初，詔祕書省學士定殿前樂工歌十四曲，終大業之世，每舉用焉。其後又因高祖七部樂，乃定以為九部。唐武德初，讌享承隋舊制，用九部樂。貞觀中，張文收造讌樂，於是分為十部。後更分讌樂為立坐二部。天寶以後，讌樂西涼龜茲部著錄者二百餘曲，而清樂天竺諸部不在焉。

三　鼓吹曲辭

鼓吹曲，一曰短簫鐃歌。劉瓛定軍禮云：「鼓吹未知其始也，漢班壹雄朔野而有之矣，鳴笳以和簫聲，非八音也。騷人曰『鳴篪吹竽』是也。」蔡邕《禮樂志》曰：「漢樂四品：其四曰短簫鐃歌，軍樂也。黃帝岐伯所

作，以建威揚德，風敵勸士也。」《周禮．大司樂》曰：「王師大獻，則令奏愷樂。」〈大司馬〉曰：「師有功則愷樂獻於社。」鄭康成曰：「兵樂曰愷，獻功之樂也。」《宋書．樂志》曰：「雍門周說孟嘗君鼓吹於不測之淵。說者云：鼓自一物，吹自竽籟之屬，非簫鼓合奏，別為一樂之名也。然則短簫鐃歌此時未名鼓吹矣。應劭《漢鹵簿圖》唯有騎執箛。箛即笳，不云鼓吹。而漢世有黃門鼓吹、漢享宴食舉樂十三曲，與魏世鼓吹長簫同。長簫短簫，《伎錄》並云：『絲竹合作，執節者歌。』又《建初錄》云：『《務成》、《黃爵》、《玄雲》、《遠期》皆騎吹曲，非鼓吹曲。』此則列於殿庭者名鼓吹，今之從行鼓吹為騎吹，二曲異也。又孫權觀魏武軍，作鼓吹而還，此應是今之鼓吹。魏晉世又假諸將帥及牙門曲，蓋鼓吹，斯則其時方謂之鼓吹矣。」按《西京雜記》漢大駕祠甘泉汾陰，備千乘萬騎，有黃門前後部鼓吹，則不獨列於殿庭者名鼓吹也。

漢《遠如期》曲辭，有雅樂陳及增壽萬年等語，無馬上奏樂之意，則《遠如期》又非騎吹曲也。《晉中興書》曰：「漢武帝時，南越加置交趾、九真、日南、合浦、南海、鬱林、蒼悟七郡，皆假鼓吹。」《東觀漢記》曰：「建初中班超拜長史，假鼓吹麾幢。」則短簫鐃歌，漢時已名鼓吹，不自魏晉始也。崔豹《古今註》曰：「漢樂有黃門鼓吹，天子所以宴樂群臣也。短簫鐃歌，鼓吹之一章爾，亦以賜有功諸侯。」然則黃門鼓吹短簫鐃歌與橫吹曲得通名鼓吹，但所用異爾。漢有《朱鷺》等二十二曲，列於鼓吹，謂之鐃歌。及魏受命，使繆襲改其十二曲，而《君馬黃》、《雉子班》、《聖人出》、《臨高臺》、《遠如期》、《石留》、《務成》、《玄雲》、《黃爵》、《釣竿》十曲並仍舊名。是時吳亦使韋昭改製十二曲，其十曲亦因之。而魏吳歌辭存者唯十二曲，餘皆不傳。晉武帝受禪，命傅玄製二十二曲，而《玄雲》、《釣竿》之名不改舊漢。宋齊並用漢曲，又《充庭》十六曲，梁高祖乃去其四，留其十二，更制新歌，合四時也。北齊二十曲皆改古名，其《黃爵》、《釣竿》略而不用。後周宣帝革前代鼓吹制為十五曲，並述功德受命以相代，大抵多言戰陣之事。隋制列鼓吹為四部，唐則又增為五部，部各有曲，唯《羽葆》諸曲，備敘功業，如前代之制。齊武帝時，壽昌殿南閤置《白鷺》、《鼓吹》二曲，以為宴樂。陳後主常遣宮女習北方簫鼓，謂之代北，酒酣則奏之，此又施於燕私矣。

四　橫吹曲辭

橫吹曲，其始亦謂之鼓吹，馬上奏之，蓋軍中之樂也。北狄諸國，皆馬上作樂，故自漢已來，北狄樂總歸鼓吹署。其後分為二部，有簫笳者為鼓吹，用之朝會道路，亦以給賜；漢武帝時，南越七部皆給鼓吹是也。有鼓角者為橫吹，用之軍中，馬上所奏者是也。按《周禮》曰：「以鼖鼓鼓軍事。」舊說云：蚩尤氏帥魑魅與黃帝戰於涿鹿，帝乃始命吹角為龍鳴以禦之。其後魏武北征烏丸，越沙漠而軍士思歸，於是減為半鳴。尤更悲矣。橫吹有雙角，即胡樂也。漢博望侯張騫入西域，傳其法於西京，唯得《摩訶兜勒》一曲，李延年因胡曲更造新聲二十八解，乘輿以為武樂，後漢以給邊將。和帝時，萬人將軍得用之。魏晉以來，二十八解不復具存，而世所用者，有《黃鵠》等十曲，其辭後亡。又有《關山月》等八曲，後世之所加也。後魏之世，有《簸邏迴歌》，其曲多可汗之辭，皆燕魏之際鮮卑歌，歌辭虜音，不可曉解，蓋《大角曲》也。又《古今樂錄》有梁鼓角橫吹曲，多敍慕容垂及姚泓時戰陣之事，其曲有《企喻》等歌三十六曲，總六十六曲，未詳時用何篇也。自隋以後，始以橫吹用之鹵簿，與鼓吹列為四部，總謂之鼓吹：一曰棡鼓部，二曰鐃鼓部，三曰大橫吹部，四曰小橫吹部。唐制，太常鼓吹令掌鼓吹施用調習之節，以備鹵簿之儀，而分五部：一曰鼓吹部，二曰羽葆部，三曰鐃吹部，四曰大橫吹部，五曰小橫吹部。

五　相和歌辭

《宋書．樂志》曰：「相和，漢舊曲也。絲竹更相和，執節者歌。本一部，魏明帝分為二：更遞、夜宿。本十七曲，朱生、宋識、列和等復合之為十三曲。」其後晉荀勗又採舊辭施用於世，謂之清商三調歌詩，即沈約所謂「因管絃金石造歌以被之」者也。《唐書．樂志》曰：「平調、清調、瑟調，皆周房中曲之遺聲，漢世謂之三調，又有楚調、側調。楚調者，漢房中樂也。高帝樂楚聲。故房中樂皆楚聲也。側調者，生於楚調，與前三調總謂之相和調。」《晉書．樂志》曰：「凡樂章古辭之存者，並漢世街陌謳謠，《江南可採蓮》、《烏生十五

子》、《白頭吟》之屬。」其後漸被於絃管，即相和諸曲是也。魏晉之世，相承用之。永嘉之亂，五都淪覆，中朝舊音，散落江左，後魏孝文宣武用師淮漢，收其所獲南音，謂之清商樂，相和諸曲，亦皆在焉。所謂清商正聲，相和五調伎也。凡諸調歌辭，並以一章為一解。《古今樂錄》曰：「傖歌以一句為一解。中國以一章為一解。」王僧虔啓云：「古曰章，今曰解。」解有多少，當時先詩而後聲，詩敘事，聲成文，必使志盡於詩，音盡於曲，是以作詩有豐約，制解有多少，猶《詩》〈君子陽陽〉兩解、〈南山有臺〉五解之類也。又諸調曲皆有辭有聲，而大曲又有豔，有趨，有亂。辭者，其歌詩也。聲者，若「羊吾夷」、「伊那阿」之類也。豔在曲之前趨，與亂在曲之後，亦猶吳聲西曲前有和，後有送也。又大曲十五曲，沈約並列於瑟調，又別敘大曲於其後，唯《滿歌行》不曲，諸調不載，故附見於大曲之下。其曲調先後，亦準《技錄》為次云。

六　清商曲辭

清商樂，一曰清樂。清樂者，九代之遺聲，其始即相和三調是也。並漢魏以來舊曲。其辭皆古調及魏三祖所作。自晉朝播遷，其音分散。苻堅滅涼得之，傳於前後二秦。及宋武定關中，因而入南，不復存於內地。自是已後，南朝文物，號為最盛，民謠國俗，亦世有新聲，故王僧虔論《三調歌》曰：「今之清商，實由銅雀，魏氏三祖，風流可懷，京洛相高，江左彌重，而情變聽改，稍復零落，十數年間，亡者將半，所以追餘操而長懷，撫遺器而歎息者矣。」後魏孝文討淮漢，宣武定壽春，收其聲伎，得江左所傳中原舊曲，《明君》、《聖主》、《公莫》、《白鳩》之屬，及江南吳歌，荊楚西聲，總謂之清商樂。至於殿庭饗宴，則兼奏之。遭梁陳亡亂，存者益寡。及隋平陳得之，文帝善其節奏，曰：「此華夏正聲也。」乃微更損益，去其哀怨，考而補之，以新定律呂，更造樂器，因於太常置清商署以管之，謂之清樂。開皇初，始置七部樂，清商伎其一也。

大業中，煬帝乃定清樂、西涼等為九部，而清樂歌曲有《楊伴》，舞曲有《明君》、《並契》，樂器有鐘磬琴瑟擊琴琵琶箜篌筑箏節鼓笙笛簫篪塤等十五種，為一部。唐又增吹葉而無塤。隋室喪亂，日益淪缺，唐貞觀中，用十部樂，清樂亦在焉。至武后時，猶有六十三曲，其後四十四曲存焉。長安已後，朝廷不重古曲，工伎寖缺，能合於管絃者，惟《明君》、《楊伴》、《驍壺》、《春歌》、《秋歌》、《白雪》、《堂堂》、《春江花月夜》等八曲，自是樂章訛失，與吳音轉遠。開元中，劉貺以為宜取吳人使之傳習，以問歌工李郎子。郎子北人，學於江都人俞才生，時聲調已失。惟雅歌曲辭，辭典而音雅。後郎子亡去，清樂之歌遂闕。自周隋以來，管絃雅歌，將數百曲，多用西涼樂，鼓舞曲多用龜茲樂，唯琴工猶傳楚漢舊聲，及清調蔡邕五弄，楚調四弄，謂之九弄，雅聲獨存。

七　舞曲歌辭

《通典》曰：「樂之在耳者曰聲，在目者曰容，聲應乎耳，可以聽知，容藏於心，難以貌觀，故聖人假干戚羽旄以表其容，發揚蹈厲以見其意，聲容選和而後大樂備矣。」〈詩序〉曰：「詠歌之不足，不知手之舞之足之蹈之。」然樂心內發，感物而動，不覺手之自運，歡之至也，此舞之所由起也。舞亦謂之萬。《禮記外傳》曰：「武王以萬人同滅商。」故謂舞為萬。〈商頌〉曰：「萬舞有奕。」則殷已謂之萬矣。〈魯頌〉曰：「萬舞洋洋。」〈衛詩〉曰：「公庭萬舞。」然則萬亦舞之名也。《春秋．魯隱公五年》：「考仲子之宮，將萬焉。因問羽數於眾仲。眾仲對曰：『天子用八，諸侯六，大夫四，士二，舞所以節八音而行八風，故自八而下。』於是初獻六羽，始用六佾也。」杜預以為六六三十六人。而沈約非之，曰：「八音克諧，然後成樂，故必以八人為列，自天子至士，降殺以兩，兩者減其二列爾，預以為一列又減二人，至士止餘四人，豈復成樂！服虔謂『天子八八，諸侯六八，大夫四八，士二八』，於義為允也。」

周有六舞：一曰帗舞，二曰羽舞，三曰皇舞，四曰旄舞，五曰干舞，六曰人舞。帗舞者，析五綵繒若漢靈星舞子所持是也，羽舞者，析羽也。皇舞者，雜五綵羽如鳳凰色，持之以舞也。旄舞者。氂牛之尾也，干舞者，兵舞，持盾而舞也。人舞者，無所執，以手袖為威儀也。《周官》舞師掌教兵舞，帥而舞山川之祭祀；教帗舞，帥

而舞社稷之祭祀；教羽舞，帥而舞四方之祭祀；教皇舞，帥而舞旱暵之事。樂師亦掌教國子小舞。自漢以後，樂舞寖盛，故有雅舞，有雜舞。雅舞用之郊廟朝饗，雜舞用之宴會。晉傅玄又有十餘小曲，名為舞曲。故《南齊書》載其辭云：「獲罪於天，北徙朔方，墳墓誰掃，超若流光。」疑非宴樂之辭，未詳其所用也。前世樂飲酒酣，必自起舞，《詩》云「屢舞僊僊」是也。故知宴樂必舞，但不宜屢爾，譏在屢舞，不譏舞也。漢武帝樂飲，長沙定王起舞是也。自是已後，尤重以舞相屬，所屬者代起舞，猶世飲酒以杯相屬也。灌夫起舞以屬田蚡，晉謝安舞以屬桓嗣是也。近世以來，此風絕矣。

八　琴曲歌辭

琴者，先王所以脩身理性禁邪防淫者也，是故君子無故不去其身。《唐書．樂志》曰：「琴，禁也，夏至之音，陰氣初動，禁物之淫心也。」《世本》曰：「琴，神農所造。」《廣雅》曰：「琴，伏羲所造，長七尺二寸而有五弦。」揚雄《琴清英》曰：「舜彈五弦之琴，而天下化。」《琴操》曰：「琴長三尺六寸六分。象三百六十日；廣六寸，象六合也。文上曰池，池，水也，言其平；下曰濱，濱，賓也，言其服也。前廣後狹，象尊卑也。上圓下方，法天地也。五弦，象五行也。文王武王加二弦以合君臣之恩。」《古今樂錄》曰：「今稱二弦為文武弦是也。」應劭《風俗通》曰：「七弦法七星也。」《三禮圖》曰：「琴第一弦為宮，次弦為商，次為角，次為羽，次為徵，次為少宮，次為少商。」桓譚《新論》曰：「今琴四尺五寸，法四時五行也。」崔豹《古今注》曰：「蔡邕益琴為九弦，二弦大，次三弦小，次四弦尤小。」梁元帝《纂要》曰：「古琴名有清角，黃帝之琴也。鳴鹿、循況、濫脅、號鍾、自鳴、空中，皆齊桓公琴也。繞梁，楚莊王琴也。綠綺，司馬相如琴也。焦尾，蔡邕琴也。鳳凰，趙飛燕琴也。自伏羲制作之後，有瓠巴、師文、師襄、成連、伯牙、方子春、鍾子期皆善鼓琴，而其曲有暢、有操、有引、有弄。」

《琴論》曰：「和樂而作，命之曰暢，言達則兼濟天下而美暢其道也。憂愁而作，命之曰操，言窮則獨善其身而不失其操也。引者，進德修業，申達之名也。弄者，情性和暢，寬泰之名也。其後西漢時有慶安世者，為成帝侍郎，善為《雙鳳離鸞》之曲，齊人劉道彊能作《單鳧寡鶴》之弄，趙飛燕亦善為《歸風送遠》之操，皆妙絕當時，見稱後世。若夫心意感發，聲調諧應，大弦寬和而溫，小弦清廉而不亂，攫之深，醳之愉，斯為盡善矣。古琴曲有五曲、九引、十二操。五曲：一曰《鹿鳴》，二曰《伐檀》，三曰《騶虞》，四曰《鵲巢》，五曰《白駒》。九引：一曰《烈女引》，二曰《伯妃引》，三曰《貞女引》，四曰《思歸引》，五曰《霹靂引》，六曰《走馬引》，七曰《箜篌引》，八曰《琴引》，九曰《楚引》。十二操：一曰《將歸操》，二曰《猗蘭操》，三曰《龜山操》，四曰《越裳操》，五曰《拘幽操》，六曰《岐山操》，七曰《履霜操》，八曰《朝飛操》，九曰《別鶴操》，十曰《殘形操》，十一曰《水仙操》，十二曰《襄陵操》。自是已後，作者相繼，而其義與其所起略可考而知，故不復備論。」《樂府解題》曰：「《琴操》紀事好與本傳相違，存之者以廣異聞也。」

九　雜曲歌辭

《宋書．樂志》曰：「古者天子聽政，使公卿大夫獻詩，耆艾脩之，而後王斟酌焉，然後被於聲。於是有採詩之官。周室下衰，官失其職。漢魏之世，歌詠雜興，而詩之流乃有八名：曰行，曰引，曰歌，曰謠，曰吟，曰詠，曰怨，曰歎，皆詩人六義之餘也。至其協聲律，播金石，而總謂之曲。若夫均奏之高下，音節之緩急，文辭之多少，則繫乎作者才思之淺深，與其風俗之薄厚。當是時，如司馬相如、曹植之徒，所為文章深厚爾雅，猶有古之遺風焉。自晉遷江左，下逮隋唐，德澤寖微，風化不競，去聖逾遠，繁音日滋，豔曲興於南朝，胡音生於北俗，哀淫靡曼之辭，迭作並起，流而忘返，以至陵夷。原其所由，蓋不能制雅樂以相變，大抵多溺於鄭衛，由是新聲熾而雅音廢矣。昔晉平公說新聲，而師曠知公室之將卑；李延年善為新聲變曲，而聞者莫不感動，其後元帝自度曲被聲歌而漢業遂衰，曹妙達等改易新聲，而隋文不能救。嗚呼，新聲之感人如此，是以為世所貴。雖沿情之作，或出一時，而聲辭淺迫，少復近古。故蕭齊之將亡也，有《伴侶》；高齊之將亡也，有《無愁》；陳之將

亡也，有《玉樹後庭花》；隋之將亡也，有《泛龍舟》。所謂煩手淫聲，爭新怨衰，此又新聲之弊也。

雜曲者，歷代有之，或心志之所存，或情思之所感，或宴游懽樂之所發，或憂愁憤怨之所興，或敍離別悲傷之懷，或言征戰行役之苦，或緣於佛老，或出自夷虜，兼收備載，故總謂之雜曲。自秦漢以來，數千百歲，文人才士，作者非一。干戈之後，喪亂之餘，亡失既多，聲辭不具，故有名存義亡不見所起。而有古辭可考者，則若《傷歌行》、《生別離》、《長相思》、《棗下何纂纂》之類是也。復有不見古辭而後人繼有擬述，可以概見其義者，則若《出自薊北門》、《結客少年場》、《秦女卷衣》、《半度溪》、《空城雀》、《齊謳》、《吳趨》、《會吟》、《悲哉》之類是也。又如漢阮瑀之《駕出北郭門》。曹植之《惟漢》、《苦思》、《欲游南山》、《事君》、《車已駕》、《桂之樹》等行，《磐石》、《驅車》、《浮萍》、《種葛》、《吁嗟》、《鰕䱇》等篇，傅玄之《雲中白子高》、《前有一尊酒》、《鴻雁生塞北行》、《昔君》、《飛塵》、《車遙遙篇》。陸機之《置酒》，謝惠連之《晨風》，鮑照之《鴻雁》，如此之類，其名甚多。或因意命題，或學古敍事，其辭具在，故不復備論。

十　近代曲辭

《荀子》曰：「久則論略，近則論詳，」言世近而易知也。兩漢聲詩著於史者，唯郊祀、安世之歌而已。班固以巡狩福應之事，不序郊廟，故餘皆弗論。由是漢之雜曲所見者少，而相和鐃歌或至不可曉解，非無傳也，久故也。魏晉已後，訖於梁陳，雖略可攷，猶不若隋唐之為詳，非獨傳者加多也，近故也。近代曲者，亦雜曲也，以其出於隋唐之世，故曰近代曲也。隋自開皇初，文帝置七部樂：一曰西涼伎，二曰清商伎，三曰高麗伎，四曰天竺伎，五曰安國伎，六曰龜茲伎，七曰文康伎；至大業中，煬帝乃立清樂、西涼、龜茲、天竺、康國、疏勒、安國、高麗、禮畢，以為九部。樂器工衣，於是大備。唐武德初，因隋舊制，用九都樂。太宗增高昌樂，又造讌樂，而去禮畢曲，其著令者十部：一曰讌樂，二曰清商，三曰西涼，四曰天竺，五曰高麗，六曰龜茲，七曰安國，八曰疏勒，九曰高昌，十曰康國，而總謂之燕樂。聲辭繁雜，不可勝紀。凡燕樂諸曲始於武德、貞觀，盛於開元、天寶。其著錄者十四調，二百二十二曲。又有梨園，別教院法，歌樂十一曲，雲韶樂二十曲，肅代以降，亦有因造，僖昭之亂，曲章亡缺，其所存者，概可見矣。

十一　雜歌謠辭

言者，心之聲也，歌者，聲之文也，情動於中，而形於言，言之不足，故嗟嘆之，嗟嘆之不足，故永歌之，歌之為言也，長言之也。夫欲上如抗，下如墜，曲如折，止如槁木，倨中矩，句中鉤，纍纍乎端如貫珠，此歌之善也。《宋書．樂志》曰：「黃帝帝堯之世，王化下洽，民樂無事，故因擊壤之歡，慶雲之瑞，民因以作歌。其後風衰雅缺，而妖淫靡曼之聲起。周衰，有秦青者善謳，而薛談學謳於秦青，未窮青之伎而辭歸。青餞之於郊，乃撫節悲歌，聲震林木，響遏行雲，薛談遂留不去以卒其業。又有韓娥者，東之齊，至雍門匱糧，乃鬻歌假食，既去而餘響繞梁三日不絕，左右謂其人不去也。過逆旅，逆旅人辱之，韓娥因曼聲哀哭，一里老幼悲愁，垂泣相對，三日不食，遽追之，韓娥還，復為曼聲長歌，一里老幼喜躍抃舞，不能自禁，忘向之悲也，乃厚賂遣之。故雍門之人善歌哭，效韓娥之遺聲。衛人王豹處淇川，善謳，河西之民皆化之。齊人綿駒居高唐，善歌，齊之右地亦傳其業。前漢有魯人虞公者。善歌，能令梁上塵起。若斯之類，並徒歌也。」

《爾雅》曰：「徒歌謂之謠。」《廣雅》曰：「聲比於琴瑟曰歌。」《韓詩章句》曰：「有章曲曰歌，無章曲曰謠。」梁元帝《纂要》曰：「齊歌曰謳，吳歌曰歈，楚歌曰豔，浮歌曰哇，振旅而歌曰凱歌，堂上奏樂而歌曰登歌，亦曰升歌。」故歌曲有《陽陵》、《白露》、《朝日》、《魚麗》、《白水》、《白雪》、《江南》、《陽春》、《淮南》、《駕辯》、《淥水》、《陽阿》、《採菱》、《下里巴人》，又有《長歌》、《短歌》、《雅歌》、《緩歌》、《浩歌》、《放歌》、《怨歌》、《勞歌》等行。漢世有相和歌，本出於街陌謳謠，而吳歌雜曲，始亦徒歌。復有但歌四曲，亦出自漢世，無弦節作伎，最先一人唱，三人和，魏武帝尤好之。時有宋容

華者，清徹好聲，善唱此曲，當時特妙。自晉已後，不復傳，遂絕。凡歌有因地而作者，《京兆邯鄲歌》之類是也。有因人而作者，孺子《才人歌》之類是也。有傷時而作者，微子《麥秀歌》之類是也。有寓意而作者，張衡《同聲歌》之類是也。甯戚以困而歌，項籍以窮而歌，屈原以愁而歌，卞和以怨而歌，雖所遇不同，至於發乎其情則一也。歷世以來，歌謠雜出，今並採錄，且以謠讖繫其末云。

十二　新樂府辭

樂府之名，起於漢魏，然孝惠帝時，夏侯寬為樂府令，始以名官。至武帝乃立樂府，采詩夜誦，有趙代秦楚之謳。則採歌謠，被聲樂，其來蓋亦遠矣。凡樂府歌辭，有因聲而作歌者，若魏之三調，歌詩因弦管金石造歌以被之是也。有因歌而造聲者，若清商、吳聲諸曲，始皆徒歌，既而被之弦管者是也。有有聲有辭者，若郊廟、相和、鐃歌、橫吹等曲是也。有有辭而無聲者，若後人之所述作未必盡被於金石是也。新樂府者，皆唐世之新歌也。以其辭實樂府，而未嘗被於聲，故曰新樂府也。元微之病後人沿襲古題，唱和重複，謂不如寓意古題，刺美見事，猶有詩人引古以諷之義。近代唯杜甫〈悲陳陶〉、〈哀江頭〉、〈兵車〉、〈麗人〉等歌行，率皆即事名篇，無復倚傍，乃與白樂天、李公垂輩謂是為當，遂不復更擬古題。因劉猛、李餘賦樂府詩，咸有新意，乃作〈出門〉等行十餘篇。其有雖用古題，全無古義，則〈出門行〉不言離別，〈將進酒〉特書列女。其或頗同古義，全創新詞，則田家止述軍輸，捉捕請先螻蟻，如此之類，皆名樂府。由是觀之，自風、雅之作，以至於今，莫非諷興當時之事，以貽後世之審音者，儻採歌謠以被聲樂，則新樂府其庶幾焉。

詮賦第八

詩有六義，其二曰賦。賦者，鋪也；鋪采(孫云唐寫本作彩)摛文，體物寫志也[1]。昔邵(呂覽作召)公稱公卿(孫云唐寫本卿字無)獻詩，師箴(孫云唐寫本箴下有瞽字御覽五八七引有瞽字譚云沈校賦上當脫瞍字)賦[2]。傳云：登高能賦，可為大夫。詩序則同義，傳說則異體，總其歸塗，實相枝幹[3]。劉向云(孫云唐寫本劉上有故字云字無御覽亦有故字無云字)明不歌而頌，班固稱古詩之流也[4]。至如鄭莊之賦大隧，士蔿之賦狐裘，結言⿰扌豆(孫云唐寫本⿰扌豆作短)韻，詞自己作，雖合賦體，明而未融[5]。及靈均唱騷，始廣聲貌。然(孫云唐寫本然下有則字御覽引亦有則字)賦也者，受命於詩人(孫云唐寫本人下有而字御覽亦有而字)，拓(疑作括趙云作拓字鈴木云案御覽玉海憞本並作拓字)宇於楚辭(孫云御覽有者字)也[6]。於是荀況禮智[7]，宋玉風釣[8]，爰錫名號，與詩畫境[9]，六義附庸，蔚成大國。遂(許云當作述)客主(元作至趙云至作主)以首(孫云唐寫本作守)引，極聲(元脫曹補孫云唐寫本作形字)貌以窮文，斯蓋別詩之原始，命賦之厥初也[10]。

秦世不文，頗有雜賦[11]。漢初詞人，順(孫云唐寫本順作循御覽亦作循)流而作，陸賈扣其端，賈誼振其緒，枚馬同(孫云唐寫本同作播御覽作洞)其風，王揚騁其勢；皐朔(元作翔曹改趙云翔作朔)已下，品物畢圖[12]。繁積於宣時，校閱於成世，進御之賦千有餘首，討其源流，信興楚而盛漢矣[13]。夫(孫云唐寫本夫上有若字御覽亦有若字)京殿苑獵，述行序(孫云唐寫本作敍御覽亦作敍)志，並體國經野，義尚光大，既履端於倡(孫云唐寫本作唱御覽亦作唱)序，亦歸餘於總亂[14]。序以建言，首引情本；亂以理篇，迭致文契(孫云唐寫本作寫送文勢御覽亦作寫送文勢)[15]。按那之卒章，閔馬(元作焉朱改)稱亂，故知殷人輯(孫云唐寫本作緝)頌，楚人理賦，斯並鴻裁之寰(孫云唐寫本作環)域，雅文之樞轄也[16]。至於草區禽族，庶(元作鹿曹改)品雜類，則觸興致(孫云唐寫本作置)情，因變取會，擬諸形

容，則言務纖密；象其物宜，則理貴側附；斯又小制（孫云唐寫本作製）之區畛，奇巧之機要也17。

觀夫荀結隱語，事數自環（孫云御覽數作義環作懷）；宋發巧（孫云唐寫本作夸御覽作誇）談，實始淫麗18。枚乘兔園，舉要以會新19；相如上林，繁類以成豔20；賈誼鵩鳥，致辨於情理（孫云唐寫本作衷）21；子淵洞簫，窮變於聲貌22；孟堅兩都，明絢（元作朋約朱依御覽改）以雅贍（孫云御覽作瞻雅）23；張衡二京，迅發（一作拔孫云唐寫本作拔御覽亦作拔）以宏富24；子雲甘泉，構深瑋（孫云唐寫本作偉御覽亦作偉）之風25；延壽靈光，含飛動之勢26：凡此十家，並辭賦之英傑也。及仲宣靡密，發端（孫云唐寫本作篇御覽亦作篇）必遒27；偉長博通（孫云御覽作通博），時逢壯采28；太沖安仁，策勳於鴻規29；士衡子安，底績於流制（孫云御覽作製）30；景純綺巧，縟理有餘31；彥伯梗概，情韻不匱32；亦魏晉之賦首也。

原夫登高之旨，蓋覩物興情。情以物興，故義必明雅；物以情觀（孫云唐寫本作覩），故詞必巧麗。麗詞雅義，符采相勝，如組織之品朱紫，畫繪之著（孫云御覽作差）玄黃，文雖新而有質（孫云唐寫本新作雜御覽質作實），色雖糅而有本（一作儀孫云唐寫本作義），此立賦之大體也33。然逐末之儔，蔑棄其本，雖讀千賦（孫云御覽作千首），愈惑體要34，遂使繁華損（孫云御覽作折）枝，膏腴害骨，無貴（趙云作實）風軌，莫益勸戒35，此揚子所以追悔於雕蟲，貽誚於霧縠者也36。

贊曰：賦自詩出，分歧異派（孫云唐寫本作異流分派）37。寫物圖貌，蔚似雕畫。析（趙云作抑）滯必揚，言庸（孫云唐寫本作曠）無隘38。風歸麗則，辭翦美稗（趙云作詞翦稊稗）39。

【注釋】

1. 鄭注《周禮・大師》曰：「賦之言鋪，直鋪陳今之政教善惡。」李詳〈黃注補正〉曰：「《毛詩・關雎・

序》，詩有六義，二曰賦。《正義》云：『賦者，鋪陳今之政教善惡，其言通正變，兼美刺。』又云：『直陳其事不譬喻者，皆賦辭。』案彥和鋪采二語，特指詞人之賦而言，非六義之本源也。」紀評曰：「鋪采摛文，盡賦之體；體物寫志，盡賦之旨。」

2. 《國語．周語上》：「召公曰：『故天子聽政，使公卿至於列士獻詩（韋注：「獻詩以風也。」），瞽獻曲，史獻書，師箴（韋注：「師，少師也。箴，箴刺王闕以正得失也。」），瞍賦（韋注：「無眸子曰瞍。賦公卿列士所獻詩也。」）矇誦（韋注：「有眸子而無見曰矇。《周禮》矇主弦歌諷誦，謂箴諫之語也。」）。』」唐寫本公下無卿字，非是。箴下有瞽字，應據《國語》改為瞍字。

3. 《毛詩．鄘風．定之方中．傳》曰：「故建邦能命龜，田能施命，作器能銘，使能造命，升高能賦，師旅能誓，山川能說，喪紀能誄，祭祀能語，君子能此九者，可謂有德音，可以為大夫。」《正義》曰：「升高能賦者，謂升高有所見，能為詩賦其形狀，鋪陳其事勢也。」〈詩序〉同義，謂賦與比興並列於六義；傳說異體，謂〈周語〉以賦與詩箴諫，《毛傳》以賦與誓說誄別稱，有似乎自成一體也。然要其歸，皆賦詩陳事，非有大殊異，故曰實相枝幹。又竊謂賦比興三義並列，若荀屈之賦，自六義之賦流衍而成，則不得賦中雜出比興。今觀荀屈之賦，比興實繁，即士蔿所作，有狐裘尨茸語，三句之中，興居其一，謂賦之原始，即取六義之賦推演而成，或未必然。春秋列國朝聘，賓主多賦詩言志，蓋隨時口誦，不待樂奏也。〈周語〉析言之。故以瞍賦矇誦並稱，劉向統言之，故云不歌而誦謂之賦。竊疑賦自有一種聲調，細別之與歌不同，與誦亦不同，荀屈所創之賦，係取瞍賦之聲調而作，故雖雜出比興，無害其為賦也。漢世朱買臣、九江、被公能讀〈離騷〉，蓋不僅能讀楚國方音，兼能明賦之聲調耳。《荀子》有〈成相篇〉，俞樾說：「此相字即舂不相之相，《禮記．曲禮篇》：隣有喪，舂不相。鄭注曰：『相謂送杵聲。』蓋古人於勞役之事，必為歌謳以相勸勉，蓋舉大木者呼邪許之比，其樂曲即謂之相。請成相者，請成此曲也。《漢志》有成相雜詞，足徵古有此體。」又《蒿里》、《薤露》二曲，本古挽歌，而曹操借以寫漢末離亂之事。荀卿、屈原之作賦，或亦

借舊有聲調別造新詞，以體物寫情歟？

4. 唐寫本劉向上有故字，是。云字衍，應刪。《漢書．藝文志》：「不歌而誦謂之賦。」「賦者，古詩之流也。」班固〈兩都賦序〉語。

5. 《左．隱元年傳》：「公入而賦：『大隧之中，其樂也融融。』姜出而賦：『大隧之外，其樂也洩洩。』」《正義》：「賦詩謂自作詩也。中融外洩，各自為韻，蓋所賦之詩有此辭，《傳》略而言之。」又僖五年《傳》：「士蔿退而賦曰：『狐裘尨茸，一國三公，吾誰適從！』」杜注：「士蔿自作詩也。」㧓即短之譌別字。〈逢盛碑〉：「命有悠㧓。」「悠㧓」即修短也。《廣韻．上聲二十四緩》「短，都管切。㧓同上。」結言短韻，謂鄭莊之賦僅二句，士蔿之賦僅三句也，唐寫本短字不誤。《詩．齊風．東方之日．箋》曰：「日在東方，其明未融。」《正義》曰：「昭五年《左傳》云：『日上，其中明而未融，其當旦乎。』服虔云：『融，高也。』案《既醉》：『昭明有融。』《傳》曰：『融，長也。』謂日高其光照長遠。日之旦明未高，故以喻不明也。」

6. 唐寫本作「然則賦也者」，是。黃疑拓作括，非是。唐寫本正作拓。紀評曰：「拓字不誤，開拓之義也。顏延年宋郊祀歌：『奄受敷錫，宅中拓宇。』李善注引《漢書》虞詡曰：『先帝開拓土宇。』」案李注引范曄《後漢書．虞詡傳》，紀評誤脫後字。

7. 《荀子．賦篇》所載六首：〈禮〉、〈知〉、〈雲〉、〈蠶〉、〈箴〉，及篇末〈佹詩〉是也。茲錄〈禮〉、〈知〉二篇於左：

○爰有大物，非絲非帛，文理成章；非日非月，為天下明。生者以壽，死者以葬；城郭以固，三軍以强；粹而王，駁而伯，無一焉而亡。臣愚不識，敢請之王。（案此即彥和所云結句隱語。下〈知賦〉同。）王曰：此夫文而不采者與？簡然易知而致有理者與？君子所敬而小人所不者與？性不得則若禽獸，性得之則甚雅似者與？匹夫隆之則為聖人，諸侯隆之則一四海者與？致明而約，甚順而體。請歸之禮。禮（此一字即題目，古書題多在文後，如《禮記·樂記篇》子貢問樂即其例。）○皇天降物，以示下民。或厚或薄，帝不齊均。桀紂以亂，湯武以賢。湣湣淑淑，皇皇穆穆；周流四海，曾不崇日。君子以修，跖以穿室。大參乎天，精微而無形；行義以正，事業以成；可以禁暴足窮，百姓待之而後寧泰。（楊注云：當為泰寧。）臣愚不識，願聞其名。曰：此夫安寬平而危險隘者邪？修潔之為親而雜汙之為狄者耶？（狄讀為逖。）甚深藏而外勝敵者耶？法禹舜而能弇迹者耶？行為動靜待之而後適者耶？血氣之精也，志意之榮也。百姓待之而後寧也，天下待之而後平也，明達純粹而無疵也，夫是之謂君子之知。知。

8. 宋玉賦自《楚詞》、《文選》所載外，有〈諷〉、〈笛〉、〈釣〉、〈大言〉、〈小言〉五篇，皆在《古文苑》。張惠言以為皆五代宋人聚斂假託為之。《文選》有〈風賦〉當可信。

9. 謂荀宋所造，始以賦名。王芑孫《讀賦卮言·導源篇》曰：「荀況〈賦篇〉言請陳〈佹詩〉；班固言賦者古詩之流，曰佹旁出之辭，曰流每下之說。夫既與詩分體，則義兼比興，用長箴頌矣。單行之始，椎輪晚周，別子為祖，荀況、屈平是也。繼別為宗，宋玉是也。追其統系，三百篇其百世不遷之宗矣。下此則兩家歧出，有由屈子分支者，有自荀卿別派者，昭明序《選》，所云以荀宋表前，賈馬繼後，而慨然於源流自茲也。相如之徒，敷興擒文，乃從荀法；賈傅以下，湛思渺慮，具有屈心。抑荀正而屈變，馬愉而賈戚，雖云一轂，略已殊塗。賦家極軌，要當盛漢之隆，而或命騷為的，偏奉東京，豈曰知言者哉。」《抱朴子·鈞世篇》：「《毛詩》者，華彩之辭也，然不及〈上林〉、〈羽獵〉、〈二京〉、〈三都〉之汪濊博富也。若夫俱論宮室，而奚斯〈路寢〉之頌，何如王生之賦〈靈光〉乎？同說遊獵，而〈叔畋〉、〈盧令〉之詩，何如相如之言〈上林〉乎？並美祭祀，而〈清廟〉、〈雲漢〉之辭，何如郭氏〈南郊〉之豔乎？等稱征伐，而〈出車〉、〈六月〉之作，何如陳琳〈武軍〉之壯乎？則舉條可以覺焉。」

10. 《漢書·藝文志》雜賦十二家，首列客主賦十八篇。沈欽韓曰：「子墨客卿翰林主人蓋用其體。」《荀子》

賦皆用兩人問對之體，客主賦當取法於此。述客主以首引，謂荀卿賦；極聲貌以窮文，謂屈原賦。故曰：「斯蓋別詩之原始，命賦之厥初。」

11. 《漢書．藝文志》秦時雜賦九篇，沈欽韓曰：「《文心雕龍．詮賦篇》：『秦世不文，頗有雜賦。』本此。」

12. 《藝文志》陸賈賦三篇。案賈賦今無存者。賈誼賦七篇。王應麟曰：「〈惜誓〉、〈弔屈原〉、〈鵩賦〉，《古文苑》有〈旱雲〉、〈虡賦〉，《隋志》梁有《賈誼集》四卷。」枚乘賦九篇。王應麟曰：「《古文苑》有〈梁王菟園賦〉。《文選》王粲〈七哀詩〉注：『《枚乘集》有〈臨霸池遠訣賦〉。』《隋志》《乘集》二卷。」王先謙曰：「《西京雜記》有〈柳賦〉。又略見《初學記》二十八。」司馬相如賦二十九篇。沈欽韓曰：「《隋志》《相如集》一卷。」葉德輝曰：「本傳有〈子虛賦〉（《文選》分亡是公以下為〈上林賦〉。）、〈哀秦二世賦〉、〈大人賦〉凡三篇。《文選》有〈長門賦〉一篇。《藝文類聚．人部》有〈美人賦〉一篇。（《古文苑》及《初學記．人部》同。）《文選．魏都賦》注有〈棃賦〉。《北堂書鈔》百四十六有〈魚葅賦〉。」陶紹曾曰：「《玉篇．石部》有〈梓桐山賦〉。」王褒賦十六篇。王應麟曰：「本傳作〈甘泉洞簫頌〉。《楚辭》有〈九懷〉。《文選》注有〈碧雞頌〉。隋唐志集五卷。」揚雄賦十二篇。王應麟曰：「本傳作四賦。〈志〉云：『入揚雄八篇。』蓋《七略》所載止四賦也。《古文苑》有〈太玄〉、〈蜀都〉、〈逐貧賦〉，《文選》注有〈覈靈賦〉。」沈欽韓曰：「〈覈靈賦〉略見《御覽》一。」陶紹曾曰：「《說文．氏部》引雄賦『響若氏隤』，蓋〈解嘲〉古亦謂之賦也。當在此十二篇中。」枚皋賦百二十篇。（本傳云：「其尤慢戲不可讀者，尚數十篇。」）王應麟曰：「本傳凡可讀者百二十篇。」案皋製賦最多，而皋賦今不可見。《漢書．皋傳》云：「皋從行至甘泉雍河東，東巡狩，封泰山，塞決河宣房，游觀三輔離宮觀，臨山澤弋獵射馭狗馬，蹴鞠刻鏤，上有所感，輒使賦之。為文疾，受詔輒成，故所賦者多。司馬相如善為文而遲，故所作少，而善於皋。」〈藝文志〉不載東方朔賦。其本傳云：「有〈封泰山〉、〈責和氏璧〉、及〈皇太子生〉、〈禖〉、〈屏風〉、〈殿上柏柱〉、〈平樂觀獵賦〉諸篇。」《御覽》三百五十有朔《對驃騎難》。品物畢圖，謂皋朔輒受詔賦宮館奇獸異物也。

13. 班固〈兩都賦序〉：「至於武宣之世，乃崇禮官，考文章。……故孝成之世，論而錄之，蓋奏御者千有餘篇。」〈藝文志〉：「至成帝時，詔光祿大夫劉向校經傳諸子詩賦。」

14. 黃注：「京殿，《文選》〈兩都〉、〈二京〉、〈靈光〉、〈景福〉之類是也；苑獵，〈上林〉、〈甘泉〉、〈長楊〉、〈羽獵〉之類是也；述行，〈北征〉、〈東征〉之類是也；序志，〈幽通〉、〈思玄〉之類是也。」《周禮・天官・太宰》：「體國經野。」鄭注：「體，猶分也。經，謂為之里數。」《左・文元年傳》：「先王之正時也，履端於始，歸餘於終。」王逸《離騷》注：「亂，理也。所以發理詞，指，總撮其要也。極意陳詞，文彩紛華，後結括一言以明所趣之意也。」桂馥《札樸》六：「騷賦篇末皆有亂詞。亂者猶〈關雎〉之亂。〈樂記〉：『武亂皆坐，周召之治也。』鄭注：『亂，謂失行列也。』〈記〉又云：『行其綴兆，要其節奏，行列得正焉，進退得齊焉。』馥謂亂則行列不必正，進退不必齊。案騷賦之末，煩音促節，其句調韻腳，與前文各異，亦失行列進退之意。」案桂意蓋本《國語》韋昭注。

15. 「迭致文契」唐寫本作「寫送文勢」。趙君萬里曰：「案《御覽》五八七引此文，與唐本正合。」案唐寫本是。寫送是六朝人常語，意謂充足也。〈附會篇〉：「克終底績，寄深寫送。」亦謂一篇之終，當文勢充足也。

16. 《國語・魯語下》：「閔馬父曰：昔正考父校商之名頌十二篇於周大師，以〈那〉為首。其輯之亂曰：自古在昔，先民有作，溫恭朝夕，執事有恪。」韋昭注曰：「輯，成也，凡作篇章，篇義既成，撮其大要為亂辭。詩者，歌也。所以節儛者也，如今三節儛矣，曲終乃更變章亂節，故謂之亂也。」紀評曰：「分別體裁，經緯秩然，雖義可並存，而體不相假。蓋齊梁之際，小賦為多，故判其區畛，以明本末。」

17. 《漢書・藝文志》有雜禽獸六畜昆蟲賦十八篇，王應麟曰：「劉向《別錄》有〈行過江上弋雁賦〉、〈行弋賦〉、〈弋雌得雄賦〉。」又有雜器賦、草木賦三十三篇。《西京雜記》雖云出自吳均，然其時或尚及見漢代雜賦之遺，茲錄其所載小賦數首於下。

枚乘〈柳賦〉

忘憂之館，垂條之木，枝逶遲而含紫，葉萋萋而吐綠。出入風雲，去來羽族，既上下而好音，亦黃衣而絳足。蜩螗厲響，蜘蛛吐絲，階草漠漠，白日遲遲。于嗟細柳，流亂輕絲。君王淵穆其度，御羣英而翫之，小臣瞽聵。與此陳詞。于嗟樂兮！於是罇盈。縹玉之酒，爵獻金漿之醪；庶羞千族，盈滿六庖；弱絲清管，與風霜而共雕；鎗鍠啾唧，蕭條寂寥；雋乂英旄，列襟聯袍；小臣莫效於鴻毛，空銜鮮而嗽醪。雖復河清海竭，終無增景於邊撩。

漢惠帝諱盈，此文何以不諱，殆偽託也。茲復錄魏文帝〈柳賦〉一首以示例。

魏文帝〈柳賦〉

昔建安五年，上與袁紹戰於官渡，是時余始植斯柳，自彼迄今十有五載矣。感物傷懷，乃作斯賦曰：

伊中域之偉木兮，瑰姿妙其可珍；稟靈祇之篤施兮，與造化乎相因。四氣邁而代運兮，去冬節而涉春；彼庶卉之未動兮，固肇萌而先辰。盛德遷而南移兮，星鳥正而司分；應隆時而繁育兮，揚翠葉之青純。修榦偃蹇以虹指兮，柔條阿那而蛇伸；上扶疏而孛散兮，下交錯而龍鱗。在余年之二七，植斯柳乎中庭；始圍寸而高尺，今連拱而九成。嗟日月之逝邁，忽亹亹以遄征；昔周遊而處此，今倏忽而弗形；感遺物而懷故，俛惆悵以傷情。於是曜靈次乎鶉首兮，景風扇而增煖；豐宏陰而博覆兮，躬愷悌而弗倦；四馬望而傾蓋兮，行旅仰而回睠。秉至德而不伐兮，豈簡卑而擇賤；含精靈而奇生兮，保休體之豐衍；惟尺斷而能植兮，信永貞而可羡。（此賦王粲亦同作，而文不全。）

路喬如〈鶴賦〉

白鳥朱冠，鼓翼池干。舉修距而躍躍，奮皓翅之翍翍（同翼）。宛修頸而顧步，啄沙磧而相歡；豈忘赤霄之上，忽池籞而盤桓；飲清流而不舉，食稻粱而未安。故知野禽野性，未脫籠樊；賴吾王之廣愛，雖禽鳥兮抱恩；方騰驤而鳴舞，憑朱檻而為歡。

公孫詭〈文鹿賦〉

麀鹿濯濯，來我槐庭；食我槐葉，懷我德聲。質如湘縟，文如素綦；呦呦相召，〈小雅〉之詩。歎丘山之比歲，逢梁王於一時。

羊勝〈屏風賦〉

屏風鞈匝，蔽我君王；重葩累繡，沓璧連璋；飾以文錦，映以流黃；畫以古烈，顒顒昂昂；藩后宜之，壽考無疆。

鄒陽〈几賦〉

高樹凌雲，蟠紆煩冤，旁生附枝。王爾公輸之徒，荷斧斤，援葛虆，攀喬枝，上不測之絕頂，伐之以歸。眇者督直，聾者磨礱，齊貢金斧，楚入名工。迺成斯几，離奇髣髴，似龍蟠馬迴，鳳去鸞歸。君王憑之，聖德日躋。

中山王勝〈文木賦〉

麗木離披，生彼高崖；拂天河而布葉，橫日路而擢枝。幼雛羸鷇，單雄寡雌，紛紜翔集，嘈嗷鳴啼，載重雪而梢勁風，將等歲於二儀。巧匠不識，王子見知，乃命班爾，載斧伐斯。隱若天崩，豁如地裂，華葉分披，條枝摧折。既剝既判，見其文章；或如龍盤虎踞，復似鸞集鳳翔；青緺紫綬，環璧珪璋；重山累嶂，連波疊浪；奔電屯雲，薄霧濃雰；麚宗驥旅，雞族雉群；蠋繡鴦錦，蓮藻芰文；色比金而有裕，質參玉而無分。裁為用器，曲直舒卷；修竹映池，高松植巘。制為樂器，婉轉蟠紆；鳳將九子，龍導五駒。制為屏風，鬱岪穹隆。制為杖几，極麗窮美。制為枕案，文章璀璨，彪炳煥汗。製為盤盂，采玩踟躕。猗與君子，其樂只且。

18. 案《荀子》五賦，皆假為隱語，以問於人，如〈禮賦〉曰：「臣愚不識，敢請之王。」其下則所問之人重演

其義而告之。如王曰：「此夫文而不呆者與?」此即彥和所謂「事數自環」也。巧談唐寫本作夸談，是。

19. 《古文苑》載枚乘〈菟園賦〉錯脫不可理，黃先生校釋之如下：

枚叔〈梁王菟園賦〉

修竹檀欒（均）夾池水（句）旋（旋回旋之旋）菟園（均）並馳道（句）臨廣衍（均）長冗（二字有誤）阪（均）「故」（即阪字字形近訛）徑（一作正）「於」（疑衍）崑崙（均）貇（即貌字）觀相物「芴焉」（芴即物字之誤焉字涉下而衍）子（兮字之誤也）有似乎西山（均）西山隑隑（企立之貌）（均）卹（一作邵）焉巍巍（即隗字高貌）（均）巷嶨（二字有誤）崣簃（句）崟巖簃（即紆字加山爾）「嵷」（涉上而誤）巍（均）崍（即巍字之誤巍或作巋歸旁俗書或作來所謂追來為歸也山又訛為巛）焉（上有脫文）暴熛（句）激揚塵埃（均）蛇（上有脫文）龍（句）奏林薄（句）「竹」（疑衍）游風踊焉（句）秋風揚焉（句）滿庶庶焉（句）紛紛紜紜（句）騰踊雲亂（均）枝葉翬散（均）摩（疑當作麾）「來」（涉上而形誤）幡幡（均）焉谿谷沙石（均）洄波沸日（句）湲「浸」（即湲之訛）疾東（句）流連轔轔（句）陰發緒（此三字有誤）菲菲（句）闇闇讙擾（句）

昆（即鶤之省）雞蝭（一作弟）蛙（即鶗鴂也）（均）倉庚密切（句）別鳥相離（均）哀鳴其中（句）若乃附巢蹇鷙（二字有誤）之傅於列樹也（句）欐欐（讀與簁同）若飛雪之重弗麗（三字有誤）也（句）西望西山（句）山鵲野鳩（均）白鷺鶻桐（蓋鶻字之誤）（均）鸖鶚鵨鶅（均）翡翠鴝鴿（均）守（蓋鴉字之訛爾雅鴉天狗）狗戴勝（句）巢枝穴藏（句）被塘臨谷（均）聲音相聞（句）啄（讀為味）尾離屬（均）翱翔羣熙（句）交頸接翼（均）闟而未至（句）徐飛𤠯䝟（即颯沓均）往來霞水（句）離散而沒合（均）疾疾紛紛（句）若塵埃之間白雲（均）也予（字有誤）之幽冥究之乎無端（均）於是晚春早夏（均）邯鄲襄國易陽之容麗人及其燕飾子相予（予之譌讀為與）雜遝而往款焉（句）車馬接軫相屬（均）方輪錯轂（均）接望何（字有誤）驂（句）披銜跡蹶（均）自奮增絕（均）怵惕騰躍（句）水（字有誤）意而未發（均）因更陰逐

心相秩奔（一作奮一作奪六字有誤）隧（與墜字同）林臨河（句）怒氣未竭（均）羽蓋緜（緜字之訛）起（句）被以紅沫（均）濛濛若雨委雪（均）高冠扁（即翩之省）（均）焉長劍閑（《文選．宦者傳論》注引作閑蓋讀為岸）（均）焉左挾彈（均）焉右執鞭（均）焉日移樂衰（句）游觀西園（均）「之芝」（二字並涉下衍）芝成宮闕（句）枝葉榮茂（均）選擇純熟（句）挈取含苴（讀與咀同）（均）復取其次（句）顧賜從者（均）於是從容安步（均）鬭雞走兔（均）俛仰釣射（均）烹熬炮炙（均）極歡到莫（均）若乃夫郊采桑之婦人兮袿褐錯紆（均）連褏方路（均）摩貤（陀之訛）長⿱髟戈（髮之訛句）便娟數顧（《文選》謝靈運〈會吟行〉注引作若採桑之女連褏方路磨陀長髻便娟數顧）（均）芳溫往來（句）按（精之訛）神「連」（即神字訛衍）未結（句）已諾不分（均）縹併（讀為⿰扌色）進靖（請之訛句）儐（請為嚬）笑連便（均）不可忍視也（句）於是婦人先稱曰（句）春陽生兮萋萋（均）不才子兮心哀（均）見嘉客兮不能歸（均）桑萎蠶飢中人望奈何（句）

20. 《史記．司馬相如傳》：「蜀人楊得意為狗監，侍上。上讀〈子虛賦〉而善之。曰：『朕獨不得與此人同時哉！』得意曰：『臣邑人司馬相如自言為此賦。』上驚，乃召問相如。相如曰：『有是。然此乃諸侯之事，未足觀也。請為天子游獵賦，賦成奏之。』上許，令尚書給筆札。相如以子虛虛言也，為楚稱；烏有先生者，烏有此事也，為齊難；無是公者，無是人也，明天子之義；故空藉此三人為辭，以推天子諸侯之苑囿。其卒章歸之於節儉，因以諷諫。奏之天子，天子大悅。其辭曰……（文載《史記》、《漢書》〈相如本傳〉，辭繁不錄。）賦奏，天子以為郎。無是公言天子上林廣大，山谷水泉萬物，及子虛言楚雲夢所有甚眾，侈靡過其實，且非理義所尚。故刪取其要歸正道而論之。」顏師古《漢書注》曰：「言不尚其侈靡之論，但取終篇歸於正道耳，非謂削除其辭也。而說者便謂此賦已經史家刊剟，失其意矣。」

21. 《史記．賈生列傳》：「賈生為長沙王太傅。三年，有鴞飛入賈生舍，止於坐隅。楚人命鴞曰服。賈生既以適居長沙，長沙卑溼，自以為壽不得長，傷悼之，乃為賦以自廣。其辭曰：

單閼之歲兮，四月孟夏；庚子日施兮，服集予舍；止于坐隅，貌甚閒暇。異物來集兮，私怪其故；發書占之兮，策言其度。曰野鳥入處兮，主人將去。請問于服兮，予去何之？吉乎告我，凶言其災，淹數之度兮，語予其期。服乃歎息，舉首奮翼，口不能言，請對以臆。萬物變化兮，固無休息，斡流而遷兮，或推而還，形氣轉續兮，化變而嬗，嬗沕穆無窮兮，胡可勝言。禍兮福所倚，福兮禍所伏，憂喜聚門兮，吉凶同域。彼吳強大兮，夫差以敗；越棲會稽兮，句踐霸世；斯游遂成兮，卒被五刑；傅說胥靡兮，迺相武丁。夫禍之與福兮，何異糾纆；命不可說兮，孰知其極。水激則旱兮，矢激則遠；萬物回薄兮，振盪相轉。雲蒸雨降兮，錯繆相紛，大專槃物兮，坱軋無垠，天不可與慮兮，道不可與謀，遲數有命兮，惡識其時。且夫天地為爐兮，造化為工；陰陽為炭兮，萬物為銅。合散消息兮，安有常則；千變萬化兮，未始有極。忽然為人兮，何足控摶；化為異物兮，又何足患。小知自私兮，賤彼貴我；通人大觀兮，物無不可。貪夫殉財兮，烈士殉名；夸者死權兮，品庶馮生。怵迫之徒兮，或趨西東，大人不曲兮，億變齊同。拘士繫俗兮，攌如囚拘；至人遺物兮，獨與道俱。眾人或或兮，好惡積意；真人恬漠兮，獨與道息。釋知遺形兮，超然自喪；寥廓忽荒兮，與道翱翔。乘流則逝兮，得坻則止；從軀委命兮，不私與己。其生若浮兮，其死若休，澹乎若深淵之靜，氾兮若不繫之舟，不以生故自寶兮，養空而游。德人無累兮，知命不憂；細故蔕薊兮，何足以疑！（賈生此賦與《鶡冠子．世兵篇》文辭多同。）」

22. 《史記．伯夷列傳》：「貪夫殉財。」作賈生曰：是〈世兵篇〉偽也。

23. 《漢書．王褒傳》：「褒字子淵，蜀人也。宣帝時為諫大夫。太子體不安，苦忽忽善忘不樂。詔使褒等皆之太子宮，虞侍太子，朝夕誦讀奇文，及所自造作。疾平復，迺歸。太子喜褒所為〈甘泉〉及〈洞簫頌〉，令後宮貴人左右皆誦讀之。」《文選》有〈洞簫賦〉，文繁不具錄。其篇末亂辭結句云：「連延駱驛，變無窮兮。」彥和窮變二字所本。

《後漢書．班固傳》：「固字孟堅，年九歲，能屬文，誦詩賦。及長，遂博貫載籍，九流百家之言，無不窮究。所著〈典引〉、〈賓戲〉、〈應譏〉，詩、賦、銘、誄、頌、書、文、記、論、議、六言，在者凡四十一篇。」李調元《賦話》云：「揚馬之賦，語皆單行，班張則間有儷句，如周以龍興，秦以虎視，聲與風遊，澤從雲翔等語是也。下逮魏晉，不失厥初。鮑昭江淹，權輿已肇。永明天監之際，吳均沈約諸人，音節諧和，屬對密切，而古意漸遠。庾子山沿其習，開隋唐之先躅；古變為律，子山實開其先。」本傳載〈兩都賦〉而無序文，茲從《文選》迻錄其序，賦繁不錄。

〈兩都賦序〉

或曰：賦者古詩之流也。昔成康沒而頌聲寢，王澤竭而詩不作，大漢初定，日不暇給；至於武宣之世，乃崇禮官，考文章，內設金馬石渠之署，外興樂府協律之事，以興廢繼絕，潤色鴻業。是以眾庶悅豫，福應尤盛。《白麟》、《赤雁》、《芝房》、《寶鼎》之歌，薦於郊廟；神雀、五鳳、甘露、黃龍之瑞，以為年紀。故言語侍從之臣，若司馬相如、虞丘、壽王、東方朔、枚皋、王褒、劉向之屬，朝夕論思，日月獻納；而公卿大臣御史大夫倪寬、太常孔臧、太中大夫董仲舒、宗正劉德太子太傅蕭望之等時時間作。或以抒下情而通諷諭，或以宣上德而盡忠孝，雍容揄揚，著於後嗣，抑亦雅頌之亞也。故孝成之世，論而錄之，蓋奏御者千有餘篇，而後大漢之文章，炳焉與三代同風。且夫道有夷隆，學有麤密，因時而建德者，不以遠近易則；故皋陶歌虞，奚斯頌魯，同見采於孔氏，列於《詩》、《書》，其義一也。稽之上古則如彼，考之漢室又如此，斯事雖細，然先臣之舊式，國家之遺美，不可闕也。臣竊見海內清平，朝廷無事，京師脩宮室、浚城隍、起苑囿以備制度，西土耆老，咸懷怨思，冀上之睠顧，而盛稱長安舊制，有陋雒邑之議。故臣作〈兩都賦〉，以極眾人之所眩曜，折以今之法度。

24. 《後漢書．張衡傳》：「張衡字平子，南陽西鄂人也，少善屬文。時天下承平日久，自王侯以下，莫不踰侈。衡乃擬班固〈兩都〉作〈二京賦〉，因以諷諫。精思傅會，十年乃成。」楊泉〈物理論〉曰：「平子〈二京〉，文章卓然。」（李善〈西京賦〉注引。）衡本傳謂〈二京〉文多故不載。《文選》載〈西京〉、

25.〈東京〉兩賦（薛綜注），又載〈南都賦〉一首，文繁不錄。

《漢書・揚雄傳》：「揚雄字子雲，蜀郡成都人也。孝成帝時，客有薦雄文似相如者（《西京雜記》三：『司馬長卿賦時人皆稱典而麗，雖詩人之作，不能加也。揚子雲曰：「長卿賦不似從人間來，其神化所至邪。」子雲學相如為賦而弗逮，故雅服焉。』）上方郊祠甘泉泰畤汾陰后土，以求繼嗣，詔雄待詔承明之庭。正月，從上甘泉還，奏〈甘泉賦〉以風。甘泉本因秦離宮，既奢泰，而武帝復增通天、高光、迎風宮外。近則洪崖、旁皇、儲胥、弩陆；遠則石關、封巒、枝鵲、露寒、棠梨、師得；遊觀屈奇瑰瑋，非木靡而不彫，牆塗而不畫，周宣所考，般庚所遷，夏卑宮室，唐虞棌椽三等之制也。且其為已久矣，非成帝所造。欲諫則非時。欲默則不能已，故遂推而隆之，迺上比於帝室紫宮；若曰此非人力之所為，黨鬼神可也。」賦文繁不錄。

26.《後漢書・王逸傳》（〈文苑傳〉上）：「王延壽字文考，有儁才。少遊魯國，作〈靈光殿賦〉。後蔡邕亦造此賦，未成，及見延壽所為，甚奇之，遂輟翰而已。」《文選》載其賦文，辭繁不錄，錄序於下：「魯靈光殿者，蓋景帝程姬之子恭王餘之所立也。初，恭王始都下國，好治宮室，遂因魯僖基兆而營焉。遭漢中微，盜賊奔突，自西京未央、建章之殿，皆見隳壞，而靈光巋然獨存，意者豈非神明依憑支持，以保漢室者也。然其規矩制度，上應星宿，亦所以永安也。予客自南鄙，觀蓺於魯，覩斯而眙，曰：嗟乎！詩人之興，感物而作，故奚斯頌僖，歌其路寢，而功績存乎辭，德音昭乎聲。物以賦顯，事以頌宣，匪賦匪頌，將何述焉！」

27.《三國・魏志・王粲傳》：「王粲，字仲宣，山陽高平人也。善屬文，舉筆便成，無所改定。時人常以為宿構，然正復精意覃思，亦不能加也。著詩賦論議垂六十篇。文帝書〈與元城令吳質〉曰：『仲宣獨自善於辭賦，惜其體弱，不足起其文，至於所善，古人無以遠過也。』」發端唐寫本作發篇，是。嚴可均《全後漢文》輯粲賦有〈大暑〉、〈游海〉、〈浮淮〉、〈閑邪〉、〈出婦〉、〈思友〉、〈寡婦〉、〈初征〉、

〈登樓〉、〈羽獵〉、〈酒〉、〈神女〉、〈槐樹〉等賦，雖頗殘闕，然篇率遒短，故彥和云然。茲錄其〈登樓賦〉一首。

〈登樓賦〉

登茲樓以西望兮，聊假日以銷憂；覽斯宇之所處兮，實顯敞而寡仇。挾清漳之通浦兮，倚曲沮之長洲；背墳衍之廣陸兮，臨皋隰之沃流；北彌陶牧，西接昭丘；華實蔽野，黍稷盈疇。雖信美而非吾土兮，曾何足以少留！遭紛濁而遷逝兮，漫踰紀以迄今；情眷眷而懷歸兮，孰憂思之可任！憑軒檻以遙望兮，向北風而開襟；平原遠而極目兮，蔽荊山之高岑；路逶迤而修迥兮，川既漾而濟深；悲舊鄉之壅隔兮，涕橫墜而弗禁。昔尼父之在陳兮，有歸歟之歎音；鍾儀幽而楚奏兮，莊舄顯而越吟；人情同於懷土兮，豈窮達而異心！惟日月之逾邁兮，俟河清其未極，冀王道之一平兮，假高衢而騁力；懼匏瓜之徒懸兮，畏井渫之莫食。步棲遲以徙倚兮，白日忽其將匿；風蕭瑟而並興兮，天慘慘而無色；獸狂顧以求群兮，鳥相鳴而舉翼；原野闃其無人兮，征夫行而未息；心悽愴以感發兮，意忉怛而憯惻。循階除而下降兮，氣交憤於胸臆；夜參半而不寐兮，悵盤桓以反側。

28. 〈王粲傳〉：「北海徐幹字偉長。文帝〈與吳質書〉曰：『偉長獨懷文抱質，恬淡寡欲，有箕山之志，可謂彬彬君子矣。』」《典論．論文》曰：「如粲之〈初征〉、〈登樓〉、〈槐賦〉、〈征思〉，幹之〈玄猿〉、〈漏卮〉、〈團扇〉、〈橘賦〉，雖張蔡不過也。然於他文未能稱是。」《全後漢文》輯幹賦有〈齊都〉、〈西征〉、〈序征〉、〈哀別〉、〈冠〉、〈團扇〉、〈車渠椀〉等賦，皆殘闕太甚，茲錄〈齊都賦〉一節於下，殆彥和所謂時逢壯采者歟？

「齊國實坤德之膏腴，而神州之奧府。其川瀆則洪河洋洋，發源崑崙，九流分逝，北朝滄淵，驚波沛厲，浮沫揚奔。南望無垠，北顧無鄂；蒹葭蒼蒼，莞菰沃若。瑰禽異鳥群萃乎其間，帶華蹈縹，披紫垂丹，應節往來，翕習翩翻。靈芝生乎丹石，發翠華之煌煌。其寶玩則玄蛤抱璣，駮蚌含璫。」

29. 策勳鴻規謂潘岳作〈藉田賦〉，左思作〈三都賦〉，《文選．藉田賦》注引臧榮緒《晉書》曰：「泰始四年正月丁亥，世祖初藉於千畝，司空掾潘岳作〈藉田頌〉。」注又曰：「〈藉田〉、〈西征〉，咸有舊注。」是岳賦以此二篇為最巨製，故獨有舊注。〈藉田〉尤關國家典制，彥和意即指此。《晉書．文苑．左思傳》曰：「左思字太沖，齊國臨淄人也。貌寢口訥，而辭藻壯麗，不好交遊，惟以閑居為事。造〈齊都賦〉一年乃成。復欲賦三都，乃詣著作郎張載訪岷邛之事，遂構思十年，門庭藩溷皆著筆紙，遇得一句即便疏之。及賦成，時人未之重，思自以其作不謝班張，恐以人廢言，安定皇甫謐有高譽，思造而示之。謐稱善，為其賦序，張載為注〈魏都〉，劉逵注〈吳蜀〉。司空張華見而歎曰：『班張之流也。使讀之者盡而有餘，久而更新。』於是豪貴之家，競相傳寫，洛陽為之紙貴。陸機絕歎伏，以為不能加也。」《世說新語．文學篇》注引〈左思別傳〉曰：「思字太沖，齊國臨淄人。父雍起于筆札，多所掌練，為殿中御史。思早喪母，雍憐之，不甚教其書學。及長，博覽名文，遍閱百家。司空張華辟為祭酒。賈謐舉為祕書郎。謐誅，歸鄉里，專思著述，齊王冏請為記室參軍，不起，時為〈三都賦〉未成也。後數年疾終，其〈三都賦〉改定至終乃上。初作〈蜀都賦〉云：『金馬電發於高岡，碧雞振翼而雲披，鬼彈飛丸以礌礉，火井騰光以赫曦。』今無鬼彈，故其賦往往不同。思為人無吏榦而有文才，又頗以椒房自矜，故齊人不重也。思造張載問岷蜀事，交接亦疏。皇甫謐西州高士，摯仲治宿儒知名，非思倫匹，劉淵林、衛伯輿並早終，皆不為思賦序注也。凡諸注解，皆思自為，欲重其文，故假時人名姓也。」嚴可均曰：「案〈別傳〉失實，《晉書》所棄，其可節取者僅耳。思先造〈齊都賦〉成，復欲賦三都，泰始八年妹芳為脩儀，因移家京師，求為祕書郎，歷咸寧至太康初，賦成。《晉書》所謂構思十年者也。皇甫謐卒于太康三年，而為賦序，是賦成必在太康初。此後但可云賦未定，不得云賦未成也。其賦屢經刪改，歷三十餘年，至死方休。太康三年張載為著作佐郎，思訪岷蜀事，遂刪鬼彈飛丸之語，又交摯虞，或嘗以賦就正，此可因別傳而意會得之者。元康六年後為張華司空祭酒，容或有之，但不得云辟。至謂賈謐舉為祕書郎，謐誅歸鄉里，又謂摯仲治宿儒知名，非思倫匹，劉淵林、衛伯輿並早終，皆不為思賦序注，凡諸注解，皆思自為，則〈別傳〉殊失實矣。賈謐本姓韓，太康三年，為賈充世孫，至惠帝時用事，思先為祕書郎久矣，非謐所舉，永康元年謐誅。太安二年張方逼京師，兵火連歲，思避亂舉家適冀州，數歲以疾終。余意度之，當是謐誅去官，久之遭亂客死，而云歸鄉里，非也。皇甫高名，一經品題，聲價十倍。摯虞雖宿儒，與思同在賈謐二十四友中，要是倫匹。劉逵元康中尚書郎，累遷至侍中；衛權、衛貴妃兄子，元康初尚書郎；兩人即早終，何不可為思賦序注。況劉衛後進，名出皇甫下遠甚，何必假其名姓。今皇甫序、劉注在《文選》，劉序、衛序在《晉書》，皆非苟作。《魏志．衛臻傳》注云：『權作左思〈吳都賦序〉及注。序粗有文辭，至為注了無所發明，直為塵穢紙墨，不合傳寫。』如裴此說，權貴游好名，序不嫌空疏，而躋於為注，使思自為，何至塵穢紙墨。〈別傳〉道聽塗說，無足為憑。《晉書》彙十八家舊書，兼取小說，獨棄〈別傳〉不采，斯史識也。」

30. 《晉書．陸機傳》：「陸機字士衡，吳郡人也。少有異才，文章冠世。機天才秀逸，辭藻宏麗，張華嘗謂之曰：『人之為文常恨才少，而子更患其多。』弟雲嘗與書曰：『君苗見兄文，輒欲燒其筆硯。』後葛洪箸書，稱：『機文猶玄圃之積玉，無非夜光焉；五河之吐流，泉源如一焉。其弘麗妍贍，英銳漂逸，亦一代之絕乎！』其為人所推服如此。」又〈文苑．成公綏傳〉：「成公綏字子安，東郡白馬人也。少有俊才，嗣賦甚麗，張華雅重綏，每見其文，歎伏以為絕倫。」案陸機〈文賦〉言文之流品制作；成公綏〈嘯賦〉言因形創聲，隨事造曲；殆彥和所謂底績於流制者歟？

31. 《晉書．郭璞傳》：「郭璞字景純，河東聞喜人也。博學有高才，而訥於言論，詞賦為中興之冠。」《世說．文學篇》注引〈璞別傳〉云：「文藻粲麗，詩賦誄頌，並傳於世。」《文選．江賦》注引《晉中興書》曰：「璞以中興，王宅江外，乃著〈江賦〉，述川瀆之美。」彥和稱景純縟理有餘，縟謂文藻粲麗，理則如〈江賦〉「忽忘夕而宵歸，詠採菱以叩舷；傲自足於一謳，尋風波以窮年」之類。

32. 袁宏賦存者，今無完篇。案《晉書．文苑．袁宏傳》曰：「袁宏字彥伯。宏有逸才，文章絕美，累遷大司馬桓溫府記室，溫重其文筆，專綜書記。後為〈東征賦〉，賦末列稱過江諸名德，而獨不載桓彝。時伏滔先在溫府，又與宏善，苦諫之，宏笑而不答。溫知之甚忿，而憚宏一時文宗，不欲令人顯問。後遊青山飲歸，命宏同載，眾為之懼。行數里，問宏云：『聞君作〈東征賦〉，多稱先賢，何故不及家君？』答曰：『尊公稱謂，非下官敢專，既未遑啓，不敢顯之耳。』溫疑不實，乃曰：『君欲為何辭？』宏即答云：『風鑒散朗，或搜或引，身雖可亡，道不可隕，宣城之節，信義為允也。』溫泫然而止，宏賦又不及陶侃。侃子胡奴嘗於曲室抽刃問宏曰：『家君勳跡如此，君賦云何相忽？』宏窘急答曰：『我已盛述尊公，何乃言無？』因曰：『精金百汰，在割能斷；功以濟時，職思靜亂；長沙之勳，為史所贊。』胡奴乃止。從桓溫北征，作〈北征賦〉，皆其文之高者。嘗與王珣、伏滔同在溫坐，溫令滔讀其〈北征賦〉，至『聞所傳於相傳，云獲麟於此野；誕靈物以瑞德，奚授體於虞者；疚尼父之洞（《世說新語．文學篇》洞作慟是也）泣，似實慟而非假；豈一性（《世說》注作物）之足傷，乃致傷於天下。』其本至此便改韻。珣云：『此賦方傳千載，無容率爾。今於天下之後移韻徙事，然於寫送之致，似為未盡。』滔云：『得益寫韻一句，或為小勝。』溫曰：『卿思益之。』宏應聲答曰：『感不絕於余心，愬（《世說》作訴）流風而獨寫。』珣誦味久之，謂滔曰：『當今文章之美，故當共推此生。』」張衡〈東京賦〉薛綜注：「梗概不纖密，言粗舉大綱如此之言也。」〈東征賦〉述名臣功業，皆略舉大概，故云彥伯梗概。

33. 《西京雜記》二：「司馬相如為〈上林〉、〈子虛賦〉，意思蕭散，不復與外事相關。控引天地，錯綜古今，忽然如睡，煥然而興，幾百日而後成。其友人盛覽嘗問以作賦。相如曰：『合綦組以成文，列錦繡而為質，一經一緯，一宮一商，此賦之迹也。賦家之心，苞括宇宙，總覽人物，斯乃得之於內，不可得而傳。』覽乃作〈合組歌〉、〈列錦賦〉而退，終身不復敢言作賦之心矣。」《西京雜記》雖偽託，相如語或傳之在昔，故彥和本之。紀評曰：「洞見癥結，針對當時以發揮。」校勘記：「案據下物以情觀句，覩疑觀字之誤。覩本情觀之觀作覩。」

34. 桓譚《新論》：「余素好文，見子雲工為賦，欲從之學。子雲曰：能讀千賦，則善為之矣。」（《藝文類聚》五十六引。亦見《北堂書鈔》一百二。）《西京雜記》二：「或問揚雄為賦。雄曰：讀千首賦，乃能為之。」

35. 李調元《賦話》云：「鄴中小賦，古意尚存。齊梁人為之，琢句愈秀，結字愈新，而去古亦愈遠。沈休文〈桐賦〉喧密葉于鳳晨，宿高枝于鸞暮，即古變為律之漸矣。」齊梁文人，競尚藻艷，淫辭害義，觀戒莫聞。茲錄梁元帝〈蕩婦秋思賦〉一首，以見流弊之至於斯極。

〈蕩婦秋思賦〉

蕩子之別十年，倡婦之居自憐；登樓一望，唯見遠樹含煙；平原如此，不知道路幾千。天與水兮相逼，山與雲兮共色；山則蒼蒼入漢，水則涓涓不測；誰復堪見鳥飛，悲鳴隻翼。秋何月而不清，月何秋而不明；況乃倡樓蕩婦，對此傷情。於時露萎庭蕙，霜封堦砌；坐視帶長，轉看腰細。重以秋水文波，秋雲似羅；日黯黯而將暮，風騷騷而渡河；妾怨迴文之錦，君思出塞之歌；相思相望，路遠如何！鬢飄蓬而漸亂，心懷愁而轉歎；愁縈翠眉斂，啼多紅粉漫。已矣哉！秋風起兮秋葉飛，春花落兮春日暉；春日遲遲猶可至，客子行行終不歸。

36. 揚雄《法言．吾子篇》：「或問：『吾子少而好賦？』曰：『然。童子彫蟲篆刻。』俄而曰：『壯夫不為也。』或曰：『賦可以諷乎？』曰：『諷乎，諷則已，不已吾恐不免於勸也。』或曰：『霧縠之組麗。』曰：『女工之蠹矣。』」又曰：「詩人之賦麗以則，辭人之賦麗以淫。」

37. 紀評曰：「此分歧異派，非指賦與詩分，乃指京殿一段，草區一段言之，而其語仍側注小賦一邊。」

38. 唐寫本枏作抑，庸作曠。孫君蜀丞曰：「陸士衡〈文賦〉云：言曠者無隘，此彥和所本。」

39. 美稗唐寫本作稊稗，是。《孟子．告子上》：「苟為不熟，不如荑稗。」荑與稊通。

【附錄】

《漢書・藝文志・詩賦序》

《傳》曰：「不歌而誦謂之賦，登高能賦可以為大夫。」言感物造耑，材知深美，可與圖事，故可以為列大夫也。古者諸侯卿大夫，交接鄰國，以微言相感。當揖讓之時，必稱詩以諭其志，蓋以別賢不肖而觀盛衰焉。故孔子曰「不學詩無以言」也。春秋之後，周道寖壞，聘問歌詠，不行於列國，學詩之士，逸在布衣，而賢人失志之賦作矣。大儒孫卿及楚臣屈原離讒憂國，皆作賦以風，咸有惻隱古詩之義，其後宋玉、唐勒、漢興，枚乘、司馬相如下及揚子雲，競為侈麗閎衍之詞，沒其風諭之義。是以揚子悔之曰：「詩人之賦麗以則，辭人之賦麗以淫。如孔氏之門人用賦也，則賈誼登堂，相如入室矣，如其不用何！」自孝武立樂府而采歌謠，於是有代趙之謳，秦楚之風，皆感於哀樂，緣事而發，亦可以觀風俗、知厚薄云。序詩賦為五種。

劉申叔先生《左盦集・漢書藝文志書後》曰：「班志敍詩賦為五種，賦析四類。區析之故，班無明文，校讎之家，亦鮮討論。今觀主客賦十二家，皆為總集，萃眾作為一編，故姓氏未標。餘均別集。其區為三類者，蓋屈平以下二十家，均緣情託興之作也，體兼比興，情為裏而物為表。陸賈以下二十一家，均騁辭之作也，聚事徵材，旨詭而詞肆，荀卿以下二十五家，均指物類情之作也，侔色揣聲，品物畢圖，捨文而從質。此古賦區類之大略也。班〈志〉所析，蓋本二劉。自昭明《文選》析賦騷為二體，所選之賦，緣題標類，迥非孟堅之旨也。」

《國故論衡・辨詩篇》一節

《七略》次賦為四家：一曰屈原賦，二曰陸賈賦，三曰孫卿賦，四曰雜賦。屈原言情，孫卿效物，陸賈賦不可見，其屬有朱建、嚴助、朱買臣諸家，蓋縱橫之變也。（揚雄賦本擬相如，與屈原同次，班生以揚雄賦隸陸賈下，蓋誤也。）然言賦者多本屈原。漢世自賈生〈惜誓〉上接《楚辭》，〈鵩鳥〉亦方物〈卜居〉。而相如〈大人賦〉，自〈遠遊〉流變。枚乘又以〈大招〉、〈招魂〉散為〈七發〉。其後漢武帝悼李夫人，班婕好自悼外，及淮南、東方朔、劉向之倫，未有出屈宋唐景外者也。孫卿五賦，寫物效情，〈蠶〉、〈箴〉諸篇，與屈原〈橘頌〉異狀。其後〈鸚鵡〉、〈焦鷯〉，時有方物。及宋世〈雪月〉、〈舞鶴〉、〈赭白馬〉諸賦放焉。〈洞簫〉、〈長笛〉、〈琴〉、〈笙〉之屬，宜法孫卿，其辭義咸不類。徐幹有〈玄猨〉、〈漏卮〉、〈圓扇〉、〈橘賦〉諸篇，雜書徵引，時見一端，然勿能得全賦，大氐孫卿之體微矣。陸賈不可得從跡。

雖然，縱橫家者賦之本。古者誦詩三百，足以專對，七國之際，行人胥附折衝于尊俎間，其說恢張譎宇，紬繹無窮，解散賦體，易人心志。魚豢稱魯連、鄒陽之徒，援譬引類，以解締結，誠文辯之雋也。武帝以後，宗室削弱，藩臣無邦交之禮，縱橫既黜，然後退為賦家，時有解散。故用之符命，即有〈封禪〉、〈典引〉；用之自述，而〈答客〉、〈解嘲〉興，文辭之繁，賦之末流爾也。雜賦有隱書者，《傳》曰：談言微中，亦可以解紛，與縱橫稍出入。淳于髡〈諫長夜飲〉一篇，純為賦體，優孟諸家，顧少耳。東方朔與郭舍人為隱依以譎諫，世傳《靈棋經》誠偽書，然其後漸流為占繇矣。管輅、郭璞為人占皆有韻，斯亦賦之流也。自屈宋以至鮑謝，賦道既極，至於江淹、沈約，稍近凡俗。庾信之作，去古踰遠。世多慕〈小園〉、〈哀江南〉輩，若以上擬〈登樓〉、〈閒居〉、〈秋興〉、〈蕪城〉之儕，其靡已甚。

頌讚第九 1

四始之至，頌居其極。頌者，容也，所以美盛德而述形容也2。昔帝嚳之世，咸墨(孫云唐寫本墨作黑)為頌，以歌九韶(孫云唐寫本韶作招御覽五八八引亦作招)3。自商(趙云作商頌孫云御覽有頌字)已下，文理允備(郝云一本作克備)4。夫化偃一國謂之風，風正四方謂之雅，容告神明謂之頌(孫云容上有雅字明字無)。風雅序人，事兼變正(孫云事上有故字御覽兼作資)；頌主告神，義(孫云義上有故字)必純美5。魯國(元脫曹補鈴木云燉本無國字)以公旦次編，商人(孫云唐寫本無人字御覽亦無人字)以前王追錄，斯乃宗廟之正歌，非讌饗(孫云御覽唐寫本作饗讌顧校作饗讌)之常(孫云常作恒)詠也6。時邁一篇，周公所製(孫云唐寫本作制)。哲人之頌，規式存焉7。夫民各有心，勿壅惟口。晉輿(元作興曹改趙云作輿)之稱原田(元作由曹改)，魯民之刺裘鞸，直言不(趙云言不作不言)詠，短辭以諷，邱明子高，並諜為誦(孫云唐寫本作頌)，斯則野誦之變體，浸被乎人事矣(趙云誦作頌乎作於)8。及三閭橘頌，情采(孫云唐寫本作辭采)芬芳，比類寓意(孫云御覽作屬興)，又覃及細物矣(孫云唐寫本又作乃細上有乎字)9。至於秦政刻文，爰頌其德10，漢之惠景，亦有述容，沿世並作，相繼於時矣11。若夫子雲之表充國12，孟堅之序(孫云御覽作頌)戴侯13，武仲之美顯宗14，史岑之述熹(元作僖曹改鈴木云御覽作僖玉海作熹燉本作燕)后15，或擬清廟，或範駉那(顧校作坰那)，雖淺深不同，詳略各(孫云御覽作有)異，其褒德顯容，典章一也16。至於班傅之北征西巡(元作逝孫云唐寫本作征)，變為序引，豈不褒過(趙云過作通)而謬體哉17！馬融之廣成上林(疑作東巡鈴木云玉海作上林)，雅而似賦，何弄文而失質乎18！又崔瑗文學，蔡邕樊渠，並致美於序，而簡約乎篇19；摯虞品藻，頗為精覈，至云雜以風雅，而不變(孫云唐寫本變作辨)旨趣，徒張虛論，有似黃白之偽說矣20。及魏晉辨

（孫云唐寫本作雜）頌，鮮有出轍。陳思所綴，以皇（鈴木云玉海皇下有太字）子為標[21]；陸機積篇，惟功臣最顯[22]；其褒貶雜居，固末代之訛體也。

原夫頌惟典雅（孫云唐寫本雅作懿御覽亦作懿），辭必清鑠；敷寫似賦，而不入華侈之區；敬慎如銘，而異乎規戒之域。揄揚以發藻，汪洋以樹義（一作儀），唯纖曲巧致（孫云唐寫本唯作雖曲巧作巧曲），與（趙云與作興）情而變，其大體所底（孫云唐寫本底作弘御覽作宏），如斯而已[23]。

讚者，明也，助也（二字從御覽增譚云案御覽有助也二字黃本從之似不必有鈴木云御覽燉本有二字）[24]。昔虞舜之祀，樂正重讚，蓋唱發之辭也[25]。及益讚（趙云讚作贊）於禹，伊陟讚（孫云唐寫本兩讚字皆作贊）於巫咸，並颺言以明事，嗟嘆以助辭也（孫云唐寫本也字無御覽也上有者字）[26]。故漢置鴻臚，以唱拜（顧校拜作言）為讚，即古之遺語也[27]。至相如屬筆（孫云御覽筆作詞鈴木云玉海作詞），始讚荊軻[28]。及遷史固書，託讚褒貶（孫云唐寫本作及史班固書御覽作及史班書記以讚褒貶）[29]。約文以總錄，頌體以論辭（孫云唐寫本以作而辭下有也字），又紀傳後（元作侈朱改御覽改）評，亦同其名。而仲洽流別，謬稱為述，失之遠矣[30]。及景純注（趙云注下有爾字）雅，動植必讚（一作讚之從御覽改），義（趙云義作事）兼美惡，亦猶頌之（孫云御覽有有字）變耳[31]。然本其為義（本字從御覽增），事生獎歎，所以古來篇體，促而不廣（一作曠從御覽改鈴木云梅本燉本作曠）；必結言於四字之句，盤桓乎數韻之辭；約舉以盡情，昭灼以送（孫云御覽作策）文，此其體也。發源（孫云御覽作言）雖遠，而致用蓋寡，大抵所歸，其頌家之細條乎（鈴木云御覽作也）[32]！

贊曰：容體（孫云唐寫本體作德）底頌，勳業垂讚。鏤彩（鈴木云燉本作影）摛文（趙云文作聲），聲（趙云聲作文）理有爛。年積（聲云積作迹）愈遠，音徽如旦。降及品物，炫辭作翫。

【注釋】

1. 讚應作贊，說見〈徵聖篇〉。
2. 四始見〈宗經篇〉。鄭玄《周頌譜》：「頌之言容。天子之德，光被四表，格於上下，無不覆燾，無不持載，此之謂容。於是和樂興焉，頌聲乃作。」《正義》：「此解名之為頌之意。頌之言容，歌成功之容狀也。」
3. 《呂氏春秋．仲夏紀．古樂篇》：「帝嚳命咸黑作為聲歌，九招六列六英。……帝舜乃令質修九招六列六英，以明帝德。」畢沅校云：「招列英至此始見，上（指帝嚳句所云。）乃衍文明矣。」案《困學紀聞》四：「帝嚳命咸黑作為聲歌……然則九招作於帝嚳之時，舜修而用之。」墨唐寫本作黑，韶唐寫本作招，是。
4. 《商頌譜．正義》：「自夏以上，周人亦存其樂，而得無其詩者，成本自不作，或有而滅亡故也。」
5. 此文宜從唐寫本作：「風雅序人，故事兼變正；頌主告神，故義必純美。」
6. 鄭玄《魯頌譜》：「初，成王以周公有太平制典法之勳，命魯郊祭天三望，如天子之禮；（此據《禮記．明堂位》文。）故孔子錄其詩之頌，同於王者之後。」又《商頌譜》：「宋大夫正考父校商之名頌十二篇於周之太師，以〈那〉為首，歸以祀其先王。（鄭說本〈魯語〉。）孔子錄詩之時，唯得此五篇而已。乃列之以備三頌，著為後王之義，使後人監視三代之成法。」
7. 〈毛詩序〉曰：「〈時邁〉，巡守告祭柴望也。」《正義》曰：「宣十二年《左傳》云：昔武王克商，作頌曰：『載戢干戈。』明此篇武王事也。《國語》稱周公之頌曰：『載戢干戈。』明此詩周公作也。」茲錄〈時邁〉之詩如下：

   「時邁其邦，昊天其子之。實右序有周。薄言震之，莫不震疊。懷柔百神，及河喬嶽，允王維后。明昭有周，式序在位。載戢干戈，載櫜弓矢。我求懿德，肆于時夏，允王保之。」
8. 《國語．周語》：「邵公曰：防民之口，甚於防川。夫民慮之於心，而宣之於口，成而行之，胡可壅也。」

《左傳．僖二十八年》：「晉侯聽輿人之誦曰：原田每每，舍其舊而新是謀。」《孔叢子．陳士義篇》：「子順曰：先君初相魯，魯人謗誦曰：『麛裘而芾，投之無戾；芾之麛裘，投之無郵。』及三年政成，化行，民又作誦曰：『袞衣章甫，實獲我所；章甫袞衣，惠我無私。』」黃注：「此子順述孔子之事，非子高也。子高，孔穿之字。」郝懿行曰：「諜，伺也，又譜也。《後漢書．張衡傳》子長諜之，爛然有第。注云：諜，譜第也，與牒通。」

9. 覃，延也。〈橘頌〉，屈原〈九章〉之一。其辭曰：

「后皇嘉樹，橘徠服兮；受命不遷，生南國兮。深固難徙，更壹志兮；綠葉素榮，紛其可喜兮。曾枝剡棘，圓果摶兮；青黃雜糅，文章爛兮。精色內白，類可任兮；紛緼宜脩，姱而不醜兮。嗟爾幼志，有以異兮，獨立不遷，豈不可喜兮。深固難徙，廓其無求兮；蘇世獨立，橫而不流兮。閉心自慎，終不失過兮；秉德無私，參天地兮。願歲并謝，與長友兮；淑離不淫，梗其有理兮。年歲雖少，可師長兮；行比伯夷，置以為像兮。」

《孟子．萬章篇》：「頌其詩。」頌詩，即誦詩也。故〈橘頌〉即橘誦，亦即橘賦。推之漢人所作，尚存此意，王褒〈洞簫頌〉即洞簫誦，亦即洞簫賦。馬融〈廣成頌〉即廣成誦，亦即廣成賦。蓋誦與賦二者音調雖異，而大體可通，故或稱頌，或稱賦，其實一也。

10. 《史記》載〈泰山〉、〈琅邪臺〉、〈之罘〉、〈東觀〉、〈碣石〉、〈會稽刻石〉凡六篇，獨不載〈鄒嶧山刻石文〉，茲全錄之於左：

李斯〈鄒嶧山刻石〉

皇帝立國，維初在昔，嗣世稱王。討伐亂逆，威動四極，武義直方。戎臣奉詔，經時不久，滅六暴強。廿有六年，上薦高廟，孝道顯明。既獻泰成，乃降溥惠，親巡遠方。登於嶧山，羣臣從者，咸思攸長。追念亂世，分土建邦，以開爭理。攻戰日作，流血於野，自泰古始。世無萬數，陁及五帝，莫能禁止。迺今皇帝，

壹家天下，兵不復起。災害滅除，黔首康定，利澤長久。羣臣誦略，刻此樂石，以著經紀。

（嚴可均《全秦文》曰：「案〈秦刻石〉三句為韵，唯〈琅邪臺〉二句為韵，皆李斯之辭。張守節言〈會稽碑〉文及書皆李斯，斯〈獄中上書〉言更刻畫平斗斛度量文章布之天下，其顯據也。」）

〈泰山刻石〉

皇帝臨位，作制明法，臣下修飭。廿有六年，初并天下，罔不賓服。親巡遠方黎民，登茲泰山，周覽東極。從臣思迹，本原事業，祗誦功德。治道運行，諸產得宜，皆有法式。大義休明，垂於後世，順承勿革。皇帝躬聖，既平天下，不懈於治。夙興夜寐，建設長利，專隆教誨。訓經宣達，遠近畢理，咸承聖志。貴賤分明，男女禮順，慎遵職事。昭隔內外，靡不清淨，施於後嗣。化及無窮，遵奉遺詔，永承重戒。

〈瑯邪臺刻石〉

維廿六年，皇帝作始；端平法度，萬物之紀。以明人事，合同父子；聖智仁義，顯白道理。東撫東土，以省卒士；事已大畢，乃臨於海。皇帝之功，勤勞本事；上農除末，黔首是富。普天之下，摶心揖志；器械一量，同書文字。日月所照，舟輿所載；皆終其命，莫不得意。應時動事，是維皇帝；匡飭異俗，陵水經地。憂恤黔首，朝夕不懈（音冀。）；除疑定法，咸知所辟。方伯分職，諸治經易；舉錯必當，莫不如畫（音恚，歌支通韵。）。皇帝之明，臨察四方；尊卑貴賤，不踰次行。姦邪不容，皆務貞良；細大盡力，莫敢怠荒。遠邇辟隱，專務肅莊；端直敦忠，事業有常。皇帝之德，存定四極；誅亂除害，興利致福。節事以時，諸產繁殖；黔首安寧，不用兵革。六親相保，終無寇賊；驩欣奉教，盡知法式。六合之內，皇帝之土；西涉流沙，南盡北戶；東有東海，北過大夏；人迹所至，無不臣者。功蓋五帝，澤及牛馬；莫不受德，各安其宇。

〈之罘西觀銘〉

維廿九年，時在中春，陽和方起。皇帝東遊，巡登之罘，臨照於海。從臣嘉觀，原念休烈，追誦本始。大聖作治，建定法度，顯著綱紀。外教諸侯，光施文惠，明以義理。六國回辟，貪戾無厭，虐殺不已。皇帝哀眾，遂發討師，奮揚武德。義誅信行，威燀旁達，莫不賓服。烹滅彊暴，振救黔首，周定四極。普施明法，經緯天下，永為儀則，大矣哉，宇縣之中，承順聖意。羣臣誦功，請刻于石，表垂于常式。

〈之罘東觀銘〉

維廿九年，皇帝春遊，覽省遠方。逮於海隅，遂登之罘，昭臨朝陽。觀望廣麗，從臣咸念，原道至明。聖法初興，清理疆內，外誅暴彊。武威旁暢，振動四極，禽滅六王。闡并天下，甾害絕息，永偃戎兵。皇帝明德，經理宇內，視聽不怠。作立大義，昭設備器，咸有章旗。職臣遵分，各知所行，事無嫌疑。黔首改化，遠邇同度，臨古絕尤。常職既定，後嗣循業，長承聖治。羣臣嘉德，祗誦聖烈，請刻之罘。

〈碣石刻石文〉

遂興師旅，誅戮無道，為逆滅息。武殄暴逆，文復無罪，庶心咸服。惠論功勞，賞及牛馬，恩肥土域。皇帝奮威，德并諸侯，初一泰平。墮壞城郭，決通川防，夷去險阻。地勢既定，黎庶無繇，天下感撫。男樂其疇，女修其業，事各有序。惠被諸產，久並來田，莫不安所。羣臣誦烈，請刻此石，垂著儀矩。

（嚴云：「遂興師旅上脫九句，此頌三句為韵。」）

〈會稽刻石文〉

皇帝休烈，平一宇內，德惠修長。卅有七年，親巡天下，周覽遠方。遂登會稽，宣省習俗，黔首齋莊。羣臣誦功，本原事迹，追道高明。秦聖臨國，始定刑名，顯陳舊章。初平法式，審別職任，以立恆常。六王專倍，貪戾慠猛，率眾自彊。暴虐恣行，負力而驕，數動甲兵。陰通閒使，以事合從，行為辟方。內飾詐謀，外來侵邊，遂起禍殃。義威誅之，殄熄暴悖，亂賊滅亡。聖德廣密，六合之中，被澤無疆。皇帝并宇，兼聽萬事，遠近畢清。運理羣物，考驗事實，各載其名。貴賤並通，善否陳前，靡有隱情。飾省宣義，有子而嫁，倍死不貞。防隔內外，禁止淫泆，男女絜誠。夫為寄豭，殺之無罪，男秉義程。妻為逃嫁，子不得母，咸化廉清。大治濯俗，天下承風，蒙被休經。皆遵軌度，和安敦勉，莫不順令。黔首修潔，人樂同則，嘉保

太平。後敬奉法，常治無極，輿舟不傾。從臣誦烈，請刻此石，光垂休銘。

秦刻石文多三句用韻，其後唐元結作〈大唐中興頌〉每句用韻，而三句輒易，清音淵淵，如出金石；說者以為創體，而不知遠效秦文也。茲錄於下：

元次山〈大唐中興頌〉（并序）

天寶十四載，安祿山陷洛陽，明年陷長安。天子幸蜀，太子即位於靈武。明年皇帝移軍鳳翔。其年復兩京，上皇還京師。於戲！前代帝王有盛德大業者，必見於歌頌，若今歌頌大業，刻之金石，非老於文學，其誰宜為！頌曰：

噫嘻前朝，孽臣姦驕，為昏為妖。邊將騁兵，毒亂國經，羣生失寧。大駕南巡，百僚竄身，奉賊稱臣。天將昌唐，繄睨我皇，匹馬北方。獨立一呼，千麾萬旗，戎卒前驅。我師其東，儲皇撫戎，蕩攘羣凶。復服指期，曾不踰時，有國無之。事有至難，宗廟再安，二聖重歡。地闢天開，蠲除妖災，瑞慶大來。凶徒逆儔，涵濡天休，死生堪羞。功勞位尊，忠烈名存，澤流子孫。盛德之興，山高日升，萬福是膺。能令大君，聲容沄沄，不在斯文。湘江東西，中直浯溪，石崖天齊。可磨可鐫，刊此頌焉，何千萬年。

11. 《漢書．藝文志》有李思〈孝景皇帝頌〉十五篇。案彥和之意，以孝惠短祚，景帝崇黃老，不喜文學；然〈禮樂志〉尚稱：「孝惠二年，使樂府令夏侯寬，備其簫管，更名曰《安世樂》，高廟奏武德、文始、五行之舞，……孝景采武德舞以為昭德，以尊太宗廟。」故云亦有述容也。

12. 《漢書．趙充國傳》：「初，充國以功德，與霍光等列畫未央宮。成帝時，西羌嘗有警，上思將帥之臣，追美充國；乃召黃門郎揚雄即充國圖畫而頌之。曰：明靈惟宣，戎有先零；先零猖狂，侵漢西疆。漢命虎臣，惟後將軍；整我六師，是討是震。既臨其域，諭以威德；有守矜功，謂之弗克。請奮其旅，於罕之羌。天子命我，從之鮮陽；營平守節，婁奏封章；料敵制勝，威謀靡亢。遂克西戎，還師於京；鬼方賓服，罔有不庭。昔周之宣，有方有虎；詩人歌功，乃列於〈雅〉。在漢中興，充國作武；赳赳桓桓，亦紹厥後。」

13.《御覽》五八八引〈文章流別論〉：「昔班固為〈安豐戴侯頌〉（竇融封安豐侯，卒謚戴）。」案頌文佚。

14.《後漢書．傅毅傳》：「毅追美孝明皇帝功德最盛，而廟頌未立；乃依〈清廟〉作〈顯宗頌〉十篇奏之。」文佚。嚴可均《全後漢文》輯得兩條：

○體天統物，寧濟蒸民。（《文選》曹植〈責躬詩〉注引傅毅〈上明帝頌表〉。）

○蕩蕩川瀆。既瀾且清。（《文選》張華〈勵志詩〉注引傅毅〈顯宗頌〉。）

15.《文選．史孝山出師頌》李善注云：「史岑有二：字子孝者，仕王莽之末；字孝山者，當和熹之際。」史岑〈和熹鄧后頌〉文佚；惟存〈出師頌〉，茲錄於左：

「茫茫上天，降祚有漢；兆基開業，人神攸贊；五曜宵映，素靈夜歎；皇運來授，萬寶增煥。歷紀十二，天命中易；西零不順，東夷構逆。乃命上將，授以雄戟。桓桓上將，寔天所啓；允文允武，明詩悅禮；憲章百揆，為世作楷。昔在孟津，惟師尚父；素旄一麾，渾一區宇；蒼生更始，朔風變楚。薄伐玁狁，至於大原；詩人歌之，猶歎其艱。況我將軍，窮城極邊；鼓無停響，旗不蹔褰；澤霑遐荒，功銘鼎鉉。我出我師，於彼西疆；天子餞我，路車乘黃；言念伯舅，恩深渭陽。介珪既削，列壤酬勳；今我將軍，啓土上郡；傳子傳孫，顯顯令問。」

16.〈周頌．清廟〉一章，章八句：

「於穆清廟，肅雝顯相，濟濟多士，秉文之德，對越在天，駿奔走在廟，不顯不承，無射於人斯。」（無韵。王國維《觀堂集林．說周頌篇》謂頌之聲較風、雅為緩，故風、雅有韵而頌多無韵。）

〈魯頌．駉〉四章，章八句。茲錄其首章：

「駉駉牡馬（音姥。），在坰之野（音宇。），薄言駉者（音渚。）。有驈有皇，有驪有黃，以車彭彭（音旁。），思無疆，思馬斯臧。」

〈商頌．那〉一章，二十二句：

「猗與那與，置我鞉鼓，奏鼓簡簡，衎我烈祖。湯孫奏假，綏我思成；鞉鼓淵淵，嘒嘒管聲；既和且平，依我磬聲。於赫湯孫，穆穆厥聲。庸鼓有斁，萬舞有奕；我有嘉客，亦不夷懌。自古在昔，先民有作，溫恭朝夕，執事有恪。顧予烝嘗，湯孫之將。」

17. 《古文苑》十二載班固〈車騎將軍竇北征頌〉。（西巡唐寫本作西征，是。）嚴可均《全後漢文》輯得傅毅〈西征頌〉一條。茲分錄於下：

班固〈車騎將軍竇北征頌〉

車騎將軍應昭明之上德，該文武之妙姿，蹈佐歷，握輔摷（初責反。），翼肱聖上，作主光輝，資天心，謨神明，規卓遠，圖幽冥。親率戎士，巡撫彊城（一作域。），勒邊御之永設，奮轒櫓之遠徑，閔遐黎之騷狄，念荒服之不庭。乃總三選，簡虎校，勒部隊，明誓號，援謀夫於末言，察武毅於俎豆，取可杖於品象，拔所用於仄陋。料資器使，采用先務，民儀嚮慕，羣英影附，羌戎相率，東胡爭騖，不召而集，未令而諭。於是雷震九原，電曜高闕，金光鏡野，武旍冒日。雲黯長蛻，鹿走（此七字從《藝文類聚》改補。）黃磧，輕選四縱，所從莫敵。馳飈疾，蹱蹊迹，探梗莽，採嶰阺，斷溫禺，分尸逐，電激私渠，星流霰落，名王交手，稽顙請服。乃收其鋒鏃干鹵甲冑，積象如丘阜，陳閱滿廣野，戢載連百兩，散數累萬億。放獲驪孥，揣城拔邑，擒馘之倡，九谷謠諺，響聒東夷，埃塵戎域。然而唱呼鬱憤，未逞厥願，甘平原之酣戰，矜訊捷之累算。何則，上將崇至仁，行凱易，弘濃恩，降溫澤，同庖廚之珍饌，分裂室之纖帛，勞不御輿，寒不施襗，行無偏勤，止無兼役。性蒙識而愎戾順，貳者異而懦夫奮。遂踰涿邪，跨祁連，籍口（疑當作龍）庭，蹈就疆，獦崤嶺，轔幽山，趨凶河，臨安侯，軼焉居與虞衍。顧衛霍之遺迹，睋伊秩之所邈，師橫騖而庶御，士怫愲以爭先，回萬里而風騰，劉殘寇於沂垠，糧不賦而師贍，役不重而備軍。行戎醜以禮教，炘鴻校而昭仁，文武炳其並隆，威德兼而兩信。清乾鈞之攸置，拓畿略之所順，橐弓鏃而戢戈，回雙麾以東運。於是封燕然以降高，禫廣鞬以弘曠，銘靈陶以勒崇，欽皇祇之祐貺。宣惠氣，盪殘風，軻泰幽嘉，凝陰飛雪，瀼庶其雨，洒淋榛枯，一握興（文有脫佚）嘉卉始農，土膏含養。四行分任。於是三軍稱曰：亹亹將軍，克廣德心；光光神武，弘昭德音；超兮首天潛。眇兮與神參。（文見《古文苑》及《藝文類聚》五十九。）

18. **傅毅〈西征頌〉佚文**

慍昆夷之匪協，咸矯口于戎事，干戈動而復戢，天將祚而隆化。（《御覽》三百五十一）

《後漢書．馬融傳》：「融字季長。鄧太后臨朝，鄧騭兄弟輔政，俗儒世士，以文德可興，武功宜廢。融以為文武之道，聖賢不墜，五才之用，無或可廢。上〈廣成頌〉以諷諫。太后怒，遂令禁錮之。安帝親政，出為河間王廄長史，時車駕東巡岱宗，融上〈東巡頌〉，召拜郎中。」郝懿行曰：「案黃注〈上林〉疑作〈東巡〉，從〈馬融傳〉也。然摯虞《文章流別》作〈廣成〉、〈上林〉，是必舊有其篇，不見於本傳而後世亡之耳。」案《藝文類聚》引《典論》逸文。亦稱融撰〈上林頌〉，是融確有此文矣。〈廣成頌〉文繁冗不錄。（頌文載〈融傳〉。）〈東巡頌〉載《藝文類聚》三十九、《初學記》十三、《御覽》五百三十七。茲自《全後漢文》迻錄於下：

「允迪在昔，紹烈陶唐。殷天衷，克搖光，若時則，運瓊衡，敷六典，經八成，燮和萬殊，總領神明。肆類乎上帝，燔柴乎三辰，禋祀乎六宗，祇燎乎羣神。遂發號羣司，申戒百工，卜筮稱吉，蓍龜襲從。南征有時，馮相告祥，清夷道而後行，曜四國而揚光；展聖義于巡狩，喜圻時而詠八荒；指宗嶽以為期，固岱神之所望。散齋既畢，越異良辰，棫樸增構，烈火燔燃，暉光四煬，焱爛薄天，蕭香肆升，青煙習雲。珪璋峨峨，犧牲潔純；鬱鬯宗彝，明水玄樽；空桑孤竹，咸池雲門，六八匝變，神祇並存。」

19. 《後漢書．崔瑗傳》：「瑗字子玉。高於文辭，尤善為書記箴銘。所著《南陽文學官志》，稱於後世，諸能為文者，皆自以弗及。」《藝文類聚》三十八、《御覽》五百三十四載其〈南陽文學頌並序〉。茲自《全後漢文》迻錄於下：

「昔聖人制禮作樂也，將以統天理物，經國序民，立均出度，因其利而利之，俾不失其性也。故觀禮則體

敬，聽樂則心和，然後知反其性而正其身焉。取律于天以和聲，采言于聖以成謀，以和邦國，以諧萬民，以序賓旅，以悅遠人。其觀威儀省禍福也，出言視聽，于是乎取之。

民生如何，導以禮樂；乃修禮官，奮其羽籥。我國既淳，我俗既敦；神樂民則，嘉生乃繁。無言不酬，其德宜光。先民既沒，賴茲舊章。我禮既經，我樂既馨；三事不敘，莫識其形。」

20. **蔡伯喈〈京兆樊惠渠頌〉**

〈洪範〉八政，一曰食；《周禮》九職，一曰農。有生之本，於是乎出；貨殖財用，於是乎在。九土上沃，為大田多稔。然而地有埆塉，川有墊下，溉灌之便，形趨不至。明哲君子，創業農事，因高卑之宜，驅自行之勢，以盡水利，而富國饒人，自古有焉。若夫西門起鄴，鄭國行秦，李冰在蜀，信臣治穰，皆此道也。陽陵縣東，厥地衍隩，土氣辛螫，嘉穀不植，草萊焦枯。而涇水長流，溉灌維首，編戶齊氓，庸力不供，牧人之吏，謀不假給，蓋常興役，猶不克成。光和五年，京兆尹樊君諱陵，字德雲，勤恤民隱，悉心政事，苟有可以惠斯人者，無聞而不行焉。遂諮之郡吏，申於政府，僉以為因其所利之事者，不可已者也。乃命方略大吏麴遂令伍瓊，揣度計慮，揆程經用，以事上聞；副在三府。司農遂取財於豪富，借力於黎元，樹柱累石，委薪積土，基跂工堅，體勢強壯。折湍流，款曠陂，會之於新渠；疏水門，通窬瀆，灑之於畎畝。清流浸潤，泥潦浮游，曩之鹵田，化為甘壤，粳黍稼穡之所入，不可勝算。農民熙怡，悅豫且康，相與謳談疆畔，斐然成章，謂之樊惠渠云爾。其歌曰：

我有長流，莫或闕之；我有溝澮，莫或達之；田疇斥鹵，莫修莫釐，饑饉困悴，莫恤莫思。乃有樊君，作人父母；（缺一句）立我畎畝；黃潦膏凝，多稼茂止；惠乃無疆，如何勿喜！我壤既營，我疆斯成；泯泯我人，既富且盈；為酒為醴，蒸畀祖靈；貽福惠君，壽考且寧。（本集）

摯虞〈文章流別論〉云：「頌，詩之美者也，古者聖帝明王，功成治定，而頌聲興，於是史錄其篇，工歌其章，以奏於宗廟，告於鬼神；故頌之所美者，聖王之德也。則以為律呂，或以頌聲，或以頌形，其細已甚，非古頌之意。昔班固為〈安豐戴侯頌〉，史岑為〈出師頌〉、〈和熹鄧后頌〉，與〈魯頌〉體意相類，而文辭之異，古今之變也。揚雄〈趙充國頌〉，頌而似雅，傅毅〈顯宗頌〉，文與〈周頌〉相似，而雜以風雅之意。若馬融〈廣成〉、〈上林〉之屬，純為今賦之體，而謂之頌，失之遠矣。」

《呂氏春秋．別類篇》：「相劍者曰：『白所以為堅也，黃所以為牣也。黃白雜，則堅且牣，良劍也。』難者曰：『白所以為不牣也，黃所以為不堅也，黃白雜，則不堅且不牣也，焉得為利劍！』」

21. 辨唐寫本作雜，是。

陳思王〈皇太子生頌〉

於我皇后，懿章前志；克纂二皇，三靈昭事；祗肅郊廟，明德敬惠；潛和積吉，鍾天之釐。嘉月令辰，篤生聖嗣；天地降祥，儲君應祉；慶由一人，萬國作喜。喁喁萬國，岌岌羣生；稟命我后，綏之則榮；長為臣妾，終天之經。仁聖奕世，永戴明明；同年上帝，休祥淑禎。藩臣作頌，光流德聲；吁嗟卿士，祗承予聽。

（《藝文類聚》四十五。）

22. 《文選》載陸機〈漢高祖功臣頌〉。文繁不錄。

23. 黃叔琳曰：「陸士衡云：『頌優游以彬蔚。』不及此之切合頌體。」茲錄章太炎〈辨詩〉一節以備參閱：春官瞽矇掌九德六詩之歌。然則詩非獨六義也，猶有九歌。其隆也，官箴占繇皆為詩。故〈詩序〉、〈庭燎〉稱箴，〈沔水〉稱規，〈鶴鳴〉稱誨，〈祈父〉稱刺，明詩外無官箴，〈辛甲〉諸篇，悉在古詩三千之數矣。〈詩賦略〉錄隱書十八篇，則東方朔、管輅射覆之辭所出，又成相雜辭者，徒役送杵，其句度長短不齊，亦悉入錄。揚榷道之，有韻者為詩，其容至博。其殺也，孔子刪詩求合於《韶》、《武》，賦比興不可歌，因以被簡。（其詳在〈六詩說〉。）屈原、孫卿諸家為賦多名，孫卿以「賦」、「成相」分二篇，題號已別，然賦篇復有〈佹詩〉一章，詩與賦未離也。漢惠帝命夏侯寬為樂府令，及武帝采詩夜誦。其辭大備。《七略》序賦為四家，其歌詩與之別。漢世所謂歌詩者，有聲音曲折，可以弦歌。（如河南周歌聲曲折七篇，周謠歌詩聲曲折七十五篇是也。）故〈三侯〉、〈天馬〉諸篇，太史公悉稱詩，蓋樂府外無稱歌詩者。自韋孟〈在鄒〉至〈古詩十九首〉以下，不知其為歌詩耶，將與賦合流同號也。要之《七略》分詩賦者，本孔子刪詩意，不歌而頌，故謂之賦，叶於籥管，故謂之詩。其他有韵諸文，漢世未具，亦容附於賦錄。古者大司樂以樂語教國子，蓋有韻之文多矣。有古為小名而今為大，有古為大名而今為小者：〈周語〉曰：「公卿至列士獻詩，瞽獻曲，史獻書，師箴，矇誦。」瞽師瞍矇，皆掌聲詩，即詩與箴一實也。故自〈虞箴〉既顯，揚雄、崔駰、胡廣為官箴，氣體文旨，皆弗能與〈虞箴〉異，蓋箴規誨刺者其義，詩為之名。後世特以箴為一種，與詩抗衡，此以小為大也。

賦者。六義之一家。《毛詩傳》曰：「登高能賦，可以為大夫。」登高孰謂？謂壇堂之上揖讓之時；賦者孰謂？謂微言相感；歌詩必類，是故九能有賦無詩，明其互見。漢世賦為四種，而詩不過一家，此又以小為大也。（誄文有韵者，古亦似附詩類。〈漢北海相景君銘〉「乃作誄曰」後有「亂曰」，則誄亦是詩。）銘者，自名器有題署，若士卒揚徽，死者題旌，下及楬木以記化居，落馬以示毛物，悉銘之屬。揚雄自言作〈繡補〉、〈靈節〉、〈龍骨〉之銘詩三章，又比詩類；今世專以金石韵文為銘，此以大為小也。九歌者，與六詩同列，水火金木土穀謂之六府；正德利用厚生謂之三事；此則山川之頌，江海之賦，皆宜在九歌。後世既以題名為異，〈九歌〉獨在屈賦為之陪屬，此又以大為小也。且文章流別，今世或繁於古，亦有古所恆覩，今隱沒其名者。夫宮室新成則有發（見〈檀弓〉。）；喪紀祖載則有遣（〈既夕禮〉有讀遣之文。）；告祀鬼神則有造（見〈春官．大祝〉。）；原本山川則有說（見《毛詩傳》。）；斯皆古之德音，後生莫有繼作，其題號亦因不著。《文章緣起》所列八十五種，至於今日，亦有廢弛不舉者。夫隨事為名，則巧歷或不能數；會其有極，則百名而一致者多矣。謂後世為序錄者，當從〈詩賦略〉改題樂語，凡有韵者悉著其中，庶幾人識原流，名無棼亂者也。

頌有廣狹二義：廣義籠罩成韵之文；狹義則唯取頌美功德，若贊，若祭文，若銘、箴、誄、碑、封禪，皆與頌相類者也。黃先生論之曰：

《周禮．太師》注曰：「頌之言誦也，容也；誦今之德，廣以美之。」是頌本兼誦容二誼。以今考之，誦其本誼，頌為借字，而形容頌美，又緣字後起之誼也。詳〈大司樂〉以樂語教國子興、道、諷、誦、言語。注曰：「倍文曰諷，以聲節之曰誦。」疏曰：「諷是直言之，無吟詠；誦則非直背文，又為吟詠以聲節之。」又瞽矇諷誦詩，注曰：「謂闇讀之不依詠也。」蓋不依詠者，謂雖有聲節，而仍不必與琴瑟相應也。然則誦而不依詠，即與歌之依詠者殊，故《左傳．襄十四年》云：「衛獻公使太師歌〈巧言〉之卒章，師曹請為之，公使歌之，遂誦之。」又二十八年《傳》云：「叔孫穆子食慶封，使工為之誦〈茅鴟〉。」又《毛詩．鄭風．子衿．傳》云：「古者教以詩樂，誦之歌之，絃之舞之。」據此諸文，是詩不與樂相依，即謂之誦。故詩〈嵩高〉、〈烝民〉曰：「吉甫作誦。」《國語．周語》曰：「瞍賦矇誦。」〈楚語〉曰：「宴居有師工之誦。」樂師先鄭注云：「勑爾瞽，率爾眾工，奏爾悲誦。」此皆頌字之本誼。及其假借為頌，而舊誼猶有時存。故〈太卜〉其頌千有二百，卜繇也而謂之誦；籥章龡豳，風也而謂之頌。瞽矇諷誦詩。後鄭曰：「諷誦詩，主謂廞作柩謚時也。」諷誦王治功之詩以為謚，則誄也而亦謂之頌。〈九夏〉之章，後鄭以為頌之類，則樂曲也而亦可謂之頌。此頌名至廣之證也。厥後〈周頌〉以容告神明為體，然〈商頌〉雖頌德，而非告成功；〈魯頌〉則與風同流，而特借美名以示異。是則頌之義，廣之則籠罩成韵之文，狹之則唯取頌美功德。至於後世，二義俱行。屬前義者，〈原田〉、〈裘鞸〉，屈原〈橘頌〉，馬融〈廣成〉，本非頌美，而亦被頌名。屬後義者，則自秦皇〈刻石〉以來，皆同其致；其體或先序而後結韵，或通體全作散語。（如王子淵〈聖主得賢臣頌〉是。）又或變其名而實同頌體，則有若贊，（彥和云：頌家之細條。）有若祭文，（彥和云：中代祭文兼讚言行。）有若銘，（《左傳》論銘云：天子令德，諸侯計功，大夫稱伐。又始皇上泰山刻石頌秦德而彥和〈銘箴篇〉稱之曰銘。）有若誄，（《國語》云：工誦箴誄。）有若頌，（彥和云：傳體而頌文。）有若碑文，（彥和云：標序盛德，昭紀鴻懿，此碑之制也。漢人碑文多稱頌，如〈張遷碑〉

銘表頌，此施於生者。蔡邕〈胡公碑〉云：樹石作頌。〈胡夫人靈表〉稱頌曰：此施於死者。）有若封禪，（彥和云：誦德銘勳，乃鴻筆耳。）其實皆與頌相類似。此則頌名至廣，用之者或以為局，頌類至繁，而執名者不知其同然，故不可以不密察也。

24. 譚獻校云：「案《御覽》有助也二字，黃本從之，似不必有。」案譚說非。唐寫本亦有助也二字。下文「並颺言以明事，嗟嘆以助辭」即承此言為說，正當補助也二字。

25. 《尚書大傳》：「舜為賓客，禹為主人。樂正進贊曰：尚考大室之義，唐為虞賓，至今衍於四海，成禹之變，垂於萬世之後。於時卿雲聚，俊乂集，百工相和而歌《慶雲》。」

26. 《周禮》〈州長〉、〈充人〉、〈大行人〉，注皆云贊助也。《易．說卦傳》：「幽贊於神明。」《書．皋陶謨》：「思曰贊贊襄哉。」韓注孔傳皆曰明也。《書．序》：「伊陟贊于巫咸，作〈咸乂〉四篇。」

27. 《漢書．百官公卿表》應劭注曰：「郊廟行禮，讚九賓，鴻聲臚傳之也。」

28. 李詳〈黃注補正〉曰：「《漢書．藝文志．雜家》有荊軻論五篇，班固自注：『軻為燕刺秦王不成而死，司馬相如等論之。』案王氏應麟〈漢書藝文志考證〉引彥和論繫於荊軻論下，而未辨論與贊歧分之故；詳疑彥和所見《漢書》本作荊軻贊，故采入〈頌贊篇〉。若是論字，則必納入〈論說篇〉中，列班彪〈王命〉、嚴尤〈三將〉之上矣。」案李說是也。

29. 《史記》於紀傳之後，必綴「太史公曰」，《漢書》每篇之後，必加「贊曰」。鄭樵《通志．序》云：「班彪《漢書》不可得而見，所可見者，元成二帝贊耳，皆於本紀之外，別紀所聞，可謂深入太史公之閫奧矣。凡《左氏》之有『君子曰』者，皆經之新意，《史記》之有『太史公曰』者，皆史之外事，不為褒貶也。間有及褒貶者，褚先生之徒雜之耳。且紀傳之中，既載善惡，足為鑑戒，何必紀傳之後，更加褒貶！此乃諸生決科之文，安可施於著述！殆非遷彪之意。況謂為贊，豈有貶詞！後之史家，或謂之論，或謂之序，或謂之詮，或謂之評，皆效班固，臣不得不劇論固也。」案贊有明助二義。紀傳之事有未備，則於贊中備之，此助之義也；褒貶之義有未盡，則於贊中盡之，此明之義也。鄭氏誤以贊為贊美之意，故不覺言之過當如此。

30. 紀傳後評者，謂〈太史公自序〉述每篇作意，如云作〈五帝本紀第一〉之類。《漢書敘傳》亦放其體，而云述〈高祖本紀第一〉。諸紀傳評，皆總萃一篇之中。至范氏《後漢書》始散入各紀傳後而稱為讚，其用韵則正馬班之體也。《漢書敘傳》師古注曰：「自『皇矣漢祖』以下諸敘，皆班固自論撰《漢書》意，此亦依放《史記》之敍目耳。史遷則云為某事作某本紀、某列傳，班固謙不言然而改言述，蓋避作者之謂聖而取述者之謂明也。但後之學者，不曉此為《漢書》敍目，見有述字，因謂此文追述《漢書》之事，乃呼為漢書述，失之遠矣。摯虞尚有此惑，其餘其曷足怪乎？」王先謙曰：「《文選》目錄於此書紀傳贊稱『史述贊』。善注引皆作『漢書述』，並其證也。」校勘記：「摯虞字仲治，作治作治皆誤。」

31. 郭璞《爾雅圖讚》，《隋志》已亡。嚴可均《全晉文》輯錄四十八篇，茲擇其茂美者錄如左，並錄《山海經圖贊》數首於後：

郭景純《爾雅圖贊》

上古結繩，易以書契；經緯天地，錯綜羣藝；日用不知，功蓋萬世。　筆

比目之鱗，別號王餘；雖有二片，其實一魚；協不能密，離不為疏。　比目魚

蟨與距虛，乍兔乍鼠；長短相濟，彼我俱舉；有若自然，同心共膂。　比肩獸

夔稱一足，蛇則二首；少不知無，多不覺有；雖資天然，無異駢拇。　枳首蛇

嵩惟嶽宗，華岱恆衡；氣通玄漠，神洞幽冥；嵬然中立，眾山之英。　太室山

萍之在水，猶卉植地；靡見其布，漠爾鱗被；物無常託，孰知所寄。　萍

吹萬不同，陽煦陰蒸；款冬之生，擢穎堅冰；物體所安，焉知渙凝。　款冬

卷施之草，拔心不死；屈平嘉之，諷詠以比；取類雖邇，興有遠旨。　卷施

厥苞橘柚，精者曰柑；實染繁霜，葉鮮翠藍；屈生嘉歎，以為美談。　柚

蟲之精絜，可貴惟蟬；潛蛻棄穢，飲露恆鮮；萬物皆化，人胡不然。　蟬

貴有可賤，賤有可珍；嗟彼尺蠖，體此屈伸；論配龍蛇，見歎聖人。　尺蠖

麟惟靈獸，與麕同體，智在隱蹤，仁表不抵；孰為來哉！宣尼揮涕。　麟

郭景純《山海經圖贊》

水玉冰鱗，潛映洞川；赤松是服，靈蛻乘煙；吐納六氣，升降九天。　水玉

彗星橫天，鯨魚死浪；鴸鳴於邑，賢士見放；厥理至微，言之無況。　鴸鳥

華嶽靈峻，削成四方；爰有神女，是挹玉漿；其誰游之？龍駕雲裳。　華山

稟氣方殊，舛錯理微；礜石殺鼠，蠶食而肥；物性雖反，齊之一歸。　礜石

安得沙棠，制為龍舟；汎彼滄海，眇然遐遊；聊以逍遙，任波去留。　沙棠

磁石吸鐵，琥珀取芥；氣有潛通，數亦冥會；物之相感，出乎意外。　磁石

䔄草黃華，實如菟絲；君子是佩，人服媚之；帝女所化，其理難思。　䔄艸

羣籟舛吹，氣有萬殊；大人三丈，焦僥尺餘；混之一歸，此亦僑如。　焦僥國

牢悲海鳥，西子駭麋；或貴穴倮，或尊裳衣；物我相傾，孰了是非！　毛民國

32. 頌有稱頌功德之義，贊則無之。故彥和首標明助二訓，蓋恐後人之誤會也。鄭玄注〈皋陶謨〉曰：「贊，明也。」孔子贊《易》，鄭作〈易贊〉，皆以義有未明，作贊以明之。自誤贊為美，而其義始歧，此考正文體者所當知也。至於贊之為體，大抵不過一韵數言而止，〈東方朔畫贊〉稍長，〈三國名臣序贊〉及〈後漢書贊〉，偶一換韵，彥和所謂「古來篇體，促而不廣，必結言於四字之句，盤桓乎數韵之辭」蓋即指此。陸士衡〈高祖功臣頌〉與〈三國名臣贊〉同體；郭景純《山海經圖讚》與江文通〈閩中草木頌〉同體；是知頌贊有相通者。彥和所謂頌之細條也。

祝盟第十[1]

天地定位，祀徧群神元作臣朱改趙云祀作禮臣作神，六宗既禋[2]，三望咸秩[3]，甘雨和風，是生黍稷孫云唐本作稷黍，兆民所仰，美報興焉。犧盛惟馨，本於明德，祝史陳信，資乎文辭[4]。昔伊耆元作祁柳改顧校作祈始蜡，以祭八神。其辭云：土反元作及許改其宅，水歸其壑，昆蟲無作，草木歸其澤。則上皇祝文，爰在茲矣[5]。舜之祠田云：荷此長耜，耕彼南畝，四孫云唐寫本四上有與字海俱有。利民之志，頗形於言矣[6]。至於商履，聖敬日躋，玄牡告天，以萬方罪己，即郊禋之詞也[7]；素車禱旱，以六事責躬，則孫云唐寫本作即雩禜之文也[8]。及周之大祝，掌六祝孫云唐寫本作祀之辭，是以庶物咸生，陳於天地之郊；旁作穆穆，唱於迎日之拜[9]；夙興夜處鈴木云燉本處作寐，言於祔廟之祝[10]；多福無疆，布於少牢之饋[11]；宜社類禡，莫不有文[12]。所以寅虔許補於神祇，嚴恭於宗廟也。春孫云唐寫本春上有自字秋已下，黷祀諂祭，祝鈴木云梅本閔本岡本張本祝作祀幣史辭，靡神不至。至於張老成孫云唐寫本於作如成作賀室，致善孫云唐寫本作美於歌哭之禱[13]；蒯聵臨戰，獲佑孫云作祐於筋骨之請[14]；雖造次顛沛，必於祝矣。若夫楚辭招魂，可謂祝辭之組纚也趙云作麗也上有者字[15]。漢孫云漢上有逮字之之作氏群祀，肅其旨一作百孫云唐寫本作百禮[16]，既總碩儒之儀孫云唐寫本作義，亦參方士之術[17]。所以祕祝移過，異於成湯之心[18]；侲子敺疫元作歐疾王改，同乎越巫之祝孫云唐寫本作說[19]；禮鈴木云王本同諸本禮作體失之漸也。至如黃帝有祝邪之文[20]，東方朔有罵鬼之書[21]，於是後之譴呪，務於善罵。唯陳思誥咎元脫曹補孫云唐寫本作詁，裁以正義矣[22]。若乃禮之祭祀孫云唐寫本作祝，事止告饗；而中代祭文，

兼讚言行，祭而兼讚(趙云作贊)，蓋引神(鈴木云閔本神作伸)而(孫云唐寫本作之)作也[23]。又漢代山陵，哀策流文[24]，周喪盛姬，內史執策[25]。然則策本書贈(孫云唐寫本作賵)，因哀而(孫云唐寫本無而字)為文也[26]。是以義同於誄[27]，而文實告神，誄首而哀末，頌體而祝(一作呪)儀，太史所作之讚，因周之祝文也(孫云唐寫本作太祝所讀固祝之文者也)[28]。凡群言發華，而降神務實，修辭立誠，在於無媿(趙云作愧)。祈禱之式，必誠以敬；祭奠之楷，宜恭且哀：此其大較也[29]。班固之祀濛(孫云唐寫本作涿)山，祈禱之誠敬也[30]，潘岳之祭庾婦，奠祭之恭哀也[31]：舉彙而求，昭然可鑒矣。

盟者，明也[32]。騂毛(孫云唐寫本作旄)白馬，珠盤玉敦[33]，陳辭乎方明之下，祝告於神明者也[34]。在昔三王，詛盟不及，時有要誓，結言而退[35]。周衰屢盟，以及要契(孫云唐寫本以作弊契作劫)[36]，始之以曹沫，終之以毛遂[37]。及秦昭盟夷，設黃龍之詛；漢祖建侯，定山河之誓[38]。然義存則克終，道廢則渝始，崇替在人，呪(孫云唐寫本作祝)何預焉？若夫臧洪歃辭(孫云唐寫本作唾血)，氣截雲蜺[39]；劉琨鐵誓，精貫霏霜[40]；而無補於(孫云唐寫本無於字)晉漢，反為仇讎。故知信不由衷，盟無益也[41]。夫盟之大體，必序危機，獎(孫云唐寫本有乎字)忠孝，共存亡，戮心力(孫云唐寫本無共字無心字)，祈幽靈以取鑒，指九天以為正，感激以立誠，切至以敷辭，此其所同也。然非辭之難，處辭為難。後之君子，宜在(孫云唐寫本作存)殷鑒，忠信可矣，無恃神焉！

贊曰：毖祀欽明(孫云唐寫本作唾血)[42]，祝史惟談。立(顧校作意)誠在肅，脩辭必甘。季代彌飾，絢言朱藍。神之來格，所貴(顧校貴作責)無慚。

【注釋】

1. 案《周禮・春官・大祝》掌六祝，作六辭，此〈祝盟〉命篇之本。篇中祝之類，有「祝」、「祈」、「祠」、「告」、「禱」、「詛」諸名，茲分別解說之。

《說文》：「祝，祭主贊詞者。從示從人口。」《釋名》：「祝，屬也。以善惡之詞相屬著也。」《玉篇》：「祝，祭詞也。」《尚書・洛誥》：「逸祝冊。」謂使史逸讀所作冊祝之壽告神。〈齊策〉：「為儀千秋之祝。」注：「祈也。」《周禮・春官》：「大祝掌六祝之辭，以事鬼神示，作六辭以通上下親疏遠近。」祝之本訓為祭官，引申為祭神祈福之辭。

祝亦通作詛。《說文》：「詛，詶也。」《尚書・無逸》：「否則厥口詛祝。」《毛詩・蕩》：「侯作侯祝。」《傳》曰：「作，祝，詛也。」《後漢書・賈逵傳》注：「祝，詛也。」俗字作呪。張衡〈西京賦〉：「東海黃公，赤刀粵祝。」李善注：「音呪。」凡善祝曰祝，惡祝曰詛。《周禮・春官》有詛祝。注曰：「詛，謂祝之使沮敗也。」

祝亦通作禱。《說文》：「禱，告事求福也。」《周禮・春官》：「小宗伯禱祠於上下神示。」注云：「求福曰禱。」「大祝作六辭，五曰禱。」注云：「禱，賀慶言福祚之辭。」《禮記・檀弓》：「君子謂之善頌禱。」注云：「禱，求福也。」〈晉語〉：「衛莊公禱。」注謂將戰時請福也。《毛詩・定之方中・傳》述大夫九德云：「祭祀能語。」《正義》云：「謂於祭祀能祝告鬼神而為言語，若荀偃禱河、蒯聵禱祖之類是也。」是禱與祝一也。禱又通作祈。《說文》：「祈，求福也。」《爾雅・釋言》：「祈，叫也。」郭璞注曰：「祈，祭者叫呼而請事也，」孫炎注曰：「祈，為民祈福叫告之詞也。」《周禮》：「大祝掌六祈以同鬼神示。」注曰：「祈，嘄也。謂為有災變號呼告神以求福。」《毛詩・周頌》：「噫嘻，春夏祈穀於上帝也。」《箋》云：「祈，猶禱也，求也。」是禱與祈一也。

禱又通作祠。《說文》：「祠，春祭曰祠，品物少多文詞也。」《周禮・春官》：「小宗伯禱祠於上下神

示。」注：「得求曰祠。」〈女祝〉：「凡內禱祠之事」，注：「報福喪祝以祭祀禱祠焉。」《正義》：「祈請求福曰禱，得福報賽曰祠。」禱又通作誥。《說文》：「誥，告祭也。」《爾雅·釋詁》：「祈，告也。」《毛詩·大雅·行葦》：「以祈黃耇。」箋云：「祈，告也。」告本字作誥。

以上六名，雖義兼善惡，而祭神祈福則同，故彥和以祝為名，舉一而包餘事也。紀評曰：「此篇獨崇實而不論文，是其識高於文士處。非不論文，論文之本也。」

2.《尚書·舜典》：「禋於六宗。」王肅注曰：「精意以享謂之禋。宗，尊也。所尊祭者其祀有六：謂四時也，寒暑也，日也，月也，星也，水旱也。」先儒說六宗者多家，各言其志，未知孰是，因非所急，不復備舉，姑以王肅說當之。

3.《左氏·僖公三十一年·春秋經》：「夏四月，四卜郊不從，乃免牲。猶三望。」杜注：「三望分野之星，國中山川，皆郊祀望而祭之。魯廢郊天而脩其小祀，故曰猶。猶者，可止之辭。」

4.《周禮·春官·大祝》掌六祝之辭，以事鬼神示，祈福祥，求永貞：一曰順祝，（順祝，順豐年也，謂順民意而求豐年。）二曰年祝，（年祝，求多福歷年得正命也。）三曰吉祝，（吉祝，祈福祥也。）四曰化祝，（化祝，弭災兵也。）五曰瑞祝，（瑞祝，逆時雨寧風旱也。）六曰筴祝。（筴祝，遠罪疾。）作六辭以通上下親疏遠近：一曰祠，（祠者，交接之辭。）二曰命，（命，謂盟誓之辭。）三曰誥，（如盤庚將遷於殷，誥其世臣卿大夫，道其先祖之善功。）四曰會，（會，謂會同盟誓之辭。）五曰禱，（禱，賀慶言福祚之辭。）六曰誄。（誄，謂積累生時德行，以錫之命，主為其辭也。）彥和以祝盟連稱，蓋本於此，祝辭多種，此先從順祝年祝首辭耳。

5.《禮記·郊特牲》：「伊耆氏始為蜡。（伊耆氏即神農，或云帝堯也。）蜡也者，索也。歲十二月合聚萬物而索饗之也。」注云：「饗者，祭其神也。萬物有功加於民者，神使為之也。祭之以報焉。」土反其宅四

句，鄭云：「此蜡祝辭也。」

6. 《札迻》十二：「顧廣圻校云：『《困學紀聞》卷十引《尸子》曰：舜兼愛百姓，務利天下。其田也，荷彼耒耜，耕彼南畝，與四海俱有其利。』案《尸子》文見《御覽》八十一。其田也作其田歷山也，無祠田之文，今無可攷。」

7. 《詩·商頌·長發》：「湯降不遲，聖敬日躋。」《箋》云：「湯之下士尊賢甚疾，其聖敬之德日進。」《論語·堯曰》：「予小子履，敢用玄牡，敢昭告於皇皇后帝。有罪不敢赦，帝臣不蔽，簡在帝心。朕躬有罪，無以萬方；萬方有罪，罪在朕躬。」孔安國注曰：「《墨子》引〈湯誓〉其辭若此。」孫詒讓《墨子閒詁·兼愛下》注云：「《論語·堯曰篇·集解》孔安國云：『《墨子》引〈湯誓〉。』《國語·周語》內史過引〈湯誓〉與此下文略同。韋注云：「〈湯誓〉，《商書》伐桀之誓也。今〈湯誓〉無此言，則已散亡矣。」按孔安國引此作〈湯誓〉，或兼據《國語》文。〈尚賢〉中篇引〈湯誓〉，今書亦無之。」郝懿行曰：「案《白虎通·三軍三正篇》並引《論語》予小子履數語為湯伐桀告天之辭。」

8. 《墨子·兼愛下》：「湯曰：惟予小子履，敢用玄牡告於上天后。曰：今天大旱，即當朕身履，未知得罪於上下，有善不敢蔽，有罪不敢赦，簡在帝心。萬方有罪，即當朕身，朕身有罪，無及萬方。」此文與〈湯誓〉大略相同，據《墨子》意，則湯禱旱之辭也。《呂氏春秋·順民篇》：「湯克夏而正天下，天大旱，五年不收。湯乃以身禱於桑林曰：『余一人有罪，無及萬夫，萬夫有罪，在余一人，無以一人之不敏，使上帝鬼神傷民之命。』於是翦其髮，鄜其手，以身為犧牲，用祈福於上帝。民乃甚說，雨乃大至。」《尸子》：「湯之救旱也，乘素車白馬，著布衣，嬰白茅，以身為牲，禱於桑林之野。」（《藝文類聚》八十二、《初學記》九引。）《荀子·大略篇》載其禱辭曰：「政不節與？使民疾與？何以不雨至斯極也？宮室榮與？婦謁盛與？何以不雨至斯極也？苞苴行與？讒夫興與？何以不雨至斯極也？」（《公羊解詁》二引《韓詩傳》，《說苑·君道篇》、《御覽》八十三引《帝王世紀》略同。）《說文》：「雩，夏祭樂於赤帝，以祈甘雨也。」又：「禜，設緜蕝為營，以禳風雨雪霜水旱癘疫於日月星辰山川也。」

9. 《大戴禮記．公冠篇》：「皇皇上天，照臨下土；集地之靈，降甘風雨；庶物羣生，各得其所，靡今靡古。維予一人某敬拜皇天之祜。（〈祭天辭〉。）薄薄之土，承天之神；興甘風雨，庶卉百穀，莫不茂者，既安且寧。維予一人某敬拜下土之靈。（〈祭地辭〉。）維某年某月上日，明光於上下，勤施於四方，旁作穆穆。維予一人某敬拜迎日於郊。（〈迎日辭〉。）」嚴可均《全漢文》五十七注云：「案〈祭天〉以下三篇，《大戴禮》列於孝昭〈冠辭〉後，明非先秦古辭。」

10. 《儀禮．士虞禮》：「明日以其班祔，用嗣尸。（卒哭之明日也。班，次也。〈喪服小記〉曰：祔必以其昭穆。用嗣尸，謂從虞以至祔祭惟用一尸而已。）曰：孝子某孝顯相，（稱孝者，吉祭，顯相，助祭者也。）夙興夜處，小心畏忌不惰，其身不寧，（不寧，悲思不安。）用尹祭（尹，祭脯也。）嘉薦普淖，（嘉薦，葅醢也。普淖，黍稷也。）普薦溲酒，適爾皇祖某甫，以隮祔爾孫某甫。尚饗。」

11. 《儀禮．少牢饋食禮》：「尸執以命祝。（命祝以嘏辭。）卒命祝，祝受以東北，面於尸西，以嘏于主人曰：皇尸命工祝，承致多福無疆于女孝孫。來女孝孫，使女受祿于天，宜稼于田，眉壽萬年，勿替引之。」（替，廢也。引，長也。）

12. 《禮記．王制》：「天子將出，類乎上帝，宜乎社，造乎禰。天子將出征，類乎上帝，宜乎社，造乎禰，禡於所征之地。」鄭注：「類、宜、造皆祭名，其禮亡。」

13. 唐寫本成作賀，善作美，是。《禮記．檀弓下》：「晉獻文子成室，（趙武作室成。晉君獻之。謂賀也。）晉大夫發焉。（諸大夫亦發禮以往。）張老曰：『美哉輪焉！美哉奐焉！歌於斯，哭於斯，聚國族於斯！』君子謂之善頌善禱。」

14. 《左傳．哀公二年》：「衛太子禱曰：曾孫蒯聵，敢昭告皇祖文王、烈祖康叔、文祖襄公：鄭勝亂從，晉午在難，不能治亂，使鞅討之。蒯聵不敢自佚，備持矛焉。敢告：無絕筋、無折骨、無面傷，以集大事，無作三祖羞。大命不敢請，佩玉不敢愛。」

15. 《楚辭・招魂》王逸注謂宋玉哀原厥命將落，欲復其精神，延其年壽，故作〈招魂〉。案招祝雙聲，招魂猶言祝魂。又〈招魂〉句尾，皆用些字。《夢溪筆談》曰：「今夔峽湖湘及江南僚人，凡禁呪句尾皆稱些，乃楚人舊俗。」呪即祝之俗字。紀評謂〈招魂〉似非祝詞，蓋未審招祝之互通也。又案纚也敦煌本作麗也，是。《揚子法言・吾子篇》：「霧縠組麗。」李軌注：「霧縠雖麗，蠹害女工。」此彥和所本。

16. 《漢書・郊祀志上》高帝詔曰：「吾甚重祠而敬祭。今上帝之祭及山川諸神當祠者，各以其時禮祠之如故。」文帝以下，迭有增益，《史記・封禪書》、《漢書・郊祀志》言之詳矣。

17. 儀唐寫本作義，案當作議為是。既總碩儒之議，亦參方士之術，謂如武帝命諸儒及方士議封禪，公玉帶上黃帝時《明堂圖》之類。

18. 《史記・封禪書》：「祝官有秘祝，即有菑祥，輒祝祠移過於下。（謂有災祥輒令祝官祠祭，移其咎惡於眾官及百姓也。）孝文帝下詔曰：今秘祝移過於下，朕甚不取，自今除之。」

19. 司馬彪《續漢書・禮儀志》：「先臘一日大儺，謂之逐疫。其儀選中黃門子弟年十歲以上，十二以下百二十人為侲子，皆赤幘皂裳，執大鼗。方相氏黃金四目，蒙熊皮玄衣朱裳，執戈揚盾。十二獸有衣毛角，中黃門行之。冗從僕射將之以逐惡鬼于禁中。夜漏上水，朝臣會，侍中尚書御史謁者虎賁羽林郎將執事皆赤幘陛衛。乘輿御前殿。黃門令奏曰：『侲子備，請逐疫。』於是中黃門倡，侲子和，曰：『甲作食殈，胇胃食虎，雄伯食魅，騰簡食不祥，攬諸食咎，伯奇食夢，強梁祖明共食磔死寄生，委隨食觀，錯斷食巨，窮奇騰根共食蠱。凡使十二神追惡凶，赫女軀，拉女幹，節解女肉，抽女肺腸，女不急去，後者為糧。』（呼十二神名及所欲食之鬼名，不去則為糧也。）因作方相與十二獸儛嚾呼，周徧前後省三過，持炬火送疫出端門。」《漢書・郊祀志》：「粵人勇之乃言：粵人俗鬼，而其祠皆見鬼，數有效。昔東甌王敬鬼，壽百六十歲；後世怠嫚，故衰耗。帝乃命粵巫，立粵祝祠。」

20. 陳先生曰：「黃注引《山海經》：『白澤能言語。』今《山海經》無此文。《抱朴子·極言篇》：『黃帝窮神姦，則紀白澤之辭。』黃注失引。」《玉函輯佚書》七十七有孫柔之《瑞應圖》。其白澤條云：「黃帝巡於東海，白澤出，能言語。達知萬物之情，以戒於民，為除災害。賢君德及幽遐則出。」（自《開元占經》卷一百十六輯得。）又有《白澤圖》。馬國翰序曰：「《南史·梁簡文帝紀》有《新增白澤圖》五卷。《隋唐志》並有《白澤圖》一卷，不著撰人姓名。今佚。從諸書所引輯得四十餘節，合錄為帙，圖則佚矣。」張君房《雲笈七籤》卷一百《軒轅本紀》：「帝巡狩東至海，登桓山。於海濱得白澤神獸，能言，達於萬物之情。因問天地鬼神之事，自古精氣為物，遊魂為變者凡萬一千五百二十種。白澤言之，帝令以圖寫之，以示天下。帝乃作〈祝邪之文〉以祝之。」

21. 黃注云：「王延壽〈夢賦〉序云：『臣遂得東方朔與臣作罵鬼之書。』按朔與延壽隔世久遠，或朔本有書，延壽得之則可。曰：『與臣作』謬矣。倘作書亦是夢中事，便無所不可。然彥和又豈以烏有為實錄乎？非後人傳寫之誤，即前代有傳寫失實者。」案黃說甚是。東方朔罵鬼之書，今不可考，惟延壽〈夢賦〉尚存，（《古文苑》卷六。）蓋亦罵鬼之流也。茲錄於下：

王延壽〈夢賦〉（《後漢書·文苑傳》：「王延壽字文考。有雋才。曾有異夢，意惡之，乃作夢賦以自厲。年二十四，過漢江溺水而死。」）

臣弱冠嘗夜寢，見鬼物，與臣戰。遂得東方朔與臣作罵鬼之書，臣遂作賦一篇敍夢。後人夢者，讀誦以却鬼，數數有驗；臣不敢蔽。其詞曰：

余宵夜寢息，乃忽有非常之物夢焉。其為夢也，悉覩鬼物之變怪，則有蛇頭而四角，魚尾而鳥身，或三足而六眼，或龍形而似人。羣行而奮搖，忽來到吾前，伸臂而舞手，意欲相引牽。於是夢中驚怒，腷臆紛紜。曰：吾含天地之純和，何妖孽之敢臻！爾乃揮手振拳，雷發電舒，斮游光，斬猛豬，批黨毅，斫魅虛，捎魍魎，拂諸渠，撞縱目，打三顱，撲苕蕘，抶夔䰤，搏睍睆，蹴睢盱，剖列蹶，掣羯孽，劓尖鼻，踏赤舌，拏傖毴，揮髯鬈。（自游光而下至此，皆鬼物名。）於是手足俱中，捷獵摧拉，澎濞跌抗，揩倒批，笞強梁，捶捋劂，揆撩予，揔攕黠，拖頹贖，抨橙軋。於是羣邪眾魅，駭擾逞遽，煥衍叛散，乍留乍去，變形瞪眄，顧望猶豫。吾於是更奮奇譎脈，捧獲噴，扼撓峴，撻咿嚘，批攂嘖。於是三三四四，相隨踉蹡而歷僻；礲礲磕磕，精氣充布；翟翟譻譻，鬼驚魅怖。或盤跚而欲走，或拘攣而不能步，或中創而宛轉，或捧痛而號呼，奄霧消而光散，寂不知其何故。嗟妖邪之怪物，敢干真人之正度！耳聊嘈而外朗，忽屈伸而覺寤。於是雞知天曙而奮羽，忽嘈然而自鳴；鬼聞之以迸失，心慴怖而皆驚。亂曰：齊桓夢物，而以霸兮！武丁夜感，得賢佐兮。周夢九齡，年克百兮。晉文盬腦，國以競兮。老子役鬼，為神將兮。轉禍為福，永無恙兮。（《藝文類聚》七十九載此賦，缺殘不全。）

22. **曹植〈誥咎文〉**（《藝文類聚》一百。）：

五行致災，先史咸以為應政而作。天地之氣，自有變動，未必政治之所興致也。於時大風發屋拔木，意有感焉，聊假天帝之命，以誥咎祈福。其辭曰：

上帝有命，風伯雨師。夫風以動氣，雨以潤時；陰陽協和，庶物以滋。亢陽害苗，暴風傷條；伊周是過。在湯斯遭。桑林既禱，慶雲克舉；偃禾之復，姬公走楚。況我皇德，承天統民；禮敬川嶽，祗肅百神；享茲元吉，釐福日新。至若炎旱赫羲，飈風扇發；嘉卉以萎，良木以拔；何谷宜填，何山應伐；何靈宜論，何神宜謁。於是五靈振悚，皇祇赫怒；招搖警怯，欃槍奮斧。河伯典澤，屏翳司風；右呵飛廉，顧叱豐隆；息飈遏暴。元勑華嵩；慶雲是興，效厥年豐。遂乃沈陰坱北，甘澤微微，雨我公田，爰既予私。黍稷盈疇，芳草依依；靈禾重穗，生彼邦畿；年登歲豐，民無餒飢。

《古文苑》卷一載秦〈詛楚文〉，錄之以備參考：

〈詛楚文〉（字體奇古，不易排印，據《古文苑．釋文》改為常行字，以便閱覽。）

有秦嗣王，敢用吉玉瑄璧，使其宗祝邵鼛、布忠，告於丕顯大神巫咸，以底楚王熊相之多罪。昔我先君穆公

及楚成王，實戮力同心，兩邦若壹，絆以婚姻，袗以齊盟。曰：葉萬子孫，毋相為不利。親即丕顯大神巫咸而質焉。今楚王熊相康回無道，淫佚耽亂，宣侈競從，變輸盟制。內之則暴虐不辜，刑戮孕婦，幽刺親戚，拘圉其叔父，置諸冥室櫝棺之中；外之則冒改久心，不畏皇天上帝，及丕顯大神巫咸之光烈威神，而兼倍十八世之詛盟。率諸侯之兵，以臨加我，欲剗伐我社稷，伐滅我百姓，求蔑法皇天上帝及丕顯大神巫咸之卹。祠之以圭玉犧牲，逑取我邊城新隍，及鄔長親，我不敢曰可。今又悉興其眾，張矜億怒，飾甲底兵，奮士盛師，以偪我邊競。（讀作境。）將欲復其凶迹，唯是秦邦之嬴眾敝賦，鞹輸（音俞，刀鞘也，言以革飾刀鞘也。）棧輿禮使（上聲。）介老將（去聲。）之，以自救也。繄亦應受皇天上帝及丕顯大神巫咸之幾靈德，賜克劑楚師，且復略我邊城。敢數楚王熊相之倍盟犯詛，箸諸石章，以盟大神之威神。

23.

祀唐寫本作祝，是。《儀禮・少牢饋食禮》：「主人西面，祝在左，主人再拜稽首。祝祝曰：孝孫某，敢用柔毛（羊也）剛鬣（豕也）嘉薦（菹醢也）普淖（普，大也。淖，和也。德能大和，乃有黍稷。）用薦歲事于皇祖伯某。（伯某，其字也。）以某妃（某妃，某妻也。）配（合食曰配。）某氏。（某氏，若言姜氏子氏。）尚饗。」（尚，庶幾。饗，歆也。）《周禮・攷工記・梓人》：「祭侯（射侯）之禮，以酒脯醢。其辭曰：惟若寧侯。（若，汝也。寧，安也。謂先有功德，其鬼有神。）毋或若女不寧侯。不屬（屬，猶朝會也。）于王所。故抗而射女。强飲强食，詒女曾孫諸侯百福。」

中代祭文，據《文章緣起》有杜篤〈祭延鍾文〉，文佚。茲錄曹操〈祭故太尉橋玄文〉：

「故太尉橋公，誕敷明德，汎愛博容，國念明訓，士思令謨，靈幽體翳，邈哉晞矣。吾以幼年，逮升堂室，晞以頑鄙之姿，為大君子所納，增榮益觀，皆由獎助，猶仲尼稱不如顏淵。李生之厚歎賈復。士死知己，懷此無忘。又承從容約誓之言，『殂逝之後，路有經由，不以斗酒隻雞，過相沃酹，車過三步，腹痛勿怪。』雖臨時戲笑之言，非至親之篤好，胡肯為此辭乎！匪為靈忿，能詒己疾；懷舊惟顧，念之悽愴。奉命東征，屯次鄉里，北望貴土，乃心陵墓。裁致薄奠，公其尚饗。」（《魏志・武帝紀》注引〈褒賞令〉，又見《後漢書·橋玄傳》。）

24. 《後漢書·續禮儀志》：「司徒太史令奉謚哀策。」注曰：「晉時有人嵩高山下得竹簡一枚，上有兩行科斗書之。臺中外傳以相示，莫有知者。司空張華以問博士束晳。晳曰：此明帝顯節陵中策也。檢校果然。是知策用此書也。」案彥和謂「哀策流文」指此。《文章緣始》：「漢樂安相李尤作〈和帝哀策〉。」文佚。

25. 《穆天子傳》六：「天子西至於重璧之臺，盛姬告病，天子哀之。……於是殤祀而哭，內史執策。」郭璞注：「策，所以書贈賵之事。內史，主策命者。」哀冊文不傳。《左傳·昭公七年》，周景王追命衛襄公曰：「叔父陟恪，在我先王之左右，以佐事上帝，余敢忘高圉、亞圉。」（二圉，周之先也。亦受殷王追命者。）杜注：「命如今之哀策。」茲錄魏明帝為〈甄皇后哀策〉一首（《藝文類聚》十三有魏文帝為〈武帝哀策〉，文似不全，故不錄。）：

「維青龍二年三月壬申，皇太后梓宮啓殯，將葬於首陽之西陵。哀子皇帝叡，親奉冊祖載，遂親遣奠，叩心擗踊，號咷仰訴，痛靈魂之遷幸，悲容車之向路；背三光以潛翳，就黃壚而安厝。嗚呼哀哉！昔二女妃虞，帝道以彰；三母嬪周，聖善彌光；既多受祉，享國延長。哀哀慈妣，興化閨房；龍飛紫極，作合聖皇；不虞中年，暴離災殃；愍予小子，煢煢摧傷；魂雖永逝，定省曷望。嗚呼哀哉！」（《魏志·文德郭皇后傳》注引《魏書》。）

26. 書贈，唐寫本作書賵，均通。

27. 摯虞〈文章流別論〉：「今哀策古誄之義。」（《御覽》五百九十六引。）

28. 《漢書·百官公卿表上》：「奉常屬官有太史。」《後漢書·續百官志》：「太常卿一人。」本注曰：「掌禮儀祭祀。每祭祀，先奏其禮儀及行事，常贊天子。」注曰：「《漢舊儀》曰：贊饗一人，掌贊天子。」案太常卿屬官，有太史令一人。〈禮儀志〉載太史令奉謚哀策，則彥和所云「太史作讚」，當指漢代而言矣。唐寫本作「太祝所讀，固祝之文者也」，語意似不甚明。

29. 紀評曰：「此雖老生之常談，然執是以衡文，其合格者亦寡矣。所謂三歲小兒道得，八十老翁行不得也。」

30. 班固〈祀濛山文〉不可攷。唐寫本濛作涿。嚴可均《全後漢文》二十六輯得〈涿邪山祝文〉四句：「晃晃將軍，大漢元輔。（《文選》顏延之〈曲水詩序〉注，又王儉〈褚淵碑文〉注。）仗節擁旄，鉦人伐鼓。（《文選》虞羲〈詠霍將軍北伐詩〉注，又〈宣德皇后令〉注。）

31. 潘岳有〈為諸婦祭庾新婦文〉，文缺不全。錄之如左：「潛形幽櫬，寧神舊宇；室虛風生，牀塵帷舉。自我不見，載離寒暑；雖則乖隔，哀亦時敘。啓殯今夕，祖行明朝；雨絕華庭，埃滅大宵。儷執箕箒，偕奉夕朝；髣髴未行，顧瞻弗獲，伏膺飲淚，感今懷昔。懷昔伊何？祁祁娣姒。感今伊何？冥冥吾子。形未廢目，音猶在耳。」（《藝文類聚》三十八。）

32. 《說文》：盟，篆文古文並從明。《周禮》曰：國有疑則囧。諸侯再相與會，十二歲一囧，北面詔天之司慎司命。囧殺牲歃血，朱盤玉敦，以立牛耳，從囧（段注：「囧，明也，《左傳》所謂昭明於神。」）皿聲。《釋名・釋言語》：「盟，明也。告其事於神明也。」《周禮・天官・玉府》：「若合諸侯，則共珠槃玉敦。」鄭注云：「敦，槃類，珠玉以為飾。古者以槃盛血，以敦盛食，合諸侯者，必割牛耳，取其血歃之以盟。珠槃，以盛牛耳，尸盟者執之。」

33. 《左傳・襄公十年》瑕禽曰：「昔平王東遷，吾七姓從王，牲用備具，王賴之而賜之騂旄之盟。」杜注：「騂旄，赤牛也。舉騂旄者，言得重盟，不以犬雞。」案騂毛當依《左傳》作騂旄。唐寫本正作騂旄。《漢書・王陵傳》：「高皇帝刑白馬而盟曰：非劉氏而王者，天下共擊之。」

34. 《漢書・律曆志下》：「《書・序》曰：成湯既沒，太甲元年，使伊尹作〈伊訓〉。〈伊訓篇〉曰：惟太甲元年十有二月，乙丑朔，伊尹祀于先王，誕資有牧方明。」注引孟康曰：「方明者，神明之象也。以木為之方四尺，畫六采，東青西白，南赤北黑，上玄下黃，」吳仁傑曰：「明堂者，以其加方明於其上，壇而不屋。……然則方明之為明堂，先儒其知之矣。」

35. 《穀梁‧隱公八年傳》：「盟詛不及三王。」范寧注曰：「三王，謂夏殷周也。夏后有鈞臺之享，商湯有景亳之命，周武有孟津之會，眾所歸信，不盟詛也。」《左氏‧桓公三年‧經》：「夏，齊侯衛侯胥命于蒲。」杜注：「申約言以相命，而不歃血也。」《公羊‧桓三年傳》：「古者不盟，結言而退。」何注：「善其近正，似於古而不相背，故書以撥亂也。」

36. 以及要契唐寫本作弊及要劫，是。要，謂如《左傳‧襄公九年》：「晉士莊子為載書（載書，即盟書。）曰：自今日既盟之後，鄭國而不唯晉命是聽，而或有異志者，有如此盟，（如違盟之罰。）公子騑趨進曰：天禍鄭國，使介居二大國之間，大國不加德音而亂以要之。（謂以兵亂之力強要鄭。）子展曰：要盟無質，神弗臨也。」之類。劫，謂如曹沫毛遂之類。

37. 《史記‧刺客列傳》：「曹沫者，魯人也，為魯將，與齊戰三敗北。魯莊公懼，乃獻遂邑之地以和。齊桓公許與魯會于柯而盟。曹沫執匕首劫齊桓公，桓公左右莫敢動，乃許盡歸魯之侵地。」《索隱》云：「沫，音亡葛反。《左氏》、《穀梁》並作曹劌，聲相近而字異耳。」《索隱》又云：「此事約《公羊》為說，然彼無其名，直云曹子而已。且《左傳‧魯莊十年》戰長勺，用曹劌謀敗齊，而無劫桓公之事，十三年盟于柯，《公羊》始論曹子，《穀梁》此年惟云：曹劌之盟，信齊侯也。又不記其行事之時也。」

《史記‧平原君列傳》：「秦之圍邯鄲，趙使平原君求救合從於楚。平原君與楚合從，言其利害，日出而言之，日中不決。毛遂按劍歷階而上，謂平原君曰：『從之利害，兩言而決耳！今日出而言從，日中不決，何也？』楚王叱曰：『胡不下！』毛遂按劍而前曰：『合從者，為楚，非為趙也。吾君在前，叱者何也？』楚王曰：『唯！唯！誠若先生之言，謹奉社稷而以從。』毛遂曰：『取雞狗馬之血來。』毛遂奉銅盤而跪進之楚王。曰：『王當歃血而定從，次者吾君，次者遂。』遂定從于殿上。」

38. 常璩《華陽國志‧巴志》：「秦昭襄王與夷人刻石盟曰：秦犯夷，輸黃龍一雙；夷犯秦，輸清酒一鍾。」《史記‧高祖功臣侯年表》封爵之誓曰：「使河如帶，泰山若厲，國以永寧，爰及苗裔。」

39. 《後漢書．臧洪傳》：「乃與諸牧守大會酸棗，設壇場。將盟，既而更相辭讓，莫敢先登，咸共推洪。洪乃攝衣升壇，歃血而盟曰：漢室不幸，皇綱失統。賊臣董卓，乘釁縱害，禍加至尊，毒（《魏志》作虐。）流百姓，大懼淪喪社稷，翦覆四海。兗州刺史岱，豫州刺史伷，陳留太守邈，東郡太守瑁，廣陵太守超等，糾合義兵，並赴國難。凡我同盟，齊心一（《魏志》作戮。）力，以致臣節。隕首喪元，必無二志，有渝此盟，俾墜其命，無克遺育。皇天后土，祖宗明靈，實皆鑒之。」

40. **劉琨〈與段匹磾盟文〉**：

天不靜晉，難集上邦，四方豪傑，是焉煽動，乃憑陵于諸夏，俾天子播越震蕩，罔有攸底。二虜交侵，區夏將泯，神人乏主，蒼生無歸，百罹備臻，死喪相枕。肌膚潤于鋒鏑，骸骨曝于草莽，千里無煙火之廬，列城有兵曠之邑，茲所以痛心疾首，仰訴皇穹者也。臣琨蒙國寵靈，叨竊台岳；臣磾世效忠節，忝荷公輔，大懼醜類，猾夏王旅，隕首喪元，盡其臣禮。古先哲王，貽厥後訓，所以翼戴天子，敦序同好者，莫不臨之以神明，結之以盟誓。故齊桓會於邵陵，而羣后加恭；晉文盟於踐土，而諸侯茲順。加臣等介在遐鄙，而與主相去迴遼，是以敢干先典，刑牲歃血。自今日既盟之後，皆盡忠竭節，以翦夷二寇。有加難於琨，磾必救；加難於磾，琨亦如之。繾綣齊契，披布胸懷，書功金石，藏於王府。有渝此盟，亡其宗族，俾墜軍旅，無其遺育。（《藝文類聚》三十三。）

41. 黃叔琳曰：「二盟義炳千古，不宜以成敗論之。」案彥和所云「無補晉漢，反為仇讎；信不由衷，盟無益也」諸語，乃指當時與盟之人而言，於臧劉二子，固已推崇無所不至矣。

42. 《尚書．洛誥》：「予沖子夙夜毖祀。」《孔傳》：「言我童子徒早起夜寐，慎其祭祀而已。」唐寫本欽明作唾血，非是。

卷三

銘箴第十一

昔帝軒（孫云御覽五百九十引作軒轅帝鈴木云玉海作黃帝無昔字）刻輿几以弼違[1]，大禹勒筍（孫云唐寫本作簨）簴而招諫[2]，成湯盤盂，著日新之規[3]，武王戶席，題必戒（孫云唐寫本作誡御覽亦作誡）之訓[4]，周公慎言於金人[5]，仲尼革容於欹器，則先（孫云唐寫本御覽則字無先作列）聖鑒戒，其來久矣[6]。故（孫云唐寫本故字無）銘者，名也，觀器必也（孫云唐寫本必也作必名焉）正名，審用貴乎盛（孫云唐寫本盛作慎）德[7]。蓋臧武（孫云唐寫本無武字）仲之論銘也，曰：天子令德，諸侯計功，大夫稱伐[8]。夏鑄九牧之金鼎，周勒肅慎之楛矢（孫云唐寫本鼎字矢字無御覽亦無此二字），令德之事也[9]；呂望銘功於昆吾，仲山鏤績於庸器，計功之義也[10]；魏顆紀勳於景鐘（元作銘曹改趙云銘作鐘），孔悝表勤於衞鼎，稱伐之類也[11]。若乃飛廉有石槨之錫，靈公有蒿里（趙云蒿作舊）之謚，銘發幽石，吁可怪矣（孫云唐寫本吁作噫矣作也御覽亦作噫也）[12]！趙靈勒跡於番吾（元作禺楊改），秦昭刻博（元作傅朱改）於華山，夸誕示後，吁可笑（元作茂又作戒）也[13]！詳觀眾例，銘義見矣[14]。至於始皇勒岳，政暴而文澤，亦有疎通之美焉[15]。若（孫云唐寫本無若字御覽若下有乃字）班固燕然之勒，張昶（孫云唐寫本昶作旭）華陰之碣，序亦盛矣[16]。蔡邕銘思，獨冠古今（孫云御覽作蔡邕之銘思獨古今）。橋（元作僑孫改）公之鉞（元作箴孫云御覽作箴），吐納典謨；朱穆之鼎，全成碑文，溺所長也[17]。至如敬通雜器，準矱戒（孫云唐寫本戒作武）銘，而事非其物，繁略違中[18]。崔駰品物，讚多戒少[19]，李尤積篇，義儉辭碎。蓍龜神物，而居博弈之中（孫云唐寫本中作下御覽亦作下）；衡斛嘉量，而在臼杵（孫云唐寫本作杵臼御覽亦作杵臼）之末：曾名品之未暇，何事理之能閑哉[20]？魏文九寶，器利辭鈍[21]。唯張載（元作采謝改）劍閣，其才清采（孫云唐寫本作清采其才）。迅足駸駸，後發前至，勒銘（孫云勒銘作詔勒）岷漢，

得其宜矣[22]。

箴者（孫云唐寫本有針也二字），所以攻疾防患，喻鍼石也（孫云御覽五八八引此作箴所以攻疾除患喻針石垣）[23]。斯文之興，盛於三代。夏商二箴，餘句頗存[24]。及周之辛甲百官箴（孫云唐寫本及字無箴下有闕唯虞箴四字）一篇，體義備焉。迄至春秋，微而未絕。故魏絳諷君於后羿，楚子訓民於在勤[25]。戰代以來，棄德務功，銘辭代興，箴文委（孫云唐寫本作萎御覽亦作萎）絕，至揚雄稽古，始範虞箴，作（孫云唐寫本及御覽皆無作字）卿尹（孫云唐寫本有九字）州牧二十五（鈴木云御覽無五字）篇。及崔胡補綴，總稱百官，指事配位，鞶鑑可（趙云可作有）徵，信所（孫云唐寫本所作可無信字）謂追清風於前古，攀辛甲於後代者也[26]。至於潘勖符節，要而失淺[27]；溫嶠傅（趙云傅作侍）臣，博而患繁[28]；王濟國子，引廣（一作多）事雜（一作寡趙云作引多而事寡）[29]；潘尼乘輿，義正（趙云正下有而字）體蕪[30]；凡斯繼作，鮮有克衷。至於王朗雜箴，乃寘巾履（趙云履作屨），得其戒慎，而失其所施。觀其約文舉要，憲章戒（趙云作武）銘，而水火井竈，繁辭不已，志有偏也[31]。

夫箴誦於官（鈴木云御覽官作經），銘題於器，名目（趙云目作用）雖異，而警戒實同。箴全禦過，故文資确（元作確朱改）切；銘兼褒讚，故體貴弘潤；其取事也必覈（元作覆）以辨，其摛文也必簡而深，此其大要也[32]。然矢言之道蓋闕，庸器之制久淪，所以箴銘異（趙云異作寡）用，罕施於（孫云唐寫本於作後御覽五八八引亦作後）代[33]。惟秉文君子，宜酌其遠大焉。

贊曰：銘實表器（趙云作器表）[34]，箴惟德軌。有佩於言，無鑒於水。秉茲貞厲，敬言乎履（孫云唐寫本作警乎立履）[35]。義典則弘，文約為美。

【注釋】

1. 《漢書．藝文志》道家載黃帝銘六篇。蔡邕〈銘論〉曰：「黃帝有巾几之法。」《後漢書．朱穆傳》：「古之明君，必有輔德之臣、規諫之官；下至器物，銘書成敗，以防遺失。」注曰：「黃帝作巾几之法。」《路史．疏仡紀》載黃帝〈巾几之銘〉曰：「毋翕弱。毋俷德。毋違同。毋傲禮。毋謀非德。毋犯非義。」諸書均作巾几，無作輿几者。留存《事始》：「《文心》曰：軒轅輿几，與弼不逮，即為箴也。」留存唐人，引《文心》作輿几，是彥和本作輿几，別有所本也。宋胡宏《皇王大紀》亦謂帝軒作輿几之箴，以警晏安。
2. 《鬻子》：「夏禹之治天下也，以五聲聽。門懸鐘鼓鐸磬而置鞀，以待四海之士。為銘於簨簴曰：教寡人以道者擊鼓。教寡人以義者擊鐘。教寡人以事者振鐸。語寡人以憂者擊磬。語寡人以訟獄者揮（《淮南子》作搖。）鞀。」《淮南子．氾論訓》作以待四方之士，為號曰……文小異。筍，唐寫本作簨。《周禮．春官．典庸器》注引杜子春曰：「筍讀如博選之選。橫者為筍；從者為鐻。」《釋文》：「鐻今或作簴。」
3. 《禮記．大學篇》：「〈湯之盤銘〉曰：苟日新，日日新，又日新。」
4. 《大戴禮記．武王踐阼》載武王銘凡十七：〈席四端〉、〈机〉、〈鑑〉、〈盥盤〉、〈楹〉、〈杖〉、〈帶〉、〈履屨〉、〈觴豆〉、〈戶〉、〈牖〉、〈劍〉、〈弓〉、〈矛〉。茲錄〈席四端銘〉、〈戶銘〉，並附〈鑑〉、〈帶〉、〈矛〉三銘於後。

〈席四端銘〉

席前左端：安樂必敬。前右端：無行可悔。後左端：一反一側，亦不可以忘。後右端：所監不遠，視爾所代。（俞樾《羣經平議》十七：「安樂必敬，此與下文前右端之銘無行可悔，後左端之銘一反一側，爾不可不志，後右端所監不遠，視爾所代，通為一韻。敬字乃苟字之誤。苟之與敬，義自可通，但作敬則失其韻矣。下文爾不可不志，今本誤作亦不可以忘，王氏引之已訂正，惟未正敬字之誤，故於韻仍未盡得耳。」）

〈戶銘〉

夫名難得而易失。無勤弗志，而曰我知之乎。無勤弗及，而曰我杖之乎。擾阻以泥之。若風將至，必先搖搖，雖有聖人，不能為謀也。（《抱經堂文集》卷八〈新刻大戴禮跋〉：「案『擾阻以泥之』語，朱子亦謂不可解。竊疑擾乃獿字之偽。服虔注揚雄賦云：『獿，古之善塗塈者。』王伯厚校此篇，一無阻字；則當為獿以泥之無疑。蓋獿本亦作獶，形近易譌也。」案如盧說，仍不可解。《御覽》百八十四引《太公金匱．戶之書》曰：「出畏之，入懼之。」）

〈鑑銘〉

見爾前，慮爾後。

〈帶銘〉

火滅修容，慎戒必恭，恭則壽。

〈矛銘〉

造矛造矛，少間弗忍，終身之羞。

5. 周公〈金人銘〉，無可攷。案嚴可均（《全上古文》卷一〈金人銘〉注）云：〈金人銘〉舊無撰人名。據《太公陰謀》、《太公金匱》，知即黃帝六銘之一，《金匱》僅載銘首廿餘字，《說苑．敬慎篇》載其全文，錄之於下：

「孔子之周，觀於太廟。右陛之前，有金人焉，三緘其口而銘其背曰：

我古之慎言人也。戒之哉！戒之哉！無多言，多言多敗。無多事，多事多患。安樂必戒，無行所悔。勿謂何傷，其禍將長。勿謂何害，其禍將大。勿謂何殘，其禍將然。勿謂莫聞，天妖伺人。熒熒不滅，炎炎奈何。涓涓不壅，將成江河。緜緜不絕，將成網羅。青青不伐，將尋斧柯。誠不能慎之，禍之根也。曰是何傷，禍之門也。强梁者不得其死，好勝者必遇其敵。盜怨主人，民害其貴。君子知天下之不可蓋也，故後之，下之，使人慕之；執雌持下，莫能與之爭者。人皆趨彼，我獨守此；眾人惑惑，我獨不從。內藏我知，不與人

論技；我雖尊高，人莫害我。夫江河長百谷者，以其卑下也。天道無親，常與善人。戒之哉！戒之哉！（此道家附會之辭，偽迹顯然，不可信。）」

6. 《淮南子．道應篇》：「孔子觀桓公之廟，（《說苑．敬慎篇》作周廟）有器焉，（《荀子．宥坐篇》作欹器）謂之宥卮。孔子曰：『善哉，予得見此器。』顧曰：『弟子取水。』水至灌之，其中則正，其盈則覆。孔子造然革容曰：『善哉持盈者乎。』」紀評曰：「欹器不言有銘，此句未詳。或六朝所據之書，今不盡見耳。」《國語．晉語一》郭偃稱《商銘》曰：「嗛嗛之德，不足就也，（嗛嗛，猶小小也。）不可以矜而祗取憂也。嗛嗛之食，不足狃也，（食，祿也。狃，貪也。）不能為膏（膏，肥也。）而祗罹咎也。」此亦《商銘》之可見者。

7. 唐寫本作：「銘者，名也，觀器必名焉。正名審用，貴乎慎德。」《毛詩．鄘風．定之方中．正義》曰：「作器能銘者，謂既作器能為其銘。若栗氏為量，其銘曰：『時文思索，允臻其極。嘉量既成，以觀四國。永啓厥後，茲器維則。』是也。（案此銘見《考工記》。）《大戴禮》說武王盤盂几杖皆有銘，此其存者也。銘者，名也，所以因其器名而書以為戒也。」《禮記．祭統》：「夫鼎有銘。銘者，自名也。自名以稱揚其先祖之美而明著之後世者也。為先祖者，莫不有美焉，莫不有惡焉，銘之義稱美而不稱惡，此孝子孝孫之心也。……銘者，論譔其先祖之有德善功烈勳勞慶賞聲名列於天下，而酌之祭器，自成其名焉。」注曰：「銘，謂書之刻之以識事者也。自名，謂稱揚其先祖之德，著己名於下。」《釋名．釋典藝》：「銘，名也。述其功美，使可稱名也。」

8. 《左．襄十九年傳》：「季武子以所得於齊之兵作林鍾，而銘魯功焉。臧武仲謂季孫曰：非禮也。夫銘，天子令德，（天子銘德不銘功。）諸侯言時計功，（舉得時，動有功，則可銘也。）大夫稱伐。（銘其功伐之勞。）」

9. 《左．宣三年傳》：「楚子伐陸渾之戎，遂至於雒，觀兵於周疆。定王使王孫滿勞楚子。楚子問鼎之大小輕重焉。對曰：在德不在鼎。昔夏之方有德也，遠方圖物，（圖畫山川奇異之物而獻之。）貢金九牧，（使九州之牧貢金。）鑄鼎象物，（象所圖物，著之於鼎。）百物而為之備，使民知神姦。（圖鬼神百物之形，使民逆備之。）」案禹鼎不言有銘，彥和以意說之。

《國語．魯語下》：「仲尼曰：昔武王克商，通道於九夷百蠻，使各以其方賄來貢。於是肅慎氏貢楛矢石砮。先王欲昭其令德之致遠也，以示後人，使永監焉。故銘其栝曰：肅慎氏之貢矢。（韋昭注曰：『刻曰銘。栝，箭羽之間也。』）」

10. 蔡邕〈銘論〉：「呂尚作周太師，而封於齊，其功銘於昆吾之冶。」《逸周書．大聚解》：「乃召昆吾冶而銘之金版。」昆吾，當時善治人名。

《後漢書．竇憲傳》：「南單于遺憲古鼎，容五斗。其旁銘曰：仲山甫鼎。其萬年，子子孫孫永保用。」

《周禮．春官．典庸器》注曰：「庸器，伐國所獲之器，若崇鼎貫鼎及以其兵物所鑄銘也。」

11. 《國語．晉語七》：「昔克潞之役，秦來圖敗晉功，魏顆以其身却退秦師於輔氏，親止杜回。其勳銘於景鍾。」（事在魯宣公十五年，韋昭注：「景鍾，景公之鍾。」）

《禮記．祭統》：「衛孔悝之〈鼎銘〉曰：六月丁亥，公假于大廟。公曰：叔舅！乃祖莊叔，左右成公。成公乃命莊叔隨難于漢陽，即宮于宗周，奔走無射。啓右獻公。獻公乃命成叔纂乃祖服。乃考文叔，興舊耆欲，作率慶士，躬恤衛國，其勤公家，夙夜不解。民咸曰：休哉！公曰：叔舅，予女銘，若纂乃考服。悝拜稽首曰：對揚以辟之，勤大命施於烝彝鼎。」

12. 《史記．秦本紀》：「蜚廉為紂石北方（文有誤。徐廣曰：皇甫謐云：『作石槨於北方。』還無所報，為壇霍太山。而報得石棺。銘曰：『帝令處父，不與殷亂，賜爾石棺以華氏。』死，遂葬於霍太山，」《索隱》曰：「言處父至忠，國滅君死，而不忘臣節，故天賜石棺以光華其族。事蓋非實，譙周深所不信。」彥和意同譙周，故云可怪。石槨，當據《史記》作石棺。

《莊子．則陽篇》：「豨韋曰：夫靈公也死，卜葬於故墓，不吉；卜葬於沙丘而吉。掘之數仞，得石槨焉。

洗而視之，有銘焉。曰：『不馮其子，靈公奪而里。』（《釋文》：『里一本作埋。』）夫靈公之為靈也久矣。」《博物志．異聞篇》：「衛靈公葬，得石槨。銘曰：不逢箕子，靈公奪我里。」蒿唐寫本作舊，疑蒿字不誤。《玉篇》：「薧里，黃泉也，死人里也。」以蓬蒿字為蒿里，乃流俗所作。薧里之謚，猶言薧里中石槨已為靈公作謚耳。

13. 《韓非子．外儲說左上》：「趙主父令工施鉤梯而緣播吾，（播吾即番吾。《史記．趙世家．正義》引《括地志》云：『番吾故城在恆州房山縣東二十里。《漢書．地理志》作蒲吾，有鐵山。』）刻人疎其上，（疎即疋之異文。疋，足也。今本作刻疎人迹其上，不可通，此依俞樾說改。）廣三尺，長五尺，而勒之曰：主父常遊於此。」又：「秦昭王令工施鉤梯而上華山，以松柏之心為博。箭長八尺，棊長八寸。而勒之曰：昭王常與天神博於此。」（趙武靈王自號主父，秦昭王豈亦生時自謚耶？）

14. **蔡邕〈銘論〉**

春秋之論銘也，曰天子令德，諸侯言時計功，大夫稱伐。昔肅慎納貢，銘之楛矢，所謂天子令德也。黃帝有巾几之法，孔甲有槃杅之誡，殷湯有〈甘誓〉之勒，鼂鼎有丕顯之銘，武王踐阼，咨於太師，而作席机楹杖雜銘十有八章。周廟金人，緘口書背，銘之以慎言，亦所以勸進人主，勖於令德者也。昔召公作誥，先王賜朕鼎，出於武當、曾水。呂尚作周太師而封於齊，其功銘於昆吾之冶。漢獲齊侯寶樽於槐里，獲寶鼎於美陽。仲山甫有補袞闕式百辟之功，《周禮．司勳》凡有大功者，銘之大常，所謂諸侯言時計功者也。宋大夫正考父三命茲益恭而莫侮其國。衛孔悝之父莊叔，隨難漢陽，左右獻公，衛國賴之，皆銘於鼎。晉魏顆獲秦杜回於輔氏，銘功於景鐘。所謂大夫稱伐者也。鐘鼎禮樂之器，昭德紀功，以示子孫，物不朽者，莫不朽於金石，故碑在宗廟兩階之間。近世以來，咸銘之於碑，德非此族，不在銘典。

15. 〈頌贊篇〉云：「秦政刻文，爰頌其德。」彼實頌體而刻石則銘。黃叔琳云：「李習之論銘，謂盤之辭可遷於鼎，鼎之辭可遷於山。山之辭可遷於碑，惟時之所紀，而不必專切於是物，其說甚高，然與觀器正名之義乖矣。」案李翱〈答開元寺僧書〉見《唐文粹》八十五，茲節錄其文以備參閱：

「……夫銘古多有焉。〈湯之盤銘〉，其辭云云；衛孔悝之〈鼎銘〉，其辭云云；秦始皇帝之〈嶧山銘〉，其辭云云。於盤則曰盤銘，於鼎則曰鼎銘，於山則曰山銘。盤之辭可遷之於鼎，鼎之辭可移之於山，山之辭可書之於碑，惟時之所紀爾。及蔡邕作〈黃鉞銘〉，以紀功於黃鉞之上爾。或盤，或鼎，或嶧山，或黃鉞，其意與言皆同，非如〈高唐〉、〈上林〉、〈長楊〉為之作賦云爾。近代之文士則不然，為銘為碑，大抵詠其形容，有異於古人之所為；其作鐘銘，則必詠其形，與其聲音，與其財用之多少、鎔鑄之勤勞耳，非為勤功德垂誡勸於器也。推此類而極觀之，其不知君子之文也亦甚矣。」

16. 《後漢書．竇憲傳》：「憲遂登燕然山，去塞三千餘里，刻石勒功，紀漢威德。令班固作銘曰：

惟永元元年秋七月，有漢元舅曰車騎將軍竇憲，寅亮聖明，登翼王室，納於大麓，惟清緝熙。乃與執金吾耿秉述職巡御，理兵於朔方。鷹揚之校，螭虎之士，爰該六師；暨南單于、東烏桓、西戎、氐、羌侯王君長之羣，驍騎三萬。元戎輕武，長轂四分，雲輜蔽路，萬有三千餘乘。勒以八陣，莅以威神，玄甲耀日，朱旗絳天。遂陵高闕，下鷄鹿，經磧鹵，絕大漠，斬溫禺以釁鼓，血尸逐以染鍔。然後四校橫徂，星流彗掃，蕭條萬里，野無遺寇。於是域滅區單，反旆而旋。考傳驗圖，窮覽其山川。遂踰涿邪，跨安侯，乘燕然，躡冒頓之區落，焚老上之龍庭。上以攄高文之宿憤，光祖宗之玄靈；下以安固後嗣，恢拓境宇，振大漢之天聲。茲所謂一勞而久逸，暫費而永寧者也。乃遂封山刊石，昭銘上德。其辭曰：

鑠王師兮征荒裔，勦凶虐兮截海外。夐其邈兮亘地界，封神丘兮建隆嵑，熙帝載兮振萬世。」

張昶唐寫本作張旭，《古文苑》十八載昶此文亦一作張旭。昶文又見《藝文類聚》七、《初學記》五，錄文於下。

張昶〈西嶽華山堂闕碑銘〉（昶字文舒，建安初為給事黃門侍郎。）

《易》曰：「天地定位，山澤通氣。」然山莫尊於嶽，澤莫盛於瀆。山嶽有五，而華處其一；瀆有四，而河

在其數。其靈也至矣！聖人廢興，必有其應。故岱山石立，中宗繼統；太華授璧，秦胡絕緒；白魚入舟，姬武建業；寶珪出水，子朝喪位。布五方則處其西，列三條則居其中。若廣獸奇蟲，《山經》有紀矣。是以帝皇巡狩，親五岳而告至，覲方后而考禮，故經有望秩之禋，典有生殖之祀，蓋所以崇山川而報功也。四海一統，天子秉其禮；諸侯力政，彊國攝其祭。其奉邑曰華陰也久矣。乃紀於〈禹貢〉而分秦晉之境，秦鄙晉之西則曰陰，晉邊秦之東則曰寧。秦邑既遷徙，禮亦如之。二國力爭，以奉以祭。其城險固，基趾猶存，故老之言，未殞於民也。逮至大漢，受命克亂，不愆不忘，舊名是復，率禮不越，故祀是尊，歷葉增修，虔恭又備，一禱三祀，終歲而四，以迄於今，而世宗又經集靈之宮於其下。想喬松之疇，是游是憩；郡國方士自遠而至者，充巖塞崖；鄉邑巫覡宗祀乎其中者，盈谷溢谿；咸有浮飄之志，愉悅之色，必雲霄之路可升而越，果繁昌之福可降而致也。故殖財之寶，黃玉自出，令德之珍，卿相是毓，匪惟嵩高降生申甫，此亦有焉。天有所興，必先廢之，故殷宗周宣以衰致盛。是時也，王業中缺，大化陵遲，郡縣既毀，財匱禮乏，庭廟傾壞，壇場蕪穢，祭祀之禮，頗有缺焉。於是鎮遠將軍領北地太守閿鄉亭侯段君諱煨，字忠明，自武威占此土，憑託河華，二靈是與。故能以昭烈之德，享上將之尊，銜命持重，屯斯寄國，討叛柔服，威懷是示。羣凶既除，郡縣集寧，家給人足，戶有樂生之歡，朝釋西顧之慮，而懷關中之恃；雖昔蕭相輔佐之功，功冠羣后，弗以加也。遂解甲休士，陣而不戰，以逸其力，修飾享廟，壇場之位，荒而後辟，禮廢而復興。又造祠堂，表以參闕，建神路之端首，觀壯麗乎孔徹，然後旅祀祈請，既有常處，雖雨霑衣而禮不廢。於是邑之士女，咸曰宜之，乃建碑刊石，垂示後裔。其辭曰：

於穆堂闕，堂闕昭明；經之營之，不日而成。匪奢匪儉，惟德是程；匪豐匪約，惟禮是榮。虔恭禋祀，黍稷芬馨；神具醉止，降福穰穰。

17. 《蔡中郎集》中多銘碑之文，故云獨冠古今。黃注曰：「按伯喈作〈朱公叔墳前石碑〉，前用散體，後系四言韻語。至鼎銘則純作散體大篇，不著韻語。所謂全成碑文也。」

蔡邕〈黃鉞銘〉

孝桓之季年，鮮卑入塞，盜起匈奴左部，梁州叛羌逼迫兵誅，淫衍東夷，高句麗嗣子百固，逆謀竝發，三垂騷然，為國憂念。四府表橋公昔在涼州，柔遠能邇，不煩軍師，而車師克定。及在上谷、漢陽，連在營郡，膂力方剛，明集御眾，徵拜度遼將軍。始受旄鉞鉦鼓之任，扞禦三垂。公以吏士頻年在外，勤於奔命，人馬疲羸撓鈍；請且息州營橫發之役，以補困憊。朝廷許之，於是儲廪豐饒，室罄不懸，人逸馬同，弓勁矢利，而經用省息，官有餘資，執事無放散之尤，簿書有進入之贏；治兵示威，戎士踊躍；旌旗曜日，金鼓霆奮。守有山岳之固，攻有必克之勢。羌戎授首於西疆，百固冰散於東鄰，鮮卑收迹，烽燧不舉，眎事三年，馬不帶鉠，弓不受彄。是用鏤石假象，作茲征鉞軍鼓，陳之東階，以昭公文武之勳焉。銘曰：

帝命將軍，執茲黃鉞；威靈振耀，如火之烈。公之涖止，羣狄斯柔；齊斧罔設，介士斯休。

蔡邕〈鼎銘〉

忠文朱公名穆，字公叔，有殷之胄，微子啓以帝乙元子，周武王封諸宋，以奉成湯之祀。至元子啓生公子朱，其孫氏焉。後自沛遷於南陽之宛，遂大於宋，爵位相襲。烈祖尚書令，肅宗之世，守於臨淮；考曰實，為陳留太守。乃及忠文，克慎明德，以紹服祖禰之遺風，悉心臣事，用媚天子，顯允其勳績。尋綜六藝，契闊馳思，所以啓前惑而覺後疑者，亹亹焉，雖商偃其猶病諸。初舉孝廉，除郎中尚書侍郎，獨念運際存亡之要，乃陳五事，諫謀深切，退處畎畝以察天象，驗應著焉。孝順晏駕，賊發江淮，時辟大將軍府，實掌其事，用拜宛陵令，非其好也，遂以疾辭。復辟大將軍，再拜博士，高第，作御史。明司國憲，以齊百僚，矯枉董直，罔肯阿順，以黜其位。潛於郎中，羣公竝表，乃遷議郎，登於東觀，纂業前史。於是冀州凶荒，年饉民匱，而貪婪之徒，乘之為虐，錫命作牧，靜其方隅。乃攄洪化，奮靈武，昭令德，塞羣違，貞良者封植，殘戾者芟夷，去惡除盜，無俾比而作慝，用陷於非辜。復徵拜議郎，病免官。徵拜尚書，清一以考其素，正直以醇其德，出納帝命，乃無不允，雖龍作納言，山父喉舌，靡以尚之。享年六十有四，漢皇二十一

世延熹六年夏四月乙巳卒於官，天子痛悼。詔曰：「制詔尚書朱穆。立節忠亮，世篤爾行，虔恪機任，守死善道，不幸而卒，朝廷閔焉。今使權謁者中郎楊賁贈穆益州刺史印綬。魂而有靈，嘉其寵榮。嗚呼哀哉！」肆其孤用作茲寶鼎，銘載休功，俾後裔永用享祀，以知其先之德。

18. 戒銘唐寫本作武銘，是。馮衍字敬通。《全後漢文》二十輯衍銘文有〈刀陽〉、〈刀陰〉、〈杖〉、〈車〉、〈席前右〉、〈席後右〉、〈杯〉、〈爵〉等，蓋擬〈武王踐阼〉諸銘為之。

19. 崔駰字亭伯。《全後漢文》四十四輯有〈車左〉、〈車右〉、〈車後〉、〈仲山父鼎〉、〈樽〉、〈冬至襪〉、〈六安枕〉、〈刀劍〉、〈刻漏〉、〈縫〉、〈扇〉等銘文。茲錄〈冬至襪銘〉一首於下：

「機衡建子，萬物含滋；黃鍾育化，以養元基。陽升于下，日永于天；長履景福，至于億年。皇靈既祐，祉祿來臻；本枝百世，子子孫孫。」

20. 李尤字伯仁。《全後漢文》五十嚴可均注曰：「案《華陽國志》十中：『和帝召作〈東觀〉、〈辟雍德陽〉諸觀賦銘〈懷戎頌〉百二十銘；著〈政事論〉七篇。帝善之。』今搜集羣書，得八十四銘，其餘三十七銘亡。」茲錄〈圍棊〉、〈權衡〉二銘。〈蓍龜〉、〈臼杵〉銘佚。（《北堂書鈔》六十二引魏文帝《典論》：「李尤字伯宗，年少有文章。賈逵薦尤有相如、揚雄之風。拜蘭臺令史，與劉珍等共撰《漢紀》。」）

〈圍棊銘〉

詩人幽憶，感物則思。志之空間，翫弄游竟。局為憲矩，棊法陰陽；道為經緯，方錯列張。

〈權衡銘〉

夫審輕重，莫若權衡；正是正非，其唯賢明。

21. **魏文帝《典論・劍銘》**（錄自《全三國文》卷八。）

昔者周魯寶赤刀，孟勞雍孤之戟，屈盧之矛，狐父之戈，楚越太阿純鉤，徐氏匕首；凡斯皆上世名器。君子雖有文事，必有武備矣。余好擊劍，善以短乘長，選茲良金，命彼國工，精而煉之，至於百辟。其始成也，五色充爐，巨橐自鼓，靈物髣髴，飛鳥翔舞，以為寶器九。劍三：一曰飛景，二曰流采，三曰華鋒。刀三：一曰靈寶，二曰含章，三曰素質。匕首二：一曰清剛，二曰揚文。靈陌刀一：曰龍鱗。因姿定名，以銘其柎。工非歐冶子，金非昆吾，亦一時之良也。銘曰：惟建安廿有四載，二月甲午，魏太子丕造百辟寶劍三：（當有其一字）長四尺二寸，重一斤十有五兩。淬以清漳，厲以礛礎，（音監諸，青石也。）飾以文玉，表以通犀，光似流星，名曰飛景。其二名流采，色似采虹，長四尺二寸，重一斤十有四兩。（下有缺文）魏太子丕造百辟寶刀三：其一，長四尺三寸六分，重三斤六兩，文似靈龜，名曰靈寶。其二，采似丹霞，名曰含章，長四尺三寸三分，重三斤十兩。其三，鋒似明霜。（明字依嚴增。）刀身劍鋏，名曰素質，長四尺三寸，重三斤九兩。魏太子造百辟匕首二：其一，理似堅冰，名曰清剛；其二，曜似朝日，名曰揚文。又造百辟露陌刀一，長三尺二寸，狀如龍文，名曰龍鱗。

22. 《晉書·張載傳》：「載字孟陽，安平人也。父收，蜀郡太守。載性閑雅，博學有文章。太康初，至蜀省父，道經劍閣。載以蜀人恃險好亂，因著銘以作誡。益州刺史張敏見而奇之，乃表上其文。武帝遣使鐫之於劍閣山焉。」

〈劍閣銘〉

巖巖梁山，積石峨峨；遠屬荊衡，近綴岷嶓；南通邛僰，北達褒斜；狹過彭碣，高踰嵩華。惟蜀之門，作固作鎮；是曰劍閣，壁立千仞。窮地之險，極路之峻；世濁則逆，道清斯順。閉由往漢，開自有晉。秦得百二，并吞諸侯；齊得十二，田生獻籌。矧茲狹隘，土之外區；一人荷戟，萬夫趦趄；形勝之地，非親勿居。昔在武侯，中流而喜；河山之固，見屈吳起。洞庭孟門，二國不祀；興實由德，險亦難恃。自古及今，天命不易；憑阻作昏，尠不敗績。公孫既沒，劉氏銜璧；覆車之軌，無或重跡；勒銘山阿，敢告梁益。

23. 《說文·竹部》：「箴，綴衣箴也。從竹，咸聲。」又〈金部〉：「鍼，所以縫也。從金，咸聲。」箴與鍼通。鍼俗作針。「箴者」下應從唐寫本補「鍼也」二字。韋昭注〈周語〉曰：「箴，箴刺王闕以正得失也。」

24. 《周書文傳解．夏箴》曰：「中不容利，民乃外次。」〈夏箴〉曰：「小人無兼年之食，遇天饑，妻子非其有也；大夫無兼年之食，遇天饑，臣妾輿馬非其有也；國君無兼年之食，遇天饑，百姓非其有也。」（孫詒讓《周書斠補》云：「盧本無國無兼年下十五字，《黃氏日鈔》引有此二句，國下又有君字，於文例尤完備。」）《墨子．七患篇》引《周書》曰：「國無三年之食者，國非其國也；家無三年之食者，子非其子也。」又《穀梁．莊二十八年傳》云：「國無三年之畜，曰國非其國也。」《墨子閒詁》曰：「疑先秦所傳《夏箴》文本如是也。《御覽》五百八十八引胡廣〈百官箴敘〉云：『墨子著書，稱〈夏箴〉之辭。』蓋即指此。」《呂氏春秋．應同篇》（《困學紀聞》二作名類篇。畢沅校《呂覽》云，名類乃召類之譌，今以〈應同〉名篇。）〈商箴〉云：「天降災布祥，並有其職。」

25. 唐寫本無及字，箴下有「闕唯〈虞箴〉」四字，是。依唐本應作：「周之辛甲，百官箴闕，惟〈虞箴〉一篇，體義備焉。」孫君蜀丞云：「《御覽》五八八引此文云：及『周之辛甲，百官箴闕，惟〈虞箴〉一篇，本義存焉。』」《左傳．襄公四年》：「魏絳對晉侯曰：『昔周辛甲之為大史也，命百官官箴王闕。（令百官每官各為箴辭。）於〈虞人之箴〉曰：

「芒芒禹迹，畫為九州，經啓九道，民有寢廟，獸有茂草，各有攸處，德用不擾。在帝夷羿，冒於原獸，忘其國恤，而思其麀（據龜甲文此即牝字。）牡。武不可重，用不恢於夏家。獸臣司原，敢告僕夫。〈虞箴〉如是，可不懲乎！」於是晉侯好田，故魏絳及之。』」（《正義》曰：「魏絳本意主勸和戎，忽云有窮、后羿以開公問，遂說羿事以及〈虞箴〉，乃與初言不相應會，故傳為此二句以解魏絳之意。」）

又〈宣公十二年〉：「欒武子曰：『楚自克庸以來，其君無日不討國人而訓之（討，治也。）於民生之不易，禍至之無日，戒懼之不可以怠。……箴之曰：民生在勤，勤則不匱。』」

26. 摯虞〈文章流別論〉：「揚雄依〈虞箴〉作十二州十二（當作二十五）官箴，而傳於世，不具九官。崔氏累世彌縫其闕。胡公又以次其首目而為之解，署曰《百官箴》。」《後漢書．胡廣傳》：「初。揚雄依〈虞

箴〉作十二州二十五箴，其九箴亡闕。後涿郡崔駰及子瑗，又臨邑侯劉騊駼增補十六篇。廣復繼作四篇，文甚典美。乃悉撰次首目，為之解釋，名曰《百官箴》，凡四十八篇。」〈揚雄傳〉曰箴莫大於〈虞箴〉，故遂作〈九州箴〉，崔胡諸人亦皆放〈虞箴〉為之，故彥和云：「唯〈虞箴〉一篇，體義備焉。」《左傳．莊公二十一年》杜注鞶鑑曰：「鞶帶而以鑑為飾也。」《正義》曰：「鞶是帶也，鑑是鏡也。此與定六年《傳》皆鞶鑑雙言，則鞶鑑一物，故知以鏡飾帶。」可唐寫本作有。鞶鑑有徵，猶言明而有徵。茲據嚴可均所輯列《百官箴》篇目於下：

〈冀州箴〉〈青州箴〉〈兗州箴〉〈徐州箴〉〈揚州箴〉〈荊州箴〉〈豫州箴〉〈益州箴〉〈雍州箴〉〈幽州箴〉〈并州箴〉〈交州箴〉〈司空箴〉（一作崔駰）〈尚書箴〉（一作崔瑗）〈大司農箴〉〈侍中箴〉（《古文苑》無）〈光祿勳箴〉〈大鴻臚箴〉〈宗正卿箴〉〈衛尉箴〉〈太僕箴〉〈廷尉箴〉〈太常箴〉〈少府箴〉〈執金吾箴〉〈將作大匠箴〉〈城門校尉箴〉〈太史令箴〉（《古文苑》無）〈博士箴〉〈國三老箴〉（《古文苑》無）〈太樂令箴〉（《古文苑》無）〈太官令箴〉（《古文苑》無）。〈上林苑令箴〉

（以上揚雄。）

嚴可均云：（《全漢文》五十四）「謹案《後漢．胡廣傳》……凡四十八篇。如傳此言，則子雲僅存二十八箴。今偏索羣書，除《初學記》之〈潤州箴〉，《御覽》之〈河南尹箴〉，顯誤不錄外，得州箴十二、官箴二十一，凡三十三箴，視東漢時多出五箴。縱使〈司空〉、〈尚書〉、〈太常〉、〈博士〉四箴可屬崔駰、崔瑗，仍多出一箴，與〈胡廣傳〉未合。猝求其故而不得，覆審乃明。所謂亡闕者，謂有亡有闕，〈侍中〉、〈太史令〉、〈國三老〉、〈太樂令〉、〈太官令〉五箴多闕文，其四箴亡，故云九箴亡闕也。《百官箴》收整篇不收殘篇，故子雲僅二十八篇。群書徵引據本集，本集整篇殘篇兼載，故有三十三篇。其〈司空〉、〈尚書〉、〈太常〉、〈博士〉四箴，《藝文類聚》作揚雄，必可據信也。」

〈太尉箴〉〈司徒箴〉〈司空箴〉（《古文苑》無）〈尚書箴〉（《古文苑》無）〈太常箴〉（《古文苑》

無）〈大理箴〉〈河南尹箴〉（以上崔駰。）〈尚書箴〉（《古文苑》一作繁欽）〈博士箴〉（《古文苑》無）〈東觀箴〉〈關都尉箴〉〈河隄謁者箴〉〈郡太守箴〉（《古文苑》一作劉騊駼。《藝文類聚》作劉騊駼）〈北軍中候箴〉〈司隸校尉箴〉〈中壘校尉箴〉（《古文苑》無）（以上崔瑗。）〈侍中箴〉（《古文苑》一作崔瑗。）〈邊都尉箴〉（《古文苑》無）〈陵令箴〉（《古文苑》無）（以上胡廣。）（亡一篇。）

27. 潘勗字元茂，初名芝，獻帝時為尚書郎，有集二卷。〈符節箴〉佚。

28. 《晉書．溫嶠傳》：「遷太子中庶子。及在東宮，深見寵遇，太子與為布衣之交，數陳規諷。又獻〈侍臣箴〉，甚有弘益。」今本誤侍為傳，唐寫本不誤。

〈侍臣箴〉

勿謂其微，覆簣成高；勿謂其細，巨由纖毫。故曰善不積不足以成名，話言如絲而萬里來享，無以處極而利在永貞。是以太子之在東宮，均士抗禮，以卑厥情，入學齊齒，言稱先生。不以賢自臧，不以貴為榮；思有虞之蒸蒸，尊周文之翼翼，晨昏靡違，夙興晏息；師傅是瞻，正人在側；屏彼佞諛，納此亮直。故傅敬德義，臣思盡忠，或稽古訓導，惟道之不融，或造膝詭辭，懼咎之蘊崇，惴惴兢兢，思二雅之遺風；鑒乎九三，天祿永終。近臣司規，敢告常從。（此文見《藝文類聚》十六。彥和謂其博而患繁，未審其故。）

29. 王濟〈國子箴〉佚。《晉書．王濟傳》謂濟文詞秀茂，嘗為國子祭酒，則〈國子箴〉當作於此時也。

30. 《晉書．潘尼傳》載〈乘輿箴〉，錄如下：

「《易》稱有天地然後有人倫，有父子然後有君臣。《傳》曰：大者天地，其次君臣。然君臣父子之道，天地人倫之本，未有以先之者也。故天生蒸人而樹之君，使司牧之，將以導羣生之性而理萬物之情，豈以寵一人之身，極無量之欲，如斯而已哉！夫古之為君者，無欲而至公，故有茅茨土階之儉；而後之為君，有欲而自利，故有瑤臺瓊室之侈。無欲者天下共推之，有欲者天下共爭之。推之之極，雖禪代猶脫屣；爭之之極，雖劫殺而不避。故曰天下非一人之天下，乃天下之天下，安可求而得辭而已者乎。夫修諸己而化諸人，出乎邇而見乎遠者，言行之謂也。故人主所患莫甚於不知其過，而所美莫美於好聞其過。若有君於此，而曰予必無過，唯其言而莫之違，斯孔子所謂其庶幾乎一言而喪國者也。蓋君子之過如日月之蝕，過也人皆見之，更也人皆仰之。雖以堯舜湯武之盛，必有誹謗之木，敢諫之鼓，盤杅之銘，無諱之史，所以閑其邪僻而納諸正道，其自維持如此之備。故箴規之興，將以救過補闕，然猶依違諷喻，使言之者無罪，聞之者足以自誡。先儒既援古義，舉內外之殊；而高祖亦序六官，（尼祖勖作〈符節箴〉，此云高祖，恐誤。《顏氏家訓．風操篇》：『潘尼稱其祖曰家祖。』正當指此文言，則高是家字之誤無疑。）論成敗之要，義正辭約，又盡善矣。自〈虞人箴〉以至於百官，非唯規其所司，誠欲人主斟酌其得失焉。《春秋傳》曰：命百官箴王闕，則亦天子之事也。尼以為王者膺受命之期，當神器之運，總萬幾而撫四海，簡羣才而審所授，孜孜於得人，汲汲於聞過，雖廷爭面折，猶將祈請而求焉；至於箴規，諫之順者，曷為獨闕之哉！是以不量其學陋思淺，因負擔之餘，嘗試撰而述之。不敢斥至尊之號，故以乘輿目篇。蓋帝王之事至大，而古今之變至眾，文繁而義詭，意局而辭野，將欲希企前賢，髣髴崇軌，譬猶丘坻之望華岱，恆星之繫日月也，其不逮明矣。頌曰：

元元遂初，芒芒太始，清濁同流，玄黃錯跱；上下弗形，尊卑靡紀；赫胥悠哉，大庭尚矣。皇極啓建，兩儀既分；彝倫永叙，萬邦已紛。國事明王，家奉嚴君；各有攸尊，德用不勤。羲農已降，暨于夏殷；或禪或傳，乃質乃文。太上無名，下知有之；仁義不存，而人歸孝慈；無為無執，何欲何思；忠信之薄，禮刑實滋；既讋既畏，以侮以欺；作誓作盟，而人始叛疑。煌煌四海，藹藹萬乘，匪誓焉憑；左輔右弼，前疑後丞；一日萬幾，業業兢兢。夫出其言善，則千里是應；而莫余違，亦喪邦有徵；樞機之動，式以廢興；殷監不遠，若之何勿懲！且厚味腊毒，豐屋生災；辛作璇室，而夏興瑤臺；糟丘酒池，象筯玉杯；厥肴伊何，龍肝豹胎；惟此哲婦，職為亂階；殷用喪師，夏亦不恢。是以帝堯在位，茅茨不翦；周文日昃，昧旦丕顯；夫

德輶如毛，而或舉之者鮮；故湯有慙德，武未盡善。下世道衰，末俗化淺；耽樂逸遊，荒淫沉湎；不式古訓，而好是佞辯；不遵王路，而覆車是踐；成敗之效，載在先典；匪唯陵夷，厥世用殄。故曰：樹君如之何，將民是司牧；視之猶傷，而知其寒燠；故能撫之斯柔，而敦之斯睦；無遠不懷，靡思不服；夫豈厭縱一人，而玩其耳目；內迷聲色，外荒馳逐；不修政事，而終於顛覆。

昔唐氏受舜，舜亦命禹；受終納祖，丕承天序；放桀惟湯，克殷伊武；故禪代非一姓，社稷無常主；四嶽三塗，九州之阻；彭蠡洞庭，殷商之旅；虞夏之隆，非由尺土；而紂之百克，卒於絕緒。故王者無親，唯在擇人；傾蓋惟舊，白首乃新；望由釣夫，伊起有莘；負鼎鼓刀，而謀合聖神；夫豈借官左右，而取介近臣。蓋有國有家者，莫云我聰，或此面從；莫謂我智，聽受未易；甘言美疢，尠不為累；由夷逃寵，遠於脫屣；奈何人主，位極則侈。知人則哲，惟帝所難；唐朝既泰，四族作奸；周室既隆，而管蔡不虔；匪我二聖，孰弭斯患。若九德咸受，儁乂在官；君非臣莫治，臣非君莫安；故《書》美康哉，而《易》貴金蘭。有皇司國，敢告納言。」

31. 王朗字景興。（《三國．魏志》有傳。）《藝文類聚》八十有朗〈雜箴〉數句。錄如下：

「家人有嚴君焉，井竈之謂也。俾冬作夏，非竈孰能？俾夏作冬，非井孰閑？」

32. 《說文》：「确，礊石也。」「礊，堅也。」确有堅正之義，音胡角反。陸機〈文賦〉曰：「銘博約而溫潤，箴頓挫而清壯。」李善注：「博約，謂事博文約也。銘以題勒示後，故博約溫潤；箴以譏刺得失，故頓挫清壯。」

33. 趙君萬里曰：「施下有後字，案唐本是也，與《御覽》五八八引合。黃本施下有於字，即後字之譌。」紀評曰：「此為當時惟趨詩賦而發，亦補明評文不及近代之故。」

34. 趙君萬里曰：「表器作器表。器表與下句德軌相儷見義。」

35. 唐寫本敬言乎履作警乎立履。校勘記：「文當作警乎言履。」

誄碑第十二

周世盛德，有銘誄之文[1]。大夫（孫云明抄本御覽五九六引大夫上有士字）之材，臨喪能誄[2]。誄者，累也（孫云御覽五九六無累也）；累其德行，旌之不朽也[3]。夏商已前，其詳（孫云唐寫本詳作詞）靡聞[4]。周雖有誄，未被于士[5]。又賤不誄貴，幼不誄長；在（孫云唐寫本在上有其字）萬乘則稱天以誄之，讀誄定謚，其節文大矣[6]。自魯莊戰乘丘，始及于士[7]。逮（鈴木云御覽逮作迨）尼父（孫云唐寫本父下有之字）卒，哀公作誄。觀其慭遺之切（孫云唐寫本作辭御覽亦作辭），嗚呼之歎，雖非叡作，古式存焉[8]。至柳妻之誄惠子，則辭哀而韻長矣[9]。暨乎漢世，承流而作。揚雄之誄元后，文實煩（趙云煩作繁）穢，沙麓撮其（孫云唐寫本無其字）要，而摯（孫云唐寫本作執）疑成篇（有脫誤顧校云沙麓似脫誤），安有累（孫云明抄本御覽作誄）德述尊，而闊略四句乎[10]？杜篤之誄，有譽前代。吳誄雖工，而他（孫云御覽作結）篇頗疏。豈以見稱光武而改盻（顧校作盼）千金哉[11]？傅毅所制，文體倫序[12]；孝山（趙云孝山作蘇順）崔瑗，辨絜（孫云唐寫本作潔）相參。觀其序事（黃云活字本無其事二字）如傳，辭靡律調，固誄之才也[13]。潘岳構意（孫云唐寫本意作思），專師孝山，巧於序（孫云唐寫本作敍）悲，易入新切（御覽作麗），所以隔代相望，能徵（孫云唐寫本作徽）厥聲者也[14]。至如崔駰誄趙，劉陶誄黃，並得憲章，工（孫云御覽作貴）在簡要[15]。陳思叨（孫云御覽作功）名而體實繁緩，文皇誄末，旨（趙云旨作百）言自陳，其乖甚矣[16]！若夫殷臣誄（孫云唐寫本作詠）湯，追褒玄鳥之祚；周史歌文，上闡后稷之烈：誄述祖宗，蓋詩人之（孫云明抄本御覽引無人字之作文）則也[17]。至於序述哀情，則（孫云御覽無則字）觸類而長。傅毅之誄北海，云白日幽光，雰霧（顧云古文苑作淮雨）杳冥，始序致感（一作惑從御覽改），遂為後式。景（孫云唐寫本作影）而效者，彌取於工（元作功謝改孫云唐寫本作功御覽作工）矣[18]。

詳夫誄之為制，蓋選言（孫云御覽言下有以字）錄行，傳體而頌文，榮始而哀終。論其人也，曖乎若可覿；道（孫云唐寫本作述）其哀也，悽焉如（孫云唐寫本作其）可傷：此其旨也。

碑者，埤（孫云唐寫本作裨）也[19]。上古帝皇（孫云唐寫本作王），紀號封禪，樹石埤（孫云唐寫本作裨）岳，故曰碑也[20]。周穆紀跡于弇山之石，亦古（孫云唐寫本無古字）碑之意也[21]。又宗廟有碑，樹之兩楹，事止（元作正孫云御覽作止）麗牲，未勒勳績，而庸器漸缺，故後代用碑，以石代金，同乎不朽，自廟徂墳，猶封墓也[22]。自後漢以來，碑碣雲起[23]。才鋒所斷，莫高蔡邕。觀楊賜之碑，骨鯁訓典，陳郭二文，詞（一作句從御覽改）無擇言。周乎（趙云乎作胡御覽亦作胡）眾碑，莫非清（孫云御覽作精）允。其敘事也該而要，其綴采（孫云御覽作辭）也雅而澤。清詞轉而不窮，巧義出而卓立。察其為才，自然而至（孫云御覽無而字至下有矣字）[24]。孔融所創，有慕（趙云慕作摹）伯喈。張陳兩文，辨給足采，亦其亞也[25]。及孫綽為文，志在碑誄（趙云作志在於碑無誄字）；溫王郤（孫云唐寫本郤作郗御覽亦作郗）庾，辭多枝雜（孫云御覽作離）；桓彝一篇，最為辨裁（孫云唐寫本有矣字御覽亦有矣字）[26]。夫屬碑之體，資乎史才。其序則傳，其文則銘，標序盛德，必見清風之華；昭紀鴻懿，必見峻偉之烈，此碑之制（鈴木云御覽本制作致）也。夫碑實銘器，銘實碑文，因器立名，事光（當作先孫云唐寫本光作先）於誄。是以勒石（趙云唐寫本作器御覽亦作器）讚勳者，入銘之域；樹碑述已（孫云唐寫本已作亡）者，同誄之區焉[27]。

贊曰：寫實（趙云實作遠）追虛，碑誄以立。銘德慕（孫云唐寫本作纂）行，文采（孫云唐寫本作光彩）允集。觀風似面，聽辭如泣。石墨鐫華，頹影豈忒（孫云唐寫本忒作戢）[28]。

【注釋】

1. 《周禮．大宗伯．大祝》作六辭，其六曰誄。鄭司農云：「誄，謂積累生時德行以錫之命，主為其辭也。《春秋傳》曰：孔子卒，哀公誄之曰……此皆有文雅辭令，難為者也。故大祝官主作六辭。或曰：誄，《論語》所謂誄曰禱爾于上下神祇。」《正義》曰：「誄，謂積累生時德行以賜之命，而引《春秋傳》曰者，哀公十六年傳辭，此義後鄭從之。引《論語》者，為孔子病，子路請禱。孔子問曰：有諸？子路對此辭。生人有疾，亦誄列生時德行而為辭，與哀公誄孔子意同，故引以相續。」又大史：「遣之日讀誄。」注：「遣，謂祖廟之庭大奠將行時也。人之道終于此，累其行而讀之。」《荀子．禮論篇》：「銘誄繫世敬傳其名也。」（繫世，謂《帝繫》、《世本》之屬也。）《墨子．魯問篇》：「子墨子曰：誄者，道死人之志也。」
2. 見〈詮賦篇〉。《詩．鄘風．定之方中．正義》曰：「喪紀能誄者，謂於喪紀之事，能累列其行，為文辭以作謚。若子囊之誄楚恭之類。」
3. 《禮記．曾子問》注曰：「誄，累也。累列生時行迹，讀之以作謚。」《釋名．釋典藝》：「誄，累也。累列其事而稱之也。」《說文．言部》：「讄，禱也。累功德以求福。」又：「誄，謚也。謚行之迹也。」蓋誄與謚相因者也。
4. 唐寫本詳作詞，是。《逸周書．謚法解》：「維周公旦、大公望開嗣王業，建功于牧之野，終將葬，乃制謚。遂敍謚法。謚者，行之迹也；號者，功之表也；車服，位之章也。是以大行受大名，細行受小名，行出于己，名生于人。」《御覽》引《禮記外傳》曰：「古者生無爵，死無謚，謚法周公所為也。堯舜禹湯皆後追議其功耳。」然殷代亦閒有謚號，如成湯武丁之屬，故《白虎通．論謚》曰：「《禮．郊特牲》曰：『古者生無爵，死無謚。』此言生有爵，死當有謚也。」其誄詞世無傳者，故曰其詞靡聞。
5. 陳立《白虎通．論謚．疏證》曰：「《周禮．典命》天子公侯伯子男之士皆有命數。又〈檀弓〉云：『士之有誄，自此始也。』是周初士有爵無謚之明證。」《周禮．春官．大史》：「小喪賜謚。」注：「小喪，卿

大夫也。」〈小史〉：「卿大夫之喪，賜謚讀誄。」皆士死無誄之證。

6. 《白虎通·論天子謚南郊》曰：「天子崩，大臣至南郊謚之者何？以為人臣之義，莫不欲褒稱其君，掩惡揚善者也，故至南郊，明不得欺天也。故〈曾子問〉孔子曰：『天子崩，臣下至南郊告謚之。』」陳立《疏證》：「《釋名·釋典藝》云：『王者無上，故於南郊稱天以誄之。』《禮·曾子問》注亦云：『《春秋公羊》說以為讀誄制謚於南郊，若云受之於天然。』則此今文說也。〈曾子問〉又云：『天子至尊，故稱天以誄之。』有誄必有謚，故知天子謚于南郊也。」「賤不誄貴，幼不誄長，」《禮記·曾子問》文。

7. 《禮記·檀弓上》（附鄭注文）：「魯莊公及宋人戰於乘丘（十年夏），縣賁父御，卜國為右，馬驚敗績，公隊，佐車授綏。公曰：『末之卜也！』（末之猶微哉，言卜國無勇。）縣賁父曰：『他日不敗績，而今敗績，是無勇也！』遂死之。（二人赴敵而死。）圉人浴馬，有流矢在白肉。（白肉，股裏肉。）公曰：『非其罪也。』遂誄之。（誄其赴敵之功以為謚。）士之有誄，自此始也。」（周雖以士為爵，猶無謚也。殷大夫以上為爵。）

8. 《左傳·哀公十六年》夏四月己丑，孔丘卒。公誄之曰：「旻天不弔，不憖（且也）遺一老，俾屏余一人以在位，煢煢余在疚！嗚呼哀哉，尼父，無自律！」（律，法也。言喪尼父無以自為法。）《禮記·檀弓上》亦載：「魯哀公誄孔丘曰：天不遺耆老，莫相予位焉。嗚呼哀哉尼父！」鄭注曰：「尼父因其字以為之謚。」（《左傳正義》駁鄭此說，恐非是。）

紀評曰：「誄之傳者始於是，故標為古式。」

9. 《列女傳》二：柳下既死，門人將誄之。妻曰：「將誄夫子之德邪？則二三子不如妾知之也。」乃誄曰：「夫子之不伐兮。夫子之不竭兮。夫子之信誠而與人無害兮。屈柔從俗，不強察兮。蒙恥救民，德彌大兮。雖遇三黜，終不蔽兮。愷悌君子，永能厲兮。嗟乎惜哉，乃下世兮。庶幾遐年，今遂逝兮。嗚呼哀哉，魂神泄兮。夫子之謚，宜為惠兮。」

10. 紀評曰：「此隸體之始變，然其文出《列女傳》，未必果真出柳下婦也。」摯疑成篇句，黃云有脫誤。姚範《援鶉堂筆記》四十云：「按此蓋謂摯虞讀雄此誄，而疑《漢書》所載為全篇耳。」孫詒讓《札迻》十二云：「案此謂揚雄作〈元后誄〉，《漢書．元后傳》僅撮舉四句，非其全篇也。摯疑成篇，摯當即摯虞。蓋揚文全篇，虞偶未見，撰〈文章流別〉遂疑全篇止此四句，故彥和難以累德述尊，必不如此闊略也。文無脫誤。」案姚孫二氏說是也。《漢書．元后傳》莽詔大夫揚雄作誄曰：「太陰之精，沙麓之靈，作合於漢，配元生成。」〈元后誄〉全文見《藝文類聚》十五、《古文苑》二十。茲據嚴可均《全漢文》所校錄於下：

銘曰：

「新室文母太后崩，天下哀痛，號哭涕泗，思慕功德，咸上柩（章樵注曰：上柩，謂陳薦奠之物。）誄之。

惟我有新室文母聖明皇太后，姓出黃帝西陵，昌意實生高陽。純德虞帝，孝聞四方，登陟帝位，禪受伊唐。爰初胙土，陳田至王；營相厥宇，度河濟旁。沙麓之靈，太陰之精，天生聖姿，豫有祥禎，作合于漢，配元生成。孝順皇姑，聖敬齊莊；（《古文苑》作承家尚莊。）內則純備，（《古文苑》作被。）後烈丕光。肇初配元，天命是將；兆徵顯見，新都黃龍。漢成既終，胤嗣匪生；哀帝承祚，惟離典經；尚是言異，大命俄顛；厥年夭隕，大終不盈；文母覽之，千載不傾。博選大智，新都宰衡；明聖作佐，與圖國艱，以度厄運。徵立中山，庶其可濟；博采淑女，備其姪娣；覲（一作親。）禮高禖，祈廟嗣繼；靡格匪天，靡動匪地，穆穆明明，昭事上帝，弘漢祖考，夙夜匪懈。興滅繼絕，博立侯王，親睦庶族，昭穆序明，帝致支屬，靡有遺荒，咸被祚慶，冀以金火，赤仍有央。勉進大聖，上下兼該，羣祥眾瑞，正我黃來。火德將滅，惟后于斯，天之所壞，人不敢支，哀平夭折，百姓分離。祖宗之愆，終其不全，天命有託，謫在於前。屬遭不造，榮極而遷。皇天眷命，黃虞之孫；歷世運移，屬在聖新；代于漢劉，受祚於天。

漢祖受命，赤傳于黃；攝帝受禪，立為真皇。允受（一作執。）厥中，以安黎眾；漢祖黜廢，移定安公。皇

皇靈祖，惟若孔臧；降茲珪璧，命服有常；為新帝母，鴻德不忘；欽德伊何，奉命是行。菲薄服食，神祇是崇；尊不虛統，惟祇惟庸；（一作惟垣惟墉。）隆循（一作脩。）人敬，先民是從。承天祇家，允恭虔恪；豐阜庶卉，旅力不射；恤民于留，（《爾雅》云：留，久也。）不皇詭作；別計千邑，國之是度；還奉于此，以處貧薄；罷苑置縣，築里作宅；以處貧窮，哀此嫠獨；起常盈倉，五十萬斛；為諸生儲，以勸好學。志在黎元，是勞是勤；春巡灞滻，秋臻黃山；夏撫樗杜，冬卹涇樊。大射饗飲，飛羽之門；綏宥耆幼，不拘婦人；刑女歸家，以育貞信；玄冥季冬，搜狩上蘭。寅賓出日，東秩暘谷；鳴鳩拂羽，勝降桑木；（《古文苑》作戴勝降桑，失韻。）蠶于繭館，躬執筐曲；帥導羣妾，咸脩（《古文苑》作循。）蠶簇；分繭理絲，女工是敕；遐邇蒙祉，中外禔福；自京逮海，靡不仰德。成類存生，秉天地經，無物不理，無人不寧；尊號文母，與新有成；世奉長壽，靡墮有傾；著德太常，注諸旒旌；嗚呼哀哉，以昭鴻名。享國六十，殂落而崩；四海傷懷，擗踊拊心；若喪考妣，遏密八音；嗚呼哀哉，萬方不勝。德被海表，彌流魂精；去此昭昭，就彼冥冥；忽兮不見，超兮西征；既作下宮，不復故庭；爰緘伊銘。嗚呼哀哉！」

11. 《後漢書．文苑．杜篤傳》：「篤少博學，不修小節，不為鄉人所禮。美陽令收篤送京師。會大司馬吳漢薨，光武詔諸儒誄之。篤於獄中為誄，辭最高，帝美之，賜帛免刑。」〈吳漢誄〉見《藝文類聚》四十七，錄如下：

「篤以為堯隆稷契，舜嘉皋陶，伊尹佐殷，呂尚翼周，若此五臣，功無與疇，今漢吳公，追而六之。乃作誄曰：

朝失鯁臣，國喪爪牙；天子愍悼，中宮咨嗟。四方殘暴，公不征茲。征茲海內，公其攸平；泯泯羣黎，賴公以寧。勳業既崇，持盈守虛；功成即退，挹而損諸。死而不朽，名勒丹書；功著金石，與日月俱。（孫星衍《續古文苑》二十校云：案此蓋未全，故征茲句不協韻。）」

12. 傅毅有〈明帝誄〉及〈北海王誄〉，茲錄兩誄如下：

〈明帝誄〉

惟此永平，其德不回；恢廓鴻績，遐方是懷；明明肅肅，四國順威；赫赫盛漢，功德巍巍。躬履聖德，以臨萬國，仁風弘惠，雲布雨集；武伏蚩尤，文騰孔墨；下制九州，上係皇極。豐美中世，垂華億載；冠堯佩舜，踐履五代；三雍既洽，帝道繼備。七經宣暢，孔業淑著；明德慎罰，尊上師傅，薄刑厚賞，惠慈仁恕。明竝日月，無有偏照；譬如北辰，與天同曜。發號施令，萬國震懼，庠序設陳，禮樂宣布。璇璣所建，靡不奄有；貢篚納賦，如歸父母。正朔永昌，冠帶僉耳；四方共貫，八極同軌。（《藝文類聚》十二。）

〈北海王誄〉

永平六年，北海靜王薨。于是境內市不交易，塗無征旅，農不脩畝，室無女工，咸相慘怛，若喪厥親，俯哭后土，仰愬皇旻。于是羣英列俊，靜思勒銘，惟王勳德，是昭是明，存隆其實，光曜其聲，終始之際，于斯為榮。乃作誄曰：

覽視昔初，若（若，順也。）論往代；有國有家，篇籍攸載。貴尠不驕，滿罔不溢；莫能履道，聲色以卒。惟王建國，作此蕃弼；撫綏方域，承翼京室。對揚休嘉，光昭其則；溫恭朝夕，敦循伊德。（《藝文類聚》四十五作傅龍，誤。《古文苑》作傅毅。）

13.

《後漢書．文苑．蘇順傳》：「順字孝山，所著賦、論、誄、哀辭、雜文凡十六篇。」彥和於傅毅、崔瑗皆稱名，不容獨字蘇順，當據唐寫本改正。順所撰誄文有〈和帝誄〉（《藝文類聚》十二。）及〈陳公〉（《文選》曹植〈上責躬詩表〉注。）〈賈逵〉（《初學記》二十一）二誄殘句。茲錄〈和帝誄〉於後：

「天王徂登，率土奄傷；如何昊穹，奪我聖皇！恩德累代，乃作銘章。其辭曰：

恭惟大行，配天建德；陶元二化，風流萬國；立我蒸民，宜此儀則。厥初生民，三五作綱；載籍之盛，著于虞唐；恭惟大行，爰同其光。自昔何為，欽明允塞；恭惟大行，天覆地載；無為而治，冠斯往代。往代崎嶇，諸夏擅命；爰茲發號，民樂其政。奄有萬國，民臣咸秩，大孝備矣，閟宮有侐。由昔姜嫄，祖妣之室；

本枝百世，神契惟一，彌留不豫，道揚末命；勞謙有終，實惟其性；衣不制新，犀玉遠屏。履和而行，威棱上古；洪澤旁流，茂化沾溥；不憖少留，民斯何怙；歔欷成雲，泣涕成雨；昊天不弔，喪我慈父。」《後漢書．崔瑗傳》：「瑗字子玉。瑗高於文辭，尤善為書記箴銘。所箸賦、碑、銘、箴、頌、〈七蘇〉，（李賢注：《瑗集》載其文，即枚乘〈七發〉之流。）〈南陽文學官志〉、〈歎辭〉、〈移社文〉、〈悔祈〉、〈草書勢〉、〈七言〉凡五十七篇。其〈南陽文學官志〉稱於後世，諸能為文者皆自以弗及。」彥和稱瑗為誄之才，而本傳不著。《藝文類聚》載瑗所撰〈和帝誄〉錄於後：

「玄景寖曜，雲物見徵；馮相考妖，遂當帝躬。三載四海，遏密八音；如喪考妣，擗踊號吟。大隧既啓，乃徂玄宮；永背神器，升遐皇穹；長夜冥冥，曷云其窮。」

14. 紀評曰：「所識者煩穢繁緩，所取者倫序簡要新切，評文之中，已全見大意。」紀說是也。辨絜，猶言明約。本書〈才略篇〉云：「潘岳敏給，辭旨和暢；鍾美於〈西征〉，賈餘於哀誄。」與此同意。唐寫本徵作徽，是。徽，美也。嚴可均《全晉文》九十二輯岳誄文有〈世祖武皇帝誄〉（《藝文類聚》十三。）、〈楊荊州誄〉、〈楊仲武誄〉、〈馬汧督誄〉、〈夏侯常侍誄〉（並《文選》。）等篇。茲錄〈皇女誄〉一篇示例，亦彥和所謂巧於序悲者也。

〈皇女誄〉（《藝文類聚》十六。）

厥初在鞠，玉質華繁；玄髮儵曜，蛾眉連娟；清顱橫流，明眸朗鮮；迎時夙智，望歲能言。亦既免懷，提攜紫庭；聰惠機警，授色應聲；亹亹其進，好日之經；辭合容止，閑於幼齡。猗猗春蘭，柔條含芳；落英凋矣，從風飄颺；妙好弱媛，窈窕淑良；孰是人斯，而罹斯殃！靈殯既祖，次此暴廬，披覽遺物，徘徊舊居；手澤未改，領膩如初；孤魂遐逝，存亡永殊。嗚呼哀哉！

15. 《後漢書．崔駰傳》：「駰，字亭伯。所著詩、賦、銘、頌、書、記、表，〈七依〉、〈婚禮結言〉、〈達旨〉、〈酒警〉合二十一篇。」本傳不言其作誄，〈誄趙文〉亦不可考。又〈劉陶傳〉：「陶，字子奇。著書數十萬言。又作〈七曜論〉、〈匡老子〉、〈反韓非〉、〈復孟軻〉，及上書言當世便事，條教、賦、奏、書記、辯疑，凡百餘篇。」〈誄黃文〉亦亡。

16. 陳思王所作〈文帝誄〉，全文凡千餘言。誄末自「咨遠臣之渺渺兮，感凶諱以怛驚」以下百餘言，均自陳之辭。旨，唐寫本作百，是。

17. 紀評云：「誄湯之說未詳。」案誄，唐寫本作詠，是也。〈商頌．長發．序〉云：「長發，大禘也。」《正義》曰：「成湯受天明命，誅除元惡，王有天下；又得賢臣為之輔佐，此皆天之所祐，故歌詠天德，因此大禘而為頌。」玄鳥之祚，即簡狄吞鳦卵而生契之事，《正義》所謂歌詠天德也。若然，彥和文意當指〈長發篇〉言之。

〈大雅．生民〉序云：「生民，尊祖也。后稷生於姜嫄，文武之功起於后稷，故推以配天焉。」

18. 盧文弨《抱經堂文集．文心雕龍輯注書後》云：「〈練字篇〉：『傅毅制誄，已用淮雨。』傅毅作〈北海靖王興誄〉云：『白日幽光，淮雨杳冥。』《古文苑》所載，其文不全。今見此書〈誄碑篇〉者，又為後人改去淮雨，易以氛霧二字矣。」（盧說詳下〈練字篇〉。）

19. 《說文．石部》：「碑，豎石也。從石，卑聲。」《釋名．釋典藝》：「碑，被也。此本王葬時所設也。施其轆轤，以繩被其上，以引棺也。臣子追述君父之功美以書其上，後人因焉，故建於道陌之頭顯見之處，名其文，就謂之碑也。」埤裨二字，皆有增益之義，然裨訓接益也，埤訓增也，用埤字較適。

20. 《管子．封禪篇》管仲曰：「古者封泰山禪梁父者七十二家，而夷吾所記者十有二焉。」唐寫本皇作王，是。王，謂禹、湯、周成王之屬。

21. 《穆天子傳》三：「天子遂驅升于弇山，乃紀丌迹于弇山之石，而樹之槐，眉曰西王母之山。」又二：「季夏丁卯，天子北升于舂山之上，以望四野……天子五日觀于舂山之上，乃為銘迹于縣圃之上，以詔後世。」郭璞注云：「謂勒石銘功德也。秦始皇漢武帝巡守登名山，所在刻石立表，此之類也。」歐陽修〈集古錄目

序〉云：「故上自周穆王以來，下更秦漢隋唐五代……莫不皆有，以為《集古錄》。以謂轉寫失真，故因其石本軸而藏之。」穆王銘辭，豈宋時尚存歟？

紀評曰：「此變質而文之始，故別論之。」

22. 樹之兩楹，謂碑樹於中庭，其位置當東楹西楹兩楹之間。（《文選·頭陀寺碑》注引蔡邕〈銘論〉：「碑在宗廟兩階之間。」）段玉裁注《說文》碑字云：「〈聘禮〉鄭注曰：『宮必有碑，所以識日景，引陰陽也。凡碑引物者，宗廟則麗牲焉。（《禮記·祭義》鄭注：「麗，猶繫也。」）其材，宮廟以石，窆用木。』〈檀弓〉：『公室視豐碑，三家視桓楹。』注曰：『豐碑，斲大木為之，形如石碑。』按此〈檀弓〉注即〈聘禮〉注所謂窆用木也。非石而亦曰碑，假借之稱也。秦人但曰刻石，不曰碑，後此凡刻石皆曰碑矣。〈始皇本紀〉上鄒嶧山立石，上泰山立石，下皆云刻所立石，其書法之詳也。凡刻石必先立石，故知豎石者碑之本義，宮廟識日影者是。」王兆芳《文體通釋》曰：「碑者，豎石也。古宮廟庠序之庭碑，以石麗牲，識日景；封壙之豐碑，以木懸棺綍，漢以紀功德。一為墓碑，豐碑之變也；一為宮殿碑，一為廟碑，庭碑之變也；一為德政碑，廟碑墓碑之變也。皆為銘辭，所以代鐘鼎也。」《禮記·檀弓上》：「孔子既得合葬於防……於是封之崇四尺。」鄭注：「聚土曰封。」

23. 《說文》：「碣，特立之石也。」《文體通釋》曰：「碣者，與楬通，特立之石，藉為表楬也。石，方曰碑，圓曰碣。（《後漢書·竇憲傳》注：『方者謂之碑，員者謂之碣。』）趙岐曰：『可立一圓石於墓前。』洪适曰：『似闕非闕，似碑非碑。』隋唐之制，五品以上立碑，七品以上立碣。主於表揚功德，與碑相通。」

24. 《蔡中郎集》有〈楊賜碑〉四篇，茲錄其一篇。骨鯁訓典，猶言以訓典為骨幹。陳仲弓、郭林宗，漢季高士，德望並茂；《世說新語·德行篇》注引《續漢書》：「林宗卒，蔡伯喈為作碑，曰：『吾為人作銘，未嘗不有慚容，唯為〈郭有道碑頌〉無愧耳。』」（《後漢書·郭泰傳》：「蔡邕謂盧植曰：吾為碑銘多矣，皆有慙德，唯〈郭有道〉無愧色耳。」）故彥和謂其詞無擇言。（《尚書·呂刑》：「罔有擇言在身。」《孝經》：「口無擇言，身無擇行。」擇，敗也。）周乎眾碑，乎字應據唐寫本作胡，謂〈太傅胡廣碑〉也。

〈司空文烈侯楊公碑〉

曰漢有國師司空文烈侯楊公，維司徒之孫，太尉公之胤子。皇祖祖考，以懿德胥及事勤，式建丕休，勳啓洪範。公祗服弘業，克丕堂構，小乃不敢不慎，大亦不敢不戒，用罔有擇言失行，在於其躬。洎在辟舉，先志載言，罔不攸該。乃自宰臣，以從王事，立功不有，用辭其祿。逮作御史，允執國憲。納於侍中，在帝左右。爰董武事，王師孔閑。羣公以舊德碩儒，道通術明，宜建師保，延入華光，侍宴路寢，敷典誥之精旨，達聖王之聰叡。帝以機密齋栗，常伯劇任，鮮克知臧，以釐其采。命公再作少府，俾率其屬，以熙庶績。天地作險，國家丕承，軍門祛禁，式遏寇虐。命公再作光祿，亦總其熊羆之士，不二心之臣，保乂帝家。巖巖大理，惟制民命，命公作廷尉，惟刑之恤，旁施「四方」（《札迻》十二：「此讀當以旁施惟明為句，即用《書·益稷》：『旁施象刑惟明』也。此皆四字句，不當增四方二字。」）惟明，折獄蔽罪，於憲之中。亦惟三禮六樂，國之元幹，命公作太常，明德惟馨，八音克諧，神人以和，永世豐年。溥天率土，而眾莫外，命公作司空，公惟戢之，翊明其政，時惟休哉！唯天陰騭下民，彝倫所由順序，命公作司徒，而敬敷五教，以親百姓，父義，母慈，兄友，弟恭，子孝，時惟休哉！昭孝於辟雍，命公作三老，帝恭以祗敬，遵有虞於上庠。茫茫大運，垂光列曜，命公作太尉，璇璣運周，七精循軌，時惟休哉！帝欲宣力於四方，公則翼之，辟道或回，公則弼之，虔恭夙夜，不敢荒寧，用對揚天子丕顯休命。天子大簡其勳，用受爵賜，封侯於臨晉。功成化洽，景命有傾，帝乃震慟，執書以泣，命於左中郎將郭儀作策，賜公驃騎將軍，臨晉侯印綬，兼號特進，謚以文烈。寵命畢備，而後即世。肆其孤彪，敢儀古式，昭銘景烈。銘曰：

天鑒有漢，誕生元輔；世作三事，勛在王府；乃及伊公，克光前矩；悉心畢力，胤其祖武，化洽羣生，澤霑區宇。帝曰文烈，朕嘉君功；為邑河渭，建茲土封；申備九錫，以祚其庸，位此特進，于異羣公。昔在申

呂，匡佐周宣；〈嵩高〉作頌，〈大雅〉揚言。今我文烈，帝載用熙；參光日月，比功四時；身沒名存，永世慕思。

〈郭有道碑〉一首

先生諱泰，字林宗，太原界休人也。其先出自有周，王季之穆，有虢叔者，實有懿德，文王咨焉，建國命氏，或謂之郭，即其後也。先生誕膺天衷，聰叡明哲，孝友溫恭，仁篤慈惠。夫其器量弘深，姿度廣大，浩浩焉，汪汪焉。奧乎不可測已。若乃砥節厲行，直道正辭，貞固足以幹事，隱括足以矯時，遂考覽六經，探綜圖緯，周流華夏，隨集帝學。收文武之將墜，拯微言之未絕。于時纓緌之徒，紳佩之士，望形表而影附，聆嘉聲而響和者，猶百川之歸巨海，鱗介之宗龜龍也。爾乃潛隱衡門，收朋勤誨，童蒙賴焉，用祛其蔽。州郡聞德，虛己備禮，莫之能致。羣公休之，遂辟司徒掾，又舉有道，皆以疾辭。將蹈鴻涯之遐跡，紹巢許之絕軌，翔區外以舒翼，超天衢以高峙。稟命不融，享年四十有二。以建寧二年正月乙亥卒。凡我四方同好之人，永懷哀悼，靡所寘念。乃相與惟先生之德，以謀不朽之事。僉以為先民既沒，而德音猶存者，亦賴之於見述也，今其如何而闕斯禮。於是樹碑表墓，昭銘景行，俾芳烈奮乎百世，令問顯于無窮。其辭曰：

於休先生，明德通玄；純懿淑靈，受之自天，崇壯幽浚，如山如淵。禮樂是悅，詩書是敦；匪惟摭華，乃尋厥根；宮牆重仞，允得其門。懿乎其純，確乎其操；洋洋搢紳，言觀其高；棲遲泌丘，善誘能教；赫赫三事，幾行其招；委辭召貢，保此清妙。降年不永，民斯悲悼；爰勒茲銘，摛其光耀；嗟爾來世，是則是效。

〈陳太丘碑文〉

先生諱寔，字仲弓，潁川許人也。含元精之和，應期運之數，秉資九德，總修百行，於鄉黨則恂恂焉，彬彬焉，善誘善導，仁而愛人，使夫少長咸安懷之。其為道也，用行舍藏，進退可度，不徼訐以干時，不遷貳以臨下。四為郡功曹，五辟豫州，六辟三府，再辟大將軍，宰聞喜半歲，太丘一年，德務中庸，教敦不肅，政以禮成，化行有謐。會遭黨事，禁固二十年，樂天知命，澹然自逸，交不諂上，愛不瀆下。見機而作，不俟終日。及文書赦宥，時年已七十，遂隱丘山，懸車告老，四門備禮，閑心靜居。大將軍何公司徒袁公前後招辟，使人曉喻，云欲特表，便可入踐常伯，超補三事，紆佩金紫，光國垂勳。先生曰：「絕望已久，飾巾待期而已。」皆遂不至。弘農楊公，東海陳公，每在衮職，羣寮賀之，皆舉手曰：「潁川陳君絕世超倫，大位未躋，慚於臧文竊位之負。」故時人高其德，重乎公相之位也。年八十有三，中平三年八月丙午，遭疾而終。臨沒顧命，留葬所卒，時服素棺，槨財周櫬，喪事惟約，用過乎儉。羣公百寮，莫不咨嗟，巖藪知名，失聲揮涕。大將軍弔祠，錫以嘉謚，曰：「徵士陳君，稟嶽瀆之精，苞靈曜之純，天不憖遺老，俾屏我王，梁崩哲萎，于時靡憲。搢紳儒林，論德謀跡，謚曰文範先生。」《傳》曰：「郁郁乎文哉。」《書》曰：「洪範九疇，彝倫攸敘。」文為德表，範為士則，存誨沒號，不亦宜乎！三公遣令史祭以中牢。刺史敬弔。太守南陽曹府君命官作誄曰：「赫矣陳君，命世是生；含光醇德，為士作程。資始既正，守終又令，奉禮終沒，休矣清聲！」遣官屬掾吏前後赴會，刊石作銘。府丞與比縣會葬。荀慈明、韓元長等五百餘人緦麻設位，哀以送之。遠近會葬千人以上。河南尹种府君臨郡，追歎功德，述錄高行，以為遠近鮮能及之，重部大掾，以時成銘。斯可謂存榮沒哀，死而不朽者已。乃作銘曰：

峨峨崇嶽，吐符降神；於皇先生，抱寶懷珍。如何昊穹，既喪斯文；微言圮絕，來者曷聞。交交黃鳥，爰集於棘；命不可贖，哀何有極！

〈汝南周勰碑〉

君諱勰，字巨勝；陳留太守之孫，光祿勳之子也。君應乾坤之淳靈，繼命世之期運，玄懿清朗，貞厲精粹，體仁足以長人，嘉德足以合禮，總六經之要，括河洛之機，援天心以立鈞，贊幽明以揆時，沈靜微密，淪於無內，寬裕弘博，含乎無外，巨細洪纖，罔不總也。是以實繁於華，德盈乎譽。初以父任拜郎中，疾去官。察孝廉，是時郡守梁氏，外戚貴寵，非其好也，遂以病辭。太守復察孝廉，乃俯而就之，以明可否，然猶私存衡門講誨之樂，不屑已也，又委之而旋。故大將軍梁冀，專國作威，海內從風，世之雄才優逸之徒，莫不

委質從命，而顛覆者蓋亦多矣；聞君洪名，前後三辟，而卒不降身，由是搢紳歸高，羣公事德，太尉司徒再辟三辟，察賢良方正，州舉孝廉，皆病不就。擾攘之際，災眚仍發，聖上詢諮，師錫策命，公車特徵，君仰瞻天象，俯效人事，世路多險，進非其時；乃託疾杜門靜居，里巷無人跡，外庭生蓬蒿，如此者十餘年，強禦不能奪其守，王爵不能滑其慮。至延熹二年，乃更闢門延賓，享宴娛樂，及秋而梁氏誅滅。十二月，君卒。然則識幾知命，可覩於斯矣。洋洋乎若德，雖崇山千仞，重淵百尺，未足以喻其高，究其深也。夫三精垂耀，處者有表，爰在上世，作者七人，焉有該百行，備九德，齊光日月，洞靈神明，如君之至者與！亶所謂天民之秀也。享年五十，不登期考，遐邇歎悼，痛心失圖。乃相與建碑勒銘，以徵休美。其辭曰：

厥初生民，天賜之性；有龐有醇，有否有聖。伊維周君，允丁其正，誕茲明德，自貽哲命。煥乎其文，如星之布；確乎不拔，如山之固；追踪先緒，應期作度；潛心大猷，譚思德謨。遁世無悶，屢辭王寮；洋洋泌丘，於以逍遙；蔑爾童蒙，是訓是教。瞻彼榮寵，譬諸雲霄；優哉游哉，侔此弘高，名振華夏，光耀昆苗，清風丕揚，德音孔昭。

〈太傅胡廣碑〉

公諱廣，字伯始，南郡華容人也。其先自嬀姓建國南土曰胡子，《春秋》書焉，列於諸侯，公其後也。考以德行純懿，官至交趾都尉。公寬裕仁愛，覆載博大，研道知機，窮理盡性，凡聖哲之遺教，文武之未墜，罔有不綜。年二十七，察孝廉，除郎中尚書侍郎左丞尚書僕射，內正機衡，允釐其職，文敏暢乎庶事，密靜周乎樞機。帝用嘉之，遷濟陰太守。公乃布愷悌，宣柔嘉，通神化，道靈邪，取忠肅於不言，消奸宄於爪牙；是以君子勤禮，小人知恥，鞠推息於官曹，刑戮廢於朝市，餘貨委於路衢，餘種栖於畎畝。遷汝南太守。增修前業，考績既明。入作司農，實掌金穀之淵藪，和均關石，王府以允。遂作司徒，昭敷五教。進作太尉，宣暢渾元。人倫輯睦，日月重光。遭國不造，帝祚無主，援立孝桓，以紹宗緒。用首謀定策，封安樂鄉侯，戶邑之數，加於羣公。入錄機事，聽納總己。致位就第，復拜司空。敷土導川，俾順其性。功遂身退，告疾固辭，乃為特進，爰以休息。又拜太常，典司三禮，敬恭禋祀，神明嘉歆，永世豐年，聿懷多福。復拜太尉，尋申前業。又以特進逍遙致位。又拜太常，遘疾不夷，遜位辭爵，遷於舊都。徵拜太中大夫。延和末年，聖主革正，幸臣誅薨，引公為尚書令，以二千石居官，委以閫外之事，釐改度量，以新國家，弘綱既整，袞闕以補。乃拜太僕，車正馬閑，六騶習訓。遷太常司徒。威宗晏駕，推建聖嗣，復封故邑，與參機密。寢疾告退，復拜太傅錄尚書事。於時春秋高矣，繼親在堂，朝夕定省，不違子道，旁無几杖，言不稱老，居喪致哀，率禮不越。其接下答賓，雖幼賤降等，禮從謙厚，尊而彌恭，勞思萬機，身勤心苦，雖老萊子嬰兒其服，方叔克壯其猷，公旦納於台屋，正考父俯而循禮，曷以尚茲。夫蒸蒸至孝，德本也；體和履忠，行極也；博聞周覽，上通也；勤勞王家，茂功也。用能七登九命，篤受介祉，亮皇聖於六世，嘉庶績於九有，窮生民之光寵，享黃耇之遐紀，蹈明德以保身。與福祿乎終始，年八十有二，建寧五年春壬戌，薨於位。天子悼痛，贈策賜誄，謚曰文恭。如前傳之儀而有加焉，禮也。故吏司徒許詡等相與欽慕〈崧高〉、〈蒸民〉之作，取言時計功之則，論集行跡，銘諸琬琰。其詞曰：

「伊漢元輔，時惟文恭；聰明叡哲，思心瘁容；畢力天機，帝休其庸；賦政於外，有邈其蹤。進作卿士，粵登上公；百揆時序，五典克從；萬邦黎獻，共唯時雍；勳烈既建，爵土乃封。七被三事，再作特進；弘唯幼沖，作傅以訓。赫赫猗公，邦家之鎮；澤被華夏，遺愛不渝；日與月與，齊光並運；存榮亡顯，沒而不泯。」

《困學紀聞》十三：「蔡邕文今存九十篇，而銘墓居其半，曰碑，曰銘，曰神誥，曰哀讚，其實一也。自云為〈郭有道碑〉獨無愧辭，則其他可知矣。其頌胡廣、黃瓊，幾於老、韓同傳，（《史記》韓非與老聃同傳。）若繼成《漢史》，豈有南董之筆！」（翁注曰：「瓊非廣所能幾及，邕作頌而無所軒輊，故王氏譏之。」）《日知錄》十九「作文潤筆條」云：「《蔡伯喈集》中為時貴碑誄之作甚多，如胡廣、陳寔各三碑，橋玄、楊賜、胡碩各二碑，至於袁滿來年十五，胡根年七歲，皆為之作碑，自非利其潤筆，不至為此。史傳以其名重，隱而不言耳。文人受賕，豈獨韓退之諛墓金哉。」（劉禹錫〈祭韓愈文〉曰：「公鼎侯碑，志隧表阡，一字之價，輦金如山。」）

25. 《全後漢文》八十三據《藝文類聚》四十九又《文選》注輯得孔融〈衛尉張儉碑銘〉一篇，殘缺不全，錄如下：（陳文亡佚。）

「其先張仲，實以孝友左右周室。（其先上有缺文。當據《後漢書．黨錮．張儉傳》補：『君諱儉，字元節，山陽高平人也。』）晉主夏盟而張老（此下有闕文。）延君譽於四方。君稟乾剛之正性，蹈高世之殊軌，冰潔淵清，介然特立，雖史魚之勵操，叔向之正色，未足比焉。中常侍同郡侯覽專權王命，豺虎肆虐，威震天下。君以西部督郵（據本傳當作東部督郵。）上覽禍亂凶國之罪，鞫沒贓姦，以巨萬計。俄而制書案驗部黨，君為覽所陷，亦章名捕逐。當世英雄，授命殞身，以籍濟君厄者，蓋數十人，故克免斯艱。旋宅舊宇，眾庶懷其德，王公慕其聲，州宰爭命，辟大將軍幕府，公車特就家拜少府，皆不就也。復以衛尉徵，明詔嚴切敕州郡，乃不得已而就之。（此下當有缺文。）惜乎不登泰階，以尹天下，致皇代於隆熙。（此下當有缺文。）銘曰：

桓桓我君，應天淑靈；皓素其質，允迪忠貞；肆志直道，進不為榮；赴戟驕臣，發如震霆；淩剛摧堅，視危如寧；聖主克愛，命作喉脣。（此下當有缺文。）」

26. 《晉書．孫綽傳》：「綽字興公。少以文才垂稱，於時文士，綽為其冠。溫、王、郗、庾諸公之薨，必須綽為碑文，然後刊石焉。」《藝文類聚》四十五有綽所撰〈丞相王導碑〉、〈太宰郗鑒碑〉，四十六有〈太尉庾亮碑〉，皆頗殘闕不全。〈桓彝碑〉全佚。茲錄〈王導碑〉存文於後：

「公冑興姬文，氏由王喬，玄聖陶化以啟源，靈仙延祉以分流，賢俊相承，世冠海岱。二儀交泰，妙氣發暉，醇曜所鍾，公實應之。玄性合乎道旨，沖一體之自然，柔暢協乎春風，溫煥侔於冬日，信人倫之水鏡，道德之標準也。惠懷之際，運在大過，皇德不建，神轡再絕，獫狁孔熾，凶類猋起。公見機而作，超然玄悟，遂扶翼蕃王，室協東岳，弘大順以一羣后之望，仗王道以應天人之會。於時乾維肇振，創制理物，中宗拱己，雅仗賢相，尚父之任，具瞻在公，存烹鮮之義，殉易簡之政，大略宏規，卓然可述。公雅好談詠，恂然善誘，雖管綜時務，一日萬機，夷心以延白屋之士，虛已以招巖穴之俊，逍遙放意，不峻儀軌。公執國之鈞，三十餘載，時難世故，備經之矣，夷險理亂，常保元吉。匪躬而身全，遺功而勳舉，非夫領鑒玄達，百鍊不渝，孰能莫忤於世而動與理會者哉！」

27. 陸機〈文賦〉云：「碑披文以相質，誄纏綿而悽愴。」李善注：「碑以敘德，故文質相半；誄以陳哀，故纏緜悽愴。」紀評曰：「碑非文名，誤始陸平原。」案彥和不以碑為文體，觀「其序則傳，其文則銘」、「碑實銘器，銘實碑文」數語，義至明顯，唐寫本光作先，已作亡，均是。「因器立名，事先於誄」謂刻石紀功，可用於生人，而誄則必用於死亡之後也。

28. 案唐寫本作戢是，本贊純用緝韻，若作忒則失韻。《禮記・緇衣》：「其儀不忒。」《釋文》：「忒一作貣。」而貣俗文又作貮，與戢形近，故戢初誤為貮，繼又誤為忒也。

【附錄】

梁元帝〈內典碑銘集林序〉（《廣弘明集》二十三。《金樓子・著書篇》有《內典博要》三十卷，疑即此書。《梁書・本紀》作一百卷誤。）

夫法性空寂，心行處斷，感而遂通，隨方引接，故鵲園善誘，馬苑弘宣，白林將謝，青樹已列，是宣金牒，方寄銀身。自象教東流，化行南國，吳主至誠，歷七霄而光曜，晉王畫像，經五帝而彌新。次道孝伯，嘉賓玄度，斯數子者，亦一代名人。或修理止於伽藍，或歸心盡於談論，銘頌所稱，興公而已。夫披文相質，博約溫潤，吾聞斯語，未見其人。班固碩學，尚云讚頌相似；陸機鉤深，猶聞碑賦如一。唯伯喈作銘，林宗無媿，德祖能誦，元常善書，一時之盛，莫得係踵。況般若玄淵，真如妙密，觸言成累，係境非真，金石何書，銘頌誰闡。然建塔紀功，招提立寺，或興造有由，或誓願所記，故鐫之玄石，傳諸不朽。亦有息心應供，是曰桑門，或謂智

囊，或稱印手，高座擅名，預伊師之席；道林見重，陪飛龍之座。峨眉盧阜之賢，鄴中宛鄧之哲，昭哉史冊，可得而詳。故碑文之興，斯焉尚矣。

夫世代亟改，論文之理非一，時事推移，屬詞之體或異。但繁則傷弱，率則恨省，存華則失體，從實則無味。或引事雖博，其意猶同；或新意雖奇，無所倚約；或首尾倫帖，事似牽課；或翻復博涉，體製不工。能使豔而不華，質而不野，博而不繁，省而不率，文而有質，約而能潤，事隨意轉，理逐言深，所謂菁華，無以間也。予幼好雕蟲，長而彌篤，遊心釋典，寓目詞林。頃常搜聚，有懷著述，譬諸法海，無讓波瀾，亦等須彌，同歸一色。故不擇高卑，唯能是與，倘未詳悉，隨而足之。名為《內典碑銘集林》，合三十卷，庶將來君子，或裨觀見焉。

〈墓誌銘考〉

唐宋以下，凡稱文人，多業諛墓，退之明道自任，猶或不免，其他更何足數。此亭林所以發「誌狀不可妄作」、「作文潤筆」之篤論也。（二條均見《日知錄》十九。）自文章與學術分道，綴文之徒，起似牛毛，貴室富賈之死，其子孫必求名士獻諛為快，即鄉里庸流，亦好牽率文人，冀依附文集傳世。文人則亦有所利而輕應之。桐城諸公，喜言義法，所謂法當銘，例得銘者，豈盡計功稱伐之意！考墓誌銘之盛，起於六朝晉宋以後，東漢則大行碑文，蔡邕為作者之首，後漢文苑諸人，率皆撰碑，東京士風，雖號淳厚，意者慕聲市利之事，殆亦不必無乎！《洛陽伽藍記．城東篇》載隱士趙逸之言曰：「生時中庸之人爾。及死也，碑文墓誌，必窮天地之大德，盡生民之能事，為君共堯舜連衡，為臣與伊皋等跡，牧民之臣，浮虎慕其清塵，執法之吏，埋輪謝其梗直。所謂生為盜跖，死為夷齊，妄言傷正，華辭損實。」此雖有淚而談，然構文之士，亦宜有慚於此言也。

《羣書治要》載桓範〈世要論〉曰：「夫渝世富貴，乘時要世，爵以賂至，官以賄成，視常侍黃門賓客，假其聲勢，以至公卿牧守。所在宰蒞，無清惠之政，而有饕餮之害；為臣無忠誠之行，而有姦欺之罪；背正向邪，附上罔下，此乃繩墨之所加，流放之所棄，而門生故吏，合集財貨，刊石紀功，稱述勳德，高邈伊周，下陵管晏，遠追豹產，近踰黃邵，勢重者稱美，財富者文麗。後人相踵，稱以為義，外若讚善，內為己發，上下相效，競以為榮，其流之弊，乃至於此。欺曜當時，疑誤後世，罪莫大焉。且夫賞生以爵祿，榮死以誄謚，是人主權柄，而漢世不禁。使私稱與王命爭流，臣子與君上俱用，善惡無章，得失無效，豈不誤哉。」觀桓氏此論，東漢刊石之濫，至斯極矣。《宋書·禮志》二曰：「漢以後天下送死奢靡，多作石室石獸碑銘等物。建安十年，魏武帝以天下雕弊，下令不得厚葬，又禁立碑。」〈志〉謂高貴鄉公時碑禁尚嚴，此後復弛替。

《宋書·裴松之傳》：「松之以世立私碑，有乖事實，上表陳之曰：（上表在東晉安帝義熙中。）『碑銘之作，以明示後昆，自非殊功異德，無以允應茲典。大者道動光遠，世所宗推；其次節行高妙，遺烈可紀。若乃亮采登庸，績用顯著，敷化所莅，惠訓融遠，述詠所寄，有賴鐫勒；非斯族也，則幾僭黷矣。俗敝偽興，華煩已久，是以孔悝之銘，行是人非；蔡邕制文，每有愧色。而自是厥後。其流彌多。預有臣吏，必為建立。勒銘寡取信之實，刊石成虛偽之常。真假相蒙，殆使合美者不貴，但論其功費，又不可稱，不加禁裁，其敝無已。以為諸欲立碑者，宜悉令言上，為朝議所許，然後聽之，庶可以防遏無徵，顯彰茂實，使百世之下，知其不虛，則義信於仰止，道孚於來葉。』由是並斷。」讀松之此表，知漢晉二代立碑之濫。《宋書·禮志》二引晉武帝咸寧四年禁斷立碑詔曰：『此石獸碑表，既私褒美，興長虛偽，傷財害人，莫大於此，一禁斷之。其犯者雖會赦令，皆當毀壞。』東晉元帝以後，禁又漸頹，自松之奏禁，迄於宋世，此禁不改，雖六朝敕立奏立之碑，時仍弗乏，（劉申叔先生《中古文學史》云：「當時奏立之碑有二：一為墓碑，如梁劉賢等〈陳徐勉行狀〉，請刊石紀德，降詔立碑於墓是也；一為碑頌碑記，如壽陽百姓為劉助立碑記，南豫州人請為夏侯亶立碑是也。」）寺塔碑銘，作者尤眾，而向之僭立私碑者，則羣趨於墓誌銘之作。墓誌銘之起，有謂三代有之者。

周益公〈跋王獻之保母碑〉云：「銘墓三代有之。薛尚功《鐘鼎款識》第十六卷載唐開元四年。偃師耕者得比干墓銅盤，篆文云：『右林左泉，後崗前道，萬世之寧，茲焉是保。』」比干墓不在偃師，右林左泉亦非三代人語，此殆偽器，未可作徵。有謂起於西漢者。宋祝穆《事文類聚》六十載《事始》云：『漢杜子夏臨終作文，

命刊右埋墳前，厥後墓誌恐因此始。』有謂起自東漢者。周益公〈跋保母碑〉云：『予得光武時梓潼扈居墓甎，先敘所歷之官，末云千秋之宅。又有章帝時范君、謝君甎銘，以四字為句，以此知東漢誌墓，初猶用甎，久方刻石。紹興中，予親見常州宜興邑中斸出靈帝時太尉許馘塚，有碑漫滅，惟前有百餘字可讀。大略云：『夫人會稽山陰人，姓劉氏，太尉之婦也。』」歐陽修《集古錄》：「〈張衡墓銘〉，其刻石為二本：一在南陽，一在向城。」又〈宋文帝碑跋〉云：「余家集古所錄三代以來鐘鼎彝盤，銘刻備有，至後漢以來，始有碑文，欲求前漢時碑碣，卒不可得，是則冢墓碑，自後漢以來始有也。」有謂起自曹魏者。唐封演《聞見記》引王儉所著《喪禮》云：「魏侍中繆襲改葬父母，制墓下題版文。」有謂起自西晉者。《封氏聞見記》云：「東都殖業坊十字街有王戎墓，隨代釀家穿旁作窖，得銘曰：『晉司徒尚書令安豐侯王君銘。』有數百字。然則古人葬者亦有石誌，但不如今代貴賤通用耳。」《南齊書．文學傳》：「賈淵世傳譜學。孝武世，青州人發古冢銘云：『青州世子，東海女郎。』帝問鮑照、徐爰、蘇寶生，並不能悉。淵曰：『此是司馬越女嫁荀晞兒。』檢訪果然。」有謂起於宋者。《文選》五十九墓誌李善注引吳均《齊春秋》：「王儉曰：『石誌不出禮典，起宋元嘉顏延之為王琳（應做球）石誌。』」《事文類聚》載《事始》云：「齊太子穆妃將葬，議立石誌。王儉曰：『石誌不出禮經，起顏延之為王彌作墓誌，以其素族，無銘誄故也。』」（《南齊書．禮志下》：「高帝建元二年，有司奏大明故事，太子妃玄宮中有石誌，儉議云：『墓銘不出禮典，近宋元嘉中，顏延之作〈王球石誌〉。素族無碑策。故以紀德。自爾以來，王公以下，咸共遵用。儲妃之重，禮殊恆列，既有哀策，謂不須石誌。』」）綜上諸說，（詳見《困學紀聞》卷十三。）一為墓誌，如王獻之〈保母磚〉、顏延之〈王彌墓誌〉，施於素族貧賤，以紀死人名氏者也。一為墓誌有銘，王儉《喪禮》所謂「原此制將以千載之後，陵谷遷變，欲後人有所聞知。其人若無殊才異德者，但記姓名、歷官、祖父、姻媾而已。若有德業則為銘文」者也。亦有誌銘兼施者，如《南史．裴子野傳》謂「湘東王為之墓誌銘，陳於藏內，邵陵王又立墓誌，堙於羨道」是也。蓋兩漢迄晉，間或有之，而頌功紀事，大抵用碑。自東晉禁斷，稍有德業之人，莫不用墓誌銘。迨風氣既成，（宋齊以降，百僚並有墓誌，或由太子諸王撰立。）齊武帝且欲為裴后立石誌墓中，而不知其為非古矣。

〈碑表〉（趙翼《陔餘叢攷》）

《儀禮．士婚禮》：「入門當碑揖。」〈聘禮〉：「賓自碑內聽命。」又曰：「東西北上碑南。」《禮記．祭義》：「牲入廟門，麗牲于碑。」賈氏以為宗廟皆有碑，以識日景。《說文注》又云：「宗廟碑以麗牲，後人因於其上紀功德。」〈檀弓〉：「公室視豐碑，三家視桓楹。」注：「豐碑，以大木為之，桓楹者，形如大楹也。」〈喪大記〉：「君葬，四綍，二碑；大夫葬，二綍，二碑。凡封窆，用綍去碑。」注：「樹碑于壙前，以紼繞之，用轆轤下棺也。」按此數說，則古人宮寢墳墓，皆植大木為碑。而其字從石者，孫何云：取其堅且久也。劉勰則謂：「宗廟有碑，樹之兩楹，事止麗牲，未勒勳績。後代自廟徂墳，以石代金。」司馬溫公謂：「古人勳德，多勒銘鼎鐘，藏之宗廟；其葬則有豐碑，以下棺耳。秦漢以來，始作文褒讚功德，刻之於石，亦謂之碑。」此二說，似謂刻石之碑與下棺之碑無涉者。然唐封演《聞見記》：「豐碑本天子諸侯下棺之柱，臣子或書君父勳伐於其上，又立於隧口，故謂之神道。古碑上往往有孔，是貫綍索之象。」孫宗鑑《東皋雜錄》：「周秦皆以碑懸棺，或木或石。既葬。碑留壙中，不復出矣。後稍書姓名爵里於其上。後漢遂作文字。」李綽《尚書故實》亦云：「古碑皆有圓空，蓋本墟墓間物，所以懸窆者，後人因就紀功德，由是遂有碑表。數十年前，有樹德政碑者，亦設圓空，後悟其非，遂改。」而孫何亦謂：「昔在潁中，嘗見荀陳古碑，皆穴其上，若貫索為之者，以問起居郎張觀。觀曰：漢去古未遠，猶有豐碑之遺像。更以質之柳仲塗，亦云然。」則墓道之有碑刻文，本由於懸窆之豐碑，而或易以石也。

古碑之傳於世者，漢有〈楊震碑〉，首題「太尉楊公神道碑銘」。又蔡邕作郭有道、陳太丘墓碑文，載在《文選》。《後漢書》崔寔卒，袁隗為之樹碑頌德。故劉勰謂：「東漢以來碑碣雲起。」吳曾《能改齋漫錄》亦謂：「碑文始自東漢。」而朱竹垞又引漢元初五年，謁者景君始有墓表，其崇四尺，圭首方趺，其文由左而右。

按表即碑之類，則西漢已有碑制。究而論之，要當以孔子題延陵吳季子十字碑為始。或有疑季子碑為後人偽托者，唐李陽冰初工嶧山篆，後見此碑，遂變化開合，如龍如虎，則非後人所能造可知也。自此以後，則嶧山、之罘、碣石等，雖非冢墓，亦彷之以紀功德矣。

〈墓誌銘〉（《陔餘叢考》）

慕誌銘之始，王阮亭《池北偶談》謂《事林廣記》引《炙輠子》，以為始於王戎。馮鑑《事始》以為始於西漢杜子春。而高承《事物紀》原以為始於比干。《槎上老舌》又引孔子之喪，公西赤志之，子張之喪，公明儀志之，以為墓志之始。不知〈檀弓〉所謂志之者，猶今之主喪云爾，未可改作誌也。惟《封氏聞見記》青州古冢有石刻銘云：「青州世子，東海女郎。」賈昊以為東海王越之女，嫁荀晞之子者。又東都殖業坊王戎墓，有銘曰：「晉司徒尚書令安豐侯王君墓銘。」凡數百字。又魏侍中襲繆葬父母，墓下題版文，則誌銘之作，納於壙中者，起於魏晉無疑云云。阮亭所據封氏之說固核矣，然《南史》齊武帝裴皇后薨時，議欲立石誌，王儉曰：「石誌不出禮經，起自宋元嘉中顏延之為王球石誌，素族無銘策，故以紀行。自爾以來，共相祖襲，今儲妃之重，既有哀策，不煩石誌。」此則墓誌起於元嘉中之明據也。（宋建平王宏薨，宋武帝自為墓誌銘。）司馬溫公亦謂南朝始有銘誌埋墓之事。然賈昊辨識東海王越之女一事，亦見《南史》，則晉已有墓誌之例。又《宋書·何承天傳》文帝開玄武湖，遇大冢，得一銅斗。帝以問羣臣。承天曰：「此新莽時威斗。三公亡，皆賜之葬。時三公居江左者惟甄邯，此必邯墓也。」俄而冢內更得一石，銘曰：「大司徒甄邯之墓。」又張華《博物志》載西漢南宮殿內有醇儒王史威長葬銘曰：「明明哲士，知存知亡；崇隴原野，非寧非康；不封不樹。作靈垂光；厥銘何依，王史威長。」（亦見《學齋佔畢》。）則西漢時已有墓銘也。《金史·蔡珪傳》金海陵王欲展都城，有兩燕王墓，舊在東城外，今在所展之內，命改葬於城外。此兩墓俗傳燕王及太子丹之葬也。及啓壙，其東墓之柩端，題曰：「燕靈王舊。」舊即古柩字，通用，乃漢高祖子劉建也。其西墓蓋燕康王劉嘉之葬也。珪作兩燕王辨甚詳。此又西漢題識於柩之法。不特此也，《莊子》云：「衛靈公卜葬於沙邱，掘之得石槨。有銘曰『不憑其子』，靈公乃奪而埋之。」則春秋以前，已有銘于墓中者矣。（《唐書．鄭欽說傳》：「梁任昉于大同四年七月在鍾山壙中得銘曰：『龜言土，蓍言水，甸服黃鍾啓靈址，瘞在三上庚，墮遇七中巳，六千三百浹辰交，二九重三四百圮。』當時莫有解者，戒子孫世世以此訪人。昉五世孫寫以問欽說。欽說方出使，得之于長樂驛，行三十里，至敷水驛，乃悟此塚葬以漢建武四年三月十日，圮以梁大同四年七月十二日也。」解在〈欽說傳〉內。則漢時銘墓又有此一種，蓋即《莊子》所謂石槨銘之類也。）由此數事以觀，則墓銘之來已久，而王儉謂始自宋元嘉中顏延之，此又何說。竊意古來銘墓，但書姓名官位，間或銘數語於其上，而譔文敘事，臚述生平，則起於顏延之耳。

〈碑表誌銘之別〉（《陔餘叢考》）

《曾子固文集》有云：「碑表立於墓上，誌銘則埋壙中。」此誌銘與碑表之異制也。諸書所載，如庾子山作〈崔公神道碑銘〉，所謂：「思傳舊德，宜勒黃金之碑。」楊盈川作〈建昌王公碑銘〉，所謂：「邱陵標榜，式建封碑。」此碑之立於墓上者也。賈昊所辨東海女郎及甄邯諸事，皆從開冢而見，又《神僧傳》：「寶誌公歿，梁武帝命陸倕製銘于冢內。」司馬溫公誌呂誨云：「誨將死，囑為其埋文誌。」張仲倩云：「譔次所聞，納諸壙。」此誌銘之藏于墓中者也。故碑表有作于葬後者，《王荊公集》中馬正惠葬于天禧，而立碑於嘉祐，賈魏公碑亦立於既葬之明年。而墓誌之作，必在葬前。溫公銘其兄周卿及昭遠，皆云：「以葬日近，不暇請于他人，而自為銘。」以葬時所用也。惟宋景濂作〈常開平神道碑銘〉，亦云：「序而銘諸幽。」殊不可解。神道碑無納壙之例，惟《南史》裴子野卒，宋湘東王作墓誌銘，藏于壙內，邵陵王又作墓誌，列於羨道，羨道列誌自此始。又范傳正作〈李白新墓銘〉，刻二石。一置壙中，一表道上。景濂或彷此歟！（溫公謂碑猶立於墓道，人得見之；誌藏於壙中，非開發孰從而覩之。謂誌銘可不用也。費衮則引韓魏公四代祖葬博野，子孫避地，遂忘所在。公既貴，始尋求，命其子祭而開壙，各得誌銘，然後信。則誌銘之設，亦孝子慈孫之深意，未可盡非也。）《湧幢小

品》云：劉宋時裴松之以世立私碑，有乖事實，上言以為立碑者，宜上言為朝議所許，然後得立。庶可防遏無徵，顯章茂實。由是普斷遵行。（見《南史・裴松之傳》。）至隋唐，凡立碑者皆奏請，及五代而弛，今且彌布天下矣。又朱竹垞云：「古葬令五品以上立碑，降五品立碣。」此規制之宜審者也。

按此本隋制，五品以上立碑，螭首龜趺，上不得過四尺，載在喪葬令。碑有序有銘，謂之碑文可也，碑銘可也。而直謂之碑則非也。孫何曰：「蔡邕譔〈郭有道〉、〈陳太丘碑〉，皆有序冠篇，而末亂之以銘，未嘗直名之曰碑。（《北史・樊遜傳》：「魏收為〈庫狄干碑序〉，令樊孝謙作銘，陸卬不知，以為皆收作也。」是又有兩人合作序銘者。）迨李翱為〈高愍女碑〉，羅隱為〈三叔碑〉、〈梅先生碑〉，則序與銘皆混而不分。其目亦不復曰文而直曰碑。是竟以麗牲懸綍之具而名其文矣。古者嘉量有銘，謂之量銘，鐘有銘，謂之鐘銘，鼎有銘，謂之鼎銘，不聞其去銘字而直謂之量也、鐘也、鼎也。」此名目之宜審者也。（按《南史・虞荔傳》：梁武于城西置士林館，荔乃制碑奏上，帝即命勒于館，則六朝時已單名曰碑。）《癸辛雜識》引趙松雪云：「北方多唐以前古冢，所謂墓誌者，皆在墓中，正方而上有蓋。蓋豐下殺上，上書某朝某官某人墓誌，此所謂書蓋也。後立碑於墓，其篆額應止謂之額，今訛為蓋，非也。」此題額之宜審者也。又夫婦合葬墓誌，近代如王遵巖、王弇州集中皆書曰：「某君暨配某氏合葬墓誌。」識者非之，以為古人合葬，題不書婦，今曰暨配某者，空同以後不典之詞也。而考唐宋書法，則並無合葬二字，但云「某君墓誌」而已。其妻之祔，則於誌中見之，此書法之宜審者也。又古人於碑誌之文不輕作，東坡〈答李方叔〉云：「但緣子孫欲追述其祖考而作者，某未嘗措手。」其慎重如此。今世號為能文者，高文大篇，可以一醉博易，風斯下矣。唐荊川云：「近日屠沽細人，有一碗飯吃，其死後必有一篇墓誌，此亦流俗之最可笑者。」杜子夏臨終作文曰：「魏郡杜鄴，立志忠款，犬馬未陳，奄先草露。骨肉歸于土，魂無所不之，何必故丘，然後即化，長安北郭，此焉宴息。」王阮亭引之，以為此又後人自作祭文及自譔墓誌之始也。又《後漢書・趙岐傳》：「岐久病，勑兄子可立一員石于墓前，刻之曰：『漢有逸人，姓趙名嘉，有志無時，命也奈何。』」此亦與杜子夏臨終作文同也。

哀弔第十三

賦憲孫云當作議德黃云案馮本作賦憲之謚[1]，短折曰哀[2]。哀者，依也。悲實依心，故曰哀也。以辭遺哀，蓋不孫云明抄本御覽五九六引作下鈴木云御覽墩本不淚作下流淚之悼，故不在黃髮，必施夭元作天昏[3]。昔三良殉秦，百夫莫贖，事均夭橫孫云唐寫本橫作枉御覽五九六亦作枉，黃鳥賦哀，抑亦詩人之哀辭乎[4]！暨孫云御覽無暨字漢武封禪，而霍子侯元作光病曹改又一本作霍嬗暴亡孫云唐寫本作霍嬗暴亡，帝傷而作詩，亦哀辭之類矣[5]。及孫云及上有降字御覽亦有降字後漢汝陽王亡，崔瑗哀辭，始變前式元作戒謝改。然履突鬼門，怪而不辭孫云唐寫本辭作式御覽亦作式；駕龍乘雲，仙而不哀；又卒章五言，頗似歌謠孫云明抄本御覽作吟，亦彷彿乎漢武趙云武作式也[6]。至於蘇慎疑作順鈴木云御覽墩本作順，張升，並述哀文[7]，雖發其情華孫云御覽無華字鈴木云墩本無情字，而未極心孫云唐寫本心上有其字御覽心作其實。建安哀辭，惟偉長差善，行女一篇，時有惻怛[8]。及潘岳繼作，實踵趙云踵作鍾其美。觀其慮善孫云唐寫本善作贍明抄本御覽亦作贍辭變，情洞悲孫云唐寫本作哀苦，叙事如傳；結言摹詩，促節四言，鮮有緩句，故能義直而文婉，體舊而趣新，金鹿澤蘭，莫之或繼也孫云唐寫本無也字[9]。原夫哀辭大體，情主於痛傷，而辭窮乎愛惜。幼未成德孫云御覽作性，故譽止於察惠譽字御覽作與言二字孫云御覽作故興言；弱不勝務，故悼加乎膚色悼字下御覽有惜字膚一作容孫云御覽作故悼惜加乎容色。隱心而結文則事愜，觀文而屬心則體奢。奢趙云二奢字均作夸體為辭，則雖麗不哀；必使情往會悲，文來引泣，乃其貴耳[10]。

弔者，至也[11]。詩云：神之弔矣，言神孫云唐寫本有之字至也[12]。君子令終定謚，事極理哀，故賓之慰主，以孫云御覽以上有亦字至到為言也[13]。壓溺乖道，所以不弔矣孫云唐寫本無矣字[14]。又宋水

鄭火，行人奉辭，國災民亡，故同弔也[15]。及晉築虒（元作虎孫改孫云御覽作虒）臺，齊襲燕城，史趙（元脫孫補孫云御覽有趙字）蘇秦，翻賀為弔，虐民搆敵（孫云御覽虐作害敵作怨），亦亡之道。凡斯之例，弔之所設也[16]。或驕貴而（孫云唐寫本作以）殞身，或狷忿（御覽作介）以（孫云唐寫本作而）乖道，或有志而無時，或美才（趙云美才作行美）而兼累：追而慰之，並名為弔[17]。自賈誼浮湘，發憤弔屈，體同（孫云御覽作周）而事覈，辭清而理哀，蓋首出之作也[18]。及相如之弔二世，全為賦體，桓譚以為其言惻愴，讀者歎息。及平（一作卒孫云唐寫本平作卒御覽亦作卒）章要切，斷而能悲也[19]。揚雄弔（孫云明抄本御覽作序）屈，思積功寡，意深文略（趙云文略作反騷），故辭韻沈膇[20]。班彪蔡邕，並敏于致語（孫云唐寫本語作詰明抄本御覽作詰），然影附賈氏，難為並驅耳[21]。胡阮之弔夷齊，褒而（孫云明抄本御覽而上有喪字）無聞（孫云唐寫本作間）；仲宣所制（孫云唐寫本作製），譏呵實工。然則胡阮嘉其清，王子傷其隘（孫云明抄本御覽作溢），各（一本各下有其字趙云各下有其字鈴木云梅本上句隘字下此句志字上夾注補各其二字）志也[22]。禰衡之弔平子，縟麗而輕清[23]，陸機之弔魏武，序（孫云御覽作詞）巧而文繁[24]。降斯以下，未有可稱者矣[25]。夫弔雖古義，而華辭未（鈴木云案未末字之訛）造；華過韻緩，則化而為賦[26]。固宜正義以繩理，昭德而塞違，割析褒貶，哀而有正，則無奪倫矣。

贊曰：辭定所表（趙云定作之表作哀），在彼弱弄[27]。苗而不秀，自古斯慟[28]。雖有通才，迷方告（一作失孫云唐寫本作失）控[29]。千載可傷，寓言以送。

【注釋】

1. 《困學紀聞》二引《周書·謚法》：「惟三月既生魄，周公旦、太師望相嗣王發既賦憲，受臚于牧之野，將葬，乃制作謚。」今所傳《周書》云：「維周公旦、太公望開嗣王業，建功于牧之野，終將葬，乃制謚。遂叙《謚法》。」蓋今本殘闕矣。然唐張守節《史記正義》引〈謚法解〉，略同今本《周書》，或王伯厚所見係別一本也。朱亮甫《周書集訓》云：「賦，布；憲，法；臚，旅也。布法於天下，受諸侯旅見之禮。」紀評云：「賦憲二字，不可妄改為議德。」

2. 《周書·謚法解》：「蚤孤短折曰哀。恭仁短折曰哀。」

3. 《說文》：「哀，閔也。從口，衣聲。」哀依同聲為訓。《爾雅·釋詁上》：「黃髮，老壽也。」《詩·南山有臺》及〈行葦〉，《正義》引舍人曰：「黃髮，老人髮白復黃也。」《左傳·昭公十九年》：「子產曰：寡君之二三臣札瘥夭昏。」杜預注曰：「大疫曰札，（《正義》云：『鄭玄注《周禮·大司樂》云：「札，疫癘也。」是札大疫死也。』）小疫曰瘥，短折曰夭，未名曰昏。」（子生三月父名之，謂未三月而死也。）〈周語下〉：「靈王二十二年，太子晉曰：然則無夭昏札瘥之憂，而無飢寒乏匱之患。」韋昭注曰：「短折曰夭，狂惑曰昏，疫死曰札，瘥，病也。」韋解昏曰狂惑，是別一義，彥和取杜預說也。摯虞《文章流別論》曰：「哀辭者，誄之流也。率以施於童殤夭折，不以壽終者。」校勘記：「《御覽》燉本作下流，可從。下流，指卑者而言。〈指瑕篇〉曰：『施之下流。』《雕龍》下流之義可知。」

4. 《詩·秦風·黃鳥·序》曰：「黃鳥，哀三良也。國人刺穆公以人從死，而作是詩也。」《正義》曰：「文六年《左傳》云：『秦伯任好卒，以子車氏之三子奄息、仲行、鍼虎為殉，皆秦之良也，國人哀之，為之賦〈黃鳥〉。』又〈秦本紀〉云：「穆公卒，葬於雍，從死者百七十人。」然則死者多矣，主傷善人，故言哀三良也。」〈黃鳥〉首章云：「交交黃鳥，止于棘；誰從穆公？子車奄息。維此奄息，百夫之特；臨其穴，惴惴其慄。彼蒼者天，殲我良人；如可贖兮，人百其身。」

5. 《史記·封禪書》：「天子獨與侍中奉車子侯上泰山。」《漢書·霍去病傳》：「去病子嬗。嬗字子侯，上愛之，為奉車都尉，從封泰山而薨，」《風俗通義》二「封泰山禪梁父條」云：「奉車子侯暴病而死，悼惕無已。」（《通鑑·武帝紀》元封元年，奉車霍子侯暴病，一日死。上甚悼之。）武帝〈傷霍嬗詩〉亡。

6. 汝陽王，不知何帝子。崔瑗仕當安順諸帝朝，皆未有子封王；哀辭本文又亡，無可考矣。唐寫本辭作式，似非是。瑗〈哀辭〉卒章五言，蓋仿武帝〈傷霍嬗詩〉也。

7. 蘇順著〈哀辭〉等十六篇。張升字彥真，亦見《後漢書．文苑傳》，著賦、誄、頌、碑、書凡六十篇。（六十篇中必有哀辭，本傳失舉耳。）二人所著〈哀辭〉並佚。

8. 黃注曰：「〈文章流別論〉：『建安中，文帝與臨淄侯各失稚子，命徐幹、劉楨等為哀辭。』是偉長亦有〈行女篇〉也。」偉長所作哀辭無考。茲錄曹植〈行女哀辭〉如下：

「行女生於季秋，而終於首夏，三年之中，二子頻喪。

伊上靈之降命，何短修之難裁；或華髮以終年，或懷妊而逢災；感前哀之未闋，復新殃之重來。方朝華而晚敷，比晨露而先晞。感逝者之不追，情忽忽而失度；天蓋高而無階，懷此恨其誰訴。」

曹子建集尚有〈金瓠哀辭〉。錄如下：

「予之首女，雖未能言，固已授色知心矣；生十九旬而夭折。乃作此辭曰：

在襁褓而撫育，向孩笑而未言；不終年而夭絕，何見罰於皇天；信吾罪之所招，悲弱子之無愆。去父母之懷抱，滅微骸於糞土。（此下有缺文。）天地長久，人生幾時；先後無覺，從爾有期。」

9. 唐寫本踵作鍾，著作贍，均是。潘岳巧於序悲，故擅長哀辭；〈金鹿〉、〈澤蘭〉而外，《全晉文》九十三尚輯有數篇，並錄之：

〈金鹿哀辭〉

嗟我金鹿，天資特挺；鬒髮凝膚，蛾眉蠐領；柔情和泰，朗心聰警。嗚呼上天，胡忍我門；良嬪短世，令子夭昏。既披我幹，又翦我根；塊如瘣木，枯荄獨存。捐子中野，遵我歸路；將反如疑，迴首長顧。

〈為任子咸妻作孤女澤蘭哀辭〉

澤蘭者，任子咸之女也。涉三齡，未沒喪而殞，余聞而悲之，遂為其母辭。

茫茫造化，爰啓英淑；猗猗澤蘭，應靈誕育；鬒髮蛾眉，巧笑美目；顏耀榮苕，華茂時菊；如金之精，如蘭之馥。淑質彌暢，聰惠日新；朝夕顧復，夙夜盡勤；彼蒼者天，哀此矜人；胡寧不惠，忍予眇身；俾爾嬰孺，微命弗振；俯覽衾襚，仰訴穹旻。弱子在懷，既生不遂；存靡託躬，沒無遺類。耳存遺響，目想餘顏；寢蓆伏枕，摧心剖肝。相彼烏矣，和鳴嚶嚶；矧伊蘭子，音影冥冥；彷徨丘壟，徙倚墳塋。

〈陽城劉氏妹哀辭〉

烏鳴於柏，烏號於荊；徘徊躑躅，立聞其聲；相彼羽族，矧伊人情，叩心長叫，痛我同生。誕育聖王，發奇稚齒；如彼名駒，昂昂千里。劉氏懷寶，未曜隨和；伊予輕弱，弗克負荷；祿微於朝，貯匱於家；俾我令妹，勤儉備加；珍羞罕御，器服靡華；撫膺恨毒，逝矣奈何！哀哀母氏，蒸蒸聖慈；震慟擗摽，何痛如之；魂而有靈，豈不慕思；嗟哉往矣，當復何時。

〈京陵女公子王氏哀辭〉

猗歟公子，季女惟王；生自洪冑，稟茲義方；盼倩粲麗，窈窕淑良；如彼春蘭，吐葩含芳。葩以霜隕，芳以歇盡；彼蒼者天，胡寧斯忍。曾未弱笄，無疾而隕；官朝震驚，靡人不愍。嗟爾母氏，劬勞撫鞠；恩斯勤斯，是長是育；帷屏媚子，奄離顧復；哀無廢心，涕不輟目。于以祖之，于掖閨庭；于以送之，崔嵬岡陵。僕馬迴眷，旗旐旋飛；夕陽失映，晴鳥忘歸；皎皎宵月，載盈載微；冥冥公子，一往不追；長夜無旦，孤魂曷依。

10. 惠與慧通。隱心而結文則事愜，觀文而屬心則體奢，隱本字作慇，《說文》：「慇，痛也。」〈情采篇〉：「昔詩人什篇，為情而造文，辭人賦頌，為文而造情。」與此互相發明。

11. 《爾雅．釋詁上》：「弔，至也。」郝懿行《義疏》曰：「弔者，𨑩之叚音也。《說文》云：『𨑩，至也。』通作弔，《詩》：『神之弔矣。』（〈小雅．天保〉。）『不弔昊天。』（〈小雅．節南山〉。）『不弔不祥。』（〈大雅．瞻卬〉。）《傳》、《箋》並云：『弔，至也。』《書》云：『弔由靈。』

（〈盤庚下〉。）《逸周書・祭公篇》云：『予維敬省不弔。』其義皆為至也。《詩》：『不弔昊天。』《書》：『無敢不弔。』（〈粊誓〉。）《鄭箋》及注並云：『至，猶善也。』《考工記・弓人》云：『覆之而角至。』鄭注以至為善，是至有善義，故弔兼善訓矣。」案《說文・人部》：「弔，問終也（謂有死喪而問之也。）從人弓，古之葬者，厚衣之以薪，故人持弓，會敺禽也。」此訓問終之弔也，〈辵部〉：「𨑩，至也。從辵，弔聲。」（都歷切。）此訓至之弔也。訓善之弔則別為一字，郝段（《說文》弔字注。）王（王引之《經義述聞》卷三十一弔字條）諸君似皆未得其說，特節錄吳大澂《字說・叔字說》以明之：「古文淑作𠦑，不從水。許氏《說文解字》有九月叔苴之叔，而無伯𠦑之𠦑，蓋自漢人借叔為𠦑，又誤𠦑為弔，而𠦑字之本義廢矣。濰縣陳氏藏觚文有𠦑字，此𠦑字之最古者。象繒弋所用短矢以生絲繫矢而射。古者男子生，桑弧蓬矢六以射天地四方，故𠦑字從人從弓繫矢，男子之所有事也。𠦑為男子之美稱，伯仲𠦑季為長幼之稱，引伸其義又訓為善。不𠦑即不善。此𠦑字之本義也。叔字從又從尗，以手拾尗，與伯𠦑之𠦑義不相類。漢人以叔為𠦑，又於經文不𠦑二字多誤為不弔。《書・大誥・君奭》之『弗弔天』，〈多士〉之『弗弔昊天』，皆𠦑字之譌。〈小雅〉：『不弔昊天。』鄭云：『不善乎昊天也。』〈粊誓〉：『無敢不弔。』鄭云：『弔猶善也。』《左傳》哀公誄孔子：『昊天不弔。』先鄭注《周禮・大祝》引作：『昊天不淑。』王氏《經義述聞》以弔淑二字古通。其實漢人誤𠦑為弔，因𠦑弔二字相近耳。」

12. 〈小雅・天保〉：「神之弔矣，詒爾多福。」《箋》云：「神至者，宗廟致敬，鬼神著矣。」《釋文》：「弔，都歷反。」

13. 此說稍迂，由未知弔𨑩𠦑三字之分。

14. 《禮記・檀弓上》：「死而不弔者三：（謂輕身忘孝也。）畏，（人或時以非罪攻己，不能有以說之死之者。孔子畏於匡。）厭，（行止危險之下，為崩墜所壓殺。）溺。（馮河潛泳，不為弔也。）《正義》曰：「除此三事之外，其有死不得禮，亦不弔。」

15. 《左傳・莊公十一年》：「宋大水，公使弔焉。曰：『天作淫雨，害於粢盛，若之何不弔！』」（此弔字作善字解。）〈昭公十八年〉：「宋衛陳鄭皆火。……鄭使行人告於諸侯。宋衛皆如是。陳不救火，許不弔災，君子是以知陳許之先亡也。」《周禮・大宗伯職》：「以弔禮哀禍裁。」鄭注：「禍裁，謂遭水火。」〈司寇・小行人職〉：「若國有禍裁，則令哀弔之。」《左傳》謂許不弔災，是諸侯皆相弔災矣。

16. 《左傳・昭公八年》：「游吉相鄭伯以如晉，亦賀虒祁也。（虒，音斯。）史趙見子太叔曰：『甚哉其相蒙也。』可弔也而又賀之。」《戰國・燕策一》：「燕易王初立，齊宣王因燕喪攻之，取十城。蘇秦為燕說齊王，再拜而賀，因仰而弔。」虐民，謂晉築虒祁；構敵。謂齊伐燕。紀評曰：「史趙蘇秦，乃一時說詞，不得列之弔類。」

17. 驕貴殞身，謂如二世；狷忿乖道，謂如屈原；有志無時，謂如張衡；美才兼累，謂如魏武。唐寫本美才作行美，非是。是。

18. 《文選》賈誼〈弔屈原文并序〉：

「誼為長沙王太傅，既以謫去，意不自得，及渡湘水，為賦以弔屈原。屈原，楚賢臣也。被讒放逐，作〈離騷賦〉，其終篇曰：『已矣哉，國無人兮，莫我知也。』遂自投汨羅而死。誼追傷之，因自喻。其辭曰：恭承嘉惠兮，俟罪長沙，側聞屈原兮，自沈汨羅。造託湘流兮，敬弔先生，遭世罔極兮，乃殞厥身。嗚呼哀哉，逢時不祥。鸞鳳伏竄兮，鴟梟翱翔；闒茸尊顯兮，（《字林》曰：闒茸，不肖也。）讒諛得志；賢聖逆曳兮，方正倒植。世謂隨夷（卞隨、伯夷。）為溷兮，謂跖蹻（盜跖、莊蹻。）為廉；莫邪為鈍兮，鉛刀為銛。吁嗟默默，生之無故兮。斡棄周鼎，（斡，轉也，烏活切。）寶康瓠兮；騰駕罷牛，驂蹇驢兮；驥垂兩耳，服鹽車兮；章甫薦屨，漸不可久兮。嗟苦先生，獨離此咎兮。訊曰：（訊音信，〈離騷〉下音亂辭也。）已矣！國其莫我知兮，獨壹鬱其誰語！鳳漂漂其高逝兮，固自引而遠去。襲九淵之神龍兮，沕深潛以自珍；（沕，音昧，潛藏也。）偭蟂獺以隱處兮，夫豈從蝦與蛭螾。所貴聖人之神德兮，遠濁世而自藏。使騏驥可得係而羈兮，豈云異夫犬羊。般紛紛其離此尤兮，亦夫子之故也；歷九州而相其君兮，何必懷此都也。鳳凰翔於千仞兮，覽德輝而下之；見細德之險徵兮，遙曾（益也。）擊而去之。彼尋常之汙瀆兮，豈能容夫吞舟之巨魚；橫江海之鱣鯨兮，固將制於螻蟻。」

李善注引應劭《風俗通》曰：「賈誼與鄧通俱侍中同位，數廷譏之。因是文帝遷為長沙太傅，及渡湘水，投弔書曰：闒茸尊顯，佞諛得意，以哀屈原離讒邪之咎，亦因自傷為鄧通等所愬也。」校勘記：「燉本同作周。案〈諸子篇〉曰：『呂氏鑒遠而體周。』此周字是也。」

19. 《史記．司馬相如傳》武帝還過宜春宮，（秦二世葬宜春苑中。）相如奏賦以哀二世行失也。其辭曰：

「登陂阤之長阪兮，坌入曾宮之嵯峨；臨曲江之隑州兮，望南山之參差；巖巖深山之谾谾兮，通谷𧮪兮谽谺。汩淢噏習以永逝兮，注平皋之廣衍；觀眾樹之塕薆兮，覽竹林之榛榛。東馳土山兮，北揭石瀨；彌節容與兮，歷弔二世；持身不謹兮，亡國失勢；信讒不寤兮，宗廟滅絕。嗚呼哀哉，操行之不得；（得下有兮字，依《漢書》刪。）墳墓蕪穢而不修兮，魂無歸而不食；敻邈絕而不齊兮，彌久遠而愈佅，精罔閬而飛揚兮，拾九天而永逝。嗚呼哀哉！

《漢書》本傳亦載此文，無「敻邈絕而不齊」以下五句。桓譚語當在《新論》中，亡佚。唐寫本平章作卒章，是。卒章，謂「持身不謹兮，亡國失勢」以下也。

20. 《漢書．揚雄傳》：先是時，蜀有司馬相如，作賦甚弘麗溫雅，雄心壯之，每作賦，常擬之以為式。又怪屈原文過相如，至不容，作〈離騷〉，自投江而死，悲其文，讀之未嘗不流涕也。以為君子得時則大行，不得時則龍蛇，遇不遇命也，何必湛身哉。乃作書，往往摭〈離騷〉文而反之，自湣山投諸江流，以弔屈原，名曰〈反離騷〉。其辭曰：

「有周氏之蟬嫣兮，或鼻祖於汾隅；靈宗初諜伯僑兮，流於末之揚侯。淑周楚之豐烈兮，超既離虖皇波；因江潭而𣳾（往也。）記兮，欽弔楚之湘纍。（諸不以罪死曰纍。）惟天軏之不辟兮，何純絜而離紛；紛纍以其淟涊兮，暗纍以其繽紛。漢十世之陽朔兮，招搖紀于周正；正皇天之清則兮，度后土之方貞。圖纍承彼洪族兮，又覽纍之昌辭；帶鉤矩而佩衡兮，履欃槍以為綦。素初貯厥麗服兮，何文肆而質䫜。（音械，狹也。）資娵娃之珍髢兮，鬻九戎而索賴。鳳皇翔於蓬陼兮，豈駕鵝之能捷；騁驊騮以曲囏（古艱字。）兮，驢騾連蹇而齊足。枳棘之榛榛兮，蝯貁擬而不敢下；靈修既信椒蘭之唼佞兮，吾累忽焉而不蚤睹。衿芰茄之綠衣兮，被夫容之朱裳；芳酷烈而莫聞兮，不如襞而幽之離房。閨中容競淖約兮，相態以麗佳，知眾嫭之嫉妒兮，何必颺纍之蛾眉。懿神龍之淵潛。竢慶雲而將舉，亡春風之被離兮，孰焉知龍之所處。愍吾纍之眾芬兮，颺爗爗之芳苓，遭季夏之疑霜兮，慶夭顇而喪榮。橫江湘以南洼兮，云走乎彼蒼吾；馳江潭之汎溢兮，將折衷虖重華。舒中情之煩或兮，恐重華之不纍與，陵陽侯之素波兮，豈吾纍之獨見許。精瓊靡與秋菊兮，將以延夫天年；臨汨羅而自隕兮，恐日薄於西山。解扶桑之總轡兮，縱令之遂奔馳；鸞凰騰而不屬兮，豈獨飛廉與雲師。卷薜芷與若惠兮，臨湘淵而投之，棍申椒與菌桂兮，赴江湖而漚之。費椒稰以要神兮，又勤索彼瓊茅；違靈氛而不從兮，反湛身於江皋。纍既豙夫傅說兮，奚不信而遂行；徒恐鶗鴂之將鳴兮，顧先百草為不芳。初纍棄彼虙妃兮，更思瑤臺之逸女；抨雄鴆以作媒兮，何百離而曾不壹耦。乘雲蜺之旖旎兮，望昆侖以樛流；覽四荒而顧懷兮，奚必云女彼高丘。既亡鸞車之幽藹兮，駕八龍之委蛇；臨江瀕而掩涕兮，何有〈九招〉與〈九歌〉。夫聖哲之遭兮，固時命之所有；雖增欷以於邑兮，吾恐靈修之不纍改。昔仲尼之去魯兮；婓婓遲遲而周邁；終回復於舊都兮，何必湘淵與濤瀨。溷漁夫之餔歠兮，絜沐浴之振衣；弃由聃之所珍兮，蹠彭咸之所遺。」

意深文略，唐寫本作意深反騷，是。意深反騷，猶言立意反騷。《左傳．成公六年》：「於是乎有沈溺重膇之疾。」杜注：「沈溺，濕疾；重膇，足腫。」子雲此文，意在反騷，了無新義，故辭韻沈膇，淟涊不鮮也。

21. 班彪〈悼離騷〉、蔡邕〈弔屈原文〉均殘缺不完。致語，唐寫本作致詰；疑詰是結之誤。結，謂一篇之卒章也。

班彪〈悼離騷〉（《藝文類聚》五十八。）

夫華植之有零茂，故陰陽之度也；聖哲之有窮達，亦命之故也。惟達人進止得時，行以遂伸；否則詘而坼蠖，體龍蛇以幽潛。

蔡邕〈弔屈原文〉（《藝文類聚》四十。）

鷦鳩軒翥，鸞鳳挫翮；啄碎琬琰，寶其瓶甋。皇車奔而失轄，執轡忽而不顧；卒壞覆而不振，顧抱石其何補。

22. 聞唐寫本作間，是。孔安國注《論語．泰伯篇》曰：「孔子推禹功德之盛美，言己不能復間廁其間。」王粲依附曹操，故有「知養老之可歸，忘除暴之為念」之譏。各下應有其字。

胡廣〈弔夷齊文〉，《藝文類聚》三十七載其殘文曰：

「遭亡辛之昏虐，時繽紛以蕪穢；恥降志於汙君，溷雷同於榮勢，抗浮雲之妙志，遂蟬蛻以偕逝；徵六軍於河渚，叩王馬而慮計。雖忠情而指尤，匪天命之所謂；賴尚父之戒慎，鎮左右而不害。」

阮瑀〈弔伯夷文〉（《藝文類聚》三十七。）

余以王事，適彼洛師；瞻望首陽，敬弔伯夷；東海讓國，西山食薇；重德輕身，隱景潛暉；求仁得仁，報之仲尼；沒而不朽，身沉名飛。

王粲〈弔夷齊文〉（《藝文類聚》三十七。）

歲旻秋之仲月，從王師以南征；濟河津而長驅，踰芒阜之崢嶸。覽首陽于東隅，見孤竹之遺靈；心於悒而感懷，意惆悵而不平。望壇宇而遙弔，抑悲古之幽情；知養老之可歸，忘除暴之為念；絜已躬以騁志，愆聖哲之大倫。忘舊惡而希古，退採薇以窮居，守聖人之清槩，要既死而不渝。厲清風于貪士，立果志于懦夫。到于今而見稱，為作者之表符；雖不同於大道，合尼父之所譽。

23. **禰衡〈弔張衡文〉**（《御覽》五百九十六。）

南嶽有精，君誕其姿；清和有理，君達其機；故能下筆繡辭，揚手文飛。昔伊尹值湯，呂望遇旦，（周文王名昌，此云遇旦，與漢協韻。）嗟矣君生，而獨值漢！蒼蠅爭飛，鳳皇已散；元龜可羈，河龍可絆。石堅而朽，星華而滅；惟道興隆，悠永靡絕。（此下脫四字。）君音永浮；河水有竭，君聲永流；周旦先沒，發夢孔丘，余生雖後，身亦存游；士貴知己，君其弗憂。

24. **陸機〈弔魏武帝文並序〉**（《文選》。）

元康八年，機始以臺郎出補著作，游乎祕閣，而見魏武帝遺令，愾然歎息，傷懷者久之。客曰：夫始終者，萬物之大歸；死生者，性命之區域。是以臨喪殯而後悲，覩陳根而絕哭。今乃傷心百年之際，興哀無情之地，意者無乃知哀之可有，而未識情之可無乎？

機答之曰：夫日食由乎交分，山崩起於朽壤，亦云數而已矣。然百姓怪焉者，豈不以資高明之質，而不免卑濁之累；居常安之勢，而終嬰傾離之患故乎？夫以迴天倒日之力，而不能振形骸之內；濟世夷難之智，而受困魏闕之下。已而格乎上下者，藏於區區之木；光於四表者，翳乎蕞爾之土；雄心摧於弱情，壯圖終於哀志，長筭屈於短日，遠跡頓於促路。嗚呼！豈特瞽史之異闕景，黔黎之怪頹岸乎？

觀其所以顧命冢嗣，貽謀四子；經國之略既遠，隆家之訓亦弘。又云：「吾在軍中，持法是也，至於小忿怒，大過失，不當效也。」善乎達人之讜言矣！持姬女而指季豹以示四子曰：「以累汝！」因泣下傷哉！曩以天下自任，今以愛子託人。同乎盡者無餘，而得乎亡者無存。然而婉孌房闥之內，綢繆家人之務，則幾乎密與。又曰：「吾婕妤妓人，皆著銅爵臺。於臺堂上施八尺床，繐帳，朝晡上脯糒之屬。月朝十五，輒向帳作妓。汝等時時登銅爵臺，望吾西陵墓田。」又云：「餘香可分與諸夫人，諸舍中無所為，學作履組賣也。吾歷官所得綬，皆著藏中。吾餘衣裘，可別為一藏，不能者兄弟可共分之。」既而竟分焉。亡者可以勿求，存者可以勿違，求與違不其兩傷乎？

悲夫！愛有大而必失，惡有甚而必得；智惠不能去其惡，威力不能全其愛。故前識所不用心，而聖人罕言焉。若乃繫情累於外物，留曲念於閨房，亦賢俊之所宜廢乎。於是遂憤懣而獻弔云爾。

接皇漢之末緒，值王途之多違；佇重淵以育鱗，撫慶雲而遐飛；運神道以載德，乘靈風而扇威；摧羣雄而電擊，舉勍敵其如遺；指八極以遠略，必翦焉而後綏；釐三才之闕典，啓天地之禁闈；舉修網之絕紀，紐大音之解徽；掃雲物以貞觀，要萬途而來歸；丕大德以宏覆，援日月而齊暉；濟元功於九有，固舉世之所推。彼人事之大造，夫何往而不臻；將覆簣於浚谷，擠為山乎九天；苟理窮而性盡，豈長筭之所研。悟臨川之有悲，固梁木其必顛。當建安之三八，實大命之所艱；雖光昭於曩載，將稅駕於此年。惟降神之綿邈，眇千載而遠期；信斯武之未喪，膺靈符而在茲；雖龍飛於文昌，非王心之所怡；憤西夏以鞠旅，泝秦川而舉旗；踰鎬京而不豫，臨渭濱而有疑；冀翌日之云瘳，彌四旬而成災；詠歸途以反旆，登崤澠而揭來；次洛汭而大漸，指六軍曰念哉。伊君王之赫奕，寔終古之所難；威先天而蓋世，力盪海而拔山；厄奚險而弗濟，敵何彊而不殘；每因禍以禔福，亦踐危而必安；迄在茲而蒙昧，慮噤閉而無端；委軀命以待難，痛沒世而永言；撫四子以深念，循膚體而頹歎；迨營魄之未離，假餘息乎音翰；執姬女以嚬瘁，指季豹而漼焉；氣衝襟以嗚咽，涕垂睫而汍瀾；違率土以靖寐，戢彌天乎一棺。咨宏度之峻邈，壯大業之允昌；思居終而卹始，命臨沒而肇揚；援貞吿以基悔，雖在我而不臧；惜內顧之纏緜，恨末命之微詳；紆廣念於履組，塵清慮於餘香；結遺情之婉孌，何命促而意長。陳法服於帷座，陪窈窕於玉房；宜備物於虛器，發哀音於舊倡；矯慼容以赴節，掩零淚而薦觴；物無微而不存，體無惠而不亡；庶聖靈之響像，想幽神之復光；苟形聲之翳沒，雖音景其必藏；徽清弦而獨奏，進脯糒而誰嘗；悼繐帳之冥漠，怨西陵之茫茫；登爵臺而羣悲，貯美目其何望。既睎古以遺累，信簡禮而薄葬；彼裘紱於何有，貽塵謗於後王；嗟大戀之所存，故雖哲而不忘；覽遺籍以慷慨，獻茲文而悽傷。

25. 《御覽》五百九十六有晉李充〈弔嵇中散文〉一篇，頗合彥和之準繩，錄於下：

26. 「先生挺邈世之風，資高明之質；神蕭蕭以宏遠，志落落以遐逸；忘尊榮於華堂，恬卑靜於蓬室；寧漆園之逍遙，安柱下之得一。寄欣孤松，取樂竹林；尚想蒙莊，聊與抽簪；味孤觴之濁醪，鳴七弦之清琴；慕義人之玄旨，詠千載之徽音；凌晨風而長嘯，託歸流而詠吟；乃自足於丘壑，孰有慍乎陸沉。馬樂原而翹足，龜悅塗而曳尾；疇廟堂而足榮，豈和鈞之足視；久先生之所期，羌玄達於遐旨；尚遺大以出生，何殉小而入死。嗟乎先生，逢時命之不丁；冀後凋於歲寒，遭繁霜而夏零；滅皎皎之玉質，絕琅琅之金聲；投明珠以彈雀，捐所重而為輕；諒鄙心之不爽，非大雅之所營。」

27. 《禮記・雜記》：「弔者東面致命曰：寡君聞君之喪，寡君使某，如何不淑！」〈曲禮〉：「知生者弔，知死者傷。」鄭注曰：「說者有弔辭云：皇天降災，子遭罹之，如何不淑！」〈曾子問〉：「父喪稱父，母喪稱母。」鄭注云：「父，使人弔之辭云：某子聞某之喪，某子使某，如何不淑！母則若云：宋蕩、伯姬聞姜氏之喪，伯姬使某，如何不淑！」此問終之辭也。《左傳・莊公十一年》：「宋大水，公使弔焉。曰：天作淫雨，害於粢盛，若之何不弔！」又〈襄公十四年〉：「衛侯出奔齊，公使厚成叔弔於衛曰：寡君使瘠聞君不撫社稷，而越在他竟，若之何不弔。以同盟之故，使瘠敢私於執事曰：有君不弔，有臣不敏，君不赦宥，臣亦不帥職，增淫發洩，其若之何！」（先弔衛君，復弔衛諸臣。）此弔禍災之辭也。其辭皆質直無華，後世始敷以華辭耳。郝懿行曰：「未造，疑末造之譌。」是也。紀評曰：「四語正變分明，而分寸不苟。」

28. 唐寫本定作之，表作哀，均是。《左傳・僖公九年》：「夷吾弱，不好弄。」杜注：「弄，戲也。」

29. 《論語・子罕篇》：「苗而不秀者有矣夫，秀而不實者有矣夫。」孔安國注曰：「言萬物有生而不育成者，喻人亦然。」《邢昺疏》曰：「此章亦以顏回早卒，孔子痛惜之，為之作譬也。」

告，唐寫本作失，是。迷方失控，謂如華過韻緩，化而為賦之類。

雜文第十四

智術之子，博雅之人，藻溢於辭，辭（孫云唐寫本作辨）盈乎氣，苑囿文情，故日新殊致[1]。宋玉含才，頗亦負俗，始造對問，以申其志，放懷寥廓，氣實使之（趙云之作文）[2]。及枚乘摛豔，首製七發，腴辭雲構（孫云御覽五百九十作構），夸麗風駭。蓋七竅所發，發乎嗜欲，始邪末正，所以戒膏粱之子也[3]。揚雄覃（趙云覃作淡）思文闊（孫云御覽作閣無下業深綜述一句），業深綜述，碎文瑣（孫云御覽作瑣語），肇為連珠（玉海作揚雄覃思文閣碎文瑣語肇為連珠鈴木云案御覽玉海闊作閣玉海刪業深綜述四字），其辭雖小而明潤矣[4]。凡此三者（孫云御覽無凡三者三字唐寫本作凡此三文），文章之枝派（孫云御覽作流），暇豫之末造也[5]。

自對問以後，東方朔效（孫云唐寫本作効）而廣之，名為客難。託古慰志，疎而有辨。揚雄解嘲，雜以諧謔（孫云唐寫本作調），迴環自釋，頗亦為工。班固賓戲，含懿采之華[6]；崔駰達旨，吐典言之裁（孫云唐寫本作式）[7]；張衡應間（孫云唐寫本作問鈴木云諸本皆作問），密而兼雅[8]；崔實（鈴木云黃氏原本作寔）客譏，整而微質[9]；蔡邕釋誨，體奧而文炳[10]；景純（孫云唐寫本作郭璞）客傲，情見而采蔚[11]；雖迭相祖述，然屬篇之高者也。至於陳思客問，辭高而理疎[12]；庾敳（元作凱欽改）客咨（孫云唐寫本作諮），意榮而文悴（元作粹朱改）[13]。斯類甚眾，無所取裁（孫云唐寫本裁作才）矣。原（孫云唐寫本有夫字）茲文之設，迺發憤以（孫云唐寫本作而）表志。身挫憑乎道勝，時屯寄於（孫云唐寫本作乎）情泰，莫不淵岳其心，麟鳳其采，此立本（孫云唐寫本作體）之大要也。

自七發以下，作者繼踵。觀枚氏首唱，信獨拔而偉麗矣。及傅毅七激，會清要之工[14]；崔駰七依，入博雅之巧[15]；張衡七辨，結采綿靡[16]；崔瑗七厲，植（孫云唐寫本作指）義純正[17]；陳思七啓，取美於（孫云御覽無於字）宏壯[18]；仲宣七釋，致辨於事理[19]。自桓麟七說以下[20]，左思七諷以上[21]，枝附影從，十有餘家。或文麗而義暌，或理粹而辭駁。觀其大抵所歸，莫不高談宮館，壯語畋（孫云唐寫本作田御覽亦作田）獵；窮瓌奇之服饌，極蠱媚之聲色；甘意搖骨體（楊云當作髓孫云唐寫本作髓），豔詞動（孫云明抄本御覽作洞）魂識，雖始之以淫侈，而（孫云唐寫本無而字御覽亦無而字）終之以居正[22]；然諷一勸百，勢不自反。子雲所謂先騁鄭衛之聲（孫云唐寫本無先衛之三字御覽亦無此三字），曲終而奏雅（孫云御覽有樂字）者也[23]。唯七厲（孫云御覽無唯字唐寫本厲作例）敘賢，歸以儒道，雖文非拔羣，而意實卓爾矣[24]。

自連珠以下，擬者間出。杜篤賈逵之曹，劉珍潘勖之輩[25]，欲穿明珠，多貫魚目。可謂壽陵匍匐，非復邯鄲之步，里醜（元作配謝改孫云御覽作醜）捧心，不關西施（孫云御覽作子）之嚬（孫云御覽作顰）矣。唯士衡運思，理（趙云無運理二字）新文敏，而裁章置（孫云御覽作致）句，廣於舊篇，豈慕朱仲（孫云唐寫本作珠中）四寸之璫（孫云御覽作璠）乎[26]！夫文小易周，思閑可贍；足使義明而詞淨，事圓而音澤，磊磊（趙云作落落）自轉，可稱珠耳。

詳夫漢來雜文，名號多品；或典誥誓問[27]，或覽略篇章[28]，或曲操弄引[29]，或吟諷謠詠[30]，總括其名，並歸雜文之區；甄別其義，各入討論之域[31]；類聚有貫，故不曲述（孫云唐寫本有也字）。

贊曰：偉矣前修，學堅多（孫云唐寫本作才）飽[32]。負文餘力，飛靡弄巧。枝辭攢映，嚖若參昴。慕嚬之心，於（孫云唐寫本之下有徒字於字無）焉祇攪。

【注釋】

1. 苑囿，禽獸草木所聚，以喻文情豐茂也。

2. 《文選》對問類首列宋玉〈對楚王問〉一首，文如下：

「楚襄王問於宋玉曰：『先生其有遺行與，（遺行，可遺棄之行也。）何士民眾庶不譽之甚也？』宋玉對曰：『唯，然，有之。願大王寬其罪，使得畢其辭：客有歌於郢中者，其始曰《下里》、《巴人》，國中屬而和者數千人；其為《陽阿》、《薤露》，國中屬而和者數百人；其為《陽春》、《白雪》，國中屬而和者不過數十人；引商刻羽，雜以流徵，國中屬而和者不過數人而已。是其曲彌高，其和彌寡。故鳥有鳳而魚有鯤：鳳皇上擊九千里，絕雲霓，負蒼天，翱翔乎杳冥之上；夫蕃籬之鷃，豈能與之料天地之高哉！鯤魚朝發崑崙之墟，暴鬐於碣石，暮宿於孟諸；夫尺澤之鯢，豈能與之量江海之大哉！故非獨鳥有鳳而魚有鯤也，士亦有之。夫聖人瑰意琦行，超然獨處，夫世俗之民，又安知臣之所為哉！』」

紀評曰：「〈卜居〉、〈漁父〉已先是對問，但未標對問之名耳。然宋玉此文，載於《新序》，其標曰對問，似亦蕭統所題。」放懷寥廓，謂以鳳鯤自比。之，唐寫本作文，是。

3. 《全晉文》據《藝文類聚》五十七、《御覽》五百九十輯傅玄〈七謨序〉曰：

「昔枚乘作〈七發〉，而屬文之士，若傅毅、劉廣世、崔駰、李尤、桓麟、崔琦、劉梁、桓彬之徒，承其流而作之者，紛焉〈七激〉、〈七興〉、〈七依〉、〈七款〉、〈七說〉、〈七蠲〉、〈七舉〉、〈七設〉之篇。於是通儒大才馬季長、張平子亦引其源其廣之。馬作〈七厲〉，張造〈七辨〉。或以恢大道而導幽滯，或以黜瑰奓而託諷詠，揚輝播烈，垂於後世者，凡十有餘篇。自大魏英賢迭作，有陳王〈七啓〉、王氏〈七釋〉、楊氏〈七訓〉、劉氏〈七華〉、從父侍中〈七誨〉，竝陵前而邈後，揚清風於儒林，亦數篇焉。世之賢明，多稱〈七激〉工，餘以為未盡善也。〈七辨〉似也，非張氏至思，比之〈七激〉，未為劣也。〈七釋〉僉曰妙哉，吾無間矣。若〈七依〉之卓轢一致、〈七辨〉之纏緜精巧、〈七啓〉之奔逸壯麗、〈七釋〉

之精密閑理，亦近代之所希也。」案上文所舉諸七外，尚有多篇，其著者，如崔瑗〈七蘇〉、張協〈七命〉、陸機〈七徵〉、左思〈七諷〉等作。漢魏以下文人，幾無不作七。梁有《七林》十卷（卞景撰。）又有《七林》三十卷，（《隋志．總集類》）洋洋乎大觀矣。《文選》特立七之名目。李善注云：「〈七發〉者，說七事以起發太子也。猶《楚辭．七諫》之流。」彥和謂七竅所發，發乎嗜欲，始邪末正，所以戒膏粱之子也。斯解最得其義。至此體之興，章實齋《文史通義．詩教上》云：「孟子問齊宣王之大欲，歷舉輕煖肥甘聲音采色，〈七林〉之所啓也。而或以為創之枚乘，忘其祖矣。」孫德謙《六朝麗指》云：「枚乘〈七發〉，近儒以《孟子．齊宣王章》肥甘不足于口數語，謂為此體濫觴，此固探本之談矣。然徵之《孟子》，猶不若〈說大人章〉益為符合。其中疊言我得志弗為。非枚乘之所宗與？」案枚乘〈七發〉，本是辭賦之流，其所託始，仍應於《楚辭》中求之。考《楚辭．大招》，自「五穀六仞」至「不遽惕只」，言飲食之醲美，即〈七發〉「犓牛之腴」一段所本也；自「代秦鄭衛」至「聽歌譔只」，言歌舞音樂之樂，即〈七發〉「龍門之桐」一段所本也；自「朱脣皓齒」至「恣所便只」，即〈七發〉「使先施徵舒……嫙服而御」所本也；自「夏屋廣大」至「鳳皇翔只」，言宮室遊觀鳥獸之事，即〈七發〉「既登景夷之臺」、「將為太子馴騏驥之馬」、「將以八月之望」諸段所本也。〈大招篇〉末言上法三王國治民安之事，即〈七發〉末首所本也。詳觀〈七發〉體構，實與〈大招〉大致符合，與其謂為學《孟子》，無寧謂其變〈大招〉而成也。俞樾《文體通釋．敍》曰：「古人之詞，少則曰一，多則曰九，半則曰五，小半曰三，大半曰七。是以枚乘〈七發〉，至七而止，屈原〈九歌〉，至九而終。不然，〈七發〉何以不六，〈九歌〉何以不八乎？若欲舉其實，則《管子》有〈七臣〉、〈七主〉篇，可以釋七。」案俞說名七之故，甚是。

4. 覃思，猶言靜思；（《後漢書．文苑．侯瑾傳》：「覃思著述。」注云：「覃，靜也。」）文闊，當作文閣。《漢書．揚雄傳》贊：「雄校書天祿閣。」連珠之體，《文章緣起》謂肇自揚雄。陳懋仁注云：「《北史．李先傳》：『魏帝（案〈李先傳〉在《北史》二十七。魏帝謂明帝。）召先讀《韓子．連珠》二十二

篇。（案〈先傳〉作〈連珠論〉，陳注引此脫論字。）《韓子》，《韓非子》。書中有聯語，先列其目而後著其解，謂之連珠。』據此，則連珠又兆韓非。」《藝文類聚》五十七載傅玄〈連珠序〉曰：「所謂連珠者，興於漢章帝之世，班固、賈逵、傅毅三子受詔作之。而蔡邕、張華之徒又廣焉。其文體，辭麗而言約，不指說事情，必假喻以達其旨，而覽者微悟，合於古詩勸興之義。欲使歷歷如貫珠，易覩而可悅，故謂之連珠也。」又載沈約〈注制旨連珠表〉曰：「竊聞連珠之作，始自子雲，放易象論，動模經誥。班固謂之命世，桓譚以為絕倫。連珠者，蓋謂辭句連續，互相發明，若珠之結排也。」〈李先傳〉所云《韓子．連珠論》二十二篇，今讀韓非書，並無「連珠論」之目。按《韓非子．內儲說上》有「七術」七條，〈內儲說下〉有「六微」六條，〈外儲說左上〉所舉凡六條，〈外儲左下〉所舉凡六條，〈外儲說右上〉所舉凡三條，〈外儲說右下〉所舉凡五條，計共三十三條，疑二十二為三十三之誤。（《周禮．天官．掌皮》注：「故書二為三，杜子春云當為二。」二之與三，最易混淆，自古為然。）此三十三條，《韓非子》皆稱之曰經，李先嫌其稱經，故改名為論；又以其辭義前後貫注，揚雄擬之稱連珠，因名為「連珠論」。〈內儲〉謂聚其所說，皆君之內謀；〈外儲〉言明君觀聽臣下之言行，以斷其賞罰，賞罰在彼，故曰外也。皆人君南面之術，故李先為魏帝讀之。（先以〈連珠論〉與《太公兵法》同讀，更可信是〈內外儲說〉。）茲錄〈七術〉之〈眾端參觀篇〉於下：

「觀聽不參，則誠不聞；聽有門戶，則臣壅塞。其說在侏儒之夢見竈，哀公之稱莫眾而迷，故齊人見河伯，與惠子之言亡其半也。其患在豎牛之餓叔孫，而江乙之說荊俗也。嗣公欲治不知，故使有敵，是以明主推積鐵之類，而察一市之患。」

持上例與揚雄、陸機所作比較之，立意構體，實相符合，孫德謙《六朝麗指》，謂連珠之體始於《鄧析子》，遠在春秋時代。〈無厚篇〉云：「夫負重者患塗遠，據貴者憂民離。負重塗遠者，身疲而無功；在上離民者，雖勞而不治。故智者量塗而後負，明君視民而出政。」又云：「獵羆虎者不於外圂，釣鯨鯢者不於明池。何則？國非罷虎之窟也，池非鯨鯢之泉也。楚之不泝流，陳之不東麾，長盧之不仕，呂子之蒙恥。」按《鄧析子》出戰國時人假託，今之存者，又節次不相屬，掇拾重編而成。（《四庫提要》語。）孫氏所舉兩條，玩其文辭，不特非春秋戰國時人所能作，即揚雄連珠，視此為質木，安可據以為連珠之體春秋時已有之哉。茲錄揚雄〈連珠〉二首於下：

揚雄〈連珠〉二首

○臣聞明君取士，貴拔眾之所遺；忠臣薦善，不廢格之所排。是以巖穴無隱，而側陋章顯也。

○臣聞天下有三樂，有三憂焉。陰陽和調，四時不忒，年穀豐遂，無有夭折，災害不生，兵戎不作，天下之樂也。聖明在上，祿不遺賢，罰不偏罪，君子小人，各處其位，眾臣之樂也。吏不苛暴，役賦不重，財力不傷，安土樂業，民之樂也。亂則反焉，故有三憂。

5. 〈晉語二〉：「優施曰：我教茲暇豫事君。」韋昭注：「暇，閑也；豫，樂也。」

6. 東方朔〈答客難〉、揚雄〈解嘲〉、班固〈答賓戲〉，《文選》標為設論類；宋玉〈對楚王問〉為對問類。文選標目多可議，此亦其一也。茲錄〈答客難〉、〈解嘲〉二篇於後。〈答賓戲〉以下則不遑全錄。

○《漢書．東方朔傳》：朔上書陳農戰彊國之計，因自訟獨不得大官，欲求試用；其言專商鞅、韓非之語也。指意放蕩，頗復詼諧，辭數萬言，終不見用。朔因著論，設客難己，用位卑以自慰諭，其辭曰：

客難東方朔曰：蘇秦張儀，一當萬乘之主，而都卿相之位，澤及後世。今子大夫修先王之術，慕聖人之義，諷誦詩書百家之言，不可勝數，著於竹帛，脣腐齒落，服膺而不釋，好學樂道之效，明白甚矣。自以智能海內無雙，則可謂博聞辯智矣。然悉力盡忠以事聖帝，曠日持久，官不過侍郎，位不過執戟，意者尚有遺行邪；同胞之徒，無所容居，其故何也？

東方先生喟然長息，仰而應之曰：是固非子之所能備也，彼一時也，此一時也，豈可同哉！夫蘇秦、張儀之時，周室大壞，諸侯不朝，力政爭權，相禽以兵，并為十二國，未有雌雄，得士者彊，失士者亡，故談說行

焉。身處尊位，珍寶充內，外有廩倉，澤及後世，子孫長享。今則不然，聖帝流德，天下震慴，諸侯賓服，連四海之外以為帶，安於覆盂，動猶運之掌，賢不肖何以異哉，遵天之道，順地之理，物無不得其所，故綏之則安，動之則苦，尊之則為將，卑之則為虜，抗之則在青雲之上，抑之則在深泉之下，用之則為虎，不用則為鼠，雖欲盡節效情，安知前後。夫天地之大，士民之眾，竭精談說，並進輻湊者，不可勝數，悉力慕之，困於衣食，或失門戶。使蘇秦、張儀與僕並生於今之世，曾不得掌故，安敢望常侍郎乎。故曰時異事異。雖然，安可以不務修身乎哉！《詩》曰：「鼓鐘于宮，聲聞于外。」「鶴鳴于九皋，聲聞于天。」苟能修身，何患不榮。太公體行仁義，七十有二，迺設用於文武，得信厥說，封於齊，七百歲而不絕。此士所以日夜孳孳，敏行而不敢怠也。譬若鶺鴒，飛且鳴矣。《傳》曰：「天下不為人之惡寒而輟其冬，地不為人之惡險而輟其廣，君子不為小人之匈匈而易其行。」天有常度，地有常形，君子有常行，君子道其常，小人計其功。《詩》云：「禮義之不愆，何恤人之言。」故曰：「水至清則無魚，人至察則無徒，」冕而前旒，所以蔽明；黈纊充耳，所以塞聰，明有所不見，聰有所不聞，舉大德，赦小過，無求備於一人之義也。枉而直之，使自得之；優而柔之，使自求之；揆而度之，使自索之。蓋聖人之教化如此，欲自得之，自得之則敏且廣矣。今世之處士，魁然無徒，廓然獨居，上觀許由，下察接輿，計同苑蠡，忠合子胥，天下和平，與義相扶，寡耦少徒，固其宜也。子何疑於我哉！若夫燕之用樂毅，秦之任李斯，酈食其之下齊，說行如流，曲從如環，所欲必得，功若丘山，海內定，國家安，是遇其時也。子又何怪之邪！語曰：「以筦闚天，以蠡測海，以莛撞鐘。」豈能通其條貫，考其文理，發其音聲哉。繇是觀之，譬猶鼱鼩之襲狗，孤豚之咋虎，至則靡耳，何功之有。今以下愚而非處士，雖欲勿困，固不得已，此適足以明其不知權變，而終或於大道也。

○《漢書．揚雄傳》：哀帝時，丁傅、董賢用事，諸附離之者，或起家至二千石。時雄方草創《太玄》，有以自守，泊如也。或謿雄以玄尚白，而雄解之，號曰〈解謿〉。其辭曰：

客謿揚子曰：吾聞上世之士，人綱人紀，不生則已，生則上尊人君，下榮父母，析人之珪，儋人之爵，懷人之符，分人之祿，紆青拕紫，朱丹其轂。今子幸得遭明盛之世，處不諱之朝，與羣賢同行，歷金門，上玉堂有日矣；曾不能畫一奇，出一策，上說人主，下談公卿，目如燿星，舌如電光，壹從壹衡，論者莫當，顧而作《太玄》五千文，支葉扶疏，獨說十餘萬言，深者入黃泉，高者出蒼天，大者含元氣，纖者入無倫，然而位不過侍郎，擢纔給事黃門，意者玄得無尚白乎，何為官之拓落也？

揚子笑而應之曰：客徒欲朱丹吾轂，不知一跌將赤吾之族也。往者周罔解結，羣鹿爭逸，離為十二，合為六七，四分五剖，並為戰國。士無常君，國亡定臣，得士者富，失士者貧，矯翼厲翮，恣意所存，故士或自盛以橐，或鑿坏以遁。是故騶衍以頡亢而取世資，孟軻雖連蹇，猶為萬乘師。今大漢左東海，左渠搜，前番禺，後陶塗，東南一尉，西北一候，徽以糾墨，製以質鈇，散以禮樂，風以詩書，曠以歲月，結以倚廬。天下之士，雷動雲合，魚鱗雜襲，咸營于八區，家家自以為稷契，人人自以為咎繇，戴縰垂纓而談者，皆擬於阿衡，五尺童子，羞比晏嬰與夷吾。當塗者升青雲，失路者委溝渠，旦握權則為卿相，夕失勢則為匹夫，譬若江湖之雀，勃解之鳥，乘鴈集不為之多，雙鳧飛不為之少。昔三仁去而殷墟，二老歸而周熾，子胥死而吳亡，種蠡存而粵伯，五羖入而秦喜，樂毅出而燕懼，范雎以折摺而危穰侯，蔡澤雖噤吟而笑唐舉，故當其有事也，非蕭曹、子房、平勃、樊霍則不能安；當其亡事也，章句之徒，相與坐而守之，亦亡所患。故世亂則聖哲馳騖而不足，世治則庸夫高枕而有餘。夫上世之士，或解縛而相，或釋褐而傅，或倚夷門而笑，或棋江潭而漁，或七十說而不遇，或立談間而封侯，或枉千乘於陋巷，或擁帚彗而先驅。是以士頗得信其舌而奮其筆，窒隙蹈瑕而無所詘也。當今縣令不請士，郡守不迎師，羣卿不揖客，將相不俛眉；言奇者見疑，行殊者得辟，是以欲談者卷舌而固聲，欲行者擬足而投跡，鄉使上世之士處乎今，策非甲科，行非孝廉，舉非方正，獨可抗疏時道是非，高得待詔，下觸聞罷，又安得青紫！且吾聞之：炎炎者滅，隆隆者絕，觀雷觀火，為盈為實，天收其聲，地藏其熱，高明之家，鬼瞰其室，攫挐者亡，默默者存，位極者宗危，自守者身全。是故知玄知默，守道之極，爰清爰靜，游神之廷，惟寂惟漠，守德之宅，世異事變，人道不殊，彼我易時，

未知何如。今子乃以鴟梟而笑鳳皇，執蝘蜓而謿龜龍，不亦病乎！子徒笑我玄之尚白，吾亦笑子之病甚，不遭臾跗、扁鵲，悲夫！

客曰：然則靡玄無所成名乎，范、蔡以下，何必玄哉！揚子曰：范睢，魏之亡命也，折脅拉髂，免於徽索，翕肩蹈背，扶服入橐，激卬萬乘之主，界涇陽，抵穰侯而代之，當也。蔡澤，山東之匹夫也，頷頤折頞，涕流沫，西揖彊秦之相，溢其咽，炕其氣，拊其背而奪其位，時也。天下已定，金革已平，都於雒陽，婁敬委輅脫輓，掉三寸之舌，建不拔之策，舉中國徙之長安，適也。五帝垂典，三王傳禮，百世不易，叔孫通起於枹鼓之間，解甲投戈，遂作君臣之儀，得也。甫刑靡敝，秦法酷烈，聖漢權制，而蕭何造律，宜也。故有造蕭何律於唐虞之世，則誖矣。有作叔孫通儀於夏殷之時，則惑矣。有建婁敬之策於成周之世，則繆矣。有談范蔡之說於金張許史之間，則狂矣。夫蕭規曹隨，留侯畫策，陳平出奇，功若泰山，響若阺隤，唯其人之贍智哉，亦會其時之可為也。故為可為於可為之時則從，為不可為於不可為之時則凶。夫藺先生收功於章臺，四皓采榮於南山，公孫創業於金馬，驃騎發跡於祁連，司馬長卿竊訾於卓氏，東方朔割名於細君，僕誠不能與此數公者並，故默獨守吾《太玄》。

7. 崔駰〈達旨〉，見《後漢書》本傳。本傳曰：「駰年十三，能通《詩》、《易》、《春秋》，博學有偉才，盡通古今訓詁百家之言，善屬文。少游太學，與班固、傅毅同時齊名，常以典籍為業，未皇仕進之事。時人或譏其太玄靜，將以後名失實，駰擬揚雄〈解嘲〉作〈達旨〉以答焉。」

8. 張衡〈應閒〉，見《後漢書》本傳。李賢注引衡集云：「觀者余去史官，五載而復還，非進取之勢也。唯衡內識利鈍，操心不改，或不我知者，以為失志矣，用為閒余。（閒，非也。）余應之以時有遇否，性命難求，因茲以露余誠焉。名之〈應閒〉云。」

9. 〈客譏〉，應作〈答譏〉。〈崔實傳〉，實所著碑、論、箴、銘、答、七言、祠文、表記、書凡十五篇。答，即此〈答譏〉也。《藝文類聚》十五載〈答譏文〉。

10. 蔡邕〈釋誨〉，見《後漢書》本傳。本傳云：「桓帝時，中常侍徐璜、左悺等五侯擅恣，聞邕善鼓琴，遂白天子，勑陳留太守督促發遺。邕不得已，行到偃師，稱疾而歸。閑居翫古，不交當世，感東方朔〈客難〉，及揚雄、班固、崔駰之徒，設疑以自通，乃斟酌羣言，韙其是而矯其非，作〈釋誨〉以戒厲云爾。」

11. 景純，應改郭璞，唐寫本是。〈客傲〉，見《晉書》本傳。本傳云：「璞既好卜筮，縉紳多笑之；又自以才高位卑，乃著〈客傲〉。」

12. 《文選》張景陽〈雜詩〉注〈廣絕交論〉注引陳思〈辯問〉，疑〈客問〉當作〈辯問〉。文佚無考。（僅存「君子隱居，以養真也，游說之士，星流電耀」數語。）

13. 庾敳，（五來切。）字子嵩，《晉書》有傳。〈客咨〉佚。

14. 傅毅〈七激〉，載《藝文類聚》五十七。

15. 崔駰〈七依〉，殘佚，《全後漢文》輯得九條。

16. 張衡〈七辯〉，殘佚，《全後漢文》輯得十條。

17. 崔瑗〈七厲〉，據本傳應作〈七蘇〉。李賢注曰：「瑗集載其文，即枚乘〈七發〉之流。」《全後漢文》自《北堂書鈔》一百三十五輯得「加以脂粉。潤以滋澤」兩句。又案傅玄〈七謨序〉，〈七厲〉乃馬融所作，此或彥和誤記。

18. 陳思〈七啓〉，見《文選》。其序曰：「昔枚乘作〈七發〉，傅毅作〈七激〉，張衡作〈七辯〉，崔駰作〈七依〉，辭各美麗，余有慕之焉，遂作〈七啓〉，並命王粲作焉。」

19. 王粲〈七釋〉，殘佚，《全後漢文》輯得十三條。

20. 桓麟〈七說〉，殘佚，《全後漢文》輯得五條。

21. 左思〈七諷〉，佚。《文選．齊安陸王碑文》注引左思〈七略〉：「闓甲第之廣袤，建雲陛之嵯峨。」〈七略〉，當作〈七諷〉。〈指瑕篇〉云：「左思〈七諷〉，說孝而不從，反道若斯，餘不足觀矣。」所謂文麗

而義咲也。

22. 觀此數語，益信七之源於〈大招〉。〈大招〉取〈招魂〉而擴充之，已稍流於淫麗，漢魏撰七諸公，更極淫麗，使人厭惡。黃叔琳曰：「凡此數子，總難免屋上架屋之譏。七體如子厚〈晉問〉，對問則退之〈進學解〉，體制仍前，而詞義超越矣。」李詳〈補正〉曰：「《文選》張衡〈南都賦〉：『侍者蠱媚。』善注：『蠱已見〈西京賦〉。』案〈西京賦〉：『妖蠱豔夫夏姬。』善注：『《左氏傳》子產曰：『在《周易》，女惑男謂之蠱。蠱媚也。』又張衡〈思玄賦〉：『咸姣麗以蠱媚。』』」

23. 《漢書．司馬相如傳》贊：「相如雖多虛辭濫說，然要其歸，引之於節儉，此亦《詩》之風諫何異。揚雄以為靡麗之賦，勸百而風一，猶騁鄭衛之聲，曲終而奏雅，不已戲乎！」（謂揚雄之論，過輕相如也。《史記．司馬相如傳》太史公曰云云，與此同。史公書不應引揚雄語，自無待辯，史公贊中本無「揚雄以為」至「不已戲乎」一段。班固取史贊自「春秋推見至隱」至「風諫何異」，補綴揚雄說於後，作為《漢書．相如贊》，妄人見《漢書》有揚雄語，乃取以補《史記》，而不自知其大謬也。）

24. 〈七厲〉，當作〈七蘇〉。即上所謂「植義純正」也。

25. 杜篤〈連珠〉，佚，《全後漢文》輯得「能離光明之顯，長吟永嘯」十字。賈逵〈連珠〉，佚，《全後漢文》輯得「夫君人者不飾不美，不足以一民」十三字。《後漢．文苑傳》劉珍著誄、頌、連珠凡七篇。珍〈連珠〉佚。潘勖〈連珠〉，《藝文類聚》五十七載其文。錄如下：

「臣聞媚上以布利者，臣之常情，主之所患；忘身以憂國者，臣之所難，主之所願。是以忠臣背利而脩所難，明主排患而獲所願。」

26. 唐寫本無運理二字，似非。《文選》載陸機〈演連珠〉五十首。（劉孝標注，）茲選錄數首。

○臣聞世之所遺，未為非寶；主之所珍，不必適治。是以俊乂之藪，希蒙翹車之招；金碧之巖，必辱鳳舉之使。

○臣聞積實雖微，必動於物；崇虛雖廣，不能移心。是以都人冶容，不悅西施之影；乘馬班如，不輟太山之陰。

○臣聞尋煙染芬，薰息猶芳；徵音錄響，操終則絕。何則？垂於世者可繼，止乎身者難結。是以玄晏之風恆存，動神之化已滅。

○臣聞圖形於影，未盡纖麗之容；察火於灰，不覩洪赫之烈。是以問道存乎其人，觀物必造其質。

《列仙傳》：「朱仲者，會稽人也。常於會稽市上販珠。魯元公主以七百金從仲求珠。仲乃獻四寸珠，送置於闕即去。」

27. 《說文．丌部》：「典，五帝之書也。從冊在丌上，尊閣之也。莊都說，典，大冊也。」《尚書》有〈堯典〉、〈舜典〉，《周書》有〈程典〉、〈寶典〉、〈本典〉。揚雄〈劇秦美新〉曰：「宜命賢哲作帝典一篇，舊三為一襲，（李善注：言足舊二典而成三典也。）以示來人，摛之罔極。」雄以此文比二典，是為稱典之始，惟未以名篇耳。班固〈典引．序〉曰：「伏惟相如〈封禪〉，靡而不典，揚雄〈美新〉，典而亡實，……竊作〈典引〉一篇。」李善注引蔡邕曰：「典引者，篇名也。典者，常也，法也；引者伸也，長也。《尚書疏》：『堯之常法，謂之〈堯典〉。』漢紹其緒，伸而長之也。」此為以典名篇之始。《後漢．文苑．李尤傳》，尤所著有典，是當時文士固有作典者矣。《文體通釋》曰：「誥者，古通作告，告也，覺也。劉熙曰：『上敕下曰告，使覺悟知己意也。』《易》曰：『后以施命誥四方。』《周官》：『大祝作六辭，以通上下親疏遠近；三曰誥。』『士師五戒，二曰誥，用之於會同。』源出〈商書．湯誥〉（見《史記．殷本紀》）、〈仲虺之誥〉。（《左傳》〈宣十二〉、〈襄十四〉、〈三十〉，《墨子．非命》、《荀子．堯問》、《呂氏春秋．驕恣》引：虺蓋奉王命誥。或據偽書，謂下以告上，非。）流有《周書》諸誥，漢張衡作〈東巡誥〉，及晉夏侯湛〈昆弟誥〉。劉宋顏延之〈庭誥〉。」《文章緣起》：「誥，漢司隸馮衍作〈德誥〉。」按馮衍作〈德誥〉，已缺佚。

《文體通釋》：「誓者，約束也，謹也，束軍眾使謹也。《毛詩傳》曰：『師旅能誓。』《周官》：『士師五戒，一曰誓，用之於軍旅。』又不涉軍旅而束謹，亦為誓也。主於約束身心，誡言示謹。源出〈禹誓〉（《墨子．兼愛下》引。）流有〈甘誓〉、〈湯誓〉、《周書》諸誓。晉惠公〈韓誓〉，句踐〈誓眾〉及鮑叔〈塞道誓〉；漢郅惲〈誓眾〉、苻秦王猛〈渭原誓〉。又湯與諸侯誓（見《逸周書．殷祝》。）、周公〈誓命〉（左傳文十八。）及趙鞅〈鐵誓〉。」《文章緣起》：「誓，漢蔡邕作〈艱誓〉。」

問，如漢武帝元光元年「詔賢良曰……受策察問」之問。《文選》有策問類。《文體通釋》曰：「策問者，箸詞於策，以諮問賢才也。主於詢言諮事，制詔試學。源出漢文〈策賢良文學詔〉。流有武帝〈策賢良制〉、晉陸機〈為武帝策秀才文〉。《文選》列〈策秀才文〉。」

28. 覽，未詳。漢來雜文，當有以覽名篇者。《呂氏春秋》有〈八覽〉。《隋志》子類儒家有〈要覽〉、〈正覽〉，雜家有〈宜覽〉、〈皇覽〉等。

《文體通釋》曰：「略者，經略土地也，法也，約要也，得約要之法而經略之者也。主於簡舉經猷，概陳要法，源出《六韜．兵略篇》。（案《六韜》偽書，不如舉《淮南．要略篇》。）流有劉歆《七略》，晉鄒堪《周易統略》，梁阮孝緒《文字集略》。」

《說文．竹部》：「篇，書也。」《漢書．藝文志》有〈史籀篇〉（周時史官教學童書）、〈蒼頡篇〉（李斯作）、〈爰歷篇〉（趙高作）、〈博學篇〉（胡毋敬作）、〈凡將篇〉（司馬相如作）、〈急就篇〉（史游作）、〈元尚篇〉（李長作）、〈訓纂篇〉（揚雄作）。然皆屬記文字之書，似非彥和所指，當別有以篇名文者。

章，詳下〈章表篇〉。

29. 《文體通釋》曰：「曲者，屈不直也，行也，屈折委曲而行其歌也；亦謂之行，行亦曲也，歌曲之行若步趨也。（案《禮記．間傳篇》「三曲而偯」注：「一舉聲而三折也。」漢樂府曲有平、清、瑟三調，合以楚調為相和調。主於構象寫聲，詰屈而能伸，騰趨而不徑。源出師曠《陽春白雪曲》。（宋玉〈笛賦〉目。後人稱帝王樂歌為曲，非本名；古樂歌亦與稱曲者異體。）流有漢《樂府》、《琴笛》、《鐃挽》等曲。」

《文體通釋》曰：「操者，持也，人所執持之志也。自顯志操之琴曲也。桓譚曰：『窮則獨善其身而不失其操。』應劭曰：『其遇閉塞憂愁而作，命其曲曰操。操者，言遇災遭害困厄窮迫，雖怨恨失意，猶守禮義，不懼不懾，樂道而不失其操者也。』主於抒寫志操，詞意堅凝。原出許由《箕山操》。流有伯奇《履霜操》，孔子《猗蘭》、《龜山》、《將歸》三操，伯牙《水仙操》、沐犢子《雉朝飛操》、商陵牧子《別鶴操》，及太王《岐山操》、文王《拘幽操》、周公《越裳操》。」

《文選》王褒〈洞簫賦〉：「時奏狡弄。」注：「弄，小曲也。」馬融〈長笛賦〉：「聽簉弄者。」注：「簉弄，蓋小曲也。」

《文體通釋》曰：「引者，開弓也，導也，長也；歌曲之導引而長者若引弓也。一曰：引與廞通。廞，興也，猶詩之興。主於開導憂思，長歎而不怨。源出楚樊姬〈烈女引〉。流有魯〈伯妃引〉，魯次室〈貞女引〉，衛女〈思歸引〉，楚商梁〈霹靂引〉，樗里牧恭〈走馬引〉，樗里子高妻〈箜篌引〉。（統號九引。）漢以來樂府擬作者甚多。」

30. 《釋名．釋樂器》：「吟，嚴也。其聲本出於憂愁，故其聲嚴肅，使人聽之悽歎也。」《穆天子傳》三：「西王母之山還歸，丌口世民作憂以吟曰：『比徂西土，爰居其野，虎豹為羣，於鵲與處，（於讀曰烏。）嘉命不遷，我惟帝女。（帝，天帝也。）天子大命而不可稱，顧世民之恩，流涕芔隕。吹笙鼓簧，中心翔翔，世民之子，唯天之望。』」

諷，如韋孟〈諷諫詩〉。諷與風通。《文選．甘泉賦》注：「不敢正言謂之諷。」

《文體通釋》曰：「謠者，省作咅，徒歌也，詩歌之不合樂者也。《爾雅》曰：『徒歌謂之謠。』《毛詩傳》曰：『曲合樂曰歌，徒歌曰謠。』主於有感徒歌，動得天趣。源出《余謠》、《大謠》、《中謠》、

《小謠》，（《尚書大傳》目。）《康衢童謠》。流有《丙之晨童謠》、《漢邪徑謠》，（見〈五行志〉。）晉夏侯湛《寒苦謠》、《長夜謠》，及周穆使宮樂為《黃池謠》、西王母《白雲謠》。」詠，如夏侯湛《離親詠》，謝安《洛生詠》。（《世說新語．雅量篇》）鄭注《禮記．檀弓》陶斯咏曰：「咏，謳也。」《正義》：「咏，歌咏也。鬱陶情轉暢，故曰歌咏之也。」

31. 凡此十六名，雖總稱雜文，然典可入〈封禪篇〉，誥可入〈詔策篇〉，誓可入〈祝盟篇〉，問可入〈議對篇〉，曲操弄引吟諷謠詠可入〈樂府篇〉，章可入〈章表篇〉，所謂「各入討論之域」也。（覽、略、篇，或可入〈諸子篇〉。）

32. 多，唐寫本作才，是。

諧隱第十五（鈴木云嘉靖本王本岡本隱作讔燉本亦同）

芮良夫之詩云：自有肺腸，俾民卒狂[1]。夫心險如山，口壅若川，怨怒之情不一，歡謔之言無方。昔華元棄甲，城者發睅目之謳；臧紇喪師，國人造侏儒之歌：並嗤戲形貌，內怨為俳也[2]。又蠶蟹鄙諺，貍首淫哇，苟可箴戒，載于禮典[3]。故知諧辭讔言，亦無棄矣。

諧之言皆也。辭淺會俗，皆悅笑也。昔齊威（元作宣許改）酣樂，而淳于說甘酒[4]；楚襄讌集，而宋玉賦好色[5]：意在微諷，有足觀者。及優旃之諷漆城，優孟之諫葬馬，並譎辭飾說，抑止昏暴。是以子長編史，列傳滑稽，以其辭雖傾回，意歸義正也[6]。但本體不雅（一作雜），其流易弊。於是東方枚皋，餔糟啜醨，無所匡正，而詆嫚媟（元作媒謝改）弄，故其自稱為賦，迺亦俳也：見視如倡，亦有悔矣[7]。至魏文（元作大）因俳說以著笑（元作茂孫改）書，薛綜憑宴會而發嘲調，雖抃推（疑誤）席，而無益時用矣[8]。然而懿文之士，未免枉轡；潘岳醜婦之屬，束皙賣餅之類，尤而（一作相）效之，蓋以百數[9]。魏晉滑稽，盛相驅扇，遂乃應瑒之鼻，方於盜削卵；張華之形，比乎握舂杵。曾是莠言，有虧德音，豈非溺者之妄笑（元作茂朱改），胥靡之狂歌歟[10]？

讔者，隱也；遯辭以隱意，譎譬以指事也[11]。昔還社（元作楊）求拯（元作極）于楚師，喻眢井而稱麥麴[12]；叔儀乞糧于魯人，歌佩玉而呼庚癸[13]；伍舉刺荊王以大鳥[14]，齊客譏

薛公以海魚[15]；莊姬託辭于龍尾[16]，臧文謬書於羊裘：隱語之用，被于紀傳[17]。大者興治濟身，其次弼違曉惑。蓋意生於權譎，而事出於機急，與夫諧辭，可相表裏者也。漢世隱書十有八篇，歆固編文，錄之歌末[18]。昔楚莊齊威，性好隱語。至東方曼倩，尤巧辭述。但謬辭詆戲，無益規補[19]。自魏代以來，頗非俳優，而君子嘲（一本無嘲字鈴木云梅本子嘲二字用夾注）隱，化為謎語。謎也者，迴互其辭，使昏迷也[20]。或體目文字[21]，或圖象品物[22]，纖巧以弄思（元作忠謝改），淺察以衒辭，義欲婉而正，辭欲隱而顯。荀卿蠶賦，已兆其體[23]。至魏文陳思，約而密之；高貴鄉公，博舉品物：雖有小巧，用乖遠大[24]。夫觀古之為隱，理周要務，豈為童稚之戲謔，搏髀而抃笑哉？然文辭之有諧讔，譬九流之有小說[25]。蓋稗官所采，以廣視聽，若效而不已，則髡袒而入室，旃孟之石交乎[26]！

贊曰：古之嘲隱，振危釋憊。雖有絲麻，無棄菅蒯[27]。會義適時，頗益諷誡。空戲滑稽，德音大壞。

【注釋】

1. 《毛詩．大雅．桑柔．序》：「桑柔，芮伯刺厲王也。」《正義》曰：「文元年《左傳》引此曰：周芮良夫之詩曰：『大風有隧。』且《周書》有〈芮良夫〉之篇，知字良夫也。」又《鄭箋》：「自有肺腸，行其心中之所欲，乃使民盡迷惑也。」

2. 「內怨為俳」俳，當作誹。放言曰謗，微言曰誹。內怨，即腹誹也。彥和之意，以為在上者肆行貪虐，下民

不敢明謗，則作為隱語，以寄怨怒之情；故雖嗤戲形貌而不棄於經傳，與後世莠言嘲弄，不可同日語也。

3. 《左傳．宣公二年》：鄭伐宋，宋師敗績，囚華元。宋人贖華元於鄭。半入，華元逃歸。宋城，華元為植巡功。城者謳曰：「睅其目，皤其腹，棄甲而復；于思于思，棄甲復來！」使其驂乘謂之曰：「牛則有皮，犀兕尚多，棄甲則那？」役人又曰：「從其有皮，丹漆若何？」

《左傳．襄公四年》：臧紇救鄫，侵邾，敗於狐駘。國人誦之曰：「臧之狐裘，敗我於狐駘；我君小子，侏儒是使，侏儒侏儒，使我敗於邾。」

4. 《禮記．檀弓》：「成人有其兄死而不為衰者，聞子皋將為成宰，遂為衰。成人曰：『蠶則績而蟹有匡；范則冠而蟬有緌；兄則死而子皋為之衰。』」

又：「孔子之故人曰原壤，其母死，夫子助之沐槨。原壤登木曰：久矣，予之不託於音也！歌曰：『貍首之班然！執女手之卷然！』」

5. 《史記．滑稽列傳》：「齊威王之時，喜隱，好為淫樂長夜之飲，沈湎不治。……置酒後宮。召淳于髡賜之酒。問曰：『先生能飲幾何而醉？』對曰：『臣飲一斗亦醉，一石亦醉。』威王曰：『先生飲一斗而醉，惡能飲一石哉？其說可得聞乎？』髡曰：『日暮酒闌，合尊促坐；男女同席，履舃交錯；杯盤狼藉。堂上燭滅；主人留髡而送客，羅襦襟解，微聞薌澤；當此之時，髡心最歡，能飲一石。故曰：酒極則亂，樂極則悲；萬事盡然，言不可極，極之而衰。』以諷諫焉。齊王曰：『善！』乃罷長夜之飲。」

宋玉〈登徒子好色賦〉并序（《文選》。）

大夫登徒子侍於楚王，短宋玉曰：「玉為人體貌閑麗，口多微辭，又性好色。願王勿與出入後宮。」王以登徒子之言問宋玉。玉曰：「體貌閑麗，所受於天也；口多微辭，所學於師也；至於好色，臣無有也。」王曰：「予不好色，亦有說乎？有說則止，無說則退。」玉曰：「天下之佳人，莫若楚國；楚國之麗者，莫若臣里；臣里之美者，莫若臣東家之子。東家之子，增之一分則太長，減之一分則太短，著粉則太白，施朱則

太赤，眉如翠羽，肌如白雪，腰如束素，齒如含貝，嫣然一笑，惑陽城，迷下蔡。然此女登牆闚臣三年，至今未許也。登徒子則不然。其妻蓬頭攣耳，齞脣歷齒，旁行踽僂，又疥且痔。登徒子悅之，使有五子。王孰察之，誰為好色者矣？」是時秦章華大夫在側，因進而稱之曰：「今夫宋玉盛稱鄰之女以為美色，愚亂之邪臣，自以為守德，謂不如彼矣。且夫南楚窮巷之妾，焉足為大王言乎！若臣之陋目所曾覩者，未敢云也。」王曰：「試為寡人說之。」大夫曰：「唯！唯！臣少曾遠遊，周覽九土，足歷五都，出咸陽，熙邯鄲，從容鄭衛溱洧之間。是時向春之末，迎夏之陽，鶬鶊喈喈，羣女出桑。此郊之姝，華色含光，體美容冶，不待飾裝。臣觀其麗者，因稱詩曰：『遵大路兮攬子袪，贈以芳華辭甚妙。』於是處子怳若有望而不來，忽若有來而不見，意密體疏，俯仰異觀，含喜微笑，竊視流眄。復稱詩曰：『寤春風兮發鮮榮，絜齋俟兮惠音聲，贈我如此兮，不如無生。』因遷延而辭避。蓋徒以微辭相感動，精神相依憑，目欲其顏，心顧其義，揚詩守禮，終不過差，故足稱也。」於是楚王稱善。宋玉遂不退。

李善注曰：「此賦假以為辭，諷於婬也。」

6. 《史記．滑稽列傳》：「優旃者，秦倡侏儒也。善為笑言，然合於大道。二世立，欲漆其城。優旃曰：『善！主上雖無言，臣固將請之。漆城雖於百姓愁費，然佳哉！漆城蕩蕩，寇來不能上；即欲就之，易為漆耳。顧難為蔭室。』於是二世笑之，以其故止。」

「優孟者。故楚之樂人也。長八尺，多辯，常以談笑諷諫。楚莊王之時，有所愛馬死，使羣臣喪之，欲以棺槨大夫禮葬之。左右爭之以為不可。王下令曰：『有敢以馬諫者罪至死。』優孟聞之，入殿門，仰天大哭。王驚而問其故。優孟曰：『馬者，王之所愛也，以楚國堂堂之大，何求不得，而以大夫禮葬之！薄，請以人君禮葬之。』王曰：『何如？』對曰：『臣請以彫玉為棺，文梓為槨，楩楓豫章為題湊，發甲卒為穿壙，老弱負土，齊趙陪位於前，韓魏翼衛其後。廟食太牢，奉以萬戶之邑，諸侯聞之，皆知大王賤人而貴馬也。』王曰：『寡人之過，一至此乎，為之柰何？』優孟曰：『請為大王六畜葬之，以壠竈為槨，銅歷為棺，齎以

薑棗，薦以木蘭，祭以粳稻，衣以火光，葬之於人腹腸。』於是王乃使以馬屬太官，無令天下久聞也。」

《史記索隱》：「滑謂亂也，稽同也。以言辯捷之人，言非若是，說是若非，能亂同異也。《楚辭》云：『將突梯滑稽，如脂如韋。』崔浩云：『滑音骨，稽，流酒器也。轉注吐酒，終日不已，言出口成章，詞不窮竭，若滑稽之吐酒。』故揚雄〈酒賦〉云『鴟夷滑稽，腹大如壺，盡日盛酒，人復籍沽』是也。又姚察云：『滑稽，猶俳諧也。滑，讀如字，稽，音計也。以言諧語滑利，其知計疾出，故云滑稽也。』」

7. 《漢書．東方朔傳》：「上令倡監榜郭舍人。舍人不勝痛，呼謈。朔笑之曰：『咄！口無毛，聲謷謷，尻益高。』舍人恚曰：『朔擅詆欺天子從官，當棄市。』上問朔何故詆之？對曰：『臣非敢詆之，迺與為隱耳。』上曰：『隱云何？』朔曰：『夫口無毛者，狗竇也；聲謷謷者，烏哺鷇也；尻益高者，鶴俛啄也。』舍人不服，因曰：『臣願復問朔隱語，不知亦當榜。』即妄為諧語曰：『令壺齟，老柏塗，伊優亞，狋吽牙，何謂也？』朔曰：『令者，命也；壺者，所以盛也；齟者，齒不正也；老者，人所敬也；柏者，鬼之廷也；塗者，漸洳徑也；伊優亞者，辭未定也；狋吽牙者，兩犬爭也。』舍人所問，朔應聲輒對，變詐鋒出，莫能窮者。」

〈枚皋傳〉：「皋不通經術，詼笑類俳倡，為賦頌好嫚戲，以故得媟黷貴幸，比東方朔、郭舍人等。皋賦辭中，自言為賦不如相如，又言為賦，迺俳見視如倡，自悔類倡也。故其賦有詆諆東方朔，又自詆諆。其文骫骳，曲隨其事，皆得其意。」案此即彥和所謂詆嫚媟弄無益時用者，故班固謂：「朔與枚皋、郭舍人俱在左右，詼啁而已。」

8. 《魏志．文帝紀》未言其著《笑書》，裴松之注最為富博，亦未言及，《隋志》不著錄，諸類書亦無引之者，未知何故。魏文同時有邯鄲淳，撰《笑林》三卷。（《隋唐志》同。）馬國翰輯得一卷。（《玉函山房輯佚書》卷七十六。）茲錄數則於下，魏文《笑書》，當亦此類也。

○漢世有老人，無子，家富，性儉嗇，惡衣疏食，侵晨而起，侵夜而息，營理產業，聚斂無厭，而不敢自

用。或人從之求丐者，不得已而入內，取錢十，自堂而出，隨步輒減，比至於外，纔餘半在。閉目以授乞者。尋復囑云：「我傾家贍君，慎勿他說，復相效而來。」老人俄死，田宅沒官，貨財充於內帑矣。傖人欲相共弔喪，各不知儀。一人言粗習，謂同伴曰：「汝隨我舉止。」既至喪所，舊習者在前伏席上，餘者一一相髡於背。為首者以足觸詈曰：「癡物！」諸人亦為儀當爾，各以足相踏曰：「癡物！」最後者近孝子，亦踏孝子而曰：「癡物！」

○有癡壻，婦翁死，婦教以行弔禮。於路值水，乃脫襪而渡，惟遺一襪。又覩林中鳩鳥云：「鶻鴣，鶻鴣。」而私誦之，都忘弔禮。及至，乃以有襪一足立而縮其跣者，但云：「鶻鴣，鶻鴣。」孝子皆笑。又曰：「莫笑，莫笑。如拾得襪，即還我。」

○〈吳志・薛綜傳〉：「西使張奉，於權前列尚書闞澤姓名以嘲澤，澤不能答。綜下行酒，因勸酒曰：『蜀者何也？有犬為獨，無犬為蜀，橫目苟身，虫入其腹。』奉曰：『不當復列君吳耶？』綜應聲曰：『無口為天，有口為吳，君臨萬邦，天子之都。』於是眾坐喜笑，而奉無以對。」

推，當是帷字之誤，抃帷席，即所謂眾坐喜笑也。

9. 枉轡，猶言枉道。潘岳〈醜婦〉，其說未聞。

束晳有〈勸農〉及〈餅〉諸賦，〈勸農賦〉殘缺，茲節錄〈餅賦〉如下：

「於是火盛湯涌，猛氣蒸作；攘衣振掌，握搦拊搏；麵彌離於指端，手縈回而交錯；紛紛駁駁，（當作駮駮。）星分雹落。籠無迸肉，餅無流麵；姝媮咧敕，薄而不綻；雋雋和和，臐色外見；弱如春綿，白如秋練；氣勃鬱以揚布，香飛散而遠遍；行人失涎於下風，童僕空嚼而斜眄；擎器者呧脣，立侍者乾咽。爾乃濯以玄醢，鈔以象箸，伸要虎丈，叩膝偏據；槃案財投而輒盡，庖人參潭（與趁趯古字通用。）而促遽。手未及換，增禮復至；脣齒既調，口習咽利；三籠之後，轉更有次。」（《續古文苑》二一。）

10. 應瑒事未聞其說。《世說新語・排調篇》注引張敏集〈頭責子羽文〉曰：「范陽張華，頭如巾虀杵。」謂頭

著巾，形如壐杵也。漢末以後，政偷俗窳，威儀喪亡，《典論》曰：孔融體氣高妙，有過人者，然不能持論，理不勝辭，至於雜以嘲戲。又如曹植得邯鄲淳甚喜，誦俳優小說數千言，其不持威儀，可以想見。〈吳志・諸葛恪傳〉恪父瑾，面長似驢，孫權大會羣臣，使人牽一驢入，題其面曰：『諸葛子瑜。』恪跪曰：『乞請筆，益兩字。』因續其下曰：『之驢。』舉坐歡笑。君臣之間，竟相戲弄若此。晉尚清談，此風尤盛；故彥和譏為溺者之妄笑、胥靡之狂歌也。（溺人必笑，見《左傳・哀公二十年》。胥靡，刑徒人也。胥靡狂歌，未知所本。當自《呂氏春秋・大樂篇》「溺者非不笑也，罪人非不歌也」句化出。）

《隋書・經籍志》總集類有袁淑《誹諧文》十卷，是撰誹諧集之始。其文存者，有〈雞九錫文〉、〈勸進牋〉、〈驢山公九錫文〉、〈大蘭王九錫文〉、〈常山王九命文〉。茲錄〈雞〉、〈驢九錫文〉二首於下：

〈雞九錫文〉

維神爵元年，歲在辛酉，八月己酉朔，十三日丁酉，帝顓頊遣征西大將軍下雉公王鳳，西中郎將白門侯扁鵲，咨爾浚雞山子：維君天資英茂，乘機晨鳴，雖風雨之如晦，抗不已之奇聲。今以君為使持節金西蠻校尉西河太守，以揚州之會稽封君為會稽公，以前浚雞山為沐邑，君其祗承予命。使西海之水如帶，浚雞之山如礪，國以永存，爰及苗裔。（《藝文類聚》九十一。）

〈驢山公九錫文〉

若乃三軍陸邁，（此句上有缺文。）糧運艱難，謀臣停算，武夫吟歎；爾乃長鳴上黨，慷慨應邗，峽嶇千里，荷囊致餐，用捷大勳，歷世不刊，斯實爾之功也。音隨時興，晨夜不默，仰契玄象，俯協漏刻，應更長鳴，豪分不忒，雖挈壺著稱，未足比德，斯復爾之智也。若乃六合昏晦，三辰幽冥，猶憶天時，用不廢聲，斯又爾之明也。青脊隆身，長頰廣額，修尾後垂，巨耳雙磔，斯又爾之形也。嘉麥既熟，實須精麵，負磨迴衡，迅若轉電，惠我眾庶，神祇獲薦，斯又爾之能也。爾有濟師旅之勳，而加之以眾能，是用遣中大夫閭丘騾加爾使銜勒大鴻臚班腳大將軍宮亭侯，以揚州之廬江、江州之廬陵、吳國之桐廬、合浦之珠盧，封爾為廬

山公。（《藝文類聚》九十四。）

11. 讔，廋辭也。字本作隱。〈晉語〉五：「有秦客廋辭於朝。」韋昭注云：「廋，隱也。謂以隱伏譎詭之言，問於朝也，東方朔曰：非敢詆之，乃與為隱耳。」

12. 《左傳．宣公十二年》：「楚子伐蕭，遂傅於蕭。還無社（蕭大夫名。）與司馬卯言。號申叔展。（二人皆楚大夫。）叔展曰：『有麥麴乎？』曰：『無。』『有山鞠窮乎？』曰：『無。』（麥麴，鞠窮所以禦濕，欲使無社逃泥水中。）『河魚腹疾，奈何！』曰：『目於眢井而拯之。』『若為茅絰，哭井則已。』」（展叔又教結茅以表井，須哭乃應，以為信。）

13. 《左傳．哀公十三年》：「吳申叔儀乞糧於公孫有山氏，曰：『佩玉蘂兮，余無所繫之！旨酒一盛兮，余與褐之父睨之！』對曰：『粱則無矣，粗則有之。若登首山以呼曰：庚癸乎！則諾。』」杜注：「軍中不得出糧，故為私隱。庚西方，主穀；癸北方，主水。」

14. 《史記．楚世家》：「莊王即位三年，不出號令，日夜為樂，令國中曰：『敢諫者死。』伍舉入諫，曰：『願有進隱。曰：有鳥在於阜，三年不蜚不鳴，是何鳥也？』莊王曰：『三年不蜚，蜚將沖天；三年不鳴，鳴將驚人。舉退矣，吾知之矣。』」

15. 《戰國．齊策》：「靖郭君將城薛，客多以諫。靖郭君謂謁者無為客通。齊人有請者曰：『臣請三言而已矣。益一言，臣請烹。』靖郭君因見之，客趨而進曰：『海大魚。』因反走。君曰：『客有於此。』客曰：『鄙臣不敢以死為戲。』君曰：『亡，更言之。』對曰：『君不聞大魚乎？網不能止，鉤不能牽，蕩而失水，則螻蟻得意焉。今夫齊，亦君之水也，君長有齊，奚以薛為？失齊，雖隆薛之城到於天，猶之無益也。』君曰：『善！』乃輟城薛。」

16. 《列女．辨通傳．楚處莊姪》：「莊姪見楚頃襄王曰：『大魚失水，有龍無尾，牆欲內崩，而王不視。』王問之，對曰：『大魚失水者，王離國五百里也；樂之於前，不思禍之起於後也。有龍無尾者，年既四十，無太子也。國無强輔，必且殆也。牆欲內崩，而王不視者，禍亂且成而王不改也。』」（孫君蜀丞曰：「案《列女傳》姪作姬。《渚宮舊事》三引《列女傳》作姪，姬字定誤。」）

17. 《列女．仁智傳．魯臧孫母》：「臧文仲使於齊，齊拘之而興兵，欲襲魯。文仲微使人遺公書，謬其辭曰：『斂小器，投諸台。食獵犬，組羊裘。琴之合，甚思之。臧我羊，羊有母。食我以同魚。冠纓不足帶有餘。』臧孫母泣下襟曰：『吾子拘有木治矣！斂小器，投諸台者，言取郭外萌，（台，地名，萌同氓。）內之於城中也。食獵犬，組羊裘者，言趣饗戰鬬之士而繕甲兵也，琴之合甚思之者，言思妻也。臧我羊，羊有母者，告妻善養母也。食我以同魚者，其文錯。（同，合會也。合會有交錯之義。）錯者，所以治鋸，鋸者，所以治木也。是有木治係於獄矣，冠纓不足帶有餘者，頭亂不得梳，飢不得食也。故知吾子拘而有木治矣。』」

紀傳，當作記傳。

18. 《漢書．藝文志》雜賦十二家，其第十二家為隱書十八篇。師古曰：「劉向《別錄》云：『隱書者，疑其言以相問，對者以慮思之，可以無不諭。』」歌末，疑當作賦末。

19. 讔辭與隱語，性質相似，惟一則悅笑取諷，一則隱譎示意，苟正以用之，亦可託足於文圃，然若空戲滑稽，則德音大壞矣。

20. 《說文．言部．新附》：「謎，隱語也。從言迷，迷亦聲。」

21. 體目文字，謂如《世說新語．捷悟篇》：「魏武嘗過曹娥碑下，楊脩從，碑背上見題作『黃絹幼婦，外孫齏臼』八字。魏武謂脩曰：『解不？』答曰：『解。』……令脩別記所知。脩曰：『黃絹，色絲也，於字為絕；幼婦，少女也，於字為妙；外孫，女子也，於字為好；齏臼，受辛也，於字為辭；所謂絕妙好辭也。』魏武亦記之與脩同。」劉注謂：「曹娥碑在會稽中，而魏武、楊脩未嘗過江。」事固可疑，然離合解義之法，讖緯中固多有之矣。

22. 圖象品物，謂如〈捷悟篇〉：「楊德祖為魏武主簿。時作相國門，始構榱桷，魏武自出看，使人題門作『活』字，便去。楊見，即令壞之。既竟，曰：門中活，闊字；王正嫌門大也。」「人餉魏武一桮酪。魏武噉少許，蓋頭上題合字以示眾，眾莫能解。次至楊脩，脩便噉曰：『公教人噉一口也，復何疑！』」又〈簡傲篇〉：「嵇唐與呂安善，每一相思，千里命駕。安後來值康不在，喜（嵇喜，康兄。）出戶延之，不入，題門上作鳳字而去，喜不覺，猶以為欣。故作鳳字，凡鳥也。」

23. **荀卿〈蠶賦〉**（《荀子．賦篇》。）

有物於此，儳儳兮其狀，屢化如神，功被天下，為萬世文。禮樂以成，貴賤以分；養老長幼，待之而後存；名號不美，與暴為鄰。功立而身廢，事成而家敗；棄其耆老，收甚後世；人屬所利，飛鳥所害。臣愚不識，請占之五泰。五泰占之曰：此夫身女好而頭馬首者與？屢化而不壽者與？善壯而拙老者與？有父母而無牝牡者與？冬伏而夏游，食桑而吐絲，前亂而後治，夏生而惡暑，喜濕而惡雨。蛹以為母，蛾以為父，三俯三起，事乃大已。夫是之謂蠶理。

24. 魏文、陳思、高貴鄉公所作謎語，皆無可考。

25. 《漢書．藝文志》列諸子為十家，而云：「其可觀者，九家而已。」其一家即小說家也。小說家者流，蓋出於稗官。《補注》引欽韓曰：「〈滑稽傳〉：『東方朔博觀外家之語。』即傳記小說也。《文選注》三十一引桓子《新論》曰：『小說家合叢殘小語，近取譬論，以作短書，治身理家有可觀之詞。』」

26. 稗官，小官也。紀評云：「祖而，疑作朔之。」是。淳于髡、東方朔，滑稽之雄，故云然。《史記．蘇秦列傳》：「此所謂棄仇讎而得石交者也。」

27. 《左傳．成公九年》引逸詩語。

卷四

史傳第十六[1]

開闢草昧，歲紀緜邈，居今識古，其載籍乎！軒轅之世，史有倉頡，主文之職，其來久矣[2]。曲禮曰：史載筆。左右（鈴木云二字疑衍閔本王本岡本無）。史者，使也。執筆左右（八字元脫按胡孝轅本補），使之記也（元作已按胡本改）[3]。古（元脫孫補）者，左史記事者，右史記言者（孫云御覽六百三引無兩者字）。言經則尚書，事經則春秋（孫云御覽無兩則字秋下有也字）[4]。唐虞流于典謨，商夏被于誥誓[5]。自（汪本作洎）周命維新，姬公定法，紬三正以班歷，貫四時以聯事，諸侯建邦，各有國史，彰善癉惡，樹之風聲[6]。自平王微弱，政不及雅，憲章散紊，彝倫攸斁[7]。昔者（二字從御覽增黃云案馮本無昔者校云夫子上御覽有昔者二字鈴木云諸本皆無昔者二字）夫子閔（鈴木云御覽作愍）王道之缺，傷斯文之墜，靜居以歎鳳，臨衢而泣麟[8]，於是就太師以正雅頌，因魯史以修春秋，舉得失以表黜陟，徵存亡以標勸戒：褒見一字，貴踰軒冕；貶在片言，誅深斧鉞[9]。然睿旨存亡（二字衍黃云案馮本存亡校云各本衍此二字功甫本無此亦誤衍御覽亦無）幽隱（胡本作祕孫云御覽六百四作然叡旨幽祕），經文婉約，丘明同時（孫云御覽作恥），實得微言，乃原始要終，創為傳體[10]。傳者，轉也；轉受經旨，以授於後，實聖文之羽翮，記籍之冠冕也[11]。

及至從橫之世（及字從御覽增），史職猶存。秦并七王，而戰國有策。蓋錄而弗（孫云御覽作不）敍，故即簡而（孫云御覽無而字）為名也[12]。漢滅嬴項，武功積年，陸賈稽古，作楚漢春秋[13]。爰及太（孫云御覽無太字）史談，世惟執簡；子長繼志（元作至胡改孫云御覽作志），甄序帝勣（孫云御覽作績）。比堯稱典，則位雜中賢；法孔題經，則文非元聖。故取式呂覽，通號曰紀。紀綱之號，亦宏稱也（元脫謝補孫云御覽有也字）[14]。

故本紀以述皇王，列傳以總侯伯，八書以鋪政體，十表以譜年爵，雖殊古式，而得事序焉[15]，爾其實錄無隱之旨，博雅弘辯之才，愛奇反經之尤，條例踳落之失，叔皮論之詳矣[16]。及班固述漢，因循前業，覲司馬遷孫云御覽作史遷之辭，思實過半[17]。其十志該富，讚序弘麗，儒雅彬彬，信有遺味[18]。至於宗經矩孫云御覽作規聖之典，端緒豐贍之功，遺親攘美孫云御覽作善之罪，徵賄鬻筆之愆，公理辨之究矣[19]。觀夫左氏綴事，附經間出，於文為約，而氏族難明。及史遷各傳，人始區詳而易覽，述者宗焉[20]。及孝惠委機，呂后攝政，班史立紀，違經失元脫朱補實。何則？庖犧以來，未聞女帝者也[21]。漢運所值，難為後法。牝雞無晨，武王首誓；婦無與國，齊桓著盟；宣后亂秦，呂氏危漢，豈唯政事難假，亦名號宜慎矣[22]。張衡司史，而惑黃云案馮本或校云或謝本作惑同遷固，元帝王帝王元作年二孫改后，欲為立紀，謬亦甚矣[23]。尋子弘雖偽，要當孝惠之嗣；孺子誠微，實繼平帝之體；二子可紀，何有於二后哉[24]。

至於後漢紀傳，發源東觀[25]。袁張所製，偏駁不倫[26]。薛謝之作，疏謬少信[27]。若司馬彪之詳實若字從御覽增，華嶠之準當，則其冠也[28]。及魏代三雄，記鈴木云諸本作記閔本作紀傳互孫云御覽作並出。陽秋魏略之屬，江表吳錄之類，或激抗難徵，或元脫謝補孫云御覽有或字疏闊寡要[29]。唯陳壽三志，文質辨洽，荀張比之於遷固，非妄譽也[30]。

至於晉代之書，繁乎著作[31]。陸機肇始而未備[32]，王韶續末而不終[33]，干寶述紀，以審正得御覽作明序[34]；孫盛陽秋，以約舉為能[35]。按春秋經傳，舉例發凡孫云明抄本御覽引凡作目[36]。自

（孫云御覽無自字）史漢以下，莫有準的[37]。至鄧璨（元作琛朱改孫云御覽作粲）晉紀，始立條例，又擺落（一作撮略從御覽改孫云明抄本御覽作擺落）漢魏，憲章殷周，雖湘川（鈴木云諸本川作州）曲學，亦有心（孫云御覽有放字）典謨[38]。及安（元作交朱改孫云御覽作安）國立例，乃鄧氏之規焉[39]。

原夫載籍之作也，必貫乎百氏（元作姓），被之千載，表徵盛衰，殷鑒興廢：使一代之制，共日月而長存：王霸之跡，並天地而久大。是以在漢之初，史職為盛，郡國文計，先集太史之府，欲其詳悉於體國（鈴木云玉海國下有也字），必閱石室，啓金匱，抽裂帛，檢殘竹，欲其博練於稽古也[40]。是立義選言，宜依經以樹則；勸戒與奪，必附聖以居宗。然後詮評昭整，苛濫不作矣[41]。然紀傳（孫云御覽作傳記）為式，編年綴事，文非泛論（孫云明抄本御覽綴作經泛作紀），按實而書，歲遠則同異難密，事積則起訖易疏，斯固總會（黃云案馮本總會校云總會御覽作腦合孫云明抄本御覽作合）之為難也[42]。或有同歸一事，而（孫云御覽無而字）數人分功，兩記則失於複重，偏舉則病（孫云御覽作漏）於不周，此又銓配之未易也[43]。故張衡摘史班之舛濫，傅玄譏後漢之尤煩，皆此類也[44]。

若夫追述遠代，代遠多偽，公羊高（孫云明抄本御覽作皐）云傳聞異辭，荀況稱錄遠略近，蓋文疑則闕，貴信史也。然俗皆愛奇，莫顧實理（孫云御覽作理實）。傳聞而欲偉其事，錄遠而欲詳其跡，於是棄同即異，穿鑿傍說，舊史所無，我書則傳（孫云御覽作博），此訛濫之本源，而述遠之巨蠹也[45]。至於記（孫云御覽作紀）編同時，時（元脫胡補孫云御覽有時字）同多詭，雖定哀微辭，而世情利害。勳榮之家，雖庸夫而盡飾；迍（孫云御覽作屯）敗之士，雖令德而常嗤；理欲（二字衍孫云御覽無常字欲字嗤理作蚩埋）吹霜煦露（一作噴從御覽改），寒暑筆端，此又同時之枉（孫云明抄本御覽枉下有論字），可為歎息者也（為字從御覽增）[46]。故（元作欲朱改孫云御覽作故）述遠則誣矯如彼，記（孫云明抄本御覽作略）近則回邪如此，析理居正，唯素臣（元作心今改孫云御覽作懿上心二字）乎47！若乃尊賢隱諱，固尼父之聖旨，蓋纖瑕不能玷瑾瑜也；奸慝懲戒，實良史之直筆，農夫見莠，其必鋤也；若斯之科，亦萬代一準焉48。至於尋繁領雜之術，務信棄奇之要，明白頭訖之序，品酌事例之條，曉其大綱，則眾理可貫49。然史之為任，乃彌綸一代，負海內之責，而嬴（顧校作贏）是非之尤，秉筆荷擔，莫此之勞50。遷固通矣，而歷詆後世。若任情失正，文其殆哉51！

贊曰：史肇軒黃，體備周孔。世歷斯編52，善惡偕總。騰褒裁貶，萬古魂動。辭宗邱明，直歸南董。

【注釋】

1. 紀評曰：「彥和妙解文理，而史事非其當行，此篇文句特煩，而約略依稀，無甚高論，特敷衍以足數耳。學者欲析源流，有劉子玄之書在。」案《史通》專論史學，自必條舉細目；《文心》上篇總論文體，提挈綱要，體大事繁，自不能如《史通》之周密。然如《史通》首列〈六家篇〉，（《尚書》家、《春秋》家、《左傳》家、《國語》家、《史記》家、《漢書》家。）特重《左傳》、《漢書》二家，《文心》詳論《左傳》、《史》、《漢》，其同一也；《史通》推揚二體，（編年體、紀傳體。）言其利弊，《文心》亦確指其短長，其同二也；至於煩略之故，貴信之論，皆子玄書中精義，而彥和已開其先河，安在其為敷衍充數乎？至如〈浮詞篇〉，夫人樞機之發至章句獲全，並《文心》之辭句亦擬之矣。

2. 劉恕《通鑑外紀．黃帝紀》：「史官蒼頡造文字。」原注：「崔瑗、曹植、蔡邕、索靜曰：『蒼頡，古之王者。』張揖曰：『蒼頡為帝王，生於禪通紀。』慎到曰：『在庖犧前。』衛氏曰：『在包犧、蒼帝之世。』

譙周曰：『在炎帝世。』徐整曰：『在神農、黃帝之間。』或云：『蒼頡作書，天雨粟，鬼夜哭。』」胡克家注云：「《周禮・外史・疏》引《世本・作篇》曰：「蒼頡造文字，黃帝之史。」《廣韻・九魚》又引之曰：「沮誦、蒼頡作書。」（案此見書字下，不云引《世本》。）並黃帝時史官。《說文・序》曰：「黃帝之史蒼頡。」原注所引崔瑗、蔡邕、索靜（靜當作靖。）張揖、衛氏諸書，即《隋書・經籍志》所載〈飛龍篇〉（崔瑗。）〈勸學〉、〈聖皇〉諸篇（皆蔡邕。）《古今字詁》（張揖。）、《四體書勢》（衛恆。）之說也。（索靖《草書狀》一卷，《隋唐志》不著錄，馬國翰有輯本。）《山海・中山經注》及《水經・洛水注》引《河圖玉版》曰：「蒼頡為帝南巡狩……」案其言為帝者，為黃帝也。崔瑗等即以蒼頡為王者，蓋誤會《河圖》之文而然也。譙周、徐整諸說，蓋《古史考》及《三五歷》文。或云者見《淮南子・本經訓》。」載籍推史官之起，必云蒼頡，故詳錄前說，實則其人有無，非所能知也。

3. 《禮記・曲禮上》：「史載筆，士載言。」無左右二字，此衍文當刪。《大戴記・盛德篇》：「天子御者內史太史左右手也。」《白虎通論・記過徹膳之義》：「所以謂之史，何？明王者使為之也。」陳立《疏證》曰：「《漢書・杜延年傳》注云：史使一也。或作使字。是史使或通用。言為王者所使，故謂之史，亦諧聲為義者也。」彥和說本《白虎通》。

4. 「記事者」、「記言者」二者字疑衍。《禮記・玉藻》曰：「動則左史書之，言則右史書之。」《漢書・藝文志》：「左史記言，右史記事，事為《春秋》，言為《尚書》。」《玉藻・疏》引《六藝論》同，與《漢志》反。杜預《春秋左氏傳・序・正義》云：「左是陽道，故令之記動；右是陰道，故使之記言。〈藝文志〉稱左史記言，右史記動，誤耳。」彥和用《玉藻》說。

5. 《穀梁・隱八年傳》云：「誥誓不及五帝。」謂典謨唐虞所傳，誥誓三王始有也。《尚書》所載皆典謨訓誥誓命之文，雖為古史，而體例未具，非史之正宗。至周公制《春秋》，編年之體，於是起也。

6. 杜預《春秋左氏傳・序》云：「韓宣子適魯，（昭公二年。）見《易象》與《魯春秋》，曰：『周禮盡在魯矣，吾乃今知周公之德與周之所以王。』韓子所見，蓋周之舊典禮經也。」《正義》云：「知是舊典禮經者，《傳》於隱七年書名例云：『謂之禮經。』十一年不告例云：『不書于策。』明書于策，必有常禮，未修之前，舊有此法，韓子所見而說之，即是周之舊典，以無正文，故言蓋為疑辭也。制禮作樂，周公所為，明策書禮經，亦周公所制，故下句每云周公，正謂五十發凡，是周公舊制也。」《史記・歷書》：「紬績日分。」《索隱》：「紬績者，以言造歷算運者，猶若女工緝而織之也。」《左傳・隱公元年・經》：「元年春王正月。」《正義》云：「周以建子為正，則周之二月三月，皆是前世之正月也。故於春每月書王。王二月者，言是我王之二月，乃殷之正月也。王三月者，言是我王之三月，乃夏之正月也。既有正朔之異，故每月稱王以別之。何休云：『二月三月皆有王者，二月，殷之正月也，三月，夏之正月也。王者，存二王之後，使統其正朔，……所以尊先聖，通三統，師法之義，恭讓之禮。』」彥和紬三正以班歷之義，似用何休說也。杜預序又云：「記事者，以事繫日，以日繫月，以月繫時，以時繫年，所以紀遠近，別同異也。故史之所記，必表年以首事；年有四時，故錯舉以為所記之名也。《周禮》有史官，……諸侯亦各有國史。」《春秋》之名，經無所見，唯傳記有之。昭二年韓起聘魯，見《魯春秋外傳・晉語》司馬侯對晉悼公云：「羊舌肸習於春秋。」〈楚語〉申叔時論傳太子之法。云教之以《春秋》。《禮記・坊記》云：「《魯春秋》記晉喪曰：殺其君之子奚齊。」又《經解》曰：「屬辭比事，《春秋》教也。」凡此諸文所說，皆在孔子之前，則知未修之時，舊有《春秋》之目。閔因敍云：「昔孔子受端門之命，制《春秋》之義，使子夏等十四人求《周史記》得百二十國寶書。」（《公羊疏》引。）《墨子》云：「吾見《百國春秋》。」（此《墨子》佚語，《隋書・李德林傳》載德林〈重答魏收書〉引。）皆諸侯各有國史，通名《春秋》之證。（《史通・六家篇》：「《春秋》家者，其先出於三代，案《汲冢瑣語》記太丁時事，目為《夏殷春秋》。」）

7. 鄭玄《王城譜》云：「於是王室之尊，與諸侯無異，其詩不能復雅，故貶之謂之王國之變風。」

8. 紀評曰：「昔者二字不必增。」歎鳳，見前〈正緯篇〉。《公羊傳．哀公十四年》：「麟者，仁獸也。有王者則至，無王者則不至。有以告者曰：『有麕而角者。』孔子曰：『孰為來哉！孰為來哉！反袂拭面涕沾袍。……』西狩獲麟。孔子曰：『吾道窮矣！』」《孔叢子．記問篇》：「叔孫氏之車卒曰子鉏商，樵於野而獲獸焉，眾莫之識，以為不祥，棄之五父之衢。……子曰：『天子布德，將致太平，則麟鳳龜龍先為之祥；今周宗將滅，天下無主，孰為來哉！』遂泣曰：『予之於人，猶麟之於獸也，麟出而死，吾道窮矣！』」

9. 《論語．八佾篇》：「子語魯太師樂，曰：樂其可知也。始作，翕如也，（翕如，盛。）從之，純如也，（從，讀曰縱。言五音既發，放縱盡其音，聲純純和諧。）皦如也，（言其音節明也，）繹如也，以成。」（縱之以純如皦如繹如，言樂始作翕如而成於三。）〈子罕篇〉：「子曰：吾自衛反魯，然後樂正，雅頌各得其所。」（鄭曰：反魯，哀公十一年冬。）《漢書．藝文志》：「以魯周公之國，禮文備物，史官有法，故與左丘明觀其史記，據行事，仍人道，因興以立功，敗以成罰，假日月以定歷數，藉朝聘以正禮樂。」褒貶，見上〈徵聖篇〉。

10. 存亡二字衍，應刪。《漢志》云：「有所褒諱貶損，不可書見，口授弟子，弟子退而異言。丘明恐弟子各安其意，以失其真，故論本事而作傳，明夫子不以空言說經也。」杜預《春秋左氏傳．序》：「左丘明受經於仲尼，以為經者不刊之書也。……身為國史，躬覽載籍，必廣記而備言之。其文緩，其旨遠，將令學者原始要終，尋其枝葉，究其所窮。」（《正義》云：「將令學者本原其事之始，要截其事之終，尋其枝葉，盡其根本，則聖人之趣雖遠，其賾可得而見。」）

11. 《釋名．釋書契》：「傳，轉也。轉移所在，執以為信也。」（《廣雅．釋言》云：「傳，轉也。」）《史通．六家篇》：「《左傳》家者，其先出於左丘明。孔子既著《春秋》，而丘明受經作傳。蓋傳者，轉也，轉受經旨，以授後人。或曰：傳者，傳也，所以傳示來世。案孔安國注《尚書》，亦謂之傳，斯則傳者亦訓釋之義乎？觀《左傳》之釋經也，言見經文而事詳傳內，或傳無而經有，或經闕而傳存，其言簡而要，其事詳而博，信聖人之羽翮，而述者之冠冕也。」

12. 杜預《左傳．後序》：「〈紀年篇〉起自夏殷周，皆三代王事，無諸國別。惟特記晉國……皆用夏正建寅之月為歲首。編年相次，晉國滅，獨記魏事，下至魏哀王之二十年。蓋魏國之史記也。」此戰國史職猶存之證。《漢書．藝文志．春秋類》《戰國策》三十三篇。自注：「記《春秋》後。」劉向《戰國策．序》云：「中書本號，或曰國策，或曰國事，或曰短長，或曰事語，或曰長書。或曰脩書。臣向以為戰國時游士輔所用之國，為之筴謀，宜為《戰國策》。」姚範《援鶉堂筆記》四十云：「按錄而不敘，即簡為名，劉知幾亦同彥和此說。余謂此較之向序為優。」（劉說見〈六家篇〉。）

13. 《漢書．藝文志．春秋類》《楚漢春秋》九篇。自注：「陸賈所記。」《史記集解．序．索隱》：「賈撰記項氏與漢高祖初起及說惠文間事。」《漢志補注》引沈欽韓曰：「《隋志》九卷。《唐志》二十卷。《御覽》引之。《經籍攷》不載，蓋亡於南宋。」王先謙曰：「《後書．班彪傳》云：『漢興，定天下，太中大夫陸賈記錄時功，作《楚漢春秋》九篇。』案賈敘述時輩，不容多有牴牾，就其乖舛之蹟而言，知唐世所傳，已非元書。」（章宗源《隋經籍志攷證》，徵引頗詳。）

14. 《史記．自序》：「太史公執遷手而泣曰：『余先周室之太史也。』……遷俯首流涕曰：『小子不敏。請悉論先人所次舊聞，弗敢闕。』卒三歲而遷為太史令。」位雜中賢，謂後世帝王不皆賢聖；文非元聖，謂遷不敢比《春秋經》，〈自序〉所謂「述故事整齊其世傳，非所謂作也，而君（君謂壺遂。）比之於《春秋》，謬矣！」是也。本紀之名，彥和謂取式《呂覽》，恐非。《史記．大宛傳》贊兩言〈禹本紀〉，正遷所本耳。

15. 《史記》本紀十二、世家三十、列傳七十、書八、表十，共一百三十篇。本篇不言世家，恐有脫誤。疑當據班彪〈史記論〉作本紀以述帝王，（《史記》首列〈五帝本紀〉。〈三皇本紀〉，司馬貞補撰。）世家以總公侯，（〈自序〉謂三十輻，共一轂，此總字所取義。）列傳以錄卿士，文始完具。《史通》云：「蓋紀之為體，猶《春秋》之經，繫日月以成歲時，書君上以顯國統。」「紀者既以編年為主，唯敘天子一人，有大

事可書者，則見之於年月；其書事委曲，付之列傳，此其義也。」（〈本紀篇〉。）又云：「蓋紀者，編年也，傳者，列事也。編年者，歷帝王之歲月，猶《春秋》之經；列事者，錄人臣之行狀，猶《春秋》之傳。《春秋》則傳以解經，史漢則傳以釋紀。」（〈列傳篇〉。）又云：「司馬遷之記諸國也，其編次之體，與本紀不殊。（各國自用其年。）蓋欲抑彼諸侯，異乎天子，故假以他稱，名為世家。」（〈世家篇〉。）又云：「蓋譜之建名，起於周代；表之所作，因譜象形。故桓君山有云：『太史公〈三代世表〉，旁行邪上，並效《周譜》。』此其證歟。」（〈表歷篇〉。）《新論》書佚，桓語亦引見《梁書．劉杳傳》。）又云：「夫刑法禮樂，風土山川，求諸文籍，出於三禮，及班、馬著史，別裁書志，考其所記，多效禮經。且紀傳之外，有所不盡，隻字片文，於斯備錄，語其通博，信作者之淵海也。」（〈書志篇〉。）案《史記》八書，實取則《尚書》，故名曰書。《尚書》〈堯典〉、〈禹貢〉，後世史官所記，略去小事，綜括大典，追述而成。故如：「乃命羲和，欽若昊天，曆象日月星辰，敬授人時。……以閏月定四時成歲。」即〈律書〉、〈歷書〉、〈天官書〉所由昉也。「歲二月東巡狩。……車服以庸。」〈封禪書〉所由昉也。「帝曰：咨四岳，有能典朕三禮。……直哉惟清。」〈禮書〉所由昉也。「帝曰：夔，命汝典樂。……百獸率舞。」〈樂書〉所由昉也。「帝曰：棄，黎民阻飢，汝后稷，播時百穀。」〈平準書〉所由昉也。〈禹貢〉一篇，〈河渠書〉所由昉也。劉子玄謂出於三禮，恐非。

16.

班彪〈史記論〉（《後漢書．班彪傳》。）

唐虞三代，詩書所及，世有史官，以司典籍。暨于諸侯，國自有史，故孟子曰：「楚之《檮杌》，晉之《乘》，魯之《春秋》，其事一也。」定、哀之間，魯君子左丘明，論集其文，作《左氏傳》三十篇；又撰異同，號曰《國語》二十篇。由是《乘》、《檮杌》之事遂闇，而《左氏》、《國語》獨章。又有記錄黃帝以來至《春秋》時帝王公侯卿大夫，號曰《世本》，一十五篇。《春秋》之後，七國並爭，秦并諸侯，則有《戰國策》三十三篇。漢興定天下，太中大夫陸賈記錄時功，作《楚漢春秋》九篇。孝武之世，太史令司馬遷採《左氏》、《國語》，刪《世本》、《戰國策》，據楚漢列國時事，上自黃帝，下訖獲麟，作本紀、世家、列傳、書、表凡百三十篇，而十篇缺焉。遷之所記，從漢元至武以絕，則其功也。至于採經摭傳，分散百家之事，甚多疏略，不如其本，務欲以多聞廣載為功，論議淺而不篤。其論術學，則崇黃老而薄五經；序貨殖，則輕仁義而羞貧窮；道游俠，則賤守節而貴俗功；此大敝傷道，所以遇極刑之咎也。然善述序事理，辯而不華，質而不俚，文質相稱，蓋良史之才也。誠令遷依五經之法言，同聖人之是非，意亦庶幾矣。夫百家之書，猶可法也，若《左氏》、《國語》、《世本》、《戰國策》、《楚漢春秋》、《太史公書》，今之所以知古，後之所由觀前，聖人之耳目也。司馬遷序帝王則曰「本紀」，公侯傳國則曰「世家」，卿士特起則曰「列傳」。又進項羽、陳涉而黜淮南、衡山，細意委曲，條例不經。若遷之著作，採獲古今，貫穿經傳，至廣博也。一人之精，文重思煩，故其書刊落不盡，尚有盈辭，多不齊一。若序司馬相如舉郡縣，箸其字，至蕭曹、陳平之屬，及董仲舒並時之人，不記其字，或縣而不郡者，蓋不暇也。今此後篇慎覈其事，整齊其文，不為世家，唯紀傳而已。傳曰：「殺史見極，平易正直，《春秋》之義也。」（班彪學《穀梁春秋》，此傳曰當是《穀梁》佚文。）

17. 《漢書．敍傳下》：「探篹前記，綴輯所聞，以述《漢書》。」顏師古注曰：「史遷則云為某事作某本紀某列傳，班固謙不言然，而改言述，蓋避作者之謂聖而取述者之謂明也。」前業，謂太初以前多本《史記》，太初以後，又本其父班彪《後傳》數十篇。

18. 《漢書》十志：〈律歷〉、〈禮樂〉、〈刑法〉、〈食貨〉、〈郊祀〉、〈天文〉、〈五行〉、〈地理〉、〈溝洫〉、〈藝文〉。范曄〈獄中與諸甥姪書〉云：「班氏最有高名，既任情無例，不可甲乙辨。後贊於理，近無所得，唯志可推耳。博贍不可及之。」《史通．論贊篇》：「孟堅辭惟溫雅，理多愜當；其尤美者，有典誥之風，翩翩奕奕，良可詠也。」子玄此說公允，合彥和之旨。

19. 至於以下四事，當在仲長統《昌言》中，惜其書佚亡，不能知所以辨之之辭。案《漢書敍傳》，固自謂「旁

貫五經，上下洽通，為春秋考紀（謂帝紀也。）表志傳凡百篇。」又言：「凡《漢書》，敍帝皇。……窮人理，該萬方；緯六經，綴道綱；總百氏，贊篇章。」自負甚至，因而有人嫉忌，造作謗語。宗經矩聖之典，端緒（猶言條理。）豐贍之功二句，當即統證明《敍傳》說非誇誕之語。《漢書》贊中數稱司徒掾班彪云云，安得誣為遺親攘美？《北周書．柳虯傳》虯上疏言：「漢魏以還，密為記注，徒聞後世，無益當時；縱能直筆，人莫之知，何止物生橫議，亦自異端互起。故班固致受金之名，陳壽有求米之論。」據此，虯亦知班陳之冤。劉子玄深於史學，而〈曲筆篇〉竟謂：「班固受金而始書，陳壽借米而方傳，此又記言之奸賊，載筆之凶人，雖肆諸市朝，投畀豺虎可也。」何無識輕詆至此乎！

20. 《左傳》為編年之始，《史記》為紀傳之祖，二體各有短長，不可偏廢。《史通》本彥和此意，作〈二體篇〉，可備參證。節錄如下：

「夫《春秋》者，繫日月而為次，列歲時以相續，中國外夷，同年共世，莫不備載，其事形於目前，理盡一言，語無重出，此其所以為長也。至於賢士貞女，高才儁德，事當衝要者，必盱衡而備言；跡在沈冥者，不枉道而詳說。如絳縣之老，杞梁之妻，或以酬晉卿而獲記，或以對齊君而見錄；其有賢如柳惠，（展禽見《左傳．僖二十六年》，此云不彰，誤記。）仁若顏回，終不得彰其名氏，顯其言行。故論其細也，則纖芥無遺；語其粗也，則丘山是棄。此其所以為短也。《史記》者，紀以包舉大端，傳以委曲細事，表以譜列年爵，志以總括遺漏；逮於天文地理，國典朝章，顯隱必該，洪纖靡失。此其所以為長也。若乃同為一事，分在數篇，斷續相離。前後屢出，於〈高紀〉則云語在〈項傳〉，於〈項傳〉則云事具〈高紀〉；又編次同類，不求年月，後生而擢居首帙，先輩而抑歸末章，遂使漢之賈誼，將楚屈原同列，魯之曹沫，與燕荊軻並編。此其所以為短也。」

21. 委機，謂孝惠因呂后戮戚夫人，以憂疾不聽政而崩。孝惠享國七年，寬仁友愛，雖政出母氏，實一代宗主，齊召南曰：「《史記》於〈高祖本紀〉後、〈孝文本紀〉前，止作〈呂后本紀〉，以惠帝事附入，殊非體制；班氏列〈惠帝紀〉於〈高后紀〉之前，義理甚正。」（《前漢書》卷二攷證。）齊氏之說是也。按少帝及恆山王弘實孝惠後宮子，八年之間，帝位兩易，班氏為整齊計，故立〈高后紀〉，以省煩擾。（如立〈少帝紀〉，則文帝有篡竊之嫌。）彥和怵於後世母后臨朝，外戚閹宦肆虐，故云違經失實。言各有當，而紀評謂：「獨抽此條，未免挂漏。」不知彥和實能獨見其大也。《說文．女部》：「媧，古之神聖女化萬物者也。」鄭玄依《春秋緯》注《禮記．明堂位》云：「女媧三皇，承宓羲者。」鄭不言其為女身，彥和當即用鄭義也。

22. 《通典》六十七載晉庾翼〈答何充書〉曰：「中古以上，未有母后臨朝，女主當陽者也，乃起漢耳。」《尚書．牧誓》：「王曰：古人有言曰：牝雞無晨，牝雞之晨，惟家之索。」《穀梁傳．僖公九年》：「諸侯盟於葵丘。曰：毋雍泉，毋訖糴，毋易樹子，（嫡子。）毋以妾為妻，毋使婦人與國事。」《史記．匈奴列傳》：「秦昭王時，義渠戎王與宣太后亂，有二子。」（宣太后，昭王母。）《史記．呂后本紀》：「聽諸呂，擅廢帝更立，又比殺三趙王，滅梁趙燕以王諸呂。」

23. 《後漢書．張衡傳》：「衡上疏請得專事東觀，收檢遺文，畢力補綴。又條上司馬遷、班固所敘與典籍不合者十餘事。又以為〈王莽本傳〉但應載篡事而已。至於編年月，紀災祥，宜為〈元后本紀〉。」校勘記：「案梅本作元平二后。校云：元作帝王，孫改。張本亦作平二，嘉靖本作年二，年疑平字之訛。」

24. 子弘實孝惠子，羣臣立文帝，故强稱：「少帝及梁淮陽常山王皆非真孝惠子也。呂后以計詐名他人，殺其母養後宮，令孝惠子之，立以為後。」彥和所云「子弘雖偽」謂偽稱張后子，非謂其非孝惠子也。（俞正燮《癸巳類稿》卷十一有〈漢少帝本孝惠子攷〉。）《漢書．王莽傳》上：「平帝崩。……立宣帝玄孫嬰為皇太子，號曰孺子。」校勘記：「案上文元帝王后若正，此二后之二字宜作王；此二字若正，上文帝王宜作平二。元平二后，謂元帝平帝二皇后也。」

25. 《隋書．經籍志》：「《東觀漢記》一百四十三卷。（起光武記注至靈帝。長水校尉劉珍等撰。）」章宗源

《考證》云：「《唐志》一百二十六卷。《書錄解題》八卷。《宋志》十卷。其書以新市、平林諸人列為載記。房喬修《晉書》劉淵等載記，蓋仿其例。今《四庫輯本》二十四卷。有〈天文志〉、〈地理志〉。」《史通・正史篇》：「在漢中興，明帝始詔班固與陳宗、尹敏、孟異作〈世祖本紀〉，并撰功臣及新市、平林、公孫述事，作列傳載記二十八篇。（皆本《後漢書・班固傳》之文。）自是以來，春秋考紀（謂帝紀也。）亦以煥炳，而忠臣義士，莫之撰勒。於是又詔劉珍及李尤雜作紀表，〈名臣〉、〈節士〉、〈儒林〉、〈外戚〉諸傳，起自建武（光武元），訖乎永初（安帝元），事業垂竟，而珍尤繼卒。（劉珍、李尤事均見《後漢書・文苑傳》。）復命伏無忌與黃景作〈諸王王子功臣恩澤侯表〉、〈南單于〉、〈西羌傳〉、〈地理志〉。（《後漢書・伏湛傳》：「桓帝元嘉中，詔無忌與黃景、崔寔等共撰《漢記》。」）至元嘉元年（桓帝元），復令邊韶、崔寔、朱穆、曹壽雜作孝穆崇二皇（文有脫誤。）及〈順烈皇后傳〉；又增〈外戚傳〉，入安思等后；〈儒林傳〉入崔篆諸人，寔壽又與延篤雜作〈百官表〉順帝功臣孫程、郭願、及鄭眾、蔡倫等傳，凡百十有四篇，號曰《漢記》。（邊韶見〈文苑傳〉。崔寔見〈崔駰傳〉。朱穆見〈朱暉傳〉，惟史不言其修史。曹壽不知何人，或謂即班昭之夫，非是。曹世叔早卒，不得在桓時修史。延篤見本傳。）熹平中（靈帝改元。）馬日磾、蔡邕、楊彪、盧植著作東觀，接續紀傳之可成者。」

26. 《隋書・經籍志》：「《後漢書》九十五卷。（本一百卷。晉秘書監袁山松撰。）」章宗源《考證》云：「《晉書・袁山松傳》：『山松著《後漢書》百篇。』《舊唐志》一百二卷。《新唐志》一百一卷，又錄一卷。今存姚氏輯本一卷。」又：「《後漢南記》四十五卷。」（本五十五卷，今殘缺。晉江州從事張瑩撰。）考證徵引得十餘條。《唐志》五十八卷。

27. 《隋志》：「《後漢記》六十五卷。（本一百卷。梁有。今殘缺。晉散騎常侍薛瑩撰。）」考證云：「《唐志》一百卷。今存姚氏輯本一卷。《太平御覽・皇王部》引光武、明帝、章帝、安帝、桓帝、靈帝六贊。」又「《後漢書》一百三十卷。」（無帝紀。吳武陵太守謝承撰。）《考證》云：「《新唐志》同，又錄一卷。《舊唐志》三十三卷。史無帝紀，惟聞此書。《北堂書鈔．設官部》引承書有〈風教傳〉，亦創見也。《史通．論贊篇》：『謝承曰詮。』今存姚之駰輯本四卷。」案謝承之外，尚有晉祠部郎謝沈《後漢書》八十五卷。彥和所指，未知何人。

28. 《隋志》「《續漢書》八十三卷。（晉秘書監司馬彪撰。）」《考證》云：「《晉書．司馬彪傳》：『彪討論眾書，綴其所聞，起於世祖，終於孝獻，為紀志傳凡八十篇。號曰《續漢書》。』《唐志》八十三卷，又錄一卷。今存姚氏輯本一卷。」《續漢書》亡，而志獨以附《范書》得存。又「《漢後書》十七卷。（本九十七卷。今殘缺。晉少府卿華嶠撰。）」《考證》云：「《晉書．華嶠傳》：『初，嶠以《漢紀》煩穢，有改作之志。會為臺郎，徧觀秘籍，遂就其緒。起於光武，終於孝獻，一百九十五年。為帝紀十二卷，皇后紀二卷，十典十卷，傳七十卷，及三譜序傳目錄凡九十七卷。』《史通．內篇》曰：『班固華嶠，子長之流也。』（〈二體篇〉。）又曰：『創紀傳者五家，推其所長，華氏居最。』（〈外篇．正史篇〉。）又〈外篇〉曰：『嶠刪定《東觀記》為《漢後書》。』（〈正史篇〉。）愚按蔚宗撰史，實本華嶠，故亦易外戚為后紀，而肅宗紀論，二十八將論，桓譚馮衍傳論，袁安傳論，劉趙淳于江劉周趙傳序，班彪傳論，章懷並注為華嶠之辭。」案《史通．正史篇》論《後漢書》，於《東觀記》之下，即論司馬彪、華嶠二書，亦可以證彥和詳實準當之評，必非虛也。

29. 《隋書．經籍志》：「《魏氏春秋》二十卷。（孫盛撰。）」《考證》云：「《晉書．孫盛傳》：『盛著《魏氏春秋》。』《史通．題目篇》曰：『孫盛有《魏氏春秋》，孔衍有《漢魏尚書》，陳壽、王劭曰志，何之元、劉璠曰典，此又好奇厭俗，習舊捐新，雖得稽古之宜，未達從時之義。』〈模擬篇〉曰：『孫盛《魏晉二陽秋》，每書年首，必云某年春帝正月。夫年既編帝紀，而月又列帝名，以此擬《春秋》，所謂貌同心異也。』《魏志．武紀》注引：『劉備，人傑也，將生憂寡人。臣松之以為：孫盛著書，多用《左氏》以易舊文，後之學者，將何取信。且魏武方以天下勵志，而用夫差分死之言，尤非其類。』又〈臧洪傳〉

注：『臣松之案：酸棗之盟，止有劉岱等五人而已。《魏氏春秋》橫內劉表等數人，皆非事實。』〈陳泰傳〉注：『臣松之案：孫盛言諸所改易，非別有異聞，自以意製，多不如舊。凡紀言之體，當使若出其口，辭勝而違實，固君子所不取，況復不勝，而徒長虛妄哉。』」盛書稱《陽秋》，避簡文太后諱也。（簡文太后諱阿春。）《魏略》三十八卷，（《隋志》不著錄。魏京兆、魚豢撰。）《考證》云：「見《舊唐志》正史類。《新唐志》五十八卷，入雜史類。《史通．題目篇》曰：『魚豢、姚察（察，宜作最。）著《魏梁二史》，（《隋志》古史類編年體有姚最《梁後略》十卷。）巨細畢載，蕪累甚多，而俱牓之以略。』〈稱謂篇〉曰：『魚豢、孫盛等沒吳蜀號謚，呼權、備姓名。』又〈外篇．論古今正史〉曰：『魏時京兆、魚豢私撰《魏略》，事止明帝。』愚按《魏略》有紀志列傳，自是正史之體。」

〈江表傳〉，《隋志》不著錄。《後漢書》章懷注引用，撰人題虞浦。《唐志》入雜史，題五卷，云虞溥撰。《晉書．虞溥傳》：「撰〈江表傳〉。子勃過江，上〈江表傳〉於元帝，詔藏於祕書。」

《隋志》：「《吳錄》三十卷。（張勃撰。梁有，隋亡。）」《考證》云：「《史記索隱》（〈伍子胥傳〉。）：『張勃，晉人，吳鴻臚儼之子也。作《吳錄》。裴駰注引之，是矣。』《唐志》入雜史類。《通志略》入編年類。其書有志有傳，其體不似編年類。」

30. 《晉書．陳壽傳》：「撰《魏吳蜀三國志》凡六十五篇。時人稱其善敘事，有良史之才。張華深善之，謂壽曰：『當以《晉書》相付耳。』其為時所重如此。張華將舉壽為中書郎，荀勖忌華而疾壽，遂諷吏部遷壽為長廣太守。」彥和謂荀張比之於遷固，張係張華，荀不知何人，豈勖嘗稱其書，既而又疾之耶？抑荀或是范之誤。范頵表言：「陳壽作《三國志》，辭多勸誡，明乎得失，有益風化。」或即彥和所指，非妄譽也。

31. 校勘記：「繁當作繫，字誤也。諸本作繫。」《晉書．職官志》：「元康二年詔曰：『著作舊屬中書，而祕書既典文籍，今改中書著作為祕書著作。』於是改隸祕書省。著作郎一人，謂之大著作郎，專掌史任。又置佐著作郎八人，著作郎始到職，必撰名臣傳一人。」《史通．史官建置篇》：「若中朝之華嶠、陳壽、陸

機、束晳，江左之王隱、虞預、干寶、孫盛，並史官之尤美，著作之妙選也。」

32. 《隋志》：「《晉紀》四卷。（陸機撰。）」《考證》云：「《史通．內篇》曰：『陸機《晉書》，列紀三祖，直敘其事，竟不編年，年既不編，何紀之有！』（〈本紀篇〉。）〈曲筆篇〉曰：『陸機《晉史》，虛張拒葛之鋒。』又〈外篇〉曰：『《晉史》洛京時著作郎陸機始撰〈三祖紀〉。』」（〈正史篇〉。）

33. 《隋志》：「《晉紀》十卷。（宋吳興太守王韶之撰。）」《考證》云：「《宋書．王韶之傳》：『父偉之，少有志尚，當世詔命表奏輒自書寫，泰元、隆安時事，小大悉撰錄之。韶之因此私撰《晉安帝陽秋》。既成，時人謂宜居史職，即除著作佐郎，使續後事，訖義熙九年。善敘事，辭論可觀，為後代佳史。』《南史．蕭韶傳》曰：『昔王韶之為《隆安紀》十卷，說晉末之亂。』《史通．雜述篇》曰：『若王韶《晉安陸記》（安陸當是隆安之訛。）此之謂偏記者也。』」

34. 《隋志》：「《晉紀》二十三卷。（干寶撰。訖愍帝。）」《考證》云：「《晉書．干寶傳》：『寶字令升。著《晉紀》，自宣帝訖於愍帝，五十三年，凡二十卷。其書簡略，直而能婉，咸稱良史。』《史通．內篇．論二體》曰：『晉史有王虞，副以干紀。』又曰：『干寶著書，盛譽丘明而深抑子長。』其義云：『能以三十卷之約，括囊二百四十年之事，靡有遺也。』又〈載言篇〉曰：『干寶議撰《晉史》，以為宜準丘明，其臣下委曲仍為譜注。』又〈論贊篇〉曰：『必擇其善者，干寶、范蔚宗、裴子野。是其最也。』〈序例篇〉曰：『惟令升先覺，遠述丘明，重立凡例，勒成《晉紀》。鄧孫以下，遂躡其蹤。必定其臧否，徵其善惡，干寶、蔚宗，理切而多功，鄧粲、道鸞，詞煩而寡要。』《唐志》編年類有干寶《晉紀》四十卷，正史類又有干寶《晉書》二十二卷，自是重出。」

35. 《隋志》：「《晉陽秋》三十二卷。（訖哀帝。孫盛撰。）」《考證》云：「《晉書．孫盛傳》：『盛字安國。著《晉陽秋》，詞直而理正，咸稱良史。』《文心雕龍．才略篇》曰：『孫盛、干寶，文勝為史，準的所擬，志乎典訓，戶牖雖異，而筆彩略同。』」

36. 杜預《春秋左氏傳・序》：「故發傳之體有三，而為例之情有五：一曰微而顯，文見於此而起義在彼，稱族尊君命，舍族尊夫人（成十四年），梁亡（僖十九年），城緣陵（僖十四年）之類是也；二曰志而晦，約言示制，推以知例，參會不地（桓二年）與謀曰及（宣七年）之類是也；三曰婉而成章，曲從義訓，以示大順，諸所諱辟，（其事非一，故言諸以總之也。如僖十六年齊人止公之類。）璧假許田（桓元年）之類是也；四曰盡而不汙，直書其事，具文見意，丹楹（莊二十三年），刻桷（莊二十四年），天王求車（桓十五年），齊侯獻捷（莊三十一年）之類是也；五曰懲惡而勸善，求名而亡，欲蓋而章，書齊豹盜（昭二十年），三叛人名（襄二十一年、昭五年、昭三十一年）之類是也。推此五體以尋經傳，觸類而長之，附於二百四十二年行事，王道之正，人倫之紀，備矣。」《左傳》有五十凡例。如「隱公七年春，滕侯卒。不書名，未同盟也。凡諸侯同盟，於是稱名。故薨則赴以名，告終嗣也，以繼好息民。（告亡者之終，稱嗣位之主。）謂之禮經。」杜注：「此言凡例，乃周公所制禮經也。」

37. 班彪論《史記》，謂其細意委曲，條例不經。范曄謂班氏最有高名，既任情無例，不可甲乙辨。（〈獄中與諸甥姪書〉。）彥和之說本此。然《史》、《漢》一為通史，一為斷代，皆正史不祧之祖。後之撰史者，無能踰其軌範，所謂莫有準的，特以比《春秋經傳》為不足耳。

38. 璨，當作粲。《晉書・鄧粲傳》：「鄧粲長沙人。以父騫有忠信言而世無知者，乃著《元明紀》十篇。」《隋志》：「《晉紀》十一卷。」注云：「訖明帝。」《世說・賞譽篇》注引：「咸和中，貴游子弟慕王平子、謝幼輿為達，卞壺欲奏治之。」咸和，成帝年號，是粲所記不止訖於明帝。《御覽・人事部》：「張華多鬚，以帛纏之，陸雲見之，笑不能止。」華、雲皆卒於惠帝時，似不宜載於《元明紀》中。（《隋志考證》語。）豈粲初撰元明二朝事，既而又擴充稱《晉紀》耶！粲書亡佚，彥和所云，無可徵實矣。

39. 〈才略篇〉云：「孫盛準的所擬，志乎典訓。」蓋取法鄧粲也。

40. 《史記・自序・集解》引如淳曰：「《漢儀注》：『太史公，武帝置，位在丞相上。天下計書，先上太史公，副上丞相，序事如古《春秋》。遷死後，宣帝以其官為令，行太史公文書而已。』」〈自序〉：「遷為太史令，紬史記石室金匱之書。」（《索隱》：「案石室金匱，皆國家藏書之處。」）

41. 《史通．論贊篇》可與彥和此說互證，節錄於下：

「《春秋左氏傳》，每有發論，假君子以稱之。二傳云公羊子，穀梁子，《史記》云太史公。既而班固曰贊，荀悅曰論，《東觀》曰序，謝承曰詮（《後漢書》），陳壽曰評，王隱曰議（《晉書》），何法盛曰述（《晉中興書》），常璩曰撰（《華陽國志》），劉昞曰奏（《三史略記》）。史官所撰，通稱史臣，其名萬殊，其義一揆，必取便於時者，則總歸論贊焉。夫論者，所以辯疑惑，釋凝滯，若愚智共了，固無俟商榷，丘明君子曰者，其義實在於斯。司馬遷始限以篇終各書一論，必理有非要，則強生其文，史論之煩，實萌於此。夫擬《春秋》成史，持論尤宜闊略；其有本無疑事，輒設論以裁之，此皆私狥筆端，苟衒文彩，嘉辭美句，寄諸簡冊，豈知史書之大體，載削之指歸者哉。至若與奪乖宜，是非失中，如班固之深排賈誼，范曄之虛美隗囂，陳壽謂諸葛不逮管蕭，魏收稱爾朱可方伊霍，或言傷其實，或擬非其倫，必備加擊難，則五車難盡，故略陳梗概，一言以蔽之。」

是立義選言，是下當有以字。

42. 紀以編年，傳以綴事。《史通．煩省篇》實本彥和此說，文載〈徵聖篇〉注。

43. 參閱本篇注第二十條所錄《史通．二體篇》。

44. 《後漢書．張衡傳》：「衡條上司馬遷、班固所敘與典籍不合者十餘事。」章懷注曰：「衡集其略曰：『《易》稱宓戲氏王天下。宓戲氏沒，神農氏作；神農氏沒，黃帝堯舜氏作。史遷獨載五帝，不記三皇。今宜并錄。』又一事曰：『〈帝系〉：黃帝產青陽，昌意。《周書》曰：乃命少皞清；清即青陽也。今宜實定之。』」摘班固不合，見上第二十三條。十餘事僅存此三條。《晉書．傅玄傳》：「玄少時避難於河內，專心誦學，後雖顯貴，而著述不廢。撰論經國九流及三史故事，評斷得失，各為區例，名為《傅子》。」嚴可

均《全晉文》（四十七至五十。）有《傅子》輯本，無論《後漢》尤煩之文。惟《史通·覈才篇》引傅玄云：「觀孟堅《漢書》，實命代奇作，及與陳宗、尹敏、杜撫、馬嚴撰《中興紀傳》，其文曾不足觀，豈拘於時乎！不然，何不類之甚者也！是後劉珍、朱穆、盧植、楊彪之徒，又繼而成之，豈亦各拘於時而不得自盡乎！何其益陋也。」三史，謂《史記》、《漢書》、《東觀漢記》。其評斷惜亡佚不可考。

45. 「傳聞異辭」見《公羊》〈隱公元年〉、〈桓公二年〉及〈哀公十四年〉傳。「錄遠略近」見《荀子·非相篇》，又見《韓詩外傳》卷三。彥和此論，見解高絕，《史通》〈疑古〉、〈惑經〉諸篇所由本也。孔子修《春秋》，託始乎隱，以高祖以來事，尚可問聞知也。《尚書》託始於堯舜，以堯舜為孔子所虛懸之理想人物，故〈堯〉、〈舜〉二典，謂之《尚書》；《尚書》者，上古之書，與《夏書》、《商書》之有代可實指者，本自有別。《竹書紀年》起於夏禹，不必可信。司馬遷撰《史記》，乃又遠推五帝，作〈五帝本紀〉；張衡欲紀三皇，司馬貞本其意補〈三皇本紀〉；（皇甫謐《帝王世紀》、徐整《三五歷記》皆論三皇事。亦記盤古神話。）宋胡宏撰《皇王大紀》，又復上起盤古；（盤古本西南夷之神話，自後漢漸流傳於中國。）愈後出之史家，其所知乃愈多於前人，牽引附會，務欲以古復有古相高，信述遠之巨蠹矣。

46. 《史通·曲筆篇》申述彥知此論，茲節錄之：

「蓋子為父隱，直在其中，《論語》之訓也；略外別內，掩惡揚善，《春秋》之義也，自茲以降，率由舊章，史氏有事涉君親，必言多隱諱，雖直道不足，而名教存焉。其有舞詞弄札，飾非文過，若王隱、虞預，毀辱相凌，（《晉書·王隱傳》：『虞預私撰《晉書》，借隱所著書盜寫之。後更疾隱形於言色。』）子野、休文，釋紛相謝，（裴子野曾祖松之，齊永明末，沈約撰《宋書》稱松之以後無聞焉。子野更撰為《宋略》二十卷，其敍事評論多善，而云劉淮南太守沈璞，以其不從義師故也。沈懼，徒跣謝之，請兩釋焉。）用舍由乎臆說，威福行乎筆端，斯乃作者之醜行，人倫所同疾也。亦有事每憑虛，詞多烏有，或假人之美，藉為私惠，或誣人之惡，持報己讎，此又記言之奸賊，載筆之凶人，雖肆諸市朝，投畀豺虎可也。蓋史之為用也，記功司過，彰善癉惡，得失一朝，榮辱千載，苟違斯法，豈云能官，但古來唯聞以直筆見誅，不聞以曲詞獲罪。是以隱侯（沈約。）《宋書》多妄，蕭武（梁武帝。）知而勿尤，伯起《魏史》不平，齊宣覽而無譴；故令史臣得愛憎由己，高下在心，進不憚於公憲，退無愧於私室，欲求實錄，不亦難乎！

案史貴信實，不知則闕。歷觀史家，其任情高下，愛憎無準，固已如劉子玄所論。然亦有才稱良史，性好直筆，而記載失實，舛誤不免，斯蓋事非得已，欲改末由者也。一事：孔子修《春秋》，有褒諱譏貶之例，深文隱晦，莫測精微，三傳紛紜，更滋歧徑。夫簡策定制，云出周公、孔子筆削，取準禮經，古史體式本爾，固不必以後代史學繩墨之也。史遷為紀傳之祖，發憤著書，辭多寄託。景武之世，尤著微旨，彼本自成一家言，體史而義詩，貴能言志云爾。班固、陳壽，整齊故事，頗重客觀，克稱良史。自外諸史，率好駕說是非，衒其褒貶，委曲諱隱，相詡忠厚，主觀强烈，真跡掩損，亦有國家醜穢，諱莫如深，生在本朝，宜避時難，豈得責以齊史之死職，孫盛之寄書。抑此二患，非無救藥。一則據事直書，棄絕抑揚，聞見必錄，毋煩贊論，二則不知之例，無妨闕文，時移世遷，後人可補。必使史如寫生畫，形色隨實物，又如葡萄酒，不入一滴水，純憑客觀，絕無成心，庶幾事絕矯飾，文盡可信。

二事：右史記言，左史記事，子孫傳業，守職不墮，用能優游綴輯，求其真切，自司馬遷死後，史無專官，隨唐以降，更置監修，限以歲月，鉗其喉舌，載筆之士，烏合史館，倉卒成編，惟務速效。史料所資，朝廷則有實錄，語多諂諛，大臣則有行狀碑表，或出門生獻媚，或出文人鬻筆，類不可信，至於名士專集，雜載傳狀墓志，本無直筆之責，自多阿世取容。及其易代修史，藉此排編，刪改首尾，貴能形似，既乏旁稽參校之暇，故老鄉里之詢，濁源混混，欲挹清流，烏可得乎。

三事：曾參殺人，顏回攫飯，耳目所親，猶或舛訛。況時代久遠，疆域寬廣，轉展言傳，能不失實。記錄之士，有聞直書，縱無一字之差，已違事物之直矣。故曰：盡信書，則不如無書。又曰：吾於《武成》，取二三策而已。又曰：紂之惡，不若此之甚也。下流之人，眾惡所歸，反觀上流，眾善所歸，則史冊所稱聖賢豪

俊，其言行果可無疑乎！

四事：編年之法，遇事而書，範野非廣，秉筆較易。自紀傳創體，號為正史，一代鉅典，莫不因循，政治之繁雜，人物之殷盛，既難得其統緒；至於天文律歷、地理藝文、譜牒世系、典章沿革，尤專門絕學，非一人所能精，《史》、《漢》以下，敷衍抄撮，簒襲備數者多矣。此蔚宗所以歎《班書》十志，該富為不可及，文通衒才，先撰十志，而李延壽諸人竟束手不為也。《晉史》撰述多家，終歸淪廢，向使諸人用其所長，各作專史，所得不更善乎！精一易工，囊括多漏，此自然之理也。紀傳包舉既廣，踳駁舛訛，勢不可免，故非撰造專史，不能救紀傳根本之尤。

五事：記言記事，古史分職，《尚書》、《左傳》，頗可考證。自文士撰史，好用古言，鄙薄俚語，嗤為不經；於是武夫走卒，言必雅馴，修飾改易。幾類翻譯，喪真失實，莫此為甚。夫文言紀事，或收簡約之功，口語傳神，必須存其本質。李延壽《南北史》，頗著鄙語，及今讀之，轉富生氣；宋子京《新唐書》，文求典雅，詞悉獨造，用力雖勤，徒資駭笑；觀此二史，思過半矣。修史之士，必代他人造作古言，讀其書者，又信以為其人之言果真云云；轉相傳授，後先一轍，雖欲證改，末由也已。凡此五事，皆致尤於不意之中，與吹霜煦露、寒暑筆端者，罪當異科，而記事不實，貽誤後人，其失惟均。抑吾為此言，非謂古史一不可信，但欲細辨真偽。採求實證，勿輕為作假者所催眠，迷滯而不悟耳。因彥和有時同多詭之歎，聊貢瞽說，附茲高論。」

47. 紀評曰：「陶詩有『聞多素心人』句，所謂有心人也。似不必改作素臣。」案紀說是也。素心，猶言公心耳。說是也。素心，猶言公心耳。本書〈養氣篇〉：「聖賢之素心。」是彥和用素心之證。《文選．陶徵士誄》：「長實素心。」亦作素心。

48. 《公羊．閔公元年傳》：「《春秋》為尊者諱，為親者諱，為賢者諱。」瑾瑜，謂尊者賢者。諱尊賢，懲奸慝，為作史之準繩。繩。

49. 《史通》全書，皆推闡此四句之義，孰謂彥和此篇是敷衍足數者。

50. 嬴當作贏，贏，賈有餘利也。韓愈不敢作史。恐贏得是非之禍尤耳。荷擔，猶言負責。

51. 遷、固皆良史，而後世尚詆訶之；若褒貶任情，抑揚失正，則生絕胤嗣，死遭剖斵，難乎免於殃戮矣。韓愈不敢撰史，蓋深有見於其難也。

〈韓愈答劉秀才論史書〉

六月九日，韓愈白：秀才辱問見愛，教勉以所宜務，敢不拜賜。愚以為凡史氏褒貶大法，《春秋》已備之矣。後之作者，在據事迹實錄，則善惡自見；然此尚非淺陋偷惰者所能就，況褒貶邪！孔子聖人，作《春秋》，辱於魯衛陳宋齊楚，卒不遇而死，齊太史氏兄弟幾盡，左邱明紀春秋時事以失明，司馬遷作《史記》刑誅，班固瘐死，陳壽起又廢，卒亦無所至，王隱謗退死家，習鑿齒無一足，崔浩、范曄赤誅，魏收夭絕，宋孝王誅死，足下所稱吳兢，亦不聞身貴而今其後有聞也。夫為史者，不有人禍，則有天刑，豈可不畏懼而輕為之哉！唐有天下二百年矣，聖君賢相相踵，其餘文武之士，立功名跨越前後者，不可勝數，豈一人卒卒能紀而傳之邪！

僕年志已就衰退，不可自敦率，宰相知其無他才能，不足用，哀其老窮，齟齬無所合，不欲令四海內有戚戚者，猥言之上，苟加一職榮之耳，非必督責迫蹙，令就功役也。賤不敢逆盛指，行且謀引去。且傳聞不同，善惡隨人所見，甚者附黨，憎愛不同，巧造語言，鑿空構立善惡事迹，於今何所承受取信，而可草草作傳記，令傳萬世乎！若無鬼神，豈可不自心慚愧；若有鬼神，將不福人；僕雖駭，亦麤知自愛，實不敢率爾為也。夫聖唐鉅迹，及賢士大夫事，皆磊磊軒天地，決不沈沒。今館中非無人，將必有作者勤而纂之。後生可畏，安知不在足下，亦宜勉之。

52. 《南齊書・魚腹侯子響傳》：「劉繪為豫章王嶷乞葬蛸子響，表云：積代用之為美，歷史不以云非。」稱史為歷史，即世歷斯編之義。

諸子第十七1

諸子者，入（鈴木云玉海作述）道見志之書2。太上立德，其次立言。百姓之羣居，苦紛雜而莫顯；君子之處世，疾名德之不章。唯英才特達，則炳曜垂文，騰其姓氏，懸諸日月焉3。昔風后（元脫曹補）力牧伊尹，咸其流也4。篇述者，蓋上古遺語，而戰伐（黃云案馮本代係校增鈴木云嘉靖本梅本作代）所記者也5。至鬻熊知道，而文王諮詢，餘文遺事，錄為鬻子。子自肇始，莫先於茲6。及伯陽識禮，而仲尼訪問，爰序道德，以冠百氏7。然則鬻惟文友，李實孔師，聖賢並世，而經子異流矣8。

逮及七國力政，俊乂蠭起：孟軻膺儒以磬折，莊周述道以翱翔；墨翟執儉确之教，尹文課名實之符；野老治國於地利，騶子養政於天文；申商刀鋸以制理，鬼谷脣吻以策勳；尸佼（元作狡柳改）兼總於雜術，青史曲綴以（鈴木云玉海作而）街談，承流而枝附者，不可勝算。並飛辯以馳術，饜祿而餘榮矣9。暨於暴秦烈火，勢炎崐岡，而煙燎之毒，不及諸子10。逮漢成留（一作普）思，子政讎校，於是七略芬菲，九流鱗萃（黃云活字本無九字萃下有止字），殺青所編，百有八十餘家矣11。迄至魏晉，作者間出，讕（讕與調同元作讕朱改）言兼存，璅語必錄，類聚而求，亦充箱照軫矣12。然繁辭（補謝）雖積，而本體易總，述道言治，枝條五經，其純粹者入矩，踳駮者出規。禮記月令，取乎呂氏之紀13；三年問喪，寫乎荀子之書14，此純粹之類也。若乃湯之問棘，云蚊睫有雷霆之聲15；惠施對梁王，云蝸角有伏尸之戰[16]；列子有移山跨海之談[17]，淮南有傾天折地之說[18]，此蹐駮之類也。是以世疾諸混同（一作洞鈴木云諸本作洞）虛誕[19]。按歸藏之經，大明迂怪，乃稱羿斃（鈴木云斃當作獘玉海及諸本作獘）十日，嫦（鈴木云玉海作常嘉靖本作姮）娥奔月。殷湯（疑作易）如茲，況諸子乎[20]！至如商韓，六蝨五蠹，棄孝廢仁，轘藥之禍，非虛至也[21]。公孫之白馬孤犢，辭巧理拙，魏牟比之鴞（黃云案馮本作梟）鳥，非妄貶也[22]。昔東平求諸子史記，而漢朝不與。蓋以史記多兵謀，而諸子雜詭術也[23]。然洽聞之士，宜撮綱要，覽華而食實，棄邪而採正，極睇參差，亦學家之壯觀也。

研夫孟荀所述，理懿而辭雅[24]；管晏屬篇，事覈而言練[25]；列御寇之書，氣偉而采奇[26]；鄒子之說，心奢而辭壯[27]；墨翟隨巢，意顯而語質[28]；尸佼尉繚，術通而文鈍[29]；鶡冠緜緜，亟發深言[30]；鬼谷眇眇（鈴木云嘉靖本王本岡本作渺渺），每環奧義[31]；情辨以澤，文子擅其能[32]；辭約而精，尹文得其要[33]，慎到析密理之巧[34]，韓非著博喻之富[35]，呂氏鑒遠而體周[36]，淮南汎採而文麗[37]，斯則得百氏之華采，而辭氣（疑脫鈴木云梅本氣字下空二格）文之大略也[38]。若夫陸賈典語[39]，賈誼新書[40]，揚雄法言[41]，劉向說苑[42]，王符潛夫[43]，崔寔政論[44]，仲長昌言[45]，杜夷幽求[46]，咸（一作或）敍經典[47]，或明政術，雖標論名，歸乎諸子。何者？博明萬事為子，適辨一理為論[48]，彼皆蔓延雜說，故入諸子之流。夫自六國以前，去聖未遠，故能越世高談，自開戶牖。兩漢以後，體勢漫（譚校作浸黃云活字本汪本作浸）弱，雖明乎（雖乎二字元作雖于朱改）坦途，而類多依採，此遠近之漸變也[49]。嗟夫！身與時舛，志共道申，標心於萬古之上，而送懷於千載之下，金石靡矣，聲其銷乎[50]！

贊曰：大（鈴木云當作丈）夫處世，懷寶（黃云活字本作實）挺秀。辨雕萬物[51]，智周宇宙。立德何隱，含道必授。條流殊述[52]，若有區囿。

【注釋】

1. 紀評曰：「此亦泛述成篇，不見發明。蓋子書之文，又各自一家，在此書原為闌入，故不能有所發揮。」案紀氏此說亦誤。柳子厚謂：「參之《孟》、《荀》以暢其支，參之《莊》、《老》以肆其端。」（〈答韋中立論師道書〉。）彥和論文，安可不及諸子耶！

2. 《漢書・藝文志》曰：「今異家者，各推所長，窮知究慮，以明其指，雖有蔽短，合其要歸，亦六經之支與流裔。」

3. 《左傳・襄公二十四年》：「太上有立德。其次有立功，其次有立言。」《正義》曰：「老、莊、荀、孟、管、晏、楊、墨、孫、吳之徒，制作子書，皆是立言者也。」《論語・衛靈公》：「子曰：君子疾沒世而名不稱焉。」

4. 《漢書・藝文志》兵陰陽家有〈風后〉十三篇。自注：「圖二卷。黃帝臣，依託也。」又有《力牧》十五篇。自注：「黃帝臣，依託也。」又道家有《力牧》二十二篇。自注：「六國時所作，託之力牧。力牧，黃帝相。」又道家有《伊尹》五十一篇。小說家有《伊尹說》二十七篇。自注：「其語淺薄，似依託也。」

5. 風后、力牧、伊尹諸人，非自著書，至戰國始依託之述於篇耳。《札迻》十二：「戰伐元本作戰代。（馮本活字本並同。）案，元本是也。〈銘箴〉、〈養氣〉、〈才略〉三篇，並有戰代之文。」

6. 子自當作子目，謂子之名目也。留存《事始》引《文心》曰：「鬻熊作書，題為《鬻子》。」《鐵橋漫稿》五〈鬻子敍〉曰：「《漢志》道家：『《鬻子》二十二篇。名熊，為周師，自文王以下問焉。周封為楚祖。』又小說家：『《鬻子說》十九篇。後世所加。』《隋志》道家《鬻子》一卷。《舊唐志》改入小說家。《新唐志》仍歸道家。今世流傳僅唐永徽中華州鄭縣尉逢行珪注本，凡十四篇為一卷。《道藏》作二卷，在顛字號。注甚疏蕪；又分篇瑣碎，所題甲乙，故作傎倒羼亂，以瞀惑後人。宋又有陸佃校本，分行珪十四篇為十五篇，瑣碎尤甚；又棼其次第，不足存。案《羣書治要》所載起迄如行珪，而第二篇至第十三篇聯為一篇，則行珪十四篇僅當三篇。《意林》稱今一卷六篇，末後所載多出昔文王見鬻子一條，則行珪十四篇末足六篇。行珪姓名不他見，其人為唐人與否，其本為唐本與否，未敢知之。」《四庫提要》曰：「考《漢書．藝文志》道家《鬻子》二十二篇，又小說家《鬻子說》十九篇，是當時本有二書。《列子》引《鬻子》凡三條，皆黃老清靜之說，與今本不類，疑即道家二十二篇之文。今本所載與賈誼《新書》所引六條文格略同，疑即小說家之《鬻子說》也。今本或唐以來好事之流，依仿賈誼所引，撰為贗本，亦未可知。觀其標題甲乙，故為佚脫錯亂之狀，而誼書所引，則無一條之偶合，豈非有心相避，而巧匿其文，使讀者互相檢驗，生其信心歟！且其篇名冗贅，古無此體，又每篇寥寥數言，詞旨膚淺，決非三代舊文，姑以流傳既久，存備一家耳。」

7. 《史記．老莊列傳》：「老子者，姓李氏，名耳，字伯陽，謚曰聃。老子之子名宗，宗為魏將，封於段干。」孔子問禮於老聃，見《禮記．曾子問篇》，當可信。惟著《道德經》之老子，當即其子為魏將者，時代遠在孔子後，不得為孔子師。

8. 彥和意謂鬻子、老聃皆賢者，故其遺文稱子，其實述老子學者亦尊五千言為經，《漢志》道家所著《鄰氏經傳》、《傅氏》、《徐氏經說》是也。

9. 《漢志》儒家《孟子》十一篇。（趙岐《章指題辭》云：「七篇二百六十一章。又有《外書》四篇：〈性善辯〉、〈文說〉、〈孝經〉、〈為正〉。其文不能弘深，似非《孟子》本真。」今所傳《孟子外書》更偽中之偽。孫志祖《讀書脞錄》二有〈論孟子外書〉二節甚善。）《禮記．曲禮下》：「立則磬折垂佩。」《正義》曰：「臣則身宜僂折如磬之背，故云磬折也。」

《漢志》道家《莊子》五十二篇。今郭象注本僅三十三篇。《莊子．內篇》首列〈逍遙遊〉。《文選》潘安仁〈秋興賦〉注引司馬彪云：「言逍遙無為者，能遊大道也。」翱翔，猶言逍遙。

《漢志》墨家《墨子》七十一篇。自注：「名翟，為宋大夫，在孔子後。」《莊子．天下篇》論墨學曰：「其生也勤，其死也薄，其道大觳。」郭注：「觳，無潤也。」案《說文．角部》：「觳，盛觵巵也。一曰射具。從角，殼聲。」又〈石部〉：「确，礊石也，确或作殼。」（礊石，謂堅也。）《玉篇》：「确，磽确。」《莊子》大觳之觳，係殼之假借字。（《管子．地員篇》亦以殼為觳。）

《漢志》名家《尹文子》一篇。自注：「說齊宣王，先公孫龍。」師古曰：「劉向云：『與宋鈃俱游稷下。』鈃，音形。」錢大昭曰：「今道臧本上下二篇，（〈大道篇〉上下。）蓋本魏黃初末山陽、仲長氏詮次之舊。故《隋志》已作二卷。」其書言：「有形者必有名，有名者未必有形。形而不名，未必失其方圓白黑之實，名而不可不尋名以檢其差。故名以檢形，形以定名。名以定事，事以檢名。」即彥和所稱課名實之符也。

《漢志》農家《野老》十七篇。自注：「六國時在齊楚間。」應劭曰：「年老居田野，相民耕種，故號野老。」王應麟曰：「〈真隱傳〉：『六國時人，遊秦楚間，年老隱居，著書言農家事，因以為號。』」

《漢志》陰陽家《鄒子》四十九篇。自注：「名衍。齊人。為燕昭王師，居稷下，號談天衍。」王應麟曰：「《史記》騶衍深觀陰陽消息，而作怪迂之變，終始大聖之篇，十餘萬言。其語閎大不經云云，燕昭王身親往師之。作《主運》。又見司爟注鄭司農引。」《史記．孟荀列傳．集解》引《別錄》云：「騶衍之所言，五德終始天地廣大，書言天事，故曰談天。」

《漢志》法家《申子》六篇。自注：「名不害，京人。相韓昭侯，終其身諸侯不敢侵韓。」《史記．老莊申韓列傳》：「申子之學本於黃老而主刑名。著書二篇，號曰《申子》。」《集解》引《別錄》曰：「今民間所有上下二篇，《中書》六篇，皆合二篇，已過太史公所記也。」《鐵橋漫稿》五〈申子敘〉曰：「〈泰族訓〉（《淮南子》。）云：『今商鞅之〈開塞〉、申子之〈三符〉、韓非之〈孤憤〉。』注：『申不害治韓，有三符驗之術也。』案〈三符〉當是《申子》篇名。《史記正義》引阮孝緒《七錄》云：「三卷。」《隋志》不著錄。《舊》、《新唐志》、《意林》皆三卷。宋不著錄。明陳第《世善堂書目》有三卷。今復不著錄。余從《羣書治要》寫出一篇，刺取各書引見之文，依《意林》次第之。其篇名可考者，曰〈君臣〉（見《意林》二、《藝文類聚》十九、《御覽》三百九十、六百二十四。）曰〈大體〉（引見《初學記》二十五及《意林》。）及〈三符〉也。餘三篇不知也。」

又法家《商君》二十九篇。《四庫提要》曰：「《文獻通考》引《周氏涉筆》以為鞅書多附會後事，擬取他詞，非本所論著。然周氏特據文臆斷，未能確證其非。今考《史記》稱秦孝公卒，太子立，公子虔之徒，告鞅欲反。惠王乃車裂鞅以徇。則孝公卒後，鞅即逃死不暇，安得著書！如為平日所著，則必在孝公之世，又安得開卷第一篇即稱孝公之謚！殆法家者流，掇鞅餘論，以成是編，猶管子卒於齊桓公前，而書中屢稱桓公耳。」

《鬼谷子》一卷。案《鬼谷子》《漢志》不著錄。《隋志》縱橫家有《鬼谷子》三卷。注曰：「周世隱於鬼谷。」《玉海》引《中興書目》曰：「周時高士，無鄉里族姓名字，以其所隱，自號鬼谷先生。蘇秦、張儀事之。授以〈捭闔〉至〈符言〉等十有二篇，及〈轉丸本經〉、〈持樞中經〉等篇。」因《隋志》之說也。《唐志》卷數相同，而注曰蘇秦。司馬貞《索隱》引樂臺注《鬼谷子》書云：「蘇秦欲神秘其道，故假名鬼谷。」（〈蘇秦列傳〉。）此又《唐志》之所本也。胡應麟《四部正偽》則謂《隋志》有《蘇子》三十一篇、《張子》十篇，必東漢人本二書之言，薈萃為此，而託於鬼谷，若子虛亡是之屬。其言頗為近理，然亦終無確證。《隋志》稱皇甫謐注，則魏晉以來書，固無疑耳。（以上多取《四庫提要》說。）孫志祖《讀書脞錄》四「《鬼谷子》注」條云：「《鬼谷子》注向有樂臺、皇甫謐、陶宏景、尹知章四家，今所傳者，不著撰人名氏。近秦太史恩復刻本題為梁陶宏景注，以注中有引『元亮曰』之文。元亮為陶潛字。宏景引其言

去姓稱字，故斷為陶注。志祖案注中又有稱陶宏景曰者，則其人在宏景後，而非宏景注明矣，（近刻去此四字，但注云別本引稱陶宏景曰。）去姓稱字，古人注書，亦無此體例。疑所稱元亮者，或其人姓元，未定是五柳先生也。今本蓋唐尹知章注。尹知章《鬼谷子敍》，《困學紀聞》嘗引之。」

10. 《漢志》雜家《尸子》二十篇。自注：「名佼，魯人，秦相商君師之。鞅死，佼逃入蜀。」汪繼培輯《尸子》序曰：「《漢書·藝文志》雜家《尸子》二十篇。《隋》、《唐志》並同。宋時全書已亡。王應麟《漢志考證》云：李淑《書目》存四卷。《館閣書目》止存二篇，合為一卷。其本皆不傳。章懷太子注《後漢書》（〈宦者呂强傳〉。）謂《尸子》書二十篇。十九篇陳道德仁義之紀，一篇言九州險阻水泉所起。劉向序《荀子》，謂尸子著書非先王之法，不循孔氏之術。劉勰又謂其兼總雜術，術通而文鈍。今原書散佚，未究大指。」

《漢志》小說家《青史子》五十七篇。自注：「古史官記事也。」王應麟曰：「《風俗通義》引《青史子》書。《大戴禮·保傅篇》青史氏之記曰：古者胎教。《隋志》梁有《青史子》一卷。」

案以上十家，並本《漢書·藝文志》，每家舉出一人。惟《鬼谷子》不見於《漢志》，彥和時有其書，以為蘇秦、張儀之師，故特舉之。

11. 《史記·始皇本紀》：「三十四年，丞相李斯請史官非秦紀皆燒之；非博士官所職，天下敢有藏詩書百家語者，悉詣守尉雜燒之。所不去者，醫藥、卜筮、種樹之書。若欲有學法令，以吏為師。」彥和云：「煙燎之毒，不及諸子。」恐非事實，戰國諸子之學，亦有師徒相傳，珍守勿失，其書籍又非如六經之繁重，山巖屋壁，藏匿自易，故至漢代求書，諸子皆出也。《論衡·書解篇》：「秦雖無道，不燔諸子，諸子尺書，文篇具在。」此彥和所本。（趙岐《孟子章句·題辭》亦謂秦不焚諸子。）

《漢書·藝文志·總敍》曰：「昔仲尼歿而微言絕，七十子喪而大義乖，故《春秋》分為五，《詩》分為四，《易》有數家之傳。戰國從衡，真偽分爭，諸子之言，紛然殽亂。至秦患之，乃燔滅文章，以愚黔首。

漢興，改秦之敗，大收篇籍，廣開獻書之路。迄孝武世，書缺簡脫，禮壞樂崩，聖上喟然而稱曰：朕甚閔焉。於是建藏書之策，置寫書之官，下及諸子傳說，皆充祕府。至成帝時，以書頗散亡，使謁者陳農求遺書於天下。詔光祿大夫劉向校經傳諸子詩賦，步兵校尉任宏校兵書，太史令尹咸校數術，（占卜之書。）侍醫李柱國校方技。（醫藥之書。）每一書已，向輒條其篇目，撮其指意，錄而奏之。會向卒，哀帝復使向子侍中奉車都尉歆，卒父業。歆於是總羣書而奏其《七略》。（《隋志》：「哀帝使歆嗣父之業，乃徙溫室中書於天祿閣上，歆遂總括羣書，撮其指要，著為《七略》。」）故有《輯略》，（師古曰：「輯與集同，謂諸書之總要。」）有〈六藝略〉，有〈諸子略〉，有〈詩賦略〉，有〈兵書略〉，有〈術數略〉，有〈方技略〉。今刪其要，以備篇籍。」

《文選・魏都賦》注引《風俗通》云：劉向《別錄》：「讎校者，一人讀書校其上下得謬誤為校；一人持本，一人讀書，若怨家相對為讎。」劉向上《晏子》、《列子》奏並云：「以殺青書可繕寫。」然則其錄奏者，並先殺青書簡也。《御覽》六百六引《風俗通》云：劉向《別錄》：「殺青者，直治竹作簡書之耳。新竹有汁，善朽蠹。凡作簡者，皆於火上炙乾之。陳楚間謂之汗，汗者，去其汁也。吳越曰殺，殺亦治也。向為孝成皇帝典校書籍，二十餘年，皆先書竹，改易刊定可繕寫者，以上素也。」（以上皆《漢書補注》引沈欽韓說。）《漢書・藝文志》：「凡諸子百八十九家，四千三百二十四篇。諸子十家，其可觀者，九家而已。」

12. 《隋書・經籍志》子類著錄魏晉人所撰書多種，在雜家小說家者尤不鮮。《說文・言部》讕或作譋。《廣韻・二十五寒》：「讕，逸言。」《韓詩外傳》五：「成王之時，有三苗貫桑而生，同為一秀，大幾滿車，長幾充箱。」（輿中載物，形如箱篋，因謂之車箱。）照軫，疑當作被軫。釋僧祐〈出三藏記集雜錄序〉曰：「書序之繁，充車而被軫矣。」《說文》：「軫，車後橫木也。」充箱被軫，猶言車不勝載。

13. 《禮記・月令・正義》曰：「按鄭《目錄》云：『名曰〈月令〉者，以其記十二月政之所行也。本《呂氏春

秋·十二月紀》之首章也。』」

14. 黃注：「《荀子·禮論》前半，褚先生補《史記·禮書》採入；其後半皆言喪禮，三年之喪一段，與《禮記》三年問同文。」

15. 《列子·湯問篇》：「殷湯問於夏革曰：古初有物乎？夏革曰：古初無物，今惡得物。……江浦之間生麽蟲。（麽，細也。亡果反。）其名曰焦螟。群飛而集於蚊睫，弗相觸也；栖宿去來，蚊弗覺也；離朱、子羽方晝拭眥，揚眉而望之，弗見其形；䚡俞、師曠方夜擿耳，俛首而聽之，弗聞其聲。唯黃帝與容成子居空峒之上，同齋三月，心死形廢，徐以神視，塊然見之，若嵩山之阿，徐以氣聽，砰然聞之，若雷霆之聲。」

16. 《莊子·則陽篇》：「惠子聞之而見戴晉人，戴晉人曰：『有所謂蝸者，君知之乎？』曰：『然。』『有國於蝸之左角者曰觸氏，有國於蝸之右角者曰蠻氏，時相與爭地而戰，伏尸數萬，逐北旬有五日而後返。』」按蠻觸相爭。係戴晉人對梁王語，非惠施也。

17. 《列子·湯問篇》：「太行、王屋二山方七百里，高萬仞，本在冀州之南、河陽之北。北山愚公者，年且九十，面山而居，懲山北之塞，出入之迂也；聚室而謀曰：『吾與汝畢力平險，指通豫南，達於漢陰，可乎？』雜然相許。其妻獻疑曰：『以君之力，曾不能損魁父之丘，如太行、王屋何？且焉置土石？』雜曰：『投諸渤海之尾，隱土之北。』遂率子孫荷擔者三夫，叩石墾壤，箕畚運於渤海之尾。」又夏革曰：「渤海之東，不知幾億萬里，有大壑焉，實惟無底之谷，其下無底，名曰歸墟。……其中有五山焉：一曰岱輿，二曰員嶠，三曰方壺，四曰瀛州，五曰蓬萊。龍伯之國有大人，舉足不盈數步，而暨五山之所。」

18. 《淮南子·天文訓》：「昔者共工與顓頊爭為帝，怒而觸不周之山，天柱折，地維絕。」

19. 諸下脫一「子」字。混同，疑當作鴻洞。鴻洞，相連貌，謂繁辭也。《漢書·揚雄傳》：「雄見諸子各以其知舛馳，大氐詆訾聖人，即（王念孫曰：即，猶或也。）為怪迂析辯詭辭，以撓世事，雖小辯，終破大道而或眾，使溺於所聞而不自知其非也。」

20. 《周禮．太卜》掌三易之法。一曰《連山》，二曰《歸藏》，三曰《周易》。鄭注：「夏曰《連山》，殷曰《歸藏》。」《歸藏》為殷代之《易》，殷湯當作《殷易》。《漢志》不載《歸藏》。《御覽》六百八引桓譚《新論》云：「《歸藏》四千三百言。」嚴可均《全上古三代文》十五輯得八百四十六字。茲錄其兩條：「昔者羿善射，彈十日，果弊之。」（弊應作斃。）「昔常娥以西王母不死之藥，服之，遂奔月為月精。」

21. 〈五蠹〉，《韓非子》篇名。五蠹，謂學者、言談者、帶劍者、串御者（串御猶言近習。）、商工之民。此五者，皆邦之蠹也。《商君書．靳令篇》：「六蝨：曰禮樂，曰詩書，曰修善，曰孝弟，曰誠信，曰貞廉，曰仁義，曰非兵，曰羞戰。國有十二者，上無使農戰，必貧至削。」俞樾《諸子平議》二十：「樾謹案上言六蝨，下言十二者，而中所列凡九事，於數皆不合。疑禮樂詩書孝悌當為六事；本作曰禮，曰樂，曰詩，曰書，曰修善，曰孝，曰悌，曰誠信，曰貞廉，曰仁義，曰非兵，曰羞戰。故總之為十二也。然則何以稱六蝨？曰：六蝨二字乃衍文也，六蝨之文見〈去彊篇〉。其文曰：『農商官三者，國之常官也。三官者生，蝨官者六：曰歲，曰食，曰玩，曰好，曰志，曰行。』此說六蝨最得。蓋歲也，食也，農之蝨也；玩也，好也，商之蝨也；志也，行也，官之蝨也。〈去彊篇〉又曰：『國有禮，有樂，有詩，有書，有善，有修，有孝，有悌，有廉，有辯，國有十者，上無使戰，必削至亡。』然則商子之意不以此為六蝨明矣。」商鞅轘死。（《說文》：「轘，車裂人也。」）韓非至秦，李斯使人遺非藥，使自殺。

22. 黃注：「《列子》（〈仲尼篇〉。）公孫龍誑魏王曰：『白馬非馬；孤犢未嘗有母。』按《列子》所述魏公子牟正深悅公孫龍之辨，所謂承其餘竅者也。（樂正子與詆公子牟之忿辭。）《莊子．秋水篇》則異是。龍問牟：吾自以為至達已，今聞莊子之言，無所開吾喙，何也？公子牟有埳井之鼃謂東海之鼈之喻，是鴞鳥當作井鼃矣。」

23. 《漢書．宣元六王傳》：「東平思王來朝，上疏求諸子及《太史公書》。上以問大將軍王鳳。鳳曰：諸子書

或反經術，非聖人，或明鬼神、信物怪。《太史公書》有戰國縱橫權譎之謀，漢興之初謀臣奇策天官災異地形陒塞，皆不宜在諸侯王。不可予。」

24. 孟、荀皆戰國大儒，傳孔門之學，不容軒輊於其間。荀子著書，主於明周孔之教，崇禮而勸學。其中最為口實者，莫過於〈非十二子〉及〈性惡〉兩篇。王應麟《困學紀聞》據《韓詩外傳》所引卿但非十子而無子思、孟子，以今本為其徒李斯等所增。不知子思、孟子，後來論定為大賢耳，其在當時，固亦卿之曹偶，是猶朱、陸之相非，不足訝也。至其以性為偽，楊倞注曰：「偽，為也。」其義甚明。後人昧於訓詁，誤以為真偽之偽，遂譁然掊擊，是非惟未睹其全書，即〈性惡〉一篇，自篇首二句以外，亦未竟讀矣。彥和稱孟、荀理懿而辭雅，識力遠勝韓愈大醇小疵之論，宋儒盲攻，更不足道。

25. 《漢志》道家《管子》八十六篇。（今書存七十六篇。十篇有錄無書。）劉向上奏云：「凡《管子書》，務富國安民，道約言要，可以曉合經義。」又儒家《晏子》八篇。劉向上奏云：「其書六篇，皆忠諫其君，文章可觀，義理可法，皆合六經之義。又有復重文辭頗異，復列以為一篇。又有頗不合經術，似非晏子言，疑後世辯士所為者，故亦不敢失，復以為一篇。凡八篇。」

26. 《漢志》道家《列子》八篇。今本出晉張湛，疑即湛所偽造也。張湛〈列子序〉云：「其書大略明羣有以至虛為宗，萬品以終滅為驗，神惠以凝寂常全，想念以著物自喪，生覺與化夢等情，巨細不限一域，窮達無假智力，治身貴於肆任，順性則所之皆適，水火可蹈，忘懷則無幽不照，此其旨也。然所明往往與佛經相參，大歸同於老莊。屬辭引類，特與《莊子》相似。《莊子》、《慎到》、《韓非》、《尸子》、《淮南子》玄示旨歸，多稱其言，遂注之云爾。」湛序云：「往往與佛經相參。」蓋湛時佛學已入中國，故得竊取其意。又云：「特與《莊子》相似。」蓋《莊子》書中多稱列御寇，故取材《莊子》特多。又〈周穆王篇〉非汲冢書發見後不能造，尤為湛偽撰之證。（《穆天子傳》晉初出於汲冢。）《列子》放誕恢詭，故彥和云：「氣偉而采奇。」

27\. 心奢辭壯，即《史記．孟荀傳》所謂「其語閎大不經，王公大人初見其術，懼然顧化，其後不能行之」者也。《論衡．案書篇》：「鄒衍之書，瀇洋無涯，其文少驗，多驚耳之言。案大才之人，率多侈縱，無實是之驗，華虛誇誕，無審察之實。」

28\. 《韓非子．外儲說左上》：「楚王謂田鳩曰：墨子者，顯學也。其體身則可，其言多不辯，何也？曰今世之談也，皆道辯說文辭之言，人主覽其文而忘其用。墨子之說，傳先王之道，論聖人之言，以宣告人。若辯其辭，則恐人懷其文，忘其用，直以文害用也，故其言多不辯。」《漢志》墨家《隨巢子》六篇。《隋》、《唐志》並云一卷。《意林》同。隨巢為墨翟弟子，（班固自注。）其書言鬼神炎祥，闡發墨子明鬼之義，以為鬼神賢於聖人。馬國翰《玉函山房輯佚書》有《隨巢子》一卷。

29\. 《漢志》《尸子》二十篇、《尉繚子》二十九篇，並在雜家。雜家者流，蓋出於議官。兼儒墨，合名法，知國體之有此，見王治之無不貫，此其所長也。故彥和稱其術通。《漢志》兵形勢家有《尉繚》三十一篇。今所傳《尉繚子》五卷，二十四篇。胡應麟謂兵家之《尉繚》，即今所傳，而雜家之《尉繚》，並非此書；今雜家亡而兵家獨傳。案胡氏之說是也。（晁公武《讀書志》稱元豐中以《六韜》、《孫子》、《吳子》、《司馬法》、《黃石公》、《三略》、《尉繚子》、《李衛公問對》頒武學，號曰七書。此兵家之《尉繚》所以得傳。）

30\. 《漢志》道家《鶡冠子》一篇。自注：「楚人，居深山，以鶡為冠。」今所傳宋陸佃注本凡十九篇。其中〈世兵篇〉與賈誼〈鵩鳥賦〉文辭多同，彥和所謂亟發深言者，殆指此篇，《抱經堂文集》十〈書鶡冠子後〉：「《鶡冠子》十九篇，昌黎稱之，柳州疑之，學者多是柳。蓋其書本雜采諸家之文而成。如五至之言，則郭隗之告燕昭者也，伍長里有司之制，則管仲之告齊桓者也。〈世兵篇〉又襲魯仲連〈遺燕將書〉中語，謂其取賈誼〈鵩賦〉之文又奚疑。」

31\. 《四庫提要》曰：「高似孫《子略》稱其一闔一闢，為易之神；一翕一張，為老氏之術，出於戰國諸人之

表，（《子略》卷三。）誠為過當。宋濂《潛溪集》詆為蛇鼠之智；又謂其文淺近，不類戰國時人，又抑之太甚。柳宗元〈辨鬼谷子〉以為言益奇而道益陿，差得其真。蓋其術雖不足道，其文之奇變詭偉，要非後世所能為也。」

32. 《漢志》道家《文子》九篇。自注：「老子弟子，與孔子並時，而稱周平王問，似依託者也。」《隋志》《文子》十二卷，即今所傳本也。其書並引《老子》之言而推衍之，旨意悉本《老子》，故云情辨以澤。（澤，潤澤也。）

33. 《漢志》名家《尹文子》一篇。《四庫提要》曰：「其書本名家者流。大旨指陳治道，欲自處於虛靜，而萬事萬物則一一綜核其實；故其言出入於黃老申韓之間。《周氏涉筆》謂其自道以至名，自名以至法，蓋得其真。」

34. 《漢志》法家《慎子》四十二篇。《史記》：「慎到趙人，著十二論。」（〈孟荀列傳〉。）「《隋志》、《舊》、《新唐志》皆十卷。滕輔注。《崇文總目》三十七篇。《書錄解題》稱麻沙刻本纔五篇。余所見明刻本亦皆五篇。今從《羣書治要》寫出七篇，有注，即滕輔注。其多出之篇，曰〈知忠〉，曰〈君臣〉。」（《鐵橋漫稿》五〈慎子敍〉。）《四庫提要》曰：「今考其書，大旨欲因物理之當然，各定一法而守之，不求於法之外，亦不寬於法之中。則上下相安，可以清靜而治。然法所不行，勢必刑以齊之；道德之為刑名，此其轉關，所以申韓多稱之也。」

35. 《漢志》法家《韓子》五十五篇。《史記．韓非傳》：「喜刑名法術之學，而其歸本於黃老。作〈孤憤〉、〈五蠹〉、〈內外儲〉、〈說林〉、〈說難〉十餘萬言。」彥和所云博喻之富，殆指〈內外儲〉、〈說林〉等篇而言。

36. 《漢志》雜家《呂氏春秋》二十六篇。自注：「秦相呂不韋輯智略士作。」《四庫提要》曰：「今本凡十二紀、八覽、六論。紀所統子目六十一、覽所統子目六十三、論所統子目三十六，實一百六十篇，《漢志》蓋舉其綱也。不韋固小人，而是書較諸子之言，獨為醇正。大抵以儒為主，而參以道家、墨家，故多引孔子、曾子之言。其他如論音則引〈樂記〉，論鑄劍則引《考工記》，雖不著篇名，而其文可案。所引莊列之言，皆不取其放誕恣肆者，墨翟之言，不取其非儒明鬼者，而縱橫之術、刑名之說，一無及焉。其持論頗為不苟，論者鄙其為人，因不甚重其書，非公論也。」

37. 《漢志》雜家《淮南內》二十一篇。《漢書．景十三王傳》謂：「淮南王安好書，所招致率多浮辯。」（〈河間獻王德傳〉。）又〈淮南王傳〉：「辯博善為文辭。」《要略》曰：「若劉氏之書，（淮南王自謂也。）觀天地之象，通古今之事，權事而立制，度形而施宜，原道之心，合三王之風，以儲與（猶攝業也。）扈治（廣大也。）玄眇之中，精搖（楚人謂精進為精搖。）靡小，（靡小皆覽之。）棄其畛挈，（楚人謂澤濁為畛挈。）斟其淑靜，以統天下，理萬物，應變化，通殊類。非循一迹之路，守一隅之指，拘繫牽連之物，而不與世推移也。」（島田翰《古文舊書考》四〈淮南鴻烈篇〉曰：「予惟今所存二十一篇之中，〈繆稱訓〉、〈齊俗訓〉、〈道應訓〉、〈詮言訓〉、〈兵略訓〉、〈人間訓〉、〈泰族訓〉、〈要略〉八篇注本，則蓋為許慎；其餘十三篇，恐屬高誘注。」本島田此說頗有徵，附記於此。）

38. 彥和特舉以上十八家，為晚周百氏之冠冕，（其中《淮南》一家雖出於漢代，然撰書之人，仍存戰國恣肆高談之風，故得列入。）並指明研求諸家之徑途，循此以往，則得百氏之華采也。「文」疑是衍字。《論語．泰伯篇》：「曾子曰：出辭氣，斯遠鄙倍矣。」鄭玄注曰：「出辭氣能順而說之，則無惡戾之言入於耳。」彥和謂循此則得諸子之順說，不至為鄙倍之言所誤也。

39. 《札迻》十二：「案典當作新。《新語》十二篇，今書具存。《史記．賈本傳》及《正義》引《七錄》並同，皆不云典語。《隋書．經籍志》儒家云：『梁有《典語》十卷，吳中夏督陸景撰。』（亦見馬總《意林》。）與陸賈書別。彥和蓋偶誤記也。」漢代子書，《新語》最純最早，大旨皆崇王道、黜霸術、貴仁義、賤刑威，歸本於修身用人。其稱引《老子》者，惟〈思務篇〉引「上德不德」一語，餘皆以孔氏為宗。

所援據多《詩》、《書》、《春秋》、《論語》之文。紹孟、荀而開賈、董，卓然儒者之言，史遷目為辯士，未足以盡之。（用《四庫提要》及嚴可均〈新語敍〉語。嚴語見《鐵橋漫稿》五。）

40. 《漢志》儒家《賈誼》五十八篇。《崇文總目》云：「本七十二篇，劉向刪定為五十八篇。《隋》、《唐志》皆九卷，別本或為十卷。」考今《隋》、《唐志》皆作十卷，無九卷之說，蓋校刊《隋書》、《唐書》者，未見《崇文總目》，反據今本追改之。明人傳刻古書，往往如是，不足怪也。然今本僅五十六篇，又〈問孝〉一篇，有錄無書，實五十五篇，已非北宋之舊。《抱經堂文集》十〈書校本賈誼新書後〉云：「《新書》，非賈生所自為也，乃習於賈生者，萃其言以成此書耳。〈過秦論〉史遷全錄其文，〈治安策〉見班固書者乃一篇，此離而為四五，後人以此為是賈生平日所草創，（《朱子語錄》。）豈其然歟！〈修政語〉稱引黃帝、顓、嚳、堯、舜之辭，非後人所能偽撰，〈容經〉、〈道德說〉等篇，辭文典雅，魏晉人決不能為，故曰：是習於賈生者萃而為之，其去賈生之世不大相遼絕可知也。」

41. 《四庫提要》曰：「《漢書·藝文志》儒家揚雄所序三十八篇。注曰：「《法言》十三。」〈雄本傳〉具列其目。凡所列漢人著述，未有若是之詳者，蓋當時甚重雄書也。自程子始謂其曼衍而無斷，優柔而不決；蘇軾始謂其以艱深之詞，文淺易之說。至朱子作《通鑑綱目》，始書『莽大夫揚雄死』，雄之人品著作，遂皆為儒者所輕。若北宋之前，則大抵以為孟荀之亞也。」

42. 《漢志》儒家劉向所序六十七篇。自注：「《新序》、《說苑》、《世說》、《列女傳》、《頌圖》也。」《新序》十卷，《說苑》二十卷，兩書性質略同。彥和特舉一以概之耳。《崇文總目》云：「《新序》所載皆戰國秦漢間事。」以今考之，《春秋》時事尤多，漢事不過數條，大抵採百家傳記以類相從，故頗與《春秋內外傳》、《戰國策》、《太史公書》互相出入。推明古訓，以衷之於道德仁義，在諸子中猶不失為儒者之言也。《說苑》二十篇，其書皆錄遺聞佚事，足為法戒之資者，其例略如《韓詩外傳》，古籍散佚，多賴此以存。如《漢志》《河間獻王》八篇，《隋志》已不著錄，而此書所載四條，尚足見其議論醇正，不愧儒

宗。其他亦多採擇，雖間有傳聞異詞，固不以微瑕累全璧矣。（節錄《四庫提要》語。）《抱經堂文集》五〈新校說苑序〉曰：「漢禁中先有《說苑》一書，而子政為之校讎奏上，號曰《新苑》。余向閱《文獻通考》，疑《新苑》為《說苑》之譌。及後得宋本此書，前有子政所上奏云：『臣向所校中書《說苑》雜事及向書民間書互校讎，分別次序，除去與《新序》復重者，更造新事十萬言以上，凡二十篇，七百八十四章，號曰《新苑》，皆可觀。』然後知余向之所疑為妄也。」據盧氏此說，則《說苑》非子政自撰。今本《說苑》當稱《新苑》。

43. 《四庫提要》曰：「《潛夫論》十卷，漢王符撰。《後漢書》本傳稱其：『志意蘊憤，乃隱居著書三十餘篇，以議當時得失，不欲章顯其名，故號曰《潛夫論》。』今本凡三十五篇，合敍錄為三十六篇，蓋猶舊本。范氏以符與王充、仲長統同傳。韓愈因作〈後漢三賢贊〉。今以三家之書相較，符書洞悉政體，似《昌言》而明切過之；辨別是非似《論衡》，而醇正過之。前史列之儒家，斯為不愧。」

44. 《鐵橋漫稿》五〈崔氏政論敍〉曰：「《隋志》法家《正論》五卷。漢大尚書崔實撰。《舊唐志》《政論》五卷。《意林》亦五卷。《新唐志》作六卷。各書引見或作《政論》，或作《正論》，又作《本論》，止是一書。實明於政體，吏才有餘，論當世便事數十條，指切時要，言辯而确。《范史》論曰：『實之政論，言當世理亂，雖鼂錯之徒不能過也。』其本北宋時已佚失，故《崇文總目》不著錄，《郡齋讀書志》、《直齋書錄解題》亦無之。《通志略》載有六卷，虛列書名，不足據。余從《羣書治要》寫出七篇，本傳及《通典》各寫出一篇，凡九篇。仲長統曰：『凡為人主，宜寫一通置之坐側。』誠哉是言也。」

45. 《鐵橋漫稿》五〈昌言敍〉：「《隋志》雜家仲長子《昌言》十二卷，錄一卷。漢尚書郎仲長統撰。《舊唐志》作十卷。《新唐志》移入儒家，亦十卷，《崇文總目》稱今所存十五篇，分為二卷，餘皆亡。《郡齋讀書志》、《直齋書錄解題》不著錄。明陳第《世善堂書目》有二卷。疑即十五篇本。今所見刻本僅明胡維新《兩京遺編》有〈理亂〉、〈損益〉、〈法誡〉三篇；歸有光《諸子彙函》有〈理亂〉、〈損益〉二篇；皆

出本傳，無所增多。余從《羣書治要》寫出九篇，益以本傳三篇，以《意林》次第之。本傳：統字公理，山陽高平人，著論三十四篇，十餘萬言。今此收輯，纔萬餘言，亡者蓋十八九。而治要所載，又頗刪節，斷續佤離，殆所不免；然其闡陳善道，指訶時敝，剴切之忱，踔厲震盪之氣，有不容摩滅者。繆熙伯方之董、賈、劉、揚，非過譽也。神仙家言，儒者所弗道，而《昌言》有其一篇，故是雜家。」

46. 黃以周《儆季雜箸．子敍．幽求子敍》曰：「《幽求子》晉杜夷撰。夷字引齊，事蹟具《晉書》本傳。《隋志》道家作杜氏《幽求新書》二十卷。《唐志》作杜氏《幽求子》三十卷。《意林》標題書名同《唐志》，卷數同《隋志》。考《杜氏新書》即《篤論》，非《幽求子》。《隋志》並題《新書》，《唐志》云三十卷，皆誤。當以《意林》為正。杜氏家學皆宗儒，至夷一變而入道。其言曰：『道以無為為家，清靜虛寂，宏廣多包，聖人所宅。』此其宗指也。馬氏輯是書，兼采《新書》，今補其遺漏四事，黜其誤入八事。」

47. 咸，一作或，作或者是。

48. 適，疑當作述。〈論說篇〉云：「述經敍理曰論。」

49. 體勢漫弱，譚獻校本改漫作浸，案譚改是也。坦途，謂儒學。六國以前，仍指六國，非謂春秋時代。漢自董仲舒奏罷百家，學歸一尊，朝廷用人，貴乎平正，由是諸家撰述，惟有依傍儒學，採掇陳言，為世主備鑒戒，不復敢奇行高論，自投文網，故武帝以後董劉揚雄之徒，不及漢初淮南、陸賈、賈誼、鼂錯諸人，東漢作者，又不及西京，魏晉之世，學術更衰，所謂讜言兼存，瑣語必錄，幾至不能持論矣。

50. 紀評云：「隱然自寓。」《金樓子．自序篇》：「人間之世，飄忽幾何。如鑿石見火，窺隙觀電，螢覩朝而滅，露見日而消，豈可不自序也。」

51. 《莊子．天道篇》：「辯雖雕萬物不自說也。」此彥和所本。〈情采篇〉亦引此文。

52. 李君雁晴曰：「述同術，途也。」

論說第十八

聖哲（元作世朱按玉海改）彝訓曰經，述經敘理曰論[1]。論者，倫也；倫理（孫云明抄本御覽作禮）無爽，則聖意不墜（無爽元作有無聖字上無則字從御覽改孫云御覽五九五引作則聖意不墮）[2]。昔仲尼微言，門人追記，故仰其經目，稱為論語。蓋羣論立名，始於茲矣[3]。自論語已前，經無論字；六韜二論，後人追題乎[4]！詳觀論體，條流多品：陳政，則與議說合契；釋經，則與傳注參體；辨史，則與贊評齊行；銓文，則與敘引共紀[5]。故議者宜言；說者說語；傳者轉師；注者主解；贊者明意；評者平理；序者次事；引者胤辭：八名區分，一揆宗論[6]。論也（孫云御覽無也字）者，彌綸羣言，而研精（元脫朱補孫云御覽有精字）一理者也[7]。是以莊周齊物，以論為名[8]；不韋春秋，六論昭列[9]；至（孫云御覽有於字）石渠論藝，白虎通講（孫云明抄本御覽通講作講聚）；聚述聖言通經（孫云御覽無聚言二字），論家之正體也[10]。及班彪王命[11]，嚴尤（元作允朱改孫云明抄本御覽作左）三將[12]，敷述昭情，善入史體。魏之初霸，術兼名法[13]；傅嘏王粲，校練名理[14]。迄至正始，務欲守文；何晏之徒，始盛玄論。於是聃周當路，與尼父爭塗矣[15]。詳觀蘭石之才性[16]，仲宣之去代（孫云明抄本御覽作伐）[17]，叔夜之辨聲[18]，太初之本玄[19]，輔嗣之兩例[20]，平叔之二論[21]，並師心獨見，鋒穎（鈴木云黃氏原本御覽玉海作頴）精密，蓋人倫（鈴木云御覽玉海人倫作論一字）之英也（孫云御覽引作蓋論之英也）[22]。至如李康運命，同論衡而過之[23]；陸機辨亡（元作正謝改），效過秦而不及[24]；然亦其美矣（孫云明抄本御覽作哉）。次及宋岱（元作代）郭象（元作蒙朱據舊本改），銳思於幾神之區[25]；夷甫裴頠，交辨於有無之域[26]；並獨步當時，流聲後代。然滯有者，全繫於形用；貴

無者，專守於寂寥；徒銳偏解，莫詣正理；動極神源，其般若之絕境乎[27]！逮江左羣談，惟玄是務；雖有日新，而多抽前緒矣[28]。至如張衡譏世，韻似俳說；孔融孝廉，但談嘲戲；曹植辨道，體同書抄；言不持正，論如其已（汪本作才不持論寧如其已）[29]。原夫論之為體，所以辨正然否；窮于有數，追于無形（兩于字從汪本改孫云御覽于作及鈴木云嘉靖本作窮有數追無形梅本岡本無兩于字追下有究字），迹（一作鑽孫云御覽作鑽）堅求通，鉤深取極；乃百慮之筌蹄，萬事之權衡也。故其義貴圓通，辭忌枝碎（孫云御覽有也字）；必使心與理合，彌縫莫見其隙；辭共心密，敵人不知所乘；斯（孫云明抄本御覽作期）其要也。是以論如（御覽作辟孫云御覽作譬）析薪，貴能破理。斤利者，越理而横斷；辭辨者，反義而取通；覽文雖巧，而檢跡如（顧云當作知孫云御覽作知）妄。唯君子能通天下之志，安可以曲論哉[30]？若夫注釋為詞，解散論體，雜文雖異，總會是同。若秦延君（元作君延楊改）之注堯典，十餘萬字；朱普之解尚書，三十萬言；所以通人惡煩，羞（元作差朱改）學章句。若毛公之訓詩，安國之傳書，鄭君之釋禮，王弼之解易，要約明暢，可為（元作謂）式矣[31]。

說者，悅也。兌為口舌，故言咨（鈴木云疑作資）悅懌；過悅必偽，故舜驚讒說[32]。說之善者，伊尹以論味隆殷[33]，太公以辨釣興周[34]，及燭武行而紓鄭[35]，端木出而存魯[36]，亦其美也。暨戰國爭雄，辨士雲踊；從横參謀，長短角勢；轉丸騁其巧辭，飛鉗伏其精術[37]；一人之辨，重於九鼎之寶；三寸之舌，强於百萬之師[38]；六印磊落以佩，五都隱賑而封[39]。至漢定秦楚，辨士弭節；酈君既斃於齊鑊；蒯子幾入乎漢鼎。雖復陸賈籍甚，張釋傅會，杜欽文辨，樓護脣舌，頡頏萬乘之階，抵噓公卿之席；並順風以託勢，莫能逆波而泝洄矣[40]。夫說貴撫會，弛張相隨，不專緩頰，亦在刀筆[41]。范睢之言事[42]，李斯之止逐客[43]，並煩情入機，動言中務，雖批逆鱗，而功成計合，此上書之善說也[44]。至於鄒陽之說吳梁，喻巧而理至，故雖危而無咎矣[45]。敬通之說（元脫孫補）鮑鄧，事緩而文繁；所以歷騁（元作聘柳改）而罕遇（元作過）也[46]。凡說之樞要，必使時利而義貞；進有契於成務，退無阻於榮身。自非譎敵，則唯忠與信。披肝膽以獻主，飛文敏以濟辭，此說之本也[47]。而陸氏直稱說煒曄以譎誑，何哉[48]？

贊曰：理形於言，敘理成論。詞深人天，致遠方寸。陰陽莫貳，鬼神靡遯。說爾飛鉗，呼吸沮勸。

【注釋】

1. 凡說解談議訓詁之文，皆得謂之為論；然古惟稱經傳，不曰經論；經論並稱，似受釋藏之影響。《魏書．釋老志》曰：「釋迦後數百年，有羅漢菩薩，相繼著論，贊明經義，以破外道。皆傍諸藏部大義，假立外問，而以內法釋之。」《隋書．經籍志》：「以佛所說經為三部，又有菩薩及諸深解奧義，贊明佛理者，名之為論。」彥和此篇，分論為二類：一為述經，傳注之屬；二為敘理，議說之屬。八名雖區，總要則二。二者之中，又側重敘理一邊，所謂：「論也者，彌綸羣言，而研精一理者也。」

2. 《釋名．釋典藝》：「論，倫也；有倫理也。」《說文繫傳》三十五：「應詰難，揭首尾，以終其事，曰論。論，倫也。同歸而殊塗，一致而百慮；語各有倫，而同歸於理也。」倫，理也，爽，差失也。（王弼注《老子》：「美味令人爽口。」）

3. 《漢書．藝文志》：「《論語》者，孔子應答弟子時人，及弟子相與言，而接聞於夫子之語也。當時弟子各

有所記，夫子既卒，門人相與輯而論篹，故謂之《論語》。」補注引王先慎曰：「皇邢二《疏》，並云：『論，撰也。』羣賢集定，故曰撰。鄭注《周禮》云：『答述曰語。』以此書所載，皆仲尼應答弟子及時人之辭，故曰語；而在論下者，必經論撰，然後載之，以示非妄語也。」段玉裁注《說文》論字曰：「論，以侖會意。〈亼部〉曰：『侖，思也。』〈侖部〉曰：『侖，理也。』此非兩義。思如〈玉部〉䚡理，自外可以知中之䚡。〈靈臺〉：『於論鼓鐘。』毛曰：『論，思也。』此正許所本。《詩》於論，正侖之假借。凡言語循其理，得其宜，謂之論。故孔門師弟子之言，謂之《論語》。〈王制〉：『凡制五刑，必即天論。』《周易》：『君子以經論。』《中庸》：『經論天下之大經。』皆謂言之有倫有脊者。」《論語》之取義如上。仰其經目，疑當作抑其經目，謂謙不敢稱經也。

4. 《困學紀聞》十七：「《文心雕龍》云：『論語以前，經無論字。』晁子止云，不知《書》有論道經邦。」紀評云：「觀此知《古文尚書》梁時尚不行於世，故不引論道經邦之文，然《周禮》却有論字。」（紀說誤。顧廣圻謂劉彥和屢引東晉古文，如〈通變篇〉、〈議對篇〉、〈麗辭篇〉、〈事類篇〉皆引之。案顧說是也。）《紀聞．閻箋》云：「論道經邦，乃晚出《書．周官篇》，本《考工記》或坐而論道來。」《何箋》云：「論道經邦，出於《古文尚書》，未可以詆彥和。」又云：「書中〈議對篇〉即引議事以制。」案諸家皆誤會彥和語意，遂率斷為疏漏；其實「《論語》以前，經無論字」非謂經書中不見論字，乃謂經書無以論為名者也。上文云：「羣論立名。」下文云：「六韜二論。」皆指書名篇名言之。《後漢書．何進傳》章懷注曰：「太公《六韜》篇，第一〈霸典文論〉，第二〈文師武論〉。」今本〈文師〉在〈文韜〉為第一篇，與章懷所舉不合，亦無〈文論〉、〈武論〉之目，蓋又非唐時之舊矣。

5. 《說文》：「論，議也。」《廣雅．釋詁二》：「說，論也。」詳本篇及〈議對篇〉，毛公注《詩》，安國注《書》，皆稱為傳，傳即注也。賈逵曰：「論，釋也。」《漢書》曰贊，《後漢書》曰論，《三國志》曰評，其實一也。銓當作詮。《淮南書》有〈詮言訓〉，高注曰：「詮，就也。」詮言者，謂譬類人事，相解喻也。史傳多以譔為之。序，如〈書序〉、〈詩序〉、〈序卦〉，及班固〈兩都賦序〉、皇甫謐〈三都賦序〉之屬。引，未詳。左思〈吳都賦〉注：「南音，徵引也，商角徵羽，各有引。」《詩・行葦・箋》云：「在前曰引。」《正義》：「引者，牽引之義。」

6. 《禮記・中庸》：「義者，宜也。」議，從言，義聲，亦取宜意。《說文》：「議，語也。」段注曰：「議者，誼也，誼者，人所宜也。言得其宜之為議。」說，即悅懌之悅。說語，謂悅懌之語。《釋名・釋書契》：「傳，轉也。轉移所在，執以為信也。」王褒作〈四子講德論〉而云作傳。《文選》標為〈四子講德論〉，是傳亦稱論之證。轉師，謂聽受師說，轉之後生也。《儀禮》鄭氏注《正義》曰：「注者，注義於經下，若水之注物。」《禮記・曲禮目・正義》曰：「注者，即解書之名。」主解為注，以解釋為主。贊，明也；見〈頌贊篇〉。《廣雅・釋詁三》：「評，平也。」序與敘，音義同。《易・艮》：「言有序。」〈文言〉：「與四時合其序。」《詩》：「序賓以賢。」《儀禮・燕禮》：「序進。」《左・宣十二年傳》：「內官序當其夜。」皆次第之意。陳先生曰：「《後漢書・馮衍傳》：『退而作賦，又自論曰。』自論，即自序也。」《說文・肉部》：「胤，子孫相承續也。」胤，有繼續之義，引伸為牽引之義。《文選・長笛賦》：「曲胤之繁會叢雜。」〈琴賦〉：「曲引向闌。」引與胤同義，故曰：「引以胤辭。」八名之中，傳注為述經之論，敘引詮解文辭，當屬此類。其餘則皆敘理之論也。

7. 晉釋慧遠〈大智論鈔序〉曰：「又論（指《大智論》。）之為體，位始無方而不可詰；觸類多變而不可窮；或開遠理以發興，或導近習以入深；或闔殊塗於一法而弗雜；或闢百慮於同相而不分；此以絕夫纍瓦之談，而無敵於天下者也。爾乃博引眾經，以贍其辭，暢發義音，以宏其美，美盡則智無不周，辭博則廣大悉備，是故登其涯而無津，挹其流而弗竭，汪汪焉莫測其量，洋洋焉莫比其盛。雖百川灌河，未足語其辯矣。雖涉海求源，未足窮其邃矣。」釋僧叡〈大智度論序〉曰：「爾乃憲章智典，作茲釋論。其開夷路也，則令大乘之駕，方軌而直入；其辯實相也，則使妄見之惑，不遠而自復。其為論也，初辭擬之，必標眾異以盡美；卒

成之終，則舉無執以盡善。釋所不盡，則立論以明之；論其未辯，則寄折中以定之。使靈篇無難喻之章，千載悟作者之旨，信若人之功矣。」錄此二節，可與彥和彌綸羣言，研精一理之說互參。

8. 紀評云：「物論二字相連，此以為論名，似誤。同年錢辛楣云。」李詳〈補正〉云：「錢說見《十駕齋養新錄》引王伯厚云：『《莊子・齊物論》，非欲齊物也，蓋謂物論之難齊也。』邵子詩：『齊物到頭爭恐誤。』按左思〈魏都賦〉：『萬物可齊於一朝。』劉淵林注：『《莊子》有〈齊物〉之論。』劉琨〈答盧諶書〉：『遠慕老莊之〈齊物〉。』《文心雕龍・論說篇》：『莊周〈齊物〉，以論為名。』是六朝人已誤以齊物二字連讀。詳案《莊子・齊物論》郭象注：『夫自是而非彼，美己而惡人，物莫不皆然，是非雖異，而彼我均也。』正是齊物之意。六朝既有此讀，故邵子宗之。其〈觀物外篇〉云：『《莊子・齊物》，未免乎較量。』亦讀與詩同非誤也。文達少詹，似皆未得其旨。」

9. 《呂氏春秋》有〈開春〉、〈慎行〉、〈貴直〉、〈不苟〉、〈似順〉、〈士容〉六論，凡三十六篇。

10. 《漢書・宣帝紀》：「甘露三年，詔諸儒講五經同異，太子太傅蕭望之等平奏其議，上親稱制臨決焉。」《補注》引錢大昭曰：「時與議石渠者，可考見者凡二十三人，議奏之見於〈藝文志〉者，凡一百六十五篇。《易》、《詩》二經，獨無議奏。班氏失載之耳。」《漢書・瑕邱江公傳》、〈劉向傳〉、〈韋玄成傳〉皆載講經石渠事。《三輔故事》曰：「石渠閣在未央殿北，藏秘書之所。」《後漢書・章帝紀》：「建初四年冬十一月，下太常將大夫博士議郎郎官及諸生諸儒會白虎觀，講議五經同異，使五官中郎將魏應承制問，侍中淳于恭奏，帝親稱制臨決，如孝宣甘露石渠故事，作《白虎議奏》。」〈班固傳〉：「天子會諸儒，講論五經，作《白虎通德論》。」〈儒林傳〉：「命史臣著為《通議》。」孫詒讓《籀高述林》四有〈白虎通義考〉上下二篇，甚詳明。其下篇云：「今本《文心雕龍》述上衍聚字，聖下衍言字，應依《御覽》引刪。」校勘記：「通字言字並衍，諸本皆誤。《玉海》引無通字言字。」又案本書〈時序篇〉：「曆政講聚。」即指此事，亦作講聚，明鈔本《御覽》作講聚，是。

11.

《後漢書・班彪傳》：「隗囂擁眾天水，彪乃避難從之。囂問彪曰：『往者周亡，戰國並爭，天下分裂，數世然後定；意者從橫之事，復起於今乎？』彪既疾囂言，又傷時方艱，乃著〈王命論〉，以為漢德承堯，有靈命之符；王者興祚，非詐力所致；欲以感之。而囂終不寤。」《漢書敘傳》及《文選》五十二載〈王命論〉，錄於下：

「昔在帝堯之禪曰：『咨爾舜，天之歷數在爾躬。』舜亦以命禹。暨于稷契，咸佐唐虞，光濟四海，奕世載德。至于湯武，而有天下。雖其遭遇異時，禪代不同，至乎應天順民，其揆一也。是故劉氏承堯之祚，氏族之世，著乎《春秋》。唐據火德，而德紹之，始起沛澤，則神母夜號，以彰赤帝之符。由是言之，帝王之祚，必有明聖顯懿之德，豐功厚利積絫之業；然後精誠通于神明，流澤加于生民，故能為鬼神所福饗，天下所歸往。未見運世無本，功德不紀，而得屈起在此位者也。世俗見高祖興于布衣，不達其故，以為適遭暴亂，得奮其劍；遊說之士，至比天下於逐鹿，幸捷而得之。不知神器有命，不可以智力求也。悲夫！此世所以多亂臣賊子者也。若然者，豈徒闇於天道哉，又不覩之於人事矣。夫餓饉流隸，饑寒道路，思有短褐之襲、儋石之畜，所願不過一金，終於轉死溝壑。何則？貧窮亦有命也。況乎天子之貴，四海之富，神明之祚，不得而妄處哉！故雖遭罹阨會，竊其權柄，勇如信布，彊如梁籍，成如王莽，然卒潤鑊伏質，亨醢分裂。又況么麽尚不及數子，而欲闇奸天位者乎！是故駑蹇之乘，不騁千里之塗；燕雀之疇，不奮六翮之用；楶梲之材，不荷棟梁之任；斗筲之子，不秉帝王之重。《易》曰：『鼎折足，覆公餗。』不勝其任也。當秦之末，豪桀共推陳嬰而王之。嬰母止之曰：『自吾為子家婦，而世貧賤，卒富貴，不祥，不如以兵屬人。事成，少受其利；不成，禍有所歸。』嬰從其言，而陳氏以寧。王陵之母，亦見項氏之必亡，而劉氏之將興也。是時陵為漢將，而母獲於楚。有漢使來，陵母見之，謂曰：『願告吾子，漢王長者，必得天下，子謹事之，無有二心。』遂對漢使伏劍而死，以固勉陵。其後果定於漢，陵為宰相，封侯。夫以匹婦之明，猶能推事理之致，探禍福之機，而全宗祀於無窮，垂策書於《春秋》；而況大丈夫之事乎！是故窮達有命，吉凶由

人，嬰母知廢，陵母知興，審此二者，帝王分決矣。

蓋在高祖，其興也有五：一曰帝堯之苗裔，二曰體貌多奇異，三曰神武有徵應，四曰寬明而仁恕，五曰知人善任使。加之以信誠好謀，達於聽受，見善如不及，用人如由己，從諫如順流，趣時如嚮赴。當食吐哺，納子房之策，拔足揮洗，揖酈生之說，悟戍卒之言，斷懷土之情，高四皓之名，割肌膚之愛，舉韓信於行陣，收陳平於亡命。英雄陳力，羣策畢舉，此高祖之大略，所以成帝業也。若乃靈瑞符應，又可略聞矣。初，劉媪任高祖，而夢與神遇，震電晦冥，有龍蛇之怪；及長而多靈，有異於眾。是以王武感物而折券，呂公覩形而進女，秦皇東遊以厭其氣，呂后望雲而知所處。始受命則白蛇分，西入關則五星聚，故淮陰、留侯謂之天授，非人力也。歷古今之得失，驗行事之成敗，稽帝王之世運，考五者之所謂，取舍不厭斯位，符瑞不同斯度，而苟昧於權利，越次妄據，外不量力，內不知命，則必喪保家之主，失天年之壽，遇折足之凶，伏斧鉞之誅。英雄誠知覺寤，畏若禍戒，超然遠覽，淵然深識，收陵嬰之明分，絕信布之覬覦，距逐鹿之瞽說，審神器之有授，毋貪不可幾，為二母之所笑，則福祚流於子孫，天祿其永終矣。

12.《漢書．王莽傳下》：「尤素有智略，非莽攻伐四夷，數諫不從，著古名將樂毅、白起不用之意，及言邊事，凡三篇，奏以風諫莽。」〈三將軍論〉佚。《全前漢文》六十一輯得兩條：

○王翦為秦將，滅燕，燕王喜奔逃東夷。秦王曰：「齊楚何先？」李信曰：「楚地廣，齊地狹；楚人勇，齊人怯。請先從事於易。」（《御覽》四百三十七。）

○白起。平原君勸趙孝成王受馮亭。王曰：「受之，秦兵必至，武安君必將，誰能當之者乎？」對曰：「澠池之會，臣察武安君小頭而面銳。瞳子白黑分明，視瞻不轉。小頭而面銳者，敢斷決也；瞳子白黑分明者，見事明也；視瞻不轉者，執志強也；可與持久，難與爭鋒。廉頗為人勇鷙而愛士；知難而忍恥，與之野戰則不如，持守足以當之。」王從其計。（《世說新語．言語篇》注引嚴尤〈三將敘〉。）

13.《三國．魏志．武帝紀》評曰：「太祖擥申、商之法術，該韓、白之奇策。」《國故論衡》中〈論式篇〉

曰：「當魏之末世，晉之盛德，鍾會、袁準、傅玄皆有家言，時時見他書援引，視荀悅、徐幹則勝。此其故何也？老莊刑名之學，逮魏復作，故其言不牽章句，單篇持論，亦優漢世。然則王弼《易例》、魯勝〈墨序〉、裴頠〈崇有〉，性與天道，布在文章，賈董卑卑，於是謝不敏焉。經術已不行於王路，喪祭尚在，冠昏朝覲，猶弗能替舊常，故議禮之文亦獨至。陳壽、賀循、孫毓、范宣、范汪、蔡謨、徐野人、雷次宗者，蓋二戴聞人所不能。上施於政事，張裴《晉律》之序、裴秀地域之圖，其辭往往陵轢二漢。乃齊梁猶有繼迹者，而嚴整差弗逮。夫持論之難，不在出入風議，臧否人羣，獨持理議禮為劇。出入風議，臧否人羣，文士所優為也。持理議禮，非擅其學莫能至。」

14. 《三國．魏志．傅嘏傳》：「傅嘏，字蘭石，常（當作嘗。）論才性同異。鍾會集而論之。」《世說新語．文學篇》：「鍾會撰〈四本論〉。」劉孝標注曰：「四本者，言才性同，才性異，才性合，才性離也。傅嘏論同，李豐論異，鍾會論合，王廣論離。」《魏志．王粲傳》：「粲著詩賦論議，垂六十篇。」注引《典略》曰：「粲才既高，辯論應機；鍾繇、王朗等雖各為魏卿相，至於朝廷奏議，皆閣筆不能措手。」《全後漢文》九十一輯得粲所著論六篇，皆殘缺不完。茲錄王、傅文各一篇於下：

王粲〈儒吏論〉（《藝文類聚》五十二。）

士同風于朝，農同業于野，雖官職殊務，地氣異宜；然其致功成利，未有相害而不通者也。古者八歲入小學，學六甲五方書計之事；十五入大學，學君臣朝廷王事之紀。則文法典藝，具存于此矣。至乎末世，則不然矣。執法之吏，不闚先王之典；搢紳之儒，不通律令之要。彼刀筆之吏，豈生而察刻哉！起于几案之下，長于官曹之間，無溫裕文雅以自潤，雖欲無察刻，弗能得矣。竹帛之儒，豈生而迂緩也！起于講堂之上，遊于鄉校之中，無嚴猛斷割以自裁，雖欲不迂緩，弗能得矣。先王見其如此也，是以博陳其教，輔和民性，達其所壅，祛其所蔽，吏服雅訓，儒通文法；故能寬猛相濟，剛柔自克也。

傅嘏〈難劉劭考課法論〉（《魏志》嘏本傳。）

蓋聞帝制宏深，聖道奧遠，苟非其才，則道不虛行，神而明之，存乎其人。暨乎王略虧頹，而曠載罔綴，微言既沒，六籍泯玷。何則？道弘致遠，而眾才莫晞也。案劭〈考課論〉，雖欲尋前代黜陟之文，然其制度，略以闕亡。禮之存者，惟有《周典》，外建侯伯，藩屏九服，內立列司，筦齊六職，士有恆貴，官有定則，百揆均任，四民殊業。故考績可理，而黜陟易通也。大魏繼百王之末，承秦漢之烈，制度之流，靡所脩采。自建安以來，至于青龍，神武撥亂，肇基皇祚，埽除凶逆，芟夷遺寇，旌旗卷舒，日不暇給。及經邦治戎，權法並用，百官群司，軍國通任，隨時之義，以應政機，以古施今，事雜義殊，難得而通也。所以然者，制宜經遠，或不切近，法應時務，不足垂後。夫建官均職，清理民物，所以務本也。循名考實，糾勵成規，所以治末也。本綱未舉，而造制未呈，國略不崇，而考課是先，懼不足以料賢愚之分，精幽明之理也。昔先王之擇才，必本行於州閭，講道於庠序，行具而謂之賢，道脩則謂之能。鄉老獻賢能於王，王拜受之，舉其賢者，出使長之，科其能者，入使治之，此先王收才之義也。方今九州之民，爰及京城，未有六鄉之舉，其選才之職，專任吏部，案品狀，則實才未必當，任薄伐，則德行未為敘。如此，則殿最之課，未盡人才，述綜王度，敷贊國式，體深義廣，難得而詳也。

15. 魏氏三祖，皆有文采。正始中，玄風始盛。（正始，齊王芳年號。）高貴鄉公才慧夙成，好問尚辭，有文帝之風。蓋皆守文之主。《晉書．范甯傳》載其〈王弼何晏論〉，可作參考，錄於下：

〈王弼何晏論〉

時以浮虛相扇，儒雅日替。甯以為其源始於王弼、何晏，二人之罪，深於桀紂。乃著論曰：

或曰：黃唐緬邈，至道淪翳，濠濮輟詠，風流靡託。爭奪兆於仁義，是非成於儒墨。平叔神懷超絕，輔嗣妙思通微，振千載之頹綱，落周孔之塵網；斯蓋軒冕之龍門，膏粱之宗匠。嘗聞夫子之論，以為罪過桀紂，何哉？答曰：子信有聖人之言乎？夫聖人者，德侔二儀，道冠三才，雖帝皇殊號，質文異制，而統天成務，曠代齊趣。王何蔑棄典文，不遵禮度，游辭浮說，波蕩後生，飾華言以翳實，騁繁文以惑世，搢紳之徒，翻然改轍，洙泗之風，緬焉將墜；遂令仁義幽淪，儒雅蒙塵，禮壞樂崩，中原傾覆，古之所謂言偽而辯，行僻而堅者，其斯人之徒歟！昔夫子斬少正於魯，太公戮華士於齊，豈非曠世而同誅乎！桀紂暴虐，正足以滅身覆國，為後世鑒戒耳。豈能迴百姓之視聽哉？王、何叨海內之浮譽，資膏粱之傲誕，畫螭魅以為巧，扇無檢以為俗，鄭聲之亂樂，利口之覆邦，信矣哉！吾固以為一世之禍輕，歷代之罪重，自喪之釁小，迷眾之愆大也。

16. 傅嘏論才性同，文佚。本傳注引《傅子》曰：「嘏既達治好正，而有清理識要，好論才性，原本精微，尠能及之。」

17. 《札迻》十二：「案代當作伐，形近而誤。《隋書．經籍志》儒家梁有《去伐論集》三卷，王粲撰，即此。去伐，言去矜伐。《藝文類聚》二十三引袁宏〈去伐論〉，仲宣論意，當與彼同。」

18. 嵇康〈聲無哀樂論〉，全文五千六百五十五字，載本集，文繁不能悉錄。《世說新語．文學篇》注，引其略曰：「夫殊方異俗，歌笑不同，使錯而用之，或聞哭而懽，或聽歌而戚，然哀樂之情均也。今用均同之情，發萬殊之聲，斯非聲音之無常乎！」

19. 《札迻》十二：「案〈本玄論〉張溥輯《太初集》已佚。考《列子．仲尼篇》張注引夏侯玄曰：『天地以自然運，聖人以自然用。自然者道也。道本無名，故老氏曰：彊為之名，仲尼稱堯蕩蕩，无能名焉，云云。』與本無之義正合。疑即〈本無論〉之文，無无玄元，傳寫貿亂，遂成歧互爾。」《三國．魏志．夏侯玄傳》：「玄字太初。」注引《魏氏春秋》曰：「玄嘗著〈樂毅〉、〈張良〉，及〈本無〉、〈肉刑論〉，辭旨通遠，咸傳於世。」

20. 《三國．魏志．王弼傳》：「弼好論儒道，辭才逸辯，注《易》及《老子》。」兩例疑當作略例。《隋志》有王弼《易略例》一卷，邢璹序稱其：「大則總一部之指歸，小則明六爻之得失。」彥和或即指此歟！姑錄《略例．明象篇》於下：

「夫象者，出意者也；言者，明象者也。盡意莫若象，盡象莫若言。言生於象，故可尋言以觀象；象生於意，故可尋象以觀意。意以象盡，象以言著。故言者所以明象，得象而忘言；象者所以存意，得意而忘象。猶蹄者所以存兔，得兔而忘蹄；筌者所以存魚，得魚而忘筌也。然則言者，象之蹄也；象者，意之筌也。是故存言者，非得象者也；存象者，非得意者也。象生於意，而存象焉，則所存者，乃非其象也。言生於象，而存言焉，則所存者，乃非其言也。然則忘象者，乃得意者也；忘言者，乃得象者也。得意在忘象，得象在忘言。故立象以盡意，而象可忘也；重畫以盡情，而畫可忘也。是故觸類可忘其象，合義可為其徵。義苟在健，何必馬乎！類苟在順，何必牛乎！爻苟合順，何必坤乃為牛！義苟應健，何必乾乃為馬！而或者定馬為乾，案文責卦，有馬無乾，則偽說滋漫，難可紀矣。互體不足，遂及卦變；變又不足，推致五行；一失其原，巧喻彌甚，縱復或值，而義無所取；蓋存象忘意之由也。忘象以求其意，義斯見矣。」

21. 《魏志．何晏傳》：「晏好老莊言，作《道德論》，及諸文賦著述，凡數十篇。」注：「晏字平叔。」《札迻》十二：「案《隋書．經籍志》道家梁有《老子道德論》二卷，何晏撰。《世說．文學篇》云：何平叔注《老子》始成，詣王輔嗣，見王注精奇，因以所注為道德二論，是二論即《道德論》，顯較無疑。考晏有《無為論》，見《晉書》王衍傳。又有〈無名論〉，見《列子．仲尼篇》注。（〈天瑞篇〉注又引何晏《道德論》，並舉其總名。）無為、無名，皆《道德經》語，殆即二論之細目與。」（如《札迻》此說，則似無嫌於輔嗣《略例》之為總名。）

何晏〈無名論〉（《列子．仲尼篇》注。）

為民所譽，則有名者也；無譽，無名者也。若夫聖人，名無名，譽無譽。謂無名為道，無譽為大。則夫無名者，可以言有名矣；無譽者，可以言有譽矣。然與夫可譽可名者，豈同用哉！此比於無所有，故皆有所有矣。而於有所有之中，當與無所有相從。而與夫有所有者不同。同類無遠而相應，異類無近而不相違。譬如陰中之陽，陽中之陰，各以物類，自相求從。夏日為陽，而夕夜遠，與冬日共為陰。冬日為陰，而朝晝遠，

與夏日同為陽，皆異於近而同於遠也。詳此異同，而後無名之論可知矣。凡所以至於此者何哉？夫道者，惟無所有者也，自天地以來，皆有所有也。然猶謂之道者，以其能復用無所有也。故雖處有名之域，而沒其無名之象。由以在陽之遠體，而忘其自有陰之遠類也。夏侯玄曰：「天地以自然運，聖人以自然用。自然者道也。道本無名，故老氏曰：彊為之名。仲尼稱堯蕩蕩無能名焉。下云巍巍成功，則彊為之名，取世所知而稱耳。豈有名而更當云無能名焉者邪！」夫惟無名，故可得徧以天下之名名之。然豈其名也哉！唯此足喻而終莫悟，是觀泰山崇崛，而謂元氣不浩芒者也。

22. 以上皆正始以前人，故上文云迄於正始。

23. 李康〈運命論〉載《文選》五十三，李善注引《集林》曰：「李康字蕭遠，中山人也。性介立，不能和俗，著〈遊山九吟〉。魏明帝異其文，遂起家為尋陽長。政有美績，病卒。」本論大意在明「治亂，運也，窮達，命也，貴賤，時也」。文氣壯利，不可停滯，故駢詞疊調雖眾，初不覺其繁重。視《論衡》〈逢遇〉、〈累害〉以下十餘篇，義雖一致，文則不如蕭遠遠矣。〈運命論〉文繁而不可剪截，故全錄於下：

「夫治亂，運也，窮達，命也，貴賤，時也。故運之將隆，必生聖明之君；聖明之君，必有忠賢之臣。其所以相遇也，不求而自合；其所以相親也，不介而自親；唱之而必和，謀之而必從；道德玄同，曲折合符；得失不能疑其志，讒構不能離其交，然後得成功也。其所以得然者，豈徒人事哉！授之者天也，告之者神也，成之者運也。夫黃河清而聖人生，里社鳴而聖人出，羣龍見而聖人用。故伊尹，有莘氏之媵臣也，而阿衡於商；太公，渭濱之賤老也，而尚父於周；百里奚在虞而虞亡，在秦而秦霸，非不才於虞而才於秦也。張良受黃石之符，誦《三略》之說，以游於羣雄，其言也，如以水投石，莫之受也；及其遭漢祖也，其言也，如以石投水，莫之逆也。非張良之拙說於陳項，而巧言於沛公也。然則張良之言一也，不識其所以合離，合離之由，神明之道也。故彼四賢者，名載於籙圖，事應乎天人，其可格之賢愚哉！孔子曰：清明在躬，氣志如神，嗜慾將至，有開必先，天降時雨，山川出雲。《詩》云：惟嶽降神，生甫及申，惟申及甫，惟周之翰。

運命之謂也。豈惟興主，亂亡者亦如之焉。幽王之惑褒女也，祆始於夏庭；曹伯陽之獲公孫彊也，徵發於社宮；叔孫豹之暱豎牛也，禍成於庚宗；吉凶成敗，各以數至；咸皆不求而自合，不介而自親矣。

昔者聖人受命，《河》、《洛》曰：以文命者，七九而衰，以武興者；六八而謀；及成王定鼎於郟鄏，卜世三十，卜年七百，天所命也。故自幽厲之間，周道大壞，二霸之後，禮樂陵遲，文薄之弊，漸於靈景，辯詐之偽，成於七國；酷烈之極，積於亡秦；文章之貴，棄於漢祖。雖仲尼至聖，顏冉大賢，揖讓於規矩之內，誾誾於洙泗之上，不能遏其端。孟軻荀卿，體二希聖，從容正道，不能維其末，天下卒至於溺而不可援。夫以仲尼之才也，而器不周於魯衛；以仲尼之辯也，而言不行於定哀；以仲尼之謙也，而見忌於子西；以仲尼之仁也，而取讎於桓魋；以仲尼之智也，而屈厄於陳蔡；以仲尼之行也，而招毀於叔孫。夫道足以濟天下，而不得貴於人；言足以經萬世，而不見信於時；行足以應神明，而不能彌綸於俗；應聘七十國，而不一獲其主；驅驟於蠻夏之域，屈辱於公卿之門，其不遇也如此。及其孫子思，希聖備體，而未之至，封己養高，勢動人主；其所遊歷，諸侯莫不結駟而造門，雖造門猶有不得賓者焉。其徒子夏，升堂而未入於室者也。退老於家，魏文侯師之，西河之人，肅然歸德，比之於夫子，而莫敢間其言。故曰：治亂，運也，窮達，命也，貴賤，時也。而後之君子，區區於一主，歎息於一朝，屈原以之沈湘，賈誼以之發憤，不亦過乎！

然則聖人所以為聖者，蓋在乎樂天知命矣。故遇之而不怨，居之而不疑也，其身可抑，而道不可屈；其位可排，而名不可奪。譬如水也，通之斯為川焉，塞之斯為淵焉；升之於雲則雨施，沈之於地則土潤；體清以洗物，不亂於濁；受濁以濟物，不傷於清；是以聖人處窮達如一也。夫忠直之迕於主，獨立之負於俗，理勢然也。故木秀於林，風必摧之；堆出於岸，流必湍之；行高於人，眾必非之；前監不遠，覆車繼軌。然而志士仁人，猶蹈之而弗悔，操之而弗失，何哉？將以遂志而成名也。求遂其志，而冒風波於險塗；求成其名，而歷謗議於當時；彼所以處之，蓋有筭矣。子夏曰：『死生有命，富貴在天。』故道之將行也，命之將貴也，則伊尹、呂尚之興於商周，百里、子房之用於秦漢，不求而自得，不徼而自遇矣。道之將廢也，命之將賤也，豈獨君子恥之而弗為乎！蓋亦知為之而弗得矣。凡希世苟合之士，籧篨戚施之人，俛仰尊貴之顏，逶迆勢利之間，意無是非，讚之如流；言無可否，應之如響；以闚看為精神，以向背為變通；勢之所集，從之如歸市；勢之所去，棄之如脫遺。其言曰：名與身孰親也，得與失孰賢也，榮與辱孰珍也，故遂絜其衣服，矜其車徒，冒其貨賄，淫其聲色，脉脉然自以為得矣。蓋見龍逢、比干之亡其身，而不惟飛廉、惡來之滅其族也。蓋知伍子胥之屬鏤於吳，而不戒費無忌之誅夷於楚也。蓋譏汲黯之白首於主爵，而不懲張湯牛車之禍也。蓋笑蕭望之跋躓於前，而不懼石顯之絞縊於後也。故夫達者之筭也，亦各有盡矣。曰：凡人之所以奔競於富貴，何為者哉？若夫立德，必須貴乎？則幽厲之為天子，不如仲尼之為陪臣也。必須勢乎？則王莽、董賢之為三公，不如揚雄、仲舒之闃其門也。必須富乎？則齊景之千駟，不如顏回、原憲之約其身也。其為實乎？則執杓而飲河者，不過滿腹，棄室而灑雨者，不過濡身，過此以往，弗能受也。其為名乎？則善惡書於史策，毀譽流於千載，賞罰懸於天道，吉凶灼乎鬼神，固可畏也。將以娛耳目，樂心意乎？譬命駕而遊五都之市，則天下之貨畢陳矣；褰裳而涉汶陽之丘，則天下之稼如雲矣；椎紒而守敖庾海陵之倉，則山坻之積在前矣；扱衽而登鍾山、藍田之上，則夜光璵璠之珍可觀矣。夫如是也，為物甚眾，為己甚寡，不愛其身，而嗇其神，風驚塵起，散而不止，六疾待其前，五刑隨其後；利害生其左，攻奪出其右；而自以為見身名之親疎，分榮辱之客主哉！天地之大德曰生，聖人之大寶曰位，何以守位曰仁，何以正人曰義，故古之王者，蓋以一人治天下，不以天下奉一人也。古之仕者，蓋以官行其義，不以利冒其官也。古之君子，蓋恥得之而弗能治也，不恥能治而弗得也。原乎天人之性，核乎邪正之分，權乎禍福之門，終乎榮辱之筭，其昭然矣，故君子舍彼取此。若夫出處不違其時，默語不失其人；天動星迴，而辰極猶居其所，璣旋輪轉，而衡軸猶執其中，既明且哲，以保其身，貽厥孫謀，以燕翼子者，昔吾先友，嘗從事於斯矣。」

24. 陸機〈辯亡論〉上下二首，載《文選》五十三。李善注引孫盛曰：「陸機著〈辯亡論〉，言吳之所以亡也。」此論純規〈過秦〉，〈過秦〉首責子嬰，此則致譏歸命；（孫皓降晉，封歸命侯。）〈過秦〉言形勢

之不足恃，此則言險阻之不能獨憑；〈過秦〉歎子嬰之不能救敗，此則言歸命之不善守成；此用意之相擬也。吳武烈皇帝慷慨下國以下，筆致擬秦孝公據殽函之固以下；彼二君子以下，句法擬此四君者以下。〈過秦〉累敘六國人物，此亦累敘吳朝人物；〈過秦〉有嘗以十倍之地以下一節，此有魏氏嘗藉戰勝之威以下一節。〈過秦〉有且夫天下非小弱也以下一節。此亦有夫曹劉之將以下一節。〈過秦〉有故先王見始終之變一節，此亦有是故先王達經國之長規以下一節。此句讀之相擬也。古人每於名篇。不憚因襲；屈宋以後之九，枚乘以後之七，陳腐可厭；士衡此篇，擬賈雖肖，究嫌碌碌；文又冗繁，故不復錄。

25. 《隋書・經籍志》易家有晉荊州刺史宋岱《周易論》一卷。《晉書・郭舒傳》有荊州刺史宗岱，疑即宋岱之誤。《晉書・郭象傳》：「郭象字子玄，少有才理，好老莊，能清言，常閑居以文論自娛。永嘉末，病卒。著碑論十二篇。」《世說・文學篇》注引《文士傳》曰：「象少有才理，慕道好學，託志老莊；時人咸以為王弼之亞。」又曰：「象作《莊子注》，最有清辭遵旨。」茲錄郭象《莊子・序》，彥和所謂銳思幾神之區，度宋郭二人，必有專論，今不可考矣。

「夫莊子者，可謂知本矣！故未始藏其狂言，言雖無會，而獨應者也。夫應而非會，則雖當無用；言非物事，則雖高不行；與夫寂然不動，不得已而後起者，固有間矣。斯可謂知無心者也。夫心無為，則隨感而應，應隨其時，言唯謹耳。故與化為體，流萬代而冥物；豈曾設對獨遘，而游談乎方外哉！此其所以不經，而為百家之冠也。然莊生雖未體之，言則至矣。通天地之統，序萬物之性，達死生之變，而明內聖外王之道，上知造物無物，下知有物之自造也。其言宏綽，其旨玄妙，至至之道，融微旨雅，泰然遺放，放而不敖。故曰：不知義之所適，猖狂妄行，而蹈其大方。含哺而熙乎澹泊，鼓腹而遊乎混茫，至人極乎無親，孝慈終於兼忘。禮樂復乎已能，忠信發乎天光。用其光，則其朴自成；是以神器獨化於玄冥之境，而源流深長也。故其長波之所蕩，高風之所扇，暢乎物宜，適乎民願，弘其鄙，解其懸，灑落之功未加，而矜夸所以散。故觀其書，超然自以為已當，經崑崙，涉太虛，而游惚怳之庭矣。雖復貪婪之人，進躁之士，暫而攬其餘芳，味其溢流，彷彿其音影，猶足曠然有忘形自得之懷；況探其遠情，而玩永年者乎！遂緜邈清遐，去離塵埃，而返冥極者也。」

26. 《晉書・王衍傳》：「王衍字夷甫，魏正始中，何晏、王弼等，祖述老莊，立論以為天地萬物皆以無為為本。無也者，開物成務，無往不存者也。陰陽恃以化生，萬物恃以成形，賢者恃以成德，不肖恃以免身，故無之為用，無爵而貴矣。衍甚重之。惟裴頠以為非，著論以譏之，而衍處之自若。」〈裴頠傳〉：「頠字逸民。頠深患時俗放蕩，不尊儒術，何晏、阮籍素有高名於世，口談浮虛，不遵禮法，尸祿耽寵，仕不事事。至王衍之徒，聲譽太盛，位高勢重，不以物務自嬰。遂相放效。風教陵遲。乃著〈崇有〉之論，以釋其蔽。王衍之徒，攻難交至，並莫能屈。」《魏志・裴潛傳》裴松之註引陸機《惠帝起居注》曰：「頠理具淵博，贍於論難，著〈崇有〉、〈貴無〉二論，以矯虛誕之弊；文辭精富，為世名論。」《世說・文學篇》注引《晉諸公贊》曰：「頠疾世俗尚虛無之理，故著〈崇有〉二論以折之。才博喻廣，學者不能究。後樂廣與頠清閒，欲說理，而頠辭喻豐博，廣自以體虛無，笑而不復言。」《晉書・頠傳》載有〈崇有論〉，因其為當時名篇，錄之於下：

「夫總混羣本，宗極之道也；方以族異，庶類之品也，形象著分，有生之體也；化感錯綜，理迹之原也。夫品而為族，則所稟者偏；偏無自足，故憑乎外資；是以生而可尋，所謂理也；理之所體，所謂有也；有之所須，所謂資也；資有攸合，所謂宜也；擇乎厥宜，所謂情也。識智既授，雖出處異業，默語殊塗，所以寶生存宜，其情一也。眾理並而無害，故貴賤形焉；失得由乎所接，故吉凶兆焉。是以賢人君子，知欲不可絕，而交物有會；觀乎往復，稽中定務。惟夫用天之道，分地之利，躬其力任，勞而後饗，居以仁順，守以恭儉，率以忠信，行以敬讓，志無盈求，事無過用，乃可濟乎。故大建厥極，綏理羣生，訓物垂範，於是乎在，斯則聖人為政之由也。若乃淫抗陵肆，則危害萌矣。故欲衍則速患，情佚則怨博，擅恣則興攻，專利則延寇，可謂以厚生而失生者也。悠悠之徒，駭乎若茲之釁；而尋艱爭所緣；察夫偏質有弊，而覩簡損之善；

遂闡貴無之議，而建賤有之論。賤有則必外形，外形則必遺制，遺制則必忽防，忽防則必忘禮，禮制弗存，則無以為政矣。眾之從上，猶水之居器也。故兆庶之情，信于所習，習則心服其業，業服則謂之理然。是以君人必慎所教，班其政刑，一切之務，分宅百姓，各授四職，能令稟命之者，不肅而安，忽然忘異，莫有遷志；況於據在三之尊，懷所隆之情，敦以為訓者哉！斯乃昏明所階，不可不審。夫盈欲可損，而未可絕有也。過用可節，而未可謂無貴也。蓋有講言之具者，深列有形之故，盛稱空無之美。形器之故有徵，空無之義難檢；辯巧之文可悅，似象之言足惑。眾聽眩焉，溺其成說，雖頗有異此心者，辭不獲濟，屈於所狎，因謂虛無之理，誠不可蓋，唱而有和，多往弗反，遂薄綜世之務，賤功烈之用，高浮游之業，卑經實之賢，人情所殉，篤夫名利，于是文者衍其辭，訥者讚其旨，染其眾也。是以立言藉其虛無，謂之玄妙，處官不親所司，謂之雅遠，奉身散其廉操，謂之曠達；故砥礪之風，彌以陵遲；放者因斯，或悖吉凶之禮，而忽容止之表，瀆棄長幼之序，混漫貴賤之級。其甚者，至于裸裎，言笑忘宜，以不惜為弘，士行又虧矣。老子既著五千之文，表摭穢雜之弊，甄舉靜一之義，有以令人釋然自夷，合于《易》之〈損〉、〈謙〉、〈艮〉、〈節〉之旨，而靜一守本，無虛無之謂也。〈損〉、〈艮〉之屬，蓋君子之一道，非《易》之所以為體，守本無也。觀老子之書，雖博有所經，而云：『有生於無，以虛為主。』偏立一家之辭，豈有以而然哉？人之既生，以保生為全；全之所階，以順感為務，若味道以虧業，則沈溺之釁興，懷末以忘本，則天理之真滅；故動之所交，存亡之會也。夫有非有，於無非無；於無非無，於有非有。是以申縱播之累，而著貴無之文；將以絕所非之盈謬，存大善之中節，收流遁于既過，反澄正于胸懷，宜其以無為辭，而旨在全有。故其辭曰：『以為文不足。』若斯，則是所寄之塗，一方之言也。若謂至理，信以無為宗，則偏而害當矣！先賢達識，以非所滯，不之深論；惟班固著難，未足折其情；孫卿、揚雄大體抑之猶偏有所許。而虛無之言，日以廣衍，眾家扇起，各列其說，上及造化，下被萬事，莫不貴無。所存僉同，情以眾固，乃號凡有之理，皆義之卑者，薄而鄙焉。辯論人倫，及經明之業，遂易門肆。頗用釁然，中其所懷，而攻者盈集；或以為一時

口言，有客幸過，咸見命著文，擿列虛無不允之徵。若未能每事釋正，則無家之義，弗可奪也。頹退而思之，雖君子宅情無求於顯。及其立言，在乎達旨而已。然去聖久遠，異同紛糾，苟少有彷彿，可以崇濟先典，扶明大業，有益于時，則惟患言之不能，焉得靜默及未舉一隅，略示所存而已哉！

夫至無者，無以能生；故始生者，自生也。自生而必體有，則有遺而生虧矣。生以有為已分，則虛無是有之所謂遺者也。故養既化之有，非無用之所能全也。理既有之，眾非無為之所能循也。心非事也，而制事必由於心。然不可以制事以非事，謂心為無也。匠非器也，而制器必須於匠，然不可以制器以非器，謂匠非有也。是以欲收重泉之鱗，非偃息之所能獲也。隕高墉之禽，非靜拱之所能捷也。審投弦餌之用，非無知之所能覽也。由此而觀，濟有者皆有也。虛無奚益於已有之羣生哉！」

27. 梵言般若，此云智慧也。動絕神源，謂用思至極深之地；即下云般若之絕境也。神源，猶言理源。《世說．文學篇》：「丞相乃嘆曰：向來語，乃竟未知理源所歸。」

28. 《世說．文學篇》：「舊云：王丞相過江左，止道聲無哀樂（嵇康〈聲無哀樂論〉）、養生（嵇康〈養生論〉）、言盡意（歐陽堅石〈言盡意論〉）三理而已，然宛轉關生，無所不入。」

29. 〈譏世〉、〈孝廉〉二文佚。《三國．吳志．是儀傳》注：「是儀，本姓氏，以孔融嘲改姓是。」曹植〈辯道論〉，列舉當時道士迂怪之語，辨其虛誕，義頗近正，而文實冗庸，茲據孫星衍《續古文苑》所校錄於下：

曹植〈辯道論〉

夫神仙之書，道家之言，乃言傳說上為辰尾宿，歲星降下為東方朔，淮南王安誅於淮南，而謂之獲道輕舉，鉤弋死於雲陽，而謂之尸逝柩空，其為虛妄甚矣哉！中興篤論之士，有桓君山者，其所著述多善，劉子駿嘗問：言人誠能抑嗜欲，闔耳目，可不衰竭乎？時庭下有一老榆，君山指而謂曰：此樹無情欲可忍，無耳目可闔，然猶枯槁腐朽，而子駿乃言可不衰竭，非談也，君山援榆喻之，未是也。何者？余前為王莽典樂大夫，

〈樂記〉云：文帝得魏文侯樂人竇公，年百八十，兩目盲，帝奇而問之：何所施行？對曰：臣年十三而失明，父母哀其不及事，教臣鼓琴，臣不能導引，不知壽得何力。君山論之曰：頗得少盲專一內視，精不外鑒之助也。先難子駿以內視無益，退論竇公，便以不外鑒證之，吾未見其定論也。君山又曰：方士有董仲君，有罪繫獄，佯死數日，目陷蟲出，死而復生，後復竟死，生之必死，君子所達，夫何喻乎？夫至神不過天地，不能使蟄蟲夏逝，震雷冬發，時變則物動，氣移而事應。彼仲君者乃能藏其氣，尸其體，爛其膚，出其蟲，無乃大怪乎？世有方士，吾王悉所招致，甘陵有甘始，廬江有左慈，陽城有郗儉，始能行氣導引，慈曉房中之術，儉善辟穀，悉號三百歲，本所以集之於魏國者，誠恐斯人之徒，挾姦宄以欺眾，行妖隱以惑民，故聚而禁之也。豈復欲觀神仙於瀛洲，求安期於海島，釋金輅而履雲輿，棄六驥而羨飛龍哉。自家王與太子，及余兄弟，咸以為調笑，不信之矣。然始等知上遇之有恆，奉不過於員吏，賞不加於無功，海島難得而遊，六紱難得而佩，終不敢進虛誕之言，出非常之語，余嘗試郗儉絕穀百日，躬與之寢處，行步起居自若也。夫人不食七日則死，而儉乃如是，然不必益壽，可以療疾而不憚饑饉焉。左慈善修房內之術，差可終命，然自非有志至精，莫能行也。甘始者，老而有少容，自諸術士咸共歸之，然始辭繁寡實，頗有怪言。余嘗辟左右獨與之談，問其所行，溫顏以誘之，美辭以導之，始語余：吾本師姓韓字世雄，嘗與師於南海作金。前後數四，投數萬斤金於海；又言諸梁時，西域胡來獻香罽腰帶割玉刀，時悔不取也；又言車師之西國，兒生擘背出脾，欲其食少而努行也；又言取鯉魚五寸一雙，令其一著藥，俱投沸膏中，有藥者奮尾鼓鰓，游行沈浮，有若處淵，其一者已熟而可噉。余時問言：率可試不？言是藥去此逾萬里，當出塞，始不自行，不能得也。言不盡於此，頗難悉載，故粗舉其巨怪者。始若遭秦始皇、漢武帝，則復為徐市、欒大之徒也。桀紂殊世而齊惡，姦人異代而等偽，乃如此耶。

又世虛然有仙人之說，仙人者，黨猱猨之屬與，世人得道化為仙人乎？夫雉入海為蛤，燕入海為蜃，當其徘徊其翼，差池其羽，猶自識也，忽然自投，神化體變，乃更與黿鼉為群，豈復自識翔林薄巢垣屋之娛乎？牛哀病而為虎，逢其兄而噬之，若此者何貴於變化耶。夫帝者，位殊萬國，富有天下，威尊彰明，齊光日月，宮殿闕庭，焜燿紫微，何顧乎王母之宮，崑崙之域哉。夫三鳥被致，不如百官之美也；素女常娥，不若椒房之麗也；雲衣雨裳，不若黼黻之飾也；駕螭載霓，不若乘輿之盛也；瓊蕊玉華，不若玉圭之潔也，而顧為匹夫所罔，納虛妄之辭，信眩惑之說，隆禮以招弗臣，傾產以供虛求，散王爵以榮之，清閑館以居之，經年累稔，終無一驗，或歿於沙丘，或崩於五柞，臨時雖復誅其身，滅其族，紛然足為天下一笑矣。若夫玄黃所以娛目，鏗鏘所以聳耳，媛妃所以紹先，芻豢所以悅口也。何以甘無味之味，聽無聲之樂，觀無采之色也。然壽命長短，骨體强劣，各有人焉，善養者終之，勞擾者半之，虛用者夭之，其斯之謂矣。」

30. 《韓詩外傳》六：「辯者，別殊類使不相害，序異端使不相悖，輸公通意，揚其所謂，使人預知焉，不務相迷也。是以辯者不失所守，不勝者得其所求，故辯可觀也。」徐幹《中論．覈辯篇》曰：「俗士之所謂辯者，非辯也。非辯而謂之辯者，蓋聞辯之名而不知辯之實，故目之妄也。俗之所謂辯者，利口者也；彼利口者，苟美其聲氣，繁其辭令，如激風之至，如暴雨之集，不論是非之性，不識曲直之理，期於不窮，務於必勝，以故淺識而好奇者，見其如此也，固以為辯。不知木訥而達道者，雖口屈而心不服也。夫辯者，求服人心也，非屈人口也。故辯之為言別也，為其善分別事類而明處之也，非謂言辭切給而以陵蓋人也。故傳稱《春秋》微而顯，婉而辯者，然則辯之言必約以至，不煩而諭，疾徐應節，不犯禮教，足以相稱，樂盡人之辭，善致人之志，使論者各盡得其願而與之得解。其稱也無其名，其理也不獨顯，若此則可謂辯。故言有拙而辯者焉，有巧而不辯者焉。君子之辯也，欲以明大道之中也，是豈取一坐之勝哉！故君子之於道也，在彼猶在己也。苟得其中，則我心悅焉，何擇於彼；苟夫其中，則我心不悅焉，何取於此。故其論也，遇人之是則止矣；遇人之是而猶不止，苟言苟辯，則小人也。雖美說，何異乎鵙之好鳴，鐸之喧譁哉？」

31. 紀評云：「訓詁依文敷義，究與論不同科，此段可刪。」案紀說非是。陳先生曰：「按此據鄭君《六藝論》。王氏《聖證論》言之。」賈逵云：「論，釋也。」是彥和所本。《漢書．儒林傳》：「張山拊授信都

秦恭延君，恭增師法，至百萬言。」〈藝文志．六藝敍〉曰：「博學者又不思多聞闕疑之義，而務碎義逃難，便辭巧說，破壞形體，說五字之文。至於二三萬言。」顏師古注曰：「言其煩妄也。桓譚《新論》云：『秦近君（近字誤，當作延。）能說〈堯典〉篇目，兩字之說。至十餘萬言；但說曰若稽古三萬言。』」（《御覽．學部》引作二萬言。）又〈儒林傳〉：「林尊事歐陽高為博士。授平當。平當授九江朱普公文。」案《後漢書．桓郁傳》：「初，桓榮受朱普學章句四十萬言，浮辭繁長，多過其實。及榮入授顯宗，減為二十三萬言。郁復删省定成十二萬言。由是有桓君大小太常章句。」據此傳，三十萬當改作四十萬。《論衡．效力篇》：「王莽之時，省五經章句，皆為二十萬，博士弟子郭路，夜定舊說，死於燭下。精思不任，絕脈氣滅也。」西漢之末，五經章句，皆極繁衍，若朱普章句僅三十萬言，則比之他經，不為太過，范書不應獨言其浮辭繁長矣。通人謂如揚雄、班固之等。〈揚雄傳〉：「雄少而好學，不為章句，訓詁通而已。」《後漢書．班固傳》：「不為章句，舉大義而已。」鄭玄《詩譜》曰：「魯人大毛公，為訓詁傳於其家，河間獻王得而獻之，以小毛公為博士。」彥和所見《尚書孔安國傳》，即梅頤《偽古文尚書》。梅傳實據王肅之注，而附益以舊訓。王肅好賈馬之學，淵源有自，不得概以偽目之。（鄭康成注《古文尚書》又《書贊》我先師棘下生子安國云云，是《孔氏傳》至東漢末尚存也。王肅注更可信為古文。）《文苑英華》卷七百六十六，劉子玄引鄭康成自序云：「遭黨錮之事，逃難注《禮》。黨錮事解，注《古文尚書》、《毛詩》、《論語》，為袁譚所逼，未至元城，乃注《周易》。」王鳴盛《蛾術編》五十八〈鄭氏著述篇〉曰：「康成坐黨錮十四年，則是注經，三禮居首，閱十四年乃成，用力最深也。」孔穎達《周易正義．序》曰：「唯魏世王輔嗣之注，獨冠古今，所以江左諸儒，並傳其學。」

32. 《說文》：「說，說釋也。從言，兌聲。」說釋，即悅懌。《說文繫傳．通論》曰：「悅者，彌小也。（小而言之曰喜，大而言之曰樂。）悅，猶說也，拭也，解脫也。若人心有鬱結，能解釋之也。故於文，心兌為悅。易曰：「兌，說也，決也。」心有不快，忽自開決也。《詩》曰：「蜉蝣掘閱。」掘閱者，蜉蝣之掘士，使解開也。」兌為口舌。《周易．說卦》文。（《說文》：「兌，說也。」）言咨悅懌，咨，疑當作資。〈舜典〉：「帝曰：龍，朕堲（憎疾也。）讒說殄行，震驚朕師。命汝作納言，夙夜出納朕命，惟允。」

33. 伊尹說湯，見《呂氏春秋．本味篇》，文繁不錄。嚴可均曰：「案《漢志》道家有《伊尹》五十一篇，小說家有《伊尹說》二十七篇，本注：『其語淺薄，似依託也。』此疑即小說家之一篇，《孟子》伊尹以割烹要湯，謂此篇也。」（《全上古三代文》卷一。）

34. 《史記．齊太公世家》：「呂尚蓋嘗窮困，年老矣，以漁釣奸周西伯。」今《六韜．文韜．文師篇》載太公辨釣語。《六韜》詞意淺近，必出依託，彥和所見，未知即今本〈文師篇〉否，文冗庸不錄。

35. 《左傳．僖公三十年》：「晉侯秦伯圍鄭，以其無禮於晉。鄭伯使燭之武見秦伯曰：『秦晉圍鄭，鄭既知亡矣，若亡鄭而有益於君，敢以煩執事；越國以鄙遠，君知其難也。焉用亡鄭以倍鄰。鄰之厚，君之薄也。若舍鄭以為東道主，行李之往來，共其乏困，君亦無所害。且君嘗為晉君賜矣，許君焦瑕，朝濟而夕設版焉，君之所知也。夫晉，何厭之有，既東封鄭，又欲肆其西封，若不闕秦，將焉取之？闕秦以利晉，唯君圖之。』秦伯悅，與鄭人盟，使杞子戍之，乃還。」

36. 《史記．仲尼弟子列傳》：「田常欲作亂於齊，憚高國、鮑、晏，故移其兵，欲以伐魯。孔子聞之，謂門弟子曰：『夫魯，墳墓所處，父母之國，國危如此，二三子何為莫出？』子貢請行，孔子許之，遂行。至齊，說田常曰：……故子貢一出，存魯，亂齊，破吳，彊晉，而霸越。子貢一使，使勢相破，十年之中，五國各有變。」案此事亦見《家語．屈節解》及《越絕書．內傳．陳成恆篇》，史公誤採戰國策士虛託之語，絕不可信。伊尹以下四事，惟燭武說秦伯可信，其餘悉不錄。

37. 〈轉丸〉、〈飛鉗〉，皆《鬼谷子》篇名，〈轉丸篇〉文佚。郝懿行曰：「案劉向《戰國策．序》，國策或曰短長。《困學紀聞》卷十，蒯通善為長短說，主父偃學長短縱橫術，邊通學短長。」

38. 《史記・平原君列傳》：「毛先生一至楚，而使趙重於九鼎大呂。毛先生以三寸之舌，彊於百萬之師。」

39. 《史記・蘇秦列傳》：「秦喟然嘆曰：『使我有雒陽負郭田二頃，吾豈能佩六國相印乎！』」《後漢書・蔡邕傳》：「連衡者六印磊落。」《張儀列傳》：「秦惠王封儀五邑。」《爾雅・釋言》：「賑，富也。」郭璞注曰：「謂隱賑富有。」字亦作殷賑。《文選・西京賦》云：「鄉邑殷賑。」亦作殷軫。〈羽獵賦〉云：「殷殷軫軫。」

40. 弭，止也，息也。《文選・子虛賦》：「弭節徘徊。」注：「節，所仗信節也。」《史記・酈食其傳》：「淮陰侯聞酈生伏軾下齊七十餘城，乃夜度兵襲齊，齊王田廣以為酈生賣己，遂烹酈生。」又〈淮陰侯列傳〉：「高祖捕蒯通，欲烹之。通曰：『秦失其鹿，天下共逐之；欲為陛下所為者甚眾，顧力不能耳。又可盡烹之邪！』乃釋通不烹。」又〈陸賈列傳〉：「陸生遊漢廷公卿間，名聲籍甚。」以上三人，皆戰國末漢初之辯士也。張釋，即張釋之，去之字，便文耳。《漢書・張釋之傳》：「釋之既朝畢，因前言便宜事。文帝曰：卑之，毋甚高論，令今可行也。」顏師古注：「令其議論依附時事也。」《漢書・杜欽傳》（附〈杜周傳〉。）贊曰：「欽浮沈當世，好謀而成，以建始之初，深陳女戒，終如其言；庶幾乎〈關雎〉之見微，非夫浮華博習之徒所能規也。」文辯之語，本此贊意。又〈游俠傳〉：「樓護，字君卿，與谷永俱為五侯上客。長安號曰：『谷子雲筆札，樓君卿脣舌。』言其見信用也。」本書〈知音篇〉，亦稱君卿脣舌。頡頏萬乘，謂酈蒯張之屬；抵噓公卿，謂陸杜樓諸人也。《札樸》三：「揚雄〈解嘲〉：『鄒衍以頡頏而取世資。』夏侯湛〈東方朔畫贊〉：『苟出不可以直道也，故頡頏以傲世。』案頡頏，猶上下浮沈也。《詩》：『燕燕于飛，頡之頏之。』《傳》云：『飛而上曰頡，飛而下曰頏。』」黃注云：「抵噓疑作抵戲，〈杜周傳〉贊：『業因勢而抵陒。』注：『陒音詭，一說陒讀與戲同音，（許宜反。）險也。言擊其危險之處。《鬼谷》有〈抵戲篇〉也。』」（案〈諧隱篇〉：「謬辭詆戲」謂嘲戲取說也，此抵噓即詆戲之字誤，黃注似迂。）並順風以託勢，莫能逆波而泝洄，二語精絕。漢代學術文章，皆可作如此觀。

41.《史記．魏豹列傳》：「漢王聞魏豹反，謂酈生曰：『緩頰往說魏豹，能下之，吾以萬戶封若。』」《漢書．高紀》注引張晏曰：「緩頰，徐言引譬喻也。」不專緩頰，亦在刀筆；謂不僅口說，落於筆札者，亦得稱說。《史記．蕭相國世家》太史公曰：「蕭相國何，於秦時為刀筆吏。」《漢書．蕭何傳》贊師古注曰：「刀，所以削書也。古者用簡牒，故吏皆以刀筆自隨也。」撫會，猶言合機。

42.**范睢〈上書秦昭王〉**（《戰國策》五，又見《史記．范睢傳》。）

臣聞明主蒞正，有功者不得不賞，有能者不能不官。勞大者其祿厚；功多者其爵尊；能治眾者其官大。故不能者不敢當其職焉，能者亦不得蔽隱。使以臣之言為可，則行而益利其道；若將弗行，則久留臣無為也。語曰：「庸主賞所愛而罰所惡。明主則不然，賞必加於有功，刑必斷於有罪。」今臣之胸不足以當椹質，要不足以待斧鉞，豈敢以疑事嘗試於王乎！雖以臣為賤而輕辱臣，獨不重任臣者，後無反覆於王前耶！臣聞周有砥厄，宋有結綠，梁有懸黎，楚有和璞，此四寶者，工之所失也，而為天下名器。然則聖王之所棄者，獨不足以厚國家乎！臣聞善厚家者取之於國；善厚國者取之於諸侯。天下有明主，則諸侯不得擅厚矣。是何故也？為其凋榮也。良醫知病人之死生，聖主明於成敗之事。利則行之，害則舍之，疑則少嘗之，雖堯舜禹湯復生，弗能改已。語之至者臣不敢載之於書，其淺者又不足聽也。意者臣愚而不闔於王心耶？抑其言臣者，將賤而不足聽耶？非若是也，則臣之志，願少賜游觀之間，望見足下而入之。

43.**李斯〈上始皇書〉**（《文選》。）

臣聞吏議逐客，竊以為過矣。昔穆公求士，西取由余於戎，東得百里奚於宛，迎蹇叔於宋，來邳豹、公孫支於晉。此五子者，不產於秦，穆公用之，并國三十，遂霸西戎。孝公用商鞅之法，移風易俗，民以殷盛，國以富彊，百姓樂用，諸侯親服，獲楚魏之師，舉地千里，至今治彊。惠王用張儀之計，拔三川之地，西并巴蜀，北收上郡，南取漢中，包九夷，制鄢郢，東據成皐之險，割膏腴之壤，遂散六國之從，使之西面事秦，功施到今。昭王得范睢，廢穰侯，逐華陽，彊公室，杜私門，蠶食諸侯，使秦成帝業。此四君者，皆以客之

功。由此觀之，客何負於秦哉！向使四君却客而弗納，疎士而弗用，是使國無富利之實，而秦無彊大之名也。今陛下致昆山之玉，有隨和之寶，垂明月之珠，服太阿之劍，乘纖離之馬，建翠鳳之旗，樹靈鼉之鼓。此數寶者，秦不生一焉，而陛下悅之，何也？必秦國之所生然後可，則夜光之璧不飾朝廷，犀象之器不為玩好，而趙衛之女不充後庭，駿馬駃騠不實外廏，江南金錫不為用，西蜀丹青不為采。所以飾後宮，充下陳，娛心意，悅耳目者，必出於秦然後可，則是宛珠之簪，傅璣之珥，阿縞之衣，錦繡之飾，不進於前，而隨俗雅化，佳冶窈窕趙女不立於側也。夫擊甕叩缶，彈箏搏髀而歌呼嗚嗚快耳者，真秦之聲也，鄭衛桑間，韶虞武象者，異國之樂也。今棄叩缶擊甕而就鄭衛，退彈箏而取韶虞，若是者何也？快意當前，適觀而已矣。今取人則不然，不問可否，不論曲直，非秦者去，為客者逐，然則是所重者在乎色樂珠玉，而所輕者在乎民人也。此非所以跨海內制諸侯之術也。

臣聞地廣者粟多，國大者人眾，兵彊者則士勇，是以太山不讓土壤，故能成其大，河海不擇細流，故能就其深，王者不卻眾庶，故能明其德。是以地無四方，民無異國，四時充美，鬼神降福，此五帝三王之所以無敵也，今乃棄黔首以資敵國，卻賓客以業諸侯，使天下之士退而不敢西向，裹足不入秦。此所謂藉寇兵而齎盜糧者也。夫物不產於秦，可寶者多，士不產於秦，願忠者眾。今逐客以資敵國，損民以益讎，內自虛而外以樹怨諸侯，求國無危，不可得也。

44.

校勘記：「煩字可疑。案煩當作順，〈檄移篇〉順誤作煩。可以互證，又〈封禪篇〉文理順序，順元誤作煩，是亦一證矣。」《韓非子．說難篇》，精微周密，可作參考，茲依《史記》六十三〈韓非傳〉，錄於下：

「凡說之難，非吾知之有以說之難也；又非吾辯之難，能明吾意之難也；又非吾敢橫失能盡之難也。凡說之難，在知所說之心，可以吾說當之。所說出於為名高者也，而說之以厚利，則見下節而遇卑賤，必棄遠矣。所說出於厚利者也，而說之以名高，則見無心而遠事情，必不收矣。所說實為厚利而顯為名高者也，而說之

以名高，則陽收其身而實疎之。若說之以厚利，則陰用其言而顯棄其身。此之不可不知也。

夫事以密成而以泄敗。未必其身泄之也，而語及其所匿之事，如是者身危。貴人有過端，而說者明言善議以推其惡者，則身危。周澤未渥也而語極知，說行而有功，則德亡，說不行而有敗，則見疑，如是者身危。夫貴人得計而欲自以為功，說者與知焉，則身危。彼顯有所出事，迺自以為也，故說者與知焉，則身危。彊之以其所必不為，止之以其所不能已者，身危。故曰：與之論大人，則以為閒己；與之論細人，則以為鬻權；論其所愛，則以為借資；論其所憎，則以為嘗己；徑省其辭，則不知而屈之；汎濫博文，則多而久之；順事陳意，則曰怯懦而不盡；慮事廣肆，則曰草野而倨侮；此說之難，不可不知也。

凡說之務，在知飾所說之所敬而滅其所醜；彼自知其計，則無以其失窮之；自勇其斷，則無以其敵怒之；自多其力，則無以其難概之；規異事與同計，譽異人與同行者，則以飾之，無傷也；有與同失者，則明飾其無失也。大忠無所拂辭，悟言無所擊排，迺後申其辯知焉；此所以親近不疑，知盡之難也。得曠日彌久而周澤既渥，深計而不疑，交爭而不罪，迺明計利害以致其功，直指是非以飾其身，以此相持，此說之成也。伊尹為庖，百里奚為虜，皆所由干其上也。故此二子者，皆聖人也，猶不能無役身而涉世，如此其汙也，則非能仕之所設也。宋有富人，天雨牆壞，其子曰：不築且有盜，其隣之父亦云。暮而果大亡其財，其家甚知其子，而疑隣人之父。昔者鄭武公欲伐胡，迺以其子妻之，因問群臣曰：吾欲用兵，誰可伐者？關其思曰：胡可伐。迺戮關其思，曰：胡，兄弟之國也，子言伐之，何也？胡君聞之，以鄭為親己而不備鄭；鄭人襲胡，取之。此二說者，其知皆當矣，然而甚者為戮，薄者見疑，非知之難也，處知則難矣。昔者彌子瑕見愛於衛君，衛國之法，竊駕君車者罪至刖。既而彌子之母病，人聞，往夜告之，彌子矯駕君車而出。君聞之而賢之，曰：孝哉，為母之故而犯刖罪。與君遊果園，彌子食桃而甘，不盡而奉君。君曰：愛我哉，忘其口而念我。及彌子色衰而愛弛，得罪於君。君曰：是嘗矯駕吾車，又嘗食我以其餘桃。故彌子之行，未變於初也，前見賢而後獲罪者，愛憎之至變也。故有愛於主，則知當而加親；見憎於主，則罪當而加疏。故諫說之士，

不可不察愛憎之主而後說之矣。夫龍之為蟲也，可擾狎而騎也，然其喉下有逆鱗徑尺，人有嬰之，則必殺人。人主亦有逆鱗，說之者能無嬰人主之逆鱗，則幾矣。」

45. 《漢書．鄒陽傳》陽與吳、嚴忌、枚乘等俱仕吳，皆以文辯著名。久之，吳王以太子事怨望，稱疾不朝，陰有邪謀。陽奏書諫，為其事尚隱，惡指斥言，故先引秦為諭，因道胡越齊趙淮南之難，然後迺致其意。其辭曰：臣聞秦倚曲臺之宮，懸衡天下，畫地而不犯，兵加胡越，至其晚節末路，張耳、陳勝連從兵之據，以叩函谷，咸陽遂危。何則？列郡不相親，萬室不相救也。今胡數涉北河之外，上覆飛鳥，下不見伏菟，鬬城不休，救兵不止，死者相隨，輦車相屬，轉粟流輸，千里不絕。何則？彊趙責於河間，六齊望於惠后，城陽顧於盧博，三淮南之心思墳墓，大王不憂，臣恐救兵之不專，胡馬遂進窺於邯鄲，越水長沙，還舟青陽，雖使梁并淮陽之兵，下淮東，越廣陵，以遏越人之糧，漢亦折西河而下，北守漳水，以輔大國，胡亦益進，越亦益深，此臣之所為大王患也。臣聞交龍襄首奮翼，則浮雲出流，霧雨咸集；聖主底節修德，則游談之士歸義思名。今臣盡智畢議，易精極慮，則無國不可奸，飾固陋之心，則何王之門不可曳長裾乎！然臣所以歷數王之朝，背淮千里而自致者，非惡臣國而樂吳民也，竊高下風之行，尤說大王之義，故願大王之無忽，察聽其志。臣聞鷙鳥絫百，不如一鶚，夫全趙之時，武力鼎士，袪服叢臺之下者，一旦成市，而不能止幽王之湛患，淮南連山東之俠，死士盈朝，不能還厲王之西也。然而計議不得，雖諸賁不能安其位亦明矣。故願大王審畫而已。始孝文皇帝據關入立，寒心銷志，不明求衣。自立天子之後，使東牟、朱虛東褒義父之後，深割嬰兒王之，壤子王梁代，益以淮陽，卒仆濟北，囚弟於雍者，豈非象新垣平等哉！今天子新據先帝之遺業，左規山東，右制關中，變權易勢，大臣難知，大王弗察，臣恐周鼎復起於漢，新垣過計於朝，則我吳遺嗣，不可期於世矣。高皇帝燒棧道，水章邯，兵不留行，收弊民之倦，東馳函谷，西楚大破，水攻則章邯以亡其城，陸擊則荊王以失其地，此皆國家之不幾者也。願大王熟察之。

又〈陽傳〉云：「景帝少弟梁孝王貴盛亦待士，於是鄒陽、枚乘、嚴忌知吳不可說，皆去之梁，從孝王游。

陽為人有智略，忼慨不苟合，介於羊勝、公孫詭之間。勝等疾陽，惡之孝王。孝王怒，下陽吏，將殺之。陽客遊，以讒見禽，恐死而負絫，乃從獄中上書。書奏孝王，孝王立出之，卒為上客。」〈上梁王書〉文繁不錄。

46. 《後漢書・馮衍傳》：「馮衍，字敬通。更始二年，遣尚書僕射鮑永行大將軍事，安集北方，衍以計說永云云。」文繁不錄。章懷注曰：「《東觀記》，衍更始時為偏將軍，與鮑永相善，更始既敗，固守不以時下。建武初，為揚化大將軍掾，辟鄧禹府，數奏記於禹，陳政言事。自明君以下，皆是諫鄧禹之詞，非勸鮑永之說，不知何據，有此乖違。」嚴可均曰：（《全後漢文》二十。）「案章懷注，據《東觀記》謂是諫鄧禹之詞，非說鮑永。今考建武初，衍未辟鄧禹府，禹亦未至并州。至罷兵來降，見黜之後，始詣鄧禹耳。此當從《范書》作說鮑永為是。」據《東觀記》，衍數說鄧禹，《全後漢文》僅輯得三條，亡佚殆盡矣。衍在光武時，被黜，仕不得顯，卒至西歸故郡，閉門自保，不敢復與親故通，所謂歷騁而罕遇也。

47. 紀評曰：「樹義甚偉。」

48. 陸機〈文賦〉曰：「論精微而朗暢，說煒曄而譎誑。」李善注曰：「說以感動為先，故煒曄譎誑。」士衡蓋指戰國策士而言。彥和謂言資悅懌，正即煒曄之義。惟當以忠信為本，不可流於譎誑。紀氏稱為樹義甚偉，是也。

詔策第十九

皇帝御（孫云御覽五九三引作馭）寓，其言也神。淵嘿黼（孫云御覽作負）扆，而響盈四表，唯（孫云御覽唯上有其字）詔策乎[1]！昔軒轅唐虞，同稱為命。命之為義，制性之本也[2]。其在三代（孫云御覽代作王），事兼誥誓。誓以訓（孫云御覽作誡）戎，誥以敷政，命喻自天，故授官（元作管）錫胤[3]。易之姤象，后以施命誥四方。誥命動民，若天下之有風矣[4]。降及七國，並稱曰令（鈴木云王本同嘉靖本梅本下令字作命御覽兩令字並作命閔本岡本張本同）。令者，使也[5]。秦并天下，改命曰制[6]。漢初定儀則，則命有四品（疑衍一則字以定儀為讀孫云御覽則字不重無命字）：一曰策書，二曰制書，三曰詔書，四曰戒敕（孫云御覽敕並作勅）。敕戒州部（鈴木云御覽作郡嘉靖本作邦），詔誥百官，制施赦命（孫云御覽作勅令），策封王侯[7]。策者，簡也。制者，裁也。詔者，告也。敕者，正也[8]。詩云畏此簡書；易稱君子以制度數（顧校作數度）；禮稱明君之詔；書稱敕天之命：並本經典以立名目。遠詔近命，習秦制也[9]。記稱絲綸，所以應接羣后[10]。虞重納言，周貴喉舌[11]。故兩漢詔誥（鈴木云御覽作令），職在尚書[12]。王言之大，動入史策，其出如綍，不反若汗[13]。是以淮南有英才，武帝使相如視草[14]；隴右多文士，光武加意於書辭：豈直取美當時，亦敬慎來葉矣[15]。觀文景以前，詔體浮新（孫云御覽作雜）；武帝崇儒，選言弘奧[16]。策封三王，文同訓典；勸（元作觀謝改）戒淵雅，垂範後代[17]；及制誥（黃云誥當作詔）嚴助，即云厭承明廬，蓋寵才之恩也[18]。孝宣璽書，賜太守陳遂（賜太守元作責博士考漢書改汪本作責博進陳遂），亦故舊之厚也[19]。逮（孫云御覽作及）光武撥亂，留意斯文（孫云御覽作詞采），而造次喜怒，時或偏濫：詔賜鄧禹，稱司徒為堯；

敕責侯霸，稱黃鉞一下[20]；若斯之類，實乖憲章[21]。暨明帝（鈴木云御覽帝作章）崇學，雅（元作惟朱改）詔間出。安和政弛（鈴木云御覽作和安弛作強），禮閣鮮才，每為詔敕，假手外請[22]。建安之末，文理代興：潘勖九錫，典雅逸羣[23]；衛覬（元作凱孫改顧校作覬孫云御覽作覬）禪誥，符命（孫云御覽作采）炳耀，弗可加已（孫云御覽弗作不已作也）[24]。自魏晉誥策（孫云御覽作詔策），職在中書，劉放張華，互管（孫云御覽作管于）斯任，施命（孫云御覽作令）發號，洋洋盈耳[25]。魏文帝下詔（孫云御覽作魏文以下），辭義多偉，至於作威作福，其萬慮之一弊乎[26]！晉氏中興，唯明帝崇才，以溫嶠文清，故引入（元脫朱按御覽補）中書。自斯以後，體憲（元作慮朱改孫云御覽作憲）風流矣[27]。夫王言崇秘，大觀在上，所以百辟其刑，萬邦作孚[28]。故授官選賢，則義炳重離之輝；優文封策，則氣含風（孫云御覽作雲）雨之潤；敕戒恆誥，則筆吐星漢之華；治（孫云御覽作啓）戎燮伐，則聲有洊雷之威；眚災肆赦，則文有春露之滋；明罰敕法，則辭有秋霜之烈：此詔策之大略也[29]。戒敕為文，實詔之切者，周穆命郊（元作鄧朱考穆天子傳改）父受敕憲，此其事也[30]。魏武稱作敕戒當指事而語（一作誥從御覽改），勿得依違，曉治要矣。及晉武敕戒，備告百官：敕都督以兵要，戒州牧以董司，警郡守以恤隱，勒牙門以禦衛，有訓典焉[31]。

戒者，慎也；禹稱戒之用休。君父至尊，在三罔（元作同許改孫云御覽作罔）極[32]。漢高祖（孫云御覽無祖字）之敕太子，東方朔之戒子，亦顧命之作也[33]。及馬援已下，各貽家戒[34]。班姬女戒，足稱母師也[35]。教者，效也；出言而民效也（孫云御覽上效作傚下效作効）。契敷五教（孫云御覽無此四字），故王侯稱教[36]。昔鄭弘（孫云御覽作宏）之守南陽，條教為後所述，乃事緒明也[37]。孔融之守北海，文教麗而罕（孫云御覽罕下有施字）於理，乃治體乖也[38]。若諸葛孔明之詳約，庾稚恭之明斷，並理得而辭中，

教（一作辭從御覽改）之善也39。自教以下，則又有命。詩云有命在天，明（鈴木云岡本作命）為重也40。周禮曰師氏詔王為輕命（鈴木云岡本作詔為輕梅本為上有明詔二字無命字）41。今詔重而命輕者，古今之變也。

贊曰：皇王施令，寅嚴宗誥。我有絲言，兆民尹好42。輝音峻舉，鴻風遠蹈。騰義飛辭，渙其大號（鈴木云王本岡本渙誤作煥）。

【注釋】

1. 《說文》：宇，籀文从禹，作寓。《文選》沈約〈奏彈王源〉：「自宸歷御寓。」《漢書·成帝紀》贊曰：「臨朝淵嘿，尊嚴若神。」《尚書·顧命》：「設黼扆。」《偽孔傳》曰：「扆屏風，畫為斧文，置戶牖間。」《禮記·曲禮下》：「天子當扆而立。」

2. 性，疑當作姓。《說文》：「姓，人所生也。從女從生，生亦聲。古之神聖母感天而生子，故稱天子。」古人最重得姓，故黃帝二十五子，其得姓者十四人。契為司徒，賜姓子氏；柏翳為舜主畜，賜姓嬴；蓋必立功有德，始得賜姓也。《國語·周語下》：「皇天嘉之，祚以天下，賜姓曰姒，氏曰有夏。祚四嶽國，命為侯伯，賜姓曰姜，氏曰有呂。……唯有嘉功，以命姓受祀，迄於天下。命姓受氏而附之以令名。」制姓，猶言賜姓命姓矣。凡命姓者，亦必授之以官，故百姓即為百官也。禪讓之際，尤必稱天而命之，《論語·堯曰篇》：「堯曰：『咨爾舜！天之歷數在爾躬，允執其中，四海困窮，天祿永終。』舜亦以命禹。」彥和之意，以為命之本義，由於制姓，至三代始事兼誥誓耳。

3. 黃注：「誓以訓戒，《書》〈甘誓〉、〈湯誓〉、〈泰誓〉、〈牧誓〉、〈費誓〉、〈秦誓〉是也。誥以敷政，《書》〈召誥〉、〈洛誥〉是也。命以授官，《書》〈微子之命〉、〈蔡仲之命〉、〈畢命〉、〈冏命〉是也。」《春秋元命苞》：「命者，天之命也。」萬物咸命於天，故天命單謂之命。授官，謂如唐虞三代之命官。《周禮·春官·典命》注：「謂王遷秩群臣之書。」錫胤謂如軒轅、唐、虞之命姓。《說文》：「胤，子孫相承續也。」《爾雅·釋詁》：「胤，繼也。」錫胤，猶言賜姓。〈大雅·既醉〉：「君子萬年，永錫祚胤。」

4. 《易·姤卦·象》曰：「天下有風，姤，后以施命誥四方。」（姤卦巽下乾上。）《正義》曰：「風行天下，則無物不遇，故為遇象。（〈象〉曰：『姤，遇也，柔遇剛也。』故為遇之象。）后以施命誥四方者，風行草偃，天之威令，故人君法此以施教命，誥於四方也。」

5. 《說文》：「命，使也。」「令，發號也。」《漢書·東方朔傳》：「令者，命也。」《賈子·禮容語下》：「命者，制令也。」戴侗《六書故》曰：「命者，令之物也。令出於口，成而不可易之謂命。秦始皇改令曰詔，命曰制，即詔與制，可以見命令之分。」朱駿聲《通訓定聲》云：「按在事為令，在言為命，散文則通，對文則別。」

6. 《史記·秦始皇本紀》二十六年：「丞相綰等議上尊號王為泰皇，命為制，令為詔。」《獨斷》曰：「詔，猶誥也。三代無其文，秦漢有焉。」

7. 「漢初定儀則，則命有四品」上則字疑當作法。《史記·叔孫通列傳》：「定宗廟儀法，及稍定漢諸儀法，皆叔孫生為太常所論著也。」本書〈章表篇〉：「漢定禮儀，則有四品，」本篇則五字為句。則字有寫作劃者，傳書者誤分為二則字，因綴於上句而奪去法字。蔡邕《獨斷》：「漢天子正號曰皇帝，其言曰制詔，其命令一曰策書，二曰制書，三曰詔書，四曰戒書。

策書——策者，簡也。《禮》曰：『不滿百文，不書於策。』其制長二尺，短者半之，其次一長一短。兩編。下附篆書，起年月日，稱皇帝曰：以命諸侯王三公。其諸侯王三公之薨於位者，亦以策書誄謚其行而賜之，如諸侯之策。三公以罪免，亦賜策文，體如上策而隸書，以尺一木兩行，唯此為異者也。

制書——帝者制度之命也。其文曰制詔三公。赦令贖令之屬是也。

詔書——詔，誥也。有三品：其文曰：『告某官，官如故事。』是為詔書。群臣有所奏請，尚書令奏之下有制曰：天子答之曰：『可。』（《史記．始皇本紀．集解》引蔡邕曰：『群臣有所奏請，尚書令奏之，下有司曰制。天子答之曰可。』）若下某官云云，亦曰詔書。群臣有所奏請，無尚書令奏制字，則答曰：『已奏如書。』本官下所當至，亦曰詔書。

戒書——戒敕刺史太守及三邊營官，被敕文曰：有詔敕某官，是為戒敕也。世皆名此為策書，失之遠矣。」

8. 《說文》：「策，馬箠也。」「冊，符命也。諸侯進受於王也。象其札一長一短中有二編之形。」經傳多假策為冊。《書．金滕》：「史乃冊祝。」鄭注：「冊，謂簡書也。」《儀禮．聘禮．正義》：「簡者，未編之稱，策，是眾簡相連之名。」《左氏春秋．序．正義》：「單執一札謂之簡；連編諸簡，乃名為策。」《釋名．釋書契》：「策書，教令於上，所以驅策諸下也。漢制，約敕封侯曰冊，冊，賾也，敕使整賾，不犯之也。」

《說文》：「制，裁也。從刀從未。未，物成有滋味，可裁斷。」《廣雅．釋詁一》：「制，折也。」《魯論語》：「片言可以制獄。」《古論語》作折獄。《孟子》：「可使制梃。」注：「作也。」《後漢書．蔡邕傳》：「制作，國之典也。」

《說文》：「詔，告也，从言从召，召亦聲。」《通訓定聲》曰：「按《周禮》諸職，凡言詔者，皆下告上之辭。《周禮》職各注皆以告訓詔。」《釋名．釋典藝》：「詔書。詔，照也，昭也。人暗不見事宜，則有所犯，以此照示之，使昭然知所由也。」《管子．小稱篇》：「仲父亦將何以詔寡人。」又〈小匡篇〉：「鮑叔曰：君詔使者曰：寡君有不令之臣，在君之國。願請之以戮群臣。」《管子》書出戰國，是當時已有尊告卑之意。

《說文》：「敕，誡也。」《小爾雅．廣言》：「敕，正也。」〈虞書．皋陶謨〉：「敕天之命。」《傳》：「正也。」此彥和所本。顧炎武《金石文字記》曰：「敕者，自上命下之辭。漢時人官長行之掾屬，祖父行之子孫，皆曰敕。《宋史・陳咸傳》言：『公移敕書。』而孫寶之告督郵，何並之告武史，俱載其文為敕曰。他如韋賢、丙吉、趙廣漢、韓延壽、王尊、朱博、龔遂之傳，其言敕者凡十數見。《後漢書》始變為敕，而後人因之。〈何曾傳〉：『人以小紙為書者，勑記室勿報。』則晉時上下猶通稱之也。至南北朝以下，則此字惟朝廷專之，而臣下不敢用。」（北齊樂陵王百年習書數勑字，以大逆論被殺。）《說文》有敕無勑，呂忱《字林》始有之。（《一切經音義》六引。）勑在《說文・力部》，訓勞也，從力來聲，與敕字音義全異。徐灝《說文解字注箋》曰：「敕字束旁，與來字草書相似，因譌為勑。」

9. 《詩・小雅・出車》：「畏此簡書。」《傳》曰：「簡書，戒命也。」《正義》：「古者無紙，有書之於簡，謂之簡書。」《易・節卦・象辭》：「澤上有水，節，君子以制數度，議德行。」制度數當依《易》本文作數度。《尚書・益稷》：「敕天之命，惟時惟幾。」《孔傳》曰：「勑，正也。奉正天命以臨民，惟在順時，惟在慎微。」陳先生曰：「明君之詔，明君當是明神之誤，《周禮・司盟》『北面詔明神』是也。」遠詔，謂書於簡策者，近命，則面諭也。

10. 《禮記・緇衣》：「王言如絲，其出如綸；王言如綸，其出如綍。」注：「言言出彌大也。綍，引棺索也。」綸麤於絲，綍又大於綸。

11. 《尚書・舜典》：「命龍作納言。」《詩・大雅・烝民》：「出納王命，王之喉舌。」

12. 《續漢書・百官志》三：「尚書令一人。本注曰：『承秦所置。』尚書六人。侍郎三十六人。本注曰：『主作文書起草。』」劉昭《注補》曰：「尚書龍作納言，出入帝命。應劭曰：今尚書官，王之喉舌。」

13. 《漢書・劉向傳》：「《易》曰：『渙汗其大號。』言號令如汗，汗出而不反者也。」

14. 《漢書・淮南王傳》：「時武帝方好藝文，以安屬為諸父，辯博善為文辭，甚尊重之。每為報書及賜，常召司馬相如等視草乃遣。」

15. 《後漢書・隗囂傳》：「囂賓客掾史，多文學士，每所上事，當世士大夫皆諷誦之。故帝有所辭答，尤加意

焉。」又〈周榮傳〉：「古者帝王有所號令，言必弘雅，辭必溫麗，垂於後世，列於典經，故仲尼嘉唐虞之文章，從周室之郁郁。」

16. 《史記．儒林列傳．序》：「漢興，尚有干戈平定四海，亦未暇遑庠序之事也。孝惠呂后時，公卿皆武力有功之臣。孝文時頗徵用，（言孝文稍用文學之士居位。）然孝文帝本好刑名之言。及至孝景，不任儒者。今上即位，武安侯、田蚡為丞相，絀黃老刑名百家之言，延文學儒者數百人。公孫弘為學官，悼道之鬱滯，乃請曰：『臣謹案詔書律令下者，明天人分際，通古今之義，文章爾雅，訓辭深厚，恩施甚美。小吏淺聞，不能究宣，無以明布諭下。』制曰可。自此以來，則公卿大夫士吏斌斌多文學之士矣。」校勘記：「《御覽》新作雜，雜字是也。」

17. 《史記．三王世家》載元狩六年〈策封三王文〉，茲錄如下：

〈策封齊王閎〉

維六年（《漢書》作惟元狩六年，）四月乙巳，皇帝使御史大夫湯廟立子閎為齊王。曰：於戲！小子閎。受茲青社。朕承祖考，（《漢書》作天序。）維稽古建爾國家，封于東土，世為漢藩輔。於戲念哉！恭朕之詔。惟命不于常，人之好德，克明顯光。義之不圖，俾君子怠。悉爾心，允執其中，天祿永終。厥有愆不臧，乃凶于而國，害于爾躬。於戲！保國艾民。可不敬與！王其戒之！（《史記．三王世家》、《漢書．武五子傳》。）

〈策封燕王旦〉

維六年四月乙巳，皇帝使御史大夫湯廟立子旦為燕王。曰：於戲！小子旦，受茲玄社。朕承祖考，維稽古建爾國家，封於北土，世為漢藩輔。於戲，葷粥氏虐老獸心，侵犯寇盜，加以姦巧邊萌。於戲！朕命將率徂征厥罪，萬夫長，千夫長，三十有二君（《漢書》作帥。）皆來，降旗奔師，葷粥徙域，北州以綏，悉爾心，毋作怨，毋俷德，（《漢書》作毋作棐德。）毋乃廢備，非教士不得從徵。於戲！保國艾民，可不敬與！王其戒之！（同上，《漢書》有删節。）

〈策封廣陵王胥〉

維六年四月乙巳，皇帝使御史大夫湯廟立子胥為廣陵王。曰：於戲！小子胥，受茲赤社。朕承祖考，維稽古建爾國家，封于南土，世為漢藩輔。古人有言曰：大江之南，五湖之間，其人輕心，揚州保疆，三代要服，不及以政。（《漢書》作正。）於戲！悉爾心，戰戰兢兢，乃惠乃順，毋侗（《漢書》作桐。）好佚，毋邇宵人，維法維則。《書》云：臣不作威，不作福，靡有後羞。於戲！保國艾民，可不敬與！王其戒之！（同上，《漢書》有删節。）

18. 褚先生曰：「武帝之時，同日而俱拜三子為王，為作策以申戒之。」

《漢書·嚴助傳》武帝〈賜嚴助書〉：「制詔會稽太守。君厭承明之廬，勞侍從之事，懷故土出為郡吏。會稽東接于海，南近諸越，北枕大江，間者闊焉，久不聞問，具以《春秋》對，毋以蘇秦縱橫。」黃校誥作詔，是也。

19. 《漢書·游俠傳》：「陳遵祖父遂，字長子。宣帝微時與有故，相隨博弈，數負進。及宣帝即位，用遂，稍遷至太原太守。迺賜遂璽書曰：『制詔太原太守。官尊祿厚，可以償博進矣。妻君寧（遂之妻名。）時在旁，知狀。』遂於是辭謝，因曰：『事在元平元年赦令前。』其見厚如此。」荀悅《漢紀》云：「杜陵陳遂，字長子。上微時與上遊戲博弈，數負遂。上即位，稍見進用，至太原太守。乃賜遂璽書曰：『制詔太原太守。官尊祿重，可以償博負矣。』」《札迻》十二：「孝宣璽書賜太守陳遂。注云：『賜太守，元作責博士，攷《漢書》改。汪本作責博進陳遂。』馮校云：『賜太守，元版作責博士，梅鼎祚所改也。當作責博進。』紀云：『當作償博進，改為賜太守，似非。』案疑當作責博于陳遂。此陳遂負博進，璽書責其償，《漢書》所載甚明。元本惟于字譌作士，責博二字則不誤。梅黃固妄改，紀校亦誤讀《漢書》，皆不足馮也。」案孫說亦非也。宣帝微時，依許廣漢兄弟及祖母家史氏，其貧可知。陳遂、杜陵豪右，何至博負而不

償耶！宣帝謂我賜汝之尊官厚祿，可以抵償負汝之責矣。（錢大昕云：進本作責。）妻君寧云云者，猶言君寧知我所負之數，明足以相抵也。參以《漢紀》，語意更顯。宣帝與遂親厚，賜璽書以為戲；遂恃有故恩，因曰事在赦令前，亦戲辭也。故《漢書》曰：「其見厚如此。」彥和本文當作償博與陳遂。

20. 《後漢書．鄧禹傳》：「敕鄧禹曰：司徒堯也，亡賊桀也。長安吏人遑遑，無所依歸，宜以時進討，鎮慰西京，繫百姓之心。」又〈馮勤傳〉〈璽書賜侯霸〉曰：「崇山幽都何可偶，黃鉞一下無處所。欲以身試法耶？將殺身以成仁耶？」

21. 《續漢書．百官志》三補注引《決錄注》曰：「丁邯遷漢中太守。妻弟為公孫述將，收妻送南鄭獄，免冠徒跣自陳。詔曰：『漢中太守妻，乃繫南鄭獄，誰當搔其背垢者。懸牛頭，賣馬脯；盜跖行，孔子語。以邯服罪，且邯一妻，冠履勿謝。』」（意謂邯妻弟為敵將，何必以邯妻服罪。）此亦所謂乖憲之類。

22. 明帝，如永平二年〈詔驃騎將軍三公〉及〈幸辟雍行養老禮詔〉；章帝，如建初四年〈使諸儒共正經義詔〉、〈令選高材生受古學詔〉，皆所謂雅詔間出者。《御覽》帝作章，是也。安和當作和安。《後漢．竇憲傳》：「和帝即位，太后臨朝，憲以侍中內幹機密，出宣誥命。其所施為，輒外令太傅鄧彪奏，內白太后，事無不從。」安帝政在外戚鄧氏，度亦如竇憲故事，所謂「假手外請」也。

23. 《周禮．大宗伯職》「以九儀之命正邦國之位。」《韓詩外傳》八：「《傳》曰諸侯之有德，天子錫之。一錫車馬，再錫衣服，三錫虎賁，四錫樂器，五錫納陛，六錫朱戶，七錫弓矢，八錫鈇鉞，九錫秬鬯。」《後漢書．獻帝紀》章懷注引《禮含文嘉》曰：「九錫，謂一曰車馬，二曰衣服，三曰樂器，四曰朱戶，五曰納陛，六曰虎賁七百人，七百斧鉞，八曰弓矢，九曰秬鬯。」《白虎通論．九錫》引《禮說》樂器作樂則。《漢書．武帝紀》：「三適謂之有功，乃加九錫。」應劭曰：「一曰車馬，……（物名同《韓詩外傳》），次序略異。）此皆天子制度，尊之故事事錫與，但數少耳。」張晏曰：「九錫，經本無文，《周禮》以為九命。《春秋說》有之。」《漢書．王莽傳上》載張竦為陳崇草奏，稱莽功德，列舉多條。潘勖〈冊魏公九錫

文〉近擬竦文，遠學《尚書》，自後大盜移國，莫不作九錫文，如塗附塗，而典贍雅飭，則無有及此者。

《文選》三十五、《魏志．武帝紀》載其文，依《文選》錄於下：

「制詔：使持節丞相領冀州牧武平侯。（《魏志》無此句。）朕以不德，（朕上有曰字。）少遭閔凶，越在西土，遷于唐衛，當此之時，若綴旒然。宗廟乏祀，社稷無位，羣凶覬覦，分裂諸夏，一人尺土，朕無獲焉。即我高祖之命，將墜於地，朕用夙興假寐，震悼于厥心。曰惟祖惟父，股肱先正，其孰恤朕躬。乃誘天衷，誕育丞相，保乂我皇家，弘濟于艱難，朕實賴之。今將授君典禮，其敬聽朕命！

昔者董卓初興國難，羣后失位，以謀王室；君則攝進，首啓戎行。此君之忠於本朝也。後及黃巾反易天常，侵我三州，延于平民。君又討之，剪除其迹，以寧東夏。此又君之功也。韓暹楊奉專用威命，又賴君動，克黜其難，遂建許都，造我京畿，設官兆祀，不失舊物，天地鬼神，於是獲乂。此又君之功也。袁術僭逆，肆于淮南，懾憚君靈，用丕顯謀；蘄陽之役，橋蕤授首，稜威南厲，術以殞潰。此又君之功也。迴戈東指，呂布就戮，乘軒將反，張揚沮斃，眭固伏罪，張繡稽服。此又君之功也。袁紹逆常，謀危社稷，憑恃其眾，稱兵內侮，當此之時，王師寡弱，天下寒心，莫有固志；君執大節，精貫白日，奮其武怒，運諸神策，致屆官渡，大殲醜類，俾我國家拯於危墜。此又君之功也。濟師洪河，拓定四州，袁譚高幹，咸梟其首，海盜奔迸，黑山順軌。此又君之功也。烏丸三種，崇亂二世，袁尚因之，逼據塞北，束馬懸車，一征而滅。此又君之功也。劉表背誕，不供貢職，王師首路，威風先逝，百城八郡，交臂屈膝。此又君之功也。馬超成宜，同惡相濟，濱據河潼，求逞所欲，殄之渭南，獻馘萬計，遂定邊城，撫和戎狄。此又君之功也。鮮卑丁令，重譯而至，箄于（箄音必計反，《魏志》作單于。）白屋，請吏帥職。此又君之功也。

君有定天下之功，重以明德，班敍海內，宣美風俗，旁施勤教，恤慎刑獄，吏無苛政，民不回慝，敦崇帝族，援繼絕世，舊德前功，罔不咸秩。雖伊尹格于皇天，周公光于四海，方之蔑如也。朕聞先王並建明德，胙之以土，分之以民，崇其寵章，備其禮物，所以蕃衛王室，左右厥世也。其在周成，管蔡不靖，懲難念

功，乃使邵康公錫齊太公履，東至于海，西至於河，南至于穆陵，北至於無棣，五侯九伯，實得征之，世胙太師，以表東海。爰及襄王，亦有楚人不供王職，又命晉文，登為侯伯，錫以二輅虎賁鈇鉞秬鬯弓矢，大啓南陽，世作盟主。故周室之不壞，繄二國是賴。今君稱丕顯德，明保朕躬，奉答天命，導揚弘烈，綏爰九域，罔不率俾；功高乎伊周，而賞卑乎齊晉，朕甚恧焉！朕以眇身，託於兆民之上，永思厥艱，若涉淵水，非君攸濟，朕無任焉。

今以冀州之河東、河內、魏郡、趙國、中山、鉅鹿、常山、安平、甘陵、平原凡十郡，封君為魏公。使使持節御史大夫慮授君印綬冊書，金虎符第一至第五，竹使符第一至第十。錫君玄土，苴以白茅，爰契爾龜，用建冢社。昔在周室，畢公毛公，入為卿佐，周邵師保，出為二伯，外內之任，君實宜之，其以丞相領冀州牧如故。今更下傳璽，肅將朕命，以允華夏。其上故傳武平侯印綬。今又加君九錫，其敬聽後命！

以君經緯禮律，為民軌儀，使安職業，無或遷志；是用錫君大輅戎輅各一，玄牡二駟。君勸分務本，嗇民昏作，粟帛滯積，大業惟興；是用錫君袞冕之服，赤舄副焉。君敦尚謙讓，俾民興行，少長有禮，上下咸和；是用錫君軒懸之樂，六佾之舞。君翼宣風化，爰發四方，遠人回面，華夏充實；是用錫君朱戶以居。君研其明哲，思帝所難，官才任賢，羣善必舉；是用錫君納陛以登。君秉國之鈞，正色處中，纖毫之惡，靡不抑退；是用錫君虎賁之士三百人。君糾虔天刑，章厥有罪，犯關干紀，莫不誅殛；是用錫君鈇鉞各一。君龍驤虎視，旁眺八維，揜討逆節，折衝四海；是用錫君彤弓一，彤矢百，玈弓十，玈矢千。君以溫恭為基，孝友為德，明允篤誠，感乎朕思，是用錫君秬鬯一卣，珪瓚副焉。魏國置丞相以下，群卿百僚，皆如漢初諸王之制。君往欽哉！敬服朕命。簡恤爾眾，時亮庶功。用終爾顯德，對揚我高祖之休命。」

24. 《三國．魏志．衛覬傳》云：「頃之還漢朝，勸贊禪代之義，為文誥之詔。」案獻帝諸禪詔引見《魏志．文帝紀》注者，皆覬所作也。茲錄其〈乙卯冊詔魏王文〉如下：

「惟延康元年，十月乙卯，皇帝曰：咨爾魏王。夫命運否泰，依德升降，三代卜年，著於《春秋》，是以天命不于常，帝王不一姓，由來尚矣。漢道陵遲，為日已久。安順已降，世失其序，沖質短祚，三世無嗣。皇綱肇虧，帝典頹沮。暨于朕躬，天降之災，遭無妄厄運之會，值炎精幽昧之期，變興輦轂，禍由閹宦，董卓乘釁，惡甚澆豷，劫遷省御太僕宮廟，遂使九州幅裂，彊敵虎爭，華夏鼎沸，蝮蛇塞路。當斯之時，尺土非復漢有，一夫豈復朕民。幸賴武王，德膺符運，奮揚神武，芟夷凶暴，清定區夏，保乂皇家。今王纘承前緒，至德光昭，御衡不迷，布德優遠，聲教被四海，仁風扇鬼區，是以四方效珍，人神響應，天之歷數，實在爾躬。昔虞舜有大功二十，而放勛禪以天下；大禹有疏導之蹟，而重華禪以帝位。漢承堯運，有傳聖之義，加順靈祇，紹天明命，釐降二女，以嬪于魏。使使持節行御史大夫事太常音奉皇帝璽綬，王其永君萬國，敬御天威，允執其中，天祿永終。敬之哉！」（《隸釋》十九載〈魏文受禪表〉，文有殘缺，即彥和所云禪誥也。）

25. 《晉書・職官志》：「中書監及令。魏武帝為魏王，置祕書令，典尚書奏事。文帝黃初初，改為中書，置監令。以秘書左丞劉放為中書監右丞，孫資為中書令。監令蓋自此始也。及晉因之，並置一人。」又：「中書侍郎一人，直西省，又掌詔令。」《三國・魏志・劉放傳》：「放善為書檄，三祖詔命，有所招喻，多放所為。」《晉書・張華傳》：「華在魏為中書郎。晉武帝時為度支尚書，當時詔誥，皆所草定。惠帝時為中書監。」互管斯任，當作並管斯任。《魏志・劉放傳》評：「劉放文翰，孫資勤慎，並管喉舌。」此並管語所本。

26. 《魏志・蔣濟傳》：「文帝詔征南將軍夏侯尚曰：『卿腹心重將，特當任使，恩施足死，惠愛可懷，作威作福，殺人活人。』濟謂帝曰：『夫作威作福，書之明誡。天子無戲言，古人所慎，惟陛下察之。』帝遣追取前詔。」弊，當作蔽。

27. 明帝手詔以溫嶠為中書令云：「中書之職，酬對多方，斟酌禮宜，非唯文疏而已。非望士良才，何可妄居。卿既以令望，忠允之懷，著於周旋，且文清而旨遠，宜居機密。今欲以卿為中書令，朝論亦咸以為宜。」（《藝文類聚》四十八引檀道鸞《晉陽秋》。）

28. 《易·觀卦·象辭》：「大觀在上。」《正義》曰：「謂大為在下所觀，唯在於上。由在上既貴，故在下大觀。」〈周頌·烈文〉：「不顯惟德，百辟其刑之。」鄭注《禮記·中庸》曰：「不顯，言顯也。辟，君也。言不顯乎文王之德，百君盡刑之。謂諸侯法之也。」〈大雅·文王〉：「儀刑文王，萬邦作孚。」《箋》曰：「儀法文王之事，則天下咸信而順之。」

29. 《易·離卦·象辭》：「離，麗也。重明以麗乎正。」〈象〉曰：「明兩作離，大人以繼明照於四方。」恒誥，謂可作常道之詔誥。《易·恒卦·象辭》：「聖人久於其道，而天下化成。」〈大雅·大明〉：「燮伐大商。」《傳》曰：「燮，和也。」《箋》曰：「協和伐殷之事。」《易·震卦·象辭》：「洊雷震，君子以恐懼修省。」《正義》曰：「洊者，重也，因，仍也，雷相因仍，乃為威震也。」《尚書·舜典》：「眚災肆赦。」王肅注曰：「眚，過；災，害；肆，緩；過而有害，當緩赦之。」《正義》曰：「《春秋》言肆眚者，皆謂緩縱過失之人，是肆為緩也，眚為過也。言小則恕之，大則宥之。」「明罰勑法。」《易·噬嗑·象辭》。

30. 《穆天子傳》：「丙寅，天子屬官效器，乃命正公郊父受勑憲。」郭注：「憲，教令也。」

31. 魏武語無考。晉武敕戒百官詔，存者有泰始四年〈責成二千石詔〉（《晉書·武帝紀》）、〈太康初省州牧詔〉（《續漢郡國志》三《注補》引）、〈泰始五年敕戒郡國計吏〉（《晉書·食貨志》。）其〈敕都督勑牙門〉諸詔未見。

32. 戒，教，命，雖皆尊長示卑下之辭，然不限之於君臣之際，故彥和於篇末附論之。「戒之用休」《尚書·大禹謨》文。《孔傳》曰：「休，美也。言善政之道，美以戒之。」《國語·晉語一》：「欒共子曰：民生於三，事之如一。父生之，師教之，君食之，非父不生，非食不長，非教不知，生之族也。（族，類也。）故壹事之。」

33. 漢高祖〈手敕太子文〉見《古文苑》十，錄之如下。（章樵注《漢書·藝文志·高祖傳》十三篇。固自注：

高祖與大臣述古語及詔策也。此篇或詔策之一。）

「吾遭亂世，當秦禁學，自喜謂讀書無益。洎踐阼以來，時方省書，乃使人知作者之意。追思昔所行，多不是。

堯舜不以天下與子而與他人，此非為不惜天下，但子不中立耳。人有好牛馬尚惜。況天下耶。吾以爾是元子，早有立意，群臣咸稱汝友四皓，吾所不能致，而為汝來，為可任大事也。今定汝為嗣。

吾生不學書，但讀書問字而遂知耳。以此故不大工。然亦足自辭解。今視汝書猶不如吾。汝可勤學習，每上疏宜自書，勿使人也。

汝見蕭曹張陳諸公侯，吾同時人，倍年于汝者，皆拜。并語于汝諸弟。

吾得疾遂困，以如意母子相累。其餘諸兒，皆自足立，哀此兒猶小也。」

《東方朔集》載其〈誡子詩〉：

「明者處世，莫尚於中；優哉游哉。與道相從。首陽為拙，柳惠為工；飽食安步，以仕代農；依隱玩世，詭時不逢。才盡身危，好名得華；有群累生，孤貴失和；遺餘不遷，自盡無多。聖人之道，一龍一蛇；形見神藏，與物變化；隨時之宜，無有常家。」（《漢書．朔傳》贊止節錄「首陽為拙」下六語，《藝文類聚》二十三、《御覽》四百五十九引此「才盡」句上有「是故」二字，又自「才盡」至「無多」句，每句中有者字。）

《尚書．顧命．偽孔傳》：「臨終之命曰顧命。」

34.

《後漢書．馬援傳》援兄子嚴敦，並喜譏議，而通輕俠客，援前在交阯，還，書戒之曰：

「吾欲汝曹聞人過失，如聞父母之名，耳可得聞，口不可得言也。好論議人長短，妄是非正法，此吾所大惡也，寧死不願聞子孫有此行也。汝曹知吾惡之甚矣，所以復言者，施衿結縭，中父母之戒，欲使汝曹不忘之耳。龍伯高敦厚周慎，口無擇言，謙約節儉，廉公有威，吾愛之重之，願汝曹效之。杜季良豪俠好義，憂人之憂，樂人之樂，清濁無所失，父喪致客，數郡畢至，吾愛之重之，不願汝曹效也。效伯高不得，猶為謹勑

之士，所謂刻鵠不成尚類鶩者也。效季良不得，陷為天下輕薄子，所謂畫虎不成反類狗者也。訖今季良尚未可知，郡將下車輒切齒，州郡以為言，吾常為寒心，是以不願子孫效也。」

鄭玄千古大儒。《後漢書》本傳載其〈戒子益恩書〉一篇，鄭公出處大端，傳經偉業，仁慈之懷，齊家之道，莫不於此書見之。書中「不為父母昆弟所容」句，黃丕烈《士禮居題跋記》二陳鱣〈跋元大德本後漢書〉云：「吾家舊貧，不為父母昆弟所容，是本無不字，俱與唐史承節所撰〈鄭公碑〉合。」案無不字者是。本傳謂：「玄少為鄉嗇夫，得休歸，常詣學官，不樂為吏。父數怒之，不能禁。」章懷注引〈鄭玄別傳〉：「玄年十一二，隨母還家。正臘會，同列十餘人，皆美服盛飾，語言閑通，玄獨漠然如不及。母私督數之。乃曰：此非我志，不在所願也。」妄人誤以此為不為父母所容，其實玄志在游學，所以能去廝役之吏者，正是為父母昆弟所優容耳。茲特錄其文於下：

「吾家舊貧，為父母昆弟所容，去廝役之吏，游學周秦之都，往來幽并兗豫之域，獲覲乎在位通人，處逸大儒，得意者咸從捧手，有所授焉。遂博稽六蓺，粗覽傳記，時覩秘書緯術之奧。年過四十，乃歸供養，假田播殖，以娛朝夕。（以上游歷學業。）遇閹尹擅埶，坐黨禁錮，十有四年，而蒙赦令。舉賢良方正有道，辟大將軍三司府，公車再召。比牒併名，早為宰相。惟彼數公，懿德大雅，克堪王臣，故宜式序。吾自忖度，無任於此；但念述先聖之元意，思整百家之不齊，亦庶幾以竭吾才，故聞命罔從。而黃巾為害，萍浮南北，復歸邦鄉，入此歲來，已七十矣。（以上出處年歲。）宿素衰落，仍有失誤，（仍，頻也。）案之禮典，便合傳家。今我告爾以老，歸爾以事，將閑居以養性，覃思以終業；自非拜國君之命，問族親之憂，展敬墳墓，觀省野物，胡嘗扶杖出門乎。家事大小，汝一承之。（以上傳家。）咨爾煢煢一夫，曾無同生相依，其勖求君子之道，研鑽勿替，敬慎威儀，以近有德。顯譽成於僚友，德行立於己志，若致聲稱，亦有榮於所生，可不深念邪！可不深念邪！（以上教誡。）吾雖無紱冕之緒，頗有讓爵之高，自樂以論贊之功，庶不遺後人之羞。末所憤憤者，徒以亡親墳壟未成；所好羣書，率皆腐敝，不得於禮堂寫定，傳與其人，日西方

暮，其可圖乎！（以上自述志事未竟。）家今差多於昔，勤力務時，無恤飢寒。菲飲食，薄衣服，節夫二者，尚令吾寡恨。若忽亡不識，亦已焉哉！」

35. 《後漢書・列女・班昭傳》：「昭，字惠班，一名姬。博學高才，作《女誡》七篇，有助內訓。其辭曰：鄙人愚暗，受性不敏，蒙先君之餘寵，賴母師之典訓，（母，傅母也。師，女師也。）年十有四，執箕帚於曹氏。於今四十餘載矣，戰戰兢兢，常懼黜辱，以增父母之羞，以益中外之累，夙夜劬心，勤不告勞，而今而後，乃知免耳。吾性疏頑，教導無素，恆恐子穀（曹成，字子穀，班昭之子也。）負辱清朝；聖恩橫加，猥賜金紫，實非鄙人庶幾所望也。男能自謀矣，吾不復以為憂也。但傷諸女，方當適人，而不漸訓誨，不聞婦禮，懼失容他門，取恥宗族。吾今疾在沈滯，性命無常，念汝曹如此，每用惆悵。間作《女誡》七章，願諸女各寫一通，庶有補益，裨助汝身，去矣，其勖勉之。（去矣，猶言從今以往。）〈卑弱〉第一。〈夫婦〉第二。〈敬慎〉第三。〈婦行〉第四。〈專心〉第五。〈曲從〉第六。〈和叔妹〉第七。」《女誡》文繁不錄。

36. 《說文》：「教，上所施下所效也。」《白虎通・三教》：「教者，效也。上為之，下效之。」《文選》三十六注引蔡邕《獨斷》曰：「諸侯言曰教。」（今《獨斷》無此語。）

37. 《漢書・鄭弘傳》：「弘為南陽太守，條教法度，為後所述。」

38. 孔融漢末忠烈之士，范曄稱其與琨玉秋霜比質，自是確論。本傳謂融為北海相，到郡收合士民，起兵講武，表顯儒術，薦賢舉良，在郡六年，日以抗羣賊輯吏民為事，似非罕於理者。魏文深好融文，募天下有上融文章者，輒賞以金帛。疑有北海鄙夫偽造融文獻之。（《抱朴子・清鑒篇》云：「孔融、邊讓文學邈俗，而並不達治務，所在敗績。」此亦成敗論人，不足信據。）如《古文苑》載融六言詩，稱頌曹操，辭極鄙悖，其作偽顯然。彥和所見，或即此類也。茲錄其〈立鄭公鄉教〉於下。（此文載〈鄭玄傳〉，可信。）

〈告高密縣立鄭公鄉教〉

昔齊置士鄉，越有君子軍，皆異賢之意也。鄭君好學，實懷明德。昔太史公、廷尉吳公、謁者僕射鄧公，皆

漢之名臣，又南山四皓，有園公、夏黃公，潛光隱耀，世加其高，皆悉稱公。然則公者，仁德之正號，不必三事大夫也。今鄭君鄉宜曰鄭公鄉。昔東海于公，僅有一節，猶或戒鄉人侈其門閭；（事見《漢書．于定國傳》。）矧乃鄭公之德，而無駟牡之路！可廣開門衢，令容高車，號為通德門。

39. 《三國．蜀志．諸葛亮傳》陳壽〈上諸葛氏集表〉曰：「論者或怪亮文彩不豔，而過于丁寧周至。臣愚以為咎繇大賢也，周公聖人也，考之《尚書》，咎繇之謨略而雅，周公之誥煩而悉。何則？咎繇與舜禹共談，周公與群下矢誓故也。亮所與言，盡眾人凡士，故其文指不得及遠也。然其聲教遺言，皆經事綜物，公誠之心，形于文墨，足以知其人之意理而有補於當世。」案彥和稱孔明詳約，詳，謂其丁寧周至，約，謂其文彩不豔。

《晉書．庾翼傳》：「翼，字稚恭。代庾亮鎮武昌，每竭志能，勞謙匪懈，戎政嚴明，經略深遠，人情翕然，稱其才幹。」《御覽》七百五十四引翼集〈與僚屬教〉曰：「頃聞諸君樗蒱有過差者，初為是政事閑暇，以娛以甘，故未有言也。今知大相聚集，漸以成俗，聞之能不憮然。」又《藝文類聚》七十四引翼集〈答參軍于瓚〉曰：「今惟許其圍棋，餘悉斷。」翼蓋東晉有為之士，異於清談委蛇者也。

40. 《詩．大雅．大明》：「有命自天，命此文王。」凡經典命皆為上告下之辭，而詔為下告上之辭。（《周禮》諸詔字，皆以下告上。）自秦以後，詔惟天子用之，而命則凡上告下之通稱，所謂古今之變也。校勘記：「在當作自。」

41. 盧文弨《抱經堂文集》十四〈文心雕龍輯注書後〉：「當作『《周禮》曰：師氏詔王，明為輕也。』下衍命字。」《札迻》十二：「黃注云：『案《周官．師氏職》無此文。』案此據師氏職有掌以媺詔王之文，明以臣詔君，為詔輕於命，非謂《周禮》有為輕命之文也，黃注繆。」案此句與上「《詩》云有命自天，明命為重也」對文，當依梅本作《周禮》曰師氏詔王，明詔為輕也。輕字下命字衍文，當刪。

42. 尹好，疑當作式好。式，語辭也。

檄移第二十

震雷始於曜電，出師先乎威聲；故觀電而懼雷壯，聽聲而懼兵威。兵先乎聲，其來已久。昔有虞鈴木云御覽虞下有氏字始戒於國，夏后初誓於軍，殷誓軍門之外，周將交刃而誓之。故知帝世戒兵，三王誓師，宣訓我眾，未及敵人也1。至周穆西征，祭公謀父稱古有威讓孫云明抄本御覽作儀之令，令顧云令字衍鈴木云御覽無令字有文告孫云明抄本御覽五九七引告作誥之辭，即檄之本源也2。及春秋征伐，自諸侯出，懼敵弗孫云御覽作不服，故兵出須名，振此威風，暴彼昏亂。劉獻公之孫云御覽無之字所謂告之以文辭，董之以武師元作師武孫云御覽作武師者也3。齊桓征楚，詰元作告苞汪本作菁孫云御覽作菁茅之闕4；晉厲伐秦，責箕郜之焚5；管仲呂相，奉辭先路，詳其意義，即今之檄文6。暨乎戰國，始稱為檄。檄者，皦也孫云明抄本御覽作皎；宣露孫云御覽作布於外，皦然明白也7。張儀檄楚，書以尺二，明白之文，或稱露布，播諸視聽也孫云御覽作露布者蓋露板不封布諸視聽也8。夫兵以定亂，莫敢自專；天子親戎，則稱恭行天罰；諸侯御孫云御覽作禦師，則云肅將王誅。故分閫推轂，奉辭伐罪，非唯致果為毅，亦且厲孫云御覽作屬辭為武9。使聲如衝元作衡孫云御覽作晨風所擊元作繫，氣似欃槍所掃，奮其武怒，總其罪人，懲孫云御覽作乘其惡稔之時，顯其貫盈之數，搖奸宄鈴木云御覽作姦兇之膽，訂信慎孫云御覽作順之心；使百尺之衝，摧折於咫書，萬雉之城，顛墜於一檄者也10。觀隗囂之檄亡新，布元作有孫云御覽作布其三逆，文不雕飾，而辭鈴木云御覽作意切事明，隴右文士，得檄之體矣11。陳琳之檄豫州元脫孫云御覽無豫州二字，壯有孫云明抄本御覽作於骨鯁，雖奸閹攜養，章密太鈴木云御覽密太作實文

甚，發邱摸金，誣過其虐，然抗辭（孫云御覽作據詞）書釁，皦然露骨（元作固孫改又一本作暴露孫云御覽作曝露）矣。敢（鈴木云矣敢當作敢矣）指曹公之鋒，幸哉免袁黨之戮也（孫云御覽無敢指二句）[12]。鍾會檄蜀，徵驗甚明[13]，桓公（孫云御覽作溫）檄胡，觀釁尤切[14]：並壯筆也。凡檄之大體，或述此休明，或敍彼苛虐，指天時（孫云明抄本御覽作或述休明或敍否剝御覽指上有則剝二字），審人事，算（鈴木云御覽作驗）彊弱，角權勢，標蓍龜于前驗，懸鞶鑑于已然，雖本國信，實參兵詐。譎詭（孫云御覽作詭譎）以馳旨，煒曄以騰說，凡此眾條（孫云明抄本御覽作作），莫或違之者也（孫云御覽之在或字上）[15]。故其植義颺辭，務在剛健：插羽以示迅，不可使辭緩；露板以宣眾，不可使義隱：必事昭而理辨，氣盛而辭斷，此其要也。若曲趣密巧，無所取才（鈴木云當作材矣）[16]。又州郡徵吏，亦稱為檄，固明舉之義也[17]。

移者，易也：移風易俗，令往而民隨者也[18]。相如之難蜀老，文曉而喻博，有移檄之骨焉[19]。及劉歆之移太常，辭剛而義辨，文移之首也[20]。陸機之移百官，言約（孫云御覽作簡）而事顯，武移之要者也[21]。故檄移為用，事兼文武，其在金革，則逆黨用檄，順（元作煩曹改）命（孫云御覽作順眾）資移，所以洗濯民心，堅同（元作用曹改）符契，意用（孫云御覽作則）小異而體義大同（孫云御覽有也字），與檄參伍，故不重論也。

贊曰：三驅弛剛，九伐先話[22]。鞶鑑吉凶，蓍龜成敗。惟（黃云活字本作摧譚云作摧）壓鯨鯢，抵落蜂蠆。移寶（一作實）易俗，草偃風邁[23]。

【注釋】

1. 《左傳．文公七年》：「趙盾曰：先人有奪人之心，軍之善謀也。」又〈宣公十二年〉：「孫叔曰：『寧我

薄人，無人薄我，《軍志》曰先人有奪人之心，薄之也。』」《司馬法．天子之義篇》：「有虞氏戒於國中，欲民體其命也。夏后氏誓於軍中，欲民先成其慮也。殷誓於軍門之外，欲民先意以行事也。周將交刃而誓之，以致民志也。」

2. 《國語．周語上》：「穆王將征犬戎。祭公謀父諫曰……於是乎有刑罰之辟，有攻伐之兵，有征討之備，有威讓之令，有文告之辭。」據此「令有文告之辭」句，令字衍，當刪。馬鑑《續事始》：「周穆王令祭公謀父為威讓之辭，以責狄人之情，此檄始也。」《司馬法．仁本篇》有徵師辭及軍令，錄之如下：

「冢宰徵師於諸侯曰：『某國為不道，征之。以某年月日，師至於某國，會天子正刑。』冢宰與百官布令於軍曰：『入罪人之地，無暴神祇，無行田獵，無毀土功，無燔牆屋，無伐林木，無取六畜禾黍器械。見其老幼奉歸勿傷。雖遇壯者，不校勿敵。敵若傷之，醫藥歸之。』」

3. 《左傳．昭公十三年》：「晉人將尋盟，齊人不可，晉侯使叔向告劉獻公曰：抑齊人不盟，若之何？對曰：盟以底信，君苟有信，諸侯不貳，何患焉！告之以文辭，董之以武師，雖齊不許，君庸多矣。」杜注：

「董，督也；庸，功也。討之有辭，故功多也。」

4. 《左傳．僖公四年》：「齊侯以諸侯之師伐楚，……管仲對曰：昔召康公命我先君大公曰：五侯九伯，女實征之，以夾輔周室。賜我先君履，東至於海，西至於河，南至於穆陵，北至於無棣。爾貢包茅不入，王祭不共，無以縮酒，寡人是徵；昭王南征而不復，寡人是問。」《穀梁．僖四年傳》，包茅作菁茅，此彥和所本。《管子．輕重篇》、《韓非子．外儲說左上》，包茅亦作菁茅。

5. 《左傳．成公十三年》晉侯使呂相絕秦曰：

「昔逮我獻公及穆公相好，戮力同心，申之以盟誓，重之以昏姻。天禍晉國，文公如齊，惠公如秦。無祿，獻公即世。穆公不忘舊德，俾我惠公用能奉祀于晉；又不能成大勳，而為韓之師。亦悔于厥心，用集我文公，是穆之成也。文公躬擐甲冑，跋履山川，踰越險阻，征東之諸侯，虞夏商周之胤而朝諸秦，則亦既報舊

德矣。鄭人怒君之疆埸，我文公帥諸侯及秦圍鄭。秦大夫不詢于我寡君，擅及鄭盟；諸侯疾之，將致命於秦。文公恐懼，綏靜諸侯，秦師克還無害，則是我大有造於西也。無祿，文公即世。穆為不弔，蔑死我君，寡我襄公，迭我殽地，奸絕我好，伐我保城，殄滅我費滑，散離我兄弟，撓亂我同盟，傾覆我國家。我襄公未忘君之舊勳，而懼社稷之隕，是以有殽之師。猶願赦罪於穆公，穆公弗聽，而即楚謀我。天誘其衷，成王隕命，穆公是以不克逞志於我。穆襄即世，康靈即位。康公我之自出，又欲闕翦我公室，傾覆我社稷，帥我蝥賊，以來蕩搖我邊疆，我是以有令狐之役。康猶不悛，入我河曲，伐我涑川，俘我王官，翦我羈馬，我是以有河曲之戰。東道之不通，則是康公絕我好也。

及君之嗣也，我君景公引領西望，曰：『庶撫我乎！』君亦不惠稱盟，利吾有狄難，入我河縣，焚我箕郜，芟夷我農功，虔劉我邊陲，我是以有輔氏之聚。君亦悔禍之延，而欲徼福于先君獻穆，使伯車來命我景公，曰：吾與女同好棄惡，復脩舊德，以追念前勳。言誓未就，景公即世，我寡君是以有令狐之會。君又不祥，背棄盟誓，白狄及君同州，君之仇讎而我之昏姻也。君來賜命，曰：吾與女伐狄。寡君不敢顧昏姻，畏君之威，而受命於吏。君有二心於狄，曰晉將伐女。狄應且憎，是用告我。楚人惡君之二三其德也，亦來告我曰：秦背令狐之盟，而來求盟於我。昭告昊天上帝。秦三公，楚三王，曰：『余雖與晉出入，余唯利是視。』不穀惡其無成德，是用宣之，以懲不壹。諸侯備聞此言，斯是用痛心疾首，暱就寡人。寡人帥以聽命，唯好是求。君若惠顧諸侯，矜哀寡人，而賜之盟，則寡人之願也，其承寧諸侯以退，豈敢徼亂。君若不施大惠，寡人不佞，其不能以諸侯退矣。敢盡布之執事，俾執事實圖利之。」

6. 齊桓公以私忿侵蔡，因便伐楚，本嫌理屈；而管仲對楚人舉召康公之命以夸楚，又舉先君四履以自言其盛，呂相尤多誣秦之辭。故彥和謂詳其意義，即今之檄文。

7. 《文選．序》：「書誓符檄之品。」五臣注：「檄者，皦也。喻彼令皦然明白。」《一切經音義》十：「檄者，皎也。明言此彼，令皎然而識之也。」此本彥和為說者，彥和又必有所本也。

8. 《史記・張儀列傳》：「張儀既相秦，為文檄告楚相曰：『始吾從若飲，我不盜而璧，若笞我。若善守汝國，我顧且盜而城。』」《索隱》：「王劭按《春秋後語》云：『丈二尺檄。』（案丈是長之誤。二尺誤倒。許慎云：『檄，二尺書也。』當作尺二書也。）許慎云：『檄，二尺書也。』為檄，即傳檄爾。」《說文》：「檄，二尺書。」段玉裁注曰：「各本作二尺書。小徐《繫傳》已佚，見《韵會》者，作尺二書，蓋古本也。李賢注〈光武紀〉曰：「《說文》以木簡為書，長尺二寸，謂之檄，以徵召也。」與《前漢書・高帝紀》注同。此蓋出《演說文》，故語加詳。云尺二寸，與鍇本合。但漢人多言尺一，未知其分別之詳。」《後漢書・鮑昱傳》：「詔昱詣尚書，使封胡降檄。」注云：「檄，軍書也，若今之露布也。」校勘記：「案《御覽》引云：露布者，蓋露板不封，布諸視聽也。洪容齋《四筆》引亦云：露布者，蓋露板不封，布諸觀聽也。乃知或稱露布句下脫露布者蓋露板不封八字，而播字則宋時傳本或有作布者也。」

9. 《白虎通論・天子自出與使方伯之議》：「王法天誅者，天子自出者，以為王者乃天之所立，而欲謀危社稷，故自出，重天命也。犯王法，使方伯誅之。《尚書》（〈甘誓〉。）曰：『今予惟恭行天之罰。』此言開自出伐扈也。〈王制〉曰：『賜之弓矢，乃得專征伐。』謂誅犯王法者也。」《尚書・甘誓・正義》：「天子用兵，稱恭行天罰；諸侯討有罪，稱肅將王誅；皆示有所稟承，不敢專也。」《孔疏》蓋本彥和。《史記・馮唐傳》：「臣聞上古王者之遣將也，跪而推轂，曰：『閫以內者，寡人制之；閫以外者，將軍制之。』軍功爵賞，皆決於外，歸而奏之。」《左傳・宣公二年》：「戎昭果毅以聽之之謂禮。殺敵為果，致果為毅。」（《正義》云：「兵戎之事，明此果毅以聽之之謂禮。」）

10. 《史記・韓安國列傳》：「衝風之末，力不能漂鴻毛，非初不勁，末力衰也。」《爾雅・釋天》：「彗星為欃槍。」郭璞注：「亦謂之孛。言其形孛孛似掃彗。」《說文》：「彗，掃竹也。」《韓非子・說林下》：「有與悍者鄰，欲賣宅而避之。人曰：『是其貫將滿矣，子姑待之。』答曰：『吾恐其以我滿貫也。』遂去之。」稔，熟也。《文選》任昉〈奏彈劉整〉：「惡積釁稔。」《戰國・齊策五》：「千丈之城，拔之尊俎

之間；百尺之衝，折之衽席之上。」《詩．大雅．皇矣．傳》曰：「衝，衝車也。」陸德明《釋文》曰：「《說文》作菑。菑，陣車也。」《正義》曰：「衝者，從傍衝突之稱。兵書有作衝車之法，墨子有備衝之篇。」《史記．張儀列傳》：「為文檄告楚相。」《集解》引徐廣曰：「一作咫尺之檄。」咫書與下一檄對文。《左傳．隱公元年》杜注：「方丈曰堵，三堵曰雉。一雉之牆，長三丈，高一丈。」《正義》曰：「定十二年《公羊傳》曰：『雉者何？五板而堵，五堵而雉。』何休以為堵四十尺，雉二百尺。許慎《五經異義》：「《戴禮》及《韓詩說》八尺為板，五板為堵，五堵為雉；板廣二尺，積高五板為一丈；五堵為雉，雉長四丈。《古周禮》及《左氏說》一丈為板，板廣二尺；五板為堵，一堵之牆，長丈高丈；三堵為雉，一雉之牆，長三丈，高一丈。以度其長者用其長；以度其高者用其高也。」諸說不同，賈逵、馬融、鄭玄、王肅之徒為古學者，皆云雉長三丈，故杜依用之。」班固〈西都賦〉：「建金城之萬雉。」

11. **隗囂〈移檄告郡國〉**（《後漢書．隗囂傳》）

漢復元年七月己酉朔己巳，上將軍隗囂，白虎將軍隗崔，左將軍隗義，右將軍楊廣，明威將軍王遵，雲旗將軍周宗等，告州牧部監郡卒正連率大尹尹尉隊大夫屬正屬令，故新都侯王莽，慢侮天地，悖道逆理，鴆殺孝平皇帝，簒奪其位，矯託天命，偽作符書，欺惑眾庶，震怒上帝，反戾飾文，以為祥瑞，戲弄神祇，歌頌禍殃，楚越之竹，不足以書其惡，天下昭然，所共聞見。今略舉大端，以喻吏民：

蓋天為父，地為母，禍福之應，各以事降。莽明知之，而冥昧觸冒，不顧大忌，詭亂天術，援引史傳。昔秦始皇毀壞謚法，以一二數欲至萬世；而莽下三萬六千歲之歷，言身當盡此度。循亡秦之軌，推無窮之數，是其逆天之大罪也。分裂郡國，斷截地絡；田為王田，賣買不得；規錮山澤，奪民本業；造起九廟，窮極土作；發冢河東，攻劫丘壟。此其逆地之大罪也。尊任殘賊，信用姦佞；誅戮忠正，覆案口語。赤車奔馳，法冠晨夜；冤繫無辜，妄族眾庶。行炮烙之刑，除順時之法，灌以醇醯，裂以五毒。政令日變，官名月易，貨幣歲改，吏民昏亂，不知所從，商旅窮窘，號泣市道。設為六管，增重賦斂，刻剝百姓，厚自奉養。苞苴流

12.

行，財入公輔，上下貪賄，莫相檢考。民坐挾銅炭，沒入鍾官，徒隸殷積，數十萬人，工匠餓死，長安皆臭。既亂諸夏，狂心益悖，北攻强胡，南擾勁越，西侵羌戎，東摘濊貊。使四境之外，並入為害，緣邊之郡，江海之瀕，滌地無類。故攻戰之所敗，苛法之所陷，饑饉之所夭，疾疫之所及，以萬萬計。其死者則露屍不掩，生者則奔亡流散，幼孤婦女，流離係虜，此其逆人之大罪也。是故上帝哀矜，降罰于莽，妻子顛殞，還自誅刈，大臣反據，亡形已成。

大司馬董忠，國師劉歆，衛將軍王涉，皆結謀內潰；司命孔仁，納言嚴尤，秩宗陳茂，舉眾外降，今山東之兵二百餘萬，已平齊楚，下蜀漢，定宛洛，據敖倉，守函谷。威命四布，宣風中岳，興滅繼絕，封定萬國，遵高祖之舊制，修孝文之遺德。有不從命，武軍平之。馳使四夷，復其爵號。然後還師振旅，櫜弓臥鼓，申命百姓，各安其所，庶無負子之責。（注：百姓襁負流亡，責在君上，既安其業，則無責也。）」

《三國・魏志・王粲傳》：「陳琳字孔璋。避難冀州，袁紹使典文章。袁氏敗，琳歸太祖。太祖謂曰：『卿昔為本初移書，但可罪狀孤而已，惡惡止其身，何乃上及父祖邪？』琳謝罪。太祖愛其才而不咎。（《文選》四十四陳孔璋〈為袁紹檄豫州〉李善注引《魏志》琳謝罪下有「矢在弦上，不得不發」語，今《魏志》無此文。據《後漢書・袁紹傳》章懷注引，則李善所引者，乃是流俗本也。）軍國書檄，多琳瑀（阮瑀）所作也。」裴注引《典略》曰：「琳作諸書及檄，草成，呈太祖。太祖先苦頭風，是日疾發，臥讀琳所作，翕然而起曰：『此愈我病。』數加厚賜。」校勘記：「案矣敢當作敢矣，與下句幸哉相對。紀昀曰：指當作攖。」

陳孔璋〈為袁紹檄豫州〉（《文選》。）

左將軍領豫州刺史郡國相守。蓋聞明主圖危以制變，忠臣慮難以立權，是以有非常之人，然後有非常之事，有非常之事，然後立非常之功。夫非常者，故非常人所擬也。曩者彊秦弱主，趙高執柄，專制朝權，威福由己，時人迫脅，莫敢正言，終有望夷之敗，祖宗焚滅，汙辱至今，永為世鑒。及臻呂后季年，產祿專政，內兼二軍，外統梁趙，擅斷萬機，決事省禁，下陵上替，海內寒心。於是絳侯朱虛，興兵奮怒，誅夷逆暴，尊

立太宗。故能王道興隆，光明顯融，此則大臣立權之明表也。

司空曹操，祖父中常侍騰，與左悺徐璜並作妖孽，饕餮放橫，傷化虐民；父嵩乞匄攜養，因贓假位，輿金輦璧，輸貨權門，竊盜鼎司，傾覆重器。操贅閹遺醜，本無懿德，慓狡鋒協，好亂樂禍。幕府董統鷹揚，掃除凶逆，續遇董卓侵官暴國，於是提劍揮鼓，發命東夏。收羅英雄，棄瑕取用。故遂與操同諮合謀，授以裨師；謂其鷹犬之才，爪牙可任。至乃愚佻短略，輕進易退，傷夷折衄，數喪師徒。幕府輒復分兵命銳，修完補輯，表行東郡領兗州刺史，被以虎文，奬蹴威柄。冀獲秦師一剋之報。而操遂承資跋扈，肆行凶忒，割剝元元，殘賢害善。故九江太守邊讓，英才俊偉，天下知名，直言正色，論不阿諂，身首被梟懸之誅，妻孥受灰滅之咎。自是士林憤痛，民怨彌重，一夫奮臂，舉州同聲。故躬破於徐方，地奪於呂布，彷徨東裔，蹈據無所。幕府惟彊幹弱枝之義，且不登叛人之黨，故復援旌擐甲，席卷起征，金鼓響振，布眾奔沮，拯其死亡之患，復其方伯之位。則幕府無德於兗土之民，而有大造於操也。

後會鑾駕反旆，羣虜寇攻，時冀州方有北鄙之警，匪遑離局，故使從事中郎徐勛就發遣操使繕修郊廟，翊衛幼主。操便放志專行，脅遷當御省禁。卑侮王室，敗法亂紀，坐領三臺，專制朝政，爵賞由心，刑戮在口。所愛光五宗，所惡滅三族，羣談者受顯誅，腹議者蒙隱戮，百寮鉗口，道路以目。尚書記朝會，公卿充員品而已。故太尉楊彪，典歷二司，享國極位。操因緣眥睚，被以非罪，榜楚參并，五毒備至，觸情任忒，不顧憲綱。又議郎趙彥，忠諫直言，義有可納，是以聖朝含聽，改容加飾。操欲迷奪時明，杜絕言路，擅收立殺，不俟報聞。又梁孝王先帝母昆，墳陵尊顯，桑梓松柏，猶宜肅恭。而操帥將吏士，親臨發掘，破棺裸尸，掠取金寶，至令聖朝流涕，士民傷懷。操又特置發丘中郎將，摸金校尉，所過隳突，無骸不露。身處三公之位，而行桀虜之態，汙國虐民，毒施人鬼。加其細政苛慘，科防互設，罾繳充蹊，坑穽塞路，舉手挂網羅，動足觸機陷，是以兗豫有無聊之民，帝都有吁嗟之怨。歷觀載籍無道之臣，貪殘酷烈，於操為甚。幕府方詰外姦，未及整訓，加緒含容，冀可彌縫。

而操豺狼野心，潛包禍謀，乃欲摧撓棟梁，孤弱漢室，除滅忠正，專為梟雄，往者伐鼓北征公孫瓚，強寇桀逆，拒圍一年，操因其未破，陰交書命，外助王師，內相掩襲，故引兵造河，方舟北濟。會其行人發露，瓚亦梟夷，故使鋒芒挫縮，厥圖不果。爾乃大軍過蕩西山，屠各左校，皆束手奉質，爭為前登，犬羊殘醜，消淪山谷。於是操師震慴，晨夜逋遁，屯據敖倉，阻河為固，欲以螗蜋之斧，禦隆車之隧。幕府奉漢威靈，折衝宇宙，長戟百萬，胡騎千羣，奮中黃育獲之士，騁良弓勁弩之勢。并州越太行，青州涉濟漯，大軍汎黃河而角其前，荊州下宛葉而掎其後，雷霆虎步，並集虜庭。若舉炎火以焫飛蓬，覆滄海以沃粗熛，有何不滅者哉！又操軍吏士，其可戰者，皆出自幽冀，或故營部曲，咸怨曠思歸，流涕北顧。其餘兗豫之民，及呂布張揚之遺眾，覆亡迫脅，權時苟從，各被創夷，人為讎敵。若迴旆方徂，登高岡而擊鼓吹，揚素揮以啟降路，必土崩瓦解，不俟血刃。

方今漢室陵遲，綱維弛絕，聖朝無一介之輔，股肱無折衝之勢，方畿之內，簡練之臣，皆垂頭搨翼，莫所憑恃，雖有忠義之佐，脅於暴虐之臣，焉能展其節。又操持部曲精兵七百，圍守宮闕，外託宿衛，內實拘執。懼其篡逆之萌，因斯而作。此乃忠臣肝腦塗地之秋，烈士立功之會，可不勖哉！操又矯命稱制，遣使發兵，恐邊遠州郡，過聽而給與，強寇弱主，違眾旅叛，舉以喪名，為天下笑，則明哲不取也。即日幽并青冀四州並進。書到荊州，便勒見兵，與建忠將軍協同聲勢。州郡各整戎馬，羅落境界，舉師揚威，並匡社稷，則非常之功，於是乎著。其得操首者，封五千戶侯，賞錢五千萬。部曲偏裨，將校諸吏，降者勿有所問。廣宣恩信，班揚符賞，布告天下，咸使知聖朝有拘逼之難。如律令。」

13.

《魏志．鍾會傳》姜維守劍閣拒會，會移檄蜀將吏士民曰：

「往者漢祚衰微，率土分崩，生民之命，幾於泯滅。太祖武皇帝神武聖哲，撥亂反正，拯其將墜，造我區夏。高祖文皇帝應天順民，受命踐祚。烈祖明皇帝奕世重光，恢拓洪業。然江山之外，異政殊俗，率士齊民，未蒙皇化，此三祖所以顧懷遺恨也。今主上聖德欽明，紹隆前緒，宰輔忠肅明允，劬勞王室，布政垂惠

而萬邦協和，施德百蠻而肅慎致貢。悼彼巴蜀，獨為匪民，愍此百姓，勞役未已。是以命授六師，龔行天罰，征西雍州鎮西諸軍五道並進。古之行軍，以仁為本，以義治之，王者之師，有征無戰，故虞舜舞干戚而服有苗，周武有散財發廪表閭之義。今鎮西奉辭銜命，攝統戎重，庶弘文告之訓，以濟元元之命，非欲窮武極戰，以快一朝之政。故略陳安危之要，其敬聽話言。

益州先主以命世英才，興兵朔野，困躓冀徐之郊，制命紹布之手，太祖拯而濟之，與隆大好，中更背違，棄同即異。諸葛孔明仍規秦川，姜伯約屢出隴右，勞動我邊境，侵擾我氐羌。方國家多故，未遑修九伐之征也。今邊境又清，方內無事，蓄力待時，并兵一向，而巴蜀一州之眾，分張守備，難以禦天下之師；段谷侯和沮傷之氣，難以敵堂堂之陣；比年以年，曾無寧歲，征夫勤瘁，難以當子來之民；此皆諸賢所親見也。蜀相牡見禽於秦，公孫述授首於漢，九州之險，是非一姓；此皆諸賢所備聞也。明者見危於無形，智者窺禍於未萌，是以微子去商，長為周賓，陳平背項，立功於漢，豈晏安酖毒，懷祿而不變哉！今國朝隆天覆之恩，宰輔弘寬恕之德，先惠後誅，好生惡殺。往者吳將孫壹舉眾內附，位為上司，寵秩殊異。文欽唐咨為國大害，叛主讎賊，還為戎首，咨因逼禽獲，欽二子還降，皆將軍封侯，咨與聞國事。壹等窮踧歸命，猶加盛寵，況巴蜀賢知見機而作者哉！誠能深鑒成敗，邈然高蹈，投跡微子之蹤，錯身陳平之軌，則福同古人，慶流來裔。百姓士民，安堵舊業，農不易畝，市不回肆，去累卵之危，就永安之福，豈不美歟！若偷安旦夕，迷而不反，大兵一發，玉石皆碎，雖欲悔之，亦無及已。其詳擇利害，自求多福，各具宣布，咸使聞知。」

14. **桓溫〈檄胡文〉**（《藝文類聚》五十八。）

胡賊石勒，暴肆華夏，齊民塗炭。煎困讎孽，至使六合殊風，九鼎乖越；每惟國難，不遑啓處，撫劍北顧，慨歎盈懷。寡人不德，忝荷戎重，師次安陸，經營舊邑，瞻望華夏，暫成楚越，登丘悽覽，征夫憤慨。昔叔孫絕粒，義不同惡；龔生守節，恥存莽朝。歷紀逋僭，一朝蕩定，拯撫黎民，即安本土；訓之以德禮，潤之以玄澤，信感荒外，武揚八極，先順者獲賞，後伏者前誅，德刑既明，隨才攸敍，此之風範，想所聞也。

(此文缺佚，故未見觀釁之語。)

15. 《御覽》五百九十七引李充《翰林論》：「盟檄發於師旅。」又引充〈起居誡〉曰：「檄不切厲則敵心陵；言不誇壯則軍容弱。」《一切經音義》十：「檄書者，所以罪責當伐者也。又陳彼之惡，說此之德，曉慰百姓之書也。」

16. 《漢書・高帝紀》：「吾以羽檄徵天下兵。」注：「有急事，則加以鳥羽插之，示速疾也。」《封氏聞見記》四引魏武奏事：「有警急，輒露版插羽。」《聞見記》又云：「露布，捷書之別名也。」又云：「所以名露布者，謂不封檢，露而宣布，欲四方速知。」《後漢書・李雲傳》注：「露布，謂不封之也。」

17. 《後漢書・劉趙淳于等傳・序》：「中興，廬江毛義少節(義字少節。)家貧，以孝行稱。南陽人張奉慕其名，往候之。坐定，而府檄適至，以義守令。義奉檄而入，喜動顏色。」李賢注曰：「檄，召書也。」《晉書・王遜傳》：「為寧州刺史，未到州，遙舉董聯為秀才。建寧功曹周悅謂聯非才，不下版檄。」《南史・劉訏傳》：「本州刺史張稷辟為主簿，主者檄召；訏乃挂檄於樹而逃。」皆州郡徵吏亦稱為檄之證。郝懿行曰：「《漢書・申屠嘉傳》：『為檄召通。』是則公府徵吏，亦稱為檄。」

18. 《說文》：「移，禾相倚移也。」假借為迻。《廣雅・釋詁三》：「移，敭也。」《釋詁四》：「轉也。」《漢書・律曆志上》：「壽王又移帝王錄。」王先謙曰：「凡官曹平等不相臨敬，則為移書。後漢文移字始見於此。」

19. 《漢書・司馬相如傳》，相如使時，蜀長老多言通西南夷之不為用，大臣亦以為然。相如欲諫，業已建之，不敢。乃著書藉蜀父老為辭，而己詰難之，以風天子，且因宣其使指，令百姓皆知天子意。其辭曰：漢興七十有八載，德茂存乎六世，威武紛紜，湛恩汪濊，羣生澍濡，洋溢乎方外。於是乃命使西征，隨流而攘，風之所被，罔不披靡，因朝冉，從駹，定筰，存邛，略斯榆，舉苞蒲，結軌還轅，東鄉將報，至於蜀都。耆老大夫薦紳先生之徒，二十有七人。儼然造焉，辭畢因進曰：蓋聞天子之於夷狄也，其義羈縻勿絕而

已，今罷三郡之士，通夜郎之塗，三年於茲，而功不竟，士卒勞倦，萬民不贍，今又接以西夷，百姓力屈，恐不能卒業，此亦使者之累也。竊為左右患之。且夫邛筰西僰之與中國並也，歷年茲多，不可記已。仁者不以德來，彊者不以力并，意者其殆不可乎！今割齊民以附夷狄，弊所恃以事無用，鄙人固陋，不識所謂。使者曰：烏謂此邪！必若所云，則是蜀不變服而巴不化俗也。余尚惡聞若說，然斯事體大，固非觀者之所覯也，余之行急，其詳不可得聞已，請為大夫粗陳其略。蓋世必有非常之人，然後有非常之事，有非常之事，然後有非常之功，非常者，固常之所異也。故曰：非常之原，黎民懼焉，及臻厥成，天下晏如也。昔者鴻水浡出，氾濫衍溢，民人登降移徙，陭區而不安。夏后氏戚之，乃堙鴻水，決流疏河，灑沈贍菑，東歸之於海，而天下永寧。當斯之勤，豈唯民哉，心煩於慮，而身親其勞，躬胝無胈，膚不生毛，故休烈顯乎無窮，聲稱浹乎于茲。且夫賢君之踐位也，豈特委瑣握齪，拘文牽俗，循誦習傳，當世取說云爾哉。必將崇論閎議，創業垂統，為萬世規。故馳騖乎兼容并包，而勤思乎參天貳地。且《詩》不云乎：「普天之下，莫非王土，率土之濱，莫非王臣。」是以六合之內，八方之外，浸潯衍溢，懷生之物，有不浸潤於澤者，賢君恥之。今封疆之內，冠帶之倫，咸獲嘉祉，靡有闕遺矣。而夷狄殊俗之國，遼絕異黨之地，舟車不通，人迹罕至，政教未加，流風猶微。內之則犯義侵禮於邊境，外之則邪行橫作，放弒其上，君臣易位，尊卑失序。父兄不辜，幼孤為奴，係纍號泣，內嚮而怨曰：「蓋聞中國有至仁焉，德洋而恩普，物靡不得其所，今獨曷為遺己。」舉踵思慕，若枯旱之望雨，盭夫為之垂涕，況乎上聖，又烏能已。故北出師以討彊胡，南馳使以誚勁越，四面風德，二方之君，鱗集仰流，願得受號者以億計。故乃關沬若，徼牂牁，鏤靈山，梁孫原，創道德之塗，垂仁義之統，將博恩廣施，遠撫長駕，使疏逖不閉，阻深闇昧，得耀乎光明，以偃甲兵於此，而息討伐於彼，遐邇一體，中外禔福，不亦康乎。夫拯民於沈溺，奉至尊之休德，反衰世之陵遲，繼周氏之絕業，斯乃天子之急務也。百姓雖勞，又惡可以已哉。且夫王事固未有不始於憂勤而終於佚樂者也。然則受命之符，合在於此矣，方將增泰山之封，加梁父之事，鳴和鸞，揚樂頌，上咸五，下登三，觀者未睹指，聽者未聞音，猶焦明已翔乎寥廓，而羅者猶視乎藪澤，悲夫！於是諸大夫芒然喪其所懷來，而失厥所以進，喟然

20. 並稱曰：允哉漢德，此鄙人之所願聞也，百姓雖怠，請以身先之。敞罔靡徙，因遷延而辭避。

《漢書．劉歆傳》，歆欲建立《左氏春秋》及《毛詩逸禮》、《古文尚書》皆列於學官。哀帝令歆與五經博士講論其義。諸博士或不肯置對，歆因移書太常博士責讓之，曰：

昔唐虞既衰，而三代迭興，聖帝明王，累起相襲，其道甚著。周室既微，而禮樂不正，道之難全也如此。是故孔子憂道之不行，歷國應聘，自衛反魯，然後樂正，雅頌乃得其所，修《易》，序《書》，制作《春秋》，以紀帝王之道。及夫子沒而微言絕，七十子終而大義乖，重遭戰國，棄籩豆之禮，理軍旅之陳，孔子之道抑，而孫吳之術興。陵夷至於暴秦，燔經書，殺儒士，設挾書之法，行是古之罪，道術由是遂滅。漢興，去聖帝明王遐遠，仲尼之道又絕，法度無所因襲。時獨有一叔孫通，略定禮儀，天下唯有《易》卜，未有它書。至孝惠之世，乃除挾書之律，然公卿大臣絳灌之屬，咸介冑武夫，莫以為意。至孝文皇帝，始使掌故朝錯，從伏生受《尚書》，《尚書》初出于屋壁，朽折散絕，今其書見在，時師傳讀而已。《詩》始萌牙，天下眾書，往往頗出，皆諸子傳說，猶廣立於學官，為置博士。在漢朝之儒，惟賈生而已。至孝武皇帝，然後鄒、魯、梁、趙，頗有《詩》、《禮》、《春秋》先師，皆起於建元之間。當此之時，一人不能獨盡其經，或為雅，或為頌，相合而成。〈泰誓〉後得，博士集而讀之。故詔書曰：「禮壞樂崩，書缺簡脫，朕甚閔焉。」時漢興已七八十年，離於全經固已遠矣。及魯恭王壞孔子宅，欲以為宮，而得古文於壞壁之中，《逸禮》有三十九篇，《書》十六篇，天漢之後。孔安國獻之。遭巫蠱倉卒之難，未及施行。及《春秋》左氏丘明所修，皆古文舊書，多者二十餘通，臧於祕府，伏而未發。孝成皇帝閔學殘文缺，稍離其真，乃陳發祕臧，校理舊文，得此三事，以考學官所傳，經或脫簡，傳或間編。傳問民間，則有魯國桓公、趙國貫公、膠東、庸生之遺，學與此同，抑而未施。此乃有識者之所惜閔，士君子之所嗟痛也。往者綴學之士，不思廢絕之闕，苟因陋就寡，分文析字，煩言碎辭，學者罷老，且不能究其一藝，信口說而背傳記，是末師而非往古。至於國家將有大事，若立辟雍封禪巡狩之儀，則幽冥而莫知其原。猶欲保殘守缺，挾恐見破之私意，而無從善服義之公心。或懷妒嫉，不考情實，雷同相從，隨聲是非，抑此三學，以《尚書》為不備，謂

《左氏》為不傳《春秋》，豈不哀哉！今聖上德通神明，繼統揚業，亦閔文學錯亂，學士若茲，雖昭其情，猶依違謙讓，樂與士君子同之。故下明詔，試《左氏》可立不，遣近臣奉指銜命，將以輔弱扶微，與二三君子比意同力，冀得廢遺。今則不然，深閉固距而不肯試，猥以不誦絕之，欲以杜塞餘道，絕滅微學。夫可與樂成，難與慮始，此乃眾庶之所為耳，非所望士君子也。且此數家之事，皆先帝所親論，今上所考視，其古文舊書，皆有徵驗，外內相應，豈苟而已哉。夫禮失求之於野，古文不猶愈於野乎！往者博士《書》有歐陽，《春秋》公羊，《易》則施孟，然孝宣皇帝，猶復廣立《穀梁春秋》、《梁丘易》、《大小夏侯尚書》，義雖相反，猶並置之。何則？與其過而廢之也，寧過而立之。《傳》曰：「文武之道，未墜於地，在人，賢者志其大者，不賢者志其小者。」今此數家之言，所以兼包大小之義。豈可偏絕哉。若必專己守殘，黨同門，妒道真，違明詔，失聖意，以陷於文吏之議，甚為二三君子不取也。

21. 黃注曰：「按〈成都王穎傳〉：『穎表請誅羊玄之、皇甫商等；檄長沙王乂使就第；乃與王顒（顒即河間王司馬顒。）將張方伐京都。以陸機為前鋒都督。陸機至洛，與成都王牋曰：王室多故，禍難薦有。羊玄之乘寵凶豎，專記朝政；皇甫商同惡相求，共為亂階』云云。或機此時有移百官文，後代失傳耳。」案陸機〈至洛與成都王牋〉，《晉書》〈成都王穎〉、〈陸機〉二傳皆不載，引見《藝文類聚》五十九。黃注微誤。

22. 《札迻》十二：「三驅弛剛，紀云：『剛，疑作網。』案當作弛網。網譌綱，三寫成剛，遂不可通。《呂氏春秋．異用篇》說湯解網，令去三面，舍一面；與《易．比．九五》『三驅失前禽』之文偶合，故彥和兼用之。」《周禮．大司馬職》掌九伐之法。《左傳．莊公二十九年》：「凡師有鐘鼓曰伐。」杜預《釋例》曰：「鳴鐘鼓以聲其過曰伐。」征伐必先聲其罪，故曰先話。

23. 《札迻》十二：「案惟壓，義不可通。惟，黃校、元本、馮本、汪本、活字本並作摧，是也。當據正。」《左傳．宣公十二年》杜注曰：「鯨鯢，大魚名，以喻不義之人，吞食小國。」〈僖公二十三年〉臧文仲曰：「君其無謂邾小，蠭蠆有毒，而況國乎！」移寶，應作移實。

卷五

封禪第二十一[1]

夫正位北辰，嚮明南面，所以運天樞，毓黎獻者，何嘗不經道緯德，以勒皇蹟者哉[2]？錄（鈴木云嘉靖本作綠）圖曰：潬潬嗚嗚，棼棼雉雉，萬物盡化；言至德所被也[3]。丹書曰：義勝欲則從，欲勝義則凶。戒慎之至也[4]。則戒慎以崇其德，至德以凝其化，七十有二君，所以封禪矣[5]。

昔黃帝神靈，克膺鴻瑞，勒功喬岳，鑄鼎荊山[6]。大舜巡岳，顯乎虞典[7]。成康封禪，聞之樂緯[8]。及齊桓之霸，爰窺王跡，夷吾譎陳（當作諫黃云案馮本陳校云陳當作諫），距（鈴木云閔本作拒）以怪物。固知玉牒金鏤，專在帝皇也。然則西鶼東鰈，南茅北黍，空談非徵，勳德而已[9]。是史遷八書，明述封禪者，固禋祀之殊禮，名（元作銘朱改）號之秘祝（元脫朱補），祀天之壯觀矣[10]。秦（黃云案馮本有始字）皇銘岱，文自李斯，法家辭氣，體乏弘潤；然疎而能壯，亦彼時之絕采也[11]。鋪觀兩漢隆盛，孝武禪號於肅然，光武巡封於梁父；誦（元作請孫改）德銘勳，乃鴻筆耳[12]。觀相如封禪，蔚為唱首。爾其表權輿，序皇王，炳元（黃云活字本作玄）符，鏡鴻業，驅前古於當今之下，騰休明於列聖之上，歌之以禎瑞，讚之以介邱，絕筆茲文，固維新之作也[13]。及光武勒碑，則文自（元作字）張純，首胤典謨，末同祝辭，引鈎讖，敘離亂（元脫許補一本作合），計武功，述文德，事覈理舉，華不足而實有餘矣[14]。凡此二家，並岱宗實跡也[15]。及揚雄劇秦[16]，班固典引[17]，事非鐫石，而體因紀禪。觀劇秦為文，影寫長

卿，詭言遯辭，故兼包神怪。然骨掣靡密，辭貫圓通，自稱極思，無遺力矣。典引所敍，雅有懿乎[18]，歷鑒前作，能執厥中，其致義會文，斐然餘巧。故稱封禪麗而不典，劇秦典而不實；豈非追觀易為明，循勢易為力歟？至於邯鄲受命[19]，攀響前聲，風末力寡，輯韻成頌，雖文理順（元作煩一作頗）序，而不能奮飛。陳思魏德[20]，假論客主，問答迂緩，且已千言，勞深勣寡，飈焰缺焉。

茲文為用，蓋一代之典章也。構位之始，宜明大體，樹骨於訓典之區，選言於宏富之路；使意古而不晦於深，文今而不墜於淺，義吐光芒，辭成廉鍔，則為偉矣。雖復道極數殫，終然相襲，而日新其采（元作來）者，必超前轍焉[21]。

贊曰：封勒帝勣，對越天休。逖聽高岳，聲英克彪。樹石九旻，泥金八幽。鴻律（黃云活字本作岳）蟠采，如龍如虬。

【注釋】

1. 《白虎通．封禪》：「王者易姓而起，必升封泰山，何？報告之義也。始受命之日，改制應天，天下太平，功成封禪，以告太平也。所以必於泰山，何？萬物之始，交代之處也。必於其上，何？因高告高，順其類也。故升封者，增高也。下禪梁甫之基，廣厚也。皆刻石紀號者，著己之功迹以自効也。封者，廣也。言禪者，明以成功相傳也。」《漢書．武帝紀》元封元年註引孟康曰：「王者功成治定，告成功於天。封，崇也，助天之高也。刻石紀號，有金策石函金泥玉檢之封焉。」服虔曰：「增天之高，歸功於天。禪，闡也，廣土地也。」張晏曰：「天高不可及，於泰山上立封，又禪而祭之，冀近神靈也。」紀評云：「自唐以前，

不知封禪之非，故封禪為大典禮，而封禪文為大著作，特出一門，蓋鄭重之。」

2. 《爾雅．釋天》：「北極謂之北辰。」《史記．天官書》：「中宮天極星，其一明者，太一常居也。」《正義》：「泰一，天帝之別名也。劉伯莊云：泰一，天神之最尊貴者也。」又：「北斗七星，斗為帝車，運於中央。」《索隱》引《春秋運斗樞》云：「斗第一天樞。」《易．說卦傳》：「離也者，明也。萬物皆相見，南方之卦也。聖人南面而聽天下，嚮明而治，蓋取諸此也。」《說文》：「育，或作毓。」《尚書．益稷》：「萬邦黎獻。」《孔氏傳》：「獻，賢也。」《爾雅．釋詁上》：「黎，眾也。」

3. 紀評曰：「錄當作綠。」案本書〈正緯篇〉：「堯造綠圖，昌制丹書。」綠圖與丹書對文，嘉靖本作綠，是。

4. 《史記．周本紀．正義》引《尚書帝命驗》：「季秋之月，甲子，赤爵銜丹書，止於昌戶。其書云：『敬勝怠者吉，怠勝敬者滅。義勝欲者從，欲勝義者凶。』」

5. 《管子．封禪篇》：「古者封泰山禪梁甫七十有二家，而夷吾所記者十有二焉。」

6. 《史記．封禪書》：「齊人公孫卿曰：封禪七十二王，唯黃帝得上泰山封。其後黃帝接萬靈明廷，明廷者，甘泉也。黃帝采首山銅鑄鼎於荊山下，鼎既成，有龍垂胡髯下迎黃帝。」

7. 《尚書．舜典》：「歲二月，東巡守，至於岱宗，柴。五月，南巡守，至於南岳，如岱禮。八月，西巡守，至於西岳，如初。十有一月，朔，巡守，至於北岳，如西禮。」王肅註曰：「岱宗，泰山，為四岳所宗。燔柴祭天告至。」

8. 《管子．封禪篇》謂：「周成王封泰山。禪社首。」不記文武二王。《史記．封禪書》云：「紂在位，文王受命，政不及泰山，武王克殷二年，天下未寧而崩。爰周德之洽，維成王，成王之封禪則近之矣。」《後漢書．張純傳》：「純奏上宜封禪曰：《樂動聲儀》曰：以雅治人，風成於頌，有周之盛，成康之間，郊配封禪，皆可見也。」彥和所云聞之樂緯，殆即《動聲儀》也。

9. 《管子・封禪篇》：「齊桓公既霸，會諸侯於葵丘而欲封禪。管仲曰：『……皆受命，然後得封禪。』桓公曰：『寡人北伐山戎，過孤竹；西伐大夏，涉流沙；束馬懸車，上卑耳之山；南伐至召陵，登熊耳山以望江漢。兵車之會三，而乘車之會六，九合諸侯，一匡天下，諸侯莫違我。昔三代受命，亦何以異乎！』於是管仲睹桓公不可窮以辭，因設之以事，曰：『古之封禪，鄗上之黍，北里之禾，所以為盛；江淮之間，一茅三脊，所以為藉也。東海致比目之魚，西海致比翼之鳥，然後物有不召而自至者十有五焉。今鳳凰麒麟不來，嘉穀不生，而蓬蒿藜莠茂，鴟梟數至，而欲封禪，毋乃不可乎！』於是桓公乃止。」（房玄齡註《管子・封禪篇》云元篇亡。今以司馬遷〈封禪書〉所載《管子》言補之。）紀評云：「陳訓敷陳，不必改諫。」《爾雅・釋地・九府》：「東方有比目魚焉，不比不行，其名謂之鰈。南方有比翼鳥焉，不比不飛，其名謂之鶼鶼。」《周書・王會篇》：「巴人以比翼鳥。」《管子》說蓋本〈王會篇〉。《續漢・祭祀志》：「封禪用玉牒書藏方石。牒厚五寸。有玉檢，檢用金縷五。周以水銀，和金以為泥。」

10. 《史記・太史公自序》：「受命而王，封禪之符罕用。用則萬靈罔不禋祀，追本諸神名山大川禮，作〈封禪書〉第六。」紀評云：「銘字不誤。」確甚。銘號，猶言刻石紀績。〈封禪書〉：「武帝封泰山，封廣丈二尺，高九尺，其下則有玉牒書。書祕。」《舊唐書・禮儀志》：「玄宗問玉牒之文，前代帝王何故秘之？賀知章對曰：玉牒本是通於神明之意，前代帝王所求各異，或禱年算，或思神仙，其事微密，故莫知之。」

「是史遷八書」句不辭，是字下疑脫一以字。

11. 文見〈頌贊篇〉。

12. 《漢書・武帝紀》：「元封元年夏四月癸卯，登封泰山。詔曰：『遂登封泰山，至於梁父，然後升襢肅然。』」服虔曰：「肅然，山名也，在梁父。」《後漢書・光武紀》：「中元元年春二月辛卯，柴，望岱宗，登封泰山。甲午，禪於梁父。」凡封泰山，必禪梁父，此云孝武禪號，光武巡封，互文耳。（封泰山祭天，禪梁父祭地。）「鋪觀兩漢隆盛」隆盛上似當有之字。

13.《史記·司馬相如傳》：相如既病免，家居茂陵。天子曰：「司馬相如病甚，可往從悉取其書；若不然，後失之矣。」使所忠往，而相如已死，家無書。問其妻。對曰：「長卿固未嘗有書也。時時著書，人又取去。即空居。（《漢書》本傳無即空居。）長卿未死時，為一卷書。曰：有使者來求書，奏之。無他書。」其遺札書言封禪事。奏所忠。忠奏其書，天子異之。其書曰：（《史記》、《漢書》、《文選》均載此文，茲錄《文選》所載於下。）

「伊上古之初肇，自昊穹兮（《漢書》無兮字）生民，歷選列辟，以迄於秦，率邇者踵武，逖聽者風聲，紛綸威蕤，湮滅而不稱者不可勝數。繼韶夏，崇號謚，略可道者七十有二君，罔若淑而不昌，疇逆失而能存。軒轅之前，遐哉邈乎，其詳不可得聞已。五三六經載籍之傳，維風可觀也。《書》曰：『元首明哉，股肱良哉。』因斯以談，君莫盛於唐堯，臣莫賢於后稷。后稷創業於唐堯，公劉發跡於西戎。文王改制，爰周郅隆，大行越成，而後陵遲衰微，千載亡聲，豈不善始善終哉。然無異端，慎所由於前，謹遺教於後耳。故軌跡夷易，易遵也；湛恩厖鴻，易豐也！憲度著明，易則也；垂統理順，易繼也。是以業隆於襁褓，而崇冠於二后。揆厥所元，終都攸卒，未有殊尤絕跡，可攷於今者也。然猶躡梁父，登泰山，建顯號，施尊名。大漢之德，逢涌原泉，沕潏曼羨，旁魄四塞，雲布霧散，上暢九垓，下泝八埏，懷生之類，沾濡浸潤，協氣橫流，武節猋逝；邇陜遊原，遐闊泳沫，首惡鬱沒，晻昧昭晰，昆蟲闓澤，回首面內。然後囿騶虞之珍群，徼麋鹿之怪獸，導一莖六穗於庖，犧雙觡共柢之獸，獲周餘珍放龜於岐，招翠黃乘龍於沼，鬼神接靈圉，賓於閒館，奇物譎詭，俶儻窮變。欽哉符瑞臻茲，猶以為德薄不敢道封禪。蓋周躍魚隕航，休之以燎。微夫此之為符也，以登介丘，不亦恧乎！進讓之道，何其爽歟！於是大司馬進曰：陛下仁育群生，義征不譓，諸夏樂貢，百蠻執贄，德侔往初，功無與二，休烈浹洽，符瑞眾變，期應紹至，不特創見。意泰山梁甫，設壇場望幸，蓋號以況榮，上帝垂恩儲祉，將以慶成，（《文選》無此二句，據《漢書》補）陛下謙讓而弗發，挈三神之歡，缺王道之儀，群臣恧焉。或曰：且天為質闇，示珍符，固不可辭，若然辭之，是泰山靡記而梁甫罔

幾也。亦各並時而榮，咸濟厥世而屈。說者尚何稱於後而云七十二君哉！

夫修德以錫符，奉命以行事，不為進越也。故聖王不替，而修禮地祇，謁款天神，勒功中嶽，以章至尊，舒盛德，發號榮，受厚禮，以浸黎元，皇皇哉！此天下之壯觀，王者之卒業，不可貶也，願陛下全之。而後因雜搢紳先生之略術，使獲燿日月之末光絕炎，以展采錯事。猶兼正列其義，祓飾厥文，作《春秋》一藝，將襲舊六為七，攄之亡窮，俾萬世得激清流，揚微波，蜚英聲，騰茂實，前聖所以永保鴻名，而常為稱首者用此。宜命掌故，悉奏其儀而覽焉。於是天子沛然改容曰：俞乎！朕其試哉。乃遷思迴慮，總公卿之議，詢封禪之事，詩大澤之博，廣符瑞之富。遂作頌曰：自我天覆，雲之油油；甘露時雨，厥壤可游。滋液滲漉，何生不育，嘉穀六穗，我穡曷蓄。非唯雨之，又潤澤之；非唯偏之，我氾布護之。萬物熙熙，懷而慕思；名山顯位，望君之來；君乎君乎！侯不邁哉！般般之獸，樂我君圃；白質黑章，其儀可嘉；旼旼穆穆，君子之態；蓋聞其聲，今親其來。厥塗靡從，天瑞之徵；茲亦於舜，虞氏以興。濯濯之麟，游彼靈畤；孟冬十月，君徂郊祀；馳我君輿，帝用享祉；三代之前，蓋未嘗有。宛宛黃龍，興德而升；采色炫燿，煥炳煇煌；正陽顯見，覺悟黎蒸；於傳載之，云受命所乘。厥之有章，不必諄諄；依類託寓，喻以封巒。披藝觀之，天人之際已交，上下相發，允答聖王之德，兢兢翼翼。故曰於興必慮衰，安必思危。是以湯武至尊嚴，不失肅祇，舜在假典，顧省闕遺。此之謂也。」

14. 《後漢書．張純傳》：「中元元年，帝乃東巡岱宗，以純視御史大夫從。并上元封舊儀及〈刻石文〉。」

〈刻石文〉見《續漢祭祀志》上，又見《通典》五十四，錄於後。

〈泰山刻石文〉

維建武三十有二年，二月，皇帝東巡狩，至于岱宗，柴，望秩于山川，班于羣神，遂覲東后。從臣太尉熹，行司徒事特進高密侯禹等，漢賓二王之後在位，孔子之後褒成侯序在東后，蕃王十二，咸來助祭。《河圖赤伏符》曰：「劉秀發兵捕不道，四夷雲龍鬬野，四七之際火為主。」《河圖會昌符》曰：「赤帝九世，巡省得中，治平則封。誠合（《通典》作成治。）帝道孔矩，則天文靈出，地祇瑞興。帝劉之九，會命岱宗，誠善用之，姦偽不萌。赤漢德興，九世會昌，（《後漢書・光武紀下》建武十九年，李賢註引應劭《漢官儀》曰：光武第雖十二，於父子之次，於成帝為兄弟，於哀帝為諸父，於平帝為祖父，皆不可為之後。上至元帝，於光武為父，故上繼元帝而為九代。故《河圖》云赤九會昌，謂光武也。）巡岱皆當，天地扶九，崇經之常。漢大興之，道在九世之王，封于泰山，刻石著記，禪于梁父。退省考五。」《河圖合古篇》曰：「帝劉之秀，九名之世，帝行德，封刻政。（《通典》作藏。）」《河圖提劉子》曰：「九世之帝方明聖，持衡拒，（《通典》作矩。）九州平，天下予。」（《通典》作經。）《雒書甄曜度》曰：「赤三德，昌九世，會修符，合帝際，勉刻封。」《孝經鉤命訣》曰：「予誰行，赤劉用。帝三建，孝九會。修專茲，竭行封，岱青（《通典》作齊。）《河雒》命（《通典》作名。）后。」經讖所傳，昔在帝堯，聰明密微，讓與舜庶，後裔握機。王莽以舅后之家，三司鼎足冢宰之權勢，依託周公、霍光輔幼歸政之義，遂以篡叛，僭號自立，宗廟隳壞，社稷喪亡，不得血食十有八年。楊徐青三州首亂，兵革橫行。延及荊州，豪傑并兼，（《通典》作兼并。）百里屯聚，往往僭號。北夷作寇，千里無煙，無雞鳴犬（《通典》作狗。）吠之聲。皇天眷顧，皇帝以匹庶受命中興，年二十八，載興兵起。是以中次誅討，十有餘年，罪人則斯得。黎庶得居爾田，安爾宅，書同文，車同軌，人同倫，舟輿所通，人跡所至，靡不貢職。建明堂，立辟雍，起靈臺，設庠序，同律度量衡，修五禮五玉三帛二牲一死贄。吏各修職，復于舊典。在位三十有二年，年六十二，乾乾日昃，不敢荒寧，涉危歷險，親巡黎元，恭肅神祇，惠恤耆老，理庶遵古，聰允明恕。皇帝唯慎《河圖》、《雒書》正文：是月辛卯柴，登封泰山；甲午，禪于梁陰。以承靈瑞，以為兆民，永茲一宇，垂于後昆。百寮從臣郡守師尹咸蒙祉福，永永無極。秦相李斯燔詩書，樂崩禮壞。建武元年已前，文書散亡，舊典不具，不能明經文，以章句細微相況，八十一卷明者為驗，又其十卷皆不昭晳。子貢欲去告朔之餼羊。子曰：「賜也，爾愛其羊，我愛其禮。」後有聖人。正失誤，刻石記。

15. 相如〈封禪文〉未聞刻石。《風俗通．正失篇》載武帝〈泰山刻石文〉曰：「事天以禮，立身以義，事父以孝，成名以仁，四守之內，莫不為郡縣，四夷八蠻，咸來貢職。與天無極，人民藩息，天祿永得。」彥和或誤記。

16. **《文選》揚子雲〈劇秦美新〉**

諸吏中散大夫臣雄稽首再拜上封事皇帝陛下。臣雄經術淺薄，行能無異，數蒙渥恩，拔擢倫比，與羣賢並，愧無以稱職，臣伏惟陛下以至聖之德，龍興登庸，欽明尚古，作民父母，為天下主。執粹精之道，鏡照四海，聽聆風俗，博覽廣包，參天貳地，兼並神明，配五帝，冠三王，開闢以來，未之聞也。臣誠樂昭著新德，光之罔極。往時司馬相如作〈封禪〉一篇，以彰漢氏之休。臣嘗有顛眴病，恐一旦先犬馬填溝壑，所懷不章，長恨黃泉，敢竭肝膽，寫腹心，作〈劇秦美新〉一篇，雖未究萬分之一，亦臣之極思也。臣雄稽首再拜以聞曰：

權輿天地未祛，睢睢盱盱，或玄而萌，或黃而牙，玄黃剖判，上下相嘔。爰初生民，帝王始存，在乎混混茫茫之時，疊聞罕漫而不昭察，世莫得而云也。厥有云者，上罔顯於羲皇，中莫盛於唐虞，邇靡著於成周，仲尼不遭用，《春秋》因斯發，言神明所祚，兆民所託，罔不云道德仁義禮智。獨秦屈起西戎邠荒岐雍之疆。因襄文宣靈之僭迹，立基孝公，茂惠文，奮昭莊，至政破縱擅衡，并吞六國，遂稱乎始皇。盛從鞅儀韋斯之邪政，馳騖起翦恬賁之用兵，剗滅古文，刮語燒書，弛禮崩樂，塗民耳目，遂欲流唐漂虞，滌殷蕩周，爇除仲尼之篇籍，自勒功業，改制度軌量，咸稽之於秦紀。是以耆儒碩老，抱其書而遠遜；禮官博士，卷其舌而不談；來儀之鳥，肉角之獸，狙獷而不臻；甘露嘉醴，景曜浸潭之瑞潛；大茀經天，巨狄鬼信之妖發。神歇靈繹，海水羣飛，二世而亡，何其劇與！帝王之道，兢兢乎不可離已。

夫能貞而明之者窮祥瑞，回而昧之者極妖愆。上覽古在昔，有憑應而尚缺，焉壞徹而能全。故若古者稱堯舜，威侮者陷桀紂。況盡汎掃前聖數千載功業，專用己之私，而能享祐者哉！會漢祖龍騰豐沛，奮迅宛葉。

自武關與項羽戮力咸陽，創業蜀漢，發跡三秦，克項山東而帝天下。擿秦政慘酷尤煩者，應時而蠲。如儒林刑辟歷紀，圖典之用稍增焉，秦餘制度，項氏爵號，雖違古而猶襲之。是以帝典闕而不補，王綱弛而未張，道極數殫，闇忽不還。逮至大新受命，上帝還資，后土顧懷，玄符靈契，黃瑞涌出，滭浡沕潏，川流海渟，雲動風偃，霧集雨散，誕彌八圻，上陳天庭，震聲日景，炎光飛響，盈塞天淵之間，必有不可辭讓云爾。於是乃奉若天命，窮寵極崇，與天剖神符，地合靈契，創億兆，規萬世，奇偉倜儻譎詭，天祭地事。其異物殊怪，存乎五威將帥，班乎天下者，四十有八章。登假皇穹，鋪衍下土，非新室其疇離之，卓哉煌煌，真天子之表也。若夫白鳩丹烏，素魚斷蛇，方斯蔑矣。受命甚易，格來甚勤。昔帝纘皇，王纘帝，隨前踵古，或無為而治，或損益而亡。豈知新室委心積意，儲思垂務，旁作穆穆，明旦不寐，勤勤懇懇者，非秦之為與！夫不勤勤則前人不當，不懇懇則覺德不愷。是以發祕府，覽書林，遙集乎文雅之囿，翱翔乎禮樂之場。胤殷周之失業，紹唐虞之絕風，懿律嘉量，金科玉條，神卦靈兆，古文畢發，炳煥照耀，靡不宣臻。式輶軒旂旗以示之，揚和鸞肆夏以節之，施黼黻袞冕以昭之，正嫁娶送終以尊之，親九族淑賢以穆之。夫改定神祇，上儀也；欽修百祀，咸秩也；明堂雍臺，壯觀也；九廟長壽，極孝也；制成六經，洪業也；北懷單于，廣德也。若復五爵，度三壤，經井田，免人役，方甫刑，匡馬法，恢崇祇庸爍德懿和之風，廣彼搢紳講習言諫箴誦之塗。振鷺之聲充庭，鴻鸞之黨漸階；俾前聖之緒，布濩流衍而不韞韣。郁郁乎煥哉，天人之事盛矣，鬼神之望允塞。羣公先正，罔不夷儀，姦宄寇賊，罔不振威，紹少典之苗，著黃虞之裔。帝典闕者已補，王綱弛者已張，炳炳麟麟，豈不懿哉！厥被風濡化者，京師沈潛，甸內匝洽，侯衛厲揭，要荒濯沐。而術前典，巡四民，迄四嶽，增封泰山，禪梁父，斯受命者之典業也。蓋受命日不暇給，或不受命，然猶有事矣。況堂堂有新，正丁厥時，崇嶽渟海，通瀆之神，咸設壇場，望受命之臻焉。海外遐方，信延頸企踵，回面內嚮，喁喁如也。帝者雖勤，惡可以已乎！宜命賢哲，作〈帝典〉一篇，舊三為一襲，以示來人，摛之罔極。令萬世常戴巍巍，履栗栗，臭馨香，含甘實，鏡純粹之至精，聆清和之正聲。則百工伊凝，庶績咸喜。荷天衢，提地釐，斯天下之上則已，庶可試哉！

17.

《文選》班孟堅〈典引〉

臣固言：永平十七年，臣與賈逵、傅毅、杜矩、展隆、郗萌等召詣雲龍門，小黃門趙宣持〈秦始皇帝本紀〉問臣等曰：「太史遷下贊語中，寧有非邪？」臣對此贊賈誼〈過秦篇〉云：「向使子嬰有庸主之才，僅得中佐，秦之社稷，未宜絕也。」此言非是。即召臣入問，本聞此論非耶，將見問意開寤耶？臣具對素聞知狀。詔因曰：「司馬遷著書成一家之言，揚名後世，至以身陷刑之故，反微文刺譏，貶損當世，非誼士也。司馬相如洿行無節，但有浮華之辭，不周於用。至於疾病而遺忠主上，求取其書，竟得頌述功德，言封禪事，忠臣效也。至是賢遷遠矣。」臣固常伏刻誦聖論，昭明好惡，不遺微細，緣事斷誼，動有規矩。雖仲尼之因史見意，亦無以加。臣固被學最舊，受恩浸深，誠思畢力竭情，昊天罔極。臣固頓首頓首。伏惟相如〈封禪〉，靡而不典，揚雄〈美新〉，典而亡實，然皆游揚後世，垂為舊式。臣固才朽，不及前人，蓋詠《雲門》者難為音，觀隋和者難為珍。不勝區區，竊作〈典引〉一篇。雖不足雍容明盛萬分之一，猶樂啓發憤滿，覺悟童蒙，光揚大漢，軼聲前代，然後退入溝壑，死而不朽。臣固愚戇，頓首頓首曰：

太極之元，兩儀始分，烟烟熅熅，有沈而奧，有浮而清，沈浮交錯，庶類混成。肇命民主，五德初始，同于草昧，玄混之中，踰繩越契，寂寥而亡詔者，系不得而綴也。厥有氏號，紹天闡繹，莫不開元於太昊。皇初之首，上哉敻乎，其書猶可得而修也。亞斯之代，通變神化，函光而未曜。若夫上稽乾則，降承龍翼，而炳諸典謨，以冠德卓絕者，莫崇乎陶唐。陶唐舍胤而禪有虞，有虞亦命夏后，稷契熙載，越成湯武，股肱既周。天迺歸功元首，將授漢劉。俾其承三季之荒末，值亢龍之災孽，縣象闇而恆文乖，彝倫斁而舊章缺。故先命玄聖，使綴學立制，宏亮洪業，表相祖宗，贊揚迪哲，備哉粲爛，真神明之式也。雖皐夔衡旦密勿之輔，比茲褊矣。是以高光二聖，宸居其域，時至氣動，乃龍見淵躍。拊翼而未舉，則威靈紛紜，海內雲蒸，雷動電熛。胡縊莽分，尚不莅其誅，然後欽若上下，恭揖羣后，正位度宗，有于德不台淵穆之讓，靡號師矢

敦奮撝之容。蓋以膺當天之正統，受克讓之歸運，蓄炎上之烈精，蘊孔佐之弘陳云爾。洋洋乎若德，帝者之上儀，誥誓所不及已。

鋪觀二代，洪纖之度，其賾可探也。並開迹於一匱，同受侯甸之服，奕世勤民，以方伯統牧。乘其命賜彤弧黃鉞之威，用討韋顧黎崇之不恪。至于參五華夏，京遷鎬亳，遂自北面，虎螭其師，革滅天邑；是故誼士華而不敦，武稱未盡，濩有慙德，不其然與！亦猶於穆猗那，翕純皦繹，以崇嚴祖考，殷薦宗配帝，發祥流慶，對越天地者，舄奕乎千載，豈不克自神明哉！誕略有常，審言行於篇籍，光藻朗而不渝耳。矧夫赫赫聖漢，巍巍唐基，泝測其源，乃先孕虞育夏，甄殷陶周。然後宣二祖之重光，襲四宗之緝熙，神靈日照，光被六幽，仁風翔乎海表，威靈行乎鬼區，匿亡回而不泯，微胡瑣而不頤。故夫顯定三才昭登之績，匪堯不興；鋪聞遺策在下之訓，匪漢不弘厥道。至於經緯乾坤，出入三光，外運渾元，內霑豪芒，性類循理，品物咸亨，其已久矣。盛哉皇家帝世，德臣列辟，功君百王，榮鏡宇宙，尊亡與亢。乃始虔鞏勞謙，兢兢業業，貶成抑定，不敢論制作。至令遷正黜色賓監之事，渙揚寓內，而禮官儒林，屯用篤誨之士，不傳祖宗之髣髴，雖云優慎，無乃葸與！於是三事嶽牧之寮，僉爾而進曰：陛下仰監唐典，中述祖則，俯蹈宗軌，躬奉天經，惇睦辨章之化洽；巡靖黎蒸，懷保鰥寡之惠浹；燔瘞縣沈，肅祗羣神之禮備。是以來儀集羽族於觀魏，肉角馴毛宗於外囿，擾緇文皓質於郊，升黃輝采鱗於沼，甘露宵零於豐草，三足軒翥於茂樹。若乃嘉穀靈草，奇獸神禽，應圖合牒，窮祥極瑞者，朝夕坰牧，日月邦畿，卓犖乎方州，洋溢乎要荒。昔姬有素雉朱烏玄秬黃麰之事耳，君臣動色，左右相趨，濟濟翼翼峨峨如也。蓋用昭明寅畏承聿懷之福，亦以寵靈文武，貽燕後昆，覆以懿鑠，豈其為身而有顓辭也。若然受之，亦宜勤恁旅力，以充厥道。啓恭館之金滕，御東序之秘寶，以流其占。夫圖書亮章，天哲也；孔猷先命，聖孚也；體行德本，正性也；逢吉丁辰，景命也。順命以創制，因定以和神，荅三靈之蕃祉，展放唐之明文，茲事體大而允，寤寐次於聖心，瞻前顧後，豈蔑清廟，憚勑天命也。伊考自遂古，乃降戾爰茲，作者七十有四人，有不俾而假素，罔光度而遺章，今其如台而獨闕也。是時聖上固以垂精遊神，苞舉藝文，屢訪羣儒，諭咨故老，與之斟酌道德之淵源，肴覈仁誼之林藪，以望元符之臻焉。既感群后之讜辭，又悉經五繇之碩慮矣。將絣萬嗣，揚洪輝，奮景炎，扇遺風，播芳烈，久而愈新，用而不竭，汪汪乎丕天之大律，其疇能亘之哉。唐哉皇哉！皇哉唐哉！

18. 〈章表篇〉：「應物掣巧。」《御覽》作制是也。此骨掣之掣亦當作制。雅有懿乎，紀評云：「乎當作采。」案紀說是，本書〈雜文篇〉：「班固〈賓戲〉，含懿采之華。」亦以懿采評班文。〈時序篇〉亦有鴻風懿采之文。

19. 《藝文類聚》十載邯鄲淳〈受命述〉，文冗繁不錄。

20. 曹植〈魏德論〉殘缺不全。（見《藝文類聚》十。）李詳〈黃注補正〉曰：「今本陳思王集〈魏德論〉存六百餘字，俱係答辭。案《北堂書鈔》引曹植〈魏德論〉：『栖筆寢牘，含光而不朗，矇竊惑焉。』（案見《書鈔》一百四。）此審是客問語。矇竊惑焉四字本張衡〈西京賦〉。張賦作蒙。」風末，當作風味，即〈通變篇〉之風味。

21. 黃叔琳曰：「能如此，自無格不美。」

章表第二十二

夫設官分職，高卑聯事。天子垂珠以聽，諸侯鳴玉以朝[1]。敷奏以言，明試以功。故堯咨四岳，舜命八元，固辭再讓之請，俞往欽哉之授，並陳辭帝庭，匪假書翰。然則敷奏以言，則（一作即孫云御覽五九四作即）章表之義也；明試以功，即授爵之典也[2]。至太甲既立，伊尹書誡（孫云御覽作戒），思庸歸亳，又作書以讚（元作纘孫云御覽作讚）。文翰獻替，事斯見矣[3]。周監二代，文理彌盛，再拜稽首，對揚休命，承文受冊，敢當丕顯，雖言筆未分，而陳謝可見[4]。降及七國，未變古式，言事於主（黃云馮本作王校云王御覽作主），皆稱上書[5]。秦初定制，改書曰奏[6]。漢定禮儀（孫云鮑本御覽引同今本明抄本作漢初定儀），則有四品：一曰章，二曰奏，三曰表，四曰（孫云御覽有駮字）議。章以謝恩，奏以按（鈴木云御覽作案）劾，表以陳請（孫云御覽作情），議以執異[7]。章者，明也。詩云（孫云御覽作曰）為章於天，謂文明也；其在（孫云御覽作在於無其字）文物，赤白（孫云御覽作青赤）曰章[8]。表者，標（孫云御覽作摽）也。禮有表記，謂德見於儀；其在器式，揆景曰表。章表（孫云御覽作表章）之目，蓋取諸此也[9]。按七略藝文，謠詠必錄；章表奏議，經國之（孫云御覽無之字）樞機（孫云御覽作要），然闕而不纂者，乃各有故事，而（孫云御覽作布）在職司也[10]。前漢表謝，遺篇寡存。及後漢察舉，必試章奏[11]。左雄奏（鈴木云御覽作表）議，臺閣為式；胡廣章奏（一作表孫云明抄本御覽作表），天下第一：並當時之傑筆也[12]。觀伯始謁陵之章，足見其典文之美焉[13]。昔晉文受冊（孫云御覽作策），三辭（元脫朱補孫云御覽有辭字）從命，是以漢末讓表，以三為斷[14]。曹公稱為表不必（孫云明抄本御覽作止黃本活字本汪本作止）三讓，又勿得浮華。所以魏初表章（孫云御覽作章表），指

事造實，求其靡麗，則未足美（孫云明抄本御覽無美字）矣[15]。至於文舉之薦禰衡，氣揚采飛[16]；孔明之辭後主，志盡文暢（孫云御覽作壯）[17]：雖華實異旨，並表之英也。琳瑀章表，有譽當時；孔璋稱健，則其標也[18]。陳思之表，獨冠群才。觀其體贍而律調，辭清而志顯，應物掣（一作制孫云御覽作制）巧，隨變生趣，執轡有餘，故能緩急應節矣[19]。逮（孫云御覽作迨）晉初筆札，則張華為儁（元作儶）。其三讓公封，理周辭要，引義比事，必得其偶，世珍鷦鷯，莫顧章表（孫云御覽無此二句）[20]。及羊公之辭開府，有譽於前談[21]；庾公之讓中書，信美於往載（一作冊）[22]。序志顯（孫云御覽作聯）類，有文雅焉。劉琨勸進[23]，張駿（孫云明抄本御覽作駮）自序[24]，文致耿介，並陳事之美表也。

原夫章表之（元作文謝改）為用也（孫云御覽無也字），所以對揚王庭，昭明心曲。既其身文，且亦國華。章以造闕，風矩應明；表以致禁（孫云御覽作策），骨采宜耀；循名課實，以章（元脫一作文孫云御覽作文）為本者也[25]。是以章式炳賁，志在典謨；使要（鈴木云御覽作典）而非略，明而不淺。表體多包（孫云御覽作苞），情偽屢遷，必雅義以扇其風，清文以馳（孫云御覽作驅）其麗。然懇惻（元作愜）者辭為心使，浮侈者情為文（元作出）使（一作情為文屈孫云御覽作屈下有必使二字），繁約得正，華實相勝，脣吻不滯，則中律矣[26]。子貢云：心以制之，言以結之，蓋一（一作以）辭意也。荀卿以為觀人美辭，麗於（顧校作以）黼黻文章，亦可以喻於斯乎[27]！

贊曰：敷表降闕，獻替黼扆。言必貞明，義則弘偉。肅恭節文，條理首尾。君子秉文，辭令有斐。

【注釋】

1. 《周禮．冢宰》：「惟王建國，辨方正位，體國經野，設官分職，以為民極。」〈太宰〉職：「以八法治官府，三曰官聯以會官治。」鄭司農曰：「官聯，謂國有大事，一官不能獨共，則六官共舉之。聯，讀為連，古書連作聯。聯，謂連事通職相佐助也。」蔡邕《獨斷》曰：「漢明帝採《尚書．皐陶》及《周官》、《禮記》以定冕制，皆廣七寸，長尺二寸，繫白玉珠於其端，十二旒。」聽，謂聽政。《禮記．玉藻》云：「古之君子必佩玉。周還中規，折還中矩，進則揖之，退則揚之，然後玉鏘鳴也。」又云：「朝則結佩。天子佩白玉而玄組綬，公侯佩山玄玉而朱組綬，大夫佩水蒼玉而純組綬。」君臣朝見，無不佩玉，此云諸侯鳴玉，與上天子垂珠對文耳。

2. 《尚書．舜典》：「敷奏以言，明試以功，車服以庸。」王肅注曰：「敷，陳；奏，進也。諸侯四朝，各使陳進治理之言；明試其言以要其功，功成則賜車服以表顯其能用。」舜命八元，似不見於二典。《左傳．文公十八年》：「昔高陽氏有才子八人：蒼舒、隤敳、檮戭、大臨、尨降、庭堅、仲容、叔達。（杜注此即垂益禹皐陶之倫。庭堅即皐陶字。）天下之民，謂之八愷。高辛氏有才子八人：伯奮、仲堪、叔獻、季仲、伯虎、仲熊、叔豹、季貍。（杜注此即稷契朱虎熊羆之倫。）天下之民，謂之八元。舜臣堯，舉八愷使主后土。」（杜注：后土，地官。禹作司空，平水土，即主地之官。）據《左傳》此文，知八愷八元，當即〈舜典〉二十二人之數，故彥和之八元與四岳並言之。

3. 《尚書．伊訓．序》：「成湯既沒，太甲元年，伊尹作〈伊訓〉。」《傳》曰：「作訓以教道太甲。」〈太甲．序〉：「太甲既立不明，伊尹放諸桐。三年，復歸於亳，思庸。（念常道。）伊尹作〈太甲〉三篇。」〈太甲〉上中二篇首有「伊尹作書曰」云云。

4. 《詩．大雅．江漢》第七章：「釐爾圭瓚，秬鬯一卣，告于文人，（《傳》云：「釐，賜也。文人，文德之人。」）錫山土田，（《傳》云：「諸侯有大功德，賜之名山土田附庸。」）于周受命，自召祖命。虎拜稽首，天子萬年。」《箋》云：「拜稽首者，受王命策書也。臣受恩無可以報謝者，稱言使君壽考而已。」）第八章：「虎拜稽首，對揚王休……」（《箋》云：「對，答；休，美也。」）《左傳．僖公二十八年》：「王命尹氏及王子虎內史叔興父策命晉侯為侯伯。……晉侯三辭從命曰：『重耳敢再拜稽首，奉揚天子之丕顯休命。』受策以出。」召虎、重耳皆受命口謝，非如後世有謝章，而陳謝之意可見。郝懿行曰：「案《左傳》載晉文受策之詞，又《韓詩外傳》載孔子為魯司寇之命，及孔子答詞，皆所謂言筆未分者也。」

5. 《漢書．藝文志》春秋家有《奏事》二十篇。自注：「秦時大臣奏事及刻石名山文也。」王應麟《攷證》曰：「七國末變古式，言事於王，皆稱上書；秦初改書曰奏。」案王氏說本《文心》此篇。主字疑今本誤，當依改作王。《顏氏家訓．省事篇》：「上書陳事，起自戰國，逮於兩漢，風流彌廣。原其體度，攻人主之長短，諫諍之徒也；訐羣臣之得失，訟訴之類也；陳國家之利害，對策之伍也；帶私情之與奪，遊說之儔也。」

6. 秦改上書為奏，當亦在始皇二十六年李斯與博士議改命令為制詔時。留存《事始》：「《漢雜事》曰：秦初定制，改書為奏。漢定禮儀，則有四品，一曰章，二曰奏，三曰表，四曰駮議。」

7. 蔡邕《獨斷》：「凡羣臣上書于天子者有四名：（〈胡廣傳〉注引《漢雜事》云：「凡羣臣之書，通於天子者四品。」）一曰章，二曰奏，三曰表，四曰駮議。章者需頭，稱稽首上書，（《漢雜事》作「稽首上以聞」，無書字。）謝恩，陳事，詣闕通者也。奏者亦需頭，其京師官但言稽首，下言（《漢雜事》下言二字倒。）稽首以聞；其中者（《漢雜事》無者字。）所請若罪法劾案，公府送御史臺，公卿校尉（《漢雜事》無公尉二字。）送謁者臺也。表者不需頭，上言臣某言，下言臣某誠惶誠恐，頓首頓首，死罪死罪。（《漢雜事》無臣某二字，又止一死罪。）左方下附曰某官臣某甲上，文多用編兩行，文少以五行，詣尚書通者也。凡章表皆啓封，其言密事得皂囊盛。其有疑事，公卿百官會議，若臺閣有所正處，而獨執異意者曰駮議。駮議曰：某官某甲議以為如是；下言臣愚戇議異。其非駮議，不言議異。」《文選》三十七表字注：「謝恩曰章。陳事曰

表。効驗政事曰奏。推覆平論，有異事進之曰駁。」《晉書・劉寔傳》載其〈崇讓論〉曰：「人臣初除，皆通表上聞，名之謝章，所由來尚矣。……季世所用不賢，不能讓賢，虛謝見用之恩而已。」

8. 《說文》：「章，樂竟為一章，從音，從十。」假借為彰。「彰彣彰也。」《廣雅・釋詁四》：「彰，明也。」經傳多以章為之。《詩・大雅・棫樸》：「倬彼雲漢，為章於天。」《箋》云：「雲漢之在天，其為文章，譬猶天子為法度於天下。」《考工記》畫繢之事：「赤與白謂之章。」陳先生曰：「案《管子・度地篇》：『常令水官之吏，冬時行隄防可治者，章而上之。』是為上章之始。」

9. 《說文》：「表，上衣也。從衣從毛。古者衣裘以毛為表。」假借為標。《管子・君臣篇上》：「猶揭表而令之止也。」注：「表，謂以木為標，有所告示也。」《荀子・儒效篇》：「行有防表。」注：「表，標也。」《史記・留侯世家》：「表商容之閭。」《索隱》引崔浩曰：「表者，標榜其門里。」《釋名・釋書契》：「下言於上曰表，思之於內，表施於外也。」《文選》三十七表下注曰：「表者，明也，標也。如物之標表，言標著事序，使之明白，以曉主上，得盡其忠曰表。三王以前，謂之敷奏，故《尚書》云：『敷奏以言』是也。至秦并天下，改為表，總有四品：一曰章，二曰表，三曰奏，四曰駁。六國及秦漢兼謂之上書，行此五事。至漢魏以來都曰表。進之天子稱表，進諸侯稱上疏。魏以前天子亦得上疏。」《禮記・表記・正義》引鄭《目錄》云：「名曰〈表記〉者，以其記君子之德，見於儀表。」《續漢律歷志》上：「以比日表。」注：「表即晷景。」取諸此，此，指「赤白曰章，揆景曰表」二物。

10. 劉歆撰《七略》，班固本之述〈藝文志〉。各有故事而在職司，謂如《漢志》尚書類、禮類、春秋類、論語類各有議奏若干篇。又法家有鼂錯，儒家有賈山、賈誼等，諸人奏議皆在其中。

11. 感遇謝恩，無當政要，故前漢謝表，彥和時已寡存篇。《後漢書・順帝紀》：「陽嘉元年，初令郡國舉孝廉，限年四十以上，諸生通章句，文吏能牋奏，（〈胡廣傳〉注引周成《雜字》曰：牋，表也。）乃得應選。」〈胡廣傳〉廣上書駮左雄曰：「鄭阿之政，非必章奏。」

12. 《後漢書・左雄傳》：「自雄掌納言，多所匡肅，每有章表奏議，臺閣以為故事。」〈胡廣傳〉：「廣舉孝廉，既到京師。試以章奏。安帝以廣為天下第一。」（據此傳，則安帝時孝廉亦試章奏。《續漢・百官志》太尉《注補》引應劭《漢官儀》曰：「世祖詔方今選舉賢佞，朱紫錯用。……自今以後，有非其人，臨計過署，不便習官事，書疏不端正，不如詔書，有司奏罪名，并正舉者。」據此可佑漢初察舉，已試章奏也。）

13. 胡廣，字伯始。本傳謂其作〈官箴〉四篇，其餘所著詩、賦、銘、頌、箴、弔，及諸解詁（《續漢・百官志》一載廣所撰〈王隆漢官篇解詁敍〉。）凡二十二篇，不言有章。其文亡佚無攷。

14. 晉文三辭見上。《北堂書鈔・設官部》引應劭《漢官儀》：「凡拜，天子臨軒，六百石以上悉會。直事卿贊，御史授印綬。公三讓然後乃受之。」據此可知讓表亦以三為止。《三國・魏志・文帝紀》注引獻帝傳禪代眾事曰：「尚書令桓階等奏曰：今漢氏之命已四至，而陛下前後固辭。」審其語意，四讓為過也。

15. 曹操語無攷。《藝文類聚》五十一載操建安元年上書讓增封曰：「臣雖不敏，猶知讓不過三。所以仍佈腹心至於四五，上欲陛下爵不失實，下為臣身免於苟取。」漢末大亂，斯文墜地，魏國諸將，亦猶漢初屠狗吹簫之流，故椎魯少文；若在朝廷名士，則固斐然足美也。

16. **孔融〈薦禰衡表〉**（《後漢書・孔融傳》、《文選》。）

臣聞洪水橫流，帝思俾乂，旁求四方，以招賢俊。昔世宗繼統，將弘祖業，疇咨熙載，羣士響臻。陛下睿聖，纂承基緒，遭遇厄運，勞謙日仄，維嶽降神，異人並出。竊見處士平原禰衡，年二十四，字正平，淑質貞亮，英才卓躒。初涉藝文，升堂覩奧，目所一見，輒誦於口，耳所暫聞，不忘於心，性與道合，思若有神。弘羊潛計，安世默識，以衡準之誠不足怪。忠果正直，志懷霜雪，見善若驚，疾惡若讎，任座抗行，史魚厲節，殆無以過也。鷙鳥累百，不如一鶚，使衡立朝，必有可觀。飛辯騁辭，溢氣坌涌，解疑釋結，臨敵有餘。昔賈誼求試屬國，詭係單于，終軍欲以長纓牽致勁越，弱冠慷慨，前代美之。近日路粹、嚴象亦用異才擢拜臺郎，衡宜與為比。如得龍躍天衢，振翼雲漢，揚聲紫微，垂光虹蜺，足以昭近署之多士，增四門之

穆穆。鈞天廣樂，必有奇麗之觀，帝室皇居，必畜非常之寶。若衡等輩，不可多得。激楚陽阿，至妙之容，掌技者之所貪；飛兔騕褭，絕足奔放，良樂之所急也。臣等區區，敢不以聞。陛下篤慎取士，必須效試，乞令衡以褐衣召見。無可觀采，臣等受面欺之罪。

17. **諸葛亮〈出師表〉**（《蜀志．諸葛亮傳》、《文選》。）

臣亮言：先帝創業未半，而中道崩殂，今天下三分，益州罷弊，此誠危急存亡之秋也。然侍衛之臣，不懈於內，忠志之士，忘身於外者，蓋追先帝之遇，欲報之於陛下也。誠宜開張聖聽，以光先帝遺德，恢志士之氣，不宜妄自菲薄，引喻失義，以塞忠諫之路也。宮中府中，俱為一體，陟罰臧否，不宜異同。若有作姦犯科，及為忠善者，宜付有司論其刑賞，以昭陛下平明之治；不宜偏私，使內外異法也。侍中侍郎郭攸之、費禕、董允等，此皆良實，志慮忠純，是以先帝簡拔以遺陛下；愚以為宮中之事，事無大小，悉以諮之，然後施行，必能裨補闕漏，有所廣益也。將軍向寵，性行淑均，曉暢軍事，試用於昔日，先帝稱之曰能，是以眾議舉寵為督；愚以為營中之事，悉以諮之，必能使行陣和穆，優劣得所也。親賢臣，遠小人，此先漢所以興隆也。親小人，遠賢士，此後漢所以傾頹也。先帝在時，每與臣論此事，未嘗不嘆息痛恨於桓靈也。侍中尚書長史參軍，此悉貞亮死節之臣也，願陛下親之信之，則漢室之隆，可計日而待也。

臣本布衣，躬耕於南陽，苟全性命於亂世，不求聞達於諸侯。先帝不以臣卑鄙，猥自枉屈，三顧臣於草廬之中，諮臣以當世之事，由是感激，遂許先帝以驅馳。後值傾覆，受任於敗軍之際，奉命於危難之間，爾來二十有一年矣。先帝知臣謹慎，故臨崩寄臣以大事也。受命以來，夙夜憂嘆，恐託付不效，以傷先帝之明。故五月度瀘，深入不毛，今南方已定，兵甲已足，當獎帥三軍，北定中原，庶竭駑鈍，攘除姦凶，興復漢室，還于舊都，此臣之所以報先帝而忠陛下之職分也。至於斟酌損益，進盡忠言，則攸之、禕允、之任也。願陛下託臣以討賊興復之效，不效，則治臣之罪以告先帝之靈。（李善曰：「《蜀志》載亮表曰：若無興德之言，則戮允等以章其慢。」）陛下亦宜自課，以諮諏善道，察納雅言，深追先帝遺詔，臣不勝受恩感激。今當遠離，臨表涕泣，不知所云。

黃式三《儆季居集》二〈讀蜀志諸葛傳〉曰：「世傳諸葛武侯有前後出師之表。前表稱郭費董向之賢，足以治宮中營中矣；而後表則追歎趙陽馬閻諸人之逝，國內乏材。前表云：『不宜妄自菲薄，引喻失義。』矣；而後表則援引曹操挫衂之師，以薄己責。前表云：『兵甲已足，當北定中原，攘除姦凶。』矣；而後表則云：『不伐賊，王業亦亡，惟坐而待亡，不如伐之。』前表悲壯，後表衰颯。前表意周而辭簡，後表意窘而辭縕。豈街亭一敗，遂足以褫其魄而奪其氣乎！以是知後表之為贋也。郭沖五事甚重諸葛之權智。裴世期引而駁之，以解謬譽。裴氏既見《武侯文集》原無後表之篇，所引張儼《默記》正郭沖五事之比，而疑以傳疑，未及辯駁。且不知後表之贋者，獨不思〈趙雲傳〉乎！〈雲傳〉曰：『建興五年，隨諸葛亮駐漢中。明年，亮出軍揚聲就斜谷道，曹真遺大眾當之。亮令雲與鄧芝往拒。七年，卒。』而後表作於六年之十一月，已言趙雲之喪，其謬著矣。藉云〈雲傳〉七年之字有譌，則傳連記五年六年七年之事，無由改七為六也。《武侯文集》二十四篇，陳承祚所定，而不載後表；《文選》錄武侯之表，而不題前出師表；則後表之贋，昔人固知之矣。」

黃以周〈子敍默記敍〉曰：「《默記》，吳張儼撰。儼字子節，吳人，事蹟見《吳志·孫皓傳》注。《隋志·雜家·傳子下》云：『梁有《默記》三卷，亡。』《唐志》復箸錄。今書已佚。《蜀志·諸葛亮傳》注載〈述佐篇〉及武侯〈後出師表〉一篇。皆儼所作也。後表不載於《武侯文集》。亦不見於陳壽《志》。裴松之注引《漢晉春秋》有此表，而又溯其所出云：『此亮集所無，出張儼《默記》。』則此表為張儼擬作明矣。」

18. 曹丕《典論·論文》：「琳瑀之章表書記，今之雋也。」又〈與吳質書〉曰：「孔璋章表殊健。」

19. 《魏志·陳思王傳》載植上疏四篇，其〈求自試表〉、〈求通親親表〉二篇採入《文選》。茲錄其〈求通親親表〉一篇：

「臣植言：臣聞天稱其高者，以無不覆；地稱其廣者，以無不載；日月稱其明者，以無不照；江海稱其大者，以無不容。故孔子曰：『大哉堯之為君。惟天為大惟堯則之。』夫天德之於萬物，可謂弘廣矣。蓋堯之為教，先親後疏，自近及遠，其傳曰：『克明俊德，以親九族。九族既睦，平章百姓。』及周之文王，亦崇厥化。其詩曰：『刑于寡妻，至于兄弟，以御于家邦。』是以雍雍穆穆，風人詠之。昔周公弔管蔡之不咸，廣封懿親，以藩屏王室。傳曰：『周之宗盟，異姓為後。』誠骨肉之恩，爽而不離，親親之義，寔在敦固，未有義而後其君，仁而遺其親者也。

伏惟陛下，咨帝唐欽明之德，體文王翼翼之仁，惠洽椒房，恩昭九親，羣后百僚，番休遞上。執政不廢於公朝，下情得展於私室，親理之路通，慶弔之情展，誠可謂恕己治人，推惠施恩者矣。至於臣者，人道絕緒，禁固明時，臣竊自傷也。不敢乃望交氣類，脩人事，敍人倫。近且婚媾不通，兄弟永絕，吉凶之問塞，慶弔之禮廢，恩紀之違，甚於路人隔閡之異，殊於胡越。今臣以一切之制，永無朝覲之望，至於注心皇極，結情紫闥，神明知之矣。然天寔為之，謂之何哉！退省諸王，常有戚戚具爾之心。願陛下沛然垂詔，使諸國慶問，四節得展，以敍骨肉之歡恩，全怡怡之篤義，妃妾之家，膏沐之遺，歲得再通，齊義於貴宗，等惠於百司，如此則古人之所歎，風雅之所詠，復存於聖世矣。

臣伏自思惟，豈無錐刀之用，及觀陛下之所拔授，若臣為異姓，竊自料度，不後於朝士矣。若得辭遠遊，戴武弁，解朱組，佩青紱，駙馬奉車，趣得一號，安宅京室，執鞭珥筆，出從華蓋，入侍輦轂，承答聖問，拾遺左右，乃臣丹情之至願，不離於夢想者也。遠慕〈鹿鳴〉君臣之宴，中詠〈棠棣〉匪他之誡，下思〈伐木〉友生之義，終懷〈蓼莪〉罔極之哀。每四節之會，塊然獨處，左右惟僕隸，所對惟妻子，高談無所與陳，發義無所與展，未嘗不聞樂而拊心，臨觴而歎息也。臣伏以為犬馬之誠不能動人，譬人之誠不能動天，崩城隕霜，臣初信之，以臣心況，徒虛語耳。若葵藿之傾葉，太陽雖不為之迴光，然終向之者，誠也。臣竊自比葵藿；若降天地之施，垂三光之明者，實在陛下。臣聞文子曰：『不為福始，不為禍先。』今之否隔，友于同憂，而臣獨唱言者，何也？竊不願於聖代使有不蒙施之物，有不蒙施之物，必有慘毒之懷，故〈柏舟〉有天只之怨，〈谷風〉有棄予之歎。伊尹恥其君不為堯舜，孟子曰：『不以舜之所以事堯事其君者，不敬其君者也。』臣之愚蔽，固非虞伊。至於欲使陛下崇光被時雍之美，宣緝熙章明之德者，是臣慺慺之誠，竊所獨守。寔懷鶴立企佇之心，敢復陳聞者，冀陛下儻發天聰而垂神聽也。」

20. 《晉書・張華傳》：「張華，字茂先。初未知名，著〈鷦鷯賦〉以自寄。（賦載本傳及《文選》。）阮籍見之歎曰：「王佐之才也！」由是聲名始著。久之，論前後忠勳，進封壯武郡公。華十餘讓，中詔敦譬，乃受。」〈讓公表〉文佚。

21. 《晉書・羊祜傳》，羊祜字叔子。加車騎將軍開府如三司之儀。祜上表固讓曰：

「臣伏聞恩詔，（《文選》作『臣祜言：臣昨出，伏聞恩詔』云云。）拔臣使同台司。臣自出身以來，適十數年，受任外內，每極顯重之任，常以智力不可頓進，恩寵不可久謬，夙夜戰悚，以榮為憂。臣聞古人之言，德未為人所服，而受高爵，則使才臣不進；功未為人所歸，而荷厚祿，則使勞臣不勸。今臣身託外戚，事連運會，誡在過寵，不患見遺；而猥降發中之詔，加非次之榮：臣有何功可以堪之，何心可以安之！身辱高位，傾覆尋至，願守先人弊廬，豈可得哉！違命誠忤天威，曲從即復若此。蓋聞古人申於見知，大臣之節，不可則止：臣雖小人，敢緣所蒙，念存斯義。

今天下自服化以來，方漸八年，雖側席求賢，不遺幽賤；然臣不能推有德，達（《文選》作進。）有功，使聖聽知勝臣者多，未達者不少。假令有遺德於版築之下，有隱才於屠釣之間，而朝議用臣不以為非，臣處之不以為愧，所失豈不大哉！臣忝竊雖久，未若今日兼文武之極寵，等宰輔之高位也。且臣雖所見者狹，據今光祿大夫李熹，執節高亮，在公正色；（《文選》作正身在朝。）光祿大夫魯芝，絜身寡欲，和而不同；光祿大夫李胤，清亮簡素，立身在朝，（《文選》作涖政弘簡，在公正色。）皆服事華髮，以禮終始，雖歷位外內之寵，（《文選》無位事。）不異寒賤之家，而猶未蒙此選。臣更越之，何以塞天下之望，少益日月。

是以誓心守節，無苟進之志。今道路行通，（《文選》作未通。）方隅多事，乞留前恩，使臣得速還屯，不爾留連，必於外虞有闕。匹夫之志，有不可奪。（《文選》作臣不勝憂懼，謹觸冒拜表。惟陛下察匹夫之志，不可以奪。）」

22. 案《御覽》五九四引《翰林論》：「裴公之辭侍中，羊公之讓開府，可謂德音矣。」此彥和所本。《晉書·庾亮傳》，庾亮字元規。明帝即位，以為中書監。亮上書讓曰：（《文選》作〈讓中書令表〉。李善注曰：「諸《晉書》並云讓中書監。此云令，恐誤也。」）

「臣凡庸固陋，少無殊操，昔以中州多故，舊邦喪亂，隨侍先臣，遠庇有道，爰容（《文選》作客）逃難，求食而已。不悟徼時之福，遭遇嘉運。先帝龍興，垂異常之顧，既眷同國士，又申以婚姻。遂階親寵，累忝非服，弱冠濯纓，沐浴芳風，頻煩省闥，出總六軍，十餘年間，位超先達，無勞受遇，無與臣比。小人祿薄，福過災生，止足之分，臣所宜守；而偷榮昧進，日爾一日，謗讟既集，上塵聖朝。始欲自聞，而先帝登遐，區區微誠，竟未上達。陛下踐阼，聖政惟新，宰輔賢明，庶僚咸允，康哉之歌，實存於至公，而國恩不已，復以臣領中書。臣領中書，則示天下以私矣。何者？臣於陛下，后之兄也。姻婭之嫌，與骨肉中表不同。雖太上至公，聖德無私，然世之喪道，有自來矣。悠悠六合，皆私其姻，人皆有私，則天下無公矣。是以前後二漢，咸以抑后黨安，進婚族危。向使西京七族，東京六姓，皆非姻族，各以平進，縱不悉全，決不盡敗，今之盡敗，更由姻昵。臣歷觀庶姓在世，無黨於朝，無援於時，植根之本輕也；（《文選》作輕也薄也。）苟無大瑕，猶或見容。至於外戚，憑託天地，勢連四時，根援扶疏，重矣大矣；而或居權寵，四海側目，事有不允，罪不容誅，身既招殃，國為之弊，其故何邪？直由姻媾之私，羣情之所不能免。是以疏附則信，姻進則疑，疑積於百姓之心，則禍成於重闈之內矣。此皆往代成鑒，可為寒心者也！夫萬物之所不通，聖賢因而不奪，冒親以求一寸之用，未若防嫌以明至公。今以臣之才，兼如此之嫌，而使內處心膂，外總兵權，以此求治，未之聞也；以此招禍，可立待也。雖陛下二相，明其愚款，朝士百僚，頗識其情，天下之人，安可門到戶說，使皆坦然耶！夫富貴榮寵，臣所不能忘也；刑罰貧賤，臣所不能甘也。今恭命則愈，違命則苦，臣雖不達，何事背時違上，自貽患責耶！實仰覽殷鑒，量己知弊，身不足惜，為國取悔。是以悾悾屢陳丹款，而微誠淺薄，未垂察諒，憂惶屏營，不知所措。願陛下垂天地之鑒，察臣之愚，則臣雖死之日，猶生之年矣。」

23.

《晉書．劉琨傳》：「琨，字越石。西都不守，元帝稱制江左，琨乃令長史溫嶠勸進。」表文載〈元帝紀〉。《文選》三十七李善注曰：「何法盛《晉書》曰：『劉琨連名勸進，中宗嘉之。』《晉紀》曰：『劉琨作〈勸進表〉，無所點竄，封印既畢，對使者流涕而遣之。』」

〈勸進表〉

建興五年三月癸未朔十八日辛丑，使持節散騎常侍都督河北并冀幽三州諸軍事領護軍匈奴中郎將司空并州刺史廣武侯臣琨，使持節侍中都督冀州諸軍事撫軍大將軍冀州刺史左賢王渤海公臣磾，頓首死罪，上書。臣琨臣磾，頓首頓首，死罪死罪。臣聞天生蒸人，樹之以君，所以對越天地，司牧黎元。聖帝明王，鑒其若此，知天地不可以乏饗，故屈其身以奉之；知黎元不可以無主，故不得已而臨之。社稷時難，則戚藩定其傾；郊廟或替，則宗哲纂其祀。所以弘振遐風，式固萬世，三五以降，靡不由之。

臣琨臣磾，頓首頓首，死罪死罪。伏惟高祖宣皇帝肇基景命，世祖武皇帝遂造區夏，三葉重光，四聖繼軌，惠澤侔於有虞，卜年過於周氏。自元康以來，艱禍繁興，永嘉之際，氛厲彌昏，宸極失御，登遐醜裔，國家之危，有若綴旒。賴先后之德，宗廟之靈，皇帝嗣建，舊物克甄，誕授欽明，服膺聰哲，玉質幼彰，金聲夙振，冢宰攝其綱，百辟輔其治，四海想中興之美，羣生懷來蘇之望。不圖天不悔禍，大災荐臻，國未忘難，寇害尋興。逆胡劉曜，縱逸西都，敢肆犬羊，凌虐天邑。臣等奉表使還，乃承西朝以去年十一月不守，主上幽劫，復沈虜庭，神器流離，再辱荒逆。臣每覽史籍，觀之前載，厄運之極，古今未有，苟在食土之毛，含氣之類，莫不叩心絕氣，行號巷哭。況臣等荷寵三世，位厠鼎司，承問震惶，精爽飛越，且悲且惋，五情無主，舉哀朔垂，上下泣血。

臣琨臣磾，頓首頓首，死罪死罪。臣聞昏明迭用，否泰相濟，天命未改，歷數有歸，或多難以固邦國，或殷憂以啓聖明。齊有無知之禍，而小白為五伯之長；晉有驪姬之難，而重耳主諸侯之盟。社稷靡安，必將有以扶其危；黔首幾絕，必將有以繼其緒。伏惟陛下，玄德通於神明，聖姿合於兩儀，應命代之期，紹千載之運。夫符瑞之表，天人有徵，中興之兆，圖讖垂典。自京畿隕喪，九服崩離，天下囂然，無所歸懷，雖有夏之遘夷羿，宗姬之離犬戎，蔑以過之。陛下撫寧江左，奄有舊吳，柔服以德，伐叛以刑，抗明威以攝不類，杖大順以肅宇內。純化既敷，率土宅心；義風既暢，則遐方企踵。百揆時敘於上，四門穆穆於下。昔少康之隆，夏訓以為美談，宣王之興，周詩以為休詠。況茂勳格於皇天，清輝光於四海，蒼生顒然，莫不欣戴，聲教所加，願為臣妾者哉！且宣皇之胤，惟有陛下，億兆攸歸。曾無與二。天祚大晉，必將有主，主晉祀者，非陛下而誰。是以邇無異言，遠無異望，謳歌者無不吟詠徽猷，獄訟者無不思于聖德，天地之際既交，華裔之情允洽。一角之獸，連理之木，以為休徵者，蓋有百數；冠帶之倫，要荒之眾，不謀而同辭者，動以萬計。是以臣等敢考天地之心，因函夏之趣，昧死以上尊號。願陛下存舜禹至公之情，狹巢由抗矯之節，以社稷為務，不以小行為先，以黔首為憂，不以克讓為事。上以慰宗廟乃顧之懷，下以釋普天傾首之望，則所謂生繁華於枯荑，育豐肌於朽骨，神人獲安，無不幸甚。

臣琨臣磾，頓首頓首，死罪死罪。臣聞尊位不可久虛，萬機不可久曠。虛之一日，則尊位以殆；曠之浹辰，則萬機以亂。方今鍾百王之季，當陽九之會，狡寇窺窬，伺國瑕隙，齊人波蕩，無所繫心，安可以廢而不恤哉！陛下雖欲逡巡，其若宗廟何，其若百姓何！昔惠公虜秦，晉國震駭，呂郤之謀，欲立子圉。外以絕敵人之志，內以固闔境之情，故曰喪君有君，羣臣輯穆，好我者勸，惡我者懼。前事之不忘，後代之元龜也。陛下明並日月，無幽不燭；深謀遠慮，出自胸懷，不勝犬馬憂國之情，遲覩人神開泰之路。是以陳其乃誠，布之執事。臣等各忝守方任，職在遐外，不得陪列闕庭，共觀盛禮，踊躍之懷，南望罔極。謹上。臣琨謹遣兼左長史右司馬臣溫嶠，主簿臣辟閭訓，臣磾遺散騎常侍征虜將軍清河太守領右長史高平亭侯臣榮劭，輕車將軍關內侯臣郭穆奉表。臣琨臣磾等，頓首頓首，死罪死罪。

24. 《晉書・張駿傳》載〈請討石虎李期表〉，不知即彥和所指自序否，錄於下：

「東西隔塞，踰歷年載，夙承聖德，心繫本朝；而江吳寂蔑，餘波莫及，雖肆力修塗，同盟靡恤。奉詔之日，悲喜交並，天恩光被，褒崇輝渥，即以臣為大將軍都督陝西雍秦涼州諸軍事。休寵振赫，萬里懷戴，嘉命顯至，銜感屏營。伏惟陛下，天挺岐嶷，堂構晉室，遭家不造，播幸吳楚。宗廟有黍離之哀，園陵有殄廢之痛。普天咨嗟，含氣悲傷。臣專命一方，職在斧鉞，遐域僻陋，勢極秦隴。勒雄既死，人懷反正，謂季龍李期之命，曾不崇朝。而皆篡繼凶逆，鴟目有年，東西遼曠，聲援不接，遂使桃蟲鼓翼，四夷諠譁，向義之徒，更思背誕，鉛刀有干將之志，螢燭希日月之光。是以臣前章懇切，欲齊力時討；而陛下雍容江表，坐觀禍敗，懷目前之安，替四祖之業，馳檄布告，徒設空文，臣所以宵吟荒漠，痛心長路者也。且兆庶離主，漸冉經世，先老消落，後生靡識，忠良受梟懸之罰，群凶貪縱橫之利，懷君戀故，日月告流，雖時有尚義之士，畏逼首領，哀歎窮廬。臣聞少康中興，由於一旅，光武嗣漢，眾不盈百，祀夏配天，不失舊物。況以荊揚慓悍，臣州突騎，吞噬遺羯。在於掌握哉！願陛下敷弘臣（疑臣字是聖字之誤。）慮，永念先績，敕司空鑒征西亮等，汎舟江沔，使首尾俱至也。」

25. 《左傳・僖公二十四年》：「介之推曰：『言，身之文也。』」《文選》顏延年〈贈王太常詩〉：「舒文廣國華。」李善注：「《國語》季文子曰：吾聞以德榮為國華。」

26. 章以謝恩，詣闕拜上，故曰造闕。表以陳事，事體多方，故曰多包。情為文使，似宜作情為文屈。

27. 《左傳・哀公十二年》：「公會吳于橐皋。吳子使大宰嚭請尋盟。公不欲，使子貢對曰：『盟，所以周信也，故心以制之，（制其義。）玉帛以奉之，（奉贄明神。）言以結之，（結其信。）明神以要之。』」《荀子・非相篇》：「觀人以言，美於黼黻文章。」

奏啓第二十三

昔唐虞（鈴木云御覽作陶唐）之臣，敷奏以言；秦漢之輔（鈴木云御覽作附之），上書稱奏。陳政事，獻典儀，上急變[1]，劾愆（一作僭黃云案馮本僭依御覽校作愆）謬，總謂之奏。奏者，進也；言（元脫謝補孫云御覽五九四引有言字）敷于下，情進于（鈴木云御覽作乎）上也[2]。秦始（孫云御覽有皇字）立奏，而法家少文。觀王綰之奏勳德，辭質而義近；李斯之奏驪山，事略而意逕（孫云御覽作誣）：政（御覽作故）無膏潤，形於篇章矣[3]。自漢以來，奏事或稱上疏；儒雅繼踵，殊采可觀[4]。若夫賈誼之務農[5]，鼂錯之兵事（元作卒孫改孫云御覽作術）[6]，匡衡之定郊[7]，王吉之觀（鈴木云御覽作勸）禮[8]，溫舒之緩獄[9]，谷永之諫（孫云明抄本御覽作陳）仙[10]，理既切至，辭亦通暢（一作達又作辨孫云御覽作辨鈴木云御覽作明），可謂識大體矣。後漢群賢（孫云御覽作臣），嘉言罔伏。楊秉耿介於災異[11]，陳蕃憤懣於尺一，骨鯁得焉[12]；張衡指摘於史職（孫云御覽作識）[13]，蔡邕銓列於朝儀[14]，博雅明焉。魏代名臣，文理迭興。若高堂天文[15]，王（元作黃從魏志改孫云御覽亦作黃）觀教學[16]，王朗（孫云御覽作郎）節省[17]，甄（元作甌朱改）毅考課[18]，亦盡節而知治矣。晉氏多難，災屯流移（孫云御覽作世交屯夷）。劉頌殷勤於時務[19]，溫嶠懇惻（一作切）於費役[20]，並體國之忠規矣。夫奏之為筆，固以明允篤誠為本，辨析疏通為首，強志足以成務，博見足以窮理，酌古御今，治繁總要，此其體也[21]。若乃按（鈴木云御覽作案）劾之奏，所以明憲清國。昔周之太僕，繩愆糾謬；秦之（孫云御覽作有）御史，職主文法；漢置中丞，總司按劾；故位在鷙（一作摯）擊，砥礪其氣，必使筆端振風，簡上凝霜者也[22]。觀孔光之奏董賢，則實其奸回[23]；路粹之奏孔融，則誣其釁惡[24]：名儒之與險士，固殊心焉[25]。若夫傅咸（元作盛）勁直（孫云御覽作果勁），而按辭堅深[26]；劉隗切正，而劾文闊略[27]：各其（孫云御覽作有）志也。後之彈事，迭相斟酌，惟新日用，而舊準弗差[28]。然函人欲全，矢人欲傷，術在糾惡，勢必深（孫云御覽必深作入剛）峭。詩刺讒人，投畀豺虎；禮疾無禮，方之鸚猩；墨翟非儒，目以豕（孫云御覽作羊）彘；孟軻譏墨，比諸禽獸；詩禮儒墨，既其如茲，奏劾嚴文，孰云能免[29]？是以世人（孫云御覽作近世）為文，競於詆訶，吹毛取瑕，次（孫云御覽作刺）骨為戾，復似善罵（孫云御覽作詈），多失折衷[30]。若能闢禮門以懸規，標義路以植矩，然後踰垣（孫云御覽作牆）者折肱，捷徑者滅趾（孫云御覽作跡黃云按馮本趾校跡），何必躁言醜句，詬（元作話謝改）病為切（孫云御覽作巧）哉[31]？是以立範運衡，宜明體要；必使理有典刑，辭有風軌，總法家之式（鈴木云御覽作裁），秉儒家之文，不畏彊禦，氣流墨中，無縱詭隨，聲動簡外，乃稱絕席之雄，直方之舉耳（一作也孫云御覽作也）[32]。

啓者開也。高宗云：啓乃心，沃朕心，取（孫云御覽作蓋）其義也[33]。孝景諱啓，故兩漢無稱。至魏國箋（孫云御覽作牋）記，始云啓聞。奏事之末，或云謹啓（鈴木云嘉靖本梅本岡本作或謹密啓）[34]。自晉來盛啓，用兼表奏。陳政言事，既奏之異條；讓爵謝恩，亦表之別幹[35]。必斂飭（元作散黃云活字本汪本作徹）入規，促其音節（孫云御覽無斂飭以下八字），辨要輕清，文而不侈，亦啓之大略也[36]。又表奏确切，號為讜言。讜者，偏也（鈴木云偏上疑有脫字）。王道有偏，乖乎蕩蕩（下有脫字）。其偏，故曰讜言也[37]。孝成稱班伯之讜言，貴直也[38]。自漢置八儀，密奏陰陽，皁囊封板，故曰封事[39]。鼂錯受書，還上便宜。後代便宜（黃云案馮本無此四字校增），多附封事，慎機密也[40]。夫王臣匪躬，必吐謇諤，事舉（黃云活字本作徙）人存，故無待泛說也[41]。

贊曰：早飭（黃云活字本作飾）**司直，肅清風禁。筆銳干將，墨含淳酖**[42]**。雖有次骨，無或膚浸。獻政陳宜，事必勝任。**

【注釋】

1. 陳先生曰：「《漢書．丙吉傳》：『驛騎持赤白囊，邊郡發奔命書。』此即所云上急變。黃注引〈平帝紀〉：『乙未，義陵寢神衣在柙中。丙申旦，衣在外床上。寢令以急變聞。』未得其意。」案《漢書．車千秋傳》云：「上急變訟太子冤。」師古曰：「所告非常，故云急變也。」師古說是。〈賈誼傳〉：「誼以為漢興二十餘年，天下和洽，宜當改正朔，易服色制度，定官名，興禮樂。乃草具其儀法，色上黃，數用五，為官名，悉更奏之。」（《史記》作悉更秦之法，王念孫欲據之以改《漢書》。非是，悉更奏之，猶言悉改而奏之耳。）即彥和所云獻典儀。

2. 《說文》：「奏，進也。」《論衡．對作篇》：「上書謂之奏。」《釋名．釋書契》：「奏，鄒也，鄒，狹小之言也。」臣下自謙，故云狹小之言。

3. 《史記．秦始皇本紀》：「丞相綰，御史大夫劫，廷尉斯等皆曰：昔者五帝地方千里，其外侯服夷服，諸侯或朝或否，天子不能制。今陛下興義兵，誅殘賊，平定天下，海內為郡縣，法令由一統，自上古以來未嘗有，五帝所不及。臣等謹與博士議曰：古有天皇，有地皇，有泰皇，泰皇最貴。臣等昧死上尊號王為泰皇。命為制，令為詔，天子自稱曰朕。」李斯〈治驪山陵上書〉曰：「臣所將隸徒七十二萬人，治驪山者已深已極，鑿之不入，燒之不爇，叩之空空。如下天狀。」（淩義渠《湘煙錄》一引蔡質《漢儀》。）

4. 《漢書．蘇武傳》：「數疏光過失。」注：「謂條錄之。」〈杜周傳〉：「疏為令。」注：「謂分條也。」〈揚雄傳〉：「獨可抗疏。」注：「疏條其事而言之。」陳情敍事，必有條理，故奏亦稱上疏。

5. 《漢書．食貨志上》：「文帝即位，躬修儉節，思安百姓。時民近戰國，皆背本趨末。賈誼說上曰：『筦子曰：倉廩實而知禮節。民不足而可治者，自古及今，未之嘗聞。古之人曰：一夫不耕，或受之饑；一女不織，或受之寒。生之有時，而用之亡度，則物力必屈。古之治天下，至孅至悉也，故其畜積足恃。今背本而趨末，食者甚眾，是天下之大殘也。淫侈之俗，日日以長，是天下之大賊也。殘賊公行，莫之或止，大命將泛，莫之振救。生之者甚少，而靡之者甚多，天下財產，何得不蹷！漢之為漢，幾四十年矣，公私之積，猶可哀痛。失時不雨，民且狼顧，歲惡不入，請賣爵子，既聞耳矣。安有為天下阽危者（《賈子》無者字，是。）若是，而上不驚者！世之有饑穰，天之行也，禹湯被之矣。即不幸有方二三千里之旱，國胡以相恤！卒然邊境有急，數千百萬之眾，國胡以餽之！兵旱相乘，天下大屈，有勇力者聚徒而衡擊；罷夫羸老，易子而齩其骨。政治未畢通也，遠方之能疑者，並舉而爭起矣。迺駭而圖之，豈將有及乎！夫積貯者，天下之大命也。苟粟多而財有餘，何為而不成。以攻則取，以守則固，以戰則勝，懷敵附遠，何招而不至。今毆民而歸之農，皆著於本，使天下各食其力，末技游食之民，轉而緣南畮。則畜積足而人樂其所矣，可以為富安天下，而直為此廩廩也，竊為陛下惜之。』於是上感誼言，始開籍田，躬耕以勸百姓。」

6.

《漢書．鼂錯傳》：文帝時，匈奴彊，數寇邊，上發兵以禦之。錯上言兵事曰：

「臣聞漢興以來，胡虜數入邊地，小入則小利，大入則大利。高后時再入隴西，攻城屠邑，毆略畜產，其後復入隴西，殺吏卒，大寇盜。竊聞戰勝之威，民氣百倍，敗兵之卒，沒世不復。自高后以來，隴西三困於匈奴矣，民氣破傷，亡有勝意。今茲隴西之吏，賴社稷之神靈，奉陛下之明詔，和輯士卒，底厲其節，起破傷之民，以當乘勝之匈奴，用少擊眾，殺一王，敗其眾而大有利。非隴西之民有勇怯，迺將吏之制巧拙異也。故兵法曰：『有必勝之將，無必勝之民。』繇此觀之，安邊境，立功名，在於良將，不可不擇也。

臣又聞用兵臨戰合刃之急者三：一曰得地形；二曰卒服習；三曰器用利。兵法曰：『丈五之溝，漸車之水，山林積石，經川丘阜，屮木所在，此步兵之地也，車騎二不當一。土山丘陵，曼衍相屬，平原廣野，此車騎之地也，步兵十不當一。平陵相遠，川谷居間，仰高臨下，此弓弩之地也，短兵百不當一。兩陳相近，平地

淺屮，可前可後，此長戟之地也，劍楯三不當一。萑葦竹蕭，屮木蒙蘢，支葉茂接，此矛鋋之地也，長戟二不當一。曲道相伏，險阸相薄，此劍楯之地也，弓弩三不當一。士不選練，卒不服習，起居不精，動靜不集，趨利弗及，避難不畢，前擊後解，與金鼓之音相失，此不習勒卒之過也，百不當十。兵不完利，與空手同；甲不堅密，與袒裼同；弩不可以及遠，與短兵同；射不能中，與亡矢同；中不能入，與亡鏃同；此將不省兵之禍也，五不當一。』故兵法曰：『器械不利，以其卒予敵也；卒不可用，以其將予敵也；將不知兵，以其主予敵也。君不擇將，以其國予敵也。四者兵之至要也。』

臣又聞小大異形，彊弱異執，險易異備。夫卑身以事彊，小國之形也；合小以攻大，敵國之形也；以蠻夷攻蠻夷，中國之形也。今匈奴地形技藝與中國異：上下山阪，出入溪澗，中國之馬弗與也；險道傾仄，且馳且射，中國之騎弗與也；風雨罷勞，飢不困，中國之人弗與也；此匈奴之長技也。若夫平原易地，輕車突騎，則匈奴之眾易撓亂也；勁弩長戟，射疏及遠，則匈奴之弓弗能格也；堅甲利刃，長短相雜，遊弩往來，什伍俱前；則匈奴之兵弗能當也；材官騶發，矢道同的，則匈奴之革笥木薦弗能支也；下馬地鬬，劍戟相接，去就相薄，則匈奴之足弗能給也；此中國之長技也。以此觀之，匈奴之長技三，中國之長技五，陛下又興數十萬之眾，以誅數萬之匈奴，眾寡之計，以十擊一之術也。雖然，兵凶器，戰危事也。以大為小，以彊為弱，在俛卬之間耳。夫以人之死爭勝，跌而不振，則悔之亡及也。帝王之道，出於萬全。今降胡義渠蠻夷之屬，來歸誼者，其眾數千，飲食長技，與匈奴同，可賜之堅甲絮衣，勁弓利矢，益以邊郡之良騎，令明將能知其習俗，和輯其心者，以陛下之明約將之。即有險阻，以此當之；平地通道，則以輕車材官制之。兩軍相為表裏，各用其長技，衡加之以眾，此萬全之術也。《傳》曰：狂夫之言，而明主擇焉，臣錯愚陋，昧死上狂言，唯陛下財擇。」

文帝嘉之，乃賜錯璽書寵答焉。曰：皇帝問太子家令。上書言兵體三章，聞之。」注李奇曰：「三者得地形，卒服習，器用利。

7. 《漢書·郊祀志下》丞相匡衡奏議曰：

陛下聖德，忽明上通，承天之大，典覽羣下。（典訓主。主覽，猶言總覽。）使各悉心盡慮，議郊祀之處，天下幸甚。臣聞廣謀從眾，則合於天心。故〈洪範〉曰：「三人占，則從二人言，」言少從多之義也。論當往古，宜於萬民，則依而從之；違道寡與，則廢而不行。今議者五十八人。其五十人言當徙之義，皆著於經傳，同於上世，便於吏民；八人不按經藝，考古制，而以為不宜。無法之議，難以定吉凶，〈太誓〉曰：「正稽古，立功立事，可以永年，丕天之大律。」《詩》曰：「毋曰高高在上，陟降厥士，日監在茲。」言天之日監王者之處也。又曰：「迺眷西顧，此維予宅。」言天以文王之都為居也。宜於長安定南北郊，為萬世基。

8. 《漢書·禮樂志》：「是時上（武帝。）方征討四夷，銳志武功，不暇留意禮文之事。至宣帝時，王吉為諫大夫，又上疏言：『欲治之主不世出，公卿幸得遭遇其時，未有建萬世之長策，舉明主於三代之隆者也，其務在於簿書斷獄聽訟而已，此非太平之基也。今俗吏所以牧民者，非有禮儀科指，可世世通行者也，以意穿鑿，各取一切。是以詐偽萌生，刑罰無極，質樸日消，恩愛寖薄。孔子曰：安上治民，莫善於禮，非空言也。願與大臣延及儒生，述舊禮，明王制，驅一世之民，躋之仁壽之域；則俗何以不若成康，壽何以不若高宗。』上不納其言。」案此是節文，詳載王吉本傳。（校勘記：「《御覽》觀作勸，是也。諸本皆誤。」）

9. 《漢書·路溫舒傳》：宣帝初即位，溫舒上書言宜尚德緩刑。其辭曰：（《說苑·貴德篇》載此文，無篇首二百五十字。）

臣聞齊有無知之禍而桓公以興；晉有驪姬之難而文公用伯；近世趙王不終，諸呂作亂而孝文為太宗，繇是觀之，禍亂之作，將以開聖人也。故桓文扶微興壞，尊文武之業，澤加百姓，功潤諸侯，雖不及三王，天下歸仁焉。文帝永思至德，以承天心，崇仁義，省刑罰，通關梁，一遠近，敬賢如大賓，愛民如赤子，內恕情之所安，而施之於海內，是以囹圄空虛，天下太平。夫繼變化之後，必有異舊之恩，此賢聖所以昭天命也。往

者昭帝即世而無嗣，大臣憂戚，焦心合謀，皆以昌邑尊親，援而立之，然天不授命，淫亂其心，遂以自亡。深察禍變之故，迺皇天之所以開至聖也。故大將軍受命武帝，股肱漢國，披肝膽，決大計，黜亡義，立有德，輔天而行，然後宗廟以安，天下咸寧。臣聞《春秋》正即位，大一統而慎始也。陛下初登至尊，與天合符，宜改前世之失，正始受命之統，滌煩文，除民疾，存亡繼絕，以應天意。

臣聞秦有十失，其一尚存，治獄之吏是也。秦之時，羞文學，好武勇，賤仁義之士，貴治獄之吏，正言者謂之誹謗，遏過者謂之妖言。故盛服先生不用於世，忠良切言皆鬱於胸，譽諛之聲日滿於耳，虛美熏心，實禍蔽塞，此乃秦之所以亡天下也。方今天下賴陛下恩厚，亡金革之危，飢寒之患，父子夫妻，勠力安家，然太平未洽者，獄亂之也。夫獄者，天下之大命也。死者不可復生，㡭者不可復屬。《書》曰：「與其殺不辜，寧失不經。」今治獄吏則不然，上下相敺，以刻為明，深者獲公名，平者多後患。故治獄之吏，皆欲人死；非憎人也，自安之道，在人之死。是以死人之血，流離於市，被刑之徒，比肩而立，大辟之計，歲以萬數，此仁聖之所以傷也。太平之未洽，凡以此也。夫人情安則樂生，痛則思死，棰楚之下，何求而不得。故囚人不勝痛，則飾辭以視之；吏治者利其然，則指道以明之；上奏畏卻，則鍛練而周內之。蓋奏當之成，雖咎繇聽之，猶以為死有餘辜。何則？成練者眾，文致之罪明也。是以獄吏專為深刻，殘賊而亡極，媮為一切，不顧國患，此世之大賊也。故俗語曰：「畫地為獄議不入，刻木為吏期不對。」此皆疾吏之風，悲痛之辭也。故天下之患，莫深於獄，敗法亂正，離親塞道，莫甚乎治獄之吏。此所謂一尚存者也。臣聞烏鳶之卵不毀而後鳳皇集，誹謗之罪不誅而後良言進。故古人有言：「山藪藏疾，川澤納汙，瑾瑜匿惡，國君含詬。」唯陛下除誹謗以招切言，開天下之口，廣箴諫之路，掃亡秦之失，尊文武之德，省法制，寬刑罰，以廢治獄，則太平之風可興於世，永履和樂，與天亡極。天下幸甚。

10.

《漢書·郊祀志下》：成帝末年，頗好鬼神，亦以無繼嗣故，多上書言祭祀方術者，皆得待詔。祠祭上林苑中，長安城旁，費用甚多，然無大貴盛者。谷永說上曰：

臣聞明於天地之性，不可惑以神怪，知萬物之情，不可罔以非類。諸背仁義之正道，不遵五經之法言，而盛稱奇怪鬼神，廣崇祀之方，求報無福之祠，及言世有僊人服食不終之藥，遥興輕舉，登遐倒景，覽縣圃，浮游蓬萊，耕耘五德，朝種暮穫，與山石無極，黃冶變化，堅冰淖溺，化色五倉之術者，皆姦人惑眾，挾左道，懷詐偽，以欺罔世主。聽其言洋洋滿耳，若將可遇，求之盪盪，如係風捕景，終不可得。是以明王距而不聽，聖人絕而不語。昔周史萇弘欲以鬼神之術，輔尊靈王，會朝諸侯，而周室愈微，諸侯愈叛。楚懷王隆祭祀，事鬼神，欲以獲福，助卻秦師，而兵挫地削，身辱國危。秦始皇初并天下，甘心於神僊之道，遣徐福、韓終之屬，多齎童男童女入海求神采藥，因逃不還，天下怨恨。漢興，新垣平齊人少翁公孫卿欒大等，皆以僊人黃冶祭祀事鬼使物，入海求僊采藥貴幸，賞賜累千金，大尤尊盛，至妻公主，爵位重絫，震動海內。元鼎元封之際，燕齊之間，方士瞋目扼掔，言有神僊祭祠致福之術者以萬數。其後平等皆以術窮詐得，誅夷伏辜，至初元中，有天淵玉女鉅鹿神人轑陽侯師張宗之姦，紛紛復起。夫周秦之末，三五之隆，已嘗專意散財，厚爵祿，竦精神，舉天下以求之矣；曠日經年，靡有毫氂之驗，足以揆今。經曰：「享多儀，儀不及物，惟曰不享。」《論語》說曰：「子不語怪神。」唯陛下距絕此類，毋令姦人有以窺朝者。

11. 《後漢書．楊秉傳》：桓帝時微行，私過幸河南尹梁胤府舍，是日大風拔樹，晝昏。秉因上疏諫曰：

臣聞瑞由德至，災應事生，《傳》曰：「禍福無門，唯人所召。」（《左傳》閔子騫之詞。）天不言語，以災異譴告。是以孔子迅雷風烈，必有變動。《詩》云：「敬天之威，不敢驅馳。」王者至尊，出入有常，警蹕而行，靜室而止，自非郊廟之事，則鑾旗不駕，故《詩》稱「自郊徂宮」，《易》曰：「王假有廟，致孝享也。」諸侯如臣之家，《春秋》尚列其誡，況以先王法服，而私出槃游，降亂尊卑，等威無序。侍衛守空宮，紱璽委女妾，設有非常之變，任章之謀，上負先帝，下悔靡及。臣弈世受恩，得備納言；又以薄學，充在講勸，特蒙哀識，見照日月，恩重命輕，義使士死，敢憚摧折，略陳其愚。

12. 《後漢書．陳蕃傳》：時封賞踰制，內寵猥盛。蕃乃上疏諫曰：「夫獄以禁止姦違，官以稱才理物。若法虧

於平，官失其人，則王道有缺。而今天下之論，皆謂獄由怨起，爵以賄成。夫不有臭穢，則蒼蠅不飛，陛下宜採求失得，擇從忠善，尺一選舉，委尚書三公，使褒責誅賞，各有所歸，豈不幸甚！」章懷注曰：「尺一，謂板長尺一，以寫詔書也。」

13. 《後漢書．張衡傳》：「及為侍中，上疏請得專事東觀，收檢遺文，畢力補綴。又條上司馬遷、班固所敍與典籍不合者十餘事。」章懷注引衡表曰：「臣仰幹史職，敢徼官守，竊貪成訓，自忘頑愚。願得專於東觀，畢力於紀記，竭思於補闕，俾有漢休烈，比久長於天地，並光明於日月，昭示萬嗣，永永不朽也。」

14. 《後漢書．蔡邕傳》：「邕上封事曰：夫昭事上帝，則自懷多福；宗廟致敬，則鬼神以著。國之大事，實先祀典，天子聖躬，所當恭事。臣不勝憤懣，謹條宜所施行七事，表左。」注：「表左，謂陳之於表左也。猶今云如左如右。」案邕所陳，皆整飭朝廷儀法綱紀之事，彥和所云，當即指此，黃注引《獨斷》文似非。

15. 《三國．魏志．高堂隆傳》：「有星孛於大辰。隆上疏曰：『今之宮室，實違禮度，乃更建立九龍，華飾過前，天彗章灼，始起於房心，犯帝座而干紫微。此乃皇天子愛陛下，是以發教戒之象，始卒皆于尊位，殷勤鄭重，欲必覺寤陛下。斯乃慈父懇切之訓，宜崇孝子祇聳之禮，以率先天下，以昭示後昆，不宜有忽以重天怒。』」

16. 李詳《黃注補正》曰：「《太平御覽》九百六引《魏名臣奏》有郎中黃觀上書云云，黃字不當輒改。」

17. 《三國．魏志．王朗傳》注引《魏名臣奏》載王朗〈節省奏文〉。

18. 李詳〈黃注補正〉曰：「《太平御覽》二百十四引《魏名臣奏》，駙馬都尉甄毅奏曰：『漢時公卿皆奏事。選尚書郎，試，然後得為之。其在職，自賚所發書詣天子前發省。便處當事輕重，口自決定。或天子難問，據案處正，乃見郎之割斷才技。魏則不然。今尚書郎，皆天下之選，才技鋒出，亦欲騁其能於萬乘之前，宜如故事，令郎口自奏事，自處當。』案毅奏僅見於此，未知即彥和所指否。《魏志．文德甄皇后傳》『封兄子毅為列侯，毅數上書陳時政』者是也。」

19. 黃注：「《晉書．劉頌傳》：『除淮南相。頌在郡上疏言封國之制，宜如古典，及六州將士之役，凡數千言。詔褒美之。』」

20. 《晉書．溫嶠傳》：「太子起西池樓觀，頗為勞費。嶠上疏以為朝廷草創，巨寇未滅，宜應儉以率下。太子納其言。」

21. 陸機〈文賦〉：「奏平徹以閑雅。」注：「奏以陳情敘事，故平徹閑雅。」彥和所論，更為明切。

22. 《尚書．冏命．序》：「穆王命伯冏為周太僕正，作〈冏命〉。」〈冏命〉：「王若曰：惟予一人無良，實賴左右前後有位之士，匡其不及，繩愆糾謬，格其非心，俾克紹先烈。」

23. 《漢書．百官公卿表》：「御史大夫，秦官，位上卿，有兩丞，秩千石。一曰：中丞，在殿中蘭臺，掌圖籍祕書；外督部刺史，內領侍御史員十五人，受公卿奏事，舉劾按章。」陳先生曰：「《後漢書．安帝紀》詔曰：『秋節既立，鷙鳥將用。』注云：將欲糾其罪，同鷹鸇之鷙擊。」案《初學記》十二引崔篆〈御史箴〉：「簡上霜凝，筆端風起。」此彥和所本。

《漢書．董賢傳》：「賢與妻皆自殺。……莽復風大司徒光奏賢質性巧佞，翼姦以獲封侯。父子專朝，兄弟並寵。多受賞賜，治第宅，造冢壙，放效無極，不異王制，費以萬萬計，國為空虛。父子驕蹇，至不為使者禮，受賜不拜。罪惡暴著，賢自殺伏辜。死後，父恭不悔過，乃復以沙畫棺，四時之色，左蒼龍，右白虎，上著金銀日月，玉衣珠璧以棺，（師古曰：『以此物棺斂也。』）至尊無以加。恭等幸得免于誅，不宜在中土。臣請收沒入財物縣官，諸以賢為官者皆免。」

24. 《後漢書．孔融傳》：「曹操既積嫌忌，而郗慮復構成其罪。遂令丞相軍謀祭酒路粹枉狀奏融曰：少府孔融，昔在北海，見王室不靜，而招合徒眾，欲規不軌。云我大聖之後而見滅於宋，有天下者，何必卯金刀。及與孫權使語，謗訕朝廷。又融為九列，不遵朝儀，禿巾微行，唐突宮掖。又前與白衣禰衡跌蕩放言，云父之于子，當有何親，論其本意，實為情欲發耳。子之於母，亦復奚為，譬如寄物瓶中，出則離矣。既而與衡

更相贊揚。衡謂融曰：仲尼不死。融答曰：顏回復生。大逆不道，宜極重誅。」

25. 孔光雖名儒，性實鄙佞。彥和謂與路粹殊心，似嫌未允。

26. 《晉書．傅咸傳》：「咸字長虞，剛簡有大節。顧榮〈與親故書〉曰：傅長虞為司隸，勁直忠果，劾按驚人。雖非周才，偏亮可貴也。」〈王戎傳〉有傅咸劾夏侯駿、夏侯承、王戎三奏。咸本傳有劾荀愷、王戎二奏。茲錄〈咸傳〉〈奏劾王戎文〉於下：

「戎備位台輔，兼掌選舉，不能謐靜風俗，以凝庶績，至令人心傾動，開張浮競。中郎李重、李義不相匡正。請免戎等官。」

27. 《晉書．劉隗傳》：「隗遷丞相司直，彈奏不畏彊禦。」又《晉書．祖約傳》：「約妻無男，而性妒，約亦不敢違忤。嘗夜寢于外，忽為人所傷，疑其妻所為。約求去職，帝不聽。約便從右司馬營東門私出。司直劉隗劾之曰：『約幸荷殊寵，顯位選曹，銓衡人物，眾所具瞻；當敬以直內，義以方外，杜漸防萌，式遏寇害。而乃變起蕭牆，患生婢妾，身被刑傷，虧其膚髮。羣小噂喈，囂聲遠被，塵穢清化，垢累明時。天恩含垢，猶復慰喻；而約違命輕出。既無明智以保其身，又孤恩廢命，宜加貶黜，以塞眾謗。』」

〈奏劾周筳劉胤李匡〉

古之為獄，必察五聽，三槐九棘，以求民情。雖明庶政，不敢折獄。死者不得復復生，刑者不可復續，是以明王哀矜用刑。曹參去齊，以市獄為寄。自頃蒸荒，殺戮無度，罪同斷異，刑罰失宜。謹案行督運令史淳于伯，刑血著柱，遂逆上終極柱末二丈三尺，旋復下流四尺五寸。百姓諠譁，士女縱觀，咸曰其冤。伯息忠訴辭稱枉，云：「伯督運訖去二月，事畢代還，無有稽乏，受賕使役，罪不及死。軍是戍軍，非為征軍，以乏軍興論，于理為枉。四年之中，供給運漕，凡諸徵發租調，百役皆有稽停，而不以軍興論。至於伯也，何獨明之！極楚之下，無求不得。囚人畏痛，飾辭應之。」理曹國之典刑，而使忠等稱冤明時，謹案從事中郎周筳，法曹參軍劉胤，屬李匡，幸荷殊寵，並登列曹，當思敦奉政道，詳法慎殺，使兆庶無枉，人不稱訴。而今伯枉同周青，冤魂哭於幽都，訴靈恨於黃泉，嗟歎甚於杞梁，血妖過於崩城，懷情抱恨，雖沒不忘。故有殞霜之應，（已上三句從《文選》王融〈永明九年策秀才文〉注王隱《晉書》補改。）夜哭之鬼，伯有晝見，彭生為豕。刑殺失中，妖眚並見。以古況今，其揆一也。皆由筵等不勝其任。請皆免官。（《晉書·劉隗傳》，建興中丞相府斬督運令史淳于伯而血逆流。隗又奏。）

28. 陳先生曰：「案《周書·大聚解》：『興彈相庸。』為彈書命名之始。」朱駿聲《通訓定聲》曰：「《眾經音義》引仲長統《昌言》云：『繩墨得拼彈。』後人糾彈譏彈，亦此義也。」《文選》有彈事類。

29. 《孟子·公孫丑上》：「孟子曰：矢人豈不仁於函人哉！矢人惟恐不傷人，函人惟恐傷人。」《詩·小雅·巷伯》：「取彼譖人，投畀豺虎。」《禮記·曲禮上》：「鸚鵡能言，不離飛鳥；猩猩能言，不離禽獸；今人而無禮，雖能言，不亦禽獸之心乎！」《墨子·非儒下》：「貪於飲食，惰於作務，陷於飢寒，危於凍餒，無以違之。是若乞人，鼸鼠藏而羝羊視，賁彘起。」《孟子·滕文公下》：「楊氏為我，是無君也；墨氏兼愛，是無父也。無父無君，是禽獸也。」校勘記：「《御覽》豕作羊，是也。」

30. 《漢書·杜周傳》：「周少言重遲而內深次骨。」注：「其用法深刻至骨。」

31. 紀評曰：「酌中之論。」踰垣，猶言踰越禮法。捷徑，謂涉邪徑。

32. 《詩·大雅·烝民》：「唯仲山甫，柔亦不茹，剛亦不吐，不侮矜寡，不畏彊禦。」《正義》曰：「不畏懼於彊梁禦善之人。」又〈民勞〉：「無縱詭隨。」《傳》曰：「詭隨，詭人之善，隨人之惡者。」絕席，疑當作奪席。《後漢書·儒林·戴憑傳》：「帝令羣臣能說經者，更相難詰，義有不通，輒奪其席，以益通者。憑遂重坐五十餘席。」黃注引〈王常傳〉：「常為橫野大將軍，位次與諸將絕席。」似非其意。《易·坤·文言》：「直，其正也；方，其義也。君子敬以直內，義以方外。」

33. 《說文》：「启，開也。啓，教也。」經傳皆以啓為启。《尚書·說命上》：「啓乃心，沃朕心，若藥弗瞑眩，厥疾弗瘳。」《傳》曰：「開汝心以沃我心，如服藥必瞑眩極，其病乃除，欲其出切言以自警。」

34. 《通典》一百四載魏劉輔等〈論賜謚啓〉，是魏奏亦稱啓之證。《釋名．釋書契》：「啓，亦詣也，以告語官司所至詣也。」據此，東漢已有啓矣。留存《事始》：「沈約書云：景帝名啓，當時俱諱，自魏國牋記，末方云謹啓。」

35. 《御覽》六百三十四載范寧〈斷眾公受假故事啓〉。又一百四十九引《東宮舊事》會稽王道子〈皇太子納妃啓〉。《晉書．孝武文李太后傳》道子〈請崇正文李太妃名號啓〉。

36. 此猶言簡約毋繁耳。

37. 《後漢．班彪傳下》注、《文選．典引》注，皆云讜，直言也。《書．益稷．正義》引《聲類》云：「讜言，善言也。」此云「讜者偏也」，疑有脫字，似當云：「讜者，正偏也。」《書．洪範》：「無偏無黨，王道蕩蕩。」

38. 《漢書敍傳》：「時乘輿幄坐張畫屏風，畫紂醉踞妲己作長夜之樂。上指畫而問班伯：『紂為無道，至於是乎？』伯對曰：『《書》云：迺用婦人之言，何有踞肆於朝，所謂眾惡歸之，不如是之甚者也。』上曰：『苟不若此，此圖何戒？』伯曰：『沈湎于酒，微子所以告去也，式號式謼，〈大雅〉所以流連也。《詩》、《書》淫亂之戒，其原皆在於酒。』上迺喟然歎曰：『吾久不見班生，今日復聞讜言。』」師古曰：「讜言，善言也。」

39. 八儀，疑當作八能。《後漢書．續禮儀志》：「正德曰八能士，各言事。八能士各書板言事，文曰：『臣某言，今月若干日甲乙日冬至黃鍾之音調，君道得，孝道褒。』商臣角民徵事羽物各一板。否則召太史令，各板書，封以皁囊，送西陛跪授《尚書》。」章懷注引《樂叶圖徵》曰：「夫聖人之作樂，不可以自娛也，所以觀得失之效者也。故聖人不取備於一人，必從八能之士。故撞鐘者當知鐘，擊鼓者當知鼓，吹管者當知管，吹竽者當知竽，擊磬者當知磬，鼓琴者當知琴。故八士曰：或調陰陽，或調律歷，或調五音。……八能之士，常以日冬至成天文，日夏至成地理，作陰樂以成天文，作陽樂以成地理。」

40. 蔡邕《獨斷》「凡章表皆啓封。其言密事。得皁囊盛。」

41. 《史記·鼂錯傳》：「太常遣錯受《尚書》伏生所，還因上便宜事。」《漢書·霍光傳》：「上令吏民得奏封事，不關尚書。」

42. 《易·蹇卦·六二》：「王臣蹇蹇，匪躬之故。」《後漢書·陳蕃傳》竇太后優詔蕃曰：「忠孝之美，德冠本朝，謇諤之操，華首彌固。」

《漢書·百官公卿表》：「武帝元狩五年，置司直，掌佐丞相舉不法。」《札迻》十二：「飭，疑當作袀。《續漢書·輿服志》云：『宗廟皆服袀玄。』劉注云：《獨斷》云：『袀，紺繒也。』〈吳都賦〉曰：『袀，皁服。』皁袀，即袀玄也。」郝懿行曰：「《困學紀聞》卷十九引夏文莊表云：詩會餘蚳之文，簡凝含酖之墨。餘蚳，見《詩》貝錦《箋》。」

議對第二十四

周爰諮（孫云御覽五九五作咨）謀，是謂為議；議之言宜，審事宜也[1]。易之節卦，君子以制度數議德行。周書曰，議事以制，政乃弗迷。議貴節制，經典之體也[2]。昔管仲稱軒轅有明臺之議，則其來遠矣[3]。洪水之難，堯咨四岳，宅（孫云御覽作百）揆之舉，舜疇五人；三（一本作臣孫云御覽作臣）代所興，詢及芻蕘[4]。春秋釋宋，魯桓務（孫云明抄本御覽引作預　鈴木云御覽桓務作僖預）議[5]。及趙靈胡服，而季父爭論[6]；商鞅變法，而甘龍交辨（孫云御覽作辯）[7]；雖憲章無算，而同異足觀。迄至（元作今）有漢，始立駁（孫云御覽駁並作駮）議[8]。駁者，雜也；雜（孫云御覽無雜字）議不純，故曰駁也[9]。自兩漢文明，楷式昭備，藹藹多士，發言盈庭；若賈誼之遍代諸生，可謂捷於議也[10]。至如主父（當作吾丘顧校作吾丘　鈴木云御覽作主父）之駁挾弓[11]，安國之辨匈奴[12]，賈捐之之（孫云御覽無兩之字）陳于朱崖（顧校作珠崖）[13]，劉歆之（孫云御覽無之字）辨（孫云御覽辨作辯）於祖宗[14]，雖質文不同，得事要矣。若乃張敏之斷輕侮[15]，郭躬（孫云明抄本御覽作芸）之議擅誅[16]，程（元作陳）曉之駁校事[17]，司馬芝之議貨錢[18]，何曾蠲出女之科[19]，秦秀定賈充之謚（元作謐孫云御覽作謚）[20]，事實允當，可謂達議體矣。漢世善駁，則應劭為首[21]。晉代能議，則傅咸為宗[22]。然仲瑗博古，而銓貫有（孫云御覽作以）敍；長虞識治，而屬辭枝繁[23]。及陸機斷議，亦有鋒穎（鈴木云黃氏原本作頴），而諛（孫云御覽作腴）辭弗剪，頗累文骨，亦各有（鈴木云御覽作有其）美，風格存焉[24]。

夫動先擬議，明用稽疑，所以敬慎羣務，弛張治術[25]。故其大體所資，必樞紐經典，採故（孫云御覽作采事）實於前代，觀通變（孫云御覽作變通）於當今；理不謬搖其枝，字不妄舒其藻。又

（御覽作其黃云案馮本校云御覽作其又云嘉靖癸卯本亦作又）郊祀必洞於禮，戎事必（一作要又作宜孫云御覽作宜）練於兵，田（一作佃）穀先曉於農，斷訟務精於律。然後標以顯義，約以正辭，文以辨潔為能，不以繁縟為巧；事以明覈為美，不以深（鈴木云御覽作環）隱為奇，此綱領之大要也[26]。若不達政體，而舞筆弄文，支離構辭，穿鑿會巧，空（鈴木云梅本閔本空上有茍字）騁其華，固為事實所擯，設得其理，亦為遊（孫云御覽作浮）辭所埋矣。昔秦女嫁晉，從文衣之媵（一本下有者字顧校有者字），晉人貴媵而賤女；楚珠鬻鄭，為薰桂之櫝，鄭人買櫝而還珠；若文浮於理，末勝其本，則秦女楚珠，復在（鈴木云御覽作存）於茲矣[27]。

又對策者，應詔而陳政也；射策者，探事而獻說也。言中理準，譬射侯中的，二名雖殊，即議之別體也[28]。古之（鈴木云御覽作者）造士，選事考言[29]。漢文中年，始舉賢良，鼂錯對策，蔚為舉首[30]。及孝武益明，旁求俊乂，對策者以第一登庸，射策者以甲科（鈴木云岡本作第）入仕，斯固選賢（顧校作言）要術也[31]。觀鼂氏之對，證驗古今（鈴木云玉海作驗古明今），辭裁以辨，事通而贍，超升高第，信有徵矣。仲舒之對，祖述春秋，本陰陽之化，究列代之變，煩而不慁者，事理明也。公孫之對，簡而未博，然總要以約文，事切而情舉，所以太常居下，而天子擢上也[32]。杜欽之對，略而指事，辭以治宣，不為文作[33]。及後漢魯丕（元作平朱改），辭氣質素，以儒雅中策，獨（一作以）入高第[34]。凡此五家，並前（元作明謝改又一本作列）代之明範也。魏晉已來，稍務文麗，以文紀實，所失已多，及其來選，又稱疾不會，雖欲求文，弗可得也[35]。是以漢飲博士，而雉集乎堂；晉策秀才，而麏興於前，無他怪也，選失之異耳[36]。

夫駁議偏辨，各執異見；對策揄揚，大明治道。使事深於政術，理密於時務，酌三五以鎔世，而非迂緩之高談；駁權變以拯俗，而非刻薄之偽論；風恢恢而能遠，流洋洋而不溢，王庭之美對也。難矣哉，士之為才也！或練治而寡文，或工文而疎治；對策所選，實屬通才，志足文遠，不其鮮歟！

贊曰：議惟疇政，名實相課。斷理必綱鈴木云疑當作剛[37]，摛辭無懦。對策王庭，同時酌和。治顧校作洽體高秉，雅謨遠播。

【注釋】

1. 《詩．大雅．綿》：「爰始爰謀。」《箋》云：「於是始與豳人之從己者謀。」又「周爰執事。」《箋》云：「於是從西方而往東之人。皆於周執事，競出力也。」周爰諮謀，語本此。段玉裁注《說文》議字曰：「議者，誼也，誼者，人所宜也。言得其宜之謂議。」《韵會．四寘》引《說文》：「議，語也。」下有「一曰謀也。」

2. 《易．節卦．大象》：「澤上有水，節，君子以制數度議德行。」《尚書．周官》：「議事以制，政乃不迷。」弗，應據《周官》作不。

3. 《管子．桓公問篇》：「黃帝立明臺之議者，上觀於賢也。」

4. 《尚書．舜典》：「咨，四岳！有能奮庸熙帝之載，（奮，起；庸，功；載，事也。訪羣臣有能起發其功，廣堯之事者。）使宅百揆，亮采惠疇。」（亮，信；惠，順也。求其人使居百揆之官，信立其功順其事者誰乎。）此下命禹作司空，棄作后稷，契作司徒，皋陶作士，垂作共工，所謂五人也。《詩．大雅．板》：「先民有言，詢于芻蕘。」《傳》云：「芻蕘，采薪者。」

5. 錢大昕《十駕齋養新錄》十四：「《文心雕龍．議對篇》：『《春秋》釋宋，魯桓務議』二句，注家皆未詳。惠學士士奇云：『案文當云：「魯僖預議。」《公羊經．僖二十一年》：「釋宋公。」《傳》云：「執未有言釋之者，此其言釋之何？公與為爾也。公與為爾奈何？公與議爾也。」預與與同，轉寫譌為務耳。』」

6. 《史記．趙世家》：「武靈王欲胡服。公子成曰：『中國者，賢聖之所教也。今王舍此而襲遠方之服，變古之道，逆人之心。』王曰：『儒者一師而俗異，中國同禮而教離。今叔之所言者，俗也；吾所言者，所以制俗也。』公子成曰：『王將繼簡襄之意，以順先王之志，臣敢不聽命乎。』」（此條依黃注節錄。）

7. 《史記．商君列傳》：「孝公既用衛鞅。鞅欲變法，恐天下議己。衛鞅曰：疑行無名，疑事無功。且夫有高人之行者，固見非於世，有獨知之慮者，必見敖於民。愚者闇於成事，知者見於未萌。民不可與慮始，而可與樂成。論至德者不和於俗，成大功者不謀於眾。是以聖人苟可以彊國，不法其故；苟可以利民，不循其禮。孝公曰：善。甘龍曰：不然。聖人不易民而教，知者不變法而治。因民而教，不勞而成功；緣法而治者，吏習而民安之。衛鞅曰：龍之所言，世俗之言也。常人安於故俗，學者溺於所聞。以此兩者居官守法可也，非所與論於法之外也。三代不同禮而王，五伯不同法而霸。智者作法，愚者制焉；賢者更禮，不肖者拘焉。杜摯曰：利不百，不變法，功不十，不易器，法古無過，循禮無邪。衛鞅曰：治世不一道，便國不法古。故湯武不循古而王，夏殷不易禮而亡。反古者不可非，而循理者不足多。孝公曰：善。以衛鞅為左庶長。卒定變法之令。」

8. 見上〈章表篇〉。

9. 《說文》：「駁，馬色不純。從馬，爻聲。」又：「駮，獸如馬，倨牙，食虎豹。從馬，交聲。」駁駮二字，義絕異。駁議之駁不應混作駮。《通俗文》：「黃白雜，謂之駁犖。」

10. 《史記．賈誼傳》：「誼為博士，每詔令議下，諸老先生不能言，賈生盡為之對，人人各如其意所欲出，諸生於是乃以為能。文帝說之。」諸生即諸老先生。《韓詩外傳》六：「問者曰：古之謂知道者曰先生，何

也？猶言先醒也。不聞道術之人，則冥於得失，不知亂之所由，眊眊乎其猶醉也。故世主有先生者，有後生者，有不生者。」《漢書・鼂錯傳》：「學申商刑名於軹張恢生所。」《補注》引周壽昌曰：「生，亦先生也。《史記》作張恢先。徐廣注：『先，即先生。』蓋生為先生。先亦先生也。」《史》、《漢》多稱賈誼為賈生，蓋尊呼之，非因其年少也。

11. 主父當作吾丘。《漢書・吾丘壽王傳》丞相公孫弘奏言：「民不得挾弓弩。十賊彍弩，百吏不敢前。盜賊不輒伏辜，免脫者眾，害寡而利多，此盜賊所以蕃也。禁民不得挾弓弩，則盜賊執短兵；短兵接，則眾者勝。以眾吏捕寡賊，其勢必得。盜賊有害無利，則莫犯法，刑錯之道也。臣愚以為禁民毋得挾弓弩便。」上下其議。壽王對曰：

「臣聞古者作五兵，非以相害，以禁暴討邪也。安居則以制猛獸而備非常，有事則以設守衛而施行陳。及至周室衰微，上無明王，諸侯力政，彊侵弱，眾暴寡，海內抏敝，巧詐並生；是以知者陷愚，勇者威怯，苟以得勝為務，不顧義理。故機變械飾，所以相賊害之具，不可勝數。於是秦兼天下，廢王道，立私議，滅詩書而首法令，去仁恩而任刑戮，墮名城，殺豪桀，銷甲兵，折鋒刃；其後民以耰鉏箠梃相撻擊，犯法滋眾，盜賊不勝。至於赭衣塞路，羣盜滿山，卒以亂亡。故聖王務教化而省禁防，知其不足恃也。今陛下昭明德，建太平，舉俊材，興學官，三公有司，或由窮巷起白屋，裂地而封，宇內日化，方外鄉風。然而盜賊猶有者，郡國二千石之罪，非挾弓弩之過也。《禮》曰：『男子生，桑弧蓬矢以舉之。』明示有事也。孔子曰：『吾何執，執射乎。』大射之禮，自天子降及庶人，三代之道也。《詩》云：『大侯既抗，弓矢斯張，射夫既同，獻爾發功。』言貴中也。愚聞聖王合射以明教矣，未聞弓矢之為禁也。且所為禁者，為盜賊之以攻奪也。攻奪之罪死，然而不止者，大姦之於重誅，固不避也。臣恐邪人挾之而吏不能止，良民以自備而抵法禁，是擅賊威而奪民救也。竊以為無益于禁姦，而廢先王之典，使學者不得習行其禮，大不便。」

12. 《漢書・韓安國傳》載安國與王恢論馬邑之討，反覆折辯，較《史記》為詳。語繁不錄。

13.

《漢書・賈捐之傳》：元帝初元元年，珠厓又反，發兵擊之，諸縣更叛，連年不定。上與有司議大發軍，捐之建議以為不當擊。上使王商詰問捐之曰：「珠厓內屬為郡久矣，今背畔逆節，而云不當擊，長蠻夷之亂，虧先帝功德，經義何以處之？」捐之對曰：

「臣幸得遭明盛之朝，蒙危言之策，無忌諱之患，敢昧死竭卷卷。臣聞堯舜聖之盛也，禹入聖域而不優。故孔子稱堯曰大哉，《韶》曰盡善，禹曰無間。以三聖之德，地方不過數千里，西被流沙，東漸于海，朔南暨，聲教迄于四海，欲與聲教則治之，不欲與者不彊治也。故君臣歌德，含氣之物，各得其宜。武丁成王，殷周之大仁也，然地東不過江黃，西不過氐羌，南不過蠻荊，北不過朔方。是以頌聲並作，視聽之類，咸樂其生，越裳氏重九譯而獻，此非兵革之所能致。及其衰也，南征不還，齊桓捄其難，孔子定其文。以至乎秦，興兵遠攻，貪外虛內，務欲廣地，不慮其害，然地南不過閩越，北不過太原，而天下潰畔，禍卒在於二世之末。《長城》之歌，至今未絕。

賴聖漢初興，為百姓請命，平定天下。至孝文皇帝。閔中國未安，偃武行文，則斷獄數百，民賦四十，丁男三年而一事。時有獻千里馬者，詔曰：『鸞旗在前，屬車在後，吉行日五十里，師行三十里，朕乘千里之馬，獨先安之？』于是還馬與道里費而下詔曰：『朕不受獻也。其令四方毋求來獻。』當此之時，逸游之樂絕，奇麗之賂塞，鄭衛之倡微矣。夫後宮盛色，則賢者隱處，佞人用事，則諍臣杜口，而文帝不行，故謚為孝文，廟稱太宗。

至孝武皇帝元狩六年，太倉之粟，紅腐而不可食，都內之錢，貫朽而不可校，迺探平城之事，錄冒頓以來數為邊害，籍兵厲馬，因富民以攘服之。西連諸國，至于安息；東過碣石，以玄菟樂浪為郡；北卻匈奴萬里，更起營塞；制南海以為八郡。則天下斷獄萬數，民賦數百，造鹽鐵酒榷之利，以佐用度，猶不能足。當此之時，寇賊並起，軍旅數發，父戰死於前，子鬬傷於後，女子乘亭鄣，孤兒號于道，老母寡婦，飲泣巷哭，遙設虛祭，想魂乎萬里之外。淮南王盜寫虎符，陰聘名士，關東公孫勇等，詐為使者，是皆廓地泰大，征伐不休之故也。

今天下獨有關東，關東大者獨有齊楚，民眾久困，連年流離，離其城郭，相枕席于道路。人情莫親父母，莫樂夫婦，至嫁妻賣子，法不能禁，義不能止，此社稷之憂也。今陛下不忍悁悁之忿，欲驅士眾擠之大海之中，快心幽冥之地，非所以救助饑饉，保全元元也。《詩》云：『蠢爾蠻荊，大邦為讎。』言聖人起則後服，中國衰則先畔，動為國家難，自古而患之久矣，何況乃復其南方萬里之蠻乎！駱越之人，父子同川而浴，相習以鼻飲，與禽獸無異，本不足郡縣置也。顓顓獨居一海之中，霧露氣濕，多毒草蟲蛇，水土之害，人未見虜，戰士自死，又非獨珠厓有珠犀瑇瑁也。棄之不足惜，不擊不損威，其民譬猶魚鼈，何足貪也。臣竊以往者羌軍言之，暴師曾未一年，兵出不踰千里，費四十餘萬萬，大司農錢盡，迺以少府禁錢續之。夫一隅為不善，費尚如此，況於勞師遠攻，亡士毋功乎！求之往古則不合，施之當今又不便。臣愚以為非冠帶之國，〈禹貢〉所及，《春秋》所治，皆可且無以為。願遂棄珠厓，專用恤關東為憂。」

文內東不過江黃句，各家未注。案《史記·殷本紀》載〈湯誥〉曰：「古禹、皐陶久勞于外，其有功乎民，民乃有安。東為江，北為濟，西為河，南為淮，四瀆已修，萬民乃有居。」此東不過江之本也。黃未詳。《漢書·地理志》東萊郡有黃縣，春秋時萊國。周成王東伐淮夷踐奄，豈即捐之所謂東不過黃者歟？

14. 《漢書·韋玄成傳》：彭宣、滿昌、左咸等五十三人，皆以為繼祖宗以下，五廟而迭毀。後雖有賢君，猶不得與祖宗並列，子孫雖欲褒大顯揚而立之，鬼神不饗也。孝武皇帝雖有功烈，親盡宜毀。王舜、劉歆議曰：臣聞周室既衰，四夷並侵，獫狁最彊，於今匈奴是也，至宣王而伐之。詩人美而頌之曰：「薄伐獫狁，至于太原。」（〈小雅·六月〉）又曰：「嘽嘽推推，如霆如雷，顯允方叔，征伐獫狁，荊蠻來威。」（〈小雅·采芑〉）故稱中興。及至幽王，犬戎來伐，殺幽王，取宗器。自是之後，南夷與北夷交侵，中國不絕如綫。《春秋》紀齊桓南伐楚，北伐山戎。孔子曰：「微管仲，吾其被髮左衽矣！」是故棄桓之過而錄其功，以為伯首。

及漢興，冒頓始彊，破東胡，禽月氏，并其土地，地廣兵彊，為中國害；南越尉佗，總百粵，自稱帝；故中國雖平，猶有四夷之患，且無寧歲，一方有急，三面救之，是天下皆動而被其害也。孝文皇帝厚以貨賂，與結和親，猶侵暴無已。甚者興師十餘萬眾，近屯京師及四邊，歲發屯備虜。其為患久矣，非一世之漸也。諸侯郡守，連匈奴及百粵以為逆者，非一人也。匈奴所殺郡守都尉，略取人民，不可勝數。孝武皇帝愍中國罷勞，無安寧之時，乃遣大將軍驃騎伏波樓船之屬，南滅百粵，起七郡；北攘匈奴，降昆邪十萬之眾，置五屬國，起朔方，以奪其肥饒之地；東伐朝鮮，起玄菟樂浪，以斷匈奴之左臂；西伐大宛，並三十六國，結烏孫，起敦煌酒泉張掖，以鬲婼羌，裂匈奴之右肩；單于孤特，遠遁於幕北，四垂無事，斥地遠境，起十餘郡。功業既定，迺封丞相為富民侯，以大安天下，富實百姓，其規撫可見。又招集天下賢俊，與協心同謀，興制度，改正朔，易服色，立天地之祠，建封禪，殊官號，存周後，定諸侯之制，永無逆爭之心，至今累世賴之。單于守藩，百蠻服從，萬世之基也。中興之功，未有高焉者也。

高帝建大業為太祖；孝文皇帝德至厚也，為文太宗；孝武皇帝功至著也，為武世宗；此孝宣帝所以發德音也。《禮記．王制》及《春秋穀梁傳》：天子七廟，諸侯五，大夫三，士二。天子七日而殯，七月而葬；諸侯五日而殯，五月而葬；此喪事尊卑之序也。與廟數相應。其文曰：「天子三昭三穆，與太祖之廟而七；諸侯二昭二穆，與太祖之廟而五。」故德厚者流光，德薄者流卑。《春秋左氏傳》曰：「名位不同，禮亦異數。」（《西漢奏議》內引《左氏傳》始見此及〈翟方進傳〉。）自上以下，降殺以兩，禮也。七者其正法，數可常數者也。宗不在此數中。宗變也，苟有功德則宗之，不可預為設數。故於殷，太甲為太宗，太戊曰中宗，武丁曰高宗。周公為〈毋逸〉之戒，舉殷三宗，以勸成王。繇是言之，宗無數也。然則所以勸帝者之功德博矣。以七廟言之，孝武皇帝未宜毀；以所宗言之，則不可謂無功德。《禮記．祀典》曰（今見《禮記．祭法篇》）：「夫聖王之制祀也，功施於民則祀之，以勞定國則祀之，能救大災則祀之。」竊觀孝武皇帝功德皆兼而有焉，凡在於異姓，猶將特祀之，況于先祖。或說「天子五廟無見文」，又說「中宗高宗者，

宗其道而毀其廟」。名與實異，非尊德貴功之意也。《詩》云：「蔽芾甘棠，勿翦勿伐，邵伯所茇。」思其人猶愛其樹，況宗其道而毀其廟乎！迭毀之禮，自有常法，無殊功異德，固以親疏相推及。至祖宗之序，多少之數，經傳無明文，至尊至重，難以疑文虛說定也。孝宣皇帝舉公卿之議，用眾儒之謀，既以為世宗之廟，建之萬世，宣布天下，臣愚以為孝武皇帝功烈如彼，孝宣皇帝崇立之如此，不宜毀。

15. 《後漢書．張敏傳》：張敏字伯達。建初中，有人侮辱人父者，而其子殺之，肅宗貰其死刑，而降宥之。自後因以為比。是時遂定其議，以為「輕侮法」。敏駁議曰：

夫輕侮之法，先帝一切之恩，不有成科，班之律令也。夫死生之決，宜從上下；猶天之四時，有生有殺。若開相容恕，著為定法者，則是故設姦萌，生長罪隙。孔子曰：「民可使由之，不可使知之。」《春秋》之義，子不報讎，非子也。（《公羊傳》曰：「父不受誅，子復仇可也。」）而法令不為減之者，以相殺之路不可開故也。今託義者得減，妄殺者有差，使執憲之吏，得設巧詐，非所以導在醜不爭之義。又輕侮之比，寖以繁滋，至有四五百科，轉相顧望，彌復增甚。難以垂之萬載。臣聞師言，救文莫如質。故高帝去煩苛之法，為三章之約。建初詔書有改於古者，可下三公廷尉蠲除其敝。

議寢不省。敏復上疏曰：

臣敏蒙恩；特見拔擢；愚心所不曉，迷意所不解，誠不敢苟隨眾議。臣伏見孔子垂經典，皋陶造法律，原其本意，皆欲禁民為非也。未曉輕侮之法，將以何禁；必不能使不相輕侮，而更開相殺之路，執憲之吏，復容其姦。枉議者或曰：平法當先論生。臣愚以為天地之性，唯人為貴，殺人者死，三代通制。今欲趣生，反開殺路，一人不死，天下受敝。記曰：「利一害百。人去城郭。」夫春生秋殺，天道之常；春一物枯即為災，秋一物華即為異。王者承天地，順四時，法聖人，從經律。願陛下留意下民，考尋利害。廣令平議，天下幸甚！

和帝從之。

16. 《後漢書・郭躬傳》：「郭躬字仲孫。永平中，奉軍都尉竇固出擊匈奴，騎都尉秦彭為副。彭在別屯，而輒以法斬人。固奏彭專擅，請誅之。顯宗乃引公卿朝臣平其罪科。躬以明法律召入議。議者皆然固奏。躬獨曰：『於法，彭得斬之。』帝曰：『軍征校尉一統於督，彭既無斧鉞，可得專殺人乎？』躬對曰：『一統於督者，謂在部曲也。今彭專軍別將，有異于此。兵事呼吸，不容先關督帥；且漢制棨戟，（章懷注：「有衣之戟曰棨。」）即為斧鉞，於法不合罪。』帝從躬議。」

17. 文見《魏志・程昱傳》。程曉、嘉平中為黃門侍郎。時校事放橫，曉上疏曰：

《周禮》云：「設官分職以為民極。」《春秋傳》曰：「天有十日，人有十等。」愚不得臨貴，賤不得臨貴，於是並建聖哲，樹之風聲，明試以功，九載考績，各修厥業，思不出位。故欒書欲拯晉侯，其子不聽；死人橫於街路，邴吉不問。上不責非職之功，下不務分外之賞，吏無兼統之勢，民無二事之役，斯誠為國要道，治亂所由也。遠覽典志，近觀秦漢，雖官名改易，職司不同，至於崇上抑下，顯分明例，其致一也。初無校事之官，干與庶政者也。昔武皇帝大業草創，眾官未備，而軍旅勤苦，民心不安，乃有小罪，不可不察，故置校事，取其一切耳。然檢御有方，不至縱恣也。此霸世之權宜，非帝王之正典。其後漸蒙見任，復為疾病，轉相因仍，莫正其本，遂令上察宮廟，下攝眾司，官無局業，職無分限，隨意任情，唯心所適。法造於筆端，不依科詔，獄成於門下，不顧覆訊。其選官屬，以謹慎為粗疏，以謥詷為賢能；其治事，以刻暴為公嚴，以循理為怯弱。外則託天威以為聲勢，內則聚羣奸以為腹心，大臣恥與分勢，含忍而不言；小人畏其鋒芒，鬱結而無告。至使尹摸公於日下，肆其奸慝。罪惡之著，行路皆知，纖惡之過，積年不聞。既非《周禮》設官之意，又非《春秋》十等之義也。今外有公卿將校總統諸署，內有侍中尚書綜理萬幾，司隸校尉督察京輦，御史中丞董攝宮殿。皆高選賢才以充其職，申明科詔以督其違。若此諸賢猶不足任，校事小吏益不可信。若此諸賢各思盡忠，校事區區亦復無益。若更高選國士以為校事，則是中丞司隸重增一官耳。若如舊選，尹摸之姦，今復發矣。進退推算，無所用之。昔桑弘羊為漢求利，卜式以為獨烹弘羊，天乃可雨。

若使政治得失必感天地，臣恐水旱之災，未必非校事之由也。曹恭公遠君子近小人，國風託以為刺；衛獻公舍大臣與小臣謀，定姜謂之有罪。縱令校事有益於國，以禮義言之，尚傷大臣之心。況姦回暴露而復不罷，是衮闕不補，迷而不反也。

於是遂罷校事官。

18. 黃注引〈司馬芝傳〉，今傳無其文，蓋妄引也。《晉書・食貨志》云：「魏文帝黃初二年罷五銖錢，使百姓以穀帛為市。至明帝世錢廢穀用既久，人間巧偽漸多，競溼穀以要利，作薄絹以為市，雖處以嚴刑而不能禁也。司馬芝等舉朝大議，以為用錢非徒豐國，亦所以省刑，今若更鑄五銖錢，則國豐刑省，於事為便。魏明帝乃更立五銖錢。」案芝議可見者僅此數言而已。

19. 案曾使程咸上議，非曾自撰。全文如左：（見《晉書・刑法志》。）

夫司寇作典，建三等之制；甫侯修刑，通輕重之法。叔世多變，秦立重辟，漢又修之，大魏承秦漢之弊，未及革制，所以追戮已出之女，誠欲殄醜類之族也。然則法貴得中，刑慎過制，臣以為女人有三從之義，無自專之道。出適他族，還喪父母，降其服紀，所以明外成之節，異在室之恩。而父母有罪，追刑已出之女；夫黨見誅，又有隨姓之戮；一人之身，內外受辟。今女既嫁，則為異姓之妻，如或產育，則為他族之母，此為（為字下疑闕一字。）元惡之所忽，戮無辜之所重；於防則不足懲奸亂之源，於情則傷孝子之心；男不得罪於他族，而女獨嬰戮於二門，非所以哀矜女弱，蠲明法制之本分也。臣以為在室之女，從父母之誅；既醮之婦，從夫家之罰。宜改舊科，以為永制。

20. 《晉書・秦秀傳》：賈充薨，秀議曰：

充位冠羣后，惟民之望，舍宗族弗授，而以異姓為後，悖禮逆情，以亂大倫。昔鄫養外孫莒公子為後，《春秋》書莒人滅鄫。聖人豈不知外孫親邪？但以義推之，則無父子耳。又案詔書，自非功如太宰，始封無後如太宰，所取必己自出如太宰，不得以為比。然則以外孫為後，自非元功顯德不之得也。天子之禮，蓋可然

乎？絕父祖之血食，開朝廷之禍門。案謚法昏亂紀度曰荒，充宜謚曰荒。秀又有何曾謚議，文繁不備錄。

21.《後漢書·應劭傳》載有〈駁韓卓募兵鮮卑議〉及〈追駁尚書陳忠活尹次史玉議〉二首（尹次、史玉，二人名。）本傳云：「劭凡為駁議三十篇，皆此類也。」

22.《晉書·禮志》載有咸議二社表，及駁成粲議太社，又本傳載咸為司隸校尉，劾王戎，御史中丞解結以咸為違典制越局侵官。咸上書自辨，文繁不錄。李充《翰林論》曰：「駁不以華藻為先，世以傅長虞每奏駁事為邦之司直矣。」

23.《後漢書·應劭傳》：「劭字仲遠。」李賢注引謝承書曰：「《應氏譜》並云字仲遠。《續漢書·文士傳》作仲援。《漢官儀》又作仲瑗。未知孰是。」

24.案此謂士衡議《晉書》限斷也。李充《翰林論》曰：「在朝辨政，而議奏出，宜以遠大為本。陸機議晉斷，亦名其美矣。」紀評曰：「諛當作腴。」士衡撰文，每失繁富，下云頗累文骨，其作腴者是也。陸議佚文見《初學記》二十一：

「三祖實終為臣，故書為臣之事，不可不如傳，此實錄之謂也。而名同帝王，故自帝王之籍，不可以不稱紀，則追王之義。」

25.《周易·上繫》：「擬之而後言，議之而後動，擬議以成其變化。」注曰：「擬議以動，則盡變化之道。」《尚書·洪範》：「次七曰明用稽疑。」《傳》曰：「明用卜筮考疑之事。」

26.論議之文，無一可以陵虛構造，必先習其故事，明其委曲，然後可以建言。虛張議論而無當於理，此乃對策八面鋒之技，非獨不能與於文章之數，亦言政者所憎棄也。彥和此文，真扼要之言。

27.《韓非子·外儲說左上》：「田鳩曰：『昔秦伯嫁其女於晉公子，為之飾裝，從文衣之媵七十人。至晉，晉人愛其妾而賤公女。此可謂善嫁妾而未可謂善嫁女也。楚人有賣其珠於鄭者，為木蘭之櫃，薰以桂椒，綴以

珠玉，飾以玫瑰，輯以翡翠，鄭人買其櫝而還其珠。此可謂善賣櫝矣，未可謂善鬻珠也。今世之談也，皆道辯說文辭之言，人主覽其文而忘有用。墨子之說，傳先王之道，論聖人之言，以宣告人；若辯其辭，則恐人懷其文忘其用，直以文害用也。此與楚人鬻珠、秦伯嫁女同類。』」彥和語意本此。

28. 《漢書．蕭望之傳》：「望之以射策甲科為郎。」師古曰：「射策者，謂為難問疑義，書之於策，量其大小，署為甲乙之科，列而置之，不使彰顯。有欲射者，隨其所取得而釋之，以知優劣。射之言投射也。對策者，顯問以政事經義，令各對之，而觀其文辭，定高下也。」

29. 《禮記．王制》：「司徒論選士之秀者而升之學，曰俊士。升於學者，不征於司徒，曰造士。」鄭注：「不征，不給其繇役。造，成也。能習禮則為成士。」《周禮．地官．鄉大夫職》曰：「三年則大比，考其德行道藝而興賢者能者。」鄭注：「賢者，有德行者；能者，有道藝者。」鄭司農云：「興賢者，謂若今舉孝廉。興能者，謂若今舉茂才。」選事，猶言興能，考言，猶言興賢，有德者必有言也。

30. 《漢書．文帝紀》：「十五年九月，詔諸侯王公卿郡守舉賢良能直言極諫者，上親策之。」《補注》引周壽昌曰：「此漢廷策士之始。前此即位二年，詔舉賢良方正能直言極諫者，未聞舉何人。至是始以三道策士，而鼂錯以高第由太子家令遷中大夫。」《漢書．鼂錯傳》：「詔有司舉賢良文學士。對策者百餘人，唯錯為高第。由是遷中大夫。」對策文載本傳，文繁不錄。

31. 《漢書．武帝紀》：「建元元年，冬十月，詔舉賢良方正直言極諫之士。丞相綰（衛綰。）奏，所舉賢良，或治申商、韓非、蘇秦、張儀之言，亂國政，請皆罷。奏可。」董仲舒對策不知在何時，案仲舒對策，請罷斥百家，竟成舉首；故丞相衛綰希旨，奏罷賢良之治百家言者。又仲舒傳言武帝即位，仲舒以賢良對策舉首，是其對策在武帝即位之建元元年甚明。

32. 《漢書．董仲舒傳》：「仲舒少治《春秋》。武帝即位，舉賢良文學之士，前後百數，而仲舒以賢良對策焉。」對策文載本傳，文繁不錄。又〈平津侯傳〉：「公孫弘使匈奴，還報，不合上意，病免歸。元光五年，復徵賢良文學，國人固推弘，弘至太常。時對者百餘人，太常奏弘第居下。策奏，天子擢弘對為第一。」又〈兒寬傳〉：「以射策為掌故。」（掌故屬太常，主故事之官。）對策文載本傳。文曰：

「臣聞上古堯舜之時，不貴爵賞而民勸善，不重刑罰而民不犯，躬率以正而遇民信也。末世貴爵厚賞而民不勸，深刑重罰而姦不止，其上不正，遇民不信也。夫厚賞重刑，未足以勸善而禁非，必信而已矣。是故因能任官，則分職治；去無用之言，則事情得；不作無用之器，則賦斂省；不奪民時，不妨民力，則百姓富；有德者進，無德者退，則朝廷尊；有功者上，無功者下，則羣臣逡；罰當罪，則姦邪止；賞當賢，則臣下勸；凡此八者，治之本也。故民者業之即不爭，理得則不怨，有禮則不暴，愛之則親上，此有天下之急者也。故法不遠義，則民服而不離；和不遠禮，則民親而不暴。故法之所罰，義之所去也；和之所賞，禮之所取也。禮義者，民之所服也，而賞罰順之，則民不犯禁矣。故畫衣冠異章服而民不犯者，此道素行也。臣聞之：氣同則從，聲比則應。今人主和德於上，百姓和合於下，故心和則氣和，氣和則形和，形和則聲和；聲和則天地之和應矣，故陰陽和，風雨時，甘露降，五穀登，六畜蕃，嘉禾興，朱草生，山不童，澤不涸，此和之至也。故形和則無疾，無疾則不夭；故父不喪子，兄不哭弟，德配天地，明並日月，則麟鳳至，龜龍在郊，河出圖，洛出書，遠方之君，莫不說義，奉幣而來朝，此和之極也。

臣聞之：仁者愛也；義者宜也；禮者所履也；智者術之原也。致利除害，兼愛無私，謂之仁；明是非，立可否，謂之義；進退有度，尊卑有分，謂之禮；擅殺生之柄，通壅塞之塗，權輕重之數，論得失之道，使遠近情偽，必見於上，謂之術：凡此四者，治之本，道之用也。皆當設施，不可廢也。得其要則天下安樂，法設而不用；不得其術，則主蔽於上，官亂於下。此事之情，屬統垂業之本也。臣聞堯遭鴻水，使禹治之。未聞禹之有水也。若湯之旱，則桀之餘烈也。桀紂行惡，受天之罰；禹湯積德，以王天下；因此觀之，天德無私親，順之和起，逆之害生。此天文地理人事之紀。臣弘愚戇，不足以奉大對。」

33. 《漢書．杜欽傳》：其夏，上（成帝）盡召直言之士，詣白虎殿對策。策曰：「天地之道何貴？王者之法何

如？如六經之義何上？人之行何先？取人之術何以？當世之治何務？各以經對。」欽對曰：「臣聞天道貴信，地天道貞，不信不貞，萬物不生。生，天地之所貴也。王者承天地之所生，理而成之。昆蟲草木，靡不得其所。王者法天地，非仁無以廣施，非義無以正身，克己就義，恕以及人，六經之所上也。不孝則事君不忠，涖官不敬，戰陳無勇，朋友不信。（四語《禮記．祭義》曾子之言。）孔子曰：「孝無終始，而患不及者，未之有也。」（《孝經》孔子之言。）孝，人行之所先也。觀本行於鄉黨，考功能於官職，達觀其所舉，富觀其所予，窮觀其所不為，乏觀其所不取，近觀其所為主，遠觀其所主。孔子曰：「視其所以，觀其所由，察其所安，人焉廋哉。」取人之術也，殷因於夏尚質，周因於殷尚文，今漢家承周秦之敝。宜抑文尚質，廢奢長儉，表實去偽。孔子曰：「惡紫之奪朱。」當世治之所務也。臣竊有所憂，言之則拂心逆指，不言則漸日長，為禍不細。然小臣不敢廢道而求從，違忠而耦意。臣聞玩色無厭，必生好憎之心；好憎之心生，則愛寵偏於一人；愛寵偏於一人，則繼嗣之路不廣，而嫉妒之心興矣。如此，則匹婦之說不可勝也。唯陛下純德普施，無欲是從，此則眾庶咸說，繼嗣日廣，而海內長安，萬事之是非，何足備言。」

略而指事，謂不詳答上問，而篇末切指成帝好色之事。

34. 《後漢書．魯丕傳》：「丕字叔陵。兼通五經。為當世名儒。肅宗詔舉賢良方正。劉寬舉丕。時對策者百有餘人，惟丕在高第。關東號之曰：『五經復興，魯叔陵。』」

袁宏《後漢紀》十六載丕舉賢良方正對策文如左：

「政莫先于從民之所欲，除民之所惡，先教後刑，先近後遠，君為陽，臣為陰；君子為陽，小人為陰；京師為陽，諸夏為陰；男為陽，女為陰；樂和為陽，憂苦為陰；各得其所，則和調。精誠之所發，無不感浹。吏多不良，在于賤德而貴功，欲速莫能修長久之道。古者貢士得其人者有慶，不得其人者有讓。是以舉者務力行選舉，不實，咎在刺史二千石。《書》曰：『天工人其代之。』觀人之道，幼則觀其孝順而好學，長則觀其慈愛而能教，設難以觀其謀，煩事以觀其治。窮則觀其所守，達則觀其所施，此所以核之也。民多貧困者急，急則致寒，寒則萬物多不成，去本就末，奢所致也。制度明則民用足。刑罰不中，則于名不正。正名之道，所以明上下之稱，班爵號之制，定卿大夫之位也。獄訟不息，在爭奪之心不絕。法者民之儀表也，法正則民愨。吏民凋弊所從久矣，不求其本，浸以益甚。吏政多欲速，又州官秩卑而任重，競為小功，以求進取，生凋弊之俗，救弊莫若忠。故孔子曰：『孝慈則忠。』治姦詭之道，必明慎刑罰。孔子曰：『導之以禮樂，而民和睦，說以犯難，民忘其死。』死且忘之，況使為禮義乎！」

35. 《晉書．孔坦傳》（附〈孔愉傳〉）：「先是以兵亂之後，務存慰悅，遠方秀孝，到不策試，普皆除署。至是，帝（元帝）申明舊制，皆令試經，有不中科，刺史太守免官。太興三年，秀孝多不敢行，其有到者，並託疾。」

36. 《漢書．成帝紀》：「鴻嘉二年，行幸雲陽。三月，博士行飲酒禮，有雉蜚集于庭，歷階升堂而雊。」（亦見〈五行志中〉之下。）

《晉書．五行志中．毛蟲之孽》：「成帝咸和六年正月，會州郡秀孝於樂賢堂。有麏見於前，獲之。孫盛以為吉祥。夫秀孝天下之彥士，樂賢堂，所以樂養賢也。自喪亂以後，風教陵夷。秀孝策試，乏四科之實，麏興於前，或斯故乎！」

37. 黃先生曰：「此句與下句，一意相足。下云擒辭無懦，則此綱字為剛字之訛。〈檄移篇〉贊：『三驅弛剛。』彼文本作網訛為綱，又訛為剛，此則剛反訛綱矣。」

書記第二十五

大舜云：書用識哉！所以記時事也[1]。蓋聖賢言辭，總為之(一作尚)書，書(鈴木云諸本書上有尚字)之為體，主言者也[2]。揚雄曰：言，心聲也；書，心畫也。聲畫形，君子小人見矣(鈴木云諸本見上有可字)[3]。故書者，舒也；舒布其言，陳(孫云明抄本御覽五九五作染)之簡牘，取象於夬，貴在明決而已[4]。三代政暇，文翰頗疎。春秋聘繁，書介(孫云御覽五九五作令)彌盛[5]：繞朝贈士會以策，子家與(孫云明抄本御覽作弔)趙宣以書，巫臣之遺子反，子產之諫范宣，詳觀四書，辭若對面[6]。又子服敬叔進弔書于滕(孫云明抄本御覽作知)君，固知行人挈(孫云明抄本御覽作絜)辭，多被翰墨矣[7]。及七國獻書，詭麗輻輳(顧校作湊)[8]；漢來筆札，辭氣(孫云御覽作旨)紛紜[9]。觀史遷之報任安[10]，東方朔(孫云御覽無朔字)之難(孫云明抄本御覽作謁)公孫[11]，楊惲之酬會宗[12]，子雲之答劉歆[13]，志氣槃桓，各含殊采，並杼軸乎尺素，抑揚乎寸心[14]。逮後漢書記，則崔瑗尤善[15]。魏之元瑜，號稱翩翩；文舉屬章，半簡必錄；休璉好事，留意詞翰：抑其次也[16]。嵇康絕交，實志高而文偉矣[17]；趙至(孫云明抄本御覽作壹)敍(元作贈王性凝改孫云御覽作贈顧校亦作贈)離，迺少年之激切也[18]。至如陳遵占辭，百封各意[19]；禰衡代書，親疎得宜[20]：斯又(御覽作皆)尺牘之偏才(孫云明抄本御覽偏才二字作文)也。詳總(孫云御覽作諸)書體，本在盡言，言(孫云御覽作所)以散鬱陶，託(孫云御覽作詠)風采，故(孫云御覽作固)宜條暢(御覽作滌蕩)以任氣，優柔(孫云御覽作游)以懌懷。文明從容，亦心聲之獻酬也[21]。若夫尊貴差序，則肅以節文。戰(孫云御覽戰上有自字)國以前，君臣同書[22]；秦漢立儀，始有表奏：王公國內，亦稱奏書；張敞奏書於膠后，其義美矣(孫云御覽作其辭義美哉)[23]。

迄至後漢，稍有名品，公府奏記，而郡將奏牋（鈴木云御覽奏作奉牋下有也字）[24]。記之言志，進己志也。牋者，表也，表識（孫云御覽作識表）其情也[25]。崔寔奏記於公府，則崇讓之德音矣[26]；黃香奏（孫云明抄本御覽作奉）牋於江夏，亦肅恭之遺式矣[27]。公幹牋記，麗而規益，子桓弗論，故世所共遺；若略名取實，則有美於為詩矣[28]。劉廙謝恩，喻切以至[29]；陸機自理（孫云御覽作敍），情周而巧[30]；牋之為（孫云御覽無為字）善者也。原牋記之為式，既上窺乎表，亦下睨乎書，使敬而不懾，簡而無傲，清美（孫云御覽作靡）以惠其才，彪蔚以文其響，蓋牋記之分也[31]。

夫書記廣大，衣被事體，筆劄雜名，古今多品。是以總領黎庶，則有譜籍簿錄；醫歷星筮，則有方術占試（顧校作式）；申憲述兵，則有律令法制；朝市徵信，則有符契券疏；百官詢事，則有關刺解牒；萬民達志，則有狀列辭諺；並述理於心，著言於翰，雖藝文之末品，而政事之先務也[32]。

故謂譜者，普也。注序世統，事資周普，鄭氏譜詩，蓋取乎此[33]。

籍者，借也。歲借民力，條之於版，春秋司籍，即其事也[34]。

簿者，圃也。草木區別，文書類聚，張湯李廣，為吏所簿，別情偽也[35]。

錄者，領也。古史世本，編以簡策，領其名數，故曰錄也[36]。

方者，隅也。醫藥攻病，各有所主，專精一隅，故藥術稱方[37]。

術者，路也。算歷極數，見路乃明，九章積微，故以為術，淮南萬畢，皆其類也[38]。

占者，覘也。星辰飛伏，伺候乃見，精觀（疑作登）書雲，故曰占也[39]。

式者（元脫），則也。陰陽盈虛，五行消息，變雖不常，而稽之有則也[40]。

律者，中也。黃鐘（鈴木云王本岡本作鍾）調起，五音以正（元本下多音以正三字），法律馭民，八刑克平，以律為名，取中正也[41]。

令者，命也。出命申禁，有若自天，管仲下命（一作令）如流水，使民從也[42]。

法者，象也。兵謀無方，而奇正有象，故曰法也[43]。

制者，裁也。上行於下，如匠之制器也[44]。

符者，孚（元作厚謝改）也。徵召防偽，事資中孚。三代玉瑞，漢世金竹，末代從省，易以書翰矣[45]。

契者，結也。上古純質，結繩執契，今羌胡徵數，負販（孫云御覽作版）記緡，其遺風歟（孫云御覽作也）[46]！

券者，束也。明白約束，以備情偽，字形半分，故周稱判書。古有鐵券，以堅信誓，王褒髯奴，則券之楷（孫云御覽則作敗楷作諧）也[47]。

疏者，布也。布置物類，撮題近意，故小券短書，號為疏也[48]。

關者，閉也。出入由門，關閉當審（一作由）；庶務在政，通塞應詳。韓非云：孫亶回（元作四朱改）聖相也，而關於州部，蓋謂此也[49]。

刺者，達也。詩人諷刺，周禮三刺，事敍相達，若針之通結矣[50]。

解者，釋也。解釋結滯，徵事以對也[51]。

牒者，葉也。短簡編牒（鈴木云御覽無此四字），如葉在枝，溫舒截蒲，即其事也[52]。議政未定（鈴木云御覽議上有短簡為牒四字政作事），故短牒咨謀。牒之尤密，謂之為籤。籤者，纖（一作籤）密者也[53]。

狀者，貌也。體（一作禮）貌本原，取其事實，先賢表謚，並有行狀，狀之大者也[54]。

列者，陳也。陳列事情，昭然可見也[55]。

辭者，舌端之文，通己於人。子產有辭，諸侯所賴，不可已也[56]。

諺者，直語也。喪言亦不及文（元作交）[57]，故弔亦稱諺。廛路淺言，有實無華。鄒穆公云：囊滿（汪本作漏鈴木云嘉靖本亦作漏）儲中，皆其類也。太誓曰：古人有言，牝雞無晨。大雅云：人亦有言，惟憂用老。並上古遺諺，詩書可引者也[58]。至於陳琳諫辭，稱掩目捕雀；潘岳哀辭，稱掌珠伉儷：並引俗說而為文辭者也[59]。夫文辭鄙俚，莫過於諺，而聖賢詩書，採以為談，況踰於此，豈可忽哉？

觀此四（疑作數）條[60]，並書記所總：或事本相通，而文意各異；或全任質素，或雜用文綺：隨事立體，貴乎精要，意少一字則義闕，句長一言則辭妨，並有司（一作詞）之實務，而浮藻之所忽也[61]。然才冠鴻筆，多疎尺牘，譬九方堙之識駿足，而不知毛色牝牡也[62]。言既身文，信亦邦瑞，翰林之士，思理實焉。

贊曰：文藻條流，託在筆札。既馳金相，亦運木訥[63]。萬古聲薦，千里應拔。庶務紛綸，因書乃察。

【注釋】

1. 《尚書·益稷》：「帝曰：書用識哉。」《傳》曰：「書識其非。」

2. 黃先生曰：「案箸之竹帛謂之書，故《說文》曰：『箸也。』（〈聿部〉。）傳其言語謂之書，故《說文》曰：『如也。』是則古代之文，一皆稱之曰書。故外史稱三皇五帝之書；又小史以書敘昭穆之俎簋。又小行人及其萬民之利害為一書；其禮俗政事教治刑禁之逆順為一書；其悖逆暴亂作慝猶（與欲同。）犯令者為一書；其札喪凶荒厄貧為一書；其康樂和親安平為一書。據此諸文，知古代凡箸簡策者，皆書之類。又記者，疏也。（《說文·言部》。）疋，記也。（《說文·疋部》。）知記之名，亦緣有文字箸之竹帛，不限于告人，故書記之科。所包至廣。彥和謂書記廣大，衣被事體，筆劄雜名，古今多品，是真能悉文章之原者。紀氏乃欲刪其繁文，是則有意狹小文辭之封域，烏足與知舍人之妙誼哉！」

3. 語見《揚子法言·問神篇》。李軌注曰：「聲發成言，畫紙成書，書有文質，言有史野。二者之來，皆由於心。」又曰：「察言觀書，斷可識也。」

古者使受辭命而行，簡牘繁累，故用書者少。其見于傳與人書最先者，實惟鄭子家。

4. 《說文》：「書，箸也，從聿，者聲。」《說文·序》曰：「箸於竹帛謂之書。」又曰：「書者，如也。」《孝經援神契》曰：「書，如也；舒也；紀也。」《賈子·道德說》：「書者，著德之理於竹帛而陳之，令人觀焉以著所從事。」《易·繫辭下》：「上古結繩而治，後世聖人易之以書契，百官以治，萬民以察，蓋取諸夬。」韓康伯注：「夬，決也。書契所以決斷萬事也。」

5. 《左傳·襄公八年》：「亦不使一介行李。」杜注：「一介，獨使也。」書介，猶言書使。

6. 《左傳·文公十三年》：「士會乃行。繞朝贈之以策，曰：子無謂秦無人，吾謀適不用也。」杜注：「策，馬檛。」《正義》引服虔云：「繞朝以策書贈士會。」彥和用服虔說。竊疑彥和此文有二誤。士會倉卒歸晉，繞朝何暇書策為辭，（此說本《正義》。）其誤一也。下文云：「詳觀四書，辭若對面。」案《左傳》

既不載其文，彥和從何詳觀，其誤二也。杜預訓策為馬檛，義優於服虔。

又〈文公十七年〉：「晉侯蒐于黃父，（晉地名。）遂復合諸侯于扈。於是晉侯不見鄭伯，以為貳於楚也。鄭子家使執訊而與之書，以告趙宣子，（執訊，通訊問之官，為書與宣子。）曰：『寡君即位三年，召蔡侯而與之事君。九月，蔡侯入于敝邑以行。敝邑以侯宣多之難，寡君是以不得與蔡侯偕。十一月，克減侯宣多而隨蔡侯以朝于執事。十二年六月，歸生佐寡君之嫡夷，以請陳侯于楚而朝諸君。十四年七月，寡君又朝，以蕆陳事。十五年五月，陳侯自敝邑往朝於君。往年正月，燭之武往朝夷也；（將夷往朝晉。）八月，寡君又往朝。以陳蔡之密邇於楚而不敢貳焉，則敝邑之故也。雖敝邑之事君，何以不免！在位之中，一朝于襄而再見于君，夷與孤之二三臣相及于絳，雖我小國，則蔑以過之矣。今大國曰：爾未逞吾志。敝邑有亡，無以加焉。古人有言曰：『畏首畏尾，身其餘幾。』又曰：『鹿死不擇音。』小國之事大國也，德，則其人也，不德，則其鹿也。鋌而走險，急何能擇！命之罔極，亦知亡矣，將悉敝賦以待於鯈，（晉鄭之境地名。）唯執事命之。文公二年六月壬申，朝于齊；四年二月壬戌，為齊侵蔡；亦獲成於楚。居大國之間，而從於強令，豈其罪也！大國若弗圖，無所逃命。』」

又〈成公七年〉：「巫臣自晉遺二子（子重、子反）書曰：『爾以讒慝貪惏事君，而多殺不辜；余必使爾罷於奔命以死。』」

又〈襄公二十四年〉：「范宣子為政，諸侯之幣重。鄭人病之。二月，鄭伯如晉，子產寓書於子西以告宣子，曰：『子為晉國，四鄰諸侯不聞令德而聞重幣，僑也惑之。僑聞君子長國家者，非無賄之患，而無令名之難。夫諸侯之賄，聚於公室，則諸侯貳；若吾子賴之，則晉國貳。諸侯貳則晉國壞，晉國貳則子之家壞，何沒沒也，將焉用賄！（沒沒言沈滅也。）夫令名，德之輿也，德，國家之基也。有基無壞，無亦是務乎！有德則樂，樂則能久。《詩》云：「樂只君子，邦家之基。」（《詩．小雅．南山有臺》。）有令德也夫！「上帝臨汝，無貳爾心。」（《大雅．大明》。）有令名也夫！恕思以明德，則令名載而行之，是以遠至邇安。毋寧使人謂子，子實生我，而謂子浚（取也。）我以生乎！象有齒以焚其身，賄也。』宣子說，乃輕幣。」

7. 《禮記・檀弓下》：「滕成公之喪，使子叔敬叔弔，進書，子服惠伯為介。」鄭注：「進書，奉君弔書。」此文子服敬叔應改為子叔敬叔。子為男子通稱，叔是其氏，敬叔其謚也。子服惠伯是副使，非奉君弔書者。

8. 今可見者，若樂毅〈報燕惠王書〉、魯仲連〈遺燕將書〉、荀卿〈與春申君書〉、李斯〈諫逐客書〉、張儀〈與楚相書〉皆是也。

9. 《說文》：「札，牒也。」《漢書・郊祀志》：「卿有札書。」〈司馬相如傳〉：「上令尚書給筆札。」注：「札，木簡之薄小者也。」《釋名・釋書契》：「札，櫛也。編之如櫛齒相比也。」札與牘同。東方朔上書用三千牘，是漢代用素時少，用木時多。又後世稱尺牘；漢稱短書，古詩「袖中有短書，願寄雙飛燕」是也。下列四書，皆人所習見。《文選》有李少卿〈答蘇武書〉，彥和獨不舉。豈亦有所疑邪！劉知幾《史通・雜說下》曰：「《李陵集》有〈與蘇武書〉詞采壯麗，音句流靡。觀其文體，不類西漢人，殆後來所為，假稱陵作也。遷史缺而不載，良有以焉，編於《李集》中，斯為謬矣。」蘇軾〈答劉沔書〉曰：「李陵、蘇武贈別長安，而詩有江漢之語。及陵〈與武書〉，辭句儇淺，正齊梁間小兒所擬作，決非西漢人，而統不悟。劉子玄獨知之。識真者少，蓋從古所病也。」浦起龍〈釋雜說下〉云：「海虞王侍郎峻為予言：子瞻疑此書出齊梁人手，恐亦彊坐。江文通〈上建平王書〉已用少卿搥心之語，豈以時流語作典故哉。當是漢季晉初人擬為之。」案此說是也。《藝文類聚》三十載蘇武〈報李陵書〉。《文選》劉琨〈答盧諶詩〉注、丘遲〈與陳伯之書〉注、袁宏《三國名臣贊》注並引武〈答陵書〉。

10. 《漢書・司馬遷傳》：「遷既被刑之後，為中書令，尊寵任職。故人益州刺史任安予遷書，責以古賢臣之義。遷報之。」《漢書》載此書，以少卿足下起句。《文選》起句作「太史公牛馬走司馬遷再拜言。少卿足下。」俞正燮《癸巳類稿》十一〈太史公釋名義〉曰：「太史公者，署官；牛馬走司馬遷者，如秦刻石云

『丞相』，又云『臣斯』也。李善注云：『太史公，遷父談也。走，猶僕也。言己為太史公掌牛馬之僕，自謙之辭也。』如此，則丞相臣為丞相之臣，是陪臣矣。且與任書，何涉於父；稱父則當曰太史公子，乃謙為父僕，此將救敲（《說文》：敲，擊頭也。）之不給也。」朱珔《文選集釋》：「案吳仁傑云：牛當作先，字之誤也。《淮南書》曰：越王勾踐親執戈為吳王先馬走。」茲依《文選》所載迻錄，《漢書》本傳有刪節，附識於下。

司馬遷〈報任少卿書〉

太史公牛馬走司馬遷再拜言。（本傳無此句。）少卿足下：曩者辱賜書，教以順（作慎）於接物，推賢進士為務。意氣懃懃（作勤勤。）懇懇，若望僕不相師，而用（作用而。）流俗人之言。僕非敢如此（作是。）也。僕（無僕字。）雖罷駑，亦嘗側聞長者之（無之字。）遺風矣。顧自以為身殘處穢，動而見尤，欲益反損，是以獨（無獨字。）鬱悒（作抑鬱）而與誰語。（作無誰語。）諺曰：誰為為之，孰令聽之。蓋鍾子期死，伯牙終身不復鼓琴，何則？士為知己者用，女為說己者（無兩者字。）容。若僕大質已虧缺矣，（無矣字。）雖才懷隨和，行若由夷，終不可以為榮，適足以見（作發。）笑而自點耳。書辭宜答，會東從上來，又迫賤事，相見日淺，卒卒無須臾之閒，得竭志（作指）意，今少卿抱不測之罪，涉旬月，迫季冬。僕又薄從上雍，（作從上上雍。）恐卒然不可為（無為字。）諱，是僕終已不得舒憤懣以曉左右，則長逝者魂魄，私恨無窮，請略陳固陋。闕然久（無久字。）不報，幸勿為（無為字。）過。

僕聞之：修身者，智之符（作府字。）也；愛施者，仁之端也；取與者，義之表（作符字。）也；恥辱者，勇之決也；立名者，行之極也。士有此五者，然後可以託於世，而（無而字。）列於君子之林矣。故禍莫憯於欲利，悲莫痛於傷心，行莫醜於辱先，詬（上有而字。）莫大於宮刑。刑餘之人，無所比數，非一世（無世字。）也，所從來遠矣。昔衛靈公與雍渠同（無同字。）載，孔子適陳；商鞅因景監見，趙良寒心；同子參乘，袁（作爰。）絲變色；自古而恥之，夫以（無以字。）中材之人，事有（無有字。）關於宦豎，莫不

傷氣，而（無而字。）況於慷（無於字，慷作忼。）慨之士乎！如今朝廷（無廷字。）雖乏人，奈何令刀鋸之餘，薦天下豪俊哉！僕賴先人緒業，得待罪輦轂下，二十餘年矣。所以自惟，上之不能納忠效信，有奇策才力之譽，自結明主；次之又不能拾遺補闕，招賢進能，顯巖穴之士；外之不能備行伍，攻城野戰，有斬將搴旗之功；下之不能積日累勞，取尊官厚祿，以為宗族交遊光寵；四者無一遂，苟合取容，無所短長之效，可見如（作於）此矣。嚮（作鄉。）者僕亦嘗厠下大夫之列，陪外廷末議，不以此時引維綱，盡思慮，今以（作已。）虧形，為掃除之隸，在闒茸之中，乃欲仰首伸眉，（乃作迺，仰作卬，伸作信。）論列是非，不亦輕朝廷羞當世之士邪！嗟乎！嗟乎！如僕尚何言哉！尚何言哉！（四字無。）且事本末未易明也。僕少負不羈之才，長無鄉曲之譽，主上幸以先人之故，使得奏（作奉。）薄伎，出入周衛之中，僕以為戴盆何以望天，故絕賓客之知，亡（作忘）家室之業，日夜思竭其不肖之材力，務一（作壹。）心營職，以求親媚於主上，而事乃有大謬不然者夫。僕與李陵俱居門下，素非能（無能字。）相善也，趨舍異路，未嘗銜盃酒，接殷勤之餘（無餘字。）歡，然僕觀其為人，自守（無守字。）奇士，事親孝，與士信，臨財廉，取與義，分別有讓，恭儉下人，常思奮不顧身，以徇國家之急，其素所蓄（作畜。）積也，僕以為有國士之風。夫人臣出萬死不顧一生之計，赴公家之難，斯以奇矣。今舉事一（作壹。）不當，而全軀保妻子之臣，隨而媒孽（作櫱。）其短，僕誠私心痛之。且李陵提步卒不滿五千，深踐戎馬之地，足歷王庭，垂餌虎口，橫挑彊胡，仰（作卬。）億萬之師，與單于連戰十有（無有字。）餘日，所殺過半（無半字。）當。虜救死扶傷不給，旃裘之君長咸震怖，乃悉徵其（乃作迺，無其字。）左右賢王，舉引弓之人，（作民。）一國共攻而圍之，轉鬬千里，矢盡道窮，救兵不至，士卒死傷如積，然陵一（作壹。）呼勞，軍士無不起，躬自（無自字。）流涕，沬血飲泣，更（無更字。）張空拳，（作弮。）冒白刃北嚮爭死敵者。（嚮作首，無者字。）陵未沒時，使有來報，漢公卿王侯，皆奉觴上壽。後數日，陵敗書聞，主上為之食不甘味，聽朝不怡，大臣憂懼，不知所出。僕竊不自料其卑賤，見主上慘愴怛悼，誠欲効其款款之愚。以為李陵素與士大夫絕甘分少，能得人之死力，雖古之名將不能（無之字能字。）過也。身雖陷敗，彼觀其意，且欲得其當而報於（無於字。）漢，事已無可奈何，其所摧敗功亦足以暴於天下矣。（無矣字。）僕懷欲陳之而未有路。適會召問，即以此指推言陵之（無之字。）功，欲以廣主上之意，塞睚眦之辭，未能盡明，明主不曉，（曉上有深字。）以為僕沮貳師，而為李陵游說，遂下於理。拳拳之忠，終不能自列，因為誣上，卒從吏議，家貧貨（作財。）賂不足以自贖，交游莫救，左右親近不為一（作壹。）言。身非木石。獨與法吏為伍，深幽囹圄之中，誰可告愬者，此真（作正。）少卿所親見，僕行事豈不然乎？（作邪。）李陵既生降，隤其家聲，而僕又佴之（作茸以。）蠶室，重為天下觀笑。悲夫悲夫，事未易一二為俗人言也。

僕之先，（下有人字。）非有剖符丹書之功，文史星歷，近乎卜祝之間，固主上所戲弄，倡優所畜，（所畜作畜之。）流俗之所輕也。假令僕伏法受誅，若九牛亡一毛，與螻蟻何以（無以字。）異，而世俗（無俗字。）又不與能（作能與）死節者，特以為智窮罪極，不能自免，卒就死耳。何也？素所自樹立使然也。（無也字。）人固有一死，死或（作有字。）重於泰山，或輕於鴻毛，用之所趨異也。太上不辱先，其次不辱身，其次不辱理色，其次不辱辭令，其次詘體受辱，其次易服受辱，其次關木索被箠楚受辱，其次剔（作鬄。）毛髮嬰金鐵受辱，其次毀肌膚斷肢（作支。）體受辱，最下腐刑極矣。《傳》曰：刑不上大夫，此言士節不可不勉勵（無勉字，勵作厲。）也。猛虎在（作處。）深山，百獸震恐，及（有其字。）在檻穽（作穽檻。）之中，搖尾而求食，積威約之漸也。故士有畫地為牢，勢不可入，削木為吏，議不可對，（無兩可字。）定計於鮮也。今交手足，受木索，暴肌膚，受榜箠，幽於圜牆之中。當此之時，見獄吏則頭槍地，視徒隸則正（作心。）惕息，何者？積威約之勢也。及以至是（以作已，是作此。）言不辱者，所謂彊顏耳。曷足貴乎！

且西伯，伯也，拘於羑里。（作拘牖里。）李斯，相也，具于（無于字。）五刑。淮陰，王也，受械於陳。彭越張敖，南面（作鄉。）稱孤，繫獄抵（作具。）罪。絳侯誅諸呂，權傾五伯，囚於請室。魏其，大將

也，衣赭衣，（無衣字。）關三木。季布為朱家鉗奴，灌夫受辱於（無於字。）居室，此人皆身至王侯將相，聲聞鄰國，及罪至罔加，不能引決自裁，（作財。）在塵埃之中，古今一體，安在其不辱也。由此言之，勇怯，勢也；彊弱，形也；審矣，何（作曷。）足怪乎！夫人不能早自裁繩墨之外，（夫作且，早作蚤，裁作財。）以稍陵遲（以作已，遲作夷。）至於鞭箠之間，乃（作迺。）欲引節，斯不亦遠乎！古人所以（無以字。）重施刑於大夫者，殆為此也。夫人情莫不貪生惡死，念父母，（作親戚。）顧妻子，至激於義理者不然，乃有所（乃作迺，無所字。）不得已也。今僕不幸，早（作蚤。）失父母，（作二親。）無兄弟之親，獨身孤立，少卿視僕於妻子何如哉！且勇者不必死節，怯夫慕義，何處不勉焉。僕雖怯懦，（作耎。）欲苟活，亦頗識去就之分矣，何至自沈溺縲（沈作湛，縲作累。）紲之辱哉！且夫臧獲婢妾，由（作猶。）能引決，況（下有若字。）僕之不得已乎！所以隱忍苟活，幽於（二字作函。）糞土之中而不辭者，恨私心有所不盡，鄙陋（無陋字。）沒世，而文采不表於後世（無世字。）也。

古者富貴而名摩滅，不可勝記，唯倜（作俶。）儻非常之人稱焉。蓋文王（作西伯。）拘而演《周易》；仲尼厄（作戹。）而作《春秋》；屈原放逐，乃賦〈離騷〉；左丘失明，厥有《國語》；孫子臏（作髕。）腳，《兵法》脩列；不韋遷蜀，世傳《呂覽》；韓非囚秦，〈說難〉、〈孤憤〉；《詩》三百篇，大底（作氐。）聖賢發憤之所為作也。此人皆意有所鬱結不得通其道，故述往事思來者。乃（作及。）如左丘無目，孫子斷足，終不可用，退而（無而字。）論書策以舒其憤思，垂空文以自見。僕竊不遜，近自託於無能之辭，網羅天下放失舊聞，略考其行事，（作考之行事。）綜其終始，（無此句。）稽其成敗興壞之紀，（作理。）上計軒轅，下至于茲，為十表，本紀十二，書八章，世家三十，列傳七十，（自上計軒轅至此凡二十六字，《漢書》無。）凡百三十篇。亦欲以究天人之際，通古今之變。成一家之言。草創未就，會遭（作適會。）此禍，惜其不成，是以就極刑而無慍色。僕誠以（作已。）著此書藏諸（作臧之。）名山，傳之其人，通邑大都，則僕償前辱之責，雖萬被戮豈有悔哉！然此可為智者道，難為俗人言也。

且負下末易居，下（作上。）流多謗議，僕以口語遇遭此禍，重為鄉黨所（作戮。）笑，以（無以字。）污辱先人。亦何面目復上父母（下有之字。）丘墓乎！雖累百世，垢彌甚耳！是以腸一日而九迴，（作回。）居則忽忽若有所亡，出則不知其所（其所作所如。）往，每念斯恥，汗未嘗不發背沾（作霑）衣也。身直為閨閤之臣，寧得自引深藏（藏作臧，下有於字。）岩（作巖。）穴邪！故且從俗浮沈，（作湛。）與時俯仰，以通其狂惑。今少卿乃（作迺。）教以推賢進士，無乃（作迺。）與僕私心刺（私心刺作之私指。）謬乎！今雖欲自雕琢（作彫瑑。）曼辭以自飾，（作解。）無益於俗，不信祇足（無足字。）取辱耳，要之死日，然後是非乃（作迺。）定。書不能悉（作盡。）意，略（上有故字。）陳固陋。謹再拜。（此句無。）

11. 〈難公孫書〉佚，《全漢文》二十五自《初學記》十八、《御覽》四百十輯得東方朔〈與公孫弘借車書〉：「蓋聞爵祿不相責以禮，同類之游，不以遠近為敍。是以東門先生居蓬戶空穴之中，而魏公子一朝以百騎尊寵之；呂望未嘗與文王同席而坐，一朝讓以天下半。大丈夫相知，何必撫塵而游，垂髮齊年偃伏以日數哉。」李詳《黃注補正》云：「玩其辭氣，似與公孫弘不協，疑即此書矣。」案《藝文類聚》九十六載弘〈答東方書〉佚文曰：「譬猶龍之未升，與魚鼈為伍；及其升天，鱗不可覩。」或此即弘答朔之難書歟！

12. 《漢書．楊惲傳》：惲既失爵位家居，治產業，起室宅，以財自娛。歲餘，其友人安定太守西河孫會宗，知略士也，與惲書諫戒之。為言大臣廢退，當闔門惶懼，為可憐之意；不當治產業，通賓客，有稱譽。惲宰相子，少顯朝廷，一朝晻昧語言見廢，內懷不服，〈報會宗書〉曰：

惲材朽行穢，文質無所底。幸賴先人餘業，得備宿衛。遭遇時變，以獲爵位，終非其任，卒與禍會。足下哀其愚蒙，賜書教督以所不及，殷勤甚厚。然竊恨足下不深惟其終始，而猥隨俗之毀譽也。言鄙陋之愚心，若逆指而文過；默而息乎，恐違孔氏各言爾志之義。故敢略陳其愚，唯君子察焉。

惲方家隆盛時，乘朱輪者十人，位在列卿，爵為通侯，總領從官，與聞政事，曾不能以此時有所建明，以宣德化，又不能與群僚同心并力，陪輔朝廷之遺忘，已負竊位素餐之責久矣。懷祿貪執，不能自退，遭遇變

故，橫被口語，身幽北闕，妻子滿獄，當此之時，自以夷滅不足以塞責，豈意得全首領復奉先人之丘墓乎！伏惟聖主之恩，不可勝量，君子游道，樂以忘憂，小人全軀，說以忘罪，竊自思念，過已大矣，行已虧矣，長為農夫以沒世矣。是故身率妻子，勠力耕桑，灌園治產，以給公上，不意當復用此為譏議也。夫人情所不能止者，聖人弗禁，故君父至尊親，送其終也，有時而既。臣之得罪，已三年矣，田家作苦，歲時伏臘，烹羊炰羔，斗酒自勞，家本秦也，能為秦聲，婦趙女也，雅善鼓瑟，奴婢歌者數人，酒後耳熱，仰天拊缶，而呼烏烏，其詩曰：田彼南山，蕪穢不治，種一頃豆，落而為萁，人生行樂耳，須富貴何時。是日也，拂衣而喜，奮褎低卬，頓足起舞，誠淫荒無度，不知其不可也。惲幸有餘祿，方糴賤販貴，逐什一之利，此賈豎之事，汙辱之處，惲親行之，下流之人，眾毀所歸，不寒而栗，雖雅知惲者，猶隨風而靡，尚何稱譽之有。董生不云乎：明明求仁義，常恐不能化民者，卿大夫之意也；明明求財利，常恐困乏者，庶人之事也。故道不同，不相為謀。今子尚安得以卿大夫之制而責僕哉！夫西河魏土，文侯所興，有段干木、田子方之遺風，漂然皆有節槩，知去就之分。頃者足下離舊土，臨安定，安定山谷之間，昆戎舊壤，子弟貪鄙，豈習俗之移人哉！於今迺睹子之志矣。方當盛漢之隆，願勉旃，毋多談。

13. 《方言》載劉子駿〈與揚雄書從取方言〉及揚子雲〈答劉歆書〉。《古文苑》十僅載雄〈答劉歆書〉。章樵注引洪內翰邁曰：「世傳揚子雲《輶軒使者絕代語釋別國方言》凡十三卷，郭璞序而解之，其末又有漢成帝時劉子駿〈與雄書從取方言〉及雄答書。以予考之殆非也，雄自序所為文初無所謂《方言》，觀其〈答劉子駿書〉稱蜀人嚴君平。按君平本姓莊，漢顯宗諱莊，始改曰嚴。《法言》所稱『蜀莊沈冥』、『蜀莊之才之珍』、『吾珍莊也』皆是本字，何獨至此而曰嚴？又子駿只從之求書，而答云：『必欲脅之以威，陵之以武，則縊死以從命也。』何至是哉！既云成帝時子駿與雄書，而其中乃云孝成皇帝，反覆抵梧。又書稱汝潁之間，先漢人無此語也。必漢魏之際好事者為之云。」案洪氏之誤，在未明《方言・子駿書》前「雄為郎一歲，作〈繡補〉、〈靈節〉、〈龍骨〉之銘詩三章，及天下上計孝廉，雄問異語，紀十五卷，積二十七年，漢成帝時劉子駿〈與雄書從取方言〉」數語，乃後人綴補，非雄自著。漢成帝時又是王莽時之語，洪氏不達此意，反覆辨說。亦見其攷證之疏矣。茲刪去書前數語，錄兩書於下：

劉子駿〈與揚雄從取方言〉

歆叩頭。昨受詔，宓（當作案。）五官郎中田儀與官婢陳徵、駱驛等私通，盜刷越巾事，即其夕竟。歸府，詔問三代周秦軒車使者，遒人使者，（《玉海》引《古文苑》遒人二字在軒車使者上。無下使者二字。）以歲八月巡路，宋（與求音義並同。）代語僮謠歌戲，欲得其最目。因從事郝隆宋之有日，篇中但有其目無見文者。歆先君數為孝成皇帝言：當使諸儒共集訓詁，《爾雅》所及，五經所詁不合《爾雅》者，詁藾為病；及諸經氏（誤字。）之屬，皆無證驗，博士至以窮。世之博學者，偶有所見，非徒無主而生是也。會成帝未以為意，先君又不能獨集。至於歆身，修軌（修軌猶言循軌。）不暇，何偟更創。屬聞子雲獨採集先代絕言，異國殊語，以為十五卷，其所解略多矣，而不知其目。非子雲澹雅之才，沈鬱之思，不能經年銳積，以成此書，良為勤矣。歆雖不遘（當為逮。）過庭，亦克識先君雅訓，三代之書，蘊藏于家直不計耳。今聞此甚為子雲嘉之，已今聖朝留心典誥，發精於殊語，欲以驗攷四方之事，不勞戎馬高車之使，坐知傜俗，適子雲攘意之秋也。不以是時發倉廩以振贍，殊無為明語。將何（將，持也。何即負荷字。）獨挈之寶，上以忠信明于上，下以置恩于罷朽，所謂知蓄積善布施也。蓋蕭何造律，張蒼推麻，皆成之于帷幕，貢之于王門，功列于漢室，名流乎無窮。誠以隆秋之時，收藏不殆，（當為怠。）饑春之歲，散之不疑，故至于此。今謹使密人奉手書，願頗與其最目，得使入籙，令聖朝留明明之典。歆叩頭，叩頭。

揚子雲〈答劉歆書〉

雄叩頭。賜命謹至，又告以田儀事，事窮竟白，案顯出，甚厚甚厚。田儀與雄同鄉里，幼稚為隣，長艾相更，（《古文苑》作愛。）視覬動精采，似不為非者，故舉至日，（盧文弨校云：《七十二家集》、《百三名家集》日俱作之，誤也。舉者任者各是一人，觀下文可見。）雄之任也。不意淫迹暴于官朝，令舉者懷赧

而低眉，任者含聲而宛舌。知人之德，堯猶病諸，雄何慚焉！叩頭，叩頭。又敕以《殊言》十五卷，君何由知之？謹歸誠底裏，不敢違信。雄少不師章句，亦於五經之訓所不解。常聞先代輶軒之使，奏籍之書，皆藏於周秦之室。及其破也，遺棄無見之者。獨蜀人有嚴君平，（盧云：「後人熟習於嚴君平之稱，因誤改之也。」）臨邛林閭翁孺者，深好訓詁，猶見輶軒之使所奏言。翁孺與雄外家牽連之親，又君平過誤，有以私遇少而與雄也。君平財有千言耳。翁孺梗槩之法略有。翁孺往數歲死，婦蜀郡掌氏子，無子而去。而雄始能草文，先作〈縣邸銘〉、〈王佴頌〉、〈階闥銘〉及〈成都城四隅銘〉，蜀人有揚莊者，為郎，誦之于成帝。成帝好之，以為似相如。雄遂以此得外見。（《文選．甘泉賦》注無外字。）此數者，皆都水君常見也，（劉向嘗為護左都水使者。）故不復奏。

雄為郎之歲，自奏少不得學，而心好沈博絕麗之文，願不受三歲之奉，且休脫直事之繇，得肆心廣意以自克就。有詔可（盧云：「可者免其直事之役，仍不奪其郎奉。」）不奪奉，令尚書賜筆墨錢六萬，得觀書於石室。如是後一歲，作〈繡補〉、〈靈節〉、〈龍骨〉之銘詩三章。（《古文苑》注云：「繡補疑是裀褥之類。靈節，靈壽杖也。」盧引丁杰云：「《華陽國志．巴志》竹木之瓚者，有桃支靈壽。巴東郡朐忍縣有靈壽木。《蜀志》廣漢郡五城縣出龍骨。」）成帝好之，遂得盡意。故天下上計孝廉，及內郡衛卒會者，雄常把三寸弱翰，齎油素四尺，以問其異語，歸即以鉛摘次之于槧，二十七歲於今矣。而語言或交錯相反覆，方論思詳悉集之燕其疑。（《古文苑》注云：「會集所未聞，使疑者得所安。」）張伯松不好雄賦頌之文。然亦有以奇之。常為雄道言其父及先君（盧云：「伯松名竦，張敞孫，其父吉，杜鄴從受學焉。事見《漢書》。」）憙典訓，屬雄以此篇目頗示其成者。伯松曰：「是懸諸日月不刊之書也。」又言：「恐雄為《太玄經》，由（同猶。）鼠坻之與牛場也。如其用，則實五稼飽邦民；否則為柢糞，棄之于道矣。」而雄般（樂也。）之。伯松與雄獨何德慧，（惠同。）而君與雄獨何譖隟，而當匿乎哉。其不勞戎馬高車，令人君坐幃幕之中，知絕遐異俗之語，典流于昆嗣，言列于漢籍，誠雄心所絕極，至精之所想遘也。

扶（盧云：「此足上語耳，改作夫者非。」竊疑扶是衍文。聖朝遠照之明，即歆書詔問云云也。）聖朝遠照之明，使君宗此。如君之意，誠雄散之之會也。死之日，則今之榮也。不敢有貳，不敢有愛。少而不以行立于鄉里，長而不以功顯于縣官，著訓于帝籍，但言詞博覽，翰墨為事，誠欲崇而就之，不可以遺，不可以怠。即君必欲脅之以威，陵之以武，欲令入之于此，此又未定，未可以見，今君又終之，則縊死以從命也。而（盧引戴震曰：「而如古通用。」）可且寬假延期，必不敢有愛。雄之所為，得使君輔貢于明朝，則雄無恨，何敢有匿。唯執事圖之。長監於規，繡之就，死以為小，（《古文苑》注云：「言當長以所規為監，得緝成其書，以死為輕。」）雄敢行之。謹因還使。雄叩頭，叩頭。

案子雲所以不與歆書者，以其書未成，且又無複本，子駿索之甚急，不得不以死自誓也，古人自惜其學術如此。

14. 陸機〈文賦〉云：「函綿邈於尺素，吐滂沛乎寸心。」

15. 《後漢書・崔瑗傳》：「瑗高於文辭，尤善為書記箴銘。」《全後漢文》四十五輯得〈與葛元甫書〉（葛龔字元甫。）兩條。其一條云：

「今遣奉書錢千為贄，并送許子十卷。貧不及素，但以紙耳。」（《北堂書鈔》一百四、《藝文類聚》三十一。）

16. 《魏志・王粲傳》魏文帝〈與吳質書〉：「元瑜（阮瑀字。）書記翩翩，致足樂也。」《說文》：「翩，疾飛也。」翩翩，輕舉敏捷之意。《魏志・王粲傳》注引《典略》：「太祖嘗使瑀作書與韓遂。時太祖適近出，瑀隨從，因於馬上具草，書成呈之。太祖攬筆欲有所定，而竟不能增損。」《後漢書・孔融傳》：「魏文帝深好融文辭，募天下有上融文章者，輒賞以金帛。」〈王粲傳〉注引《文章敘錄》曰：「應璩字休璉，博學好屬文，善為書記文。」彥和謂其好事，必有所本，不可攷矣。阮瑀、孔融、應璩《文選》並載其書牘。

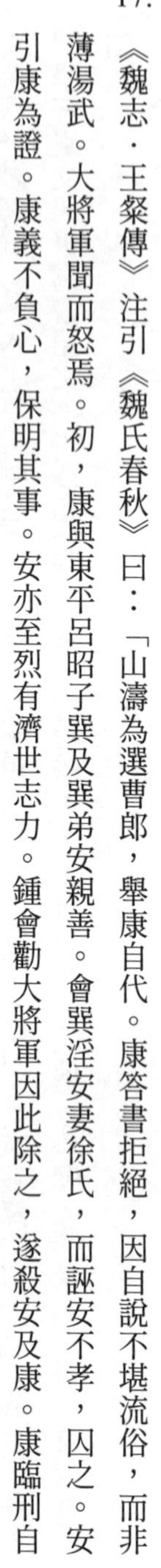

17.《魏志・王粲傳》注引《魏氏春秋》曰：「山濤為選曹郎，舉康自代。康答書拒絕，因自說不堪流俗，而非薄湯武。大將軍聞而怒焉。初，康與東平呂昭子巽及巽弟安親善。會巽淫安妻徐氏，而誣安不孝，囚之。安引康為證。康義不負心，保明其事。安亦至烈有濟世志力。鍾會勸大將軍因此除之，遂殺安及康。康臨刑自若，援琴而鼓，既而歎曰：雅音於是絕矣！時人莫不哀之。」《文選》載〈絕交書〉，錄於下：

嵇叔夜〈與山巨源絕交書〉

康白。足下昔稱吾於潁川，吾常謂之知言，然經怪此意尚未熟悉於足下，何從便得之也。前年從河東還，顯宗阿都說足下議以吾自代，事雖不行，知足下故不知之。足下傍通，多可而少怪，吾直性狹中，多所不堪，偶與足下相知耳。間聞足下遷，惕然不喜，恐足下羞庖人之獨割，引尸祝以自助，手薦鸞刀，漫之羶腥，故具為足下陳其可否。吾昔讀書得并介之人，或謂無之，今乃信其真有耳。性有所不堪，真不可強。今空語同知有達人無所不堪，外不殊俗，而內不失正，與一世同其波流，而悔吝不生耳。老子、莊周，吾之師也，親居賤職；柳下惠、東方朔，達人也，安乎卑位；吾豈敢短之哉。又仲尼兼愛，不羞執鞭，子文無欲卿相，而三登令尹，是乃君子思濟物之意也。所謂達能兼善而不渝，窮則自得而無悶。以此觀之，故堯舜之君世，許由之巖棲，子房之佐漢，接輿之行歌，其揆一也。仰瞻數君，可謂能遂其志者也。故君子百行，殊塗而同致，循性而動，各附所安，故有處朝廷而不出，入山林而不反之論。且延陵高子臧之風，長卿慕相如之節，志氣所託，不可奪也。吾每讀尚子平、臺孝威傳，慨然慕之，想其為人。

少加孤露，母兄見驕，不涉經學，性復疏嬾，筋駑肉緩，頭面常一月十五日不洗，不大悶癢，不能沐也。每常小便而忍不起，令胞中略轉，乃起耳。又縱逸來久，情意傲散，簡與禮相背，嬾與慢相成，而為儕類見寬，不攻其過。又讀《莊》、《老》，重增其放，故使榮進之心日頹，任實之情轉篤，此由禽鹿少見馴育，則服從教制，長而見羈，則狂顧頓纓，赴蹈湯火，雖飾以金鑣，饗以嘉肴，逾思長林而志在豐草也。阮嗣宗口不論人過，吾每師之而未能及，至性過人，與物無傷，唯飲酒過差耳。至為禮法之士所繩，疾之如讎，幸賴大將軍保持之耳。吾不如嗣宗之賢，而有慢弛之闕，又不識人情，闇於機宜，無萬石之慎，而有好盡之累，久與事接，疵釁日興，雖欲無患。其可得乎。

又人倫有禮，朝廷有法，自惟至熟，有必不堪者七，甚不可者二：臥喜晚起，而當關呼之不置。一不堪也。抱琴行吟，弋釣草野，而吏卒守之，不得妄動。二不堪也。危坐一時，痹不得搖，性復多蝨，把搔無已，而當裹以章服，揖拜上官，三不堪也。素不便書，又不喜作書，而人間多事，堆案盈几，不相酬答，則犯教傷義，欲自勉强，則不能久，四不堪也。不喜弔喪，而人道以此為重，已為未見恕者所怨，至欲見中傷者，雖瞿然自責，然性不可化，欲降心順俗，則詭故不情，亦終不能獲無咎無譽如此，五不堪也。不喜俗人，而當與之共事，或賓客盈坐，鳴聲聒耳，囂塵臭處，千變百伎，在人目前，六不堪也。心不耐煩，而官事鞅掌，機務纏其心，世故繁其慮。七不堪也。又每非湯武而薄周孔，在人間不止，此事會顯，世教所不容，此甚不可一也。剛腸疾惡，輕肆直言，遇事便發，此甚不可二也。以促中小心之性，統此九患，不有外難，當有內病，寧可久處人間邪！又聞道士遺言，餌朮黃精，令人久壽，意甚信之；游山澤，觀魚鳥，心甚樂之；一行作吏，此事便廢。安能舍其所樂而從其所懼哉！夫人之相知，貴識其天性，因而濟之，禹不偪伯成子高，全其節也；仲尼不假蓋於子夏，護其短也，近諸葛孔明不偪元直以入蜀，華子魚不强幼安以卿相，此可謂能相終始，真相知者也。足下見直木必不可以為輪，曲者必不可以為桷，蓋不欲以枉其天才，令得其所也。故四民有業，各以得志為樂，唯達者為能通之，此足下度內耳。不可自見好章甫，强越人以文冕也；己嗜臭腐，養鴛雛以死鼠也。

吾頃學養生之術，方外榮華，去滋味，游心於寂漠，以無為為貴，縱無九患，尚不顧足下所好者。又有心悶疾，頃轉增篤，私意自試，必不能堪其所不樂，自卜已審，若道盡塗窮則已耳。足下無事冤之，令轉於溝壑也。吾新失母兄之歡，意常悽切，女年十三，男年八歲，未及成人，況復多病，顧此悢悢，如何可言。今但願守陋巷，教養子孫，時與親舊敍闊，陳說平生，濁酒一盃，彈琴一曲，志願畢矣。足下若嬲之不置，不過

欲為官得人，以益時用耳。足下舊知吾潦倒麤疎不切事情，自惟亦皆不如今日之賢能也。若以俗人皆喜榮華，獨能離之，以此為快，此最近之，可得言耳。然使長才廣度，無所不淹，而能不營，乃可貴耳。若吾多病困，欲離事自全以保餘年，此真所乏耳，豈可見黃門而稱貞哉！若趣欲共登王塗，期於相致，時為懽益，一旦迫之，必發其狂疾，自非重怨，不至於此也。野人有快炙背而美芹子者，欲獻之至尊，雖有區區之意，亦已疏矣。願足下勿似之！其意如此，既以解足下，並以為別。嵇康白。

18. 《文選》趙景真〈與嵇茂齊書〉，李善注曰：「《嵇紹集》曰：『趙景真與從兄茂齊書，時人誤謂呂仲悌與先君書，故具列本末。趙至字景真，代郡人，州辟遼東從事。從兄太子舍人蕃，字茂齊，與至同年相親。至始詣遼東時，作此書與茂齊。』干寶《晉紀》以為呂安與嵇康書。二說不同，故題云景真而書曰安。」《晉書．文苑．趙至傳》：「至與康兄子蕃友善，及將遠適，乃與蕃書敘離，並陳其志。」茲據《文選》所載錄於後：

「安白。（本傳無此二字。）昔李叟入秦，及關而歎；梁生適越，登岳長謠。（梁生，梁鴻也。）夫以嘉遯之舉，猶懷戀恨，況乎不得已者哉。惟別之後，離羣獨游，背榮宴辭倫好，經過迥路，涉沙漠。鳴雞（本傳作雞鳴。）戒旦，則飄爾晨征；日薄西山，則馬首靡託。尋歷曲阻，則沈思紆結；乘高遠眺，則山川悠隔。或乃迴飆狂厲，白日寢光，踦嶇交錯，陵隰相望。徘徊九臯之內，慷慨重阜之巔，進無所依，退無所據，涉澤求蹊，披榛覓路，嘯詠溝渠，良不可度，斯亦行路之艱難，然非吾心之所懼也。至若蘭茝傾頓，桂林移植，根萌未樹，牙淺絃急，常恐風波潛駭，危機密發，斯所以怵惕於長衢，按轡而歎息（本傳無按轡句。）也，又北土之性，難以託根，投入夜光，鮮不按劍。今將植橘柚於玄朔，蔕（本傳作榮。）華藕於修陵，表龍章於裸壤，奏韶舞於聾俗，固難以取貴矣。

夫物不我貴，則莫之與，莫之與，則傷之者至矣。飄颻遠游之士，託身無人之鄉；總轡遐路，則有前言之艱；懸鞍陋宇，則有後慮之戒；朝霞啓暉，則身疲於遄征；太陽戢曜，則情劬於夕惕；肆目平隰，則遼廓而無睹;極聽修原，則淹寂而無聞;吁其悲矣！心傷悴矣！然後乃知步驟之士，不足為貴也。若迺顧影中原，憤氣雲踊，哀物悼世，激情風烈，（本傳作厲。）龍睇大野，虎嘯六合，（本傳作龍嘯大野，獸睇六合，）猛氣紛紜，雄心四據，思躡雲梯，橫奮八極，披艱掃穢，蕩海夷岳，蹴崐崙使西倒，蹋太山令東覆，平滌九區，恢維宇宙，斯亦吾之鄙願也。時不我與，垂翼遠逝，鋒鉅靡加，翅翮摧屈，自非知命，誰能不憤悒者哉！吾子植根芳苑，擢秀清流，布葉華崖，飛藻雲肆，俯據潛龍之淵，仰蔭棲鳳之林，榮曜眩其前，豔色餌其後，良儔交其左，聲名馳其右，翱翔倫黨之間，弄姿帷房之裏，從容顧眄，綽有餘裕，俯仰吟嘯，自以為得志矣，豈能與吾同大丈夫之憂樂者哉。去矣嵇生，永離隔矣！煢煢飄寄，臨沙漠矣！悠悠三千，路難涉矣！攜手之期，邈無日矣！思心彌結，誰云釋矣！無金玉爾音，而有遐心。身雖胡越，意存斷金。各敬爾儀，敦履璞沈，繁華流蕩，君子弗欽，臨書悢然，知復何云！」

19. 《漢書・游俠・陳遵傳》：「遵起為河南太守。既至官，當遣從史西，召善書吏十人於前，治私書，謝京師故人。遵馮几，口占書吏，且省官事，書數百封，親疏各有意。」師古曰：「占，隱度也。口隱其辭以授吏也。」

20. 《後漢・文苑・禰衡傳》：「衡為黃祖作書記，輕重疏密，各得體宜。祖持其手曰：處士，此正得祖意，如祖腹中之所欲言也。」

21. 此數語與上「書之為體主言者也」相應。條暢任氣，優柔懌懷，書之妙盡之矣。自晉而降，丘遲〈與陳伯之書〉、徐孝穆〈在北與楊僕射求還書〉，皆其選。

22. 黃注曰：「如樂毅報燕王，燕王謝樂閒，上下無別，同稱書也！」

23. 《漢書・張敞傳》：「天子徵敞，拜膠東相。王太后數出游獵，敞奏書諫曰：『臣聞秦王好淫聲，葉陽后（據《論衡・譴告篇》當作華陽后。）為之不聽鄭衛之樂;楚嚴好田獵，樊姬為之不食鳥獸之肉。口非惡旨甘，耳非憎絲竹也，所以抑心意，絕耆欲者，將以率二君而全宗祀也。禮，君母出門則乘輜軿，下堂則從傅

母，進退則鳴玉佩，內飾則結綢繆，此言尊貴所以自斂制，不從恣之義也。今太后資質淑美，慈愛寬仁，諸侯莫不聞，而少以田獵縱欲為名，於以上聞，亦未宜也。唯觀覽於往古，全行乎來今，令后姬得有所法則，下臣有所稱誦，臣敞幸甚！』書奏，太后止不復出。」

24.《漢書・丙吉傳》：「昌邑王賀以行淫亂廢。霍光與車騎將軍張安世諸大臣議所立，未定。吉奏記光曰：『將軍事孝武皇帝，受襁褓之屬，任天下之寄。孝昭皇帝早崩亡嗣，海內憂懼，欲亟聞嗣主。發喪之日，以大誼立後；所立非其人，復以大誼廢之；天下莫不服焉。方今社稷宗廟群生之命，在將軍之壹舉。竊伏聽於眾庶。察其所言，諸侯宗室在位列者，未有所聞於民間也。而遺詔所養武帝曾孫名病已在掖庭外家者，吉前使居郡邸時，見其幼少，至今十八九矣。通經術，有美材，行安而節和。願將軍詳大議，參以蓍龜，豈宜褒顯，（錢大昕曰：「豈宜者，宜也。」）先使入侍，令天下昭然知之。然後決定大策，天下幸甚。』光覽其議，遂尊立皇曾孫。」又杜延年奏記霍光爭侯史吳事，鄭明奏記蕭望之，李固奏記梁商，此皆公府稱奏記之事。（《論衡・對作篇》：「論衡之人，奏記郡守宜禁奢侈，以備困乏。」是上書郡守亦得稱奏記。）《說文》：「箋，表識書也。」徐鍇曰：「今作牋。」張華《博物志・文籍考》：「或云：毛公嘗為北海郡守，玄是此郡人，故以為敬。」案此說雖未得鄭玄箋《詩》之意，然可見郡民對守將稱牋，有自來矣。（郡守兼領武事，故亦稱郡將。）應劭《漢官儀》曰：「孝廉先試箋奏。」（《北堂書鈔》設官部引。）王隱《晉書》：「劉官由亭民舉秀才，刺史箋久不成。官指語箋體，然後成。」

25.《周禮・保章氏》：「以志星辰日月之變動。」鄭注：「志，古文識。識，記也。」《左傳・成公十四年》：「志而晦。」杜注云：「志，記也。」〈詩大序〉云：「詩者，志之所之也。在心為志，發言為詩。」牋訓表識，本《說文》。案牋之與記，隨事立名，義非大異。觀《文選》所載阮嗣宗〈奏記詣蔣公〉，誠為公府所施；而任彥昇〈到大司馬記室牋〉，則亦公府也。故知六朝時已不甚分晰矣。

26.文佚。公府蓋謂梁冀，寔嘗為大將軍冀司馬也。《後漢書》本傳云：所著碑，論、箴、銘、答、七言、詞、文、表、記、書，凡十五篇，是寔文中有記也。

27. 《後漢書・文苑・黃香傳》：「黃香字文彊，江夏安陸人。所箸賦、牋、奏、書、令，凡五篇。」今〈奏牋江夏文〉亦佚。

28. 李詳〈黃注補正〉云：「《魏志・邢顒傳》載楨〈諫曹植書〉。又〈王粲傳〉注引《典略》楨〈答魏文帝書〉，此皆彥和所謂麗而規益者。《典論・論文》但以琳瑀書記為雋，而云公幹壯而不密，是不重楨之為文，故言弗論。黃注未悉，」茲錄楨書於下：

〈與曹植書〉（《御覽》七百三十九。）

明使君始垂哀憐，意眷日崇；譬之疾病，乃使炎農分藥，岐伯下鍼，疾雖未除，就沒無恨。何者？以其天醫至神，而榮魄自盡也。

〈諫曹植書〉（《魏志・邢顒傳》。）

家丞邢顒，北土之彥，少秉高節，玄靜澹泊，言少理多，真雅士也。楨誠不足同貫斯人，並列左右。而楨禮遇殊特，顒反疏簡。私懼觀者將謂君侯習近不肖，禮賢不足，采庶子之春華，忘家丞之秋實。為上招謗。其罪不小，以此反側。

〈答魏太子丕借廓落帶書〉（孫志祖《讀書脞錄》七云：「案《漢書・匈奴傳》黃金飾貝帶一，注張晏曰：鮮卑郭洛帶，瑞獸名也。此廓落帶當即郭洛帶爾。亦見《淮南・主術訓》注。」）

楨聞荊山之璞，曜元后之寶；隨侯之珠，燭眾士之好；南垠之金，登窈窕之首；貂貚（《御覽》作貚貂。）之尾，綴侍臣之幘。此四寶者，伏朽石之下，潛污泥之中，而揚光千載之上，發彩疇昔之外；亦皆未能初自接于至尊也。夫尊者所服，卑者所修也；貴者所御，賤者所先也。故夏屋初成，而大匠先立其下；嘉禾始熟，而農夫先嘗其粒。恨楨所帶，無他妙飾，若實殊異，尚可納也。（《典略》曰：「文帝嘗賜楨廓落帶，其後師死，欲借取以為像。因書嘲楨云：夫物因人為貴，故在賤者之手，不御至尊之側。今雖取之，勿嫌其

不反也。楨答云云。」案公幹之文，正與子桓之言相酬酢，故補錄《典略》之文于此。）

29. 見《魏志．劉廙傳》，文如左：

「臣罪應傾宗，禍應覆族。遭乾坤之靈，值時來之運，揚湯止沸，使不焦爛。起煙於寒灰之上，生華於已枯之木。物不答施於天地，子不謝生於父母；可以死效，難用筆陳。」（案劉廙文，《魏志》目之為疏。）

30. 黃注以〈謝平原內史表〉當之。案表文有云：「崎嶇自列，片言隻字，不關其間，事蹤筆蹟，皆可推校，而一朝翻然更以為罪。」是士衡本先有自理之文。檢《全晉文》九十七有〈與吳王表〉佚文二條，則真自理之詞也。文如左：

○臣以職在中書，詔命所出。臣本以筆札見知。

○禪文本草，見在中書，一字一蹟，自可分別。（此條與〈謝表〉崎嶇自列之詞相應。）

31. 謂敬而不懾，所以殊於表（表有誠惶誠恐，死罪死罪之語）；簡而無傲，所以殊於書。（上文云：書體在盡言，宜條暢以任氣，則有類乎傲也。）

32. 彥和之意，書記有廣狹二義。自狹義言之，則已如上文所論。自廣義言之，則凡書之於簡牘，記之以表志意者，片言隻句，皆得稱為書記。章太炎本此而更擴充之作〈文學總略篇〉，可參閱。紀評云：「此種皆係雜文。緣第十四先列雜文，不能更標此目，故附之書記之末，以備其目。然與書記頗不倫，未免失之牽合。況所列或不盡文章，入之論文之書，亦為不類。若刪此四十五行，而以『才冠鴻筆』句直接『牋記之分』句下，較為允協。」案紀氏不達書記有廣狹二義，故有此論，其實置之〈雜文篇〉中，反為不倫矣。二十四名，分解於後。

33. 《說文．言部．新附字》：「譜，籍錄也。」鈕樹玉《說文新附攷》曰：「《釋名》：『譜，布也。布列見其事也。』《博雅》：『譜，牒也。』按韋昭《辨釋名》云：『主簿者，主諸簿書。簿，普也。關普諸事也。』（《北堂書鈔》卷七十三引。）《文選》陸士衡〈文賦〉云：『普辭條與文律。』並與譜義有合。又

《漢書．五行敍傳》表與禹敍武舉為韵；〈西域敍傳〉表與旅為韵。《史通．表歷篇》云：『蓋譜之建名，起於周代；表之所作，因譜象形。故桓君山有云：《太史公．三代世表》，旁行斜上，並效《周譜》。』（桓譚語，見《梁書．劉杳傳》。）據此，則表與譜音義並同。孫星衍云：《東都事略．劉恕傳》著《包犧至周厲王疑年普》、《共和至熙寧年略普》，各一卷。是古止作普。」鄭珍《說文新附攷》曰：「古字作普為是。《世本》有〈帝王譜〉、〈諸侯譜〉、〈大夫譜〉各篇，則譜名出先秦以上。而《說文》無譜字，古《世本》當作普，如韋昭簿普之義，久乃因加言旁。《史記》依《世本》之譜變名為表。蓋表音古與譜同，而義相近，非即一字。」鄭玄《詩譜．序》曰：「夷厲以上，歲數不明，太史年表，自共和始。歷宣、幽、平王而得《春秋》次第以立斯譜。欲知源流清濁之所處，則循其上下而省之；欲知風化芳臭氣澤之所及，則傍行而觀之。」觀鄭語，知《詩譜》即詩表。《正義》云：「譜者，普也。註序世數，（孔穎達應避世字，此是後人追改。）事得周普，故《史記》謂之譜牒是也。」案《正義》此文竊取彥和而小變者。

34. 《說文》：「籍，簿書也。」《尚書．偽孔安國序》：「由是文籍生焉。」《正義》：「籍者，借也。借此簡書以記錄政事。」《孟子．滕文公上》：「助者，藉也。」趙岐注曰：「藉者，借也。猶人相借力助之也。」此訓借說所本。《釋名．釋書契》：「籍，籍也。所以籍疏（疏，條列也。）人民戶口也。」《左傳．襄公二十五年》：「賦車籍馬。」注：「籍，疏其毛色歲齒以備軍用。」《周禮．天官敍官．司書．正義》：「簿，今手版。」此歲借民力說所本。《左傳．昭公十五年》：「孫伯黶司晉之典籍，以為大政，故曰籍氏。」此《春秋》司籍說所本。

35. 簿字《說文》無。簿訓圃，同聲為訓。《漢書．張湯傳》：「使使八輩簿責湯。」師古曰：「以文簿次第一一責之。」〈李廣傳〉：「急責廣之幕府上簿。」師古曰：「簿，謂文狀也。」《釋名．釋書契》：「簿，言可以簿疏物也。」

36. 《說文》：「錄，金色也。」假借為彔，古刻木為書，故曰彔也。《後漢書．和帝紀》注：「錄，謂總領之

也。」章宗源《隋經籍志考證》七曰：「《周禮·小史》掌邦國之志，定世繫，辨昭穆。注曰：『《帝繫》、《世本》之屬。』疏曰：『天子謂之《帝繫》，諸侯謂之《世本》。』《漢書·司馬遷傳》贊曰：『左丘明有《世本》，錄黃帝以來至春秋時帝王公侯卿大夫祖世所出。』《漢·藝文志》春秋家有《世本》十五篇。愚按：其篇名可見者，有〈帝繫篇〉，（《一切經音義》曰：《世本》有〈帝繫篇〉。謂子孫相繼續也。）有〈氏姓篇〉。（《左傳正義》：〈世本氏姓篇〉曰：任姓：謝、章、薛、舒、呂、祝、終、泉、畢、過。）有〈作篇〉，（《禮記》鄭注《世本》作曰：垂作鐘，無句作磬，女媧作笙簧。）有〈居篇〉，（《史記索隱》系本〈居篇〉曰：魏武子居魏。）有〈謚法篇〉。（《玉海》書目：沈約〈謚法序〉曰：《大戴禮》及《世本》舊並有〈謚法〉，而二書傳至約時已亡其篇。）《史記序·索隱》劉向曰：『《世本》，古史官明於古事者之所記也。錄黃帝以來帝王諸侯及卿大夫系謚名號，凡十五篇。』《顏氏家訓·書證篇》曰：『《世本》，左丘明所書，（本注此說出皇甫謐《帝王世紀》。）而有燕王喜、漢高祖。』《左傳·宣公·正義》曰：『《世本》傳寫多誤，其本未必然。』〈昭公·正義〉又曰：『司馬遷采《世本》為《史記》，而今之《世本》，與遷言不同。《世本》多誤不足依憑。』《隋志》載《世本王侯大夫譜》二卷，無撰人名，又《世本》二卷，劉向撰。是自有兩本，一在周代，一在漢楚之際，皆十五篇。故同為二卷。劉向所撰，當是注文。宋衷撰四卷，亦注也。」

37. 《太玄·周》：「周無隅。」注：「方也。」《漢書·藝文志》：「經方者，本草石之寒溫，量疾病之淺深，假藥味之滋，因氣感之宜，辨五苦六辛，致水火之齊，以通閉解結，反之於平。」方亦不盡用於醫藥。《初學記》二十一有韋誕〈墨方〉，《齊民要術》九有〈誕筆方〉，言作筆墨之法。

38. 《說文》：「術，邑中道也。」《九章算術》九卷。《四庫提要》曰：「不著撰人名氏。原本久佚，今從《永樂大典》錄出，蓋《周禮》保氏之遺法。漢張蒼刪補校正，而後人又有所附益也。晉劉徽、唐李淳風皆為之注。自《周髀》以外，此為最古之算經。」黃以周《子敍·萬畢術敍》：「《萬畢術》舊題漢劉安撰。

《漢志》不著錄。《史記・龜策傳》褚先生見《萬畢・石朱方》。梁《七錄》有《淮南萬畢經》、《淮南變化術》各一卷。或以為此即《漢志・淮南外書》之一種，或以為淮南好方技，後世多依託其名以成書。如《淮南九師道訓》、《淮南八公相鵠經》亦皆襲其稱。《萬畢》未必是劉安外書，然褚少孫見其方，阮孝緒箸諸錄，其書自古矣。《白帖》引神龜在江南嘉林中。齋戒以待，狀如有人來告，因以醮酒求之，三宿而得。《藝文類聚》引朮為山精，結陰陽精氣，服之令人長生絕穀。是其書本言神仙之術也。《白帖》所引神龜云云，即褚先生為郎時所見《萬畢・石朱方》（司馬貞《索隱》曰：《萬畢術》有〈石朱方〉。）《藝文類聚》所引《萬畢術》，亦〈石朱方〉之類，不及其《萬畢經》。《太平御覽》又專錄鄙瑣之術，並不及其養生之方。而作者之意遂晦霾莫得而知矣。孫鳳翼輯是書，尚多罣漏。今校正其誤字，補輯其遺文，並闡發其作書之大指如此。」案彥和所云《萬畢術》，似書中多言歷算，當即《七錄》所著之一卷也。

39. 《說文》：「占，視兆問也。」《方言》十：「占，伺視也。凡相侯謂之占，猶瞻也。」《廣雅・釋詁四》：「占，譣也。」《左傳・僖公五年》：「春王正月辛亥朔，日南至。公既視朔，遂登觀臺（臺上構屋，可以遠觀者也。）以望而書，禮也。凡分至啓閉，必書雲物，為備故也。」杜注：「雲物，氣色災變也。」精觀，當作登觀。《文獻通考・經籍考》：「《京氏積算易傳》三卷，《雜占條列法》一卷。晁景迂曰：『是書兆乾坤之二象，以成八卦。卦凡八變六十有四，於其往來升降之降之際，以觀消息盈虛於天地之元。大抵辨三易，運五行，正四時，謹二十四氣，悉七十二候，而位五星，降二十八宿。其進退以幾而為一卦之主者謂之世。奇耦相與，據一以超二而為主之相者謂之應。世之所位而陰陽之肆者謂之飛。陰陽肇乎所配，而終不脫乎本，以隱賾佐神明者謂之伏。』」

40. 《漢書・藝文志》五行家《羨門式》二十卷。《周禮・大史》：「大師（大師者，大起軍師也。）抱天時與大師同車。」鄭司農曰：「大出師，則大史主抱式以知天時，處吉凶。史官主知天道。故《國語》曰：『吾非瞽史，焉知天道。』《春秋傳》曰：『楚有雲如眾赤烏夾日以飛。楚子使問諸周大史。』大史主天道。」

（《國語・周語》、《左傳・哀六年》。）《疏》曰：「抱式者，據當時占文謂之式，以其見時候有法式，故謂載天文者為式。」《史記・日者列傳》：「分策定卦，旋式正基。」王應麟《漢志攷證》曰：「《唐六典》三式，曰雷公、太一、六壬。其局以楓木為天，棗心為地，刻十二神，下布十二辰。」

41. 《說文》：「律，均布也。」段注曰：「律者，所以笵天下之不一而歸於一，故曰均布也。」《爾雅・釋言》：「律，銓也。」（《說文》：銓，衡也。）彥和訓律為中，蓋取平衡中正之義。《漢書・律歷志》：「五聲之本，生於黃鍾之律。九寸為宮，或損或益，以定商角徵羽。」《周禮・大司徒》：「以鄉八刑糾萬民：一曰不孝之刑；二曰不睦之刑；三曰不姻之刑；四曰不弟之刑；五曰不任之刑；六曰不恤之刑；七曰造言之刑；八曰亂民之刑。」

42. 《說文》：「令，發號也。」《漢書・東方朔傳》：「令者，命也。」《賈子・等齊篇》：「天子之言曰令，令甲令乙是也。」《廣雅・釋詁四》：「令，禁也。」《管子・牧民篇・士經》：「下令於流水之原者，令順民心也。」

43. 《呂氏春秋・仲春紀・情欲》：「故古之治身與天下者，必法天地也。」高誘注曰：「法，象也。」《漢志》兵家列兵法多家。班固序曰：「湯武受命，以師克亂而濟百姓，動之以仁義，行之以禮讓，《司馬法》是其遺事也。自春秋至於戰國，出奇設伏，變詐之兵並作。漢興，張良、韓信序次《兵法》。」法之本訓為刑，因上文已有律令，故此專指兵法。

44. 《說文》：「制，裁也。」《後漢書・蔡邕傳》：「制作，國之典也。」《史記・封禪書・索隱》引劉向《別錄》云：「文帝所造書，有〈本制〉、〈兵制〉、〈服制〉篇。」

45. 《說文》：「符，信也。漢制以竹，長六寸，分而相合。」《史記・律書》：「言萬物剖符甲而出也。」是符與孚聲同而通。《史記・孝文紀》：「初與郡國守相為銅虎符、竹使符。」《集解》：「應劭曰：竹使符者，皆以竹箭五枚，長五寸，鐫刻篆書第一至第五。張晏曰：符以代古之珪璋，從簡易也。」《釋名・釋書契》：「符，付也。書所敕命於上，付使傳行之也。」書敕命於上，為漸易書翰之始。《全後漢文》九十七錄〈古刻叢鈔討羌符〉曰：「永初二年六月丁未朔廿日丙寅，得車騎將軍幕府文書，上郡屬國都尉中二千石守丞廷義，縣令三水，十月丁未到府受印綬發夫討叛羌。急急如律令。馬卌匹，驢二百頭，日給。」《晉書・梁王肜傳》載〈詰博士蔡充符〉。

46. 契，諸書皆訓刻也。《釋名・釋書契》：「契，刻也。刻識其數也。」《易・下繫辭》：「上古結繩而治，後世聖人易之以書契。」李鼎祚《周易集解》引《九家易》曰：「古者無文字，其有約誓之事，事大大其繩，事小小其繩。結之多少，隨物眾寡，各執以相考，亦足以相治也。」《書・序・正義》引鄭注曰：「書之於木，刻其側為契。」

47. 《說文》：「券，契也。券別之書以刀判契其旁，故曰契券。」《釋名・釋書契》：「券，綣也。相約束繾綣以為限也。」《周禮・小宰》：「聽稱責以傅別。」注云：「傅別，謂為大手書於一札，中字別之，今之券書也。」〈秋官・朝士〉：「凡有責者，有判書以治則聽。」鄭司農云：「謂別券也。」《漢書・高祖紀下》：「丹書鐵契。」王先謙《補注》曰：「《通鑑》胡注以鐵為契，以丹書之。謂以丹書盟誓之言於鐵券。」《釋名・釋書契》：「莂，別也。大書中央，中破別之也。」莂，即契券。茲錄晉楊紹〈買地券〉於下，亦略窺古券契之一斑。

「大男楊紹從土公買冢地一丘。東極闞澤，西極黃滕，南極山背，北極於湖。直錢四百萬，即日交畢。日月為證，四時為任，太康五年九月廿十九日對共破莂。民有私約如律令。」（《十駕齋養新錄》十五云：山陰童二如游洛陽，得此石刻。）

《古文苑》十七載黃香〈責髯奴辭〉，係譏世之文，與券無涉。又載王褒〈僮約〉，蓋即〈責髯奴文〉。李善〈東京賦〉注引，亦云王褒〈責髯奴文〉。《藝文類聚》八十二劉孝威〈謝東宮賚藕啓〉云：「根出楊池，聞之〈僮約〉。」

王子淵〈僮約〉（此文據孫星衍《續古文苑》二十。）

蜀郡王子淵以事到湔，止寡婦楊惠舍。惠有夫時奴名便了，子淵倩奴行酤酒。便了拽大杖上夫冢顛曰：「大夫買便了時，但要守家，不要為他人男子酤酒。」子淵大怒曰：「奴寧欲賣耶？」惠曰：「奴大忤人，人無欲者。」子淵即決買券云云。奴復曰：「欲使皆上券，不上券，便了不能為也。」子淵曰諾。券文曰：

神爵三年正月十五日，資中男子王子淵，從成都安志里女子楊惠買亡夫時戶下髯奴便了，決賈萬五千。奴當從百役使，不得有二言。晨起早掃，食了洗滌。（掃滌為韵。）居當穿臼縛箒裁盂鑿斗。浚渠縛落，（落，離落也。）鉏園斫陌。杜埤地，刻大枷，屈竹作杷，削治鹿盧。出入不得騎馬載車，踑（箕同。）坐大呶，下床振頭，捶鉤刈芻，結葦臘纑。（《孟子》曰妻辟纑。）汲水酪，佐䤈醭。織履作麤，黏雀張烏，結網捕魚，繳雁彈鳧，登山射鹿，入水捕龜。（與魚部字為韵，今吳音猶然矣。）後園縱養鴈鶩百餘，驅逐鴟鳥，持梢牧豬，種薑養芋，長育豚駒，糞除堂廡，餧食馬牛，鼓四起坐，夜半益芻。（《太平御覽．子部》載〈僮約〉云：「雨墜如注瓮。披薛戴子公。」注云：薛，蓑衣也。子公，笠也。語亦難解，輯〈僮約〉者俱不載之。今按子公乃椶字之合音，言披蓑戴笠也。說詳《癸巳類稿．衷巍椶反切文義篇》，依韵兩句應位在此處，而文義卻不貫，姑附注於此。）二月春分，被隄杜疆，落桑皮椶；（謂取椶皮也。）種瓜作瓠，別茄披蔥；（椶蔥為韵。）焚槎發芋，壟集破封，日中早熬，雞鳴起舂。調治馬戶，兼落三重。（《御覽》注云：馬戶，水門也。蜀每以落置水流養魚，欲食乃取之。）舍中有客，提壺行酤，汲水作餔；滌杯整案，園中拔蒜，斷蘇切脯。築肉臛芋，膾魚炰鼈，烹茶盡具。（據此知漢時已飲茶。）已而蓋藏，關門塞竇；餧豬縱犬，勿與鄰里爭鬭。

奴但當飯豆飲水，不得嗜酒，欲飲美酒，唯得染脣漬口，不得傾盂覆斗，不得晨出夜入，交關伴偶。舍後有樹，當裁作船；上至江州下到湔，主為府掾求用錢。推訪堊，（訪當為紡之訛。）販椶索，（堊索為韵。）綿亭買席，往來都洛，（洛當為落，謂村落也。）當為婦女求脂澤。販於小市，歸都擔枲，轉出旁蹉，（市名。）牽犬販鵝；武都買茶，（即茶也。）楊氏擔荷。（楊氏，池名。）往來市聚，慎護姦偷。（聚偷為韵。）入市不得夷蹲旁臥，惡言醜罵。（臥罵為韵。）多作刀矛，持入益州，貨易羊牛。奴自教精慧，不得癡愚。（矛州牛愚為韵。）持斧入山，斷輮裁轅；若有餘殘，當作俎几木屐及彘盤。焚薪作炭，礨石薄岸。治舍蓋屋，削書代牘，（《顏氏家訓‧書證篇》云：「古者書誤則削之，故《左傳》云削而投之，是也。或即謂札為削。王褒〈童約〉曰：書削代牘。」據此削書當作書削。）日暮欲歸，當送乾薪兩三束。四月當披，九月當穫，十月收豆，掄麥窖芋。南安拾栗采橘，持車載輳。多取蒲苧，益作繩索。雨墮無所為，當編蔣織箔。種植桃李梨柿柘桑，三丈一樹，八樹為行；果類相從，縱橫相當；果熟收斂，不得吮嘗。犬吠當起，驚告鄰里，棖門柱戶，上樓擊鼓；荷盾曳矛，還（讀為環。）落三周；勤心疾作，不得敖游。奴老力索，種莞織席；事訖休息，當舂一石。夜半無事，浣身當白；若有私錢，主給賓客；奴不得有姦私，事事當關白。奴不聽教，當笞一百。（索席石白客白百為韵。）

讀券文適訖，詞窮詐索，仡仡叩頭，兩手自搏，目淚下落，鼻涕長一尺。「審如王大夫言，不如早歸黃土陌，丘蚓鑽額。早知當爾，為王大夫酤酒，真不敢作惡。」（索搏尺陌落額惡為韵。）

48. 《楚辭‧湘夫人》：「疏石蘭兮為芳。」王注：「疏，布陳也。」《周禮‧地官‧質人》：「大市以質，小市以劑。」鄭注：「大市，人民馬牛之屬，用長券；小市，兵器珍異之物，用短券。」

49. 《釋名‧釋書契》：「過，所過所至關津以示之也。」疑此即所謂關。《方言》十二：「關，閉也。」《韓非子‧問田篇》徐渠問田鳩曰：「陽城義渠，名將也，而試於屯伯；公孫亶回，聖相也，而關於州部；何哉？」顧廣圻《韓非子識誤》云：「《文心雕龍‧書記篇》引此云孫亶回，無公字，省耳。」

50. 《釋名‧釋書契》：「下官刺曰長刺，長書中央一行而下之也。又曰爵里刺，書其官爵及郡縣鄉里也。」《三國‧魏志‧夏侯淵傳》注引夏侯湛敍夏侯榮曰：「賓客百餘人，人一奏刺，悉書其鄉邑名氏，世所謂爵里刺也。」《周禮‧秋官‧司刺》：「掌三刺之法。一刺曰訊羣臣；二刺曰訊羣吏；三刺曰訊萬民。」

51. 《儀禮．大射儀》鄭注：「解，猶釋也。」《三國．魏志．孫禮傳》：「今二郡爭界八年，一朝決之者，緣有解書圖畫可得尋案擿校也。」

52. 王兆芳《文體通釋》曰：「札牒者，札，牒也；牒，札也。簡牘之小者版書之屬也，主於小事通言，簡略明意。源出漢齊人公孫卿〈奏札書〉。流有薛宣〈與陽湛手牒〉，鍾離意〈白周樹牒〉，蜀蒲元〈與武侯牒〉。」《漢書．路溫舒傳》：「溫舒取澤中蒲，截以為牒，編用寫書。」師古曰：「小簡曰牒，編聯次之。」孫君蜀丞曰：「《說文繫傳》牒字下引云：議政未定，短牒諮謀，曰牒簡也，葉在枝也。」《御覽》六百六引云：「牒者葉也。如葉在枝也。短簡為牒，議事未定，故短牒諮謀。牒之尤密謂之籤。」

53. 《說文》：「籤，驗也。」桂馥《義證》曰：「驗也者，本書：『讖，驗也。』《通俗文》：『記識曰籤。』《南史》：『府州部論事，皆籤前直敍所論之事，後云謹籤具日，下又云某官籤。』馥案江左有典籤之職，官府畫諾謂之籤押，亦徵驗意。」（典籤，魏文帝為諸王置。）

54. 《左傳．僖公二十八年》：「且曰獻狀。」杜注：「責其功狀。」王兆芳《文體通釋》曰：「狀者，犬形也。形貌也。官民之事臧否之形狀也。《解詁》曰：（案下列數條皆見《續漢志．百官五》劉昭《注補》引胡廣曰。）課第長吏不稱職者為殿舉免之，其有治能者為最，察上尤異。州又狀州中吏民茂才異等。又曰：歲盡，齎所狀納京師，名奏事。源出漢初。流有闕名〈置五經博士舉狀〉，（見《漢官儀》）張敞〈條奏昌邑王居處狀〉，趙充國〈條上屯田便宜十二事狀〉。」案《後漢書．朱浮傳》注引應劭《漢官儀．五經博士舉狀》曰：「生事愛敬，喪沒如禮，通《易》、《尚書》、《孝經》、《論語》，兼綜載籍，窮微闡奧，隱居樂道，不求聞達。身無金痍痼疾。世六屬不與妖惡交通王侯賞賜。行應四科，經任博士。下言某官某甲保舉。」《通典》有〈督郵保舉博士狀〉。世六屬作三十六屬。文亦小異。《通釋》又曰：「行事而趨於正道，既死而親舊門人表其事狀，供誄謚也。初狀之於朝，後亦狀諸戚友。主於追敍行事，得其形貌。源出漢丞相倉曹傅胡幹作〈楊元伯行狀〉，（《文章緣起》目。）流有闕名〈裴瑜行狀〉，（《後漢．史弼傳》注引《先賢行狀》。）梁任昉、沈約多行狀。」

55. 黃先生曰：「陸機文有自列之言。（案司馬遷〈報任安書〉已有列字。）又任彥升〈奏彈劉整〉云：輒攝整亡父舊使到臺辯問列稱云云。沈休文〈奏彈王源〉云：輒攝媒人劉嗣之到臺辯問，嗣之列稱云云。是列與辭同，即今世讞之供招也。」《吳志．孫皓傳》注引《邵氏家傳》：「邵疇詣吏自列。」王符《潛夫論》有〈卜列〉、〈正列〉、〈相列〉、〈夢列〉四篇，列，猶辯也。

56. 《說文》：「辭，訟也。」辭之本訓為獄訟之辭，通用為言說之詞。《左傳．襄公三十一年》：「叔向曰：辭之不可以已也如是夫。子產有辭，諸侯賴之，若之何其釋辭也。」《韓詩外傳》：七「君子避三端：……避辯士之舌端。」此彥和所本。

57. 《孝經．孝親章》：「孝子之喪親也，言不文。」本書〈情采篇〉：「孝經垂典，喪言不文。」文元作交，誤。

58. 黃先生曰：「案弔唁之唁，與諺語之諺異字。《說文》：唁，弔生也；諺，傳言也。音近相假，彥和乃合為一矣。」賈誼《新書．春秋篇》：「鄒穆公令食鳧雁者必以粃，於是倉無粃，而求易於民，二石粟而易一石粃。吏請以粟食之。公曰：去，非而所知也。汝知小計而不知大會。《周諺》曰：『囊漏貯中』而獨弗聞與？」《宋書．范泰傳》諫改錢法云：「囊漏貯中，識者不吝。」黃先生曰：「滿，當依汪本作漏，儲，今《賈子》作貯。作儲者，當為褚，本字當為紵。《說文》曰幡也，所以載盛米也，幡，載米紵也。（幡，倫切。）《莊子》曰：褚小不可以懷大，即此紵字。『囊漏紵中』者，遺小而存大也。作貯者，亦借字。」牝雞語在〈牧誓〉。〈大雅〉無用老語。〈小雅．小弁〉：「維憂用老。」無人亦有言句。「《詩》、《書》可引」句，楊慎《古今諺》引作「《詩》、《書》所引。」

59. 黃注：「〈何進傳〉：袁紹等欲召外兵，向京城以脅太后，進然之。陳琳諫曰：《易》稱『即鹿無虞』；（〈屯卦．六三〉）諺有『掩目捕雀』。夫微物尚不可欺以得志，況國之大事，其可以詐立乎！」掌珠不見

潘文（傅玄〈短歌行〉昔君視我掌中珠，蓋當世常諺矣。）《文選》楊仲武〈誄序〉：「子之姑，予之伉儷焉。」黃先生曰：「觀此言，故知文質無常，視其體所宜耳。」

60. 四條疑當作六條。

61. 二十四種雜文，各有一定體製，亦猶今世公文及契券等類，不得隨意增損。《抱朴子・吳失篇》：「不識几案之所置，而處機要之職。」是公文有定式之證。

62. 九方堙相馬，見《呂氏春秋・觀表篇》。《淮南・道應訓》：「秦穆公使九方堙求馬。三月而反報曰：已得馬矣，在於沙邱。穆公曰：何馬也？對曰：牡而黃。使人往取之，牝而驪。穆公不說，召伯樂而問之，曰：敗矣！子之所使求者，毛物牝牡弗能知，又何馬之能知？伯樂喟然太息曰：若堙之所觀者天機也，得其精而忘其粗。」

63. 上句謂宜文者，下句謂宜質者。

卷六

神思第二十六[1]

古人云：形在江海之上，心存魏闕之下：神思之謂也[2]。文之思也，其神遠矣[3]。故寂然凝慮，思接千載；悄焉動容，視通萬里；吟詠之間，吐納珠玉之聲；眉睫之前，卷舒風雲之色：其思理之致乎[4]。故思理為妙，神與物遊[5]。神居胸臆，而志氣統其關鍵[6]；物沿耳目，而辭令管其樞機[7]。樞機方通，則物無隱貌；關鍵將塞，則神有遯心[8]。是以陶鈞文思，貴在虛靜，疏瀹五藏，澡雪精神[9]，積學以儲寶，酌理以富才，研閱以窮照，馴致以懌（一作繹顧校作繹）辭[10]，然後使玄解之宰，尋聲律而定墨；獨照之匠，闚意象而運斤：此蓋馭文之首術，謀篇之大端[11]。夫神思方運，萬塗競萌，規矩虛位，刻鏤無形，登山則情滿於山，觀海則意溢於海，我才之多少，將與風雲而並驅矣[12]。方其搦翰，氣倍辭前，暨乎篇成，半折心始。何則？意翻空而易奇，言徵實而難巧也[13]。是以意授於思，言授於意[14]；密則無際，疏則千里；或理在方寸而求之域表，或義在咫尺而思隔山河。是以秉心養術，無務苦慮；含章司契，不必勞情也[15]。

人之稟才，遲速異分；文之制體，大小殊功：相如含筆而腐毫[16]，揚雄輟翰而驚夢，桓譚疾感於苦思[17]，王充氣竭於思慮[18]，張衡研京以十年[19]，左思練都以一紀[20]，雖有巨文，亦思之緩也。淮南崇朝而賦騷[21]，枚皋應詔而成賦[22]，子建援牘如口誦[23]，仲宣舉筆似宿構[24]，阮瑀據案（顧校作牽）而制書[25]，禰衡當食而草奏[26]，雖有短篇，亦思之速也。若夫駿發之士，心總要術，敏在慮前，應機立斷；覃思之人，情饒歧路，鑒在疑後，研慮方定[27]。機敏故造次而成功，慮疑故愈久而致績[28]。難易雖殊，並資博練。若學淺而空遲，才疏而徒速，以斯成器，未之前聞[29]。是以臨篇綴慮，必有二患：理鬱者苦貧，辭溺者傷亂。然則博見（一作聞黃云御覽作見）為饋貧之糧，貫一為拯亂之藥，博而能一，亦有助乎心力矣[30]。

若情數詭雜，體變遷貿。拙辭或孕於巧義，庸事或萌於新意；視布於麻，雖云未費（鈴木云張本作貴），杼軸獻功，煥然乃珍[31]。至於思表纖旨，文外曲致，言所不追，筆固知止。至精而後闡其妙，至變而後通其數，伊摯不能言鼎，輪扁不能語斤，其微矣乎[32]！

贊曰：神用象通，情變所孕。物以貌求，心以理應（汪作勝）。刻鏤聲律，萌芽比興。結慮司契，垂帷制勝。

【注釋】

1. 蕭子顯《南齊書．文學傳論》：「屬文之道，事出神思，感召無象，變化不窮。俱五聲之音響，而出言異句；等萬物之情狀，而下筆殊形。」《文心》上篇剖析文體，為辨章篇製之論；下篇商榷文術，為提挈綱維之言。上篇分區別囿。恢宏而明約；下篇探幽索隱，精微而暢朗。孫梅《四六叢話》謂彥和此書，總括大凡，妙抉其心，五十篇之內，百代之精華備矣，知言哉！

茲將下篇二十篇，列表於次，可以知其組織之靡密：

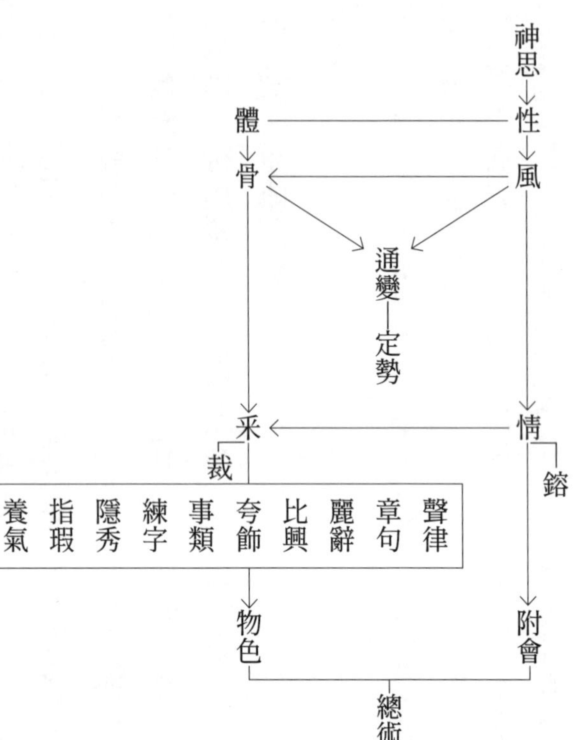

2.《易・下繫辭》：「精義入神，以致用也。」韓康伯註曰：「精義，物理之微者也。神寂然不動，感而遂通，故能乘天下之微，會而通其用也。」《正義》曰：「精義入神以致用者，言先靜而後動。聖人用精粹微妙之義，入於神化，寂然不動，乃能致其所用。精義入神，是先靜也；以致用，是後動也；是動因靜而來也。」彥和「陶鈞文思貴在虛靜」之說本此。《莊子・讓王篇》：「中山公子牟謂瞻子曰：身在江海之上，心居乎魏闕之下，奈何！」案公子牟此語，謂身在草莽，而心懷好爵，故瞻子對以重生則輕利。彥和引之，以示人心之無遠不屆，與原文本義無關。

3. 黃先生《文心雕龍札記》（以下簡稱《札記》。）曰：「此言思心之用，不限于身觀，或感物而造端，或憑心而構象，無有幽深遠近，皆思理之所行也。尋心智之象，約有二耑：一則緣此知彼，有斠量之能；一則即異求同，有綜合之用。由此二方，以馭萬理，學術之原，悉從此出，文章之富，亦職茲之由矣。」

4. 陸機〈文賦〉曰：「佇中區以玄覽，頤情志於典墳；（《老子》曰：『滌除玄覽。』河上公曰：『心居玄冥之處，覽知萬物，故謂之玄覽。』）遵四時以歎逝，瞻萬物而思紛；（瞻視萬物盛衰而思慮紛紜也。）悲落葉於勁秋，喜柔條於芳春；心懍懍以懷霜，志眇眇而臨雲。詠世德之駿烈，誦先人之清芬；遊文章之林府，嘉麗藻之彬彬；慨投篇而援筆，聊宣之乎斯文。」又曰：「觀古今於須臾，撫四海於一瞬。」又曰：「伊茲文之為用，固眾理之所因；恢萬里而無閡，通億載而為津。」

5. 《札記》曰：「此言內心與外境相接也。內心與外境，非能一往相符會，當其窒塞，則耳目之近，神有不周；及其怡懌，則八極之外，理無不浹。然則以心求境，境足以役心；取境赴心，心難於照境。必令心境相得，見相交融，斯則成連所以移情，庖丁所以滿志也。」

6. 《禮記．孔子閒居》：「清明在躬，氣志如神。」《正義》曰：「清，謂清靜，明，謂顯著，氣志變化，微妙如神。」據《禮記》此文，志氣當作氣志。

7. 物，謂事也，理也。事理接於心，心出言辭以明之。《易．上繫辭》：「言行君子之樞機。」韓註：「樞機，制動之主。」

8. 〈文賦〉曰：「若夫應感之會，通塞之紀；來不可遏，去不可止；藏若景滅，行猶響起。方天機之駿利，夫何紛而不理；思風發於胸臆，言泉流於脣齒；紛威蕤（盛貌。）以馺遝，（多貌。）唯毫素之所擬；文徽徽以溢目。音泠泠而盈耳。及其六情底滯，志往神留，兀若枯木，豁若涸流；攬營魂以探賾，頓精爽於自求；理翳翳而愈伏，思乙乙（難出之貌。）其若抽。是以或竭情而多悔，或率意而寡尤；雖茲物之在我，非余力

之所勠；（物，事也；勠，并也。言文之不來，非余力之所并。）故時撫空懷而自惋，吾未識夫開（謂天機駿利。）塞（謂六情底滯。）之所由。」陸士龍思劣，而其〈登遐頌〉，須臾便成，視之復謂可行，是思有利鈍之證。

9. 《莊子·知北遊》：「老聃曰：汝齊戒疏瀹而心，澡雪而精神。」《白虎通·論五臟六府主性情》曰：「五臟者何也？謂肝心肺腎脾也。」又〈論五性六情〉曰：「內有五臟六府，此情性之所由出入也。」疏瀹五臟，謂情性不可妄動，使人煩懣也。又〈論精神〉曰：「精者靜也。神者恍惚。」（變化之極，是即恍惚之義。）陳立《疏證》曰：「《國語·周語》：『祓除其心潔也。』註：『精潔也。』潔有靜義。」《莊子·庚桑楚》：「徹志之勃，解心之繆，去德之累，達道之塞。富貴顯嚴名利六者，勃志也；容動色理氣意六者，繆心也；惡欲喜怒哀樂六者，累德也；去就取與知能六者，塞道也。此四六者不盪，胸中則正，正則靜，靜則明，明則虛。」紀評曰：「虛靜二字，妙入微茫。補出積學酌理，方非徒騁聰明。觀理真則思歸一綫，直湊單微，所謂用志不分，乃疑於神。」《札記》曰：「此與〈養氣篇〉參看。《莊子》之言曰：『惟道集虛。』《老子》之言曰：『三十輻共一轂，當其無，有車之用。』爾則宰有者無，制實者虛，物之常理也。文章之事，形態蕃變，條理紛紜，如令心無天游，適令萬狀相攘。故為文之術，首在治心，遲速縱殊，而心未嘗不靜，大小或異，而氣未嘗不虛。執璇機以運大象，處戶牖而得天倪，惟虛與靜之故也。」袁守定《佔畢叢談》云：「陸厥〈與沈休文書〉曰：『王粲〈初征〉，他文未能稱是，楊修敏捷，〈暑賦〉彌日不獻；一人之思，遲速天懸；一家之文，工拙壤隔。』夫一人載筆為文，而有遲速工拙之不同者，何也？機為之耳。機嘧則文敏而工，機塞則文滯而拙，先正常養其文之所自出，蓋為此也。」

10. 此四語極有倫序。虛靜之至，心乃空明。於是稟經酌緯，追騷稽史，貫穿百氏，泛濫眾體，巨鼎細珠，莫非珍寶，然聖經之外，後世撰述，每雜邪曲，宜斟酌於周孔之理，辨析於毫釐之間，才富而正，始稱妙才。才既富矣，理既明矣，而理之蓄蘊，窮深極高，非淺測所得盡，故精研積閱（閱有積歷之意。研，礲也，審

也，有精思漸得之意。）以窮其幽微。及其耳目有沿，將發辭令，理瀋胸臆，自然感應。若關鍵方塞而苦欲搜索，所謂理翳翳而愈伏，思乙乙其若抽，傷神勞情，豈復中用。懌，疑當作繹，繹，抽也，謂神理之致，須順自然，不可勉强也。《札記》曰：「此下四語，其事皆立於神思之先，故曰：『馭文之首術，謀篇之大端。』言於此未嘗致功，即徒思無益，故後文又曰：『秉心養術，無務苦慮，含章司契，不必勞情。』言誠能秉心養術，則思慮不至有困；誠能含章司契，則情志無用徒勞也。紀氏以為彥和練字未穩，乃明於解下四字，而未遑細審上四字之過也。」袁守定《佔畢叢談》曰：「文章之道，遭際興會，攄發性靈，生於臨文之頃者也。然須平日餐經饋史，霍然有懷，對景感物，曠然有會，嘗有欲吐之言，難遏之意，然後拈題泚筆，忽忽相遭，得之在俄頃，積之在平日，昌黎所謂有諸其中是也。舍是雖刓精竭慮，不能益其胸之所本無，猶探珠於淵而淵本無珠，探玉於山而山本無玉，雖竭淵夷山以求之，無益也。」

11. 《莊子．養生主》：「古者謂是帝之縣解。」《釋文》：「縣，音玄。」又〈齊物論〉：「若有真宰。」玄解之宰謂心。《禮記．玉藻》：「卜人定龜，史定墨。」鄭註：「視兆坼也。」此文所云定墨，不可拘滯本義。《莊子．天道》：「輪扁曰：斲輪徐則甘而不固，疾則苦而不入，不徐不疾，得之於手而應於心，口不能言，有數存焉於其間。臣不能以喻臣之子，臣之子亦不能受之於臣，是以行年七十而老斲輪。」獨照之匠語本此。意象，見上〈論說篇〉引王弼《周易略例．明象篇》。《莊子．徐无鬼》：「匠石運斤成風。」

12. 〈文賦〉曰：「伊茲事之可樂，固聖賢之所欽；課虛無以責有，叩寂寞而求音；函綿邈於尺素，吐滂沛乎寸心；言恢之而彌廣，思按之而逾深；播芳蕤之馥馥，發青條之森森；粲風飛而猋豎，鬱雲起乎翰林。體有萬殊，物無一量；（文章之體有萬變之殊，眾物之形無一定之量也。）紛紜揮霍，形難為狀。（紛紜，亂貌，揮霍，疾貌。）辭程才以效伎，意司契而為匠；（眾辭俱湊，若程才效伎；取捨由意，類司契為匠。）在有無而僶俛，當淺深而不讓；雖離方而遯員，期窮形而盡相。（方圓，謂規矩也。言文章在有方圓規矩也。）故夫夸目者尚奢，愜心者貴當；（其事既殊，為文亦異，故欲夸目者，為文尚奢，欲快心者，為文貴當。

愜，猶快也。）言窮者無隘，論達者唯曠。（其言窮賤者，立說無非湫隘；其論通達者，發言唯存放曠。）」

13. 言語為表彰思想之要具，學者之恆言也。然其所以表彰思想者，果能毫髮無遺憾乎？則雖知言善思者，必又苦其不能也。思想上精密足以區別，而言語有不足相應者；思想上有精密之區別，言語且有不存者。無論何種言語，其代表思想，雖有程度之差，而缺憾則一也。據此，知言語不能完全表彰思想，而為言語符號之文字，因形體聲音之有限，與文法慣習之拘牽，亦不能與言語相合而無間。故思想發為言語，已經一層障礙，由言語而著竹帛，又受一次朘剝，則文字與思想之間，固有不可免之差殊存矣。陸士衡曰：「恆患意不稱物，文不逮意。」彥和亦曰：「暨乎篇成，半折心始。」由此觀之，孔子辭達之訓，誠難能而可貴矣。黃庭堅〈與王觀復書〉引此難巧作難工。

14. 歐陽建〈言意盡論〉曰：「古今務於正名，聖賢不能去言，其故何也？誠以理得於心，非言不暢；物定於彼，非名不辯，言不暢志，則無以相接；名不辯物，則鑒識不顯。鑒識顯而名品殊，言稱接而情志暢，原其所以，本其所由，非物有自然之名，理有必定之稱也。欲辯其實，則殊其名；欲宣其志，則立其稱。名逐物而遷，言因理而變，此猶聲發響應，形存影附，不得相與為二矣。苟其不二，則言無不盡矣。」（《全晉文》百九卷）言之盡意與否，為當時學者間爭論一大問題，茲可不論，彥和謂「密則無際」，則似謂言盡意也，上文云「半折心始」，蓋指常人言之，非所喻於聖賢之典謨。

15. 「密則無際」即上文所云：「樞機方通，則物無隱貌。」「疏則千里」即上文所云：「關鍵將塞，則神有遯心。」紀評曰：「意在遊心虛靜，則腠理自解，興象自生，所謂自然之文也。而「無務苦慮，不必勞情」等字，反似教人不必冥搜力索，此結字未穩，詞不達意之處，讀者毋以詞害意。」案紀氏之說非是。「或理在方寸」以下指「疏則千里」而言，夫關鍵將塞，神有遯心，雖窮搜力索何益。若能秉心養術。含章司契，則樞機常通，萬塗競萌，正將規矩虛位，刻鏤無形，又安見其不加經營運用之功耶！

16. 《漢書．枚皋傳》：「司馬相如善為文而遲，故所作少而善於皋。」《西京雜記》二：「司馬相如為〈上林〉、〈子虛〉賦，意思蕭散，不復與外事相關，控引天地，錯綜古今，忽然如睡，煥然而興，幾百日而後成。」《御覽》八十八引《漢武故事》曰：「上好詞賦，每行幸及奇獸異物，輒命相如等賦之，上亦自作詩賦數百篇，下筆而成，初不留思。相如造文彌時而後成，上每歎其工妙。謂相如曰：『以吾之速，易子之遲，可乎？』相如曰：『於臣則可，未知陛下何如耳。』上大笑而不責。」此皆言相如文遲，含筆腐毫之說，想彥和以意為之。

17. 《全後漢文》十四輯桓譚《新論．祛蔽篇》：「余少時見揚子雲之麗文高論，不自量年少新進，而猥欲逮及。嘗激一事而作小賦，用精思太劇，而立感動發病，彌日瘳。子雲亦言成帝時，趙昭儀方大幸。每上甘泉，詔令作賦，為之卒暴，思慮精苦，賦成遂困倦小臥，夢其五臟出在地，以手收而內之。及覺病喘悸，大少氣，病一歲。由此言之，盡思慮，傷精神也。」

18. 《論衡．對作篇》：「夫論說者閔世憂俗，與衛驂乘者同一心矣。愁精神而幽魂魄，動胸中之靜氣，賊年損壽，無益於性，禍重於顏回，違負黃老之教，非人所貪，不得已故為《論衡》。」《後漢書．王充傳》：「充好論說，始若詭異，終有理實。以為俗儒守文，多失其真。乃閉門潛思，絕慶弔之禮，戶牖牆壁，各置刀筆，著《論衡》八十五篇，二十餘萬言。年漸七十，志力衰耗，乃造《養性書》十六篇，裁節嗜欲，頤神自守。」

19. 《後漢書．張衡傳》：「時天下承平日久，自王侯以下，莫不踰侈。衡乃擬班固〈兩都〉作〈二京賦〉，因以諷諫。精思傅會，十年乃成。」

20. 《文選．三都賦序》李善注引臧榮緒《晉書》曰：「左思字太沖，齊國人。少博覽文史，欲作〈三都賦〉，乃詣著作郎張載訪岷邛之事。遂構思十稔，門庭藩溷，皆著紙筆，遇得一句即疏之。賦成，張華見而咨嗟，都邑豪貴，競相傳寫。」《札記》曰：「案張、左二文之遲，非盡由思力之緩，蓋敍述都邑，理資實事，故

太沖嘗從蜀士問其方俗山川。是則其綏亦半由儲學所致也。」袁枚《歷代賦話．序》曰：「古無志書，又無類書，是以〈三都〉、〈兩京〉，欲敍風土物產之美，山則某某，水則某某，草木鳥獸蟲魚則某某，必加窮搜博訪，精心致思之功，是以三年乃成，十年乃成，而一成之後，傳播遠邇，至於紙貴洛陽。蓋不徒震其才藻之華，且藏之巾笥，作志書類書讀故也。今志書類書，美矣備矣，使班、左生於今日，再作此賦，不過繙擷數日，立可成篇，而傳抄者亦無有也。」

21. 見〈詮賦篇〉。《札迻》十二：「高誘〈淮南子序〉云：『詔使為離騷賦，自旦受詔，日早食已上。』即彥和所本也。《漢書．淮南王傳》云：『武帝使為離騷傳。』王逸〈楚辭序〉又云作『離騷經章句』。並與〈淮南序〉不同。傳及章句非崇朝所能成，疑高說得之。」可參閱〈辨騷篇〉。

22. 《漢書．枚皋傳》：「上有所感，輒使賦之。為文疾，受詔輒成，故所賦者多。」《西京雜記》三：「枚皋文章敏疾，長卿制作淹遲，皆盡一時之譽。而長卿首尾溫麗，枚皋時有累句，故知疾行無善迹矣。」

23. 《文選》楊德祖〈答臨淄侯牋〉：「又嘗親見執事，握牘持筆，有所造作，若成誦在心，借書於手，曾不斯須，少留思慮。」《魏志．陳思王傳》：「年十歲餘，誦讀詩論及辭賦數十萬言。善屬文。太祖嘗視其文，謂植曰：『汝倩人邪？』植跪曰：『言出為論，下筆成章，顧當面試，奈何倩人。』時鄴銅爵臺新成，太祖悉將諸子登臺，使各為賦，植援筆立成，可觀。」

24. 《魏志．王粲傳》：「善屬文，舉筆便成，無所改定，時人常以為宿構。然正復精意覃思，亦不能加也。」

25. 《魏志．王粲傳》注引《典略》曰：「太祖嘗使瑀作書與韓遂。時太祖適近出，瑀隨從，因於馬上具草。書成呈之。太祖擥筆欲有所定，而竟不能增損。」案，當依顧校作奮。

26. 《後漢書．禰衡傳》：「劉表嘗與諸文人共草章奏，並極其才思。時衡出，還見之，開省未周，因毀以抵地。表憮然為駭。衡乃從求筆札，須臾立成，辭義可觀。表大悅，益重之。」〈衡傳〉又曰：「黃祖長子射，時大會賓客，人有獻鸚鵡者，射舉巵於衡曰：『願先生賦之，以娛嘉賓。』衡擥筆而作，文無加點，辭采甚麗。」案草奏一事，當食作賦又一事，彥和云：「當食草奏。」殆合兩事而言之。

27. 《札記》曰：「此言文有遲速，關乎體性，然亦舉其大概而已。世固有為文常速，忽窘於數行。為文每遲，偶利於一首。此由機有通滯，亦緣能有短長。機滯者驟難求通，能長者早有所豫，是故遲速之狀，非可以一理齊也。」

28. 《陸士龍集．與兄平原書》：「憶兄常云：文後成者恆謂之佳。」黃叔琳曰：「遲速由乎稟才，若垂之於後，則遲速一也，而遲常勝速。枚皋百賦無傳，相如賦皆在人口，可驗。」羅大經《鶴林玉露》云：「昌黎志孟東野云：『劌目怵心，刃迎縷解，鉤章棘句，掐擢胃腎。』言其得之艱難。贈崔立之云：『朝為百賦猶鬱怒，暮作千詩轉遒緊，搖毫擲簡自不供，頃刻青紅浮海蜃。』言其得之容易。余謂文章要在理意深長，辭語明粹，足以傳世覺後，豈但誇多鬬速於一時哉。」

29. 古今文士之成名，半由於天才，半由於學力，失一焉則其所至必晝。若夫學淺才疏而徒以敏捷為能，是猶跛鼈不積跬步，而妄冀千里也。故彥和決絕其辭曰：「以斯成器，未之前聞。」劉定之《劉氏雜志》曰：「韓退之自言口不絕吟於六藝之文，手不停披於百家之篇，貪多務得，繼晷窮年，其勤至矣。而李翱謂退之下筆時，他人疾書之，寫誦之，不是過也，其敏亦至矣。蓋其取之也勤，故其出之也敏。後之學者，束書不觀。遊談無根，乃欲刻燭畢韻，舉步成章，彷彿古人，豈不難哉。」

30. 理貧者救之以博，辭亂者救之以練。紀評曰：「指出本原工夫，總結前二段。」《韓詩外傳》二：「凡治氣養心之術，莫慎一好，好一則博，博則精，精則神，神則化，是以君子務結心乎一也。」

31. 「情數詭雜，體變遷貿」，隱示下篇將論體性。《文心》各篇前後相銜，必於前篇之末，預告後篇所將論者，特為發凡於此。《札記》曰：「此言文貴修飾潤色。拙辭孕巧義，修飾則巧義顯；庸事萌新意，潤色則新意出。凡言文不加點，文如宿構者，其刊改之功，已用之平日，練術既熟，斯疵累漸除，非生而能然者也。」布之於麻，雖云質量相若，然既加杼軸，則煥然可珍矣。

32. 《呂氏春秋．本味篇》：「湯得伊尹，祓之於廟，明日設朝而見之。說湯以至味曰：鼎中之變，精妙微纖，口弗能言，志弗能喻。」（高誘註云：「鼎中品味，分齊纖微，故曰不能言也，志意揆度，不能諭說。」）

紀評曰：「補出刊改乃工一層，及思入希夷，妙絕蹊徑，非筆墨所能摹寫一層，神思之理，乃括盡無餘。」

體性第二十七

夫情動而言形，理發而文見，蓋沿隱以至顯，因內而符外者也。然才有庸儁，氣有剛柔，學有淺深，習有雅鄭，並情性所鑠（顧校作爍），陶染所凝，是以筆區雲譎，文苑波詭者矣[1]。故辭理庸儁，莫能翻其才；風趣剛柔，寧或改其氣[2]；事義淺深，未聞乖其學[3]；體式雅鄭，鮮有反其習[4]；各師成心，其異如面[5]。若總其歸塗，則數窮八體：一曰典雅，二曰遠奧，三曰精約，四曰顯附，五曰繁縟，六曰壯麗，七曰新奇，八曰輕靡。典雅者，鎔式經誥，方軌儒門者也；遠奧者，馥采典文，經理玄宗者也；精約者，覈字省句，剖析毫釐者也；顯附者，辭直義暢，切理厭心者也；繁縟者，博喻醲采，煒燁枝派者也；壯麗者，高論宏裁，卓爍（顧校作鑠）異采者也；新奇者，擯古競今，危側趣詭者也；輕靡者，浮文弱植，縹緲附俗者也。故雅與奇反，奧與顯殊，繁與約舛，壯與輕乖，文辭根葉，苑囿其中矣[6]。

若夫八體屢遷[7]，功以學成[8]，才力居中，肇自血氣；氣以實志，志以定言，吐納英華，莫非情性。是以賈生俊發，故文潔而體清[9]；長卿傲誕，故理侈而辭溢[10]；子雲沈寂，故志隱而味深[11]；子政簡易，故趣昭而事博[12]；孟堅雅懿，故裁密而思靡[13]；平子淹通，故慮周而藻密[14]；仲宣躁銳，故穎出而才果[15]；公幹氣褊，故言壯而情駭[16]；嗣宗俶儻，故響逸而調遠[17]；叔夜儁俠，故興高而采烈[18]；安仁輕

敏，故鋒發而韻流19；士衡矜重，故情繁而辭隱20；觸類以推，表裏必符。豈非自然之恆資，才氣之大略哉21！

夫才有天資，學慎鈴木云玉海作謹始習22，斲梓染絲，功在初化，器成綵定，難可翻移。故童子雕琢黃云孫氏本作瑑，必先雅製，沿根討葉，思轉自圓，八體雖殊，會通合數，得其環中，則輻輳相成。故宜摹體以定習，因性以練才，文之司南，用此道也23。

贊曰：才性異區，文辭黃云馮本校作體繁詭。辭為膚根，志實骨髓。雅麗黼黻，淫巧朱紫。習亦凝一作疑真24，功沿漸靡。

【注釋】

1. 《札記》曰：「體斥文章形狀，性謂人性氣有殊，緣性氣之殊而所為之文異狀。然性由天定，亦可以人力輔助之，是故慎於所習。此篇大指在斯。」又曰：「才氣本之情性，學習並歸陶染，括而論之，性習二者而已。」李詳〈黃注補正〉曰：「揚雄〈甘泉賦〉：『於是大廈雲譎波詭。』注孟康曰：『言廈屋變巧，乃為雲氣水波相譎詭也。』」
2. 《札記》曰：「風趣即風氣，或稱風氣，或稱風力，或稱體氣，或稱風辭，或稱意氣，皆同一義。氣有清濁，亦有剛柔，誠不可力強而致。為文者欲練其氣，亦惟於用意裁篇致力而已。〈風骨篇〉云：『深乎風者，述情必顯。』又云：『思不環周，索莫乏氣，無風之驗。』可知情顯為風深之符，思周乃氣足之證，彼舍情思而空言文氣者，盪盪如係風捕景，烏可得哉！」
3. 見事理之淺深，繫乎學力之程度，若學淺而欲出深義，弊精勞神，不可得已。
4. 《札記》曰：「體式全由研閱而得，故云鮮有反其習。」俗學不能發雅議，是故當慎所習也。

5.《莊子．齊物論》：「夫隨其成心而師之。」郭象注曰：「夫心之足以制一身之用者，謂之成心。」《左傳．襄公三十一年》：「人心之不同，如其面焉。」

6.《札記》曰：「八體之成，兼因性習，不可指若者屬辭理，若者屬風趣也。又彥和之意，八體並陳，文狀不同，而皆能成體，了無輕重之見存於其間。下文云：『雅與奇反，奧與顯殊，繁與約舛，壯與輕乖。』然此處文例，未嘗依其次第，故知塗轍雖異，樞機實同，略舉畛封，本無軒輊也。」案彥和於新奇、輕靡二體，稍有貶意，大抵指當時文風而言。次節列舉十二人，每體以二人作證。獨不為末二體舉證者，意輕之也。

典雅者，鎔式經誥，方軌儒門者也。若孟堅、平子所作者是，義歸正直，辭取雅馴，皆入此類。若班固《典引》、潘勗《冊魏公九錫文》之流是也。（自此以下八條，有用《札記》語者，有出自鄙見者，《札記》書具在，不復分別，以省煩累。）

○遠奧者，馥（馥當作複，〈總術篇〉云：奧者複隱。）采典文，經理玄宗者也。若嗣宗、叔夜所作者是。理致淵深，辭采微妙，皆入此類。若阮籍〈大人先生論〉，嵇康〈聲無哀樂論〉之流是也。

○精約者，覈字省句，剖析毫釐者也。若賈生、仲宣所作者是。斷義務明，練辭務簡，皆入此類。若賈誼〈過秦論〉、王粲〈登樓賦〉之流是也。

○顯附者，辭直義暢，切理厭心者也。若子政、安仁所作者是。言惟折中，情必曲盡，皆入此類。若劉向〈諫起昌陵疏〉、潘岳〈閒居賦〉之流是也。

○繁縟者，博喻釀采，（《禮記．內則》釀之蓼。注釀謂切雜之也。）煒燁枝派者也。若子雲、士衡所作者是。辭采紛披，意義稠複。皆入此類，若揚雄〈甘泉賦〉、陸機〈豪士賦序〉之流是也。

○壯麗者，高論宏裁，卓爍異采者也。若長卿、公幹所作者是。陳義俊偉，措辭雄瓌，皆入此類。若司馬相如〈大人賦〉、潘岳〈籍田賦〉之流是也。

○新奇者，擯古競今，危側趣詭者也。詞必研新，意必矜刱，皆入此類，得者如潘岳〈澤蘭〉、〈金鹿哀

辭〉。（見〈哀弔篇〉。）失者如王融〈曲水詩序〉之流是也。（如侮食來王之句，好奇而致訛者也。）○輕靡者，浮文弱植，縹緲附俗者也。辭須蒨秀，意取柔靡，皆入此類。若梁元帝〈蕩婦秋思賦〉、徐陵〈玉臺新詠序〉之流是也。

7.〈才略篇〉云：「殷仲文之孤興，謝叔源之閑情，並解散辭體，縹緲浮音，雖滔滔風流，而大澆文意。」《札記》曰：「此語甚為明憭。人之為文，難拘一體，非謂工為典雅者，遂不能為新奇，能為精約者，遂不能為繁縟，下文云：『八體雖殊，會通合數，得其環中，則輻輳相成。』此則撢本之談，通變之術，異夫膠柱鍥舟之見者矣。」

8.《札記》曰：「此句已下至才氣之大略句，皆言學習之功，雖可自致，而情性所定，亦有大齊，故廣舉前文以為證。」案《抱朴子．自敘篇》：「洪年十五六時，所作詩賦雜文，當時自謂可行；至於弱冠，更詳省之，殊多不稱意。夫才未必為增也，直所覽差廣，而覺妍蚩之別。」才不必增而學可廣，亦可以證彥和之說。

9.《札記》曰：（自此至士衡矜重，多錄《札記》語。）「《史記．屈賈列傳》：『廷尉乃言賈生年少，頗通諸子百家之書。文帝召以為博士。是時賈生年二十餘，最為少，每詔令議下，諸老先生不能言，賈生盡為之對。』此俊發之徵。」〈神思篇〉駿發之士，此俊字疑當作駿。

10.《文選》謝惠連〈秋懷詩〉注引嵇康《高士傳贊》曰：「長卿慢世，越禮自放；犢鼻居市，不恥其狀；託疾避患，蔑此卿相；乃至仕人，超然莫尚。」此傲誕之徵。

11.《漢書．揚雄傳》：「默而好深湛之思，清靜亡為，少耆欲。」此沈寂之徵。

12.《漢書．劉向傳》：「向為人簡易無威儀，廉靖樂道，不交接世俗。」此簡易之徵。

13.《後漢書．班固傳》：「及長，遂博貫載籍，九流百家之言無不窮究。性寬和容眾，不以才能高人。」此雅懿之徵。

14. 《後漢書》張衡傳「通五經，貫六藝，雖才高於世，而無驕尚之情。常從容淡靜，不好交接俗人。」此淹通之徵。

15. 案〈程器篇〉：仲宣輕脆以躁競。此銳疑是競字之誤。《魏志．杜襲傳》：「（王）粲性躁競。」此彥和所本。

16. 《魏志．王粲傳》注引《典略》載楨平視太子夫人甄氏事。謝靈運〈擬鄴中集詩序〉曰：「楨卓犖偏人。」此氣褊之徵。

17. 《魏志．王粲傳》：「籍才藻豔逸，而倜儻放蕩，行己寡欲，以莊周為模。」此俶儻之徵。《晉書》本傳詳載其行事。

18. 《魏志．王粲傳》：「康文辭壯麗，好言老莊而尚奇任俠。」注引〈康別傳〉曰：「孫登謂康曰：君性烈而才儁。」此任俠之徵。嵇康〈幽憤詩〉自述其個性最確切。興高，謂旨趣高邁，釆烈，謂言辭峻烈。

19. 《晉書．潘岳傳》：「岳性輕躁趨世利，與石崇等諂事賈謐，每候其出，輒望塵而拜，構愍懷之文，岳之辭也。」此輕敏之徵。（《文選．籍田賦》注引臧榮緒《晉書》曰：「岳總角辯慧，摛藻清豔。」〈才略篇〉：「潘岳敏給。」）

20. 《晉書．陸機傳》：「機服膺儒術，非禮不動。」此矜重之徵。

21. 紀評曰：「此亦約略大概言之。不必皆確。百世以下，何由得其性情。人與文絕不類者，況又不知其幾耶。」案彥和所舉賈生以下十二人，並指其才性而言。才性內蘊，文辭外發。大抵雅正之人，其言真實，巧詐之徒，其言佞偽。即如潘岳行事卑污，而〈閑居〉、〈秋興〉，儼然高士；正以稟性輕敏，故能辭無不可。若謂滿紙仁義，即是聖賢，偶賦閑情，便疑狂童，以此論文，未免淺拙，彥和不若是之愚也。

22. 《札記》曰：「自此已下，言性非可力致，而為學則在人。雖才性有偏，可用學習以相補救。如令所習紕繆，亦足以賊其天性，縱姿淑而無成。貴在省其所短，因其所長，加以陶染之功，庶成器服之美，若習與性

乖，則勤苦而罕效，性為習誤，則劬勞而鮮成。性習相資，不宜或廢。求其無弊，惟有專練雅文，此定習之正術，性雖異而可共宗者也。」紀評曰：「歸到慎其先入，指出實地功夫。蓋才難勉強，而學可自為，故篇內並衡而結穴側注。」《莊子．則陽篇》：「冉相氏得其環中以隨成。」郭象曰：「居空以隨物，而物自成。」才有天資，有當作由。

23. 王闓運《湘綺樓文集》論文曰：「文有時代而無家數，今所以不及古者，習俗使之然也，韓退之遂云：非三代兩漢之書不敢觀，如是僅得為擬古之文，及其應世，事蹟人地，全非古所有，則失其故步，而反不如時手駕輕就熟也。明人號為復古，全無古色，即退之文亦豈有一句似子長、揚雄耶。故知學古當漸漬於古，先作論事理短篇，務使成章，取古人成作，處處臨摹，如仿書然，一字一句，必求其似。如此者家書帳記，皆可摹古，然後稍記事，先取今事與古事類者比而作之，再取今事與古事遠者比而附之，終取今事為古所絕無者改而文之，如是非十餘年之專功，不能到也。人病在好名欲速，偷嬾姑息，孰肯而刊楮七日以削棘猴。故自唐以來，絕無一似古之文，唯八家為易似耳。今貶八家不得言文，及其作文，更不如八家，以八家亦自有二三年工力乃可至耳。詩則有家數，易摹儗，其難亦在於變化，於全篇摹儗中能自運一兩句，久之可一兩聯，久之可一兩行，則自成家數矣。成家之後，亦防其泛濫。詩者持也，持其所得而謹其易失，其功無可懈者。」

24. 文辭，當作文體，與上句才性相對成文。膚根，根當作葉。朱紫，當作青紫。紀評曰：「疑字是。《莊子》乃疑於神，正作疑字。後人或作凝，或作擬，皆不知妄改。」案凝字似不誤。上文云：「陶染所凝。」此云：「習亦凝真。」真者，才氣之謂，言陶染學習之功，亦可凝積而補成才氣也。

遍照金剛《文鏡秘府論》卷四〈論體篇〉可與本篇參閱，附錄於下：

「凡製作之士，祖述多門，人心不同，文體各異。較而言之，有博雅焉，有清典焉，有綺豔焉，有宏壯焉，有要約焉，有切至焉。夫模範經誥，褒述功業，淵乎不測，詳哉有閑，博雅之裁也。敷演情志，宣昭德音，植義必明，結言唯正，清典之致也。體其淑姿，因其壯觀，文章交映，光彩傍發，綺豔之則也。魁張奇偉，闡耀威靈，縱氣淩人，揚聲駭物，宏壯之道也。指事述心，斷辭趣理，微而能顯，少而斯洽，要約之旨也。舒陳哀憤，獻納約戒，言唯折中，情必曲盡，切至之功也。至如稱博雅則頌論為其標；（頌明功業，論陳名理，體貴於弘，故事宜博；理歸於正，故言必雅也。）語清典則銘讚居其極；（銘題器物，贊述功能，皆限以四言，分有定準，言不沈膇，故聲必清，體不詭雜，故辭必典也。）陳綺豔則詩賦表其華；（詩兼聲色，賦敍物象，故言資綺靡，而文極華豔。）敍宏壯則詔檄振其響；（詔陳王命，檄敍軍容，宏則可以及遠，壯則可以威物。）論要約則表啓擅其能；（表以陳事，啓以述心，皆施之尊重，須加肅敬，故言在於要，而理歸於約。）言切至則箴誄得其實；（箴陳戒約，誄述哀情，故義資感動，言重切至也。）凡斯六事，文章之通義焉。苟非其宜，失之遠矣。博雅之失也緩，清典之失也輕，綺豔之失也淫，宏壯之失也誕，要約之失也簡，切至之失也直。體大義疎，辭引聲滯，緩之致焉。（文體既大，而義不周密，故云疎；辭雖引長，而聲不通利，故云滯也。）理入於浮，言失於淺，輕之起焉。（敍事為文，須得其理，理不甚會，則覺其浮；言須典正，涉於流俗，則覺其淺。）體貌違方，逞欲過度，淫以興焉。（文雖綺豔，猶準其事類相當，比擬敍述，不得體物之貌而違於道，逞己之心而過於制也。）制傷迂闊，辭多詭異，誕則成焉。（宏壯者亦須準量事類，可得施言，不可漫為迂闊，虛陳詭異也。）情不申明，事有遺漏，簡自見焉。（謂論心意不能盡申，敍事理又有所闕焉也。）體尚專直，文好指斥，直乃行焉。（謂文體不經營，專為直置，言無比附，好相指斥也。）故詞人之作也，先看文之大體，隨而用心，（謂上所陳文章六種，是其本體也。）導其所宜，防其所失，（博雅清典綺豔宏壯要約切至等是所宜，緩輕淫簡誕直等是所失。）故能辭成練覈，動合規矩。而近代作者，好尚互舛，苟見一塗，守而不易，至令摛章綴翰，罕有兼善，豈才思之不足，抑由體制之未該也。」

風骨第二十八[1]

詩總六義，風冠其首，斯乃化感之本源，志氣之符契也[2]。是以怊悵述情，必始乎風，沈吟鋪辭，莫先於骨[3]。故辭之待骨，如體之樹骸；情之含風，猶形之包氣。結言端直，則文骨成焉；意氣駿爽，則文風清（一作生）焉[4]。若豐藻克贍，風骨不飛，則振采失鮮，負聲無力。是以綴慮裁篇，務盈守氣，剛健既實，輝光乃新，其為文用，譬征鳥之使翼也[5]。故練於骨者，析辭必精，深乎風者，述情必顯。捶字堅而難移，結響凝而不滯，此風骨之力也[6]。若瘠義肥辭，繁雜失統，則無骨之徵也[7]。思不環周，索莫（元作課楊改）乏氣（元作風楊改），則無風之驗也[8]。昔潘勗錫魏，思摹經典，羣才韜筆，乃其骨髓畯（鈴木云黃氏原本畯作峻）也[9]；相如賦仙，氣號凌雲，蔚為辭宗，迺其風力遒也[10]。能鑒斯要，可以定文，茲術或違，無務繁采[11]。

故魏文稱文以氣為主，氣之清濁有體，不可力强而致。故其論孔融，則云體氣高妙；論徐幹，則云時有齊氣[12]；論劉楨，則云（一本下有時字）有逸氣[13]。公幹亦云，孔氏卓卓，信含異氣，筆墨之性，殆不可勝，並重氣之旨也[14]。夫翬翟備色，而翾（孫云御覽五八五作翔）翥百步，肌豐而力沈也；鷹隼乏（孫云御覽作無）采，而翰飛戾天，骨勁而氣猛也；文章才力，有似于此。若風骨乏采，則鷙集翰林，采乏風骨，則雉竄文囿：唯（孫云御覽作若）藻耀而高翔，固文筆（孫云御覽作章）之鳴鳳也[15]。

若夫鎔鑄（一作冶）經典之範，翔集子史之術，洞曉情變，曲昭文體，然後能孚（汪作莩）甲新意，雕畫奇辭16。昭體故意新而不亂，曉變故辭奇而不黷。若骨采未圓，風辭未練，而跨略舊規，馳騖新作，雖獲巧意，危敗亦多，豈空結奇字，紕繆而成經（黃云案馮本經顧校作輕）矣17。周書云，辭尚體要，弗惟好異。蓋防文濫也18。然文術多門，各適所好，明者弗授，學者弗師。於是習華隨侈，流遁忘反。若能確乎正式，使文明以健，則風清骨峻，篇體光華。能研諸慮，何遠之有哉19？

贊曰：情與氣偕，辭共體並。文明以健，珪璋乃騁（黃云案馮本騁譚校作聘）20。蔚彼風力，嚴此骨鯁。才鋒峻立，符采克炳。

【注釋】

1. 《札記》曰：「二者皆假於物以為喻。文之有意，所以宣達思理，綱維全篇，譬之於物，則猶風也。文之有辭，所以攄寫中懷，顯明條貫，譬之於物，則猶骨也。必知風即文意，骨即文辭，然後不蹈空虛之弊。或者舍辭意而別求風骨，言之愈高，即之愈渺，彥和本意不如此也。紬誦斯篇之辭，其曰『怊悵述情，必始於風，沈吟鋪辭，莫先於骨』者，明風緣情顯，辭緣骨立也。其曰『辭之待骨，如體之樹骸，情之含風，猶形之包氣』者，明體恃骸以立，形恃氣以生。辭之於文，必如骨之於身，不然，則不成為辭也；意之於文，必若氣之於形，不然，則不成為意也。其曰『結言端直，則文骨成焉，意氣駿爽，則文風清焉』者，明言外無骨，結言之端直者，即文骨也；意外無風，意氣之駿爽者，即文風也。其曰『豐藻克贍，風骨不飛』者，即徒有華辭，不關實義者也。其曰『綴慮裁篇，務盈守氣』者，即謂文以命意為主也。其曰『練於骨者，析辭必精，深乎風者，述情必顯』者，即謂辭精則文骨成，情顯則文風生也。其曰『瘠義肥辭，無骨之徵，思不

環周，無氣之徵』者，明治文氣以運思為要，植文骨以修辭為要也。其曰『情與氣偕，辭共體並』者，明氣不能自顯，情顯則氣具其中，骨不能獨章，辭章則骨在其中也。綜覽劉氏之論，風骨與意辭，初非有二。然則察前文者，欲求其風骨，不能舍意與辭也；自為文者，欲健其風骨，不能無注意於命意與修辭也。風骨之名，比也；意辭之實，所比也。今舍其實而求其名，則適令人迷罔而不得所歸宿。彥和既明言風骨即辭意，復恐學者失命意修辭之本而以奇巧為務也，故更揭示其術曰：『鎔鑄經典之範，翔集子史之衢，洞曉情變，曲昭文體，然後能孚甲新意，雕畫奇辭，昭體故意新而不亂，曉變故辭奇而不黷。』明命意修辭，皆有法式，合於法式者，以新為美，不合法式者，以新為病。推此言之，風藉意顯，骨緣辭章，意顯辭章，皆遵軌轍，非夫弄虛響以為風，結奇辭以為骨者矣。大抵舍人論文，皆以循實反本酌中合古為貴，全書用意，必與此符。〈風骨篇〉之說易於淩虛。故首則詮釋其實質，繼則指明其徑途，仍令學者不致迷罔，其斯以為文術之圭臬者乎。」

2. 本篇以風為名，而篇中多言氣。《廣雅．釋言》：「風，氣也。」《莊子．齊物論》：「大塊噫氣，其名為風。」〈詩大序〉：「風以動之。」蓋氣指其未動，風指其已動，國風所陳，多男女飲食之事，故曰：「化感之本源，志氣之符契。」

3. 志氣有感而動，其所述之情始真。〈情采篇〉云：「風雅之興，志思蓄憤，而吟詠情性，以諷其上。」是也。及其鋪辭造句，必鍛鍊以求端直，言與意適相合符，不得空結腴辭，濫謂之骨焉。

4. 風即文意，骨即文辭，黃先生論之詳矣。竊復推明其義曰：此篇所云風情氣意，其實一也，而四名之間，又有虛實之分。風虛而氣實，風氣虛而情意實，可於篇中體會得之。辭之與骨，則辭實而骨虛。辭之端直者謂之辭，而肥辭繁雜亦謂之辭，惟前者始得文骨之稱，肥辭不與焉。

5. 「豐藻克贍」下四語，謂瘠義肥辭，其弊若此。「務盈守氣」謂文以情志為主也。《禮記．月令》：「季冬之月，征鳥厲疾。」《正義》曰：「征鳥，謂鷹隼之屬也。時殺氣盛極，故鷹隼之屬，取鳥捷疾嚴猛也。」

此以征鳥氣盛為喻。

6. 《淮南子．道應訓》高誘注：「捶，鍛擊也。」捶字堅而難移，則析辭精而練於骨矣。義詳〈練字〉、〈章句〉兩篇。《札記》曰：「結響凝而不滯者，此緣意義充足，故聲律暢調。凝者不可轉迻，聲律以凝為貴，猶捶字以堅為貴也。不滯者，由思理圓周，天機駿利，所以免於滯澀之病也。」

7. 辭必與義相適，若義瘠而辭過繁，則雜亂失統，失統即無骨矣。《唐文粹》卷八十四杜牧〈答莊充書〉曰：「凡為文以意為主，以氣為輔，以辭彩章句為之兵衛。未有主彊盛而輔不飄逸者，兵衛不華赫而莊整者。四者高下圓折步驟，隨主所指，如鳥隨鳳，魚隨龍，師眾隨湯武，騰天潛泉，橫裂天下，無不如意。苟意不先立，止以文彩辭句繞前捧後，是辭愈多而理愈亂，如入闤闠，紛紛然莫知其誰，暮散而已。是以意全勝者，辭愈朴而文愈高，意不勝者，辭愈華而文愈鄙，是意能遣辭，辭不能成意，大抵為文之旨如此。」

8. 思理不周，條貫失序，安得有駿爽之風。

9. 潘文規範典誥，辭至雅重，為九錫文之首選，其事鄙悖而文足稱者，練於骨之功也。《說文》：「畯，農夫也。」畯是峻之誤，下云風清骨峻。

10. 《漢書．司馬相如傳》：「相如以為列仙之儒，居山澤間，形容甚臞，此非帝王之仙意也。乃遂奏〈大人賦〉。相如既奏〈大人賦〉，天子大說，飄飄有陵雲氣游天地之間意。」（《補注》引李慈銘曰：「《史記》游上有似字，此十二字為一句。〈揚雄傳〉：『帝反縹縹有陵雲之志。』可證。」）李詳〈補正〉曰：「《漢書敘傳》述司馬相如蔚為辭宗，賦頌之首。」《札記》曰：「此贊其命意之高。」《詩．破斧．傳》曰：「遒，固也。」

11. 風骨並善，固是高文；若不能兼，寧使骨勁，慎勿肌豐；瘠義肥辭，所不取也。故下文云：「並重氣之旨。」又云：「鷙集翰林，雉竄文囿。」

12. 此魏文帝《典論．論文》語。《典論》曰：「文以氣為主，氣之清濁有體，不可力强而致。譬諸音樂，曲度

雖均，節奏同檢，至於引氣不齊，巧拙有素，雖在父兄，不能以移子弟。」細審文意，所謂氣之清者，即彥和云「意氣駿爽，則文風清焉」之風。文風之清，其關鍵在意氣駿爽。故文帝論孔融體氣高妙，以融為人性近高明也；徐幹為人恬淡優柔，性近舒緩，故曰時有齊氣。李善注曰：「言齊俗文體舒緩，而徐幹亦有斯累。」《漢書．地理志》曰：「故《齊詩》曰：『子之營兮，遭我乎嶩之間兮。』此亦其舒緩之體也。」

13. 《文選》魏文帝〈與吳質書〉：「公幹有逸氣，但未遒耳。」《顏氏家訓．文章篇》：「凡為文章，猶人乘騏驥，雖有逸氣，當以銜勒制之，勿使流亂軌躅，故意填坑岸也。」〈才略篇〉曰：「劉楨情高以會采。」情高，故有逸氣，未遒，謂有時至流亂軌躅也。

14. 劉楨論孔融文佚。觀其語意，推重融文甚至。

15. 紀評曰：「風骨乏采是陪筆，開合以盡意耳。」案紀說非是。夏侯湛〈昆弟誥〉、蘇綽〈大誥〉之屬，不得謂為無風骨，而藻采不足，故喻以鷙集翰林。采乏風骨，則齊梁文章通病也。王應麟《辭學指南》引此文作「若藻耀而高翔，固文章鳴鳳也」。

16. 《辭學指南》引鑄作冶，孚作莩，雕作彫。

17. 《藝文類聚》二十五梁簡文帝〈誡當陽公大心書〉：「立身先須謹重，文章且須放蕩。」放蕩之教，彥和所譏為危敗亦多者也。《顏氏家訓．文章篇》：「文章當以理致為心腎，氣調為筋骨，事義為皮膚，華麗為冠冕。今世相承，趨末棄本，率多浮豔，辭與理競，辭勝而理伏；事與才爭，事繁而才損。放逸者流宕而忘歸，穿鑿者補綴而不足，時俗如此，安能獨違，但務去泰去甚耳。必有盛才重譽，改革體裁者，實吾所希。古人之文，宏材逸氣，體度風格，去今實遠，但緝綴疎朴，未為密緻耳。今世音律諧靡，章句偶對，諱避精詳，賢於往昔多矣。宜以古之製裁為本，今之辭調為末，並須兩存，不可偏廢也。」顏氏說可與彥和轉相發明。《札記》曰：「此乃研練風骨之正術，必如此而後意真辭雅，雖新非病，紀氏謂補此一段以防縱橫踰法之弊，非也。」紕繆成經，經字不誤，經，常也，言不可為常道。矣字疑當作乎。

18.《尚書・畢命篇》語，引見〈徵聖篇〉。

19.「明者弗授，學者弗師」，即〈神思篇〉所云：「伊摯不能言鼎，輪扁不能語斤。」《札記》曰：「此言命意選辭，好尚各異，惟有師古酌中，庶無疵咎也。『能研諸慮，何遠之有』，指明風骨之即辭意，欲美其風骨者，惟有致力於修辭命意也。」

20.騁，應作聘。

通變第二十九[1]

夫設文之體有常，變文之數無方，何以明其然耶？凡詩賦書記，名理相因，此有常之體也；文辭氣力，通變則久，此無方之數也[2]。名理有常，體必資於故實；通變無方，數必酌於新聲：故能騁無窮之路，飲不竭之源。然綆短者銜渴，足疲者輟塗，非文理之數盡，乃通變之術疎耳[3]。故論文之方，譬諸草木，根幹麗土而同性，臭味晞（鈴木云晞當作晞黃氏原本不誤兩廣本誤）陽而異品矣。

是以九代詠歌，志合文則（元作財許無念改）[4]。黃歌斷竹，質之至也[5]；唐歌在昔，則廣於黃世[6]；虞歌卿雲，則（鈴木云玉海引刪則字）文於唐時[7]；夏歌雕牆，縟於虞代[8]；商周篇什，麗於夏年：至於序志述時，其揆一也[9]。暨楚之騷文，矩式周人；漢之賦頌，影寫楚世；魏之策（元作薦許無念改一本作篇）制，顧慕漢風；晉之辭章，瞻望魏采[10]。搉（鈴木云諸本作確）而論之，則黃唐淳而質，虞夏質而辨，商周麗而雅，楚漢侈而豔，魏晉淺而綺，宋初訛而新[11]。從質及訛，彌近彌澹。何則？競今疎古，風味（一作末）氣衰也[12]。今才穎之士，刻意學文，多略漢篇，師範宋集[13]，雖古今備閱，然近附而遠疎矣。夫青生於藍，絳生於蒨，雖踰本色，不能復化[14]。桓君山云：予見新進麗文，美而無採，及見劉揚言辭，常輒有得。此其驗也[15]。故練青濯絳，必歸藍蒨，矯訛翻淺，還宗經誥[16]。斯斟酌乎質文之間，而隱括乎雅俗之際，可與言通變矣[17]。

夫誇張聲貌，則漢初已極[18]，自茲厥後，循環相因：雖軒翥出轍，而終入籠內。枚乘七發云：通望兮東海，虹洞兮蒼天。相如上林云：視之無端，察之無涯，日出東沼，月生西陂。馬融廣成云：天地虹洞，固（元作因按頌文改）無端涯，大明出東，月生西陂。揚雄校獵云：出入日月，天與地沓。張衡西京云：日月於是乎出入，象扶桑於濛汜。此並廣寓極狀，而五家如一。諸如此類，莫不相循，參伍因革，通變之數也[19]。

是以規略文統，宜宏大體：先博覽以精閱，總綱紀而攝契；然後拓衢路，置關鍵，長轡遠馭，從容按節，憑情以會通，負氣以適變，采如宛虹之奮鬐，光（元作毛曹改）若長離之振翼，迺穎脫之文矣[20]。若乃齷齪於偏解，矜激乎一致，此庭間之迴驟，豈萬里之逸步哉[21]？

贊曰：文律運周，日新其業。變則其（疑作可）久，通則不乏。趨時必果，乘機無怯。望（一作跲）今制奇，參古定法[22]。

【注釋】

1. 紀評曰：「齊梁間風氣綺靡，轉相神聖，文士所作，如出一手，故彥和以通變立論。然求新於俗尚之中，則小智師心，轉成纖仄，明之竟陵公安，是其明徵，故挽其返而求之古。蓋當代之新聲，既無非濫調，則古人之舊式，轉屬新聲。復古而名以通變，蓋以此爾。」案紀氏之說是也。《札記》曰：「此篇大指，示人勿為循俗之文，宜反之於古。其要語曰：『矯訛翻淺，還宗經誥，斯斟酌乎質文之間，而檃括乎雅俗之際，可與

言通變矣。』此則彥和之言通變，猶補偏救弊云爾。文有可變革者，有不可變革者。可變革者，遣辭捶字，宅句安章，隨手之變，人各不同。不可變革者，規矩法律是也，雖歷千載，而粲然如新，由之則成文，不由之而師心自用，苟作聰明，雖或要譽一時，徒黨猥盛，曾不轉瞬而為人唾棄矣。拘者規摹古人，不敢或失，放者又自立規則，自以為救患起衰。二者交譏，與不得已，拘者猶為上也。彥和此篇，既以通變為旨，而章內乃歷舉古人轉相因襲之文，可知通變之道，惟在師古，所謂變者，變世俗之文，非變古昔之法也。自世人誤會昌黎韓氏之言，以為「文必己出」，不悟文固貴出於己，然亦必求合於古人之法，博覽往載，熟精文律，則雖自有造作，不害於義，用古人之法，是亦古人也。若夫小智自私，訏言欺世，既違故訓，復背文條，於此而欲以善變成名，適為識者所嗤笑耳。彥和云：『誇張聲貌，漢初已極，自茲厥後，循環相因，雖軒翥出轍，而終入籠內。』明古有善作，雖工變者不能越其範圍，知此，則通變之為復古，更無疑義矣。陸士衡曰：『收百世之闕文，采千載之遺韻，謝朝華於已披，啓夕秀於未振。』此言通變也。『普辭條與文律，良余膺之所服，練世情之常尤，識前脩之所淑。』此言師古也。抽繹其意，蓋謂法必師古，而放言造辭，宜補苴古人之闕遺。究之美自我成，術由前授，以此求新，人不厭其新，以此率舊，人不厭其舊。天動星回，辰極無改；機旋輪轉，衡軸常中；振垂弛之文統，而常為世師者，其在斯乎。」

2. 《札記》曰：「放言遣辭。運思致力，即一身前後所作，亦不能盡同。前篇云『八體雖殊，會通合數，得其環中，則輻輳相成』是也。況於規摹往文，自宜斟酌損益，非如契舟膠柱者之所為明矣。」

3. 此篇雖旨在變新復古，而通變之術，要在「資故實，酌新聲」兩語，缺一則疏矣。《唐文粹》八十四裴度〈寄李翺書〉曰：「不詭其詞而詞自麗，不異其理而理自新。若夫典、謨、訓、誥、〈文言〉、〈繫辭〉，國風、雅、頌，經聖人之筆削者，則又至易也，至直也。雖大彌天地，細入無間，而奇言怪語，未之或有。意隨文而可見，事隨意而可行，此所謂文可文，非常文也。其可文而文之，何常之有。……觀弟近日制作大旨，常以時世之文，多偶對麗句，屬綴風雲，羈束聲韻，為文之病甚矣，故以雄詞遠致，一以矯之，則是以文字為意也。且文者，聖人假之以達其心，達則已，理窮則已，非故高之下之詳之略之也。昔人有見小人之違道者，恥與之同形貌，共衣服，遂思倒置眉目，反易冠帶以異也，不知其倒之反之非也。雖失於小人，亦異於君子矣。故文之異，在氣格之高下，思致之深淺，不在磔裂章句，隳廢聲韻也。人之異，在風神之清濁，心志之通塞，不在於倒置眉目，反易冠帶也。」《札記》曰：「新舊之名無定，新法使人厭觀，則亦舊矣。舊法久廢，一旦出之塵薶之中，加以拂拭之事，則亦新矣。變古亂常而欲求新，吾未見其果能新也。」紀昀《愛鼎堂遺集・序》曰：「三古以來，文章日變，其間有氣運焉，有風尚焉。史莫善於班、馬，而班、馬不能為《尚書》、《春秋》，詩莫善於李、杜，而李、杜不能為《三百篇》，此關乎氣運者也。至風尚所趨，則人心為之矣，其間異同得失，縷數難窮。大抵趨風尚者三途：其一厭故喜新，其一巧投時好，其一循聲附和，隨波而浮沈。變風尚者二途：其一乘將變之勢，鬪巧爭長，其一則於積壞之餘，挽狂瀾而反之正。若夫不沿頹弊之習，亦不欲黨同伐異，啓門戶之爭，孑然獨立，自為一家，以待後人之論定，則又於風尚之外，自為一途焉。」

4. 楚屬於周，故云九代。

5. 《吳越春秋》：「越王欲謀伐吳，范蠡進善射者陳音。王問曰：『孤聞子善射，道何所生？』對曰：『臣聞弩生於弓，弓生於彈，彈起於古之孝子，不忍見父母為禽獸所食，故作彈以守之。』歌曰：『斷竹，續竹。飛土，逐宍。』」（宍古肉字。）案彥和謂此歌本於黃世，未知何據，書缺有間，不可考矣。李詳〈黃注補正〉曰：「黃生《義府》云：此未知詩理。蓋斷竹續竹，飛土逐宍，必四言成句，語脈緊，聲情始切，若讀作二言，其聲嘽緩而不激揚，恐非歌旨。若昔人讀黃絹，幼婦，外孫，虀臼，成二言四句，此實妙解文章之味。又古文八字用四韻者，《老子》『知足不辱，知止不殆』，《韓非》『名正物定，名倚物徙』是也。」案李引似非。《斷竹歌》雖僅八字，而寫事凡四：斷竹一事，續竹二事，飛土三事，逐宍四事，正如黃絹隱絕字，幼婦隱妙字，上下文各不相關者類似。李引所舉《老子》、《韓非》二例，似與此不同。蓋二例雖皆

二字為韻，而義實貫穿，知足而後不辱，知止而後不殆；名正而後物定，名倚而後物徙；與《斷竹歌》之二字自為一事，恐不同科。

6. 《禮記・郊特牲》：「伊耆氏始為蜡，蜡也者，索也。祝曰：『土反其宅。水歸其壑。昆蟲毋作。草木歸其澤。』」《札記》云：「案上文『黃歌斷竹，下文虞歌卿雲，夏歌雕牆』，『斷竹』、『卿雲』、『雕牆』皆歌中字，此云『在昔』，獨無所徵，倘昔為蜡之譌與！《禮記》載伊耆氏蜡辭，伊耆氏，或云堯也。」竊案蜡辭非歌，在蜡亦非句中語，或彥和時有此歌爾。

7. 《尚書大傳》載舜《卿雲歌》曰：「卿雲爛兮，糺縵縵兮。日月光華，旦復旦兮。」

8. 見〈明詩篇〉。

9. 自「斷竹之質」至「商周之麗」，所謂「酌於新聲，通變無方」也。考其根柢，要皆序志述事，其揆則一。彥和於商周以前，不稱「後模前代」，而稱之曰「其揆一也」，明商周以前之文，皆本自然之趨向，以序志述時為歸。至楚漢以下，則謂之矩式、影寫、顧慕、瞻望，而終之曰「競今疎古，風味氣衰」。據此以觀，文章須順自然，不可過重模擬。蓋因襲之弊，必至軀殼僅存，真意喪失，後世一切虛偽塗飾之文，皆由此道而生者也。商詩，指〈商頌〉，彥和用《毛詩》古文說。

10. 楚騷，古詩之流，故曰矩式周人。〈時序篇〉曰：「爰自漢室，迄至成哀，雖世漸百齡，辭人九變，而大抵所歸，祖述《楚辭》，靈均餘影，於是乎在。」策制，應作篇制。

11. 陸雲〈與兄平原書〉曰：「文章當貴經綺，（經是輕之誤。）如謂後頌語（雲作〈澄遐頌〉。）如漂漂，故謂如小勝耳。」輕綺。即此云淺綺。孫德謙《六朝麗指》曰：「《文心・通變篇》宋初訛而新。謂之訛者，未有解也。及〈定勢篇〉則釋之曰：『自近代辭人，率好詭巧。原其為體，訛勢所變。厭黷舊式，故穿鑿取新。察其訛意，似難而實無他術也，反正而已。故文反正為乏，辭反正為奇。效奇之法，必顛倒文句，上字而抑下，中辭而出外，回互不常，則新色耳。』觀此，則訛之為用，在取新奇也。顧彼獨言宋初者，豈自宋以後，即不然乎？非也。〈通變〉又曰：『今才穎之士，刻意學文，多略漢篇，師範宋集。』則文之反正喜尚新奇者，雖統論六朝可矣。聞之魏文有言『文章經國大業，不朽之盛事』，文而專求新奇，為識者蚩鄙，在所不免。然而論乎駢文，自當宗法六朝，一時作者並起，既以新奇制勝，則宜攷其為此之法。吾試略言之。

有詭更文體者，如韋琳之有〈䱉表〉，袁陽源之有〈雞九錫文〉並〈勸進〉，是雖出於游戲，然亦力趨新奇，而不自覺其訛焉者也。有不用本字，其義難通，遂使人疑其上下有闕文者。如任彥昇〈為范始興作求立太宰碑表〉：『阮略既泯，故首冒嚴科。』故即固字，自假固為故，而文意甚明者，轉至不可解矣。此亦新奇之失，訛於一字者也。又〈北山移文〉：『道帙長殯。』此殯字借為埋沒意，且其文究非移檄正格，猶可說也。而江文通〈為蕭拜太尉揚州牧表〉：『若殞若殯。』《說文》：『殯，屍在棺，將遷葬柩，賓遇之。』今文果從本義，則殯為死矣。章表之體，理宜謹重，何必須此殯字，蓋亦惟務新奇，訛謬若此也。以上二者，皆係用字之訛，以為苟不如此，不足見其新奇耳。他如鮑明遠〈石帆銘〉：『君子彼想。』恐是想彼君子，類彥和之所謂顛倒文句者。句何以顛倒，以期其新奇也。又庾子山〈梁東宮行雨山銘〉：『草綠衫同，華紅面似。』其句法本應作衫同草綠，面似花紅，今亦顛之倒之者，使之新奇也。或曰：銘為韵文，所以顛倒者，取其音叶。其說是也。以吾言之，律賦有官韻，無可如何，而顛倒其文句，既非律賦，凡為駢偶文字，造句之時，可放筆為之，無容倒置。然則此銘兩句，其有意取訛者，亦好新奇之過也。其餘則哲如仁之類，一言蔽之，不離乎新奇者近是。雖然，記有之，情欲信，辭欲巧，禮家且云爾，又何病夫新奇哉。」

12. 《說文》：「澹，水搖也。」又：「淡，薄味也。」彌澹，應作彌淡。風味，疑當作風昧。風昧與風清相對。《說文》：「昧，闇也。」《小爾雅．廣詁》：「昧，冥也。」孫君蜀丞曰：「按作末是也。〈封禪篇〉云『風末力寡』，與此意同。」

13. 《南齊書．武陵王曄傳》：「曄作短句詩學謝靈運體，以呈。高帝報曰：見汝二十字，諸兒作中最為優者。

但康樂放蕩，作體不辨有首尾。安仁、士衡，深可宗尚。顏延之抑其次也。」此略漢篇師宋集之證。《南齊書・文學傳論》可參閱。

14. 青生於藍，本《荀子・勸學篇》。《爾雅・釋草》：「茹藘，茅蒐。」郭注：「今之蒨也，可以染絳。」此言習近略遠之弊。

15. 桓譚語當是《新論》佚文。劉揚，謂子駿、子雲也。

16. 《梁書・蕭子雲傳》：武帝敕子雲撰定郊廟樂辭曰：「郊廟歌辭，應須典誥大語，不得雜用子史文章淺言。」典誥大語，能善用之固佳，然魏晉以下郊廟歌詞，非不莊重，其能動人者鮮矣。

17. 「斟酌質文之間，隱括雅俗之際」二語，極可深味，後世惟韓退之最得此意，若樊宗師則躓矣。《南齊書・張融傳》載其〈門律自序〉曰：「吾文章之體，多為世人所驚，汝可師耳以心，不可使耳為心師也。夫文豈有常體，但以有體為常，政當使常有其體。丈夫當刪詩書，制禮樂，何至因循寄人籬下。且中代之文，道體闕變，尺寸相資，彌縫舊物。吾之文章，體亦何異。何嘗顛溫涼而錯寒暑，綜哀樂而橫歌哭哉。政以屬辭多出，比事不羈，不阡不陌，非途非路耳。然其傳音振逸，鳴節竦韻，或當未極，亦已極其所矣，汝若復別得體者，吾不拘也。」臨卒，又誡其子曰：「吾文體英絕，變而屢奇，即不能遠至漢魏，故（同固）無取嗟晉宋。」融說可與彥和互證。桂馥《晚學集・書北史蘇綽傳後》曰：「傳云：自有晉之季，文章競為浮華，遂以成俗，周文欲革其弊，因魏帝祭廟，群臣畢至，乃命綽為〈大誥〉奉行之，自是之後，文筆皆依此體。馥以為此甚謬舉也。文至北魏，誠病浮華，欲革其弊，但可文從字順，以求辭達，若必彷彿訓誥，襲其形貌，羊質虎皮，叔敖衣冠，率天下以作偽而已。既無真氣，何以自立。且文章遞變，本不相沿，漢魏詔誥，未嘗式準商周，而自為一代之體；今讀綽他文，精神煥發，及讀此誥，不欲終篇，何至踵新莽之故智，而遺笑來世乎。後之效《左》、《國》，摹漢魏，戴假面登場者，又綽之罪人也。」

18. 此特舉一例言之耳，其實歷代皆有新創作，可資模範，不必拘泥於漢初也。

19. 據〈上林賦〉「月生西陂」當作「入乎西陂」。彥和雖舉此五家為例，然非教人屋下架屋，模擬取笑也。《札記》曰：「彥和此言，非教人直錄古作，蓋謂古人之文，有能變者，有不能變者，有須因襲者，有不可因襲者，在人斟酌用之。大氐初學作文，於摹擬昔文，有二事當知：第一，當取古今相同之情事而試序之；譬如序山川，寫物色，古今所同也。遠視黃山，氣成蔥翠，適當秋日，草盡萎黃，古作者言，今亦無能異也。第二，當知古今情事有相殊者，須斟酌而為之。或古無而今有，則不宜强以古事傅會，施牀垂腳，必無危坐之儀，髠首戴帽，必無免冠之禮，此一事也。或古有而今無，亦不宜以今事比合，古上書曰『死罪』，而後世但曰『跪奏』，古允奏稱『制曰可』，而後世但曰『照所請』。若改以就古，則於理甚乖，此二事也。必於古今同異之理，名實分合之原，旁及訓故文律，悉能諳練，然後擬古無優孟之譏，自作無刻楮之誚，此制文之要術也。」顧亭林《救文格論》可參閱。

20. 《札記》曰：「博精二字最要。」竊案「憑情以會通，負氣以適變」二語，尤為通變之要本。蓋必情真氣盛，骨力峻茂，言人不厭其言，然後故實新聲，皆為我用；若情匱氣失。效今固不可，擬古亦取憎也。《文選》張衡〈西京賦〉：「瞰宛虹之長鬐。」薛綜注曰：「鬐，脊也。」又衡〈思玄賦〉：「前長離使拂羽兮。」舊注：「長離，朱鳥也。」《史記．平原君列傳》：「毛遂曰：臣乃今日請處囊中耳；使遂蚤得處囊中，乃穎脫而出，非特其末見而已。」《索隱》：「環，鄭玄曰穎也。」《札記》曰：「彥和此言，為時人而發，後世有人高談宗派，壟斷文林，據其私心以為文章之要止此，合之則是，不合則非，雖士衡、蔚宗不免攻擊，此亦彥和所譏也。嘉定錢君有與人書一首，足以解拘攣，攻頑頓，錄之如左：

錢曉徵〈與友人書〉（《潛研堂文集》三十五。）

前晤吾兄，極稱近日古文家以桐城方氏為最。予取方氏文讀之，其波瀾意度頗有韓歐陽王之規模，視世俗冗蔓揉集之作，固不可同日語，惜乎其未喻古文之義法爾。夫古文之體，奇正濃淡詳略，本無定法，要其為文之旨有四：曰明道，曰經世，曰闡幽，曰正俗。有是四者，而後以法律約之，夫然後可以羽翼經史而傳之天

下後世。至於親戚故舊聚散存沒之感，一時有所寄託而宣之于文，使其姓名附見集中者，此其人事迹原無足傳，故一切闕而不載，非本有所紀而略之，以為文之義法如此也。方氏以世人誦歐公〈王恭武〉、〈杜祁公〉諸誌，不若〈黃夢升〉、〈張子野〉諸誌之熟，遂謂功德之崇不若情辭之動人心目。然則使方氏援筆而為王、杜之誌，亦將舍其勛業之大者，而徒以應酬之空言了之乎！六經三史之文，世人不能盡好，間有讀之者，僅以供場屋餖飣之用，求通其大義者罕矣。至於傳奇之演繹，優伶之賓白，情辭動人心目，雖里巷小夫婦人無不為之歌泣者，所謂曲彌高則和彌寡，讀者之熟與不熟，非文之有優劣也。以此論文，其與孫鑛、林雲銘、金人瑞之徒何異。文有繁有簡，繁者不可減之使少，猶之簡者不可使之增多；《左氏》之繁，勝於《公》、《穀》之簡，《史記》、《漢書》互有繁簡，謂文未有繁而能工者，非通論也。太史公，漢時官名，司馬談父子為之，故《史記．自序》云：「談為太史公。」又云：「卒三歲而遷為太史公。」〈報任安書〉亦自稱太史公，公非尊其父之稱，而方以為稱太史公曰者皆褚少孫所加。〈秦本紀〉、〈田單傳〉別出它說，此史家存類之法，《漢書》亦間有之，而方以為後人所附綴。韓退之撰《順宗實錄》載陸贄〈陽城傳〉，此實錄之體應爾，非退之所刱，方亦不知而妄譏之。蓋方所謂古文義法者，特世俗選本之古文，未嘗博觀而求其法也。法且不知，而義於何有！昔劉原父譏歐陽公不讀書，原父博聞誠勝於歐陽，然其言未免太過。若方氏乃真不讀書之甚者。吾兄特以其文之波瀾意度近於古而喜之，予以為方所得者，古文之糟魄，非古文之神理也。王若霖言：『靈皋以古文為時文，卻以時文為古文。』方終身病之。若霖可謂洞中垣一方癥結者矣。泥滓不及面質，聊述所懷，吾兄以為然否。」

21. 《史記．酈食其傳》：「酈生問其將皆握齱好苛禮。」《集解》：「應劭曰：『握齱，急促之貌。』」《索隱》：「應劭曰：『齱，音若促。』韋昭曰：『握齱，小節也。』賈逵曰：『苛，煩也。』小顏曰：『細也。』」致，至也。一致，猶言一得。《楚辭》嚴忌〈哀時命〉：「騁騏驥於中庭兮，焉能極夫遠道。」王逸注曰：「言騏驥壹馳千里，乃騁之中庭促狹之處，不得展足以極遠道也。」

22.《抱朴子·尚博篇》：「俗士多云：『今山不及古山之高，今海不及古海之廣，今日不及古日之熱，今月不及古月之朗。』何肯許今之才士，不減古之枯骨。」今亦有勝於古者，豈可一概論乎！望今制奇，參古定法，彥和固不教人專事效古也。

定勢第三十[1]

夫情致異區，文變殊術，莫不因情立體，即體成勢也[2]。勢者，乘利而為制也。如機發矢直，澗曲湍（元作文王性凝按本贊改）回，自然之趣也。圓者規體，其勢也自轉；方者矩形，其勢也自安：文章體勢，如斯而已[3]。是以模經為式者，自入典雅之懿；效騷（元作驗王改）命篇者，必歸豔逸之華；綜意淺切者，類乏醞藉；斷（一作斲）辭辨約者，率乖繁縟[4]：譬激水不漪，槁木無陰，自然之勢也[5]。

是以繪事圖色，文辭盡情，色糅而犬馬殊形，情交而雅俗異勢，鎔範所擬，各有司匠，雖無嚴郛，難得踰越[6]。然淵乎文者，並總羣勢；奇正雖反，必兼解以俱通；剛柔雖殊，必隨時而適用。若愛典而惡華，則兼通之理偏，似夏人爭弓矢，執一不可以獨射也[7]；若雅鄭而共篇，則總一之勢離，是楚人鬻矛譽楯，兩難得而俱售也[8]。是以括囊雜體，功（一作切從御覽改）在銓別，宮商朱紫，隨勢各配[9]。章表奏議，則準的乎典雅（一作雅頌從御覽改）；賦頌歌詩，則羽儀乎清麗；符檄書移，則楷式於明斷；史論序注，則師（孫云御覽五八五作軌）範於覈要；箴銘碑誄，則體制於弘深；連珠七辭，則從事於巧豔：此循體（黃云案馮本循體校云循體御覽作脩本）而成勢，隨變而立功者也[10]。雖復契會相參，節文互雜，譬五色之錦，各以本采為地矣[11]。

桓譚稱文家各有所慕，或好浮華而不知實覈，或美眾多而不見要約[12]。陳思亦云：世之作者，或好煩文博採，深沈其旨者；或好離言辨白，分毫析釐者：所習不同，所務各異，言勢殊也[13]。劉楨云：文之體指實強弱，使其辭已盡而勢有餘，天下一人耳，不可得也。公幹所談，頗亦兼氣。然文之任勢，勢有剛柔，不必壯言慷慨，乃稱勢也[14]。又陸雲自稱往日論文，先辭而後情，尚勢而不取悅澤，及張公論文，則欲宗其言。夫情固先辭，勢實須澤，可謂先迷後能從善矣[15]。

自近代辭人，率好詭巧，原其為體，訛勢所變，厭黷舊式，故穿鑿取新，察其訛意，似難而實無他術也，反正而已[16]。故文反正為乏（元作支），辭反正為奇。效奇之法，必顛倒文句（元作向王改），上字而抑下，中辭而出外，回互不常，則新色耳[17]。夫通衢夷坦，而多行捷徑者，趨近故也；正文明白，而常務反言者，適俗故也。然密會者以意新得巧，苟異者以失體成怪。舊練之才，則執正以馭奇；新學之銳，則逐奇而失正；勢流不反，則文體遂弊。秉茲情術，可無思耶[18]！

贊曰：形生勢成，始末相承。湍迴似規，矢激如繩。因利騁節，情采自凝。枉轡學步，力止襄（謝云當作壽顧校作壽）陵[19]。

【注釋】

1. 此篇與〈體性篇〉參閱，始悟定勢之旨。所謂勢者，既非故作慷慨，叫囂示雄，亦非強事低回，舒緩取姿；文各有體，即體成勢，章表奏議，不得雜以嘲弄，符冊檄移，不得空談風月，即所謂勢也。《抱朴子．辭義篇》曰：「夫才有清濁，思有修短，雖並屬文，參差萬品，或浩瀁而不淵潭，或得事情而辭鈍，違物理而言

功。蓋偏長之一致，非兼通之才也。闇於自料，强欲兼之，違才易務，故不免嗤也。」葛洪此論，實為知言。人之才性不同，善此者不必善於彼，如阮瑀、陳琳，獨擅章表，陸雲、閻纂，不便五言，貴能自料量，就所長者為之耳。若夫兼解俱通，惟淵乎文者為能，偏才之士，但能郛郭不踰，體勢相因，即文非最休，亦可以無大過矣。《札記》論〈定勢〉甚善，錄之於下：

「古今言文勢者，提封有三焉：其一以為文之有勢，取其盛壯，若飄風之旋，奔馬之馳，長河大江之傾注，此專標忼慨以為勢，然不能盡文而有之。其次以為勢有紆急，有剛柔，有陰陽向背，此與徒崇忼慨者異撰矣。然執一而不通，則謂既受成形，不可變革；為春溫者，必不能為秋肅，近彊陽者，必不能為慘陰。於是取往世之文，分其條品，曰此陽也，彼陰也，此純剛而彼略柔也。一夫倡之，百人和之。噫，自文術之衰，竊言文勢者，何其紛紛耶！吾嘗取劉舍人之言，審思而熟察之矣。彼標其篇曰〈定勢〉，而篇中所言，則皆言勢之無定也。其開宗也，曰：『因情立體，即體成勢。』明勢不自成，隨體而成也。申之曰：『機發矢直，澗曲湍回，自然之趣。』『激水不漪，槁木無陰，自然之勢。』明體以定勢，離體立勢，雖玄宰哲匠有所不能也。又曰：『循體成勢，因變立巧。』明文勢無定，不可執一也。舉桓譚以下諸子之言，明拘固者之有所謝短也。終譏近代辭人以效奇取勢，明文勢隨體變遷，苟以效奇為能，是使體束於勢，勢雖若奇，而體因之弊，不可為訓也。贊曰：『形生勢成，始末相承。』明物不能有末而無本，末又必自本生也。凡若此者，一言蔽之曰：體勢相須而已。為文者信喻乎此，則知定勢之要，在乎隨體，譬如水焉，槃圓則圓，盂方則方；譬如雪焉，因方為珪；遇圓成璧；焉有執一定之勢，以御數多之體，趣捷狹之徑，以偭往舊之規，而陽陽然自以為能得文勢，妄引前修以自尉荐者乎！是故彥和之說，視夫專標文勢妄分條品者，若山頭之與井底也，視徒知崇忼慨者，相去乃不可以道里計也。」

雖然，勢之為訓隱矣。不顯言之，則其封略不憭，而空言文勢者，得以反脣而相稽。《考工記》曰：『審曲面勢。』鄭司農以為審察五材曲直方面形勢之宜。是以曲面勢為三，於詞不順。蓋匠人置槷以縣，其形如柱，傳之平地，其長八尺以測日景，故勢當為槷，槷者臬之假借。《說文》：『臬，射埻的也。』其字通作藝，〈上林賦〉：『弦矢分，藝殪仆。』是也。本為射的，以其端正有法度，則引申為凡法度之稱。《書》曰：『汝陳時臬事。』《傳》曰：『陳之藝極。』作臬、作槷、作藝、作埶（蓺即埶之後出字）一也。言形勢者，原於臬之測遠近，視朝夕，苟無其形，則臬無所加，是故勢不得離形而成用。言氣勢者，原於用臬者之辨趣向，決從違，苟無其臬，則無所奉以為準，是故氣勢亦不得離形而獨立。文之有勢，蓋兼二者之義而用之。知凡勢之不能離形，則文勢亦不能離體也；知遠近朝夕非勢所能自為，則陰陽剛柔亦非文勢所能自為也；知趣向從違隨乎物形而不可橫雜以成見，則為文定勢，一切率乎文體之自然而不可橫雜以成見也。惟彥和深明勢之隨體，故一篇之中，數言自然，而設譬於織綜之因於本地，善言文勢者，孰有過於彥和者乎！若乃拘一定之勢，馭無窮之體，在彥和時則有厭黷舊式，顛倒文句者；其後數百年，則有磔裂章句、隳廢聲均者；彼皆非所明而明之，知文勢之說者所不予也。要之文有坦塗而無門戶，彼矜言文勢，拘執虛名，而不究實義，以出於己為是，以守舊為非者，盍亦研撢彥和之說哉。」

2. 勢者，標準也，審察題旨，知當用何種體制作標準。標準既定，則意有取舍，辭有簡擇，及其成文，止有體而無所謂勢也。紀評曰：「自篇首至自然之勢一段，言文各有自然之勢。」

3. 此以天地為喻也。天圓則勢自轉動，地方則勢自安靜。天地至大，尚不能違自然之勢，文章體勢，亦如斯而已。

4. 〈宗經篇〉：「稟經以製式。」〈辨騷篇〉贊：「驚才風逸，豔溢錙毫。」《漢書．薛廣德傳》：「溫雅有醞藉。」注：「醞，言如醞釀也。藉，有所薦藉也。」藉亦有厚意。

5. 《文選．吳都賦》：「刷盪漪瀾。」劉注：「漪瀾，水波也。」《爾雅．釋水》有漪字，未訓為水波，〈吳都賦〉蓋誤也。紀評曰：「模經四句與綜意四句，是一開一合文字，激水三句，乃單承綜意四句也。」

6. 此以繪事喻文勢也。勢之不得離體，猶善畫馬者不得畫犬如馬。紀評曰：「自繪事圖色以下，言勢無定格，

各因其宜，當隨其自然而取之。」

7. 陳先生曰：「《御覽》三四七引《胡非子》：『一人曰：吾弓良，無所用矢。一人曰：吾矢善，無所用弓。羿聞之曰：非弓，何以往矢，非矢，何以中的？令合弓矢而教之射。』是以羿為夏射官，故云夏人。」

8. 《韓非子・難一》：「楚人有鬻楯與矛者。譽之曰：吾楯之堅，物莫能陷也。又譽其矛曰：吾矛之利，於物無不陷也。或曰：以子之矛，陷子之楯，何如？其人弗能應也。」總一，猶言一體，雅體不得雜以鄭聲也。

9. 《易・坤・六四》：「括囊无咎无譽。」《正義》：「括，結也。囊，所以貯物。」宮商，謂聲律，朱紫，謂辭采。功在銓別，即所謂定勢。

10. 本書上篇列舉文章多體，而每體必敷理以舉統，即論每體應取之勢。《札記》曰：「《典論・論文》與〈文賦〉論文體所宜，與此可以參觀。」

11. 此言文辭雖貴通變，而勢之大本不得背離。

12. 桓譚語無攷，當在《新論》中。

13. 陳思語無攷。

14. 《札記》曰：「文之體指實強弱句有誤。細審彥和語，疑此句當作文之體指貴強，下衍弱字。」竊案《抱朴子・尚博篇》云：「清濁參差，所稟有主，朗昧不同科，強弱各殊氣。」疑公幹語當作文之體指，實殊強弱，《抱朴》語或即本之公幹也。故下文云：「公幹所談，頗亦兼氣。」《詩品》云：「魏文學劉楨，其源出於古詩。仗氣愛奇，動多振絕，真骨淩霜，高風跨俗。但氣過其文，雕潤恨少。」案此亦公幹尚氣之證。

15. 陸雲〈與兄平原書〉曰：「往日論文，先辭而後情，尚潔而不取悅澤。嘗憶兄道張公父子論文，實自欲得，今日便欲宗其言。」《札記》曰：「尚勢，今本《陸士龍集》作尚潔，蓋草書勢絜形近，初訛為絜，又訛為潔也。」悅澤，謂潤色。〈與兄平原書〉曰：「久不作文，多不悅澤，兄為小潤色之，可成佳物。」勢實須澤，猶言文之體式雖合，而辭句之潤色，所以助成文體，安可忽乎。

16. 〈通變篇〉曰：「宋初訛而新。」齊梁承流，穿鑿益甚，如江淹〈恨賦〉：「孤臣危涕，孽子墜心。」強改墜涕危心為危涕墜心，於辭不順，好奇之過也。《六朝麗指》曰：「六朝文字，其開合變化，有令人不可探索者。及閱《無邪堂答問》有論六朝駢文，其言曰：『上抗下墜，潛氣內轉。』於是六朝真訣，益能領悟矣。蓋余初讀六朝文，往往見其上下文氣，似不相接，而又若作轉，不解其故，得此說乃恍然也。試取劉柳之〈薦周續之表〉為證。『雖汾陽之舉，輟駕於時艱；明揚之旨，潛感於窮谷矣。』上用雖字，而於明揚句上並無而字為轉筆，一若此四語中，下二語仍接上二語而言，不知其氣已轉也。所謂上抗下墜，潛氣內轉者，即是如此。每以他文類推，無不皆然，讀六朝文者，此種行文秘訣，安可略諸。」

17. 《左傳·宣公十五年》：「故文反正為乏。」此節可參閱〈通變篇〉第十一條。

18. 彥和非謂文不當新奇，但須不失正理耳。上文云：「章表奏議，則準的乎典雅；賦頌歌詩，則羽儀乎清麗。」言文章措辭，勢有一定，若顛倒文句，穿鑿失正，此齊梁辭人好巧取新之病也。繹彥和之意，措辭貴在得體，貴在雅正。世之作者，或捃摭古籍艱晦之字，以自飾其淺陋，或棄當世通用之語，而多雜詭怪不適之文，此蓋採訛勢而成怪體耳。

19. 作壽陵是。本書〈雜文篇〉：「可謂壽陵匍匐，非復邯鄲之步。」正作壽陵不誤。《莊子·秋水篇》：「子獨不聞夫壽陵餘子之學行於邯鄲與？未得國能，又失其故行矣，直匍匐而歸耳。」

卷七

情采第三十一[1]

聖賢書辭，總稱文章，非采而何[2]？夫水性虛而淪漪結，木體實而花萼振，文附質也[3]。虎豹無文，則鞹同犬羊；犀兕有皮，而色資丹漆，質待文也[4]。若乃綜述性靈，敷寫器象，鏤心鳥跡之中，織辭魚網之上，其為彪炳，縟采名矣[5]。故立文之道，其理有三：一曰形文，五色是也；二曰聲文，五音是也；三曰情文，五性是也[6]。五色雜而成黼黻，五音比而成韶夏，五情（疑作性）發而為辭章，神理之數也。孝經垂典，喪言不文；故知君子常（一作嘗）言未嘗質也[7]。老子疾偽，故稱美言不信[8]；而五千精妙，則非棄美矣。莊周云辯雕萬物，謂藻飾也[9]。韓非云豔采辯說，謂綺麗也[10]。綺麗以豔說，藻飾以辯雕，文辭之變，於斯極矣。研味李（黃云案馮本作孝孫詒讓曰案孝老不誤當據改）老[11]，則知文質附乎性情；詳覽莊韓，則見華實過乎淫侈。若擇源於涇渭之流，按轡於邪正之路，亦可以馭文采矣。夫鉛黛所以飾容，而盼倩生於淑姿；文采所以飾言，而辯麗本於情性。故情者，文之經；辭者，理之緯；經正而後緯成，理定而後辭暢，此立文之本源也[12]。

昔詩人什篇，為情而造文；辭人賦頌，為文而造情。何以明其然？蓋風雅之興，志思蓄憤，而吟詠情性，以諷其上，此為情而造文也[13]；諸子之徒，心非鬱陶，苟馳夸飾，鬻聲釣世，此為文而造情也[14]；故為情者要約而寫真，為文者淫麗

而煩濫15。而後之作者，採濫忽真，遠棄風雅，近師辭賦，故體情之製日疎，逐文之篇愈盛。故有志深軒冕，而汎詠皐壤；心纏幾務，而虛述人外：真宰弗存，翩其反矣16。夫桃李不言而成蹊，有實存也；男子樹蘭而不芳，無其情也17。夫以草木之微，依情待實；況乎文章，述志為本，言與志反，文豈足徵！

是以聯辭結采，將欲明經（汪本作理黃云案馮本作理），采濫辭詭，則心理愈翳18。固知翠綸桂餌，反所以失魚。言隱榮華，殆謂此也19。是以衣錦褧衣，惡文太章；賁象窮白，貴乎反本20。夫能設謨（謝云當作模）以位理，擬地以置心，心定而後結音，理正而後摛藻，使文不滅質，博不溺心，正采耀乎朱藍，間色屏於紅紫，乃可謂雕琢其章，彬彬君子矣21。

贊曰：言以文遠，誠哉斯驗。心術既形，英華乃贍。吳錦好渝，舜英徒豔22。繁采寡情，味之必厭。

【注釋】

1. 《札記》曰：「舍人處齊梁之世，其時文體方趨於縟麗，以藻飾相高，文勝質衰，是以不得無救正之術。此篇恉歸，即在挽爾日之頹風，令循其本，故所譏獨在采溢於情，而於淺露樸陋之文未遑多責，蓋揉曲木者未有不過其直者也。雖然，彥和之言文質之宜，亦甚明憭矣。首推文章之稱，緣於采繪，次論文質相待，本於神理，上舉經子以證文之未嘗質，文之不棄美，其重視文采如此，曷嘗有偏畸之論乎。然自義熙以來，力變過江玄虛沖淡之習而振以文藻，其波流所蕩，下至陳隋，言既隱於榮華，則其弊復與淺露樸陋相等，舍人所譏，重於此而輕於彼，抑有由也。綜覽南國之文，其文質相劑，情韻相兼者，蓋居泰半，而蕪辭濫體，足以

召後來之謗議者，亦有三焉：一曰繁，二曰浮，三曰晦。繁者，多徵事類，意在鋪張；浮者，緣文生情，不關實義；晦者，竄易故訓，文理迂回。此雖篤好文采者不能為諱，愛而知惡，理固宜爾也。或者因彥和之言，遂謂南國之文，大抵侈豔居多，宜從屏棄，而別求所謂古者，此亦失當之論。蓋侈豔誠不可宗，而文采則不宜去；清真固可為範，而樸陋則不足多。若引前修以自張，背文質之定律，目質野為淳古，以獨造為高奇，則又墮入邊見，未為合中。方乃標樹風聲，傳詒來葉，借令彥和生於斯際，其所譏當又在此而不在彼矣。故知文質之中，罕能不越，或失則過質，或失則過文。救質者不得不多其文，救文者不得不隆其質，芻狗有時而見棄，澼絖有時而利師，善學者高下在心，進退可法。何必以井蛙夏蟲自處，而妄誚冰海也哉。」

2. 《禮記．樂記》：「文采節奏，聲之飾也。」文采文章，皆修飾章明義。

3. 陳先生曰：「淪漪，本《詩．伐檀篇》。淪漪。猶〈吳都賦〉云：『刷蕩漪瀾。』劉淵林注：『漪瀾，水波也。』瀾即漣漪之漣。《毛詩．釋文》亦云：猗本作漪。」

4. 《論語．顏淵》：「子貢曰：文猶質也，質猶文也；虎豹之鞹，猶犬羊之鞹。」《左傳．宣公二年》：「宋城，華元為植巡功。城者謳曰：……華元使驂乘者謂之曰：牛則有皮，犀兕尚多，棄甲則那？役人曰：從其有皮，丹漆若何？」

5. 許慎《說文．序》：「黃帝之史倉頡，見鳥獸蹏迒之跡，知分理之可相別異也，初造書契。」《後漢書．宦者蔡倫傳》：「倫造意用樹膚、麻頭及敝布、魚網以為紙。」

6. 形文，如〈練字篇〉所論；聲文，如〈聲律篇〉所論。

7. 《孝經．喪親章》：「子曰：孝子之喪親也，哭不偯，禮無容，言不文。」

8. 《老子道德經》八十一章：「信言不美，美言不信。」

9. 《莊子．天道篇》：「故古之王天下者，辯雖雕萬物不自說也。」《釋文》：「說，音悅。」

10. 《韓非子．外儲說左上》：「范且、虞慶之言，皆文辯辭勝而反事之情。……夫不謀治強之功，而豔乎辯說文麗之聲，是卻有術之士，而任壞屋折弓也。」此云豔采，采豈乎字之誤與。

11. 紀評曰：「李，當作孝。《孝》、《老》，猶云《老》、《易》。」

12. 紀評曰：「此一篇之大旨。」

13. 《漢書．禮樂志》曰：「夫民有血氣心知之性，而無哀樂喜怒之常，應感而動，然後心術形焉。」〈食貨志上〉曰：「男女有不得其所者，因相與歌詠，各言其傷。」《公羊．宣十五年傳》注曰：「男女有所怨恨，相從而歌。饑者歌其食，勞者歌其事。」可知詩人什篇，皆出於性情，蓋苟有其情，則耕夫織婦之辭，亦可觀可興。漢之樂府、後世之謠諺，皆里閭小子之作，而情文真切，有非翰墨之士所敢比擬者。即如〈古詩十九首〉，在漢代當亦謠諺之類，然擬古詩者，如陸機之流，果足與抗顏行論短長乎！彥和「詩人什篇，為情而造文，辭人賦頌，為文而造情」寥寥數語，古今文章變遷之迹、盛衰之故，盡於此矣。

14. 《抱朴子．應嘲篇》：「非不能屬華豔以取悅，然不忍違情曲筆，錯濫真偽，欲令心口相契，顧不愧景，冀知音之在後也。」心口不契，即彥和下文所譏者。《宋書．王微傳》載微〈與從弟僧綽書〉曰：「文詞不怨思抑揚，則流澹無味。」夫怨思發於性情，強作抑揚，非為文造情而何。

15. 陸雲〈與兄平原書〉曰：「此是情文，但本少情，而頗能作氾說耳。」

16. 劉歆作〈遂初賦〉，潘岳作〈秋興賦〉，石崇作〈思歸引〉，古來文人類此者甚眾，然不得謂其必無皐壤人外之思。蓋魚與熊掌，本所同欲，不能得兼，勢必去一，而反身綠水，固未嘗忘情也。故塵俗之縛愈急，林泉之慕彌深，彥和所譏，尚非伊人。若夫庸庸祿蠹，鄙性天成，亦復搖筆鼓舌，虛言遐往，斯則所謂「真宰弗存，翩其反矣」者也。孫君蜀丞曰：「《文選》嵇叔夜〈與山巨源絕交書〉云：機務纏其心。」

17. 《史記．李廣傳》贊：「桃李不言，下自成蹊。」《淮南子．繆稱訓》：「男子樹蘭，美而不芳。」

18. 經作理，是。

19. 魯人有好釣者，以桂為餌，黃金之鉤，錯以銀碧，垂翡翠之綸。馬國翰《輯佚書》七十二曰：「《太平御

覽》卷八百三十四引《闕子》。徐堅《初學記》引『或有以桂為餌』至『翡翠之綸』，亦作《闕子》。《後漢書．班彪傳》章懷太子注引首四句，《御覽》卷九百五十七引首三句，並作《闕子》，誤。」《莊子．齊物論》：「言隱於榮華。」

20. 《詩．衛風．碩人》：「碩人其頎，衣錦褧衣。」《正義》曰：「錦衣所以加褧者，為其文之大著也。故《中庸》云：『衣錦尚絅，惡其文之大著。』是也。」《易．賁卦．上九》：「白賁无咎。」〈象〉曰：「白賁无咎，上得志也。」王弼注曰：「處飾之終，飾終反素，故在其質素，不勞文飾而无咎也。以白為飾，而无患憂，得志者也。」

21. 謨作模，是。地，即〈定勢篇〉各以本采為地之地。昭明太子〈答湘東王求文集及詩苑英華書〉曰：「夫文典則累野，麗亦傷浮；能麗而不浮，典而不野，文質彬彬，有君子之致。吾嘗欲為之，但恨未逮耳。」孫君蜀丞曰：「《莊子．繕性篇》云：知而不足以定天下，然後附之以文，益之以博，文滅質，博溺心。郭注文博者，心質之飾也。」《詩．大雅．棫樸》：「追琢其章。」紅紫，疑當作青紫，上文云正采耀乎朱藍。

22. 《詩．鄭風．有女同車》：「有女同行，顏如舜英。」《毛傳》：「舜，木槿也。英，猶華也。」陸璣《草木疏》曰：「舜，一名木槿，今朝生暮落者是也。」

鎔裁第三十二[1]

情理設位，文采行乎其中。剛柔以立本，變通以趨時。立本有體，意或偏長；趨時無方，辭或繁雜。蹊要所司，職在鎔裁，檃括情理，矯揉文采也[2]。規範本體謂之鎔，剪截浮詞謂之裁。裁則蕪穢不生，鎔則綱領昭暢，譬繩墨之審分，斧斤之斲削矣[3]。駢拇枝指，由侈於性，附贅懸肬，實侈於形。二（黃校作一）意兩出，義之駢枝也；同辭重句，文之肬贅也[4]。

凡思緒初發，辭采苦雜，心非權衡，勢必輕重[5]。是以草創鴻（黃云案馮本作鳴）筆，先標三準，履端於始，則設情以位體；舉正於中，則酌事以取類；歸餘於終，則撮辭以舉要[6]。然後舒華布實，獻替（疑作質元作贊）節文，繩墨以外，美材既斲，故能首尾圓合，條貫統序。若術不素定，而委心逐辭，異端叢至，駢贅必多[7]。

故三準既定，次討字句。句有可削，足見其疏；字不得減，乃知其密[8]。精論要語，極略之體；游心竄句，極繁之體：謂繁與略，隨（鈴木云諸本作適）分所好[9]。引而申之，則兩句敷為一章；約以貫之，則一章刪成兩句。思贍者善敷，才覈者善刪。善刪者字去而意留，善敷者辭殊而意（汪本作義鈴木云玉海嘉靖本王本岡本作義）顯。字刪而意闕，則短乏而非覈；辭敷而言重，則蕪穢而非贍[10]。

昔謝艾王濟，西河文士，張俊（當作駿）以為艾繁而不可刪，濟略而不可益；若二子

者，可謂練鎔裁而曉繁略矣11。至如士衡才優，而綴辭尤繁；士龍思劣，而雅好清省。及雲之論機，亟恨其多，而稱清新相接，不以為病，蓋崇友于耳12。夫美錦製衣，脩短有度，雖翫其采，不倍領袖；巧猶難繁，況在乎拙？而文賦以為榛楛勿翦，庸音足曲，其識非不鑒，乃情苦芟（元作[illegible]）繁也13。夫百節成體，共資榮衛14，萬趣會文，不離辭情。若情周而不繁，辭運而不濫，非夫鎔裁，何以行之乎？

贊曰：篇章戶牖，左右相瞰。辭如川流，溢則汎濫。權衡損益，斟酌濃淡。芟繁翦穢，弛於負擔15。

【注釋】

1. 《札記》曰：「作文之術，誠非一二言能盡，然挈其綱維，不外命意修詞二者而已。意立而詞從之以生，詞具而意緣之以顯，二者相倚，不可或離。意之患二：曰雜，曰竭。竭者不能自宣；雜者無復統序。辭之患二：曰枯，曰繁。枯者不能求達；繁者徒逐浮蕪。枯竭之弊，宜救之以博覽；繁雜之弊，宜納之於鎔裁。舍人此篇，專論其事。尋鎔裁之義，取譬於笵金製服；笵金有齊，齊失則器不精良；製服有制，制謬而衣難被御；洵令多寡得宜，修短合度，酌中以立體，循實以敷文，斯鎔裁之要術也。然命意修詞，皆本自然以為質。必知駢拇縣疣，誠為形累；鳧脛鶴膝，亦由性生。意多者未必盡可訾謷，辭眾者未必盡堪刪剟；惟意多而雜，詞眾而蕪，庶將施以鑪錘，加之剪截耳。又鎔裁之名，取其合法，如使意鬱結而空簡，辭枯槁而徒略，是乃以銖黍之金，鑄半兩之幣，持尺寸之帛，為縫掖之衣，必不就矣。或者誤會鎔裁之名，專以簡短為貴，斯又失自然之理而趨狹隘之途者也。

『草創鴻筆』以下八語，亦設言命意謀篇之事，有此經營。總之意定而後敷辭，體具而後取勢，則其文自有條理。舍人本意，非立一術以為定程，謂凡文必須循此所謂始中終之步驟也，不可執詞以害意。舍人妙達文理，豈有自制一法，使古今之文必出於其道者哉。章實齋《文史通義．古文十弊篇》有一節論文無定格，其論閎通，足以藥拘攣之病，與劉論相補苴，茲錄於左：

『古人文成法立，未嘗有定格也。傳人適如其人，述事適如其事，無定之中有一定焉。知其意者旦暮遇之；不知其意，襲其形貌，神弗肖也。往余撰〈和州志故給事成性傳〉，性以建言著稱，故采錄其奏議，然性少遭亂離，全家被害，追悼先世，每見文辭，而〈猛省〉之篇，尤沈痛可以教孝，故於終篇全錄其文。其鄉有知名士賞余文曰：「前載如許奏章，若無〈猛省〉之篇，譬如行船，鷁首重而柁樓輕矣，今此婪尾，可謂善謀篇也。」余戲詰云：「設成君本無此篇，此船終不行耶？」蓋塾師講授四書文義，謂之時文，必有法度以合程式；而法度難以空言，則往往取譬以示蒙學：擬於房室，則有所謂間架結構；擬於身體，則有所謂眉目筋節；擬於繪畫，則有所謂點睛添毫；擬於形家，則有所謂來龍結穴；隨時取譬。然為初學示法，亦自不得不然，無庸責也。惟時文結習，深錮腸腑，進窺一切古書古文，皆此時文見解，動操塾師啓蒙議論，則如用象棋枰布圍棋子，必不合矣。』

『士衡才優』已下一段，極論文之不宜繁，自是正論。然士龍所云清新相接，不以為病，士衡所云榛楛勿翦，蒙榮集翠，亦有此一理。古人文傷繁者，不厪士衡一人，閱之而不以繁為病者，必由有新意清氣以彌縫之也。患專在辭，故其疵猶小，若意辭俱濫，斯真無足觀采矣。」

2. 文以情理為根本，辭采為枝葉；鎔所以治情理，使綱領清晰，裁所以治辭采，使蕪穢不生。剛柔，指性氣言，變通，指文辭言。

3. 《世說．文學篇》：「樂令善於清言，而不長於手筆，將讓河南尹，請潘岳為表。潘云：『可作耳，要當得君意。』樂為述己所以為讓，標位二百許語。潘直取錯綜，便成名筆。時人咸云：若樂不假潘之文，潘不取樂之旨，則無以成斯矣。」此可證善鎔裁者始得成名筆。

4. 《莊子・駢拇篇》：「駢拇枝指，出乎性哉，而侈於德；附贅縣疣，出乎形哉，而侈於性。」二意黃蕘圃校本作一意，極是。

5. 遍照金剛《文鏡祕府論》四曰：「文思之來，苦多紛雜，應機立斷，須定一途。若空勤品量，不能取捨，心非其決，功必難成。然文無定方，思容通變，下可易之於上，前得迴之於後，（若語在句末，得易之於句首，或在前言，可迻於後句。）研尋吟咏，足以安之，守而不迻，則多不合矣。」

6. 此謂經營之始，心中須先歷此三層程序。首審題義何在，體應何取；次採集關於本題之材料；最後審一篇之警策應置何處。蓋篇中若無出語，（陸雲〈與兄平原書〉中數言出語，出語即警策語。）則平淡不能動人，故云撮辭以舉要。始中終非指一篇之首中尾而言，彥和蓋借《左傳・文公元年》語以便文詞耳。

7. 「然後舒華布實」至「美材既斲」謂既形之於文，仍須隨時加以修飾之功。《文鏡祕府論》四〈定位篇〉可資參閱，錄於下：

「凡製於文，先布其位，猶夫行陳之有次，階梯之有依也。先看將作之文，體有大小；（若作碑誌頌論賦檄等體法大，啓表銘贊等體法小也。）又看所為之事，理或多少。（敘人事物類等事，理有多者，有少者。）體大而理多者，定製宜弘；體小而理少者，置辭必局。須以此義用意準之，隨所作文，量為定限。（謂各準其文體事理，量定其篇句多少也。）既已定限，次乃分位，位之所據，義別為科，（雖主一事為文，皆須次第陳敍，就理分配，義別成科。其若夫至如於是所以等皆是科之際會也。）眾義相因，厥功乃就。（科別所陳之義，各相準望，連接以成一文也。）故須以心揆事，以事配辭，（謂人以心揆所為之事，又以此事分配於將作之辭。）總取一篇之理，析成眾科之義，（謂以所為作篇之大理，分為科別小義）其為用也有四術：一者分理務周；（謂分配其理，科別須相準望。皆使周足得所，不得令或有偏多偏少者也。）二者敘事以次；（謂敘事理須依次第，不得應在前而入後，應入後而出前，及以理不相干，而言有雜亂者。）三者義須相接；（謂科別相連，其上科末義必須與下科首義相接也。）四者勢必相依。（謂上科末與下科末句字多少及聲勢高下，讀之使快，即是相依也。）理失周則繁約互舛；（多則義繁，少則義約，不得均等，事故云舛。）事非次則先後成亂；（理相參錯，故失先後之次也。）義不相接，則文體中絕；（兩科際會，義不相接，故尋之若文體中斷絕也。）勢不相依，則諷讀為阻，（兩科聲勢自相乖舛，故讀之以致阻難也。）若斯並文章所尤忌也。故自於首句迄於終篇，科位雖分，文體終合，理貴於圓備，言資於順序，使上下符契，先後彌縫，擇言者不覺其孤，（言皆符合不孤。）尋理者不見其隙，（隙孔也。理相彌合，故無孔也。）始其宏耳。又文之大者，藉引而申之；（文體大者，須依其事理引之使長，又申明之使成繁富也。）文之小者，在限而合之。（文體小者，亦依事理豫定其位，促合其理使歸約也。）申之則繁，合之則約。善申者雖繁不得而減；（言雖繁多，皆相須而成，義不得減之令少也。）善合者雖約不可而增。（言雖簡少，義并周足，不可增之使多。）合而遺其理，（謂合之傷於疏略，漏其正理也。）疎穢之起，實在於茲。（理不足故體必疎，義相越故文成穢也。）皆在於義得理通，理相稱愜故也。若使申而越其義，（謂申之乃虛相依託，越於本義也。）此固文人所宜用意。或有作者，情非通悟，不分先後之位，不定上下之倫，苟出胸懷，便上翰墨，假相聚合，無所附依，事空致於混淆，辭終成於瑣碎，斯人之輩，吾無所裁矣。」

右文似即本〈鎔裁篇〉而暢演之，不欲割裂其章句，故全錄如上。

8. 案上節論鎔，此節論裁。裁者剪截浮詞之謂，《史通·敘事篇》論省句省字之法，至為精覈，茲節錄之於左：（《史通·點煩篇》其法甚善，惜已缺佚。《文選》載干寶《晉紀·總論》與《晉書·元帝紀》所載詳略不同，亦可以觀剪裁之法則。）

「夫國史之美者，以敍事為工；而敍事之工者，以簡要為主，簡之時義大矣哉！歷觀自古作者，權輿《尚書》，發蹤所載，務於寡事。《春秋》變體，其言貴於省文，斯蓋澆淳殊致，前後異跡，然則文約而事豐，此述作之尤美者也。始自兩漢，迄乎三國，國史之文，日傷煩富，逮晉已降，流宕逾遠。尋其冗句，摘其煩詞，一行之間，必謬增數字，尺紙之內，恆虛費數行。夫聚蚊成雷，羣輕折軸，況於章句不節，言詞莫限，

載之兼兩，曷足道哉！蓋敘事之體，其別有四：有直紀其才行者，有唯書其事跡者，有因言語而可知者，有假讚論而自見者。至如《古文尚書》稱帝堯之德，標以『允恭克讓』；《春秋》、《左傳》言子太叔之狀，目以『美秀而文』，所稱如此，更無他說，所謂直紀其才行者。又如《左氏》載申生為驪姬所譖，自縊而亡；《班史》稱紀信為項籍所圍，代君而死；此則不言其節操，而忠孝自彰，所謂唯書其事跡者。又如《尚書》稱武王之罪紂也，其誓曰：『焚炙忠良，刳剔孕婦。』《左傳》紀隨會之論楚也，其詞曰：『篳路藍縷，以啓山林。』此則才行事跡莫不闕如，而言有關涉，事便顯露，所謂因言語而可知者。又如《史記・衛青傳》後太史公曰：『蘇建嘗責大將軍不薦賢待士。』《漢書・孝文紀》末其讚曰：『吳王詐病不朝，賜以几杖。』此則傳之與紀，並所不書，而史臣發言，別出其事，所謂假讚論而自見者。然則才行、事跡、言語、讚論，凡此四者，皆不相須，若兼而畢書，則其費尤廣，但自古經史，通多此類，能獲免者，蓋十無一二。又敘事之省，其流有二焉：一曰省句，二曰省字。如《左傳》宋華耦來盟，稱其先人得罪於宋，魯人以為敏。夫以鈍者稱敏，則明賢達所嗤，此為省句也。《春秋經》曰：『隕石於宋五。』夫聞之隕，視之石數之五，加以一字太詳，減其一字太略，求諸折中簡要合理，此為省字也。其有反於是者，若《公羊》稱郤克眇，季孫行父禿，孫良夫跛，齊使跛者逆跛者，禿者逆禿者，眇者逆眇者。蓋宜除跛者已下句，但云各以其類逆。必事加再述，則於文殊費，此為煩句也。《漢書・張蒼傳》云：『年老口中無齒。』蓋於此一句之內，去年及口中可矣，夫此六文成句，而三字妄加，此為煩字也。

然則省句為易，省字為難，洞識此心，始可言史矣。苟句盡餘賸，字皆重複，史之煩蕪，職由於此。蓋餌巨魚者，垂其千鈞，而得之在於一筌；捕高鳥者，張其萬罝，而獲之由於一目。夫敘事者，或虛益散辭，廣加閑說，必取其所要，不過一言一句耳。苟能同夫獵者漁者，既執而罝鈞必收，其所留者，唯一筌一目而已，則庶幾駢枝盡去，而塵垢都捐，華逝而實存，滓去而瀋在矣。嗟乎！能損之又損，而玄之又玄，輪扁所不能語斤，伊摯所不能言鼎也。

9.《莊子．駢拇篇》：「駢於辯者，纍瓦結繩，竄句遊心於堅白同異之間。」、《釋文》引司馬彪云：「竄句，謂邪說微隱，穿鑿文句也。」隨分所好，謂各隨作者性之所好。

10. 裁字之義，兼增刪二者言之，非專指刪減也。此節極論繁略之本原，明白不可復加，《日知錄》十九「文章繁簡」條頗可參閱，錄於下：（附原注。）

「韓文公作〈樊宗師墓銘〉曰：『維古于辭必己出，降而不能乃剽賊，後皆指前公相襲，從漢迄今用一律。』此極中今人之病。若宗師之文，則懲時人之失而又失之者也。（如〈絳守居園池記〉以東西二字平常，而改為甲辛，殆類吳人之呼庚癸者矣。）作書須注，此自秦漢以前可耳；若今日作書，而非注不可解，則是求簡而得繁，兩失之矣。子曰：『辭達而已矣。』（胡纘宗修《安慶府志》書正德中劉七事，大書曰：『七年閏五月，賊七來寇江境。』而分注於賊七之下曰：『姓劉氏。』舉以示人，無不笑之。不知近日之學為秦漢文者，皆『賊七』之類也。）

辭主乎達，不論其繁與簡也。繁簡之論興而文亡矣。《史記》之繁處，必勝於《漢書》之簡處；《新唐書》之簡也，不簡於事而簡於文，其所以病也。（錢氏曰：『文有繁有簡，繁者不可簡之使少，猶之簡者不可增之使多。《左氏》之繁，勝於《公》、《穀》之簡，《史記》、《漢書》互有繁簡，謂文未有繁而能工者，亦非通論也。』）

『時子因陳子而以告孟子，陳子以時子之言告孟子。』此不須重見而意已明。『齊人有一妻一妾而處室者，其良人出，則必饜酒肉而後反。其妻問所與飲食者，則盡富貴也。其妻告其妾曰：良人出，則必饜酒肉而後反，問其與飲食者，盡富貴也，而未嘗有顯者來，吾將瞷良人之所之也。』『有饋生魚於鄭子產，子產使校人畜之池。校人烹之，反命曰：始舍之圉圉焉，少則洋洋焉，攸然而逝。子產曰：「得其所哉！得其所哉！」校人出，曰：「孰謂子產智，予既烹而食之，曰：得其所哉！得其所哉！」』此必須重疊而情事乃盡，此《孟子》文章之妙；使入《新唐書》，於齊人則必曰：『其妻疑而瞷之。』於子產則必曰：『校人出而笑之。』兩言而已矣。是故辭主乎達，不主乎簡。

劉器之曰：『《新唐書》敍事好簡略其辭，故其事多鬱而不明，此作史之病也。且文章豈有繁簡邪！昔人之論，謂如風行水上，自然成文，若不出於自然，而有意於繁簡，則失之矣。當日〈進新唐書表〉云：「其事則增於前，其文則省於舊。」《新唐書》所以不及古人者，其病正在此兩句也。』《黃氏日鈔》言：『蘇子由《古史》改《史記》多有不當。如〈樗里子傳〉，《史記》曰：「母韓女也，樗里子滑稽多智。」《古史》曰：「母韓女也，滑稽多智。」似以母為滑稽矣。然則樗里子三字其可省乎！〈甘茂傳〉，《史記》曰：「甘茂下蔡人也，事下蔡史舉學百家之說。」《古史》曰：「下蔡史舉學百家之說。」似史舉自學百家矣。然則事之一字其可省乎！以是知文不可以省字為工，字而可省，太史公省之久矣。』」

11. 張駿字公庭，十歲能屬文。傳見《晉書》八十六。謝艾見駿子〈重華傳〉。王濟不見於傳。駿語無聞。

12. 陸雲〈與兄平原書〉曰：「雲今意視文，乃好清省。」又曰：「兄文章之高遠絕異，不可復稱言，然猶皆欲微多，但清新相接，不以此為病耳。若復令小省，恐其妙欲不見，可復稱極，不審兄猶以為爾不。」又曰：「兄文方當日多，但文實無貴於為多。多而如兄文者，人不饜其多也。」又曰：「有作文唯尚多，而家多豬羊之徒，作〈蟬賦〉二千餘言，〈隱士賦〉三千餘言，既無藻偉體，都自不似事。文章實自不當多，古今之能為新聲絕曲者，又無過兄，兄往日文雖多瑰鑠，至於文體，實不如今日。……張公文無他異，正自情省無煩長，作文正爾，自復佳。兄文章已顯一世，亦不足復多自困苦。適欲白兄可因今清靜，盡定昔日文，但當鈎除。差易為功力。」

13. 〈文賦〉曰：「石韞玉而山輝，水懷珠而川媚；（雖無佳偶，因而留之，譬若水石之藏珠玉，山川為之輝媚也。）彼榛楛之勿翦，亦蒙榮於集翠；（榛楛，喻庸音也。以珠玉之句既存，故榛楛之辭亦美。）綴《下里》於《白雪》，吾亦濟夫所偉。」（言以此庸音而偶彼嘉句，譬以《下里》鄙曲綴於《白雪》之高唱，吾唱知美惡不倫，然且以益夫所偉也。）又曰：「放庸音以足曲。」

14. 《素問．湯液醪醴論》：「榮衛不可復收。」注：「榮衛者，氣之主。」

15. 弛於負擔，謂免於累也。

聲律第三十三[1]

夫音律所始，本於人聲者也。聲含（鈴木云閔本岡本作合）宮商，肇自血氣，先王因之，以制樂歌。故知器寫人聲，聲非學（當作效）器者也[2]。故言語者，文章神明樞機，吐納律呂，脣吻而已[3]。古之教歌，先揆以法，使疾呼中宮，徐呼中徵[4]。夫商徵響高，宮羽聲下[5]；抗喉矯舌之差，攢脣激齒之異，廉肉相準，皎然可分[6]。今操琴不調，必知改張，摘（黃云作擿）文乖張，而不識所調；響在彼絃，乃得克諧，聲萌我心，更失和律：其故何哉？良由內（元作外王改顧校作外）聽難為聰也[7]。故外聽之易，絃以手定，內聽之難，聲與心紛，可以數求，難以辭逐[8]。凡聲有飛沈，響有雙疊（二字脫楊云有字下諸本皆遺翕散二字謝云據下文當作雙疊二字）；雙聲隔字而每舛，疊韻雜句而必睽；沈則響發而斷，飛則聲颺不還：並轆轤交往，逆鱗相比；迂其際會，則往蹇來連，其為疾病，亦文家之吃也[9]。夫吃文為患，生於好詭，逐新趣異，故喉脣糺紛，將欲解結，務在剛斷。左礙而尋石，末滯而討前，則聲轉於吻，玲玲如振玉，辭靡於耳，纍纍如貫珠矣[10]。是以聲畫妍蚩，寄在吟詠，吟詠滋味，流於字（元作下商孟和改黃云案馮本作字）句。氣力（孫云氣力上當復有字句二字）窮於和韻[11]。異音相從謂之和，同聲相應謂之韻。韻氣一定，故（鈴木云文鏡祕府論玉海故作則）餘聲易遣；和體抑揚，故遺（鈴木云岡本作遣）響難契。屬筆易巧，選和至難；綴文難精，而作韻甚易，雖纖意（一作毫）曲變，非可縷言，然振其大綱，不出茲論[12]。

若夫宮商大和，譬諸吹籥；翻迴取均，頗似調瑟。瑟資移柱，故有時而乖貳；籥含定管，故無往而不壹。陳思潘岳，吹籥之調也；陸機左思，瑟柱之和也。概舉而推，可以類見13。

又詩人綜韻，率多清切；楚辭辭楚，故訛韻實繁14。及張華論韻，謂士衡多楚，文賦亦稱知楚不易，可謂銜靈均之聲餘，失黃鍾之正響也15。凡切韻之動，勢若轉圜（鈴木云玉海作圓嘉靖本亦同），訛音之作，甚於枘方；免乎枘方，則無大過矣16。練才洞鑒，剖字鑽響，識疎（汪本作疏識）闊略（黃云汪本作疎識簡略），隨音所遇，若長風之過籟，南郭（元作東葉循父改 黃云案馮本作東）之吹竽耳17。古之佩玉，左宮右徵，以節其步，聲不失序，音以律文，其可忘（王本作忽）哉18？

贊曰：標情務遠，比音則近。吹律胸臆，調鍾脣吻19。聲得鹽梅，響滑榆槿20。割棄支離21，宮商難隱22。

【注釋】

1. 古代竹帛繁重，學術傳授，多憑口耳，故韻語雜出，藻繪紛陳，自《易》之〈文言〉、〈繫辭〉以及百家諸子，大率如此。西漢盛行章句，訓說一經，往往數十萬言，苟以博依曼衍為高，文采聲韻，殆匙措意。能文之士，類皆深湛儒術；而守經儒生，則未必能文。流至東漢，儒林與文苑分途，文士制作，力有所專，制作益廣。今其辭失傳者眾，攷其篇目，固泰半有韻之文也。韻文既極恢宏，自須探求新境，以馭無窮。自佛教東流，中國文學，受其薰染，釋慧皎《高僧傳》十三〈經師論〉云：「始有魏陳思王曹植深愛聲律，屬意經音，既通般遮之瑞響，又感魚山之神製；於是刪治《瑞應本起》，以為學者之宗，傳聲則三千有餘，在契則四十有二。」又云：「昔諸天讚唄，皆以韻入弦管，五眾與俗違，故宜以聲曲為妙。原夫梵唄之起，亦肇自陳思。始箸〈太子頌〉及〈睒頌〉等。因為之製聲，吐納抑揚，並法神授，今之皇皇顧惟，蓋其風烈也。」夫製梵唄者，必精達經旨，洞曉音律，三位七聲，次而無亂，五言四句，契而莫爽，其間起擲盪舉，平折放殺，游飛卻轉，反疊嬌哢，動韻則揄靡弗窮，張喉則變態無盡，故能超暢微言，令人樂聞者也。（此亦〈經師論〉語）曹植既首唱梵唄，作〈太子頌〉、〈睒頌〉，新聲奇製，焉有不扇動當世文人者乎！故謂作文始用聲律，實當推原於陳王也。或疑陳王所製，出自僧徒依託，事乏確證，未敢苟同。況子建集中如〈贈白馬王彪〉云：「孤魂翔故域，靈柩寄京師。」〈情詩〉：「遊魚潛綠水，翔鳥薄天飛；始出嚴霜結，今來白露晞。」皆音節和諧，豈盡出暗合哉。李登在魏世撰《聲類》十卷，為韻書之祖。大輅椎輪，固不得與《切韻》比，然亦當時文士漸重聲律之一證矣。

繼陳王而推衍其說者，則為晉之陸士衡。〈文賦〉云：「暨音聲之迭代，若五色之相宣；雖逝止之無常，固崎錡而難便；苟達變而識次，猶開流以納泉；如失機而後會，恆操末以續顛；謬玄黃之秩敘，故淟涊而不鮮。」據杜甫詩陸機二十作〈文賦〉，則尚在魏之季世也。《世說．排調篇》載陸雲「雲間陸士龍」、荀隱「日下荀鳴鶴」二語，以為美談，今觀二語了無奇意，蓋徒以聲律相尚也。魏晉之世，聲律之學初興，故子建、士衡雖悟文有音律，而未嫻協調音律之定術，躑躅燥吻，即謀音律之調諧耳。《隋書》載晉呂靜《韻集》六卷、張諒《四聲韻林》二十八卷。

《宋書．范曄傳》載曄〈自序〉云：「性別宮商，識清濁，斯自然也。觀古今文人，多不全了此處，縱有會此者，不必從根本中來。年少中謝莊最有其分。手筆差易於（《宋書》無於字，據《南史》補。）文，不拘韻故也。吾思乃無定方，特能濟（黃先生《札記》難上有艱字，見〈總術篇〉注。）難，適輕重。」觀蔚宗此辭，似調聲之術，已得於胸懷，特深自祕異，未肯告人。左礙而尋右，末滯而討前，即所謂濟艱難、適輕重矣。謝莊深明聲律，故其所作〈赤鸚鵡賦〉，為後世律賦之祖。

《文鏡祕府論》一〈四聲論〉曰：「宋末以來，始有四聲之目，沈氏乃著其譜，論云：起自周顒。」《南史・陸厥傳》云：「時盛為文章，吳興沈約、陳郡謝朓、琅邪王融以氣類相推轂。汝南周顒善識聲韻。約等文皆用宮商，將平上去入四聲，以此制韻，有平頭、上尾、蜂腰、鶴膝。五字之中，音韻悉異，兩句之內，角徵不同，不可增減，世呼為『永明體』。」四聲之分，既已大明，用以調聲，自必有術。八病苛細固不可盡拘，而齊梁以後，雖在中才，凡有製作，大率聲律協和，文音清婉，（《南齊書・張融傳》云：文音清婉在其韻。）辭氣流靡，罕有挂礙，不可謂非推明四聲之功。鍾嶸《詩品》，獨非四聲，以為襞積細微，文多拘忌，傷其真美，斯論通達，當無間然。抑知清濁通流，口吻調利，苟無科條，正復不易。夫大匠誨人，必以規矩，神而化之，存乎其人，何得堅拒聲律之術，使人冥索，得之於偶然乎。且齊梁以下，若唐人之詩、宋人之詞、元明人之曲，旁及律賦四六，孰不依循聲律，構成新制，徒以迂見之流，不瞭文章貴乎新變，笑八病為妄作，擯齊梁而不談，豈知沈約之前，聲律方興而莫阻，沈約之後，鰓理剖析而彌精哉。文學通變不窮，聲律實其關鍵，世人由之而不自覺，其識又非鍾記室之比矣。彥和於〈情采〉、〈鎔裁〉之後首論聲律，蓋以聲律為文學要質，又為當時新趨勢，彥和固教人以乘機無怯者，自必暢論其理。而或者謂彥和生於齊世，適當王、沈之時，又《文心》初成，將欲取定沈約，不得不枉道從人，以期見譽，觀《南史・舍人傳》，言約既取讀，大重之，謂深得文理，知隱侯所賞，獨在此一篇矣。又謂《南史・鍾嶸傳》云：「嶸嘗求譽於沈約，約拒之。及約卒，嶸品古今詩為評言其優劣云云。蓋追宿憾以此報約也。」《南史》喜雜採小說家言，恐不足據以疑二賢也。

2. 學器，當作作器。〈毛詩大序〉「情發於聲，聲成文謂之音。」《正義》曰：「原夫原作樂之始，樂寫人音，人音有小大高下之殊，樂器有宮徵商羽之異，依人音而制樂，託樂器以寫人，是樂本效人，非人效樂。」沖遠數用彥和語，此亦其一也。

3. 《札記》曰：「文章下當脫二字。者下一豆，神明樞機四字一豆，吐納律呂四字一豆。」案文章下疑脫關鍵二字，言語，謂聲音，此言聲音為文章之關鍵，又為神明之樞機，聲音通暢，則文采鮮而精神爽矣。至於律呂之吐納，須驗之脣吻，以求諧適，下贊所云吹律胸臆，調鍾脣吻，即其義也。〈神思篇〉用關鍵樞機字。

4. 《札記》曰：「《韓非子．外儲說右上》曰：『夫教歌者，使先呼而詘之，其聲反清徵者乃教之。一曰：教歌者先揆以法，疾呼中宮，徐呼中徵，疾不中宮，徐不中徵，不可謂（與為同。）教。』案韓非之言，乃驗聲之術，彥和引用以為聲音自然之準，意與《韓子》微異。」

5. 《札記》曰：「案此二句有訛字。當云宮商響高，徵羽聲下。〈周語〉曰：『大不踰宮，細不踰羽。』《禮記．月令》鄭注云：『凡聲尊卑取象五行，數多者濁，數少者清。』案宮數八十一，商數七十二，角數六十四，徵數五十四，羽數四十八，（詳見〈律歷志〉。）是宮商為濁，徵羽為清，角清濁中。彥和此文為誤無疑。」

6. 抗喉矯舌，攢脣激齒，皆歌時發聲之狀。《札記》曰：「〈樂記〉云：『使其曲直繁瘠，廉肉節奏，足以感動人之善心而已矣。』注曰：『曲直，歌之曲折也，繁瘠廉肉，聲之鴻殺也，節奏，闋作進止所應也。』《疏》曰：『曲，謂聲音回曲，直，謂聲音放直，繁，謂繁多，瘠，謂省約，廉，謂廉稜，肉，謂肥滿。』案從鄭注，廉肉屬樂器言，不屬人聲言。」

7. 黃叔琳曰：「由字下王損仲本有『外聽易為□而』六字。」案□或是巧字。操琴不調，必知改張，語本《漢書．董仲舒傳．對策文》。摘文，當作摛文。

8. 內聽之難，由於聲與心紛，故欲求聲韻之調諧，可設律數以得之，徒騁文辭，難期切合也。「凡聲有飛沈」以下，即言和諧聲律之法則。

9. 雙聲隔字而每舛，即八病中傍紐病也。《文鏡祕府論》五引元氏云：「傍紐者，一韻之內有隔字雙聲也。」又引劉滔云：「重字之有關關，疊韻之有窈窕，雙聲之有參差，並興於風如詩矣。王玄謨問謝莊何者為雙聲？何者為疊韻？答云：懸瓠為雙聲，碻磝為疊韻。時人稱其辯捷。如曹植詩云：『壯哉帝王居，佳麗殊百

城。』即居佳殊城是雙聲之病也。凡安雙聲唯不得隔字，若踟躕躑躅蕭瑟流連之輩，兩字一處，於理即通，不在病限。」

疊韻雜句而必睽，即八病之小韻病也。《文鏡祕府論》五引或云：「凡小韻居五字內急，九字內小緩。」又引劉氏曰：「五字內犯者，曹植詩云：『皇佐揚天惠。』即皇揚是也。十字內犯者，陸士衡〈擬古歌〉云：『嘉樹生朝陽，凝霜封其條。』即陽霜是也。是故為疊韻兩字一處，於理得通，如飄颻窈窕徘徊周流之等，不是病限，若相隔越，即不得耳。」雜句，《文鏡祕府論》一引此文作離句，疑作離者是，離亦隔也，謂疊韻字在句中隔越成病也。

沈則響發而斷，《文鏡祕府論》一引此作如斷，案作如義較優。《札記》曰：「飛謂平清，沈謂仄濁。一句純用仄濁，或一句純用平清，則讀時亦不便，所謂沈則響發而斷，飛則聲颺不還也。『轆轤交往』二語。言聲勢不順。黃注引《詩品》釋之，大謬。」案轆轤二語，《文鏡祕府論》引作鹿盧交往，逆鱗相批。（批字恐誤，似當作比。）《漢書．雋不疑傳》：「擢具劍。」顏注引晉灼曰：「古長劍首以玉作井鹿盧形。」鹿盧，亦作轆轤。《韓非子．說難篇》：「夫龍之為蟲也，柔可狎而騎也。然其喉下有逆鱗徑尺，若人有嬰之者則必殺人。」彥和以井鹿盧喻聲韻之圓轉，逆鱗相比喻聲律之靡密。所謂逆鱗相比者，頗似《文鏡祕府論》所云調聲三術之相承術。相承者，有向上承向下承二種。向上承者。若上句五字之內，去上入字多而平聲極少者，則下句用三平承之。如謝康樂詩云：「溪壑斂冥色，雲霞收夕霏。」上句惟有溪一字是平，四字是去上入，故下句之上用雲霞收三平承之。三平向下承者，如王中書詩曰：「待君竟不至，秋雁雙雙飛。」上句惟有君一字是平，四上去入，故下句末雙雙飛三平承之。前後密接，豈即以謂逆鱗相比者與！「迂其際會」，紀評曰：「迂當作迕。」案迂迕二字均通，謂若錯失音律之際會，則往蹇來連也。《易．蹇卦．六四》曰：「往蹇來連。」王弼注曰：「往則無應，來則乘剛，往來皆難，故曰往蹇來連。」聲律謬誤，則喉脣糾紛，猶人之病口吃也。

10. 《文鏡祕府論》四曰：「若文繫於韻，則量其韻之多少，若事不周圓，功必疏闕。與其終將致患，不若易之於初。然參會事情，推校聲律，動成病累，難悉安穩。如其理無配偶，音相犯忤，三思不得，足以改張。或有文人昧於機變，以一言可取，殷勤戀之，勞於用心，終是棄日，若斯之輩，亦膠柱之義也。」此說頗可推暢彥和之意。左礙尋右，末滯討前，即以聲律之數，求其糾紛所在也。

11. 妍蚩，猶美惡也。「言，心聲也，書，心畫也。」揚雄《法言》文。此云聲畫，猶言文章聲韻。《文鏡祕府論》一〈四聲論〉引此作「滋味流於下句，風力窮於和韻。」無下吟詠二字。下句，猶言安句造句。和與韻為二事，下文分言之。范曄〈獄中與諸甥姪書〉曰：「常恥作文士文，患其事盡於形，情急於藻，義牽其旨，韻移其意，雖時有能者，大較多不免此累。」又曰：「手筆差易於文，不拘韻故也。」

12. 異音相從謂之和，指句內雙聲疊韻及平仄之和調；同聲相應謂之韻，指句末所用之韻。韻氣一定，故（故，〈四聲論〉引作則，是。）餘聲易遣，謂擇韻既定，則餘韻從之；如用東韻。凡與同韻之字皆得選用。和體抑揚，故遺響難契，謂一句之中，音須調順，上下四句間，亦求和適。此調聲之術，所以不可忽略也。《文鏡祕府論》謂筆有上尾鶴膝隔句上尾沓發（音廢）等病，詞人所常避。如東皙表云：「薄冰凝池，非登廟之珍。」池與珍同平聲，是其上尾也。左思〈三都賦序〉云：「魁梧長者，莫非其舊，風謠歌儛，各附其俗。」者與儛同上聲，是鶴膝也。隔句上尾者，第二句末與第四句末同聲也。如鮑照〈河清頌序〉云：「善談天者，必徵象於人；工言古者，必考績於今。」人與今同聲是也。沓發者，第四句末與第八句末同聲也。如任孝恭書云：「昔鍾儀戀楚，樂操南音；東平思漢，松柏西靡；仲尼去魯，命云遲遲；季后過豐，潸焉出涕。」涕與靡同聲是也。

陳先生曰：「彥和此文，實本《左傳》晏子曰：『和與同異，和如羹焉。聲亦如味，清濁大小短長疾徐哀樂剛柔遲速高下出入周疏以相濟也。若琴瑟之專壹，誰能聽之！同之不可也如是。』故彥和本之謂異音相從也。」茲錄《文鏡祕府論》所舉調聲三術於後，以資參閱。元氏曰：聲有五聲，角徵宮商羽也。分於文字四

聲，平上去入也。宮商為平聲，徵為上聲，羽為去聲，角為入聲。故沈隱侯論云：「欲使宮徵相變，低昂舛節，若前有浮聲，則後須切響。一簡之內，音韻盡殊，兩句之中，輕重悉異。妙達此旨，始可言文。」固知調聲之義。其為用大矣。調聲之術，其例有三：一曰換頭，二曰護腰，三曰相承。

○一換頭者。若兢於〈蓬州野望詩〉曰：

「飄飖宕渠城　曠望蜀門隈　水共三巴遠　山隨八陣開
橋形疑漢接　石勢似煙迴　欲下他鄉淚　猿聲幾處催」

此篇第一句頭兩字平，次句頭兩字去上入，次句頭兩字去上入，次句頭兩字平，次句頭兩字又平，次句頭兩字去上入，次句頭兩字又去上入，次句頭兩字又平，如此輪轉，自初以終篇，名為變換頭，是最善也。

○二護腰者，腰謂五字之中第三字也。護者，上句之腰不宜與下句之腰同聲。然同上去入則不可，用平聲無妨也。庾信詩曰：

「誰言氣蓋代　晨起帳中歌」

氣是第三字，上句之腰也；帳亦第三字，是下句之腰。此為不調，宜護其腰，慎勿如此。

○三相承已見上，不復錄。

13. 此謂陳思、潘岳吐音雅正，故無往而不和。士衡語雜楚聲，須翻迴以求正韻，故有時而乖貳也。左思齊人，後乃移家京師，或思文用韻，有雜齊人語者，故彥和云然。膠柱鼓瑟，《法言・先知篇》文。

14. 《札記》曰：「此詩人對下《楚辭》而言，則指《三百篇》之詩人。」

15. 陸雲〈與兄平原書〉：「張公語雲云：兄文故自楚，須作文為思昔所識文。」觀雲諸書中論韻者，如「李氏云：雪與列韻。曹便復不用。人亦復云：曹不可用者，音自難得正。」（所云李氏，豈即李登與！曹或指陳思王也。）又如「徹與察皆不與日韻。思惟不能得，願賜此一字。」又如「音楚，願兄便定之。」觀此諸語，知當時無標準韻書，故得正韻頗不易也。《札記》曰：「案〈文賦〉云：亮功多而累寡，故取足而不易。彥和蓋引其言以明士衡多楚，不以張公之言而變。『知楚』二字乃涉上文而訛。」

16. 《札記》曰：「此言文中用韻，取其諧調，若雜以方音，反成詰詘。今人作文雜以古韻者，亦不可不知此。」自陸法言撰《切韻》，方言雖歧，而詩文用韻，無不正矣。

17. 《札記》曰：「南，原作東。孫云：『《新論・審名篇》，東郭吹竽而不知音，袁孝政注亦以齊宣王東郭處士事為釋。是古書南郭自有作東郭者，不必定依《韓子》，（《韓非子・內儲說上・七術篇》。）但濫竽事終與文義不相應。』侃謹案，彥和之意正同《新論》。亦云不知音而能妄成音。故與長風過籟連類而舉，章先生云：『當作南郭之吹于耳。正與上文相連。《莊子》前者唱于而隨者唱喁，此本南郭子綦語，而彥和遂以為南郭事，儷語之文，固多此類，後人不知吹于之義，遂誤加竹耳。』侃謹案，如師語亦得，但原文實作東郭，自以孫說為長。」案《晉書・劉寔傳・崇讓論》：「南郭先生不知吹竽者也。」南郭、東郭皆可通。剖字鑽響，謂調聲有術，隨音所遇，謂偶然而調。長風過籟，南郭吹竽，皆以喻無術馭聲者。

18. 《禮記・玉藻》：「古之君子必佩玉，右徵角，左宮羽，趨以采齊，行以肆夏。」梁玉繩《瞥記》曰：「彭龜年〈讀書吟示子鉉〉云：『吾聞讀書人，惜氣勝惜金，纍纍如貫珠，其聲和且平；忽然低復昂，似絕反可聽；有時靜以默，想見紬繹深；心潛與理會，不覺詠歎淫。昨夕汝讀書，厲響醒四鄰，方其氣盛時，聲能亂狂霖；倏忽氣已竭，口亦遂絕吟；體疲神自昏，思慮那得清；安能更雋永，溫故而知新；永歌詩有味，三復意轉精。勉汝諷誦餘，且學思深湛。』」

19. 《呂氏春秋・長見篇》：「師曠欲善調鐘，以為後世之知音者也。」

20. 《禮記・內則》：「堇荁枌榆免薧滫瀡以滑之。」鄭注：「謂用調和飲食也。」此文槿是堇之假字。《釋文》云：「堇，菜也。」

21. 《莊子・德充符・釋文》：「支離，不正貌。」支離，指上文逐新趣異之流。

《文鏡祕府論》論聲病甚詳，其序云：「顒約已降，兢融以往，聲譜之論鬱起，病犯之名爭興，家製格式，

人談疾累，徒競文華，空事拘檢。」茲約舉其說於下：

〇一平頭。平頭詩者，五言詩第一字不得與第六字同聲，第二字不得與第七字同聲。同聲者，謂不得同平上去入四聲，如

「今日良宴會　懽樂難具陳」

「芳時淑氣清　提壺臺上傾」

或曰：「上句第一字與下句第一字同平聲不為病，同上去入聲一字即病。上句第二字與下句第二字同聲，無問平上去入皆是巨病。」

或曰：「沈氏云：『第一第二字不宜與第六第七同聲，若能參差用之，則可矣。』謂第一與第七，第二與第六同聲。如秋月照綠波，白雲隱星漢之類。」

四言、七言及詩賦頌以第一句首字第二句首字不得同聲，不復拘以字數次第也。如曹植〈洛神賦〉云『榮耀秋菊，華茂春松』是也。銘誄之病，一同此式。（此病五言頗為不便，文筆未足為尤，疥癬微疾，非是巨害。）

〇二上尾（或名土崩病）。上尾詩者，五言詩中第五字不得與第十字同聲。此病齊梁以前時有犯者，齊梁以來，無有犯者。此為巨病，若犯者，文人以為未涉文途者也。如

「西北有高樓　上與浮雲齊」

「衰草蔓長河　寒木入雲煙」

或曰：「其賦頌銘誄以第一句末不得與第二句末同聲。如張休明〈芙蓉賦〉云：『潛靈根於玄泉，擢英耀於清波』是也。」

沈氏亦云：「上尾者，文章之尤病，自開闢迄今多慎（此字疑誤。）不免，悲夫。」

凡詩賦之體，悉以第二句末與第四句末以為韻端。若諸雜事不束以韻者，其第二句末即不得與第四句同聲，

俗呼為隔句上尾，必不得犯之。

劉滔云下句之末，文章之韻，手筆之樞要，在文不可奪韻，在筆不可奪聲。且筆之兩句，比文之一句。文事三句之內，筆事六句之內，第二第四第六，此六句之末，不宜相犯，此即是也。

○三蜂腰。蜂腰詩者，五言詩一句之中，第二字不得與第五字同聲，言兩頭麤中央細。如

「聞君愛我甘　竊獨自雕飾」

「徐步金門出　言尋上苑春」

或曰：「君與甘非為病，獨與飾是病。所以然者，如第二字與第五字同去上入，皆是病，平聲非病也。」

沈氏云：「五言之中，分為兩句，上二下三，凡至句末並須要殺，即其義也。」

劉滔亦云：「為其同分句之末也。」

其諸賦頌皆須以情斟酌避之。如阮瑀〈止怨賦〉云：「思在體為素粉，悲隨衣以消除。」即體與粉衣與除同聲是也。

○四鶴膝。鶴膝詩者，五言詩第五字不得與第十五字同聲。言兩頭細中央麤似鶴膝也。以其詩中央有病。如

「客從遠方來　遺我一書札　上言長相思　下言久離別」

「新裂齊紈素　皎潔如霜雪　裁為合歡扇　團團似明月」

或曰：「此云第三句者，舉其大法耳。但從首至末，皆須以次避之。若第三句不得與第五句相犯，第五句不得與第七句相犯，犯法準前也。」

劉氏云：「凡諸賦頌一同五言之式。如潘安仁〈閑居賦〉云：『陸擿紫房，水挂頳鯉；或宴於林，或禊於汜。』即其病也。其諸手筆第一句末不得犯第三句末，其第三句末復不得犯第五句末，皆須鱗次避之。……其詩賦銘誄，言有定數，韻無盈縮，必不得犯。且五言之作，最為機妙，既恒宛（宛字疑誤。）口實，病累尤彰，故不可不事也。自餘手筆，或賒或促，任意縱容，不避此聲，未為心腹之病。」

○五大韻（或名觸地病）。大韻詩者，五言詩若以新為韻。上九字中更不得安人津隣身陳等字，既同其類，名犯大韻。如

「遊魚牽細藻　鳴禽弄好音　誰知遲暮節　悲吟傷寸心」

元氏曰：「此病不足累文，如能避者彌佳。若立字要切，作文調暢，不可移者，不須避之。」

○六小韻（或名傷音病）。小韻詩除韻以外而有迭相犯者，名為犯小韻病也。如

「嘉樹生朝陽　凝霜封其條」（陽霜是病）

「搴簾出戶望　霜花朝瀁日」（望瀁是病）

元氏曰：「此病輕於大韻，近代咸不以為累文。」

劉氏曰：「小韻者。五言詩十字中除本韻以外自相犯者。若已有梅，更不得復用開來才臺等字。」

○七傍紐（亦名大紐，或名爽絕病）。傍紐詩者，五言詩一句之中，有月字，更不得安魚元阮願等之字。此即雙聲，雙聲即犯旁紐。亦曰：五字中犯最急，十字中犯稍寬。如此之類，是其病。如

「魚遊見風月　獸走畏傷蹄」（魚月獸傷并雙聲）

「元生愛皓月　阮氏願清風」（阮元願月為一紐）

元氏云：「傍紐者，一韻之內，有隔字雙聲也。」

劉氏云：「傍紐者，即雙聲是也。譬如一韻中，已有任字，即不得復用忍辱柔蠕仁讓爾日之類。」

劉滔以雙聲亦為正紐。其傍紐者，若五字中已有任字，其四字不得復用錦禁急飲蔭邑等字。以其一紐之中，有金音等字與任同韻故也。

○八正紐（亦名小紐，亦名爽切病）。正紐者，五言詩壬衽任入四字為一紐，一句之中，已有壬字，更不得安衽任入等字，如此之類，名為犯正紐之病也。如

「心中肝如割（肝割同紐）　曠野莽茫茫」（莽茫同紐）

或曰：「正紐者謂正雙聲相犯。其雙聲雖一，傍正有殊。從一字之紐，得四聲是正也。（若元阮願月。）若從他字來會成雙聲，是傍也。（若元阮願月是正，而有牛魚奸硯等字來會元月等字成雙聲是也。）如云：『我本漢家子，來嫁單于庭。』（家嫁是一紐之內，名正雙聲，名犯正紐者也。）傍紐者，如『貽我青銅鏡，結我羅裙裾。』（結裙是雙聲之傍，名犯傍紐也。）」

《文鏡祕府論》於八病外復有齟齬病，亦頗切要。附錄於後：

齟齬病者，一句之內，除第一字及第五字，其中三字有二字相連同上去入是。（若犯上聲，其病重於鶴膝。此例文人以為祕密，莫肯傳授。上官儀云：犯上聲是斬刑，去入亦絞刑。）

如曹子建詩云：「公子敬愛客。」敬與愛是。其中三字有二字相連同去聲是也。元兢曰：「平聲不成病，上去入是重病，文人悟之者少，故此病無名，兢案〈文賦〉云『或齟齬而不安』，因以此病名為齟齬之病焉。」

22.

附沈約及其同時人論聲韻之文。

沈約《宋書・謝靈運傳論》

史臣曰：民稟天地之靈，含五常之德，剛柔迭用，喜慍分情。夫志動於中，則歌詠外發，六義所因，四始攸繫，升降謳謠，紛披風什，雖虞夏以前，遺文不覩，稟氣懷靈，理或無異，然則歌詠所興，宜自〈生民〉始也。周室既衰，風流彌著，屈平宋玉，導清源於前，賈誼相如，振芳塵於後，英辭潤金石，高義薄雲天。自茲以降，情志愈廣，王褒劉向揚班崔蔡之徒，異軌同奔，遞相師祖，雖清辭麗曲，時發乎篇，而蕪音累氣，固亦多矣。若夫平子豔發，文以情變，絕唱高蹤，久無嗣響。至於建安，曹氏基命，二祖陳王，咸蓄盛藻，甫乃以情緯文，以文被質。自漢至魏，四百餘年，辭人才子，文體三變：相如巧為形似之言，班固長於情理之說，子建仲宣以氣質為體，並標能擅美，獨映當時。是以一世之士，各相慕習。源其飆流所始，莫不同祖風騷，徒以賞好異情，故意製相詭。降及元康，潘陸特秀，律異班賈，體變曹王，縟旨星稠，繁文綺合，綴

平臺之逸響，采南皮之高韻，遺風餘烈，事極江左，有晉中興，玄風獨振，為學窮於柱下，博物止乎七篇，馳騁文辭，義單乎此。此建武暨於義熙，歷載將百，雖綴響聯辭，波屬雲委，莫不寄言上德，託意玄珠，遒麗之辭，無聞焉爾。仲文始革孫許之風，叔源大變太元之氣。爰逮宋氏，顏謝騰聲。靈運之興會標舉，延年之體裁明密，並方軌前秀，垂範後昆。若夫敷衽論心，商榷前藻，工拙之數，如有可言，夫五色相宜，八音協暢，由乎玄黃律呂，各適物宜，欲使宮羽相變，低昂互節，若前有浮聲，則後須切響，一簡之內，音韻盡殊，兩句之中，輕重悉異，妙達此旨，始可言文。至於先士茂製，諷高歷賞，子建函京之作，仲宣霸岸之篇，子荊零雨之章，正長朔風之句，並直舉胸情，非傍詩史，正以音律調韻，取高前式。自騷人（《文選》作靈均）以來，「多歷年代，雖文體稍精，而」（此十字據《文選》補）此祕未覩，至於高言妙句，音韻天成，皆暗與理合，匪由思至。張蔡曹王，曾無先覺，潘陸顏謝，去之彌遠，世之知音者，有以得之，知此言之非謬。如曰不然，請待來哲。

陸厥〈與沈約書〉

范詹事〈自序〉：「性別宮商，識清濁，特能適輕重，濟艱難，古今文人，多不全了斯處。縱有會此者，不必從根本中來。」沈尚書亦云：「自靈均以來，此祕未覩，或闇與理合，匪由思至，張蔡曹王，曾無先覺，潘陸顏謝，去之彌遠。」大旨欲使宮羽相變，低昂舛節，若前有浮聲，則後須切響，一簡之內，音韻盡殊，兩句之中，輕重悉異，辭既美矣，理又善焉。但觀歷代眾賢，似不都闇此處，而云此祕未覩，近於誣乎。案范云不從根本中來，尚書云匪由思至，斯可謂揣情謬於玄黃，擿句差其音律也。范又云時有會此者，尚書云或闇與理合，則美詠清謳，有辭章調韻者，雖有差謬，亦有會合。推此以往，可得而言。夫思有合離，前哲同所不免，文有開塞，即事不得無之。子建所以好人譏彈，士衡所以遺恨終篇。既曰遺恨，非盡美之作，理可詆訶。君子執其詆訶，便謂合理為闇，豈如指其合理，而寄詆訶為遺恨邪！（意謂子何得執彼可詆訶之處，而謂合理處為偶然。何不指其合理之處知謂可詆訶之處為即前人自云遺恨之處耶？）

自魏文屬論，深以清濁為言，劉楨奏書，大明體勢之致，岨峿妥帖之談，操末續顛之說，興玄黃於律呂，比五色之相宣，苟此祕未覩，茲論為何所指邪！故愚謂前英已早識宮徵，但未屈曲指的若今論所申。至於掩瑕藏疾，合少謬多，則臨淄所云人之著述不能無病者也。非知之而不改，謂不改則不知，斯曹陸又稱竭情多悔不可力彊者也。今許以有病有悔為言，則必自知無悔無病之地，引其不了不合為闇，何獨誣其一了一合之明乎！意者亦質文時異，古今好殊，將急在情物而緩於章句。情物文之所急，美惡猶且相半，章句意之所緩，故合少而謬多，義在於斯，必非不知明矣。〈長門〉、〈上林〉，殆非一家之賦，〈洛神〉、〈池雁〉，便成二體之作，孟堅精整，〈詠史〉無虧於東主，平子恢富，〈羽獵〉不累於憑虛，王粲〈初征〉，他文未能稱是，楊修敏捷，〈暑賦〉彌日不獻，率意寡尤，則事促乎一日，翳翳愈伏，而理賒於七步。一人之思，遲速天懸，一家之文，工拙壤隔，何獨宮商律呂，必責其如一邪！論者乃可言未窮其致，不得言曾無先覺也。

沈約〈答陸厥書〉

宮商之聲有五，文字之別累萬，以累萬之繁，配五聲之約，高下低昂，非思力所舉。又非止若斯而已也。十字之文，顛倒相配，字不過十，巧歷已不能盡，何況復過於此者乎！靈均以來，未經用之於懷抱，固無從得其髣髴矣。若斯之妙而聖人不尚，何耶？此蓋曲折聲韻之巧，無當於訓義，非聖哲立言之所急也。是以子雲譬之雕蟲篆刻，云壯夫不為。自古辭人，豈不知宮羽之殊，商徵之別。雖知五音之異，而其中參差變動，所昧實多，故鄙意所謂此祕未覩者也。以此而推，則知前世文士便未悟此處。若以文章之音韻，同弦管之聲曲，則美惡妍蚩，不得頓相乖反，譬猶子野操曲，安得忽有闡緩失調之聲。以〈洛神〉比陳思他賦，有似異手之作，故知天機啓則律呂自調，六情滯則音律頓舛也。士衡雖云炳若縟錦，寧有濯色江波，其中復有一片是衛文之服，此則陸生之言，即復不盡者矣。韻與不韻，復有精麤，輪扁不能言，老夫亦不盡辨此。

（以上兩書。均載《南齊書．陸厥傳》。）

《詩品．下》

昔曹劉殆文章之聖，陸謝為體貳之才，銳精研思千百年中，而不聞宮商之辨，四聲之論；或謂前達偶然不見，豈其然乎！嘗試言之曰：古詩頌皆被之金竹，故非調五音無以諧會，若置酒高堂上，明月照高樓，為韻之首，故三祖之詞，文或不工，而韻入歌唱，此重音韻之義也，與世之言宮商者異矣。今既不被管絃，亦何取於聲韻耶！齊王元長者嘗謂余云：「宮商與二儀俱生，自古詞人不知之，唯顏憲子乃云律呂音調，而其實大謬，唯見范曄、謝莊頗識之耳。」常欲造〈知音論〉，未就。王元長創其首，謝朓、沈約揚其波，三賢咸貴公子孫，幼有文辨，於是士流景慕，務為精密，襞積細微，轉相淩架，故使文多拘忌，傷其真美。余謂文製本須諷讀，不可蹇礙，但令清濁通流，口吻調利，斯為足矣。至平上去入，則余病未能；蜂腰鶴膝，閭里已具。

章句第三十四[1]

夫設情有宅，置言有位；宅情曰章，位言曰句。故章者，明也；句者，局也。局言者，聯字以分疆；明情者，總義以包體：區畛相異，而衢路交通矣[2]。夫人之立言，因字而生句，積句而成章，積章而成篇。篇之彪炳，章無疵也；章之明靡，句無玷也；句之清英，字不妄也；振本而末從，知一而萬畢矣[3]。夫裁文匠筆，篇有小大；離章合句，調有緩急；隨變適會，莫見定準。句司數字，待相接以為用；章總一義，須意窮而成體。其控引情理，送迎際會，譬舞容迴環，而有綴兆之位；歌聲靡曼，而有抗墜之節也[4]。尋詩人擬喻，雖斷章取義，然章句在篇，如繭之抽緒，原始要終，體必鱗次。啓行之辭，逆萌中篇之意；絕筆之言，追媵（元作勝謝改）前句之旨；故能外文綺交，內義脈注，跗萼相銜，首尾一體[5]。若辭失其朋（元作明），則羈旅而無友；事乖其次，則飄寓而不安。是以搜句忌於顛倒，裁章貴於順序，斯固情趣之指歸，文筆之同致也[6]。若夫筆句無常，而字有條（鈴木云閔本作常）數，四字密而不促，六字格而非緩，或變之以三五，蓋應機之權節也[7]。至於詩頌大體，以四言為正，唯祈父肇禋，以二言為句。尋二言肇於黃世，竹彈之謠是也；三言興於虞時，元首之詩是也；四言廣於夏年，洛汭之歌是也；五言見於周代，行露之章是也。六言七言，雜出詩騷；而（疑有脫字黃云案馮本而下空一格鈴木云梅本而作兩其下空二字）體之篇，成於兩（鈴木云梅本作西）漢：情數運周，隨時代用矣[8]。

若乃改韻從（鈴木云案從疑作徙）調，所以節文辭氣，賈誼枚乘，兩韻輒易；劉歆桓譚，百句不遷，亦各有其志也。昔魏武論賦（顧云玉海作詩），嫌於積韻，而善於資（顧云資玉海作貿）代。陸雲亦稱四言轉句，以四句為佳。觀彼制韻，志同枚賈；然兩韻輒易，則聲韻微躁；百句不遷，則脣吻告勞。妙才激揚，雖觸思利貞，曷若折之中和，庶保无咎[9]。

又詩人以兮字入於句限，楚辭用之，字出句外。尋兮字成句，乃語助餘聲。舜詠南風，用之久矣；而魏武弗好，豈不以無益文義耶？至於夫惟蓋故者，發端之首唱；之而於以者，乃劄句之舊體；乎哉矣（鈴木云閔本作已）也，亦送末之常科。據事似閑，在用實切。巧者迴運，彌縫文體，將令數句之外，得一字之助矣。外字難謬，況章句歟[10]！

贊曰：斷章有檢，積句不恆。理資配主，辭忌失（元作告謝改）朋。環情草（孫云當作節）調，宛轉相騰。離合同（王本作同合）異，以盡厥能。

【注釋】

1. 《札記．釋章句之名》曰：「《說文》：『丶，有所絕止，丶而識之也。』施於聲音，則語有所稽，宜謂之丶；施於篇籍，則文有所介，宜謂之丶。一言之逗，可以謂之丶；數言聯貫，其辭已究，亦可以謂之丶。假借為讀，所謂句讀之讀也，凡一言之停逗者用之。或作句，或作句豆，或變作句度，其始皆但作丶耳。其數言聯貫而辭已究者，古亦同用絕止之義，而但作丶。從聲以變則為章，《說文》『樂竟為一章』是也。言樂竟者，古但以章為施于聲音之名，而後世則泛以施之篇籍。舍人言章者明也，此以聲為訓，用後起之義傅麗之也。句之語原於𠄌，《說文》：『𠄌，鉤識也，從反亅。』是𠄌亦所以為識別，與丶同意。章先生說：『《史記．滑稽列傳》：東方朔至公車上書，公車令兩人共持舉其書，人主從上方讀之。止，輒乙其處。乙非甲乙之乙，乃鉤識之𠄌。𠄌字見于傳記，惟有此耳。』轉為曲，曲古文作𠃊，正象句曲之形，凡書言文曲，（《荀子》。）言曲折，（《漢書．藝文志》。）言曲度，（傅毅〈舞賦〉。）皆言聲音于此稽止也。又轉為句。《說文》曰：『句，曲也。』句之名，秦漢以來眾儒為訓詁者乃有之，此由諷誦經文，於此小邅，正用鉤識之義。舍人曰：『句者，局也。』此亦以聲為訓，用後起之義傅麗之也。《詩疏》曰：『古者謂句為言，《論語》以思無邪為一言。《左傳》臣之業在〈揚之水〉卒章之四言，謂第四句不敢以告人也。及趙簡子云大叔遺我以九言。皆以一句為一言也。』案古稱一言，非必詞意完具，但令聲有所稽，即為一言，然則稱言與稱句無別也。總之句讀章言四名，其初但以目聲勢，從其終竟稱之則為章，從其小有停邅言之則為句，為曲，為讀，為言。降後乃以稱文之詞意完具者為一句，結連數句為一章。或謂句讀二者之分，凡語意已完為句，語意未完語氣可停者為讀，此說無徵于古。檢《周禮．宮正》注云：『鄭司農讀火絕之，云禁凡邦之事蹕。』又〈御史〉注云：『鄭司農讀言掌贊書數，玄以為不辭，故改之。』案康成言讀火絕之，是則語意已完乃稱為讀。又云不辭，不辭者，文義不安之謂，若語勢小有停頓，文義未即不安，何以必須改破。故知讀亦句之異名，連言句讀者，乃複語而非有異義也。要之，語氣已完可稱為句，亦可稱為讀，前所引先鄭二文是矣。語氣未完可稱為讀，亦可稱為句，凡韻文斷句多此類矣。（《文通》有句讀之分，取便學者耳，非古義已然。）

若乃篇章之分，一著簡冊之實，一著聲音之節，以一篇所載多章皆同一意，由是謂文義首尾相應為一篇，而後世或即以章為篇，則又違其本義。案《詩》三百篇，有一篇但一章者，有一篇累十六章者，此則篇章不容相混也。其他文籍，如《易》二篇不可謂之二章，《孟子》七篇不可謂之七章，《老子》著書上下篇，不可謂之二章。自雜文猥盛，而後篇章之名相亂。舍人此篇，云積章成篇，篇之彪炳，章無疵也。又云：篇有大

小，蓋猶是本古誼以為言。今謂集數字而顯一意者，謂之一句；集數意以顯一意者，謂之一章。一章已顯則不待煩辭，一章未能盡意則更累數章以顯之，其所顯者仍為一意無問其章數多寡。或傳一人，或論一理，或述一事，皆謂之一篇而已矣。」

劉大櫆《論文偶記》曰：「神氣者，文之最精處也；音節者，文之稍粗處也；字句者，文之最粗處也；然余謂論文而至於字句，則文之能事盡矣。蓋音節者，神氣之迹也；字句者，音節之矩也。神氣不可見，於音節見之，音節無可準，以字句準之。」又曰：「音節高則神氣必高，音節下則神氣必下，故音節為神氣之迹。一句之中，或多一字，或少一字；一字之中，或用平聲，或用仄聲；同一平字仄字，或用陰平陽平，上聲去聲入聲，則音節迥異，故字句為音節之矩。」又曰：「積字成句，積句成章，積章成篇，合而讀之，音節見矣，歌而詠之，神氣出矣。」又曰：「作文若字句安頓不妙，豈復有文字乎。但所謂字句音節，須從古人文字中，實實講貫過始得。」

2. 《說文》：「宅，所託也。」《國語．魯語上》：「宅，章之次也。」謂章明情志，必有所寄而次序顯晰也。鄭注〈堯典〉平章百姓曰：「明也。」《說文》：「句，曲也。」局亦曲也。《毛詩．關雎．正義》：「句必聯字而言。句者局也；聯字分疆，所以局言者也。章者明也；總義包體，所以明情者也。」即本彥和為說。

3. 〈關雎．正義〉曰：「篇者，徧也。言出情鋪事，明而徧者也。」字不妄用，論詳〈練字篇〉，此篇專論章句。

4. 〈關雎．正義〉曰：「句者聯字以為言，則一字不制也。以詩者申志，一字則言蹇而不會，故詩之見句，少不減二，即〈祈父〉、〈肇禋〉之類也。」案此說亦通於一切文筆，凡一字不得成為句，句必集數字而後成。《禮記．樂記》：「屈伸俯仰，綴兆舒疾，樂之文也。」《正義》曰：「綴，謂舞者行列相連綴也；兆，謂位外之營兆也。」又：「歌者上如抗，下如隊，曲如折，止如槁木。」

5. 《文鏡祕府論》四：「故將發思之時，先須推諸事物合於此者。既得所求，然後定其體分，必使一篇之內，文義得成。（篇，謂從始至末使有文義可得連接而成也。）一章之間，事理可結，（章者，若文章皆有科別，敍義可得連接而成事以為一章。使有事理，可結成義。）通人用思，方得為之。大略而論，建其首，則思下辭而可承，陳其末，則尋上義不相犯，舉其中，則先後須相附依，此其大指也。」《毛詩．小雅．常棣》：「鄂不韡韡。」《箋》曰：「不當作柎，柎，鄂足也。」（柎不聲同，柎字亦作跗。）

6. 彥和論文，最惡訛詭，此語尤極明通。蓋文之善者，情高理密，辭氣聲調，言而有物，斯為可貴。若思理方鬱，興象未生，宜靜居以養神，浮覽以繹緒，非復空搖筆端，妄動喉脣所能效績。或者不察，以為艱澀可以文鄙淺，綺語可以市寵悅，舍本逐末，務尚怪奇，是猶德行卑下，而服上古冠服以衒鬻也。雖軒轅之裳，周公之冕，何所用之。夫語法變遷，勢由自然，古之常言，今成異語，理苟不慊，異於何有！故研閱典籍，期於明理，摘句尋章，徒見其陋。今自《札記》迻錄〈約論古書文句異例〉一篇，使知古有而今無者，既生今之世，不可好異追逐而取嗤也：

「恆文句讀，但能辨解字誼，悉其意指，即可憭然無疑，或專以文法剖判之，亦可以無差忒。惟古書文句駁犖奇侅者眾，不悉其例，不能得其義指，言文法者，於此又有所未暇也。幸顧、王、俞諸君，有成書在，茲刪取其要，分為五科，科有細目，舉舊文以明之，皆辨審文句之事。若夫訂字誼、正訛文，雖有關於文句，然於成辭之質無所增省，雖有條例，不闌入於此云。

○第一倒文

一句中倒字

《左傳．昭公十九年》：「諺所謂室於怒，市於色。」（順言當云怒於室，色於市。）

《孟子．盡心下》：「若崩厥角稽首。」（順言當云厥角稽首若崩。）

二倒字叶韻

《詩・節南山篇》：「弗問弗仕，勿罔君子，式夷式已，無小人殆。」（順言當云無殆小人。）

《墨子・非樂上》引武觀曰：「啓乃淫溢，野於飲食，將將銘莧磬以力。」（順言當云飲食於野。）

三倒句

《左傳・閔公二年》：「為吳太伯不亦可乎！猶有令名，與其及也。」（順言當云與其及也，猶有令名。）

《禮記・檀弓篇》：「蓋殯也，問於郰曼父之母。」（順言當云問於郰曼父之母，蓋殯也。）

四倒序

《周禮・大宗伯職》：「以肆獻裸畗先王。」（以次第言，裸在先，獻次之，肆又次之。）

《書・立政》：「或五六年，或四三年。」

○第二省文

一蒙上省

《書・禹貢》：「終南惇物至於鳥鼠。」（不言治，蒙上荊岐既旅之文。）

《左傳・定公四年》：「楚人為食，吳人及之，奔，食而從之。」（奔不言楚人，食而從之不言吳人，蒙上。）

二因下省

《書・堯典》：「朞三百有六旬有六日。」（三百者，三百日也。不言日，因下省。）

《詩・七月篇》：「七月在野，八月在宇，九月在戶，十月蟋蟀入我牀下」（在野在宇在戶，皆蟋蟀也。不言者，因下省。）

三語急省

《左傳・莊公二十二年》：「敢辱高位以速官謗。」（敢，不敢也。語急省。）

《公羊傳・隱公元年》：「如勿與而已矣。」（如，不如也。語急省。）

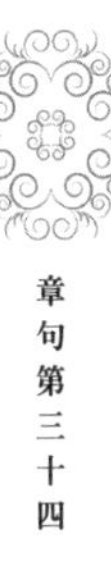

四因前文已具而省

《易·同人·九三》：「同人先號咷而後笑。」〈象〉曰：「同人之先，以中直也。」（〈象〉意當說同人之先號而後笑，以中直也。今但曰同人之先，蒙上省也，《易傳》此例至多。）

《詩·板篇》：「天之牖民，如壎如篪，如璋如圭，如取如攜，攜無曰益，牖民孔易。」（無曰益，但承攜言。以文不便，省壎篪以下也。）

五以疏略而省

《論語》：「沽酒市脯不食。」（當云沽酒不飲，疏略也。）

《左傳·襄公二年》：「以索馬牛皆百匹。」（牛當稱頭，疏略也。）

六反言省疑詞

《書·西伯戡黎》：「我生不有命在天？」（言有命在天也。）

《老子》七十七章：「是以聖人為而不恃，功成而弗處，其不欲見賢？」（言其不欲見賢乎。）

七記二人之言省曰字

《孟子·滕文公篇》「從許子之道」至「屨大小同則賈相若。」（皆陳相之詞，上省曰字。）

《禮記·檀弓篇》：「悼公之喪，季昭子問於孟敬子，曰：『為君何食？』敬子曰：『食粥，天下之達禮也。』『吾三臣者之不能居公室也，四方莫不聞矣，勉而為瘠則吾能，毋乃使人疑夫不以情居瘠者乎！我則食食。』」（自吾三臣者以下皆昭子之詞，而省曰字。）

〇第三複文

一同義字複用

《左傳·襄公三十一年》：「繕完葺牆以待賓客。」（繕完葺三字同誼。二字複用不可悉數。）

《左傳·昭公十六年》：「庸次比耦以艾殺此地。」（庸次比耦四字同義。）

動。）

二複句

《易・繫辭》：「言天下之至賾而不可惡也，言天下之至賾而不可亂也。」（下賾字鄭虞王本皆同，今本作

《孟子・梁惠王篇》：「故王之不王，非挾泰山以超北海之類也。王之不王，是折枝之類也。」（《詩》中

複句極多，不能悉數。）

三兩字義類相因牽連用之而複

《禮記・文王世子篇》：「養老幼於東序。」（言養幼者，牽於老而言之。）

〈玉藻篇〉：「大夫不得造車馬。」（言造馬者，牽於車而言之。）

四語詞疊用

《尚書・多方篇》：「爾曷不忱裕之于爾多方？爾曷不夾介乂我周王享天之命？今爾尚宅爾宅，畋爾田，爾

曷不惠王熙天之命？爾乃迪屢不靜，爾心未愛，爾乃不大宅天命，爾乃屑播天命，爾乃自作不典圖忱於

正。」（十一句中，三爾曷不字，四爾乃字。）

《詩・大雅・綿篇》：「迺慰迺止，迺左迺右，迺疆迺理，迺宣迺畝。」（四句用疊八迺字。）

五語詞複用

《書・秦誓》：「尚猶詢茲黃髮。」（言尚又言猶。）

《禮記・檀弓篇》：「人喜則斯陶。」（言則又言斯。）

六一人之詞中加曰字

《左傳・哀公十六年》：「乞曰：不可得也；曰：市南有熊宜僚者，若得之，可以當五百人矣。」（下曰字

仍為乞語，此記者加以更端。）

《論語》：「懷其寶而迷其邦，可謂仁乎？曰不可。」（曰字陽虎自答，此自為問答之詞。）

○第四變文

一用字錯綜

《春秋・僖公十六年》：「隕石於宋五。是月六鷁退飛過宋都。」（上言石五，下言六鷁錯言之耳。）

《論語》：「迅雷風烈。」（即迅雷烈風。）

二互文見義

《禮記・文王世子篇》：「諸父守貴宮貴室，諸子諸孫守下宮下室，諸父諸兄守貴室，子弟守下室，而道達矣。」（鄭曰：「上言父子孫，此言兄弟，互相備也。」）

〈祭統篇〉：「王后蠶於北郊以共冕服，夫人蠶於北郊以共純服。」（鄭曰：「純服亦冕服也，互言之耳。」）

三連類並稱

《儀禮・少牢饋食禮》：「日用丁己。」（或用丁，或用己。）

《孟子》：「華周杞梁之妻，善哭其夫而變國俗。」（哭夫為杞梁妻事，華周妻乃連類言之也。）

四兩語平列而實相聯

《論語》：「君子恥其言而過其行。」（言君子恥其言之過其行也。）

《詩・蕩篇》：「侯作侯祝。」（《傳》曰：「作祝詛。」）

五兩語小殊而實一意

《禮記・表記》：「仁有數，義有長短小大。」（數即長短小大。）

《詩・關雎》：「參差荇菜，左右流之；參差荇菜，左右求之。」（《傳》曰：「流，求也。」）

六變文叶韻

《易・小畜・上九》：「既雨既處。」（處，止也，與雨韻，故變言處。）

《詩・鄘風・柏舟》：「母也天只，不諒人只。」（《傳》曰：「天，謂父也。」《正義》曰：「先母後天，取其韻句。」案變父言天，亦取韻句耳。）

七前文隱沒至後始顯

《禮記・曲禮篇》：「天子謂之伯父，異姓謂之伯舅。」（下言異姓，則上言同姓明矣。）

《檀弓篇》：「晉獻公之喪，秦穆公使人弔公子重耳。子顯以致命於秦穆公。」（上不言使人為誰，至後始顯。）

八舉此見彼

《易・文言》：「地道也，臣道也，妻道也，地道無成而代有終也。」（不言臣妻。）

《禮記・王制》：「大國之卿不過三命，下卿再命。小國之卿與下大夫一命。」（鄭曰：「不著次國之卿者，以大國之下互明之。」）

九上下文語變換

《書・洪範》：「金曰從革，土爰稼穡。」（爰即曰也。）

《論語》：「愛之能勿勞乎？忠焉能勿誨乎？」（焉即之也。）

十敍論並行

《左傳・僖公三十三年》：「秦伯素服郊次，鄉師而哭，曰：『孤違蹇叔以辱二三子，孤之罪也。』不替孟明。『孤之過也，大夫何罪！且吾不以一眚掩大德。』」（「不替孟明」乃記者之詞。）

《史記・周本紀》：「尹佚筴祝曰：『殷之末孫季紂殄廢先王明德，侮蔑神祇不祀，昏暴商邑百姓，其章顯聞於皇天上帝。』於是武王再拜稽首，曰：『膺更大命，革殷受天明命。』武王又再拜稽首。」（「於是武王再拜稽首曰」九字夾敍于祝文之中，「再拜稽首」敍其事，「曰」者，史佚更讀祝文也。）

十一錄語未竟

《左傳・襄公二十五年》：「盟國人於大宮。曰：所不與崔慶者。」（下無文。）

《史記・高紀》：「諸君必以為便國家。」（下無文。）

○第五足句

一間語

《書・君奭》：「迪惟前人光。」（惟，間語也。）

《左傳・隱公十一年》：「天而既厭周德矣。」（而，間語也。）

二助語用虛字

《詩・車攻篇》：「徒御不驚，大庖不盈。」（《傳》：「不驚，驚也。不盈，盈也。」）

《書・洪範》：「皇建其有極。」（有極，極也。）

三以語齊句

《詩・匏有苦葉篇》：「濟盈不濡軌，雉鳴求其牡。」（不字所以齊句。）

〈無羊篇〉：「眾維魚矣，旐維旟矣。」（維字所以齊句。）

右所甄舉，大抵取之《古書疑義舉例》中。其文與恆用者殊特，不憭其例，則於其義茫然，或因以生誤解。文法書雖工言排列組織之法，而於舊文有所不能施用。蓋俞君有言，執今人尋行數墨之文法，而以讀周秦兩漢之書，猶執山野之夫，而與言甘泉、建章之巨麗也。斯言諒矣。茲為講說計，竊取成篇，聊以證古書文句之異，若其詳則先師遺籍具在，不煩羅縷於此云。

7. 《文鏡祕府論》四曰：「篇既連位而合，位亦累句而成。然句無定方，或長或短。長有逾於十，如陸機〈文賦〉云：『沈辭怫悅，若游魚銜鉤而出重淵之深；浮藻聯翩，猶翔鳥纓繳而墜層雲之峻。』（下句皆十一字也。）短有極於二，如王褒〈聖主得賢臣頌〉云：『翼乎，若鴻毛之順風；沛乎，若巨鱗之縱壑。』（上句皆兩字也。）在於其內，固無待稱矣。（謂十字以下，三字以上文之常體，故不待稱也。）然句既有異，聲

亦互舛，句長聲彌緩，句短聲彌促，施於文筆，須參用焉。（雜文筆等皆句字或長或短，須參用也。）其若詩、贊、頌、銘句字有限者非也。）就而品之，七言以去，傷於太緩，三言以還，失於至促，惟可以間其文勢，時時有之。至於四言，最為平正，詞章之內，在用宜多，凡所結言，必據之為述，至若隨之於文，合帶以相參，則五言、六言，又其次也。至如欲其安穩，須憑諷讀，事歸臨斷，難用辭窮。（言欲安施字句，須讀而驗之，在臨時斷定，不可預言者也。）然大略而論，忌在於頻繁，務遵於變化。（若置四言、五言、六言等體不得頻繁，須變化相參用也。）假令一對之語，四句而成，（筆皆四句合成一對。）便用四言，以居其半，其餘二句雜用五言、六言等。（謂一對語內，二句用四言，餘二句或用五言、六言、七言是也。）或經一對兩對以後，仍須全用四言，（若一對四句，並全用四言也。）既用四言，又更施其雜體，（謂上下對內，四言與五言等參用也。）循環反覆，務歸通利。然之於而以間句，常頻對有之，讀則非便。能相迴避，則文勢調矣。（謂而以之於等閒成句者，不可頻對體同。）其二言、三言等須看體之將變，勢之相宜，隨而安之，令其抑揚得所。然施諸文體，互有不同，文之大者，得容於句長，（若碑、誌、論、檄、賦、誄等文體大者，得容六言以上者多。）文之小者，寧取於句促。（若表、啓等文體小者，寧使四言以上者多也。）何則？附體立辭，勢宜然也。細而推之，開發端緒，寫送文勢，則六言、七言之功也；泛敍事由，平調聲律，四言五言之能也；體物寫狀，抑揚情理，三言之要也。雖文或變通，不可專據，（謂可任人意改變，不必盡依此等狀。）敍其大抵，實在於茲。其八言、九言、二言等時有所值，可得施之，其在用至少，不復委載也。」六字格而非緩，《說文》：「格，木長貌。」是格有寬長之義。

《四六叢話．凡例》云：「四六之名，何自昉乎？古人有韻謂之文，無韻謂之筆。梁時沈詩任筆，劉氏三筆六詩是也。駢儷肇自魏晉，厥後有齊梁體、宮體、徐庾體，工綺遞增，猶未以四六名也。唐重文選學，宋目為詞學，而章奏之學，則令狐楚以授義山，別為專門。今考《樊南甲乙》始以四六名集，而柳州〈乞巧文〉云：駢四儷六，錦心繡口，又在其前。《辭學指南》云：制用四六，以便宣讀，大約始於制誥，沿及表啓也。」

8. 此文本於摯虞〈流別論〉，彼論有九言而彥和不說者，顏延年〈庭誥〉所謂詩體本無九言者，將由聲度闡緩，不協金石之故也。（顏說引見〈關雎．正義〉。）而體之篇，疑當作二體之篇。二體指上六言、七言。蓋六言、七言雜出詩騷，未有全篇用之者。趙翼《陔餘叢考》二十三曰：「任昉云：『六言始於谷永。』然劉勰云：『六言七言雜出詩騷。』今按《毛詩》：『謂爾遷於王都』、『曰予未有室家』等句，已開其端，則不始於谷永矣。或谷永本此體創為全篇，遂自成一家。然永六言詩今不傳，《後漢書．孔融傳》：『融所著詩頌碑文六言策文表檄。』其曰六言者，蓋即六言詩也。今亦不傳。（《古文苑》載融六言詩，偽作不可信。）古六言詩間有可見者：《文選》注引董仲舒〈琴歌〉二句，邊孝先〈解嘲〉：『寐與周公通夢，靜與孔子同意。』《三國志》注曹丕〈答羣臣勸進書〉自述所作詩曰：『喪亂悠悠過紀，白骨縱橫萬里，哀哀下民靡恃，吾將佐時整理，復子明辟致仕。』據此，是六言詩成於漢代也。」（曹丕雖為魏主，亦得屬之於漢。）

至七言詩則吳檢齋先生《絸齋筆記》曰：「《後漢書》東平王蒼、杜篤、崔琦、崔瑗、崔寔等傳，並云箸七言若干篇，〈班固傳〉則有六言若干篇。由是推之，知漢人稱詩，皆以四言為限，其六言、七言、八言者，或本為琴歌或質稱六言、七言、八言，皆不與之詩名也。漢人七言之詞，今世已不數見，唯《文選》李注所引數事而已。〈西京賦〉注引劉向〈七言〉曰：『博學多識與凡殊。』王仲宣〈贈士孫文始詩〉注引劉歆《七略》（是劉向〈七言〉之譌。）曰：『宴處從容觀詩書。』嵇叔夜〈贈秀才入軍詩〉注引劉向〈七言〉曰：『山鳥羣鳴動我懷。』張景陽〈雜詩〉注引劉向〈七言〉曰：『朅來歸耕永自疏。』案李引〈七言〉四句，其三句以殊書疏為韻，明其同出一篇。」《吳越春秋》所載《窮劫》等曲，通首皆七言，此書出趙長君手，後漢人也。又史游〈急就章〉以七言成句，蓋今時里閭歌括之類，亦可以證漢世民間七言之行用。彥和所指成於兩漢者，其即六言、七言二體乎！

9. 陸雲〈與兄平原書〉：「文中有于是爾乃，於轉句誠佳，然得不用之更快。有故不如無。又於文句中自可，不用之便少。亦常云：四言轉句，以四句為佳。……〈喜霽〉『俯順習坎，仰熾重離』此下重得如此語為佳，思不得其韻，願兄為益之。」詳士龍此文，所論者乃賦也。《玉海．詞學指南》引魏武論賦作論詩，詩賦亦得通稱。資代作貿代，是。貿，遷也。《南齊書．樂志》永明二年尚書殿中曹奏定朝樂歌詩云：「尋漢世歌篇，多少無定，皆稱事立文，並多八句，然後轉韻。時有兩三韻而轉，其例甚寡。張華、夏侯湛亦同前式。傅玄改韻頗數，更傷簡節之美。近世王韶之、顏延之並四韻乃轉，得賒促之中。顏延之、謝莊作〈三廟歌〉，皆各三章，章八句，此於序述功業詳略為宜，今宜依之。」觀此文知彥和所謂折之中和者，是四韻乃轉也。《札記》論句末用韻，可資參考，錄於下：

「彥和引魏武之言，今無所見。士龍說見〈與兄平原書〉。書云：『四言轉句，以四句為佳。』彥和謂其志同枚賈，觀賈生〈弔屈原〉及〈鵩賦〉，誠哉兩韻輒易，〈惜誓〉（〈惜誓〉偽託賈誼，不可信。）及枚乘〈七發〉乃不盡然。彥和又謂劉歆、桓譚百韻不遷，子駿賦完篇存者惟〈遂初賦〉，固亦四句一轉也。其云折之中和，庶保無咎者，蓋以四句一轉則太驟，百句不遷則太繁，因宜適變，隨時遷移，使口吻調利，聲調均停，斯則至精之論也。若夫聲有宮商，句中雖不必盡調，至於轉韻，宜令平側相間，則聲音參錯，易於入耳。魏武嫌於積韻，善於貿代，所謂善於貿代，即工於換韻耳。

10. 《六朝麗指》曰：「作駢文而全用排偶，文氣易致窒塞。即對句之中，亦當少加虛字，使之動宕。六朝文如傅季友〈為宋公求加贈劉前軍表〉：『俾忠貞之烈，不泯於身後，大賚所及，永及於後人。』任彥昇〈宣德皇后令〉：『客游梁朝，則聲華藉甚，薦名宰府，則延譽自高。』邱希範〈永嘉郡教〉：『才異相如，而四壁徒立，高慚仲蔚，而三徑沒人。』或用於字，或用則字，或用而字，其句法乃栩栩欲活。至庾子山〈謝滕王集序啓〉：『譬其毫翰，則風雨爭飛，論其文采，則魚龍百變。』更覺躍然紙上矣。然如去此虛字，將譬其論其易為藻麗之字，則平板而不能如此流利矣。於是知文章貴有虛字旋轉其間，不可落入滯相也。」

陸以湉《冷廬雜識》云：「作文固無取冗長，然用字有以增益而愈佳者。如歐陽公作〈晝錦堂記〉云：『仕宦至將相，富貴歸故鄉，此人情之所榮，今昔之所同也。』後增二字，作『仕宦而至將相，富貴而歸故鄉。』乃覺更勝。又作〈史炤峴山亭記〉云：『元凱銘功於二石，一置茲山，一投漢水。』章子厚謂宜改作『一置茲山之上，一投漢水之淵』方為中節，公喜而用之。黃山谷〈題仁宗飛白書跋〉末云：『譬天地之高厚，贊日月之光華，臣知其不能也。』集中作『臣自知其不能也』增自字語意乃足。於此知作文之法，不得概以簡削為高。」審是則文家雖利益求簡，遇字句中有宜增者，仍依文益之，斯正所以善用其簡者歟。

陳鱣《簡莊集》有〈對策〉一篇。發助語之條例最詳備，今全錄之：

「粵自方策既陳，訓詁斯尚，文章結構，虛實相生，實字其形體而虛字其性情也。是以語小則試白公於三歲，盡識之無；語大則說〈堯典〉數萬言，未明粵若。遡文原於《易象》，大都也字收聲；陳列國之風詩，半屬兮字斷句。蓋以文代言，取神必肖，上抗下隊，前輊後軒，實事求是，有所憑依，虛字稍乖，不能條達矣。《爾雅》：『孔魄哉延虛無之言，閒也。』《廣雅》：『曰欥惟每雖兮者其各而烏豈也乎些只，詞也。』《說文》：『尒，詞之必然也；曾，詞之舒也；余，詞之舒也；哉，言之閒也；啻，語時不啻也；各，異詞也；只，語已詞也；皆，俱詞也；者，別事詞也；嚋，詞也；曰：詞也，曶，出氣詞也；乃，曳詞之難也；粵，亟詞也；寧，願詞也；兮，語有所稽也；乎，語之餘也；于，於也；粵，于也；平，語平舒也；矣，語已詞也；欥，詮詞也；凡，最括也。』按《說文》所謂詞者，方是虛字，若《爾雅》、《廣雅》所釋，則雜出假借矣。夫之本訓出，其本訓簸，豈為陳樂，惟為凡思，雖為蟲名，烏焉為鳥名，然為燒物，而為頰毛，且之為薦，與之為黨，是皆以實為虛。若夫余之為我，哉之為始，曶之為笏，寧之為寧，是又以虛為實，又若讀而為如，又轉而為奈，以乃為奈，奈又轉而為那，變動不居，難以概論。舉其大略凡數十端：曰發詞，如夫蓋繄惟是也；曰頓詞，如也者矣乎是也；曰疑詞，如乎哉邪與是也；曰急詞，如則即是也；曰緩詞，如斯乃是也；曰設詞，如雖縱假藉是也；曰斷詞，如信必也矣是也；曰僅詞，如稍可略只是

也；曰幾詞，詞，如將殆儻或是也；曰專詞，如第惟獨特是也；曰別詞，如其于若乃是也；曰繼詞，如爰乃于是是也；曰承詞，如是故然則是也；曰轉詞，如然而抑又是也；曰單詞，如唉咄然否是也；曰總詞，如都凡無慮是也；曰歎詞，如嗚呼噫嘻是也；曰餘詞，如兮只罷了是也；曰極詞，如殊絕盡悉是也；曰或詞，如假令容有是也；曰原詞，如向初前始是也；曰複詞，如其斯以為是也；曰信詞，如固然洵誠是也；曰擬詞，如譬彼猶若是也；曰到詞，如及可數乎是也；曰互詞，如或之為言是也；曰省詞，如不日不顯是也；曰增詞，如焉耳乎哉是也；曰進詞，如況乃矧可是也；曰竟詞，如畢斯而已是也：他如矣之為已，虖之為乎，歟之為與，爾之為耳，雖形異而同意；又如適之為适，麽之為麼，祗之為秖，邪之為耶，皆流俗之別文。夫《爾雅》三篇，以初哉首基為始，童蒙《千字》，以焉哉乎也而終。《詩》云子曰：理本無窮，者也之乎，俗堪共喻。子雲《釋別國方言》，當不獨問以奇字；相如著〈凡將〉小學，或亦如賦託〈子虛〉。行將作釋詞，附諸雅訓，茲蓋因對策，發其大凡。」

麗辭第三十五[1]

造化賦形，支體必雙；神理為用，事不孤立。夫心生文辭，運裁百慮，高下相須，自然成對。唐虞之世，辭未極文，而皐陶贊云：罪疑惟輕，功疑惟重；益陳謨云：滿招損，謙受益。豈營麗辭？率然對爾（黃云案馮本作耳）[2]。易之文繫，聖人之妙思也：序乾四德，則句句相銜；龍虎類感，則字字相儷；乾坤易簡，則宛轉相承；日月往來，則隔行懸合：雖句字或殊，而偶意一也[3]。至於詩人偶章，大夫聯辭，奇偶適變，不勞經營[4]。自揚馬張蔡，崇盛麗辭，如宋畫吳冶（畫元作盡治元作治朱改），刻形鏤法，麗句與深采並流，偶意共逸韻俱發[5]。至魏晉羣才，析句彌密，聯字合趣，剖（一作割）毫析釐[6]。然契機者入巧，浮假者無功。

故麗辭之體，凡有四對：言對為易，事對為難，反對為優，正對為劣。言對者，雙比空辭者也；事對者，並舉人驗者也；反對者，理殊趣合者也；正對者，事異義同者也[7]。長卿上林賦（元脫補）云：修容乎禮園，翱翔乎書圃，此言對之類也；宋玉神女賦云：毛嬙鄣袂，不足程式，西施掩面，比之無色，此事對之類也；仲宣登樓（鈴木云閔本岡本有賦字）云：鍾儀幽而楚奏，莊舄顯而越吟，此反對之類也；孟陽七哀云：漢祖想枌榆，光武思白水，此正對之類也[8]。凡偶辭胸臆，言對所以為易也；徵（元作擬一作微）人之學，事對所以為難也；幽顯同志，反對所以為優也；並貴共心，正對所以為劣也。

又以事對，各有反正，指類而求，萬條自昭然矣[9]。

張華詩稱遊鴈比翼翔，歸鴻知接翮；劉琨詩言（元在詩字上）宣尼悲獲麟，西狩泣孔邱；若斯重出，即對句之駢枝也[10]。

是以言對為美，貴在精巧；事對所先，務在允當。若兩事相配，而優劣不均，是驥在左驂，駑為右服也。若夫事或孤立，莫與相偶，是夔之一足，趻（譚校作踸鈴木云嘉靖本作踸）踔而行也[11]。若氣無奇類，文乏異采，碌碌麗辭，則昏睡耳目。必使理圓事密，聯璧其章，迭用奇偶，節以雜佩，乃其貴耳。類此而思，理自（注本作斯）見也[12]。

贊曰：體植必兩，辭動有配。左提右挈，精味兼載。炳爍聯華，鏡靜含態。玉潤雙流，如彼珩珮。

【注釋】

1.《說文》：「麗，旅行也。」古文作麗，象兩兩相比之形。此云麗辭，猶言駢儷之辭耳。原麗辭之起，出於人心之能聯想。既思雲從龍，類及風從虎，此正對也。既想西伯幽而演《易》，類及周旦顯而制《禮》，此反對也。正反雖殊，其由於聯想一也。古人傳學，多憑口耳，事理同異，取類相從，記憶匪艱，諷誦易熟，此經典之文，所以多用麗語也。凡欲明意，必舉事證，一證未足，再舉而成；且少既嫌孤，繁亦苦贅，二句相扶，數折其中。昔孔子傳《易》，特制〈文〉、〈繫〉，語皆駢偶，意殆在斯。又人之發言，好趨均平，短長懸殊，不便脣舌；故求字句之齊整，非必待於耦對，而耦對之成，常足以齊整字句。魏晉以前篇章，駢句儷語，輻輳不絕者此也。綜上諸因，知耦對出於自然，不必廢，亦不能廢，但去泰去甚，勿蹈纖巧割裂之弊，斯亦已耳。凡後世奇耦之議，今古之爭，皆膠柱鼓瑟，未得為正解也。彥和云：「豈營麗辭，率然對爾。」又云：「奇偶適變，不勞經營。」此誠通論，足以釋兩家之惑矣。

2. 皋陶益語皆見《尚書．偽大禹謨篇》。

3. 《易．乾卦．文言》：「元者善之長也；亨者嘉之會也；利者義之和也；貞者事之幹也。君子體仁足以長人，嘉會足以合禮，利物足以和義，貞固足以幹事，君子行此四德者，故曰：乾元亨利貞。」又：「九五曰：飛龍在天，利見大人，何謂也？子曰：同聲相應，同氣相求，水流濕，火就燥，雲從龍，風從虎，聖人作而萬物覩。本乎天者親上，本乎地者親下，則各從其類也。」《易．上繫辭》：「天尊地卑，乾坤定矣。卑高以陳，貴賤位矣。動靜有常，剛柔斷矣。方以類聚，物以羣分，吉凶生矣。在天成象，在地成形，變化見矣。是故剛柔相摩，八卦相盪，鼓之以雷霆，潤之以風雨；日月運行，一寒一暑；乾道成男，坤道成女。乾知大始，坤作成物。乾以易知，坤以簡能，易則易知，簡則易從；易知則有親，易從則有功；有親則可久，有功則可大；可久則賢人之德，可大則賢人之業。易簡而天下之理得矣。天下之理得，而成位乎其中矣。」《易．下繫辭》：「子曰：天下何思何慮。天下同歸而殊塗，一致而百慮，天下何思何慮。日往則月來，月往則日來，日月相推，而明生焉。寒往則暑來，暑往則寒來，寒暑相推，而歲成焉。往者屈也，來者信也，屈信相感，而利生焉。」

4. 「詩人偶章」指《詩》三百篇。「大夫聯辭」指《左傳》、《國語》所記列國大夫朝聘應對之辭。

5. 揚雄、司馬相如、張衡、蔡邕，兩漢文人之首。《莊子．田子方篇》：「宋元君將畫圖，眾史皆至，受揖而立，舐筆和墨，在外者半。有一史後至者，儃儃然不趨，受揖不立，因之舍。公使人視之，則解衣般礴贏。君曰：可矣，是真畫者也。」《吳越春秋．闔閭內傳》：「干將作劍，采五山之鐵精，六合之金英，候天伺地，陰陽同光，百神臨觀，天氣下降。」李君雁晴曰：「《淮南．修務訓》：『夫宋畫吳冶，刻刑鏤法，亂修曲出。』高誘注：『宋人之畫，吳人之冶，刻鏤刑法，亂理之文，修飾之功，曲出於不意也。』」

6. 劉申叔先生《論文雜記》謂由漢至魏，文章變遷，計有四端，其中有論及對偶之語，茲全錄之，以免割裂：

「由漢至魏，文章遷變，計有四端：西漢之時，箴銘賦頌，源出於文，論辯書疏，源出於語。觀鄒（鄒陽）枚（枚乘、枚皋）揚（子雲）馬（司馬相如）之流，咸工作賦，沈思翰藻，不歌而誦。旁及箴銘騷七，咸屬有韻之文。若賈生作論，（〈過秦論〉之類是。）史遷報書，劉向、匡衡之獻疏，雖記事記言，昭書簡冊，不欲操觚率爾，或加潤飾之功。然大抵皆單行之語，不雜駢儷之詞。或出語雄奇，（如史遷、賈生之文是出於《韓非子》者也。）或行文平實，（如鼂錯、劉向之文是出於《呂氏春秋》者也。）咸能抑揚頓挫，以期語意之簡明。東京以降，論辯諸作，往往以單行之語運排偶之詞，（載於《後漢書》之文，莫不如是，即專家之文集，亦莫不然。）而奇偶相生，致文體迥殊於西漢。（東漢之儒，凡能自成一家言者，如《論衡》、《潛夫論》、《申鑒》、《中論》之類，亦能取法於諸子，不雜排偶之詞。《論衡》語意尤淺，其文在兩漢中殆別成一體者。）建安之世，七子繼興，偶有撰著，悉以排偶易單行，（如〈加魏公九錫文〉之類其最著者也。）即有非韻之文，（如書啓之類是也。）亦用偶文之體，而華靡之作，遂開四六之先，而文體復殊於東漢，其遷變者一也。

西漢之書，言詞簡直，故句法貴短，或以二字成一言，（如《史記》各列傳中是也。）而形容事物，不爽錙銖。（且能用俗語方言以形容其實事。）東漢之文，句法較長，即研鍊之詞，亦以四字成一語。（未有用兩字即成一句者。）魏代之文，則合二語成一意。（或上句用四字，下句用六字，或上句用六字，下句用四字，或上句下句皆用四字，而上聯咸與下聯成對偶，誠以非此不能盡其意也。已開四六之體。）由簡趨繁，（此文章進化之公例也。）昭然不爽，其遷變者二也。西漢之時，雖屬韻文，（如騷賦之類。）而對偶之法未嚴。（西漢之文，或此段與彼段互為對偶之詞，以成排比之體，或一句之中以上半句對下半句，皆得謂之偶文，非拘於用同一之句法也，亦非拘拘於用一定之聲律也。）東漢之文，漸尚對偶。（所謂字句之間互相對偶也。）若魏代之體，則又以聲色相矜，以藻繪相飾，靡曼纖冶，致失本真，（魏晉之文雖多華靡，然尚有清氣，至六朝以降，則又偏重詞華矣。）其遷變者三也。要而論之，文雖小道，實與時代而遷變。故東京之文殊於西京，魏代之文，復殊東漢，文章之體，在前人不能強同。若夫去古已遠，猶欲擇古人一家之文，以自矜效法，吾未見其可也。

7. 此僅舉言對事對二對，二對又各有正反，故總為四對。《文鏡祕府論》三〈論對〉，謂對有二十九種，殊覺繁碎，茲約錄十對於下：

○一的名對（又名正名對，又名正對，又名切對。）初學作文章，須作此對，然後學餘對也。或曰：天地、日月、好惡、去來，如此之類，名正對。

○二隔句對。隔句對者，第一句與第三句對，第二句與第四句對。

○三雙擬對。雙擬對者，一句之中，所論假令第一字是秋，第三字亦是秋，二秋擬第二字，下句亦然。如此之類，名為雙擬對。如

「夏暑夏不衰　秋陰秋未歸　炎至炎難却　涼消涼易追」

○四聯綿對。聯綿對者，不相絕也。一句之中。第二字第三字是重字，即名為聯綿對，但上句如此，下句亦然。如

「看山山已峻　望水水乃清　聽蟬蟬響急　思卿卿別情」

○五互成對。互成對者，天與地對，日與月對。兩字若上下句安，名的名對。若兩字一處用之，是名互成對，言互相成也。如

「天地心閒靜　日月眼中明　麟鳳千年貴　金銀一代榮」

○六異類對。異類對者，上句安天，下句安山，上句安鳥，下句安花，如此之類，名為異名對。如

「風織池間字　蟲穿葉上文」

○七雙聲對　如

「秋露香佳菊　春風馥麗蘭」（佳菊雙聲，麗蘭雙聲。）

○八疊韻對　如

「鬱律構丹巘　稜層起春嶂」（鬱律疊韻，稜層疊韻。）

○九迴文對　如

「情親由得意　得意遂情親」

○十字對。字對者，若桂楫荷戈，荷是負之義，以其字草名，故與桂為對。不用義對，但取字為對也。如

「山椒架寒霧　池篠韻涼飆」

程杲〈識孫梅四六叢話〉論對頗精切，節錄以備參閱：

「四六盛於六朝，庾徐推為首出，其時法律尚疏，精華特渾，譬諸漢京之文，盛唐之詩，元氣瀰淪，有非後世所能造其域者。唐興以來，體備法嚴，然格亦未免稍降矣。前如燕許稱大手筆，嗣如王楊盧駱稱四傑，今即其集博覽之，所以擅名一代者，不尚可尋其緒乎。宋自廬陵眉山，以散行之氣，運對偶之文，在駢體中，另出機杼，而組織經傳，陶冶成句，實足跨越前人，要之兩端不容偏廢也。由唐以前，可以徵學殖，由宋以後，可以見才思，苟兼綜而有得焉，自克樹幟於文壇。四六主對，對不可以不工，《雕龍》所論言對事對反對正對盡之矣。至謂言對易，事對難，反對優，正對劣，其所謂難者，若古『二十四考中書，三十六年宰輔』、『秦塞重關一百二，漢室離宮三十六』之類，比事皆成絕對，故難也，近時繙類書，舉故事，往往一意衍至數十句，不惟難者不見其難，亦且劣者彌形其劣。孫夫子於〈總論篇〉中有以意為主之說，學駢體者，不可無別裁之識。

按四六對法，一句相對者為單對，兩句相對者為偶對。一篇中須以單偶參用，方見流宕之致。更有長偶對，若蘇軾〈乞常州居住表〉：『臣聞聖人之行法也，如雷霆之震草木，威怒雖盛而歸於欲其生；人主之罪人也，如父母之譴子孫，鞭撻雖嚴而不忍致之死。』之類是也。反對正對之外，有借對，若駱賓王〈冒雨尋菊序〉：『白帝徂秋，黃金勝友。』之類是也。有巧對，若賓王〈上司列太常啓〉：『搏羊角而高翥，浩若無

律；附驥尾以上馳，逖焉難託。』之類是也。有虛實對，若柳宗元〈為裴中丞賀東平表〉：『愧無橫草之功，坐見覆盂之泰。』之類是也。有流水對，若歐陽修〈謝賜漢書表〉：『惟漢室上繼三代之盛，而《班史》自成一家之書。』之類是也。有各句自對，若王勃〈滕王閣序〉：『物華天寶，龍光射牛斗之墟，人傑地靈，徐孺下陳蕃之榻。』之類是也。要使百鍊千錘，句斟字酌，閱之有璧合珠聯之釆，讀之有敲金戛玉之聲，乃為能手。

四六中以言對者，惟宋人采用經傳子史成句為最上乘，即元明諸名公表啓，亦多尚此體，非胸有卷軸，不能取之左右逢原也。以事對者，尚典切，忌冗雜。尚清新，忌陳腐。否則陳陳相因，移此儷彼，但記數十篇通套文字，便可取用不窮。況每類皆有熟爛故事，俗筆伸紙，便爾撏撦，令人對之欲嘔。然又非必舍康莊而求僻遠也，要在運筆有法，或融其字面，或易其稱名，或巧其屬對，則舊者新之，頓覺別開壁壘，《莊子》所謂臭腐化為神奇也。

四六通篇句法，平仄相銜，與律詩律賦同體，唐以前不盡然者，法未備也，唐以後間有不然者，如律詩中之拗句也，不得沿以為例。偶對上下句一事相承，或有各用故事者，必須意義聯貫，不得艮限貽譏。

8. 〈上林〉、〈神女〉、〈登樓〉三賦均載《文選》。張載〈七哀詩〉二首載《文選》二十三，無此二句，蓋別有一首用水字韻，昭明不採，故亡逸也。

9. 紀評曰：「貴當作肩。又以四句，當云指類而求，萬條自昭然矣。又言對事對，各有反正，於文義乃順。」案萬字衍，自為目之誤，當作指類而求，條目昭然，即上所云四對也。

10. 張華〈雜詩〉見《玉臺新詠》。劉琨〈重贈盧諶詩〉見《文選》，亦載《晉書》本傳。

11. 兩事相配，紀評云：「兩事當作兩言。」《韓非子．外儲說左下》：「魯哀公問於孔子曰：吾聞古者有夔一足，其果信有一足乎？」《莊子．秋水篇》：「吾以一足趻踔而行。」

12. 紀評曰：「張華一段，申反對正對；是以以下，申言對事對；若氣無以下，就四對推入一層，言對偶雖合

法，而無骨采亦不可。」朱一新《無邪堂答問》曰：「有陽則有陰，有奇則有偶，此自然之理。古文參以排偶，其氣乃厚，馬班韓柳皆如此。然非駢四儷六之謂。凡文必偶，意雖是而語稍過，若《揅經室》諸論則偏矣。」

《札記》曰：「文之有駢儷，因于自然，不以一時一人之言而遂廢。然奇偶之用，變化無方，文質之宜，所施各別。或鑒于對偶之末流，遂謂駢文為下格；或懲于俗流之恣肆，遂謂非駢體不得名文；斯皆拘滯於一偶，非閎通之論也。惟彥和此篇所言，最合中道。一曰：『高下相須，自然成對。』明對偶之文依於天理，非由人力矯揉而成也。次曰：『豈營麗辭，率然對爾。』明上古簡質，文不飾琱，而出語必雙，非由刻意也。三曰：『句字或殊，偶意一也。』明對偶之文，但取配儷，不必比其句度，使語律齊同也。四曰：『奇偶適變，不勞經營。』明用奇用偶，初無成律，應偶者不得不偶，猶應奇者不得不奇也。終曰：『迭用奇偶，節以雜佩。』明綴文之士，於用奇用偶，勿師成心，或捨偶用奇，或專崇儷對，皆非為文之正軌也。舍人之言明白如此，真可以息兩家之紛難，總殊途而齊歸者矣。……近世褊隘者流，競稱唐宋古文，而於前此之文，類多譏誚，其所稱述，至于晉宋而止。不悟唐人所不滿意，止於大同已後輕豔之詞，宋人所詆為俳優，亦裁上及徐庾，下盡西崑，初非舉自古麗辭一概廢閣之也。自爾以後，駢散竟判若胡秦，為散文者力避對偶，為駢文者又自安于聲韻對仗，而無復迭用奇偶之能。以愚意論之，彼以古文自標襮者，誠可無與諍難，獨奈何以復古自命者，亦自安于駢文之號，而不一審究其名之不正乎。阮伯元云：『沈思翰藻始得為文，而其餘皆經史子。』是以駢文為文，而反尊散文為經史子也。李申耆選晚周之文以訖于隋，而名之曰《駢體文鈔》，是以隋以前文為駢文而唐以後反得為古文也。何其於彥和此篇所說通局相妨至於如是耶！」

今錄阮李二君文三篇于後，以備攷鏡：

阮伯元〈與友人論古文書〉

讀足下之文，精微峻潔，具有淵源。甚善甚善。元謂古人於籀史奇字，始稱古文，至于屬辭成篇，則曰文章，故班孟堅曰：「武宣之世，崇禮官，考文章。」又曰：「雍容揄揚，著于後嗣，大漢之文章，炳焉與三代同風。」是故兩漢文章，著于班范，體制和正，氣息淵雅，不為激音，不為客氣，若云後代之文，有能盛于兩漢者，雖愚者亦知其不能矣。近代古文名家，徒為科名時藝所累，於古人之文，有益時藝者，始競趨之。元嘗取以置之兩漢書中誦之，擬之淄澠不能同其味，宮徵不能壹其聲，體氣各殊，弗可強已。若謂前人樸拙不及後人，反覆思之，亦未敢以為然也。夫勢窮者必變，情弊者務新，文家矯厲，每求相勝，其間轉變，實在昌黎。昌黎之文，矯《文選》之流弊而已。昭明〈選序〉，體例甚明，後人讀之，苦不加意。〈選序〉之法，于經子史三家不加甄錄，為其以立意紀事為本，非沈思翰藻之比也。今之為古文者，以彼所棄，為我所取，立意之外，惟有紀事，是乃子史正流，終與文章有別。千年墜緒，無人敢言，偶一論之，聞者掩耳，非聰穎特達深思好問如足下者，元未嘗少為指畫也。嗚呼，修塗具在，源委遠分，古人可作，誰與歸歟！願足下審之。

阮伯元〈文韻說〉

福問曰：「《文心雕龍》云：『今之常言，有文有筆。以為無韻者筆也，有韻者文也。』據此，則梁時恆言，有韻者乃可謂之文，而《昭明文選》所選之文，不押韻腳者甚多，何也？」曰：「梁時恆言所謂韻者，固指押腳韻，亦兼謂章句中之音韻，即古人所言之宮羽，今人所言之平仄也。」福曰：「唐人四六之平仄，似非所論于梁以前。」曰：「此不然，八代不押韻之文。其中奇偶相生，頓挫抑揚，詠歎聲情，皆有合乎音韻宮羽者。《詩》、《騷》而後，莫不皆然。而沈約矜為刱獲，故於〈謝靈運傳論〉曰：『夫五色相宜，八音協暢，由乎玄黃律呂，各適物宜，欲使宮羽相變，低昂舛節，若前有浮聲，則後須切響。一簡之內，音韻盡殊，兩句之中，輕重悉異，妙達此旨，始可言文。』又曰：『自靈均以來，此祕未覩，至於高言妙句，音韻天成，皆暗與理合，匪由思至。』又沈約〈答陸厥書〉云：『韻與不韻，復有精粗，輪扁不能言之，老夫亦不盡辨此。』休文此說，乃指各文章句之內有音韻宮羽而言，非謂句末之押腳韻也。（即如雌霓連蜷，霓字必讀仄聲是也。）是以聲韻流變而成四六，亦衹論章句中之平仄，不復有押腳韻也。四六乃有韻文之極致，不得謂之為無韻之文也。昭明所選，不押韻腳之文，本皆奇偶相生，有聲音者，所謂韻也。休文所矜為剏獲者，謂漢魏之音韻，乃暗合于無心，休文之音韻，乃多出于意匠也。豈知漢魏以來之音韻，溯其本原，亦久出於經哉。孔子自名其言《易》者曰文，此千古文章之祖。〈文言〉固有韻矣。而亦有平仄聲音焉。即如濕燥龍虎作覩上下八句，何等聲音，無論龍虎二句不可顛倒，若改為虎龍燥濕覩作即無聲音矣。無論其德其明其序其吉凶四句不可錯亂，若倒不知退於不知亡不知喪之後，即無聲音矣。此豈聖人天成暗合全不由於思至哉。

由此推之，知自古聖賢屬文時，亦皆有意匠矣。然則此法肇開於孔子，而文人沿之。休文謂靈均以來此祕未覩，正所謂文人相輕者矣。不特〈文言〉也，〈文言〉之後，以時代相次，則及於卜子夏之〈詩大序〉。序曰：『情發於聲，聲成文謂之音。』又曰：『主文而譎諫。』又曰：『長言之不足則嗟歎之。』鄭康成曰：『聲，謂宮商角徵羽也。聲成文者，宮商上下相應也。』此子夏直指詩之聲音而謂之文也，不指翰藻也。然則孔子〈文言〉之義益明矣。蓋孔子〈文言〉、〈繫辭〉，亦皆奇偶相生，有聲音嗟歎以成文者也，聲音即韻也。《詩·關雎》鳩洲逑押腳有韻，而女字不韻，得服側押腳有韻，而哉字不韻，此正子夏所謂聲成文之宮羽也。此豈詩人暗與韻合匪由思至哉。（王懷祖先生云：《三百篇》用韻，有字字相對極密，非後人所有者。如有瀰有鷕，濟盈不濡軌，雉鳴求其牡，鳳皇鳴矣，梧桐生矣，於彼高岡，於彼朝陽，菶菶雍雍，萋萋喈喈，無一字不相韻，此豈詩人天成暗合，全無意匠於其間哉。此即子夏所謂聲成文之顯然可見者。）子夏此序，《文選》選之，亦因其中有抑揚詠歎之聲音，且多偶句也。（鄉人邦國偶一，風教偶二，為志為詩偶三，手之足之偶四，治世亂世亡國偶五，天地鬼神偶六，聲教人倫教化風俗偶七八，化下刺上偶九，言之聞之偶十，禮義政教偶十一，國異家殊偶十二，傷人倫哀刑政偶十三，發乎情止乎情止乎禮義偶十四，謂之風謂之雅偶十五，繫之周繫之召偶十六，正始王化偶十七，哀窈窕思賢才偶十八。偶之長者如周公、召公即比也，後世四書文之比基於此。）

綜而論之，凡文者在聲為宮商，在色為翰藻。即如孔子〈文言〉雲龍風虎一節，乃千古宮商翰藻奇偶之祖，非一朝一夕之故一節，乃千古嗟歎成文之祖，子夏〈詩序〉情文聲音一節，乃千古聲韻性情排偶之祖。吾固曰韻者即聲音也。聲音即文也。（韻字不見於《說文》，而王復齋《楚公鐘》篆文內實有韵字，從音從勻，許氏所未收之古文也。）然則今人所便單行之文，極其奧折奔放者，乃古之筆，非古之文也。沈約之說或可橫指為八代之衰體，孔子、子夏之文體豈亦衰乎！是故唐人四六之音韻，雖愚者能效之，上溯齊梁，中材已有所限，若漢魏以上至於孔卜，非上哲不能擬也。」乙酉三月閱兵香山阻風，舟中筆以訓福。

李中耆《駢體文鈔·序》

少讀《文選》，頗知步趨齊梁。後蒙恩入庶常，館閣之製，例用駢體，而不能致工，因益搜輯古人遺篇，用資時習。區其鉅細，分為三篇，序而論之曰：天地之道，陰陽而已。奇偶也，方圓也，皆是也。陰陽相並俱生，故奇偶不能相離，方圓必相為用，道奇而物偶，氣奇而形偶，神奇而識偶。孔子曰：「道有動變故曰爻，爻有等故曰物，物相雜故曰文。」又曰：「分陰分陽，迭用柔剛，故《易》六位而成章，相雜而迭用。」文章之用，其盡於此乎！六經之文，班班具存，自秦迄隋，其體遞變，而文無異名。自唐以來，始有古文之目，而目六朝之文為駢儷。而為其學者，亦自以為與古文殊路。既歧奇與偶為二，而於偶之中又歧六朝與唐宋為三。夫苟第較其字句，獵其影響而已，則豈徒二焉三焉而已，以為萬有不同可也。夫氣有厚薄，天為之也，學有純駁，人為之也。體格有變遷，人與天參焉者也，義理無殊途，天與人合焉者也。得其厚薄純雜之故，則於其體格之變，可以知世焉，於其義理之無殊，可以知文焉。文之體，至六代而其變盡矣。沿其流極而泝之，以至乎其源，則其所出者一也。吾甚惜夫歧奇偶而二之者之毗於陰陽也。毗陽則躁剽，毗陰則沈膇，理所必至也，於相雜迭用之旨，均無當也。

卷八

比興第三十六

詩文弘奧，包韞六義，毛公述傳，獨標興體[1]，豈不以風通（一作異）而賦同，比顯而興隱哉[2]？故比者，附也；興者，起也。附理者切類以指事，起情者依微以擬議。起情故興體以立，附理故比例以生。比則畜憤以斥言，興則環譬以記（一作託）諷。蓋隨時之義不一，故詩人之志有二也[3]。

觀夫興之託諭，婉而成章，稱名也小，取類也大。關雎有別，故后妃方德；尸鳩貞一，故夫人象義。義取其貞，無從于夷禽；德貴其別，不嫌於鷙鳥，明而未融，故發注而後見也[4]。且何謂為比？蓋寫物以附意（鈴木云疑當作理），颺言以切事者也。故金錫以喻明德，珪璋以譬秀民，螟蛉以類教誨，蜩螗以寫號呼，澣衣以擬心憂，席卷（汪本作卷席）以方志固，凡斯切象，皆比義也[5]。至如麻衣如雪，兩驂如舞，若斯之類，皆比類者也[6]。楚襄信讒，而三閭忠烈，依詩製騷，諷兼比興[7]。炎漢雖盛，而辭人夸毗，詩刺（譚云疑當作諷刺）道喪，故興義銷亡。於是賦頌先鳴，故比體雲構，紛紜雜遝，信舊章矣[8]。

夫比之為義，取類不常：或喻於聲，或方於貌，或擬於心，或譬於事。宋玉高唐云：纖條悲鳴，聲似竽籟，此比聲之類也；枚乘菟園云：焱焱紛紛，若塵埃之間白雲，此則比貌之類也；賈生鵩賦（顧云當作鳥）云：禍之與福，何異糾纆，此以物比理者

也；王褒洞簫云：優柔溫潤，如慈父之畜子也，此以聲比心者也；馬融長笛云：繁縟絡繹，范蔡之說也，此以響比辯者也；張衡南都云：起鄭舞，蠒曳（元作蠒抽按本賦改）緒，此以容比物者也[9]。若斯之類，辭賦所先，日用乎比，月忘乎興，習小而棄大，所以文謝於周人也。至於揚班之倫，曹劉以下，圖狀山川，影寫雲物，莫不纖（疑作織）綜比義，以敷其華，驚聽回視，資此效績[10]。又安仁螢賦云流金在沙，季鷹雜（顧校作春）詩云青條若總翠，皆其義者也[11]。故比類雖繁，以切至為貴[12]，若刻鵠（元作鶴謝改）類鶩，則無所取焉。

贊曰：詩人比興，觸物圓覽。物雖胡越，合則肝膽。擬容取心，斷辭必敢。攢雜詠歌，如川之渙[13]。

【注釋】

1. 《札記》曰：「題云比興，實側注論比，蓋以興義罕用，故難得而繁稱。原夫興之為用，觸物以起情，節取以託意，故有物同而感異者，亦有事異而情同者，循省六詩，可榷舉也。夫〈柏舟〉命篇，〈邶〉、〈鄘〉兩見。然〈邶詩〉以喻仁人之不用，（《詩．邶風．柏舟．箋》云：舟載渡物者，今不用而與眾物汎汎然俱流水中。興者喻仁人之不見用而與群小人並列，亦猶是也。）〈鄘詩〉以譬女子之有常。（〈鄘風．柏舟．箋〉云：舟在河中，猶婦人之在夫家，是其常處。）〈杕杜〉之目，風雅兼存，而〈小雅〉以譬得時，（〈小雅．杕杜．傳〉云：杕杜猶得其時蕃滋，役夫勞苦不得盡其天性。）〈唐風〉以哀孤立，（〈唐風〉有〈杕之杜．傳〉云：道左之陰人所宜休息也。《箋》云：今人不休息者。以特生陰寡也。興者喻武公初兼其宗族，不求賢者與之在位，君子不歸，似乎特生之杜然。）此物同而感異也。九罭鱒魴，鴻飛遵渚，二事

絕殊，而皆以喻文公之失所。（〈豳風．九罭．傳〉云：九罭，緵罟小魚之網也。鱒魴，大魚也，《疏》引王肅云：以興下土小國，不宜久留聖人。又鴻飛遵渚《傳》云：鴻不宜循渚也。《箋》云：鴻，大鳥也，不宜與鳧鷖之屬飛而循渚，以喻周公今與凡人處東都之邑失其所也。）䍧羊墳首，三星在罶，兩言不類，而皆以傷周道之陵夷。（〈小雅．苕之華．傳〉云：䍧羊墳首，言無是道也。三星在罶，言不可久也。《箋》云：無是道者，喻周已衰，求其復興不可得也。不可久者，喻周將亡，如心星之光耀，見於魚笱之中，其去須臾也。）此事異而情同也。夫其取義差在毫釐，會情在乎幽隱，自非受之師說，焉得以意推尋。彥和謂明而未融，發注後見；沖遠謂毛公特言，為其理隱；誠諦論也。孟子云：『學詩者以意逆志。』此說施之說解已具之後，誠為讜言，若乃興義深婉，不明詩人本所以作，而輒事探求，則穿鑿之弊固將滋多于此矣。自漢以來，詞人鮮用興義，固緣詩道下衰，亦由文詞之作，趣以喻人，苟覽者怳惚難明，則感動之功不顯。用比忘興，勢使之然，雖相如、子雲，末如之何也。然自昔名篇，亦或兼存比興，及時世遷貿，而解者祇益紛紜，一卷之詩，不勝異說。九原不作，烟墨無言。是以解嗣宗之詩，則首首致譏禪代，箋杜陵之作，則篇篇繫念朝廷，雖當時未必不託物以發端，而後世則不能離言而求象。由此以觀，用比者歷久而不傷晦昧，用興者說絕而立致辯爭。當其覽古，知興義之難明，及其自為，亦遂疏興義而希用，此興之所以浸微浸滅也。雖然，微子悲殷，實興懷於禾黍，屈平哀郢，亦假助於江山，興之於辭，又焉能遽廢乎！」

2. 〈詩大序．正義〉曰：「風之所吹，無物不扇，化之所被，無往不霑，故取名焉。」《五行大義》引翼奉說：「風通六情。」《正義》又曰：「賦者，鋪陳今之政教善惡，其言通正變，兼美刺也。」又曰：「比之與興，雖同是附託外物，比顯而興隱，當先顯後隱，故比居興先也。《毛傳》特言興也，為其理隱故也。」

3. 《札記》曰：「《周禮．太師》先鄭注曰：『比者，比方于物也。（《詩．孔疏》引而釋之曰：諸言如者，皆比辭也。）興者，託事於物也。』（《孔疏》曰：興者起也，取譬引類，起發己心，詩文諸舉草木鳥獸以見意者皆興辭也。）後鄭注曰：『比，見今之失，不敢斥言，取比類以言之。興，見今之美，嫌於媚諛，取善事以喻勸之。』案後鄭以善惡分比興，不如先鄭注誼之確。且牆茨之言，《毛傳》亦目為興，焉見以惡類惡，即為比乎。至鍾記室云：『文已盡而義有餘，興也；因物喻志，比也。』其解比興，又與詁訓乖殊。彥和辨比興之分，最為明晰。一曰起情與附理，二曰斥言與環譬，介畫憭然，妙得先鄭之意矣。」謹案師說固得，然彥和解比興，實亦兼用後鄭說。

4. 〈周南．關雎．傳〉曰：「雎鳩，王雎也。鳥摯而有別。」〈召南．鵲巢．傳〉曰：「鳩，鳲鳩，秸鞠也。鳲鳩不自為巢，居鵲之成巢。」《箋》云：「鵲之作巢，冬至架之，至春乃成，猶國君積行累功，故以興焉。興者，鳲鳩因鵲成巢而居有之，而有均壹之德，猶國君夫人來嫁，居君子之室，德亦然。」

《札記》曰：「從當為疑字之誤。」案作疑字是。《家語．好生篇》：「孔子曰：小辯害義，小言破道。〈關雎〉興於鳥而君子美之，取其雌雄之有別；〈鹿鳴〉興於獸而君子大之，取其得食而相呼。若以鳥獸之名嫌之，固不可行也。」鄭注《周禮．天官．司裘》曰：「玄謂廞，興也，若詩之興，謂象飾而作之。」但有一端之相似，即可取以為興，雖鳥獸之名無嫌也。釋皎然《詩式》曰：「取象曰比，取義曰興。」

5. 《詩．衛風．淇奧》：「瞻彼淇奧，綠竹如簀，有匪君子，如金如錫，如圭如璧。」《毛傳》曰：「金錫練而精，圭璧性有質。」

《詩．大雅．卷阿．序》曰：「卷阿，召康公戒成王也。言求賢用吉士也。」其第十一章曰：「顒顒卬卬，如圭如璋，令聞令望，豈弟君子，四方為綱。」《箋》云：「王有賢臣與之以禮義相切磋，體貌則顒顒然敬順；志氣則卬卬然高朗，如玉之圭璋也。」

《詩．小雅．小宛》：「螟蛉有子，蜾蠃負之，教誨爾子，式穀似之。」《箋》曰：「蒲盧取桑蟲之子，負持而去，煦嫗養之以成其子，喻有萬民不能治，則能治者將得之。」

《詩．大雅．蕩》：「文王曰咨！咨女殷商。如蜩如螗，如沸如羹。」《箋》云：「飲酒號呼之聲，如蜩螗之鳴。」

6. 《詩・邶風・柏舟》：「心之憂矣，如匪澣衣。」《傳》曰：「如衣之不澣矣。」《箋》云：「衣之不澣，則憒辱無照察。」

《詩・邶風・柏舟》：「我心匪石，不可轉也；我心匪席，不可卷也。」《箋》云：「言己心志堅平，過於石席。」

《詩・曹風・蜉蝣》：「蜉蝣掘閱，麻衣如雪。」《傳》曰：「如雪，言鮮絜。」

《詩・鄭風・大叔于田》：「大叔于田，乘乘馬，執轡如組，兩驂如舞。」《正義》曰：「兩驂之馬，與兩服馬和諧，如人舞者之中於樂節也。」

此所舉兩例，皆取事物以比形狀，與上所云比義者略殊。

7. 《札記》曰：「王逸《楚辭章句・離騷・序》云：『〈離騷〉之文，依詩取興，引類譬喻，故善鳥香草以配忠貞，惡禽臭物以比讒佞，靈脩美人以媲於君，宓妃佚女以譬賢臣，虯龍鸞鳳以託君子，飄風雲霓以喻小人。』案〈離騷〉諸言草木，比物託事，二者兼而有之。故曰：諷兼比興也。」〈辨騷篇〉曰：「虯龍以喻君子，雲蜺以譬讒邪，比興之義也。」諷兼比興，諷當作風。楚騷，楚風也。

8. 黃叔琳曰：「非特興義銷亡，即比體亦與《三百篇》中之比差別。大抵是賦中之比，循聲逐影，擬諸形容，如〈鶴鳴〉之陳誨。〈鴟鴞〉之諷諭也。」《詩・大雅・板・傳》曰：「夸毗，體柔人也。」《正義》引李巡曰：「屈己卑身求得於人曰體柔。」詩刺當作諷刺。故比體雲構，故字疑衍。信舊章矣，信當作倍，倍即背也。

9. 〈高唐〉、〈鵩鳥〉、〈長笛〉三賦，皆在《文選》。〈菟園賦〉引見〈詮賦篇〉，焱焱，《古文苑》作疾疾，誤。張衡〈南都賦〉曰：「坐南歌兮起鄭儛，白鶴飛兮蠒曳緒。」注曰：「白鶴飛兮繭曳緒，皆舞人之容。」此云以容比物，似當作以物比容。

10. 纖當作織。揚班曹劉，謂揚雄、班固、曹植、劉楨。

11. 《札記》曰：「《全晉文》九十二載其文，茲錄於左：

潘安仁〈螢火賦〉

嘉熠燿之精將，（此字疑誤。）與眾類乎超殊。東山感而增歎，行士慨而懷憂；翔太陰之玄昧，抱夜光以清遊；熲若飛焱之霄逝，彗似移星之雲流。動集陽暉，灼如隋珠。熠熠熒熒，若丹英之照葩；飄飄熲熲，（《初學記》作款款。）若流金之在沙。載飛載止，光色孔嘉；無聲無臭，明影暢遐。飲湛露於曠野，庇一葉之垂柯；無干欲于萬物，豈顧恤于網羅。至夫重陰之夕，風雨晦冥；萬物眩惑，翩翩獨征。奇姿燎朗，在陰益榮，猶賢哲之處時，時昏昧而道明，若蘭香之在幽，越羣臭而彌馨；隨陰陽之飄繇，非飲食之是營；同螽斯之無忌，希夷惠之清貞。美微蟲之琦瑋，援彩筆以為銘。」

張翰〈雜詩〉曰：「青條若總翠，黃華如散金。」詩載《文選》。

12. 紀評曰：「亦有太切轉成滯相者。」《札記》曰：「切至之說，第一不宜沿襲，第二不許蒙籠。紀評謂太切轉成滯相，按此乃措語不工，非體物太切也。」《唐文粹》載杜牧〈晚晴賦〉全用比辭，錄備參閱。

杜牧之〈晚晴賦并序〉

秋日晚晴，樊川子目于郊園，見大者小者，有狀類者，故書賦云。

雨晴秋容新沐兮，忻繞園而細履；面平池之清空兮，紫閣青橫，遠來照水；如高堂之上，見羅幕兮垂乎鏡裏。木勢黨伍兮，行者如迎，偃者如醉，高者如達，低者如跋。松數十株，切切交峙，如冠劍大臣，國有急難，庭立而議；竹林外裹兮，十萬丈夫，甲刃摐摐，密陣而環侍；豈負軍令之不敢嚻兮，何意氣之嚴毅。復引舟於深灣，忽八九之紅芰，姹然如婦，斂然如女，墮蘂黦顏，似見放棄。白鷺潛來兮，邈風標之公子，窺此美人兮，如慕悅其容媚。雜花差于岸側兮，絳綠黃紫，格頑色賤兮，或妾或婢。間草甚多，叢者束兮，靡者杳兮，仰風獵日，如立如笑兮，千千萬萬之容兮，不可得而狀也。若予者則謂何如？倒冠落佩兮與世闊疏，敖敖休休兮，真徇其愚而隱居者乎！

13. 《札記》曰：「渙字失韻。當作澹，字形相近而誤。澹淡，水貌也。」

夸飾第三十七[1]

夫形而上者謂之道，形而下者謂之器。神道難摹，精言不能追其極；形器易寫，壯辭可得喻其真；才非短長，理自難易耳。故自天地以降，豫入聲貌，文辭所被，夸飾恒存。雖詩書雅言，風格（顧校作俗黃云馮本作俗）訓世，事必宜廣，文亦過焉[2]。是以言峻則嵩高極天，論狹則河不容舠，說多則子孫千億，稱少則民靡孑遺，襄陵舉滔天之目，倒戈立漂杵之論，辭雖已甚，其義無害也[3]。且夫鴞音之醜，豈有泮林而變好；荼味之苦，寧以周原而成飴：並意深褒讚，故義成矯飾。大聖所錄，以垂憲章。孟軻所云說詩者不以文害辭，不以辭害意也[4]。

自宋玉景差，夸飾始盛[5]，相如憑風，詭濫愈甚。故上林之館，奔星與宛虹入軒；從禽之盛，飛廉與鷦鷯（按本賦作焦明）俱獲[6]。及揚雄甘泉，酌其餘波，語瓌奇，則假珍於玉樹，言峻極，則顛墜於鬼神[7]。至東都之比目，西京之海若，驗理則理無不驗，窮飾則飾猶未窮矣[8]。又子雲羽（一作校）獵，鞭宓妃以饟屈原；張衡羽獵，困玄冥於朔野。孌彼洛神，既非罔兩；惟此水師，亦非魑魅；而虛用濫形，不其疎乎[9]！此欲夸其威而飾其（元下有脫闕字）事義暌剌也。至如氣貌山海，體勢宮殿，嵯峨揭業，熠燿焜煌之狀，光采煒煒而欲然，聲貌岌岌其將動矣。莫不因夸以成狀，沿飾而得奇也[10]。於是後進之才，獎氣挾聲，軒翥而欲奮飛，騰擲而羞跼步。辭入煒燁，春藻不能程其豔；言在萎絕，寒谷未足成其凋。談歡則字與笑並，論慼則聲共泣偕，信可以發蘊而飛滯，披瞽而駭聾矣。

然飾窮其要，則心聲鋒起，夸過其理，則名實兩乖。若能酌詩書之曠旨，翦揚馬之甚泰，使夸而有節，飾而不誣，亦可謂之懿也[11]。

贊曰：夸飾在用，文豈循檢。言必鵬運，氣靡鴻漸。倒海探珠，傾崐取琰。曠而不溢，奢而無玷。

【注釋】

1. 案〈比興篇〉云：「夫比之為義，取類不常，或喻於聲，或方於貌，或擬於心，或譬於事。」蓋比者，以此事比彼事，以彼物比此物，其同異之質，大小多寡之量，差距不遠，殆若相等。至飾之為義，則所喻之辭，其質量無妨過實，正如王仲任所云：「譽人不增其美，則聞者不快其意；毀人不益其惡，則聽者不愜於心。聞一增以為十，見百益以為千。」《莊子》亦云：「兩喜必多溢美之言，兩惡必多溢惡之言。」夸飾之文，意在動人耳目，本不必盡合論理學，亦不必盡符於事實，讀書者不以文害辭，不以辭害意，斯為得之。《說文》：夸，奢也。从大，于聲。〈艸部〉芋大葉實根駭人，故謂之芋也。夸从大于會意，有太過驚人之義。彥和所謂「驗理則理無可驗，窮飾則飾猶未窮」者也。

2. 《禮記．曲禮》：「定，猶與也。」《釋文》：「本作豫。」〈詩大序〉：「風，教也。」〈緇衣〉：「言有物而行有格。」注曰：「格，舊法也。」

3. 《詩．大雅．崧高》：「崧高維嶽，駿極於天。」《傳》曰：「崧，高貌，山大而高曰崧。嶽，四嶽也。駿，大；極，至也。」《釋文》：「駿，音峻。」

《衛風・河廣》：「誰謂河廣，曾不容刀。」《箋》曰：「不容刀亦喻狹。小船曰刀。」《釋文》：「刀如字。字書作舠，《說文》作𦨴，並音刀。」

〈大雅・假樂〉：「干祿百福，子孫千億；穆穆皇皇，宜君宜王。」《箋》曰：「干，求也。十萬曰億，天子穆穆，諸侯皇皇，成王行顯顯之令德，求祿得百福，其子孫亦勤行而求之，得祿千億。」

〈大雅・雲漢〉：「周餘黎民，靡有孑遺。」《箋》曰：「黎，眾也。周之眾民，多有死亡者矣，今其餘無有孑遺者，言又餓病也。」

《尚書・堯典》：「帝曰：咨，四岳！湯湯洪水方割，蕩蕩懷山襄陵，浩浩滔天！」《孔傳》曰：「湯湯，流貌，洪，大；割，害也。懷，包；襄，上也。包山上陵，浩浩盛大若漫天。」

《尚書・偽武成》：「罔有敵于我師，前徒倒戈，攻于後以北，血流漂杵。」《正義》：「《孟子》云：『信書不如無書，吾於〈武成〉，取二三策而已。仁者無敵於天下，以至仁伐不仁，如何其血流漂杵也？』是言不實也。」

4. 《詩・魯頌・泮水》：「翩彼飛鴞，集于泮林，食我桑黮，懷我好音。」《箋》曰：「懷，歸也。言鴞恒惡鳴，今來止於泮水之木上，食其桑黮，為此之故，故改其鳴，歸就我以善音，喻人感於恩則化也。」《詩・大雅・綿》：「周原膴膴，堇荼如飴。」《箋》云：「廣平曰原，周之原地，在岐山之南。膴膴然肥美，其所生菜，雖有性苦者，甘如飴也。」紀評曰：「先以六經說入，分兩層鉤剔，語自斟酌，非劉子玄惑經之比。」

5. 揚雄《法言・吾子篇》：「或問：『景差、唐勒、宋玉、枚乘之賦也益乎？』曰：『必也淫。』『淫則奈何？』曰：『詩人之賦麗以則，辭人之賦麗以淫。』」屈原，詩人之賦也，尚存比興之義；宋玉以下，辭人之賦也，則夸飾彌盛矣。

6. 《漢書・司馬相如傳》：「相如既奏〈大人賦〉，天子大悅，飄飄然有陵雲氣游天地之間意。」

7. 《文選·上林賦》：「於是乎離宮別館，彌山跨谷。……奔星更於閨闥，宛虹拖於楯軒。」李善注曰：「奔，流星也。行疾，故曰奔。」如淳曰：「宛虹，屈曲之虹也。」應劭曰：「楯，闌檻也。」司馬彪曰：「軒，楯下版也。」又：「於是乎背秋涉冬，天子校獵。……椎蜚廉，弄獬豸，……捷鵷鶵，揜焦明。」郭璞曰：「飛廉，龍雀也，鳥身鹿頭。」李善曰：「揜，取也。《樂汁圖》曰：焦明狀似鳳皇。」案鷦鷯，應依本賦作焦明。

8. 《文選》揚雄《甘泉賦》：「翠玉樹之青葱兮。」李善注曰：「《漢武帝故事》曰：『上起神屋，前庭植玉樹，珊瑚為枝，碧玉為葉。』」又：「鬼魅不能自逮兮，半長途而下顛。」李善注曰：「逮，及也。《爾雅》曰：顛，隕也。」

9. 《文選》班固《西都賦》曰：「揄文竿，出比目。」李善注曰：「《說文》曰：『揄，引也。』音頭。《爾雅》曰：『東方有比目魚焉，不比不行，其名謂之鰈。』」此云〈東都〉，蓋誤記也。

10. 《文選》張衡《西京賦》：「海若游於玄渚。」薛綜注曰：「海若，海神。」

11. 驗理則理無不驗，紀評曰：「不驗當作可驗。」紀說是也。顧千里曰：「左太沖〈三都賦序〉云：然相如賦〈上林〉而引盧橘夏熟，揚雄賦〈甘泉〉而陳玉樹青葱。班固賦〈西都〉而歎以出比目，張衡賦〈西京〉而述以游海若。」

9. 《文選》揚雄〈羽獵賦〉：「鞭洛水之宓妃，餉屈原與彭胥。」鄭玄曰：「彭，彭咸也。」晉灼曰：「胥，伍子胥也。」嚴可均輯《全後漢文》有張衡〈羽獵賦〉殘文，無「困玄冥於朔野」語。《左傳·昭公二十九年》：「水正曰玄冥。」

10. 謂如孫興公〈遊天台山賦〉、木玄虛〈海賦〉、郭景純〈江賦〉、王文考〈魯靈光殿賦〉、何平叔〈景福殿賦〉之類，並見《文選》。

11. 紀評曰：「文質相扶，點染在所不免，若字字摭實，有同史筆，實有難於措筆之時。彥和不廢夸飾，但欲去

泰去甚，持平之論也。」《六朝麗指》曰：「汪容甫先生《述學》有〈釋三九篇〉。其中篇云：『若其辭則又有二焉：曰曲，曰形容。』所謂形容者，蓋以辭不過其意則不鬯，故以形容出之，可知其深于文矣。《文心雕龍．夸飾篇》：『言高則峻極於天，言小則河不容舠。』嘗引詩以明夸飾之義。吾謂夸飾者，即是形容也。《詩經》而外，見於古人文字者，不可殫述。試舉六朝駢文證之：梁簡文帝〈謝賚扇啓〉：『肅肅清風，即令象簟非貴；依依散采，便覺夏室含霜。』庾子山〈謝明帝賜絲布等啓〉：『天帝賜年，無踰此樂；仙童贈藥，未均斯喜。』又：『是知青牛道士，更延將盡之年；白鹿真人，能生已枯之骨。』非皆刻意以形容者乎！子山又有〈謝趙王賚絲布啓〉，其言云：『妾遇新縑，自然心伏；妻聞裂帛，方當含笑。』則尤為形容盡致矣。《尚書．武成篇》：『罔有敵於我師，前徒倒戈，攻於後以北，血流漂杵。』此史臣鋪張形容之辭，孟子則謂盡信書則不如無書，以至仁伐不仁，而何其血之流杵。夫《書》為孔子所刪定，孟子豈欲人之不必盡信哉。特以《書》言血流漂杵，當知此為形容語，不可遽信其真也。遽信其真，不察其形容之失實，而拘泥文辭，因穿鑿附會以解之，斯真不善讀書矣。故通乎形容之說，可以讀一切書，而六朝之文，亦非苟馳夸飾，乃真善於形容者也。班固〈西都賦〉：『攀井幹而未半，目眴轉而意迷，舍櫺檻而卻倚，若顛墜而復稽。』可知古人為文，多以形容為之。」

【附錄】

劉申叔先生〈美術與徵實之學不同論〉

古人詞章，導源小學，記事貴實，不尚虛詞；後世文人，漸乖此例，研句鍊詞，鮮明字義，所用之字，多與本義相違。如瓊為赤玉，而詞章之士，則以白花為瓊花；略舉一端，則知文人所用之字，名與實違；是為用字之訛。又或假設名詞，獨標奇語，名詞而外，別以隱語為代詞。以天淵二字喻善惡之懸殊，以萍水一言喻朋友之聚首，言得志則曰青雲，言誓詞則曰白水；略舉數端，則知文人之作，以詞害義；是為造語之訛。又或好奇之士，顛倒其詞，以誇巧慧；如江淹賦云：「孤臣危涕，孼子墜心。」易墜涕為危涕，即易危心為墜心；杜甫詩云：「香稻啄餘鸚鵡粟，碧梧棲老鳳凰枝。」又名詞互易，以逞句法之奇。律以言貴有序之例，則江杜之作，均與文律相違，是為造句之訛。又或出語不經，借物寓意，文人沿襲，以偽為真，如夔僅一足，堯有八眉是也；是為用事之訛。

四者而外，文人之失猶有數端：或用事不考其源，如海客乘槎，誤為博望；姮娥竊藥，指為羿妻是也。或記事詞過其實，如民靡孑遺，見於〈雲漢〉，《孟子》斥為害詞；血流漂杵，載於〈武成〉，《孟子》指為難信是也。或序事之文，以詞害義，如言兵敗則曰睢水不流；言納降則曰甲高熊耳是也。或隸事之文，考證多疏。如杜甫之詩，誤伏勝為服虔；陸游之文，誤許渾為許遠是也。或謂後世之文，隸事失真，事因文晦，以斥文章為小道。不知文言質言，自古分軌，文言之用在於表象，表象之詞愈眾，則文病亦愈多；然盡刪表象之詞，則去文存質，而其文必不工。故有以寓言為文者，如《莊》、《列》、《楚詞》是也，而其文最美。有寓言與事實相參者，如《戰國策》之文是，而其文亦工。後世史書，事資虛飾。而觀者因以忘倦，漢魏詞賦，曲意形容，而誦者稱為絕作。又如庾信〈枯樹賦〉以桓溫與仲文同時，此立詞之爽實者也，而後世不聞廢其詞。又唐人之詩有所謂白髮三千丈者，有所謂白頭搔更短者，此出語之無稽者也，而後世不聞議其短。則以詞章之文，不以憑虛為戒，此美術背於徵實之學者二也。二端而外，若畫繪一端，有白描山水者，又有圖列鬼魅者；小說一端，有虛構事實者。亦有踵事增華者；皆美術與實學不同之證。蓋美術以靈性為主，而實學則以考覈為憑。若於美術之微，而必欲責其徵實，則于美術之學，返去之遠矣。

事類第三十八[1]

事類者，蓋文章之外，據事以類義，援古以證今者也。昔文王繇易，剖判爻位，既濟九三，遠引高宗之伐；明夷六五，近書箕子之貞：斯略舉人事，以徵義者也[2]。至若胤征羲和，陳政（黃云案馮本正顧校作正）典之訓；盤庚誥民，敍遲任之言：此全引成辭，以明理者也[3]。然則明理引乎成辭，徵義舉乎人事，迺聖賢之鴻謨，經籍之通矩也。大畜之象，君子以多識前言往行，亦有包於文矣[4]。

觀夫屈宋屬篇，號依詩人，雖引古事而莫取舊辭。唯賈誼鵩賦，始用鶡冠之說；相如上林，撮引李斯之書：此萬分之一會也[5]。及揚雄百（元作六）官箴，頗酌於詩書[6]；劉歆遂初賦，歷敍於紀傳[7]；漸漸綜採矣。至於崔班張蔡，遂捃摭經史，華實布濩，因書立功，皆後人之範式也[8]。

夫薑桂同（孫云御覽五八五作因）地，辛在本性，文章由學，能在天資（孫云明抄本御覽作才資）。才（鈴木云御覽才上有故字）自內發，學以外成。有學飽而才餒，有才富而學貧。學貧者，迍邅於事義；才餒者，劬勞於辭情：此內外之殊分（御覽作方顧校作方孫云明抄本御覽作貧鈴木云案御覽作分不作方）也[9]。是以屬意立（孫云御覽作于）文，心與筆謀，才為盟主，學為輔佐，主佐合德（孫云御覽無主佐二字德作得明抄本御覽亦無主佐二字德作縷），文采必霸，才學褊狹，雖美少功。夫以子雲之才，而自奏不學，及觀書石室，乃成鴻采。表裏相資，古今一也[10]。故魏武稱張子之文為拙，然學問膚淺，所見不博，專拾掇崔杜小文，所作不可悉難，難便不知所出，斯則寡聞之病也[11]。夫經典沈深，載籍浩瀚，實羣言之奧區，而才思之神皐也[12]。揚班以下，莫不取資，任力耕耨，縱意漁獵，操刀能割，必列（汪作裂黃云案馮本裂校）膏腴，是以將贍才力，務在博見，狐腋非一皮能溫，雞蹠必數千而飽矣[13]。是以綜學在博，取事貴約，校練務精，捃理（一作摭）須覈，眾美輻輳，表裏發揮[14]。劉劭趙都賦云：公子之客，叱勁楚令歃盟；管庫隸臣，呵強秦使鼓缶。用事如斯，可稱理得而義要矣[15]。故事得其要，雖小成績，譬寸轄制輪，尺樞運關也[16]。或微言美事，置於閑散，是綴金翠於足脛，靚粉黛於胸臆也。凡用舊合機，不啻自其口出[17]，引事乖謬，雖千載而為瑕。

陳思，羣才之英也。報孔璋書云：葛天氏之樂，千人唱，萬人和，聽者因以蔑韶夏矣。此引事之實謬也。按葛天之歌，唱和三人而已[18]。相如上林云：奏陶唐之舞，聽葛天之歌，千人唱，萬人和。唱和千萬人，乃相如接人（疑當作推之二字黃云案馮本接人校推之），然而濫侈葛天，推三成萬者，信賦妄書，致斯謬也[19]。陸機園葵詩云：庇足同一智，生理合異端。夫葵能衛足，事譏鮑莊；葛藟庇根，辭自樂豫。若譬葛為葵，則引事為謬；若謂庇勝衛，則改事失真，斯又不精之患[20]。夫以子建明練，士衡沈密，而不免於謬。曹仁之謬高唐，又曷足以嘲哉[21]？夫山木為良匠所度，經書為文士所擇，木美而定於斧斤，事美而制於刀筆，研思之士，無慚匠石矣。

贊曰：經籍深富，辭理遐亙。皜如江海，鬱若崐鄧。文梓共採（顧校作采），瓊珠交贈。

用人若己，古來無懵。

【注釋】

1. 《札記》曰：「文之為用，自喻喻人而已。自喻奚貴？貴乎達；喻人奚貴？貴乎信。《傳》曰：言以足志，文以足言，達之說也。《書》曰：聖有謨勳，明徵定保，信之說也。夫以言傳意，自古殆已有不能吻合之患，是故譬喻眾而假借繁。水深曰深，室深亦曰深，布廣曰幅，地廣亦曰幅，此譬喻也。相之字，觀木也，而凡視皆曰相；㬎之字，日中視絲也，而凡明皆曰㬎；此假借也。言期於達，而不期於與本義合，則故訓之用，由此滋多。若夫累字成句累句成文，而意仍有時而蹇礙，則興道之用，由此興焉。道古語以剴今，道之屬也。取古事以託喻，興之屬也。意皆相類，不必語出於我，事苟可信，不必義起乎今，引事引言，凡以達吾之思而已。若夫文之以喻人也，徵於舊則易為信，舉彼所知則易為從。故帝舜觀古象，太甲稱先民，盤庚念古后之聞，箕子本在昔之誼，周公告商而陳冊典，穆王詳刑而求古訓，此則徵言徵事，已存於左史之文。凡若此者，皆所以為信也。尚攷經傳之文，引成事述故言者，不一而足。即以宣尼大聖，親製《易傳》、《孝經》之辭，亦多甄采前言，旁徵行事。降及百家，其風彌盛。詞人有作，援古尤多。夫滄浪之歌，一見於《孟子》，素餐之詠，遠本於詩人。彥和以為屈宋莫取舊辭，斯亦未為誠論也。

逮及漢魏以下，文士撰述，必本舊言，始則資於訓詁，繼而引錄成言，（漢代之文幾無一篇不采錄成語者，觀二漢書可見。）終則綜輯故事。爰至齊梁，而後聲律對偶之文大興，用事采言，尤關能事。其甚者，捃拾細事，爭疏僻典，以一事不知為恥，以字有來歷為高，文勝而質漸以漓，學富而才為之累；此則末流之弊，故宜去甚去奢，以節止之者也。然質文之變，華實之殊，事有相因，非由人力，故前人之引言用事，以達意切情為宗，後有繼作，則轉以去故就新為主。陸士衡云：『雖杼軸於余懷，怵他人之我先，苟傷廉而愆義，故雖愛而必捐。』豈唯命意謀篇，有斯懷想，即引言用事，亦如斯矣。是以後世之文，轉視古人增其繁縟，

非必文士之失，實乃本於自然。今之訾謷用事之文者，殆未之思也。且夫文章之事，才學相資，才固為學之主，而學亦能使才增益。故彥和云：將贍才力，務在博見，然則學之為益，何止為才裨屬而已哉。然淺見者臨文而躊躇，博聞者裕之於平素，天資不充，益以彊記，彊記不足，助以鈔撮，自《呂覽》、《淮南》之書，《虞初》百家之說，要皆探取往書，以資博識。後世類苑書鈔，則輸資於文士，效用於謏聞，以我搜輯之勤，祛人繙檢之劇，此類書所以日眾也。

惟論文用事，非可取辦登時，觀天下書必徧而後為文，則皓首亦無操觚之事。故凡為文用事，貴於能用其所嘗研討之書，用一事必求之根據，觀一書必得其績効，期之歲月，瀏覽益多，下筆為文，何憂貧窶。若乃假助類書，乞靈雜纂，縱復取充篇幅，終恐見笑大方。蓋博見之難，古今所共，俗學所由多謬，淺夫視為畏塗，皆職此之由矣。又觀省前文，迷其出處，假令前人註解已就，自可因彼成功，若箋注未施，勢必須於繙檢。然書嘗經目，繙檢易為，未識篇題，何從尋討。是以昔人以遭人而問為懿，以耳學不精為恥，李善之注《文選》，得自師傳，顏籀之注《漢書》，亦資眾解，是則尋覽前篇，求其根據，語能得其本始，事能舉其原書，亦須年載之功，豈能鹵莽以就也。嘗謂文章之功，莫切於事類，學舊文者不致力於此，則不能逃孤陋之譏，自為文者不致力於此，則不能免空虛之誚。試觀《顏氏家訓》〈勉學〉、〈文章〉二篇所述，可以知其術矣。」

2. 《易．既濟》：「九三，高宗伐鬼方，三年克之。」《正義》曰：「高宗伐鬼方以中興殷道，事同此爻，故取譬焉。」〈明夷〉：「六五，箕子之明夷，利貞。」《正義》曰：「六五取比闇君，似箕子之近殷紂，故曰箕子之明夷也。」孔穎達〈論爻辭誰作〉曰：「武王觀兵之後，箕子始被囚奴，文王不宜豫言箕子之明夷。」據此，彥和用事亦小誤也。

3. 《尚書．偽胤征》：「政典曰：先時者殺無赦，不及時者殺無赦。」《偽孔傳》曰：「政典，夏后為政之典籍，若《周官》六卿之治典。」

《尚書．盤庚上篇》：「遲任有言曰：人惟求舊，器非求舊，惟新。」

4. 《周易．大畜．象》曰：「君子以多識前言往行，以畜其德。」《正義》曰：「君子則此大畜，物既大畜，德亦大畜，故多記識前代之言，往賢之行，使多聞多見以畜積己德。」

5. 賈誼〈鵩賦〉語多與《鶡冠子．世兵篇》同。可參閱〈諸子篇〉注。

黃注曰：「李斯〈諫逐客書〉：『建翠鳳之旗，樹靈鼉之鼓。』司馬相如〈上林賦〉：『建翠華之旗，樹靈鼉之鼓。』」

6. 揚雄作十二州二十五官箴，不得云「揚雄百官箴」。（百官箴之名，起自胡廣。）百疑是州之誤。錄一首以示例：

〈兗州牧箴〉

悠悠濟河，兗州之寓；九河既導，雷夏攸處。草繇木條，漆絲絺紵；濟漯既通，降丘宅土。（以上并見〈禹貢〉。）成湯五徙，卒都於亳；盤庚北渡，牧野是宅。丁感雊雉，祖已伊忠；爰正厥事，遂緒高宗。厥後陵遲，顛覆湯緒；西伯戡黎，祖伊奔走。致天威命，不恐不震；（以上事俱見〈商書〉各篇。）婦言是用，牝雞司晨；（見〈牧誓〉。）三仁既知，武果戎殷。牧野之禽，豈復能耽；甲子之朝，豈復能笑；有國雖久，必畏天咎。有民雖長，必懼人殃。箕子歔欷，厥居為墟。（箕子作《麥秀之歌》。）牧臣司兗，敢告執書。

7. 《古文苑》載劉歆〈遂初賦〉。其序略曰：「歆以論議見排擯，志意不得，之官，（歆出為五原太守。）經歷故晉之域，感今思古，遂作斯賦，以歎往事而寄己意。」

8. 《後漢書．崔駰傳》：「駰字亭伯，少游太學，與班固、傅毅同時齊名。」後漢崔氏文學甚盛，此崔與班同稱，則崔駰也。班謂班固，張謂張衡，蔡謂蔡邕。《說文》：「攈，拾也。」字亦作攟作捃。又：「拓，拾也。」字或作摭。《漢書．刑法志》：「蕭何攈摭秦法，取其宜於時者，作律九章。」《文選》張衡〈東京賦〉：「聲教布濩。」薛綜注曰：「布濩，猶散被也。」

9. 《韓詩外傳》七：「宋玉因其友見楚襄王，襄王待之無以異，乃讓其友。友曰：夫薑桂因地而生，不因地而辛。」亦見《新序》。《南齊書．文學傳論》云：「緝事比類，非對不發，博物可嘉，職成拘制。或全借古語，用申今情，崎嶇牽引，直為偶說，唯覩事例，頓失精采。」此即彥和所云學飽才餒之人。又案《莊子．逍遙游》：「定乎內外之分。」此彥和所本，作方者非是。

郎廷槐《師友詩傳錄》述漁洋之說曰：「司空表聖云：不著一字，盡得風流，此性情之說也；揚子雲云：讀千賦則能賦，此學問之說也。二者相輔而行，不可偏廢。若無性情而侈言學問，則昔人有譏點鬼錄，獺祭魚者矣。學力深。始見性情，此一語是造微破的之論。」又述張歷友之說曰：「嚴滄浪有云：詩有別才，非關學也，詩有別趣，非關理也。此得於先天者，才性也。讀書破萬卷，下筆如有神，貫穿百萬眾，出入由咫尺，此得力於後天者，學力也。非才無以廣學，非學無以運才，兩者均不可廢。有才而無學，是絕代佳人唱蓮花落也，有學而無才，是長安乞兒著宮錦袍也。」

10. 子雲語見上〈書記篇〉揚子雲〈答劉歆書〉。黃叔琳曰：「才稟天授，非人力所能為，故以下專論博學。」

11. 魏武語未知所出。然字疑衍。魏武語止難便不知所出句。

12. 《文選》張衡〈西京賦〉：「爾乃廣衍沃野，厥田上上，寔惟地之奧區神皐。」李善注：「《廣雅》曰：『皐，局也。』謂神明之界局也。」

13. 《淮南子．說山訓》：「天下無粹白狐而有粹白之裘，掇之眾白也。善學者若齊王之食雞，必食其蹠數十而後足。」高誘注曰：「蹠，雞足踵也。喻學取道眾多然後優。」彥和語即本《淮南》文。《淮南》又本《呂氏春秋．用眾篇》。數千似當作數十，數千不將太多乎！

14. 黃叔琳曰：「徒博而校練不精，其取事捃理不能約覈，無當也。」

15. 《三國．魏志．劉劭傳》：劭字孔才。劭嘗作〈趙都賦〉，明帝美之。嚴可均《全三國文》三十二輯〈趙都賦〉佚文，漏輯此條。

公子之客，謂平原君之客毛遂迫楚王定盟。《禮記・檀弓下》：「趙文子所舉於晉國管庫之士七十有餘家。」鄭注：「管庫之士，府史以下，官長所置也。舉之於君，以為士大夫也。」黃注：「《史記・藺相如傳》：『趙王與秦王會澠池。秦王酒酣，令趙王鼓瑟。藺相如奉盆缻秦王以相娛樂。秦王不肯擊缻。相如曰：五步之內，相如請得以頸血濺大王矣。於是秦王不懌，為一擊缻。』按相如本宦者繆賢舍人，故云管庫隸臣。」

16. 孫君蜀丞曰：「黃以周輯《子思子》卷六云：終年為車，無一尺之軫，則不可以馳。黃以周云：《淮南子・繆稱訓》云：『終年為車，無三寸之鎋，不可以驅馳；匠人斲戶，無一尺之楗，不可以閉藏；即取《子思子》之文而少變之。』三寸，當作一寸。《文心雕龍・事類篇》寸轄制輪，尺樞運關，即其義也。」

17. 《顏氏家訓・文章篇》：「沈隱侯曰：『文章當從三易。易見事一也。……』邢子才常曰：『沈侯文章用事不使人覺，若胸臆語也。』」

18. 《顏氏家訓・文章篇》：「自古宏才博學，用事誤者有矣。百家雜說，或有不同，書儻湮沒，後人不見，故未敢輕議之。今指知決紕繆者，略舉一兩端以為誡。《詩》云：『有鷕雉鳴。』又云：『雉鳴求其牡。』《毛傳》亦曰：『鷕，雌雉聲。』又云：『雉之朝雊，尚求其雌。』鄭玄注〈月令〉亦云：『雊，雄雉鳴。』潘岳賦曰：『雉鷕鷕以朝雊。』是則混雜其雄雌矣。《詩》云：『孔懷兄弟。』孔，甚也；懷，思也；言甚可思也。陸機〈與長沙顧母書〉述從祖弟士璜死，乃言：『痛心拔腦，有如孔懷。』心既痛矣，即為甚思，何故言有如也？觀其此意，當謂親兄弟為孔懷，《詩》云：『父母孔邇。』而呼二親為孔邇，於義通乎？《異物志》云：『擁劍狀如蟹，但一螯偏大爾。』何遜詩云：『躍魚如擁劍。』是不分魚蟹也。《漢書》：『御史府中列柏樹，常有野鳥數千棲宿其上，晨去暮來，號朝夕鳥。』而文士往往誤作烏鳶用之。《抱朴子》說項曼都詐稱得仙，自云仙人以流霞一杯與我飲之，輒不飢渴。而簡文詩云：『霞流抱朴椀。』亦猶郭象以惠施之辨為莊周也。《後漢書》：『囚司徒崔烈以鋃鐺鏁。』鋃鐺，大鏁也，世間多誤作金銀字。武烈太子亦是數千卷學士，嘗作詩云：『銀鑠三公腳，刀撞僕射頭。』為俗所誤。」陳思〈報陳孔璋書〉佚。《呂氏春秋．古樂篇》：「昔葛天氏之樂，三人操牛尾投足以歌八闋。」

19. 《文選》司馬相如〈上林賦〉：「奏陶唐氏之舞，聽葛天氏之歌，千人唱，萬人和，山陵為之震動，川谷為之蕩波。」接人黃校云：「疑當作推之二字。」紀評謂疑或增入二字之誤。案似作推之為是。

20. 陸機〈園葵詩〉二首《文選》載其一首。彥和所引詩本集載之，作：「庇足同一智，生理各萬端。」合異當是各萬之誤。《左傳．成公十七年》：「齊靈公刖鮑牽。仲尼曰：鮑莊子之知，不如葵，葵猶能衛其足。」杜注：「葵傾葉向日以蔽其根，言鮑牽居亂，不能危行言孫。」又〈文公七年〉：「宋昭公將去羣公子。樂豫曰：不可。公族，公室之枝葉也，若去之，則本根無所庇陰矣。葛藟猶能庇其本根，故君子以為比，況國君乎！」

21. 《文選》有陳琳〈為曹洪與魏文帝書〉。曹仁當是曹洪之誤。書云：「蓋聞過高唐者，效王豹之謳。」李善注引《孟子》淳于髡曰：「昔王豹處淇，而河西善謳，綿駒處高唐，而齊右善歌。」彥和譏曹洪之謬高唐，謂綿駒誤作王豹也。文帝〈答洪書〉佚。（李善注〈為曹洪與文帝書〉引兩條。）其中當有嘲辭。

練字第三十九[1]

夫文象列而結繩移，鳥跡明而書契作，斯乃言語之體貌，而文章之宅宇也[2]。蒼頡造之，鬼哭粟飛[3]；黃帝用之，官治民察。先王聲教，書必同文；輶軒之使，紀言殊俗，所以一字體，總異音[4]。周禮保（張本有章字）氏掌教六書[5]。秦滅舊章，以吏為師，乃李斯刪籀而秦篆興，程邈造隸而古文廢[6]。漢初草律，明著厥法，太史學童，教試六體；又吏民上書，字謬輒劾；是以馬字缺畫，而石建懼死，雖云性慎，亦時重文也[7]。至孝武之世，則相如譔篇。及宣成二帝，徵集小學，張敞以正讀傳業，揚雄以奇字纂訓，並貫練雅頌，總閱音義，鴻（元作鳴朱改）筆之徒，莫不洞曉[8]。且多賦京苑，假借形聲，是以前漢小學，率多瑋字，非獨制異，乃共曉難也[9]。暨乎後漢，小學轉疎，複文隱訓，臧否大半[10]。及魏代綴藻，則字有常檢，追觀漢作，翻成阻奧。故陳思稱揚馬之作，趣幽旨深，讀者非師傳不能析其辭，非博學不能綜其理，豈直才懸，抑亦字隱[11]。自晉來用字，率從簡易，時並習易，人誰取難。今一字詭異，則羣句震驚，三人弗識，則將成字妖矣。後世所同曉者，雖難斯易，時所共廢，雖易斯難：趣舍之間，不可不察[12]。夫爾雅者，孔徒之所纂（元作慕許改），而詩書之襟帶也；倉頡者，李斯之所輯，而鳥籀之遺體也：雅以淵源詁訓，頡以苑囿奇文，異體相資，如左右肩股，該舊而知新，亦可以屬文[13]。若夫義訓古今，興廢殊用，字形單複，妍媸異體，心既託聲於言，言亦寄形於字，諷誦則績在宮商，臨文則能歸字形矣。

是以綴字屬篇，必須練擇：一避詭異，二省聯邊，三權重出（元作幽欽愚公改），四調單複。詭異者，字體瓌怪者也。曹攄詩稱豈不願斯遊，褊心惡哅呶。兩字詭異，大疵美篇，況乃過此，其可觀乎[14]！聯邊者，半字同文者也。狀貌山川，古今咸用，施於常文，則齟齬（元作鉏鋙朱改）為瑕，如不獲免，可至三接，三接之外，其字林乎[15]！重出者，同字相犯者也。詩騷（元作驗）適會，而近世忌同，若兩字俱要，則寧在相犯。故善為文者，富於萬篇，貧於一字，一字非少，相避為難也[16]。單複者，字形肥瘠者也。瘠字累句，則纖疎而行劣；肥字積文，則黯黕（元作默朱改）而篇闇；善酌字者，參伍單複，磊落如珠矣。凡此四條，雖文不必有，而體例不無。若值而莫（鈴木云玉海作不）悟，則非精解[17]。

至於經典隱曖，方冊紛綸，簡蠹帛裂，三寫易字[18]，或以音訛，或以文變。子思弟子，於穆不祀者，音訛之異也[19]，晉之史記，三豕渡河，文變之謬也[20]。尚書大傳有別風淮雨，帝王世紀云列風淫雨。別列淮淫，字似潛移。淫列義當而不奇，淮別理乖而新異。傅毅制誄，已用淮雨（顧校補元長作序亦用別風二句），固知愛奇之心，古今一也[21]。史之闕文，聖人所慎，若依義棄奇，則可與正文字矣[22]。

贊曰：篆隸相鎔，蒼雅品訓。古今殊跡，妍媸異分。字靡異流[23]，文阻難運。聲畫昭精，墨采騰奮。

【注釋】

1. 〈章句篇〉以下，〈麗辭〉、〈比興〉、〈夸飾〉、〈事類〉四篇所論，皆屬於句之事。而四篇之中，〈事類〉屬於〈麗辭〉，以〈麗辭〉所重在於事對也。〈夸飾〉屬於〈比興〉，以比之語味加重則成〈夸飾〉也。〈練字篇〉與上四篇不相聯接，當直屬於〈章句篇〉。〈章句篇〉云：「積字而成句。」又云：「句之清英，字不妄也。」練訓簡，訓選，訓擇，用字而出於簡擇精切，則句自清英矣。《詞學指南》引宋景文云：「人之屬文，有穩當字，第初思之未至也。」即此義矣。本篇首段教人貫練雅、頌，總閱音義，此探本之論也。又恐作者好怪，若樊宗師、宋子京之流，用字艱僻。義背隨時，則告之曰：「趣舍之間，不可不察。」「義訓古今，興廢殊用。」太史公撰史，凡用《尚書》之文，必以訓詁字代之，誠千古文章之準繩矣。《梁溪漫志》云：「蜀中石刻東坡文字稿，其改竄處甚多，玩味之可發學者文思。〈乞校正陸贄奏議上進劄子〉『學問日新』下云：『而臣等才有限而道無窮。』於臣字上塗去而字。『竊以人臣之獻忠』改作『納忠』，『方多傳於古人』改作『古賢』，又塗去賢字，復注人字。『智如子房而學則過』，改學字作文。『但其不幸所事暗君』，改『所事暗君』作『仕不遇時』。『德宗以苛察為明』改作『以苛刻為能』。『以猜忌為術，而贄勸之以推誠；好用兵而贄以消兵為先；好聚財而贄以散財為急』後於逐句首皆添注德宗二字。『治民馭將之方』先寫馭兵二字，塗去注作治民。『改過以應天變』改作天道。『遠小人以除民害』改作『去小人』。『以陛下聖明，若得贄在左右，則此八年之久，可致三代之隆』自若字以下十八字並塗去，改云：『必喜贄議論，但使聖賢之相契，即如臣主之同時』。『昔漢文聞頗牧之賢』改『漢文聞』三字作『馮唐論』。『取其奏議編寫進呈』塗去編字，卻注『稍加校正繕』五字。『臣等無任區區愛君憂國感恩思報之心』改云『臣等不勝區區之意』〈獲鬼章告裕陵文〉自『孰知耘耔之勞』而下，云『昔漢武命將出師而呼韓來廷，效於甘露；憲宗厲精講武，而河湟恢復，見於大中』後乃悉塗去不用。『獷彼西羌』改作『憬彼西戎』。『號稱右臂』改作『古稱』。『非愛尺寸之疆』改作『非貪』。『爰敕諸將』改作『申命諸將』。

『蓋酬未報之恩』改作『爭酬』。『生擒鬼章』改作『生獲』。末句『務在服近而柔遠』改作『來遠』。」《唐子西語錄》云：「吾作詩甚苦，悲吟累日，僅能成篇。初讀時未見可羞處，姑置之，明日取讀，瑕疵百出，輒復悲吟累日，反復改正。比之前時，稍稍有加焉。」好句必須要好字，名篇佳什，讀之快心，不知作者幾經鍛鍊，得之匪易。〈神思篇〉云：「捶字堅而難移。」欲字之堅，大抵不憚多改，或庶乎近之。

2. 《易．繫辭下》：「上古結繩而治，後世聖人易之以書契，百官以治，萬民以察，蓋取諸夬。」《呂氏春秋．君守篇》：「蒼頡作書。」高誘注：「蒼頡生而知書，寫仿鳥迹以造文章。」許慎《說文解字敍》：「黃帝之史蒼頡見鳥獸蹏迒之迹，知分理之可相別異也，初造書契。」言語之體貌，猶曰言語之符號。文章之宅宇，謂文章寄託於字體。

3. 《淮南子．本經訓》：「昔者倉頡作書而天雨粟，鬼夜哭。」《論衡．感虛篇》：「書傳言倉頡作書，天雨粟，鬼夜哭。此言文章興而亂漸見，故其妖變致天雨粟，鬼夜哭也。」

4. 《禮記．中庸》：「非天子，不議禮，不制度，不攷文。今天下，車同軌，書同文，行同倫。」《周禮．秋官．大行人》：「七歲屬象胥，諭言語，協辭命。九歲，屬瞽史，諭書名，聽聲音。」即天子考文之事。《方言》劉歆〈與揚雄書〉：「三代周秦軒車使者遒人使者以歲八月巡路宋代語僮謠歌戲。」《說文》：「𨑒，古之遒人，以木鐸記詩言。」《說文．序》曰：「分為七國，言語異聲，（桂馥《義證》曰：『如鄭注三禮齊秦楚人語。』）文字異形。」（桂氏曰：「今所傳刀布文不合古籀者，皆列國之異形。」）

5. 《周禮．地官．保氏》：「養國子以道，乃教之六藝。……五曰六書。」鄭眾注：「六書：象形、會意、轉注、處事、假借、諧聲。」

6. 《史記．秦始皇本紀》三十四年：「李斯請史官非《秦紀》皆燒之，非博士官所職天下敢有藏詩書百家語者，悉詣守尉雜燒之；若欲有學法令，以吏為師。」《說文．序》曰：「秦始皇帝初兼天下，丞相李斯乃奏同之，罷其不與秦文合者。斯作〈倉頡篇〉，中車府令趙高作〈爰歷篇〉，大史令胡毋敬作〈博學篇〉，皆

取史籀大篆，或頗省改，所謂小篆者也。」又曰：「四曰佐書，即秦隸書，秦始皇帝使下杜人程邈所作也。」

7. 《漢書．藝文志》：「漢興，蕭何草律，亦著其法曰：『太史試學童能諷書九千字以上，乃得為史。又以六體試之，課最者以為尚書御史，史書令史。吏民上書字或不正，輒舉劾。』六體者，古文、奇字、篆書、隸書、繆篆、蟲書。」《漢書．石奮傳》：「長子建為郎中令。奏事下，（《史記．萬石君傳》作奏事事下。）建讀之，驚恐曰：『書馬者，與尾而五，今乃四，不足一，獲譴死矣。』其為謹慎，雖他皆如是。」

8. 《漢書．藝文志》：「武帝時，司馬相如作〈凡將篇〉，無復字。」《說文．序》曰：「孝宣皇帝時，召通《倉頡》讀者，（〈藝文志〉：『《倉頡》多古字，俗師失其讀，宣帝時，徵齊人能正讀者，張敞從受之。』）張敞從受之。涼州刺史杜業，沛人爰禮，講學大夫秦近亦能言之。孝平皇帝時，徵禮等百餘人，令說文字未央廷中。以禮為小學元士。黃門侍郎揚雄采以作《訓纂篇》。」（〈藝文志〉：「至元始中，徵天下通小學者以百數，各令記字於庭中，揚雄取其有用者，以作《訓纂篇》。」）《漢書．揚雄傳》贊：「劉棻嘗從雄學作奇字。」據〈藝文志〉及《說文．序》張敞正讀在孝宣時，揚雄纂訓在孝平時，此云宣成二帝，疑成是平之誤。並貫練雅頌，頌是頡字之誤。下文云：「《雅》以淵源詁訓，《頡》以苑囿奇文。」

9. 劉申叔先生《論文雜記》曰：「西漢文人，若揚馬之流，咸能洞明字學，故選詞遣字，亦能古訓是式，非淺學所能窺。（所用古文奇字甚多，非明六書假借之用者，不能通其詞也。）東漢文人，既與儒林分列，（案如班固、張衡之倫，仍有西漢風規，不可一概論。）故文詞古奧，遠遜西京。（此由學士未必工作文，而文人亦非真識字。）魏代之文，則又語意易明，無俟後儒之解釋。」

10. 《後漢書．馬援傳》注引《東觀記》曰：「援上書：『臣所假伏波將軍印，書伏字犬外嚮。成皋令印皋字為白下羊，丞印四下羊，尉印白下人，人下羊。即一縣長吏印文不同，恐天下不正者多。符印所以為信也，所宜齊同。薦曉古文字者，事下大司空正郡國印章。』奏可。」《說文．序》曰：「今雖有尉律不課，小學不修，莫達其說久矣。」（莫達六書之說也。）此皆小學轉疏之證。複文，謂如有長字斗字而重作馬頭人之長，人持十之斗。隱訓，謂詭僻之訓，如屈中為虫，苛之字止句也之類。臧否大半，大疑是亦字之誤，謂後漢之文，有深於小學者，有疎於小學者，臧否各半也。

11. 陳思語無考。

12. 《顏氏家訓．文章篇》沈約謂文章當從三易，其二為易識字，蓋恐一字詭異震驚群句也。又〈書證篇〉曰：「吾昔初看《說文》，蚩薄世字，從正則懼人不識，隨俗則意嫌其非，略是不得下筆也。所見漸廣，更知通變，救前之執，將欲半焉。若文章著述，猶擇微相影響者行之；官曹文書，世間尺牘，幸不違俗也。」案此與彥和趣舍之語相發明。黃叔琳曰：「六經之文，有三尺童子胥知者，有師儒宿老所未習者，豈有一定之難易哉，緣於世所共曉與共廢耳。」

袁守定《佔畢叢談》曰：「庾持善字書，每屬辭，好為奇字，世以為譏。夫字體數萬，人所常用，不過三千，若摭拾古僻不可識者以炫奇，此劉舍人所謂字妖也。然則奇字遂不可用乎？可用也。史遷更遣長者扶義而西，不曰仗義而曰扶義，有扶持之意也；《范史》鄧彪仁厚委隨，不能有所匡正，不曰委靡而曰委隨，有隨從之意也；又左雄疏或因罪咎引高求名，不曰務高而曰引高，有借飾之意也；《南史》沈約曰：此公護前，不讓則羞死，不曰護過而曰護前，前字所包更廣也。必用此字，其義乃安，其義乃盡耳。然即此便是奇字，非以不可識者為奇也。」

13. 張揖〈進廣雅表〉曰：「昔在周公制禮以導天下，著《爾雅》一篇以釋其義。今俗所傳三篇，或言仲尼所增，或言子夏所益，或言叔孫通所補，或言沛郡梁文所考。皆解家所說，先師口傳，疑不能明。」《西京雜記》：「揚子雲曰：《爾雅》者，孔子門徒游、夏之儔，所記以解釋六藝者也。」鄭玄《駁五經異義》曰：「玄之聞也，《爾雅》者，孔子門人所作，以釋六藝之旨，蓋不誤也。」鳥籀當作史籀。〈藝文志〉云：「《蒼頡》七章者，秦丞相李斯所作也。文字多取《史籀篇》。」《說文．序》亦云：「斯作《倉頡篇》，

取史籀大篆。」《倉頡》所載皆小篆，而鳥蟲書別為一體，以書幡信，與小篆不同。

14. 曹攄另見〈才略篇〉注，詩無考。

15. 黃注曰：「按三接者，如張景陽〈雜詩〉：『洪潦浩方割。』沈休文〈和謝宣城詩〉：『別羽汎清源。』之類。三接之外，則曹子建〈雜詩〉：『綺縞何繽紛。』陸士衡〈日出東南隅行〉：『璠珮結瑤璠。』五字而聯邊者四，宜有字林之譏也。若賦則更有十接二十接不止者矣。」

16. 陸雲〈與兄平原書〉云：「未能補所欲去，徹與察皆不與日韻，思惟不能得，願賜此一字。」此雖因拘韻之故，亦貧於一字之例也。紀評曰：『複字病小，累句病大，故寧相犯。』曹子建〈棄婦篇〉二十四語中，重二庭韻，二靈韻，二鳴韻，二成韻。潘岳〈秋興賦〉用二省字。唐人詩亦多有重押韻者，殆所謂兩字俱要，則寧相犯也。

17. 雖文不必有，而體例不無，似當作而體非必無。

18. 《抱朴子・遐覽篇》：「故諺曰：書三寫，魚成魯，帝成虎。」

19. 《札迻》十二：「祀當作似。《詩・周頌》：『於穆不已。』《毛傳》引孟仲子說。《正義》引《鄭譜》云：『孟仲子者，子思弟子。』又云：『子思論詩，於穆不已。孟仲子曰：於穆不似。』即彥和所本。」案《宏明集》劉勰〈滅惑論〉云：「是以於穆不祀，謬師資於〈周頌〉。」〈周頌・維天之命・正義〉曰：「此傳雖引仲子之言，而文無不似之義，蓋取其所說，而不從其讀。故王肅述毛，亦為不已，與鄭同也。」殆彥和所見《毛傳》引孟仲子說作不祀歟！

20. 《呂氏春秋・察傳篇》：「子夏之晉，過衛。有讀《史記》者，曰：晉師三豕涉河。（《意林》作渡河。）子夏曰：『非也。是己亥耳。』夫己與三相近，豕與亥相似。至於晉而問之，則曰：晉師己亥涉河也。辭多類非而是，多類是而非，是非之經，不可不分。」

21. 盧文弨《鍾山札記》一：「《尚書大傳》：『越裳以三象重九譯而獻白雉，其使請曰：吾受命吾國之黃耇

曰：久矣天之無別風淮雨，意者中國有聖人乎。』鄭康成注：『淮，暴雨之名也。』自後諸書所引皆作烈風淫雨，若《說苑．辨物篇》、《書．舜典．正義》、《詩》〈蓼蕭〉、〈臣工〉及〈周頌譜．正義〉所引，皆無有作別風淮雨者。劉彥和《雕龍．練字篇》有云：『《尚書大傳》有別風淮雨。《帝王世紀》云列風淫雨。別列淮淫，字似潛移，淫列義當而不奇，淮別理乖而新異。傅毅製誄，已用淮雨，元長作序，亦用別風。』（今本脫此二句，宋本有之。）案《古文苑》載傅毅〈靖王興誄〉云：『白日幽光，淮雨杳冥。』但其文不全。今《雕龍．誄碑篇》所載，為後人易以氛霧杳冥矣。《蔡中郎集》中有〈太尉楊賜碑〉云：『烈風淮雨，不易其趣。』今俗間本淮雨改作雖變，余所見者宋本也。安知烈風不亦出後人所改乎！元長序無考。惟陸士龍〈九愍〉有思振袂於別風之語，於彥和所舉之外，又得此二證。」《困學記聞》：「《周書．王會》：『東越海蛤。』或誤為侮食，而王元長〈曲水詩序〉用之，其別風淮雨之類乎！」

22. 紀評曰：「胸富卷軸，觸手紛綸，自然瑰麗，方為巨作。若尋檢而成，格格然著於句中，狀同鑲嵌，則不如竟用易字。文之工拙，原不在字之奇否，沈休文三易之說，未可非也。若才本膚淺，而務於炫博以文拙，則風更下矣。」紀說甚是。用字以達意曉人為主，彥和云：依義棄奇，誠取舍之權衡也。

23. 字靡異流，《札記》曰：「異當作易。」

隱秀第四十

夫心術之動遠矣，文情之變深矣，源奧而派生，根盛而穎峻，是以文之英蕤，有秀有隱。隱也者，文外之重旨者也；秀也者，篇中之獨拔者也。隱以複意為工，秀以卓絕為巧，斯乃舊章之懿績，才情之嘉會也[1]。夫隱之為體，義主（汪作生）文外[2]，祕響傍通，伏采潛發，譬爻象之變互（元作玄王改）體，川瀆之韞珠玉也。故互體變爻，而化成四象；珠玉潛水，而瀾表方圓[3]。

朔風（鈴木云王本同嘉靖本朔作涼梅本閔本朔風作涼飈）動秋草，邊馬有歸心，氣寒而事傷，此羈旅之怨曲也。凡文集勝篇，不盈十一；篇章秀句，裁可百二：並思合而自逢，非研慮之所求（元作果謝改）也[4]。或有晦塞為深，雖奧非隱（鈴木云嘉靖本梅本岡本無晦塞以下八字），雕削取巧，雖美非秀矣。故自然會妙，譬卉木之耀英華；潤色取美，譬繒帛之染朱綠。朱綠染繒，深而繁鮮；英華曜樹，淺而煒燁：秀句所以照文苑，蓋以此也。

贊曰：深文隱蔚，餘味曲包。辭生互體，有似變爻。言之秀矣，萬慮一交。動心驚耳，逸響笙匏。

【注釋】

1. 重旨者，辭約而義富，含味無窮，陸士衡云「文外曲致」，此隱之謂也。獨拔者，即士衡所云「一篇之警策」也。陸士龍〈與兄平原書〉云：「〈祠堂頌〉已得省，然了不見出語，意謂非兄文之休者。」又云：

「〈劉氏頌〉極佳，但無出語耳。」所謂出語，即秀句也。隱秀之於文，猶嵐翠之於山，秀句自然得之，不可强而至，隱句亦自然得之，不可搖曳而成。此本文章之妙境，學問至，自能偶遇，非可假力於做作，前人謂謝靈運詩如初日芙渠，自然可愛，可知秀由自然也。所謂「文章本天成，妙手偶得之。」「盡日竟不得，有時還自來。」正是自然之旨。宋梅堯臣言：「含不盡之意，見於言外，狀難寫之情，如在目前。」含狀二字，即是有意為之，非自然之致，雖與隱秀之旨略同，而似不可溷。

黃先生曰：「〈隱秀篇〉闕文，蓋在宋後，《歲寒堂詩話》引劉勰云：情在詞外曰隱，狀溢目前曰秀，此文為今本所無。《歲寒堂詩話》為張戒著，南宋時人尚見〈隱秀〉全文，而今本無此二語，即此一端，足徵今本之偽，不徒文字不類而已。」

2. 紀評云：「生字是。」

3. 黃注云：「《左傳杜氏注》：『《易》之為書，六爻皆有變體，又有互體，聖人隨其義而論之。』《疏》云：二至四，三至五，兩體交互，各成一卦，先儒謂之互體。聖人隨其義而論之，或取互體，言其取義無常也。」四象，已見〈徵聖篇〉。

《藝文類聚》八引《尸子》：「凡水，其方折者有玉，其圓折者有珠。」《淮南子‧地形訓》亦有此說。

4. 案果疑課字壞文，本書〈才略篇〉：「多役才而不課學。」即與此同義。陸機〈文賦〉：「課虛無以責有，叩寂寞而求音。」則課亦有責求義，謝氏臆改非是。

【附錄】

黃叔琳曰：「〈隱秀篇〉自『始正而末奇』至『朔風動秋草』朔字，元至正乙未刻於嘉禾者即闕此葉，此後諸刻仍之，胡孝轅、朱鬱儀皆不見完書。錢功甫得阮華山宋槧本鈔補，後歸虞山，而傳錄於外甚少。康熙庚辰，何心友從吳興賈人得一舊本，適有鈔補〈隱秀篇〉全文；辛巳，義門過隱湖，從汲古閣架上，見馮己蒼所傳功甫

本，記其闕字以歸。如疎放豪逸四字，顯然為不學者以意增加也。」校勘記：「何義門文集卷九載有〈跋文心雕龍〉三則，叔琳括約其前後文以作此記，義門名焯，心友，焯之弟，虞山，言錢謙益也。馮己蒼名舒，錢功甫名允治，明末常熟人，即稱得阮華山宋槧本者。」

紀昀曰：「癸巳三月，以《永樂大典》所收舊本校勘，凡阮本所補，悉無之，然後知其真出偽撰。」又曰：「此一頁詞殊不類，究屬可疑。嘔心吐膽似摭玉溪〈李賀小傳〉嘔出心肝語。煅歲鍊年，似摭《六一詩話》周朴月煅季鍊語。稱淵明為彭澤，乃唐人語，六朝但有徵士之稱，不稱其官也。稱班姬為匹婦，亦摭鍾嶸《詩品》語。此書成於齊代，不應述梁代之說也。且〈隱秀〉三段，皆論詩而不論文，亦非此書之體，似乎明人偽託，不如從元本缺之。」明人最喜作偽，此篇之不可信，已無疑義，故特刪去。偽文附錄於後：

「始正而末奇，內明而外潤，使翫之者無窮，味之者不厭矣。彼波起辭間，是謂之秀，纖手麗音，（纖麗字闕。）宛乎逸態，若遠山之浮煙靄，孌女之靚容華。然煙靄天成，不勞於粧點，容華格定，無待於裁鎔，深淺而各奇，嬝（字典無嬝字，應是穠字之誤。）纖而俱妙，若揮之則有餘，而攬之則不足矣。夫立意之士，務欲造奇，每馳心於玄默之表；工辭之人，必欲臻美，恆溺思於佳麗之鄉。嘔心吐膽，不足語窮；煅歲煉年，奚能喻苦。故能藏穎詞間，昏迷於庸目，露鋒文外，驚絕乎妙心。使醞藉者蓄隱而意愉，英銳者抱秀而心悅，譬諸裁雲製霞，不讓乎天工，斲卉刻葩，有同乎神匠矣。若篇中乏隱，等宿儒之無學，或一叩而語窮；句間鮮秀，如巨室之少珍，（馮本有此二字。）若百詰（詰字闕。）而色沮；斯並不足於才思，而亦有媿於文辭矣。將欲徵隱，聊可指篇：古詩之離別，樂府之長城，詞怨旨深，而復兼乎比興。陳思之〈黃雀〉，公幹之〈青松〉，格剛才勁，而並長於諷諭。叔夜之（闕二字。）嗣宗之（闕二字。）境玄思澹而獨得乎優閑。士衡之（闕二字。）彭澤之（闕二字。以上四句，功甫本闕八字，一本增入疎放豪逸四字。）心密語澄，而俱適乎（下闕二字，一本有壯采二字。）如欲辨秀，亦惟摘句：『常恐秋節至，涼飇奪炎熱。』意悽而詞婉，此匹婦之無聊也。『臨河濯長纓，念子悵悠悠。』志高而言壯，此丈夫之不遂也。『東西安所之，徘徊以旁皇。』心孤而情懼，此閨房之悲極

也。」

盧文弨《抱經堂文集》十四〈文心雕龍輯注書後〉云：「昨年吳秀才伊仲示余校本，無可比對，復就長安市覓得此本，紙墨俱不精，吳所錄〈隱秀篇〉之缺文及勝國諸人增刪改正之處，此本具有之。然他人所改俱著其姓，唯梅子庚獨否。不歲攘其美以為己有耶！」

卷九

指瑕第四十一[1]

管仲有言：無翼而飛者聲也；無根而固者情也。然則聲不假翼，其飛甚易；情不待根，其固匪難：以之垂文，可不慎歟[2]！古來文才，異世爭驅，或逸才以爽迅，或精思以纖密，而慮動難圓，鮮無瑕病。陳思之文，群才之儁也，而武帝誄云，尊靈永蟄；明帝頌云，聖體浮輕。浮輕有似於胡蝶，永蟄頗疑於昆蟲，施之尊極，豈其顧校作有當乎[3]？左思七諷，說孝而不從，反道若斯，餘不足觀矣。潘岳為才，善於哀文，然悲內兄，則云感口澤；傷弱子，則云心如疑。禮文在尊極，而施之下流，辭雖足哀，義斯替矣[4]。若夫君子擬人必於其倫，而崔瑗之誄李公，比行於黃虞，向秀之賦嵇生，方罪於李斯；與其失也，雖寧僭元作降孫改無濫，然高厚之詩，不類甚矣[5]。凡巧言易標，拙辭難隱，斯言之玷，實深白圭，繁例難載，故略舉四條[6]。

若夫立文之道，惟字與義：字以訓正，義以理宣，而晉末篇章，依希其旨，始有賞際奇至之言，終無撫叩酬即謝云當作酢鈴木云岡本作即酬之語，每單舉一字，指以為情。夫賞訓錫賚，豈關心解？撫訓執握，何預情理[7]？雅頌未聞，漢魏莫用；懸領似如可辯，課文了不成義，斯實情訛之所變，文澆之致弊。而宋來才英，未之或改，舊染成俗，非一朝也[8]。近代辭人，率多猜忌，至乃比語求蚩鈴木云岡本作媸，反音取瑕，雖不屑於古，而有擇於今焉[9]。又製同他文，理宜刪革，若排王本作掠人美辭，以為己力，寶玉大弓，終非其有。全寫則揭篋，傍采則探囊，然世遠者太輕，時同者為尤矣10。

若夫注解為書，所以明正事理；然謬於研求，或率意而斷11。西京賦稱中黃育獲之疇，而薛綜謬注謂之閹尹，是不聞執雕虎之人也。又周禮井賦舊有疋馬，而應劭釋疋，或量首數蹄，斯豈辯物之要哉12？原夫古之正名，車兩而馬疋，疋（元脫楊補）兩稱目，以並耦為用13。蓋車貳佐乘，馬儷驂服，服乘不隻，故名號必雙，名號一正，則雖單為疋矣。疋夫疋婦，亦配義矣（顧校作也）14。夫車馬小義，而歷代莫悟；辭賦近事，而千里致差；況鑽灼經典，能不謬哉！夫辯言（一作疋）而數筌（一作首）蹄15，選勇而驅閹尹，失理太甚，故舉以為戒。丹青初炳而後渝，文章歲久而彌光，若能檃括於一朝，可以無慚（鈴木云梅本閔本岡本作愧）於千載也。

贊曰：羿氏舛射16，東野敗駕17。雖有儁才，謬則多謝。斯言一玷，千載弗化。令章靡疚，亦善之亞。

【注釋】

1. 《札記》曰：「此篇所指之瑕，凡為六類：一，文義失當之瑕；二，比擬不類之瑕；三，字義依稀之瑕；四，語音犯忌之瑕；五，掠人美辭之瑕；六，注解謬誤之瑕。雖舉證稀潤，正宜引申以求。觀《顏氏家訓》、《匡謬正俗》諸書，知文士屬辭，實多瑕類。古人往矣，誠宜為之掩藏，然覆車之軌，無或重跡，別白書之，亦所以示鑒也。竊謂文章之瑕，大分五族，而注謬之瑕不與焉。一曰體瑕；二曰事瑕；三曰語瑕；四曰字瑕；五曰勦襲之瑕。體瑕者，王朗〈雜箴〉，乃置巾履；陳思〈文誄〉，旨言自陳是也。事瑕者，相如述葛天之歌，千唱萬和，曹洪謬高唐之事，不記綿駒是也。語瑕者，陳思之聖體浮輕，潘岳之將反如疑是也。字瑕者，詭異則若呴呶，依稀則若賞撫是也。（以上舉例，皆本原書。）勦襲之瑕，蘇綽擬《周書》而作《大誥》，揚雄擬《易》而作《太玄》是也。（此本顏君說。）總之古人之瑕，不可不知，己文之瑕，亦不可不檢。元遺山詩曰：『撼樹蚍蜉自覺狂，書生技癢愛論量，老來留得詩千首，卻被何人較短長。』今之人欲指斥前瑕者，豈可不知斯旨哉。」

吾人屬文，志在行遠，而文字之疵瑕，與夫意義之疏誤，誰能自免，正賴同好之士，礱諸錯諸，以求完密。《顏氏家訓．文章篇》云：「江南文制，欲人彈射；知有病累，隨即改之。」此其雅量，誠非山東鄙俗所能夢想者矣。竊謂評時人之文，不可稍雜意氣；評古人之文，不可略存成心；持商量之誠意，發和悅之德音；獻替臧否，孰不喜納。所謂雖古人復生，亦不得罪其誹謗者也。

顏氏又曰：「學為文章，先謀親友，得其評論者，然後出手；慎勿師心自任，取笑旁人也。自古執筆為文者，何可勝言；然至於宏麗精華，不過數十篇耳。但使不失體裁，辭意可觀，遂稱才士，要須動俗蓋世，亦俟河之清乎。」

又曰：「自子游、子夏、荀況、孟軻、枚乘、賈誼、蘇武、張衡、左思之儔，有盛名而免過患者，時復聞之，但其損敗居多耳。每嘗思之，原其所積，文章之體，標舉興會，發引性靈，使人矜伐，故忽於持操，果於進取。今世文士，此患彌切，一事愜當，一句清巧，神厲九霄，志凌千載，自吟自賞，不覺更有傍人。加以砂礫所傷，慘於矛戟，諷刺之禍，速乎風塵，深宜防慮，以保元吉。」

2. 《札記》曰：「案《管子．戒篇》文曰：『管仲復于桓公曰：無翼而飛者聲也，（注：「出言門庭，千里必應，故曰無翼而飛。」）無根而固者情也，（注：「同舟而濟，胡越不患異心，故曰無根而固。」）無方而富者生也。公亦固情謹聲，以嚴尊生，此謂道之榮。』案彥和引此，斷章取義，蓋以無翼而飛無根而固，喻文之傳于久遠，易為人所記識，即後文『文章歲久而彌光，若能檃括一朝，可以無慙千載』之意。亦即贊

3. 『斯言一玷，千載弗化』意。」

《金樓子·立言篇下》引彥和此文，自管仲有言至不其嗤乎，茲依《金樓子》校之。文才作文士。無「或逸才以爽迅，或精思以纖密」二句。難圓作難固。俊作雋。頗疑作可擬。豈其當乎作不其嗤乎。

《曹子建集·武帝誄》：「幽闔一扃，尊靈永蟄。」又〈冬至獻襪頌〉：「翱翔萬域，聖體浮輕。」

《顏氏家訓·文章篇》：「古人之所行，今世以為諱。陳思王〈武帝誄〉，遂深永蟄之思，潘岳〈悼亡賦〉，乃愴手澤之遺，是方父於蟲，匹婦於考也。蔡邕〈楊秉碑〉云：『統大麓之重。』潘尼〈贈盧景宣詩〉云：『九五思飛龍。』孫楚王〈驃騎誄〉云：『奄忽登遐。』陸機〈父誄〉云：『億兆宅心，敦敘百揆。』〈姊誄〉云：『俔天之和。』今為此言，則朝廷之罪人也。王粲〈贈楊德祖詩〉云：『我君餞之，其樂洩洩。』不可妄施人子，況儲君乎。」

4. 《藝文類聚》三十四有潘岳〈悼亡賦〉，惟無手澤之語，今之存者，殆非全文。

左思〈七諷〉文已殘佚，說孝語無可考見。

《禮記·玉藻》：「父沒而不能讀父之書，手澤存焉爾；母沒而杯圈不能飲焉，口澤之氣存焉爾。」案潘岳〈悲內兄文〉，今已無考。

又〈檀弓〉：「孔子觀送葬者曰：善哉為喪乎！其往也如慕，其反也如疑。」〈金鹿哀辭〉：「將反如疑，回首長顧。」文載〈哀弔篇〉注。

5. 擬人必於其倫，見《禮記·曲禮下》。

崔瑗〈李公誄〉今已無考。《後漢書·謝夷吾傳》載班固薦表，崔文當亦此類。《文選》向秀〈思舊賦〉：「昔李斯之受罪兮，歎黃犬而長吟；悼嵇生之永辭兮，顧日影而彈琴。」寧僭，謂崔瑗之誄李公；無濫，謂向秀之賦嵇生。《左傳·襄公二十六年》：「蔡聲子曰：善為國者，賞不僭而刑不濫。若不幸而過，寧僭無濫。」〈哀五年〉杜注：「僭，差也。濫，溢也。」「高厚之詩不類。」見襄公十六年《傳》。

《金樓子．雜記篇上》：「宋玉（玉是書字之誤）戲太宰屢游之談，後人因此流遷反語，至相習。至如太宰之言屢游，鮑照之伐鼓，（《文鏡祕府論》五：『翻語病者，正言是佳詞，反語則深累是也。如鮑明遠詩云：「雞鳴關吏起，伐鼓早通晨。」伐鼓正言是佳詞，反語則不祥，是其病也。崔氏曰：伐鼓反語腐骨是其病。』）孝綽步武之談，韋粲浮柱之說，是中太甚者，不可不避耳。俗士非但文章如此，至言論尤事反語。何僧智者，嘗於任昉坐賦詩而言其詩不類。任云：『卿詩可謂高厚。』何大怒曰：『遂以我為狗號。』（高厚切狗，厚高切號。）任逐後解說，遂不相領。任君復云：『經蓄一枕，不知是何木。』會有委巷之□，（原缺。）謂任君曰：『此枕是標櫧之木。』（反語為餔糟。）任託不覺悟。此人乃以宣誇於眾，有自得之色。夫子曰：『必也正名乎。』斯言讜矣！」

6. 《顏氏家訓．文章篇》：「《吳均集》有〈破鏡賦〉。昔者邑號朝歌，顏淵不舍，里名勝母，曾參斂襟；蓋忌夫惡名之傷實也。破鏡乃凶逆之獸，事見《漢書》，為文幸避此名也。比世往往見有和人詩者，題云敬同。《孝經》云：『資於事父以事君而敬同。』不可輕言也。梁世費旭詩云：『不知是耶非。』殷澐詩云：『飄颻雲母舟。』簡文曰：『旭既不識其父，澐又飄颻其母。』此雖悉古事，不可用也。世人或有文章引《詩》伐鼓淵淵者，《宋書》已有屢游之誚，如此流比，幸須避之。北面事親，別舅摛渭陽之詠，堂上養老，送兄賦桓山之悲，皆大失也。舉此一隅，觸途宜慎。」

7. 陳思比尊於微，一也；左思反道，二也；潘岳稱卑如尊，三也；崔向僭濫，四也。

終無撫叩酬即之語。《札記》曰：「無當作有。」謝校曰：「即當作酢。」此節所論，未得確解，聊引《世說新語》數事說之。賞際奇至（至疑當作致。）或即如〈文學篇〉：「謝公因子弟集聚，問《毛詩》何句最佳。遏稱曰：『昔我往矣，楊柳依依，今我來思，雨雪霏霏。』公曰：『訏謨定命，遠猷辰告。』謂此句偏有雅人深致。』」《詩》三百篇似不得單指一二句以為最佳，然各以己之所喜，謂有深致，似尚無大過。又如劉注引〈郭璞別傳〉曰：「璞奇博多通，文藻粲麗，才學賞豫，足參上流。」又：「孫興公作〈庾公誄〉。

袁羊曰：見此張緩。於時以為名賞。」《晉書．文苑．顧愷之傳》：「嘗為〈箏賦〉，成，謂人曰：吾賦之比嵇康琴，不賞者必以後來相遺，識者亦當以高奇見賞。」六朝人好言賞，然如上例，似不應致譏。〈明詩篇〉云：「宋初文詠，爭價一句之奇。」或其甚者，竟舉一字以為賞。李諤上書謂爭一字之巧，殆指此與。撫叩酬酢，或即如〈言語篇〉：「顧司空未知名，詣王丞相。丞相小極，對之疲睡。顧思所以叩會之。因謂同坐曰：『昔每聞元公（顧榮。）道公協贊中宗，保全江表，體小不安，令人喘息。』丞相因覺，謂顧曰：『此子珪璋特達，機警有鋒。』」單舉一字，指以為情，或即如〈排調篇〉：「庾園客詣孫監，值行，見齊莊在外，尚幼而有神意。庾試之曰：『孫安國何在？』即答曰：『庾稺恭家。』庾大笑曰：『諸孫大盛，有兒如此。』又答曰：『未若諸庾之翼翼。』還語人曰：『我故勝，得重喚奴父名。』」注引〈孫放別傳〉曰：「放應機制勝，時人仰焉。」《說文》：「賞，賜有功也。」《廣雅．釋詁三》：「撫，持也。」《札記》曰：「用賞者，如沈休文《宋書．謝靈運傳論》之諷高歷賞。用撫者，如傅季友〈為宋公修張良廟教〉之撫事彌深。」

8. 《札記》曰：「案晉來用字有三弊：一曰造語依稀，如賞撫二字之外，戒嚴曰纂嚴，送別曰瞻送，解識曰領悟，契合曰會心。至如品藻稱譽之詞，尤為模略，如嵇紹劭長，高坐淵箸，王微邁上，下壺峰距，王恭亭亭直上，王忱羅羅清疎，叩其實義，殊欠分明，而世俗相傳，初不揅究。二曰用字重複，容貌姿美，見于《魏書》，文豔博富，亦載《國志》，此皆三字稠疊；兩字複語，尤難悉數。三曰用典飾濫，呼徵質曰周鄭，謂霍亂為博陸，言食則餬口，道錢則孔方，稱兄則孔懷，論婚則宴爾，求莫而用為求瘼，計偕而以為計階，轉相祖述，安施失所，比喻乖方，斯亦彥和所云文澆之致弊也。」

9. 反音取瑕，如高厚伐鼓之類是。比語求蚩，如是耶非，雲母舟之類是。

《金樓子．捷對篇》云：「羊戎好為雙聲，江夏王設齋使戎鋪坐。戎曰：『官教前床，可開八尺。』王曰：『開床小狹。』戎復曰：『官家恨狹，更廣八分。』又對文帝曰：『金溝清泚，銅池搖漾，既佳光景，當得

劇棊。』」《洛陽伽藍記》載郭氏婢對人曰：「郭冠軍家。」其人曰：「此婢雙聲。」婢曰：「儜奴慢罵。」此即周顒體語之類，亦與反語同為言語聲變之法；而六朝南北皆有此風習矣。彥和云：「不屑於古，有擇於今。」謂此雖不雅，然習俗如是，作者亦不可不留意，以免世之猜忌也。

10. 《春秋．定公八年》：「盜竊寶玉大弓。」杜注：「盜謂陽虎也。寶玉，夏后氏之璜。大弓，封父之繁弱。」《莊子．胠篋篇》：「將為胠篋探囊發匱之盜而為守備，……然而巨盜至，則負匱揭篋擔囊而趨。」世遠者太輕，時同者為尤，謂竊取古辭，是輕薄無行；掠取時說，將自招咎尤。造文之士，能杼軸己懷，不相剽賊，斯免瑕累矣。

11. 紀評曰：「此條無與文章，殊為汗漫。」案〈論說篇〉云：「若夫注釋為詞，解散論體，離文雖異，總會是同。」據此，注解為文，所以明正事理，尤不可疏忽從事，貽誤後學。何晏見王弼《老子注》，乃以所注作道德二論，郭象注《莊子》，亦即以意闡發，無異單篇之論，注與論本可通也。彥和於本篇特為指說，殊存微意，紀氏譏之，未見其可。

12. 張衡〈西京賦〉：「迺使中黃之士，育獲之儔。」李善注：「《尸子》曰：『中黃伯曰：余左執泰行之獶而右搏雕虎。』《戰國策》范睢說秦王曰：『烏獲之力焉而死，夏育之勇焉而死。』」案薛綜注未見此說，當為李善所刪去。

《周禮．地官．小司徒》：「乃經土地，而井牧其田野。九夫為井四井為邑，四邑為丘，四丘為甸，四甸為縣，四縣為都，以任地事而令貢賦。凡稅斂之事。」鄭注引《司馬法》曰：「六尺為步，步百為晦，晦百為夫，夫三為屋，屋三為井，井十為通，通為匹馬。」《正義》曰：「三十家使出馬一匹，故曰通為匹馬。」今存《風俗通》無釋匹之文。《藝文類聚》九十三引《風俗通》云：「馬一匹，俗說相馬比君子，與人相匹。或曰：馬夜行，目明照前四丈，故曰一匹。或曰度馬縱橫，適得一匹。或說馬死賣得一匹帛。或云：《春秋左氏說》，諸侯相贈乘馬束帛，束帛為匹，與馬相匹耳。」案此皆與量首數蹄說未合。《說文》：

13. 匹，四丈也。《漢書．食貨志》布帛廣二尺二寸為幅，長四丈為匹。

《尚書．牧誓》：「戎車三百兩。」《傳》：「車稱兩。」《風俗通》：「車有兩輪，故稱為兩；猶履有兩隻，亦稱為兩。」段玉裁注《說文》匹字云：「凡言匹敵匹耦者，皆於二端成兩取意。（二丈為一端，二端為兩，每兩為一匹。）凡言匹夫匹婦者，於一兩成匹取意。兩而成匹，判合之理也，雖其半亦得云匹也。馬稱匹者，亦以一牝一牡離之而云匹，猶人言匹夫也。」案本篇疋字皆當作匹。《群經正字》曰：「按匹，俗作疋。經典亦偶一見之。《孟子．告子》：『力不能勝一匹雛。』孫奭《音義》云：『匹，丁公著作疋。』是也。疋即匹字之譌。蓋漢隸匹有變八為小而作⿷匸小者，見武榮、馮緄等碑，故俗又譌為疋。且以匹為匹偶之匹，疋為丈疋之疋，則尤譌也。」

14. 《禮記．少儀》：「乘貳車則式，佐車則否。貳車者，諸侯七乘，上大夫五乘，下大夫三乘。」鄭注：「貳車，佐車，皆副車也。朝祀之副曰貳；戎獵之副曰佐。」

《詩．鄭風．大叔于田》：「叔于田，乘乘黃，兩服上襄，兩驂雁行。」《正義》曰：「〈小戎〉云：『騏騮是中，騧驪是驂。』驂中對文，則驂在外；外者為驂，則知內者為服。」

《白虎通》：「匹，偶也。與其妻為偶，陰陽相成之義也。」

15. 夫辯言而數筌蹄，應依一作「辯匹而數首蹄」。

16. 《史記．夏本紀．正義》及《御覽》八十二引《帝王世紀》曰：「帝羿有窮氏與吳賀北遊。賀使羿射雀左目，誤中右目，羿俯首而媿，終身不忘。」

17. 《莊子．達生篇》：「東野稷以御見莊公，進退中繩，左右旋中規；莊公以為文弗過也，使之鉤百而反。顏闔遇之，入見曰：『稷之馬將敗。』公密而不應。少焉果敗而反。公曰：『子何以知之？』曰：『其馬力竭矣，而猶求焉，故曰敗。』」

養氣第四十二

昔王充著述，制養氣之篇，驗己而作，豈虛造哉[1]！夫耳目鼻口，生之役也；心慮言辭，神之用也。率志委和，則理融而情暢；鑽礪過分，則神疲而氣衰；此性情之數也[2]。夫三皇辭質，心絕於道華；帝世始文，言貴於敷奏；三代春秋，雖沿世彌縟，並適分胸臆，非牽課才外也。戰代枝（鈴木云岡本作技）詐，攻奇飾說；漢世迄今，辭務日新，爭光鬻采，慮亦竭矣。故淳言以比澆辭，文質懸乎千載；率志以方竭情，勞逸差於萬里；古人所以餘裕，後進所以莫遑也[3]。

凡童少鑒淺而志盛，長艾識堅而氣衰；志盛者思銳以勝勞，氣衰者慮密以傷神，斯實中人之常資，歲時之大較也。若夫器分有限，智用無涯，或慚鳧企鶴，瀝辭鐫思，於是精氣內銷，有似尾閭之波，神志外傷，同乎牛山之木；怛（鈴木云嘉靖本作恒）惕之盛（一作成）疾，亦可推矣[4]。至如仲任置硯以綜述[5]，叔（元作敬孫無撓改）通懷筆以專業[6]，既暄之以歲序，又煎之以日時，是以曹公懼為文之傷命，陸雲歎用思之困神，非虛談也[7]。

夫學業在勤，功庸弗怠，故有錐股自厲，和熊以苦之人（黃云案馮本與元刻無功庸弗怠及和熊以苦之人二句）[8]。志（紀昀云志當作至）於文也，則申寫鬱滯，故宜從容率情，優柔適會。若銷鑠精膽，蹙迫和氣，秉牘以驅齡，灑翰以伐性，豈聖賢之素心，會文之直理哉[9]？且夫思有利鈍，時有通塞，沐則心覆，且或反常[10]，神之方昏，再三愈黷。是以吐納文藝，務在節宜，清和其心，調暢其氣，煩而即捨，勿使壅滯[11]；意得則舒懷以命筆，理伏則投筆以卷懷，逍遙以針勞，談笑以藥勸，常弄閑於才鋒，賈餘於文勇；使刃發如新，湊（鈴木云當作腠）理無滯[12]，雖非胎息之邁（顧校作萬）術[13]，斯亦衛氣之一方也。

贊曰：紛哉萬象，勞矣千想。玄神宜寶，素氣資養。水停以鑒，火靜而朗。無擾文慮，鬱此精爽。

【注釋】

1. 《論衡．自紀篇》：「章和二年，罷州家居，年漸七十，時可懸輿。……髮白齒落，日月逾邁，儔倫彌索；鮮所恃賴。貧無供養，志不娛快；歷數冉冉，庚辛域際，雖懼終徂；愚猶沛沛，乃作《養性》之書凡十六篇。養氣自守，適食則酒，閉明塞聰，愛精自保，適輔服藥，引導庶冀，性命可延，斯須不老。」
2. 《史記．自序》司馬談論六家要旨云：「凡人所生者，神也；所託者，形也。神大用則竭，形大勞則敝；形神離則死。」《抱朴子．至理篇》：「身勞則神散，氣竭則命終。」彥和論文以循自然為原則，本篇大意，即基於此。蓋精神寓於形體之中，用思過劇，則心神昏迷。故必逍遙針勞，談笑藥勸，使形與神常有餘閑，始能用之不竭，發之常新，所謂遊刃有餘者是也。
3. 時移世遷，質不勝文，彥和非欲人復返三代以前也。其意亦猶〈神思篇〉所云「秉心養術，無務苦慮，含章司契，不必勞情」云爾。
4. 《莊子．駢拇》：「是故鳧脛雖短，續之則憂；鶴脛雖長，斷之則悲。故性長非所斷，性短非所續，無所去憂也。」又〈秋水〉：「天下之水，莫大於海，萬川歸之，不知何時止而不盈，尾閭泄之，不知何時已而不虛。」《文選．養生論》注引司馬彪云：「尾閭，水之從海水出者也。」《孟子．告子上》：「牛山之木嘗

美矣，以其郊於大國也，斧斤伐之……牛羊又從而牧之，是以若彼濯濯也。」趙岐注：「濯濯，無草木之貌。」《說文》：「怛，憯也。」《毛詩．匪風》：「中心怛兮。」《傳》云：「怛，傷也。」《文選》嵇康〈幽憤詩〉：「怛若創痏。」《說文》：「惕，驚也。」《一切經音義》七：「惕，怵惕，悚懼也。」怛惕有迫促傷害之義。盛一作成，是。

5. 李詳〈黃注補正〉曰：「《北堂書鈔．著述篇》，謝承《後漢書》：『王充貧無書，往市中省所賣書，一見便憶。門牆屋柱，皆施筆硯而著《論衡》。』」

6. 《後漢書．曹褒傳》：「褒字叔通，博雅疏通，常憾朝廷制度未備，慕叔孫通漢禮儀，晝夜研精，沈吟專思，寢則懷抱筆札，行則誦習文書，當其念至，忘所之適。」

7. 曹公語未詳。《金樓子．立言上》：「顏回希舜，所以早亡；賈誼好學，遂令速殞；揚雄作賦，有夢腸之談，曹植為文，有反胃之論。生也有涯，智也無涯，以有涯之生，逐無涯之智，余將養性養神，獲麟於金樓之制也。」陸雲〈與兄平原書〉云：「兄文章已自行天下，多少無所在，且用思困人，亦不事復及。」

8. 盧文弨《抱經堂文集》十四〈文心雕龍輯注書後〉：「〈養氣篇〉故有錐股自厲和熊以苦之人。案下六字吳本無，當本脫四字，不學者妄增成之，而忘其年代之不合也。」《新唐書．柳仲郢傳》：「母韓善訓子，故仲郢幼嗜學，嘗和熊膽丸，使夜咀嚥以助勤。」

9. 紀評曰：「此非惟養氣，實亦涵養文機，〈神思篇〉虛靜之說，可以參觀。彼疲困紛擾之餘，烏有清思逸致哉。」《論衡．効力篇》：「賢者有雲雨之知，故其吐文萬牒以上，可謂多力矣。世稱力者常褒烏獲，然則董仲舒、揚子雲，文之烏獲也。秦武王與孟說舉鼎不任，絕脈而死；少文之人，與董仲舒等涌胸中之思，必將不任，有脈絕之變。王莽之時，省五經章句皆為二十萬，博士弟子郭路夜定舊說，死於燭下；精思不任，絕脈氣滅也。」

李詳〈黃注補正〉曰：「《呂氏春秋．本生篇》：靡曼皓齒，鄭衛之音，務以自樂，命之曰伐性之斧。」

10. 《左傳・僖公二十四年》：「晉侯之豎頭須求見，公辭焉以沐。謂僕人曰：沐則心覆，心覆則圖反，宜吾不得見也。」校勘記：「且字疑當作旦。蓋用孟軻氏所謂平旦之氣之意也。反，復也。」案且字不誤，無待改字。

11. 李詳〈黃注補正〉：「《左傳・昭公元年》，先王之樂，所以節百事也。故有五節，遲速本末以相及也。中聲以降，五降之後，不容彈矣。於是有煩手淫聲，慆堙心耳，乃忘平和，君子弗聽也。物亦如之，至於煩乃舍也已，無以生疾。又曰：勿使有所壅閉湫底，以露其體。杜注：湫，集也；底，滯也；露，羸也。」

12. 《莊子・養生主》：「庖丁曰：臣之刀十九年矣，所解數千牛矣，而刀刃若新發於硎。」郭注：「硎，砥石也。」

13. 李詳〈黃注補正〉曰：「《後漢書・方術傳》，王真能行胎息胎食之方。」章懷注：「《漢武內傳》曰：王真字叔經，上黨人，習閉氣而吞之，名曰胎息。」

附會第四十三

何謂附會？謂總文理，統首尾，定與奪，合涯際，彌綸一篇，使雜而不越者也[1]。若築室之須基構，裁衣之待縫緝矣。夫才量學文，宜正體製：必以情志為神明，事義為骨髓（鈴木云御覽作鯁）[2]，辭采為肌膚，宮商為聲氣；然後品藻玄黃，摛振金玉，獻可替否，以裁厥中：斯綴思之恒數也[3]。凡大體文章，類多枝派，整派者依源，理枝者循幹，是以附辭會義，務總綱領，驅萬塗於同歸，貞百慮於一致。使眾理雖繁，而無倒置之乖，群言雖多，而無棼絲之亂；扶陽而出條，順陰而藏跡，首尾周密，表裏一體，此附會之術也[4]。夫畫者謹髮而易貌，射者儀毫而失牆，銳精細巧，必疎體統。故宜詘寸以信尺，枉尺以直尋，棄偏善之巧，學具美之績，此命篇之經略也[5]。

夫文變多（汪作無）方[6]，意見浮雜，約則義孤，博則辭叛，率（鈴木云御覽作變）故多尤，需為事賊[7]。且才分不同，思緒各異，或製首以通尾，或尺（一作片）接以寸附，然通製者蓋寡，接附者甚眾[8]。若統緒失宗，辭味必亂，義脈不流，則偏枯文體。夫能懸識湊理，然後節文（一作文節）自會，如膠之粘木，豆之合黃（孫云御覽五八五豆作石黃作玉）矣[9]。是以駟牡異力，而六轡如琴；並駕齊驅，而一轂統輻：馭文之法，有似於此。去留隨心，修短在手，齊其步驟，總轡而已。

故善附者異旨如肝膽，拙會者同音如胡越，改章難於造篇，易字艱於代句，此已然之驗也。昔張湯擬鈴木云嘉靖本梅本岡本作疑奏而再却，虞松草表而屢譴，並理事鈴木云御覽作事理之不明，而詞旨之失調也。及倪寬更草，鍾會易字，而漢武歎奇，晉景稱善者，乃理得而事明，心敏而辭當也[10]。以此而觀，則知附會巧拙，相去遠哉！若夫絕筆斷章，譬乘舟之振楫；會詞切理，如引轡以揮鞭。克終底績，寄深寫遠黃云案馮本寫下多以字遠下多送字。若首唱榮華，而媵句憔悴，則遺勢鬱湮，餘風不暢。此周易所謂臀無膚，其行次且也。惟首尾相援，則附會之體，固亦無以加於此矣[11]。

贊曰：篇統間關，情數稠疊。原始要終，疎條布葉。道味相附，懸緒自接。如樂之和，心聲克協。

【注釋】

1. 《後漢書．張衡傳》：「時天下承平日久，自王侯以下莫不踰侈。衡乃擬班固〈兩都〉作〈二京賦〉，因以諷諫，精思傅會，十年乃成。」《札記》曰：「《晉書．文苑．左思傳》載劉逵〈三都賦序〉曰：『傅辭會義，抑多精致。』彥和此篇，亦有附辭會義之言，（傅附同類通用字。）正本淵林，然則附會之說舊矣。循玩斯文，與〈鎔裁〉、〈章句〉二篇所說相備。然〈鎔裁篇〉但言定術，至於術定以後，用何道以聯屬眾辭，則未暇晰言也。〈章句篇〉致意安章，至於章安以還，用何理以斟量乖順，亦未申說也。二篇各有首尾圓合，首尾一體之言，又有綱領昭暢，內義脈注之論，而總文理定首尾之術，必宜更有專篇以備言之，此〈附會篇〉所以作也。附會者，總命意修辭為一貫，而兼草創討論修飾潤色之功績也。」〈鎔裁篇〉云：「草創鴻筆。先標三準，……然後舒華布實，獻替節文，繩墨以外，美材既斲，故能首尾圓合，條貫統序。若術不素定，而委心逐辭，異端叢至，駢贅必多。」案〈附會篇〉即補成彼篇之義，討論如何而能「首尾圓合，條貫統序」，如何而能「異端不至，駢贅盡去」之術也。附與會二者，其用不同。彥和云：「附辭會義，務總綱領。」是附對辭言，會對義言。「羣言雖多，而無棼絲之亂。」善附之謂也；「眾理雖繁，而無倒置之乖。」善會之謂也。

2. 案《御覽》五八五引骨髓作骨鯁，是。本書〈辯騷篇〉：「骨鯁所樹，肌膚所附。」亦是以骨鯁與肌膚對言。才量學文，量疑當作優，或係傳寫之誤。殆由學優則仕意化成此語。

3. 《顏氏家訓．文章篇》云：「文章當以理致為心腎，氣調為筋骨，事義為皮膚，華麗為冠冕。」與彥和此文略同。

4. 貞，正也。扶陽出條，謂辭義之宜見於文者；順陰藏跡，謂辭義之不必見於文者。〈鎔裁篇〉云：「若術不素定，而委心逐辭，異端叢至，駢贅必多。」

陳澧《東塾集．復黃芑香書》云：「昔時讀〈小雅〉有倫有脊之語，嘗告山舍學者：此即作文之法，今舉以告足下可乎。倫者，今日老生常談所謂層次也，脊者，所謂主意也。夫人必其心有意，而後其口有言，有言而其手書之於紙上則為文；無意則無言，更安得有文哉。有意矣，而或不止有一意，則必有所主，猶人身不止一骨，而脊骨為之主，此所謂有脊也。意不止一意，而言之何者當先，何者當後，則必有倫次；即止有一意，而一言不能盡意，則其淺深本末，又必有倫次，而後此一意可明也。非但達意當如此，即援引古書，亦當如此。且作文必先讀文，凡讀古人文，必明乎古人之文有倫有脊也。雖然，倫猶易為也，脊不易為也，必有學有識，而後能有意，是在乎讀書，而非徒讀文所可得者也。僕之說雖淺，然本之於經，或當不謬。」

5. 《呂氏春秋．處方篇》：「今夫射者儀毫而失牆，畫者儀髮而易貌，言審本也。」注：「儀，望也。」《淮南子．說林訓》：「畫者謹毛而失貌，射者儀小而遺大。」注：「謹悉微毛，留意於小，則失其大貌。儀望小處而射之，故能中。事各有宜。」此謂謀篇之始，宜規畫大體，明立骨幹，體幹既立，然後整理枝派，獻替可否，以裁厥中。若僅知銳精細巧，則體幹必有倒置棼亂之失。易貌，疑當作遺貌。遺貌，即失貌也。

6. 案《御覽》五八五引多方作無方，與汪本同，本書〈通變篇〉：「變文之數無方。」文與此正同，疑作無方為是。

7. 《左傳．哀公十四年》：「需，事之賊也。」《釋文》：「需，疑也。」謂率爾操觚，事不經思，固多尤悔；若意見浮雜，遲疑失斷，亦文之賊也。

8. 尺接寸附，由於體統之疏，苟能總挈綱領，顛末合序，則無此累矣。〈章句篇〉云：「搜句忌於顛倒；裁章貴於順序。」亦此義也。

9. 豆之合黃，未詳其說。《御覽》引作石之合玉。校勘記：「石之合玉，謂玉石之聲，其調和合也。」鄭注《儀禮．鄉射禮》：「膮，膚理也。」

10. 《漢書．倪寬傳》：「張湯為廷尉，有疑奏已再見却矣，掾史莫知所為。寬為言其意；掾史因使寬為奏。奏成，即時得可。異日湯見，上問曰：『前奏非俗吏所及，誰為之者？』湯言倪寬。上曰：『吾固聞之久矣。』」《三國．魏志．鍾會傳》注引《世語》：「司馬景王命中書令虞松作表。再呈輒不可意，命松更定。松思竭不能改，心存之，形於顏色。會察其有憂，問松。松以實答。會取視為定五字，松悅服，以呈景王。王曰：不當爾耶！」舉此兩事，蓋以證善附善會之義。

11. 紀評曰：「此言收束亦不可苟。詩家以結句為難，即是此意。」《易．夬卦．九四．爻辭》：「臀無膚，其行次且。」寄深寫遠，寫遠當作寫送。《世說新語．文學篇》注：「袁宏嘗與王珣、伏滔同在溫坐，溫令滔讀其〈北征賦〉，至豈一物之足傷，乃致傷於天下，其本至此便改韻。珣云：今於天下之後，移韻徙事，然於寫送之致，似為未盡。」

總術第四十四1

今（元作令商改）之常言，有文有筆，以為無韻者筆也，有韻者文也。夫文以足言，理兼詩書，別目兩名，自近代耳。顏延年以為筆之為體，言之文也；經典則言而非筆，傳記則筆而非言。請奪彼矛，還攻其楯矣。何者？易之文言，豈非言文？若筆不言文，不得云經典非筆矣。將以立論，未見其論立也2。予以為發口為言，屬筆曰翰，常道曰經，述經曰傳。經傳之體，出言入筆，筆為言使，可強可弱。分（疑有脫誤）經以典奧為不刊，非以言筆為優劣也3。昔陸氏文賦，號為曲盡，然汎論纖悉，而實體未該。故知九變之貫（元作實楊改）匪窮（元作躬孫改），知言之選難備矣4。

凡精慮造文，各競新麗，多欲練辭，莫肯研術。落落之玉，或亂乎石；碌碌之石，時似乎玉。精者要約，匱者亦尠；博者該贍，蕪（元作無朱改）者亦繁；辯者昭晳，淺者亦露；奧者複隱，詭者亦典。或義華而聲悴，或理拙而文澤。知夫調鐘未易，張琴實難。伶人告和，不必盡窕槬桍（字衍鈴木云嘉靖本無桍字）之中；動用揮扇，何必窮初終之韻；魏文比篇章於音樂，蓋有徵矣5。夫不截盤根，無以驗利器；不剖文奧，無以辨通才。才之能通，必資曉術，自非圓鑒區域，大判條例，豈能控引情（元作清）源，制勝文苑哉6？

是以執術馭篇，似善弈之窮數；棄（元作築鈴木云嘉靖本作無）術任心，如博塞之邀遇。故博塞之文，借巧儻來，雖前驅有功，而後援難繼，少既無以相接，多亦不知所刪，乃多少之並（元作非許改）惑，何妍蚩（鈴木云當作媸）之能制乎[7]？若夫善弈之文，則術有恒數，按部整伍，以待情會，因時順機，動不失正。數逢其極，機入其巧，則義味騰躍而生，辭氣叢雜而至[8]。視之則錦繪，聽之則絲簧，味之則甘腴，佩之則芬芳，斷章之功，於斯盛矣[9]。夫驥足雖駿，纆（元作纏許改）牽忌長，以萬分一累，且廢千里[10]。況文體多術，共相彌綸，一物攜貳，莫不解體。所以列在一篇，備總情變，譬三十之輻，共成一轂，雖未足觀，亦鄙夫之見也[11]。

贊曰：文場筆苑，有術有門。務先大體，鑑必窮源。乘一總萬，舉要治繁。思無定契，理有恒存[12]。

【注釋】

1. 《札記》曰：「此篇乃總會〈神思〉以至〈附會〉之旨，而丁寧鄭重以言之，非別有所謂總術也。篇末曰：『文體多術，共相彌綸，一物攜貳，莫不解體，所以列在一篇，備總情變。』然則彥和之撰斯文，意在提挈綱維，指陳樞要明矣。自篇首至知言之選句，乃言文體眾多。自此以下，則明文體雖多，皆宜研術，即以證圓鑒區域大判條例之不可輕。紀氏於前段則云汗漫，于次節則云與前後二段不相屬，愚誠未喻紀氏之意也。今當取全文而為之銷解，庶覽者毋惑焉。若夫練術之功，資於平素，明術之效，呈於斯須。剖情析采，籠圈條貫，擒神性，圖風勢，苞會通，閱聲字，其事至多，其例至密，其利害是非之辨至紛紜。必先之以博觀，繼之以勤習，然後覽先士之盛藻，可以得其用心，每自屬文，亦能自喻得失。真積力久，而文術稠適，無所滯疑，縱復難得善文，亦可退求無疚，雖開塞之數靡定，而利病之理有常。顏之推云：『但使不失體裁，辭意可觀，遂稱才士。』言成就之難也。是以練術而後為文者，如輪扁之引斧，棄術而任心者，如南郭之吹

竽。繩墨之外，非無美材，以不中程而去之無吝；天籟所激，非無殊響，以不合度而聽者告勞。是知術之於文，等於規矩之於工師，節奏之於矇瞍，豈有不先曉解而可率爾操觚者哉。若夫曉術之後，用之臨文，遲則研京以十年，速則奏賦於食頃，始自用思，終於定藁，同此必然之條例，初無歧出之衢途。蓋思理有恒，文體有定，取勢有必由之準臬，謀篇有難畔之綱維，用字造句，合術者工而不合術者拙，取事屬對，有術者易而無術者難。聲律待術而後安，采飾待術而後美，果其辨之有明通之識，斯為之無憒惑之虞。雖文意細若秋毫，而識照朗於鏡鑠。故曰乘一總萬，舉要治繁也。欲為文者，其可不先治練術之功哉。」

2. 宋翔鳳《過庭錄》云：「所謂令之常言者，蓋謂當時功令有此別目也。元刻作令，俗刻改為今。」案宋說迂，令自是今字之誤。顏延年語未知所出，當為〈庭誥〉逸文。「若筆不言文」句，不字誤。《札記》曰：「若筆不言文，不字是為字之誤。紀氏以此一字不憭，而引郭象注《莊》之語以自慰，覽古者宜如是耶！」顏延年謂：「經典則言而非筆，傳記則筆而非言。」此言字與筆字對舉，意謂直言事理，不加彩飾者為言，如《禮經》、《尚書》之類是；言之有文飾者為筆，如《左傳》、《禮記》之類是；其有文飾而又有韻者為文。顏氏分為三類，未始不善，惟約舉經典傳記，則似嫌籠統。蓋〈文言〉，經典也，而實有文飾，是經典不必皆言矣；況《詩》三百篇，又為韻文之祖耶。

3. 強弱，猶言質文。《札記》曰：「予以為以下數語，言屬筆皆稱為筆，而經傳又筆中之細名。同出於言，同入於筆，經傳之優劣在理，而不以言筆為優劣也。信如此言，則上一節所云文筆之分，何不可以是難之。以此而觀，知彥和不堅守文筆之辨明矣。分經以典奧為不刊，分當作六。」謹案《文心》書中，屢以文筆分類，此處蓋專指顏氏分經傳為言筆論之。

4. 《札記》曰：「此一節言陸氏〈文賦〉所舉文體未盡，而自言圓鑒區域大判條例之超絕于陸氏，案〈文賦〉以辭賦之故，舉體未能詳備，彥和拓之，所載文體，幾于網羅無遺。然經傳子史，筆劄雜文，難于羅縷，視其經略，誠恢廓于平原。至其詆陸氏非知言之選，則亦尚待商兌也。」《漢書．武帝紀》元朔元年詔引詩

5. （應劭曰：逸詩也。）云：「九變復貫，知言之選。」師古曰：「貫，事也。選擇也。」

此節言時人昧於文字之本原，惟辭采是競，舍根趨末，玉石紛雜。所謂匱、蕪、淺、詭、聲悴、理拙諸病，皆由於不知研術之故。術者，自〈神思〉以下諸篇，皆造文之要術也。能明乎術，則少知所以接，多知所以刪，術有定數，無待邀遇矣。《札記》曰：「此一節言作文須術，而無術者之外貌，有時與有術者外貌相同。譬諸調鐘張琴，其事匪易，而庸工奏樂，亦時有可取，究之不盡其術，則適然之美不足聽也。」

6. 《左傳．昭公二十一年》：「天王將鑄無射。冷州鳩曰：王其以心疾死乎？……小者不窕，大者不槬，則和於物，物和則嘉成。」杜注：「窕細不滿，槬橫大不入。」桍字衍當刪。動用揮扇二句，未詳其義。

《典論．論文》：「文以氣為主，氣之清濁有體，不可力強而致。譬諸音樂，曲度雖均，節奏同檢，至於引氣不齊，巧拙有素，雖在父兄，不能以移子弟。」

圓鑒區域，謂審定體勢，上篇所論是也；大判條例，謂舉要治繁，下篇所論是也。陳先生曰：「不判文奧，文字當是窔之誤。班孟堅〈答賓戲〉：『守窔奧之熒燭，未仰天庭而覩白日也。』窔與文字形近故誤。杜詩：『文章開窔奧。』又本此文。」

7. 《說文．竹部》：「簙，局戲也；六箸，十二棊也，古者烏曹作簙。」玉裁曰：「古戲今不得其實，箸，韓非所謂博箭。〈招魂〉注云：『箟簬作箸。』故其字從竹。」

8. 此節極言造文必先明術之故，本篇以總術為名，蓋總括〈神思〉以下諸篇之義，總謂之術，使思有定契，理有恆存者也。或者疑彥和論文純主自然，何以此篇亟稱執術，譏切任心，豈非矛盾乎？謹答之曰：彥和所謂術者，乃用心造文之正軌，必循此始為有規則之自然；否則狂奔駭突而已。棄術任心者，有時亦或可觀，然博塞之文，借巧儻來，前驅有功，後援未必能繼，不足與言恆數也。若拘滯於間架格律，則又彥和之所訶矣。

《札記》曰：「此言曉術之後，未必所撰皆工。初求令章靡疚，所謂因時順機，動不失正也。天機駿利，或

有奇文，所謂數逢其極，機入其巧，則義味騰躍而生，辭氣叢雜而至也。然不知恆數者，亦必無望於機入其巧矣。」

9. 視之則錦繪，辭采也；聽之則絲簧，宮商也；味之則甘腴，事義也；佩之則芬芳，情志也。黃叔琳曰：「四者兼之為難，可視可聽，而不可味尤不堪嗅者，品之下也。」

10. 《戰國策．韓三》：「段干越人謂新城君曰：王良之弟子駕云取千里馬，遇造父之弟子。造父之弟子曰：『馬不千里。』王良弟子曰：『馬，千里之馬也，服，千里之服也，而不能取千里，何也？』曰：『子纆牽長。』故纆牽於事，萬分之一也，而難千里之行。」萬分一累，謂如〈指瑕篇〉所論，〈練字篇〉所指四條，若值而不悟，亦萬分一累也。

11. 文之精神，曰情志，曰事義，文之聲貌，曰辭采，曰宮商。此四要素者，皆有一定之軌途，〈神思篇〉以下論之詳矣。故曰：「文體多術，共相彌綸。」言不可缺一也。

12. 《老子》十一章：「三十輻共一轂，當其無，有車之用。」
《札記》曰：「八字最要。不知思無定契，則謂文有定格；不知理有恆存，則謂文可妄為。救此二流，啓惟舍人矣。」

【附錄】

學海堂《文筆策問》（阮氏父子强與桐城派爭古文之名，故說頗支離，惟採拾甚富，足資參考。）

問六朝至唐皆有長於文，長於筆之稱，如顏延之云「竣得臣筆。測得臣文」是也。何者為文？何者為筆？何以宋以後不復分別此體？

男福謹擬對曰：自明人以唐宋八家為古文，於是世之人惟知有唐宋古文之稱；竊考之唐以前所稱似不如此也。唐人每以文與筆並舉，又每以詩與筆並舉，是筆與詩文似有別也。由唐溯晉，則南北朝文筆之稱，多見於史，分別更顯矣。況《金樓子》、《文心雕龍》諸書極分明哉。謹綜六朝唐人之所謂文，所謂筆，與宋明之說不同而見於書史者，不分年代類列之，以明其體矣。

○《漢書·樓護傳》長安號曰谷子雲筆札。

○《晉書·蔡謨傳》文筆議論，有集行於世。（《古文苑》載聞人牟準〈魏敬侯衛覬碑陰文〉：「所著述注解故訓及文筆等甚多，皆已失墜。」《論衡·超奇篇》：「文筆不足類也。」皆在蔡謨前，應補。）

○《宋書·傅亮傳》高祖登庸之始，文筆皆是記室參軍滕演；北征廣固，悉委長史王誕；自此後至於受命，表策文誥，皆亮辭也。

○《南史·顏延之傳》宋文帝問延之諸子才能。延之曰：「竣得臣筆，測得臣文。」

○《北史·魏高祖紀》帝好為文章詩賦銘頌；有大文筆，馬上口授，及其成也，不改一字。

○《魏書·溫子昇傳》熙平初，中尉東平王匡召辭人以充御史，同時射策者八百餘人，子昇與盧仲宣孫搴等二十四人為高第。於時預選者，爭相引決；匡使子昇當之，皆受屈而去。搴謂人曰：「朝來靡旗亂轍者，皆子昇逐北。」遂補御史，時年二十二。臺中文筆，皆子昇為之。

○《北史·溫子昇傳》張皐寫子昇文筆，傳於江外。

○《北齊書·李廣傳》廣曾薦畢義雲於崔暹。廣卒後，義雲集其文筆十卷，託魏收為之敘。

○《陳書·陸琰傳》其所製文筆多不存本，後主求其遺文，撰成二卷。

○《劉師知傳》師知好學，有當世才，博涉書傳，工文筆。

○《徐伯陽傳》伯陽年十五，以文筆稱。

按文筆之分稱，此最顯然有別。

○梁元帝《金樓子·立言篇》云：「古人之學者有二，今人之學者有四。夫子門徒，轉相師受，通聖人之經者，謂之儒。屈原、宋玉、枚乘、長卿之徒，止於辭賦，則謂之文。今之需，博窮子史，但能識其事，不能通其

理者，汎謂之學。至如不便為詩如閻纂，善為章奏如伯松，若此之流，汎謂之筆。吟詠風謠，流連哀思者，謂之文。而學者率多不便屬辭，守其章句，遲於通變，質於心用。學者不能定禮樂之是非，辨經教之宗旨，徒能揚榷前言，抵掌多識，然而挹源知流，亦足可貴。筆退則非謂成篇，進則不云取義，神其巧惠，筆端而已。至如文者，惟須綺縠紛披，宮徵靡曼，脣吻遒會，情靈搖蕩。而古之文筆，今之文筆，其源又異。至如象繫風雅，名墨農刑，虎炳豹鬱，彬彬君子，卜談四始，李言七略，源流已詳，今亦置而弗辨。潘安仁清綺若是，而評者止稱情切，故知為文之難也。曹子建、陸士衡皆文士也，觀其辭致側密，事語堅明，意匠有序，遺言無失，雖不以儒者命家，此亦悉通其義也。徧觀文士，略盡知之。至於謝元暉始見貧小，然而天才命世，過足以補尤。任彥升甲部闕如，才長筆翰，善緝流略，遂有龍門之名，斯亦一時之盛。夫今之俗，搢紳稚齒，閭巷小生，學以浮動為貴。用百家則多尚輕側，涉經記則不通大旨，苟取成章，貴在悅目；龍首豕足，隨時之義；牛頭馬髀，彊相附會；等張君之弧，徒觀外澤，亦如南陽之里，難就窮檢矣。」

按福讀此篇與梁昭明〈文選序〉相證無異。呈家大人，家大人甚喜曰：「此足以明六朝文筆之分，足以證昭明序經子史與文之分，而余平日著筆不敢名曰文之情益合矣。」

○劉勰《文心雕龍．總術篇》今之常言，有文有筆，以為無韻者筆也，有韻者文也。

按文筆之義，此最分明。蓋文取乎沈思翰藻，吟詠哀思，故以有情辭聲韻者為文。筆從聿，亦名不聿；聿，述也，故直言無文采者為筆。《史記》：「《春秋》筆則筆。」是筆為據事而書之證。

○《南史．孔珪傳》高帝取為記室參軍，與江淹對掌辭筆。

○《陳書．岑之敬傳》之敬始以經業進，而博涉文史，雅有辭筆。

按辭亦文類，《周易．繫辭》漢儒皆謂〈繫辭〉為卦爻辭，至今從之。〈繫辭〉上下篇云：「聖人設卦觀象，繫辭焉以明吉凶。」又云：「聖人有以見天下之動，而觀其會通，以行其典禮，繫辭焉以斷其吉凶，是以謂之爻。」又云：「繫辭焉而命之，動在其中矣。」又云：「繫辭焉以盡其言。」據此諸文，則明指卦爻辭謂之繫辭。孔子之上下二篇，乃繫辭之傳，不得直謂之繫辭也。（今本無傳字，《釋文》王肅本原有傳字。）其謂之繫辭者，繫，屬也；繫辭，即屬辭；猶世所稱屬文焉爾。然則辭與文同乎？曰否。《孟子》曰：「說詩者，不以文害辭。」趙岐注云：「文，詩之文章，所引以興事也；辭，詩人所歌詠之辭。」是文者，音韻鏗鏘，藻采振發之稱；辭特其句之近于文，而異乎直言者耳。又按辭本是詞字。《說文》：「詞，意內而言外也。从言从司。」《釋名》曰：「詞，嗣也；令撰善言相續嗣也。」然則詞之从司，有繫續之意；詞為本字，辭乃假借也。（唐以前每稱善屬文，此古義也；宋後此稱少矣。）孔子〈十翼〉、〈繫辭傳〉、〈文言〉皆多用偶語，而〈文言〉幾于句句用韻，〈繫辭〉雖是傳體，而韻亦非少。（〈繫辭傳〉上下篇，用偶者三百二十六，用韻者一百一十，與家大人所舉〈文言〉中偶句韻語之義相合。）此文與辭區別之證，亦文辭與言語區別之證也。楚國之辭，稱楚辭，皆有韻；楚辭乃詩之流，《詩》三百篇，乃言語有文辭之至者也。

○王充《論衡》古之帝王建鴻德者，須鴻筆之臣褒頌紀載，乃彰萬世。

按此筆即記事之屬。

○《梁書．任昉傳》昉尤長載筆，才思無窮。

按《南史》本傳作尤長為筆。〈沈約傳〉云：「彥昇工於筆。」考《禮記》：「史載筆。」任彥昇長于碑版，亦記事之屬，故曰筆。

○《唐書．蔣偕傳》三世踵修國史，世稱良筆。

按此筆亦記事之屬。

○《陳書．徐陵傳》世祖高宗之世，國家有大手筆，必命陵草之。

〈陸瓊傳〉瓊素有令名，深為世祖所賞；及討周迪、陳寶應等，都官符及諸大手筆，並敕付瓊。

按此筆謂詔制碑版文字，故唐張說善碑誌，稱燕許大手筆。

○《梁書．劉潛傳》潛字孝儀，祕書監孝綽弟也。幼孤，兄弟相勵勤學，並工屬文；孝綽常曰三筆六詩。三

即孝儀，六孝威也。

按詩亦有韻者，故與筆對舉，明筆為無韻者也。上日工屬文，下曰筆，曰詩，蓋詩即有韻之文，與散體稱筆有別。

○《南齊書．晉安王子懋傳》文章詩筆，乃是佳事。

按此文章是有辭有韻之文，詩又有韻之文之一體，故以文章詩筆並舉。

○《梁書．庾肩吾傳》簡文與湘東王論文曰：陽春高而不和，妙聲絕而不尋，竟不精討錙銖，覈量文質，有異巧心，終愧妍手。是以握瑜懷玉之士，瞻鄭邦而知退，章甫翠履之人，望閩鄉而歎息。詩既若此，筆又如之。

○《北史．蕭圓肅傳》圓肅撰時人詩筆為《文海》四十卷。

○劉禹錫《中山集．祭韓侍郎文》子長在筆，予長在論，持矛舉楯，卒不能困。

○趙璘《因話錄》韓文公與孟東野友善，韓公文至高，孟長於五言，時號孟詩韓筆。（金元好問詩云：「杜詩韓筆愁來讀，似倩麻姑癢處搔。」本於此。

○杜甫〈寄賈司馬嚴使君詩〉：「賈筆論孤憤，韓詩賦幾篇。」

按此皆以詩與筆並舉。

○《南齊書．高逸傳》歡口不辨，善於著筆。

按此筆為無藻韻之著作之名。

○晉陸機〈文賦〉：「詩緣情而綺靡；賦體物而瀏亮；碑披文以相質；誄纏緜而悽愴；銘博約而溫潤；箴頓挫而清壯；頌優遊以彬蔚；論精微而朗暢；奏平徹以閑雅；說煒曄而譎誑。」

按此賦賦及十體之文，不及傳志，蓋史為著作，不名為文。凡類於傳志者，不得稱文，是以狀文之情，分文之派，晉承建安，已開其先，昭明金樓，實守其法。

家大人開學海堂於廣州，與杭州之詁經精舍相同，以文筆策問課士，教福先擬對，爰考之如右。家大人以為此可與〈書文選序後〉相發明也，命附刻于三集之末。

《札記》曰今之常言八句，此一節為一意，論文筆之分。案彥和云：文筆別目兩名自近代代始，而其區敍眾體，亦從俗而分文筆。故自〈明詩〉以至〈諧隱〉，皆文之屬；自〈史傳〉以至〈書記〉，皆筆之屬。〈雜文篇〉末曰：漢來雜文，名號多品，〈書記篇〉末曰：筆劄雜名，古今多品。詳雜文名目猥繁，而彥和分屬二篇。且一曰雜文，一曰筆札，是其論文敍筆，囿別區分，疆畛昭然，非率為判析也。（〈諧隱篇〉曰：文辭之有諧隱，譬九流之有小說，是彥和之意，以諧隱為文，故列〈史傳〉前。）書中多以文筆對言，惟〈事類篇〉曰事美而制於刀筆，為通目文翰之辭。〈鎔裁篇〉草創鴻筆，先標三準，為兼言文筆之辭。〈頌讚篇〉相如屬筆，始讚荊軻，為以筆目文之辭。蓋散言有別，通言則文可兼筆，筆亦可兼文。（劉先生云筆不該文，未諦。）審彼三文，棄局就通爾。

然彥和雖分文筆，而二者並重，未嘗以筆非文而遂屏棄之。故其書廣收眾體，而譏陸氏之未該。且其駁顏延之曰：不以言筆為優劣，亦可知不以文筆為優劣也。其他並重文筆之辭，曰文場筆苑，有術有門；（本篇贊，）曰文藻條流，託在筆札；（〈書記篇〉贊。）曰藻耀而高翔，固文筆之鳴鳳也；（〈風骨篇〉。）曰裁章貴於順序，文筆之同致也；（〈章句篇〉。）斯皆論文與論筆相聯，曷嘗屏筆於文外哉。案《文心》之書，兼賅眾製，明其體裁，上下洽通，古今兼照，既不從范曄之說，以有韻無韻分難易，亦不如梁元帝之說，以有情采聲律與否分工拙，斯所以為籠圈條貫之書。近世儀徵阮君〈文筆對〉，綜合蔚宗二蕭（昭明、元帝。）之論，以立文筆之分，因謂無情辭藻韻者不得稱文，此其說實有捄弊之功，亦私心夙所熹好。但求之文體之真諦，與舍人之微旨，實不得如阮君所言。且彥和既目為今之常言，而《金樓子》亦云今人之學，則其判析，不自古初明矣。與其屏筆于文外，而文域狹隘，曷若合筆於文中，而文囿恢弘。屏筆於文外，則與之對壘而徒啓鬬爭，合筆於文中，則驅於一途而可施鞭策。阮君之意誠善，而未為至懿也；捄弊誠有心，而於古未盡合也。學者誠服習舍人之說，則宜

兼習文筆之體，洞諳文筆之術，古今雖異，可以一理推，流派雖多，可以一術訂，不亦足以張皇阮君之志事哉。今錄范、沈、二蕭之說於後，加以詮釋。

范蔚宗〈在獄與甥姪書〉曰：「常謂情志所託，故當以意為主，以文傳意，然後抽其芬芳，振其金石耳。性別宮商，識清濁，斯自然也。（案此言文以有韻為主，韻即謂宮商清濁。）手筆差易於文，不拘韻故也。（案此言無韻為筆。韻亦謂宮商清濁。）吾思乃無定方，特能濟艱難，適輕重，所稟之分猶當未盡。（案此蔚宗自言兼工文筆也。）」

筆札之語，始見《漢書．樓護傳》：「長安號曰谷子雲筆札。」或曰筆牘，（《論衡．超奇》，）或曰筆疏，（同上。）皆指上書奏記施於世事者而言。然《論衡》謂采掇傳書以上書奏記者為文人，是固以筆為文，文筆之分，爾時所未有也。今考六朝人當時言語所謂筆者，如《晉書．王珣傳》（珣夢人以大筆如椽與之，既覺語人曰：此當有大手筆事。俄而帝崩，哀冊謚議，皆珣所草）、《南史．顏延之傳》（宋文帝問延之諸子才能。延之曰：竣得臣筆，測得臣文）、〈沈慶之傳〉（慶之謂顏竣曰：君但知筆札之事。）、〈任昉傳〉（時人云任筆沈詩）、〈劉孝綽傳〉（三筆六詩，三孝儀，六孝威也）。諸筆字皆指公家之文，殊不見有韻無韻之別。今案文筆以有韻無韻為分，蓋始於聲律論既興之後。濫觴於范曄、謝莊，（《詩品》引王元長之言云：惟見范曄、謝莊頗識之耳。）而王融、謝朓、沈約揚其波，以公家之言，不須安排聲韻，而當時又通謂公家之言為筆，因立無韻為筆之說，其實筆之名非從無韻得也。然則屬辭為筆，自漢以來之通言，無韻為筆，自宋以後之新說，要之聲律之說不起，文筆之別不明，故梁元帝謂古之文筆，今之文筆，其源又異也。

沈休文《宋書．謝靈運傳論》曰：「夫五色相宣，八音協暢，由乎玄黃律呂，各適物宜。欲使宮羽相變，低昂舛節，若前有浮聲，則後須切響。一簡之內，音韻盡殊，兩句之中，輕重悉異。妙達此旨，始可言文。」（案此休文襲蔚宗之說而以有韻為文也。）

案彥和〈聲律篇〉云：「摛文乖張而不識所調。」又云：「亦文家之吃也。」又云：「綴文難精，而作韻甚易。」此所謂文，皆同隱侯之說。《南史·陸厥傳》云：「永明末，盛為文章，沈約、謝朓、王融，以氣類相推轂，汝南周顒善識聲韻，為文皆用宮商，以平上去入為四聲。以此制韻，有平頭、上尾、蠭腰、鶴膝。五字之中，音韻悉異，兩句之內，角徵不同，不可增減，世呼為永明體。」又〈庾肩吾傳〉云：「齊永明中，王融、謝朓、沈約，文章始用四聲，以為新變。至是轉拘聲韻，彌為麗靡。」是有韻為文之說，託始范、謝而成於永明，所謂文者，即指句中聲律而言。沈約既云：「詞人累千載而未悟。」則文筆之別，安可施於劉宋以前耶。

愚謂文筆之分，不關體製，苟愜聲律，皆可名文，音節粗疏，通謂之筆。此永明以後聲韻大行時之說，與專指某體為文，某體為筆之說，又自不同，然則以有韻為押腳韻者險矣。要之文筆之辨，繳繞糾纏，或從體裁分，則與聲律論有時牴牾；（永明以前雖詩賦亦有時不合聲律，休文明云：張蔡曹王，曾無先覺，潘陸顏謝，去之彌遠矣。）或從聲律分，則與體裁或致參差。（章表奏議在筆之內，非無高文，封禪書記，或時用韻。）今謂就永明以前而論，則文筆本世俗所分之名，初無嚴界，徒以施用於世俗與否為斷，而亦難於晰言。就永明以後而論，但以合聲律者為文，不合聲律為筆，則古今文章稱筆不稱文者太眾。欲以尊文，而反令文體狹隘，至使蘇綽、韓愈之流起而為之改良，矯枉過直，而文體轉趨於枯槁，磔裂章句，隳廢聲韻，而自以為賢，夫孰非褻積細微，轉相凌架，文多拘忌，傷其真美者之有以召釁哉。故曰：中之為用，故未可遠也。

梁昭明太子《文選·序》曰：自姬漢以來，眇焉悠邈，時更七代，數逾千祀，詞人才子，則名溢於縹囊，飛文染翰，則卷盈乎緗帙，自非略其蕪穢，集其清英，蓋欲兼功太半，難矣。（以上言選文以清英為貴。）若夫姬公之籍、孔父之書，與日月俱懸，鬼神爭奧，孝敬之准式，人倫之師友，豈可重以芟夷，加之剪截。（以上言尊經不選之意。）老莊之作，管孟之流，蓋以立意為宗，不以能文為本；今之所撰，又以略諸。（以上言子以立意

為宗，而文未必善，故不選。）若賢人之美辭，忠臣之抗直，謀夫之話，辨士之端，事美一時，語流千載，概見墳籍，旁出子史，若斯之流，又亦繁博，雖傳之簡牘，而事異篇章，今之所集，亦所不取。（以上言子史載言雖美不取。）至於記事之史，繫年之書，所以褒貶是非，紀別異同，方之篇翰，亦已不同。（以上言不選史之意。）若其讚論之綜緝辭采，序述之錯比文華，事出於沈思，義歸乎翰藻，故與夫篇什雜而集之。

（以上言不選史而選史之贊論序述之意，篇什，謂文章之單行者。）

案此昭明自言選文之例。據此序觀之，蓋以綜緝辭采，錯比文華，事出沈思，義歸翰藻為貴，所謂集其清英也，然未嘗有文筆之別。阮君補苴以劉彥和、梁元帝二家之說，而強謂昭明所選是文非筆耳。

梁元帝《金樓子．立言篇下》曰：古人之學者有二。今人之學者有四。夫子門徒，轉相師受，通聖人之經者，謂之儒。屈原、宋玉、枚乘、長卿之徒止於辭賦，則謂之文。（此言古之學二。）今之儒，博窮子史，但能識其事，不能通其理者，汎謂之學。（此言儒分為二。）至如不便為詩如閻纂，善為章奏如伯松，若此之流，汎謂之筆。（此言文分為二，而指明今之所謂筆之義界。）吟詠風謠，流連哀思者謂之文。（此言今之所謂文之義界。）又曰：筆退則非謂成篇，（此篇即單篇，亦即昭明所云篇什。）進則不云取義，（謂有所立義如經史子，然則以經史子為筆者非矣。）神其巧惠，筆端而已。（此言筆但以當時施用能達意而已。）至如文者，惟須綺縠紛披，（即昭明所謂綜緝辭采，錯比文華，亦即翰藻。）宮徵靡曼，脣吻遒會，（所謂有韻之文。）情靈搖蕩，（即前所云吟詠風謠，流連哀思，亦即昭明所謂事出沈思。以上言今之所謂文，其好尚如此。）而古之文筆，今之文筆，其源又異。（此言古之文筆以體裁分，今之文筆以聲律分。）

案文筆之別，以此條為最詳明。其於聲律以外，又增情采二者，合而定之，則曰有情采韻者為文，無情采韻者為筆。然自永明以來，聲律之說新起，所重在韻，但言有韻為文，無韻為筆。雖然，若從梁元帝之說，則文筆益不得以體製分也。詳聲律之說，為梁武所不好。（見〈沈約傳〉。）而昭明簡文（〈與湘東王書〉推謝朓、沈約之詩，任昉、陸倕之筆。）元帝似皆信從。固知風氣既成，舉世仿傚，自非鍾記室，豈敢言平上去入余病未能哉。

李詳云：「彥和言文筆別目兩名自近代，而顏延之以為筆之為體，言之文也。案此尚言筆文未分，然《南史·顏延之傳》言其諸子，竣得臣筆，測得臣文，又作首鼠兩端之說，則無怪彥和詆之矣。而南朝所言文筆界目，其理至微。阮文達《揅經室文集》有〈學海堂文筆策問〉，其子阮福〈擬對〉略云：《金樓子》云：吟詠風謠流連哀思者謂之文，而學者率多不便屬辭，守其章句，遲於通變，質於心用，徒能揚榷前言，抵掌多識，然而挹源知流，亦足可貴。筆退則非謂成篇，進則不云取義，神其巧惠，筆端而已。至如文者，惟須綺縠紛披，宮徵靡曼，脣吻遒會，情靈搖蕩。福又引彥和無韻為筆，有韻為文，謂文筆之義，此最分明。蓋文取乎沈思翰藻，吟詠哀思，故有情辭聲韻者為文。筆從聿，亦名不聿。聿，述也。故直言無文采為筆。詳案阮氏父子斷斷於文筆之別，最為精審，而以情辭聲韻附會彥和之說，不使人疑專指用韻之文而言，則於六朝文筆之分豁然矣。」謹案，李氏之引《文心》，不達章句。延之論筆一節，本不與上八句相聯，其言文筆之分，與其竣得臣筆，測得臣文之語，自為二事，未見其首鼠兩端也。阮福之引《金樓》，亦不達章句，中間論今之所謂學數語，引之何為。又永明以來，所謂有韻，本不指押韻腳而言，文貴情辭聲韻，本於梁元，亦非阮氏獨創。至彥和之分文筆，實以押韻腳與否為斷，並無有情采聲韻為文之意。阮氏不能辨於前，李君亦不能辨於後，斯可異已。又案彥和他篇雖分文筆，而此篇則明斥其分別之謬。故曰：文以足言，理兼詩書，別目兩名，自近代耳。師法彥和者，斷從此篇之論可也。（以上均《札記》語。）

時序第四十五

時運交移，質文代變，古今情理，如可言乎！昔在陶唐，德盛化鈞，野老吐何力之談，郊童含不識之歌[1]。有虞繼作，政阜民暇，薰風詩於元后，爛雲歌於列臣。盡其美者何？乃心樂而聲泰也[2]。至大禹敷土，九序詠功；成湯聖敬，猗歟作頌[3]。逮姬文之德盛，周南勤而不怨；大王之化淳，邠風樂而不淫；幽厲昏而板蕩怒，平王微而黍離哀。故知歌謠文理，與世推移，風動於上，而波震於下者[4]。春秋以後，角戰英雄，六經泥蟠，百家飆駭。方是時也，韓魏力政，燕趙任權，五蠹六蝨，嚴於秦令，唯齊楚兩國，頗有文學。齊開莊衢之第，楚廣蘭臺之宮，孟軻賓館，荀卿宰邑，故稷下扇其清風，蘭陵鬱其茂俗，鄒子以談天飛譽，騶奭以雕龍馳響，屈平聯藻於日月，宋玉交彩於風雲。觀其豔說，則籠罩雅頌。故知暐燁之奇意，出乎縱橫之詭俗也[5]。

爰至有漢，運接燔書，高祖尚武，戲儒簡學，雖禮律草創，詩書未遑，然大風鴻鵠之歌，亦天縱之英作也[6]。施及孝惠，迄於文景，經術頗興，而辭人勿用，賈誼抑而鄒枚沈，亦可知已[7]。逮孝武崇儒，潤色鴻業，禮樂爭輝，辭藻競騖：柏梁展朝讌之詩，金堤製恤民之詠；徵枚乘以蒲輪，申主父以鼎食；擢公孫之對策，歎兒寬之擬（鈴木云當作疑）奏；買臣負薪而衣錦，相如滌器而被繡；於是史遷壽王之徒，嚴終枚皐之屬，應對固無方，篇章亦不匱，遺風餘采，莫與比盛[8]。越昭及宣，實繼武績，馳騁石渠，暇豫文會，集雕篆之軼材，發綺縠之高喻，於是王褒之倫，底祿待詔[9]。自元暨成，降意圖籍，美（元作笑）玉屑之譚（元作諫），清金馬之路，子雲銳思於千首，子政讎校於六藝，亦已美矣[10]。爰自漢室，迄至成哀，雖世漸百齡，辭人九變，而大抵所歸，祖述楚辭，靈均餘影，於是乎在[11]。

自哀平陵替，光武中興，深懷圖讖，頗略文華，然杜篤獻誄以免刑，班彪參奏（元作表張儁度改）以補令，雖非旁求，亦不遐棄[12]。及明帝疊耀，崇愛儒術，肄禮璧堂，講文虎觀，孟堅珥筆於國史，賈逵給札（元作禮張改）於瑞（元作端張改）頌，東平擅其懿文，沛王振其通論，帝則藩儀，輝光相照矣[13]。自安和已下，迄至順桓，則有班傅三崔，王馬張蔡，磊落鴻儒，才不時乏，而文章之選，存而不論[14]。然中興之後，羣才稍改前轍，華實所附，斟酌經辭，蓋歷政講聚，故漸靡儒風者也[15]。降及靈帝，時好辭製，造羲皇之書，開鴻都之賦，而樂松之徒，招集淺陋，故楊賜號為驩兜，蔡邕比之俳優，其餘風遺文，蓋蔑如也[16]。

自獻帝播遷，文學蓬轉，建安之末，區宇方輯。魏武以相王之尊，雅愛詩章；文帝以副君之重，妙善辭賦；陳思以公子之豪，下筆琳瑯；並體貌英逸，故俊才雲蒸[17]。仲宣委質於漢南，孔璋歸命於河北，偉長從宦於青土，公幹徇質於海隅，德璉綜其斐然之思，元瑜展其翩翩之樂，文蔚休伯之儔，于叔（元作子俶）德祖之侶，傲（鈴木云岡本作俊）

雅觴豆之前，雍容衽席之上，灑筆以成酣歌，和墨以藉談笑，觀其時文，雅好慷慨，良由世積亂離，風衰俗怨，並志深而筆長，故梗概而多氣也[18]。至明帝纂戎，制詩度曲，徵篇章之士，置崇文之觀，何劉羣才，迭相照耀。少主相仍，唯高貴英雅，顧盼合（鈴木云岡本作含）章，動言成論。於時正始餘風，篇體輕澹，而嵇阮應繆，並馳文路矣[19]。

逮晉宣始基，景文克構，並跡沈儒雅，而務深方術。至武帝惟新，承平受命，而膠序篇章，弗簡皇慮。降及懷愍，綴旒而已[20]。然晉雖不文，人才實盛：茂先搖筆而散珠，太沖動墨而橫錦，岳湛曜聯璧之華，機雲標二俊之采，應傅三張之徒（元作從），孫摯成公之屬，並結藻清英，流韻綺靡，前史以為運涉季世，人未盡才，誠哉斯談，可為歎息[21]！

元皇中興，披文建學，劉刁禮吏而寵榮，景純文敏而優擢[22]。逮明帝秉哲（元作東晢），雅好文會，升儲御極，孳孳講蓺，練情於誥策，振采於辭賦，庾以筆才逾親，溫以文思益厚，揄揚風流，亦彼時之漢武也[23]。及成康促齡，穆哀短祚，簡文勃興，淵乎清峻，微言精理，函（何本改亟）滿玄席，澹思濃（黃云馮本作醲）采，時灑文囿。至孝武不嗣，安恭已矣[24]。其文史則有袁殷之曹，孫干之輩，雖才或淺深，珪璋足用[25]。自中朝貴玄，江左稱盛，因談餘氣，流成文體。是以世極迍邅，而辭意夷泰，詩必柱下之旨歸，賦乃漆園之義疏。故知文變染乎世情，興廢繫乎時序，原始以要終，雖百世可知也[26]。

自宋武愛文，文帝彬雅，秉文之德，孝武多才，英采雲搆。自明帝〔元脫〕以下，文理替矣[27]。爾其縉紳之林，霞蔚而飈起；王袁聯宗以龍章，顏謝重葉以鳳采，何范張沈之徒，亦不可勝也[28]。蓋聞之於世，故略舉大較。

暨皇齊馭寶，運集休明：太祖以聖武膺籙，高祖以睿文纂業，文帝以貳離含章，中宗以上哲興運，並文明自天，緝遐〔疑作熙〕景祚[29]。今聖歷方興，文思光〔元作充〕被，海岳降神，才英秀發，馭飛龍於天衢，駕騏驥於萬里，經典禮章，跨周轢漢，唐虞之文，其鼎盛乎！鴻風懿采，短筆敢陳？颺言讚時，請寄明哲[30]。

贊曰：蔚映十代，辭采九變。樞中所動，環流無倦。質文沿時，崇替在選，終古雖遠，曠〔注作曖〕焉如面[31]。

【注釋】

1. 《文選》謝靈運〈初去郡〉注：「周處《風土記》曰：『擊壤者以木作之，前廣後銳。長四尺三寸，其形如履。將戲，先側一壤於地，遙於三四十步以手中壤擊之，中者為上部。』《論衡》曰：『堯時百姓無事，有五十之民，擊壤於塗。觀者曰：大哉堯之德也！擊壤者曰：吾日出而作，日入而息，鑿井而飲，耕田而食，堯何力於我也！』」《帝王世紀．擊壤歌》蓋據此而附會成之。《列子．仲尼篇》：「堯微服游於康衢，聞兒童謠曰：立我蒸民，莫匪爾極，不識不知，順帝之則。」
2. 〈南風詩〉見〈明詩篇〉注。《尚書大傳》：「於時俊乂百工相和而歌《卿雲》。帝乃倡之曰：『卿雲爛兮，糺縵縵兮，日月光華，旦復旦兮。』八伯咸進稽首曰：『明明上天，爛然星陳，日月光華，弘於一人。』」詩於亓后，疑當作詠於亓后。

3.《尚書・禹貢》：「禹敷土，隨山刊木。」九序詠功見〈原道篇〉注。《詩・商頌・長發》：「湯降不遲，聖敬日躋。」《箋》曰：「湯之下士尊賢甚疾，其聖敬之德日進。」〈商頌・那篇〉首句曰：「猗與那與！」《傳》曰：「猗，歎辭；那，多也。」

4.勤而不怨，謂〈周南・汝墳〉之詩。〈汝墳・序〉曰：「汝墳，道化行也。文王之化行乎汝墳之國，婦人能閔其君子，猶勉之以正也。」《詩・豳・譜》曰：「成王之時，周公避流言之難，出居東都二年。思公劉大王居豳之職，憂念民事至苦之功，以比序己志。後成王迎之反，攝政致太平。大師大述其志，主意於豳公之事，故別其詩以為豳國變風焉。」樂而不淫，謂〈東山〉四章樂男女之得及時也。《詩・大雅・板・序》曰：「板，凡伯刺厲王也。」又〈蕩・序〉曰：「蕩，召穆公傷周室大壞也。厲王無道，天下蕩蕩無綱紀文章，故作是詩也。」〈板〉、〈蕩〉皆厲王時詩，此云幽厲，蓋連類言之。〈王風・黍離・序〉曰：「黍離，閔宗周也。周大夫行役，至於宗周，過故宗廟宮室，盡為禾黍，閔周室之顛覆，彷徨不忍去而作是詩也。」而波震於下者，者下當有也字。

5.《文選》班固〈答賓戲〉：「泥蟠而天飛者，應龍之神也。」五蠹六蝨，見〈諸子篇〉注。《史記・孟子荀卿列傳》：「騶奭者，齊諸騶子，亦頗采騶衍之術以紀文。於是齊王嘉之，自如淳于髡以下皆命曰列大夫，為開第康莊之衢，高門大屋，尊寵之。覽天下諸侯賓客，言齊能致天下賢士也。」《文選・風賦》：「楚襄王游於蘭臺之宮，宋玉、景差侍。」《孟子・公孫丑下》趙岐注曰：「孟子雖仕齊，處師賓之位，以道見敬。王欲見之，先朝，使人往謂孟子云：寡人如就見者，若言就孟子之館相見也。」〈孟荀列傳〉：「齊人或讒荀卿，荀卿乃適楚，而春申君以為蘭陵令。」又：「自騶衍與齊之稷下先生如淳于髡、慎到、環淵、接子、田駢、騶奭之徒，各著書言治亂之事。」《索隱》：「按稷，齊之城門也。或云：稷，山名。謂齊之學士集於稷門之下也。」劉向〈荀子敍〉：「蘭陵多善為學，蓋以孫卿也。長老至今稱之，曰：蘭陵人喜字為卿，蓋以法孫卿也。」〈孟荀列傳〉：「騶衍之術迂大而閎辯；奭也文具難施。故齊人頌曰：談天衍，雕龍爽。」《史記・屈原列傳》：「推此志也，雖與日月爭光可也。」《文選》有宋玉〈風賦〉、〈高唐賦〉。（〈高唐賦〉朝雲。）

6. 《史記・酈食其傳》：「騎士曰：沛公不好儒，諸客冠儒冠來者，沛公輒解其冠，溲溺其中。」《漢書・禮樂志》：「漢興撥亂反正，日不暇給，猶命叔孫通制禮儀，以正君臣之位；未盡備而通終。」〈律歷志〉：「漢興，方綱紀大基，庶事草創，襲秦正朔，以北平侯張蒼言，用顓頊厤比於六歷。」〈藝文志〉：「漢興，蕭何草律。」〈刑法志〉：「蕭何攈摭秦法，取其宜於時者作律九章。」《史記・留侯世家》：「上欲易太子，留侯諫不聽。及燕置酒，太子侍，四人（東園公、甪里先生、綺里季、夏黃公）從太子，上召戚夫人曰：『彼四人輔之，羽翼已成，難動矣！』戚夫人泣。上曰：『為我楚舞，吾為若楚歌。』歌曰：『鴻鵠高飛，一舉千里，羽翮已就，橫絕四海。橫絕四海，當可奈何！雖有矰繳，尚安所施！』」又〈高祖本紀〉：「高祖擊筑，自為歌詩曰：『大風起兮雲飛揚，威加海內兮歸故鄉，安得猛士兮守四方。』」

7. 孝文時，《論語》、《孝經》、《孟子》、《爾雅》皆置博士，（趙岐題辭。）又立韓生《詩》及申公《詩》。（《史記・儒林傳》、《後漢書・翟酺傳》，置一經博士。）景帝又置齊轅固生《詩》及《春秋》胡毋生、董仲舒《公羊》博士，故云：「經術頗興。」《漢書・惠帝紀》：「四年除挾書律。」《漢書・賈誼傳》：「天子議以誼任公卿之位，絳灌、東陽侯、馮敬之屬盡害之，迺毀誼曰：『雒陽之人，年少初學，專欲擅權，紛亂諸事。』於是天子後亦疏之，不用其議，以誼為長沙王太傅。」《史記・鄒陽傳》：「鄒陽者齊人也。游於梁，與故吳人莊忌夫子、淮陰枚生之徒交上書，而介於羊勝、公孫詭之間。勝等疾鄒陽，惡之梁孝王。孝王怒，下之吏，將欲殺之，鄒陽客游以讒見禽，惡死而負累，乃從獄中上書，書奏梁孝王，孝王使人出之，卒為上客。」《漢書・枚乘傳》：「景帝召拜乘為弘農都尉。乘久為大國上賓，與英俊並游，得其所好，不樂郡吏，以病去官。」

8.《漢書．武帝紀》贊：「孝武初立，表章六經，興太學，號令文章，煥焉可述。後嗣得遵洪業，而有三代之風。」《嚴助傳》：「公孫宏起徒步，數年至丞相，開東閣，延賢人，與謀議；朝覲奏事，因言國家便宜。上令助等與大臣辯論，中外相應以義理之文，大臣數詘。」《柏梁詩》見《明詩篇》注。又《溝洫志》：「武帝既封禪，發卒數萬人，塞瓠子決河。上既臨決河，悼功之不成，迺作歌曰：『瓠子決兮將奈何！浩浩洋洋，慮殫為河。殫為河兮地不得寧，功無已時兮吾山平。吾山平兮鉅野溢，魚弗鬱兮柏冬日。正道弛兮離常流，蛟龍騁兮放遠游。歸舊川兮神哉沛，不封禪兮安知外。皇謂河公兮何不仁，泛濫不止兮愁吾人。齧桑浮兮淮泗滿，久不反兮水維緩。』一曰：『河湯湯兮激潺湲，北渡回兮迅流難。搴長筊兮湛美玉，河公許兮薪不屬。薪不屬兮衛人罪，燒蕭條兮噫乎何以御水！隤林竹兮楗石菑，宣防塞兮萬福來。』於是卒塞瓠子，築宮其上，名曰宣防。」《王尊傳》：「河水盛溢，泛浸瓠子金堤。」《枚乘傳》：「武帝自為太子聞乘名，及即位，乃以安車蒲輪徵乘。」《主父偃傳》：「尊立衛皇后，及發燕王定國陰事，偃有功焉。大臣皆畏其口，賂遺累千金。或說偃曰：太橫。偃曰：丈夫生不五鼎食，死則五鼎烹耳！」公孫宏對策，見《議對篇》注。兒寬擬奏，見《附會篇》注。

《朱買臣傳》：「家貧，常艾薪樵賣以給食。……拜會稽太守。上謂曰：富貴不歸故鄉，如衣繡夜行，今子何如？」《司馬相如傳》：「相如與文君俱之臨邛，盡賣車騎，買酒舍。乃令文君當鑪，相如身自著犢鼻褌，與庸保雜作，滌器於市中。後為中郎將，至蜀，太守以下郊迎，縣令負弩矢先驅，蜀人以為寵。」《司馬遷傳》：「遷既被刑之後，為中書令，尊寵任職。」《吾丘壽王傳》：「年少以善格五召待詔。後為光祿大夫侍中。」《嚴安傳》：「安臨菑人，以故丞相史上書為騎馬令。」《終軍傳》：「軍少好學，以辯博能屬文，上書言事，武帝異其文，拜為謁者給事中。」《枚皐傳》：「皐不通經術，詼笑類俳倡，為賦頌好嫚戲，以故得媟黷貴幸，比東方朔、郭舍人等，而不得比嚴助等得尊官。」以上諸人事，並載《漢書》。枚皐附《枚乘傳》。主父偃、朱買臣、吾丘壽王、嚴安、終軍合傳。公孫宏、兒寬、司馬遷、司馬相如各自立傳。

9. 昭帝年少，在位日淺，至宣帝時，始立大小夏侯《尚書》、大小戴《禮》，施孟梁丘《易》，穀梁《春秋》。〈王褒傳〉：「宣帝時，修武帝故事，講論六藝羣書，博盡奇異之好。徵能為《楚辭》九江被公，召見誦讀。益召高材劉向、張子僑、華龍、柳褒等待詔金馬門。神爵五鳳之間，天下殷富，數有嘉應，上頗作歌詩，欲興協律之事。」石渠，見〈論說篇〉。綺穀，見〈詮賦篇〉。《左傳．昭公元年》：「底祿以德。」杜注：「底，致也。」

10. 《漢書．元帝紀》贊：「元帝多材藝，善史書，少而好儒。及即位，徵用儒生，委之以政。貢薛韋匡，（貢禹、薛廣德、韋賢、匡衡。）迭為宰相。」〈成帝紀〉：「成帝好經書。」又贊曰：「博覽古今。」《周禮．天官．玉府》注：「王齊，當食玉屑。」《論衡．書解篇》：「玉屑滿篋，不成為寶。」《史記》褚先生補〈滑稽列傳〉：「東方朔歌曰：陸沈於俗，避世金馬門，金馬門者，宦署門也。門傍有銅馬，故謂之金門馬。」《後漢書．馬援傳》：「孝武皇帝時，善相馬者東門京鑄作銅馬法獻之。有詔立馬於魯班門外，則更名魯班門曰金馬門。」子雲千首，見〈詮賦篇〉注。子政讎校，見〈諸子篇〉注。

11. 《漢書．武帝紀》元朔元年詔臣瓚注九變曰：「九，數之多也。」〈藝文志〉屈原賦類凡二十家，三百六十一篇，視陸賈孫卿客主三類為特多。

12. 光武崇讖，見〈正緯篇〉注。杜篤獻誄，見〈誄碑篇〉注。《後漢書．班彪傳》：「彪為竇融畫策事漢。及融徵還京師，光武問曰：『所上章奏，誰與參之？』融對曰：『皆從事班彪所為。』召見，拜徐令。」

13. 《後漢書．桓榮傳》：「永平二年（明帝年號。）三雍初成，拜榮為五更。每大射養老禮畢，帝輒引榮及弟子升堂執經，自為下說。」章懷注曰：「三雍，宮也。謂明堂、靈臺、辟雍。」講文虎觀，見〈論說篇〉注。此是章帝事，凝明帝疊耀，當作明章疊耀，帝與章形近而譌。班固撰《東觀記》見〈史傳篇〉注。〈賈逵傳〉：「永平中，有神雀集宮殿官府。冠羽有五采色。帝異之，乃召見逵問之。對曰：『此胡降之徵

也。』帝敕蘭臺給筆札，使作〈神雀頌〉。」〈東平王蒼傳〉：「蒼少好經書，雅有智思。是時中興三十餘年，四方無虞，蒼以天下化平，宜修禮樂；乃與公卿共議定南北郊冠冕車服制度，及光武廟登歌八佾舞數。」《沛王通論》，見〈正緯篇〉注。

14. 《後漢書‧崔駰傳》：「駰字亭伯，年十三，能通《詩》、《易》、《春秋》，博學有偉才，盡通古今訓詁百家之言。善屬文。少游太學，與班固、傅毅同時齊名。駰子瑗。瑗，字子玉，銳志好學，盡能傳其父業。明天官、歷數、《京房易傳》、六日七分，諸儒宗之。與馬融、張衡特相友好。瑗子實。實，字子真，少沈靜好典籍。明於政體，吏才有餘，論當世便事數十條，名曰《政論》。」范曄論曰：「崔氏世有美才，兼以沈淪典籍，遂為儒家文林。」又贊曰：「崔為文宗，世禪雕龍。」章懷注引劉向《別錄》曰：「言騶奭脩飾之文，若雕龍文也。」黃注謂王為王延壽，延壽附見〈文苑‧王逸傳〉，似不得列馬、張、蔡之前。此王疑指王充。〈充傳〉曰：「師事扶風班彪，好博覽而不守章句。家貧無書，常游洛陽市肆，閱所賣書，一見輒能誦憶，遂博通眾流百家之言。」章懷注引謝承書曰：「謝夷吾薦充曰：充之天才，非學所加，雖前世孟軻、荀卿，近漢揚雄、劉向、司馬遷不能過也。」〈馬融傳〉：「融才高博洽，為世通儒，教養諸生，常有千數。涿郡盧植、北海鄭玄皆其徒也。」〈張衡傳〉：「衡少善屬文，游於三輔，因入京師，觀太學，遂通五經，貫六藝，雖才高於世。而無驕尚之情。」〈蔡邕傳〉：「少博學，師事太傅胡廣，好辭章數術天文，妙操音律。」

15. 〈事類篇〉曰：「至於崔班張蔡，遂捃摭經史，華實布濩，因書立功，皆後人之範式也。」

16. 《後漢書‧蔡邕傳》：「靈帝好學，自造《皇羲篇》五十章。因引諸生能為文賦者，本頗以經學相招，後諸為尺牘及工書鳥篆者，皆加引召，遂至數十人。侍中祭酒樂松、賈護多引無行趣勢之徒並待制鴻都門下，憙陳方俗閭里小事，帝甚悅之，待以不次之位。邕上封事曰：夫書畫辭賦，才之小者。匡國理政，未有其能，……諸生競利，作者鼎沸，其高者頗引經訓風喻之言，下則連偶俗語，有類俳優，或竊成文，虛冒名氏。」〈楊賜傳〉：「光和元年，有虹蜺晝降於嘉德殿前。賜上書曰：鴻都門下招會羣小，造作賦說，以蟲篆小技見寵於時，如驩兜、共工更相薦說。」案東漢辭質，建安文華，鴻都門下諸生其轉易風氣之關鍵歟。李詳〈黃注補正〉曰：「《漢書．東方朔傳》贊其流風遺書，蔑如也。師古注曰：言辭義淺薄不足稱。」

17. 文學蓬轉，猶言文學之士流離失所。《三國．魏志．文帝紀》評注引《典論．自敘》曰：「上雅好詩書文籍，雖在軍旅，手不釋卷。」《金樓子．興王篇》：「魏武帝御事三十餘年，手不捨書。晝則講軍策，夜則思經傳。登高必賦，被之管弦，皆成樂章。」〈文帝紀〉：「帝好文學，以著述為務，自所勒成垂百篇。」陳壽評曰：「文帝天資文藻，下筆成章，博聞彊識，才藝兼該。」〈陳思王植傳〉評注引魚豢曰：「余每覽植之華采，思若有神。」《漢書．賈誼傳》：「體貌大臣。」師古曰：「體貌，謂加禮容而敬之。」〈陳思王傳〉注引植〈與楊修書〉曰：「昔仲宣獨步於漢南，孔璋鷹揚於河朔，偉長擅名於青土，公幹振藻於海隅，德璉發迹於大魏，足下高視於上京。當此之時，人人自謂握靈蛇之珠，家家自謂抱荊山之玉也。吾王於是設天網以該之，頓八紘以掩之，今盡集茲國矣。」

18. 《魏志．王粲傳》：「粲字仲宣。以西京擾亂，乃之荊州依劉表。表以粲貌寢而體弱通侻，（裴注：『通侻者，簡易也。』）不甚重也。表卒，粲勸表子琮令歸太祖。太祖辟為丞相掾，賜爵關內侯。陳琳字孔璋。琳避難冀州，袁紹使典文章。袁氏敗，琳歸太祖。北海徐幹，字偉長，為司空軍謀祭酒掾屬，五官將文學。」姚範《援鶉堂筆記》三十九：「範案〈南豐序〉亦取《先賢傳》而疑《中論》二十篇與魏文語不合。又案《中論．爵祿篇》似即偉長之自喻其志，蓋皭然不滓者也。不仕可信。」〈王粲傳〉：「東平劉楨，字公幹。」彥和徇質於海隅，語本陳思王而改振藻為徇質，不知其說。應瑒，字德璉。文帝〈與吳質書〉曰：「德璉常斐然有述作意，其才學足以著書，美志不遂，良可痛惜。」阮瑀字元瑜。文帝〈與吳質書〉曰：「元瑜書記翩翩，致足樂也。」路粹，字文蔚。繁欽（繁音婆。）字休伯。邯鄲淳字子叔。楊修字德祖。事跡均見《魏志．王粲傳》及裴注。《藝文類聚》五十五陳思王〈前錄序〉曰：「余少而好賦，其所尚也，雅

好慷慨，所著繁多，雖觸類而作，然蕪穢者眾。」梗概慷慨，聲同通用，袁宏〈詠史詩〉：「周昌梗概臣。」亦慷慨之意。

19. 《三國．魏志．明帝紀》：「青龍四年，置崇文觀，徵善屬文者以充之。」《御覽》五八七引《文士傳》青龍元年詔何楨曰：「揚州別駕何楨，有文章才，試使作〈許都賦〉。成上不封，得令人見。」此可見明帝褒揚文士之切。《魏志．曹爽傳》：「何晏，何進孫也。少以才秀知名，好老莊言，作《道德論》及諸文賦著述凡數十篇。」又〈劉劭傳〉：「劭嘗作〈趙都賦〉，明帝美之。詔劭作〈許都〉、〈洛都賦〉。時外興軍旅，內營宮室，劭作二賦，皆諷諫焉。凡所撰述《法論》、《人物志》之類百餘篇。」《魏志．高貴鄉公紀》評：「高貴鄉公才慧夙成，好問尚辭，蓋亦文帝之風流也。」《金樓子．雜記篇下》：「高貴鄉公賦詩，給事中甄歆、陶成嗣各不能著詩，受罰酒。」宴會賦詩，是顧盼含章也。合章，應據岡本作含章。動言成論，謂如論帝王優劣之差，幸太學問諸儒經義等事。〈王粲傳〉：「阮瑀子籍，才藻豔逸，而倜儻放蕩，行己寡欲，以莊周為模則。時又有譙郡嵇康，文辭壯麗，好言老莊而尚奇任俠。應瑒弟璩，璩子貞，咸以文章顯。」裴注引《文章敘錄》曰：「璩，字休璉，博學好屬文，善為書記文。貞，字吉甫，少以才聞，能談論。正始中，夏侯玄盛有名勢，貞嘗在玄坐作五言詩，玄嘉玩之。」〈劉劭傳〉：「劭同時東海繆襲，亦有才學，多所述敘。」劉申叔先生《中古文學史》曰：「案彥和此論，蓋兼王弼、何晏諸家之文言，故言篇體輕澹。其兼及嵇阮者，以嵇阮同為當時文士，非以輕澹目嵇阮之文也。即以詩言，嵇詩可以輕澹相目，豈可移以目阮詩哉。」

20. 晉宣帝司馬懿、景帝師、文帝昭，皆志深篡竊，不暇文事。武帝炎受魏禪。懷帝熾、愍帝鄴，並為匈奴劉聰所虜。

21. 《晉書．張華傳》：「張華，字茂先。陸機兄弟志氣高爽，自以吳之名家，初入洛，不推中國人士，見華一面如舊，欽華德範如師資之禮焉。」華在晉初聲譽最盛，名輩亦高，故彥和首稱之。左思，字太沖，見《晉書．文苑傳》。《晉書．夏侯湛傳》：「湛幼有盛才，文章宏富，善構新詞而美容觀。與潘岳友善，每行止同輿接茵，京都謂之連璧。」又〈陸機傳〉：「太康末，與弟雲俱入洛。造太常張華。華素重其名，如舊相識。曰：伐吳之役，利獲二俊。」〈文苑．應貞傳〉：「貞字吉甫，貞善談論，以才學稱。武帝於華林園宴射，貞賦詩最美。」史臣論曰：「應貞宴射之文，極形言之美，華林羣藻，罕或疇之。」〈傅玄傳〉：「玄，字休弈。少孤貧，博學善屬文。後雖顯貴，而著述不廢，撰《傅子》百四十首，數十萬言，並文集百餘卷，行於世。玄子咸，字長虞。好屬文論，雖綺麗不足，而言成規鑒。庾純常歎曰：長虞之文，近乎詩人之作矣。」張載及其弟協、協弟亢，並稱三張。見〈明詩篇〉。〈孫楚傳〉：「楚，字子荊。」本傳載王濟銓楚品狀云：「天才英博，亮拔不羣。」〈摯虞傳〉：「虞，字仲治。少事皇甫謐，才學通博，著述不倦。」成公綏，字子安，見〈文苑傳〉。《文選．嘯賦》注引臧榮緒《晉書》曰：「綏少有俊才，辭賦壯麗。」《晉史》作者多家，彥和稱前史之論，未知本於何家也。

22. 元帝興學，見〈議對篇〉。〈劉隗傳〉：「隗，字大連。隗少有文翰，元帝以為從事中郎。隗雅習文史，善求人主意，帝深器遇之。遷丞相司直，委以刑憲。隗雖在外，萬幾祕密，皆豫聞之。」〈刁協傳〉：「協，字玄亮。協少好經籍，博聞彊記。元帝中興，拜尚書左僕射。於時朝廷草創，憲章未立，朝臣無習舊儀者。協久在中朝，諳練舊事，凡所制度，皆稟於協焉。」隗協皆剛嚴不阿，排抑豪彊，諸刻碎之政，皆云二人所建。此云禮吏，猶云秉禮法之吏。〈郭璞傳〉：「璞，字景純。璞好經術，博學有高才而訥於言論，詞賦為中興之冠。璞著〈江賦〉，其辭甚偉，為世所稱。後復作〈南郊賦〉，帝見而嘉之，以為著作佐郎。」

23. 《晉書．明帝紀》：「帝諱紹，字道畿，元皇帝長子也。性至孝，有文武才略，欽賢愛客，雅好文辭。」（《世說新語．夙惠篇》載明帝數歲對長安與日遠近，睿知天成，故云秉哲。）手詔以溫嶠為中書令，是練情於誥策也。（見〈詔策篇〉）《藝文類聚》九七載〈蟬賦〉殘文，是振采於辭賦也。大寧中，復徵任旭、虞喜為博士，（《晉書．虞喜傳》，）是孳孳講藝也。〈溫嶠傳〉：「嶠，字太真。嶠性聰敏，有識量，博當作愈親。

學能屬文。明帝即位，拜侍中，機密大謀，皆所參綜，詔令文翰，亦悉豫焉。」〈庾亮傳〉：「亮，字元規，明穆皇后之兄也。明帝即位，以為中書監。」〈章表篇〉曰：「庾公之讓中書，信美於往載。」逾親，

24. 《晉書．簡文紀》：「簡文帝諱昱，字道萬。清虛寡欲，尤善玄言。帝少有風儀，善容止，留心典籍；不以居處為意，凝塵滿席，湛如也。」〈孝武帝紀〉：「孝武皇帝諱曜，字昌明，簡文帝第三子也。初，簡文帝見讖云：『晉祚盡昌明。』及帝在之孕也，李太后夢神人謂之曰：『汝生男，以昌明為字。』及產，東方始明，因以為名焉。簡文帝後悟，乃流涕。」晉祚至孝武始移，故云至孝武不嗣，〈安帝紀〉：「帝不惠，自少及長，口不能言，雖寒暑之變，無以辨也。凡所動止，皆非已出。初，讖云：『昌明之後有二帝。』劉裕將為禪代，故密使王韶之縊帝而立恭帝，以應二帝云。」恭帝立二年為劉裕所篡弒，故云安恭已矣。

25. 《晉書．文苑．袁宏傳》：「袁宏，字彥伯。宏有逸才，文章絕美。曾為〈詠史詩〉，是其風情所寄。撰《後漢紀》三十卷及《竹林名士傳》三卷，詩賦誄表等雜文凡三百首，傳於世。」〈殷仲文傳〉：「仲文少有才藻。桓玄將為亂，使總領詔命。玄九錫，仲文之辭也。仲文善屬文，為世所重。謝靈運嘗云：『若殷仲文讀書半袁豹。則文才不減班固。』言其文多而見書少也。」〈孫盛傳〉：「盛字安國。盛篤學不倦，自少至老，手不釋卷。著《魏氏春秋》、《晉陽秋》，並造詩賦論難復數十篇。《晉陽秋》詞直而理正，咸稱良史焉。」〈干寶傳〉：「干寶，字令升。寶少勤學，博覽書記。寶撰《搜神記》凡三十卷。又為《春秋左氏義外傳》，注《周易》、《周官》凡數十篇。及雜文集皆行於世。」

26. 《世說新語．文學篇》注引《續晉陽秋》曰：「許詢有才藻，善屬文。自司馬相如、王褒、揚雄諸賢，世尚賦頌，皆體則詩騷，傍綜百家之言。及至建安而詩章大盛。逮乎西朝之末，潘陸之徒，雖時有質文，而宗歸不異也。正始中，王弼、何晏好莊老玄勝之談，而世遂貴焉。至過江，佛理尤盛，故郭璞五言，始會合道家之言而韻之。詢及太原孫綽，轉相祖尚，又加以三世之辭，而詩騷之體盡矣。詢、綽並為一時文宗，自此作

27. 者悉體之，至義熙中，謝混始改。」

《宋書．武帝紀下》永初二年，車駕幸延賢堂，策試諸州郡秀才孝廉。三年，詔建國學。《齊書．王儉傳》謂宋武帝好文章，天下悉以文采相尚。《南史．宋文帝本紀》：「元嘉十五年，立儒學館於北郊，命雷次宗居之。十六年，上好儒雅，又命丹陽尹何尚之立玄學，著作佐郎何承天立史學，司徒參軍謝元立文學。各聚門徒，多就業者。江左風俗，於斯為美，後言政化，稱元嘉焉。」《南史．臨川王義慶傳》謂文帝好文章，自謂人莫能及。《南史．孝武紀》：「帝少機穎，神明爽發，讀書七行俱下，才藻甚美。」《南史．明帝紀》：「帝好讀書，愛文義。在藩時，撰《江左以來文章志》，又續衛瓘所注《論語》二卷。及即大位，舊臣才學之士，多蒙引進。泰始六年，立總明觀，徵學士以充之，置東觀祭酒訪舉各一人，舉士二十人。分為儒道文史陰陽五部學。」明帝以下，謂歷後廢帝、順帝而宋亡矣。

28. 勝字下疑脫數字。王、袁二姓，文士多人，故曰聯宗。茲錄劉申叔先生《中古文學史》兩節，以見宋代文學之盛。

○案晉宋之際，若謝混、陶潛、湯惠休之詩，均自成派。至於宋代，其詩文尤為當時所重者，則為顏延之、謝靈運。（《宋書．靈運傳》云：文章之美，與顏延之為江左第一。縱橫俊發，過於延之，深密則不如也。所著文章傳於世。又《南史．延之傳》云：字延年，文章冠絕當時。又云：延之與謝靈運俱以辭采齊名，而遲速懸絕。延之嘗問鮑照己與靈運優劣。照曰：謝五言如初發芙蓉，自然可愛；君詩若鋪錦列繡，亦雕繢滿眼。斯時議者以延之、靈運自潘岳、陸機之後，文士莫及，江右稱潘陸，江左稱顏謝焉。）顏謝而外，文人輩出：（案晉宋之際，人才最盛，然當時人士如孔淳之、臧燾、雷次宗、徐廣、裴松之均通經史，宗少文、周續之、戴顒綜達儒玄，不僅以文章著。）以傳亮（《宋書．顏延之傳》傳亮自以文義一時莫及，又《宋書》傳亮字季友，博涉經史，尤善文辭，武帝受命，表策文誥，皆亮辭也。）范曄（《宋書．范泰傳》：好為文章，文集傳於世。子曄，字蔚宗，善為文章，為《後漢書》，其〈與甥姪書〉，謂諸序論不減〈過

秦〉，非但不愧班氏，贊無一字空設，奇變不窮。）袁淑（《宋書．淑傳》字陽源，文采遒逸縱橫有才辯，文集傳於世。子覬好學美才。又《南史．臨川王義慶傳》亦謂太尉袁淑文冠當時。）謝瞻（《宋書．瞻傳》字宣遠，六歲能屬文，文章之美，與從叔混族弟靈運相抗。又〈謝密傳〉云：瞻等才詞辯富。）謝惠連（《宋書．惠連傳》十歲能屬文。靈運見其新文，每嘆曰：張華重生，不能易也。文章并行於世。）謝莊（《宋書．莊傳》字希逸，七歲能屬文。袁淑嘆曰：江東無我，卿當獨步。著文章四百餘首行世。又〈殷淑儀傳〉謂謝莊作哀策文奏之，帝流涕曰：不謂當今復有此才。都下傳寫，紙墨為之貴。）鮑照（《南史．臨川王義慶傳》云：照，字明遠，文辭贍逸。嘗為古樂府，文甚遒麗。元嘉中為〈河清頌〉，其敍甚工。《史通．人物篇》亦謂鮑照文學宗府，馳名海內，方之漢代，褒朔之流。）為尤工。（謝莊、鮑照詩文尤為後世所祖述，次則傳亮諸人。）若陸展、何長瑜（《宋書．謝靈運傳》東海何長瑜才亞惠連）何承天（《南史．承天傳》所纂文及文集並傳於世。）何尚之（《宋書．尚之傳》愛尚文義，老而不休。）沈懷文（《宋書．懷文傳》少好玄理，善為文，集傳於世。弟懷遠頗閑文筆。）王誕（《宋書．誕傳》少有才藻。）王僧達（《宋書》本傳云：少好學善屬文。）王微（《宋書．微傳》字景玄，少善屬文，為文多古言，所著文集傳於世。）張敷（《宋書．敷傳》好讀玄言，兼屬文論。）王韶之、王准之（《宋書．韶之傳》博學有文辭，宋武帝使領西省事，凡諸詔皆其詞。又云，宋朝歌詞，韶之所制也。文集行於世。又〈王准之傳〉云：贍於文詞。）殷淳、殷沖、殷淡（《宋書．淳傳》愛好文義，未嘗違捨。弟沖有學義文辭。沖弟淡，大明中又以文章見知。）江智深（《宋書》本傳愛好文雅，辭采清贍。）顏竣、顏測（《南史．顏延之傳》延之曰：竣得臣筆，測得臣文。）釋慧琳（《南史．顏延之傳》時沙門釋慧琳以才學為文帝所賞。）亦其次也。

○又案宋代臣僚，若謝晦（《宋書》本傳稱晦涉獵文義，時人以方楊德祖。）蔡興宗（《宋書》本傳文集傳於世。）張永（《宋書》本傳能為文章。）江湛（《宋書．湛傳》愛文義。）孔琳之（《宋書．琳之傳》少好文義。）蕭惠開（《宋書》本傳云：涉獵文史。）袁粲（《宋書》本傳有清才，著〈妙德先生傳〉。）劉勔（《宋書》本傳兼好文義。）亦有文學。自是而外，別有鮑令暉（工詩。）荀伯子（《宋書》本傳少好學，文集傳世。）孔寧之（《宋書．王華傳》會稽孔寧之為文帝參軍，以文義見賞。）謝恂（《宋書．恂傳》少與族兄莊齊名。）荀雍、羊璿之（《宋書．謝靈運傳》與弟惠連、東海何長瑜、潁川荀雍、太山羊璿之以文章賞會，長瑜才亞惠連，雍璿之不及也。）蘇寶（《南史．王僧達傳》時有蘇寶者，生本寒門，有文義之美。）王曇生（《宋書．王弘之傳》子曇生好文義。）顧愿（《宋書．顧顗之傳》弟子愿好學有才詞。）江邃之（《南史．江秉之傳》宗人邃之有文義，撰《文釋》傳於世。）袁炳（《齊書．王智深傳》陳郡袁炳有文學，為袁粲所知。）卞鑠（《南史．文學傳》鑠為袁粲主簿，好詩賦。）吳邁遠（《南史．文學傳》邁遠好為篇章。）王素（《南史．素傳》著〈蚿賦〉自況。）諸人。（又《南史．宋武穆傳皇后傳》婦人吳郡韓蘭英有文辭，宋孝武時獻〈中興賦〉，附誌於此。）此可證宋代文學之盛矣。

29. 《南史．齊本紀》：「齊太祖高皇帝諱道成，姓蕭氏。博學善屬文，工草隸書。所著文詔，中書侍郎江淹撰次之。又詔東觀學士撰《史林》三十篇，魏文帝《皇覽》之流也。世祖武皇帝諱賾，高帝長子也。」武帝廟號世祖，此云高祖，高是世之誤。《南齊書．文惠太子傳》：「文惠太子長懋，世祖長子也。鬱林立，追尊為文帝。廟號世宗。」《易．離卦．象》曰：「明兩作離，大人以繼明照于四方。」中宗以上哲興運，中宗不知何帝。案明帝號高宗，豈中為高之誤歟。《齊書．鬱林王紀》：「皇太后令曰：太祖以神武創業，草昧區夏；武皇以英明提極，經緯天人；文帝以上哲之資，體元良之重。」此彥和所本。

30. 紀評曰：「闕當代不言，非惟未經論定，實亦有所避於恩怨之間。」參閱〈序志篇〉注。

31. 郝懿行曰：「蔚映十代，並數蕭齊而言也。〈才略篇〉及於劉宋而止，故云九代而已。」校勘記：「案曖當作僾，此用〈祭義〉僾然必有見乎其位文。」

【附錄】

裴子野〈雕蟲論〉

宋明帝博好文章，（《通典》作史。）才思朗捷，常讀書奏，號稱七行俱下。每（《通典》此下有國字。）有禎祥及（《通典》此下有行字。）幸讌集，輒陳詩展義，且以命朝臣；其戎士武夫則託請不暇，困於課限，或買以應詔焉。於是天下向風，人自藻飾，雕蟲之藝，盛於時矣。梁鴻臚卿裴子野論曰：

古者四始六義，總而為詩，既形四方之氣，且彰君子之志，勸美懲惡，王化本焉。後之作者，思存枝葉，繁華蘊藻，用以自通。若悱惻芳芬，《楚騷》為之祖，靡漫容與，相如和其音。由是隨聲逐影之儔，棄指歸而無執；賦詩歌頌，百帙五車，蔡應等之俳優，揚雄悔為童子，聖人不作，雅鄭誰分。其五言為家，則蘇李自出，曹劉偉其風力，潘陸固其枝葉。（《通典》作柯）爰及江左，稱彼顏謝，箴繡鞶悅，無取廟堂。宋初迄於元嘉，多為經史；大明之代，實好斯文，高才逸韻，頗謝前哲，波流相尚，滋有篤焉。自是閭閻年少，貴遊總角，罔不擯落六藝，吟詠情性，學者以博依為急務，謂章句為專魯，淫文破典，斐爾為功。無被於管弦，非止乎禮儀，深心主卉木，遠致極風雲，其興浮，其志弱，切而不要，隱而不深，討其歸途，亦有宋之遺風也。若季子聆音，則非興國；鯉也趨室，必有不敢。荀卿有言，亂代之徵，文章匿而采，豈斯之謂乎！

梁簡文帝〈與湘東王書〉

吾輩亦無所遊賞，止事披閱，性既好文，時復短詠，雖是庸音，不能閣筆，有慚伎癢，更同故態。比見京師文體，儒鈍殊常，競學浮疏，爭為闡緩，玄冬修夜，思所不得，既殊比興，復背風騷。若夫六典三禮，所施則有地；吉凶嘉賓，用之則有所；未聞吟詠情性，反擬〈內則〉之篇；操筆寫志，更摹〈酒誥〉之作；遲遲春日，翻學《歸藏》；湛湛江水，遂同《大傳》。吾既拙於為文，不敢輕有掎摭，但以當世之作，歷方古之才人，遠則揚馬曹王，近則潘陸顏謝，而觀其遺辭用心，了不相似。若以今文為是，則古文為非；若昔賢可稱，則今體宜棄；俱為盍各，則未之敢許。

又時有效謝康樂、裴鴻臚文者，亦頗有惑焉。何者？謝客吐言天拔，出於自然，時有不拘，是其糟粕；裴氏乃是良史之才，了無篇什之美。是為學謝則不屆其精華，但得其冗長；師裴則蔑絕其所長，惟得其所短。謝故巧不可階，裴亦質不宜慕。故胸馳臆斷之侶，好名忘實之類，方分肉於仁獸，逞卻克於邯鄲，入鮑忘臭，效尤致禍。決羽謝生，豈三千之可及；伏膺裴氏，懼兩唐之不傳。故玉徽金銑，反為拙目所嗤，《巴人》、《下里》，更合郢中之聽。《陽春》高而不和，妙聲絕而不尋，竟不精討錙銖，覈量文質，有異巧心，終愧妍手。（《南史》作妍耳。）是以握瑜懷玉之士，瞻鄭邦而知退，章甫翠履之人，望閩鄉而歎息。詩既若此，筆又如之。徒以煙墨不言，受其驅染，紙札無情，任其搖襞，甚矣哉，文之橫流，一至於此。至如近世謝朓、沈約之詩，任昉、陸倕之筆，斯實文章之冠冕，述作之楷模。張士簡之賦，周升逸之辯，亦成佳手，難可復遇。文章未墜，必有英絕，領袖之者，非弟而誰。每欲論之，無可與語，思吾子建，一共商榷，辨茲清濁，使如涇渭，論茲月旦，類彼汝南，朱丹既定，雌黃有別，使夫懷鼠知慚，濫竽自恥。譬斯袁紹，畏見子將，同彼盜牛，遙羞王烈。相思不見，我勞如何。（《梁書・庾肩吾傳》時太子與湘東王書論之。）

李諤〈上書正文體〉

臣聞古先哲王之化民也，必變其視聽，防其嗜欲，塞其邪放之心，示以淳和之路。五教六行，為訓民之本，《詩》、《書》、《禮》、《易》，為道義之門。故能家復孝慈，人知禮讓，正俗調風，莫大於此。其有上書獻賦，制誄鐫銘，皆以褒德序賢，明勳證理，苟非懲勸，義不徒然。降及後代，風教漸落，魏之三祖，更尚文詞。忽君子之大道，好雕蟲之小藝。下之從上，有同影響，競騁文華，遂成風俗。江左齊梁，其弊彌甚，貴賤賢愚，唯務吟詠，遂復遺理存異，尋虛逐微，競一韻之奇，爭一字之巧。連篇累牘，不出月露之形，積案盈箱，唯是風雲之狀。世俗以此相高，朝廷據茲擢士，祿利之路既開，愛尚之情愈篤。於是閭里童昏，貴遊總丱，未窺六甲，先製五言，至如羲皇舜禹之典，伊傅周孔之說，不復關心，何嘗入耳。以傲誕為清虛，以緣情為勳績，指儒素為古拙，用詞賦為君子，故文筆日繁，其政日亂。良由棄大聖之軌模，搆無用以為用也。損本逐末，流遍華壤，遞

相師祖，久而愈扇。

及大隋受命，聖道聿興，屏黜輕浮，遏止華偽，自非懷經抱質，志道依仁，不得引預搢紳，參廁纓冕。開皇四年，普詔天下公私文翰，並宜實錄，其年九月，泗州刺史司馬幼之文表華豔，付所司治罪。自是公卿大臣，咸知正路，莫不鑽仰墳素，棄絕華綺，進先王之令典，行大道于茲世。如聞外州遠縣，仍踵弊風選吏舉人，未遵典則。至有宗黨稱孝，鄉曲歸仁，學必典謨，交不苟合，則擯落私門，不加收齒；其學不稽古，逐俗隨時，作輕薄之篇章，結朋黨而求譽，則選充吏職，舉送天朝。蓋由縣令刺史，未行風教，猶挾私情，不存公道。臣既忝憲司，職當糾察，若聞風即劾，恐挂網者多，請勒諸司，普加搜訪，有如此者。具狀送臺。（《隋書．李諤傳》）

阮元〈四六叢話後序〉

昔《考工》有言，青與白謂之文，赤與白謂之章。良以言必齊偕，事歸鏤繪，天經錯以地緯，陰偶繼夫陽奇。故虞廷采色，臣隣施其璪火，文王壽考，詩人美其追琢，以質雜文，尚曰彬彬，以文被質，乃稱馘馘，文之與質，從可分矣。懿夫人文大著，肇始六經，典墳丘索，無非體要之辭，禮樂詩書，悉著立誠之訓，商瞿觀象於〈文言〉，丘明振藻於簡策，莫不訓辭爾雅，音韻相諧。至於命成潤色，禮舉多文，仰止尼山，益知宗旨，使其文章正體，質實無華，是犬羊虎豹，翻追棘子之談，黼黻青黃，見斥莊生之論也。周末諸子奮興，百家並騖，老莊傳清淨之旨，孟荀析善惡之端，商韓刑名，呂劉雜體，若斯之類，派別子家，所謂以立意為宗，不以能文為本者也。至於縱橫極於戰國，春秋紀於楚漢，馬班創體，陳范希蹤，是為史家，重於序事，所謂傳之簡牘，而事異篇章者也。夫以子若彼，以史若此，方之篇翰，實有不同。是惟楚國多才，靈均特起，賦繼孫卿之後，詞開宋玉之先，隱耀深華，驚采絕豔。故聖經賢傳，六藝於此分途，文苑詞林，萬世咸歸範圍矣。洎夫賈生枚叔，並轡漢初，相如子雲，聯鑣西蜀；中興以後，文雅尤多，孟堅季長之倫，平子敬通之輩；綜兩京文賦諸家，莫不洞穴經史，鑽研六書，耀采騰文，駢音麗字。故雕蟲繡帨，擬經者雖改脩塗，月露風雲，變本者妄執笑柄也。建安七子，才調輩興，二祖陳王，亦儲盛藻，握徑寸之靈珠，享千金於荊玉。至於三張二陸太沖景純之徒，派雖弱於當塗，音尚聞夫正始焉。

文通希範，並具才思，彥昇休文，肇開聲韻。輕重之和，擬諸金石，短長之節，雜以咸韶，蓋時會使然，故元音盡泄也。孝穆振采於江南，子山遷聲於河北，昭明勒選，六代範此規模，彥和著書，千古傳此科律。迄於陳隋，極傷靡敝，天監大業之間，亦斯文升降之會哉。唐初四傑，並駕一時，式江薛之靡音，追庾徐之健筆。若夫燕許之宏裁，常楊之巨製，《會昌一品》之集，元白《長慶》之編，莫不並掞龍文，聯登鳳閣。至於宣公《翰苑》之集，篤摯曲暢，國事賴之，又加一等矣。義山飛卿以繁縟相高，柯古昭諫以新博領異，駢儷之文，斯稱極致。趙宋初造，鼎臣大年，猶沿唐舊，歐蘇王宋，始脫恆蹊。以氣行則機杼大變，驅成語則光景一新。然而衣辭錦繡，布帛傷其無華，工謝雕幾，簴業呈其樸鑿。南渡以還，浮溪首倡。野處西山，亦稱名集，渭南北海，並號高文，雖新格別成，而古意寖失。元之袁揭，冕弁一世，則又揚南宋餘波，非復三唐雅調也。載稽往古，統論斯文，日月以對待曜采，草木以錯比成華，玉十瑴而皆雙，錦百兩而名匹，明堂斧藻，視畫績以成文，階戺笙篩，聽鏗鋐而應節。自周以來，體格有殊，文章無異。若夫昌黎肇作，皇李從風，歐陽自興，蘇王繼軌，體既變而異今，文乃尊而稱古。綜其議論之作，並升荀孟之堂，核其敍事之辭，獨步馬班之室。拙目妄譏其紕繆，儉腹徒饕為空疎，實沿子史之正流，循經傳以分軌也。考夫魏文《典論》，士衡賦文，摯虞析其流別，任昉溯其原起，莫不精嚴體製，評隲才華，豈知古調已遙，矯枉或過，莫守彥和之論，易為真氏之宗矣。

卷十

物色第四十六[1]

春秋代序，陰陽慘舒，物色之動，心亦搖焉。蓋陽氣萌而玄駒步，陰律凝而丹鳥羞，微蟲猶或入感，四時之動物深矣[2]。若夫珪璋挺其惠心，英華秀其清氣，物色相召，人誰獲安[3]？是以獻歲發春，悅豫之情暢；滔滔孟夏，鬱陶之心凝；天高氣清，陰沈之志遠；霰雪無垠，矜肅之慮深。歲有其物，物有其容；情以物遷，辭以情發。一葉且或迎意，蟲聲有足引心。況清風與明月同夜，白日與春林共朝哉[4]！

是以詩人感物，聯類不窮。流連萬象之際，沈吟視聽之區；寫氣圖貌，既隨物以宛轉；屬采附聲，亦與心而徘徊[5]。故灼灼狀桃花之鮮，依依盡楊柳之貌，杲杲為出日之容，瀌瀌（鈴木云當作麃麃）擬雨雪之狀，喈喈逐黃鳥之聲，喓喓學草蟲之韻。皎日嘒星，一言窮理；參差沃若，兩字窮形：並以少總多，情貌無遺矣。雖復思經千載，將何易奪[6]？及離騷代興，觸類而長，物貌難盡，故重沓舒狀，於是嵯峨之類聚，葳蕤之羣積矣[7]。及長卿之徒，詭勢瓌聲，模山範水，字必魚貫，所謂詩人麗則而約言，辭人麗淫而繁句也[8]。

至如雅詠棠華，或黃或白；騷述秋蘭，綠葉紫莖；凡摛表五色，貴在時見，若青黃屢出，則繁而不珍[9]。

自近代以來，文貴形似，窺情風景之上，鑽貌草木之中。吟詠所發，志惟深遠；體物為妙，功在密附。故巧言切狀，如印之印泥，不加雕削，而曲寫毫芥。故能瞻言而見貌，印（疑作即）字而知時也[10]。然物有恆姿，而思無定檢，或率爾造極，或精思愈疎。且詩騷所標，並據要害，故後進銳筆，怯於爭鋒。莫不因方以借巧，即勢以會奇，善於適要，則雖舊彌新矣[11]。是以四序紛迴，而入興貴閑；物色雖繁，而析辭尚簡；使味飄飄而輕舉，情曄曄而更新。古來辭人，異代接武，莫不參伍以相變，因革以為功，物色盡而情有餘者，曉會通也[12]。若乃山林皋壤，實文思之奧府，略語則闕，詳說則繁。然屈平所以能洞監（孫云吳曾能改齋漫錄卷七引無能字監字）風騷之情者，抑亦江山之助乎[13]！

贊曰：山沓水匝，樹雜雲合。目既往還，心亦吐納。春日遲遲，秋風颯颯。情往似贈，興來如答[14]。

【注釋】

1. 《文選》賦有物色類。李善注曰：「四時所觀之物色而為之賦。」又云：「有物有文曰色，風雖無正色，然亦有聲。」本篇當移在〈附會篇〉之下，〈總術篇〉之上。蓋物色猶言聲色，即〈聲律篇〉以下諸篇之總名，與〈附會篇〉相對而統於〈總術篇〉，今在卷十之首，疑有誤也。

2. 《大戴禮記・夏小正篇》：「十有二月玄駒賁。玄駒也者，螘也。賁者何也？走於地中也。八月，丹鳥羞白鳥。丹鳥也者，謂丹良也。白鳥也者，謂蚊蚋也。羞也者，進也，不盡食也。」〈月令・正義〉：「丹良未

知何物，皇氏以為是螢火。」按丹良即螳蜋之轉音，丹良即螳蜋也。八月螢食蚊蚋，恐無是理。

3. 惠與慧通。鍾嶸《詩品．序》：「氣之動物，物之感人，故搖蕩性情，形諸舞詠。」

4. 《楚辭．招魂》亂辭：「獻歲發春兮，汩吾南征。」王注：「獻，進言。歲始來進，春氣奮揚，萬物皆感氣而生，自傷放逐，獨南行也。」〈九章．懷沙〉：「滔滔孟夏兮，草木莽莽。」王注：「滔滔，盛陽貌也。《史記》作陶陶。」〈九辯〉：「泬寥兮，天高而氣清。」〈九章．涉江〉：「霰雪紛其無垠兮。」《淮南子．說山訓》：「見一葉落，而知歲之將暮。」

5. 紀評曰：「隨物宛轉，與心徘徊八字，極盡流連之趣，會此，方無死句。」

6. 《毛詩．周南．桃夭》：「桃之夭夭，灼灼其華。」《傳》曰：「灼灼，華之盛也。」〈小雅．采薇〉：「昔我往矣，楊柳依依。」〈衛風．伯兮〉：「其雨其雨，杲杲日出。」《傳》曰：「杲杲然日復出矣。」〈小雅．角弓〉：「雨雪瀌瀌。」《箋》曰：「雨雪之盛瀌瀌然。」〈周南．葛覃〉：「黃鳥於飛，集於灌木，其鳴喈喈。」《傳》曰：「喈喈，和聲之遠聞也。」〈召南．草蟲〉：「喓喓草蟲，趯趯阜螽。」《傳》曰：「喓喓，聲也。」〈王風．大車〉：「謂予不信，有如皦日。」《傳》曰：「皦，白也。」〈召南．小星〉：「嘒彼小星，維參與昴。」《傳》曰：「嘒，微貌，小星眾無名者。」一言即一字也。〈周南．關雎〉：「參差荇菜，左右流之。」《正義》曰：「后妃言此參差然不齊之荇菜，須嬪妾左右佐助而求之。」〈衛風．氓〉：「桑之未落，其葉沃若。」《傳》曰：「沃若，猶沃沃然。」古人形狀之詞，確有心會神領，百思而無得移易者，朱謀瑋《駢雅》網羅甚富，可資採獲。

7. 〈詮賦篇〉云：「及靈均唱騷，始廣聲貌。」

8. 司馬相如〈上林賦〉：「蕩蕩乎八川分流，相背而異態。……汩乎混流，順阿而下，赴隘陜之口，觸穹石，激堆埼。沸乎暴怒，洶湧彭湃，滭弗宓汩，偪側泌瀄……於是乎崇山矗矗，巃嵸崔巍，深林巨木，嶄巖㟥嵳，九嵕巀嶭，南山峨峨，……」狀貌山川，皆連接數十百字，漢賦此類極多，所謂字必魚貫也。《法言．

吾子篇》：「詩人之賦麗以則，辭人之賦麗以淫。」

9. 〈小雅．裳裳者華〉：「裳裳者華，或黃或白。」《箋》曰：「華或有黃者，或有白者，興明王之德，時有駮而不純。」《楚辭．九歌．少司命》：「秋蘭兮青青，綠葉兮紫莖。」此言五色之字不可屢見，黃鳥度青枝，所以見譏於記室也。時見猶云偶見。

10. 〈明詩篇〉云：「宋初文詠，體有因革，莊老告退，而山水方滋。……情必極貌以寫物，辭必窮力而追新，此近世之所競也。」《續漢書．祭祀志上》：「以水銀合金以為泥，玉璽一方，寸二分。」印當作即。《文鏡祕府論》曰：「形似體者。謂貌其形而得其似。可以妙求，難以粗測者是。」

11. 黃叔琳曰：「化臭腐為神奇，祕妙盡此。」

12. 紀評：「四序紛迴四語尤精。凡流傳佳句，都是有意無意之中，偶然得一二語，都無累牘連篇苦心力造之事。」可參閱〈通變篇〉。

13. 《水經注．江水篇》：「江水又東逕歸鄉縣故城北。」袁山松曰：「父老傳言原既流放，忽然蹔歸，鄉人喜悅，因名曰歸鄉。抑其山秀水清，故出儁異，地險流疾，故其性亦隘。《詩》曰：『惟岳降神，生甫及申。』信與。」余謂山松此言，可謂因事而立證，恐非名縣之本旨矣。黃宗羲〈景州詩集序〉云：「詩人萃天地之清氣，以月露風雲花鳥為其性情，其景與意，不可分也。月露風雲花鳥之在天地間，俄頃滅沒，而詩人能結之不散；常人未嘗不有月露風雲花鳥之咏，非其性情，極雕繪而不能親也。」

14. 紀評：「諸贊之中，此為第一。」

才略第四十七[1]

九代之文，富矣盛矣；其辭令華采，可略而詳也。虞夏文章，則有皋陶六德，夔序八音，益則有贊，五子作歌，辭義溫雅，萬代之儀表也[2]。商周之世，則仲虺垂誥，伊尹敷訓，吉甫之徒，並述詩頌，義固為經，文亦師矣[3]。及乎春秋大夫，則修辭聘會，磊落如琅玕之圃，焜燿似縟錦之肆；薳敖（元作教曹改）擇楚國之令典，隨會講晉國之禮法，趙衰（元作襄曹改）以文勝從饗，國僑以修辭扞鄭；子太叔美秀而文，公孫揮（鈴木云嘉靖本梅本岡本作暈）善於辭令，皆文名之標者也[4]。戰代任武，而文士不絕；諸子以道術取資，屈宋以楚辭發采；樂毅報書辨以義，范雎上書密而至；蘇秦歷說壯而中，李斯自奏麗而動；若在文世，則揚班儔矣[5]。荀況學宗，而象物名賦，文質相稱，固巨儒之情也[6]。

漢室陸賈，首案奇采，賦孟春而選典誥，其辯之富矣[7]。賈誼才穎，陵軼飛兔，議愜而賦清，豈虛至哉[8]！枚乘之七發，鄒陽之上書，膏潤於筆，氣形於言矣[9]。仲舒專儒，子長純史，而麗縟成文，亦詩人之告哀焉[10]。相如好書，師範屈宋，洞入夸豔，致名辭宗；然覆取精意，理不勝辭，故揚子以為文麗用寡者長卿，誠哉是言也[11]！王褒構采，以密巧為致，附聲測貌，冷然可觀[12]。子雲屬意，辭人（疑誤）最深，觀其涯度幽遠，搜選詭麗，而竭才以鑽思，故能理贍而辭堅矣[13]。桓譚著論，富號猗頓，宋弘稱薦，爰比相如，而集靈諸賦，偏淺無才，故知長於諷論（鈴木云疑當作論），不及麗文也[14]。敬通雅好辭說，而坎壈盛世，顯志自序，亦蚌病成珠矣[15]。二班兩劉，弈葉繼采，舊說以為固文優彪，歆學精向，然王命清辯，新序該練，璿璧產於崐岡，亦難得而踰本矣[16]。傅毅崔駰，光采比肩，瑗寔踵武，能（鈴木云梅本岡本作龍）世厥風者矣[17]。杜篤賈逵，亦有聲於文，跡其為才，崔傅之末流也[18]。李尤（元作充王改黃云案馮本作尤）賦銘，志慕鴻裁，而才力沈膇，垂翼不飛[19]。馬融鴻儒，思洽識（一作登）高，吐納經範，華實相扶[20]。王逸博識有功，而絢采無力；延壽繼志，瓌穎獨標，其善圖物寫貌，豈枚乘之遺術歟[21]？張衡通贍，蔡邕精雅，文史彬彬，隔世相望。是則竹柏異心而同貞，金玉殊質而皆寶也[22]。劉向之奏議，旨切而調緩；趙壹之辭賦，意繁而體疎；孔融氣盛於為筆，禰衡思銳於為文，有偏美焉[23]。潘勖憑經以騁才，故絕群於錫命；王朗發憤以託志，亦致美於序銘[24]。然自卿淵已前，多俊才而不課學[25]；雄向以後，頗引書以助文：此取與之大際，其分不可亂者也[26]。

魏文之才，洋洋清綺，舊談抑之，謂去植千里，然子建思捷而才儁，詩麗而表逸；子桓慮詳而力緩，故不競於先鳴。而樂府清越，典論辯要，迭用短長，亦無懵焉。但俗情抑揚，雷同一響，遂令文帝以位尊減才，思王以勢窘益價，未為篤論也[27]。仲宣溢才，捷而能密，文多兼善，辭少瑕累，摘其詩賦，則七子之冠冕乎[28]！琳瑀以符檄擅聲；徐幹以賦論標美；劉楨情高以會采；應瑒學優以得文；路粹楊

修，頗懷筆記之工；丁儀邯鄲，亦含論述之美；有足算焉29。劉劭趙都，能攀於前修；何晏景福，克光於後進；休璉風情，則百壹標其志；吉甫文理，則臨丹成其采；嵇康師心以遣（鈴木云梅本校遣疑作造）論，阮籍使氣以命詩；殊聲而合響，異翮而同飛30。

張華短章，弈弈（鈴木云嘉靖本梅本岡本作奕奕）清暢，其鷦鷯寓意，即韓非之說難也31。左思奇才，業深覃思，盡鋭於三都，拔萃於詠史，無遺力矣32。潘岳敏給，辭自（疑作旨鈴木云諸本作自）和暢，鍾美於西征，賈餘於哀誄，非自外也33。陸機才欲窺深，辭務索廣，故思能入巧，而不制繁。士龍朗練（元作陳王青蓮改），以識檢亂，故能布采鮮淨，敏於短篇34。孫楚綴思，每直置以疎通；摯虞述懷，必循規以溫雅；其品藻流別，有條理焉35。傅玄篇章，義多規鏡；長虞筆奏，世執剛中；並楨（汪作柟）幹之實才，非羣華之韡萼也36。成公子安選賦（鈴木云當作撰）而時美，夏侯孝若具體而皆微，曹攄清靡於長篇，季鷹辨切於短韻，各其善也37。孟陽景陽，才綺而相埒，可謂魯衛之政，兄弟之文也38。劉琨雅壯而多風，盧諶情發而理昭，亦遇之於時勢也39。景純豔逸，足冠中興，郊賦既穆穆以大觀，仙詩亦飄飄而凌雲矣40。庾元規之表奏，靡密以閑暢；溫太真之筆記，循理而清通；亦筆端之良工也41。孫盛干寶（元作子實），文勝為史，準的所擬，志乎典訓，戶牖雖異，而筆彩略同42。袁宏發軫以高驤，故卓出而多偏；孫綽規旋以矩步，故倫序而寡狀；殷仲文之孤（疑作秋顧校作秋）興，謝叔源之閑情，並解散辭體，縹渺浮音，雖滔滔風流，而大澆文意43。

宋代逸才，辭翰鱗萃，世近易明，無勞甄序[44]。觀夫後漢才林，可參西京；晉世文苑，足儷鄴都；然而魏時話言，必以元封為稱首；宋來美談，亦以建安為口實；何也？豈非崇文之盛世，招才之嘉會哉？嗟夫，此古人所以貴乎時也[45]！

贊曰：才難然乎，性各異稟。一朝綜文，千年凝錦。餘采徘徊，遺風籍（鈴木云嘉靖本作藉）甚。無曰紛雜，皎然可品。

【注釋】

1. 紀評曰：「〈時序篇〉總論其世，〈才略篇〉各論其人。」
2. 《書．皐陶謨》：「日嚴祇敬，六德亮采有邦。」《傳》曰：「有國諸侯，日日嚴敬其身，敬行六德，以信治政事，則可以為諸侯。」〈舜典〉：「帝曰夔：命汝典樂，教胄子。八音克諧，無相奪倫。」〈大禹謨〉：「益贊於禹曰：惟德動天，無遠弗屆。滿招損，謙受益，時乃天道。帝初於歷山往於田，日號泣於旻天。於父母，負罪引慝，祇載見瞽瞍，夔夔齊慄。瞽瞍亦允若。至誠感神，矧茲有苗。」《五子之歌》見〈明詩篇〉注。
3. 〈仲虺之誥．序〉曰：「湯歸自夏至於大坰，仲虺作誥。」〈伊訓．序〉曰：「成湯既沒，太甲元年，伊尹作〈伊訓〉。」《詩．大雅》〈崧高〉、〈烝民〉、〈韓奕〉、〈江漢〉皆尹吉甫美宣王而作。文亦師矣句有缺字，疑師字上脫一足字。
4. 《左傳．宣公十二年》隨武子曰：「蔿敖為宰，擇楚國之令典，百官象物而動，軍政不戒而備，能用典矣。」〈宣公十六年〉：「晉士會平王室，王享之，殽烝。武子私問其故。王聞之，召武子曰：『王享有體薦，宴有折俎，公當享，卿當宴，王室之禮也。』武子歸而講求典禮，以修晉國之法。」〈僖公二十三

年〉：「秦穆享公子重耳。子犯曰：『吾不如衰之文也，請使衰從。』公子賦〈河水〉，公賦〈六月〉。趙衰曰：『重耳拜賜。』公子降拜，稽首，公降一級而辭焉。衰曰：『君稱所以佐天子者命重耳，重耳敢不拜。』」〈襄公三十一年〉：「子產之從政也，擇能而使之。馮簡子能斷大事，子太叔美秀而文，公孫揮能知四國之為，而辨其大夫之族姓、班位、貴賤、能否，而又善為辭令。」子產修辭扞鄭，見〈徵聖篇〉注。

5. 〈燕策二〉：「昌國君樂毅為燕昭王合五國之兵而攻齊，下七十餘城，盡郡縣之以屬燕。三城未下，而燕昭王死，惠王即位，用齊人反間，疑樂毅而使騎劫代之將，樂毅奔趙，趙封以為望諸君。燕王悔，乃使人讓樂毅，且謝之，望諸君乃使人獻書報燕王曰：臣不佞，不能奉承先王之教，以順左右之心，恐抵斧質之罪，以傷先王之明，而又害於足下之義，故遁逃奔趙，自負以不肖之罪，故不敢為辭說。今王使使者數之罪，臣恐侍御者不察先王之所以畜幸臣之理，而又不白於臣之所以事先王之心，故敢以書對。

臣聞賢聖之君，不以祿私其親，功多者授之；不以官隨其愛，能當者處之。故察能而授官者，成功之君也；論行而結交者，立名之士也。臣以所學者觀之，先王之舉錯，有高世之心，故假節於魏王，而以身得察於燕。先王過舉，擢之乎賓客之中，而立之乎群臣之上，不謀於父兄，而使臣為亞卿。臣自以為奉令承教，可以幸無罪矣，故受命而不辭。先王命之曰：我有積怨深怒於齊，不量輕弱而欲以齊為事。臣對曰：夫齊，霸國之餘教也。而驟勝之遺事也。閑於兵甲，習於戰攻，王若欲攻之，則必舉天下而圖之。舉天下而圖之，莫徑於結趙矣，且又淮北宋地，楚魏之所同願也，趙若許約，楚魏宋盡力，四國攻之，齊可大破也。先王曰善。臣乃口受令，具符節，南使臣於趙。顧返命，起兵隨而攻齊。以天之道，先王之靈，河北之地隨先王舉而有之於濟上。濟上之軍，奉令擊齊，大勝之，輕卒銳兵，長驅至國，齊王逃遁走莒，僅以身免，珠玉財寶車甲珍器盡收入燕，大呂陳於元英，故鼎返於歷室，齊器設於寧臺，薊丘之植植於汶篁，（當作薊丘植乎汶篁。）自五伯以來，功未有及先王者也。先王以為慊其志，以臣為不頓命，故裂地而封之，使之得比乎小國諸侯。臣不佞，自以為奉令承教，可以幸無罪矣，故受命而弗辭。臣聞賢明之君，功立而不廢，故著於春秋；蚤知之士，名成而不毀，故稱於後世。若先王之報怨雪恥，夷萬乘之強國，收八百歲之蓄積，及至棄群臣之日，餘令詔後嗣之遺義，執政任事之臣，所以能循法令順庶孽者，施及萌隸，皆可以教於後世。臣聞善作者不必善成，善始者不必善終。昔者伍子胥說聽乎闔閭，故吳王遠迹至於郢；夫差弗是也，賜之鴟夷而浮之江。故吳王、夫差不悟先論之可以立功，故沈子胥而不悔。子胥不蚤見主之不同量，故入江而不改。夫免身全功以明先王之迹者，臣之上計也，離毀辱之非，墮先王之名者，臣之所大恐也，臨不測之罪，以幸為利者，義之所不敢出也。臣聞古之君子，交絕不出惡聲；忠臣之去也，不潔其名；臣雖不佞，數奉教於君子矣。恐待御者之親左右之說而不察疏遠之行也，故敢以書報，唯君之留意焉。」

范睢〈上秦昭王書〉、李斯〈諫逐客書〉引見〈論說篇〉注。蘇秦說辭見《史記》本傳及《戰國策》，不復引。

6. 荀卿賦見〈詮賦篇〉注。

7. 《漢志》陸賈賦三篇，當有篇名〈孟春〉者，彥和時尚存，今則無可考矣。《札迻》十二云：「選典誥當作進典語。〈諸子篇〉云『陸賈典語』，並誤以新語為典語也。進選語誥，皆形近而誤。」據孫說當作進《新語》。

8. 《漢書·賈誼傳》：「文帝召誼為博士。是時誼年二十餘，最為少。每詔令議下，諸老先生未能言，誼盡為之對，人人各如其意所出。諸生於是以為能。」《呂氏春秋·離俗覽》：「飛兔要裹，古之駿馬也。」

9. 枚乘見〈雜文篇〉注。鄒陽見〈時序篇〉注。

10. 《藝文類聚》三十有董仲舒〈士不遇賦〉、司馬遷〈悲士不遇賦〉。《詩·小雅·四月》：「君子作歌，維以告哀。」《箋》云：「告哀，言勞病而愬之。」

11. 《漢書·司馬相如傳》：「少時好讀書。」《法言·君子篇》：「文麗用寡長卿也。」覆疑當作覈。

12. 駢儷之文，始於王褒〈聖主得賢臣頌〉。故云以密巧為致。《莊子·逍遙遊》：「夫列子御風而行，泠然善

也。」郭注：「泠然，輕妙之貌。」

13.《漢書．揚雄傳》：「雄少而好學……默而好深湛之思。」子雲多知奇字，亦所謂搜選詭麗也。搜選詭麗，辭深也；涯度幽遠，義深也。辭人最深，人當作義，俗寫致訛。

14.《論衡．佚文篇》：「挾桓君山之書，富於積猗頓之財。」《後漢書．宋弘傳》：「帝嘗問弘通博之士。弘薦沛國桓譚，才學洽聞，幾能及揚雄、劉向父子。」此云爰比相如，恐誤。《藝文類聚》七十八載譚〈仙賦〉曰：「余少時為郎，從孝成帝出祠甘泉河東，見部先置華陰集靈宮。宮在華山下，武帝所造，欲以懷集仙者王喬、赤松子，故名殿曰存仙。端門南向山，署曰望仙門。余居此焉，竊有樂高眇之志，即書壁為小賦以頌美曰：

夫王喬、赤松，呼則出故，翕則納新；夭矯經引，積氣關元；精神周洽，鬲塞流通；乘凌虛無，洞達幽明；諸物皆見，玉女在旁；仙道既成，神靈攸迎。乃驂駕青龍，赤騰為歷；躇玄厲之擢嶵，有似乎鸞鳳之翔飛。集於膠葛之宇，泰山之臺；吸玉液，食華芝，漱玉漿，飲金醪。出宇宙，與雲浮，灑輕霧，濟傾崖，觀滄川而升天門，馳白鹿而從麒麟，周覽八極，還崦華壇。汜汜乎，濫濫乎，隨天轉旋，容容無為，壽極乾坤。」

15.《後漢書．馮衍傳》：「衍得罪，不得志，乃作賦自厲，命其篇曰〈顯志〉。顯志者，言光明風化之情，昭章玄妙之思也。」賦文載本傳，不復錄。《淮南子．說林訓》：「明月之珠，蚌之病而我之利也。」

16.〈王命論〉，見〈論說篇〉注。《新序》，見〈諸子篇〉注。

17.崔駰、崔瑗、崔寔，見〈時序篇〉注。

18.《後漢書．賈逵傳》：「逵所著經傳義詁及論難百餘萬言。又作詩、頌、誄、書、連珠、酒令，凡九篇，學者宗之。後世稱為通儒。」又〈文苑．杜篤傳〉：「篤所著賦、誄、弔、書、讚、七言、女誡，及雜文，凡十八篇。又著《明世論》十五篇。」本傳載其〈論都賦〉一篇。

19.黃注：「原作李充。按《後漢．獨行傳》李充，陳留人，不言有著述；《晉中興書》李充，江夏人，著〈學箴〉。然此在賈逵之後，馬融之前，則李尤也。尤在和帝時，拜蘭臺令史，有〈函谷〉諸賦，并〈車〉諸銘。而賈逵仕明帝時，馬融仕順桓時，以序觀之，乃李尤無疑。」《左傳．成公六年》：「獻子曰：『民愁則墊隘，於是乎有沈溺重膇之疾。』」《易．明夷．初九》：「明夷于飛，垂其翼。」

20.《後漢書．馬融傳》：「融才高博洽，為世通儒。所著賦、頌、碑、誄、書記、表奏、七言、琴歌、對策、遺令凡二十一篇。」

21.《後漢書．文苑．王逸傳》：「王逸，字叔師，南郡宜城人也。著《楚辭章句》行於世。其賦、誄、書、論，及雜文，凡二十一篇。又作漢詩百二十三篇。子延壽，字文考，有儁才，少遊魯國，作〈靈光殿賦〉。後蔡邕亦造此賦，未成；及見延壽所為，甚奇之。遂輟翰而已。曾有異夢，意惡之，乃作〈夢賦〉以自厲，後溺水死，時年二十餘。」

22.《後漢書．張衡傳》：「衡所著詩、賦、銘、七言、《靈憲》、〈應間〉、〈七辯〉、〈巡誥〉、《懸圖》，凡三十二篇。及為侍中，上疏請得專事東觀，收檢遺文，畢力補綴。書數上，竟不聽。及後之著述，多不詳典，時人追恨之。」范曄論曰：「崔瑗之稱平子曰：數術窮天地，制作侔造化。」（章懷注：瑗撰〈平子碑文〉也。）又〈蔡邕傳〉：「邕所著詩、賦、碑、誄、銘、讚、連珠、箴、弔、論議、《獨斷》、〈勸學〉、〈釋誨〉、〈敘樂〉、〈女訓〉、〈篆勢〉、祝文、章表、書記，凡百四篇，傳於世。」又曰：「邕前在東觀，與盧植、韓說等撰補《後漢記》，會遭事流離，不及得成，因上書自陳，奏其所著《十意》。」范曄贊曰：「邕實慕靜，心精辭綺。」

23.《漢書．劉向傳》：「向自見得信於上，故常顯訟宗室，譏刺王氏，及在位大臣；其言多痛切，發於至誠。」旨切調緩，向文確評。《後漢書．文苑．趙壹傳》載其〈窮鳥賦〉一篇；賦末繫詩二首。其一曰：「河清不可俟，人命不可延。順風激靡草，富貴者稱賢。文籍雖滿腹，不如一囊錢。伊優北堂上，抗髒倚門邊。」其二曰：「勢家多所宜，咳唾自成珠；被褐懷金玉，蘭蕙化為芻。賢者雖獨悟，所因在羣愚。且各守爾分，勿復空馳驅。哀哉復哀哉，此是命矣夫！」所謂體疏，殆此類也。《文選》採錄孔融書表，是氣盛於為筆之證。禰衡作《鸚鵡賦》，文無加點，辭采甚麗，是思銳於為文也。

24. 潘勖《九錫文》見《詔策篇》注。《魏志．王朗傳》：「朗著奏議論記，咸傳於世。」序銘未聞。

25. 案《史通．雜說下》引俊才作役才，是。

26. 《事類篇》曰：「及揚雄百官箴，頗酌于詩書；劉歆《遂初賦》，歷敘于紀傳；漸漸綜採矣。至於崔班張蔡，遂捃摭經史，華實布濩，因書立功，皆後人之範式也。」

27. 鍾嶸列思王於中品、文帝於中品。《明詩篇》曰：「兼善則子建、仲宣。」是彥和之意，亦以子建詩優於文帝也。而樂府清越，《典論》辨要，則亦特有所長，不得一概抑之。彥和此說，誠是篤論。

28. 《文選》曹植《王仲宣誄》曰：「強記洽聞，幽讚微言；文若春華，思若湧泉；發言可詠，下筆成篇。」《詩品》云：「陳思以下，楨稱獨步。」又云：「公幹升堂，思王入室。」而稱仲宣為：「在曹劉間，別構一體，方陳思不足，比魏文有餘。」仲偉與彥和，小有出入。姚範《援鶉堂筆記》三十九：「仲宣續自善於辭賦，惜其體弱，不足起其文。按體弱未必論文，疑即《魏志．粲傳》所云『貌寢而體弱』也。又《魏略》亦有『元瑜病於體弱』之語。」

29. 陳琳見《檄移篇》注。阮瑀見《章表篇》、《書記篇》注。《全三國文》五十五《中論序》曰：「君之性常欲損世之有餘，益俗之不足。見辭人美麗之文，並時而作，曾無闡弘大義，敷散道教，上求聖人之中，下救流俗之昏者。故廢詩賦頌銘贊之文，著《中論》之書二十篇。」《典論．論文》：「幹之《玄猿》、《漏卮》、《圓扇》、《橘賦》，雖張蔡不過也。」《文選》謝靈運《擬魏太子鄴中集詩序》：「劉楨卓犖偏人，而文最有氣，所得頗經奇。」《文選》文帝《與吳質書》：「德璉常斐然有述作之意，其才學足以箸書。」《魏志．王粲》路粹注傳：「粹後為軍謀祭酒，與陳琳、阮瑀等典記室，誣奏孔融而殺之。（見《奏啓篇》）融誅之後，人覩粹所作，無不嘉其才而畏其筆也。」又《陳思王植傳》注引《典略》曰：「楊脩，字德祖，建安中舉孝廉，除郎中；丞相請署倉曹屬主簿。是時軍國多事，脩總知內外，事皆稱意。」又引《魏略》曰：「丁儀，字正禮，太祖辟儀為掾，到與論議，嘉其才朗。」《藝文類聚》五十四載儀〈刑禮論〉一篇。〈王粲傳〉注引《魏略》曰：「邯鄲淳，字子叔，博學有才章。」《藝文類聚》十載淳〈受命述〉。

30. 劉劭〈趙都賦〉見〈事類篇〉注。《文選》何平叔〈景福殿賦〉注引《典略》曰：「魏明帝將東巡，恐夏熱，故許昌作殿，名曰景福。既成，命人賦之。平叔遂有此作。」應璩〈百壹詩〉見〈明詩篇〉注。李詳〈黃注補正〉：「吉甫，晉應貞字。貞有〈臨丹賦〉，見《類聚》八。」嵇康〈養生論〉見《文選》。本集有〈答向子期難養生論〉、〈聲無哀樂論〉、〈釋私論〉、〈管蔡論〉、〈明膽論〉、〈難張遼叔自然好學論〉、〈難張遼叔宅無吉凶攝生論〉、〈答張遼叔釋難宅無吉凶攝生論〉。魏晉羣才，叔夜作論為最富矣。《晉書．阮籍傳》：「籍容貌瓌傑，志氣宏放，傲然獨得，任性不羈，而喜怒不形於色。能屬文，初不留思作〈詠懷詩〉八十餘首，為世所重。」《文選》採錄十七首，顏延年注曰：「說者謂阮籍在晉文代常慮禍患，故發此詠耳。」

31. 陸雲〈與兄平原書〉「張公文無他異，正是情省無煩長；作文正爾自復佳。」《文選．鷦鷯賦》注引臧榮緒《晉書》曰：「張華少好文義，博覽墳典。為太常博士，轉兼中書郎。雖棲處雲閣，慨然有感，作〈鷦鷯賦〉。」錄賦於下：

「鷦鷯，小鳥也，生於蒿萊之間，長於藩籬之下，翔集尋常之內，而生生之理足矣。色淺體陋，不為人用，形微處卑，物莫之害，繁滋族類，乘居匹游，翩翩然有以自樂也。彼鷲鶚鶤鴻，孔雀翡翠，或淩赤霄之際，或託絕垠之外，翰舉足以沖天，觜距足以自衛，然皆負矰纓繳，羽毛入貢。何者？有用於人也。夫言有淺而可以託深，類有微而可以喻大，故賦之云爾。

何造化之多端兮，播羣形於萬類；惟鷦鷯之微禽兮，亦攝生而受氣；育翩翾之陋體，無玄黃以自貴。毛弗施

於器用，肉不登乎俎味；鷹鸇過猶俄翼，尚何懼於罿罻。翳薈蒙蘢，是焉遊集；飛不飄颺，翔不翕習；其居易容，其求易給；巢林不過一枝，每食不過數粒。棲無所滯，遊無所盤；匪陋荊棘，匪榮茝蘭；動翼而逸，投足而安；委命順理，與物無患。伊茲禽之無知，何處身之似智；不懷寶以賈害，不飾表以招累；靜守約而不矜，動因循以簡易；任自然以為資，無誘慕於世偽。鵰鶚介其觜距，鵠鷺軼於雲際；從雞竄於幽險，孔翠生乎遐裔。彼晨鳧與歸雁，又矯翼而增逝；咸美羽而豐肌，故無罪而皆斃；徒銜蘆以避繳，終為戮於此世。蒼鷹鷙而受緤，鸚鵡惠而入籠；屈猛志以服養，塊幽縶於九重；變音聲以順旨，思摧翮而為庸；戀鍾代之林野，慕隴坻之高松；雖蒙幸於今日，未若疇昔之從容。海鳥鶢鶋，避風而至；條枝巨雀，踰嶺自致；提挈萬里，飄颻逼畏；夫惟體大妨物而形瓌足瑋也。陰陽陶蒸，萬品一區；巨細舛錯，種繁類殊；鷦螟巢於蚊睫，大鵬彌乎天隅；將以上方不足，而下比有餘；普天壤以遐觀，吾又安知其小大之所如。」

32. 左思〈三都〉見〈詮賦篇〉注。《文選》左思〈詠史〉八首：

○弱冠弄柔翰，卓犖觀羣書；著論準〈過秦〉，作賦擬〈子虛〉。邊城苦鳴鏑，羽檄飛京都；雖非甲冑士，疇昔覽〈穰苴〉。長嘯激清風，志若無東吳；鉛刀貴一割，夢想騁良圖。左眄澄江湘，右盼定羌胡；功成不受爵，長揖歸田廬。

○鬱鬱澗底松，離離山上苗；以彼徑寸莖，蔭此百尺條。世胄躡高位，英俊沈下僚；地勢使之然，由來非一朝。金張藉舊業，七葉珥漢貂；馮公豈不偉，白首不見招。

○吾希段干木，偃息藩魏君；吾慕魯仲連，談笑却秦軍。當世貴不羈，遭難能解紛；功成不受賞，高節卓不羣。臨組不肯緤，對珪不肯分；連璽燿前庭，比之猶浮雲。

○濟濟京城內，赫赫王侯居；冠蓋蔭四術，朱輪竟長衢。朝集金張館，暮宿許史廬；南鄰擊鐘磬，北里吹笙竽。寂寂揚子宅，門無卿相輿；寥寥空宇中，所講在玄虛；言論準宣尼，辭賦擬相如；悠悠百世後，英名擅八區。

○皓天舒白日，靈景耀神州；列宅紫宮裏，飛宇若雲浮。峩峩高門內，藹藹皆王侯；自非攀龍客，何為欻來遊。被褐出閶闔，高步追許由；振衣千仞岡，濯足萬里流。

○荊軻飲燕市，酒酣氣益震；哀歌和漸離，謂若旁無人。雖無壯士節，與世亦殊倫；高眄邈四海，豪右何足陳。貴者雖自貴，視之若埃塵；賤者雖自賤，重之若千鈞。

○主父宦不達，骨肉還相薄；買臣困采樵，伉儷不安宅；陳平無產業，歸來翳負郭；長卿還成都，壁立何寥廓。四賢豈不偉，遺烈光篇籍；當其未遇時，憂在填溝壑。英雄有迍邅，由來自古昔；何世無奇才，遺之在草澤。

○習習籠中鳥，舉翮觸四隅；落落窮巷士，抱影守空廬。出門無通路，枳棘塞中途；計策棄不收，塊若枯池魚。外望無寸祿，內顧無斗儲；親戚還相蔑，朋友日夜踈。蘇秦北遊說，李斯西上書；俛仰生榮華，咄嗟復彫枯。飲河期滿腹，貴足不願餘；巢林棲一枝，可為達士模。

33. 《文選》潘安仁〈西征賦〉注引臧榮緒《晉書》：「岳為長安令，作〈西征賦〉述行，歷論所經人物山水也。」李善注：「岳，滎陽中牟人。晉惠元康二年，岳為長安令，因行役之感，而作此賦。岳家在鞏縣東，故曰西征。」〈誄碑篇〉：「潘岳構意，專師孝山；巧於序悲，易入新切。」〈哀弔篇〉：「及潘岳繼作，實踵其美。觀其慮善辭變，情洞悲苦，敘事如傳，結言摹詩，促節四言，鮮有緩句，故能義直而文婉，體舊而趣新。〈金鹿〉、〈澤蘭〉，莫之或繼也。」〈金鹿〉、〈澤蘭〉，見〈哀弔篇〉注。

34. 〈鎔裁篇〉：「士衡才優，而綴辭尤繁，士龍思劣，而雅好清省。」《世說新語．文學篇》注引《文章傳》：「機善屬文，司空張華見其文章，篇篇稱善。猶譏其作文大治，謂曰人之作文，患於不才；至子為文，乃患太多也。」

35. 《晉書．孫楚傳》：「楚才藻卓絕，爽邁不群，多所陵傲，缺鄉曲之譽。晉文帝遣符劭孫郁使吳，將軍石苞令楚作書遺孫皓。」本傳及《文選》均載楚書。觀其指陳利害，深切著明，措辭率直，無所隱避，殆所謂直置疏通也。直置不可解，置或指之誤歟？《晉書．摯虞傳》載虞〈思游賦〉，其序曰：「虞嘗以死生有命，富貴在天。天之所祐者，義也；人之所助者，信也。履信思順，所以延福；違此而行，所以速禍，然道長世短，禍福舛錯，怵迫之徒，不知所守，蕩而積憤，或迷或放。故借之以身，假之以事，先陳處世不遇之難，遂棄彝倫，輕舉遠遊，以極常人罔惑之情；而後引之以正，反之以義。推神明之應於視聽之表，崇否泰之運於智力之外，以明天任命之不可違，故作〈思游賦〉。」循規溫雅，即指〈思游賦〉也。《文章流別》見〈序志篇〉注。

36. 《晉書．傅玄傳》：「玄性剛勁亮直，不能容人之短。司空王沈與玄書曰：省足下所著書，言富理濟，經綸政體，存重儒，教足以塞楊墨之流遁，齊孫孟於往代，每開卷未嘗不歎息也。玄子咸，字長虞，剛簡有大節，風格峻整，識性明悟，疾惡如讎，推賢樂善，嘗慕季文子、仲山甫之志。好屬文論，雖綺麗不足，而言成規鑒。」《易．蒙卦．象辭》：「以剛中也。」〈師卦．象辭〉：「剛中而應。」

37. 《晉書．文苑．成公綏傳》：「綏少有俊才，詞賦甚麗。」《世說新語．文學篇》注：「《文士傳》曰：『夏侯湛字孝若，有盛才，文章巧思，善補雅辭，名亞潘岳。』」湛集載其敍曰：「周詩者，〈南陔〉、〈白華〉、〈華黍〉、〈由庚〉、〈崇丘〉、〈由儀〉六篇，有其義而亡其辭。湛續其亡，故曰周詩也。」其詩曰：「既殷斯虔，仰說洪恩；夕定晨省，奉朝侍昏；宵中告退，雞鳴在門；孳孳恭誨，夙夜是敦。」《晉書．夏侯湛傳》載其〈昆弟誥〉一篇，純模《尚書》。本傳謂湛著論三十餘篇，別為一家之言。曹攄，字顏遠，《晉書》在〈良吏傳〉。《文選》載其五言〈思友人詩〉、〈感舊詩〉各一首。《文館詞林》載〈贈韓德真〉、〈贈石崇〉、〈贈王弘遠〉、〈贈歐陽建〉、〈答趙景猷〉五首，並四言長篇，殆即彥和所指。《文選》張季鷹〈雜詩〉注引王儉《七志》曰：「翰，字季鷹，文藻新麗。」

38. 三張，見〈明詩篇〉注。

39. 《晉書．劉琨傳》：「琨為匹磾所拘，自知必死，神色怡如也。為五言詩，贈其別駕盧諶。琨詩託意非常，攄暢幽憤，遠想張陳（張良、陳平），感鴻門白登之事，用以激諶。諶素無奇略，以常詞酬和。殊乖琨心。重以詩贈之。乃謂琨曰：前篇帝王大志，非人臣所言矣。」《文選》載琨〈答盧諶〉四言詩一首，又〈重贈盧諶〉五言詩一首。重贈詩載琨本傳，即諶所謂「帝王大志，非人臣所言」者也。〈盧諶傳〉：「諶，字子諒，清敏有理思，好老莊，善屬文。」彥和稱盧諶「情發而理昭」，蓋指其上表理劉琨，本傳所謂「文旨甚切」者也。表文載〈劉琨傳〉。

40. 《世說新語．文學篇》注引〈璞別傳〉：「文藻粲麗，詩賦誄頌，並傳於世。」〈郊賦〉見〈才略篇〉注。《文選》郭景純〈遊仙詩〉七首。李善注曰：「凡遊仙之篇，皆所以滓穢塵網，錙銖纓紱，飡霞倒景，餌玉玄都。而璞之制，文多自敘，雖志狹中區，而辭無俗累，見非前識，良有以哉。」

41. 庾亮，見〈章表篇〉注。溫嶠，見〈詔策篇〉注。

42. 孫盛、干寶，見〈史傳篇〉注。

43. 《世說新語．文學篇》注引《續晉陽秋》：「袁宏少有逸才，文章絕麗。」鍾嶸《詩品》曰：「彥伯雖文體未遒，而鮮明緊健，去凡俗遠矣。」孫興公〈遊天台山賦〉多用佛老之語，不甚狀貌山水；與漢賦窮形盡貌者頗異。《世說新語．文學篇》：「殷仲文天才弘贍。」注引《續晉陽秋》：「仲文雅有藻才，著文數十篇。」殷仲文〈孤興〉、謝混〈閑情〉未聞。

44. 此亦猶〈時序篇〉不論當代之意。

45. 《論衡．案書篇》：「夫俗好珍古不貴今，謂今之文不如古書。夫古今一也。才有高下，言有是非，不論善惡，而徒貴古，是謂古人賢今人也。……才有淺深，無有古今；文有偽真，無有故新。」彥和之意同此。

知音第四十八

知音其難哉！音實難知，知實難逢，逢其知音，千載其一乎！夫古來知音，多賤同而思古，所謂日進前而不御，遙聞聲而相思也[1]。昔儲說始出，子虛初成，秦皇漢武，恨不同時。既同時矣，則韓囚而馬輕，豈不明鑒同時之賤哉[2]？至於班固傅毅，文在伯仲，而固嗤毅云下筆不能自休。及陳思論才，亦深排孔璋，敬禮請潤色，歎以為美談；季緒好詆訶，方之於田巴，意亦見矣。故魏文稱文人相輕，非虛談也[3]。至如君卿脣舌，而謬欲論文，乃稱史遷著書，諮東方朔；於是桓譚之徒，相顧嗤笑，彼實博徒，輕言負誚，況乎文士，可妄談哉[4]！故鑒照洞明，而貴古賤今者，二主是也；才實鴻懿，而崇己抑人者，班曹是也；學不逮文，而信偽迷真者，樓護是也；醬瓿之議，豈多歎哉[5]！

夫麟鳳與麏雉懸絕，珠玉與礫石超殊，白日垂其照，青眸寫其形。然魯臣以麟為麏，楚人以雉為鳳，魏氏（鈴木云梅本閔本作民）以夜光為怪石，宋客以燕礫為寶珠。形器易徵，謬乃若是；文情難鑒，誰曰易分[6]？

夫篇章雜沓，質文交加，知多偏好，人莫圓該。慷慨者逆聲而擊節，醞籍（黃校作藉）者見密而高蹈，浮慧者觀綺而躍心，愛奇者聞詭而驚聽。會己則嗟諷，異我則沮棄，各執一隅之解，欲擬萬端之變；所謂東向而望，不見西牆也[7]。

凡操千曲而後曉聲，觀千劍而後識器；故圓照之象，務先博觀。閱喬岳以形培塿，酌滄波以喻畎澮，無私於輕重，不偏於憎愛，然後能平理若衡，照辭如鏡矣[8]。是以將閱文情，先標六觀：一觀位體，二觀置辭，三觀通變，四觀奇正，五觀事義，六觀宮商，斯術既形，則優劣見矣[9]。

夫綴文者情動而辭發，觀文者披文以入情，沿波討源，雖幽必顯。世遠莫見其面，覘文輒見其心。豈成篇之足深，患識照之自淺耳[10]。夫志在山水，琴表其情，況形之筆端，理將焉匿[11]？故心之照理，譬目之照形，目瞭則形無不分，心敏則理無不達。然而俗監（鈴木云宜作鑒）之迷者，深廢淺售，此莊周所以笑折楊，宋玉所以傷白雪也[12]！昔屈平有言，文質疎內，眾不知余之異采，見異唯知音耳。揚雄自稱心好沈博絕麗之文，其事浮淺，亦可知矣[13]。夫唯深識鑒奥，必歡然內懌，譬春臺之熙眾人，樂餌之止過客。蓋聞蘭為國香，服媚彌芬；書亦國華，翫澤（王作繹）方美：知音君子，其垂意焉[14]。

贊曰：洪鍾（鈴木云閔本岡本作鐘）萬鈞，夔曠所定。良書盈篋，妙鑒迺訂。流鄭淫人，無或失聽。獨有此律，不謬蹊徑。

【注釋】

1. 李詳〈黃注補正〉：「《抱朴子．廣譬篇》：『貴遠而賤近者，常人之情也；信耳而遺目者，古今之所患也。是以秦王歎息於韓非之書，而想其為人；漢武慷慨於相如之文，而恨不同世。及既得之，或不能拔，或

納說而誅之，或放之乎冗散。』彥和之論本此。」

《鬼谷子．內揵篇》：「日進前而不御，遙聞聲而相思。」

2. 《史記．韓非傳》：「非作〈孤憤〉、〈五蠹〉、〈內外儲〉、〈說林〉、〈說難〉十餘萬言，秦王見〈孤憤〉、〈五蠹〉之書曰：『嗟乎！寡人得見此人，與之遊，死不恨矣。』因急攻韓。韓乃遣非使秦。李斯、姚賈害之，下吏治非。李斯使人遺非藥使自殺。」《漢書．司馬相如傳》：「蜀人楊得意為狗監，侍上。上讀〈子虛賦〉而善之，曰：『朕獨不得與此人同時哉！』得意曰：『臣邑人司馬相如自言為此賦。』上驚，乃召問相如。相如曰：『有是。然此乃諸侯之事，未足觀，請為天子遊獵之賦。』……奏之，天子以為郎。」

3. 《文選．典論．論文》：「文人相輕，自古而然。傅毅之於班固，伯仲之間耳，而固小之。與弟超書曰：武仲以能屬文為蘭臺令史，下筆不能自休。」

《文選》曹子建〈與楊德祖書〉：「以孔璋之才，不閑於辭賦，而多自謂能與司馬長卿同風，譬畫虎不成，反為狗也。……昔丁敬禮常作小文，使僕潤飾之，僕自以才不過若人，辭不為也。敬禮謂僕：『卿何所疑難。文之佳惡，吾自得之，後世誰相知定吾文者耶！』吾嘗歎此達言，以為美談。……劉季緒才不能逮於作者，而好詆訶文章，掎摭利病。昔田巴毀五帝罪三王，呰五霸於稷下，一旦而服千人。魯連一說，使終身杜口。劉生之辯，未若田氏，今之仲連，求之不難，可無歎息乎。」丁廙，字敬禮。季緒，名脩，劉表子也。

4. 《史記．太史公自序．索隱》：「桓譚云：遷所著書成以示東方朔，朔皆署曰太史公。」〈孝武紀．索隱〉亦引此說，據彥和此文，則是桓譚笑樓護之說，《索隱》誤記。樓護脣舌，見〈論說篇〉注。

5. 二主，謂秦皇、漢武。班曹，謂班固、曹植。《漢書．揚雄傳》贊：「雄著《太玄》，劉歆嘗觀之，謂雄曰：空自苦！今學者有祿利，然尚不能明《易》，又如《玄》何。吾恐後人用覆醬瓿也。」

6. 《公羊．哀公十四年》：「有以告者，曰：有麠而角者。孔子曰：孰為來哉！孰為來哉！」《尹文子．大道

下》：「楚有擔山雉者，路人問何鳥也？擔雉者欺之曰：鳳凰也。買而獻之楚王。」又：「魏之田父得玉徑尺，不知其玉也，以告隣人。隣人紿之曰：怪石也。歸而置之廡下，明照一室，怪而棄之於野。」《藝文類聚》六《闕子》：「宋之愚人得燕石於梧臺之東，歸而藏之，以為大寶。周客聞而觀焉，掩口而笑曰：此特燕石也，與瓦甓不殊。」

7. 紀評曰：「此似是而非之見，雖相賞識，亦非知音。」

8. 《意林》引《新論》曰：「揚子雲工於賦，王君大習兵器。予欲從二子學。子雲曰：能讀千賦則善賦。君大曰：能觀千劍則曉劍。諺曰：伏習象神，巧者不過習者之門。」紀評曰：「扼要之論，探出〈知音〉之本。」

9. 一觀位體，〈體性〉等篇論之。二觀置辭，〈麗辭〉等篇論之。三觀通變，〈通變〉等篇論之。四觀奇正，〈定勢〉等篇論之，五觀事義。〈事類〉等篇論之。六觀宮商，〈聲律〉等篇論之。大較如此，其細條當參伍錯綜以求之。

10. 紀評曰：「此一段說到音本易知，乃彌覺知音不逢之可傷。」

11. 《呂氏春秋．本味》：「伯牙鼓琴，鍾子期聽之。方鼓琴而志在太山；鍾子期曰：『善哉乎鼓琴，巍巍乎若太山。』少選之間，而志在流水；鍾子期又曰：『善哉乎鼓琴，湯湯乎若流水。』鍾子期死，伯牙終身不復鼓琴。」

12. 《莊子．天地篇》：「大聲不入於里耳，折楊皇荂則嗑然而笑。是故高言不止於眾人之心，至言不出，俗言勝也。」《文選》宋玉〈對楚王問〉：「客有歌於郢中者，其始曰《下里》、《巴人》，國中屬而和者數千人。其為《陽春》、《白雪》，國中屬而和者數十人。是以其曲彌高，其和彌寡。」

13. 《楚辭．九章．懷沙》：「文質疏內兮，眾不知余之異采。」其事浮淺，疑當作不事浮淺。

14. 《老子》二十章：「眾人熙熙，如春登臺。」俞樾《諸子平議》曰：「如春登臺與十五章若冬涉川一律。河

上公本作如登春臺，非是。然其注曰：『春陰陽交通，萬物感動，登臺觀之，意志淫淫然。』是亦未嘗以春臺連文。其所據本亦必作春登臺，今傳寫誤倒耳。《文選·閒居賦》注引此已誤。」案如俞說，則彥和時已誤矣。《釋藏》跡八釋道安〈十二門經論序〉：「世人遊此，猶春登臺。」是晉代尚不誤也。又三十五章：「樂與餌，過客止。」王弼注：「樂與餌，則能令過客止。」《左傳·宣公三年》：「以蘭有國香，人服媚之。」翫澤，疑當作翫繹。

程器第四十九

周書論士，方之梓材，蓋貴器用而兼文采也。是以樸斲成而丹雘施，垣墉立而雕杇（鈴木云嘉靖本梅本杇誤作朽閔本岡本王本張本作墁）附[1]。而近代詞人，務華棄實，故魏文以為古今文人之（之字衍）類不護細行，韋誕所評，又歷詆羣才，後人雷同，混之一貫，吁可悲矣[2]！

略觀文士之疵：相如竊妻而受金，揚雄嗜酒而少算；敬通之不循廉隅，杜篤之請求無厭；班固諂竇以作威，馬融黨梁而黷貨；文舉傲誕以速誅，正平狂憨以致戮；仲宣輕脆以躁競，孔璋傯恫以麤疎；丁儀貪婪以乞貨，路粹餔啜而無恥；潘岳詭譸於愍懷，陸機傾仄於賈郭；傅玄剛隘而詈臺，孫楚狠（汪作佷）愎而訟府：諸有此類，並文士之瑕累[3]。文既有之，武亦宜然。古之將相，疵咎實多：至如管仲之盜竊，吳起之貪淫，陳平之污點，絳灌之讒嫉，沿茲以下，不可勝數[4]。孔光負衡據鼎，而仄媚董賢，況班馬之賤職，潘岳之下位哉[5]？王戎開國上秩，而鬻官囂俗；況馬杜之磬懸，丁路之貧薄哉[6]？然子夏無虧於名儒，濬沖不塵乎竹林者，名崇而譏減也。若夫屈賈之忠貞，鄒枚之機覺，黃香之淳孝，徐幹之沈默，豈曰文士，必其玷歟[7]？

蓋人稟五材，修短殊用，自非上哲，難以求備。然將相以位隆特達，文士以職卑多誚，此江河所以騰湧，涓流所以寸折者也。名之抑揚，既其然矣；位之通塞，

亦有以焉。蓋士之登庸，以成務為用。魯之敬姜，婦人之聰明耳；然推其機綜，以方治國，安有丈夫學文，而不達於政事哉[8]？彼揚馬之徒，有文無質，所以終乎下位也。昔庾元規才華清英，勳庸有聲，故文藝不稱，若非台岳，則正以文才也[9]。文武之術，左右惟宜，郤（鈴木云郤當作郤黃氏原本不誤）縠敦書，故舉為元帥，豈以好文而不練武哉？孫武兵經，辭如珠玉，豈以習武而不曉文也[10]？

是以君子藏器，待時而動，發揮事業，固宜蓄素以弸（黃云案馮本校剛）中，散采（元作悉龔仲和改）以彪外，楩柟其質，豫章其幹，摛文必在緯軍國，負（元作賢龔改）重必在任棟梁，窮則獨善以垂文，達則奉時以騁績：若此文人，應梓材之士矣[11]。

贊曰：瞻彼前修，有懿文德。聲昭楚南，采動梁北[12]。雕而不器，貞幹誰則。豈無華身，亦有光國。

【注釋】

1. 《尚書．梓材》：「若作室家，既勤垣墉，惟其塗墍茨。若作梓材，既勤樸斲，惟其塗丹雘。」《傳》曰：「為政之術，如梓人治材為器，已勞力樸治斲削，惟其當塗以漆丹以朱而後成，以言教化亦須禮義然後治。」《五子之歌》：「峻宇彫牆。」《說文》：「杇，所以涂也。秦謂之杇，關東謂之槾。」

2. 李詳〈黃注補正〉曰：「魏文帝〈與吳質書〉：古今文人，類不護細行，鮮能以名節自立。」《三國．魏志．王粲傳》注引魚豢曰：「尋省往者魯連、鄒陽之徒，援譬引類以解締結。誠彼時文辯之儁也。今覽王繁阮陳路諸人前後文旨，亦何昔不若哉！其所以不論者，時世異耳。余又竊怪其不甚見用，以問大鴻臚卿韋仲將。仲將云：仲宣傷於肥戇，休伯都無格檢，元瑜病於體弱，孔璋實自麤疏，文蔚性頗忿鷙。……然君子不責備於一人，譬之朱漆，雖無楨幹，其為光澤，亦壯觀也。」（韋誕，字仲將。）

3. 《漢書．司馬相如傳》：「卓王孫有女文君，新寡好音，相如以琴心挑之。文君竊從戶窺，心悅而好之，恐不得當也，夜亡奔相如。相如與馳歸成都。」又：「其後人有上書言相如使蜀時受金，失官。」《顏氏家訓．文章篇》：「司馬長卿竊貲無操。」

《漢書．揚雄傳》：「雄家素貧，嗜酒，時有好事者，載酒肴從遊學。」又：「家產不過十金，乏無儋石之儲，晏如也。」彥和謂其少算，豈指是與。《顏氏家訓》云：「揚雄德敗〈美新〉。」

《後漢書．馮衍傳》：「衍，字敬通。顯宗即位，又多短衍文過其實，遂廢於家，衍娶北地女任氏為妻，悍忌不得畜媵妾兒女，常自操井臼，老竟逐之，遂埳壈於時。」章懷注引衍集〈與婦弟任武達書〉醜詆其婦，詞極慘苦。注又引衍〈與宣孟書〉，似又出其後妻，其人之鄙薄可知。《宋書．王微傳》：「光武以馮衍才浮其實，故棄而不齒。」

《後漢．文苑傳》：「杜篤居美陽，與美陽令游，數從請託不諧，頗相恨。令怒，收篤送京師。」

《後漢書．班固傳》：「大將軍竇憲出征匈奴，以固為中護軍與參議。及竇憲敗，固先坐免官。固不教學諸子，諸子多不遵法度，吏人苦之。」《顏氏家訓》曰：「班固盜竊父史。」

《後漢書．馬融傳》：「融為梁冀草奏李固。又作〈大將軍西第頌〉，以此頗為正直所羞。」范曄論曰：「馬融奢樂恣性，黨附成譏，固知識能匡欲者鮮矣！」《顏氏家訓》曰：「馬季長佞媚獲誚。」李詳〈黃注補正〉：「黃注引〈融傳〉不及黷貨，今當添入。〈融傳〉：『先是融有事忤大將軍梁冀，冀諷有司奏融在郡貪濁免官。』惠棟《後漢書訓纂》引《三輔決錄》云：融為南郡太守，二府以融在郡貪濁受主記掾岐肅錢四十萬。融子强又受吏白向錢六十萬，布三百疋，以肅為孝廉，向為主簿。」

《後漢書．孔融傳》：「時年飢兵興，操表制酒禁。融頻書爭之，多侮慢之辭。既見操雄詐漸著，數不能

堪，故發辭偏宕，多致乖忤。」《意林》引傅玄《傅子》：「漢末有管秋陽者，與弟及伴一人避亂俱行。天雨雪，糧絕，謂其弟曰：今不食伴，則三人俱死。乃與弟共殺之，得糧達舍，後遇赦無罪，此人可謂善士乎？孔文舉曰：『管秋陽愛先人遺體，食伴無嫌也。』荀侍中難曰：『秋陽貪生殺生，豈不罪耶？』文舉曰：『此伴非會友也。若管仲啖鮑叔，貢禹食王陽，此則不可。向所殺者猶鳥獸而能言耳。今有犬齧一狸，狸齧一鸚鵡，何足怪也？』」觀文舉此論，可見其誕之甚。《宋書．王微傳》：「諸葛孔明云：來敏亂郡，（按《三國志．來敏傳》注作羣。）過於孔文舉。」《金樓子．立言篇》亦載文舉食人語，文小異。

禰衡傲誕事詳《後漢書》本傳，後竟為黃祖所殺。《顏氏家訓》曰：「孔融禰衡，誕傲致殞。」

王粲輕脆躁競，說已詳〈體性篇〉注。

丁儀、路粹事未詳。《顏氏家訓》曰：「路粹隘已甚。」黃注：「《晉書．愍懷太子傳》賈后將廢太子，詐稱上不和，召太子置別室，逼飲醉之。使潘岳作書草若禱神之文，有如太子素意，因醉而書之。令小婢以紙筆及書草使太子依而寫之。後以呈帝廢太子。」

《晉書．陸機傳》：「機好遊權門，與賈謐親善，以進趣獲譏。」又〈郭彰傳〉：「彰，賈后從舅也。與賈充素相親，遇賈后專朝，彰與參權勢，賓客盈門，世人稱為賈郭。」《顏氏家訓》曰：「陸機犯順履險。」

《晉書．傅玄傳》：「玄天性峻急，不能有所容。轉司隸校尉。謁者以弘訓宮為殿內，制玄位在卿下。玄恚怒，厲聲色而責謁者。謁者妄稱尚書所處，玄對百僚而罵尚書以下。御史中丞庾純奏玄不敬。坐免官。」

《晉書．孫楚傳》：「楚參石苞驃騎軍事，初至，長揖曰：『天子命我參卿軍事。』因此而嫌隙遂構。苞奏楚與吳人孫世山共訕毀時政。楚亦抗表自理，紛紜經年。」

4. 《說苑．尊賢篇》：「鄒子說梁王曰：管仲故成陰之狗盜也。天下之庸夫也，齊桓公得之以為仲父。」《史記．吳起傳》：「起聞魏文侯賢，欲事之。文侯問李克曰：吳起何如人哉？李克曰：起貪而好色，然用兵，司馬穰苴不能過也。」

5. 《史記・陳丞相世家》：「絳侯、灌嬰等咸讒陳平曰：臣聞平居家時，盜其嫂；事魏不容，亡歸楚；歸楚不中，又亡歸漢。今日大王尊官之令護軍。平受諸將金，金多者得善處，金少者得惡處。平反覆亂臣也。」又〈賈誼傳〉：「絳灌、東陽侯、馮敬之屬盡害之。」《漢書・佞幸傳》：「初，丞相孔光為御史大夫時，董賢父恭為御史，事光。及賢為大司馬，與光並為三公，上故令賢私過光。光知上欲尊寵賢，及聞賢當來也，光警戒衣冠，出門待望，見賢車乃却入。賢至中門，光入閣。既下車，乃出拜謁，送迎甚謹，不敢以賓客鈞敵之禮。賢歸，上聞之喜。」〈王莽傳〉：「莽以光為舊相名儒，天下所信。」光字子夏。班馬，謂班固、馬融。

6. 黃注：「《晉書・王戎傳》戎字濬沖。與阮籍諸人為竹林之遊。後以平吳功，封安豐侯。南郡太守劉肇賂戎筒中細布五十端，為司隸所糾。帝雖不問，然為清慎者所鄙。」又本傳：「戎以晉室方亂，慕遽伯玉之為人，與時舒卷，無蹇諤之節。自經典選，未嘗進寒素退虛名，但與時浮沈，戶調門選而已。」馬杜，謂司馬相如、杜篤。

7. 《漢書・鄒陽傳》：「吳王濞陰有邪謀，陽奏書諫，吳王不內其言。於是鄒陽、枚乘、嚴忌知吳不可說，皆去之梁。」《後漢書・文苑傳》：「黃香年九歲失母，思慕憔悴，殆不免喪，鄉人稱其至孝。太守劉護聞而召之，署門下孝子。香博學經典，究精道術，能文章。肅宗詔香詣東觀，讀所未嘗見書。」《魏志・王粲傳》注引《先賢行狀》：「幹清玄體道，六行修備，聰識洽聞，操翰成章，輕官忽祿，不耽世榮。」

8. 陳先生曰：「江河所以騰涌，涓流所以寸折，語意本《荀子・王霸篇》，小巨分流者，亦一若彼一若此也。」李君雁晴曰：「《列女・母儀傳》文伯相魯，敬姜謂之曰：吾語汝！治國之要，盡在經矣。夫幅者所以正曲枉也。不可不彊，故幅可以為將。畫者所以均不均服不服也，故畫可以為正。推而往引而來者綜也，綜可以為開內之師。」

9. 庾亮見〈章表篇〉注。

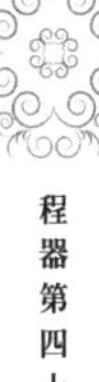

10. 《左傳．僖公二十七年》：「晉侯蒐於被廬，作三軍，謀元帥。趙衰曰：郤穀可。臣亟聞其言矣，說禮樂而敦詩書。」《史記．孫子傳》：「孫武以兵法見於吳王闔廬。闔廬曰：子之十三篇，吾盡觀之矣，可以小試勒兵乎？對曰可。」《正義》引《七錄》云：「《孫子兵法》三卷。案十三篇為上卷，又有中下二卷。」

11. 《法言．君子篇》：「或問君子言則成文，動則成德，何以也？曰：以其弸中而彪外也。」注：「弸，滿也；彪，文也。積行內滿，文辭外發。」《漢書．司馬相如傳》：「其北則有陰林巨樹，楩柟豫章。」服虔曰：「豫章，大木也。」顏注：「楩，音便，即今黃楩木也。柟，音南。今所謂楠木。」《史記．司馬相如傳．正義》：「按溫活人云：豫，今之枕木；章，今之樟木也。二木生至七年，枕樟乃可分別。」

12. 《抱朴子．尚博篇》：「或曰：德行者本也，文章者末也，故四科之序，文不居上。抱朴子答曰：文章之與德行，猶十尺之與一丈，謂之餘事，未之前聞。且夫本不必皆珍，末不必悉薄，譬若錦繡之因素地，珠玉之居蚌石，雲雨生於膚寸，江河始於咫尺，爾則文章雖為德行之弟，未可呼為餘事也。」聲昭楚南，謂屈、賈，采動梁北，謂鄒、枚。

序志第五十[1]

夫文心者，言為文之用心也。昔涓子琴心，王孫巧心，心哉美矣，故（一本上有夫字）用之焉（元脫按廣文選補）[2]。古來文章，以雕縟成體，豈取騶奭之羣言雕龍也[3]？夫宇宙綿邈，黎獻紛雜，拔萃出類，智術而已。歲月飄忽，性靈不居，騰聲飛實，制作而已。夫有（衍鈴木云梅本有作自校云曹改梁書有字自字並無）肖貌天地，稟性五才（一作行黃云梁書作才），擬耳目於日月，方聲氣乎風雷，其超出萬物，亦已靈矣[4]。形同（鈴木云梁書同作甚）草木之脆，名踰金石之堅，是以君子處世，樹德建言，豈好辯哉？不得已也！

予生七齡（鈴木云梅本校云梁書無生七齡以下十四字），乃夢彩雲若錦，則攀而採之。齒在踰立，則（鈴木云梁書無則字）嘗夜夢執丹漆之禮器[5]，隨仲尼而南行；旦而寤，迺怡然而喜（鈴木云御覽無旦而迺怡然五字），大哉聖人之難見哉（鈴木云梁書御覽嘉靖本閔本岡本哉作也），乃小子之垂夢歟！自生人（鈴木云御覽作靈）以來，未有如夫子者也。敷讚聖旨，莫若注經；而馬鄭諸儒，弘之已精，就有深解，未足立家（鈴木云御覽無此二句）。唯文章之用，實經典枝條，五禮資之以成（鈴木云御覽成下有文字），六典因之（鈴木云御覽有以字）致用，君臣所以炳煥，軍國所以昭明，詳其本源，莫非（一作外）經典[6]。而去聖久遠，文體解散，辭人愛奇，言貴浮詭，飾羽尚畫，文繡鞶帨，離本彌甚，將遂訛濫[7]。蓋周書論辭，貴乎體要；尼父陳訓，惡乎異端[8]；辭訓之異，宜體於要。於是搦筆和墨，乃始論文。

詳觀近代之論文者多矣：至於（一作如）魏文述典[9]，陳思序書[10]，應瑒文論[11]，陸機

文賦[12]，仲治(鈴木云黃氏原本洽作治梅本王本岡本同梁書作洽)流別[13]，宏範翰林[14]，各照隅隙，鮮觀衢路，或臧否當時之才，或銓品前修之文，或汎舉雅俗之旨，或撮題篇章之意。魏典密而不周，陳書辯而無當，應論華而疏略，陸賦巧而碎亂，流別精而少巧(梁書作功)[15]，翰林淺而寡要。又君山公幹之徒[16]，吉甫士龍之輩[17]，汎議文意，往往間出，並未能振葉以尋根，觀瀾而索源。不述先哲之誥，無益後生之慮。

蓋文心之作也，本乎道，師乎聖，體乎經，酌乎緯，變乎騷，文之樞紐，亦云極矣。若乃論文敍筆[18]，則囿(汪作品)別區分，原始以表末(黃校末活字本作時顧校亦作時)，釋名以章義，選文以定篇，敷理以舉統[19]，上篇以上，綱領明矣。至於割(鈴木云梁書作表嘉靖本作剖)情析采(一作表)，籠圈條貫，摛神性，圖風勢，苞(一作包)會通，閱聲字，崇替於時序，褒貶於才略，怊悵(元作怡暢王性凝改)於知音，耿介於程器，長懷序志，以馭羣篇，下篇以下，毛目顯矣。位理定名，彰乎大易之數，其為文用，四十九篇而已[20]。

夫銓序一文為易，彌綸羣言為難[21]，雖復(一作或)輕采毛髮，深極骨髓，或有曲意密源，似近而遠，辭所不載，亦不(黃校有可字)勝數矣。及其品列(一作許鈴木云梁書作評)成文，有同乎舊談者，非雷同也，勢自不可異也。有異乎前論者，非苟異也，理自不可同也[22]。同之與異，不屑古今，擘肌分理，唯務折衷。按轡文雅之場，環絡藻繪之府，亦幾乎備矣。但言不盡意，聖人所難，識在缾(黃云活字本作缾)管，何能矩矱(元脫許補黃云活字本作規矩)。茫茫往代，既沈(一作洗鈴木云梅本校沈字謝云一作洗)予聞，眇眇來世，倘(鈴木云嘉靖本梅本閔本王本岡本作諒)塵彼觀也[23]。

贊曰：生也有涯，無涯惟智。逐物實難，憑性良易。傲岸泉石，咀嚼文義。文果載心，余心有寄！

【注釋】

1. 紀評曰：「此全書之總序。古人之序皆在後，《史記》、《漢書》、《法言》、《潛夫論》之類，古本尚斑斑可考。」

2. 《釋藏》跡十釋慧遠〈阿毗曇心序〉：「《阿毗曇心》者，三藏之要頌，詠歌之微言，管統眾經，領其會宗，故作者以心為名焉。有出家開士，字曰法勝，淵識遠鑒，探深研機，龍潛赤澤，獨有其明。其人以為《阿毗曇經》源流廣大，難卒尋究，非贍智宏才，莫能畢綜。是以探其幽致，別撰斯部，始自界品，訖於問論，凡二百五十偈。以為要解，號之曰心。」彥和精湛佛理，《文心》之作，科條分明，往古所無。自〈書記篇〉以上，即所謂界品也，〈神思篇〉以下，即所謂問論也。蓋採取釋書法式而為之，故能鰓理明晰若此。《札記》曰：「涓子，蓋即《史記．孟子荀卿列傳》之環淵。環淵楚人，為齊稷下先生，（此《列仙傳》所以稱為齊人。）言黃老道德之術，著書上下篇。（《琴心》蓋即此書之名，猶《王孫子》一名《巧心》也。）環，一作蠉，一作蜎，聲類並同。」《漢書．藝文志》道家《蜎子》十三篇。自注：「名淵，楚人，老子弟子。」又儒家《王孫子》一篇。自注：「一曰巧心。」《釋名．釋言語》：「文者，會集眾綵以成錦繡，會集眾字以成辭義，如文繡然也。」

3. 《札記》曰：「此與後章文繡鞶帨、離本彌甚之說，似有差違，實則彥和之意，以為文章本貴修飾，特去甚去泰耳。全書皆此旨。」《後漢書．崔駰傳》贊：「世禪雕龍。」章懷注引《別錄》曰：「言騶奭修飾之文，若雕龍文也。」

4. 《尚書．益稷》：「萬邦黎獻。」黎獻，謂眾賢。《漢書．刑法志》：「夫人肖天地之貌，懷五常之性。」

此彥和所本。有，是人之誤。《淮南子．精神訓》：「是故耳目者日月也，血氣者風雨也。」孫君蜀丞曰：「《春秋繁露．人副天數篇》：『耳目戾戾，象日月也；鼻口呼吸，象風氣也。』」

5. 《札記》曰：「丹漆之禮器，蓋籩豆也。《三禮圖》（《玉函山房輯本》）云：豆以木為之，受四升，高尺二寸，黍赤中。《周禮》注曰：籩，竹器圓者。」

6. **劉毓崧《通誼堂集．書文心雕龍後》**

《文心雕龍》一書。自來皆題梁劉勰著，而其著於何年，則多弗深考。予謂勰雖梁人，而此書之成，則不在梁時而在南齊之末也。觀於〈時序篇〉云「暨皇齊馭寶，運集休明，太祖以聖武膺錄，世祖以睿文纂業，文帝以貳離含章，高宗以上哲興運，並文明自天，緝遐（遐疑當作熙。）景祚。今聖歷方興，文思光被」云云。此篇所述，自唐虞以至劉宋，皆但舉其代名，而特於齊上加一皇字，其證一也。魏晉之主，稱謚號而不稱廟號，至齊之四主，惟文帝以身後追尊，止稱為帝，餘並稱祖稱宗，其證二也。歷朝君臣之文，有褒有貶，獨於齊則竭力頌美，絕無規過之詞，其證三也。

東昏上高宗之廟號，係永泰元年八月事，據高宗興運之語，則成書必在是月以後。梁武受和帝之禪位，係中興二年四月事，據皇齊馭寶之語，則成書必在是月以前。其間首尾相距，將及四載，所謂今聖歷方興者，雖未嘗明有所指，然以史傳核之，當是指和帝而非指東昏也。《梁書．勰傳》云：「撰《文心雕龍》既成，未為時流所稱，勰自重其書，欲取定於沈約。約時貴盛，無由自達，乃負其書，候約出，干之於車前。約便命取讀，大重之。」今考約之事東昏也，官司徒左長史征虜將軍南清河太守，雖品秩漸崇，而未登樞要，較諸同時之貴倖，聲勢曾何足言。及其事和帝也，官驃騎司馬，遷梁臺吏部尚書，兼右僕射。維時梁武尚居藩國，而久已帝制自為，約名列府僚，而實則權侔宰輔，其委任隆重，即元勳宿將，莫敢望焉，然則約之貴盛，與勰之無由自達，皆不在東昏之時而在和帝之時明矣。

且勰為東莞莒人，此郡僑置於京口，密邇建康，其少時居定林寺十餘年，故晚歲奉敕撰經證功，即於其地，則蹤跡常在都城可知。約自高宗朝由東陽徵還，任內職最久，其為南清河太守，亦京口之僑郡，與勰之桑梓甚近，加以性好墳籍，聚書極多，若東昏時，此書業已流行，則約無由不見。其必待車前取讀，始得其書者，豈非以和帝時書適告成，故傳播未廣哉。和帝雖受制於人，僅同守府，然天命一日未改，固儼然共主之尊，勰之颺言讚時，亦儒生之職分。其不更述東昏者，蓋和帝與梁武舉義，本以取殘伐暴為名，故特從而削之，亦猶文帝之後，不敍鬱林王與海陵王，皆以其喪國失位而已。東昏之亡，在和帝中興元年十二月，去禪代之期，不滿五月，勰之負書干約，當在此數月中，故終齊之世，不獲一官，而梁武天監之初，即起家奉朝請，未必非約延譽之力也。至於沈之《宋書》，成於齊世祖永明六年，而自來皆題梁沈約撰，與勰之此書事正相類。特約之〈序傳〉言成書年月；而勰之〈序志〉未言成書年月，故人但知《宋書》成於齊而不知此書亦成於齊耳。

○劉氏此文，考彥和書成於齊和帝之世，其說甚確，茲本之以略考彥和身世。史料簡缺，聞見隘陋，徒憑推想，庶得郛郭而已。《宋書・劉秀之傳》云：「東莞莒人，世居京口，弟粹之，晉陵太守。」秀之、粹之兄弟以「之」字為名，而彥和祖名靈真，殆非同父母兄弟，而同為京口人則無疑。彥和之生，當在宋明帝泰始元年前後，父尚早沒，奉母家居讀書。母沒當在二十歲左右，丁婚娶之年，其不娶者，固由家貧，亦以居喪故也。三年喪畢，正齊武帝永明五六年。《高僧・釋僧祐傳》云：「永明中，勑入吳。試簡五眾，並宣講十誦，更伸受戒之法。凡獲信施，悉以治定林建初及修繕諸寺，並建無遮大集捨身齋等。及造立經藏，抽校卷軸，使夫寺廟廣開，法言無墜，咸其功也。」彥和終喪，值僧祐宏法之時，依之而居，必在此數年中。今假設永明五六年，彥和年二十三四歲，始來居定林寺，佐僧祐搜羅典籍，校定經藏。〈僧祐傳〉又云：「初，祐集經藏既成，使人抄撰要事，為《三藏記》、《法苑記》、《世界記》、《釋迦譜》及《弘明集》等，皆行於世。」僧祐宣揚大教，未必能潛心著述，凡此造作，大抵皆出彥和手也。〈釋超辯傳〉：「以齊永明十年終於山寺，沙門僧祐為造碑墓所，東莞劉勰製文。」永明十年，彥和年未及三十，正居寺定經藏時也。假

定彥和自探研釋典以至校定經藏撰成《三藏記》等書，費時十年，至齊明帝建武三四年，諸功已畢，乃感夢而撰《文心雕龍》，時約三十三、四歲，正與〈序志篇〉齒在逾立之文合。《文心》體大思精，必非倉卒而成，締構草稿，殺青寫定，如用三四年之功，則成書適在和帝之世，沈約貴盛時也。天監初，彥和始起家奉朝請，計自永明五六年至是已十五六年，彥和之於僧祐，知己之感深矣，二公賓主久處，歡情相接，剡石城山大石佛像，僧祐於天監十二年春就功，至十五年春竟，（見〈釋僧護傳〉。）彥和為作碑銘，殘文尚載《藝文類聚》七十六；及祐於天監十七年五月，卒於建初寺，弟子正度立碑頌德，亦彥和為製文，尤可謂始終其事者。天監十六年冬十月去宗廟薦脩，始用蔬果，本傳謂勰乃表言二郊宜與七廟同改。彥和上表當即在是冬。本傳云：「有敕與慧震沙門於定林寺撰經。證功畢，遂啓求出家，敕許之。乃於寺易服，改名慧地，未期而卒。」定林寺撰經，在僧祐沒後。蓋祐好搜校卷軸，自第一次校定後，增益必多，故武帝敕與慧震整理之。大抵一二年即畢功，因求出家，未期而卒，事當在武帝普通元二年間。慧皎《高僧傳》始漢明帝永平十年，終於梁天監十八年，故傳中稱東莞劉勰製文，不稱其僧名，其時或彥和尚未出家，否則似應稱其僧名矣。彥和自宋泰始初生，至普通元二年卒，計得五十六七歲。所惜本傳簡略，文集亡逸，如此賢哲，竟不能確知其生平，可慨也已。

五禮，謂吉凶賓軍嘉，見〈宗經篇〉注。《周禮・太宰職》：「太宰之職，掌建邦之六典：一曰治典；二曰教典；三曰禮典；四曰政典；五曰刑典；六曰事典。」《論語・泰伯》：「子曰：大哉堯之為君也！……煥乎其有文章。」《集解》：「煥，明也。其立文垂制又著明。」

7. 〈通變〉、〈定勢〉二篇已論之。

8. 體要，見〈徵聖篇〉注。《論語・為政》：「子曰：攻乎異端，斯害也已！」

9. **魏文帝《典論・論文》**（錄自《全三國文》八。）

夫（夫字依《藝文類聚》五十三加，）文人相輕，自古而然，傅毅之於班固，伯仲之間耳，而固小之。與弟超書曰：「武仲以能屬文為蘭臺令史，下筆不能自休。」夫人善於自見，而文非一體，鮮能備善。是以各以所長，相輕所短。里語曰：「家有弊帚，享之千金。」斯不自見之患也。今之文人：魯國孔融文舉、廣陵陳琳孔璋、山陽王粲仲宣、北海徐幹偉長、陳留阮瑀元瑜、汝南應瑒德璉、東平劉楨公幹。斯七子（《藝文類聚》作人。）者，於學無所遺，於辭無所假，咸以自騁驥騄於千里，（《三國志．王粲傳》注作咸自以騁騏驥於千里。《藝文類聚》作咸自以騁騄驥於千里。）仰齊足而並馳，以此相服，亦良難矣。蓋君子審己以度人，故能免於斯累，乃（本作而。依《藝文類聚》改。）作論文。

王粲長於辭賦，徐榦時有齊氣，然粲之匹也。（《三國志．王粲傳》注作時有逸氣，然非粲匹也。《藝文類聚》與〈粲傳〉同，無非字。）如粲之〈初征〉、〈登樓〉、〈槐賦〉、〈征思〉；榦之〈玄猿〉、〈漏卮〉、〈圓扇〉、〈橘賦〉；雖張蔡不過也。然於他文，未能稱是。陳琳、阮瑀（陳字阮字依《藝文類聚》加。）之章表書記，今之雋也。應瑒和而不壯。劉楨壯而不密。孔融體氣高妙，有過人者，然不能持論，理不勝詞，以至乎（〈王粲傳〉注《藝文類聚》無以字，乎字作于。）雜以嘲戲，及其時有（時有二字，依《藝文類聚》加。）所善，揚班（〈王粲傳〉注有之字。）儔也。常人貴遠賤近，向聲背實，又患闇於自見，謂己為賢。夫文本同而末異，蓋奏議宜雅，書論宜理，銘誄尚實，詩賦欲麗，此四科不同，故能之者偏也。唯通才能備其體。文以氣為主，氣之清濁有體，不可力強而致。譬諸音樂，曲度雖均，節奏同檢，至於引氣不齊，巧拙有素，雖在父兄，不能以移子弟。蓋文章經國之大業，不朽之盛事，年壽有時而盡，榮樂止乎其身，二者必至之常期，未若文章之無窮。是以古之作者，寄身於翰墨，見意於篇籍，不假良史之辭，不託飛馳之勢，而聲名自傳於後。故西伯幽而演易，周旦顯而制禮，不以隱約而弗務，不以康樂而加思。夫然，則古人賤尺璧而重寸陰，懼乎時之過已。而人多不強力，貧賤則懾於饑寒，富貴則流於逸樂，遂營目前之務，而遺千載之功，日月逝於上，體貌衰於下，忽然與萬物遷化，斯志士之（《藝文類聚》作所。）大痛也。融等已逝，唯幹著論，成一家言。

或問屈原相如之賦孰愈？曰優游案衍，屈原之尚也。窮侈極妙，相如之長也。然原據託譬喻，其意周旋，綽有餘度矣。長卿子雲意未能及已。（《北堂書鈔》一百）

余觀賈誼〈過秦論〉，發周秦之得失，通古今之制義，洽以三代之風，潤以聖人之化，斯可謂作者矣。（《御覽》五百九十五。）

李尤，字伯宗，（《後漢》本傳作伯仁。）年少有文章。賈逵薦尤有相如、揚雄之風，拜蘭臺令史，與劉珍等共撰《漢記》。（《北堂書鈔》六十二。）議郎馬融以永興中（《後漢》本傳作元初二年。）帝獵廣成，融從。是時北州遭水潦蝗蟲，融撰〈上林頌〉以諷。（《藝文類聚》一百。此三條疑當在前半，《文選》刪落者尚多也。）

《典論》以外，文帝尚有〈與吳質書〉亦可備參閱：

「昔年疾疫，親故多離其災，徐陳應劉，一時俱逝，痛可言耶！昔日游處，行則連輿，止則接席，何曾須臾相失。每至觴酌流行，絲竹並奏，酒酣耳熱，仰而賦詩，當此之時，忽然不自知樂也。謂百年已分，可長共相保。何圖數年之間，零落略盡，言之傷心。頃撰其遺文，都為一集。觀其姓名，已為鬼錄，追思昔遊，猶在心目，而此諸子，化為糞壤，可復道哉！觀古今文人，類不護細行，鮮能以名節自立。而偉長獨懷文抱質，恬淡寡欲，有箕山之志，可謂彬彬君子者矣。著《中論》二十餘篇，成一家之言，辭義典雅，足傳於後，此子為不朽矣。德璉常斐然有述作之意，其才學足以著書，美志不遂，良可痛惜。間者歷覽諸子之文，對之抆淚，既痛逝者，行自念也。孔璋章表殊健，微為繁富。公幹有逸氣，但未遒耳。其五言詩之善者，妙絕時人。元瑜書記翩翩，致足樂也。仲宣續自善於辭賦，惜其體弱，不足起其文，至於所善，古人無以遠過。昔伯牙絕弦於鍾期，仲尼覆醢於子路，痛知音之難遇，傷門人之莫逮，諸子但為未及古人，自一時之雋也。今之存者，已不逮矣！後生可畏，來者難誣，恐吾與足下不及見也。年行已長大，所懷萬端。時有所慮，至通夜不瞑，志意何時復類昔日，已成老翁，但未白頭耳。光武言年三十餘，在兵中十載，所更非一；

吾德不及之，年與之齊矣。以犬羊之質，服虎豹之文，無眾星之明，假日月之光，動見瞻觀，何時易乎。恐永不復得為昔日遊也。少壯真當努力，年一過往，何可攀援，古人思秉燭夜遊，良有以也。」（《文選》）

10. 陳思序書，謂子建〈與楊德祖書〉也。自《文選》迻錄於下：

「僕少小好為文章，迄至於今，二十有五年矣。然今世作者，可略而言也。昔仲宣獨步於漢南，孔璋鷹揚於河朔，偉長擅名於青土，公幹振藻於海隅，德璉發跡於此魏，足下高視於上京，當此之時，人人自謂握靈蛇之珠，家家自謂抱荊山之玉。吾王於是設天網以該之，頓八紘以掩之，今悉集茲國矣。然此數子，猶復不能飛軒絕跡，一舉千里，以孔璋之才，不閑於辭賦，而多自謂能與司馬長卿同風，譬畫虎不成，反為狗也。前有書嘲之，反作論盛道僕讚其文。夫鍾期不失聽，于今稱之。吾亦不能妄歎者，畏後世之嗤余也。世人之著述，不能無病，僕嘗好人譏彈其文，有不善者，應時改定。昔丁敬禮常作小文，使僕潤飾之，僕自以才不過若人，辭不為也。敬禮謂僕，卿何所疑難，文之佳惡，吾自得之，後世誰相知定吾文者耶？吾嘗歎此達言，以為美談。昔尼父之文辭，與人通流，至於制《春秋》，游、夏之徒乃不能措一辭。過此而言不病者，吾未之見也。蓋有南威之容，乃可以論於淑媛，有龍泉之利，乃可以議於斷割，劉季緒才不能逮於作者，而好詆訶文章，掎摭利病。昔田巴毀五帝，罪三王，皆五霸於稷下，一旦而服千人，魯連一說，使終身杜口。劉生之辯，未若田氏，今之仲連，求之不難，可無歎息乎！人各有好尚，蘭茝蓀蕙之芳，眾人所好，而海畔有逐臭之夫；咸池六莖之發，眾人所共樂，而墨翟有非之之論，豈可同哉！今往僕少小所著辭賦一通相與，夫街談巷說，必有可采，擊轅之歌，有應風雅，匹夫之思，未易輕棄也。辭賦小道，固未足以揄揚大義，彰示來世也。昔揚子雲先朝執戟之臣耳，猶稱壯夫不為也。吾雖德薄，位為蕃侯，猶庶幾戮力上國，流惠下民，建永世之業，留金石之功，豈徒以翰墨為勳績，辭賦為君子哉！」

11. **應瑒〈文質論〉**（《藝文類聚》二十二。此論無關於文，姑錄之。）

蓋皇穹肇載，陰陽初分，日月運其光，列宿曜于文，百穀麗于土，芳華茂于春。是以聖人合德天地，稟氣淳

靈，仰觀象于玄表，俯察式於羣形，窮神知化，萬物是經。故否泰易趨，道無攸一，二政代序，有文有質。若乃陶唐建國，成周革命，九官咸乂，濟濟休令，火龍黼黻，煒爍于郎廟，袞冕旂旒，舄弈乎朝廷，冠德百王，莫參其政。是以仲尼歎煥乎之文，從郁郁之盛也。夫質者端一，玄靜儉嗇，潛化利用，承清泰，御平業，循軌量，守成法。至乎應天順民，撥亂夷世，摛藻奮權，赫弈不烈，紀禪協律，禮儀煥列，覽墳丘于皇代，建不刊之洪制，顯宣尼之典教，探微言之所弊。若乃和氏之明璧，輕縠之袿裳，必將游翫于左右，振飾于宮房，豈爭牢偽之勢，金布之剛乎！且少言辭者，孟僖所以答郊勞；寡智見者，慶氏所以困相鼠也。今子棄五典之文，闇禮智之大，信管望之小，尋老氏之蔽，所謂循軌常趨，未能釋連環之結也。且高帝龍飛豐沛，虎據秦楚；唯德是建，唯賢是與。陸酈摛其文辯，良平奮其權譎，蕭何創其章律，叔孫定其庠序，周樊展其忠教，韓彭列其威武。明建天下者，非一士之術；營宮廟者，非一匠之矩也。逮自高后亂德，損我宗劉。朱虛軫其慮，辟疆釋其憂，曲逆規其模，酈友詐其遊，襲據北軍，實賴其疇；冢嗣之不替，實四老之由也。夫諫則無議以陳，問則服汗沾濡，豈若陳平敏對，叔孫據書，言辨國典，辭定皇居，然後知質者之不足，文者之有餘哉。

12. **《文選》陸機〈文賦〉**（用《文鏡祕府論》所載〈文賦〉校。）

余（余上有或曰二字。）每觀才士之所（無所字。）作，竊有以得其用心。夫（有其字。）放言遣辭，良多變矣，妍蚩好惡，可得而言。每自屬文，尤見其情，恆患意不稱物，文不逮意，蓋非知之難，能之難也。故作〈文賦〉，以述先士之盛藻，因論作文之利害所由，他日殆可謂曲盡其妙。至於操斧伐柯，雖取則不遠，若夫隨手之變，良難以辭逮，蓋所言者，具於此云。（有爾字。）佇中區以玄覽，頤情志於典墳；遵四時以歎逝，瞻萬物而思紛；悲落葉於勁秋，喜（作嘉字）柔條於芳春；心懍懍以懷霜，志眇眇而臨雲；詠世德之駿烈，（作後列。）誦先人（作民字。）之清芬；游文章之林府，嘉麗藻（作藻麗。）之彬彬；慨投篇而援筆，聊宣之乎斯文。

甚始也，皆收視反聽，耽（作躭字）思傍訊，精騖（作鶩字。）八極，心遊萬仞。其致也，情曈曨而彌鮮，物昭晰而互進；傾羣言之瀝液，漱六藝之芳潤；浮天淵以安流，濯下泉而潛浸。於是沈辭怫（作拂字。）悅，若遊魚銜鉤而出重淵之深；浮藻聯翩，若翰鳥纓繳而墜曾（作層字，）雲之峻。收百世之闕文，採千載之遺韻；謝朝華（作花字。）於已披，啓夕秀於未振；觀古今於須臾，撫四海於一瞬。然後選義按部，考辭就班；抱景者咸叩，懷響者畢彈。或因枝以振葉，或沿波而討源；或本隱以之（作末字。）顯，或求易而得難；或虎變而獸擾，或龍見而鳥瀾；或妥帖而易施，或岨峿（作鉏鋙。）而不安。罄澄心以凝思，眇眾慮而為言；籠天地於形內，挫萬物於筆端。始躑躅於燥吻，終流離於濡翰；理扶質以立幹，文垂條而結繁；信情貌之不差，故每變而在顏。思涉樂其必笑，方言哀而已歎；或操觚（作觿字。）以率爾，或含毫而邈然。伊茲事之可樂，固聖賢之所欽；課虛無以責有，叩寂寞而求音；函綿邈於尺素，吐滂沛乎寸心。言恢之而彌廣，思按之而逾（作愈字。）深；播芳蕤之馥馥，發青條之森森；粲風飛而猋豎，鬱雲起乎翰林。體有萬殊，物無一量；紛紜揮霍，形難為狀；辭程才以效伎，意司契而為匠；在有無而僶俛，當淺深而不讓；雖離方而遯員，期窮形而盡相。故夫夸（作誇字）目者尚奢，愜心者貴當；言窮者無隘，論達者唯曠。詩緣情而綺靡，賦體物而瀏亮；碑披文以相質，誄纏綿而悽愴；銘博約而溫潤，箴頓挫而清壯；頌優游以彬蔚，論精（作晶字）微而朗暢；奏平徹以閑雅，說煒曄而譎誑；雖區分之在茲，亦禁邪而制放；要辭達而理舉，故無取乎冗長。

其為物也多姿，其為體也屢遷；其會意也尚巧，其遣言也貴妍。暨音聲之迭代，若五色之相宣；雖逝止之無常，固崎錡而難便；苟達變而識次，猶開流以納泉；如失機而後會，恒操末以續顛；謬玄黃之袟敘，故淟涊而不鮮。或仰逼於先條，或俯侵於後章；或辭害而理比，或言順而義妨。離之則雙美，合之則兩傷；考殿最於錙銖，定去留於毫芒；苟銓衡之所裁，固應繩其必當。或文繁理富，而意不指適；極無兩致，盡不可益。立片言而居要，乃一篇之警策；雖眾辭之有條，必待茲而效績；亮功多而累寡，故取足而不易。或藻思綺合，清麗千眠；炳（作昞字。）若縟繡，悽若繁絃；必所擬之不殊，乃闇合乎曩篇；雖杼軸於予懷，怵他人之我先；苟傷廉而愆義，亦雖愛而必捐，或苕發穎豎，（作竪字。）離眾絕致；形不可逐，響難為係；塊孤立而特峙，非常音之所緯；心牢落而無偶，意徘徊而不能揥。

石韞玉而山輝，水懷珠而川媚；彼榛楛之勿翦，亦蒙榮於集翠；綴下里於白雪，吾亦（有以字。）濟夫所偉。或託言於短韻，對窮迹而孤興；俯寂寞而無友，仰寥廓而莫承；譬偏絃之獨張，含清唱而靡應。或寄辭於瘁音，徒靡言而弗華，混妍蚩而成體，累良質而為瑕；象下管之偏疾，故雖應而不和。或遺理以存異，徒尋虛以逐微；言寡情而鮮愛，辭浮漂而不歸；猶絃么（作緩字。）而徽急，故雖和而不悲，或奔放以諧合，務嘈囋而妖冶；徒悅目而偶俗，固高聲（作聲高。）而曲下，寤防露與桑間，又雖悲而不雅。或清虛以婉約，每除煩而去濫；闕大羹之遺味，同朱絃之清氾；雖一唱而三歎，固既雅而不豔。若夫豐約之裁，俯仰之形，因宜適變，曲有微（作徽字。）情；或言拙而喻巧，或理朴（作質字）而辭輕；或襲故而彌新；或沿濁而更清；或覽之而必察，或研之而後精；譬猶舞者赴節以投袂，歌者應絃而遺聲；是蓋輪扁（有之字。）所不得言，故亦非華說之所能精。（作明字。）

普辭條與文律，良余膺之所服；練世情之常尤，識前（作刪字。）修之所淑；雖濬發於巧心，或受欰（作嗤字。）於拙目；彼瓊敷與玉藻，若中原之有菽；同橐籥之罔窮，與天地乎竝育，雖紛藹於此世，嗟不盈於予掬。患挈缾之屢空，病昌言之難屬，故踸踔於短垣，（作韻字。）放庸音以足曲；恆遺恨以終篇，豈懷盈而自足；懼蒙塵於叩缶，顧取笑乎（作於字。）鳴玉。若夫應感之會，通塞之紀；來不可遏，去不可止；藏若景滅，行猶響起。方天機之駿，利夫何紛而不理；思風發於胸臆，言泉流於脣齒；紛葳蕤以馺遝，唯毫素之所擬；文徽徽以溢目，音泠泠而盈耳。及其六情底滯，志往神留；兀若枯木，豁若涸流；攬營（作熒字。）魂以探賾，（作潛字。）頓精爽於（作而字。）自求；理翳翳而愈伏，思乙乙（作軋軋。）其若抽；是以或竭情而多悔，或率意而寡尤。雖茲物之在我，非余力之所勠；故時撫空懷而自惋，吾未識夫開塞之所由。伊

茲文之（作其字。）為用，固眾理之所因；（作由字。）恢萬里而（作使字。）無閡，通億載而為津；俯貽則於來葉，仰觀象乎（作於字）古人；濟文武於將墜，宣風聲於不泯；塗無遠而不彌，理無微而弗（作不字。）綸；配霑潤於雲雨，象變化乎鬼神；被金石而德廣，流管絃而日新。

13.

《全晉文》七十七輯摯虞〈文章流別論〉（《晉書．摯虞傳》：「虞撰《文章志》四卷，又撰古文章類聚區分為三十卷，名曰《流別集》，各為之論，辭理愜當，為世所重。」《文鏡秘府論》云：「摯虞之《文章志》，區別優劣，編緝勝辭。」）

文章者，所以宣上下之象，明人倫之敘，窮理盡性，以究萬物之宜者也。王澤流而詩作，成功臻而頌興，德勳立而銘著，嘉美終而誄集。祝史陳辭，官箴王闕，《周禮．太師》，掌教六詩：曰風，曰賦，曰比，曰興，曰雅，曰頌。言一國之事，繫一人之本，謂之風；言天下之事，形四方之風，謂之雅；頌者，美盛德之形容；賦者，敷陳之稱也；比者，喻類之言也；興者，有感之辭也。後世之為詩者多矣，其稱功德者謂之頌；其餘則總謂之詩。頌，詩之美者也。古者聖帝明王，功成治定，而頌聲興，於是史錄其篇，工歌其章，以奏於廟，告於鬼神，故頌之所美者，聖王之德也。則以為律呂。或以頌形，或以頌聲，其細已甚，非古頌之意。昔班固為〈安豐戴侯頌〉，史岑為〈出師頌〉、〈和熹鄧后頌〉，與〈魯頌〉體意相類，而文辭之異，古今之變也。揚雄〈趙充國頌〉，頌而似雅；傅毅〈顯宗頌〉，文與〈周頌〉相似，而雜以風雅之意。若馬融〈廣成〉、〈上林〉之屬，純為今賦之體，而謂之頌，失之遠矣。

賦者，敷陳之稱，古詩之流也，古之作詩者，發乎情，止乎禮義。情之發，因辭以形之，禮義之旨，須事以明之，故有賦焉。所以假象盡辭，敷陳其志。前世為賦者，有孫卿、屈原，尚頗有古詩之義，至宋玉則多淫浮之病矣。《楚辭》之賦，賦之善者也。故揚子稱賦莫深於〈離騷〉。賈誼之作，則屈原儔也。古詩之賦，以情義為主，以事類為佐；今之賦，以事形為本，以義正為助。情義為主，則言省而文有例矣；事形為本，則言當而辭無常矣。文之煩省，辭之險易，蓋由於此。夫假象過大，則與類相遠；逸辭過壯，則與事相違；

辯言過理，則與義相失；麗靡過美，則與情相悖。此四過者，所以背大體而害政教，是以司馬遷割相如之浮說，揚雄疾辭人之賦麗以淫。

《書》云：「詩言志，歌永言。」言其志謂之詩。古有採詩之官，王者以知得失。古之詩有三言、四言、五言、六言、七言、九言。古詩率以四言為體，而時有一句二句雜在四言之間。後世演之，遂以為篇。古詩之三言者，「振振鷺，鷺于飛」之屬是也，漢郊廟歌多用之。五言者，「誰謂雀無角，何以穿我屋」之屬是也，于俳諧倡樂多用之。六言者，「我姑酌彼金罍」之屬是也，樂府亦用之。七言者，「交交黃鳥止于桑」之屬是也，于俳諧倡樂多用之。古詩之九言者，「泂酌彼行潦挹彼注茲」之屬是也，不入歌謠之章，故世希為之。夫詩雖以情志為本，而以成聲為節；然則雅音之韻，四言為正，其餘雖備曲折之體，而非音之正也。

〈七發〉造于枚乘，借吳楚以為客主，先言出輿入輦蹷痿之損，深宮洞房寒暑之疾，靡曼美色晏安之毒，厚味暖服淫曜之害；宜聽世之君子，要言妙道，以疏神導引，蠲淹滯之累。既設此辭以顯明去就之路，而後說以色聲逸遊之樂，其說不入，乃陳聖人辨士講論之娛，而霍然疾瘳。此因膏粱之常疾，以為匡勸；雖有甚泰之辭，而不沒其諷諭之義也。其流遂廣，其義遂變，率有辭人淫麗之尤矣。崔駰既作〈七依〉，而假非有先生之言曰：「嗚呼！揚雄有言，童子雕蟲篆刻，俄而曰：壯夫不為也。孔子疾小言破道，斯文之簇，（疑是族之誤。）豈不謂義不足，而辨有餘者乎！賦者，將以諷，吾恐其不免于勸也。」

揚雄依〈虞箴〉作十二州十二官箴，而傳于世。不具九官。崔氏累世彌縫其闕。胡公又以次其首目，而為之解，署曰《百官箴》。

夫古之銘至約，今之銘至繁，亦有由也。質文時異，論既論則之矣。（此句有誤。）且上古之銘，銘于宗廟之碑。蔡邕為楊公作碑，其文典正，末世之美者也。後世以來之器，銘之嘉者，有王莽〈鼎銘〉、崔瑗〈机銘〉、朱公叔〈鼎銘〉、王粲〈硯銘〉，咸以表顯功德。天子銘嘉量，諸侯大夫銘太常勒鍾鼎之義。所言雖殊，而令德一也。李尤為銘，自山河都邑，至于刀筆平契無不有銘；而文多穢病，討論潤色，言可采錄。

詩頌箴銘之篇，皆有往古成文，可放依而作。惟誄無定制，故作者多異焉。見于典籍者，《左傳》有魯哀公為〈孔子誄〉。

哀辭，誄之流也。崔瑗、蘇順、馬融等為之，率以施于童殤夭折，不以壽終者。建安中，文帝與臨淄侯各失稚子，命徐幹、劉楨等為之哀辭。哀辭之體，以哀痛為主，緣以歎息之辭。

今所謂哀策者，古誄之義。

若〈解嘲〉之弘緩優大，〈應賓〉之淵懿溫雅，〈述旨〉之壯麗忼慨，〈應閒〉之綢繆契闊，郁郁彬彬，靡有不長焉矣。

古有宗廟之碑。後世立碑于墓。顯之衢路，其所載者銘辭也。

圖讖之屬，雖非正文之制；然以取其縱橫有義，反覆成章。

《金樓子·立言下》：「摯虞論邕〈元表賦〉曰：通精以整，（《札迻》曰：通上當有幽字。）〈思玄〉博而贍，〈元表〉擬之而不及。」（案此條嚴氏未輯，應補入。）（《文選·東征賦》注引〈流別論〉云：「發洛至陳留述所經歷也。」（嚴氏亦未收。）

14.

李充《翰林論》（《全晉文》五十三輯得下列八條。《文鏡祕府論》曰：「李充之製《翰林》，褒貶古今，斟酌利病。」）

○或問曰：「何如斯可謂之文？」答曰：「孔文舉之書、陸士衡之議，斯可謂成文矣。」

○潘安仁之為文也，猶翔禽之羽毛，衣被之綃縠。

○容象圖而讚立，宜使簡而義正。孔融之讚楊公，亦其義也。

○表宜以遠大為本，不以華藻為先，若曹子建之表，可謂成文矣；諸葛亮之表劉主，裴公之辭侍中，羊公之讓開府，可謂德音矣。

○駁不以華藻為先，世以傅長虞每奏駁事，為邦之司直矣。

○研求名理而論難生焉，貴于允理，不求支離，若稽康之論文矣。

○在朝辨政而議奏出。宜以遠大為本。陸機〈議晉斷〉（機有〈晉書限斷議〉）亦名其美矣。

○盟檄發于師旅，相如〈喻蜀父老〉，可謂德音矣。

《文選．百一詩》注引《翰林論》曰：「應休璉五言詩百數十篇，以風規治道，蓋有詩人之旨焉。」又《劇秦美新》注引《翰林論》云：「揚子論秦之劇，稱新之美，此乃計其勝負，比其優劣之義。」以上兩條，嚴氏未收，應補錄。

《札記》曰：「此《翰林論》之一斑，觀其所取，蓋以沈思翰藻為貴者，故極推孔陸而立名曰《翰林》。」

15. 《廣文選》四二引少巧亦作少功，案作少功是，《史記．太史公自序．傳》：「儒者博而寡要，勞而少功。」此彥和所本。

16. 桓譚《新論》頗有論文之言，今自《全後漢文》十三所輯，略舉數條如左：

○賈誼不左遷失志，則文彩不發；淮南不貴盛富饒，則不能廣聘駿士，使著文作書；太史公不典掌書記，則不能條悉古今；揚雄不貧，則不能作《玄》言。

○余少時好《離騷》，博觀他書，輒欲反學。

○揚子雲攻于賦，余欲從學。子雲曰：能讀千賦則善賦。

○諺曰：「侏儒見一節而長短可知。」孔子言：「舉一隅足以三隅反。」觀吾小時二賦，亦足以揆其能否。

案嚴輯之外，應補本書所引兩條。〈哀弔篇〉相如之弔二世，全為賦體。桓譚以為：「其言惻愴，讀者歎息。」

〈通變篇〉桓君山云：「予見新進麗文，美而無採，及見劉揚言辭，常輒有得。」

劉楨文語無考，本書〈風骨篇〉、〈定勢篇〉各引一條。

17. 《札記》曰：「士龍與兄平原書牘，大抵商量文事，茲且錄一首以示一節：

『雲再拜。往日論文，先辭而後情，尚絜（據〈定勢篇〉引當作勢。）而不取悅澤。嘗憶兄道張公父子論文，實欲自得，今日便欲宗其言。兄文章之高遠絕異，不可復稱言。然猶皆欲微多，但清新相接，不以此為病耳。若復令小省，恐其妙欲不見可復稱極，不審兄由以為爾不？』」

應貞，字吉甫，論文語無考。

18. 《札記》曰：「六朝人分文筆，大概有二途：其一，以有韻者為文，無韻者為筆；其一，以有文彩者為文，無文彩者為筆。謂兼二說而用之。」

19. 《札記》曰：「謂〈明詩篇〉以下至〈書記篇〉，每篇敍述之次第。茲舉〈頌讚篇〉以示例：自『昔帝嚳之世』起，至『相繼于時矣』止，此原始以表末也。『頌者容也』二句，釋名以章義也。『若夫子雲之表充國』以下，此選文以定篇也。『原夫頌惟典雅』以下，此敷理以舉統也。」論文敍筆，謂自〈明詩〉至〈哀弔〉皆論有韻之文，〈雜文〉、〈諧隱〉二篇，或韻或不韻，故置於中，〈史傳〉以下，則論無韻之筆。

20. 割當作剖。剖情析采，情指〈神思〉以下諸篇，采則指〈聲律〉以下也。《易．上繫》：「大衍之數五十，其用四十有九。」焦循《易通釋》：「大衍，猶言大通言。」大易，疑當作大衍。

21. 《金樓子．立言上》：「諸子興於戰國，文集盛於二漢。至家家有製，人人有集，其美者足以敍情志，敦風俗；其弊者祇以煩簡牘，疲後生。往者既積，來者未已，翹足志學，白首不徧。或昔之所重今反輕；今之所重，古之所賤。嗟我後生，博達之士，有能品藻異同，刪整蕪穢，使卷無瑕玷，覽無遺功，可謂學矣。」金樓所希，蓋指如摯虞、昭明之撰總集，然何如彥和之示人規矩準繩邪。

22. 《札記》曰：「此義最要。同異是非，稱心而論，本無成見，自少紛紜。故《文心》多襲前人之論，而不嫌其鈔襲，未若世之君子必以己言為貴也。即如〈頌讚篇〉大意本之〈文章流別〉，〈哀弔篇〉亦有取於摯君，信乎通人之識，自有殊于流俗已。」〈宗經篇〉取王仲宣成文，不以為嫌，亦即此意。

23. 〈諸子篇〉曰：「嗟夫！身與時舛，志共道申，標心於萬古之上，而送懷於千載之下，金石靡矣，聲其銷乎！」案《戰國策．趙策》：「趙武靈王曰：『學者沈于所聞。』」此彥和所本，作洗者不可從。

校記

《文心雕龍》一書，為吾國文學批評之先河，其識見之卓越，文辭之瑰麗，自古莫不稱一善。舊有黃崑圃注，蓋出其門客之手，紕繆疏漏，時或不免。余友范君仲澐，博綜羣書，為之疏證。取材之富，考訂之精，前無古人，詢彥和之功臣矣。黃氏嘗於諸本異同，親施校勘，范君更為訂補，釐正已多。最近得涵芬樓影印日本帝室圖書寮京都東福寺東京岩崎氏靜嘉堂文庫藏宋刊本《太平御覽》，偶加尋檢，其中所引《雕龍》文字，頗有同異。尤足珍者，如〈哀弔篇〉汝陽王亡，注謂汝陽王不知何帝子，今此本王作主，則是崔瑗作哀辭者，乃公主，非帝子。〈史傳篇〉左史記事者，右史記言者，注謂彥和用《玉藻》說。此本作左史記言，右史書事，則用《漢志》說。〈論說篇〉仰其經目，注謂疑當作抑其經目，此本果作抑。又如〈頌讚篇〉義兼之為讚兼，〈誄碑篇〉改盻之為顧眄，〈史傳篇〉同異之為周曲，迍敗之為屯貶，〈章表篇〉蓋闕之為然闕，〈書記篇〉遺子反之為責子反，激切之為激昂，〈神思篇〉綴慮之為綴翰，〈指瑕篇〉頗疑之為頗擬，義胥較長。他類是者尚眾，不遑舉縷。輒為簽校，附之卷末，塵山露海，倘有稗乎。民國二十五年，六月，開明書店編輯部。

原道第一 據御覽五百八十一五百八十五校

調如竽瑟竽瑟作竽琴肇自太極太作泰幽贊神明贊作讚若迺河圖孕乎八卦迺作乃玉版金鏤之實實作寶而年世渺邈渺作眇則煥乎始盛始作為益稷陳謨益稷作稷益謨作謨不作謨九序惟歌惟作詠文王患憂患憂作憂患繇辭炳曜曜作燿重以公旦多材材作才振其徽烈振作振不作縟剬詩緝頌剬作制緝作縟至夫子繼聖至下有若字雕琢情性情性作性情木鐸起而千里應起作啟寫天地之輝光作輝光不作光輝爰自風姓爰上有故字玄聖創典玄作玄不作元莫不原道心以敷章以敷作以敷不作裁文研神理而設教而作以取象乎河洛取作著問數乎蓍龜問作間發輝事業輝作揮故知道沿聖以垂文知字無沿作沿聖因文而明道而作以不作明旁通而無滯滯作涯鼓天下之動者存乎辭鼓作皷下同者字有迺道之文也迺字無

宗經第三 據御覽六百八校

其書言經言作曰而大寶咸耀咸作啟義既極乎性情極作埏辭亦匠於文理於作乎故能開學養正正作政聖謨卓絕謨作謨不作謀而吐納自深而字無自作者譬萬鈞之洪鍾鍾作鍾不作鐘夫易惟談天夫字有入神致用入作入不作人故繫稱旨遠辭文文作文不作高固哲人之驪淵也固作固不作故書實記言記作紀而訓詁茫昧訓詁作詁訓昭昭若日月之明明上無代字離離如星辰之行行上無錯字言昭灼也昭作昭不作照詩主言志主作主不作之詁訓同書作詁訓不作訓詁同作周溫柔在誦在作在不作莊故最附深衷矣作最附哀矣無故深二字禮以主體據事剬範作禮以立體據事無剬範二字採掇生言生作片春秋辨理辨作辯五石六鷁鷁作鶂以詳略成文略作備其婉章志晦其字無諒以邃矣諒以作源已而尋理即暢即作則此聖人之殊致人作文之字無

明詩第六 據御覽五百八十六校

有符焉爾（有上無信字）至堯有大唐之歌（堯上無至字唐作唐不作章）舜造南風之詩（舜作虞）九序惟歌（序作序不作敘）太康敗德（太作少）五子咸怨（怨作諷）子夏監絢素之章（監作鑒）可與言詩（與作以詩下無矣字）自王澤殄竭（殄作彌不作以）風人輟采（作輟采不作掇彩）諷誦舊章（諷上有以字）酬酢以為賓榮（為作為不作成）吐納而成身文（身作聲）厲辭無方（辭作詞），而辭人遺翰（辭作詞遺作遺）所以李陵班婕妤（無妤字）見疑於後代也（疑作擬後作前也字無）按召南行露（召作邵）閱時取證（證作徵）或稱枚叔（稱下無於字）比采而推（采作采不作類）兩漢之作乎（兩上有固字乎作乎不作也）宛轉附物（婉作宛）怊悵切情（怊作惆）至於張衡怨篇（於作無不作如）清典可味（典作典不作曲）五言騰踴（踊作踴）敍酣宴（敍作序）驅辭逐貌（貌作兒）唯取昭晰之能（晰作晰不作哲）此其所同也（同作用）乃正始明道（乃作及）故能標焉（此句無）辭譎義貞（貞作具）亦魏之遺直也（亦字無）張潘左陸（潘左作左潘）或析文以為妙（析作折妙作武）或流靡以自妍（妍作研）溺乎玄風（乎作於）嗤笑徇務之志（嗤作蚩）崇盛亡機之談（亡作忘）莫與爭雄（與作與不作能）挺拔而為俊矣（俊矣作雋也）莊老告退（莊作嚴）儷采百字之偶（字作家）辭必窮力而追新（辭字無）此近代之所競也（競作竟）而情變之數可監（監作鑒）則雅潤為本（則字有下句同）叔夜含其潤（含作合）茂先凝其清（凝作擬）兼善則子建仲宣（兼上有若字）偏美則太沖公幹（偏作偏）鮮能通圓（通圓作圓通）忽之為易（之作以）其難也方來（來下有矣字）則明於圖讖（明作萌）回文所興（回作迴）

詮賦第八 據御覽五百八十七校

鋪采摛文（采作采不作彩）昔邵公稱公卿獻詩（邵作邵卿字有）師箴賦（箴下有瞽字）劉向云（作故劉向）班固稱古詩之流也（也字無）結言拉韻（拉作短）雖合賦體（合下有作字）然賦也者（然下有則字）拓宇於楚辭也（拓作拓不作括上有而字也上有者字）遂客主以首引（遂作遂不作述主作主不作至首作首不作守）極聲貌

以窮文聲作聲不作形斯蓋別詩之原始原作源順流而作順作循枚馬同其風同作洞臯朔已下朔作朔不作翔已作以夫京殿苑獵夫上有若字述行序志序作敘既履端於倡序倡作唱亦歸餘於總亂亂作詞亂以理篇亂作詞迭致文契作寫送文勢事數自環數作義環作懷宋發巧談巧作誇致辨於情理理作理不作衷明絢以雅贍明絢作明絢不作朋約雅贍作贍雅迅發以宏富發作拔以字無構深瑋之風構作搆瑋作偉發端必遒端作篇遒作道偉長博通博通作博通不作通博底績於流制制作製彥伯梗概概作槩物以情觀觀作覩畫繪之著玄黃著作差文雖新而有質新作雜質作實色雖糅而有本本作儀雖讀千賦賦作首愈惑體要愈作逾遂使繁華損枝損作折無貴風軌貴作貫

頌讚第九 據御覽五百八十八校

咸墨為頌墨作累以歌九韶韶作招自商以下商下有頌字以作已文理允備允作允不作克容告神明謂之頌容告神明作雅容告神事兼變正作故事資變正義必醇美義上有故字魯國以公旦次編國字公字無商人以前王追錄人字無非讌饗之常詠也讌饗作饗燕常作恒周公所製製作製不作制及三閭橘頌及作夫情采芬芳情作情不作辭比類寓意寓意作屬興又覃及細物矣作又覃及細矣沿世並作沿作沿孟堅之序戴侯序作序不作頌史岑之述熹后熹作僖詳略各異各作有原夫頌惟典雅雅作懿而異乎規戒之域乎作於戒作式汪洋以樹義義作儀唯纖曲巧致作雖纖巧曲致與情而變與作與不作興其大體所底底作弘助也二字有樂正重讚讚作贊下同及益讚於禹於作于下句同嗟嘆以助辭也辭作詞下有者字以唱拜為贊拜作拜不作言至相如屬筆至下有如字筆作詞及遷史固書託讚褒貶作及史班書記以讚褒貶頌體以論辭以作而辭作詞又紀傳後評後作後不作侈及景純注雅雅上無爾字動植必讚必讚作必讚不作讚之義兼美惡義作讚亦猶頌之變耳之下有有字然本其為義本字有促而不廣廣作廣不作曠盤桓乎數韻之辭盤作槃乎作于辭作詞昭灼以送文昭作照送作送不作兼發源雖遠源作言其頌家之細條乎乎作也

銘箴第十一（據御覽五百八十八五百九十校）

昔帝軒刻輿几以弼違（帝軒作軒轅 帝几字無）大禹勒筍簴而招諫（筍作筍不作 簨而作以）題必戒之訓（戒作誡）則先聖鑒戒（則字無 先作列）故銘者名也（故字有）觀器必也正名（必也作必也 不作必名焉）審用貴乎盛德（盛作慎）蓋臧武仲之論銘也（武字有）夏鑄九牧之金鼎周勒肅慎之楛矢（鼎字矢 字無）魏顆紀勳於景鐘（鐘作鍾）靈公有蒿里之諡（蒿作奪）吁可怪矣（吁作噫 矣作也）趙靈勒跡於番吾（番吾作 潘吾）秦昭刻博於華山（博作傳）吁可笑也（笑作笑 不作戒）若班固燕然之勒（若下有 乃字）張昶華陽之碣（昶作旭）序亦盛矣（盛作成）蔡邕銘思獨冠古今（作蔡邕之銘 思燭古今）橋公之鉞（橋作橋 鉞作鍼）吐納典謨（吐上有則 字謨作譽）至如敬通雜器（雜作新）準矱戒銘（作鑊準 武銘）而居博弈之中（中作下）而在臼杵之末（臼杵作 杵臼）唯張載劍閣（載作載 不作采）其才清采（采作彩）勒銘岷漢（作銘勒 岷漢）箴者所以攻疾防患喻鍼石也（作箴所以攻 疾除患喻針 石 垣）及周之辛甲百官箴一篇（作及周之辛甲百官 箴闕惟虞箴一篇）楚子訓民於在勤（民作人）戰代以來（代作伐 以作已）箴文委絕（委作萎）作卿尹州牧二十五篇（作字五 字無）鞶鑑可徵（鑑可作 鑒有）信所謂追清風於前古（信所謂 作可謂）溫嶠傅臣（傅作侍）引廣事雜（作引多 事寡）義正體蕪（正下無 而字）乃寘巾履（履作履 不作屢）憲章戒銘（戒作武）夫箴誦於官（官作經）名目雖異（目作用）故文資确切（确作确 不作確）其取事也必覈以辨其摛文也必簡而深此其大要也（三句作取 其要也）所以箴銘異用（異作實）罕施於代（於作後）宜酌其遠大焉（焉作矣）

誄碑第十二（據御覽五百八十九五百九十六校）

大夫之材（大上有士 字材作才）累也（二字無）夏商已前（已作以）其詳靡聞（詳作詳 不作詞）幼不誄長（不上有 而字）在萬乘（在作其）始及于士（于作 於）逮尼父卒（逮作迨卒 上有之字）觀其憖遺之切（切作辭）暨乎漢世（乎作于）文實煩穢（煩作煩 不作繁）沙麓撮其要（麓作鹿 其字有）而摯疑成篇（摯作 執）安有累德述尊（累作誄）作杜篤之誄（誄下有 德字）而他篇頗疎（他作結）而改盻千金哉（改盻作 顧眄）傅毅所制（制作製）孝山崔瑗

孝山作孝山不作蘇順 辨絜相參 絜作潔 觀其序事如傳 其事二字有 潘岳構意 構作搆意作意不作思 巧於序悲 序作敍 易入新切 切作麗 能徵厥聲者也 徵作徵不作徵 工在簡要 工作貴 陳思叨名 叨作功 旨言自陳 旨作百 若夫殷臣誄湯 誄作誄不作詠 蓋詩人之則也 人字無之作之不作文 則觸類而長 則字無 雰霧杳冥 雰霧作雰霞 始序致感 感作感 景而效者 景作影 彌取於工矣 工作切 蓋選言錄行 言下有以字 道其哀也 道作送不述 悽焉如可傷 如作如不作其 碑者埤也 埤作裨 上古帝皇 皇作皇不作王 樹石埤岳 埤作裨 亦古碑之意也 古字有 事止麗牲 止作止不作正 而庸器漸缺 缺作闕 自後漢以來 以作已 詞無擇言 詞作詞不作句 周乎眾碑 乎作胡 莫非清允 非清作不精 其敘事也該而要 敍作序 其綴采也雅而澤 采作采也作已 自然而至 而至作至矣 有慕伯喈 慕作慕不作摹 辨給足采 作辭洽之來 志在碑誄 碑誄作於碑 溫王郤庾 郤作郗 辭多枝雜 雜作離 最爲辨裁 裁下有矣字 夫屬碑之體 夫字無 昭紀鴻懿 昭作照 此碑之制也 制作致 事光於誄 光作光不作先 是以勒石讚勳者 石作器 樹碑述已者 已作亡

哀弔第十三 據御覽五百九十六校

蓋不淚之悼 不淚作下流 必施夭昏 夭昏作夭昬 事均夭橫 橫作枉 暨漢武封禪 暨字無 而霍子侯暴亡 霍子侯作霍嬗 帝傷而作詩 帝作哀 亦哀辭之類矣 矣作也 及後漢汝陽王亡 及上有降字王作主 始變前式 式作式不作戒 然履突鬼門 履突作復突 怪而不辭 辭作辭不作式 仙而不哀 仙作僊 頗似歌謠 謠作謠不作吟 亦彷彿乎漢武也 彷彿作髣髴武作武不作式 至於蘇慎張升 慎作順 雖發其情華 情字無 而未極心實 心作心無其字 行女一篇 一字無 實踵其美 踵作鍾 觀其虛善辭變 善作贍 情洞悲苦 悲作悲 莫之或繼也 也字有 幼未成德 德作性 故譽止於察惠 譽作興言 故悼加乎膚色 作故悼惜加乎容色 奢體為辭 奢體作體奢 言神至也 神下無之字 以至到為言也 以上有亦字 所以不弔矣 矣字有 國災民亡 民作人 及晉築虒臺 虒作虎 史趙蘇秦 趙字有 虐民構敵 作害民構怨 或驕貴而殞身 而作以 或狷忿以乖道 忿作介 或美才而兼累 美才作行美 發憤弔屈 弔上有而字 體同而事覈 同作周 及平章要切 平作卒章下有意字 揚雄弔屈 弔作序 意深文略

（文略作文累）並敏於致語（于作於語作詁）胡阮之弔夷齊（胡上有故字）褒而無聞（而上有喪字聞作文）仲宣所制（制作製）王子傷其隘（隘作隘不作溢）各志也（各下有其字）序巧而文繁（序作詞）降斯以下（以作已）未有可稱者也（也作矣）而華辭未造（未作未不作末）割析褒貶（割析作析割）

雜文第十四（據御覽五百九十校）

腴辭雲搆（搆作構）揚雄覃思文闊業深綜述碎文璅語肇為連珠其辭雖小而明潤矣（無覃思至其辭十八字）凡此三者文章之枝派（作此文章之枝流）植義純正（植作植不作指）取美於宏壯（於字有）壯語畋獵（畋作田）甘意搖骨體（體作髓）豔辭動魂識（動作洞）而終之以居正（無而字）子雲所謂先騁鄭衛之聲（無先衛之三字）曲終而奏雅者也（雅下有樂字）唯七厲敘賢（唯字無厲作厲不作例）自連珠以下（作自此已後）里醜捧心（醜作醜不作配）不關西施之嚬矣（施作子嚬作嚬不作顰）唯士衡運思理新文敏（有思理二字）而裁章置句（章置作意致）豈慕朱仲四寸之璫乎（朱仲作朱仲不作珠中璫作璠）足使義明而詞淨（詞作辭）磊磊自轉（磊磊作磊磊不作落落）

史傳第十六（據御覽六百三六百四校）

史者使也執筆左右（八字有）使之記也（記作謂也作也不作已）古者（古字有）左史記事者右史記言者（作左史記言右史書事）言經則尚書事經則春秋（無兩則字秋下有也字）昔者夫子閔王道之缺（昔者二字有閔作愍）於是就太師以正雅頌（太作大）因魯史以修春秋（修作脩）然睿旨存亡幽隱（作然叡旨幽祕）丘明同時（時作恥）轉受經旨（受作授）及至縱橫之世（及字有）有蓋錄而弗敘（弗敘作不序）故即簡而為名也而（字無）爰及太史談（太字無）甄序帝勣（勣作續績之誤）亦宏稱也（也字有）博雅宏辯之才（宏辯作弘辯）觀司馬遷之辭（司馬二字作史）至於宗經矩聖之典（矩作規）遺親攘美之罪（美作善）徵賄鬻筆之愆（愆作懋）袁張所製（製作制）偏駁不倫（駁作駮）疏謬少信（疏作疎）若司馬彪之詳實（若字有詳作祥）記傳互出（記作記不作紀互作並）或疎闊寡要（或字有）學唯陳壽三志（唯作惟）以審正得序（得作明）按春秋經

傳按作案舉例發凡凡作目自史漢以下自字無莫有準的有作不至鄧璨晉紀璨作粲又擺落漢魏擺落作擺落不作撮略雖湘川曲學川作川不作州亦有心典謨心下有放字及安國立例安作安然紀傳為式紀傳作傳記記誤託編年綴事綴作經文非泛論泛作記歲遠則同異難密同異作周曲斯固總會之為難也會作合而數人分功而字無兩記則失於複重記作紀偏舉則病於不周病作漏故張衡摘史班之舛濫摘作擿皆此類也此字無公羊高云高作皐傳聞異辭辭作詞莫顧實理實理作理實於是棄同即異棄作弃我書則傳傳作博至於記編同時記作記不作紀時同多詭時字有迍敗之士迍敗作屯貶雖令德而常嗤常嗤作嗤埋理欲吹霜煦露理欲二字無此又同時之枉杠下有論字可為歎息者也為字有故述遠則誣矯如彼故作故不作欲記近則回邪如此記作略惟素臣乎作唯懿上心乎

論說第十八 據御覽五百九十五校

論者倫也倫理無爽倫也二字無理作理不作禮則聖意不墜則字有墜作墜不作墮故仰其經日仰作抑論也者也字無而研精一理者也精字有無者字至石渠論藝至下有如字藝作執白虎通講通字無聚述聖言通經言字無乃班彪王命乃作及嚴尤三將尤作左何晏之徒何上有而字始盛元論元作玄與尼父爭途矣途作塗仲宣之去代代作伐太初之本元元作玄鋒穎精密穎作潁蓋人倫之英也人倫二字作論至如李康運命如作乃陸機辨亡亡作亡不作正然亦其美矣矣作哉所以辨正然否辨作辯窮于有數追于無形兩于字並作於迹堅求通迹作鑽辭忌枝碎辭作詞碎下有也字辭共心密辭作詞斯其要也斯作斯不作期是以論如析薪如作譬辭辨者反義而取通辭作詞而檢跡如妄跡如作迹知

詔策第十九據御覽五百九十三校

皇帝御寓御作馭淵嘿黼扆黼作負唯詔策乎唯上有其字其在三代代作王誓以訓戒訓戒作訓誡並稱曰令令者使也兩令字並作命漢初定儀則則命有四品作漢初定儀則有四品四曰戒敕敕作勑下同敕戒州部作勑戒州郡詔誥百官誥作告制施赦命赦命作赦令詔體浮新新作雜文同訓典訓典作典訓勸戒淵雅勸作勸不作觀逮光武撥亂逮作及留意斯文斯文作詞采暨明帝崇學帝作章雅詔間出雅作雅不作惟安和政弛安和作和安弛作弛衛覲禪誥覲作覲符命炳耀命作采弗可加已作不可加也自魏晉誥策誥策作策誥互管斯任互管作管于施命發號命作令魏文帝下詔作魏文以下辭義多偉辭作詞故引入中書引入二字有自斯以後以作已體憲風流矣憲作憲不作慮則義炳重離之輝輝作暉則氣含風雨之潤風作雲治戎燮伐作啟戎變伐則聲有洊雷之威有作存明罰敕法罰作詔則辭有秋霜之烈辭作詞當指事而語語作語不作誥在三罔極罔作同漢高祖之敕太子祖字無及馬援已下已作以足稱母師也也作矣教者效也效作傚言出而民效也效作効契敷五教此句無昔鄭弘之守南陽弘作弘不作宏文教麗而罕於理於理二字作施若諸葛孔明之詳約約作酌並理得而辭中辭作詞教之善也教作教不作辭

檄移第二十據御覽五百九十七校

昔有虞始戒於國虞下有氏字周將交刃而誓之而字無古有威讓之令讓作讓不作儀令有文告之辭令字無告作誥辭作詞懼敵弗服弗作不暴彼昏亂暴作曝劉獻公之所謂告之以文辭公下無之字辭作詞董之以武師者也武師作武師不作師武也字無詰苞茅之闕詰苞作詰菁奉辭先路辭作詞檄者皦也皦作皦不作皎宣露於外露作布播諸視聽也播作布上有露布者蓋露板不封八字則稱恭行天罰則字無諸侯御師御作禦奉辭伐罪辭作詞亦且厲辭為武亦且作抑亦辭作詞使聲如衝風所擊衝作衝不作晨懲其稔惡之時懲作徵搖奸宄之膽奸宄作姦兇訂信慎

之心慎作順布其三逆布作布而辭切事明辭作意得檄之體矣矣作也陳琳之檄豫州豫州二字無壯有骨鯁有作於雖奸閹攜養奸作姧章密太甚密太作實太然抗辭書釁抗辭作抗詞皦然露骨矣作曒然曝露敢指曹公之鋒幸哉承免袁黨之戮也二句無桓公檄胡公作溫或述此休明或敍彼苛虐作或述休明或敍否剝下無則剝二字算強弱算作驗譎詭以馳旨譎詭作譎詭凡在眾條條作則莫或違之者也之在或上故其植義颺辭辭作詞氣盛而辭斷辭作詞無所取才矣才作才不作材令往而民隨者也民作人有移檄之骨焉移檄作檄移及劉歆之移太常此句無辭剛而義辨辭作詞言約而事顯約作簡順命資移順命作順眾堅同符契同作明意用小異而體義大同用作用不作則義字無同下有也字

章表第二十二據御覽五百九十四校

並陳辭帝庭辭作詞則章表之義也則作即伊尹書誡誡作戒又作書以讚讚作讚不作纘文翰獻替獻替二字無言事於主主作主不作王漢定禮儀作漢初定制四曰議議上有駮字奏以按劾按作案表以陳請請作請不作情詩云為章於天云作云其在文物其在作其在不作在於赤白曰章赤白作青赤表者標也標作摽下同謂德見於儀於作于章表之目章表作表章按七略藝文按作案藝作蓺經國之樞機之字無機作要而在職司也而作布左雄奏議奏作表胡廣章奏奏作奏不作表足見其典文之美焉之字無昔晉文受冊晉字無冊作策三辭從命辭字有曹公稱為表不必三讓為作表必作止所以魏初表章表章作章表則未足美矣美字無至於文舉之薦禰衡至於二字作如志盡文暢暢作壯應物掣巧掣作製逮晉初筆札逮作迨理周辭要周作同世珍鸚鶚莫顧章表二句無信美於往載載作載不作冊序志顯類顯作聯張駿自序駿作駮序作敍原夫章表之為用也之作之不作文也字無昭明心曲昭作照表以致禁禁作策以章為本者也章作文使要而非略要作典表體多包包作苞情偽屢遷偽作位清文以馳其麗馳作驅然懇惻者辭為心使惻作惻不作愜浮侈者情為文使文使作文出繁約得正上有必使二字蓋一辭意也一作一不作以

奏啟第二十三 據御覽五百九十四五百九十五校

昔唐虞之臣唐虞作陶唐秦漢之輔之輔作附之劾愆謬愆作愆不作僭言敷于下言字無情進于上也于作乎秦始立奏始下有皇字觀王綰之奏勳德勳字無事略而意逕逕作誣政無膏潤政作故自漢以來以字無鼂錯之兵事事作術王吉之觀禮觀作勸谷永之諫仙諫作陳辭亦通暢暢作辨後漢羣賢賢作臣張衡指摘於史職職作讖王觀教學王作黃王朗節省朗作朗不作郎甄毅考課甄作甄不作甌災屯流移作世交屯夷溫嶠懇惻於費役惻作惻不作切若乃按劾之奏按作案繩愆糾繆糾作糺秦之御史之作有總司按劾按作案故位在鷙擊鷙作鷙不作摯則實其奸回奸作姧名儒之與險士險作儉若夫傅咸勁直作若夫傅咸果勁而按辭堅深按辭作辭案各其志也其作有而舊準弗差弗作不然函人欲全函作甲術在糾惡糾作糺勢必深峭作勢入剛峭目以豕彘豕作羊既其如茲茲作此是以世人為文世人作近世次骨為戾次作刺復似善罵復作覆罵作詈然後踰垣者折肱垣作墻捷徑者滅趾趾作跡詬病為切哉詬作詬不作詰切作巧總法家之式式作裁氣流墨中流作留直方之舉耳耳作也取其義也取作蓋故兩漢無稱故作後至魏國箋記箋作牋或云謹啟作或云謹啟不作或謹密啟必斂飭入規促其音節斂飭下八字無辨要輕清辨作辯

議對第二十四 據御覽五百九十五校

周爰諮謀諮作咨宅揆之舉宅作百舜疇五人人作臣魯桓務議桓務作桓預而甘龍交辨辨作辯迄至有漢至作至不作今始立駁議駁並作駮雜議不純雜字無自兩漢文明文作之可謂捷於議也也作矣至如主父之駁挾弓主父作主父不作吾丘安國之辨匈奴辨作辯賈捐之之陳于朱崖作賈捐陳於朱崖劉歆之辨於祖宗之字無辨作辯郭躬之議擅誅躬作躬不作芸程曉之駁校事程作程不作陳司馬芝之議貨錢芝作芸秦秀定賈充之謚謚作諡然仲瑗博古瑗作援而銓貫有敍而字無有作以及陸機斷議斷字無亦有鋒穎穎作頴

而訣辭弗剪訣作腴弗作不亦各有美各有作有其弛張治術弛作施採故實於前代採故作顧事觀通變於當今通變作變通理不謬搖其枝搖作插又郊祀必洞於禮又字無戎事必練於兵必作宜田穀先曉於農田作田不作佃文以辨潔為能辨作辯不以深隱為奇深作環支離構辭構作搆空騁其華空上無苟字亦為遊辭所埋矣遊作浮從文衣之媵下無者字楚珠鬻鄭作楚鬻珠於鄭末勝其本其上有於字復在於茲矣在作存

書記第二十五 據御覽五百九十五五百九十八六百六校

總為之書之作之不作尚書之為體書上無尚字君子小人見矣見上無可字陳之簡牘陳作染取象於夬於作乎書介彌盛介作令子家與趙宣以書與作弔巫臣之遺子反遺作責又子服敬叔進弔書於滕君滕作滕不作知固知行人挈辭固作故挈作絜多被翰墨矣矣字無詭麗輻輳輳作湊辭氣紛紜氣作音東方朔之難公孫朔字無難作謁各含殊采殊作珠留意詞翰詞翰作翰辭趙至敍離至敍作壹贈迺少年之激切也迺作乃切作昂斯又尺牘之偏才也作斯皆尺牘之文也詳總書體總作諸言以散鬱陶言作所託風采託作詠故宜條暢以任氣故作固條暢作滌蕩優柔以懌懷柔作游戰國以前作自戰國已前其義美矣作其辭義美哉而郡將奏牋作而郡將奉牋也表識其情也表識作識表黃香奏牋於江夏奏作奉麗而規益麗上有文字子桓弗錄弗作不陸機自理理作敍牋之為善者也為字無清美以惠其才美作靡蓋牋記之分也牋作箋符者孚也孚作孚不作厚易以書翰矣易作代負販記緡販作販不作版記緡二字無其遺風歟歟作也字形半分字作自則券之楷也則作則不作敗楷作諧短簡編牒如葉在枝作如葉在枝也短簡為牒溫舒截蒲即其事也二句無議政未定政作事故短牒咨謀咨作諮謂之為籤為字無

神思第二十六 據御覽五百八十五校

意翻空而易奇翻作飜是以臨篇綴慮慮作翰理鬱者苦貧苦作始然則博見為饋貧之糧見作見不作聞

風骨第二十八 據御覽五百八十五校

而翾翥百步翾作翶鷹隼乏采乏作無有似于此于作於唯藻耀而高翔唯作若耀作曜固文筆之鳴鳳也筆作章

定勢第三十 據御覽五百八十五校

功在銓別功作功不作切則準的乎典雅典雅作典雅不作雅頌則師範於覈要師作軌則從事於巧豔巧作功此循體而成勢循體作脩體

事類第三十八 據御覽五百八十五校

夫薑桂同地同作因文章由學由作沿能在天資天資作天才不作才資才自內發上有故字此內外之殊分也分作分不作方是以屬意立文立作於主佐合德主佐二字無德作德不作得

指瑕第四十一 據御覽五百九十六校

羣才之俊也俊作儁浮輕有似於胡蝶浮輕作輕浮胡作蝴永蟄頗疑於昆蟲疑作擬豈其當乎作不其蚩乎

附會第四十三 據御覽五百八十五校

才最學文最作童宜正體製製作制事義為骨髓髓作骾夫文變多方多作無率故多尤率作變需為事賊需作而賊作賤或尺接以寸附尺作尺不作片夫能懸識腠理腠作湊然後節文自會節文作節文不作文節豆之合黃矣豆作石黃作玉並駕齊驅而一轂統輻此句無昔張湯擬奏而再却擬作疑並理事之不明理事作事理而詞旨之失調也詞作辭

序志第五十 據御覽六百一校

齒在踰立踰作逾則嘗夜夢執丹漆之禮器則字無旦而寤迺怡然而喜作寤而喜曰大哉聖人之難見哉哉作也自生人以來人以作靈已就有深解未足立家二句無實經典枝條作實經典之條枝五禮資之以成下有文字六典因之致用之下有以字於是搦筆和墨於作由

國家圖書館出版品預行編目資料

文心雕龍注 /（南朝梁）劉勰 著；范文瀾 注. -- 初版. -- 臺北市：
商周出版：城邦文化發行, 2020.06
面： 公分. --
ISBN 978-986-477-850-8（精裝）
1. 文心雕龍 2.注釋
820 109006939

文心雕龍注

作 者／（南朝梁）劉勰
注 者／范文瀾
企 畫 選 書／梁燕樵
責 任 編 輯／梁燕樵

版 權／吳亭儀
行 銷 業 務／周丹蘋、賴正祐、周佑潔
總 經 理／彭之琬
事業群總經理／黃淑貞
發 行 人／何飛鵬
法 律 顧 問／元禾法律事務所 王子文律師
出 版／商周出版
城邦文化事業股份有限公司
臺北市中山區民生東路二段141號9樓
電話：(02) 2500-7008 傳眞：(02) 2500-7759
E-mail：bwp.service@cite.com.tw
Blog：http://bwp25007008.pixnet.net/blog
發 行／英屬蓋曼群島商家庭傳媒股份有限公司城邦分公司
臺北市中山區民生東路二段141號11樓
書虫客服服務專線：(02) 2500-7718・(02) 2500-7719
24小時傳眞服務：(02) 2500-1990・(02) 2500-1991
服務時間：週一至週五09:30-12:00・13:30-17:00
郵撥帳號：19863813 戶名：書虫股份有限公司
讀者服務信箱E-mail：service@readingclub.com.tw
歡迎光臨城邦讀書花園 網址：www.cite.com.tw
香港發行所／城邦（香港）出版集團有限公司
香港九龍九龍城土瓜灣道86號順聯工業大廈6樓A室
電話：(852) 2508-6231 傳眞：(852) 2578-9337
E-mail：hkcite@biznetvigator.com
馬新發行所／城邦(馬新)出版集團 Cité (M) Sdn. Bhd.
41, Jalan Radin Anum, Bandar Baru Sri Petaling,
57000 Kuala Lumpur, Malaysia
電話：(603) 9057-8822 傳眞：(603) 9057-6622
Email：cite@cite.com.my

封 面 設 計／鄭心如
封 面 題 字／羅啓倫
排 版／新鑫電腦排版工作室
印 刷／韋懋實業有限公司
經 銷 商／聯合發行股份有限公司
電話：(02) 2917-8022 傳眞：(02) 2911-0053
地址：新北市231新店區寶橋路235巷6弄6號2樓

■2020年6月初版1刷
■2024年1月初版1.5刷
定價 630 元

Printed in Taiwan

城邦讀書花園
www.cite.com.tw

ISBN 978-986-477-850-8

廣　告　回　函
北區郵政管理登記證
台北廣字第000791號
郵資已付，免貼郵票

104台北市民生東路二段141號2樓

英屬蓋曼群島商家庭傳媒股份有限公司　城邦分公司

請沿虛線對摺，謝謝！

書號：BK6054C　**書名：**文心雕龍注　**編碼：**

請於此處用膠水黏貼

讀者回函卡

不定期好禮相贈！
立即加入：商周出版
Facebook 粉絲團

感謝您購買我們出版的書籍！請費心填寫此回函卡，我們將不定期寄上城邦集團最新的出版訊息。

姓名：________________________ 性別：□男 □女

生日：西元__________年__________月__________日

地址：____

聯絡電話：________________ 傳真：________________

E-mail ：

學歷：□ 1. 小學 □ 2. 國中 □ 3. 高中 □ 4. 大學 □ 5. 研究所以上

職業：□ 1. 學生 □ 2. 軍公教 □ 3. 服務 □ 4. 金融 □ 5. 製造 □ 6. 資訊

□ 7. 傳播 □ 8. 自由業 □ 9. 農漁牧 □ 10. 家管 □ 11. 退休

□ 12. 其他________________________________

您從何種方式得知本書消息？

□ 1. 書店 □ 2. 網路 □ 3. 報紙 □ 4. 雜誌 □ 5. 廣播 □ 6. 電視

□ 7. 親友推薦 □ 8. 其他________________________

您通常以何種方式購書？

□ 1. 書店 □ 2. 網路 □ 3. 傳真訂購 □ 4. 郵局劃撥 □ 5. 其他______

您喜歡閱讀那些類別的書籍？

□ 1. 財經商業 □ 2. 自然科學 □ 3. 歷史 □ 4. 法律 □ 5. 文學

□ 6. 休閒旅遊 □ 7. 小說 □ 8. 人物傳記 □ 9. 生活、勵志 □ 10. 其他

對我們的建議：____

____

____

【為提供訂購、行銷、客戶管理或其他合於營業登記項目或章程所定業務之目的，城邦出版人集團（即英屬蓋曼群島商家庭傳媒（股）公司城邦分公司、城邦文化事業（股）公司），於本集團之營運期間及地區內，將以電郵、傳真、電話、簡訊、郵寄或其他公告方式利用您提供之資料（資料類別：C001、C002、C003、C011 等）。利用對象除本集團外，亦可能包括相關服務的協力機構。如您有依個資法第三條或其他需服務之處，得致電本公司客服中心電話 02-25007718 請求協助。相關資料如為非必要項目，不提供亦不影響您的權益。】

1.C001 辨識個人者：如消費者之姓名、地址、電話、電子郵件等資訊。
2.C002 辨識財務者：如信用卡或轉帳帳戶資訊。
3.C003 政府資料中之辨識者：如身分證字號或護照號碼（外國人）。
4.C011 個人描述：如性別、國籍、出生年月日。

請於此處用膠水黏貼